四海重明

·全三册·

1

衣带雪——著

廣東旅游出版社
GUANGDONG TRAVEL & TOURISM PRESS
悦读书·悦旅行·悦享人生
中国·广州

目录

第一章 天命之子

天命之于大也，就不能有二胎吗？

嵇炀自夺舍以来已有半个月，每日如履薄冰，终于找到个小仙门招仙苗的机会，打算前去竞选，暂时托庇于门派恢复境界。这个身体有十四岁，虽说年龄大了些，但好在是个不上不下的四灵根，既不起眼，也不至于落选。

脑海里正筹划着如何尽快恢复修为，忽然有人拍了拍自己的肩膀，嵇炀心底小小地震了一下，这周围的广场上都是待选的凡人，他神识外放，绝无可能有凡人在他毫无察觉的情形下靠近。

“小公子，我跟你商量件事。”

好在嵇炀平日里表情不是很丰富，倒也没有暴露什么，他自然而然地转过头，只见是个荆钗布裙的妇人，虽然满脸病容，但美貌异常。

嵇炀余光扫了扫周围，仙门招新这种事和私塾报名一样，一般都是孩子自己来，有些父母溺爱孩子非要相伴左右，只会让其他同龄的孩子瞧不起。

显然，眼前就是个陪孩子来报名的慈爱母亲。

嵇炀道：“夫人有何事？”

那美妇道：“敝姓南，祖上相师出身，颇得五行推卦之法，今日见小公子灵光动九天，气运冲霄汉，必是天命之子，故有一事相请，不知小公子可愿听我一言？”

嵇炀起初还觉得对方是看出了自己身上有什么猫腻，但仔细审视了这美妇后，确认是凡人无误，道："……嵇某身无长物，又是孤儿一个，应该没什么可帮到夫人的。"

岂料妇人大喜道："孤得好孤得好！"

嵇炀："……"

妇人收敛了一下，道："抱歉，事情是这样的，小妇人膝下有一女，今日也要同去仰月宗修仙，但年龄尚幼，望仙门中能有个人照应一二，若小公子愿意，小妇人愿代女儿与公子定个亲。"

嵇炀还没来得及说话，旁边有个眼角带疤的少年忍不住出声道："你别信这女人！她刚刚也说我是天命之子，要把女儿嫁给我！"

妇人道："穆小友，你这话就不对了，天命之于大也，就不能有二胎吗？"

穆姓少年道："'强人所理'！"

妇人道："……你是想说强人所难还是强词夺理？"

穆姓少年奓毛道："你知道就好！不会有人想娶你女儿的，你放弃吧！"

嵇炀沉默了片刻，心想这妇人如此美貌，这位穆姓少年应不至于如此反应激烈，不禁问道："若令千金有仙根在身，以夫人华容，应当有的是人愿意代为照顾，何以苦苦相求？"

穆姓少年脸色发青道："她女儿可胖了，我都没见过那么胖的女孩，像个球一样。"

妇人含蓄地笑了笑，说道："小女才八岁，圆润点儿是很正常的，长大了就像我了。"

嵇炀心里没当回事，想着以貌取人本就不该，八岁的小孩子再胖能胖到哪里去，正酝酿说辞准备推掉，妇人就开始四处找人了。

"阿颜，去哪儿了？我给你找到饭票了快回来！"

穆姓少年烦躁道："别找了，我把干粮都给她了，她蹲在树后面没吃完呢。"

嵇炀循着他指的方向看过去，只见一棵梨花树后蹲着个身着绿绫子衫的胖丫头……与其说是胖丫头，不如说根本就是个球。

等到她听见娘亲召唤，慢悠悠转过头来，嵇炀终于有点儿明白穆姓少年为什么反应如此激烈。

这孩子，胖得很实在。

脸颊像个鼓鼓的白馒头，挤得五官"深不可测"，目前看不出她哪点像母亲，前途也怕是难卜。

胖丫头幽幽地看了她娘一眼，道："恭喜，你终于可以摆脱我了。"

南娆蹲下来捏着她的脸一边无情地揉，一边慈爱地说道：“你说的这是什么话，仰月宗还是很有人情味的，半年可容门人回家一趟，咱们家又不远，我会在家等你。”

南颜被捏得呜呜啊啊叫了一阵，甩开一张小手绢，抽噎道：“我去了之后，你会在家一边补着我的衣服一边想我吗？会每天为我在我们家门口那株歪脖子树上系一根黄丝带吗？等到我半年回家后，会看到满树的丝带飘飘，感到你对我浓烈的思念吗？”

南娆停止了她的蹂躏行为，认真想了想，道：“不行，为娘很忙的。”

南颜道：“我果然是你从晋江边上捡来的……”

南娆叹了口气，从怀中拿出一条项链系在她颈上，道：“这本来是你舅舅的东西，现在归你了，算是半个传家宝，你要戴好别丢了，如果以后你看上谁，手头不能没个定情信物。”

南颜道：“娘，我还小，你这么高瞻远瞩是不是太早了？”

“我像你这么大的时候就已经……”

嵇炀本来随意听着这对母女的交谈，忽然眼神一动，一眨不眨地看着妇人挂在胖丫头脖子上的珍珠项链。

此地是南方临海，珍珠不是什么特别稀罕的东西，胖丫头脖子上挂的珍珠虽说有指甲盖大，可色泽发灰，又随意用散银包嵌，寻常人看并不值几个钱。但嵇炀却觉得这东西似曾相识，片刻后，想到刚刚完全没有察觉到美妇靠近，才想起这是个什么东西。

银鲛珠。

此物乃是北海鲛人的内丹，北海鲛人修至成年前，内丹如月，可隐蔽鲛人之妖气免遭猎杀，而人族修士获得后，无须祭炼，只要佩戴在身上便可掩盖真实修为，哪怕对方几近化神，也会被银鲛珠掩藏。

而他则急需银鲛珠来净化身上那一丝夺舍所带来的浊气……毕竟夺舍在修界大律里，是不下于滥杀凡人的五大天下共诛之罪。

屠凡、异婚、夺舍、入魔和逆道，犯此五条之一者，人人得而诛之。

就算不要银鲛珠，只在这丫头身边待个一两年，也足够他消弭身上浊气，与寻常修士毫无二致了。

“好了，闲话不多说了，这是我女儿阿颜的生辰八字，小公子贵姓？”

“在下嵇炀。”

“来来来，你在这儿按个手印，我女儿以后就交给你了。”妇人拿出一张不知从哪儿找的破纸，上面歪七扭八地写了生辰八字，抓起嵇炀的手就往上按。

旁边的穆姓少年有点儿恼火了，走过来打岔道："你这人怎么能这样？他又没答应娶你女儿，你怎么这么'强词夺理'！"

"是强人所难吧。"

"啊对，强人所难，而且她才八岁，你现在替她定了，长大后她不乐意怎么办？"

胖丫头南颜瞅了一眼嵇炀，往穆姓少年身边蹭了蹭，一起反对道："对，万一我长大后拈花惹草呢？"

嵇炀道："可否暂听我一言？"

妇人道："你说。"

"夫人急于定亲，无非怕这位……"

"南颜，你叫她阿颜就行了。"

"好，夫人无非是怕阿颜孤身在仙门中无人照料，既然今日有缘，也不必非要以亲事相要。若夫人信得过，我愿与阿颜义结金兰，如长兄事之，待她成年后，亲缘情缘如何，由她自行定夺。"

空气安静了这么一瞬，穆姓少年道："大姐，我穆战霆没爹没娘，你这丫头我虽然不想娶，只要她老实，给我当个妹妹还是可以的。丫头，你说呢？"

南颜眨了眨眼睛，好奇地看着嵇炀，向穆战霆招招手，后者弯下腰，南颜便跟他耳语道："穆大哥，我觉得他说得好有文化哦，义结金兰是什么意思？"

穆战霆道："就是他要和你烧黄纸拜把子。"

南颜道："他很有眼光，知道我是当关二爷的料。"

穆战霆一听心里很不平衡，他从小流浪在外，最喜欢蹭听人家说书，关二爷乃是他心中男神，提到拜把子自然当仁不让，猛摇头道："不行，我要当关二爷，你最多是个阿斗。"

"我怎么就是个阿斗了？"南颜怒对嵇炀道，"皇叔你说，我至少是个猛张飞对吧？"

嵇炀一眨眼就被封为皇叔，一时间没回过神："何以如此称我？"

"因为我觉得你说话像个秀才，是个文化人。"

——刘皇叔会拿双股剑捅你的。

此时甄选仙苗的山门前一阵白蒙蒙的雾光浮起，厚重的山门缓缓打开，里面缓步走出两三个蓝衣背剑的修士，为首一人声音高亢："甄选仙苗现在开始！参选之人列队右手侧，依次抚触择灵玉测灵根！"

终于开始了。

南娆不再强求，眼底掠过一丝说不明白的情绪，拉着南颜的手道："阿颜，以后入了仙门，要保重，凡事不可力拼，待修道有成，方可为之。"

南颜抱了抱南娆的脖颈，闷闷道："我半年后就回来啦，娘要每天吃药把身子养好，不要再一去四五天不回家了。"

"好，以后娘永远会陪在你左右。"

母女道别后，便有修士来安排他们依次排好队列，而南娆却在此时叫住了嵇炀。

"嵇小公子，你来一下。"

嵇炀顿住了步子，返身道："夫人还有何事？"

"有些话刚刚不方便说，你附耳过来。"

嵇炀依言一倾身，便觉不祥，刚要退避，却忽感一股仿若十万大山般的威压临身，回神时他已被南娆划破手指强迫着按在刚刚那张八字纸上。

"你——"

南娆的神色与刚刚判若两人，唇边挂着一丝称得上恶劣的笑，道："夺舍的小辈，义结金兰这个套路我很喜欢，但……本座兵解在即，拿你的命保我女儿的命才更放心。"

那张破旧的写着南颜八字的纸吸了他的血，瞬间化作一蓬灰烟蹿入嵇炀体内，眨眼间在他背后烙上一层血符。

> 凡间同心锁，双双结鸳鸯。
> 仙道同命锁，锁毁人同亡。

"……最早娘带着我从比丘山的秽谷边上搬到荔枝多的南岭，南岭的荔枝下季了，就搬到孔州，孔州的话本多，娘和我都喜欢，便带着我在孔州多待了一年。后来因为隔壁的房东想跟我娘谈续弦的事，娘瞧不上他，就又离开了孔州，中间我娘生了好几次病，说这病凡间的大夫治不好了，指望我入仙门修仙得道，给她求治病的仙丹妙药，听说这儿有收仙童的，就拉着我来了。"

排队验灵根的时候，南颜大概说了一下自己的来历，说完就偷眼看着嵇炀。

她觉得这个小哥哥可真好看，眉眼算不上特别出挑，但气质清逸，闭着眼时甚至有一种矜持的贵气，和他说的流浪儿的身份全然不搭。

可也不知是不是错觉，她总觉得嵇炀此时浑身萦绕着一股冷淡的气息。然而在他望过来时，却又好似是错觉。

"好。"嵇炀理了理思路，仔细打量了南颜，道，"听令堂言，你今年已有八岁？"

"我掉牙早，八岁半啦。"

嵇炀顿了顿，伸手摸了摸她的头，隐约觉得她灵根算是不错，道："我长你六岁，今后你可视我如长兄，有不明白，或是为难之事，需得先问询过我。"

穆战霆在一边听着，十分感动地道："那你们两个这就拜把子吧，我给你们做个见证。"

嵇炀没想到还要走这么一个流程，但看南颜已经戏精附身地面朝太阳跪下了，无奈道："山门开启在即，穆兄请尽快。"

穆战霆在一边清了清嗓子，开嗓道："一拜天地……"

南颜和嵇炀双双看他。

穆战霆道："不对吗？"

南颜道："我现在非常怀疑你的见证水平，你一定是隔壁西厢圈派来我们三国圈的细作。"

穆战霆为证清白，也跟着跪下了："谁说的，我水平高得很，不信我也跟你们拜把子，嵇炀你多大？"

嵇炀夺舍前也比现在大不了几岁，想了想，道："十四。"

"那你十四，我十五，还长你一岁，你得喊我大哥。"

嵇炀目光奇异地看着穆战霆道："穆兄不是不愿与阿颜有所牵扯吗？"

穆战霆道："不，我只是不乐意娶她而已，没说不能和她拜把子。你看这丑丫头，胖成个球样，不管她的话，以后少不得在仙门里被欺负得像个皮球，收她当个义妹就算积德行善了。"

南颜从前就是如他所言被欺负得如个皮球，每日里都有南村群童欺她胖无力，忍能对面为盗贼，公然抢糖入竹去，唇焦口燥呼不得，归来抱妈自啜泣。此时一听穆战霆如此仗义，顿时大为感动。

"两位兄长深情厚谊，妹无以为报，大哥二哥受我一拜！"

这边演起了拜把子戏码，旁边排队测灵根的同龄人却早就瞧不惯了，有人嗤笑道——

"有意思，仙门择良材乃是百里挑一，两个毛头小子不敢说，这胖丫头若是选上了，岂不是丢我们未来修士的脸？"

"怎么说？"

"仙门之中入炼气后需御剑飞行，众位师妹轻盈，自可飘飘若仙，这丫头，哈！宛如鸡立鹤群，纵有肥翅，不过盘中食，鲜美而已。"

说话人是个穿着绸衫的富家少年，他一说出这话，旁边便有几个长得很是娇俏的女孩轻轻笑了起来。

欺她胖无力的南村群童真是哪儿都有。南颜翻了个白眼当没听见，却听嵇炀悠悠开口："兄台慧眼如炬，不知出身哪方世家？"

他开口问世家，问的绝非凡人世家，而是仙门世家。

修界之中除却宗门，世家乃是修界中贵胄，他们大多是大能之后，家族可占据千里之地，除主家嫡系外，旁支极多，这种世家的子弟出身也比寻常修士高贵许多，如野外刀兵相见，报上出身，对手地位有不如者，往往闻风而退。

"你倒是知道不少。"绸衫少年神色颇有意外，看见刚刚围在自己身边莺莺燕燕的崇拜目光，立时又挺起了胸膛，骄傲道，"我褚京，乃是亥洲褚家旁支。"

天圆地方，凡间瀚海之外，有修界十二洲，按子丑寅卯，以地支命名，掌一洲者，或为宗门巨擘，或为千年世家。凡间九洲内的修士有所成后，便会渡海而出，赴修界十二洲寻仙道正统。

周围的人年龄都较小，大多数人茫然，但仍有些知事者面露惊容，看着褚京的目光多出一分敬畏。

嵇炀却不为所动，继续问道："亥洲褚氏，比之辰洲敖氏帝族如何？"

褚京脸色一僵，道："帝族如日中天，自不能比。"

"那比之寅洲赤帝瑶宫、子洲道生天又如何？"

"……亥洲蝼蚁，自不敢与上洲争辉。"或许是因为嵇炀的口气过于淡然，褚京一时被镇住了，但马上回过神来，恼道，"名不见经传的小子，知道得多算什么，口气这般大，你倒说说你是哪里的出身？"

嵇炀却不回答他，回头对南颜徐徐道："阿颜，这位兄台自认三流出身如蝼蚁，适才说你是唤日之鸟，是把你捧得过高了，当谢过。"

南颜："……"可以可以，掌声送给文化人。

而周围听见他话语的人均是一愣，随即目光凝聚在褚京脸上，后者脸色紫涨，怒道："你敢如此辱我褚家！"

嵇炀笑而不语，似是算准了时间，正好轮到褚京去测灵根，他只能一口气憋在喉咙里，满脸怨愤地过去把手按在择灵玉上。

择灵玉本是块尺长的方形玉，褚京的手按上去后，择灵玉顿时从内部亮起了一丝雾蒙蒙的蓝光，同时玉的周围浮现了三圈稀薄的光环。

"水属三灵根。"为他测验的修士本来一脸索然，现在却露出笑容，做了个请的手势，道，"到长老身后去吧，可入内门了。"

显然他的资质不错。

"你们最好平平安安通过入门，咱们的账日后慢慢算。"

褚京回头对他们说完这些话，面色终于有所好转，发出一声冷笑，便站在了一个长老身后。

穆战霆从刚才起就一直认真地看着褚京，直到他从择灵玉旁边离开，才稍稍后退一步，问嵇炀道："他三灵根算是很厉害吗？"

"数量越少，灵根越精。不过水属向来攻击不强，除非修至筑基学些水箭术，最大的用处至多是为灵田洒洒水。"

穆战霆哦了一声，道："那我可以在他筑基前揍死他。"

嗯？

此时也轮到穆战霆了，他上前去时，问道："不知仰月宗今年收多少个内门弟子？"

"以资质论，可收三名内门弟子，二十余外门弟子。"

内门弟子专门修炼，而外门弟子却需要为宗门劳作换取灵石才能提升修为，待遇自然是天渊之别。

穆战霆看那仰月宗长老身后已经站了三个准内门弟子，道："那我的资质要是比他好，是不是可以取代他当内门弟子？"

褚京暴怒："你说什么？！"

穆战霆道："好奇而已，问问也不行吗？"

仰月宗长老也不大高兴，道："小辈狂言，快些测，莫耽搁时间。"

穆战霆哦了一声，一巴掌拍在择灵玉上，择灵玉瞬间从中间爆发出一道耀眼赤芒，下一刻，赤芒回缩，一圈一丈圆的赤色光圈笼罩在穆战霆周身。

"天、天灵根？！"

刚刚那不耐烦的仰月宗长老瞬间身形如电冲去，抓起穆战霆的手腕一探，面露狂喜之色："当真是天灵根！当真是百年未遇！天眷我仰月宗！快跟我走，去见掌门！"

那长老风风火火，拉起穆战霆便走。

穆战霆当然没忘记新结拜的把子，一边被长老拖走，一边高声道："那我弟弟妹妹呢？你们得收他们进门！"

长老瞥了一眼，看到南颜时就知道他们不是亲兄妹，顿时兴致大减，道："朱枫，继续测，废灵根也行，让他们入门。"

说完，他竟直接扛起穆战霆御剑而起，冲回宗门。

"……哇哦，大哥好牛，比这个'畜精'牛多了。"南颜由衷地感叹，却被敲了一下脑袋。

"慎言。"嵇炀道。

"哦。"

检测资质的修士经过刚刚这么一遭，精神一振，知道自己有奖励的同时，又有点小小的嫉妒，感慨之余，对余下的人招手道：“你们来吧，下一个。”

嵇炀上前，低头看了一眼这块择灵玉的材质，垂下眼帘，把手放上去。

不出意外，金木水火四灵根，最常见的灵根。

那修士的目光再次索然下来，这种灵根他不知见过多少，好似已能推断出这个少年以后会在修界低层慢慢老去，道：“你去外门弟子队伍里站着吧，下一个。”

南颜走了过来，放择灵玉的台子稍微有点儿高，她踮起脚尖才能用胖乎乎的小手摸到一点点。

择灵玉没有亮起来。

“凡人。”得出这个结论，修士面色漠然，“下一个。”

“稍等。”

嵇炀忽然出声，道：“前辈抱歉，舍妹刚刚没有碰到择灵玉，可否容她再测一次？”

“想得倒是……”修士刚冷笑出声，忽然想起刚刚那个天灵根的少年似乎对他们极仗义，便收回了冷嘲热讽，道，“快些，后面还有人呢。”

嵇炀点点头，对南颜低声道：“脖子上夹得不舒服？”

“有点儿硌得慌，没事。”

虽说是拇指大的珍珠，但还是有点儿硌得慌，南颜不舒服地扭了扭脖子，让嵇炀暂时把项链拿下来，犹豫了一下，又一次踮起脚尖碰了一下择灵玉。

择灵玉忽然爆出一阵白芒，似是有五圈暗光正在形成，但在所有人察觉到有异之前，择灵玉忽然咔的一声，从中间裂开了。

这个过程太快，修士甚至没看清楚，眨眼间便结束了。

“刚刚这是……”

修士仔细查看了一下，择灵玉是直接从玉心裂开的，相当于此物已废，顿时有些无措。择灵玉坏了他是要受罚的，正琢磨着如何交代，忽闻嵇炀道——

“怕是刚刚战霆兄天灵根将此物震裂了，后来我们强行催动便坏了。”

南颜可惜道：“我有五个环儿，还没看清楚呢。”

那就是废灵根了，最没用的灵根，至多修到炼气初期。

修士道：“去吧去吧，一起到外门去，虽然刚刚那天灵根对你们很仗义，但是你们资质有差，别以为他能多照顾你们，这修界的世态可是比凡间炎凉多了。”

二人谢过后，和其他被甄选出的二十余名外门弟子一道进入了山门。

所有甄选新弟子的修士都飞起，命新弟子止步山门前稍等。

“喂，嵇炀哥哥。”南颜第一次叫了他，问道，“你刚刚也不愿意和我有什么瓜葛，为什么要替我说话？”

“你为什么会觉得，我不会替你说话？”

“因为我圆，没有人喜欢我呀。”

“哦，没有人喜欢你，就不会有人为你仗义执言了是吗？”

“难道不是吗？”

行过数十阶，眼前出现的是仰月宗破旧的山门，门内有千层石阶，入仙门者，需得以凡体肉身拾阶而上。

背后的同命锁已融入气海，属于高阶大能的灵力一丝丝散出，被己身贪婪地吸入……同命锁并非没有好处，她母亲既来历不凡，自然不会薄待他这个被选定的保护者，只是将性命牵系于一个不谙世事的小丫头身上太过危险，最好是将她放在身边，只当结个善缘。

嵇炀如是想着，牵着小女孩的手缓步走上阶梯，不知不觉，手握紧了些。

“那你就当我喜欢你吧。”他随口应付道。

说者无心，听者震惊，半晌，南颜才道：“……要是我再瘦一点儿，你现在就是在我芳心里放火。”

嵇炀哑然，但马上，便有修士宣布道：“入门试炼现在开始，以自身之力攀此三千阶石梯，落日前不至，仙道绝缘！”

“三千阶？！”

人群中发出不少抱怨声，被选中的孩子们大多是娇生惯养的，身体好些的纵然不怕这三千阶石梯，但真要是爬上去也吃不消。

“昨天山下客栈被衾太薄害了风寒，我可怎么爬呀……”人群中有个十一二岁的女孩小声抱怨，在被选入的孩子们当中，她长得最是俏丽，这话一出，旁边便有不少年纪稍大的少年人奋勇上前。

“孟盈妹妹，我从小练武，背你上八百阶可好？”

那名唤孟盈的对着手指道：“那多不好意思呀，大家都是自己走的，这不是很丢人？”

“三千阶石梯，莫说你一个小女孩了，我们这些练过的也要累个半死，比起半路爬不动滚下去的，这算什么丢人？”

说罢，人们不由得拿余光瞥了一眼不远处已经噌噌噌跑上二十阶的胖丫头。

“现在冲得那么快，等一百阶以后就够她累的了。”

“看她走这么几步，倒是个灵活的胖子……”

南颜今天来之前就吃了不少，来之后又蹭走了穆战霆的口粮，这会儿精神百倍，对嵇炀招招手道：“我们不快点儿吗？日头都偏西啦。”

嵇炀看着她，不免有些好奇。一个高阶修士的女儿，不出意外的话自然是资质胜过凡人百倍。适才那择灵玉，竟经受不住她的灵力而裂开，也不知这小丫头究竟是何种灵根。

“你先去，能爬多高就爬多高，我会跟上来的。”

“好嘞。”

南颜一声应下，小孩子心性，抬腿便噔噔噔往上跑，下面的人大多是看这三千阶的石梯太长，有心保存体力，都是每上五十阶就歇上片刻，恢复后再继续爬石梯，瞥见南颜一口气往上冲，个个面露嘲意，等着看笑话。

“你们说，她那么胖，这石梯越往上越陡，爬到高处，她会不会滚下来摔死？”

“此言差矣，她肉多，滚下来也不会摔死，没准还会弹一弹。”

“哈哈哈你这话说得好笑，不如咱们赌一赌，我赌她上不到八百阶就会滚下来，赌一个灵石。”

爬石梯枯燥，很快就有其他人跟赌。

“你们对女娃娃太没有风度了，我赌两个灵石，她上到一千阶就不行了。”

“带我一个，我也赌八百阶。”

叫孟盈的少女正被一个高个子的黄脸少年背在背上爬楼梯，闻言撇了撇嘴，道：“你们可别闹了，虽然大家都是外门弟子，但仙门向来是有奖有罚的，第一个爬上去的也许会让他先挑居舍呢。”

仰月宗和其他寻常大小宗门一样，坐落于一座山上，山中灵气上清下浊，大体分为三层，最顶上的灵气最是纯净浓厚，供掌门和宗门长老修炼，次一层的供内门弟子和门中掌事修炼，最下层的有灵田、灵池、灵兽园等，分区块供外门弟子用。最下层灵气虽少，但到底仍有高低之分，居舍越靠上，灵气越醇厚，越有利于修行。

所有人心中一动，抬头望去，南颜的身影已经消失在上面缥缈的云雾中，但脑海里一浮现南颜白罴似的背影，又纷纷觉得可笑。

“怎么可能，她那么胖，咱们可要往边上走些，否则她一会儿滚下来砸着咱们那可就亏了。”

男人都是大猪蹄子。

孟盈没跟着一起嘲笑，撇了撇嘴，余光瞥见左前方不远处慢悠悠走着的嵇炀，好奇道：“喂，那位师兄，你不来赌一把吗？”

从刚才起，嵇炀就只是慢悠悠地仿若散步般走着，速度不快但始终也没停过，此时已登了两百多阶，脸色没有半分变化。

闻言，他想了片刻，道：“我赌她第一个到，若我胜，你们每人输我三块灵石，反之我给你们每人三块灵石。”

众人一愣，随即道：“外门弟子一个月劳作也只能得三块灵石，我们这儿二十多人，你哪儿来的六十块灵石？”

孟盈道：“欸，别这么说嘛，这位师兄刚刚说的那海外仙洲的事我们听都没听过，可见他见多识广，没准腰包厚着呢。”

“孟师妹说得对，三块灵石不拿白不拿，就和他赌，师妹也来赌一把吗？”

孟盈摆摆手，一脸羞涩道：“我可不敢赌，灵石要留着攒起来给家里买点儿健体丹药呢。”

背着孟盈的黄脸少年道：“既然有傻瓜，不赌白不赌。师妹这么有孝心，我替师妹出这灵石，输了算我的，赢了算师妹的。”

灵石乃修仙之路上不可或缺之物，可以自用，吸收灵气；也可用于买卖，换取丹药灵器，谁也不嫌多。

众人视那三块灵石为囊中之物，慢慢地就聊跑题了，开始互相说起仰月宗仙门内能拿这灵石买些什么灵药云云。

嵇炀默不作声，看着远处盘绕在上方的薄云不知在想些什么。

随着攀爬的层数渐高，众人体力消耗加剧，慢慢地也没人再说话了，都在低头看着脚下仿佛无穷无尽的石梯。

日头自中天偏西，四下只剩下新弟子的粗喘声。

“有、有八百阶了吧？”

“我没数，你们谁……谁回头看看。”

“我晕得很，回头怕栽下去。”

嵇炀面上也出了一层薄汗，但神态并不如其他人那般狼狈，仅是气息稍稍加快了些，脚步却一直未曾停过，此时已领先了五十多阶。

七百二十四阶，嵇炀心里慢慢数着。

此时，忽然后面有人轻轻啊了一声，仿佛是体力不支，顺着石梯滚了下去。

“真惨，怕是要滚到山底了。”有人道。

“对了，刚刚那胖丫头呢？这都七百多阶了，怎么还没见到她人？”

正稍事休息的众人一怔，纷纷抬头望去，试图从上面缭绕的云雾中瞥见一丝影子。

他们原想着南颜最多三四百阶就坚持不住了，可现在已过了将近三分之一的路程，还没见到她的人影。

莫非她已经爬了一半了？

“她别是累昏在上面，被仰月宗的修士们接走了吧？”

此言一出，众人纷纷点头。

嵇炀不置可否，眼底的沉思之色愈深。

此时，背着少女孟盈的黄脸少年踉跄了一下，扶着石梯歪在一侧，汗落如雨。

“师、师妹，我实在背不动了。”

周围人也没力气嗤笑，背着一个大活人爬八百阶着实为难人了。

“辛苦师兄。”孟盈笑了笑，提起裙角站起身，道，“师妹这就上去看看那胖丫头走到哪里了，失陪了。”

“……欸？”黄脸少年目光呆滞，“师妹，你不陪我们一起走？”

“师兄这份心意，我记在心里了。”孟盈笑得娇媚，转身步伐轻快地上了石梯，一点儿也不像开始时那般弱不禁风的模样。

过河拆桥、卸磨杀驴……以这孩子的脑力，以后会在修界混得很好。

嵇炀一边想，一边走，等走过两千阶时，四下已无他人，身后远远地还能看见孟盈的身影，再往后就没有人了。

凡人到底是凡人，仙道一途，又岂止这三千阶那般简单。

还剩下三百阶时，嵇炀驻足，他微微眯起眼，远处云雾缥缈的仙门门槛上，坐着个圆乎乎的人影，见了他来，招了招手。

南颜已经到了……以这孩子的体力，以后也许会在修界混得很好。

嵇炀慢悠悠走过去，仔细打量南颜，只见她气色极好，呼吸平稳，只有脸上累出来点无伤大雅的薄红，看起来并没有消耗多少体力。

“你不累？”他问道。

南颜挠了挠头，道：“我不累，我等你来。”

“为什么要等我？”

“上面的人说我到了终点，不能回头，我怕你没跟上来，就在这儿等。”

嵇炀半蹲下来，看着她问道：“我要是不来呢？”

南颜道：“那我就去上吊，我娘说，你们男人就吃这一套。”

嵇炀：“……”

是的，他就吃这一套。

日头已落在西山山尖上，孟盈回头看了一眼远处稀稀拉拉的人影，心里暗道侥幸，若非诓得一个冤大头背了她一段，她怎么也不会到得山门。

她捏了捏已经没什么知觉的小腿，狠狠掐了一把，手脚并用地爬过门槛。

“不错，是在太阳落山前到的。”

有一位中年修士似乎在一侧打坐很久了，见了她来，从旁边一堆玉牌里随手拿了一块，问道：“叫什么名字？”

孟盈喘匀了气，道：“孟盈，孟子的‘孟’，盈盈一水间的‘盈’。”

“这是你的门牌，从右侧偏门走，去找你的居舍吧。”

孟盈连忙珍而重之地接过来，心里不免雀跃。

修界的修士讲究隐私，纵然是再小的门派，弟子也多是一人一舍。仰月宗虽不算大，但在中域也算是二流门派，足以让她住行无忧。

“晚辈初来乍到，请问前辈，我是住在几层？”

“三层，在你前面有两个，已经进去了。”

三层？

孟盈因为疲累而混沌的脑子慢慢回过劲儿来，愕然道：“前辈，那第一的是谁？”

“是一个姓南的胖丫头，你们是日头落了才到的，她是两个时辰前就到了，说是要等她哥，坐在门口等了好久。”

“呃……她、她不是个凡人吗？是怎么爬上来的？”

中年修士瞥了她一眼，道：“不是谁都像你一样，有人背着上来。”

孟盈一抖，面上发热，道：“前辈见笑了，晚辈日后定不敢偷奸耍滑。”

中年修士道：“心智过人不是什么坏事，但大道无情，眼前你虽走了捷径，他日必会从别处补回来，谨记之。”

“……是。”

孟盈心惊胆战地接过玉牌找到了自己的居舍，这居舍不大，左右两间青石屋带一个小院子，刚一进入就感到四下安静下来，一股清新的带着草木芬芳的气息随着呼吸摄入。

这种气息让人想起清晨的雨露、新收的稻谷，或是宁静的山泉。

这便是灵气。

孟盈二话不说，推开门随便把床铺了铺倒头就睡。

入门试炼实在是太累了，她足足睡到次日才起身，此时却听外面有人敲门。

孟盈揉着酸痛的腿，整理了一下发鬓，推开门只见嵇炀牵着一个胖丫头站在门前。

“师兄有什么事吗？”

“有件事需与师妹商量。”嵇炀低头看了南颜一眼，道，“你的居舍能不能和这丫头换一换，她住最上层，离我太远，我不放心。”

最上层灵气最为醇厚，孟盈是很想去上层住的，但对方忽然提出，她只怕有诈，小心翼翼道：“师兄和这位……师妹是……”

“义兄妹。”

南颜补充道："昨天才认识，他要我每天去找他学功课，嫌爬上爬下麻烦，非要让我下来。"

嵇炀拿余光瞥了一眼南颜，淡淡道："你不是才说一天见不到我，你就要上吊？"

南颜悲愤道："那是在你逼我一天写五百个大字之前！我娘绝对没有让你代管我文化课！还把我放在眼皮子下面，你至于吗？！"

嵇炀道："头悬梁锥刺股比上吊有意义。"

南颜绝望道："对不起我以后再也不瞎咧咧什么上吊了，让我少写点吧……"

孟盈默然，勉强笑道："原来是兄妹情深。"

……没错，还生死相许呢。

南颜素来自认是个乖崽，她娘不会教孩子，她全靠自学小话本学得满口骚话，第一次遭人管教，竟不知如何反应。

"哥，我们能不能打个商量？"搬到孟盈的屋舍后，南颜瞄了一眼石窗，见和嵇炀所在的地方不过一树之隔，就觉得有必要和他商量一下。

"你说。"

"我觉得习字的事可以缓缓，我才八岁，不妨让我先引气入体易经伐髓，听说炼气之后便会耳聪目明，看东西过目不忘呢。"

"好啊。"嵇炀收拾好东西，搬了把凳子坐在南颜对面，递给她一卷仰月宗下发的引气入体口诀，道，"你引吧，我看着。"

南颜看了一眼引气入体的口诀，那上面每一个字她都认得，但合在一起就变成一团糨糊了，眯着眼睛瞧了半晌，只看懂了一条，说是要先摆好姿势让五心朝天感受灵气。

对面嵇炀好整以暇地看着，南颜只得试图摆出五心朝天的姿势，但五心朝天这种姿势难度比较高，天灵、双掌心、双脚心都需得朝上，瘦一点儿的还好，胖一点儿的有肉挡着，虽可勉强盘腿坐下，脚心却始终不能朝天。

南颜沐浴在嵇炀越发诡异的视线下，憋着一口气，强行把脚扳好，无奈身娇体胖，正坐了没三五息，咕咚一声歪倒在榻上。

嵇炀："……"

南颜抱着发麻的膝盖，道："你帮我扳一下好不啦？"

嵇炀道："男女七岁不同席，你自己起来。"

南颜道："我八岁了。"

嵇炀想了想，觉得她说得有道理，起身单膝跪在床沿上把她扳过来，一边帮她松胳膊松腿一边教育道："修界口诀大多晦涩，便是入门，也至少需得熟记周天大穴，不至于学习功法时如坠云雾……”

嵇炀教她的时候并未看那引气口诀，而是先指点了她几个周身大穴，扶着她让她不至于打坐到一半滚倒。

温声间，南颜闭上眼睛，将神思外放，意识在每一寸皮肤细细感受，一开始还有些浮躁，后来嵇炀慢慢收声不说话了，南颜便觉得眼前的黑暗外，有一种并非目视的“第六觉”在周身外游离，四下那种近似草木与晨露的气息亲昵地聚拢过来。

这大约就是灵气，均匀呼吸间，从双窍与天灵徐徐引入，入体之后便自动化在经脉中，徐徐流动着。

但灵气并不能保留，走过半身后便散掉了。

南颜睁开眼时，没有什么变化，只觉得眼明心亮，抬头看嵇炀，讪讪道：“没留住，是不是我坐的姿势不对？”

嵇炀看她的眼神凉凉的。

“你娘之前是不是教过你引气？”

南颜道：“教过教过，我娘没钱的时候带我去过隔壁包子铺引气入体，就不觉得饿了。”

嵇炀：“……”

也就是说她之前没练过引气，一次便能感知到灵气了，这等资质就算放在界外十二洲也是天骄之列。

可惜他如今修为不够，无法确认南颜究竟是什么灵根体质。

“要不然我再试试？”

“不必，你我初入山门，该先领份差事再谈其他。”

南颜倒是从她娘那里听说过，仰月宗算是术修混着丹修的门派，山下有不少灵药田，需要大批外门弟子去照料。

南颜跟着嵇炀出了门，和门口不少新入的外门弟子一起匆匆走到一处悬桥下。桥下有个小阁楼，楼前数道木牌，上面挂着些竹简，写着外门弟子应该做的活计。

去的时候那木牌四周已围满了新入门的弟子。

“我去领差事，你不要乱走。”

嵇炀叮嘱她两句便离开了，南颜站在人群里被挤过来挤过去，只得暂退到一边，听着其他人讨论这仰月宗的情形。

“……肥缺？那自然是丹房、符房、炼器房，随便捡点什么都是旁人求之不得之物，若是得长老指教个一星半点，学会门手艺，今后便不愁吃喝了。”

“可外门弟子需得负责灵田耕作，一人两亩，每月都要上交三份一阶灵草，哪有时间做这些额外的活儿？”

“你这是凡人的话，你炼气之后，哪怕炼气初期，也能习得简单的御水之术，隔三五日浇一次水不过举手之劳，余下的时间自然要挣点外快。”

“嘁，外门弟子又不是只有我们这些新进的，那些肥差早被师兄们拿光了，轮到我们只有拔拔灵田的杂草，或者是挖挖灵石矿的活儿。”

果不其然，不一会儿，不少身穿青白道服的外门弟子三三两两走来，新进弟子立即让开一条道，让他们先到木牌前选任务。

这是一个月的活儿，大多外门弟子一拿就是五六片竹简，等到最后，木牌上就剩下零零散散十来片挖灵矿的苦活儿。

新进弟子脸上都不太好看，但那些老弟子却没有走，看了这场面，相视一笑，高声道：“诸位新进的师弟师妹！师兄们有话说！”

新进弟子纷纷望过去，有两个老弟子就地铺开一张布，摆上一堆竹简，拿出个骰子盅。

众人大概知道他们是什么意思了。

“二位师兄莫不是要拿门派任务来赌？”

“然也。”老弟子席地而坐，道，“仰月宗是名门正派，待新进弟子自然要照顾些，师弟师妹们手上应该有刚领到手的温骨丹吧，小赌怡情，五颗温骨丹赌一次，赢了的话，师兄面前的任务随便你们挑。”

新进弟子们每人手上都有一瓶温骨丹，一瓶只有十粒，不说增进修为，也可以打熬筋骨，让他们在劳作后迅速恢复体力，真要赌出去还当真舍不得。

见周围的新进弟子都有所犹豫，老弟子笑道：“听说你们中间有不少人上山打赌赌输了，每人输掉三块灵石？莫怪师兄没提醒你们，修道最重誓，你们入道之初就违背赌誓，今后对修为可不好啊。”

人群中有不少人脸色微微扭曲，劳作一个月才得三块灵石，而一个肥差做完不只能得一块灵石，还能落点其他的好处，也不至于让他们才入山门就两手空空。

“诸位师兄承让，我先来可好？”

说话的正是那个叫孟盈的少女，这姑娘和南颜换了居舍，似乎非常满意，整个人看上去精神不少，凑到面前曼声道：“我们这些身娇体弱的，就指着温骨丹休息了，两位师兄可别欺负师妹呀。”

老弟子自然是乐得和貌美的师妹打交道，笑道：“当然当然，师妹不放心的话，自己来摇一摇这骰子盅，我们不沾手。”

孟盈也不客气，把温骨丹放到赌“大”的一边，葱白的小手捧起骰子盅摇了三四下后一开，顿时笑了。

开的正是“大”。

“师妹好手气，看师妹弱柳扶风的，丹房童子正好缺人看火，正适合师妹。”

老弟子这倒是没骗人，丹房是最肥的差事，灵药蒸腾，便是在那儿多待几个时辰，对修为都有所助益。

“多谢师兄！”孟盈挑走了丹房竹简后，欢天喜地地离开了。

老弟子笑道：“师弟们，丹房的差事只有四块，再不来就被别人赢走了。”

“我来！”

“我也来！”

新进弟子立马把赌摊围得水泄不通。

南颜在一边坐着看，片刻后，她发现周围路过的其他老弟子都面露嘲笑之色，心里略略觉得奇怪，果然接下来好几把都没有人再赢过，倒是那两个开赌局的老弟子一下子赢走了五六十颗温骨丹，足足值三十块灵石。

也并不是没有人觉得这里面有诈，但每每气氛一凉，便有新弟子赌赢，欢天喜地地离开，故而虽是输多赢少，依然有人前赴后继地参赌。

南颜越看越觉得奇怪，某一个时刻，心中微动，闭上眼细细感受空气中的灵气流动，立时有所感，只觉赌摊方向有一缕灵力细流通过地底徐徐流向骰子盅，本该显示“小”的骰子在落定时忽然转动了一下变成了“大”。

哇，出老千哎。

南颜看着看着，想象着如何截断那股细微的灵力流，空中的灵气蓦然聚敛成束切断了那股控制骰子的灵力。

“小！我赢了！”新进弟子一开，立时眉开眼笑，正要把手伸向竹筒，对面的老弟子倏然变色，一巴掌打开他的手。

“谁准你碰的！”

老弟子突然怒色上脸，目光在每一个人脸上扫过，并没有发现他们中的任何人已引气成功，脸色顿时阴沉下来。

“师兄这是何意，分明是我赢了……”那赌赢的新进弟子一脸委屈。

老弟子先是沉默不语，随后冷哼一声，道：“我们看你们都是新来的，有心帮帮你们，没想到有人不经报备就带艺入门！”

带艺入门，指在入门前便已开始修道，类似这般弟子，需得先与门派报备，门派主事检查其是否为魔修或其他宗门细作，方可与普通弟子同修。

他这么一斥责，新来的弟子纷纷面露惊容，刚刚与他们对赌的新弟子忙道：“师兄明鉴，我是河间府人氏，从来没有修过道，师兄可检查我丹田。”

两名设赌局的老弟子都只不过是炼气初期，哪里有本事一一检查众人，但既然说了，自然下不来台，神色冰冷道：“你们既然是同批入门，我给你们一个机会，指认出可能带艺入门的贼子，其他人可不予追究。”

南颜这会儿总算是看明白了，这两个老弟子欺负他们新来，设了假赌局，私下用灵力操纵骰子骗取新弟子的温骨丹，如今对方发觉骰子遭阻，又不知道何人动的手，便想拿此做借口压过赌局之事。

哎哟，这帮人怕是要把火烧到我头上。

南颜的直觉是对的，她刚想抬腿离开，便有同批的新进弟子一把把她推到正中间。

“师兄，我们都是普通人家来的，只有这胖墩儿，明明这么胖，却在试炼里第一个爬过三千阶，定是她无误！”

——您猜得可真对。

南颜抬起头正想解释一下，却见那两个老弟子打量了一下她之后，满脸不相信，冷哼道：“你当我三岁小儿？天阶三千，岂是这猪猡可爬上的？你们之中必有同党，我数三个数，再不出来我便要上报主事严查你们这一批弟子！”

另一个弟子也逼问道：“快说！同党呢？”

南颜被吵得耳朵嗡嗡响，身后一声温言入耳。

“同党在此，二位师兄有何指教？”

嵇炀目光清冷地立在她身后，同样是一身青白道服，有人着之如虎狼，亦有人着之如弦月出尘。

真好看，南颜想。

“刚刚是你动的手？”

嵇炀扫了一眼地上的骰盅，神色未变，道：“我刚刚自管事处来，还不知发生了何事。”

老弟子见他不卑不亢，道：“我们正与众位师弟师妹小赌着玩，却有人暗中袭击我。”

嵇炀顺着他的话问道：“哦？那坏东西是如何袭击师兄的？若是伤到了，何不请药堂的弟子一鉴？”

老弟子微恼：“现在是我在问你！”

“我与众人一样，入门不过两日，若是有修为在身，怕是连山门大阵都不得入，师兄是如何窥知？”嵇炀顿了顿，道，“莫非，有人动了师兄这对骰子法器？”

骰子……是法器？

周围刚刚还不敢动的新弟子齐齐看向地上那对骰子。

老弟子眼底露出慌张之色，道：“胡言乱语！骰子怎会是法器？！”

嵇炀又道："适才我在内堂看了一眼，堂中门规四百三十一条，门中禁止赌博，违者罚没赌资，销毁赌具，为师兄清誉计，这便把这骰子销毁——"

"你敢？！"

法器与修士相伴越久，心神越是相牵系，一旦毁损，肉疼还在其次，神识必然要受损。

老弟子如此反应，便是此地无银三百两。

"竟然作弊！主事不管的吗？！把温骨丹还给我们！"

"对，把温骨丹还给我们！"

新弟子们群情激奋，有人甚至一步上前想动手。

众人这才恍然，刚刚那老弟子用来设赌的骰子竟是对法器，可操纵点数大小，正是来诓他们这些新入门弟子的。

"放肆！"

老弟子一声暴喝，靠得近的人中，除了嵇炀神色如常，其余还是凡身的新弟子均浑身一震，脸色瞬间苍白。

众人一时鸦雀无声。

"这是……"

"是神识镇压。"

人入炼气期有小成后，便会有神识生于灵窍，也就是凡人所言之"阴阳眼"，不只可察周身方圆气机，也可用于震慑修为低于自己之人，令对方瞬间感受到自身修为之强大进而退避。

新弟子们大多连引气还没成功，面对修士的神识镇压，自然没有什么抵挡的手段。

"师兄得教你们点规矩。"

老弟子一招镇住众人，面上略显得色，点了点新来的弟子们，说道："我知道你们先前的出身，就算不是富贵官宦人家，也是父母的怀中宝，但是入了修界……我不妨就直说——"

"是龙，你就盘着；是虎，你就趴着。"

嵇炀低头看接话的南颜，后者躲到他身后："话本里都是这么写的。"

老弟子正准备说"来了仙门就得遵循仙门的规矩"云云，但对比了一下，觉得南颜的说法比较有气势，道："这丫头说的好，不管是龙是虎，你们在这儿就是最下等的蝼蚁，今日是师兄大发慈悲才给你们一个面子，若是放在我们刚入门时，每人每月所得，都需上缴五成给师兄！"

五成！

一个新进的外门弟子，每月劳作后，才可获得三块灵石和十颗温骨丹，上交一半他们此生怕是筑基无望。

所有人听得脸色发青，四下环顾，只见旁边负责发放新弟子物品的管事也一言不发，冷眼看着老弟子欺压敲诈，一点儿要出手管闲事的意思都没有。

“但是，”老弟子见已震慑到位，话锋一转，道，“我们这一辈待师弟师妹是极好的，每人每月只需上缴一块灵石三颗温骨丹，今后若被其他峰的弟子欺了去，可找我们求助。”

仰月宗三峰六堂，内门弟子三百外门弟子三千，人多了自然会拉帮结派，很难独善其身。

“可是，三颗温骨丹也……”

南颜看周围人无不露出肉痛之色，又抬头看嵇炀，后者完全不为所动，正在她以为嵇炀真的要和老弟子顶到底的时候，他上前一步，果断拿出灵石和温骨丹。

“今后我与舍妹多蒙师兄照顾，多的温骨丹只当赔罪。”

服软之速，掏钱之快，令人震惊。

老弟子愣了一下，心道本来以为这人是个刺儿头，没想到是个傻瓜，丹药对新入门的修士何其珍贵，竟这般献出。

但多点好处他们也不会拒绝，道：“你很是识相，师兄也不是小气之辈，这竹简的活计你挑两个吧。”

余下的竹简油水不多，但比起在木牌上剩下的还是好上不少，嵇炀迅速挑了两块，分别是分拣草药和炼器堂甄选矿材的活，随后便拉着南颜离开了。

“哥呀。”

“怎么？”

南颜从怀里的小纸包里拿出一块南瓜糕分给他一半。

嵇炀摇摇头推回去：“你吃吧，有话直说。”

“唔。”南颜咬了一口南瓜糕，慢悠悠道，“送那么多东西出去，你舍得呀。”

嵇炀道：“那些丹药品质太差，炼气期多服易积丹毒，于修行有碍，你最好也不要吃。”

南颜觉得嵇炀真的是个文化人，什么都懂，无条件信任道：“我娘也是这么说的，管住嘴迈开腿，我就能瘦下来了。”

“那我看你体力充沛，跑的路也不少——”

南颜又咬了一口南瓜糕，面无表情道：“因为管不住嘴。”

嵇炀道：“令堂没有阻止你吗？”

南颜道：“母女眼里出西施，我们都控制不了自己。”

嵇炀道："你懂的真多。"

南颜道："谬赞谬赞，回去之后你继续教我引气入体不？"

嵇炀想了想，道："不急，引气及后续功法晦涩难懂，你当先有文墨在胸，先告诉我你都读过什么书。"

"那就多了。"南颜掰着指头道，"《春闺旧梦》《鸳鸯帐》《仙窟寻花》……"

"稍等。"嵇炀道，"有没有主流一点儿的？"

"有，《情挑狂傲郎》第三卷，书摊老板说卖得特别好。"

嵇炀觉得背后的同命锁前所未有地沉重，过了会儿，他冷静下来，道："我先教你《千字文》吧。"

等二人走回居舍，却见门口站着个穿着暗紫内门弟子服饰的少年，少年一回头，正是穆战霆。

"你们可回来了！"

穆战霆整个人看上去累得好像绕山跑了两圈一样，衣角抽起来塞在腰带里，见了他们来，一脸苦色。

"嘿嘿，大哥。"南颜松开嵇炀的手颠颠跑过去，左看右看，发觉他神色憔悴，猜测道，"你被掌门收为弟子了吗？"

穆战霆一脸疲惫地点头。

南颜道："那掌门是有意把女儿嫁给你吗？"

穆战霆白了她一眼，但没否认。

南颜道："哦，那根据这个发展，必有一个目前修为比你高、出身比你好的情敌看你不顺眼给你穿小鞋，等你被他构陷伤害打落修为后，你就奋发图强，十年后回来报仇杀小人夺美人，是这个套路吗？"

穆战霆狠狠弹了她的脑门："整天脑子里都是些什么玩意儿。"

嵇炀道："那你来是为了……"

穆战霆神色一正，拿出一卷玉简，一脸真诚道："嵇炀，我问你个问题……你来之前学业如何？"

嵇炀道："入道之前，应有童生之资。"

"那就够了，你能不能给我解释一下这引气法诀是什么意思？"

嵇炀："……内门中应有教习先生。"

"不行，教习先生是掌门女儿未婚夫他二大爷，我要是说我不会多丢人呀。"

嵇炀暗叹，尺有所短寸有所长，资质高却不认字，传出去岂不是贻笑大方。

南颜已经笑起来："文盲哈哈哈……"

穆战霆怒道："你皮痒是吧！"

嵇炀看着这俩人在院子里做秦王绕柱走状，掐指一算，觉得他先前君临道生天多年，今年怕是劫数到了。

穆战霆和南颜不一样，他是游侠儿出身，没钱时偶尔在私塾或说书摊旁边听上两耳朵，再就是看看酒肆饭馆的菜牌，虽称不上好学，但好在他心思灵透，所学很快便能记熟。

这两日他每至午后就来和南颜捧着本《千字文》学写字，或许是受山上灵气所染，每日里倒是能记上五百个字，眼看着要赶上南颜的进度，便十分自得，为了让自己显得很有文化，找了本成语词典，天天在南颜面前乱用成语。

"……你是不是中午'狼吞虎咽'得不够？我都'健笔如飞'地抄完二十张字帖了，你连第一张都没抄完。"

南颜是个小肉手，捏笔比较费劲儿，本来就很累了，还一直被穆战霆用成语骚扰，更是苦哈哈。

"你抄你的书，能不能别叽叽歪歪的，你看看你写的字，除了你自己谁认得？"

穆战霆闻言不服，拿起自己的墨宝横看竖看，越发地父"字"情深，反驳道："哥的字明明'字正腔圆'，是你孤陋寡闻不懂欣赏。"

南颜一脑袋磕在纸上："……大哥你学会了引气就回内门修炼吧，别折磨妹儿了。"

穆战霆琢磨明白了引气口诀后，早在昨晚就已引气成功，眼下装模作样地自谦，慈爱道："怎么能这么说，你我血浓于水，你一日不入炼气，我一日就得来对你关怀备至。"

南颜精神萎靡地捂住耳朵："不听不听王八念经……"

所幸南颜的受难在第二天就结束了，内门弟子开始了一年一度的闭关期，所有炼气弟子需得在仰月宗禁地闭关两个月，穆战霆虽然更喜欢往这儿跑，但无奈掌门有令，只得暂时断了联系。

嵇炀第二日来看她的时候，便发觉南颜周身气机不一样了。

"你引气成功了？"

南颜伸胳膊动腿儿，精神抖擞地奔过来："大哥昨天没来烦我，我晚上睡得可好了，第二天早上一醒就引气成功了，你看！"

她举起手指了指旁边树上的叶子，一招手，灵气卷着两片绿叶缓缓落在掌心。

——无人指导，便可将初次引入体内的灵气如臂使指。

这孩子，资质怕是有些妖孽。

嵇炀纵然自遭逢大变后心态已不复从前，但现下也不免起了爱才之心……就算不是因为同命锁，若有机会，他也愿意栽培她一把。

嗯，如果她道心坚定的话。

“……哥，你看我都引气成功了，我是不是可以去领辟谷丹瘦下来啦？”

南颜说话的时候，深不可测的小眼睛突然目光闪闪，嵇炀终于知道了她修仙的初衷……她想引气成功后，靠服辟谷丹让自己瘦下来。

辟谷丹只能修士服用，其实它也并不是让人完全辟谷，只是一种让体内已有的灵气消化在五脏六腑，让修士在一个月内脱离五谷轮回的丹药。

而修士结丹后金丹自生轮回，方可不靠辟谷丹而自行辟谷。

嵇炀看着她，第一次产生了想拧她的脸的冲动：“吃辟谷丹不可能瘦下来的。”

南颜仿佛理想破灭：“为什么？！”

嵇炀道：“辟谷丹又不是妙颜丹，对体形没有改变作用。”

南颜又燃起希望：“那妙颜丹——”

“只有上洲九品丹王才炼得出，修界中叫卖的大多是假药。”说完，嵇炀拉起失魂落魄的南颜，“走，该去领你的灵田了，种得好的话，没准真能达成你所愿。”

“真的？”

“不骗你。”

仰月宗山麓分布着百亩灵田，每日都有药堂的执事来按日子收取药草供药堂炼丹。灵田由仰月宗山门灵脉供给灵气，一些低级的灵草旬月便可成熟入药。

“……师兄丑话说在前面，这儿可没人照顾你们，不论年龄大小，每人一亩灵田，每月发一百灵草籽，至少须上交二十株灵草，不满二十株扣一块灵石！”

带新弟子来认领灵田的师兄没好气地交代完，南颜领下一袋灵草籽，拿着玉牌到了自己那块灵田边。放眼望去，一片黑油油的灵壤，田垄上躺着一排排枯黄的草叶，好似没有成活多少。

她打开袋子，里面附了一张字条，写着“灵香草籽一百”，还附有种植要求。

前几天被按着抄灵草灵兽图录，南颜多少知道这是一品到三品丹药，是最基础也是最容易得到的辅料，像这种一月一熟的灵香草，市价都是一块灵石五株，千百年没变过。

种灵植是个苦活儿，南颜虽是孩子，但胜在精力旺盛，体力也不差，花了一个时辰，把灵香草籽按要求每隔三尺一粒地埋在土下三寸处，等活都干完，她一抬头，发现她种的第一株灵香草竟然已经开始冒出嫩绿的尖芽了。

南颜又低头看了一下附带的种植要求，说是灵香草需得勤浇水，有灵气之雨更佳。

可她四处张望，并没有发现泉井水渠，附近倒是有一块石碑，直接写着化雨术的法诀，南颜抬头细看——

乾坤有灵，自清气生，侵者为金，生者为木，凝者为壤，浮者为火，沉者为水。

后面便是些许晦涩之言，南颜瞪着眼睛苦读了半晌，终于解得其意。

天地间有金木水火土五种灵气，此五类均可通过修士周天吐纳而吸收入体中，体中灵气游走百脉，不同的游走方式可以幻化出不同的术法。

可是，她上回切断那些设赌弟子的灵力流时，用的好像不是这种方式。

心里虽有疑惑，南颜还是找了个地方开始学习化雨术。她扳腿坐下，吐纳了两息后，周围游离的灵气便欢喜地扑过来从关窍直入丹田，没多久她便出了一身汗。

竟有一种被灵气撑着了的感觉。

南颜不由得往后一仰，躺在柔软的青草地上，又斜眼看了看石碑上关于化雨术的捏诀手势和口诀。她闭眼默念，手指慢慢变换成法诀手势。

做了两三次，忽觉周围湿气渐重，南颜一睁眼，发现头顶上方两丈左右的空中凝聚出了一片雨滴，悬而不落，且范围还在不断扩大。

成、成功了？

南颜第一次接触术法，愣了一下，心神一松，上空的雨水失去灵力控制，哗啦一下泼下来……

嵇炀和旁边灵田的新弟子商量了一下，每月给他一块灵石让他代为管理灵田，自己好腾出空来恢复修为，商议事定，回来找南颜时，就看见她浑身湿答答地蹲在田边揪杂草。

“你的衣服……”嵇炀的疑惑刚说出口，随即就看见南颜面前那块灵田已经被浇得青葱一片，看左右邻田也无人相帮，便知道多半是这丫头无师自通。

这才刚入春，天气还是有点儿冷，南颜抽了抽鼻子一抬头，发现嵇炀正远远看着她，目光里竟然多了两分……慈爱？

“怎么了？”

嵇炀道：“你可是已经会了化雨术？”

南颜把湿头发别到耳后，蹦到嵇炀身边，一脸等夸的表情：“会了会了，你看！”

说着她施展化雨术，空中一到三十尺见方的雨云浮现，她再一指，雨云挪到隔壁的灵田边，哗啦一下落下，田中灵草顿时精神了不少。

嵇炀凝视了片刻，道："阿颜，你答应我一件事。"

"啥？"

"以后施展术法，若非生死关头，能出十分力，便只出五分。"

"为什么？"

"你的体质异乎常人，灵气入体极易凝厚，故而施展术法，威力要倍于常人，易遭忌恨。"嵇炀说到"易遭忌恨"四字时，眼底掠过一丝漠然之色，语调愈缓，言之愈重，"当记得'藏拙'二字。"

嵇炀说话时总让南颜想起自己更小的时候遇见的私塾老先生，说话不缓不急，却让人不敢不洗耳恭听。

"不过，你能如此通而贯之，只怕比穆兄还要厉害些。"

一被夸南颜便又得意起来，道："哥，我这么棒，是不是我娘老是挂在口上的天命之子？"

"你对天命之子有什么误解？"

"我娘说了，世上有一种人叫天命之子，这种人上山得仙芝，下海得宝珠，醉卧美人膝，醒掌天下权。就算命途有所坎坷，那也是一时的磨难，磨难之后脱胎换骨，可翻天覆地，连神仙都能随便打。"

"……慎言。"

"哦。"南颜忙用两根手指堵住嘴，看嵇炀没生气，又忍不住好奇道，"哥，我娘说你是天命之子，怎么看你不太像呀？"

"哪里不像？"

"之前遇上师兄设赌局找你麻烦，你也没和他们干到底，马上就识时务地撤了。要是大哥，肯定当场莽上去打到他们服。"

嵇炀失笑，他因同命锁，平日里对南颜多有约束，却忘记在她眼里自己也不过是大了她几岁，反倒是让她困惑了。

"说的倒是，让你不服管可不行，你刚刚的化雨术有几点错处，我给你示范一下。"嵇炀抬头看向刻着化雨术的石碑，一抬手，四下骤然阴湿起来。

南颜愕然地看着上方，只见十数尺厚、三十余丈见方的雨云一息之间凝聚，单是看着便觉得四体发冷。

"别怕，只是看着可怕而已。"嵇炀说着，却没有让那雨云落下，意念一动，让雨云聚而成团，慢慢地，竟从雨云里伸出数十根晶莹剔透的冰锥，寒气森森，南颜不难想象直面这些冰锥是如何恐怖。

半晌，她讷讷道："你这么厉害，为什么不对我藏拙呀？"

"我相信你。"

南颜幼小的芳心再次着火。

嵇炀思索了一下，又补充道："没事，你傻。"

南颜，年方八岁，芳心着火又日常自我扑灭。

四五天后，南颜就摸清楚了仰月宗的日常，除了白天花一个时辰照顾灵田外，就是打坐修炼。

相对于凡人而言，修士的生活是枯燥的，凡人一辈子至多七十载光阴，而修士寿岁久长，且精华常驻，便只是入了炼气，就可比凡人多二十年寿元，且此二十年间，形貌纵有老态，却不受老病摧折。

自入炼气起，她便有至少八十年的寿元来进阶筑基。筑基寿一百年，结丹寿一百五十年，元婴寿三百年……修士，修的就是与天地同寿。

"可是，真有与天地同寿的吗？"南颜一边择着药童收来的药草，一边和旁边混熟了的看火童子闲聊。

童子年龄也不大，收了南颜的糖果点心，也不吝于相告："我们这凡洲僻壤，久受红尘侵扰，灵气稀薄，出不了什么大能之辈，若真有与天地同寿的，那定然在上洲！"

仰月宗虽属仙门，但在上洲修真圣地看来，也不过是与凡人混居的下九流小门小派。

南颜不禁想起嵇炀曾提及"上洲"，追问道："什么是上洲？"

"凡洲之外，有洲十二，以地支名之，其中势力最大的'洲'称为上洲。"

南颜微微点头，正好药堂门口熙熙攘攘挤进来一拨拿药的年轻修士，褚京正在其中，便拿一把灵香草遮住半边脸，小声问道："那这个褚京的氏族是什么洲的？"

"亥洲褚氏，世家一系，祖上也出过大能，但近千年再无人突破，便是他们嫡系一脉，见了帝族车驾出行都要落地行礼……算了不说了，内门的符浪师兄要来拿筑基丹了。"

童子说完，把剩下没处理完的药草全倒在南颜筐里，转身挂上一副笑脸便迎了过去。

来的一大拨人里，有十来个穿着外门弟子的青衫，他们簇拥着当中五六个黑衣弟子，面上多有谄媚。

而这些黑衣弟子，全数神色高傲，气态沉雄，当中为首一人，带剑佩玉，乍一看颇像个凡人书生。

"我来取筑基丹。"他说。

“筑基丹尚有片刻时间才可出炉，符师兄请坐，这是师父新调的灵茶，可梳理灵气。”

看火的童子应对这场面熟练得很，请内门弟子落座，手脚麻利地斟完茶后，脸上带笑道：“这两日因上洲巡视，掌门要上下打点，师父为此耗费了不少精力，之前还特地叮嘱我们，若是符师兄来了，必要解释清楚。”

符浪眼底有所不满，但也没有追究，只道：“许长老是我门中顶阶丹师，我自然相信，只是不知上洲究竟发生何事，累得上洲特使跑到凡洲来巡视？”

“师弟也只听了一耳朵，不敢确言，但也风闻是……子洲‘道生天’帝君不明不白驾崩，十二洲联手发天下绝杀令，欲寻凶手。”

符浪微微变色，嗞了一声，道：“上洲之事，我等还是不擅自议论了。我只想知道，这次筑基丹药材给的并不多，成丹概率有多少？”

童子笑道：“符师兄放心，这已经是第三天了，丹雾凝实不散，必会成丹。”

符浪面露微笑，旁边跟着来的褚京见状，忙道：“恭喜符师兄，筑基在望，今后那姓穆的小子见了您，尚须口称后辈。”

修界默认的规矩，同一境界的修士师出同门或关系好的，可称师兄弟或师姐妹，若境界高出，便须得称前辈。

一旦符浪成功筑基，按规矩南颜这种炼气弟子需得称之为师叔。

南颜一听他提起穆战霆，便竖起耳朵听着，只听他们叽叽咕咕说了一堆穆战霆的坏话，其中最多的就是骂他成日不知所云，瞎用成语，故意逗掌门千金开心，简直是个心机仔。

——骂得好。

南颜不堪穆战霆之扰已久，闻此公道之言立时神清气爽，看着褚京时不免也露出几分微笑。

然而此时童子正要清场，高声道：“南颜，今天的活儿不必干了，你领了灵石回去吧。”

她刚刚躲在药架后自以为隐藏得当，褚京也没注意到，此时被单拎出来，众目睽睽之下，脸上的微笑还没收起，立马便被褚京误解了。

自入内门，褚京没少被穆战霆多方面压制，隐约记得穆战霆和这胖妞关系好得很，年少敏感的神经顿时绷紧：“你敢笑我们？”

南颜的笑僵在脸上，那符浪师兄看了她一眼，嫌恶道：“这副体态，就是……穆战霆老说是……他妹子的那个？”

“对，就是她！”

内门弟子看她的眼神顿时怪起来。

南颜正迷茫之际，符浪又冷笑了一声，道：“原来如此，穆师弟在内门到处给他妹子说亲，我看他怕是有的耗了，褚京，你觉得怎么样？”

褚京脸色微微发青：“师兄的意思是……”

“她像猪，你姓‘畜’，岂不是十分登对？”

其他内门弟子顿时哄堂大笑，褚京脸色紫涨，握拳道：“你给我过来！”

有那么一瞬间南颜想咬死穆战霆，但出于求生欲还是躲在药架子后面，从格子里警惕地看着他：“我不出去。”

褚京大怒：“你敢不听内门弟子的？！信不信我能找管事把你逐出师门！”

南颜道：“我过去你不准打我。”

褚京：“哪儿那么多废话！”

南颜想起之前所学，学以致用道：“男女七岁不同席，我都八岁了，你打我是要娶我的。”

内门弟子再次哄堂大笑，连符浪嘴边都不免浮现几丝笑纹。

褚京气绝，正要撸袖子把南颜拽出来，忽然所有人神色一变，药堂内堂处，一声闷响，一股微微带着焦煳味道的药香飘散出来。

“不好！”

符浪神色一变，抓住里面匆匆跑来的一名童子问道：“筑基丹可是炼制失败了？”

“没有没有！”童子被他的脸色骇了一跳，道，“筑基丹成丹一颗，请师兄放心。”

符浪这才神色微松，道：“既然如此，那我领了筑基丹就——”

话未说完，门外忽然走进来一位内门长老，周身灵气如潮而不外溢，显然是已经筑基。

他一来，刚刚那些不可一世的内门弟子纷纷起身行礼：“见过徐长老。”

徐长老略一点头，道：“不必多礼，我刚刚杀妖回来，掌门遣我顺道来取一颗筑基丹，我取了便走，这是手令。”

符浪一惊，道：“徐长老，这筑基丹不应该是我的吗？”

“咦？”徐长老讶异道，“门中今年应该是给了二十份的药草……哦，是了，近来上洲特使有往来，掌门打点开销不小。可饶是如此，也应当有十份的量才是。”

童子一脸为难，连连拱手道：“刚刚师父劳累过度，心神失守一瞬，只成丹了一颗。”

“原来如此。”徐长老见此情形，笑了笑，对符浪道，“老夫这是奉掌门令，符师侄素来识大体，应该可以理解吧。”

修界有言，阻人仙途，如杀人父母。

符浪脖子上青筋微起，复又强行按捺下来，道："不知徐长老拿这筑基丹有何用处？"

"这嘛，告诉师侄倒是也无妨。"徐长老道，"此事瞒也瞒不长，你们或许有所风闻，上洲帝君被刺，诸王、诸世家各派特使巡视天下追杀凶手，不过特使也并不只是追杀，还要遍踏诸洲，择选帝子。"

"帝子是……"

"子洲道生天帝君驾崩，自然要在他洲另选帝子，赤帝瑶宫无人主事，按理说该轮到辰洲帝族，可敖氏那位膝下无子嗣，宗主又不可任帝君，自然要想法子选一个资质好、命盘合天道的好苗子，送到辰洲洗练血脉，从此改姓，作为帝君候选培养。"

符浪听得眼神发飘，喃喃道："那可真是一步登天……徐长老，莫非、莫非辰洲特使是打算在我仰月宗挑——"

"这你是想多了，仰月宗与辰洲一衣带水，特使回辰洲时，自然要路过仰月宗，宗主是打算为凝儿的将来考虑。"

凝儿便是掌门千金，也正是符浪的爱慕对象。

符浪神色一慌，道："莫非宗主是打算把凝儿送给帝子做道侣？"

"你想多了。"徐长老果断道，"帝子何等尊贵，道侣岂敢想……掌门是想着，以凝儿半阴鼎的体质，没准可以被帝子看上带走，哪怕做个侍妾，我仰月宗以后便有指望了。"

符浪像是哑了一样，想说点什么，可又说不出口。

修界等级森严，胜于凡间，不是不想反抗，是没有力量反抗。

南颜听完这一出，慢慢从侧门挪出去，一出门，掐了个疾行诀，脚下生风，一步一丈地奔回居舍去。

到了门口，南颜刹住了，捞起一把旁边的清泉水在眼睛下抹了两行，才撒腿冲向隔壁，嘤嘤扑向正在看书的嵇炀："哥！"

嵇炀背后一沉，握稳了一册凡洲地理书卷，慢悠悠转头，瞧见南颜假泪两行，道："谁欺负你了？"

"穆战霆！他、他竟然要把我介绍给内门的那个猪当老婆！"

嵇炀沉默，又问道："你是怎么知道的？"

南颜在他背上把水蹭干净，叽里呱啦把今天的事一顿诉苦，最后总结道："……如此行径，简直是'千夫所指'！"

——你的成语水平比他也高不了多少。

嵇炀纠正道："是令人发指。"

"对，发指，哥你替我出气不？"

南颜一口一个"哥"已经喊了不少天了，嵇炀一开始随她去，但慢慢想着，修真一道，言出法随，以兄妹相称虽是无妨，但多少因言牵连心境，想了想，道："你答应我一件事，我替你出气可好？"

"什么事？"

"以后没人的时候，你不必以兄长相称。"

"那我叫你什么？"

嵇炀想了想，道："可以叫我的字，少苍。"

第二章 七佛造业

我就是扔了，扔外面，也不卖！

南颜还没有到学会掩饰对一个人好感的年纪，看嵇炀是怎么看怎么觉得好，每日大事小事总要过来黏着他汇报一遍。

而嵇炀总是会让她多读书，这总是招来同门的耻笑。

对于修士而言，炼气期并不需要太多的学识，会识穴断脉，看得懂修炼口诀就足够了，至于那些《礼》《义》《春秋》云云，在他们看来乃是凡人先贤的遗作，看看便罢，不必如嵇炀要求南颜一般通读。

出于对这个便宜义兄的喜欢，南颜并不疑有他，削减了一半的修炼时间用来读书，慢慢地，以前喜欢的那些烟柳浮华的故事很少看了。

又一个月后，某日，嵇炀在静室内长长地呼出一口浊气，睁眼时，眼中隐有晦暗之色。

道天心诀，是天下顶阶的功法，他同南颜一般大时，就可以此心法完美筑基，而现在却卡在炼气后期不得寸进。

是这具夺舍后的身躯资质不够吗？

嵇炀张开五指，徐徐凝聚一团灵气，那灵气盘旋如梭，精纯凝实，和修习仰月宗心法的同阶弟子比起来，简直是天渊之别。

嵇炀再次默读道天心诀：“修道天心诀者，情不过目，恨不留心……”

嵇炀，嵇少苍，被打落云端，大道毁于一旦，还流落凡洲，被人以同命锁相缚，当真……一点儿恨都没有吗？

一念心魔生，灵台隐隐躁动间，门被砰砰敲响。

“约的未时下山逛坊市呢！还有三息了，三、二、一！到时间啦！走嘛！”

小丫头声音脆得很，一连数声，似乎初生的心魔也不堪其扰，竟就此消散开来。

嵇炀自省了片刻，门外叫门声愈急，才叹了口气，提上灵石袋，开了门。

“下回来，你对着门口传音符说一声，我自然会出来。”

“早上出去你在静室，晚上回来你还在静室，我怕你饿呀。”说着南颜拿出块热腾腾的发糕，献宝似的捧过去，“给你吃，我拿药堂的余火蒸的。”

按理说南颜带的小点心早就吃完了，万万没想到这小丫头两手虽胖，却是个会自己下厨的，自力更生之下，竟还攒下不少辟谷丹。

盛情难却，嵇炀咬了一口，竟发觉味道还不错，随即疑惑道：“这……发糕的米是……”

“我拿灵田边边的地方种的，米熟得可快了，拿你教我的碾风术一磨就成米粉了。”

《淮南子·兵略训》曰：若乃人尽其才，悉用其力。她触类旁通，已然会物尽其用了，看来最近的书有在好好读。

“好吃吗？”

嵇炀看了看南颜，又看了看发糕，越发觉得二者有所相似，对她说道：“绵软香甜，珠圆玉润，是块好糕。”

南颜最喜欢听嵇炀四个字四个字地夸她，喜不自胜，道：“那你就多吃点，我带了好几块呢，咱们路上吃。”

嵇炀刚想说一边走一边吃没规矩，无奈南颜抱着春游踏青的心态，正在兴头上，嵇炀察言观色，只能把规矩暂压箱底，左手一个南颜，右手一块发糕，顶着一路古怪目光下了山。

仰月宗西去九十余里，便是一个小型的坊市，坊市匿于山谷中，相隔几百步处便是凡人的官道，直通一处人间州府。

嵇炀与南颜到时，甫至午后，道旁的驿站里，老马正打着响鼻偎在阴凉处，茶摊主人把切得细碎的甘草丢进沸腾的茶壶里，桌椅上已坐满了客商，你一句我一句地闲聊着今年柴米作价几两。

“走错了，是这边。”嵇炀让南颜把脸转回来，道，“既已入了仙道，应少沾人间烟火。”

南颜抬头问道："那岂不是就和出家一样啦？"

"修士求的是长生，和出家修佛还是不一样的。"

"有什么不一样？"南颜掰着手指头算，"不吃不喝不成家，谁都不对谁笑，除了打坐就是打架，没有一点儿意思。"

嵇炀语塞，半晌，试图解释道："成家还是有的，只不过是换一种说法，若功法境界相合，也可结作道侣的。"

"那还不如出家，两个人根本就没有互相喜欢，就因为在一起能增进修为凑成对。"南颜撇撇嘴，道，"等到我拿到能治好我娘的丹药，我就回家去。"

毫无疑问，南颜的资质很好，但她始终没有一颗向道的心。

她的童年过得十分充实，在母亲身边比枯燥的修途要好上不少。

可凡人寿如草芥，嵇炀不禁又想起了身上的同命锁……该如何，才能让她想要主动去修道呢？

沉吟间，他们已踏进一处坊市外围的结界中，一入其中，南颜便为眼前所见忘了刚刚的谈话。

"赌十年份二阶灵草，二十块灵石一份！"

"雪狮兽幼体，养三年可剖内丹！"

"一批妖兽皮，只换固体类丹药。"

"丹炉铺子主人闭关在即，抛售二十年丹炉了！"

峡谷坊市，两侧山壁上建着宽阔栈道，热热闹闹地摆满了稀奇古怪的物事。修界与凡间不同的是不讲究门面如何漂亮规整，修士们看重的是摊主的修为，修为越高，卖的东西越有人气。

南颜在仰月宗干了两个月，因为嵇炀一直在闷头修炼，把药堂的活儿都给了她，手头也有了十二块灵石和二十颗温骨丹，在同期进门的修士里，身家算是比较富裕的了。

"小道友喜不喜欢这空行鱼？五块灵石一条哟，一个月喂一次就够了。"

一个卖灵兽的修士捧着一只白瓷鱼缸，里面一尾蓝色的金鱼缓缓游动，南颜探头去看时，金鱼一摆尾飘出鱼缸，纱一样的尾鳍抖出碎金一样的光带，围绕着南颜徐徐飞了一圈，又落回到鱼缸里吐着泡泡。

南颜是很想要，但想着还要给她娘找治病的丹药，便忍住了。

"我们走吧。"

嵇炀笑了笑："你不是很喜欢吗？"

南颜悄悄道："我看那里面的丹药好贵的，得省着点。"

"哦。"

嵇炀感到安慰，看上去却并不像是有多为灵石发愁一样，带着南颜一路走到丹石区。

这里卖得最多的是那种使人打坐时灵气吸收加快的固灵丹，也是最低阶的丹药。其次就是南颜手里的那种温骨丹，既有提高修为的作用，也可以温养身体。

再就是助人突破修为的丹药，这一类丹药多是使人短时间暴增大量灵气，冲破体内气脉桎梏以突破修为，此类丹药最是昂贵，追价的人也最多。

"下品炼气丹，三成概率突破炼气初期至中期，起价三百块灵石！"

"我出三百三十块！"

"三百五十块！"

"四百块！"

南颜听了一耳朵就放弃了，何况嵇炀和她说了不下三遍，炼气期时最好不要拿丹药来突破修为，宁愿多花时间读书扩宽心境，也要少吃丹药。

她零零散散修了两个月，已稳定在炼气初期，可以用出化雨术、水盾术、疾行诀、风弹术、隔空捉物等小术法，只要不与人斗法暴露素质，还是可以的。

"凡人不能吸收灵气，修界的丹药虽有诸多效用，但凡人若误食，灵气冲击下，多会经脉受创，反而不好。"嵇炀在一处卖符箓的摊子边用三块灵石买了一沓符纸和朱砂笔等物，随手写了几种丹药，道，"岐黄丹、杏禾丹、理气丹，药性温良，丹毒也微不足道，只对肉骨有所用，就算你母亲用了无效，自己留着也是可以的，可在这附近一寻。"

南颜接过来道："我自己去？"

嵇炀嗯了一声，道："我手头需要些灵石，准备画些鸣雷符卖，你在附近随便转转，记得不要走远。"

鸣雷符是攻击符箓，雷系虽不在五行之中，却可以由风火演变而来，是最强的攻击法系之一。

南颜好奇，留在他身边多磨了一会儿，只见嵇炀找了个无人的角落，符笔蘸了朱砂，垂眸想了想，取出一张符纸浮在身前，龙飞凤舞一落笔，符上立时灵气凝聚，但很快符纸难受其力，自燃成灰。

"哎呀——"符灰落在地上，南颜的鞋子不小心沾到一点儿，竟好似被雷电打了一小下，连忙躲开。

嵇炀停笔，低头问道："没事吧？"

"我没事，就是麻了一下，这是什么符？"

"一张符箓可存储一道术法，看来这符纸过于薄弱，承受不了过强的攻击术法。"

嵇炀原来的宗门，千年前便以符箓起家，精研百家术法，他自然也会，但考虑到此地灵气稀薄，修士层次太低，还是画些低等的术符比较妥当。

这么想着，他让南颜在旁看着，道："我教你画一道冰壁符，你平时随身携带一张，可挡炼气后期全力一击……"

南颜见他一连画了五张，朱砂落墨后，符文竟由红色变成闪着微光的冰蓝色，触摸时还有些冰凉，一时间也来了兴趣，接过朱砂笔也开始练习。但符箓绘制并非一朝一夕的功夫，一连试了四五张，都自燃失败，南颜不免有些气馁。

嵇炀接着又画了两张，灵气已耗了七七八八，看南颜仍有余力，便知道这丫头天生比同阶灵气庞大，心里不免又多了几分惜才之意，口头便多了几分教育的意思："你回去把我教你的字练好，符术自然而然也会有所进益。"

南颜唯有在练字这一点上和穆战霆共进退，总觉得字能认识她，她能认识字就已经够了，非要把字练得够资格去考科举也太难为胖子的手了。

累得她的手都瘦了不少。

和嵇炀暂时分开后，南颜一个人在坊市里四下逛着，始终没找到合适的丹药，逛了好久，才在一个炼气中期的修士摊子前看见了一个灰扑扑的药瓶，上面写着"理气丹"。

"老板，这理气……"

南颜拿着理气丹正问摊主，摊主却在和其他人讲价，手里拿着一块巴掌大、蓝盈盈的纱，吵得脸红脖子粗。

"说了不卖就不卖，我正道修士，怎能同魔修交易？"

"道友可别不讲道理，在坊市里摆出来了的就是可卖的东西，五百块灵石足够你这小修士突破炼气中期了，我耐心有限，你最好乖一点，否则……你最好一辈子待在坊市里别出来。"

讲价的是个全身裹在斗篷里的女修士，背上横背着一副半人大的棺材，棺材上钉着十来枚血色钉子，看起来里面好似装着什么妖魔鬼怪一般。

这显然是个魔修。

魔修在修界中并不是没有容身之地，且魔道第一宗门天邪道占巳洲一地，与辰洲毗邻，两洲征战摩擦不断，但鲜少有元婴以上者出手。

魔道修士修为增长快，虽有心魔相扰，但较之同阶输少赢多，是以正道修士纵然不愿意理会他们，也不愿意得罪他们。

"你！"那炼气中期的修士一恼，但很快那女修士稍稍外露气息，一股庞大的灵气压身，修士瞬间脸色惨白，"筑……筑基前辈。"

"我本不欲拿修为压人，哪知道你这小辈不识抬举。"女修士冷哼一声，丢下一袋灵石，竟要直接伸手去拿那薄纱。

突然，旁边有人伸手一拦。

“欸？道友，我让你帮我留着这块纱，我让妹妹先过来看着，你怎就卖出去了？”

南颜一抬头，发觉身后站着个白衣少年人，听声音即觉得特别骚气，一抬头，看他唇红齿白桃花眼，就更感风骚。

女修士微恼，道：“胡说八道，明明是我先来的！”

她没有再拿修为压人，因为她能感觉到，这白衣少年也同样是筑基修士。

摊主本就不愿和魔道修士交易，闻弦歌而知雅意，当即道：“对，就是这位前辈订下了这灵材，还特地请这位小姑娘来看着。”

南颜站在那儿一脸茫然，但很快，白衣少年转头去看她，眼睛对上时，南颜竟一时失神，回过神来时，自己竟无意识说起话。

“对，我哥哥让我来看着的。”

白衣少年道：“你看我们家球球都这么说了。”

“好个正道修士！这笔账我记下了。”女修士冷笑一声，转身离开。

等她离开后，摊主松了口气，道：“多谢这位道友相助。”

白衣少年拱手笑道：“同为正道修士，守望相助乃是本分，实不瞒道友，此物乃银鲛纱，说起来也算是一件罕有的宝物，乃北海鲛人织就，可遮挡部分灵气，那魔修怕是想拿来在‘秽谷春猎’中偷入秽谷深层。”

摊主失色道：“啊？难怪最近凡洲魔修出没，这可如何是好？”

“依我看这魔修怕是不会善了，不如我用一千块灵石将这块银鲛纱买下，道友再求购些防身符箓，若不幸遇上，便推给我殷琊就是。”

摊主略有犹豫，但对他的出价着实动心，道：“前辈的好意晚辈知晓，可防护符箓又何其难寻……”

唤作殷琊的少年人道：“这球球身上就有，我一起买下，换你那银鲛纱可好？”

南颜气愤：“你喊谁球球？”

殷琊道：“谁应声谁是球球。”

南颜扭头：“告辞。”

殷琊哎了几声，抓住她道：“我身上没带符箓，你身上的符卖我一张呗。”

南颜双手抱臂，一脸防备：“你怎么知道我身上有符箓？”

“出个门连乾坤囊都不带一个，符箓灵气都外泄了。”

这是嵇炀给她的符，南颜自然不情愿卖，坚持道：“这是我哥传的符，我就是扔了，扔外面，也不卖！”

殷琊道：“三百块灵石收你一张。”

南颜识时务道："前辈要几张？不够我去喊我哥。"

殷琊最终还是收了她两张冰壁符，那修士过意不去，还以一百五十块灵石一个的低价卖给她一个可容方圆一丈的乾坤囊。

南颜突然就有了四百多块灵石的巨款，一时间都有点儿没法消化这个特大喜讯。但金主好似更高兴，反复看着手里的银鲛纱，不停赞叹："果然是真品银鲛纱，上一次北海银鲛现世还是十年前……人族死了一城的修士，没想到还能得见银鲛族之物。"

不知道是不是错觉，南颜总觉得这个人开心得仿佛身后有条尾巴在摇来摇去。

"胖丫头。"殷琊陶醉完，转身对南颜说道，"忘记你见过我，还有今天交易的事。"

南颜再次产生了刚刚那种被迷惑心神的感觉，但这次心有防备，神念微动，忽然颈处传来一丝清凉，瞬间驱散对方魅术。

咦？南颜面露疑惑之色，对方却以为幻术奏效，得意无比地离去。

南颜在原地站了片刻，始终想不明白脖子上的珍珠到底是什么东西，竟可抵挡筑基修士的幻术。但又想到对方是筑基修士，也不大愿意和他有什么瓜葛，便抓紧了手里的乾坤囊继续逛去了。她一连逛了三四家卖丹药的修士摊，又拿二十颗宗门发的温骨丹买到了两颗岐黄丹。

南颜数了数，加上刚刚在卖银鲛纱的修士处换得的五颗理气丹，心想应该够她娘治病的了。她算算手头还算宽裕，因为刚刚卖了嵇炀给的护身符箓，觉得有点儿对不住嵇炀的心意，琢磨着应该给他买点什么做补偿。

修士修炼一般有三种途径，一是通过斗法提升心境，二是大量服食丹药，还有一种是闭门苦修。嵇炀看起来像是属于最后一种，他很少与人交际，宗门下发的丹药都换了灵石，除了同南颜和穆战霆说话，就是关门苦修。

旁边的法器摊上琳琅满目地飘浮着各种闪着灵光的法器，最多的是法剑，剑器用途最广，桃木剑铜钱剑能驱鬼捉妖，金石铸剑能斗法杀敌，还有一种六把一组的小剑，催动起来可成剑阵，只是看着便觉得杀伤力惊人。

除此之外，还有刀类、小旗、罗盘、护甲等。南颜发现攻击类的法器较多，而防御类的法器较少，此类法器难以炼制，而且灵气消耗巨大，修士们大多会以方便的防护符箓代替。

难怪刚刚的冰壁符卖得那么快。

南颜看得眼花，又怕摊主看她年纪小忽悠她，一时难下决定。

此时旁边一阵喧哗，不少人挤了过去围观，只见是一个炼气后期的老者，慢悠悠地摆了摊，一拍乾坤囊，浮出十六个玉匣。

“邱老头，今天又有什么好东西？”

坊市的人似乎都认得他，那邱姓老者笑眯眯道：“老规矩，一百块灵石一只玉匣随便挑，里面可能是破铜烂铁，也可能是宝器丹药，今天嘛，这十六只玉匣里，有一支上品法器荷砚笔，无论是画符还是攻敌，效用皆不差。”

“上品法器？！那可少说要值五百块灵石吧。”

“笔类法器难得，若有合适的砚台相配，威力还要更上一层。”

南颜的手气还不错，以前跟她娘逛花灯节抽红包，每回都能中铜钱，寺庙里许愿也多抽到上上签，想起嵇炀教她写字时用的还是毛竹笔，一时便有点儿心动，从人群里挤过来，举手道。

“我想要一个！”

邱姓老者一低头发现是个胖娃娃，笑道：“小道友可听清楚了，是一百灵石一只玉匣。”

周围人笑了起来，有人道：“小丫头还是留着灵石买灵果吃吧。”

也有人发现了她道袍上的宗门徽记，道：“你们可别笑，这是仰月宗的弟子，说不准比你们阔绰得多呢。”

“……可看来也只是外门弟子而已。”

南颜眼睛一眨，道：“我替我师兄买的，不行吗？”

“那倒是可以，只不过……”邱姓老者刚想说让南颜量力而行，就见南颜递来一袋灵石，他一掂就知道，一百块一块不少。

“倒是小看道友了。”邱姓老者满意地把灵石放到自己的乾坤囊里，“小道友挑吧，另外老朽提醒一下，这些玉匣并不是大的就东西多，挑完后最好也不要在坊市中打开。”

南颜知道他的好意，搓了搓手，觉得有一个玉匣灵光比其他玉匣稍微大那么一点儿，便伸手去够那只玉匣，中途手背无意碰到旁边较为暗淡的盒子，忽然一阵微微刺痛。

“欸？”

邱姓老者道：“小道友这是怎么了？”

南颜把目标玉匣抱在怀里，看着那只让她刺痛的玉匣，歪头想了想，还以为是错觉，算算时间差不多了，刚想离开，便听不远处有人道：“贵宗的弟子果然身家丰厚，连一个外门弟子一出手都是一百块灵石，等哪日我受不了我那小宗门的师父，便去加入贵宗如何？”

“哪个外门弟子？”

南颜一听这声音，就不愿意在这儿多留，等她想开溜时，似乎为时已晚。

下一刻，果不其然是褚京带着几个平日里跟自己有点儿矛盾的外门弟子大摇大摆地出现。

“我道是谁，原来是你这个死胖子。”褚京一看她，就想起当日害他丢脸的事，冷笑道，“一百块灵石，可以啊，是穆战霆给你的吧，他可真舍得。”

内门弟子一个月的月例是一百块灵石，穆战霆因为资质着实过人，在内门颇得几个长老的青眼，褚京便以为是穆战霆给她的。

“哟，还有乾坤囊。买的是什么，拿出来让师兄看看。”

旁边的邱姓老者刚被照顾过生意，微微皱眉道：“几位道友，峡谷坊市是邱家的地盘，你们在坊市外小打小闹没人管得着，坊市内最好还是守点规矩，惊动了执法修士，大家脸上都不好看。”

邱姓老者是炼气后期，比褚京和其他弟子修为要高一些，何况他同样也是邱家的一个闲职长老，在坊市中说话还算有点儿分量。

褚京这段时日学得圆滑了些，道：“道友多虑了，我仰月宗一向和睦，只不过最近宗门试炼将开，我们这是关心师妹进益罢了，看她买了些什么也无妨大事，是吧？”

邱姓老者不再说话，这是路人能做到的极限了。

“听说这儿最好的是一支上品法器荷砚笔，大家难道就不想看看？”

周围已有不少修士驻足，个个都十分感兴趣。

“上洲年年都有赌石大会，咱们凡洲没什么乐子，也就看人开个多宝匣图点趣味，小道友阔绰，一百块灵石眼睛都不眨的，给我们看看吧。”

周围人的目光丝毫不带善意，只有那邱姓老者淡淡道：“不瞒小道友，我这些玉匣里有一半放的是一阶灵草与一阶妖兽皮，价值不过二十块灵石，他们想看，便给他们看吧。”

他言语里，并不觉得南颜能中头彩。

南颜抿着嘴，她四周都围着仰月宗的弟子，看样子若不开玉匣是不会放她走了。

“开啊！”

南颜：“……”

她碰了碰乾坤囊里的玉匣，一咬牙，拿出来道：“我开了你就放我走吗？”

“当然，我们是同门，怎么会为难你？”

南颜无法，只得开匣，然而玉匣一开，众人一阵惊呼。

玉匣里两三棵一阶灵草旁，躺着一支瓷管白毫，笔身仿若桃花瓷，笔尾一朵绿萼红莲轻绽，似有荷香溢出，宝光吞吐，一看便是上品。

南颜：……完了。

众人一片惊呼。

“这小姑娘好手气！”

褚京眼里迸发出贪婪之色：“好法器！”

旁边的外门弟子纷纷对褚京道：“恭喜褚师兄，这荷砚笔和师兄功法相合，猎场试炼定能名列前茅！”

他们根本就没在意这东西现在在谁手里，心思昭然若揭。

南颜：呵呵。

褚京脸上是掩饰不住的贪婪，佯装咳嗽一声，道：“穆战霆是火灵根，你这荷砚笔属水风，不合他用，师兄也不欺负你，拿一件火属性的刀跟你换，你我之前的恩怨就一笔勾销。”

纵然是内门弟子，得到的法器也不过是下品，和这荷砚笔根本没得比。

南颜突然觉得难过，她实在想把这支笔给嵇炀，但实力不够就是不够，他们修为比自己高，就是能光天化日之下欺负她。

她忽然就明白了她娘临走前殷殷叮嘱的话——狭路相逢勇者胜，须因祸福趋避之。

修了仙，做了修士，和之前她在凡人中生活并没有区别，一样有南村群童欺她。

没有几个人会像嵇炀一样，一直对她好，照顾她。

“装什么哑巴？内门弟子愿意跟你换是你的福气，还想坐地起价？”

“好。”南颜把酸意憋回去，道，“这笔是我拿一百块灵石买的，我不要你的法器，你再在这个爷爷这儿拿一百块灵石买一只玉匣给我，这笔我就给你。”

邱姓老者微微动容，今天最有噱头的宝物第一个就被开了，本来是亏本的，这小丫头还让人一百块灵石买他其他的玉匣，也算是为他挽回点损失。

一百块灵石褚京也不是出不起，但一时也有点儿肉疼，冷哼道：“哼，你怕是傻的，剩下的多半是破石烂铁。”

但即便这么说，和荷砚笔比起来，这一百灵石确实赚得太多了，为免其他修为更高的修士出来打岔，褚京连忙付了灵石，一把抢过荷砚笔便离开了。

“修界多是薄情人，小道友这又是何必。”邱姓老者见南颜挑了只灵光暗淡的玉匣，叹了口气道，“老夫乃皖南邱家的外门长老，他日若有缘，算老夫欠你半个人情。”

南颜把那只刚刚有所感应的玉匣抱在怀里，此时也不觉得那玉匣会电她了，道：“没事的老爷爷，等我变厉害了，我就去揍得他们再也不敢欺负人。”

说着，她气息微微外放，邱姓老者感应到她已经炼气初期，面色微惊：“你……今年多大？”

“再有两个月我就九岁了。”

“八岁就炼气初期……不得了不得了。”邱姓老者惊讶于她的资质，有心交好，道，“今日也算有缘，送你一只感灵玉扣，不算什么好东西，愿你道途平顺。”

感灵玉扣，可轻微感知妖邪之物，算是修界最常见的饰品之一。

南颜对他人的好意向来感念极深，连忙道谢，忽然上空一只机关鸟飞过，口吐人声：“坊内走丢的南颜小道友，你的师兄在坊市入口等你，听到请往入口会合！听到请往入口会合！”

南颜：“……”

南颜一路捂着脸跑到坊市口，那里与其他随意摆摊的地方不同，有一个挂门匾的铺子，简单写着“偃甲”两个字。

嵇炀就在门口，见了她来，抬手招了招。

“我找不到你，只好出此下策……怎么？买药遇到麻烦了吗？”

南颜微窘，本来想给嵇炀买点东西，没想到遇上褚京，现在两手空空，确实有些尴尬。

“药都买到了，遇上个冤大头，你给我的那两张符我就卖灵石了……”南颜绕开褚京，简单把偶遇殷琊的事说了说。

“银鲛纱？”

嵇炀听完，看着南颜，忽然露出一丝奇异的笑，道：“那他确实是捡了个便宜，有那片银鲛纱，他应可在秽谷猎场外围行走无虞。”

南颜多次听到这个词，隐隐觉得耳熟，道：“秽谷是什么？”

此时旁边偃甲店里的店主从一堆木头零件里抬起头，插嘴道：“小丫头有所不知，修士要炼丹炼器，就要有材料，材料除了各大秘境，就是从妖兽身上出。猎杀妖兽便要有相应的猎场，修界有三大猎场，分别是秽谷外围、北海妖涡和山海禁决，后两个由上洲所有，而且太过危险，只有结丹后或可一探。而秽谷却正是在凡洲境内，此地常年大雾弥漫，不时会有妖兽自雾中窜出，前往附近山脉作恶，是以年年都会有大批修士三五成队前往秽谷外围猎杀妖兽。”

南颜又问道：“可这和银鲛纱有什么关系？”

嵇炀解释道：“秽谷之中妖兽固然危险，但真正让修士却步的却是一种名为‘阴祝’的邪物，我之前让你细读的《凡洲地理论》里应当有所记载。”

南颜略一回忆，确实读过这么一段，因为太过可怕，半夜睡不着还去敲了嵇炀的门求哄。

“阴祝”乃是修士死后徘徊生前死地不肯离去，与地气结合而生的邪物，无形无质，人面鬼身，形如飞头獠，见了修士便会一拥而上，先是吸干灵气，再啮食生人之气，待将修士吸成空壳后，便寄身在修士遗体内，让修士仿如行尸走肉。

阴祝虽凶残，却依存地气而生，不会离开秽谷内围，修士若是想进入秽谷内围寻宝，须得借助可以完全遮蔽灵气的宝物，而银鲛之物便是最好的遮蔽灵气之物。

“眼下即将是妖兽繁衍的时节，秽谷外围猎场不日开启，你说的那位得到了银鲛纱的筑基修士确实不会放过这个机会。”

南颜一想，敲了一下掌心，道：“难怪刚刚褚京说什么猎场开启在即，强买我那支笔原来是为了这个。”

她刚说完，嵇炀便转过头来，南颜不由得立马捂住嘴。

“你遇上褚京了？”嵇炀眉梢微扬，再次从上到下看了看她，南颜显然没受伤，那多半就是妥协了。

南颜默默点头。

“你做的对，我不在的时候你不该和他们起冲突……只是，若我不催，你平日里甚少握笔，怎么会想着择一笔类法器？”嵇炀甫问出口，便察觉南颜目光躲闪，瞬间了然，“你想送给我？”

南颜抿了抿嘴，道：“……没送成嘛，就别问了。”

《诗经》有云，投桃报李。

嵇炀对南颜的指望不过是希望她平平安安修道有成，等到他们的同命锁解去后，南颜去寻亲，而他去雪恨，彼此各安天命。

现在，倒是有点儿欣悦。

“道友，你要的偃甲部件在这儿，你点点数。”

身后偃甲铺子的修士把一堆偃甲零件摆到他面前：“四方榫二十，铁皮花木三尺，犀角喙六个，绝灵齿一盒，还有连理浆一竹管，一阶疾风蛇内丹四颗，我家铺子的都是上等货色，手艺没的说，至于能不能拼起来，嘿嘿，就看各人本事了。”

南颜踮脚扒在柜上看着嵇炀把这么一堆木头铁栓收进乾坤囊一起结了账，看起来没多少，却足足花了五百余块灵石，好奇道：“这是在做机关吗？”

店主今日赚足了灵石，态度极好，道：“修士修行中，丹器符阵多少都要有所涉猎，偃甲机关，是其中最好学，也最难学好的一门，只要够聪明，就算只是炼气期也能做出可抗筑基的偃甲。不过偃甲制作最易出错，有多少身家够这位小友消耗的就不得而知了。”

南颜素来对嵇炀无条件信任，拉了拉嵇炀的衣角，小声道：“你要做偃甲还缺什么吗？我现在可有钱了。”

嵇炀失笑道：“我不缺，你还是自己留着吧，时辰不早，也该回宗门了。”

到最后还是没能送成礼物，南颜一路蔫答答的，直到被送进居舍的门，嵇炀才叫住她。

“阿颜。”

南颜转头：“怎么了？”

嵇炀道：“小人一时得志，不需放在心上。”

南颜虽点了头，好似听进去了，但眉间的懊丧却是难掩，嵇炀觉得有些好笑，半蹲下来轻声道：“阿颜，把手伸出来。”

南颜不明所以地伸出掌心，嵇炀负在身后的手翻出来，五指微张，下一刻，一丝冰凉落在南颜掌心，随后蓝幽幽的荧光从二人掌缝间飘出，空行鱼摇着尾巴围着南颜徐徐游弋，照见她一双眼睛，亮得惊人。

南颜一时发怔，随即有一种把床底下的本子都烧了的冲动。

什么书生公子，什么浪子豪侠，比不上她哥一分一毫。

她赶紧掐了一把腰上的软肉冷静冷静：“哥……少苍，你怎么会想起来送我这个？”

嵇炀略一顿，他也想不起当时路过那个摊子时是出于什么动机了，也许只是单纯觉得南颜想要，就这么做了。

“就当……”他找了个比较合适的说辞，“是你刚刚想送我东西的回礼吧。”

南颜茫然道：“……可是我没有送你呀。”

嵇炀却起身，眸底神色幽微：“你已经送给我了。”

关门上榻后，南颜在榻上滚了两圈，未能成眠，找了只笔洗临时做鱼缸，放在榻头看里面的空行鱼飞起又潜入水中，呵呵傻笑了好一会儿。

——少苍要是她亲哥哥就好了。

也许她娘会说，不是亲哥哥更好，可以图谋不轨。

但肉肉总是会让南颜承受这个年纪不应承受的冷静。捏着肚皮肉让自己六根清净了之后，南颜借着空行鱼的夜光，把白天那只玉盒从乾坤囊里取出平放在面前。

她始终记得这只玉盒的古怪之处，仿佛心里有某个声音在呼唤，异常渴望得到它。

南颜搓了搓手指，小心地打开玉盒，里面并没有灵光绽放，只是安安静静地躺着几件东西。

几张妖兽皮空符箓，品质比一般的纸质空符箓好很多，如果给嵇炀，想必可以画出更好的符箓。

南颜把符箓收起，挑出第二样东西，这是一颗避水珠，含在口中能让修士在水下待一个时辰之久，比一般的避水诀好用些，就算筑基后，也可减少灵力消耗，算是件很有用的东西。

南颜心觉不算亏，点点头，看向最后一件东西，竟是半片乌黑的玉符。

玉符一般用来记载功法图谱，修士间传递重要的信息也是用玉符互相交换，这片玉符有一指长，看上去神秘幽邃，不像是普通东西。

南颜把玉符拿起，对着光看了半晌，只在表面看到“……业书”两个古拙的字，贴在额上后，以神识探入，却被反弹回来，只隐约看到一些破碎的字迹。

原来是玉符已毁坏，里面的功法也残破不能识，难怪邱姓老者要把它拿来放在玉匣里凑数。

南颜躺了一会儿，一转头，脖子被颈上的珍珠一硌，微微吃痛之下突发奇想。

她脖子上这颗珍珠有古怪，能瞒过筑基修士的幻术，而刚刚自己的神识是被玉符反弹回来的，如果催动珍珠，隐蔽神识波动，能不能瞒过玉符，看看里面到底是什么？

她这么一想，立马盘膝坐好，把玉符贴在额上，将灵力输入珍珠的同时，调动神识再一次入侵玉符中。

这一次她的神识再没有遇到反弹，而是悄悄侵入一层暗红壁障后，眼前一黑，随即五个古拙的血字烙印在脑海——七佛造业书。

《七佛造业书》，佛门叛道功法，主旨为佛心修魔，分《识罪篇》《涤罪篇》《伐罪篇》，三罪尽，得证真佛身。

真佛者，历世间诸业，净业诛魔，妖邪辟易……

南颜脑中仿佛一瞬间有万千金身佛口诵诛魔心诀，浩浩荡荡，似要撑破她的灵台。

“呜……”

南颜只坚持了三息，便彻底昏迷过去。

等到她再次醒来时，窗外鸟鸣声声，天色微亮。

南颜睁开眼，只觉头部剧痛，眼神失焦许久，才慢慢恢复神志。

“这是……”

她手中的黑色玉符已彻底化为齑粉，一部残破的佛门功法如大日高悬于神识之内。

《七佛造业书》，《识罪篇》和半部《涤罪篇》……

修士修炼，最重要的乃是术法和功法，术法包括五灵术法等诸般斗法手段，而功法主要用于境界的提升，好的功法能让修士的修炼进境事半功倍，高阶的功法自带招式，随着境界提升而不断增强。

无论如何，南颜知道，这比仰月宗统一下发的《仰月功》好了不知道多少档。

南颜想到这儿心情顿时飞扬起来，刚想奔去告诉嵇炀，忽然发觉自己不能把“七佛造业书”这五个字说出口，甚至连口诀也是刚想透露就自动哑巴了。

困惑了片刻，想到那玉符既然如此严密，应当是自带不能外传的禁制。

看来是只能自己练了。

南颜坐回榻上，细细查看这部功法，喜忧参半。唯一让她顾虑的是，这部功法虽然是佛门功法，却怎么看怎么和魔道功法有千丝万缕的关系。

不过好在她是炼气期，可以尝试先练一层，如果发现苗头不对，及时散功改修也不会伤到根基。

她心一定，把《七佛造业书》第一篇的《识罪篇》大纲默读数遍，本来在她的年纪，读这些晦涩的口诀应是相当困难，不过幸好嵇炀逼着她读了很多书，触类旁通，很快便通读了功法大纲。

《七佛造业书》，练得《识罪篇》，可使真元如有佛言加持，对妖邪鬼魅极其敏感，灵力出手时对一切魔道功法有镇压效力。

一般修士的灵力不催动时，与灵石一样呈青碧色，经过此功法锤炼后，本来十成的灵力被压缩为七成，催动间，一层稀薄的佛言在灵元周围流转。

正常的修士经不起这种消耗，就算练成了，灵力虽然精粹许多，但与人斗法若拖得久了也会不够用。

但嵇炀曾评价南颜天生灵气庞大，却是最适合这种可以放肆锤炼灵气的功法。

气行周天数度，直至日上三竿，南颜才收敛功法，灵气回敛时，气海深处一声轻响，一股浊气从七窍溢出，但随即古怪的事情发生了，周身泛着金光的灵气骤然窜出，汹汹地把浊气捉住绞杀殆尽，直到空气中半分浊气不留，才徐徐收归体内。

南颜睁开眼时，眼底隐现光芒，如菩萨宝相。她随即神思回归，不免震惊。

“这功法……杀性好重！”

只要是修士就知道，佛门功法修炼者极少，因为佛门以慈航普度为理念，以防御为主，攻击手段极弱，根本不适合在争斗激烈的修真界存在。

而这部《七佛造业书》反之，仿如金刚怒目，以吞噬杀灭一切邪魔鬼魅为任，手段宛如修罗。

“难怪看见玉符里的字时，像是看见滔天血海一般……”

南颜隐约有点儿担忧，却在堪堪收功前，觉得浑身气脉一震，竟直接晋升炼气中期。

这就是顶级功法的好处，不只霸道得直接吞没仰月宗心法的根基，还挟势冲破桎梏直接晋升境界。

南颜虽然心有挂碍，但也不得不承认提升境界的感觉太好了，可操控的灵力骤然提升三成，神识范围也扩宽至一丈，一丈之内的风吹草动无不知悉。

反正她有珠子可以遮掩气息，要不然就这么先练着？

南颜自认为也看过不少民间话本了，只有她娘成日念叨的天命之子才有自己这般奇遇。这么想来，她何须天命之子庇佑，自己就可以翻天覆地了。

南颜顿时有点儿自我沉醉，脚下飘乎乎地出了门，却见隔壁嵇炀挂了闭关免扰牌，顿时气泄一半。

挂了闭关牌说明内中主人必有要事，若是轻易打扰，万一坏了他修炼就不美了。

在门口抓了会儿石子儿玩，南颜仍不见嵇炀有出来的意思，便去了灵田，把新长成的一茬灵草收割好，带去药堂交差。路上忽然觉得平时熙熙攘攘的外门少了很多人，待交了灵草时一问，原来是今日内门有小比。

"……外门的弟子都去小广场看内门弟子比斗了，哪有人来干活哟。"药堂相熟的童子一脸菜色，看样子是自己干了不少活。

南颜好奇道："什么比斗这么厉害，大家都去了？"

"此次凡洲秽谷外围猎场开启，诸宗都想去，据说内围更是珍宝无数。今年的内围名额，我仰月宗只得了十个，便让炼气期弟子小比一场，挑几个合适的跟随师长们去内围，我们这些外门弟子有愿意去外围的，可随宗门渡空舟一同去……不过嘛，没有师长保护，生死由命。"

如此一想，当然跟着宗门的筑基前辈们去秽谷内围比较安全。

"可是听说秽谷很危险呀，只是为了争夺内围的名额，应该没有多少人愿意去吧。"

"掌门为了让内门弟子参加，此次小比最后得胜的，奖励可是筑基丹呢。"

筑基丹？

南颜立时便想起了当时内门的大弟子符浪亲自来药堂，中途却被截了筑基丹的事，好奇道："上回那位长老不是说筑基丹要拿去打点上洲特使吗？怎么又拿来做彩头了？"

童子嘿嘿一笑，道："上洲特使另有要事，没空在我们南部的小宗门附近停留，想打点也无处打点去。按理说这枚筑基丹该是符浪师兄的，可没想到内门新来的那位天骄前日忽然突破炼气后期，与符浪师兄炼气大圆满只一线之隔。掌门觉得他更有希望筑基，但又不好意思把筑基丹直接赐下，便张罗了这场比斗。"

说到内门那位"天骄"，南颜自然知道是穆战霆。

他被圈在内门里修炼已有两个月了，怕是不晓得外门这些个幺蛾子。

南颜疑道："既然筑基丹本该是符浪的，掌门这么做岂不是有失公允？"

童子嘿嘿一笑，道："我们这种凡洲小宗门资源贫瘠，符浪师兄已经连续两年筑基失败，掌门自然要有所考量。"

仰月宗只有一个年事已高的结丹老祖，常年在门内闭关，连掌门都是卡在筑基大圆满多年，余下的筑基修士不过十余，要说最有希望突破此界限让宗门延续的，还当真除了穆战霆外没有第二人。

"对了。"童子又说道，"内门小比现在应该快到最后一场了，师父还要我在丹炉这儿看火，你帮我去下个注，赌符浪师兄赢。"

说着，童子拿出三块灵石递给她。

南颜哦了一声接过来，出了药堂便往内门的小广场走去。

仰月宗的内门平日里不会轻易允许外门弟子进入，今日正逢小比，特地开了偏门，让外门弟子前来观战。

来的大多是炼气期的年轻人，心性尚未定下，此时台上比斗的内门弟子只剩下四名，有人便在台子下面开起了赌局。

南颜看见开赌局的正是当时她入门时骗新人温骨丹的那两个弟子，可见这两个人在门中设赌早有名声。

台上打得正酣，宝光四散，风土水火相击，不多时，只听轰然一声，台子上摔下一人，滚了两滚才停下，一身焦黑，宛如刚从火场中冲出。

南颜一抬头，便看见穆战霆站在斗场正中，周身火息渐收，连斗三场，看起来竟还有余力。

"不愧是天灵根，还没有人在他面前走过三个回合！"

台下众弟子连声赞叹，南颜正想出声喊他，忽然旁边一个粉色倩影上了台。

"穆师弟刚刚那招好厉害，什么时候可教教我？"

正是掌门千金薛凝儿，仰月宗炼气期弟子的大众"女神"……据说，是个半阴鼎的体质。

南颜记得和她同一批入门的有个女弟子叫孟盈，在外门里已经算是顶尖的好看了，但和这个薛凝儿比起来，却总觉得少了那么一丝幽柔的魅意。

她看了看左右，发觉周围的外门弟子皆有些痴迷之色，可见阴鼎体质天生对男修有着一定的吸引力。

此刻薛凝儿正缠着穆战霆，又是递茶又是擦汗，丝毫不掩饰眼中的仰慕之意。

"……这回跟着长老们前去秽谷，我们偷偷溜去附近的凡人坊市玩好不好？我长这么大还没过过凡人的中秋庙会呢。"

穆战霆被女修身上的香味冲得鼻尖发痒，但又不好意思躲开，嗯嗯啊啊地应付了几声，忽然余光瞥见人群里站着一个胖妞，立马奔到斗场边缘。

“南颜！”

穆战霆背对着薛凝儿没瞧见，但南颜一直好奇地看着薛凝儿，只见这个炼气后期的女修眼中竟杀机一闪，直到顺着穆战霆的目光看见南颜时，才收敛目光中的寒意，随后有些不可置信。

“这位……师妹是……”

“这是我妹妹。”穆战霆单手撑着台子边利落地跳下来，抓着南颜抱怨道，“我出不去你也不来找我，你知道我整天对着一群黄瓜脸多无聊吗？我新学的诗词都没有人听——”

南颜被晃得脑壳晕，一听他从滥用成语进化到滥用诗词，顿觉惊恐：“内门那么严，进得来才有鬼嘞，我现在不学无术，沉迷修炼，你让嵇炀教你去。”

“我不，他偏心眼子只喜欢教你，对我就丢本书让我自学。”

叽叽歪歪了好一会儿，薛凝儿轻飘飘从台上下来，端着矜持的笑，道：“小师妹长得真是可爱呀，要不要师姐带你去吃点心？”

穆战霆看看南颜，又看看薛凝儿，震惊道：“她可爱？薛师姐，你眼睛没事吧？”

薛凝儿：“……”

南颜：“你继续打吧我走了。”

此时旁边的斗台上，胜负也分晓了，获胜的人手中转着一支灵光饱满的荷砚笔慢悠悠走下来，目光先是被薛凝儿吸引过去，随后看见穆战霆，眼底一阴。

“薛师姐不是在里殿听长老的修炼心得吗？怎么有空来这儿？”

薛凝儿微笑道：“里殿里闷得很，我便出来散散心。欸？师弟这笔可是上品法器？”

南颜看见褚京拿着荷砚笔走过来，心里很气，但很快就发现一件事。

上回在坊市里，她面对褚京时，对方身上的灵力还能压制她，而现在她仔细看褚京的修为却好似透明的一般，甚至有一种感应，她和褚京交手的话，完全可以轻易击败他。

明明褚京应该和她一样是炼气中期才对。

褚京感应到南颜的视线，还以为她是在对荷砚笔的事耿耿于怀，当即神色转晴。

“能让我闯入前十，还是多亏南颜师妹赠笔。”

薛凝儿笑道：“这笔是上品法器，南师妹若送得起，怎会在外门当中，褚师弟莫开玩笑了。”

“这嘛……哈哈哈，也许是师妹不识货，让我捡了个便宜吧。”

穆战霆一开始还没明白，听到这儿和旁人的窃窃私语，才知道褚京是强买了南颜的东西，当即怒道：“你找我麻烦就算了，欺负小孩算什么？敢不敢上斗场赌斗？”

褚京虽然看不惯他，却不想和他对战，道：“穆战霆，你一个炼气后期，怎么好意思对炼气中期出手？师门对你恩重如山，是让你欺负同门的吗？”

“我倒是想反问你，你一个炼气中期，怎么好意思对炼气初期出手？”

褚京冷笑道：“我可没出手，是南师妹自愿交出这笔的，还收了我的灵石，有的是人替我见证。”

南颜后来因此得了《七佛造业书》，算是因祸得福，想了想也没那么生气了，便扯了扯穆战霆的袖子，道：“没事，是我自愿的，没必要和小人纠缠。”

“那可不行！”旁边忽然有人拨开人群过来，正是内门的大师兄符浪。

南颜周身灵气莫名一动，她连忙稳住心神，看向符浪，发现他比上次见的时候脸色更苍白，神色更阴鸷，似有一丝暗色在眉目间流转，让人觉得颇不舒服。

南颜忽然想到所有的修炼功法扉页都写着一句话——修士心境不稳，会自生心魔，心魔若生，轻则影响境界晋升，重则心性成狂堕入魔道。

莫非是《七佛造业书》心法感受到人心魔之气，想主动攻击？

南颜一时有些惊恐，世上修士千千万，多少都有些心魔，若《七佛造业书》这般霸道，见一个染心魔的就要杀一个，那自己岂非有如修罗？

娘亲我怕。

就在南颜惊慌不已时，符浪站到穆战霆与褚京中间，道：“我仰月宗素来以和为贵，尤其是在秽谷猎场开启前，若是门人不和，让别的宗门看了笑话，掌门也必会责备我等。不如趁今日，穆师弟和褚师弟一战了结，无论结果如何，两方都不得再主动寻衅。”

褚京愕然道：“符浪师兄，他可是炼气后期！”

符浪道：“确实，褚师弟还是炼气中期，穆师弟如此未免以大欺小。不如这样，正好凝儿师妹在此，做个见证，让我们把穆师弟的修为暂锁，压制在炼气中期，你们二人再公平对决如何？”

穆战霆对褚京怀忿已久，一门心思想整他，符浪话音一落，他立即道：“好！”

南颜一听觉得不妙：“不好！”

符浪冷声喝道：“外门弟子没资格说话！”

南颜饱览群书，觉得这肯定是个套，扯着穆战霆耳语道：“他们多半在坑你，你小心点别上当。”

穆战霆觉得南颜言之有理，但是上下打量了一下褚京，见对方脸色发青，根本就不敢跟他对视，又觉得南颜多虑：“你‘忧国忧民’了，你看他‘抱头鼠窜’，多半一上台就‘插翅难逃’了。”

南颜道：“大哥。”

穆战霆问：“咋？”

南颜道：“君子动手不动口，你以后少读书多打架吧。”

最终南颜还是强行塞给他一张嵇炀给的冰壁符，千叮咛万嘱咐要他发现不对时一定要用，穆战霆便让旁人暂锁修为上了台。

褚京一直不安地看着穆战霆，眼里恨意难减，但看到符浪为他检查修为之后面上露出一丝异色，他的底气才足了几分。

南颜眼皮子一直在跳，不只在看台子上看似一边倒的战局，眼神还总是不由自主地想往符浪那边瞟。

《七佛造业书》的心法一直在气海里闹腾，唯一和走火入魔不一样的是南颜的意识非常清醒，感到自己一身正气，恨不能化身正义使者逮着符浪的脑壳一顿敲。

符浪也注意到了南颜时不时地盯着他看，一时脸色阴沉。莫非这丫头察觉到了他的手段?

不知为何，被南颜一看，他的心里就莫名发毛，但放出神识仔细感受了一下，对方又的确只是个炼气初期的小娃娃。

八九岁的炼气初期……听说穆战霆从不服用宗门赐下的丹药，想必都给他这个所谓的妹妹了，倒还真是有情有义。

符浪冷笑一声，而此时台上战局已逐渐分晓，穆战霆数道炎刃追下，褚京的荷砚笔唤出的水壁纵然属性上克制火，但仍旧不敌，水壁一破，整个人被两道炎刃交叉击中胸腹，狼狈跌落。

“穆战霆，胜！”

整个过程并不令人意外，穆战霆几乎是单方面吊打对手，就在众人都以为此事落幕时，已经倒在地上的褚京却忽然出手，一道冷冽寒光从袖中袭出，直刺穆战霆后心。

“大胆！”

在场监督的有三名筑基长老，其中一名立即出手，击飞褚京，却已无法阻止那道寒芒刺向穆战霆。

“大哥，符！”

穆战霆听得南颜一声大喊，心念一动催动冰壁符化为冰壁，及时挡住寒芒，而寒芒也应声落地。

是一支蓝梭，穆战霆以为挡下了，心神稍松一瞬，蓝梭却突然碎裂，里面飞出一根幽暗小针，瞬间没入穆战霆体内。

南颜没来得及反应，只看见符浪眼底掩不住的狂喜。

“……不枉我借来这筑基之宝，这下看你还不死！”

修真界的天才千千万，出意外中途夭折的也并不少见。

掌门带着四五个长老围着重伤的穆战霆看了足足一个时辰，扼腕地得出结论，一个炼气期的弟子被筑基灵宝毒针刺中，毒入气海，虽不致死，但如果没有元婴修士出手为他剔除气海毒素，终生筑基无望。

莫说仰月宗，整个凡洲加起来也没有几个元婴期的大修士，这个结论一出，基本宣告穆战霆废了。

“阿颜，这是不是就叫作‘门前冷落车马稀，老大嫁作商人妇’了？”

“这一句倒是挺应景的。”南颜撑着脸，比商人妇还愁，不停念叨，“你当时就不应该——”

“停。”穆战霆像烙饼似的在榻上翻了个面儿，道，“你都念叨第二十遍了，我就再说一遍，哥打过的人，从来不后悔。”

他的性格和江湖上的游侠儿是一样的，打得过就莽，打不过就溜，洒脱得不行。

南颜道：“那他们要是趁你落难欺负你呢？我是不知道你在内门得罪了多少人——”

穆战霆：“除了掌门的女儿，都得罪了。”

南颜：“……”

你可以的。

不多时，穆战霆居舍外有人敲门拜访，却是一个内门的弟子。

“打扰了。”那弟子面带微笑，一脸和气，说出来的话却显世态炎凉，“本不该打扰穆师弟养伤，可隔壁是掌门千金的闺阁，昨日掌门夫人说薛师妹待嫁年华，为声誉计，还请穆师弟暂时搬到别处静养吧。”

他受伤之前，可没有人说过住得近影响掌门千金声誉。

南颜：“……你怕是连掌门女儿也得罪过。”

等到穆战霆卷着铺盖跟南颜去敲嵇炀的门时，嵇炀才终于结束了短暂的闭关，出来时眼中略带倦色。

“你看他还有救吗？”

嵇炀：“你们是不是觉得我什么都会？”

南颜和穆战霆双双点头。

嵇炀：“……进来吧。”

嵇炀给穆战霆把脉的时候，南颜就殷勤地帮他打扫房内满地的木头渣，收拾干净后乖巧地坐在一边。

“毒入气海，掌门一定会告诉你，此毒留存之下，绝无筑基希望。”说着，嵇炀话锋一转，又道，“不过好在此暗器入体前遭阻，不至于全然无救，据我所知，如果你能在三个月内找到三阶乌啼蛇的蛇毒，应当可以毒攻毒克化之。”

穆战霆听得云里雾里：“你为什么这么‘博采众长’？”

嵇炀面无表情道：“兄长放下成语词典和诗词歌赋，多读凡洲地理，也一样能够博闻广识。”

三阶的乌啼蛇相当于筑基初期的妖类，莫说妖类天生妖体强悍，就是同等级的人族修士，也可以轻松碾压炼气期的他们三个。

嵇炀说完，也知道三阶乌啼蛇不可能战胜，道：“为今之计，可以到秽谷猎场碰碰运气，运气好的话可用灵石购些蛇毒。”

南颜此时忽然想起符浪最后的样子，明显是心魔已深，便觉得他们对穆战霆一定会落井下石，遂建议道：“我想趁此机会辞别宗门，你要不要一起？”

炼气期的外门弟子若有需要，可以向宗门上缴一笔灵石，离开宗门。而穆战霆虽然并非外门弟子，但如今看宗门对他冷淡的态度，若提出离开，也不会很难。

做没有宗门的散修也是一条路子，可以不必再面对门内的纷争。

穆战霆明显有些意动，但随即摇了摇头道：“仰月宗倒也没什么对不起我的地方，就这么走了岂不是不够意思？不过你之前说的也有理，我懒得再看见那几号人，如果这次秽谷一行能还宗门个人情，我就离开。”

南颜立马吹了一拨义薄云天云云，哄得穆战霆得意不已。

“南颜，出来说话。”嵇炀听了一会儿，忽然说道。

南颜一抖，小孩子的敏感让她察觉到嵇炀平静语气下的不悦，跟到院子里后，小声问道：“少苍，怎么了？”

“你要离开，是要做散修，还是要归凡？”

南颜不知为何不敢正面回答，耷拉着头，弱弱道：“……我想我娘了。”

人之常情，她一开始的目的就是来仙门找给她娘治病的药，可事实却未必会如她所愿。

——本座兵解在即，更放心拿你的命保我女儿的命。

嵇炀相信她娘当时没有说谎，否则也不会拿同命锁这种消耗巨大灵力的东西来捆缚他让他保护南颜。

她或许会很难过。

嵇炀微微垂眸，声调放缓："你心意已定，我便不强求，秽谷离你母亲定居之处可近？"

南颜一抬头，道："近的，我娘回孔州的老房子去了，现在回去还能赶上中秋呢。"

嵇炀顿了顿，道："我陪你去……也算，对你娘有个交代。"

南颜这段时间一直憋着没说，如今说出来了，心里一阵畅快，摇着嵇炀的手道："我打算以后就和娘在孔州长住，以后你要是修道有成，路过孔州的话要来找我呀。"

"你终究还是想回家。"嵇炀摸了摸她的头，道，"可惜，我原以为你长伴的人会是我。"

月色漫洒，竹影轻摇，少年人眉眼间依旧是一副矜持守礼的姿态，言语却总是逾越得令人不得不想左了去。

南颜："你打住！"

"嗯？"

南颜一边退一边说："在你身边待久了我会很没数！真的会很没数！"

她说完，人便闪了个没影儿。

南，颜。

嵇炀无声轻喃这两个字，竟似有两分悲怜。

八月十五，仰月宗派三名筑基长老率领门人启程前往秽谷地界。

门人中，内门弟子十来个，外门弟子六十多个，穆战霆也同在其列，路上虽有人冷嘲热讽，却不敢有实际动作。他纵然无法筑基，却也是炼气后期的天灵根修士，除内门弟子外，少有人能匹敌。

载着仰月宗弟子的渡空舟足有三十丈长，如庞然巨物翱翔天穹，南颜第一次被载到如此高空，趴在船沿目不转睛地看着壮阔的云海和穿梭云层的飞鸟。

她本以为自家宗门的渡空舟已经足够大了，等靠近了秽谷地界后，空中慢慢有了其他的宗门的空行之物。

有背负鳞甲、可载百人的巨鸟，也有比仰月宗的渡空舟大三倍的楼船，更有甚者，三五筑基修士同乘一只铜钵般的法器御空而来。

"快到了，众弟子抓紧护栏！"

南颜知道这是快落地了，依言抓好，哪知正准备下降时，前面的筑基修士忽然大声喝道："是小云车，快让道！众弟子低首！"

声音一出，南颜看到，无论是翼展百丈的巨鸟，还是气势浩大的楼船，纷纷宛如惊雀般避开让道，几息间，此处天穹一片寂静。

四周的弟子都低头不说话，南颜心中好奇，微微抬眼，借着余光看见天穹上方霞光开道，一只四足生云、宛如狮虎的异兽，巨神临世般拨开云层，飘身而下，身后拖着一驾掩在淡雾中的青石车，丝毫不停留地从满天凝滞的诸门诸派中穿行而过，没入下方的云层。

不知过了多久，渡空舟再次启动，方才有人惊叹。

"……道生天小云车，那车中怕是上洲特使，没想到竟也来了秽谷，看来今年秽谷情状有异。"

"不愧是上洲气象，单那尊拉车的云兽，怕是就有结丹圆满，不知真正的帝云辇会是何等气势。"

"哈，你这辈子都不会见到的，那可是帝君的圣驾。"

众人议论纷纷间，渡空舟已轰然落地在一处裂谷前。

南颜抬头一看，这是一处笼在迷雾中的谷地，此时分明是朗朗白日，这处谷底上方却愁云惨雾，显得阴沉非常，而内中隐约见得林木丰茂，甚至偶有兽类的吼声传出。

周围落地的其他宗门空行之物极多，却没有刚刚惊鸿一现的小云车。

秽谷入口处已积满了人，包括散修在内，有三四千人，所有人都看着秽谷的入口，眼中多是对当中奇珍异兽的渴望。

"秽谷外围又称猎场，每年八月前后，雾气回敛，凶兽蛰伏，外围只剩下三阶及以下的妖兽游荡。内中虽阴气浓郁，但也滋养了许多喜阴灵草，只要带回辅以炼丹之法，必成珍丹。"

修士们细数秽谷种种好处，不多时，一个紫衣老者自一艘巨大的楼船中徐徐步出，一步瞬动，再出现时已至秽谷之前。

结丹修士！

炼气期的修士最能感受到来自高阶修士身上浓烈的威压，万众瞩目中，那紫衣老者拿出一面罗盘，并指画下道道玄妙符文，不多时，罗盘浮上高空，昊光落下，在秽谷谷口撕开一角雾气，随后慢慢扩大，形成一个圆形的入口。

"秽谷猎场已开，三十日内结丹之下可任意进出，有所得者，可在附近坊市交易！"

老者言罢便消失在空中，下一刻，早已久候在谷口的修士纷纷快步踏入，有筑基修士直接御剑带门人弟子进入。

“穆师弟，我们就不等你了，猎场外围有的是汤汤水水，够你喝一壶了！”

同门的嘲讽声远去，没给穆战霆骂回去的机会，他很是不悦，正准备找南颜一起嘲讽回去时，发现嵇炀并没有要进入的意思。

“你不去？”

“我们不知地形，我打算先去坊市找找有没有人兜售地形图。今日秽谷初开，修士锐气正盛，应无危险。”

来时听人说过，秽谷开猎第一日是此地一年中阳气最盛时，几乎没有二阶以上的妖兽可猎杀，炼气期的修士只要不脱离大队，可平安无虞。

南颜来之前有点儿犹疑，因为秽谷鬼阴之气甚重，她怕控制不住《七佛造业书》心法的灵力。不过最近她发现了一个方法，只要把修炼自《七佛造业书》的灵力注入脖子上的珍珠，再导出来后，看上去就变成了普通的灵力。

这珠子甚至可以瞒骗住《七佛造业书》的心法，隔绝对鬼魔气息的感应。

南颜心安了，同嵇炀说，只打算和穆战霆在秽谷外围转一转，随便杀点妖兽采采灵草就出来。

进入秽谷前，南颜又溜回来拽住要离开的嵇炀。

“今天是八月十五，太阳落山前，我想回去看看我娘，见到了之后我再回来辞别宗门。”

嵇炀略一沉吟，取出一只偃甲蝴蝶，道：“我会在坊市门口等你，如果找不到我，你就放出这只偃甲蝶。”

约好了之后，南颜就和穆战霆跨进了秽谷入口。入目是一片阴森树海，不远处可看见灵光闪烁，好似有人已寻到了猎物。

脚程快的已经御器飞上高空寻觅，但很快，有一个御剑的炼气修士在飞过一株极高的杉木时，树顶上忽然绿光一闪，一只猿猴样的妖兽从林木间高高跃起，一爪拍散那修士周身灵光。

那修士惊叫出声，但好在身上有防具，只是跌在旁边的树冠上，再想反击时，猿猴已经掉头逃开了。

“好玄……此地还是不宜飞行。”

两人左右看了看，只觉得到处都是一样的树，单看着树海的入口便有点儿晕了。

“外围能遇上乌啼蛇吗？”

“管他呢，进去再说。”

此时旁边有一队人好似观察了他们许久，其中一个灰衣中年人上前来，一拱手，道："二位道友，刚刚没听错的话，你们可是要去寻乌啼蛇？"

灰衣中年人也是炼气后期修为，看上去十分敦厚。

穆战霆和南颜对视一眼，道："道友有线索？"

"这却是巧了。"灰衣中年人笑道，"在下詹贤，来秽谷前曾搜罗到一张秘密地图，记载有人曾发现一处沼泽秘地，生有一丛三阶朱绒花，只不过被一条筑基期的乌啼蛇所盘踞看守。道友一身灵力惊人，应是刚好克制乌啼蛇，不知可愿共襄盛举？"

穆战霆毕竟是天灵根，又是最擅长攻击的火系，外人单看他戳在那儿就嚣张无比，像这种寻宝的队伍，多个人多分力，自然要前来搭讪。

"当真？"

"千真万确，詹某也延请了六位道友，其中还有阵法师，准备万全，若道友出力大，斩得那头乌啼蛇，我们愿把妖兽材料都让与道友。"

南颜一眼看过去，除了这个詹贤和另外一个阵法师是炼气后期，其余四个都是炼气中期，这在秽谷外围算是不错的队伍了。

但南颜入修真界以来，除了被嵇炀按着学习经典，看得最多的就是各类修仙话本，对路人极不信任，抿着嘴悄悄传音给穆战霆。

"大哥，去倒是可以去，但你得憋着点，至少见到乌啼蛇前学嵇炀藏藏拙。"

穆战霆一眼就看出了对方的底，回道："为什么？他们又打不过我。"

"你就不能灵性点吗？这叫扮猪吃老虎。"

穆战霆点头："有道理，你扮猪，我去吃老虎。"

南颜："……你自己去吧我走了。"

"莫看这入口狭小，秽谷方圆足足有九百里，道友可以看到这树海之中的林木，树根大多是朝北的方向根系较丰茂些，修士大多以此为指向，不会迷路。"

一路上詹贤殷勤地介绍秽谷，而南颜则做出一脸懵懂的模样，什么都先替穆战霆开口："我们还小，来之前只听人说秽谷内围有阴祝那种鬼物，不知道秽谷内围到底是什么样的地方。"

提到阴祝，詹贤这个来过秽谷三次的老手也不禁脸色发白："小道友有所不知，我修界自古以来多有战役，诸如与魔族的裂土之战，与妖族的奉江大战……这些决定修界生死的大战均会留下战场。而秽谷也正是一处古修士的战场，我们这些炼气期的修士在外围，至多是猎杀些妖兽或寻些灵草，但真正的宝物都在内围的战场中。那些战死的修士留下的诸多宝物，才是整个秽谷最有价值的。"

旁边同行的炼气修士道："然也，曾经有一个筑基修士躲过阴祝巡游深入内围，取得了一具元婴期的古修士遗体，凭借这一具遗体的宝甲和乾坤戒，直接成立了一个宗门，至今百年仍延续不衰。”

南颜跟嵇炀久了，对宝物不怎么看重，倒是有点儿喜欢追问远古秘辛：“可是话又说回来了，秽谷的古战场是因为什么才留下的呢？”

“据说还是最近几十年的事，上洲虽封锁消息，但也有人说，是为了围剿一个祸世逆道的魔头，上洲那些大人物齐齐出动，把魔头封印在此地。也就是这两年封印减弱，若是十年前，莫说是进内围，连秽谷外围都不会让人轻易踏足。”

聊了一会儿关于秽谷的秘事，不多时，阵法师身上的罗盘一动，低声道：“到地方了，前面半里便是朱绒花生长之地。”

南颜拨开枝叶，把灵力凝聚在眼部，催动灵目术，视野顿时拉远，隐约看见一处墨绿色的沼泽中央有一片小的洲渚，洲渚上一丛灵光四溢的火红灵草，远远看着煞是喜人。

“果然是成熟的朱绒花，这可是筑基丹的主药之一！”

一队人纷纷面露惊喜之色，但随后詹贤忽然道：“诸位道友，你们看那朱绒草旁边的巢穴！”

南颜闻声扫视了一圈，发现洲渚旁有一个水草搭建的简陋巢穴，里面很明显能看见一窝雪白的蛇蛋。

“是那条乌啼蛇刚产过卵，天赐良机，产卵后的妖兽虽然凶暴异常，但实力亦会大减，此次谋取的胜算又多了三成！”

众人底气顿时多了三分，詹贤便道：“乌啼蛇蛋亦是珍贵之物，若带回加以驯养，或可能培育成三阶灵兽，若我等此生无望筑基，凭此灵兽也可傲视一方。”

他话音一落，所有人都蠢蠢欲动，詹贤继续道：“话虽如此，但乌啼蛇毕竟相当于筑基期修士，为防万一，就让阵法师在此设下五行阵，若各位道友见势不妙，可先入阵一避。”

众人看了一眼披着斗篷连脸都看不见的阵法师，虽有疑虑，但也都觉得这法子还算稳妥，只有南颜看了一眼那阵法师手中的阵盘，感到有点儿不舒服。

目前为止，随着南颜对灵力越发运使如意，恐怕在筑基前，《七佛造业书》都不会再不受控制地对邪魔之人或物主动探查或展露攻击意向。可饶是如此，十个修士里有八个还是会让她多少有些不适的感应，这个阵法师尤甚，让她不免上了些心。

“穆道友火属性刚好克制乌啼蛇，便由我与穆道友先动手，诸位道友在一旁掠阵可好？”

在修真界，实力强的先动手乃是常理，穆战霆不置可否，这段时间他外伤已好得差不多了，只是气海残留的毒有些许阻碍，只能让他发挥九成灵力。

“上吧。”

两个炼气后期双双进入沼泽中，踏水无痕地掠向洲渚。这边詹贤还在念念有词地掐口诀，只听一声惊爆，穆战霆已恍如流星般砸了进去，惊飞一地隐藏的飞虫。

“穆道友你——”

詹贤话音一落，穆战霆身前的沼泽中莽莽水汽腾起，一条乌黑巨蛇自水泽中抬起三角形的头颅，黄玉色的蛇眼盯住来袭的修士，怒嘶一声，宛如一道黑色闪电从水中射出。

“来得好！”

穆战霆一看就知道这条蛇极是合适他解毒之用，二话不说双臂腾起赤炎，挽袖子便杀了上去。

后面的修士万万没想到还有这么莽的人，愣了一下后，连忙各自念诀，一时间五颜六色的灵光爆闪，全部往乌啼蛇身上招呼。

南颜小搓了个火球术丢过去后，便转头关注后面阵法师的情况，但看他规规矩矩地站在后面维持阵盘运转，暂时看不出什么异状，又回头去帮忙。

不多时，随着法术如雨般砸在乌啼蛇巨大的蛇身上，鳞片被烧得七零八落，穆战霆一道炎刃砍在蛇头七寸处，引得乌啼蛇发狂尖嘶起来，一尾把穆战霆扫进一侧的沼泽里。

“当心，这蛇发狂了，众位道友先退入阵中！我来挡它一阵！”

詹贤大叫一声，运起一身冰甲术相抗，而听他一说危险，后面的炼气期修士一个比一个快地飞入阵法师的阵盘中，生怕跑慢了被连累。

乌啼蛇爆发出筑基期妖力，数息间，詹贤的冰甲已显不支，苦苦抵抗许久，一回头看见南颜正把穆战霆从沼泽里捞出来，一连声道：“穆道友快去阵中躲避！”

穆战霆抹了一把脸上的水，看清情形，不退反冲：“詹兄义气！我还能打，你去躲，我和这条猪儿虫死磕！”

詹贤差点儿从半空摔下来。

修真界讲究一个死道友不死贫道，任他风起云涌灭天地，苟全自身是真理，穆战霆这么一冲，后面早早逃入阵法圈中的修士们也都蒙了。

“他是不是傻的？”

那一边，詹贤面现尴尬：“我还能抵挡一阵，蛇蛋就在一侧，乌啼蛇不可能走远，我们据守阵中将之击退便可！”

南颜觉得有道理：“大哥，我们……”

她话还没说完，穆战霆抓着她一把把她丢进阵法圈里，自己打上去：“道友放心，我穆战霆出道以来，成语词典里从来没有一个‘退’字！”

詹贤还在琢磨为什么是成语词典时，后面阵中异变陡生。

南颜只觉手臂微微一痛，阵圈外围处一丝丝血染般的黑气生起，在所有人反应过来前，就形成一个倒扣的碗状，把包括阵法师在内的八个人圈在阵中。

“这是什么东西！”

修士们大惊失色，各自运起法器护身，但随着阵中一股腥臭气息弥漫，所有人周身的灵光一步步减弱。

“魔修手段……”

南颜看向那一直坐在阵中的阵法师，只见他的脑袋忽然像是折断了一般往后一仰，身形呈一种扭曲的姿态站立起来，腥臭气息浸染间，他周身的斗篷腐烂，露出红色的、像是苔藓般的丑陋皮肤。

“魔修尸傀！中计了！”

尸傀是魔修最典型的一种手段，是将完整的修士尸体通过秘法祭炼，加上魔修神识烙印，制成的可以操控伤敌的傀儡。

这样的傀儡需要其他修士的血肉不断滋养，才能变强，而现在很显然，阵中的所有修士，只怕都要成为这头尸傀的血食。

“怕什么，我们这么多人，上！”其中一名炼气中期的修士在身上拍了一张增持的灵符，放出一把青光法剑，一剑刺向尸傀，只听当的一声响，那尸傀竟已至铜皮铁骨的境界，反而伸出黑爪一抓，魔气顿时污染了灵气。

修士的神识与法剑瞬间断开联系，被尸傀一抓之下，竟毫无抵抗之力地被摄去。

“啊——”

南颜捂着嘴，手指微颤，她看见那尸傀先是一爪刺穿修士的心口，然后从修士的手指开始吃起，一根一根，大快朵颐，满口血肉骨渣，情状可怖。

她本该吓得腿软，但脖颈上的珍珠此时送来一丝清凉之意，立时便让混乱的灵台沉静下来。

所有人的法器发了疯一般攻击尸傀，但都渐渐被尸傀散发的魔气污染，一个一个落在地上。

“完了，这多半是头炼气大圆满的尸傀……”

修士们心生绝望时，忽然有人指着南颜愕然道：“这丫头灵力怎么不减反增？！”

尸傀蓦然抬起染满血的头颅看向南颜，炼气圆满的邪力猝然爆发，四肢抓地，向南颜冲来……

“阿颜？”背后阵法中邪气弥漫，穆战霆这才堪堪反应过来，不料詹贤突来一道冰锥，击得他护体灵光骤散，不得不退出十丈开外。

“啧，老老实实做我神棺宗的血食，是你的荣幸。”

詹贤忽然冷笑一声，向旁边洲渚一挥手，那洲渚上的朱绒花和乌啼蛇蛋纷纷散去，竟都是幻术所化。

一切都是陷阱。

“你是魔修？这蛇也是你同伙？”穆战霆在一座岩石上站定，同时发现乌啼蛇抖了抖身上的鳞片，蛇身游动至穆战霆身后拦住他的退路，竟再不攻击詹贤，嘶嘶吐着猩红蛇芯。

詹贤一拍身上所带的乾坤囊，放出一面黑色魂幡飘浮身前，不停地向不远处被封锁的阵盘输送魔气。

“这条乌啼蛇乃是我向宗内长辈借来的灵兽，正好你这修士肉身是它所需。你放心，不出一刻，那阵中的修士必死无疑，我的尸傀也会晋升假筑基境界。穆道友纵然勇悍，也不可能逃出生天，还是束手就擒吧。”

“你想得美，老子才不束……”穆战霆一身天灵根修为骤然提升，同时组织了一下语言，道，“老子才不会‘束手旁观’！”

此时远处阵法里面忽然传出来一声南颜的怒喝：“是束手就擒好不！”

穆战霆：“……”

乌啼蛇一摆尾朝他咬来，穆战霆一边打一边朝阵法里面大声叫道：“里面啥情况？”

阵法里面传出南颜暴躁的声音：“有头僵尸在杀人！我们出不去！”

穆战霆听南颜声音还十分有精神，心下稍安：“那你还能扛吗？”

“没事，老僵尸被我捶了一下不敢靠近我……哇你们这些年纪大的能不能别躲我身后？！”

里面传来其他人呜呜哇哇的惊恐之声：“它怕你你就先扛着吧，我们替你掠阵！”

南颜：“我不知道怎么打呀！”

“尸傀只有克魔之法才能彻底杀死，你有的话就试试啊！”

里面吵吵闹闹，有阵法相隔断，詹贤并不知阵法内尸傀究竟如何，想起出声的南颜不过是炼气初期，顿生轻视之心：“口气倒是大，我这尸傀精心饲育，三入秽谷，蚕食修士上百，岂是一介炼气初期可镇？乌啼蛇，先杀了他！”

“杀”字一出，乌啼蛇腾空而起，对着穆战霆张开血盆大口，猛然喷出一股暗紫毒液。

毒液在空中时便吱吱作响，不难想象沾身后是何等凶险。

“来得好！”穆战霆不躲反迎，掌心轻合，抽出一把尺长的火焰之刃，倒提在手，一刀便烧断半股毒液线，毒液临身时，气势已弱，被他翻掌一纳，便收入掌中一只辟毒瓶里。

“原来……你是天灵根修士！”

詹贤一时面色骇然，在炼气期，修士先天资质几乎碾压一切，如这般天灵根，在宗门里定是宝贝得不行，出行必有师长相护。毕竟，天灵根乃是元婴之资，而凡洲修士的最高修为正是元婴。

詹贤心绪大乱，左顾右盼，没有发现穆战霆有随行的宗门师长，心下虽定但仍压抑不住冷汗直流，拿出一只铃铛飞速摇动：“乌啼蛇！在他宗门之人来之前杀了他！”

乌啼蛇虽未开灵智，但也是第一次遇见这般好的修士肉身，口中毒液滴答，垂涎不已，尾巴一摇，尽起三阶妖兽之威，正要一口吞来时，蛇身却是一顿。

乍然间，远处阵法爆起金光，竟仿若有佛威浩荡，瞬息撕破魔阵。

“毗卢净世，镇……众恶执迷！”

第三章　狐妖殷琊

你妈是狐狸还是你爸是狐狸？

秽谷这般秘境旁的坊市大多是临时搭建而成，秽谷开启不过半日，便已有修士有所收获，拿出来在坊市交易。

“……承惠三十块灵石，这张地图还是上次秽谷开启后画的，内围界限也大致勾勒出了。”

“多谢。”

嵇炀接过玉符，查看后发现秽谷今年内围界限比之上次有所缩小，听四下的情报，都在说已有修士踏入秽谷后，不幸正面撞上一头阴祝，被吸尽生气而陨落。

自然，能单枪匹马闯秽谷内围的均是筑基修士，炼气修士若想进入，至少要与多名筑基修士同行。

收罢地图，嵇炀听到不远处有一点儿骚动，一眼望去，是某个炼器宗门前来秽谷，顺便将飞行法器开来坊市作为珍宝阁交易。

嵇炀想起穆战霆身上的伤，就算乌啼蛇毒到手，也应稍加炼制为解毒丹方可服用，想了想自己这灵根也需要一点儿丹药冲击筑基。

夺舍之前道途虽短，但阵器丹符未有不精，而巨变后未折半分心志，也正因如此。

此时珍宝阁中已有了不少修士，大多是炼气期，阁中待客的修士听嵇炀说明来意，略略犯难。

“我宗为秽谷猎场而来，这一楼售卖大多是猎杀妖兽所用的法器，至于丹鼎者，只有筑基期所用，道友……”

嵇炀道：“无妨，我代宗门师者而来，若有丹鼎，烦请带路。”

待客修士看他道袍乃是宗门所有的制式，不疑有他，让他上了二楼。

踏入二楼后，周围灵压骤然浓郁起来，单单一眼所见，便有三位筑基修士，其中两个乃是坐镇这层的老者，另一个来客，却是一个秀雅俊俏、肩披狐裘的白衣少年人。

楼中宝光满溢，少年人似乎极是不耐，用力扇着手中的白扇，催促道：“殷某已加了五万块灵石加五阶灵草了，还没考虑好？”

楼中一位筑基老者不紧不慢道：“道友出价自然是足够的，但此物乃镇宗之宝，尚需请示副宗主。”

少年人纸扇一合，啪一声拍在桌上：“少废话，就你们那一片银鲛纱顶得什么用？鸡肋而已，殷某给你们的东西岂不是实用许多？”

筑基老者仍是打太极拖时间，嵇炀被领到一边的丹鼎架上，分出一丝心神细细关注，隐约觉得这白衣少年有些熟悉，待听见少年为银鲛纱争吵，方想起南颜提起过在峡谷坊市时遇见一个使幻术骗买了银鲛纱的筑基修士，大约就是此人。

嵇炀余光轻扫，眼底隐有一丝星河暗芒流转，两息后，他收回目光，眼底微露笑意。

——原来是头长于幻术的狐妖。

“……道友请看，这尊乌金三足鼎，筑基期真火炼制，可增一成的成丹率，现在只卖九百灵石。”

旁边修士正卖力推荐丹鼎，嵇炀忽然道：“这鼎尚可，另外我想代家师问一问，贵阁可有狐妖类内丹？”

那白衣少年人闻言立即停下吵闹，猛然转过头来，瞪着嵇炀道：“你说什么？”

“师者需炼制破障丹，故而想问一问有无狐妖内丹。”嵇炀神态端重得体，温声道，“这位前辈既如此反应，身上可是有狐妖内丹？”

白衣少年人似欲发作，噌地站起来，捏着扇子怒瞪片刻，又坐下去，狠狠喝了一口灵茶，拍桌道：“你们还卖不卖？”

“殷道友少安毋躁。”筑基期老者仿佛看出端倪，转头对着嵇炀笑道，“小友想要何种狐妖内丹？”

“炼气后期至圆满的狐妖即可。”

筑基老者捋须笑道：“好，老朽阁中本无狐妖内丹，但今日送上门来一只，这就挖与小友！”

说着，筑基老者一抬掌，竟直接拍向白衣少年。

阁中轰然一声惊爆，烟尘中，一个被破去幻术，露出炼气大圆满修为的妖修一边逃一边骂：“你们正道修士都是一伙的，欺负我们妖族！”

筑基老者大笑一声，道：“妖孽偷入我人族，合该教训一番！”

片刻后，人已打到外面去，嵇炀听着外面那狐狸精挨打的声音，不紧不慢地结了账。不多时那追出去的筑基老者也回来了，看样子并没有赶尽杀绝。

“早就听说有非我族类近日在附近流窜欺骗修士，只是未能确定，还是小友慧眼如炬，让我等今日可小小教训此妖一番，料它这段时日不敢在秽谷附近作乱。只是不知小友是如何看出此妖真身？若我早知不过是个炼气期妖修，便可有所准备击而杀之。”

“舍妹曾遭他幻术相扰，只想小小教训而已。天下万物有灵，修路虽无情，愿留一线善念。”

筑基老者微微动容：“小友见识不凡，不知可愿留下共饮一杯灵茶？”

嵇炀正要应声，忽而心神微动，抬头间窗外一只偃甲蝶徐徐飞至，道：“晚辈另有他事，告辞。”

坊市外二十里，一处凡人城池中，某户富贵人家空荡荡的后院里，金菊花架下，一头丈许的雪白狐狸舔着自己的伤口，碧色的宛如宝石般的眼睛里泛出怒色。

“小小人族，敢哄骗我！”狐妖气得六条尾巴摇来摆去，片刻后，狐妖计上心头，眯起眼睛道，“那我就装成你四处骗人，惹遍众修士。”

说着，狐妖身形一幻，化作一个清雅少年的模样，低下头对着旁边池塘照了照，总觉得少了点疏淡的气质，挤眉弄眼，却怎么也演绎不出来。

“等我调息完，玩不死你……”狐妖气哼哼地打坐疗起了伤。

却说嵇炀循着偃甲蝶找到南颜和穆战霆时，远远看见他俩你推我我搡你地在那里争执，等瞧见他来，却是一个比一个乖觉。

嵇炀的目光从穆战霆扫到南颜，只见他们身上泥一块土一块的，直看得南颜别过头去，方才徐徐问道：“怎么一身泥？”

南颜：“打架了。”

穆战霆：“打架了。”

“看得出来。”嵇炀又问南颜，“可有受伤？”

南颜委屈地伸出小肉手：“手酸。”

穆战霆吐了一口血，道："你咋不问我受没受伤，我可是顶着一条三阶的乌啼蛇追了那魔修半里地。"

"她小，自然先关心她。"嵇炀坐下来一边给南颜揉手一边问道，"你们是如何遇上魔修的？"

穆战霆一五一十地把入秽谷后遇到魔修的事描述了一番，当中情形十足凶险，最后感慨不已："要不是一起陷在阵里的那些修士太没义气，出来了之后就四散奔逃，我们早就把魔修杀了。他们跑了之后只留我和阿颜对着那些魔物，好在这丫头可莽了，尸傀被打得像只皮皮虾，后来那姓詹的扛不住先跑了，我们总算脱困。"

嵇炀听完前因后果，把南颜的手握紧三分："当真？"

南颜点点头。

穆战霆连忙说好话："那头尸傀我也试着打了，根本打不动，阿颜去捶了两下尸傀就嗷嗷叫，只是看着不像是我仰月宗的功法，也不知道这丫头哪里学来的。"

南颜的《七佛造业书》练到炼气中期后就没敢继续往下练，因为这功法后期的描述简直犹如魔王临世。她看了看嵇炀，正想张口，却被嵇炀以数语轻轻带过。

"若依我私心，无论她想练什么，只要有心踏仙道求长生，我均感欣悦。至于功法云云，每个人各有奇遇，她既没有详询我之过往，我也不必探究她的路。"

南颜有点儿羞愧，小声道："我是练了一门功法，但是功法有限制我说不出来，等回家找娘后，我就不会练了。"

穆战霆忙说："别别别，你还是练着吧，只要能自保就行了。哎嵇炀，那乌啼蛇的蛇毒我取来了，还需要什么药？"

嵇炀没想到买的丹鼎当天就派上用场了，道："炼丹辅料在坊市中均可购得，只是周围修士纷杂，听你们的说法，尚有魔修在其中，最好寻一僻静之处炼丹养伤。"

穆战霆指着天上飞来飞去的修士灵光，道："到处都是修士，哪里来的僻静地方，要么回渡空舟？"

南颜跳起来道："要不然就提前一天来我家吧，附近就是孔州，我家有老房子在那儿呢，早点回去可以早点看我娘！"

自从乘上渡空舟，南颜每天说最多的就是我娘云云，嵇炀却是每天都在斟酌言语，到时该如何让她走出丧亲的心伤皈依我道。可这一刻即将到来时，他还是有几分迟疑。

"今日？"

"对呀，"南颜掰着指头算了算，道，"今天还有中秋庙会呢，好不容易回家了，我还想买点城南的蛋黄月饼和蜜三刀，我娘可爱吃这个了，大哥呢？"

穆战霆对南颜的娘有那么一点儿阴影，摆手道："我跟你一起去可以，但没把你嫁出去，我无颜面对你娘。"

南颜怒不可遏："你上回要把我介绍给那头畜精的事我还没找你算账呢！我南颜就是一辈子嫁不出去，一个人老死，我也不成家！"

"对不起嘛，那头畜精我下回再打一顿……"

"不行我先打你一顿！"

穆战霆闪得快，转眼间跑远了："你打不着！"

南颜又和穆战霆开始"秦王绕柱跑"，纠缠许久才离开秽谷。

孔州离秽谷不远，疾行不过半个时辰，便已见到孔州巨大的城池。

此时日头刚从西山落下，天穹已半数染为墨蓝色，穹顶之下万家灯火，身处没了宵禁的凡人城池中，不期然间，软红千丈已来得这般热烈。

南颜和穆战霆之前都在凡世生活许久，一进城便活跃起来，倒是嵇炀对此似乎有几分陌生，任南颜拉着挤进熙熙攘攘的人群里，虽仍是端雅矜持的气态，却难免显得有几分无措。

修界之中，哪怕是相识多年的修士，都会互相提着小心，绝不会凑得这般近。

哪像是凡间，就算是见面不识的陌路人，都离得这般近，近得能感到对方散发的红尘况味。

南颜熟门熟路地钻进一家当铺，用坊市里换购的玉器小物件当了一贯铜钱，回去一眼只看见嵇炀，咦了一声："大哥呢？"

"战霆说来过孔州，知道关帝庙的符很灵……去了关帝庙说是要求符。"

南颜哦了一声，蹭到嵇炀身边问道："我家老房子在城北很远很远的地方呢，见到娘就逛不了庙会了，少苍有没有想去玩的地方呀？"

嵇炀轻轻摇头："我不曾来过凡……不曾来过庙会。"

南颜讶异了片刻，万万没想到自己有带嵇炀长见识的一天，兴冲冲道："那你跟我来呀，我带你玩好玩的，吃好吃的！"

"我……"嵇炀刚想说修士不宜多染五谷，话到口头，却也不知是不是因为秋夜的灯火过于惑人，鬼使神差地便点了头。

"好，我跟你走。"

"关帝爷爷，穆战霆天生天养，长这么大，除了下雨时关帝爷爷让我躲雨外从没有人待我好。今年有了兄弟妹妹，请关帝爷爷照顾照顾他们，让他们俩无论在哪儿都能安……'长治久安'！"

穆战霆引人侧目地许完愿，自觉十分满意，砰砰砰磕了三个响头，起身到关帝庙侧取签，没想到去庙后神桃树挂平安符的时候，那儿已是人满为患。

穆战霆抓住旁边的香客问：“这是怎么了？”

“今晚关帝爷爷显灵呢，这城内外的桃李都开了花了！庙后有棵老桃树，桃花开满了枝呢！神迹啊！”

听罢，穆战霆抬眼望去，果然一片粉云朦胧，和树下盛放的金菊相映成趣。

孔州城中此时中秋氛围正浓，又逢春秋相映的奇景，一时间关帝庙里人们推推搡搡，争相去桃树下许愿。穆战霆心想一会儿恐怕人更多，便打算先去桃树上挂平安符。

此时前方一个衣衫破烂的老僧被人群挤得转了好几个圈，旁边有富贵人家闻见他身上灰尘和香火混杂的气味，纷纷皱眉。

“滚远些，莫脏了爷的衣裳。”

穆战霆离得不远，见老僧被推得踉跄，忙伸手扶了一下，只觉老僧骨瘦如柴，他看了看人满为患的关帝庙后院，心想也不急在一时，就扶了老僧到一边的亭子坐下。

“老和尚，没伤着吧。”

“多谢、多谢小施主。”老僧双手合十，一张嘴，牙都掉光了，说话漏着风，但脸上却是笑眯眯的，“耽误小施主挂平安符了。”

“没事，我就是看这桃花开得奇妙，想沾沾福气罢了，实在不行门口那棵老榆树也行。”穆战霆甩着平安符玩，问道，“老和尚，你要是化缘怎么不到街上去？今天中秋呢，庙里的香客都舍给关帝爷爷了，街上收成岂不是好得多？”

老和尚笑了两声道：“这桃花喜人，比得上半钵善缘，小友可是修士？”

“你也是？”穆战霆看他浑身上下破破烂烂与乞丐无二，但隐约觉得他确实与周围凡人有点儿不同，具体是什么修为却看不出。

“老衲法号吃苦，也曾入修界虚耗过些光阴。”

穆战霆奇道：“你再说一遍，你叫什么？”

“老衲法号吃苦。”老和尚笑眯眯道，“小友，老衲看相灵得很，要不要结个善缘？”

穆战霆翻了个白眼：“行了吧，我什么庙没待过，十个有八个说我死劫逢生，日后必有大造化。”

老和尚点了点头：“看小友的面相确实如此，而且近日便有一桩死劫。”

穆战霆刚想说今天已经差不多渡过一劫了，想了想还是说道：“我知道我这人劫数多，只要别连累我身边人就行，老和尚，你可有化解的办法？”

“老衲有两样东西，皆可化解小友的劫难。”

穆战霆看他从身上挂着的破褡裢里掏了掏，先是拿出一串开了线的旧佛珠，诚恳建议道："施主天资过人，若想消灾躲劫，最好的办法就是放下三千烦恼丝，皈依佛门，再不惹红尘俗——"

穆战霆："下一个。"

老和尚叹了口气，对那佛珠道："老宝贝呀老宝贝，世人都知与世无争是宝，可谁都不愿要。这样吧，老衲最近有位故交兵解，走之前嘱咐老衲将她的定情信物还给她亏欠之人，老衲已替她还了三个，还剩下这一个，事主脾性凶残，老衲不敢去，不知小友可愿接下这桩请托？"

为什么会有四个定情信物？

穆战霆一听就是麻烦事，刚想拒绝，却发现老和尚从破褡裢里掏出来的竟是一件一眼看不出等阶的宝贝。

"此物叫血凰钗，曾是辰洲龙主的聘礼，若将此物交还，以小友的资质或可一争辰洲帝子。"老和尚看穆战霆有摇头的意思，又连忙补充道，"小友不必紧张，一则老衲是看此物愿暂认小友为主，故有此问；二则，只要小友不前往辰洲争帝子，血凰钗可自留之。"

穆战霆："这么好，你不会是有什么'锦囊妙计'吧？"

老和尚："……锦囊妙计？"

穆战霆："这都听不懂，你活这么大读的书也太少了。先说好，我要的话就留十年，十年后我要是筑不了基，我就送给我妹妹当嫁妆，你还要送我吗？"

老和尚眼里掠过一丝了然的笑意，道："本就是……小友愿要就好。"

此时关帝庙外喧嚷起来，原来在庙里的人闻声又都往外跑。

"道旁的李子树结果了！这是仙果，快摘去呀！"

凡人们一听有仙果，连忙乱哄哄往外挤去，这下连穆战霆也给挤得转了好几个圈儿，等到回过神时，面前的老和尚已经不见了，周围只留下一声淡淡叹息。

"桃李逆时而绽，必有天下师历尘……罢了，暂避吧。"

穆战霆看了看手里的血凰钗，有点儿摸不着头脑，看那棵桃树，越发觉得连桃树也同自己一般，转瞬间便树前冷落车马稀，一时起了恻隐之心，买了两炷香正要上，忽然瞥见桃树后有两个人。

虽然只有背影，却也足看得出是嵇炀，却是正在同一个上供品的妇人说着俏皮话，那妇人已五迷三道，说话间已将手里放着烧鸡的篮子献上。

"公子要什么，奴家都愿意，要奴家也——"

妇人一脸绯红，只觉面前的少年乃是神仙中人，正欲化作嫦女翩翩随他而去时，一个粗豪的声音插过来："嵇炀，你干啥呢？"

殷琊今晚本来是想去秽谷闹事的，岂料孔州城中桃李突绽，妖力饱受滋养，一时便不想走了。加上妖族基本没有辟谷的习惯，溜达不久就饿了，正诓了供品打算从关帝爷“爷口夺食”，就被人打断了。

“你怎么还换了衣服？阿颜没跟你在一起吗？”

殷琊被猛地扯过去，本是一脸烦躁，待看见穆战霆手里还拿着的血凰钗时，眼睛差点儿没瞪出来。

仙品灵宝！

他一时以为是眼花，但定睛一看，确实是仙品灵宝，被随手拿在一个炼气修士手上，看样子还是没认主的。

“啊……阿颜，她跟我走散了。”殷琊艰难地把目光从血凰钗上移开，道，“怎么了吗？”

“哦那没事，她从小在孔州长大，人贩子也看不上她那样的。”穆战霆摇了摇手里的血凰钗道，“刚刚有个老和尚非要把这根钗子给我，我要是这回解毒失败，这根钗子就留给南颜做嫁妆，也算你我当哥哥的心意，我不好意思见她娘，你就替我交去好不好？”

殷琊一把推开还没解开幻术而纠缠过来的妇人，连连点头道：“愿意愿意，哥，你说什么就是什么。”

“好兄弟。”穆战霆感动地拍了拍他的肩，道，“我知道你待阿颜是最好的，阿颜要回家，恐怕以后再难见到了，今天老天有眼让桃花开，我们再最后结拜一次，以后虽说不一定‘同归于尽’，但至少今天，咱们就是义结金兰的手足。”

殷琊此时只恨自己没读过人族多少书，单觉得他的成语运用得行云流水，听明白这傻瓜要把仙品灵宝给他，心里只顾琢磨着拿了宝贝后如何跑路，等回过神来时，人已经被穆战霆强行按在蒲团上。

穆战霆在他旁边的蒲团上跪好，想了想又纠结道：“唉，阿颜是个重情的，还是不叫她了，省得她哭个没完，就拿个东西替她吧。”

于是殷琊就看见穆战霆左右看了看，抱起供桌上一颗硕大的猪头，摆在他们俩中间的蒲团上，还慈爱地摸了两下猪耳朵。

“正所谓不求同年同月同日生，但求同年同月同日死，”穆战霆像是老父亲一样抹了把男儿泪，看南颜久了，见个猪头都觉得眉清目秀，遂抱紧了猪头感慨不已，“阿颜，仙路漫长，哥和嵇炀要走了，我们永远记得有过你这么一个妹妹。”

——我要是你妹妹现在就大义灭亲。

穆战霆自我感动完，对殷琊道：“兄弟，来磕个头吧。”

不行我们狐妖是有尊严的，不能和一个猪头拜把子！

殷琊这边在天妖交战，那边穆战霆看他眼神放空，问道："你是不是也不愿意面对她？其实我也是，罢了……这东西还是我来交——"

他话音未落，就看见对方砰砰砰磕了三个头，直磕得一旁桃树摇动，落英缤纷中，少年目光坚定。

"大哥，你听够不够响？"

"啊……阿嚏！"

南颜打了一路喷嚏，不知为何，总觉得仙路绝缘前，有一种想和穆战霆同归于尽的冲动。

"还没停住？"一侧提了一手点心的嵇炀停住步子，用手背碰了碰南颜的额头，"修士应当不至于为风寒所扰，你这是……"

"不知道，也许是有人咒我吧。"

此时她和嵇炀已逛过了两个坊市，她一路说，他一路听，也不知是不是错觉，南颜总算在嵇炀脸上感到了一丝温热的烟火气。

不多时，他们便走到了城中最繁华的灯市。道旁两侧楼阁结饰繁丽，灯火通明，杯盘交错，歌女轻唱，狂生吟哦，好不热闹。

南颜一来到灯市就好似脱了缰的野马，硬是拖着嵇炀从街头逛到街尾。在一家香气勾人的丹桂糕摊子前停步时，嵇炀盯着她鼓鼓的腮帮子，终于忍不住问道："你昨日才服过辟谷丹，不怕积食？"

"我还在长身体呢，不怕不怕。"南颜捧起热烘烘的丹桂糕，硬塞给他一块，随后拉着他走到下一个摊子前，定住步子不动了。

摊子上有手艺人在做人形的布袋偶，一笔一画勾勒出生旦净丑，其中有一个拿着糖葫芦的女娃娃，可以套在手上做动作。重要的是，这布袋偶做得胖乎乎的，和南颜十分相像。

南颜看了一眼布袋偶，又看了一眼嵇炀，眼里的神色十分殷切。

嵇炀看她两只手都拿满了吃的，觉得不能再惯着她了，提醒道："这般下去，再多的乾坤囊也装不下了。"

"好嘛，不买就是了。"南颜虽没有买，但还是拉着嵇炀找了个空地坐下来一起看布袋戏。

"我跟我娘以前在这儿住的时候，一到过节就来看布袋戏，我去借个小偶给你表演个翻跟斗？"

嵇炀看已是月上中天，接过她手上的东西，道："尽兴就好。"

"好嘞。"

趁戏中歇息的时候，南颜向摊主借了那糖葫芦娃娃，又借了个小生布偶，哇哇呀呀地就给配起台词来。

“……说时迟，那时快，大侠一把把小丫头护在身后，说道：‘贼子尔敢！’

“手起刀落，满山的盗匪死的死，逃的逃，大侠对小丫头说：‘以后谁敢欺负你，就报上我的名字，龙傲天！’

“说完，大侠一甩袖子，仗剑离去……离去……去……”

大侠小偶一骑绝尘了一个胖胳膊的距离，被南颜轻轻放下，只剩下右手上的糖葫芦胖娃娃。

嵇炀支着侧脸问道：“结束了？”

“还没有呢。”南颜鼓了鼓腮帮子，继续咿咿呀呀道，“大侠救了我，却害我形单影只落了相思病，旁边的客官，你说他喜不喜欢我呀？”

嵇炀一愣，却见小娃娃拿糖葫芦捂着脸问他：“快说，喜不喜欢我呀？”

娃娃抵近眼前，操偶的人却非要躲在娃娃后面，嵇炀顿了顿，唇边绽开一个轻柔的笑：“喜欢。”

南颜把小娃娃拿开，笑得也像是小娃娃一样：“既然喜欢，你还不带回家去？”

嵇炀：“……”

四下的喧扰有那么一瞬间慢了下来，片刻后，嵇炀笑着摇了摇头道：“左右你就是想买就是了。”

“就买这一个嘛。”

“随你吧。”

得了嵇炀的点头，南颜兴冲冲去买这只小偶，付钱时，看见听戏的人一阵躁动，随后所有人都看向道旁所植的桃李，指指点点议论不已。

“少苍，还不到春天呢，桃李怎么都开……”南颜拉着嵇炀的手想问，嵇炀却反手握紧了她的手。

南颜一抬头，看见嵇炀的侧脸，如覆寒冰。

“桃李逆时而绽，乃天下师历尘……他来了。”他低声喃喃。

南娆曾经带着女儿在孔州的北城定居，穿过三道清净的小巷，走过两户阖家团聚的烛窗，越是靠近，南颜脸上的神采越是飞扬。

“就怕我娘又一个人出去玩了，最近连我的信都不回了……”

嵇炀一路听着南颜小声抱怨，待靠近了南家的旧居，他的目光终于从道旁盛放的桃树上收回，看着南颜脚步越发轻快的背影，左手微抬似要去碰她，却又很快收回。

“这儿就是了，你要炼解毒丹的话在这儿就行，我把我的小屋让给你，我和我娘挤一挤。”南颜说着，一把推开了木门。

古朽的木门吱的一声打开，带起一阵冷冷扑袭过院落的秋风，飘飞的残破纸钱扫过南颜的脸，笑容恍如被瞬间凝冻。

“娘？”

比起无人更可怕，也更直接的，是院子里破旧的白绫，和满地未燃尽的纸钱。

南颜倒退了两步，后背撞在嵇炀扶过来的手上，眼前一黑复又一明，昭示眼前的场景是真非幻。

“阿颜。”嵇炀顿了顿，道，“我代你……进去看看？”

南颜像是被烫着一样缩了回去，点了点头，背对他坐在门前的石阶上对着空荡荡的长街发呆。

怎么会？怎么会呢？她无所不能，怎么会突然离开呢？

南颜握紧脖颈上的珍珠，但这一次，珍珠却不能让她的心绪有分毫平静。

“是……隔壁南娘子家的阿颜回来了吗？”邻家的老婆婆听见隔壁有响动，提着灯开门一照，看南颜在发呆，走了过来。

“真是阿颜，唉……你要是早三个月回来该多好。南娘子是深冬的时候回来的，说女儿还会回来找她，就算……就算走，也不会走太远。”

“……我娘，是因为什么？”

“还是因为那桩心疾，说什么都不愿意看大夫。白日里还能走，有说有笑的，到了晚上，她一个人坐在院子里，就在那棵树下，等我来给她送晒好的新枣时，她已离世了。”

“那……”南颜抽了抽鼻子，忍了许久，低声问道，“谢谢婆婆，我娘是安葬在哪儿？”

“就在城外三里的月牙河边，渡头旁往右数第三个坟头就是了。”

南颜点点头道了谢，此时嵇炀也走了出来，手上拿着一封信，看南颜的模样，温声道：“信上说要你去寻你舅舅……罢了，我先代你收着可好？”

南颜嗯了一声，拿袖子捂紧了眼睛，好一会儿，道：“我想去城外的墓地看看。”

嵇炀再一次看了一眼旁边的桃李树，却没有犹豫，点了点头。

南颜最后一次回头看了看城中的万家灯火，从未觉得如此苍凉，只剩下她身边那双温如玉的手还在等她……

南颜一路上把嵇炀的手握得死紧，越是靠近月牙河的墓群，越是脚步凝滞。

忽然，嵇炀停住脚步。

“少苍？”南颜抬头，却见嵇炀眸光沉凝。

“不太对。”他说话的同时，身影瞬动，在渡头旁第三个坟头前停下步子，南颜快步赶到，只见一方青石碑上，写着“南氏娆娘之墓”，而石碑背后，墓土两分，棺木空陈。

她娘的墓被掘开，尸身不见了。

“娘……”南颜一时来不及反应，她娘花钱向来没个数，即便是盗墓的，也不至于放着旁边光鲜的石砌墓不盗，来盗她娘的墓。

“掘墓者非为求财，否则绝不会把棺木放得这般整齐，除非……”嵇炀把手空悬于墓坑上，虚虚一抓，一丝丝灵力流从土壤中浮出，随后极快地消失。

“是修士做的。”

南颜掉头就想去找，却被嵇炀叫住。

“你不知盗墓者去何处，如何找寻？”他拉住南颜，道，“你先静心听我说。”

南颜甩了甩脑袋，抱着头道：“……我现在有点儿乱，你、你说吧。”

“修士不会随意接触凡人，即便是杀戮众多的魔修，也会尽量选择低阶修士猎杀，我猜你娘应该本来就是修士，对不对？”

嵇炀这是明知故问，南颜却是混乱了好一会儿，想起往昔她娘的种种情状……她们母女虽然过得清苦，但从未遭恶人欺凌，即便有，那恶人也绝不会再见第二次。

她以前没有多想，现在想想，孤儿寡母，怎会平平安安过这么久，除非她娘……原本就是修士。

“看来你也想到了，如果你娘是修士，那你娘遗体被盗掘，有两种可能。一是有魔修盯着你娘日久，但慑于她的修为境界不敢动手，等你娘逝世后，盗掘尸身炼为尸傀。”

南颜瞳孔一缩，气得手指都在颤抖：“要真的是这样……”

要真的是这样，她便是练《七佛造业书》练得心性成狂，也要尽屠那魔修满门！

“别慌。”嵇炀半跪下来，言语中有一股令人心神安定的力量，“还有一种可能，你看这棺木虽被掘开，但手法十分小心，搁置整齐，或许是你娘出身高贵，她原先的宗门发觉她的命玉碎裂，把她接走安葬了。”

南颜看了一眼旁边放得整整齐齐、没有丝毫破损的棺木，慢慢平静下来：“会吗？”

“阿颜，”嵇炀眼帘微垂，轻声道，“你可曾发觉，你的资质远胜芸芸修士？”

在修界，只有极少部分的天生之才才会灵根出类拔萃，而更多的修士，依靠的是祖上的血脉积累，这些修士出身豪门，天生就有绝顶的资质，也就是修界的贵胄。

不过南颜不关心这些，急声道："那我应该怎么去找？"

"你自己就是线索，"嵇炀拨开她紧握的手指，在她掌心点了点，道，"一个修士身上的血脉会随着修为的增长不断觉醒，如果你能修到筑基，远渡瀚海，到海外之洲，或可寻得你母亲的出身端倪。"

他说这话，却是抱着私心，想南颜好好遵循她娘的遗愿修得长生，至少多给他点时间，让他……有时间，去寻个真相。

嵇炀似乎想得有几分失神，直到肩上微沉，小姑娘已经紧紧搂着他的脖子，把脑袋抵在他肩膀上。

"少苍，我想我娘了……我都没有和她好好道过别。"她白日里也这么说过，此刻的语气却是截然不同。

"你也不必过于颓丧，若往好处去想，也许你娘宗门的人见她尚可一救，带走救治了呢？"

"……是这样就好了。"

南颜知道这只是安慰之言，沉默片刻，小声说起她未尽的憾恨，嵇炀也静静听着，直到听见她心跳平缓下来，又听她问道："少苍，你什么都知道，那你知不知道，这世上有没有什么能让人起死回生的仙术或仙丹。"

嵇炀本能地想说没有，但话到唇边，却又改了口："有，条件大多苛刻……比如说，修界大逆之一的夺舍，如非本人主动为之，可换一种做法起死回生。"

"怎么做？"

"若修士死后仍保留有完整元神，可被第三人以魔修咒术强行打入另一个活人体内，元神为魔气影响，短暂失心后可吞噬无辜之人的生魂，最后，鸠占鹊巢。"

南颜又小心翼翼地问道："那被夺舍的人呢？"

"三魂六魄被吞噬殆尽，永不入轮回，化作怨厉之气纠缠原躯终生……而夺舍之人，也大多会堕入魔修之道。故，修界之中一旦发现夺舍之人，必是人人得而诛之。"

嵇炀的语气一直很平静，南颜并没有发觉他话中的端倪。

"不要，我娘……就算最后没有希望，我也会让她入土为安。"

沉淀下心境后，两人整理好南娆的空墓，嵇炀看她不愿离开，索性背起她，缓缓往城内走去。道旁的桃花已不再盛放，繁华的长街上也只剩下收摊的百姓，数着铜板，脸上带着疲惫而满足的笑。

不多时，一只黑色的偃甲蝶徐徐飞近，反馈回的消息让嵇炀微微一愣。

“怎么？大哥失踪了？”南颜哑着嗓子问。

“没失踪。”嵇炀眼底的神色有点儿怪异，“我放出偃甲蝶去寻他，却发现他正在满城找大夫。”

“为什么？”

嵇炀也是不解，放下南颜，一路跟着偃甲蝶来到一处设有不少医馆的街上，只见左右医馆大门紧闭，但窗口多有人探头出来。

旁边一家医馆的男主人面带恐惧道：“我刚刚没看清楚，那是妖怪吧？”

他家儿子兴奋道：“是呀，喝醉了呢，打一次嗝儿，毛茸茸的耳朵就冒出来一回。”

他家女主人小声道：“妖怪长得还挺好看的。”

男主人呸道：“你怕是被狐狸精迷了眼！别看了，那妖怪身边有个疯癫道士，让他管去，不关我们的事！”

说着，那家医馆砰一声关上窗，熄了灯。

南颜：“……他们说的是什么意思？”

嵇炀：“应该是战霆遇上一头狐妖，给狐妖喝了雄黄酒，让其显了妖形。”

南颜：“大哥再傻也不可能认不出一个妖怪吧。”

嵇炀略一沉吟，心里有了点莫名猜想：“也许是狐妖变作了他相识之人。”

两人沉默了一会儿，抬步寻去，拐过一个巷角时，神识探见一股淡淡妖气杂糅着修士的灵气，同时巷子里也传出咣咣砸门声。

南颜探头看去，远远瞧见一个穿着白裘衣的少年人，侧脸和嵇炀一般无二，但看他耷拉着的兽耳，明显就非我族类。

狐妖醉醺醺地抱着酒坛，嘴里呢喃：“宝贝……都是我的……都是我的……”

他旁边的穆战霆眼下却是急得不行，还在砸医馆的门：“大夫，你快出来看看！怎么我拉着我弟喝了两斤雄黄酒，他就长出耳朵了？”

嵇炀和南颜顿时无话可说。

南颜：“大哥怕是找到了他命中注定的‘傻蛋’，不要去打扰他，我们回去吧。”

嵇炀：“……言之有理。”

穆战霆强行拉着化作嵇炀模样的狐妖拜了把子后，一时百感交集，硬生生拉着他找了个酒馆要喝酒。而狐妖殷琊一直听他絮絮叨叨，心里挂念着仙品灵宝，不知不觉多喝了几杯。

作为修士自然是不会喝醉的，但孔州偏南，当地人逢年过节好饮雄黄酒，殷琊两壶下肚，便觉有些晕，一下子没控制住，当众冒出一对醉得软趴趴的狐耳，吓到了一群百姓。

“……所以，你和一个狐狸精喝到半夜，他都现出原形了，你还没认出来他是个妖？”

穆战霆一边打坐炼化拿乌啼蛇毒液炼制的解毒丹，一边仔细看了看殷琊的模样，又对比了一下嵇炀，还是分辨不出来：“我怎么看得出来，他和嵇炀长得那么像，你看这眉毛，这眼睛，这——”

嵇炀道：“我长得确实也很像我自己，请你从其他地方辨认。”

殷琊毕竟是已开灵的妖修，过了片刻待雄黄酒酒气散尽，他就转醒过来，还没睁眼就察觉三道炼气期的修士气息围在他身边。

他顿时不想醒过来了。

“醒了就起来吧，我们无冤无仇，只有几个问题想问你。”

殷琊虽然是炼气圆满，但白日里被筑基修士伤了，如今实力在炼气后期左右，对上三个人怕是讨不了好。

“啧，要不是我有伤。”殷琊盘坐起来，先检查了一下身上的乾坤囊，意外地发现这三个修士没有动他的东西，便少了两分敌意，收起了狐狸耳朵，五官笼上一层雾蒙蒙的紫光，待紫光散去，露出一张带着三分戾气的桃花少年面。

“你们是……欸？”

殷琊的目光凝在嵇炀身后的南颜身上，这丫头委实太胖了，他想忘记都难，不过他记得他之前给这胖丫头下了幻术让她忘记自己，便只看了一眼就收回目光。

“算我竹篮打水一场空，你有话快说，我先说好，跟我拼到死，你们也讨不得好。”

嵇炀道：“好，我便开门见山，白日里见道友求购银鲛纱心切——”

穆战霆：“你妈是狐狸还是你爸是狐狸？”

殷琊：“……”

嵇炀道：“战霆，待我先问完可好？”

穆战霆退到低着头不搭腔的南颜旁边，拿出血凰钗，跟她说起了话。

“阿颜你看，刚刚有个老和尚给我的，正好你要走了，给你压箱底当嫁妆好不？”

南颜摇了摇头，面色掩在阴影里。

那是……嵇炀瞥了一眼穆战霆手中的血凰钗，微微皱眉，他隐约记得此物牵系着一桩极其麻烦的事，复又转头来继续问眼睛好似长在那血凰钗上的殷琊：“狐兄既出现在秽谷附近，寻银鲛纱无非为了以此避开秽谷内围的万千阴祝，深入其核心一带……”

殷琊艰难地把视线收回来：“你不要叫我狐兄，听起来像隔壁桌的同窗，叫我殷兄。”

嵇炀对他走兽变飞禽的姓氏不太能理解，但也没纠结，继续道：“百年来无数修士想入秽谷核心一探其中奥秘，本无可厚非，但殷兄既准备万全，我不妨猜一猜，你想寻狐族先祖遗物？”

殷琊眼珠转了转，道：“你知道的还不少。”

“秽谷之由来，在凡洲流传记载中，大多只描述其为百年前诸族大战，正道修士出动七洲之主，决战于秽谷绝地，时有逆道魔修统御诸妖魔顽抗，最后以四洲之主陨落为代价，将妖魔尽诛，又将魔头镇压于其中。而我来之前机缘之下求得一部《七王伏魔录》，详细记载过此战经过，其中参战的有一支天狐族，长于幻术，曾让正道修士吃过大亏，还让巳洲鬼斧宗一门陷落于秽谷，并令巳洲从此化作魔修猖獗之地……”

殷琊的表情微微有了些变化，道：“没错，我就是想在先祖遗留的战场上讨些好处，有什么不对？”

“秽谷核心不只有阴祝巡猎，还有迷风诡雾虫母树，元婴之上的修士出入其中尚需小心，你以何为凭？”

殷琊这才对嵇炀刮目相看，他来之前只听说过秽谷核心一带有迷风诡雾可让修士有进无出，那虫母树云云却是闻所未闻，而嵇炀说话时素来气度过人，让人不得不信服。

他紧紧盯着嵇炀，道：“我自是有法可避开迷风诡雾，你先说这三者如何应对，说得出个一二三我再告诉你。”

“迷风乃无向之风，可打乱修士施法的对象，譬如你要拿火球术去攻击妖兽，迷风刮过，火球术可能会打回你自己身上，不过对傀儡类或偃甲类无效。而诡雾乃是阴祝探寻猎物的耳目，诡雾飘忽不定，一旦发现活物，会紧紧跟随，致使修士陷于雾中，直至引来阴祝，将雾中生灵吞没殆尽……至于解决之道，诡雾呈暗红色，在秽谷外买上十几只灵鸟放于灵兽囊中，来一团就丢一只灵鸟出去即可，不过若是当场就引来阴祝，此法便无效了。”

殷琊听得眼睛瞪得溜圆：“……还有这种法子？你试过？”

“曾听师者提过。”

“那还有那虫母树呢？”

嵇炀摇了摇头，道：“元婴后期以下，虫母树无解，遇上的话还是趁有点时间写好遗书吧。”

殷琊怀疑道：“你若不是在诳我的话，就凭你这见识，我倒还真的不想赴那些偷尸体的魔修的约，和你一道入秽谷一探看起来更靠谱。”

此时南颜却忽然抬起头来，发红的眼睛盯着殷琊，道：“你说什么偷尸体的魔修？”

殷琊觉得自己印象里应该没得罪过南颜，困惑了片刻，道：“巳洲神棺宗呀，听说他们这回派了不少人，想凭借尸傀躲过迷风障碍，去取那百年前的修士遗体……要是让他们碰上具元婴修士遗体，这些个魔修在秽谷中怕是都要横着走。”

南颜呼地站起来，同时那边嵇炀一声：“坐下。”

南颜又坐下来了，抿着嘴唇憋了一会儿，两眼便开始流泪。

妖族对幼崽的容忍度向来比较高，自己说了一句话后南颜就哭了，殷琊顿时有点儿慌，悄悄问道：“我说错什么了吗？”

穆战霆也不太清楚情况，围着南颜转了两圈，问嵇炀：“谁欺负她了吗？”

嵇炀顿了顿，道：“我们刚刚回了她的旧居，她母亲已经……”

嵇炀把南颜母亲早已逝世，遗体遭人盗走的事简单说了说。

穆战霆一听，怒上眉山：“依我看就是那些个魔修干的，连人死了都不放过，她娘那么好看，还要炼成个丑八怪，简直过分！”

殷琊：“就是！”

三人齐齐去看搭腔的殷琊。

“我只是看不惯魔修把好好的美人炼成尸傀而已，左右我也瞧不上那些魔修，这兄弟对秽谷的情况了如指掌，要不要合作吃他们一拨？打得过打，打不过也能看看他们手上有没有你娘的遗体。”

南颜抹了一把眼泪，看了看殷琊，又看了看嵇炀。

“可以吗？”

“可以。”嵇炀却是一反之前的谨慎态度，答应得痛快。

“此后若离开仰月宗，怕是再无机会进得秽谷内围，欲求长生，焉能不犯险？只是阿颜，告诉我，你克魔之术能用出几次？”

南颜道：“消耗太大，一天之内，应能出手两次。”

“如此也好，有克魔功法在手，在秽谷内作用顶得上五个炼气后期。”

“好！”穆战霆拍妹而起，对殷琊道，“虽然你是个狐狸精，但也是很讲义气，咱们俩的把子不算白拜，等从秽谷出来杀完魔修，就算我们欠你一份狐情。”

南颜这时候才收了眼泪，揉了两下眼睛，看了眼穆战霆，大声道：“大哥你七窍流血了！！”

“啊？”

穆战霆抹了把耳处，那里流出一串发乌的血，同时气海一阵绞痛，哎哟哎哟地躺了下来。

“你体内正以毒攻毒，应该等药效炼化完全再起身的。”嵇炀一点儿也不急，按着他的肚子问，“何处疼？”

穆战霆如实回答：“我哪儿都疼。”

嵇炀：“哪里疼得最厉害？”

穆战霆：“肚子疼。”

嵇炀：“不是经脉被毒废了就没事，喝碗热汤调息一夜就好。”

穆战霆：“那我脑壳儿也疼呢？”

南颜幽幽道：“……把脑壳锯下来就不疼了。”

殷琊看着这三个人，作为一头独生狐妖，忽然觉得这画面有点儿好看。

次日一早，三人一妖便踏入秽谷。

这一回入秽谷，便与上一日有所不同了。入谷不久，就能看见不少面带防备的修士远远以极快身法掠过，大多数人衣衫带血，腰间的乾坤囊却大多是鼓鼓的。

秽谷之中，无人监督，杀人夺宝之事并不鲜见。

不过殷琊一来，整个人摇身一变，化作一位筑基初期的修士，周身灵压澎湃。有些颇具恶意的修士三五成群，远远看见他们便靠近上来，但不到百丈，发现筑基的气息后，纷纷面色一变改道远离。

在修界，境界的碾压往往是很难撼动的。

南颜经过一夜休整，情绪稳定泰半，气海里一直压制的《七佛造业书》心法也开始暗行周天起来。

她现在……真的很需要力量。

太阳落山后，他们才抵近秽谷北部，方一靠近，便觉两股强大的筑基气息伫立在远处。

“浊气庞然，必是魔修。”

殷琊略一点头，抛出一道符箓，符箓飞向空中后自动燃烧，化作一道碧光飞向那两道筑基气息所在之处。

“神棺宗两个魔修，一个叫邓跋，筑基中期，另一个叫蝶绾，筑基初期，据说她的尸傀好吃小孩和修士的手指头，会喷尸毒，极难对付。我不杀女人，等借助他们的力气进入秽谷内围后，你们若有机会，先杀这个蝶绾。”

穆战霆：“我也不杀女人，你看南颜还是个小孩儿——”

嵇炀："无妨，我杀。"

嵇炀说这话时十分优雅，却让人心头一寒。

定计后，殷琊便特意走在他们之前，拿出一把折扇，一边风雅地摇着，一边踏入魔修的邀请范围内。此时除了那邓跋与蝶绾之外，前来的魔修不过三四个，周身仿若凶焰升腾，一副饮血之态。

"殷道友果然守信，只是殷道友乃是妖修，身后这几位人族修士是……"

"放心，他们被我天狐幻术所迷惑，是用来探路的，我心念一动，他们便会神识崩溃而死。"

穆战霆、嵇炀与南颜三人眼中都泛出紫色的光芒，面无表情。

邓跋拊掌道："不愧是圣妖之后，那些个正道伪君子昨日已深入秽谷内围了，目前为止陨落七十余人，足以让我等进入，你我三人稍后合力打开秽谷内围禁制，必定万无一失。"

秽谷内围的名额在秽谷开放之期并不是固定的，乃是因为秽谷内围能容修士的空间有限，死一个修士才能进一个修士，相当于里面死够二十余炼气修士，才能让一个筑基修士进入。

"不知道友可准备好了？若好了，我们这便出发。"

魔修说话大多是开门见山的类型，那邓跋一见殷琊，极快地把事情交代一下，便要引着殷琊去秽谷内围。

"师叔且慢。"

此时魔修中走出来一个目光阴鸷的修士，指着南颜和穆战霆道："这两人，昨日才与我交过手，尤其是这个胖丫头，练有克魔功法，几十息间就击杀了我的尸傀。这丫头留着对我魔宗是大患，不如先杀之！"

"什么？！"

两名筑基修士两股神识顿时重压而来，南颜瞬间脸色发白。

"二位。"殷琊不满地挑了挑眉，"技不如人而已，我拿这三个修士来探路用不行吗？"

邓跋没说话，女魔修却是眼中放光，道："哦？若是习有克魔功法，倒是炼制佛魔尸傀的上品，殷道友可否将此女换与妾身？妾身愿先交付一百中品灵石。"

邓跋皱眉道："蝶绾，这炼气期的修士你也要？"

"放心，我会把她养在巳洲一处洞府里，还会为她收一枚筑基丹，待她筑基后，炼为尸傀，任她正道修士克魔功法再精妙，也奈何不了我。"

穆战霆偷偷神识传音给南颜："阿颜，那女人对你图谋不轨。"

南颜："……"

“哦？”邓跋却是来了兴趣，目光在三人中来回扫视了片刻，落在穆战霆身上，细一看，随后面色讶异道，“这少年在炼气期，灵气便如此精纯，莫非……莫非是双灵根？”

殷琊回头看了一眼穆战霆：“我不晓得你们人族修士怎么分的，不过我在凡洲还没见过这般好的资质。”

“莫非……”邓跋脸色变了，“天灵根！殷道友，此子让与老夫如何？！条件任你开！”

殷琊诧异道：“你也要拿他去炼尸傀？”

“不，小小凡洲岂配有天灵根，我会带他回巳洲主宗灌注魔气，易心改性，将来前途不可限量。”

那蝶绾啧了一声，道：“算我捡了芝麻落了西瓜……邓老鬼，你待宗门倒是忠心耿耿，但我可不管，若是在秽谷内遇见阴祝，我会第一个把这三个正道修士丢出去。”

邓跋也没有反驳，只道：“宗门的任务自然至上，老夫说的是完成任务后，若这二人还活着，再论其他。”

言罢，几人便朝秽谷内围的结界行去。

路上装成木偶人的南颜悄悄跟穆战霆说：“大哥，那男人也对你图谋不轨，要把你抓去变魔修呢。”

穆战霆：“既然如此，那我们分一分吧，一会儿打起来我搞男人你搞女人？”

南颜：“不不不，那是筑基，我搞不动。”

穆战霆余光瞥见那蝶绾不死心地把神识凝在嵇炀身上扫来扫去，企图再发现个宝贝，但检查再三发现只是个四灵根后，略有失望，便不再看了。

穆战霆：“这女人刚刚在看嵇炀呢，啧，恨不得把他衣服都扒开看呢。”

南颜：“就搞这个女人！”

南颜看着那蝶绾的脸，越看越觉得眼熟，待行至秽谷内围边缘时，她才堪堪想起，这女魔修应是当日在坊市第一次见殷琊时，和他争银鲛纱的那个魔修。魔修的面貌有了变化，但背后背的这口棺材却是与那时所见一模一样。

南颜的神识又落在殷琊身上，心里犯起了小九九——莫非当日在坊市中，殷琊便与这魔修相识，用幻术为她遮蔽容颜，还演了一出戏好避开正道修士的耳目？

她这么想的时候，众人已经来到内围结界外。

结界无形无质，但细一看，不远处的草地上有一条规律的焦痕，有修士使了捉物术，拿一颗石子砸过去，只听一声轻响，四面八方凝聚起一股股黑线，将那石子缠得严严实实，直到石子化为齑粉，黑线才如烟雾般散开来。

"此地原来为封印魔头的大阵第一层，修为越高，受这阵法影响越大。"

结丹之后是万万来不得这里的，结丹期的灵力浓厚如湖泽，只要一进入其中，便会被喜好灵力与生机的黑线缠绕吸干。

"不过，倒也不是没有办法。"邓跋拍了一下乾坤囊，飞出一件铁圈般的物事，随后念念有词，令铁圈浮贴上阵法边缘。

"诸位道友助我！"

蝶绾随即动手，魔修法力打入铁环，殷琊也同时动作，却也不知怎么的，他分明是个炼气圆满装作筑基的修士，一出手，灵力浓度却非比寻常，与筑基境界无二。

随即，得了灵力注入的铁圈迎风而长，扩至丈许宽，圈中黑雾渐浓，散出一股沉腐气息。

"此破阵环乃伪丹宝，可坚持二十息，众人速速进入。"

众人不多话，纷纷闪身而入，而南颜甫一进入，眉头便不自觉皱起。

这地方好重的阴邪之气。

不过也并非没有好处，《七佛造业书》好似是个暴脾气的，遇邪越强，功法自行加快流转，隐隐有突破境界直抵炼气后期的迹象。反观一侧，包括那些神棺宗的魔修在内，面上都略有不适。

魔修所修并非恶秽阴气，也是吸收正统灵气，只是修炼方法力求速成，故而以邪魔之态显现，对此地环境虽有些微抗性，但仍需加强灵气护体。

邓跋以灵气打入一片玉符，玉符投射出光影，竟是一片秽谷内围的地图，道："除秽谷核心一带凶险难料绝不可靠近外，东侧古战场有古修士遗留宝物、西侧绝迹崖有灵草灵矿，均是肥沃之地，不过，在此之前，有更重要之事。"

说着，邓跋又一拍乾坤囊，拿出半片黑色玉符丢给殷琊。

周围魔修纷纷眼热不已，只有南颜看了那半片黑色玉符，差点儿当场露出行迹。这不就是《七佛造业书》吗？

她努力回忆，这半片黑色玉符，和她当时拿到手的一模一样，这魔修如此看重它，却不知为何当日会被随意装在坊市一只玉匣里低价兜售。

蝶绾看了一眼，道："你准备得倒也周全，不过宗门四处搜寻这些黑色玉符也有多年了，连咱们筑基修士都是人手一件，你确定在秽谷会有此玉符的线索？"

邓跋道："我宗自得到此玉符以来已有八年，说是一部骇世功法，据说连宗主也试图解封，最后却是被重创神识，不得不放弃。故而下发给诸同门，先找到下半部玉符者，可赏赐凝金丹与化婴丹。"

一枚筑基丹就能让一个小宗门内部争得你死我活，何况是可以帮助筑基踏入结丹境界的凝金丹，而化婴丹更罕见，连元婴期的门人弟子都会因之大打出手。

由此可见，神棺宗比之仰月宗，当称巨擘。

“说是如此，”蝶绾看了看自己修剪得漂亮的指甲，不咸不淡道，“这些年我宗去过的秘地也不少了，秽谷之前也不是没有人来过，死的死伤的伤，这小小玉符真值得费这番周折吗？”

“当然值得！”邓跋斩钉截铁道，“天下的功法出处，凭什么他道生天十占其九，不容我魔道繁衍传道！任何有超越道生天功法的可能，我巳洲绝不会轻放！而这部功法若能得全，或有可能为我魔道辟出新天！”

可惜，它看上去像魔道功法，实际上却完全是一部佛门功法，南颜暗暗想道。

这群魔修说起此类宗门秘闻，全然不避着殷琊等人，说是完全信任谁也不信，多半是要等到事毕后把他们全部灭口。

邓跋言罢，转而对殷琊道：“殷道友有寻宝天赋，天下的宝物少有能避开道友耳目者，还请一展神技，为我等指引查看，这下半部玉符是否在这秽谷之内。”

南颜意外地拿余光悄悄看殷琊，她知道这狐妖似乎对宝物十分热衷，这寻宝的天赋……却是闻所未闻。

“好吧。”殷琊颇有兴趣地看了看黑色玉符，他的天赋告诉他这确实是件不凡之物，但对于妖族，血脉传承才是最好的功法，此人族功法对他可有可无。

说着，他令玉符悬浮于空中，双眸由黑转紫，剔透如紫晶，片刻后，黑色玉符上浮起一线血色异芒，徐徐没入殷琊眉心，不多时，他便满面冷汗。

“竟当真有效！”邓跋暗暗惊讶，面上掩不住期待之色。

片刻后，殷琊仿佛元气大伤一样，面色发白地睁开眼。

邓跋急急问道：“如何？可有线索！”

殷琊缓了口气，神色萎靡道：“这玉符和什么东西有所呼应，那东西……血海滔天，魔气惊人，只能隐约知道方向在西侧绝迹崖，不能确定。”

“殷道友此言当真？”

殷琊冷笑道：“骗你作甚，你人族为争道统打个你死我活才好。”

“好！”邓跋拿出一张符箓，转身对身后一名弟子道，“若我等此行为阴祝所吞噬，须得有一人将此消息带出，詹贤，你持此破阵符立即出秽谷，回报宗门，就说那半部功法疑似就在秽谷之内。”

“可师叔，好不容易来一次秽谷内围……”秽谷内围宝物无数，詹贤乃炼气弟子，实在不想错失机会。

邓跋瞪了他一眼：“哼，大局为重，你敢不听命？”

“弟子遵命。”詹贤最后盯了一眼南颜与穆战霆，不甘不愿地离开。

随后，众人便一齐向西部走去。

在秽谷内围，走得需比外围更慢些，修士一旦疾行，就会不自觉动用大量灵气，有可能引来阴祝。堪堪走出一里时，周围的树木便已变得稀疏，只有一些珍稀的灵草还能在这种险恶环境下生长。

“那是……灵香草，竟足有四阶！”

灵香草是最常见的灵草，南颜种了好几个月，当然认得，但也还是第一次见到四阶的灵香草，它足有两尺高，枝叶泛着水泽，这样的品质，在结丹期也可以入药。

“当心，还有条三阶妖虫。”

仔细一看，草下还盘踞沉睡着一条手臂长的花石蜈蚣，比之上回见的乌啼蛇，这可是正正经经相当于筑基期的妖虫。

蝶绾笑了笑，看着殷琊道：“殷道友，我日前有条乌啼蛇被伤了根骨，欲收这花石蜈蚣作为新的灵兽，不如你我合作，你得药草，我得此虫如何？”

这魔修有心试探殷琊的实力，但殷琊常年伪装自己，岂会受她诱哄，脸不红心不跳道：“我刚刚动用秘术寻宝伤了元气，还想调养恢复，不过这四阶灵香草倒也难得，让我控制的这两人去助道友一程便是。”

说完，他虚点了点嵇炀和穆战霆。

其实他什么都没做，但既然演都演了，嵇炀和穆战霆还非得配合他表演不可。

蝶绾又笑道：“那这小胖丫头呢？”

殷琊看着蝶绾道：“道友之前说了想要她，我怎忍心不为道友保全？”

他说话时，语调虽有些意气，一双桃花眼却着实清艳，那蝶绾对上他的目光，竟有片刻失神，随即哎呀呀了几声，以袖掩面，道：“殷道友乃狐妖一族，我小小魔修可抵不住道友狐族魅术，还请道友收了天赋吧，否则我可说不准会心神失守，为道友犯下修界异婚大律。”

“哦？魔修还有这般忌讳？”

“好了，二位要取宝就速取，莫耽误探查功法的行程。”

邓跋这一打断，蝶绾便不再纠缠，卸下身后棺木，棺盖一响落下，里面是一汪腥臭黑液，下一刻，黑液竟似活了一般化作一只只散发黑气的魔蝶，同时里面慢慢站起一具像是小老头一样的尸傀。

这尸傀本来蜷缩在小小棺材里，爬出时，却是矫健异常，浑身黑液滴落，獠牙大口直咧到两腮，它往前走了两步，忽然脑袋一扭，脸扭到背后，对着南颜的方向滴起了口水毒液。

南颜强行控制表情，殷琊却先嫌恶出声：“怎这般恶心？”

“尸傀有几个好看的？强才是真理。”蝶绾嗤笑一声，拿尖尖的指甲戳了戳尸傀，道，“一会儿再切这胖娃娃两根手指头给你解馋，忍着点，先去把那头花石蜈蚣收了。”

尸傀应声而动，眨眼间蹿至那棵灵香草跟前，而那花石蜈蚣看似沉睡，尸傀扑来时，尾巴一摆，闪电般弹起，节肢状的身体瞬间盘在尸傀身上，滚作一团。

尸毒、虫毒相见，瞬间黑雾阵阵，看得人头皮发麻。

穆战霆虽然之前和尸傀也打过，但看这俩毒物打得毒液四溅，也不大想靠近，召出两道火鞭在远处抓着点抽那花石蜈蚣的屁股，抽了一会儿发现身旁没动静，一转头看见嵇炀已经眼疾手快地连土带草把那灵香草摄入手中，往玉盒一装塞进自己的乾坤囊。

塞进，自己的，乾坤囊。

魔修们没什么反应，在他们看来他们不过是被殷琊控制，到头来这草还是要交给殷琊的。

但殷琊就很生气了，暗地里传音爹毛道：“你干啥？”

嵇炀一边拿冰锥术打花石蜈蚣，一边淡定回道：“君子爱财，取之有道，还是道友想让魔修察觉异状？”

殷琊气绝。

不一会儿，那花石蜈蚣发了狂，扭头从尸傀爪下钻出，直扑穆战霆，想先解决弱一些的，穆战霆自是无畏，双臂炎流环绕，正面硬撼，虽然自己被蜈蚣撞出三丈外，但火焰也灼得蜈蚣两条触须一阵焦痛难当。

同时，一直随手丢法术的嵇炀指尖一动，忽然地面涌出细细藤蔓，精准地勒进花石蜈蚣每一片虫甲的缝隙中。

那蝶绾看准机会，清喝道：“魔蝶，去！”

她棺中尸液化作的魔蝶一拥而上，沿着藤蔓缠绕的缝隙钻入花石蜈蚣体内，瞬间，妖虫翻滚扭动，虫体受损，被蝶绾一招封印住，顺利收入灵兽囊。

邓跋属意将穆战霆带回魔宗培养，观战到此，喃喃道：“火系天灵根能硬撼筑基妖虫不伤，老夫不意外，但此子资质平平，这一手缠藤术却操控得如此精准完美，在炼气期之中从未见过……”

蝶绾收服一头筑基期灵兽，十分满意，把尸傀收入棺中背上，挑眉凑近面无表情佯装傀儡的嵇炀道：“刚才只顾着瞧灵根去了，未想这少年竟有这般清贵气，凡洲断养不出来这般俊秀，倒是像个上洲世家子，我不敢招妖修，可还想效仿寅洲的那位风流主，收个合心意的侍君……”

此时秽谷内围浓云掩日，天光幽淡，十四五岁的少年人纵然单单凝立着，仍是难以掩饰周身流露出的高华气韵，细一看并不觉得他是个资质平平的炼气修士，反而像是个养尊处优的世家贵胄。

南颜盯着那蝶绾似要抬起嵇炀的下巴细细观摩，传音给殷琊道："来之前你只说有性命之危，没说有贞操之危吧。"

殷琊同样暴躁不已："就是！贞操之危竟发生在其他人身上，对我狐族简直是奇耻大辱！什么破异婚大律！你等着，我这就去打岔！"

没等殷琊打岔，南颜腰间忽然一声爆响，一直挂在腰间的感灵玉扣突然粉碎，同时一股直入骨髓的阴寒之气袭来。

这感灵玉扣能感知鬼魔妖气，入秽谷内围以来虽然一直在发热，但还不至于爆开，现在突然爆炸……

"不好，是一头阴祝路过，所有人屏住呼吸！绝不要露出半分生人之气！"

瞬间，不管是筑基修士，还是炼气修士，都当场伏低身体，连神识也不敢轻动。

慢慢地，南颜看见大约百丈开外，一颗半透明的头颅从一片浓雾中浮出——那是一颗戴着盔甲的头颅，忽明忽暗地闪着幽邃的光，空洞的眼窝里燃着一团幽蓝的鬼火，像是水母一般在半空飘荡着，不一会儿，它似乎察觉了这边刚刚有人动过灵气，缓缓飘过来……

阴祝那股逼人的寒气穿过皮肤直冻灵魂，不一会儿，南颜就不由得轻轻颤抖起来。

并不只她一人如此，有一个离阴祝最近的炼气期魔修弟子已经很明显地发起了抖，等到那阴祝离他仅仅剩下二十余丈时，那魔修弟子猝然跳起，唤出飞剑便冲上半空想逃离。

"他完了……"南颜看到那邓跋无声地说出这几个字，下一刻，刚刚还宛如水母般飘浮的阴祝眼中鬼火一颤，半透明的身体瞬间如云雾消失，下一刻便出现在那逃跑的弟子头顶上，朝着他的整个头颅一吞而下。

那魔宗弟子脚下的飞剑闪了闪，便从空中灵光暗淡地掉了下来，而他连挣扎都没有来得及，整个人的皮肤瞬间由红润变为苍白，直到那阴祝从他头顶脱离后，那弟子从半空跌落，重重摔在地上，再无生机。

被阴祝吞噬的人，连魂魄也不会留下，更遑论转入轮回。

南颜头皮发麻，她的《七佛造业书》虽能克制一切邪物，但至少在结丹前，对这种阴祝一点儿办法也没有。

那阴祝吞噬完一个修士后，看上去似乎只是填了牙缝，在空中又飘荡了一会儿，再次往这边挪过来。

与此同时，南颜的余光瞥见那蝶绾悄悄抓住了嵇炀的手臂……她怕是见势不妙，要把嵇炀丢给阴祝好为自己争取逃脱时间。

修界无情，你死我偷生。

南颜眼瞳中隐约泛出金色灵气，如果蝶绾有所动作，她会直接用毗卢净世之招轰过去，大不了和魔修同归于尽。

就在那头阴祝堪堪抵近时，忽然极目处云层翻滚，无数尖啸声从四面八方传出，无数阴祝从地面涌出，卷为一条庞大的灰流追着一辆云车从云层中驶出。

道生天的……小云车？！

在谁也不敢轻放灵气的秽谷内围，纵然车尾后拖着无数阴祝，这辆小云车也毫无顾忌，只有拉车的云兽有两分惊慌，怒吼着往秽谷核心一带踏云而奔。

很快，那些阴祝尖啸着围上那云车，只短短数息间，便吸得那小云车灵光暗淡，那头结丹大圆满的云兽也步履迟缓起来，似是十分难受。

南颜这边的阴祝也同样被小云车吸引，瞬间消失，下一刻便出现在了小云车近处，融入了阴祝大军，似要将那小小的云车吞没。

就在众人以为那小云车即将被吞噬殆尽时，一声冷笑从云车中发出，顿时那方云层呈环状掠出一道波纹，随即，团团包围住小云车的阴祝中爆发出一道刺目清光。

“——周天行吟。”

这声音仿若从远古传来，同时间，一股无匹灵压如瀚海般从天泼下，直压得所有在秽谷内围的修士、妖兽齐齐伏于尘土。

天穹之顶，八卦道盘清圣降世，道盘之上，山行坎泽中，仿佛有圣人提剑长吟歌，随后清光化剑，如雨如蝗，一个不落地穿透每一头尖啸不已的阴祝。

片刻后，烟云俱散，天地归宁，随后，云车洒然离去。

而那些阴祝在云车离去后，又徐徐出现，虽未死，但为数不多的灵智让它们并未追击，又回到了地面消失不见。

众人看得痴醉了片刻，有人叹道：“修道当如此！翻手风云覆手雨！”

蝶绾后怕不已：“之前听说过道生天小云车出现，疑为子洲执法使……邓老头，你可看得出那云车中人是什么修为？”

在场之人中，邓跋修为最高，却摇了摇头：“我与你们一样，刚刚那一招出手，只觉得如面天地，怎能看得清到底是什么修为。不过，你们大约都听到那一招‘周天行吟’了，此为道生天主宗世代嫡传之招，云车中人身份非同一般。”

蝶绾脸色惨白道：“那我们还要不要去一探？”

“当然要探！”邓跋道，“殷道友，刚刚你也看到了，那阴祝被小云车中人一招击溃，要重新凝聚少说要数日，现在反而是秽谷内围最为安全之时！”

殷琊拿出一把扇子使劲扇着，道：“那云车里的道修这么强，你们魔修都不怕我怕什么，走走走！”

刚刚附近的阴祝都去围杀那辆云车了，众人外放神识，飞速掠过一片荒野，只消一个时辰，便来到一处高耸入云的荒山之下。

这处荒山说荒也不算荒，虽无杂草，却有不少灵材裸露于地面，看得人两眼放光。

“绝迹崖又称宝山，单单山脚这一片，便有火精、鬼火岩、玉光砂……只可惜此山有地沙虫巢穴寄身，地沙虫擅长隐蔽气息，只要修士踏足附近，它们便会从地底蹿出，一举袭杀。”

殷琊按了按眉心，道：“我探知到了，那半部功法应就在绝迹崖山巅附近。”

“殷道友，从这绝迹崖山巅往下跳的话，可是直接进入秽谷核心了，那下面莫说我们了，连元婴大能跳下去也是绝无生路，你可确定？”

“刚刚我就说了，你们人族道统相争，便宜的是我们妖族，骗你们对我有什么好处？”

众人一时沉默，邓跋道：“这宝山也并非攀不得，我们上去一观，就算见不到下半部功法，也可得些宝物，不算空手而归。”

这个提议得到了所有人的赞同，毕竟辛苦一路，总要得些好处才甘心回去。

绝迹崖山麓上乃是沙石山，人踏上去会沙沙作响，谁也不知道下面是不是有地沙虫埋伏。

“何不腾空而行？”

“那地沙虫同阴祝一般，对灵气颇为敏感，且个个少说有筑基初期的修为，据从前逃生之人说，里面还有假丹境界的地沙虫王，万万不可飞行。”

众人无奈，只得放轻了脚步，在沙山上缓慢行走，不时停下来用消耗灵力最少的隔空取物挖取地上的灵矿。

也不知是不是刚刚远处那小云车一招过于震撼，一条地沙虫也未见到，众人顺利来到山腰处，再往上一看，脸色立即黑了下来。

“有人来过了！”

他们来时走的是西侧的山路，而山腰处似乎有人已从东侧山路爬上来，沿途脚印尚未被风吹平，而山腰再往上，沿途的宝物像是狂风过境一样被卷了个空。

魔修们最不擅长控制情绪，当即有人大骂出声：“我们这般劳碌，竟还有人捷足先登，今日不见血，岂非对不起我魔道！”

蝶绾仔细看了看那些脚印所经之处，道：“只有十数人，脚步谨慎，应是哪个小宗门碰巧察觉地沙虫蛰伏不敢动，趁机来扫荡……也好，替我们收了这些宝物，我们也该拿回来！”

一时间魔修们杀气高涨，气势汹汹杀上去时，远远便看见一片紫衣人肃然凝立，其中足有五个筑基修士，正在打量一面石壁，见魔修汹汹而来，气氛一时紧绷。

“魔修！”

南颜等人原本打算袖手旁观，见机行事，哪知远远瞧着对面那些紫衣人眼熟，再一看……巧得不能再巧，正是仰月宗的人。

果不其然，上面仰月宗中，有人发出尖声道：“长老，那是不是穆战霆？！”

仰月宗一个筑基长老把神识探过来，愕然道：“当真是……穆战霆，宗门虽不愿多费功夫解你气海之毒，你也不该就此堕落与魔修为伍！”

穆战霆：“……”

南颜听着这声音有点儿耳熟，放目望去，竟是内门的大弟子符浪，此刻他仿佛抓到了把柄一般，明显兴奋不已，指着穆战霆连声道：“师叔，事情很明显了，这白眼狼对宗门心怀怨怼，如今与魔修为伍，必是早将我们的行程出卖，当时褚师弟定是洞察他早有逆心才正义出手！今日当清扫门户，为褚京师弟正名！”

“可他看上去像是被挟——”

符浪又连忙道：“魔修向来凶残，挟制他一个炼气修士有何好处！他必是已经堕落魔道，师叔不可纵虎归山啊！”

下面的魔修听得一怔，那邓跋年纪最大，面对对方四个筑基修士，不慌不忙，反而饶有兴趣地扫了一眼穆战霆。

“凡洲就是小气，好人才也白白践踏了。殷道友，老夫有意收他入我神棺宗，解了他的幻术吧，让他一观人间苦厄。”

邓跋说完，没等殷琊动作，穆战霆就反口骂道：“符浪你再‘胡作非为’一句试试？！”

众魔修：……胡作非为？

符浪祭出灵剑，冷笑道：“事情很明显了，天日昭昭，你现在和魔修为伍，还有什么可辩驳的？我仰月宗容不下你这等白眼狼，诸位师叔，我们有五名筑基，今日就除魔卫道！”

他说的声音极大，而那四名仰月宗筑基修士的表情却是越发凝重。

“符浪说的对，天灵根修士又如何，堕落魔道便是祸患，为免他日酿成大祸，今日便绝他生路！符浪，那两个外门弟子看样子也同流合污，便由你处置！”

“好！”

来不及解释，也没人愿意解释，穆战霆尚记得仰月宗待他有栽培之情，自然是不愿动手，却闻身后那邓跋冷冷一笑，一道禁制打出将穆战霆困住。

“所谓正道修士的嘴脸，与我魔修又有何区别？这位穆小友，你天资卓绝，不妨入我魔道，他日与上洲诸天骄同列巅峰，便知道这小小凡洲宗门不过蝼蚁！蝶绾，这五人交给你了。”

此时仰月宗的五名筑基修士已靠近，见对方只出了一名女魔修，顿时怒火中烧道：“魔修好大的口气，诸位同门，地沙虫受震慑不会出土伤人，众人全力出手！”

蝶绾哼道：“凡洲修士，岂配与我上洲魔道争锋？”

她瞬间将背后凶棺甩出，尸傀凶厉地扑向其中一名筑基修士，那修士急急放出一道火龙术，尸傀正面一抗，竟只是表皮微焦，而凶性更盛，一爪撕碎那修士护体灵光。

那修士手臂当场受创腐烂，急急自斩右臂保全，而同时，蝶绾周身魔蝶飞舞，以一敌四，竟全然不落下风。

在宗门内时看上去深不可测的筑基长辈，在上洲同阶的魔修面前，竟如此不堪一击。

“……你可曾见识过上洲的天高海阔，那才是你当栖息之地，待在这小小的凡洲，你什么都学不到，神棺宗在巳洲也是排名前三的宗门，只要你愿意洗去根基随我入魔，神棺宗必会给你想要的一切。”

魔修的声音似在蛊惑，南颜听得心头有些急，和仰月宗的误会怕是不能解开了，但从道义上说，他们也不好坐视自家的宗门被魔修屠戮。

“少苍？”南颜悄悄传音道。

“放心。”嵇炀淡淡道，“战霆的心性过于刚直，让他有所经历也好，再过二十息……”

嵇炀说完，便没有再说下去，似乎在专心等待什么。

果然，数十息内，仰月宗五个修士纷纷受伤，惊骇不已地后撤。

“上洲魔修！”

那侧，邓跋诱道：“老夫还可留一些活口，让你尝试手刃筑基的感觉，等你归服我宗，便知道凡洲这蝼蚁之地，没有什么值得你留恋。”

“你说的不对。”穆战霆抬起头来，目光灼灼道，“我昨天求了签，关帝爷爷说了，做凡人和做修士一样，我若从来不欠他们的，他们对我不义，我来日就是血洗他满门也无所谓。既然欠了情，我就算刮骨割肉还他这份情再划清界限，也绝不与魔修为伍！”

穆战霆言罢，邓跋愕然发觉这区区炼气修士身上竟自生正气。

修士入道之初，最易奠定心性，上洲有此正气者，长成后无一不是正道栋梁！

“哼，执迷不悟。”邓跋老者面目倏然狰狞，掌中提劲，“那就便宜老夫的神棺多添一尸傀了！”

话音一落，脚下沙土轰鸣，邓跋脸色一变，从原地闪开，刚刚所站之处突然下陷，同时一张大嘴从地下伸出，一口咬来！

“地沙虫怎会突然行动？！”

每一条地沙虫都足有两人合抱那么粗，和先前那条花石蜈蚣不同，地沙虫表皮的鳞甲贴合细密如蛇鳞，法术打上去全数被反弹开，且动作迅猛，盯住邓跋一阵狠咬。

魔修和仰月宗的弟子纷纷出手，正手忙脚乱时，殷琊忽然放声一笑，周身浮起蓝色光晕，他人虽在，但周身气息却完全隐匿了，那些地沙虫从他身边路过，竟对他视若无物。

邓跋虽在场中修为最高，但他周围的地沙虫也最多，看见殷琊此态，目眦欲裂：“妖孽，你敢骗我！”

“哈！你莫不是以为至宝银鲛纱只能用于逃开阴祝吧。地沙虫无眼，单靠气息识敌人。多谢诸位为我引走地沙虫，绝迹崖顶的至宝，今日归我了。”

一片混乱中，殷琊腾空而行，很快消失在山上云层中……

“可恶，这狐狸精！！”

第四章 真圆真方

就这一个妹妹，她交给你了。

南颜有那么一瞬间是想一起骂的，但殷琊走之前，又偷偷给她传了个音。

“胖丫头嘿，地沙虫讨厌石地，往西侧石头山跑，还有条活路。”

谢谢你为数不多的良心啊！

地上到处是吞人的地沙虫，不多时，已有两个魔修被地沙虫一口咬住拖进了地底，而南颜仗着球形身材到处逃窜。

“阿颜，催动银鲛珠。”此时嵇炀已经拎着身上还带着禁制的穆战霆过来了。

南颜早对自己戴的那珍珠有所猜测，嵇炀一说银鲛云云，她立刻便想到了，瞬间把三分之一的灵力灌注到银鲛珠中。

银鲛珠顿时一颤，三人的气息瞬间消失在所有修士神识中。

“他们也有银鲛纱！”

“不，那是？！”

一片混乱里，南颜只觉后背上被啪地拍了一张御风符，随即足下卷起长风，瞬息便被送到了百丈开外。

“那些同门怎么办？”

“已传音告知，下山处石山上是避祸方向，若只顾逃命，应可无恙。”

但……若心怀贪婪，想上山再探，就生死各安天命了。

有御风符加身，速度近乎筑基初期，但饶是如此，灵力消耗也是巨大，尤其是南颜这边，纵有远超常人的灵力，但银鲛珠护得三人通过地沙虫栖息区域，仍是力有不逮，仅仅四五十息间，灵力便几乎告罄。

所幸他们跑得快，不多时，便看到前面有一排排宛若迷宫的巨大石林，上方飘荡着暗红色的诡雾。

嵇炀毫不犹豫踏入石林中，找了个僻静的地方把两人放下暂时休整，给了南颜一瓶自炼的丹药让她恢复灵力，接着画下道道玄奥符文融入穆战霆身上禁制中。

片刻后，刚刚那邓跋给穆战霆随手布下的禁制便散了开去。

“你也太‘神出鬼没’了，筑基后期的禁制你也能解？”

南颜已经懒得再嘲讽穆战霆的成语水平了，调息片刻，让灵力恢复泰半，仰头问嵇炀：“少苍，刚刚那些地沙虫是怎么回事？”

“殷琊应是从指向绝迹崖开始，就在谋划让我等为他挡地沙虫。他动作虽细微，但还是有所纰漏，联想起地沙虫无目，我那时便猜想他是要以银鲛纱自保独揽宝山。不过他虽怀恶念，但到底是给我们留了条生路，他既连我都传音指了退路了，你们也应当收到了吧？”

南颜和穆战霆都点了点头，嵇炀又道：“此地乃绝迹崖前最后一道险关，面前这石林层峦叠嶂，据说是化神期大能在此地斗法，使用土系神通留下的痕迹，石林内迷宫重重，而且……其中应是有阴祝。”

提到阴祝，三人皆神色肃穆，适才那小云车威势惊天，一剑足可斩百万筑基，仍无法杀除阴祝，何况他们三个尚未筑基者。

想到这儿，南颜背后有点儿发凉，道：“可少苍……你是什么时候知道，我娘给我的珍珠是银鲛珠，可以遮盖气息的？”

嵇炀却是轻声反问道：“生气了吗？我瞒你的不止这一件事。”

南颜：“……不敢不敢。”

她之前《七佛造业书》的事还没解释清楚，自然也没什么理由要求对方什么事都一一交代……也就是不太喜欢这种不坦诚的感觉而已。

嵇炀却又道：“若我活到可坦承一切之时，我自会告知你。这片石林中同样有宝物无数，不过殷琊目标既然明确，我想他想要的东西应在石林之后的崖峰。不妨再多想一想，当时他为图谋战霆身上的某样东西刻意相交，而能让他暂时放弃此物，又费尽周折追寻的，其分量不言而喻。”

南颜和穆战霆听得一愣一愣的：“所以呢？”

嵇炀道：“我日前趁他喝醉时，在他身上下了追踪符。”

“你果然还是动手脚了啊！”

嵇炀重申道："君子爱财，取之有道。"

南颜不禁痛心道："歪门邪道。"

穆战霆道："旁门左道。"

嵇炀和南颜双双看向穆战霆。

竟然用对了一次，看来师门的断绝还是让他长大了。

三人又调息了小半刻，重整旗鼓，由于石林顶上都是诡雾，虽有银鲛珠，他们却不敢在诡雾中托大，只顺着追踪符留下的气息追去。

石林极大，两侧的石山好似有特别的隔音之效，四下一片死寂，偶尔有阴风刮过，让人不禁有些战栗。

"有阴祝。"

南颜听到神识传音的瞬间，就催动银鲛珠再次掩盖三人的气息，这一次，那路过的阴祝没有停留，从他们上方三十尺处悠悠飘过，消失在远处的拐角。

阴祝走后足有一刻钟，三人才敢动。

石林内宝物不少，有合心意的，南颜也会暂时停下来，唤一支冰锥凿取石壁上的灵矿。

"难怪说此地乃是宝山，乾坤囊都快盛不下了。"

南颜挖得手酸，从石林上挖凿下的灵矿，足可供她不断练习，成为相当于筑基期的炼器师。

不一会儿，南颜在挖取一块碧玉岩时，体内的《七佛造业书》心法微微一动。她察觉到有十分强大的魔气正在靠近，连忙拽上嵇炀和穆战霆躲进一侧的石缝里，用沙石掩蔽洞口，放出银鲛珠隐蔽气息。

约过了百息后，只听得石林另一边传来一声沉怒。

"正道修士竟也学会耍起了花招，你若是敢骗老夫，老夫必让你尝尝抽魂炼魄之苦！"

正是那邓跋的声音，南颜心中一凛，这老者实力远超想象，竟能在如此多的地沙虫包围之下脱身而出，还进入了石林。

但另一个声音却让他们三人为之一愣。

"晚辈……不敢欺骗前辈，那叛、那穆战霆原先是我仰月宗内门之耻，此次秽谷试炼又硬贴着宗门渡空舟而来，宗门厚待于他，曾为他铸有本命牌，我是内门大师兄，可催动同宗命牌为前辈指引。"符浪的声音既恐惧又谄媚。

命牌是一个宗门中重要修士的必有之物，尤其是外出的弟子，都会随身携带一块命牌，与宗门中的命牌相对应，弟子若在外面陨落，宗门中的命牌也会破裂，以便门人知道弟子的生死。

而命牌不只可昭示生死，同门之间也可有所感应。

纵有银鲛珠，只要符浪的命牌在这附近感应到了同门，等南颜灵力耗尽，他们必会被发现。

南颜直接在神识里怒道："刚刚就该趁机下黑手摁死这狗东西！"

此时魔修们离他们还算远，穆战霆立即起身，却被南颜死死抓住，面色狰狞："你别告诉我你想一个人引开他们！"

嵇炀也摇了摇头道："战霆，慎思之。"

穆战霆徐徐呼出一口气，一脸无所畏惧，负手道："我继续在这儿，咱们仨都要完，出去的话还有一点儿机会。除非你们想和我不求同年同月同日生，但求同年同月同日同归于尽。"

南颜暴躁了："谁要跟你同归于尽，你要死出了秽谷再死！话本里的故事我看够了，别在我眼前再演一回！"

她是怕了，怕再失去什么人。

嵇炀按住南颜，略一想，道："我有一个折中的办法，阿颜你以银鲛珠将战霆全身灵力洗练，他虽不能躲过阴祝，但应可躲过筑基期神识探查，洗练完毕后，战霆沿原路出石林，然后一路向东，自称仰月宗弟子，只要和任意正道修士会合，应该就安全了。"

穆战霆对南颜教育道："你看还是嵇炀脑子好使，你个猪脑花。"

南颜哼一声，一边给穆战霆洗练灵力，一边道："我可是天命之子，你等凡夫俗子走了千万别回来，山上的宝物和狐狸精我们就都笑纳了。"

洗练完毕后，穆战霆最后狠揉了一把南颜的脑壳，对嵇炀道："就这一个妹妹，她交给你了。"

"谨诺之。"嵇炀应道。

穆战霆走得很快，等到他消失于神识探查范围后，南颜抓紧了嵇炀的衣角。

"少苍，我有点儿害怕，我们是不是一开始就不该来？我起初也只是恨昏了头，想看看那些魔修有没有带走我娘的遗体……"

外面魔修的声音越靠越近，似乎因为穆战霆的感应越来越远，魔修们开始暴躁不堪地抽打起了符浪。

一声声惨叫传来，嵇炀把南颜抱在怀里一下下安抚着她的头发，在神识中低声细语："你知不知道子洲上每至中夜时，天上便会出现一条魂河？"

"那是什么？"

"是诸多不幸惨死于求长生之路上的修士，他们死时执念不灭，不愿转世重渡凡尘，就会被魂河接引入天上，只要天道不灭，他们相信，徘徊在魂河中，终有一日可得见这世间有一个人，将虚空破碎。”

南颜：“……”

嵇炀继续道：“我并非不畏死，只是如果为了周全性命，让求道之路举步维艰，倒不如孤注一掷。”

“可我是真的害怕，就觉得……忽然所有人都离开了。”

“至少我不会让你死在我之前，若到最后你仍走不完这条路，也无须畏惧，我会在泉下等你十年。”

他的语气宛如早已勘透世事，分明十分平淡，却让人倍感悲凉。

南颜似有所感，想抬头厘清他好似笼罩在某种迷雾中的神情时，外面的喧哗声瞬间大了起来。

突然，绝迹崖山顶的云层上浮出几个暗红血字，那血字分明不在眼前，却猛然烙印在每个人神识中。

——我是杀生造业佛，悟得禅机献魔罗！

又是《七佛造业书》，不是殷琊骗他们的吗？怎会当真应验在此地？！

外门的魔修顿时沸腾起来。

“我魔道昭昭之日即将来临！道统之争，终究是魔高一丈！”

邓跋的声音激动得颤抖起来，旁边蝶绾虽同样激动，但仍谨慎道：“邓老头，我看你也不想纵放那三个小儿手里的至宝，不如我们分头拦截如何？你去峰顶求魔经，我去带这拿命牌的小子截杀他们。”

邓跋冷静下来后，冷笑道：“蝶绾你是个什么性子老夫清楚得很，有了那至宝在手，天下五成秘境可如入无人之地，你得手后怕是会立即脱离神棺宗，逃往其他洲做散修，凭此宝在手，假以时日便可成就元婴。”

“啧，你怎这般想我，我对魔经可也眼馋得很呢。”

“这样，我和这拿命牌的小子追击那三个怀金小儿，你带其余弟子向峰顶进发，一旦有所得，须得当场刻印玉符秘藏。”

蝶绾似有不甘，但仍是不敢违抗邓跋，冷哼一声，带着人离去了。

“崖顶是……”

嵇炀同样得见那句魔气滔天的谶句，单单一眼望去，便觉心神剧震，无需任何证实，他便可断言此句若为新道统之始，必是人间逆道无误。

修界五逆，道生天最不容逆道。

“少苍。”南颜声出茫然，嵇炀低头一看，竟见她目光呆滞，眼瞳中竟泛出金芒，“我好像看见我娘的影子了，她就在那边……就在崖顶那边。”

“那是……”

嵇炀当初夺舍以后，第一件事并不是去恢复修为，而是重修一双观微道眼。

这双眼不只可以看破同阶修士的真身，判断他所修是正是魔，外貌是真是幻，还可以穿透迷障，看到现在眼前这重重诡雾后，山巅到底发生了什么。

迷雾后的天穹下，一面光洁如镜面的石壁上，正隐约泛出血色光芒，同时有影像从石壁浮出投射在浓云之上。

影像十分模糊，隐约看见是一男一女两个人，立在绝迹崖旁，女修士正双掌用力，似要加固绝迹崖下的封印，但背后那男人按剑出鞘，似有所挣扎，可不到一息，仍是寒剑出鞘，一剑刺穿女修士的后心，同时五指成爪，趁机挖出她的一颗仿若琉璃石般的心脏，在女子愕然的神情中，又是一掌拍出，把女子打下悬崖，之后男子脱力般跪于悬崖上。

嵇炀正待看得更加分明，那影像却只持续到此，随后天外忽来一道剑气，打散映出影像的浓云，随后光芒收敛。

“娘？”南颜这才恍然回神，双目不再茫然，揉了揉脑袋，还以为自己突然发梦，“我是不是睡着了？”

她是对嵇炀说的，等她抬头看对方时，嵇炀却捂住了她的眼睛。

“你怎么了？”

“阿颜。”嵇炀的声音带着一丝不易察觉的颤抖，在她耳边低哑道，“你姓南，是随母姓？”

南颜莫名有点儿心乱：“是……我没说过吗？我娘叫南娆。”

南娆，南颜……他早该想到的，只是从未联想过，杀南颜之母和杀他的会是同一个人。若真如此，难怪南颜会说她娘一直有心疾。这哪里是心疾，根本就是心脏被挖，苟活出了秽谷后，凭残余修为拖命近数年，力竭而亡。

至于凶手……他再熟悉不过了，前一刻谆谆细语，后一刻挖心夺命，分明是最敬重的人，到头来给他的最后一堂教导，却是最让人齿冷的背叛。嵇炀很少去憎恨一个人，但此刻，却是莫名生出一种扭曲的报复欲。

刚刚那道打散浓云的剑气显然是察觉了此地异动，只要在对方赶来前在绝迹崖顶取得证据带回上洲，莫说寅洲本宗知道这件事了，哪怕是让辰洲的龙主、未洲的剑雄知道，那高位者……可还能安然于巅峰，勘破虚空？

“阿颜，我要去崖顶，你不要跟过来，好吗？”他声音依然温柔地嘱咐道。

“为什么？”联想起他刚刚所问，南颜变色道，“同我娘有关？”

嵇炀略一顿，正想要说点什么，突然眸光一动，提起南颜从藏身的石缝掠出。

同一时间，大地轰鸣震动，石林迷宫开始移位，原先的空隙被严丝合缝地拼起，四下的石林都在重新组合。嵇炀和南颜为免被两山挤为肉酱，不得不随着石林迷宫的变化不断挪动。

南颜的神经绷紧，毕竟这石林里还有阴祝，若不幸被这石林迷宫送到阴祝嘴边，他们就彻底完了。似乎是应验了她的想法，下一刻，一头阴祝远远出现在神识探查范围里，只要面前的石林挪开，那头阴祝便会发现他们。

银鲛珠可以隐藏气息，但他们也必须一动不动才不会被阴祝发现，而现在这情况，如果一动不动，必然会被挪动的石林压死或撞死。

“你走左侧离开石林，若得逃脱，以偃甲蝶寻我。”嵇炀当机立断，把南颜一推，自己朝后掠去。

“少苍！”

南颜的声音淹没在压来的石林中，而且她能很清楚地感觉到，那头阴祝有些兴奋地察觉到了猎物的气息，开始朝嵇炀逃脱的方向飘去，但嵇炀还算幸运，阴祝飘了片刻，面前又堵了一面石林，只得悻悻换了个方向。

石林的变化毫无章法，南颜就亲眼看见两座石林像开关门似的又合又离，中途还隐约听见不远处有修士的惊叫声，直至半刻钟后，石林的异动停了下来，来时的路也彻底面目全非。

南颜把耳朵贴在石头上，隐约听得周围归于宁静，并没有血腥味飘来，便搓了搓手许愿道：“老天爷行行好，希望少苍别遇上阴祝和魔修，也希望大哥在石林变化前已经走出去了……”

此时天色已渐暗，南颜转过头，看着身后黑漆漆的通道，犹豫了片刻，拔腿走去。

而在一刻钟前，穆战霆好不容易绕到石林口，身后突来一阵猛烈的神识镇压，一个苍老震怒的声音在神识中炸起：“小子休走！”

炼气期的神识只能察看数丈方圆，而筑基期神识全力铺开，百丈之内的风吹草动皆可知晓。

筑基期神识压身，穆战霆晃了晃，甩甩脑袋，同时听见符浪兴奋的声音：“前辈，命牌有感！那小子就在这座石林后！之前说好的，只要找到他就放我离开！”

穆战霆现在所处的石林迷宫大概呈一个“中”字结构，他离出口只差一个拐角，但若是现在出去，极有可能正面遇上刚好从另一侧绕出来的邓跋二人。而且即便出去了，他们大不了追出去，外面地形开阔，以筑基期的速度不消片刻就能追上他。

还不能出去！

穆战霆已完全暴露于邓跋的神识方圆内，这石林迷宫中，石道不过七步宽，两方互相探查，片刻后，邓跋察觉只有他一人，登时大怒。

“穆姓小子，你身边那胖丫头呢？！”

找南颜?

穆战霆一边挪移身位，尽量与邓跋呈对角，一边嘲讽道：“死老头，连个小孩都不放过，你修道到现在一定一直是断子绝孙吧？”

“小子放肆！”对方恨不得在神识震慑里喷他一脸口水，“老夫劝你早早说出那丫头行踪，免受抽魂炼魄之苦！”

穆战霆：“呸，死都死了，还怕你抽魂炼魄，符浪你个废物，你倒是说说，现在是谁和魔修同仇敌忾？老头儿，我看他倒是挺有魔修天赋的，你干吗不收了他入门给你养老送终？”

“穆战霆！”符浪咬牙切齿的声音传来，恨至极端，声音竟冷静下来，“前辈，那逃走的二人一个炼气中期，一个炼气初期，均不足为虑。”

邓跋冷笑一声，道：“依我看那二人必然还在这石林迷宫当中，老夫还有一片银鲛纱在身，勉强可躲得阴祝，抓到那二人不过须臾之事。符浪小子，老夫看你有心向我魔道，给你一个机会，老夫派一具筑基期尸傀助你将这穆小子拿下。你拿下他后守住此入口，不得让任何人出去，说不定老夫一高兴，便将你一起带回上洲。”

上洲!

凡洲修士不入筑基，此生难渡瀚海赴上洲圣地，符浪心思一转，觉得是自己的机缘来了，挣扎片刻，道：“修道修魔都是修，晚辈愿向前辈以此獠之命投名！”

邓跋微微一笑，一掌按于符浪天灵，周身精纯魔气灌注而下，只听一声脆响，须臾间，符浪晋升假筑基境界，只欠一次闭关便可冲击筑基。

“呵，穆小子，你可看到了，这修界，永远是识时务者，成一时俊杰！”言罢，邓跋放下背上魔棺，棺盖弹出，一头尸傀狰狞扑出，乌甲獠牙，凶煞犹胜蝶绾那头，一时周遭空气充满血腥之气。

“多谢前辈！”符浪感受经脉中汹涌的魔气，连声道谢，喜不自胜，“符浪心服口服，前辈只管追击那二人，此地交我便是。”

“同宗相残，若非手头有急事，老夫倒是乐意观战，可惜了。”邓跋目光一闪，似有深意地看了一眼穆战霆的方向，又高声道，“好在蝶绾取得那丫头一根头发，让魔蝶一寻便可追踪，找到那二人只不过是时间问题，若还有别人相助，他们倒还可能有一线生机。”

听见此言，穆战霆那边突然沉默。

邓跋离开后，符浪不禁狂笑数声，让尸傀去守住出口的方向，自己从另一侧绕来：“穆战霆，昔日你仗着掌门偏疼，处处压我一头，现在呢？天灵根又如何？还不是任我宰割！哦，我记得那胖丫头还是你妹妹，你不是一直想让她嫁出去吗？可惜长得太丑，给人做炉鼎怕是没人要，我去建议那魔修前辈给她找个尸傀道侣如何？哈哈！”

他话音一落，神识锁定中的穆战霆忽然周身气息猛涨，两息间，突破炼气后期，直接越过炼气大圆满，直达假筑基境界。

“你！”符浪愕然道，“你什么时候……”

“趁你们唠唠叨叨的时候突破的，天灵根就是这样，不服吗？”穆战霆拍拍衣服上的尘土，从打坐的姿态起身，眼里战意汹汹，“浑蛋，老子先撕了你这张嘴！”

他话音一落，整个人便像流星般挟着火焰朝符浪撞去。

“尸傀救我！”

符浪连连出声，尸傀一阵旋风般搅过来，筑基中期威能尽展。穆战霆余光瞥见，自觉躲不了这一击了，硬抗一记，炎刀提在手，一刀斩下，符浪魔气虽自发护体，却瞬间为之崩碎。

符浪立时七窍流血，身形倒飞出去重重撞在山壁上，穆战霆也同时受了重创，背后留下三道深入骨髓的血印，吐出一口血。

符浪遭到重创，喘着气道：“穆战霆，你果然厉害，可惜你再厉害，也挡不住尸傀一击！这修界，靠的终归是运气！”

就在尸傀利爪要将穆战霆撕碎时，忽然一阵轰鸣，穆战霆与尸傀之间的石林蓦然挤压，恰好将尸傀挤于山石之间。

那尸傀本是铜头铁臂，但耐不住这石林是当初大能造就，尸傀仅仅发出一声惨嚎，便立时被碾碎。

符浪呆呆地看着眼前这一幕，穆战霆也愣了，看着石缝里流出的尸傀尸液，道：“我看你不顺眼很久了，还是第一次觉得你是个‘言而有信’的人。”

符浪不敢置信，随即高声叫道：“穆战霆！穆师弟，你当真要同门相残？！只要你带我出去找仰月宗的队伍，我可以为你做证你是被魔修所胁迫，你还可以重归宗门！”

“我哪有那空儿，”穆战霆按下伤势，提起炎刀，冷冷看着符浪，道，“我得去找阿颜他们，左右都跑不了了，回去找一找我还能落得心安。”

“你是不是傻？！”符浪面色狰狞地朝外爬去，“你身中尸毒，必定命不久矣！那可是两个筑基修士，天堂有路你不走，非要去送死！”

穆战霆也不给符浪辩驳的时间，一刀落下。旁边石林也正好移了过来，符浪的皮肉被炎刀烧焦的声音瞬间消失在了石林之后。

此时石林异动停了下来，穆战霆立在原地沉默片刻，他背后刚刚受尸傀一击，尸毒已迅速渗入肺腑，现在绝无可能挡下邓跋，他可以选择自己跑，跑出去或有一线生机，只要活下来，十年后，二十年后，他修炼有成，还可以回来报仇。

他心里从邓跋去追杀南颜他们后就一直这么想着，手上却将乾坤囊中所有可引爆的符箓拿出，脚步往石林深处移去。

“没事……天公疼傻人，就算不疼，黄泉路上至少有伴儿。”

他一个人太久了，地狱路险，总好过以后再一个人漂泊。

走过一个岔口时，眼前发黑的穆战霆肩上突然被搭上一只苍老的手，同时收敛了气息悄然靠近的邓跋寒声道：“你倒也真算得上是好运气，不过尸傀与老夫心神相连，既都付出了这具尸傀，焉能不讨回些什么……放心，为了对得起你的灵根，老夫会竭力栽培你成为高阶尸傀！”

话音刚落，邓跋一声大喝，筑基后期的灵力全面压制，穆战霆身上燃烧到一半的符箓纷纷碎裂而无法起爆。

“想起来了，应该是同生共死才……对。”随着一声几不可闻的喃喃，穆战霆身首分离，血染石林。

“大道无情，痴人本就不该走上这条路。”邓跋甩去手上的血，将穆战霆的乾坤囊摄入手中，正要打开乾坤囊将穆战霆的尸首收入其中，在打开袋口的瞬间，突然一声凤鸣唳天，乾坤囊中赤芒冲出，瞬间灼瞎邓跋双眼！

“啊！！”

邓跋立即将乾坤囊丢远，周身法宝本能护主，黑烟滚滚，足可抵挡结丹初期修士的全力一击。然而那被丢远的乾坤囊却突然爆炸，一片红光中，一只血色凤凰钗浮于半空，随后，凤凰自钗头化生，凤羽湛然，如仙神降临，巴掌大的身形，觑定惊恐万状的老者，再次啼鸣一声，展翅穿过邓跋周身的防御。

“辰洲圣物——！”邓跋惊骇的表情尚未凝结，周身魔道防御如冰雪遇烈日，瞬间随着他的肉身融化消散。

堂堂筑基后期修士，不是这凤凰一合之敌。

小凤凰击杀邓跋后，落在穆战霆身边哀鸣不已，随后，啄下一片尾羽放在穆战霆脖颈断开处，下一刻，奇迹发生，凤羽化红光，将穆战霆死后散离的元神吸纳回肉身，同时接续身首，须臾间，穆战霆便肉身完好，只余一圈细疤环绕脖颈。

小凤凰待他恢复后，双翼一展，身形变大，抓起昏迷未醒的穆战霆冲霄而起，瞬息消失在云层之后，朝着瀚海外四大上洲中辰洲的方向飞去……

此时已经入夜，南颜独行于石林中，一开始还担忧会不会中途遇上蝶绾等人，但随着时间流逝，四周仍只见石头和枯草。她走不出这石林，便有几分焦躁。

“……这片石林到底有多大？”喃喃间，忽然感到心脏一阵绞痛，南颜抓住心口，脸色发白……怎么忽然这么慌？

不过绞痛并未持续多久，很快便舒缓了，她站在原地迷茫了一会儿，放出偃甲蝶，却见偃甲蝶仍是四处乱飞找不到方向，叹了口气将偃甲蝶收起。

如果知道东南西北就好了，至少不至于迷路。

南颜正纠结时，忽然听见身后凤鸣冲霄，愕然回头，只见石林上方迷雾后，隐约有一道火光冲天而起，飞入上空。

她还没来得及判断那是什么，火光起处，石林上方遮天蔽日的迷雾便被那圣气驱赶，雾气变淡，隐隐露出满是星子和月光的夜空。

同时，绝迹崖的山巅也出现在南颜眼前……就在她前方拐角处，出去便是了。

原来这么近！

南颜连忙加快步伐，但并不急着一路直冲过去，而是从旁边绕过几株枯木，谨慎地向外走，并用银鲛珠隐蔽自身气息，最后拨开一丛枯枝，看见一道白衣身影蹲在一面石壁前苦苦思索。

“……怪事，难道不该这般写吗？”站在那处的正是殷琊，他沉思片刻，并指凝气，在石壁上写下两行字：

我是杀生造业佛，悟得禅机献魔罗。

但很快，这行字慢慢变淡，直至消失。

南颜暗想这狐狸精的字真丑，嵇炀看了怕是要撕他的字帖，随后目光转向一边，只见那石壁上还有一行小字，字体古拙，她眯着眼看了数息，才看懂这石壁是有人故意留下的，并说明只要有人将他功法的开篇之言刻在石壁上，就能获得石壁上留存的功法。

也就是《七佛造业书》的《涤罪篇》。

《七佛造业书》共有《识罪篇》《涤罪篇》《伐罪篇》三篇，南颜所学的《识罪篇》只能让她从炼气修至结丹巅峰，如想结成元婴、成就化神纵横天地，就需要《涤罪篇》，而传说中的《伐罪篇》，则据说可勘破虚空之障。

她见殷琊反复尝试将那句开篇之言刻于石壁却不得，暴躁地踹了那石壁两脚后，突然面色一变，警惕地看向身后：“谁？”

南颜有一瞬间以为他发现自己了，但很快，却从别处传来咯咯的笑声。

“殷道友，魔道功法只适用于人魔，妖族再费尽周折，也不过是沐猴而冠。”

只见蝶绾一人一棺自石林处缓步走出，阴沉笑道，“不过这都不重要，妾身想问一问，刚刚我靠近三十丈殷道友才发现，敢问殷道友可当真是筑基修士？”

寒风吹过崖顶，殷琊纹丝不动，唇角微勾，道：“我只在两种情况下说实话，一种是和女人在被窝里，一种是杀人后，你想做哪种？”

蝶绾啧了一声，放下尸棺，顿时魔蝶环身，尸傀蓄势，慢慢朝殷琊走去：“据说寅洲在上古时乃妖族王都，诸妖横行，直至赤帝南溟降于寅洲，屠万妖，法正天地，逼得妖族诸王脉自封于北海妖涡，其中有一脉天狐幻术通天，甚至，可越阶达到化虚返实的境界……比如，原本是炼气的妖修，可通过幻术，短时间拥有筑基期修为。”

被一言道破来历，殷琊倒也不见慌张，道：“你想同我打一架？就你一个人吗？”

“我路上看到你带来的那个资质不太好的小子了，已让我门内的弟子去了结他了，稍后便会来，殷道友，还是珍惜你我独处的时间吧。”

蝶绾言罢，目露凶光，与尸傀一道杀上，瞬间绝迹崖顶法术乱飞，一片混乱。

南颜一听蝶绾带来的其他魔修去追杀嵇炀了，一时有点儿慌，但想了想就算自己去也于事无补，一抬头看见那待解的岩石石质似曾相识，片刻后，心中有了筹谋。

她在《奇石图解》中见过一种魔刚岩，受外力摧折后会自生魔气修复岩体，只有克魔气劲才能瓦解摧毁之，眼下这情况，只要……

另一边，殷琊暗暗皱眉，他确实有天赋可让修为直接跳阶发挥，但缺点是灵力不足以供筑基期幻术的消耗，终究不如真正的筑基修士，再过十数息，他的幻术一破，便会被逼回炼气大圆满的修为。

更何况，蝶绾还有一个同为筑基期的尸傀。

不过，他纵横诸秘地多年，底牌极多，蝶绾想杀他，尚需运道！

心念一动，殷琊一抖乾坤囊，里面顿时飞出三物：一为古镜，二为折扇，三为奇果。

蝶绾一惊，顿时贪婪心起：“伏魔镜、青鸾扇、九百年回灵果……你这头狐狸好丰厚的身家！”

不过饶是她难抑贪婪，也不敢放松，身形后撤以魔蝶骚扰，让尸傀上前猛攻。那尸傀扑至殷琊身前同时，那古镜一颤，镜中清光一照，尸傀无坚不摧的指爪顿现灼痕，本该无感的尸傀发出一声痛苦尖啸。

同时，殷琊服下回灵果，周身灵气瞬间回满，握住那折扇朝蝶绾一扇，登时扇面上一头青鸾自扇中冲出，直朝蝶绾扑去。

“竟还有青鸾残魂——”

蝶绾不敢硬接，身形再退十丈，又放出百只魔蝶围向青鸾，但那青鸾乃神鸟，清鸣一声，冲破魔蝶阻挠，身腾青火，直接撞在蝶绾护身魔气上。

蝶绾硬吃这一击，双臂衣料被烧焦，形容略显狼狈，但抬头一看殷琊灵力已只余小半，冷笑道：“殷道友，轮到我了。”

她正要念动秘术，让尸傀狂暴反击，忽然一侧石壁上有人高声道：“你们再打，我就把这石壁砸了！”

两人双双朝石壁看去，只见一个胖墩骑在岩壁上，掌中金光闪烁，在他们看过去的瞬间，胖墩一掌拍下，那魔刚岩石壁顿时蛛网般裂开条条缝隙。

“你敢！”

“球儿，别！”

殷琊和蝶绾同时吓了一跳，他们各有任务在身，关键就是为了这魔刚岩上所刻的魔道功法，一时都不敢轻举妄动。

蝶绾最是生气，她想要南颜身上的银鲛珠想要得不得了，但碍于旁边还有个殷琊，便放柔了声音道：“小道友别冲动，你此时出现，必定有所求，什么都好商量。”

“给你的同门传讯，让他别动我哥，等他无恙，我再下来。”

“好、好好，你不说我也会这么做。”蝶绾当真就立即打了个法诀传讯同门，随后道，“小道友现在可以从这石壁上下来了吧。”

见她法诀送出，南颜略略安心，又道：“你们必是想要这石壁上的功法，我可解开这功法的禁制，但你们需得发心魔誓，让我和我两个同门下绝迹崖，平安离开秽谷，否则修为终生不得寸进，寿尽而亡。”

心魔誓是修界最常见也最有效力的大誓，修士最重要的就是提升境界，得证长生大道。一旦违逆誓言，进阶时心魔必会来扰，轻则境界倒退，重则走火入魔而亡。

殷琊一皱眉，道：“你是怎么不声不响靠近……算了，我对你们仨没什么想法，心魔誓我可以发，但你说你能解开石壁禁制，小丫头你吹大了吧？”

蝶绾亦道：“小道友，他解不开只是因为他是妖族而已，若让我刻下那开篇之言，此石壁必会解。”

南颜道：“不是妖不妖的原因，我一开始只觉得是因为他字丑……”

殷琊怒道：“你说谁字丑？！”

南颜无视了他，道：“也可能真的是他字丑，不过你可站在十尺外凝气刻字一试，如果不行，那除了我的解法，再不作他想。”

蝶绾半信半疑，见她说得笃定，让尸傀盯住殷琊，上前道："那我就一试，如果不行，自会发下心魔誓。"

说着，她便在石壁上凝气为剑，徐徐写下同殷琊之前所写一般的开篇之语，待"魔罗"二字写罢，两息后，石壁表面字迹再次消失。

怎会如此？

蝶绾这才神色凝重，道："看来是非要习有克魔功法的修士才可留字于其上……可若你动手，岂不会直接把这石壁损毁？"

南颜翻身而下，道："我用普通灵力书写，你们可以发心魔誓了，尤其是你，如果那姓邓的老头要打我们，你得帮我们挡着。"

蝶绾和殷琊对视一眼，殷琊对这无所谓，道："好，天地所见，只要你解开这石壁上谜题，让我们得见其中功法，我绝不伤害你们三人，必要之时还会相助。"

蝶绾目光闪动，同时也依言发下心魔誓。

南颜确定之后，捋起袖子，双指徐徐凝出灵气。

《七佛造业书》虽形如魔功，本质却是佛门功法，所以真实的写法应是这般——

我是杀生造业魔，悟得禅机献佛陀！

最后一字落下，石壁突然轰鸣震动不已，魔刚岩上字迹卷为旋涡，同时血芒绽出。

"这是什么？！"

蝶绾和殷琊同感一股无匹杀气压身，本能地后撤，一时间被血芒刺眼，莫说看了，连神识都是一片混乱。

而离得最近的南颜，正面遭受血芒冲击，来不及脱逃，只觉得石壁中隐有一人，黑袍佛身，白发如瀑，周身满是魔气，从石壁中缓缓浮出时，南颜虽看不清他的容貌，却能感到他并无恶意，而是似乎悲怜地伸手抚了抚她的发顶，随后魔身化散为无数梵文，灌注于她的天灵。

南颜最后看见他似乎张口说了一个人的名字，尚未分辨清楚他说的是什么，眼前一切就为那些梵文所夺。

数息后，血芒散去，石壁层层龟裂，烟尘中，南颜徐徐落在地上，往前踉跄了几步，便倒在地上，眼前一片昏沉。

蝶绾顿时尖声暴怒："竟然是……被传承了？！"

传承是一种只有元婴之上的大能才会的方法，不是刻以功法让所有人阅知，而是直接通过某种方式，将功法打入某个修士元神中，只要这个修士不说，无人能窥知，搜魂也不可能发现。因为从这一刻起，功法就彻底是这个修士的所有物。

殷琊比她还暴躁，正要上前，忽然旁边一道气息传来，竟是早有一个炼气后期的修士埋伏在侧，趁他们都被血芒冲击，加持数道御风术，瞬间擒住南颜。

竟是之前被邓跋遣走，本该离开秽谷内围的詹贤。

“多谢蝶绾师叔所赐银鲛纱。”詹贤三两下用禁制把南颜捆了个结实，对着蝶绾面露谄笑，“还是师叔神机妙算让我悄悄跟在后面，若是听邓师叔的，此行必定难以交代。”

殷琊怒道：“筑基修士的脸呢？！”

“我这师侄素来乖巧，他可没发心魔誓。”蝶绾咯咯一笑，走到南颜身边，想用指尖挑起南颜的下巴，却一指头戳进她下巴厚实的软肉里，尴尬了一会儿，收回手指，道，“殷道友说的也对，我堂堂筑基修士，竟被一小儿欺至此，是该讨回来点东西。”

她说完，旁边的詹贤突然脸色微变，道：“师叔，石林中的同门师弟们……都死了！”

“你说什么？”

詹贤转向石林一侧，忽闻数声惊响，惨叫声袭来，几具神棺宗弟子的尸体连带着同门的尸傀齐齐飞出，落在绝迹崖上。

“师弟！”詹贤立即上前，待靠近时，突然尸体下幽光一闪，一条蛇形偃甲从尸体下闪电般窜出，盘紧了詹贤的脖子，口吐利刃，抵住他咽喉。

“师叔救我……”詹贤不敢擅动，随后惊恐地看向右侧徐徐走来的少年人。

嵇炀的衣衫上隐有血迹，随手将一把断裂的法剑丢在一侧，看了看绝迹崖上的情形道：“前辈何必与舍妹一个孩子计较？”

分明只是一个筑基修士，蝶绾对上他的目光时，却莫名心头发凉，甚至不能直视，抓着南颜的肩膀稍稍后退，道：“今日算是栽了个小跟头，不过你确定要与我神棺宗为敌？只要我放出信号，邓老头与我会合后，你们必死无疑。”

殷琊道：“别信这女人的，她发了心魔誓，不敢伤这丫头的。”

“多谢提醒。”嵇炀的目光扫过还未清醒的南颜，道，“适才异变，石林现在已被诡雾笼罩，你确定放出信号后，先看到的是你同宗修士，而不是刚刚进入秽谷核心的小云车？”

蝶绾脸色瞬间难看起来，嵇炀言下之意，就是他也可能放出信号，让刚刚的小云车注意到这里，冷笑道：“这丫头对我宗至关重要，我劝你另找个能看点的妹妹。何况她这么丑，我不信你能为了她管我神棺宗闲事。”

“她的事，她的人，我忝为兄长，都要管。”

“哦？”蝶绾面上浮现三分恶意兴味，道，“我有过两任道侣，皆因薄情让我喂了尸傀。男人的话我从来不信，这样吧，这尸傀好食人手指，一天不喂便狂躁不听使唤，我不伤她性命，只断她一指喂我尸傀，你若当真如此情深义重，可愿——”

殷琊刚想说这婆娘过分，就见寒光一闪，断指向尸傀飞去，尸傀兴奋地咬住，随后细细咀嚼，十分满足。

“你和那个姓穆的，真的，一个比一个傻……”殷琊愕然。

嵇炀右手轻握，指缝中滴血不断，神情却淡然得仿佛断的不是自己的手指：“够不够？”

南颜神识中仿若有无数梵文字符如惊雀般乱飞乱撞，非要硬生生刻在脑中不可，耳边也同样嗡鸣不已，隐约只能听见有熟悉的声音在旁边说话。

直到提着她的蝶绾恶声道：“年纪轻轻，倒是够狠，修士少根指头无伤元气，你以为能打动谁？”

谁少了根指头？

南颜蒙眬中睁开眼，昏沉的视线中，只看见旁边尸傀似乎正在大快朵颐些什么，而目光一转，却见嵇炀那只曾教她一笔一画写字的手，已有了残缺。

“……少苍？”她虚弱地微微张口。

一侧，嵇炀将流血的那只手负在身后，神情自若，道：“我不想打动谁，只不过你既发了心魔誓，只要此人一死，你应不愿违誓与我冲突。”

被偃甲蛇的利刃刺得皮肉微微出血的詹贤嘶声道：“师叔救我！”

蝶绾看了看那禁锢住詹贤的偃甲蛇，忽然神色微变，道：“这偃甲乃卯合天工之法所新制，偃甲一道门规极严，你断不是凡洲修士……不对！”

天下诸道各有秘术，但有一个地方，却可尽揽这些，那就是子洲。

蝶绾越想这少年之前表现种种，越是心惊，此时忽然想到什么，从乾坤囊中拿出一片刻有阴阳剑的玉符，虚虚一点，玉符上光影放大，一个巨大的“缉”字下，一个蒙着眼睛、神色惊慌的少年人虚影浮现，虽神情气态全然不同，却分明就是嵇炀的脸。

蝶绾头皮瞬间发麻，一时间话都说不全，面色苍白如纸：“你……你是子洲帝君驾崩一案的通缉犯？！倒霉！怎么和你这种人扯上关系！”

她虽是神棺宗之人，但神棺宗在巳洲不过是三魔宗之一，绝无可能和子洲巨擘相较，如果子洲来人向巳洲要人，她一个区区筑基修士必会被宗门毫不犹豫地献出。

子洲虽素来自诩正道，对魔修却一直是以魔制魔。

一想到抽魂炼魄之苦，蝶绾神色数变，道："小云车就在附近，我不愿与你扯上关系，我下过心魔誓，绝不会伤这丫头，你放开我师侄，我就放开这丫头，而且即刻离开，你看如何？"

嵇炀盯着蝶绾道："可以。"

"多谢师叔！多谢师叔！"詹贤感到脖颈上蛇形偃甲一松，身形立刻朝蝶绾掠去，不料靠近五尺之时，蝶绾倏然眼中一狠，魔蝶全数扑进詹贤体内，并一掌拍得詹贤飞向嵇炀。

瞬间，轰然一声巨响，詹贤躯体爆炸，无数毒液飞溅，筑基之下，触之即死。

嵇炀早有准备，在詹贤被打来时，便身形一闪躲在一侧的秃岩之后，那秃岩沾上毒液，瞬间被腐蚀得千疮百孔。

旁边的殷琊躲之不及，但爆炸瞬间，身前浮出一把白伞，仓促之下，白伞虽也被腐蚀出几个硕大窟窿，却也躲过一劫。

蝶绾连连后退，竟全然不顾她先前所发下的心魔誓，高声喝道："尸傀，快上！现在就杀了他和那头狐狸，杀完就毁尸灭迹！别让任何人发现我们接触过！"

尸傀一声嘶吼，周身毒液滴答，合身扑上，筑基期修为尽展，一时间绝迹崖上法光闪烁。

殷琊眼中烦躁，但心头谨慎，他适才与蝶绾一交手，周身灵气已不足支撑筑基期幻术消耗，再服用回灵果只怕会伤及经脉。

而就在二人处于下风时，嵇炀肩上被尸傀划破，仍是丝毫不觉痛，轻飘飘后退三步，微微一叹道："殷兄可有剑器？"

"十八般兵器我有的是，你有办法把这臭僵尸做掉？"

"允我三息即可。"

"我凭什么信你？"殷琊一连引爆了之前放出的青鸾扇和伏魔镜两样灵宝，逼得那尸傀退了三步，同时自身的灵力渐渐收敛，回到炼气境界。

他啧了一声，抛了件上品法剑给嵇炀："遭不住了，有什么底牌就快用了吧。"

嵇炀左手接剑，甩了两下，双目轻合，周身风沙倏凝，仿若沉入一片静寂奇境。

"都中了尸毒了，还弄什么玄虚？！"蝶绾话虽这么说，却莫名越来越慌，心头发狠，再次凝起数百魔蝶，蝶翅化刃，每一只都有一击击杀炼气的修为，翅膀卷起道道魔风，正欲刮向嵇炀，提着南颜的那只手却忽然一阵剧烈灼痛，一低头，骇然见南颜周身一层血芒吞吐闪烁，一道道佛言结为锁链，沿着她的手臂延伸而上，所过之处，她体内灵力竟被锁链飞速抽去。

“我乃筑基修士！岂能折于区区炼气手中！”

蝶绾右手浮现一片蝶翅虚影，锋利如刀，劈手斩向南颜，却闻琮琤一声，梵文锁链虽断，但断裂的一截却直接突破蝶绾的护身魔罩钻入她体内。

蝶绾瞬间尖叫起来，艳丽的皮囊下，似有梵唱低喃，百年所修魔气，为之所乱。

“该死！你去死！”蝶绾发狂，直接把南颜丢向绝迹崖下，而在千钧一发间，却听持剑者轻喃，提剑向蝶绾一指，轻声慢语——

“周天行吟。”

蝶绾放大的惊恐双目中，只见一道十尺见方的道盘蓦然腾空，随后隐有古人狂歌行吟，挥洒间，剑气尽荡世间邪。

无数青色剑光自道盘中飞出，转眼间将蝶绾刺透，其中一道剑光正好穿透蝶绾的喉咙，她眼中的不可置信被怨毒取代，指着嵇炀和南颜似乎无声地念了些什么，便倒落在地。

“死了？”殷琊对付那尸傀已近力竭，忽见蝶绾死了，心头微松，正想着这尸傀失去主人，差不多也该消停的时候，尸傀猝然仰天怒吼，一身腐毒皮肉变成血红色。

“喂，这尸傀发狂了！你还能跑吗？这女人已死，遛它三十息就行了。”

嵇炀堪堪从崖边抱住南颜，回头一看，那尸傀发疯般向自己跑来，他本可以走脱，却忽然看见石林方向又浮起十余道灰色的鬼影。

是阴祝。

“完了，天要亮了，是阴祝归巢！”

秽谷之内，阴祝每隔一段时间就会往秽谷核心聚拢，以恢复散离的阴气，时间不定。但殷琊有点儿急，一边从詹贤和蝶绾的尸身上夺来银鲛纱，一边喊道：“你们快隐蔽呀！”

隐蔽是隐蔽不了的，纵然可以用银鲛珠躲过阴祝，这发狂的尸傀却绝不会放过他们。

“殷兄，可否在崖上等我们六个时辰？六个时辰若无人上来，殷兄可自行离去。”

尸傀并没有把气息锁定在殷琊身上，他自可凭借多片银鲛纱撑持，躲过阴祝归巢。

“可以是可以，问题是你要干什么？”

尸傀已爬近十步内，嵇炀低头在仍昏沉不醒的南颜耳边轻声问道：“阿颜，怕不怕？”

南颜没有回答，只有眼睫微微动了动。随后她就感觉有人抱着她向后倒去，耳边只余下呼呼的风声，和越来越刺骨的腥冷寒风。

南颜做了个长梦，梦见南娆牵着她的手，走在日落时的小巷。她手里抱着一本学堂先生画满了红叉的功课，哭得抽抽搭搭，而南娆却一直在笑，等她哭得差不多了，摸了摸她的脑袋，让她在这儿等着，自己去买她最喜欢的白糖糕。

南颜站在巷口一直等，等到天都黑了，南娆还是没有回来，只有穿过小巷的风冷得出奇……

然后她醒了过来，大约是刚刚传承过功法的缘故，周身灵气空荡荡的，一睁眼只看见血云笼罩，旁边的一座山壁仿佛被血浸红，横生出一株老枯树，看样子随时会被压塌。

南颜不敢动，猛然抬头，只见嵇炀半身黑血，面色苍白地躺在树干上，纵然在重伤昏迷中，仍是一手紧紧抓住南颜的衣襟，不让她掉落下去。

手……手指……

南颜刚刚没有哭，现在却是忍不住了，眼泪一滴一滴顺着脸颊淌了下来，很快便沾湿了嵇炀心口的衣襟。

“……不必太在意。”过了许久，嵇炀哑着嗓子出声，双眼并没有睁开，好似说话便已经耗尽了力气。

“少苍？”

“当时情形，本不需要这么做……只不过是我总觉得你心不在长生，想此事过后，以情相挟要你从此听我的话而已。”

南颜摇着头道：“我听不懂。”

她说着，想打开乾坤囊找些伤药，却发现一丝灵力也用不出，只能从怀里抽出一张丝帕把嵇炀的手小心包好。

“既然跳下来都没有摔死我们，老天也算有眼，我们要怎么上去？”

“上不去。”嵇炀仍未睁开眼，徐徐道，“秽谷核心是为镇压妖魔而设，此地地气会抽取一切活物灵力，你仔细看右边。”

南颜抬头望去，只见右侧血云稍散，隐约也有一道枯木伸出，枯木上挂着一具尸骸，看服饰想必也是一位修士。

“我倒是还有些许灵力，只不过适才受那尸毒入体，肺腑……”嵇炀声音顿了顿，又哑了三分，道，“肺腑已损，又断了几根骨头，要这点灵力也没用了。”

他说完，身下的枯木发出一声轻响，似乎有所不支。

南颜一动也不敢动，等枯木稳定下来，她小声道：“……是我太重了，没想到都到这儿了，还会拖累你，还有什么办法吗？”

嵇炀沉默，忽然道：“你听。”

南颜细细听着，血云忽然一阵云潮翻涌，似乎有什么东西尖啸着从顶上涌了下来，周围的血云瞬间变得暗红，不多时，无数的阴祝从血云那头徐徐飞入秽谷核心，那些阴祝眼眶里幽蓝的鬼火成为这片破晓前的暗夜中最显眼的光源，汇聚为一条云层下最为壮阔的银河，从四面八方带着此次进入秽谷的无数修士的怨魂归往巢穴之中。

距离还很远，它们无法察觉到山壁上还有两个人。

“真美……”南颜此时又似回归到了一个小孩子特有的视角，由衷地觉得那些致命的阴祝汇聚成的银河，非常美。

“同感。”嵇炀又轻声道，“等到阴祝全数归巢，我们便会被发现了，或许，会成为它们之中的一员。”

“有银鲛珠，躲不过吗？”

“你有多少灵力足够银鲛珠消耗？”

南颜沉默，随后，她把银鲛珠从脖颈上取下，挂在了嵇炀脖子上。

“你这是做什么？”

“没事，反正都这样了，给你给我都一样的。”

一样的，只是阴祝会晚点找上他而已。

又过了半个时辰，南颜隐约能看见血云下方出现了几点飘荡的蓝色幽光，不知是突然哪里来的想法，道：“少苍，你把我夺舍了吧。”

嵇炀的眼睛徐徐睁开，瞳眸沉静得宛如一片夜幕中的寂海，神态端凝地望着南颜的脸，道：“为什么？”

“我的肉身是完好的，只缺一点儿灵力，你夺舍了我……就能上去了。”说完，她闭上眼，一副引颈就戮的模样。

小傻瓜。

嵇炀的目光冷了下来，漠然得判若两人：“好个情深义重，你知不知道，我是在利用你？”

“听不懂。”

“接近你，不过是因为你的银鲛珠对我有用。”

“听不懂。”

“教你，关心你，也不过是看你天资过人，长大后能为我所驱使。”

“听不懂。”

“我从不对你交心，你就没有半点怀疑？”

两厢沉默片刻，嵇炀又淡淡道："其实你不说，我也打算诓了你，夺舍你脱险，你还自愿吗？"

"如果你活下去，替我追查我娘的生死，若她真的死了，把她带回来安葬……另外，我青团喜欢吃甜的，清明时节，别烧错了。"

又是一阵漫长的沉默，嵇炀却没有拒绝。

"好。"

他的手指在南颜眉心轻轻一点，一丝灵气悄然打入，未遇到任何阻碍，南颜任他封住一切意识，软倒在他身上。

"傻丫头，人一辈子只能夺舍一次，哪里来的重生。"嵇炀坐起身，召出一件蛇形偃甲，把南颜缚在其上，注入最后一丝灵力，让蛇形偃甲带着南颜顺岩壁向山顶爬去。

看着徐徐爬升的偃甲，嵇炀自己却有点儿困惑为何如此，算计算不彻底，狠毒狠不下心，说的话，做的事，用莫名其妙来形容也不为过。

此时枯木下的血云一阵翻腾，似乎有无数张怨诡的人脸，裹挟着幽幽鬼火，正紧盯着猎物。

嵇炀微微垂眸，双目之中仿若血海翻澜，却无半分惧色。他并未用银鲛珠刻意遮掩，而那些阴祝也逐渐包围而来，凝成一副黄泉鬼相，口吐凶言："小儿大胆，来此送死？"

嵇炀眸中隐现星河，虽半身沐血，却仿如步履华庭，仪态端方，一步向虚空。

"吾生意气莽，愿问黄泉长。"

头顶上不时有阴祝呼啸而过，殷琊蹲在一处草丛里，身上四片银鲛纱，把他的气息伪装得就像一片青青草一样，稳得不行。一开始他还很紧张，看那些阴祝对他视而不见，不久就无聊起来："……老子为什么要在这儿等？

"那几个人族跟我有啥关系？

"唉不行不行，男的死了就算了，那丫头必须要保全，错过这一次不知道以后什么时候能找到。"

殷琊一边揪着沙地上的枯草一边自我纠结，数了好几个时辰，眼看着都到了次日日落了，终于没了耐性。

"呸，男人都是骗子。"殷琊正要起身，打算趁阴祝回巢好好在秽谷内围搜刮一下，忽然一声异响，一条偃甲蛇带着个人从崖下冲了上来。

偃甲蛇冲上崖边，好似灵力耗尽，往前蹿了几下，无奈冲上来的地方是个斜坡，偃甲灵力又彻底告罄，眼看着要往崖下滑，殷琊连忙出手，连人带偃甲抓了过来。

“正好六个时辰。”殷琊用手指在南颜鼻子下探了探气息，松了口气。

神识被锁，少说要一天才能醒过来，不过……那姓嵇的小子倒是可惜了。

殷琊不禁想起他决杀蝶绾的那招，和当时小云车中人相同的招式，除了修为有差，运使之势一般无二，心里权衡了一下，觉得人族修界水太深，不欲多留，转身离去。

殷琊在石林迷宫搜刮了一番，直至把所有的乾坤囊装满，才下了绝迹崖，等走到了秽谷外围入口时，发现入口已被堵塞，天空上无数道御剑光芒飞向秽谷内围，想必此时秽谷阴祝回巢的异动已吸引了其他不敢进秽谷的人。

他看了看背上的南颜，略有些踌躇，却忽然听见一个带笑的老者声音在耳边响起。

“小友，物极必反，贪多易失，还是出来吧。”

这声音慈和温润，殷琊回过神来时，发现自己已经走出了秽谷，再回头看见秽谷门口七八个结丹修士气势汹汹地挡在那儿，只放自家宗门弟子进入，其余散修只能干瞪眼。

殷琊有点儿气恼，看向蛊惑自己出来的人：“老和尚，你干吗挡人机缘？”

那老和尚一身破衣烂衫，身上挂着个布褡裢，闻言，咧出一口烂牙，道：“本是受人所托寻人，正愁找不到人代老衲去寻，没想到施主善心，竟直接把人带出来了，老衲感怀不已，愿与施主结个善缘。”

殷琊听他的意思目标是南颜，扯了扯嘴角道：“我不信佛，你找别人吧。”

——开玩笑，这老和尚说进不了秽谷，修为怕是在结丹以上！

殷琊背着南颜扭头就走，余光瞥见老和尚笑眯眯地看着自己，并没有追来，立即加快了脚步，一出秽谷周围的地界，浑身紫火一闪，一头身形足有三丈长的六尾雪狐出现在山间，幻术催动，纵有修士路过这里，也看不见此处有一头大狐狸在林间飞奔。

六尾雪狐以筑基初期的遁速夜行百里，直到完全到了两洲之外的一处偏僻村落才停下，看天色渐晓，这才化回人形，背着南颜在路边找了座破庙打算调息一二，哪知刚一推门进去，吓得他尾巴毛差点儿奓成狐毛掸子。

“又是你！”

只见那衣衫褴褛的老和尚正在破庙内，拿着扫把扫着破庙的地板，闻言抬起头，笑呵呵地抹了把汗水：“施主一路辛苦，老衲化了些菜团和馒头，不知施主是否饥饿？”

殷琊把南颜往蒲团上一放，气恼道：“小爷可没得罪过佛门，你这般纠缠不放是为了什么？”

老和尚盘膝坐在蒲团上，目光和善，道："老衲受人所托，要接这位小姑娘入佛门清修十年，本该直接带这小姑娘离开，但施主来历不凡，却让老衲起了度化之心。"

殷琊脸色一变，目光偷偷瞥了一眼破庙的门，在他瞥过去的瞬间，破庙的门吱吱嘎嘎地合上，破庙内顿时一片漆黑。

殷琊："……你们佛门度人，非要在这么暗的地方吗？"

老和尚道："眼为色障，施主只听老衲说话，反而落得静心自在。"

殷琊："……"

老和尚也没有征求他同意的意思，道："很久以前，人族第一修士赤帝北征妖国，平万妖，封妖都为寅洲，妖族受降，并献出王女求和，换得赤帝留情，后由子洲提议将妖国封于寅洲以北的北海妖涡，并由道生天纳天下道统为阵，合四十六大道，镇封万妖。此后千年，万妖被困于北海妖涡不得出，只能时不时派出些许低阶妖族冲击封妖大阵。"

殷琊那张清灵俊俏的面容泛出一丝冷峭的气息，道："老和尚，你知道的不少。"

"道生天以符起家，演变出的阵法同样是天下无双，而北海封妖大阵则是天底下最无解的阵法，此阵，唯有修满四十六大道道统者可解除，而除此之外，脱出大道的逆道者，或有一线希望可击破此四十六大道，放出万妖。

"世间修士，哪怕一道有所成，都是一方之雄，不可能有修成四十六大道者。古往今来唯一接近此道的，只有道生天那位不世出的帝君，年纪轻轻，已悟三十六道统雏形，百年之内，有望问鼎化神，一旦修成四十六大道，解除封妖大阵乃轻而易举。"

殷琊眼中倏然泛起凶光："可是他死了！道生天看他就像看眼珠子一样的，还不是死了！人族向妖族承诺的镇封千年早就过了，我的族人到过赤帝瑶宫，说是宫主外出闭关，又到过道生天，连山门都没得进！不找逆道者，难道全族等死？！"

他说话间，周身紫焰升腾，好似随时要择人而噬。

"阿弥陀佛。"老和尚低叹一声，道，"道生天绝不容逆道存在，实话说来，施主想解除封妖大阵释放族民，除非等到第二个如上任帝君那般的天骄出现，待他修成后，或有善心履约。"

殷琊冷笑道："你倒是实话实说。"

老和尚低头看了看昏睡中的南颜，道："只是如今赤帝飞升，寅洲无主，若让万妖出世，必为修界浩劫。其实老衲看施主本性纯良，如若放下封妖大阵之事，专注追寻长生大道，老衲今日也不会纠缠至此。"

殷琊一脸防备，琢磨了老和尚话里的意思，忽然喜道："你的意思是，这丫头接受的果真是逆道传承？"

老和尚道："没错，老衲此来，就是为了把这小姑娘导回正途。"

导回正途，说的也就是让南颜将逆道功法修回正统佛道之路。

殷琊脸色一沉："老和尚，你佛门别做得太绝。"

老和尚微微一笑，道："这样吧，施主不妨和老衲打个赌，施主和这个小姑娘一同来我佛门静修十年，其间老衲不阻止施主游说，由小姑娘自由心证，看她是修逆道功法，还是随我回归正统，十年期满，便放你们回去。"

殷琊想了想南颜那张面团脸，道："我不去，我觉得你在坑我。"

"出家人不打诳语，另外，"老和尚笑眯眯地放出修为，瞬间把殷琊压得砰一声倒在地上，"老衲已是元婴。"

殷琊："……"

三个月后，凡洲东南部一座名为菩提山寺的寺庙里，多了两个挂牌弟子。

菩提山寺虽小，却是天底下最大的佛门宗门——卯洲愁山梵海的分支，和其他与世隔绝的修仙门派不同，这里接纳凡人的香火，只是层阶太高，一条石阶从山脚修到山顶，凡人看着便眼晕，一年到头也少有香客前来上香，只有清明或年节前后才热闹一些。

洒扫山门的僧人扫到最后一阶，将枯叶收拢，便看见来往的香客里，一个胖女孩正从山门下爬上来，和周围的成人相比，丝毫不见疲惫。她手里提着一个竹筐，筐里放着香烛和纸钱，一张本该讨喜的圆脸，却让人觉得带着几分难过。

"南颜师妹，清明到了，这是下山去买香烛了？"

南颜点了点头，道："劳烦真明师兄了。"

真明和尚笑了笑，目送南颜进去后，旁边路过的僧侣小声向真明确认道："今天没哭？早上还听人说，小姑娘枕头还是湿的呢。"

"总比才进门那一个月好，不吃不喝不动的，吃苦师叔说她的亲人全走了，就剩下一个哥哥，还是个狐狸精。"

"嘘，你小声点，那狐狸精被诓来寺里，没两天就要找女人，还骚扰香客，要不是师叔把他暂时封在药师佛佛堂里，闹得不知有多厉害呢。"

南颜自是没听到僧侣们的议论，她来菩提山寺已经三个月了，初醒时，听殷琊说完前因后果，也觉得嵇炀怕是凶多吉少，只是不愿意接受这个事实，茫然了一个月之久，放出的偃甲蝶仍旧无法找到方向，只在她周身转圈，她便不再找了。

秽谷的核心就是阴祝的老窝，幸运点的，神魂逃出阴祝吞噬，还可前往地府轮回来生。所有人都理所当然地觉得他们都死了，只有南颜一个人在坚持那么一点儿希望。

“你是不是傻？”被禁在佛堂里闲得发慌的殷琊嘴里叼着一根鸡翅膀，道，“一边立个空牌位坚持人没死，又怕人入了地府没买路钱非要烧纸，你到底是要人活还是要人死？依我看你有那爬楼梯的工夫，不如赶紧把你那功法练练，假以时日我们人妖联手踏平神棺宗，你看咋样？”

南颜虔诚地拜完空空的牌位，仔细将纸钱一一投入火盆，道：“你能不能安静点？我不下山以买贡品做借口，你哪儿来的肉吃？”

“哼。”殷琊狠狠撕下一块香鸡腿肉，鼓着腮帮子道，“要不是为了家国大义，小爷哪会来和尚庙受这罪，你要是再能给我搞个女修来就好了……算了女修就不求了，女人也行，再不来个女人我真的要死了。”

殷琊倒不是想对女人做什么，他这一脉狐妖叫月狐，而他是其中的一脉变异者，称魔生狐，天生血脉宛如上古圣妖，有破碎虚空的资质，只是妖性暴躁易怒，只有女人的月阴之气可安抚之。对殷琊来说，他只要抱着女人，便觉得舒服平静，喜欢杀戮的妖性也可得以缓解。

“庙里没有女人，吃苦师父说，靠女人是杯水车薪，你得学会自行抑制。”南颜面无表情道，“实在撑不住了，庙里有扮成尼姑的和尚或者我，你选吧。”

殷琊看了看南颜壮阔的身段，悲从中来：“……让我死。”

殷琊到现在为止，在这方面意志十分坚定，戒色是不可能的，这辈子都不可能戒色的。

他啃完南颜给他带来的油鸡，企图和南颜打个商量，道：“我给你点灵石，你明天下山的时候帮我骗个女修来，引气期的也行，让我抱一下解解瘾。”

南颜用看禽兽的眼光看着他：“我明天没空，有空也不会给你找女人的，你自己忍忍。”

殷琊暴躁地挠着蒲团，道：“你明天有什么事？”

南颜道：“我要遁入空门，当个斩妖除魔的佛修，明天我要找吃苦师父申请剃度。”

“啥？！”

“妹妹三思啊！就算你又胖又丑将来找不到道侣，也不能就此了断红尘啊！”

“闭嘴，谁是你妹妹。”

“我和你大哥结拜过的，以后就是你二哥了，长兄如父，你得听我的，这剃度它不是个好事呀。”

殷琊苦口婆心，就差哭闹上吊，南颜烦不胜烦，道：“少苍才是我二哥，你后来的算什么？”

殷琊道：“你大哥多大？”

南颜道：“十六七岁吧。”

殷琊理直气壮道：“你看，你大哥失踪，十年后他二十六七，我十年后二十五，你十年后十九岁，你家少苍哥哥永远只有十五岁了，我岂不是比他大，你难道不该叫我二哥？”

——你家少苍哥哥永远只有十五岁了。

南颜脸上好不容易养出的那么一丝人气顿时烟消云散，木呆呆地站起来，道：“你真会安慰人，呵呵。”

“我不是这个意思……”

南颜砰一声把佛堂的门摔上，慢慢走到菩提山寺后面的一处草亭，亭子里只有一个老僧，正低头对着面前一张玉石棋盘上的残局苦苦思索。

南颜远远双手合十行了个礼，道：“吃苦师父。”

“阿颜，来坐下吧。”

南颜走过去坐在吃苦和尚对面的蒲团上，低头瞧见那棋盘残局，她虽不甚了解弈棋之道，却也觉得执黑子者似乎颇为霸气，鲸吞蚕食，逼得白子节节后退。

“阿颜今日可放下了？”吃苦和尚依然一副和蔼的模样。

南颜沉默了片刻，垂首道：“南颜在世间已无多少挂念，唯愿扫除天下魔道，请师父为我剃度。”

吃苦和尚微微一笑，道：“你还这般小，了断尘缘，是否言之过早了？”

南颜转过头，小小的眼睛里映出山亭外云起云落，一脸沧桑道：“我这辈子再也不会喜欢上其他人了，剃了头，心里干净些。”

吃苦师父：“……”你娘当年要是有你半分觉悟，又怎会搞到那种地步。

她的话似乎震撼到吃苦和尚了，吃苦和尚酝酿了好一会儿，捡起前辈高人的格调，谆谆教诲道：“佛修一道，在心不在相，佛祖度化万物，只要你有心向佛，处处皆是菩提净土——”

南颜道：“我被这个残酷的世道伤透了心，现在只想剃度，从此当一个杀魔如麻的佛修。”

吃苦师父苦苦相劝道：“没有这种佛修，佛修以度化为先，讲究——”

“师父不必再劝，天底下只有佛修的功法对魔修最为有效，我意已定，还请师父为我剃度，赐下法号。”

“唉。”吃苦师父幽幽一叹，道，“明日你来菩提正堂，接衣钵吧，至于剃度一事，老衲便明言之，你心中有红尘未斩，纵然一时剃去了青丝三千，仍会生出，唯有放心大自在者，才会真正六根清净，顶上光明。”

吃苦和尚的声音中正平和，南颜心中焦躁渐定，此时远山处传来一声磬钟响，南颜道：“师父，弟子有所悟。”

吃苦和尚拈起棋子，微微一笑：“但说无妨。”

南颜指着山下上山礼佛的凡人香客，此时日头正盛，那凡人香客摘下头顶员外帽散热，露出一片灿烂光明顶。

南颜道：“欲脱红尘，先向红尘寻，凡人顶上光明，原来是放心大自在，弟子有生之年，愿效此道。”

吃苦和尚手上的棋子啪一声落在棋盘上，心中泪如雨下。

佛祖见谅，脱发自在者和放心自在者是不一样的……

殷琊始终没有挠开佛堂的小结界，好不容易扒着门框逮着一个早起洒扫的弟子，连忙喊过来询问南颜是不是当真想不开要卸下三千烦恼丝皈依正道了。

洒扫的小弟子起初挺怕这头凶神恶煞的狐妖，但殷琊几次被镇压后，众僧人也不怎么怕了，神色如常答道：“然也，吃苦师祖一早便已设坛传戒，只不过师叔年岁尚幼，若落发，唯恐她受风寒，故而尚未剃度。”

殷琊吊了一夜的心顿时稍安，又揪着他问道：“那老贼有没有蛊惑她去改修佛门心法？”

小弟子瑟瑟发抖道：“没……吃苦师祖没提这件事，赐下法号和衣钵后，一字未提功法修炼之事，只说真圆师叔天资绝佳，心性有待锤炼，便派给她一项任务，要她二十年内度化真方师兄，让真方师兄改妖为正。”

——你这句话拆开来我大概能听懂，合在一起却不知道怎么理解。

这个弟子辈分小，如果南颜是拜吃苦和尚为师，他倒是应该喊南颜师叔没错，只是……

殷琊：“你等等，真圆师叔是谁？”

小弟子道：“正是南颜师叔，吃苦师祖说，红尘万丈，尽在天地方圆之间，又见师叔形貌甚伟，故在真字辈里取一个‘圆’字。又因为您是真圆师叔的义兄，等真圆师叔将您度化皈依入我佛门，就给您取个法号叫真方。”

殷琊表情一片空白，真的很“方”：“你们这么干，经过我同意了吗？”

小弟子又腼腆道：“真圆师叔说，哥哥妹妹的都是一家人，就是要整整齐齐。”

殷琊终于悟透了，这佛门是非之地，他根本就不该来。

日上三竿时，南颜又出现了，推开门时，胖墩还是那个胖墩，只是穿起了灰不溜秋的僧衣，脖子上挂着一串开了线的古旧佛珠，这一百零八颗佛珠，个个有小指甲那般小，因为太长，不得不在南颜脖子上绕了两圈才不至于碍事。

南颜来了之后，神情间不见喜怒，道："吃苦师父说，以后你归我管，只要我把你成功度化，就有挑战巳洲魔修的资格了。"

殷琊内心万千话语一时不知道应该从哪里说起，只觉得南颜的精神状况不太稳定，谨慎道："那你想怎么度化我？"

南颜："先戒酒肉财色。"

殷琊："你给我个痛快。"

南颜拖了个蒲团坐在殷琊对面，对殷琊的态度早有所料，淡然道："不急，我来之前特地向一位来自山下药铺的放心大自在香客求教过，欲救人，先聆听病人所需方可对症下药，来，说出你的要求。"

殷琊搓着手臂躲到供台边，道："我觉得该吃药的不是我，你这样我会怕。"

抬头看了一眼供台上无上慈悲的佛祖，南颜对殷琊道："这段时间自我沉溺，倒是忘了你一直想找女人为你纾解妖血之苦，我有一个办法，能解决你的问题。"

殷琊紧张不已，看着迫近的胖墩，道："难道你……"

只见南颜几步走近，从乾坤囊里掏了掏，忽然往殷琊屁股上拍了一张吃苦师父给的符。

"你——"殷琊一个"你"字还没说完，竟发现那是结丹期才有的破形符，拍上去的瞬间，他化形形态便是一破，顿时一阵紫光闪烁，一头巨大的六尾白狐便占了半个佛堂。

南颜只觉得一阵紫芒闪烁，下意识地一闭眼，脸就直接陷在一团软茸茸的毛里，手一抓，也是顺滑无比，不禁本能地多捋了两把。

"你还敢摸我！"

六尾大狐狸气得把南颜甩到一边的蒲团上，兽形的状态足有一撼筑基的修为，利爪拍着地面，直把佛力加持过的石砖都拍出几条裂缝。

"过分了啊，老子把你从秽谷里背出来，你就这么对我！"

"二哥冷静。"南颜直勾勾地看着漂亮雪白的大狐狸，这会儿倒是毫不犹豫地直呼二哥了，道，"我这是为你着想，我已向师父要了佛堂禁制，你再变小点，我带你出去，那些女人都会丧失理智地扑向你寻求温暖。"

殷琊见她说得斩钉截铁，自己又十分渴望月阴之气，道："真、真的吗？"

"真的，连我都快压制不住自己的欲望了，不信你让我先抱着你吸一口——"

"滚滚滚……"

等殷琊变作普通狐狸大小时，南颜当真放他出去了，一胖一狐慢悠悠在寺内的香客里逛着，本来就有不少凡人携家带口地前来，瞧见一个小尼姑身边跟着一头极其漂亮、宛如山中精灵的白狐，纷纷觉得是寺庙有灵。

尤其是年轻姑娘，当真如南颜所言，围了一圈你摸一把我抱一下，不一会儿殷琊就一身脂粉味，陶陶然不知所以。

不多时，有个穿着绸衣的富家女子推开众人，看见白狐，眼睛一亮，扯着母亲的袖子眼巴巴道："娘，这白狐可是祥瑞呀，我们把它买回家养着吧。等到有贵人巡视到咱们州府，还能献上白狐祥瑞，求个官职呢。"

修界与凡世隔绝，但佛门所求，乃是济世救苦之道，是所有道统中，最为亲近凡人的门派。而佛门弟子平日并不张扬，绝大多数凡人并不知这菩提山寺乃是修真门派。

富家女的母亲微笑着抚摸了一下女儿的头，左右看了看，终于在人群里发现白狐旁边的南颜，道："女儿有心了，这白狐可是小师父的？我愿出千两香火银求购，可否带走？"

殷琊一脸不屑，慢腾腾挪到南颜身边，把尾巴朝着那对富家母女。

"你要是敢答应，我就把那对母女的家拆了。"

南颜以神识问道："你是说拆房子的那个拆，还是家庭伦理的那个拆？"

殷琊："都拆。"

南颜念了一声阿弥陀佛，道："这位夫人，寺庙不是交易的地方，万物有灵，可远观而不可嗯……最多如诸位香客施主一般亵玩一二，至于重金购回云云，还是请夫人打消念头吧。"

那贵妇被当众驳回，面露不悦，道："小丫头，我们每年施来贵寺的香火钱也不少了，这只不过是一头狐狸，这点面子也不作与我们钱家？"

"就是，你瞧她那么胖，没准是想把狐狸带回去自己吃肉呢。"富家少女打量了一下南颜的体形，咯咯笑道，"小胖子，我给你的银子够你吃一辈子肉了，这样就拒绝了，你是不是傻？"

周围其他的香客看了看灰扑扑的南颜，又看了看衣着华丽、相貌娇美的富家女，不免窃窃私语起来。

"天生万物，有人钟灵毓秀，有人丑陋难视，倒真的是……啧啧。"

"这富家小娘虽有些娇蛮，但也算率真可爱，这胖丫头有点儿不识时务了。"

修士自有傲气，其实只要南颜想，取眼前凡人性命只不过是转念一道术法而已。

殷琊烦躁地扫着尾巴，道："你就任这些蝼蚁欺负？再不反击，我就下幻术让她做半年噩梦。"

南颜摇了摇头，起身道："夫人这些年在敝寺舍了多少香火银两？"

那钱夫人是山下小城的富豪，闻言傲然道："这些年林林总总在贵寺所捐足有三千两，若不是看在贵寺灵验，让我夫君生意兴隆顺遂，我也不会年年爬这般长的山梯。贵寺收了这么多香火钱，今日我要只小小的狐狸都不行，未免有失道义吧。"

旁边的富家女嘲道："说的好像那么回事，有本事把我家捐的香火钱吐出来呀，等寺庙的住持来，这狐狸我要定了，不只要带走，还要剥它的皮做帽子，年年戴着它来进香。"

那钱夫人点了点头，唇边带出一丝冷笑，道："我女儿说的没错，收钱办事，若不办事，先将钱财退来。"

周围的香客纷纷低叹，三千两不是个小数目，任何寺庙都不会对这种大香客有所不敬。

南颜听了，道："夫人和令爱额心晦暗，丧门发白，本该是坎坷之相，这些年赴敝寺所舍香火，本寺一文一厘，均用以救济贫困，所得功德也反馈夫人之身，夫人确定舍功德而求财？"

"呵呵，你红口白牙，谁知道你们寺中拿这些钱财不是吃喝去了。你若能拿得出三千两，我不只打消对这狐狸的念头，且永不踏入贵寺一步。"

"好。"

南颜的声音甫落，手指不着痕迹地轻点乾坤囊，一只箱子凭空出现，重重砸在钱夫人脚边，箱盖震开，顿时露出里面明晃晃一排金条，晃花了所有人的眼。

钱夫人吓了一跳，她女儿更是尖叫一声，指着南颜颤抖道："你、你到底是个什么东西？"

众香客也被吓着了，此时忽然整座菩提山寺上空响起一个苍老的声音："信吾佛者，积德行善入众生轮回，不信者，请回！"

话音一落，寺中所有的香客眼前一花，再一睁眼，却发现他们全部被瞬移到了山脚下，而原来上山的路，被重重迷雾遮掩。

香客们惊慌了片刻，看着抱在一起跌坐在地上的钱家母女，大叫道："咱们这座菩提山寺……是仙人寺啊！你们这对蠢妇，得罪仙人，连累我们也拜不成佛了！"

在所有凡人愤怒的视线中，坐在满地金条中的钱家母女，满面凄惶，心里发苦……

而在寺庙封山后，吃苦师父的声音从寺庙深处传来。

"真圆，你原本可宽恕那对母女，刻意不留情面，可是心怀嗔念？"

南颜朝着声音传来的方向双手合十，躬身道："师父，天下有万民于苦待度，何以先恶而后善？”

天下有的是陷于水火之中的难民，为什么要先度那些本就心怀恶念的恶人？

山后的草亭之中，拈着棋子的吃苦和尚，无奈苦笑，口中喃喃着只有他自己听到的话。

“真圆呀，唯有待世间恶者时，同你那霸道的母亲一般不容情面……”

吃苦大师拈着棋子悬于棋盘上犹豫了许久，才落下此子，同时传音道：“真圆，你心境坚如磐石，待半月后进阶炼气圆满，可闭死关，直至假丹方可出。”

“疼……疼疼疼！”

半个月后的某日，殷琊正啃着南颜特地给他带来的第三只卤鸡，忽然浑身骨骼一阵剧痛，再难维持人形，直接变作六尾狐的模样，趴在地上挠地板。

南颜吓得一路跑去把吃苦和尚拉来，吃苦和尚翻了翻殷琊的眼皮，问道：“你是不是最近经常带他去山下让他接触妇人？”

南颜看着疼得嗷嗷叫的殷琊，惭愧道：“弟子闭关在即，不知何时能出关，想着多带他下山几次，度化不力，请师父责罚。”

吃苦和尚根本就不在乎她筑基不筑基，直接要求她跳过筑基直至假结丹的境界，这就不是两三天能解决的事了，绝大多数修士从筑基开始起算，练到筑基大圆满乃至假丹境界，少说要五十年。

而吃苦和尚则承诺，若她十年闭关成功，她可获得云游的资格，直接渡海前往上洲。

南颜心想着以后没多少时间投喂殷琊了，更没有多少机会捋他毛茸茸顺滑无比的大尾巴了，心里难受，一时心软带他多下山了几次，殷琊就有点儿忘形，整日在女人堆里转，吸收了庞大的月阴之气，回来之后便想进一步释放血脉，筑基后图谋脱离菩提山寺。

“魇生狐乃是有破碎虚空之资的变异妖族，力量被禁锢于血脉中，想获得提升，只需逐步解放血脉即可。”吃苦和尚叹道，“你惯着他多聚月阴之气，他便想一口气将血脉解放到结丹境界……可惜他本身在其族中只能算是头幼狐，无法承受此血脉爆发之力，这下怕是麻烦了。”

南颜面露难过之色，抱着殷琊的尾巴一边揉一边道：“你不要硬撑，实在受不了，你圆寂之后我会为你立一个牌位，这回写你的名字，我写字可好看了。”

殷琊暴怒，一尾巴把南颜甩一边去：“你离我远点。”

南颜一脸可惜地拍了拍手上沾着的白毛，道：“那要如何是好？”

“难办呀……”吃苦和尚一脸为难地捋了两把狐狸毛，叹道，“为今之计，只能把他暂压于后山菩提月洞，以佛力镇压他妖血暴动，若他能将妖力与佛力合二为一吸纳为自身之力，以后可不必再依靠妇人月阴之气压制，倒也算是个机遇。”

吃苦和尚言罢，放出一只紫金钵盂，在大狐狸上方滴溜溜地旋转，放出道道佛言徐徐将大狐狸包裹。

吃苦和尚问南颜道：“你知道这是什么吗？”

南颜：“莫非是当年唐僧西去化缘所用的——”

吃苦和尚：“不，这是当年法海降服白蛇所用的法钵。”

南颜看着他把殷琊暂时收进钵盂里，道：“师父你骗我吧？”

吃苦和尚：“佛祖面前，不打诳语。”

南颜：“阿弥陀佛。”谁信谁傻。

第五章 血手观音

菩萨，可否将符还我？

时年流转，这一年，鸥鸟从凡洲东南的地方迁徙而来，雪白的翅膀和尾羽上大多沾着已干涸的血迹。

“此盗鸥食腐，所经之处必有辰洲与巳洲的道魔战场，看来今年战事加剧了。”

吃苦和尚甫从外面归来，一路从菩提山寺的正门晃到寺后，还没到禅房歇歇脚，忽然听见一声惊爆从后山菩提月洞传来，随即传出一声嚣狂大笑：“上洲，我来了！”

说着后山便一道紫光爆出，本该是筑基圆满的波动，却生生造出了结丹期的气势。

旁边长大了的晚辈弟子瑟瑟发抖：“师祖，他跑了。”

吃苦和尚眯着眼睛看了一会儿，道：“没事，年轻妖，都是这样，真方已经算稳重的了，我交代你们在他闭关之处贴的传音符，可贴了？”

“贴了的，已告知他真圆师叔半年前出关，摘牌入凡世斩妖除魔，今年八月十五，约于南岸平风渡头，乘最后一趟‘鲸舟’可赴辰洲。”

上洲传来讯息，辰洲与巳洲战事升温，为防止巳洲魔修通过凡洲偷渡，八月十五后，所有来往辰洲的船只禁航十年，只有每年由辰洲敖氏专营的鲸舟才可通航。

晚辈弟子又忧虑道："真圆师叔出关时形貌巨变，入世半年，便度化魔修上百，与从前判若两人，最后一次通信，说是要去追查一桩魔修掳掠孩童吸髓练功的事，也不知是不是能赶得上。"

吃苦和尚打了个佛号，又问道："真圆度化魔修了吗？我怎么从未瞧见过她带回来？"

晚辈弟子垂首道："也带回来过一次，魔修企图逃跑，打伤了一个小弟子，便让真圆师叔一掌度去西天了。"

吃苦和尚："……"

晚辈弟子没有说出口，那魔修也是假丹期的魔修，强横无比，连真圆师叔一掌都遭不住，以至于他们这些炼气弟子晚上睡觉前聊天都在偷偷议论——先有真圆后有天，七佛造业削神仙。

"难怪这次云游回来，到处听人在说血手观音云云……这般赶尽杀绝，倒是颇有其母当年风采。"

而菩提山寺外，已掠出百里的六尾白狐终于停下，感受山间灵气沐泽，舒服地眯起眼，不多时，化为一个白衣的青年。

"哼，关老子这么久，总算跑出来了。"

殷琊活动了一下手腕，眉梢舒展，放出一片传音符折断在指间，听见闭关期间的留讯，喃喃道："平风渡头？今年辰洲疯了？"

不过人族的战事对他无关紧要，他关心的是南颜的逆道功法进度，好在菩提山寺的僧人嘴巴严，吃苦和尚有心相护，外人应只会觉得南颜练的是门厉害的克魔功法而已。

谁都不会联想到，当年秽谷出现的那门魔道功法，其实竟是佛门功法。

这么想着，殷琊放出一只核桃舟，核舟迎风便长，化作三丈大小，殷琊乘上它浮空而起，往南方平风渡方向飞行了两三百里，神识内远远发觉有两道气息御剑飞来。

那是一男一女两个修士，修为都在筑基初期左右，看他们气息不稳，像是刚刚筑基成功，满脸疲累。

他们远远见到一艘筑基期的行空法器，面露羡慕之色，殷琊有心隐藏气息，在他们看来殷琊也不过是同样筑基初期的修士，便远远传音道："前面这位道友，走这条路可是也要去赶鲸舟？可否带我师兄妹一程？"

这对师兄妹风尘仆仆，一脸疲累，殷琊本来不想理他们，又留心瞥了一眼他们的衣纹，隐约觉得有些眼熟，便道："我不认得路，你们为我指路，带你们也无妨。"

那师兄妹面露喜色，道了声谢，双双踏上核舟。

“在下姓褚，这是我师妹孟盈。”那褚姓修士看起来年龄不大，但面色蜡黄，看上去已有两分中年之态，“辰洲数年前甄选的帝子被巳洲魔修截杀，龙主怒而掀战，并颁天下征旗令，只要正道修士，可前往道魔战场应征，战场上所得军功可换珍宝无数，走这条路的大多是为此，道友可是要同去？”

殷琊摇了摇头，道：“我另有他事，不一定要往辰洲……你们可是凡洲宗门的人？”

那褚姓修士道：“是，我们正是东部仰月宗的修士，道友为何如此问？”

殷琊想了想，道：“多年前我去过一次秽谷，在秽谷中遇见一个叫穆战霆的修士，他……有没有回到你们宗内？”

那褚姓修士和叫孟盈的女子均是一愣，褚姓修士目光闪烁道：“我也曾听说过此人，但后来闭关多时，对门中之事已记得不甚清楚，师妹你可记得？”

一旁叫作孟盈的修士生得十分清丽，闻言，垂眸乖巧道：“师妹在外门时倒是知道的，有位姓穆的师兄曾随同宗门一道前往秽谷探宝，但那次秽谷中忽生异变，谷口提前关闭，进入的三千修士无一人逃出，自此之后秽谷也再未开启……我们宗门也是损失惨重呢。”

“哦？”殷琊记得当时他被吃苦和尚骗出秽谷，已不知道后续情形，闻言有点儿难受，但面上无什么异状，“可知是为何？”

“不知，连结丹修士都被下了封口令，道友说的那位姓穆的师兄，应该也不能幸免。”

那南颜又该伤心了。

殷琊有点儿头疼，却闻孟盈又问道：“道友和我们那姓穆的修士有故？”

“没有，当年我也在秽谷，有件看中的宝贝在他手里，但失去他下落，故有此问。”

听他这么一说，褚姓修士笑道：“原来如此，那穆战霆当年在内门高傲贪婪，喜欢四处寻衅生事，我记得他那时还有个极肥胖的妹妹在外门，猪猡一般，十分碍眼，如今他们都死在秽谷，也是老天有眼……”

褚姓修士全然忘记了刚刚还自称不太认识穆战霆的事，一路把穆战霆种种不堪如数家珍地抱怨出来，企图获得殷琊的认同。

“呵呵……”

殷琊越听越烦，正琢磨着找个借口把这两个人丢下核舟时，忽然正前方的山谷传来一阵动荡魔气。

孟盈和褚姓修士脸色一白：“筑基后期魔修！”

他们神色慌乱，各自提起法剑在手，看样子倒不像是要上前一拼，似要随时脱身逃跑。

若放在从前殷琊还会走避，现在以他筑基大圆满到假丹境界的修为，不以为意，反而有心想抢一笔魔修的过路费，便催动核舟迎着那魔气来源而去。

“道友，为何还要正面冲撞过去？！”褚姓修士失色道，“凡洲少有筑基期的魔修，有的话也必是一方强豪，我们三个筑基初期绝不可能是对手！”

“可是……”殷琊仔细感受那股魔气，道，“那魔修好像受伤了，正在逃命。”

说话间，只见一个浑身黑气，周身围着三面黑幡护体的魔修拖着一路鲜血淋漓，慌慌张张地从峡谷那头疯狂逃遁。他一边逃，一边惊恐回望，待看见远处一点白光不死不休地追来，大吼道：“血手观音！做人留一线日后好相见，你当真要赶尽杀绝？！”

回应他的，乃是远处一声轻铃响，随后，山间鸟不啼，泉流忽寂寂。

远山薄雾中，徐徐踏出一个清圣身影，素纱禅衣，头戴纱笠，臂缠佛珠，一步踏出，忽现百步之外，立于虚空，亭亭如水月观音。

随后，她伸出一手，玉白指尖朝魔修一点，指现梵印，眨眼间，梵印飞出，直破那魔修周身护罩，一声惨叫后，魔修肉身炸开。

一片血雨中，佛女檀口轻张，无情又慈悲——

“出家人不言杀生，唯识极乐。”

“好凶的佛修……”褚姓修士和孟盈半天没反应过来，目露惊惧。

殷琊同感道：“嗯，好胸。”

这佛女确实极美，虽纱笠挡着脸，但她单单立在山间，就像是从一幅山水禅画里走出来的一般，谷风轻拂时，禅衣虽宽大，也难掩身段娇娆，连她从魔修血肉渣里摄来乾坤囊的姿势，都不显半分市侩。

佛修素来没有什么存在感，因为佛门的招式大多为护生，防御力惊人，有金身如来之称，这般凶残地直接把一个魔修打碎，却是前所未见。

殷琊啧啧两声，策动核舟飞近，对那佛女道：“这位菩萨，打死就算了，打碎也太过了吧。”

佛女纱笠下的脸微微抬起，透过白纱静静地看了殷琊一会儿，声音沉静道：“万物有灵，打碎了，草木比较好吸收。”

人也美，声音也好听，可惜出家了。

爱美之心人皆有之，狐更有之，殷琊想方圆百里也就菩提山寺一个佛修门派，眼前这位女菩萨多半是在外云游的佛门修士，积极搭讪道：“区区一个魔修，死了就死了吧，菩萨要去哪儿？我把这俩人扔了，捎你一程？”

褚姓修士脸色难看，旁边孟盈眼珠一转，却道：“道友且慢，不知这位菩萨可是也要同去平风渡搭乘鲸舟？”

佛女凝视了孟盈和褚姓修士良久，徐徐道：“没错，道友有何见教？”

佛女并没有隐藏修为，在场之人中，她的修为最高，足有假丹境界，只差一步，二人就都要称她为前辈。

孟盈不敢失礼，道：“见教不敢，只是八月十五这鲸舟，是今年最后一次，若平安到得彼岸，怕是要经过辰洲与巳洲交界的海域，虽有元婴修士坐镇，但仍有遇上魔修劫杀之危，不如我们三五成群组队，也能有所照应。就算一路平安，也不至于被同行修士欺凌。”

乘坐鲸舟的修士，最低也是筑基修为，炼气境界者除非有很硬的后台相护，否则根本无法承受海上风暴的压力。如这师兄妹二人的筑基初期修为，在鲸舟之中只能说是垫底，提前拉拢人组队也是求生使然。

殷琊不大信任陌生人，想着等找到南颜之后，两个人互相照应就好，最多把这漂亮女菩萨一起带着……

只是殷琊越想越觉得奇怪，再次凝目看着那佛女小臂上缠着的佛珠，情绪逐渐崩溃。

“本是凡洲修士，可以同行。”佛女答应后，见那师兄妹一阵欢喜，又道，“只是我名声不好听，你们到时若觉麻烦，可不必理会我自行离去。”

二人瞬间想起那魔修临死前喊她“血手观音”，褚姓修士瑟缩了一下，连忙给孟盈使眼色，孟盈上前，柔声道：“我师兄妹来之前也听过血手观音斩妖除魔之威名，也幸得有道友在，凡洲南部的百姓和低阶修士自此少受魔修侵扰——倒是刚刚这魔修所犯何事？”

“此人立在一处山村，以修仙为名骗得村民献上孩童，实则拿孩童练功，手下人命无数，犯屠凡大罪，我不度他，其余修士迟早也会见而诛之。”

——真圆师叔为解决一桩魔修掳掠孩童之事前去诛魔，怕是要晚点才会到平风渡头，真方师叔若到了，怕是要多等些时日。

想起传音符上所留讯息，殷琊有点儿云里雾里，频频看向佛女，只见对方如姑射仙人，怎么看也没办法把她和一起啃鸡腿的那个胖墩联系到一起。

核舟上顿时陷入一种诡异的沉默。

直到半个时辰后，佛女轻轻啊了一声，随后殷琊便听见她传音过来——

“二哥，我辟谷丹吃完了，你有吃的吗？”

殷琊一拳砸在核舟栅栏上，吓得仰月宗这对师兄妹一抖。

“殷道友这是……”

“没事，有点儿走火入魔。”

殷琊一边打坐一边传音回去：“南颜？”

“血手观音·佛修真圆·南颜”温声问候：“二哥，好久不见。”

殷琊：“……”

殷琊：“你是夺舍了吗？”

南颜：“我没有夺舍，是岁月匆匆，带走了我的肉。”

殷琊：“那你闭关结束后第一次照镜子是什么感受？”

南颜：“自我怀疑，吾好梦中夺舍。”

半年之前，南颜从闭关中醒来，周身灵力一声轻响，突破至假丹境界，只差一点儿历练稳定心境，便可冲击结丹。当时起身，南颜就觉得身体有异，唤出水镜一照，自己先吓得摔了个结实。

她赶紧出门确认，却还是在菩提山寺里，沐洗干净后，发现这张脸和她娘有七分相似，恍然一觉，发现自己的童年虚度过去了。

“我娘当年真的没有说谎，我长大之后就像她了。”

殷琊：“你把帷帽摘下来。”

南颜哦了一声，当真把帷帽摘了下来，可摘下来不到一息，旁边那对师兄妹当场看愣了，殷琊赶紧把她的帷帽又戴上。

“你一路上还是戴着吧，你这张脸要惹事。”殷琊想起当年各种花式骂南颜的话，深觉心痛，“唉，当年我要是对你好点，你何至于出了家。”

佛修是特殊的，他们可以还俗寻道侣，但是还俗后，极有可能折损一部分修为，严重的甚至会境界衰退。

故而所有的修士都不会向佛修求道侣，这种话说出来就是对佛修的冒犯。

殷琊正神思缥缈地幻想吃后悔药，又听见南颜在那里深情呼唤。

“二哥，我们阔别十年了。”

“嗯，好久不见了。”

南颜蹭近了点，殷切道：“你能不能变回本体，给我吸一口？”

“……滚。”

核舟落地时，平风渡头已有上万修士等待。待日头偏西，碧蓝色的海域远处，浮来一座巨大的阴影，还未至此地，所有修士便先感到一股来自深海的磅礴压力。

那是一头无法描述的巨鲸，暗蓝色的带着灰斑的表皮，背上仿佛背着一座小城一般，徐徐自海那侧游来，四周被风掀起的巨大海浪还没有拍在它身上，便被它游动时带起的余波拍散。

这是天底下最庞大，也最坚固的舟船。

“这头鲸鱼，怕是有元婴期的修为……不，就算元婴期，怕也不敢正面接它一撞。”

随着鲸鱼越近，岸边上万修士中，有不少意图乘上鲸舟的炼气期修士纷纷吐血后退，满脸惊惧，其余筑基修士嘲笑不已。

“炼气期修士还想渡过瀚海？连鲸舟气息都承受不住。”

“有鲸舟护持，瀚海中海兽不敢靠近，换了其余小些的舟船，出不了凡洲海域就会被吞噬了。”

“有本事一路飞过去……哦，不过空中也有妖鸟盘旋。”

鲸鱼徐徐靠岸，背上小城中，飞出上百名袖子上绣有金鳞的修士，个个足有结丹修为，神情冷漠。

“筑基以下修士谢绝上船，其余修士符合条件者，缴纳三千灵石便可上船。另外，魔修，杀无赦！”

三千灵石不是小数目，难怪辰洲在上洲中最为富庶，众修士虽心疼，但既然来了，必是向往上洲。

南颜之前在秽谷收获不小，如今身上也有数万灵石，缴纳完之后，刚一踏上鲸舟，便看见隔壁检查上船者的结丹修士一掌把一个筑基初期的凡洲修士拍出。

“想瞒天过海，妄想！”

那凡洲修士大叫道：“辰洲就可以污蔑人了吗？！”

辰洲的结丹修士冷笑，手中出现一把小剑，毫不留情地追杀过去，那凡洲修士脸色巨变，刚要逃，却发现前面也有结丹修士拦截，面色一狞，竟露出结丹修为。

但饶是如此，在附近的辰洲结丹修士足有数十，瞬息间便将那伪装为筑基的魔修斩杀。

“隐息符？你这手段我见多了！”那结丹修士震碎一张来自魔修身上的符箓，回到原位继续检查。

准备上船的凡洲修士噤若寒蝉。

“查得可真严，这鲸舟上怕是一个魔修都不会有。”

南颜一开始还担心殷琊这个妖修会被拦下来，但那检查的结丹修士检查到殷琊时，只是微微意外，便放过了他。后来方知，辰洲之主乃敖姓世家，这世家据说乃是真龙血脉，真龙曾是万兽之主，对魔修不留情，对妖修却是格外宽容。

鲸舟上有一座小城，城中分三个部分，一处是供修士落脚的客舍楼阁，一处是贸易区，一处是鲸舟所有者所在的地方。

南颜等人多交了些灵石，租了处比较安静宽敞的楼阁落脚，入夜时，鲸舟才堪堪发动，驶离凡洲。

今夜夜空晴朗，海潮轻涌，他们会在海上行驶两个月，这期间，只要天气晴朗没有风暴，就可以在贸易区进行交易，那里不只有凡洲的修士，还有逗留在鲸舟的上洲修士带来的宝物。

南颜在房中默诵佛经，诵至第七遍，殷琊就来敲门了。

"走走走，陪老子出去买东西，关了十年了，一次街都没逛过可憋死我了。"

有时候二哥的性格有点儿像个闺密，喜欢搜罗宝贝，更喜欢花钱，逛街非要人陪，不陪就磨人。南颜无法，戴上纱笠便陪他出了门。

大约是出航第一天的缘故，此时鲸舟上的贸易区十分热闹，三条街道被填得满满当当，两旁浮着无火的灯笼，照得满街通明。

殷琊一来便如鱼得水，他有种天赋，能感应到哪里的宝气浓郁，不多时便豪掷数万灵石，甚至从一处卖破烂的地方买到一件结丹期的玉镯灵宝。

结丹期之下的只能称法器，结丹期之上的才能称灵宝，这种宝物有灵性，能与主人沟通意识，结丹之后也可以选择一件灵宝炼制为本命法宝。

"这镯子女里女气的，我戴着有点儿可笑，你收着吧。"殷琊显然有点儿别扭，想送南颜点什么。

南颜也知道这宝物难得，道："我有吃苦师父赐下的佛珠，我们还要从辰洲去寅洲，一路上还不知道有什么变数，你留着吧。"

殷琊要带南颜去寅洲的北海妖涡，试试她的逆道功法到底对封妖大阵有没有用，而南颜则同样有一个目的。

南娆当年说过，那银鲛珠本是她舅舅的东西，舅舅在北海边定居，已不问世事多年。她当年还小，不了解其中意思，现在想来，南娆说的北海，并不是凡洲的北海，而是寅洲的北海。

殷琊看她发呆，意图强塞过去："你一路跟我过来也不容易，就留着吧，当我还你点人情。"

"哎真不要……"南颜刚想推拒，忽然身形微僵，猛然转身看向对面一处灯笼架，神情警惕。

殷琊顺着她的目光看过去，却只看见一对讲价的修士，道："怎么了？"

"我感应到有一种……很重的邪魔气息。"南颜已经开始练《涤罪篇》心法，对方圆百丈内暗藏的邪魔气息极其敏感。

"怎么可能？今天上船的时候查得那么严，哪有魔修能混进来。"

"可……"

“走吧走吧，就算有魔修，自有结丹修士管。你看你这打扮素的，去搭双好看的鞋，你这芒鞋赶紧给老子脱了。”

在一侧暗巷里，一个筑基老者正对一个浑身裹在斗篷里的人谄笑着奉上一片玉符。

“道友可算回来了，这是今年上鲸舟的修士名单，都给您准备好了。”

那穿着斗篷的人半张脸掩在阴影中，微微后仰靠在砖石壁上，片刻后，伸出手提着一袋沉甸甸的物事悬在空中，等那筑基老者双手捧来，松手让袋子掉在筑基老者手里。

筑基老者神色一喜，道：“下次通航是明年三月初三，还是老规矩？”

“不需要了。”他声音靡哑，不辨喜怒道，“以后都……不需要了。”

南颜频频从人群中回望，却无论如何也无法再次锁定那股令她也不免忌惮的邪魔之气。

“别管那些个闲事了，你看哪种白比较合适？”

殷琊虽然是个狐狸精，却是个好讲究的，从坊市上逛了一圈购得自身所需之物后，就硬拖着南颜去了法衣坊。

修界的衣袍颇有门道，虽不及护甲来得实在，但法衣制得好，就有加快修士施法速度，或是温养灵气等奇效。

南颜出关以来忙于打打杀杀，《七佛造业书》之下，同阶少逢敌手，不是特别在乎这些。她从左到右扫了一遍殷琊让人找出来的一排衣裙，迷茫道：“这不都是白的吗？”

“这怎么一样？雪白、冰白、暖白、牙白，这差别大了，你再看看。”

南颜是没看出来有什么不一样，态度端正道：“表象声色皆为外物，出家人修菩提明镜台，只求衣可蔽体，食可饱腹……”

“闭关十年，你以后就别自称女修了。”

南颜：“那叫什么？”

殷琊：“叫女僧。”

殷琊最后还是强行挑了件月白色绣有仙鹤暗纹的衣裙，硬要她换上。

“赶紧把你那沾了血的禅衣换掉，辰洲乃修界富饶之地，打扮得出挑你会少很多麻烦。”

“欸？”

他说得笃定，像是知道辰洲风气有些特殊一般。南颜抱着衣裙去了坊中厢房换掉，甫打扮停当，正要戴明珠耳环时，神识微微一动。她怔了怔，起身靠在窗口，微微打开一条缝隙。

这法衣坊隔壁是一处不甚起眼的法器阁，此时阁后墙边正站着两个人，正是和他们一同前来的褚姓修士和孟盈二人。

南颜微微合目，轻轻一催神识，竟直接突破假丹期的界限，单论神识强度，便已经是结丹初期。

人有六识——眼、耳、鼻、舌、身、意识，《七佛造业书》中的《识罪篇》，严格来说并不长于攻伐，而是通过对六识的强大增幅，让南颜的悟性得到极大提升，除此之外，往往能注意到一些常人察觉不到的地方。

譬如，眼前的情况。

结丹初期的神识笼罩之下，那仰月宗二人设下的浅薄灵力屏障形同虚设。

“……约好了时间的，怎还不来？此物在我们手中留得够久了，还是要尽快脱手才稳妥。”说话的是那位姓褚的修士。

南颜一直没说破，但她知道，这个褚姓修士虽然已经长大，但眉目之间，依稀还能看见当年刚入门时，那副刻薄记仇的面相。

——褚京。

此时他眉角轻挑，微微佝身，眼神四处乱瞟，看样子像是做了什么亏心事一般。

反而是旁边的孟盈看上去还比较镇定，对褚京道：“师兄少安毋躁，宗门一夕倾覆，非我等所愿，我们只是为宗门之延续保留火种，并非携重宝潜逃，不是吗？”

宗门一夕倾覆？仰月宗被灭门了？

南颜靠在窗边，手指摩挲着佛珠，仰月宗大小算是个宗门，这半年她在凡洲南部云游除魔，被灭的话，她不可能不知道。

沉吟间，南颜忽然身子绷直，她神识范围内突兀地出现一个人。以她的神识强度，不可能有同阶的修士进入她神识笼罩内不被发现。

当下南颜收敛气息，凝神关注，只见那是一个浑身裹在黑色斗篷里的修士，身形修长，闲庭信步般从院外踏入，褚京看到他，先是一阵警惕，待那人出示一片木牌，褚京才微微放松。

“道友可是徐老三介绍的买家？”

黑斗篷的人嗯了一声，丢出一只乾坤囊，褚京抢在孟盈前双手接下，迫不及待地拉开袋口一看，神色一喜：“道友痛快，师妹。”

孟盈略一点头，走上前，一拍乾坤囊，捧出一只木盒，一打开，里面竟盛放着一个人头！

“妾不知道友要这个做什么，当时我与师兄本是想收殓之，可上洲路遥，不得已才以之换些路费。”

木盒里的人头被花白色的头发盖着，南颜皱眉看了许久，忽然想起这人是谁。

她曾在仰月宗丹房干活时见过这个人，他是……仰月宗的掌门。

此时，那黑斗篷的人出声了，声音好似伪装过，压得极低极沙哑道：“……贵宗宗主死于雷枷之刑，如今上洲修此术者，应只有子洲正法殿执法士，当时可有出示法令？”

“没有！”褚京神色慌乱，道，“那些人个个都有元婴修为，一来就说我宗疑似窝藏夺舍之人，长老们还没有说什么，那些人一道雷光打下，把宗门所有人都捉去了。”

黑斗篷的人又问：“你是怎么逃脱的？”

“我……”褚京忽感一股阴寒之气笼身，眼神略略涣散，似要说出些什么。

旁边孟盈目光一闪，抿了抿唇道：“师兄……那时与妾情投意合，掌门有意把女儿嫁给师兄，师兄正好想寻我一道私奔……”

褚京一抖，道：“没错没错！”

这两个人之间气氛很奇怪，褚京显得底气不足，虽然看着像是个做主的，一遇到关键的事却都要看孟盈的脸色，并不像是一对情人。

“哦？”黑斗篷的人似乎轻轻笑了一声，伸手把木盒收走，道，“我还有他事，不打扰了。”

他伸出手时，一声极细微的机栝响声传出，南颜一怔，那只手虽然戴着黑手套，南颜仍能感知到，右手食指的部分，是数根木头和金属构成的，虽然看上去和其余手指一般灵活……可那的确是偃甲所补的断指。

仰月宗灭门、断了的手指。

南颜的脑中空白了一瞬，再一看，那人已失去踪影，她二话不说直接从换衣的屋中掠出去，冲入坊市的正街上，左右放出神识搜索那人的行踪。

周围走动的路人被她一撞，恼火地转过头，正要出言指责对方冲撞，待看清了人脸，目光却均是一痴。

南颜径直穿过半条街，才堪堪停住身形，有几分懊恼地拧起眉心。

——也许是她痴怔了吧。

轻轻叹了口气，南颜正要转身回去，身后却有人唤住她。

“这位女道友……可是佛修？”

南颜转身，只见是个碧绸衫的年轻男修士，已是结丹初期，见她转身，满目掩不住的惊艳。

周围人窃窃私语——

“这女尼好容色。”

“看这般衣着，怕是名门出身。”

“可惜是个佛修……”

惊讶与叹息声四起，南颜其实也不是没经历过这种场面，但修佛的好处就是处变不惊，坦然接受所有人或有所图的目光，捻动佛珠，淡淡道：“贫尼正是佛修，道友是要驱鬼招魂，还是超度亲朋？”

别有所图的结丹修士：“……”

是的，佛修和其他修士不一样，丹器阵符都很弱，没有什么赚灵石的路子，只能靠着驱鬼招魂镇魔，或是诵经祈福超度，收点福利钱。

那结丹修士有心风月，看她是假丹境界，也就不在乎她称呼他为道友的问题，摆出一副温柔神情道：“在下袁锋，平素对佛法多有兴趣，人海茫茫，能在这鲸舟上遇上佛友也是有缘，不知可否请佛友到我居处品一杯灵茶？”

南颜想，按这人的逻辑，她和今天这鲸舟上一万多修士都有缘，万一人人都拿这由头请她喝一杯，那岂不是要喝得脑子进水。

南颜抖了抖，道：“蒙道友看得起，本不敢推却，但家中尚有病弱的兄长等贫尼带他去吃药，实在匀不出时间，来日有缘再见。”

袁锋叹道：“佛友真的有情有义，不知佛友的兄长所患何症？在下忝为辰洲海枭城少主，愿倾力一试。”

南颜沉痛道：“我哥，他有女装癖。”

袁锋：“……”

袁锋：“道友别开玩笑了，怎么可能有这种病？”

他说完，街那头杀来一人，左手抱着一条藕荷色的襦裙，右手拿着一盒当下最流行的夕阳色口脂，气势汹汹杀至南颜跟前。

“你跑哪儿去了？东西都没挑完你跑什么跑，你快看看，这条裙子搭不搭这盒口脂？”

围观修士和袁锋：“……”

殷琊迷茫道：“怎么了？”

南颜向袁锋拱了拱手，道：“贫尼这便带家兄回去吃药了，来日有缘再见，告辞。”

说着她趁周围的人还在迷醉中，拖着一脸困惑的殷琊离开了。

她走了之后，那叫袁锋的修士面色古怪，返身回到一侧的酒楼上，他一上去，左右便有美姬围来，有的为他捏肩，有的坐在他膝上喂酒。

“公子可看清楚了？有我们好看吗？”

“言行奇怪了点，可确实是个尤物……”袁锋喝了两口酒，好似在回忆女尼的身段，越发可惜，道，“本公子什么女修都玩过，就是没玩过尼姑，今日还是第一次见到修斩红尘路子的尼姑，当真有意思。”

美姬不满地揉着他的心口，道：“尼姑不都是光头的吗，什么斩红尘，还能比得上阴鼎之体？”

“愚昧，斩红尘就是永不剃度的尼姑，红尘不斩，青丝不断，是为了表明这辈子不为求长生，只为斩妖除魔的心志，卯洲一些德行高深的大师才会选这种斩红尘的路子。”越说，袁锋目光越是热切，“她自然比不上阴鼎魅香，但我一想到她那副清圣的样子被毁之后的反应，就心痒难耐啊……”

美姬见他兴致来了，玉臂缠上他的脖子，道：“我房里，有好东西呢。”

“哦？什么好东西？”

“巳洲偷购来的幻魔情香，佛祖闻了也贪红尘呢……不过公子，你若坏了人家佛修的修行，可是造孽呀。”

“没事，事后她若依我，我自会待她好，若实在固执……”袁锋合身压上那美姬，眼里泛出狠色，“这鲸舟路过紫骸湾，那魔修出没之地，偶尔失踪两个人，也是正常。”

随后，屋里便陷入一片桃粉浓红的嬉戏声中，谁也没看见，纸窗外，有一个半透明的、仿若黄泉幽鬼的影子悄悄顺着窗缝飘入室内。

次日一早，南颜参悟了《涤罪篇》一夜，刚好有新的体悟时，外门便有人叩门，南颜以为又是殷琊拖她去逛街，心情有点儿暴躁，一开门，却见是三四个鲸舟上的执法修士，其中一个黄袍老者，还是结丹后期。

南颜心神微凛，双手合十，道：“诸位施主，有何要事？”

“无须惊慌，”其中一个执法修士淡淡道，“佛友法号真圆？”

“正是。”

“昨日，你可曾见过一个叫作袁锋的修士？”

“约酉时，东街有偶遇之。”

“酉时之后，你可有回去找过他？”

“未曾，直接与同行人回了居处。”南颜困惑道，“是发生了什么事吗？”

执法修士回头看了看身后结丹后期的黄袍老者，后者凝视了南颜片刻，摇了摇头道：“她没说谎。”

执法修士拿出一片玉符将他们的对话记录下，随即道：“昨夜疑似有魔修作案，那袁锋是辰洲海枭城少主，今日发现他与一众侍妾均被杀了，他肉身生气全无，也招不了他的魂魄，怕是已被抽魂，此必为魔修所为。在海枭城城主寻来前，我们需得将鲸舟上下盘查一番，真圆佛友若有线索，请即刻联系我们。”

被杀？鲸舟上混入了魔修，南颜第一反应就是想起了第一天晚上外出时感应到的那股邪魔之气。

“我觉得那厮不是什么好人，死了就死了吧。”鲸舟虽稳，但多少有些晃动，殷琊整个狐就开始懒洋洋的，趴在卧榻上昏昏欲睡，劝南颜多一事不如少一事。

南颜静等了十数日，鲸舟上的执法修士再也没有来问过她，而那袁锋之死也不了了之。

“我只是觉得奇怪，若是鲸舟上混入了魔修，为何在此时动手。”

“这是辰洲的船，还有一位元婴坐镇，让他们操心去就好。”说着，殷琊伸了个懒腰，翻身继续睡。

南颜觉得殷琊最近不正常，小心翼翼问道：“二哥？”

殷琊懒洋洋道：“咋？”

南颜闭眼感应了一下，殷琊身上灵力有一种要溢出来的迹象，道：“你是不是要升了？”

殷琊一脚把南颜蹬远，怒道：“会不会说人话，你才要生呢！还不让妖晕船了！”

南颜关切道：“你晕船呀？那你会不会肚子疼？那我给你找个手炉，再来点红糖姜茶？”

“南球球你是不是欠削？”

“没有没有。”

南颜告退后，心里却有些放不下，仍在想着之前的事，只是那袁锋乃是结丹修士，连他都被轻而易举地杀害，想来也不是她这个筑基修士能应付的，随后就又想起了仰月宗那对师兄妹。

“我下楼一会儿。”

南颜出了门，走到楼下，敲了敲褚京和孟盈在的房间，不一会儿，有人便开了门。

“道友，贫尼有些事想询问。”

开门的是孟盈，见了她，眨了眨眼睛，退开半步请她入内，为她沏了杯灵茶，道：“师兄外出，不知道友有何见教？”

南颜神识在屋内一扫，发现一个有趣的现象，鲸舟上修士居处较贵，孟盈和褚京是同住一室的，他们二人说是情侣，但里间的主榻上只有孟盈的女修用物，而外间的榻边却放着一双男靴，二人好像是分榻休息。

这在修界倒是很常见，即便是相伴多年的道侣，也各自有洞府，只不过这鲸舟上灵气不算纯正，修炼环境恶劣，情侣二人还要这般疏离，着实有些奇怪。

南颜找了个借口，道："我昨日在坊市中，想出手一些灵材，人生地不熟，寻了一名徐姓掮客，他介绍了一个修士买了我手中的灵材。"

一提到徐姓掮客，孟盈眸底微微一闪，仍是一脸迷茫，道："然后呢？"

"成交得倒也痛快，可待我回去后，细一看却发现他给的灵石里，有一半是伪灵石，我便回去找那徐姓掮客的麻烦，他告诉我说他也找不到，只说见我们四人同行，最后是介绍给了褚道友和孟道友。"南颜抬眸，静静看着孟盈的眼睛，"那是一个穿着黑斗篷，有一根手指是偃甲所补的修士。"

孟盈心头微微一惊，但面色仍自如，道："我们师兄妹二人无依无靠的，近日确实变卖了一些师门赐下的宝物充作路资，只是接触的卖家太多，大多是穿着斗篷的神秘修士，至于真圆道友所言的此人，倒是没有注意……不过也多谢道友提醒，妾身自会检查所有的灵石。"

南颜道："孟道友当真不记得了？"

孟盈娇怯地垂首道："妾身孤苦伶仃，路上之事全靠褚师兄做主，道友还是莫要为难妾身了。"

"原来如此。"南颜挑起一边唇角笑了笑，起身道，"那就不打扰了，告辞。"

孟盈显然防备心很重，南颜走出门后想了想，问过侍应的炼气修士后，戴上帷帽出门去了隔着一条街的灵酒坊。

修士忌酒，但也有好酒者，酿极烈的灵酒，修士醉醺醺之间，有极小的概率经历幻象历练。

但显然褚京不是，南颜到时，他整个人已经醉醺醺地趴在一个角落里，旁边桌子上三两壶灵酒，南颜走近时，正听见他在胡言乱语。

"……呸，毒妇，要不是爷那一夜看上你，你能活到现在？能进藏宝阁？还敢骑在我头上。"

南颜静静坐在他对面，看了他半晌，垂眸念起了一段经文。

这段经文不长，念罢，对面的褚京马上清醒了，茫然看了看四周，见是南颜："真、真圆道友？"

"孟道友还说褚道友出门已久，有些担心，我路过附近，故来看看。"

她声音轻灵，褚京顿时觉得一股清气自天灵灌注，连忙坐直，看着南颜的目光不免有些痴怔，刚要开口道谢，却听南颜幽幽一叹："其实，贫尼是有事相请。"

褚京忙道："道友请讲，若我能帮得上，定义不容辞。"

"贫尼之前同魔修鏖战数日，身上法宝几乎尽损，来鲸舟之后，想求购些法宝，却不想此鲸舟自上洲繁华地而来，物价实在是为难佛修了。”

佛修穷是天下共知的，毕竟有戒在身，约束言行，杀人夺宝这种事有损修行……不过南颜这种杀魔证道的除外，她说这些只不过是看褚京喝醉了，想糊弄一下。

眼看她菩萨低眉，褚京酒劲未散，果然也就没细想，忙道：“我身上有不少师门带来的法器，道友若看得上眼，价钱自是好说。”

说着，他在周围张开屏障不让他人窥探，随后打开储物袋，七八样筑基顶阶的法宝一一飘浮在空中。

“这雷龙杵，可放出一条残破雷龙龙魂，若是雷灵根修士，威力倍增！还有这缥缈纱，既能护身也可缠敌，道友看中哪样？”

雷龙杵，是仰月宗掌门所有，至于缥缈纱，南颜记得不错的话，是掌门的那位千金的宝物。

南颜略一沉吟，道：“这些宝物自然都不错，可惜与贫尼灵根不合，另外，不知道友有没有筑基丹，我想代亲朋问一问。”

“有有有！”褚京眼皮都不眨，拿出一枚来，当着南颜的面打开，殷勤道，“三品丹药师炼制的筑基丹，道友可满意？”

南颜是知道的，仰月宗有多重视这筑基丹，掌门想得一枚也要承担非议，褚京一个筑基初期，敢这么轻易拿出来……她大概知道是怎么回事了。

事情应该是这样的：当年符浪等人死在秽谷，仰月宗失去大批英才，没有去秽谷的褚京反而逃过一劫。某日，他应是对孟盈见色起意，把她拖到宗门外意图不轨，不料此刻，仰月宗骤迎强敌——或者说是上洲的执法士。

等他们回来时，仰月宗已被灭门，由孟盈做主，一不做二不休，夺了掌门遗体并动用搜魂术，打开宗门藏宝阁，二人将仰月宗珍宝洗劫一空，其中便有大量筑基丹，二人用筑基丹成功晋阶后，怕迟则生变，匆匆逃往辰洲。

这就能解释为什么他们要把掌门的脑袋带在身上，搜魂术必须要修士死亡不久的头颅，而且因为这是魔修手段，为免掌门死后有灵化作怨鬼，他们必须把掌门的头颅带离，使其魂魄难聚，以免以后的修途有心魔缠身。

只要到了辰洲，哪怕执法士发现他们两个漏网之鱼，也不敢在辰洲大肆追杀。

毕竟，辰洲乃真龙后裔之地。

南颜六识运转，心里默默推算个中细节，找了个由头摆脱了褚京，漫无目的地走上街道，边行边想……事情起因知道了，可那些执法士又是为了什么要灭仰月宗满门呢？

子洲正法殿执法士，褚京说，那些执法士说仰月宗窝藏夺舍之人，似乎并不愿将这个夺舍之人找出，而是直接选择灭门。

是什么人，要堂堂正法殿使出这般雷霆手段?

正法殿是修界最让人敬畏的地方，也就是上洲帝君当政之地，若修界发生重大“五逆”之罪，经帝君审理后，会下令派执法士捉拿或诛杀罪人。

南颜到底是在凡洲修炼的，对上洲情形不大了解，想了想还是要去问殷琊。

正要回客栈时，南颜脚下一震，周围正在街上走动的凡洲的修士纷纷讶然。

“怎么回事？地龙翻身了？”

“这是在海上，哪儿来的地龙翻身，明明是鲸舟停了。”

“这鲸鱼不会是饿了想潜入水里吧……”

周围修士议论纷纷，南颜却有一种极不舒服的感觉，下一刻，她脸色一变，腾身而飞，好在她所在的位置离鲸舟背上城墙边很近，十数息间便飞至城墙上，抬眼一眺，便看见夕阳下浩瀚的海域，落日所在的位置，一条蛇影从落日之处徐徐浮出，蛇身布满倒钩般的鳞片，虽不及鲸舟那般庞然，却也足有百丈之长，宛如远古妖物。

此时，南颜身后的城中瞬息飞出无数金鳞衣的辰洲修士，他们之中，结丹修士各自悬停空中，每人放出一只统一样式的阵盘，三息间，一道碧莹莹的光阵如倒扣的碗一般，盖在鲸舟的小城上。

随后，那巨蛇尾巴一甩，劈开一道碎金般的水道，向鲸舟奔来，所有人严阵以待。等那巨蛇靠近时，南颜眯起眼，却发现巨蛇头顶站着一个人，负手临风，一身气势骇人，便是南颜离得这么远，也不免有三分气弱。

是元婴修士。

那元婴修士脚下一跺，钩刺怪蛇仰首张开满布尖齿的大嘴，却并不伤人，而是发出一声如婴儿啼哭般的叫声。

婴啼声入耳，南颜只觉轰然一声，神识一片混乱。

“是夜哭蛇！糟了！”

船上修士，包括悬浮于半空的结丹修士都纷纷一窒，脚下一直安稳的鲸鱼听得那婴儿啼哭后，不安地躁动起来，竟好似要带着身上的小城往海底钻去。

这鲸鱼若是钻入海底，大多数修士倒不至于淹死，但鲸舟所驮重要货物和这座城怕是没了。

“魔修！休得猖狂！也不看清楚这是敖氏的鲸舟？！”危急时，一声冷哼从城中传出，随即一道银光冲霄而起，却是一件帛书，帛书散出仙光，笼罩整个鲸舟，那鲸鱼的躁动顿时停止，但仍踌躇不愿上浮。

那巨蛇顶上的元婴魔修哈哈一笑，道：“老夫裴兆纲，今日劫的，正是敖氏的鲸舟！”

他说完，鲸舟四面的海域中，浮出数千人影，他们大多乘着不知名的奇异海兽，满脸嗜血地看着鲸舟。

彻底乱了。

城中的凡洲修士惊慌议论，谁都没想到，海路还没有走到一半，便遇上了魔修。

一片慌乱间，坐镇鲸舟的辰洲元婴修士远远传音城中——

“辰洲执法修士大多维持法阵，城中若有凡洲修士愿为臂助，可提前计入辰巳之战军功！”

可提前计入辰巳之战军功！

元婴修士不能直接亲自参战，对方魔修也有一位元婴修士，他们若要打，鲸舟和两边的低阶修士全部会不保。

而上船的凡洲修士，十有八九是为了参与辰巳之战，毕竟辰洲龙主的豪气天下皆知，他说军功可换取的宝物，绝非常物。

那元婴修士话音一落，城中立时数道遁光拔地而起冲出护阵之外。

数千魔修降临鲸舟，向小城冲来，魔气滔天，一侧立于城墙上的南颜，体内七佛造业功法感应到这股前所未有的魔气，战意汹汹。

南颜本想叫殷琊一起，但想到这狐狸晕船，最近好似困得被床榻封印了一样，便打消了这个想法，足尖一点朝外掠去。

与她同时出去的还有其他的凡洲修士，有人曾见过南颜，当即调戏出声。

“女菩萨，你可当心点，撑不住了记得喊人呀！”

其他修士闻言同时笑出声，而同时，有七八个筑基后期的魔修注意到第一拨冲出来的还有个女修，有的离得远的还特地朝南颜这边冲过来。

离南颜最近的一个魔修目露邪光，待靠近南颜十步内，大叫道：“美人儿，何必遮遮掩掩的，让爷看看你生作什么模——”

喉舌未尽其功，便被一声爆炸声取代，周围其他魔修生生刹住步子，愕然地看见那一身素白的佛女微微抬手，还未见其什么动作，对面的魔修的头颅便突然从脖子上飞起，在空中炸开。

只一个照面，堂堂筑基后期，陨落。

旁边凡洲修士张大了嘴愕然半晌，惊惧道——

“我认出来了，她是血手观音！”

在场的修士中，凡洲修士居多，半年来大多听说过血手观音的名号。

“真是血手观音？”

“这般凶煞的佛修，你见过第二个？”

“啧……可真是骇人。”

登上鲸舟的魔修已有上千余，城中的凡洲修士也冲出五六百，但这些魔修来自上洲，修炼的资源远胜凡洲修士，不到一刻钟，凡洲修士死伤遍地，残余者连连后退回到阵法掩护中。

在这种情况下，南颜这边便十分扎眼。

她不退反进，衣袖已染血，但身形仍十分从容，所过之处一片血雾，同阶之魔修，近身即死。后面跟上来的魔修眼看南颜脚下尸横一片，不敢上前，站在远处使用术法攻击。

可佛修的特点就是防御力惊人，南颜手结莲印，一道千手观音虚影自身后一闪，光华虽稀薄，那些四面八方袭来的法术法器却无法穿透，叮叮当当地被弹了回去。

“废物！”这情景显然惹怒了刚刚登上鲸舟的结丹期魔修，当中有一名巨汉，怒目一张向南颜大步踏来。

“好一个佛修，留你活着，以后必为我魔道之敌！”

身后的凡洲修士一看是结丹期魔修，纷纷后撤，向南颜大声道——

“结丹期魔修不可硬抗，快回城中！”

南颜一动不动，透过染血的帷纱，眸中映出那巨汉背后背着的棺材，道：“神棺宗？”

巨汉此时已来到南颜五丈之外，见南颜不闪不避，狞笑道：“区区一个假丹修士，有种！老子不欺负你，今日不用尸傀！”

南颜凝视了对方片刻，面无表情地将左手背在身后，道：“佛法克制魔道，我让你一只手。”

巨汉大怒：“你区区一个假丹，还敢让我一个结丹？好，我就让你一柄斧头！”说着，巨汉把斧头抛得远远的。

南颜不甘示弱，冷笑道：“区区魔修，打你只需五成功，贫尼自锁功体，三十招内毙你于掌下。”

巨汉一听，怒气冲顶，又见周围其他晚辈魔修都看着，一怒之下，便不只把棺材丢得远远的，还一掌锁了自己七成灵力，大喝着冲来：“兀那女尼，今日老子与你不死不休！”

可以，很好。

就在巨汉靠近时，南颜突然解开功体限制，说好的背在身后的左手也用了出来，灵力饱提，轻轻嗤笑一声——

“毗卢净世，式佛入灭，惜尔邪魔，难得智慧。”

城墙上的凡洲修士翘首观战，只见南颜一掌掴来，那锁得只剩下三成灵力的巨汉被抽得当场倒飞出去，在地上拖出一道烟尘，飞出两百丈开外，扑通一声掉进海里。

观战的凡洲修士、围观的魔修身形纷纷凝固。

半晌，有魔修窃窃私语道：“现在的佛修，这么不拘小节的吗？”

南颜一击得手，那巨汉不死也残，至少半个月别想再参战，同时四周的其他结丹期魔修也注意到这边，南颜便不再恋战，轻飘飘往后退入阵法中去。

与此同时，城中再次掠出上百道身影，呼啸而至，正是辰洲修士控制好城中乱象，出城迎击魔修。

局势暂稳，南颜退至城头打坐调息，目光却是落在那头仍在婴啼不止的夜哭蛇上。

那头巨蛇的啼声让所有元婴期之下的修士神识全数混乱，南颜不得不暂时自锁神识，但饶是如此，她的五感也比寻常修士敏锐得多。

“不行，妖兽力量来自月亮，今夜是满月之夜，待月亮升起后，这夜哭蛇的啼声还会加强，到时候龙都赐下的帛书怕是撑持不住。”旁边维持大阵运行的结丹修士神色凝重。

南颜略一沉吟，入修界也有些年份了，凡所能尽力之事，她当为则为，若如眼前这般情况，元婴魔修压阵率众围攻辰洲鲸舟，显然是不可抗的，应做好最坏的打算才是。

此时旁边的辰洲结丹修士对她道：“道友诛杀筑基魔修三十余，智退高阶强敌，前所未有，想来灵力已疲，你之军功旁边战场主簿已记载，可先回北城丹宝阁凭军功领一颗血蛟丹。”

“血蛟丹”三字一出，周围凡洲修士眼热不已，纷纷羡慕地望来。

这是辰洲名物，以蛟龙真血炼制而成，能在瞬间让肉身强如蛟龙，并让灵力强度暴增两倍，乃是保命杀敌之物。故而只要是修士有足够的军功，最优先换取的便是这血蛟丹。

南颜看了一眼旁边的城楼上，有一个老者修士，眼泛奇光，坐观全场，手中法宝笔尖不停散出字迹打入周身飘浮着的竹简中。

想来刚刚她所杀之敌，也被这战场主簿记下了。

刚刚那一战后，南颜灵力只余三成，考虑了片刻，觉得万一到时候扛不住，这血蛟丹还是先取为妙，便依言下了城墙。

此时上空有不少结丹修士飞行，为免冲撞到高阶修士，不是特别急躁的筑基期都纷纷落下来步行。

南颜也是如此，穿过略显慌乱的人群，走到一处阁楼前。

此地并没有多少人，只有一个神态有些焦躁，不停传送玉符消息的结丹老者坐在阁楼正堂，见了她来，挑眉道："你就是那个连杀了三十个同阶魔修，还打废了一个结丹的血手观音？"

竟是已经知道她的来意了。

南颜点头道："贫尼惭愧。"

"不错，若此行顺利到得辰洲，你尽可来辰洲战殿相投。"那结丹老者也好说话，取下一枚玉符丢给她，"老夫手头事务繁忙，你持此符去三楼自取吧。"

那结丹老者说完，便又埋头忙于手头事务。

南颜不再多言，一路上了三楼，三楼楼梯口似有禁制，但波动扫过南颜手中的玉符后，便不再拦她。南颜上去后，只见三楼一整层都是宝物架，随着玉符指引，走到最里边一个金色玉盒前，她把玉符轻轻贴上，金色玉盒一颤，便徐徐打开，里面放着五六排较小的玉瓶，其中一个缓缓飞出，上面所刻的正是"血蛟丹"三个字。

南颜收起玉符，回到三楼的楼口，正要下去时，忽然心头一动。

她虽神识混乱，但六识素来敏锐，就在刚刚那一瞬，南颜感觉到，有人从四楼的缝隙里看着她。

如果单单看着她也便罢了，但她的《七佛造业书》心法却感应到一股熟悉的邪魔之气。

南颜神色倏变，转身来到三楼上四楼的楼梯口，只看见楼梯入口处有结界挡着，四楼仿佛被一片黑暗填满了，她试图向那片黑暗伸出手，却好似贴上一团凝固的空气，怎么也无法穿透。

而那种被凝视着的感觉更加强烈了。

就像是，她的对面，有一个人在专注地看着她。

"你是谁？"南颜不禁问出口。

无人回答，倒是楼下的结丹老者听见上面异动，瞬息移至三楼，一皱眉，拂袖将四楼那一片黑暗的结界拂开，顿时露出上方一层层被翻阅过的书架。

"竟有贼人潜入！"结丹老者勃然大怒，冲上四楼迅速用神识扫了一圈，一挥手让所有掉在地上的玉符书籍全部归位，发现缺少一本旧书，顿时脸色变得极为难看。

老者立即回到三楼问南颜："你是怎么发现的？"

南颜道："我五感胜于常人，听见一点异动。"

“那你可看见是何人了？”

“没有，只觉得……像是魔修。”

老者目光阴晴不定，迅速打出数道玉符，接着对南颜道：“目下城中局势紧张，老夫也是为免有魔修里应外合，对你下三日追踪符，你没意见吧？”

南颜：“……”她只是过来取个血蛟丹，没想到反受连累，对方是结丹修士，她也没有拒绝的权力。这三日内，她怕是不能出城，也不能出战了。

那结丹修士又盘问了几句才放过她，待出了阁楼后，天色慢慢阴了下来，走出不远，竟下起点点小雨，但周围的修士却是十分欢喜。

“天公作美，今夜无月，也许鲸舟能挺过今夜了！”

南颜身上带着追踪符，现在也不能如何，只能回客栈打坐，才一入大堂，刚巧看见殷琊从楼上下来，正坐在椅子上喝茶，见了她又一身血迹地出现，一口茶喷出来。

“怎么一闭眼一睁眼，你就又出去杀人了？吃苦老贼不管你杀戒的吗？”

“阿弥陀佛。”南颜神情慈悲宛如观音菩萨，道，“我是去超度魔修了，你就没发现，外面打起来了吗？”

“我知道呀，夜哭蛇嘛。”殷琊别的不知道，对妖族之事了如指掌，“这东西别的不行，专门克制咱们脚下的大鲸鱼，今夜再不解决，拂晓之前这大鲸鱼必沉入深海。”

南颜咦了一声，道：“可他们说今夜是雨夜，夜哭蛇的影响不会那么大。”

“雨夜也说明不了什么，别忘了，对面可是有元婴魔修坐镇，咱们还是收拾收拾准备跟着这鲸舟上的元婴跑吧。”

果然，如殷琊所言，半夜夜雨正密时，骤然一道暗紫光柱从夜哭蛇方向冲天而起，直击雨云，随后蓦然炸开，元婴期之能，扫荡一方天象，月光露出，照在夜哭蛇身上。

夜哭蛇的婴啼声戛然而止，随即竟变作尖利刺耳的嘎嘎怪笑声，舟上修士纷纷从房屋内飞出，落在房顶上。

不多时，鲸鱼悲鸣的声音随着脚下城池震颤传来，同时一股漫天的水潮随着越发令人战栗的海浪从四面八方涌来。

鲸舟要沉了。

南颜轻叹一声，终究保不住这鲸舟，就在所有人都与她同感，全神备战打算和魔修短兵相接时，蓦然，城中响起了一阵琴声。

那琴声起初极其细微，淹没在人声中，但随即，所有人突然发现自己发不出声音了，同时城中元婴修士带着狂喜的声音传遍小城——

“是《静夜谣》！道生天的道友若不愿透露身份，只尽力施为便是，老夫倾力相助！”

随后那元婴修士刻意施法相助，全城杂音尽蔽，只有那琴声幽幽，好似从各处响起，让人寻不见源头。

琴声不断扩大，一直传到城外，传到虎视眈眈的魔修所在之处。

而夜哭蛇头顶上的元婴魔修，一听此曲，神色剧变：“竟然是《静夜谣》！能弹得出此曲者，天下也找不出五指之数……晦气！”

他一声晦气，脚下的夜哭蛇听得此曲，蛇头轻颤，口中的妖声好似哑了一般，随着琴声不断，那夜哭蛇渐渐静了下来，竟然还随着琴曲音律轻轻晃着头，仿佛沉浸其中。

周围魔修愕然不已：“老祖，这是什么曲子？怎么夜哭蛇不动了？”

“这是……”元婴魔修气得脸色发紫，但也无可奈何，“当年子洲那位，惊才绝艳，君子四艺无一不通，唯有琴道认败于一位盲琴师，二人互为琴友，时常切磋技艺，这《静夜谣》便是那盲琴师与子洲那位共谱之曲，可令天下妖兽妖性平息顺服。只是此曲蕴含大道，天底下没几个人能学得的，目前也只有道生天才有修习此曲的修士……罢了，既与辰洲开战，还是莫要招惹道生天了。”

城中，所有修士都在看着城外魔修的动静，但随着琴声渐长，鲸鱼渐渐平静，他们知道，魔修多半要知难而退了。

“真好听，像嫦娥弹的。”殷琊也是妖族，支着脸眯起眼一副享受的模样。

南颜看他沉迷听琴，慢慢走出门去，转了两条街，扫视四方，眼尖地看见一棵树后露出一角符箓，上前去拨开树枝，发现那是一张较为复杂的传音符，琴声正是从这里传出。

只是……那符箓的材质……

南颜呆呆地看着那符箓半晌，手指颤抖地抚上去。

她小时候，曾想送过嵇炀一支笔，后来那笔为褚京所夺，就只送了几张兽皮符箓，她那时顽皮，还在每张符箓背面画了条鱼。

南颜轻轻揭开那符箓一角，只见那符箓背面，正画着一条歪扭的鱼。

“……少苍。”她轻喃出声。

十年了，这两个字，每次想起来，便如冷酒过喉，既烈且伤。

而好似正要回应她的期待一般，身后不期然地，响起一个温温淡淡的声音：“菩萨，可否将符还我？”

南颜怔怔转身，只见在幽柔的夜色里，有个人负琴撑伞，静静站在她身后数步处，干净温润得一如她记忆里的模样。

他长大了些，已是一个长身玉立的君子，见她抬头，缓步上前，将伞尖轻斜，反将自己沐于雾雨之中。

“……少苍？”南颜感到一滴温热的雨从眼中顺着脸颊落下，又重复了一遍，“少苍？”

嵇炀低首凝视着她，轻声道：“菩萨为何知晓我的字？

南颜陷入一片混乱里。他怎么逃出秽谷的？他怎么会在这儿？唯一能确定的是，她不可能认错人。

“给……给我看看你的手。”

对方也甚是好脾气，任她抓起自己的右手，只见袖下的手指骨节分明，修长完好。

南颜僵住了，但也没放开他：“你是不是叫作嵇炀？字少苍？你记不记得我？我是南颜。”

负琴人的目光往南颜与他交握的手上扫过，道：“抱歉，在下数年前曾失过忆，故人皆不识。不过，菩萨的名字，今后怕是会很难忘。”

南颜企图从他脸上看出些破绽，但后者却是微微垂眸，尔雅道：“菩萨不放我走，我留下便是，再这般下去，外人想必会视我为渎佛。”

南颜：“……”

此时殷琊的声音从街那头传来：“……欸，大半夜的，你们干啥呢？”

他们二人此刻靠得却是极近，近得几乎有些呼吸相抵，路过的修士纷纷报以异样的目光——世风不古，连佛修都堕落了。

殷琊自从遇到南颜以来就觉得她有点儿怪怪的，一直说不上来，直到今天晚上才确认。

她小时候一直想有一张好看的脸，她现在有了，但是，她开始不要脸了。

一片诡异的沉默里，殷琊悄悄传音给南颜：“这么多人看着，你一个佛修，还是个女佛修，不管他是谁，能不能把他放开？拉拉扯扯的成何体统。”

南颜揪着嵇炀的袖子不撒手：“我不放。”

殷琊：“你看见旁边围观的那些人了没，他们肯定在心里说你不要脸。”

南颜：“别人怎么看是别人的事，要脸能还我一个哥哥吗？”

殷琊：“……”

最后当真便把嵇炀拖到了他们住的客栈里，客栈的老板殷勤地前来问要不要再开一间时，南颜又拒绝了。

南颜：“没事我们住一起就好。”

殷琊："我不同意，我也要去跟你们住一起，要留一起留，今天晚上谁都别想走。"

南颜："行行行，那今天晚上就一起叙叙旧。"

一个尼姑，一个妖修，一个路人。

客栈老板跪服："道友玩得真开，请、请请请。"

嵇炀一路无话，只是目光很少从南颜身上移开，眼底深处带着一丝好奇，待被拉进房间坐定，才徐徐开口，讲起了过往之事。

"……我数年前自山间醒来，前尘尽忘，后由散修收留，修至筑基。某次偶得一张琴，弹奏时妖兽俯首，遇有识之士，言此曲来自子洲，我便欲乘鲸舟渡上洲一探过往。"他说完，便对南颜道，"菩萨识得我，却不知，菩萨之于我，是何人？"

南颜连忙说道："我们是义兄妹，你当真一点都记不得了吗？我最后离开时，给过你一枚珠子，你可还带着？"

"珠子……身上未曾有，但我每每入定修炼，似有一枚珠子于肺腑内。"嵇炀见她神色一喜，又道，"原来当真是义妹，倒是我想得贪了。这珠子若是你之物，待我想办法逼出……"

"不用，只要你活着就好。"南颜心头一松，还好她当时把银鲛珠给了嵇炀，他最后落于阴祝密集的秽谷核心之地，多半是靠着吞服银鲛珠才得逃出生天。

嵇炀笑了笑，道："那这位殷道友是？"

"哦你不用管他，他路过的，以前还想坑我们。"

殷琊拍桌怒道："什么叫不用管我！是谁把一百多斤的你背出几百里地逃出秽谷的？昨天还喊我二哥，现在就不认了吗？过分！"

南颜道："可是我哥现在不是回来了吗，你该退位让贤了。"

嵇炀撑着下巴看他们闹，过了一会儿，才徐徐对南颜道："可是我不想做你兄长。"

南颜不禁回想了一下过去，一直都是嵇炀在照顾她，跌落到秽谷下面也是，什么都做不了，还累得他耗尽灵力送她上去……如果不是为了她，嵇炀也不至于落得现在这般失忆模样。

"从前是我对不住你，你若能想起来，我自然高兴，若想不起来不愿认我，我也不强求。"南颜心里难过，小声道，"如今看到你活着，我便心安了，只求你让我补偿一些。"

——我不想做你兄长，你却是这般理解的？

她应是聪明了许多，却不知，为何这份聪明，从不用在他身上。

嵇炀微微垂眸，掩去眼底浮出的那一丝异色：“言重了，我去往上洲寻故，本就漫无目的，如蒙不弃，愿与同行。”

两个月后，鲸舟终于渡过汪洋瀚海，途中遇过三四次海上风暴，皆依靠鲸舟之力，或由船上辰洲的护航修士联手抵过。

漫长的航程让所有修士身心俱疲，看见陆地的一瞬间，船上不由爆发出欢呼声。

“到辰洲了！”

“上洲！这就是师父一辈子都到不了的上洲！”

“路上那三四拨风暴可真险，若不是鲸舟巨大，哪怕结丹修士都有可能陨落其中。”

鲸舟一靠岸，岸边便有人接引，南颜一踏上地面，不免也舒服得轻舒一口气。鲸舟虽稳，但到底是在海上，仍是不及陆地踏实。

“若再回去，便要等修至元婴后，才可毫无顾忌地横渡瀚海。”嵇炀见南颜回头看着海那边，提醒道，“上洲之地，仍有前路待行。”

南颜已经观察了嵇炀许久，对方除了不认识她以外，并无异状，至于那断指之事……他也并未说得详细，只说当年醒来之时，自己就是十指完好。

修士另有奇遇，也是寻常事。

此时，下船的人群一阵骚乱，只见不远处，有三十余位身穿海枭纹法衣的结丹修士拦在渡头，还有一驾由三头龙首羊身的异兽所拉的车悬停空中。

刚下船的凡洲修士面带怒色：“为何不让我们离开？！”

那些拦路的修士漠然以对，拦回想要离开的凡洲修士，他们并不屑于同凡洲修士解释，直接对鲸舟上下来的辰洲修士道：“吾海枭城少主袁锋无故死于鲸舟上，我等特来调查凶手，请龙都的道友行个方便。”

经营鲸舟的辰洲修士徐徐飞近，看见那异兽所拉之车，行了个礼道：“里面可是海枭城城主袁硕前辈？吾等数日前已发信将鲸舟事故阐明，并以玉符记录，乃是潜入船上的魔修所为，城主在此拦住修士下船，实为不妥。”

车中之人冷哼一声，所有人顿感神识层面一阵剧痛，便知车内之人必为元婴修士。

“吾儿遗体何在？”那海枭城城主寒声道。

四五名结丹修士护送一座冰棺徐徐飞出，尚未飞近，一股吸力传来，将那冰棺吸入车中，随后，内中发出一声老者怒吼。

“吾儿！为父必为你将凶手抽魂炼魄，肉身饲妖！”

元婴一怒，顿时方圆一道气波荡出，离得近的筑基修士当场吐血昏迷，其余之人感到神识如遭高山压顶，立时难以站立，纷纷屈膝跪地。

连那辰洲修士也是身形一晃落在地上，半晌，鲸舟之内传出一老者声音，同样乃元婴修为。

“袁老鬼，你那儿子在老夫这鲸舟上花天酒地，如今死了只怕也是咎由自取。这鲸舟之上，有修士上万，要如何核查？总不能每个人都抽魂炼魄吧。”

同样是元婴，那车内之人似乎不愿与龙都直属之人起争执，过了许久，方道：“老夫欲以元婴神识镇心一问！过老夫之问者，可任意离开。”

神识镇心，是高阶修士对低阶修士以偌大神识压制，若低阶修士说谎，便会被元婴期的神识发现，进而碾压粉碎。

镇心一问，是抽魂炼魄之下，属于高阶修士最为严苛的盘问，低阶修士还不能反抗，否则生死只在元婴一念之间。

海枭城城主又道：“老夫只为爱子报仇而来，道友只当老夫为辰洲盘查魔修便是。”

鲸舟上的元婴修士沉默半晌，道：“老夫允你半个时辰，勿耽误事。”

这便是允许了，此时有岸上已下船的修士三千，南颜便看到，离他们很远处，有一千筑基修士同时脸色发白，目露惊恐之色，直至两三息后，才跪在地上大口喘气。其中甚至有一人七窍流血昏死在地上，看样子不养个半年神识难以恢复。

“真狠。”南颜自知逃不过，却又忽然想起一事，抬头凝视着嵇炀，见他神色如常，方低声问道，“少苍，你可抵得住？”

“无妨，若抵不住……”嵇炀笑了笑，坐在她身边道，“你背我便是。”

“好呀。”南颜扭头去找殷琊，见他躲得老远，道，“你跑这么远干什么？”

殷琊幽幽道：“我也想有人背，可是没有人关心我挡不挡得住。”

南颜：“……我不是很懂你的酸点。”

殷琊神色凄冷道：“没事，被元婴神识扫死，总比被一路忽视，寒心而死的好。”

说话间，南颜骤感一股无匹神识压力从天灵上巍然压下，一瞬间，仿若眼前四野俱碎，独留一道宛若天意的浩瀚诘问。

“杀袁锋者，可是你？！”

南颜眉心一凝，在那神识威压中喘得一息，道：“不是。”

“一个假丹期修士，神识不弱于结丹，有点儿意思。”那神识似要离开，忽然又回来，寒声道，“玉符上有你的影像，你可是最后见过吾儿袁锋的那个佛修？”

南颜脑中一痛，咬紧牙关，道：“不错，正是贫尼。”

“倒还算诚实，吾儿最后可有同你说过什么？”

“袁道友言，欲请我去饮茶相谈，我另有要事，未曾赴约。”

海枭城城主的声音未再传来，但南颜能感到他神识似有要迁怒于她的意思，果然，他冷冷道：“既然吾儿曾待你有意，老夫给你个体面，说出你的家人宗门，老夫厚待之，你自封灵力，为吾儿阴婚陪葬！”

——你怕是在挑战贫尼的嗔戒。凭什么你儿子被杀了，要他生前看上的女人陪葬？还厚待家人宗门？

此时，南颜听见旁边的嵇炀淡淡道：“前辈，我等并非散修。”

那海枭城城主也是颇为意外嵇炀敢出声，道：“敢插嘴，好胆识，你倒是说说，你等出身何门？”

“在下微不足道，只是此人乃卯洲愁山梵海真字辈弟子，卯洲乃佛门清修之地，素来不与世人争，但如今辰巳之战，仍需卯洲助力，前辈乃辰洲一城之主，务必慎思之。”

海枭城城主一时语塞，对南颜道：“佛修，你将法号牌出示。”

南颜长舒一口气，心里想少苍果然还是没变，遇事够稳，便出示了吃苦师父赐下的法号玉牌。

海枭城城主确认无误后，不甘不愿道：“算你口舌伶俐，既然是愁山梵海门下弟子……哼。”

逃过一劫，南颜起身拭去脸上薄汗，对嵇炀道：“好在你提点得及时，看来二哥之前说得没错，这上洲对出身极为看重，若是散修身份前来，如今只怕已埋骨于此了。那海枭城城主可有为难你？”

“约是因我刚刚出声后直面过他之神识，话题尽在你这边，似乎忘记对我镇心一问，你可还好？”

“无妨，我的功法比寻常修士硬多了，最近的海枭城怕是不能去了，咱们离开吧。”

就在南颜三人离开后半个时辰，海枭城城主总算把岸上的修士一一扫遍，但仍有不甘。

“道友，鲸舟上应也藏有修士未下船，可否通融一二，让老夫上鲸舟一扫？”

鲸舟上的元婴修士道：“袁硕，看在同为辰洲修士的分上，老夫允你一探，你可别得寸进尺！”

寻不见凶手，海枭城城主怒声道：“老夫为爱子之仇，便是闹到龙主面前，老夫也可据理力争！”

二元婴争吵了两句，忽然同时神识凝固，码头上一片静寂。

凡洲来的修士不明所以，下一刻，只听一声从未听闻过的低低兽吟声，只见天穹云层上探出一角巨爪，接着，所有人都看见那天空的白云上，出现一个庞然大物一般的轮廓。

牛首鹿角，蛇身凤足。

下面的凡洲修士惊惧得合不上嘴："……是龙、是龙啊！"

而那刚刚还强横无匹的两名元婴此时偃旗息鼓，纷纷从兽车与鲸舟中现身，恭敬行礼。

"恭迎龙主班师而回。"

天穹上的龙影微微停顿，身后所背的竟是一座宫殿，宫殿上传来一道冰冷傲慢的声音。

"吵什么，要闹到本座面前？"

"这……"海枭城城主冷汗涔涔，"是在下的一点家事，不足劳烦龙主。"

"哦？"龙主的声音再次传来，"既然都说了要闹到本座面前，就说说是怎么回事吧，执法修士可有录下玉符？"

海枭城城主连忙拿出玉符，那玉符一闪射去云层中。

"……在下一时为爱子之死所扰，如今已知错，再不敢骚扰龙都鲸舟，请龙主恕罪。"

海枭城城主斟酌解释的说辞间，却闻那龙殿中龙主轻咦一声，随后传影于他们面前。

那是一个清艳绝尘的佛女，眸光清湛如晴夜之月，动若风曳昙莲，静若水月观音。

"玉符中所录的这孩子……不是姓南？"

那两个元婴互视一眼，道："并不是，据说是卯洲愁山的云游弟子，法号真圆。"

"佛修……"

海枭城城主心头一慌，道："此女刚走不久，龙主若需，在下这便捉她回来。"

龙主沉默了片刻，回道："不必了，也许只是同故人相似而已。"

第六章　缘聚一堂

竟敢胁迫我兄弟和狐狸精为你寻宝！

辰洲以东，去往辰巳战场的空行舟上，从凡洲来的褚京二人发生了些争执。

“……辰洲这般凶险，你就不能多考虑考虑，依我看，那真圆道友就是好人，何必非要急匆匆离开？都未曾邀请她一同前往辰巳战场。”

那日褚京与南颜一会之后，对她印象甚好，回去后得意扬扬地告知了孟盈，孟盈立即带他搬离原居处，在鲸舟另择地点，刻意躲了许久，一下鲸舟便与南颜等人背道而驰，唯恐他们发现。

“师兄未免把那女尼看得太简单了。”既已到了上洲，孟盈便对褚京失去了耐心，口气上多有轻蔑，“正所谓财不露白，我二人携宗门秘宝而出，一路上如履薄冰，本就该小心翼翼，师兄酒后对那女尼推心置腹，难保那女尼不会下了船后找上我们杀人夺宝……我可是看见，她又多了个帮手。”

孟盈心里却是在骂褚京是个蠢物，辰巳战场不是什么人都能进的，至少需要一个宗门正式弟子的身份，而她到仰月宗灭门前，仍是外门弟子，只有借褚京道侣的身份，才能正式在辰洲立足，等到加入辰洲战殿，褚京是死是活就无所谓了。

褚京仍在喋喋不休：“你也不看看是靠谁你才能有筑基的修为，真圆道友战力惊人，若能照拂我们，便能靠她攀上个战殿丁席修士，到时我们也好过些……哼，妇人就是妇人，目光短浅。”

就在孟盈有些忍不住想出去透透气时，忽然空行舟船身一阵摇晃震颤，便听有人大吼道："是巳洲魔修！快御敌！"

空行舟大乱，孟盈探头一看，只见数条魔修黑影乘着数只蛇尾蝙蝠在后面追逐他们这艘载了一百修士的空行舟，远远传出十余筑基大圆满的气息。

倒霉！怎么接连遇上魔修！

"这些魔修是巳洲潜入的，到处骚扰袭杀辰洲的空行舟，他们座下的蛇尾蝠遁速几近结丹期，我们完了！"

那些蛇尾蝠果然极快，十息间便已冲至空行舟前面，上面魔修扬手召出一杆魔气森森的长枪，瞬间射翻空行舟，上面的修士纷纷跳船逃生。

孟盈也一样，捏碎数张遁符，向远处疯狂突围，但魔修仗着蛇尾蝠之厉，一个也没落下，正当孟盈与众人陷入绝望时，远处轰然一点亮光闪烁，随后，那点亮光倏然扩为一张十数丈长的巨弓，炎流为弦，向天弯弓。

"糟了，是辰洲那位帝子！快跑！"

魔修们毫不犹豫，催动蛇尾蝠逃窜，但天上火雨随即而至，流星般覆盖蛇尾蝠逃窜前路，只来得及听到数声妖兽尖嘶，再一看，那蛇尾蝠便化作三团火球，坠落大地。

孟盈从愣怔的人群里找到被蛇尾蝠抽了一尾巴的褚京，却见他怔怔抬头，脸上惊恐之色扩大。

"是他……是他！"

只见不远处徐徐飞来上百驾龙狮兽所拉的战车，他们显然是辰洲战殿的一支军队，路过此地，才出手灭杀魔修。

那些战车上的修士个个双目微红，多是饮血之士，看都不看他们这些人，无视地路过，看方向似要回转龙都，其中有一人靠近最前方的一驾龙纹战车，对车上之人道——

"少主人，你身上有伤，此等小事，不必出手。"

被劝说的人十分年轻，上半身未穿衣，从肩至腹，纵横交错数道狰狞伤痕，甚至于心口旁还凶险地穿刺着一根未拔去的箭矢。饶是如此，他神色并无半分萎靡，大马金刀地坐在战车里，手里还提着一壶烈酒，似乎想到了什么，灌了口酒，目光隐隐有些暴戾。

"说好了的，杀十万魔修就放我渡海回凡洲，算上刚刚那十来个，我应该有九万个了吧。"

"龙主从来一言九鼎，只是少主人，龙主对您抱有极大希望，乃是为了让您继承帝君之位，诸洲天骄亦虎视眈眈，还望少主人莫要辜负龙主期待。"

"我又没说不回来，我去凡洲是为了找人而已……"那人按着脖颈上一圈仿若斩首的伤痕，道，"是死是活，只想求个心安。"

辰洲以北有诸多岛屿，环绕成链，越往北行，修士渐密，乘空行舟飞至第二十日，终于看见了一片苍蓝海域。

"再往北去，就是卯洲了。"驾着空行舟的修士送了船客落地，道，"海域虽不远，但海中多的是相当于结丹期的五阶妖兽，欲渡海者，务必惜命。若想渡海去卯洲或寅洲，可等上两个月，自会有鲲楼船前来摆渡。"

鲲楼船是鲸舟之下最大最稳的海船，也是修士所能炼制的最大型法器，若乘鲲楼船，安全自不必担忧。

"我等有事，有没有更快一点的？"

旁边辰洲的本地修士道："没有更快的了，除非你们想冒险渡海，莫怪没提醒你们，这春末夏初，正是阴煞水母洄游产子的时候，现在渡海，九成九要撞上，便是元婴修士见了，也要绕道而行。"

两个月的时间对修士不算久，但南颜总觉得在辰洲继续待下去，那海枭城城主多半还是要找她麻烦，而殷琊比她还急，此行的目的一是他母族的封印，二是南颜找她舅舅，都是能早一些就早一些。

一侧，嵇炀点开一张地图玉符，看了两眼，道："道友，辰洲以北岛屿众多，若从这北山后大湾行走，十数日之内应可看见北海，何不取陆路而行？"

他话一出，辰洲本地的修士纷纷面露异色，随后有人冷笑道："你说的没错，但那地方虽近，却被一处凶地堵截着。二十年前曾有修界罪人在此地屠城，当时一夜之间城池尽毁，废墟之中有留招，据说进入废墟的修士十有八九会撞鬼。如今只有零零散散的凡人和低阶修士徘徊附近，若是我，宁愿去面对阴煞水母。"

看周围修士的神情，想来这些年也有不少人妄图从这废墟之地渡海未能竟功。

南颜思虑片刻，道："左右都是要在这儿的岸边等上两个月才有船，不如就去那废墟外围打听一下情况，万一有所机缘，岂不是省去很多事？"

"何以这般有自信？"

南颜道："贫尼觉得冥冥之中必有定数，就我们从前在秽谷那些个作死的行为，佛祖还没把我们收了去，我们必是天命之子无误。"

嵇炀："……"

南颜强调道："书上都是这么写的。"

眼看天色渐暮，另外二人便勉强同意去那废墟之地打探情况，往东飞了七八十里，直到日落时才看见些许人烟。

上洲虽是修仙圣地，但也并非没有凡人居住，只是这些凡人都知道他们由修士统治，日出日落耕作不止，皆是为了供养家中的孩儿修仙。

眼前的村落不大，纵横不过三里，远远望去有七八十户人家，南颜三人到时，竟发现村里家家户户挂着五彩丝绦，一些村民穿得花枝招展正在排演戏码。

南颜正要开口寻个村民问，便见村那头走来两个炼气期的修士，他们一来，周围村民便露出惊怕之色。

其中一个老者颤巍巍上前道："仙、仙师，今年的灵石已交过了。"

那两个炼气期的修士显然是在这一带勒索惯了，闻言一巴掌把老者抽翻在地，道："要你多话，既然还有工夫做这些戏台，必有藏私！快交出来！"

村民们面露苦色，直到各家凑了凑，交出一二十块灵石，那两个修士才罢休。

南颜看着这情景，低声问道——

"不是说，屠凡乃大罪吗？"

"屠凡乃大罪，但也没说，不能压榨凡人。此二人灵息驳杂，想来无缘筑基，自也不怕心魔，便在此压榨村民。"

南颜见那两个炼气修士远去，收敛身上气息，宛若一个云游的平凡女尼一般，上前扶起那老者："老丈，没事吧。"

她话一问出口，那凡人老者忽感疼痛减轻了些，起身道："多谢小师父关心。"

南颜便趁势问道："我们是从外地来的，想要寻捷径渡海，请问这附近可是有一片古城废墟？"

她说之前，村民还在小声抱怨那两个修士恶行，问了这话之后，所有村民便都唰一下把目光集中在她身上，眼神既防备又恐惧。

"老丈？"

"老朽不知、不知道。"

周围的村民一哄而散，南颜站在原地十分不解。

"此地村民对废墟之事颇有防备，只是修士对凡人出手乃大忌，倒也不好施展幻术盘问。"

三人直到把村落走完，也没有问到任何有用的讯息，过了一会儿，南颜远远看见刚刚那两个修士各提着一壶灵酒走入一间破庙。

嵇炀道："这村落十分诡异，与其询问凡人，倒不如去问一问那两个修士。"

南颜深以为然，道："有道理，天色已晚，不好扰民，我去暗中调查一下。"

于是嵇炀就看见她收敛气息走去破庙，不多时破庙里传出刚刚那两个炼气修士的调笑之声，随后庙门啪一声关闭。

半盏茶后，南颜衣袖沾着血迹从破庙里晃出来，回来说："我暗中调查到了。"

好一个暗中调查。

殷琊道："你别是个魔鬼吧？"

南颜道："怎么能污蔑出家人，我只是见他们颇有慧根，让他们体悟一下凡尘生活。"

接着，南颜就说起了这村中的事。

这村子是近二十年建起来的，在村子以北，曾经有一座在辰洲颇为有名的繁华之城，名曰"玲珑京"，城中最负盛名的，便是一年一度的斩妖大会，那些修士大能们会将这一年中猎获的珍稀或强大的妖物带至此地，当场宰杀，拍卖妖物身上之宝，来自诸洲的修士为此可一掷千金。

或许是因为斩妖大会杀戮过多，有一次玲珑京斩妖大会上，一位修士突然被妖物死前施展的妖术所迷惑，大开杀戒，将一城之人全数屠杀殆尽，当时城中甚至还有两名化神期的宗师，同样并非那人对手。

后来，辰洲与道生天的修士赶来将那犯下滔天大罪的入魔修士擒下，却不知为何，并不透露那修士的身份，也不准其余人外传。

玲珑京中最后残余的，只有一些凡人，因留恋故土，他们不愿远离，但也不愿回到灭门毁家的地方，便在附近定居，每年至玲珑京血案忌日，便排演一些戏来安抚不远处废墟里的亡灵幽魂。

村里有个传说，说每年傩戏演完，惨死在屠城血案里的祖先就会赐福给他们，让他们延年益寿。

南颜娓娓讲罢，便看见不远处，村民点燃火把，呕哑嘲哳的山村俚曲响起，想来是戏已开台。

南颜三人见状，让殷琊施了个幻术，化作村民模样混到村口槐树下的戏台附近，找了个地方，扯了一下旁边的村民打听。

"今天演的是什么戏呀？"

"今年的戏可足了，村里可是花了灵石请了个秀才写的。"村民十分兴奋，还分了南颜一把瓜子，"《橘猫展昭大战金毛鼠》，好看着呢。"

南颜纵览话本无数，自认为博览群书，未承想来了上洲发现天外有天，震惊不已："……什么猫展昭？"

"橘猫呀，不信你抬头看。"

三人顺着他指的方向望去，只见台上一个穿着毛茸茸橘猫套的胖娃娃刚刚被演展昭的小生点化，发出一声凶猛的叫声。

"喵嗷！"

殷琊看那橘猫身段壮阔，惟妙惟肖，不禁道："和你小时候真真一模一样，你那时候多可爱，现在越来越像个佛修之耻。”

嵇炀也正凝目看着那台上的胖孩子，袖子却忽然被人扯了扯，低头看见南颜那张和记忆里判若两人的面容，不禁有些出神。

南颜指着自己，清凌凌的瞳仁倒映出他微怔的脸。

“你有没有想起点什么？”

闭上眼时，她倒当真和记忆中无二，睁开眼后，却又不禁存着那么一线隔阂。

未得到回应，南颜垂眸，似是有几分气馁道：“也难怪你想不起来，这么多年，我佛法并没有参悟多少。但我记着你教我的话，凡所行事，谨言慎行，除恶务尽……我这副面目，只扰你一年，好吗？”

台上的傩戏愈发激烈，劈砍争斗中，无锋剑映月色，悄然扫过嵇炀的眉眼。

“我从不曾恶你。”他说。

南颜的眉眼顿时放松三分，转头看着台上的喧嚣，却没注意，身边的人看着她的侧脸，又无声动了动唇。

——却不知，到时我的面目，你又能受得几分。

辰洲乃上洲凡人最多的洲，凡人仰望仙人，但有灵根者并不多，是以便诞生了许多“求仙”的话本戏本，老少皆宜。戏本五花八门，有些是从凡洲那边传来的，根据前朝故事改编的。

今日唱的便是这旧酒新酿的戏，说的是展昭在人间善终后位列仙班，某日奉玉帝法旨下凡，点一个仙子姹女的凡身回归天庭，哪知点化仪式中被地痞流氓捣乱，手一抖误点了姹女怀里的橘猫，于是姹女没成仙，橘猫却有了灵性。

姹女在凡间时就以貌美闻名乡里，时常惹得地痞流氓骚扰，展昭将地痞打退后，橘猫为护主欲跟上去出气，却听见地痞要勾结一个无良道士污蔑姹女是妖精，想强行抢了她当第十八房小妾。

橘猫一怒之下冲上去便挠人，不料无良道士有两分功夫，一剑刺伤了橘猫，此时在人间游玩的大妖金毛鼠路过，见妖族同胞有难，翩然救下橘猫，并惩治了无良道士，后来带着橘猫疗伤时遇见出来寻猫的姹女，便对貌美的姹女一见钟情。

展昭乃是奉玉帝之命点化姹女，岂容得仙妖有所勾缠，但又不好意思说是为了女人打起来，便说金毛鼠夺了他点化的橘猫，于是一番大战后两败俱伤。而旁边先前被金毛鼠教训过的无良道士趁机抢走了姹女，要挟金毛鼠要么跪地认错，要么交出内丹才肯放人。

金毛鼠心高气傲，当场剖出内丹丢去给无良道士，无良道士接到内丹大喜，趁金毛鼠法力虚弱，悍然发动一击欲置他于死地，但此时橘猫突然跃出，替金毛鼠挡下致命一击，猫命当场呜呼。

此时姹女得见金毛鼠与橘猫如此为她，痛苦之下仙位回灵，配合姗姗来迟的展昭合力镇杀无良道士，而金毛鼠也只剩下三日余生。展昭感念金毛鼠情深，启奏玉帝降恩。玉帝得知原委，赐下仙露欲收金毛鼠为仙宠，但金毛鼠却婉拒，言三日天地逍遥，胜过天宫荣华万载，后飘然远去。

总的来说这出戏算是个悲剧，但因作者是个老古板，后续的结尾强行改成了展昭与姹女回归天庭后两厢生情在一起了。

南颜看戏的过程中，搜肠刮肚实在不能联系上这出戏的历史渊源，只能当作以《游仙窟》的套路改编的正经戏，不过戏还算不错，颇有几分意犹未尽。

“我小时候可想上台演戏呢，可惜小时候我家附近的班主瞧不上我。”

殷琊道：“你想演什么？”

南颜飘飘然道：“若是这部戏的话，我想演展昭。”

殷琊：“不可能，凭你小时候的身段，橘猫舍你其谁。”

南颜不是很服气：“那你演展昭吗？”

殷琊：“不，我觉得金毛鼠就挺好，展昭体现不出我的演技。”

南颜：“你区区狐狸精，什么时候致力于修炼成戏精了？”

殷琊：“你是不是想打架？”

此情此景，嵇炀不免又想起当年穆战霆同南颜争谁是关二爷，一样满地厮打，这么多年，孩子脾气倒真的没怎么变过。

就在戏台上的傩戏结束时，空中倏然起了一层薄雾，嵇炀向村民们看去，似乎他们都没有发觉这薄雾的降临，仍在台下叫好。

雾中带着海水的咸气，就在三人都察觉有异时，先是台上主演的戏子身形一僵，接着，被薄雾笼罩的村民们纷纷收声。

就在南颜疑惑不已时，嵇炀突然抓着她的手臂带离雾气的范围，随后，他们看见那些村民双手徐徐并拢在身侧，同时转向月升之处，一步一步地往村外走去。

寻常人走路时，手臂和身子多少会随之摆动，但这些村民却十分诡异，上半身僵硬得像是被绑住一样，只有脚还在迈步。

“这些村民是着魔了吗？”南颜甩了甩佛珠，立时一圈金色光点飞入那片笼罩村民的薄雾中，但似乎无济于事。

“如何？”

“我的佛门灵力好像无法驱散这迷雾。”

三人疑惑间，决定跟上人群看看。

这些村民走得不快，足足走了近一个时辰，才到得一处杂草蔓生的所在，身形一一没入那些足有人高的杂草中。

此时也正月上天心，月光洒落之下，影影绰绰见得一些颓圮的墙篱。

“到这儿来。”嵇炀轻声招他们行至一处较高的所在，从上往下看，只见前面是一座纵横六十里的废墟，似乎荒废了多年，已被野草覆满。

“这大约就是玲珑京，内中据说有化神修士留招，不知内情便擅入，应有危险。”

分明是晴夜月，这废墟中却莫名鬼气森森。

殷琊抬头看了看天空，纠结了片刻，道：“今夜是满月，我的妖力充沛，应该可以试一试寄神之术。”

南颜道：“那是什么？”

殷琊给了南颜和嵇炀一人一小撮狐狸毛，道：“一会儿你们不要反抗，我会耗尽现在所有的妖力，牵引你们一成神识暂时寄入其中，我们三人本体找个安全的地方打坐调息，让神识之体进入废墟，就算遇到什么危险——”

南颜：“我们本体也无恙？”

殷琊：“神识会重创，不过问题不大，养两年就好了。”

南颜慎重地想了想，道：“既然此术如此耗费妖力，我觉得你一个人去就好，我们站在外面给你护法。”

殷琊面无表情道：“不行，你们必须跟我一起去。”

“为什么？”

“没有为什么，我们要死一起死。”

“……你是不是怕鬼？”

“我怎么可能怕鬼。”殷琊强装镇定，凶狠道，“站好了别乱动，小心我把你的魂抽了。”

魔生狐是天底下最擅长幻术、勾魂摄魄等异法的种族。修界有传说，远古时曾有上万修士围剿一处妖国，惊醒一头千年魔生狐，那魔生狐单单伸懒腰一吸，那上万修士三魂六魄均被吸走，永世不得超生，有“魔狐一觉，三年黄泉无渡客”之称。

南颜被一层蒙蒙紫光笼罩，隐约听到一声非人非妖的诱哄声，神识不由得受其牵引，再睁开眼时，发现自己本体闭目盘坐，一动不动，而自己的主意识已变成个半透明的模样，走动时还飘来飘去的。

倒是殷琊本体的脸色有点儿发白，显然越阶施展此术颇费妖力，等他也行动自如时，便站到南颜和嵇炀中间。

“走吧，你修佛，你打头阵。”

这种邪门的地方，佛修永远是最让人有安全感的，至少南颜往那里一戳，周围人都能感到此地自然而然的那股阴寒之气被佛力排开，便没有那么可怕了。

走了片刻，南颜忽然道：“有人。”

三人停住脚步，看见此地是一片小广场，周围原本应是一座座十余丈的华丽高台，却被夷为平地，地面的枯草间，隐约能看见破碎的乐器和狼藉的杯盘。

而那些村民，也走到这里，此时的他们不再四肢僵硬，而是分散开来。有人坐到桌案后，拿起空空如也的酒杯不停重复喝酒的动作；有人拿起破碎的鼓槌，敲着已烂了鼓面的鼓。而刚刚在戏台上唱主角的傩人，登上了台，捡起地上豁了口的断刀，正在拿袖子擦拭着什么。

这个时候，南颜看见一开始在村里遇到的那个老者站在广场中央，目光呆滞地行了个古怪的女子礼，一张口，却不是老者本人的声音，而是一个年轻女子的声音——

“诸位贵客莅临今日斩妖大会，玲珑京蓬荜生辉。”

南颜愕然，在位置上坐好的村民却纷纷拊掌大笑。

一个七八岁的小孩出口是莽汉的声音，拍着桌道：“好了，快别卖关子了，老夫从申洲千里迢迢带着宗门家当而来，为的就是今日的珍兽，快开始吧！”

旁边的少女却是口吐老妪之声：“哼，你那点家当岂够看，陶婆子我带了百万灵石，今日对这鲛女之血势在必得。”

老者掩口，发出咯咯笑声，伸手安抚道：“好了好了，妾身知道诸位想要的是什么，这便推上来让诸位一睹为快。”

接着，南颜就看见嵇炀指了指他们身后，只见他们身后又有六个村民，费力地推着一个残破的铁笼，从广场那头颠簸而来。

笼子上的铁条已经破碎不堪，中间还有一个贴满了诸多镇妖符的十字架，不知为什么，这地方所有的东西都是被摧毁的，只有这十字架十分完好。

殷琊一看那十字架就极端不舒服，啧了一声道：“这多半就是玲珑京的处刑架，还是最小的那种，修士捕来的妖兽会被钉在这上面，现场屠杀。”

妖族和妖兽在修界的定义上其实是两个不同的群落，极小部分血统高贵的妖兽，在开蒙之后，可通过修炼修成人形，这便是妖族。

可说到底，二者终究同气连枝。

“要杀就杀，带到众人面前活宰拍卖，此种行径……”

只见那些村民把空空如也的铁笼子推到广场正中央，周围坐着的村民身体前倾，口中惊叹不已。

“有生之年竟能真正见到此珍兽！”

“它心口里的至宝不知是谁能得到！”

接着，南颜就从旁边的村民口中听得一个熟悉的词——

“银鲛珠我要定了！”

银鲛珠！

南颜下意识看向嵇炀，后者也微微蹙起眉头，仿佛正在沉思什么。

“继续看。”他说。

四周喧闹了一阵，坐在席位上的村民吵吵闹闹，而刚刚那提着刀的傩人应是扮演着屠宰手的角色，提着刀走到笼子面前比画着。

忽然，四周一静，主持斩妖大会的老者惊呼一声，望着虚空，团团作揖，周围所有吵闹的村民都从位置上站起来。

“贵客驾临，贵客驾临，还请上座。”老者快步走到一处显然极尊贵的贵客才能坐下的主位上，做了个请的手势，“逸谷先生，请上座。”

然后怪异的事情发生了，仿佛时间停止了一样，所有的村民在此刻同时凝固住了动作，再也没有一个人动。

南颜和殷琊都大感不解，只有嵇炀的身形微微一滞，上前走到那老者旁边仔细观察，面露恍然之色。

“怎么了？”

嵇炀回头道：“你们，有没有听说过黄泉镜？”

南颜没听说过，殷琊却是眼睛一亮，道：“我就说这地方怎么这么古怪，难怪这么多年修士有进无出，原来被人投下了黄泉镜！”

殷琊虽然不喜欢人族，但是喜欢人族的宝物，上洲各有其镇洲之宝，黄泉镜便是其中之一，这面镜子有一种特性，就是会召唤生灵进入镜子布下的环境中，不断重演一处地方曾经发生过的事，大能修士用它来记载历代讲经布道的场景，修士若得到，时不时参悟其中的大能讲道，升阶时可轻而易举，比妖族最强的传承也不遑多让。

嵇炀略一点头，道：“现在黄泉镜上演的，应是当年玲珑京被屠城血案之前的情景，这镜子的主人应是想使用此物调查真相，不把这台戏演完，黄泉镜会永远笼罩这片废墟。”

南颜道：“那为什么这些村民不动了？”

“因为这些村民太少，而且……”嵇炀指了指铁笼里空荡荡的十字架，又指了指身旁那“逸谷先生”应坐的空位，道，“还缺两个关键的角色。”

“所以。”三人交换了一下眼神，道，“我们要把这场戏演完吗？”

演是当然要演的，那位“逸谷先生”倒是好说，听说是一位极负盛名的琴师，嵇炀先前在鲸舟上那一曲《静夜谣》便是出自他手。

问题是铁笼子里的妖物……

南颜看了一下旁边傩人手里的大刀，道："二哥，体现你演技的时候到了，所谓斩妖斩妖，我觉得这个角儿就是你的命中注定。"

殷琊说什么也不愿意："我劝你做个人，那架子上可是罗天镇妖符，你怕不是要炮烙我。"

南颜："你不是灵体吗，怕什么炮烙。"

殷琊："说得好像你不是灵体一样，你怕什么砍刀？"

南颜眼瞅着月亮要偏西，再拉扯下去唯恐生变，叹道："那我们两个就猜个拳吧，实不相瞒，贫尼幼时人称西门剪刀霸。"

"哦，那请赐教。"

两三息后，西门剪刀霸，败。

南颜不甘不愿地被推到铁笼子里，踏进去的瞬间，忽然被吸在十字架上，虽然没什么疼痛感，但一时也脱不了身。

"哦哟，好险好险。"殷琊又躲远了些。

南颜醒悟过来，心想必是这狐狸精刚刚用了幻术，就在嗔戒压抑不住时，天空中的月色忽然起了变化。

开始了。

月亮变得极为古怪，渐渐暗沉，看上去……天上挂着的并不是月亮，而是一面斑驳的古镜。

所有人的脸开始起了变化，渐渐化作了他们所扮演的人应有的模样。

刚刚那主持的老者彻底变作一个宫装女子，四周的废墟也变作夜幕中繁华的盛会，她躬身笑道："逸谷先生的琴技天下闻名，适逢盛会，不知晚辈们可有荣幸一聆仙音？"

端坐在案前的嵇炀已换作了他人模样，一袭领口绣着凤羽的白衣，气质倏然起了变化，少了三分疏离，面容亦是一眼就觑得出的温和明净。他清清朗朗地说道："城主多礼了，南某有些家事，与家姊约于此地会合，并不欲多加叨扰。"

作为城主的宫装女子有些颤抖，身子躬得更低了："莫非、莫非南芳主也会驾临敝城？"

嵇炀垂眸道："家姊素来率性恣意，与龙主之婚约迟迟不定，想来三五日内不会如期与南某会合，城主倒是不必特意安排。"

城主立即喜气洋洋道："南芳主愿与辰洲联姻，乃是千古未有之大喜，听说最近逸谷先生也有喜事？若当真如此，那倒是双喜临门了。"

此言一出，琴师的声音却又柔上三分："南某心仪之人不喜张扬，已在信中告知家姊，待家姊完婚，南某便会去迎娶之。”

南某……南芳主……

南颜心里忽然升起一股奇异的感觉，也不知为何，她听见嵇炀此刻的声音，就觉得莫名亲切。

但很快，她发现自己就不受控制地浑身颤抖起来，似要拼命往嵇炀的方向挣动，口中似乎急急地想要说些什么，却又拼死咬紧牙关。

“欸，看呀，那银鲛妖物流泪了。”周围终于有人把关注点挪到她身上。

周围看守的修士手脚并用爬上来，不停在铁笼子里贪婪地抓着些什么。

“这可是鲛人的泣珠呀！一颗值一座城！”城主大喜，“逸谷先生一来，这妖物便泣下宝珠，当真是喜事！”

南颜看向嵇炀，此刻他半垂着眼，目光无神，显然暂时被黄泉镜控制，真正和那琴师一样暂时双目失明。

听见周围的喧嚣欢呼声，嵇炀面上刚刚还喜悦而亲切的神情渐渐淡了三分，抬手轻拂，纳灵力为弦，道：“来之前听好友说过，近来有海妖在附近作乱伤人，如今落得此地步，也算一偿它之罪愆。只是天地有灵，南某愿一献拙艺，送它无苦无痛而终，还望诸位莫要活取其丹。”

修士杀妖天经地义，他只是厌恶修士以杀造乐，而能做到的，也只是让这妖物安乐上路。

“活取银鲛珠，可多一层宝光呢……”有修士嘀咕不已，但谁也没敢当面提出异议。

也有旁边的修士道：“这逸谷先生什么都好，就是太过仁善了，对魔修也手下留情，从不伤性命，和他那杀名艳名皆天下无双的姐姐简直不像是一个娘胎出来的。”

“本就不是一个娘胎出来的，是一个爹生的不就够了。”

“啧，也就是投了个好胎，一个放荡，一个荒唐，也难为城主摆出这张笑脸。”

“赤帝已飞升，我们连破碎虚空的边都没摸到的修士，可不敢妄议他的后人……”

一些人议论纷纷，但大多数人的目光却都贪婪地凝聚在南颜身上。

此刻上演的一切都是已发生过的事，此时，南颜就是那待宰的银鲛女，尽管那琴声入耳，既温柔，又残忍地融去她所有的妖力，可她仍痴痴看着琴师，微微张口，好似在和着他的琴声轻唱。

银鲛女没有发出声音，只有南颜仿佛听到了。

“……但盼风雨来，留君驻雨檐。”

银鲛女唱完，最后一丝妖力已散，只有双眼眷恋地望着琴师，好似眼里有诉不完的情。

似乎就在银鲛女死去的刹那，琴师指下的弦骤然崩断，他空洞茫然的眼神正好对着被琴弦伤到的流血的指尖。

“好了，现在可以剖取银鲛珠了。”城主看琴师的情况似有不对，道，“逸谷先生若有不适，这便安排先生休息可好？”

琴师的表情有些茫然，似乎不知为何心口骤然剧痛，闻言，起身向外走去：“对，我走前，还想为姣娘带些辰洲的凝玉梳……”

身后的屠宰者将刀刃从银鲛女心口刺穿，人群爆发出一声欢呼，蜂拥挤向处刑架，想要近距离观察那稀世珍宝。

也就是在银鲛珠被剖出的那一瞬间，琴师离开的步伐被死死钉在原地。

他僵硬地回头，修士有心眼，虽然什么也看不见，但失去了银鲛珠隐蔽气息，那鲛人，那心仪的、珍之如宝的人，就这样荒唐地，以最惨烈的姿态出现在眼前。

“姣娘，是你吗？”

那一刻起，琴师忘记了自己的身份，忘记了他的立场、他的修养、他的道德，斩开一条血路走到处刑架前，半跪下身，伸手小心翼翼地捧起鲛女没了气息的脸。

他的声音慌乱起来：“我做……我都做了什么……”

所有的人都围了上去，有些人想要上前，刚碰到琴师的衣角，就被极其强大的力量震开，吐血昏迷。

“南颐，你这是什么意思？！老夫可是花了灵石的！”

“他南家的人都一样，莫不是和这妖物有什么奸情吧？”

“逸谷先生，你门庭虽高贵，但这银鲛血肉属于玲珑京，请顾及寅洲颜面！”

乌压压的一片，所有人都在指责他的荒唐。

到今天，他才知道，心心念念想白头偕老的人，是一头妖。

无数人在唾骂，鄙夷，琴师却恍若未闻，把鲛女的尸身抱在怀里，再抬眸时，无神的眼睛里，尽是一片腥狂。

“姣娘，有人拦着我们回家，你耐心等一下……很快的。”

他说完，还沉浸在幻象中的南颜，骤然听见一声镜子碎裂的响声，眼前一黑，失去了意识。

南颜恢复意识的时候，发现自己已经回到原身当中，正躺在别人怀里。

“阿颜，神识可还安好？”

南颜瞬间坐直了身子，目光清正地左右看了看，道：“我们最后是什么情况？”

嵇炀道："我被南颐的影子控制，抱着你——"

南颜及时阻止他描述具体细节，道："这之后呢？我们是怎么逃出来的？"

先前的修士一定也有试图进入这场戏中，试图破开黄泉镜的，但最后陷在南颐为银鲛女报仇屠城的余波里。

那毕竟是化神修士，动起手来转眼间可灭城屠国，哪怕是正面承受幻象，也是必死无疑。

"你看。"嵇炀拿出一面中央有了裂痕的古镜，道，"南颐心性入魔，屠一城之人，好在我有秘法，先将你们二人的神识送出，等到他屠完玲珑京后，摘取力量大耗的黄泉镜，此地以后应无幻境限制了。"

"这就是黄泉镜？"南颜看了两眼，看不出什么眉目。

"是，好似因为南颐屠城时力量太强，黄泉镜被震出一条裂纹，暂时不能用，除非到了化神修士手里。"

南颜回头看了一眼吓得尾巴都冒出三条来，正抱着尾巴做噩梦的殷琊，一如既往地伸手捞了条温暖蓬松的大尾巴，舒舒服服抱在怀里，想到玲珑京事件始末，又难过道："没想到这桩血案的原因是这样，那些修士确实该死，换了我，我只怕也会屠城。"

嵇炀却徐徐道："若换了我，我至少不会伤害阿颜半分。"

"我哪有说你我……"南颜不禁把半张脸埋进狐狸毛里，小声道，"而且，少苍，我觉得那位逸谷先生，他……"

"南这个姓氏不多见，你怀疑他是你舅舅，也就是说，幻境中提到的那位南芳主……"

"我想应该……"南颜终于说出自己的猜想，"是我娘。"

她来上洲不久，其实并不是很了解上洲的形势，在上洲中，有三大主洲。

天下第一大宗门，修士最高圣地"道生天"据子洲；

赤帝南决云灭妖国，立赤帝瑶宫，据寅洲；

真龙后裔一脉"敖氏"据辰洲。

说是海外有十二洲，其实势力最大的只有这三洲，而赤帝飞升后，原本赤帝瑶宫，由其女继任，号为南芳主。

想通自己的出身来历，南颜顿觉有点儿玄幻，如果她没有出家修心禁欲，这会儿怕是就要飘了。

不过南颜也微微松了口气，道："如果是这样，那当年带走我娘遗体的，多半是寅洲赤帝瑶宫的人，如此我也算有方向了。"

但嵇炀却道："不一定。"

“少苍？”

“玲珑京血案有疑点，南颐乃化神修士，为何偏偏来玲珑京的当天，正巧遇上斩妖大会，斩的又正好是他心爱之人？而偏偏在他来之前，他有一个‘好友’告诉他，有鲛人在作乱伤及无辜。”嵇炀继续道，“血案发生的时间是二十二年前，在这之后，你娘便去了凡洲，既然在凡洲生下了你，想必和辰洲龙主的婚事未成，这中间是否又有人算计？

“如果这是一桩阴谋，那造成这一切的幕后之人至少达到了三个目的：一是设计让南颐走火入魔铸下血案；二是南氏的人在辰洲杀人毁城，寅辰两洲的联姻自然无望；三是逼南芳主出走凡洲……甚至，你在鲸舟上说的你母亲是病死的，其中可能另有隐情。”

看着南颜逐渐变色的脸，嵇炀轻轻覆上她因愤怒而发冷的指尖。

“阿颜，现在开始，你不要轻信每一个上洲的人。”

眼底的佛光数度明暗，南颜轻轻合眼，压下心头的暴动，半刻后，南颜再睁开眼，眼中恢复一片宁静。

“少苍。”

“嗯？”

她看了看嵇炀半晌，拉着他的手臂靠在他肩上，小孩子似的拱了拱。

“我都长大了，下回换你依赖我吧。”

“……好。”

黄泉镜残留的幻境里，号哭的修士和飞溅的人血，撼山动岳的琴音，卷得屋梁倾塌，杀得众生哀号，徐徐同旧日逃出北海封妖大阵时的那段韵律重合……

殷琊大叫一声惊醒过来。眼前聚了聚焦，四下看看，他竟已回到进入玲珑京废墟前的那处寄放肉身的山洞里。

“神识有所损伤，速调而息之。”

殷琊转头，看见南颜正枕在嵇炀膝头睡得香甜，想来是神识受到冲撞需要休息。

“我们最后是……”

嵇炀见他似要询问，好似不愿吵醒南颜，手指放在唇上做了个噤声的手势，殷琊翻了个白眼，腹诽不已。

……修士需要什么睡眠，都是惯的。

饶是如此，殷琊也不得不转为神识传音，一边把尾巴从南颜怀里扯出来，听嵇炀徐徐讲罢昨夜发生的事，心中略有疑惑。

“黄泉镜需要所有参与血案的人演完这出戏才能破解，而那……那个琴师最后至少在玲珑京屠杀万人，你哪里找来一万人参与其中？”

“这倒不是很清楚，也许是因为黄泉镜灵力在此地不断施展幻境，又无主人将之取回，以至于其中灵力耗尽。昨夜那些村民也似有黄泉镜刻意保护，并未受伤，而是放回了附近的村落中，我想，今日我们可以继续上路了。”说到这儿，嵇炀抚了抚南颜的发顶，道，“那琴师，应是她母亲嘱她去寻的舅舅。”

殷琊的脸色瞬间有些不好，道：“所以呢？”

“鲸舟上时，我与辰洲修士闲谈，有人说，那一年玲珑京的血案后，凶手被道生天带去正法殿审判，本该是定下死罪，后来似乎有人求情，改为流放寅洲北海，镇守在那里的封妖大阵，永不得出。”嵇炀目光宁静地看向殷琊，道，“你幼弱时，应从南颐镇守之下逃出过吧。”

殷琊不再说话，嵇炀又接着轻声问道：“你应该想到了，既同阿颜有约，她襄助你救出族人时，必会被迫同她舅舅对立。”

嵇炀说话时，似有一种洞彻人心的异力，三言两语，让人一张底牌都留不住。

殷琊沉默半晌，没有继续这个话题，而是皱眉看着他：“嵇炀，你到底是谁？只是道生天的弃徒吗？”

空气微微凝滞，忽然，他们寄身之地外，传来一修士飞遁之声，同时，嵇炀拂袖笼下一方结界，遮挡三人气息。

只听呼啸声至附近，结丹期的波动传出，似有人悬停于废墟前。

“……此地盘桓多年的异力已破，竟有人弹奏出《静夜谣》？罢了，速速回报龙主。”

那修士来得快，去得也快，不多时便消失在几十里外。

“当年玲珑京血案闹得很大，辰洲怕是要来人了。”

殷琊把南颜摇醒，趁那修士离开，连忙进入废墟寻找离开辰洲的路。

五日过后，辰洲去往卯洲的海岸边，等待的修士纷纷站起，震惊地看着天边涌现的两三百龙都来的修士。

这些人好似刚从战场上下来，不知为何没有回转龙都，而是直奔此地而来。行至附近，飞来一人询问情况。

“有修士盗走了埋在附近的至宝，你们近来是否见过可疑之人靠近东岸的废墟？”

“可疑的……倒是有三个人，二男一女，女修还是个佛修，似乎急着渡海，妄图取道废墟。”

“是何模样？”

“骨龄都不大，样貌均是极俊俏的，看着都不是寻常修士。尤其是那女佛修，清艳出尘，最是好认。”

探查消息的修士又询问了数人，飞回那群龙都修士中央，对着中央龙狮战车上的帝子垂首道：“盗走黄泉镜之人似已前往卯洲，龙都之中素来对帝子嗜杀之事颇有微词，龙主此回命帝子追回黄泉镜，乃是为帝子前程谋算，还请慎而待之。”

辰洲的帝子，当年重伤后被血凰钗器灵一路从凡洲叼到辰洲的穆战霆，长长叹出一口气，不情不愿道：“龙都那些个酸精就知道编派我，成日里‘出口成章’，说得好像我很喜欢杀人一样。”

旁边随行的修士一脸冷汗，难道不是？穆战霆今年初才刚刚结丹，就在辰巳战场结丹期屠魔榜杀到了第一位，吓得巳洲魔修见到他的大旗就望风而逃。

“你们没有一个对我‘知己知彼’的，要是我妹妹在，”穆战霆叹道，“我现在就已经是个诗人了。”

三百帝都修士尽皆沉默，那一年龙主正在理事，骤见血凰衔来穆战霆，自己昔日定亲之物被退回，当场暴怒得震塌一座殿，却不知为何，对为何来此一无所知的穆战霆倾尽全力栽培，甚至有意收他为亲传弟子。

于是辰洲有人传说，以当年那位主儿的风流，穆战霆极有可能是龙主的私生子。

他们也没办法，纵然这些年被穆战霆荼毒得听见人说成语就想吐，也只能惯着哄着。

“帝子。”修士随从轻咳了一声，道，“帝子喜欢作诗，待回龙都我等自会寻儒道修士与帝子探讨，现下还是以正事为上，此处有那三个嫌疑之人的图像，帝子请看。”

穆战霆本来靠在战车里百无聊赖，看见随从放出玉符里的图像，先是一愣，随后立即坐直，抢过来细看。

“这……怎会是他？！”

随从连忙道：“帝子认识他们？”

“除了中间这个女修，这两个……这是我兄弟呀！他们竟然来了上洲！”穆战霆又仔细看了看，确认无误，大笑出声，“他们还活着！”

随从也是一喜，道：“帝子不是还有一个义妹吗？莫非是这中间的女修？”

穆战霆对着中间的女修横看竖看，断然道：“不可能，我妹妹长得和个大猪蹄子一样的，这姑娘可能是路过搭伴的吧。”

说着，他又开怀起来，撑着战车边翻出，周身泛出燃痕，竟直接脱离队伍朝卯洲追去。

“帝子！帝子！”

众龙都修士面面相觑，只得无奈地跟了上去。

卯洲在十二洲中领土最小，前后不过七八百里，南颜三人来了半日，沿途见得最多的，竟都是些安宁度日的凡人。

“阿颜可要去愁山梵海一叩佛修圣地？”

“按道理说应该是要去的，可……”南颜回头看着殷琊白着一张脸的模样，道，“二哥，你要实在难受，变回本体吧。”

“你想得美。”

殷琊的确难受，卯洲是修界佛土，寸寸有梵音，而佛道克制妖魔，他在南颜身边是待惯了，但对卯洲却是消受不得，只觉得踏上这片土地，脑子里便仿佛有个老和尚在没完没了地敲木鱼念经。

南颜想殷琊当真是个精致娇气的狐，坐船晕船，入夜晕鬼，到了佛修的地盘上，走个路还晕，唯恐他一命呜“狐”，纠结了许久，道：“筑基期的修为怕是抵不住卯洲的梵圣地气，你索性找个地方冲击结丹，结丹之后灵气稳固，必不怕地气浸染。”

结丹比筑基要复杂些。炼气时灵气如雾，筑基时雾化为水，结丹后水凝为丹，结丹之后，修士才算真正踏入修道第二步。

殷琊此次结丹，少不得要耽误三五日。

“你们不用管我，吃苦和尚不是想你去愁山梵海吗？”

“愁山梵海距此地足有五百里，来去耗时，就在这附近盘桓就好，少苍呢？”

“我倒是有个想去之处。”嵇炀看了看周围山川景色，道，“当世有两大名琴，其一由南颐所有，名曰‘听狂’；而另一张原先由道生天持有，名曰‘病酒’。南颐屠城一案后，世上恐怕再不能听得双琴绝响，道生天遂将病酒琴转赠愁山梵海，卯洲的大师们无人可奏响，便把它安置于一处胜地，任人参赏。”

此时，旁边路过的背着锄头的农夫听见他们的对话，向他们行了个礼，道：“三位仙师，你们说的那地方叫磬音寺，年年倒是有修士前去聆听圣音，不过门槛可不低。”

“哦？听说卯洲对修士无禁，这地方例外吗？”

农夫憨笑道：“仙师从外地来，想必也听说过，那圣琴是道生天宗主的旧物，每年此时都会自奏大道仙音，这对修士晋升境界极有好处，今年已经有一位未洲的帝子大人在磬音寺圣琴前参悟，说是要独占半年，还带了不少人把守，你们若去，可能会碰一鼻子灰。”

嵇炀问道：“磬音寺的看守修为如何？”

“足有结丹吧。”

“那帝子呢？”

“诸洲的帝子今年都已结丹了，个个年少气盛凶得很，这位未洲的帝子好像十年前就有结丹了，不敢惹哩。”

“多谢提醒。”

南颜把蔫答答的殷琊拖到一侧的树下，对嵇炀道：“你突然要去看这琴，是为了什么？”

“我在路上想了许久，北海封妖大阵何其重要，我们恐怕不能轻易靠近，你想见你舅舅，贸然前往几乎不可能。如果能在卯洲取得病酒，于北海外围奏响《静夜谣》，我想，也许能不起冲突将南颐引出来。”

这倒是个妙策，但麻烦的是，磬音寺不可能放任他们把如此重要的圣琴借走。

南颜捻了会儿佛珠，道：“我是真字辈的弟子，应该能进磬音寺，只是前有磬音寺僧人，后有那未洲的帝子看着，你们觉得我有没有希望对他们晓之以理？”

殷琊有气无力道：“卯洲的和尚素来好说话，前几年辰洲的帝子被杀后，各洲的帝子都有修士严密守护，除非你去以色诱之。可我先说好，未洲的修士可是剑修，剑修你明白吧，那就是不出家的和尚，剑才是老婆的那种。”

南颜道：“反正你都要结丹，在这里磨时间，我们就去磬音寺碰碰运气，实在不行，去了北海，我就在封妖大阵外大喊三天舅舅。”

殷琊：“……”

宋逐从未洲千里迢迢来磬音寺已有十日，每日聆听寺中琴音洗涤心魂，剑意已锋锐许多。

作为未洲剑雄的关门弟子，他的修道年龄是诸洲帝子中年岁最大的，如果在即来的山海禁决中，他不能一举夺得帝君位，便要从帝子的位置上退位。

宋逐聆听着香案上的圣琴琴音，看着横陈在眼前的剑，爱惜地擦拭着，擦至剑尾时，银亮的剑面倏然倒映出他身后门外，磬音寺的方丈正接待着一个白衣的佛女。

剑面映出佛女的面容，这一望去，宋逐就有些移不开眼。

佛女正在同方丈说话，神态谦卑宁静，抬眸时双瞳水墨盈盈，眉目分明灼灼如炽月桃花，却偏生压在一袭清圣佛裟里。

禁欲而华美。

宋逐不禁想起当年，他师尊未洲剑雄孟霄楼，半辈子清清白白一心向道，却不知道为什么非要拉着一个女人私奔……那个女人后来还把他哄骗回了未洲。

他虽尊敬师尊，却也一直对师尊私奔的旧事颇有微词，直到今日……

只见那佛女同方丈说完话，接了方丈赠与的一卷佛经，随后向他所在的这间佛堂走来。

“贫尼真圆，自外洲云游而来，不知帝子可允贫尼一叩圣琴？”

宋逐握着剑的手开始抖。

妈呀她来了，怎么办？

南颜在佛堂外低眉静等了许久，心想这帝子就是架子大，多半不允她前去打扰，暗叹一声正想告退，却又听佛堂内的帝子出声道：“既是真字辈的师父，可允三刻。”

“多谢。”

南颜轻舒一口气，好在吃苦大师的辈分高，真字辈属于愁山梵海嫡传三代弟子，她这般要求也算有些底气。

她跨进佛堂前，没有看到宋逐的脸扭曲了一下。

——我在说什么？什么三刻？为什么不说三天三夜？

南颜感到这帝子的压迫感十分强，走路时不由得都小心翼翼起来，从他身边走过，见他目不斜视，微微颔首，提起衣摆跪坐在香案旁的木鱼边，刚握上木鱼槌，就见那帝子唰一下把手中的剑竖起，吓得南颜一抖。

南颜心想，二哥说的没错，未洲以剑修闻名于世，这帝子的眼睛从头到尾没从剑上移开过，再看他一脸高冷，想来一心向道，多半不会理会她，于是南颜谋定而后动，坐下来低声默念起了《心经》。

七步外的宋逐浑身僵硬，虽然已经结丹多年了，冷汗还是不停从后背流下，看似凝视着爱剑，实则是从剑面看旁边佛女。

——她真好看。

两刻钟很快过去了，眼看着香案上的残香没剩多少，宋逐心里有点儿急，还有点儿慌，调整了半天内息，硬邦邦地开口：“你什么时候走？”

宋逐说完，整个人僵如石雕——不是想问她还愿意多留一会儿吗？我说的都是啥？！

南颜停下敲木鱼的动作，心道这帝子不好攀谈，但她素来不轻易言弃，踌躇片刻，道：“叨扰已久，自当离去，只是贫尼乃承师父所托，欲一悟琴上旧事，可听了这许久，仍不解琴意。帝子凝神于此已久，贫尼厚颜一问，帝子可解我所惑之琴意？”

南颜自成佛修以来，一路所修不求破碎虚空飞升为仙，志在斩尽红尘业障，是以佛家诸戒对她约束不大，故而血手观音出道以来，能打诳语就死劲儿打诳语，上述所言也是她假托之辞。

琴通情，那边宋逐却是一时听岔了。

——你的情意？

宋逐的脸腾地一下红了，闭着眼道："你再说一遍。"

南颜："……"

在南颜看来，在她问出口时，宋逐就已开始皱眉，神色甚至有点儿狰狞，最后脸都气红了，那句"你再说一遍"好似磨着牙说出来的一般。

我是说错了什么了吗？这帝子的脾气这么大？南颜对同阶或稍高于她的魔修所向披靡，可也不是没有自知之明，尤其是诸洲之帝子，个个是上洲倾力培养出的天骄中的天骄，她是不敢惹他太过。

南颜也没有办法，只能起身告退："是贫尼冒犯，这便不打扰了。"

也不知道是不是错觉，她说完之后宋逐的脸色又白了下来。

南颜快步跨出佛堂，想了想这琴毕竟是少苍所想，还是留下一句："贫尼在磬音寺挂单，若帝子愿意一会，贫尼会在后山奉茶以待。"

她说完，怕这人再虎着脸，就连忙离开了。

香案上最后一炷香烧尽，宋逐放下手里的剑，双手撑着地面，心情……十分雀跃——竟然能约到这么好看的女修，师尊，看来我发挥得很好了。

磬音寺后山中大多数禅房都空荡荡的，僧人云游者居多。

南颜一路走来，并无多少僧侣行迹，推开禅房的门，却见嵇炀已久候多时，见她推门进来，放下手中随意翻阅的佛经，目光由上至下打量了她片刻，道："被拒了？"

"那帝子忒可怕了。"南颜坐下来，还有点儿后怕，"我应该听二哥的话的，只是待在他身边两刻钟，我就感觉我好像影响了他的出剑速度。"

"哦？那他如何反应？"

南颜羞愧道："再待下去我怕他打我，我就告辞了……少苍，这磬音寺周围有结界防护，我都没看见你从正门走，你是怎么进到寺里来的？"

嵇炀道："我自称是道生天门徒，同你相识，他们便放我进来了。"

很多时候南颜怀疑他根本就没有失忆，但每每问到，他又一丝口风不漏，她很想详问他，但又想到是自己强挽他一同行走的，便想等到时分别后再解心中疑惑。

"罢了。"南颜又道，"寺里的方丈和我那吃苦师父是相识的，方丈倒是好说话，言圣琴乃子洲所赠，本就不属寺内，往时也有人上门欲求，寺中也并不是不允，只是圣琴有灵，擅动者必遭反噬。”

嵇炀嗯了一声，重新拿起那卷佛经，道：“听狂与病酒，其主均为琴道大成者，病酒即便无主，也不愿屈就庸手，若想收之，多半是要经些考验。”

南颜：“你都这么说了，要不要试一试？我敲木鱼给你伴奏。”

琴道其实并非嵇炀所长，只是彼时地位决定，君子六艺均需精而通之，之所以不惧病酒考验，实是因为他曾蒙人教授时，弹过这琴。

那时，师者尚未有失其心。

“少苍？”

嵇炀收回略略飘远的神思，道：“寺中与未洲帝子有约，由他独占圣琴参悟三月。寺中僧人好说，说服帝子怕是不易。”

南颜听他这么说，便道：“哪能真等这三个月，我后来约那帝子来喝茶论道攀攀交情，如果他今晚不来，我明天再去磨他一回，再不行，我后天再去磨他。”

嵇炀定定地听她碎碎细语，忽而抬手将她脸颊边垂落的一缕发丝拢到耳后，道：“阿颜。”

南颜抬头道：“怎么？”

“你已不是稚子童蒙了。你以佛修自诫，可凡夫俗子，几人能禁得起你这般磨？”

南颜忽然就不敢说话了，她感到嵇炀稍稍抵近了些，在她耳边不远处温声细语道：“我也是会生气的。”

南颜忽然发觉了一件事。

她一直以来把嵇炀视为兄长，如果对方当真是失忆的，那她从鲸舟上与他相见以来，种种黏着他的行径……简直就像是个六根不净的轻浮女尼。

她待少苍，年幼时或有孺慕之思，秽谷一别后，到如今却已全然化为满腔愧悔，黏着他巴着他，也不过是想同他多说些话，想让他找回些旧时的记忆。可少苍是怎么想的呢？从前的他还真实一些，现在相处也有多时了，他却总是无法坦诚以待。

气氛一时凝滞，正不知如何开口，南颜忽察一股气息来了禅房外，来了之后竟也不说话，伫立在门外。

“是那帝子……竟然来了。”南颜抬眼一看，外面天都还没黑，连忙拉起嵇炀把他推到一侧屏风后。

嵇炀轻叹一声，道：“早知便看破不说破，才说破，这便忘了旧人。”

南颜又把他往屏风里推了推，道：“你用银鲛珠藏好，别说了。”

“为何？”

南颜数度张口，半晌，憋出来一句：“……坏我修行！”

她说完，转身去开门，不知是不是听错了，总觉得身后传来一声轻笑。

南颜深吸两口微凉的空气冷静了一下，重新挂上一副六根清净的神态，一开门：“帝子愿意赴约，贫尼不胜荣——”

南颜话没说完，迎面扫来一道飒飒剑风，定睛一看，那未洲的帝子突然在她院子里练起了剑。

——果然是剑中痴者，在别人的院子里都能随时随地练剑。

南颜默默把门关上，怀疑自己看错了，听见外面没有再舞剑后，重新打开门，这一回，对方总算正常地出现在了门口。

宋逐因为太过紧张，在门外耍了一套剑冷静了一下，见她开了门，绷着一张脸，道：“真圆师太，宋某赴约来了。”

“真圆师太”险些失态：“帝子叫我什么？”

宋逐来之前向庙里的僧人四下打听，大家都说师太是对女佛修的最高尊称，看南颜反应好像不太对，忐忑道：“不对吗？”

南颜眼神复杂地看了看对方，道：“帝子多礼了，请入内。”

宋逐正襟危坐，余光里看见南颜一身素白禅衣，挽袖斟茶，举动之间无一不美，一颗心立时好似浸在温水里，慢慢有些化了。

而一侧的南颜，纵然觉得和这个帝子聊得心脏发梗，但仍试图挣扎。

“此茶产自凡洲，与其余茶种不同，依荷塘而生，炒制后，茶叶如鸦玉，汤色却如碧玉，名唤‘荷前墨玉’，不知可还入得帝子之眼？”

宋逐心想得给她这个面子，端起茶盏，称赞道：“好茶。”

南颜：“……好在何处？”

宋逐如实说出心中想法：“够绿。”

南颜为免在说到主题前被他聊到噎死，最终放弃了和他层层递进话题的方式，直接谈起了琴的事。

“帝子可知佛堂中那张‘病酒’的由来？”

“知道。”宋逐有些不敢直视对方，只能盯着旁边的屏风道，“那是道生天玄宰之物，数十年前我曾有幸随家师一会天下师，彼时他奏琴，能引得百鹤争鸣。”

道生天是天下大道发源之地，故道生天的宗主，世称玄宰，而天下师是一个世袭的称号，每一任道生天的宗主，承此尊号，都必有与这个称号相对应的惊世之才。

南颜看宋逐不看他，而是扭头看着旁边的屏风，心中大惊，万万没想到银鲛珠这般神物还有失手之时，这剑修果然可怕。

唯恐少苍被他发现，南颜一时情急，撑着茶案两边朝宋逐微微倾身，声音放快："实不相瞒，我有一兄长素好丝桐弦乐，愿为帝子引出大道之音，不知帝子可愿允他一试？"

宋逐感觉自己现在正在被架在火上烤，他都能嗅见南颜身上淡淡的帷香，对方还在靠近。

——师尊我好慌，去年找道生天的人算了一卦说今年有望遇道侣，莫、莫非就是……

"帝子若为难，自可说出，若有任何条件，贫尼愿倾力一换。"

南颜心惊胆战地看他盯着屏风的方向目光灼灼，就在他似乎要点头前，忽然一声轻震传来，好似磬音寺的结界被什么人冲击了一样。

宋逐立即站起来，道："有人想来闯寺夺圣琴？"

南颜闻言，瞬间神识扩展，竟发现有上百道强横气息逼近磬音寺前。

"辰洲欲追查擅闯玲珑京遗址之人，请方丈行个方便！"

门外与宋逐同来的剑修来寻他，急急忙忙道："帝子，那辰洲帝子突然来此，说是要进寺内拿人……好像其中一位，就是真圆师父。"

南颜没想到辰洲的人追来得这么快，刚想出口解释，就见宋逐大怒，立即提剑在手，道："辰洲之人素来霸道，尤其是这新封的帝子穆战霆，欺人太甚，师太莫慌，我这便去教训此人。"

剑修素来动作极快，转眼间已御剑飞出山门，只留南颜一人震惊不已。

新封的帝子？穆战霆？

辰洲与未洲是累世的冤家。

未洲以剑修闻名于世，剑修向道之心虔诚，清名为诸洲所重，数百年前道生天的老道尊尚未飞升时，称赞未洲剑修"松峰缘岳势，清净而有为"。

而辰洲则反之，辰洲敖氏，乃真龙后裔，血脉尊贵。敖氏盘踞于此，戮力经营，令辰洲财力物力远胜诸洲。

未洲认为辰洲以物力堆砌修为乃大道之耻，而辰洲则认为未洲孤芳自赏，双方相看两厌，宋逐看穆战霆自然也多有偏见。

宋逐一出磬音寺，就看见穆战霆在那里砸门，二话不说一剑劈去。

穆战霆险险一闪，骂道："我找我的人，你有病？"

宋逐怒道："佛门清净地，圣琴在前，如此无端喧扰，成何体统！"

穆战霆急着找嵇炀等人，已快马加鞭赶了两日，终于查到他们的行踪，心急火燎地赶来，又遇人拦阻，脾气一上来，恼道："滚开！否则山海禁决前，爷不介意跟你现在就分生死！”

穆战霆带来的辰洲修士和宋逐身边的未洲剑修立即各自散开。

诸洲帝子身上各有其背后的一洲之主留下的神念，诸洲帝子间鼓励切磋竞争，但若帝子之间的战斗有人插手，插手那人则会被帝子身上的神念记住，重则当场被神念镇压而死。故而，帝子之间的争斗无人可插手。

这在上洲是常识，就算魔修也不敢随意插手……但有人不知道。

二人斗得正酣，从山门外打到山门内，忽然，远处轰然袭来一掌，角度刁钻地隔开二人。

穆战霆只觉得一股浩渺又刚锐的佛力炸开，虽伤不到他，也足令他惊讶，抬头望去，只见宝殿前，立着一个带发修行的女尼。

女尼一开口，不是阿弥陀佛，而是：“你们不要再为了我打架！”

“……”围观的修士瞬间呆住，“这女尼完了……龙主加上未洲剑雄的神念，她只有筑基，怕是要当场神识崩溃而亡！”

说话间，穆战霆与宋逐身上分别出现一条龙和一把剑的虚影，双双指向南颜。

宋逐身形立即暴退，试图压制师尊所留神念，对南颜厉声道：“离远些！”

穆战霆同样想压制，但他身上的神念极其暴躁，当场冲出似要撕碎南颜。

“我压不住！你快跑吧！”

南颜隐约觉得自己闯祸了，就在两道神念压身的刹那，突然身后一声泠然琴动。

那两道神念忽然一转，从南颜身侧擦过，那条龙随即似有灵性般看清南颜面容，同时一滞。

“你……”

南颜隐隐听见极遥远的地方有人震惊出声，尚未反应过来，磬音寺的钟却响了起来。

那钟声毫无章法，唯有寺中出了极大变故时才会如此。

“怎么了？”南颜传音寺中方丈，却毫无回音。

好像是突然间，磬音寺的结界就从清圣佛光变成了阴惨惨的模样，同时寺院墙边浮现无数梅树扶疏的影子。

“帝子？！”刚刚他们二人动手，所有外来的修士都在山门外，此刻竟然发现进不了磬音寺。

所有攻击打在寺院周围的梅树虚影上都被化解。

穆战霆一脸茫然，宋逐却道：“病酒自发护界，有人动了圣琴。”

哎呀，被发现了。

其实在他们打得正酣时，南颜就知道嵇炀去了放置圣琴病酒的佛堂。只是……

南颜抬头看了看磬音寺上方的诡异情状，天知道嵇炀做了啥。

南颜总有点儿不祥的预感，立即闪身回到放置病酒的佛堂，却见那佛堂上方的天穹，出现一轮圆月。

今日明明是下旬，只有弦月，哪里来的满月。

当时黄泉镜的幻境，也是这样的。

现在这情形……应该是少苍用黄泉镜策动了病酒琴。

“少苍？”南颜往佛堂里传音，却没人回应。

片刻后，宋逐和穆战霆也到了，二人看见这诡异情形，也是一阵茫然。

“这寺内的僧人呢？”

四下找寻了片刻，倒是见到一个僧人，只不过僧人紧闭双目，怎么叫也叫不醒。

“方丈也不见了，难道清醒的就只剩下我们了？”

穆战霆没有忘记来这里的初衷，趁机蹿到南颜面前，忽然目光一凝，从她衣袖上捻下两三根雪白柔顺的白色兽毛。

“你……你是……”

南颜心头赞扬大哥情深义重，这么快就认出来了，道：“没错，就是我。”

穆战霆心想面前这是个佛修，而殷琊是个会寻宝的狐狸精，结合黄泉镜被带走的事，穆战霆觉得自己茅塞顿开。

“竟敢胁迫我兄弟和狐狸精为你寻宝！嵇炀呢？你这个‘衣冠禽兽’的贼尼快把我兄弟交出来！”

南颜表情绷不住了：“你喊我什么？”

那边宋逐斥责道：“竟对真圆师太无礼，不知所谓。”

穆战霆：“贼尼快把我兄弟交出来！”

南颜再一次感到修为的重要性，如果她是个元婴，她就能把这两个满嘴胡言乱语的东西都杀了。

此时，佛堂有了动静，一排僧人陆续从侧门而入，一走入佛堂附近，就身形幻化，变作一个个宫装仕女。

又是黄泉镜的幻境……少苍在用黄泉镜还原病酒琴的旧事。

“欸你怎么变……”

南颜忽见穆战霆和宋逐都讶异地看着自己，发出一声轻疑，就看见自己身后浮现一株梅树，枝条扶疏间，身形起了变化，白色的禅衣变作了绣着合欢花与重明鸟的华丽裙裳。

南颜知道自己这是又被黄泉镜控制了，只是不知道这回被强行扮演的是谁。

佛堂前的梅树掩在迷雾里，南颜缓步走入，隐隐看见有人正爱惜地擦拭着一张琴。

从背影看，正是南颐。

“我和敖广寒打了十天才骗来的映月梧桐木，你竟拿去送了人？”

南颜听到自己口中说出来的声音，心头巨震。

这声音……是她娘。

“长姐，则唯乃我的好友，世上再无第二人能如他这般懂我琴中之道。何况当年我们年幼无知，他只不过出于道生天的律条，才训斥你，这么多年过去了，你总待他如此冷淡，未免不公。”

南颜听到自己发出一声轻嗤：“应则唯和我们不是一辈人，他是道尊嫡传，再过两年，我们均要尊他为天下师，天下大事有得他忙的，又非要和你扯关系……我不喜欢他。”

南颐轻叹，道：“父亲在时，则唯曾是他属意许给你的道侣。”

“父亲让他来管我？想都别想。”

南颐知道他长姐的任性，笑着摇了摇头，又忽然起身道：“是则唯好友来了。”

南颜看到，梅树林那头，徐徐走来一位抱琴的文士。

他的发丝已渐有霜白，但面貌却十分年轻，抬眸时，目光先是扫向她，灰色的仿佛藏着混沌的眼睛映着一方明艳炽烈的色彩，似乎渐渐有了光。

“逸谷兄。”文士微微颔首，姿态带着一种熟悉的矜持，随后转向她，“娆娘，冬安。”

娆娘，南芳主，南娆。

南颜有一种直觉，她觉得这个文士一定是嵇炀幻化的，举手投足都带着一种优雅而清贵的感觉。

“则唯兄甫做了新琴，名曰病酒，阿姐可要听一听？”

南芳主倒是耐性耗尽，转身道：“不了，我素来不喜这些，还不如去找孟霄楼聊天，告辞。”

她转身离开，南颐满怀歉意道：“家姐近来连番被斯缠，故而迁怒。”

“无妨。”文士垂眸拨了拨琴弦，道，“娆娘率性，无缘不必强求，我并未放在心上。”

他说着这样释然的话，那双灰色的、无神的眼睛却是凝视着南芳主的背影，分明写满了无尽的渴慕与贪婪。

画面到这里戛然而止，幻境也散去，南颜回头时，那文士果然已经不在，原地只有抱着琴的嵇炀。

嵇炀仍然在凝望着她，看她的眼神和刚刚那文士……竟有种令人悚然的相似。

南颜与他对望间，旁边围观已久的二人终于可以动了。

宋逐一脸蒙，他听见了自家师尊孟霄楼的名字……能与他同辈的，那就只有传闻中闭关已久的南芳主。

刚刚那位竟然就是南芳主？

“你们到底是……”

“实不相瞒。”嵇炀施施然抱琴起身，道，“我等为南芳主在凡洲被杀一事，欲向上洲寻个真相。”

嵇炀似乎并不是对他们说的，在他说完这句话后，现场骤然两股无匹压力降下。

尤其是穆战霆身上那道龙影神念，怀着莫大暴戾之气。

“区区蝼蚁，安敢妄言上洲之主生死？”

嵇炀不卑不亢：“龙主若当真不信，我此刻已死。”

虚空中的龙影沉默数息，因过于愤怒，声音有些颤抖。

“本座先去召集相关之人，三个月后，龙都相候！”

宋逐一天之内接受的讯息太多，一时间有点儿消化不过来，一会儿是病酒琴里见到了寅洲那位尊主，一会儿又听说尊主在凡洲被杀了，听龙主神念的意思，还要召集不少人共议此事。

他可是听说南芳主只是二十余年前闭关了而已，为什么龙主一听她的死讯就相信了？

这会儿，刚刚在幻境中被迫演了一回南颐的磬音寺方丈获得自由，调息片刻，看着嵇炀的目光虽不见怒色，却也有三分忌惮。

“敝寺素来与外界无争，施主今日揭出之事，恐非敝寺所能接触。”

嵇炀道：“我自凡洲来，乃是为查找南芳主被杀一事的真凶，今日病酒所示幻象虽有疑点，可惜此琴前主行事缜密，无法获知更多个中细节。这便原物奉还，请方丈见谅。”

他将病酒奉至方丈面前，可方丈神色变幻了一会儿，却是没有接。

“这……”

事关寅洲之主被杀，这等滔天大事，小小磬音寺怎能管得了，昔日引以为傲的病酒琴，此刻却成了一个烫手的山芋。

最难受的是，他还不能斥责这个惹祸之人……毕竟，连辰洲的龙主都开口说三个月后要见到他。

一旁的南颜多少看出方丈心思，出声垫了个台阶：“方丈不必发愁，若方丈愿信，晚辈愿代方丈作为监督，将病酒暂时借他，与他一同调查此事。期满之后，自会将病酒奉还。”

病酒当年寄放在磬音寺，就是为它寻新主，若是有人能弹动它，尽可将其带走。

此刻南颜站在卯洲的立场上提出要为寺中监督嵇炀的行为，方丈多少保全了颜面，道：“事关重大，卯洲与寅洲一衣带水，自当协助。真圆，你为嫡传弟子，此事便交你，愿风波早平。”

南颜瞥了一眼嵇炀，后者对她笑了笑，她心里……翻江倒海。

嵇炀有点儿狠，其实他们都知道，磬音寺不可能因为一个外来的修士能弹得动病酒就随随便便让他们带走……所以嵇炀直接把事情弄大，大到磬音寺和未洲的帝子都惹不起这个麻烦，最后磬音寺反而会迫不及待让他们把琴带走。

有时候，这人的想法不能用常理揣度。

南颜勉强跟上嵇炀的思路，送走方丈后，正想回头去找穆战霆，却不见了他的人，只有一侧的宋逐看着自己，一副欲言又止的模样。

“帝子有事？”

宋逐先是拧眉，随即道：“我师尊如今在未洲葬剑窟闭关，神念虽自发，却未必知晓个中详情。”

——果然是个心思细腻的帝子，和大哥那种的完全不一样。

南颜现在还认为宋逐是个不好哄骗之辈，当下小心翼翼道：“所以？”

“此事事关重大，我需将今日种种面禀师尊。”宋逐心里苦楚，毕竟刚想和真圆师太进一步接触，就发生如此大事，现在没办法只能暂时分开，“三个月后，辰洲一会，我会寻你。”

“找我是……”

“喝茶。”

宋逐说完，转身离开，离开前，最后还深深地看了一眼嵇炀……他总觉得，这人有点儿眼熟。

一侧的南颜毛骨悚然……他莫非已经看穿了我和少苍一唱一和，故而有此一说?

嵇炀缓步上前，微微倾身问道：“阿颜何以目光灼灼于他？”

南颜：“此人心机智慧，恐怕远胜你我。”

稽炀："……何以见得？"

南颜："在他面前，我所思所想，似乎皆被看穿，若大哥成了帝子，此人有这般智慧，必是劲敌。"

稽炀并不是第一次见到宋逐，他当年参与帝子竞逐时，宋逐就已经在了，同他算是同辈人。

至于宋逐的心性……稽炀看着南颜谨慎的神情，决定暂时不告知她。

"话说回来，大哥呢？"

南颜见到穆战霆本来是很欢喜的，只是万万没想到，穆战霆见了她，没说两句话一口一个贼尼，气过之后，觉得还是要将事情说清，散开神识四下探寻，终于在一侧墙边察觉了穆战霆的气息。

二人故意掩息靠近，却见穆战霆不知道哪儿找了一篮子佛香，一把一把地烧着，口中念念有词。

"南颜她娘，看见你今天显灵我也不好受，这么些年我身在辰洲心在凡，偶尔派人打听南颜的行踪，还特地画了张图让他们照着找……"说着，穆战霆找出一张他亲手绘制的《千里寻妹图》，画上女孩体态雄壮，不知道是不是故意的，脚丫被画成了猪蹄的模样。

南颜："……少苍，把黄泉镜给我。"

黄泉镜每日只能使用一次，今日已用过了，再用只能当作普通镜子。

稽炀对穆战霆的思路也是不太能理解，依言把黄泉镜给了南颜，后者接过之后揽镜自照，模糊的镜面上映出一张殊美如幻梦的面容，她面无表情地道："他是不是忘记了，人是会长大的？"画成这么个鬼样子，能找到个鬼。

稽炀笑而不语，南颜就很气，一把揪起穆战霆道："别烧了，你就不能看看我是谁？"

穆战霆道："你是贼尼。"

南贼尼暴躁道："我是你大爷！"

穆战霆："你怎么还'舌灿莲花'呢？"

稽炀怀念地看着他们胡闹，就在穆战霆心头疑惑，觉得眼前这场面有点儿熟悉时，他方出声解释："她时常说，你当年同她比抄字，她比你写得好，你比她抄得快，一笔'永'字从来都是写作七画，不知如今的字可练好了？"

穆战霆如梦初醒，怔怔地看着南颜，半晌，他道："你是南颜？你是不是夺——"

南颜："没有夺舍，我连脚底板的红胎记都没挪位置，要不要踢你一脚你看看？"

——为什么除了少苍，每个人都要问她同一个问题？

穆战霆退了两步，惊疑不定地看着她："真是南颜？"

南颜幽幽道："你们就没有一个人考虑过，我是通过勤奋修炼把肉炼化掉的吗？"

穆战霆："你怎么可能戒得了饭？那卤猪蹄，那红烧肉，那酱蹄髈，你都忘记了？"

南颜清心寡欲道："阿弥陀佛，小妹如今皈依我佛，身心皆清，口腹之欲已诱惑不了我。"

穆战霆的目光又放在她一头柔顺的青丝上，道："那你的头发是真的吗？会不会我一扯，你就露出一个光头？"

南颜："……执迷不悟，贫尼今天就度你成佛。"

第七章　黄泉镜变

你看二哥怎么样？不只够细心，还够戏精。

与此同时，百里外的一座山丘上，从日出到日落，都盘旋着一股庞然灵气。

山底下路过的有修行的低阶佛修，远远见到此灵气盘旋，猜到是哪个修士在这里晋升，纷纷停步在外围十余里的地方打坐。

修士晋升的瞬间，会扩散开庞大的灵力，低阶修士打坐吸收后对己身修为极是有利。

修行的时间总是匆匆，不多时便入了夜，此时一轮弯月高悬，月光澈然洒落山丘上，远处打坐的僧人神识不足以突破那晋升修士设下的结界，但很快，他们也看见一道白衣人影登上山丘顶。

白衣胜雪，衣带当风，隐约见得长发飘拂如仙子。

佛修心里想：这多半是位女菩萨了，却不知，她为何不在洞府中晋升，而是在山顶观月。

观月的女菩萨望着月亮，周身散出幽幽紫光，幻花流景连连浮现，同时天空薄云聚拢，只留下一轮清月，而月光也在此时落在其身上。

“奇也怪哉，其他修士晋升境界时均需盘坐洞府一动不动，怎这位女菩萨晋升，却要引月吸云，还召得如此异象？”

那低阶僧人疑惑间，忽然神色一变，周围涌来两三强横气息。

只见是两三外洲来的修士，他们本就已经结丹，神识肆无忌惮地扫去，忽然个个面露兴奋。

“还以为是什么至宝出世，原来是小小筑基晋升结丹……这股妖气，莫非是只化形妖修？”

“妖修妖兽都是妖，待抽其真血挖下内丹，还能烙下奴印收为妖宠。”

“只是看他周围竟有佛言枷锁，不知是不是有主的。”

“不过是筑基期的佛言枷锁，抹掉便是，我正好缺一颗。”

僧人见那几个结丹修士说那女菩萨乃是个妖修，一时有所迟疑，但仍是出口道：“诸位前辈，卯洲乃佛门净土，举头三尺有佛陀，请勿造杀业。”

虽然是在卯洲的地盘上，但到底是结丹修士，对区区一介炼气佛修自然不屑，道：“天生万物，能者得之，待你修至结丹，才有资格置喙！”

言罢，他们身形一掠朝山丘顶上飞去，手中法器各提在手，蓄势杀向山顶上的妖修。

妖修晋升正是关键时，若被打断必受重创，众结丹修士也是这么想的，可杀至百步之内，忽觉情状有异，抬头一看，个个面如土色。

“他才只是结丹，怎有可能现在就出天劫？！”

可是现在想退已经来不及了，转眼间，上方云层旋搅，一道蓝雷在云中如毒蛇般游弋片刻，雷霆劈下，本是只击在受劫的殷琊身上，然而周围结丹修士离得太近，瞬间四面八方分散开去，离得最近的结丹修士来不及施展防护，当场被劈为飞灰。

后面的修士立即喷出精血施展血遁，也只堪堪逃出一个，狼狈回头时，只见一片蓝光电闪里，一头七尾妖狐虚影在殷琊身后巍然而现。

“那是……”

那结丹修士回头看了一眼，就觉得那妖狐狐瞳宛如近在眼前，顿时一股猛烈吸力袭来，竟似要将其魂魄尽数吸走一般。

而就在他三魂六魄离体刹那，殷琊周身佛言枷锁突然亮起，虽十分薄弱，但成功让殷琊从小天劫过后的失神中清醒过来。

那结丹修士回神，惊恐地远离。

殷琊徐徐睁眼，体内磅礴的妖力昭示他已晋升更高一级境界，再一看内丹如紫晶剔透，神识铺开，足可探查方圆五里，而妖体同时受到卯洲佛气与天劫劫雷淬炼，足以媲美同阶以防御闻名的象妖。

殷琊四周看了看，足尖一点从山顶飞下。路过两堆被劫雷打成焦灰的尸身，他面露嫌恶，最后徐徐飞向不远处看得一脸呆滞的炼气佛修那里。

“喂，你帮我一个忙。”殷琊落在他面前，表情森然。

炼气佛修不禁瑟缩了一下，心想这妖修刚刚被打扰，多半是想追杀刚刚那已经逃跑的结丹修士，视死如归道：“佛祖说要慈悲为怀，小僧……小僧是不会透露他的行踪的，还望施主不要妄造杀业。”

这小和尚说啥呢。殷琊诡异地看了他一眼，一拍乾坤囊，拿出一面巨大的水镜塞到他怀里：“抱好。”

佛修茫然地抱好，随后就见殷琊脱掉被天雷打得有些发焦的外衫，拿出一把剪刀细细将缠在一起的发梢剪好，足足打理了一个半时辰，才勉强满意。

“喂，你们附近的磬音寺有沐泉吗？或者附近的也行。”

佛修呆滞——现在的妖修晋升之后难道不是要先稳固境界吗，为啥要先梳妆打扮？修个道要修得这么精致的吗？

小和尚哆哆嗦嗦道：“磬音寺没有，往东北方寅洲方向去二百里，却是有一眼般若温泉可待外洲客人……可前辈，修士用净衣洗尘咒不就好了吗？”

有净衣洗尘咒在，如非个别奇葩，修士素来都是衣履干净整齐的，但殷琊却断然拒绝。

“不行，用咒洗不干净，般若泉是吧，多谢。”

精致的修士，拒绝用咒打扮。

殷琊晋升之后，只觉浑身神清气爽，待飞至磬音寺前，远远见到一大拨人围在寺门口，都在观察寺内的动静。

他收敛妖气，徐徐靠近，问道：“这位道友，我慕名去寺里礼佛，里面这是什么情况？”

围在寺外的辰洲修士一脸纠结：“不知道呀，刚刚还看到帝子被那个假丹女修按在墙上打，还不让我们出手……欸，你不是？”

寺外的修士齐齐看向殷琊。

殷琊一脸蒙。

“在玲珑京取走黄泉镜的就是他！抓住他！”

龙都修士：“其实，帝子他自从来了辰洲之后，就极少展颜。”

殷琊：“我觉得看他哈哈哈的样子不太像。”

龙都修士：“灵石宝物、名利美人都难换他一笑，今天还是第一次见他笑得这么开怀。”

殷琊：“可是他正在被打，被打得越狠越开心，你们就不觉得奇怪吗？”

龙都修士：“只要帝子开心，受这点儿罪，我们也不在乎。”

殷琊："哇大哥，受罪的是他好吗，你们辰洲修士有点可怕。"

而另一边，直至打坏了磬音寺三面墙，战声才稍歇，南颜一个筑基修士打结丹修士，自然伤不到他什么根本，可穆战霆出来的时候眼窝也没少发青，不过幼时友朋能在这上洲之地缘聚一堂，再痛些，也是痛快。

"狐狸精你也在呀，听阿颜说后来是你救她离开秽谷的？你这头狐狸也不坏嘛。"

殷琊被龙都修士送过去，翻了个白眼道："你还真是命大，若当时你那仙品灵宝在我身上，你怕是没这么好的运气了。"

穆战霆哈哈一笑，对跟着他来的龙都修士道："你们先回去吧，我们叙叙旧。"

"可帝子，那黄泉镜之事……"

"龙主都没催，想来也不急着要，我看着就好，你们回辰洲吧。"

龙都修士面面相觑，道："可自前任帝子被刺杀以来，龙主不允你单独行动，若被魔修所趁，我等难辞其咎。"

"魔修想杀我，辰巳战场上不杀，跑到寅洲卯洲来杀……算了算了，今天我心情好，你们暂且离开，闲事明天再谈。"

穆战霆兴致高昂，丢下龙都修士，硬说要寻个酒池肉林之地。

南颜说卯洲遍地和尚庙，哪里来的酒池肉林之地，要喝滚出寺庙喝。而一边殷琊想起之前小和尚推荐的般若泉，私心实在想泡澡，一顿好说，便将他们骗去了那处。

二百里的距离，对结丹修士不过一盏茶的工夫。

般若泉所在之地乃是一片葫芦形的山谷，山谷两侧遍植一种喜温的紫叶菩提，其中大大小小分作上百口泉池，池水蒸腾。

此地主人修为不过筑基初期，见了这些高阶修士来，连忙请到一侧亭下。

菩提叶凝水雾为雨，泠泠有声，虽无好肉，却胜在自带灵酒，三两杯急罚盏，难得人间几度欢。

"……接着，我就打算去找舅舅，等找到了他，解决了二哥的事后，就去赤帝瑶宫。只要确认是赤帝瑶宫的人把我娘的遗体带回去的，我就放心了。"

殷琊要救族人，南颜要寻亲，穆战霆在辰洲也要因为龙主的恩情竞逐帝君之位，其中或有千头万端，或荆棘坎坷，但彼此听闻，均有良言相谏。

"北海的事我有听龙主说过，他偶尔也会去北海封妖大阵附近见一个人，我想那应该就是你舅舅。封妖大阵只能禁锢元婴期以上的妖物，而其余妖物虽出不得北海，但在海中仍可兴风作浪。"

殷琊对南颐心怀怨怼，他出生时日尚短，只记得有琴音镇压整片北海，低阶的妖族根本不敢浮出海面。有想上岸的，则会一律被诛杀。

不过他幼时灵智刚开，在封妖大阵中曾受其他妖族欺负追逐，被逼得浮上海面，隐约看见一侧悬崖边，有一个人双手被长长的锁链拴着，手头轻轻抚拭一张旧琴。那人随手一拨，追打他的那些妖族都死了，却放过了他。

殷琊对南颜的舅舅固然是有立场对立的恨，却始终记得这一份慈悲。

穆战霆没有注意到一侧殷琊变幻的神情，继续道："那北海原来是妖魔肆虐之地，自从北海有这个人镇守后，沿海一带再也没有妖魔侵犯，甚至有凡人愿意定居在旁。又有病酒琴在，想见到他应该'在此一举'。"

殷琊终于感受到南颜对她大哥的绝望："轻而易举好吧，你不会用成语就别勉强用了，旁边人听着多累。"

穆战霆："你这话就不对了，做人要'不耻下问'才能有进步，不能你对我'嫉贤妒能'，我就要'一败涂地'对吧？"

殷琊："行行行你说你说，我不吭声了。"

"你见到你舅舅之后，如果想去寅洲的赤帝瑶宫，我觉得你还是不要先暴露你是南芳主女儿的身份。"

南颜道："为什么？"

穆战霆拿出一张看起来就极其贵重的墨玉玉符，注入灵力，浮现一些虚影。

"我来辰洲后，龙主第一件事就是逼着我把各洲的世系表死死记住，如果到时候身份证明，你确实是南芳主的女儿，那就是赤帝瑶宫的唯一的帝女。"

古早之前，上洲各分其域，那时人族的修士尚在凡洲修行，时有多位大能修士，俱是化神修为，意欲渡瀚海远征。当时最为著名的，有后来的道生天之道尊岁寒子，愁山梵海的佛忏主，辰洲的老龙主与龙后，再就是赤帝南决云。

赤帝性情在诸大能中最为暴烈，与同辈对赌，只身屠灭当时盘踞寅洲的妖国，改妖国为寅洲，妖国被逼退至寅洲以北的边隅，不得不献上王女向赤帝求和。

赤帝受降，遂封王女为妖后，妖后生下一女南芳主，抑郁而终，多年后，赤帝又续娶申洲名门一妃，封为云妃，后又得一子南颐。云妃出自人族书香名门，对南颐均以人族经典教习之，而赤帝则对南芳主放纵溺爱，致使云妃一直不喜南芳主。

"原来舅舅和我娘不是一胎所出，可看黄泉镜内的幻境，他们关系似乎还不错。"

"话是如此，可现在赤帝瑶宫主事的正是云太妃，按理说现在诸洲之主都需对她礼遇三分。你又不知道你爹是谁，云太妃看重规矩，多半会因为南芳主为难你，尤其是你现在长得又像你娘……"

南颜："我长得像我娘怎么了？女儿长得像娘还不行了呀？你眼瞎看不出来就算了，还凶我贼尼！"

"其实这也不怪我，你这个模样，谁看谁都觉得是夺了舍，嵇炀，你也是吧？"

嵇炀一直没怎么说话，只是淡淡笑了笑，一侧南颜道："少苍从秽谷脱险以来应是脑识有损，以前的事均是我一一告知他的。"

"难怪一直不吭声，我偷偷告诉你，南颜以前买闲书怕你发现，觉得最危险的地方就是最安全的地方，其实都是塞在你床底下的。"

南颜叫冤："我哪有，再说，我的书你就少看了？你不只看了，学到了成语还来折磨我。早知就不来卯洲了，我有二哥，二哥比你好多了。"

殷琊欣然道："你说我哪点好？"

南颜道："你哪儿都好，屁股特别好摸。"

殷琊："……你是不是想讨打？"

穆战霆倒是好奇，在南颜撺掇下，两人按着殷琊灌了几大壶灵酒，不一会儿，狐狸精就醉眼迷离，身子周围起了紫色幻雾，化作一头白狐。

穆战霆："哇。"

南颜："哇……一二三，结丹期就七条了，二哥好棒！"

穆战霆素来没有什么自制力，和南颜齐齐扑进软乎乎的白毛里，一个埋进肚皮，一个埋进尾巴里，滚了三滚，就彻底瘫在那里，借着酒劲上来就开始说胡话。

"温柔乡啊温柔乡，我愿老死于此。"

"不愧是狐狸精，根本抵挡不住……吸。"

嵇炀放下酒杯，眸子里映出醉成一团的三人，徐徐转身走出去。

他沿着石梯一直下到谷底泉眼处，在一处冷泉前稍稍驻步。

此时无风，泉水如镜，映出他漠然的神情……不多时，他看见泉水中的人影忽然笑了。

"……你很想要她吧？那时候，知道她仍那般喜欢你，你很欣喜的吧。"

"不能欣喜吗？"

"师者所授，从来便只是操控人心之道。还有同命锁这桩情在，你应是能拿捏住她了，无论是到时让她以南芳主遗孤的身份出面指证，还是有其他需要皆可随时讨情，按道生天的教导来说，这已经足够。"

"既说了是人情，何必锱铢必较。"

"可你似乎有些沉溺于男女之情。"

一句"男女之情"，水中的影子与岸上的人同时静默。

半晌，嵇炀徐徐道："不够。"

青梅之情，不够。

患难之情，不够。

孺慕之情，不够。

呼之欲出的答案，引得水中的心魔之影一声嘲笑：“那什么才是够的？”

水面之下似乎开始沸腾起来，一些幽暗的鬼影在水下浮浮沉沉，那些是阴祝，是人世间绝大多数执念的聚合之物。

心魔按着心口，眼里似有一条冥河在流转。

“我听见了，你在自制，你想要撕碎她的禅衣，啮噬她的表象，控制她的七情……是不是唯有这样，你焦渴贪婪的胃口才会被填满？”

句句都是充满诱惑的诛心之问。

“此问，有失君子之礼。”嵇炀俯身，拨散水中的心魔之影，震荡间，轻声低喃，“至少我和师者不一样，她的安宁与公义，同样为我所悦。”

就在水面从破碎的状态，渐渐重新合为一面水镜时，镜子里悄然映出第二人的影子。

“少苍。”

似乎是回应他出来求食的心魔，嵇炀感到一个柔软的身子依在自己背上。

“阿颜，出家人饮酒乃破戒，我是否可认为，其他戒律于你，也是可有可无？”

南颜眼睛稍稍有些湿润，不自觉地趴在嵇炀背上，呼吸间，热气喷洒在嵇炀背后蝴蝶骨中央，压低了声音道：“我是造业之路，多一业，少一业，都不过是地狱浮屠之地……少苍，少苍呀。”

她一连喊了他许多次，嵇炀都没有应声，片刻后，他直起身，转身将南颜半拢在怀里，语调温沉道：“阿颜，可倾心爱慕过什么人？”

南颜的眼神迎上去，略有清醒，但神志仍不失。

“佛者，爱世间之众生。”

嵇炀并未有异议，而是顺着她的话续问道：“我是你眼里的众生吗？”

怎么不是？

南颜混混沌沌地想，少苍是山间月，是夜上星，朗朗如大日灼海，是她永远也不愿相负的人。

她抬眸看着对方似是蕴藏着她读不懂的情意的双眼，不自觉地开口，说的却是远胜于风花雪月无数的誓言——

“我修杀生佛，入黄泉后，承红莲业火，受诸邪反噬。在此之前……少苍，若有一日你失其心，莫忘，我纵入炼狱，仍愿化扁舟于川上，渡你入彼岸。”

她说完，便在嵇炀怀中沉沉睡去。

嵇炀让她倚靠在肩上，眸光望向虚空处，不知对谁低语——

“所以你看……从来不是我心生贪恋，是她抓着我，割不断，放不下。”

菩提树下枝叶轻摇，蒸腾的水雾间，竹篱那侧，传来水声轻响。

高高的竹篱那侧，有神识禁制隔绝，无人可窥探，南颜将身子浸入温水中，青丝在水中浮沉间，被灵酒熏得发昏的灵台渐渐清醒过来。

刚刚，她似乎说了什么不该说的话。她低头在水中隐约看见自己的脸，轻叹一声用手盖住面颊。

修佛修心，十年清修，今宵一醉，仍这般艳异惑人，实在是佛修的失态。

捻着佛珠默念了三遍心经，心底稍静，又忽听一声幽幽琴动，无甚规律，似乎竹篱那头的人仅仅是在试音。

南颜稍稍有些尴尬，虽然知道对方定看不见，但仍是把身子往温泉里沉了沉，出声道：“少苍，刚刚是我酒后失言了。”

嵇炀轻轻擦拭着病酒琴的琴首，出于君子之礼，他虽是合目，却挡不住水声入耳。

修士五识敏感，有时也并非好事。

指尖轻轻按着琴弦，忘了收，回神时已按出个略显狼狈的错音。嵇炀五指轻握，答道：“我知你胸中尚有诸多疑惑，只是我亦有难以启齿之事，若至适当之时，自会坦诚，到时……愿你不轻弃之。”

他什么都不说，南颜尚有忧虑，现在能说出这番话，她心头反而一定。

“少苍素来算无遗策，我就不多问。即便有朝一日你行差踏错，就算所有人都放弃你了，我也一定是最后一个。”

南颜自从见到少苍以来，就有一种不安的直觉，其实这么多年过去了，他们之间的命道已有偏离，看似熟悉，实则还是陌生。

过去是回不去的，只愿将来不要离得太远就好。

说完，她的脸有些晕红，道：“不过，说到底，还是我依赖你多些。大哥所说的，那云太妃恐怕不喜于我的事，我现在尚无头绪。”

“申洲云氏极重门风规矩，南芳主乃一洲之主，与不知名之人结缘，在云太妃看来，应是不能容忍。不过你尚有卯洲愁山梵海这一层身份，倒也无须太过担心。”

“也是，我本意不是想在赤帝瑶宫求取什么名分，只想看看我娘是不是真的被接走了。”说着，南颜声音有些忧愁，“当时你诱得那辰洲龙主的神念出现，我听见他对我娘辞世而震惊时，就有所联想。如果当真是寅洲接走了我娘的遗体，龙主身为一洲之主怎会现在才知道，我想……我娘的事应该另有疑云。”

“想来你尚需发掘你娘生前其他故事，却不知，你娘可有提到过你生父？”

“这……我真的不知道。”南颜从有记忆以来，都是南娆在抚养她。

和其他人家严苛的凡人娘亲不一样，南娆养她时颇有几分孩子气，衣食住行，都要她同样体会。

譬如她六岁时，被私塾的同学推进一条小河，她娘及时赶到，应是施了什么术保住了她的命，而邻居的老奶奶偏要南娆去抓药煎药，南娆不会，还特地把她从病榻上抓起来看人家煎药，两人不但没学会，还差点儿烧了伙房。

同娘亲在一起的日子十分开心，南颜倒也没有太在意生父是谁，如今想想，却是有点儿后悔小时候没有细问。

“当真是忘得一点印象都没有。”南颜抬起湿漉漉的手按了按眉心，道，“只是看我的年岁，应当是近二十年前，我娘才怀上我的，少苍可有听说过南芳主二十年前同谁有过情缘？”

“妄议亡者是非，不合礼数。”

听到他这么说，南颜笑起来，嵇炀以前就是这样在某方面尤其慎言守礼，对她的影响更是潜移默化。

“少苍心中无垢，不必拘于俗礼，我先前在你引出的那病酒琴幻境中，见到一人，仿佛是舅舅的好友，他算一个吗？”

南颜问罢，岂料竹篱那头陷入一阵漫长的沉默，直到南颜再次疑问出声，嵇炀才有所回应。

“少苍，怎么了？”

“南芳主昔年不拘缛节，又尤以美貌倾倒诸洲，仰慕者无以数计。便是如今诸洲之主中，也尚有倾慕者，日后你想必会一一听闻。至于二十年前这个时限，不足以为据，到了南芳主那般修为，就算怀有身孕，也可压制孕育数年甚至十余年。”

“这……”

嵇炀又道：“诸洲之中，与南芳主有过实情者，倒是有三位，一为辰洲龙主敖广寒，其人年少时与南芳主一道听从父命入道生天同修过一段时日，算是青梅竹马，只是二人皆是性烈如火之辈，交手次数比面对魔修都多。”

“哎呀。”南颜想起当时那辰洲龙主慑人的神念，道，“三个月后，我们要去龙都说明情况，那这位龙主岂不会很讨厌我？”

“不必担忧，龙主连带着退聘之宝的穆战霆都能视如己出，若你是这位龙主的女儿，他或许比当年赤帝爱女做得更甚。”

南颜道：“那另一位呢？”

"帝子宋逐之师尊，未洲剑雄孟霄楼，只听说他曾被南芳主坏了剑心，外人传言，要么杀她要么娶她。老道尊尚在时，与赤帝私交甚好，曾属意让南芳主下嫁于自己的首徒，定亲前夕，孟霄楼突然带走南芳主，放言欲私奔，两人还一同消失了三个月。道生天极重名声，这门亲事也不得不作罢……"

南颜脸色复杂："看来诸洲之主，年轻时也是胡闹得不行，只是这般妄为，他们的长辈会让他们继任一洲之主？"

"不知，但最后似乎是在他们各自的师门之人找到他们前，南芳主就把孟霄楼哄骗回未洲闭关悟剑了。"

南颜回忆起宋逐那一心向道的模样，道："我娘应该没那个本事，多半是剑雄在儿女情长中幡然醒悟，认识到剑道比情缘重要，啊，不愧是剑修，值得学习效仿。"

嵇炀又沉默了一阵，道："未洲之剑修，不可轻易揣度。"

南颜又问道："你刚刚说三位，第三位，是幻境中那个叫'则唯'的人吗？"

嵇炀不答，反而问道："阿颜，你来上洲，可知晓当今之修界，何人为最强者？"

"我眼下不过是个假丹修士，并不敢测度上洲大能。不过想来，你刚刚所言的辰洲龙主、未洲剑雄，应都立于修界巅峰。"

"元婴之上，乃化神境界，勘破化神，便可破碎虚空，得道登仙，诸洲之主，皆是化神修为。"

"那……"

嵇炀的声音带着一丝漠然："应则唯，道生天之主，天下诸道之师，当今修界第一人。"

修界第一人！

只听这个称呼，就仿如见高山之巅，不得不心生敬畏。

"道尊、赤帝等传奇，已于七百年前飞升上界，道生天这位玄宰，或许会成为下一个飞升之人。"

南颜心中震撼，本能地放轻声音："那他……"

"我上述所言之人，龙主、剑雄皆有可能是你生父，唯独他绝无可能。"

"为什么？"

南颜刚一问出口，察觉气氛有变，只听嵇炀似乎起了身，走到竹篱前。南颜本能地一抖，抱膝埋入水中，道："少苍？"

"阿颜。"他虽隔着竹篱，却好似近在身前，南颜听见他不知是在掩饰什么，声音有些低哑，"我不是佛修，并不长于禁欲。"

守礼时就很守礼，越轨时，又猝不及防。

南颜不敢说话，脑子里经年累月沉积的梵文化作一片乱星碎光，那靡靡暗示的话语如清逸的月光与狡诈的毒蛇一样，悄然钻入心湖。

“他日你度我时，当心了。”

次日，龙都修士寻来，穆战霆一送再送，磨了许久，说只把南颜他们送到北海一日便打道回辰洲，龙都的修士们这才答应，还特意动用了龙狮战车，不消两日，便驰往了寅洲。

寅洲乃上古妖国，与辰洲繁盛或是卯洲清净所不同，这里处处充满值得探险的古地，是诸洲中古地秘境最多的所在。

寅洲幅员辽阔，修士们出行，首选的并不是耗时费力的空行舟，而是传送阵。

传送阵的布法乃修界发生战争时的机密，为道生天所垄断，就算辰洲，也只有龙都修士可用。不过在寅洲这个曾经是上古妖国所在的地方，传送阵极多，只要寻一座城，缴纳灵石，便可天南地北地传送。

穆战霆身后跟着的龙都修士太多，这么多的结丹期修士一起传送，恐惹寅洲生疑，遂决定只有穆战霆与南颜三人去北海，他们在这里等待三日，如穆战霆逾期不归，才会前往寻找。

南颜初来寅洲，看什么都分外新奇，千里之遥的地方，利用传送阵，半个时辰便到了。

一出传送阵，只有殷琊立即扑到一边的树后干呕起来，南颜对这个精致的狐狸精已经无可奈何，只能把他连拖带背地一路飞至北海边。

寅洲的北海与别处并无不同，沙滩石崖，浩渺无边，四人飞至一处高山上，嵇炀坐定后，并未动手，而是凝视着虚空，似在观察什么。

那一夜般若泉相谈后，嵇炀就不怎么说话，似乎心中有事，南颜此刻见了，悄悄把穆战霆拉到一边。

“你说，少苍是不是紧张？”

“应该是吧，听龙主说，这《静夜谣》是天底下最难学的琴曲之一，听说非得是彻底静心的人才能弹得出。”

南颜有点儿惭愧，觉得自己为难嵇炀了，半晌，想出个办法，把穆战霆和殷琊叫到一侧嘀嘀咕咕。

北海封妖大阵乃道生天巅峰之作，海面上下各有十八道阵法轮回耦合，他虽得病酒，尚需觑准阵法变化的缝隙，才能将琴音送入封妖大阵中令南颐听见。

嵇炀正合目以神念查看北海外围奇异的阵法运转，忽然察觉南颜三人靠近，围坐在他四周，一睁眼，看见他们各自提了只木鱼在手。

嵇炀："你们这是……"

"是不是想不起来《静夜谣》怎么弹了？"南颜关切道，"一定是海浪声太大打扰你了，我们三个围着你一起敲木鱼，我们敲整齐些，你放松找找手感。"

嵇炀按着琴弦的手有那么一瞬间因使力过度而发白，下一刻，他听见身边木鱼共海潮一色，梆梆响作一片，心魔海中阴祝闹动，如坠炼化大阵。

酷刑。

南颜敲着木鱼，眸光湛然："有没有觉得静心了一点儿？"

嵇炀："有，木鱼伴古琴，这等配合前无古人，嵇某灵台已清明。阿颜，收了神通吧。"

南颜谦虚道："我们也是随手一敲，没想到已触摸到器乐一道边缘，下次我们共同探讨一下吧，我还会敲金刚杵和紫金钵。"

厉害厉害，但是他始终觉得，南颜的脑壳有时候比较好敲。

这么一打岔，阵法又转过一轮周天，嵇炀神识一直注意这边，立即察觉有一处阵法缝隙浑然可用，手下拨弦瞬间，却忽听一阵琴声从阵法缝隙中传出。

那琴声……至悲。

南颜也听到了，愕然道："这……是我娘以前为我哼过的小曲呀。"

北海封妖大阵纵横近千里，乃是修界最为强大的封印法阵。海上十八重正道道统，伏魔封妖，海下十八重邪魔道统，以邪克邪。海下昔日妖国之大妖，上不得突破，下受阵法消磨，可谓万无一失，乃是道生天在阵法一道上的最高杰作。

嵇炀观察了这封妖大阵许久，数度按上病酒琴琴弦，两个时辰内却仅仅弹拨了三次。

"如何？"

"……此阵并非毫无破绽，只是它的破绽当世应无人能破。按理说当年南颐受刑，应在阵法核心位置镇守，我等在此处弹奏，这琴音要通过十八重阵法才能到得阵法核心。"嵇炀说完，竟就此收了琴，道，"当下还不好说是否能联系上，应尚需一日，他若听见了，便会以琴语相回。"

说话间，远远有人御剑而来，据那传来的气息，应是五六名结丹期的修士。

"是寅洲的北海巡逻修士。"

四人考虑了一下，暂时躲在一侧山岩礁石后隐蔽气息，不一会儿只见一队红衣丹纹的修士御剑而来，个个负手临风，看起来颇为自傲。

寅洲尚红，但寅洲之风俗，红只能由赤帝瑶宫及下辖宗门的修士穿着，此时这队修士悬停在南颜等人刚刚待过的地方。

“……明日便可轮值了，这一年倒是真够受的，妖气灵气驳杂，真怀念西皇山的灵气。”

他们说完，便立在原地不动，好似在等些什么，不多时，虚空处裂开一道掌宽的细缝，从内中射来一只纸鹤。

纸鹤栩栩如生，扇动翅膀，传出一个温沉却疲累的声音：“有劳。”

那些巡逻的红衣修士纷纷垂首下拜，等到裂缝合拢消失，其中一位修士一把把那纸鹤抓在手心里。

旁边的修士问道：“我们明日便换值了，这都一年了，当真不为他送一次信吗？”

“太妃娘娘说了，他乃戴罪之身，不许为他转达，更不准透露任何南芳主的消息，都快换班了，别惹出事来。”

那修士重新唤出飞剑，道：“南芳主也忒无情了，虽不是同胞所出，但多少也该来探问探问。都二十年了，只顾自己在外面闭关，真是不像话。”

“哎，谁知道是不是闭关，没准又在哪处遇上个可意的了。”

“哈哈，若南芳主看上的是我，给她当牛做马我也甘愿。”

巡逻修士们笑谈走远，一侧的山坳内，殷琊和穆战霆一左一右架住因被辱及娘亲，怒扯佛珠要去打架的血手观音。

“小妹算了算了……”

“对呀，戒嗔！戒嗔！”

南颜面无表情道：“我没有犯嗔戒，我只是想和这些人讲道理。”

穆战霆二人劝说未果，齐齐看向嵇炀，后者道——

“少安毋躁，如此我们也可初步晓得，你舅舅应是这二十年不得出，一直试图与你娘取得联系，可又横遭云太妃封锁消息。权衡一二，阿颜不是更应先告知南颐真相吗？”

南颜熄火，道：“可云太妃又是为何要封锁消息？”

“也许是为了争权，也许是怕南颐得知，不会甘心继续在此服刑。”

说到底，南颐犯下的是屠城的大罪，不被杀掉已经是法外开恩中的法外开恩了，只要在封妖大阵镇守满百年，到时运作一二，他尚可得自由。

南颜开始有些犹豫：“那我到底应不应该告知他娘亲的死讯？”

“你说最后一次见面时，你娘曾要你去找你舅舅，想来另有要事交代，见还是应当见一见的。依先前黄泉镜中所见，逸谷先生却是个心性单纯之人，你让他多知一分，他便会免一分被算计的可能。”

南颜一听，心中稍定，几人从崖上飞下，试图踏入封妖大阵的范围，进去是进去了，可那海水却是分毫碰不得。

所有人都有一种强烈的预感，海水下面有什么东西在遥远的所在窥伺。

“沿着海边走走吧。”

此时海风猎猎，但海浪却凝定不动，在稍稍泛阴的天空下，这场面有一种说不出的诡异。

走过一道峡湾，峰回路转间，几人竟在海面上看见星星点点的渔船。

“欸？这海下面是妖国封印，怎么还有凡人敢在此打鱼？”

几人定睛一看，并非幻象，当真有凡人在此撒网捕鱼，北海下面生灵受妖气滋养，生得极为肥壮，一网下去，足可打到数十条尺长的肥鱼。

运气好的，还会捞到一条一二阶的妖鱼，封在水箱里卖给修士，便可赚得数年家用。

南颜等人走近时，有凡人看他们腰间戴着乾坤囊，便迅速迎上前笑道：“各位仙师看来是刚来的吧，可是要一些北海妖鱼？今日刚巧网上来两条一阶妖鱼，六百灵石一条，比内洲便宜得多。”

南颜本还觉得奇怪，转念一想，这封妖大阵连上古妖物的妖力都能消磨，何况区区妖鱼，此地的妖鱼应该空有一二阶境界，却毫无攻击力，是以凡人也可捕得。

想到这儿，南颜却是有点儿同情殷琊了，他的族人在封妖大阵内，应是不好过。

此时嵇炀上前一步，道：“老丈，我们想探听一些关于银鲛人的消息，传闻也可，价钱好说。”

那老丈一愣，随即笑道：“也是，来我们这北海的仙师十有八九都是为了银鲛的消息，毕竟银鲛可是个宝贝。”

南颜想起舅舅失去的那位鲛人，莫名有些难受，道：“来猎杀银鲛的修士很多吗？”

“您听我们这儿童谣唱的——皮为宁神鼓，油化万年灯，拔鳞造神甲，引血沃心魂，更有鲛心珠，来去任自由。”老丈说完，特地去看他们的神色，却发现他们没有一个人脸上出现贪婪之色，自觉有些无趣道，“二十年前来北海猎杀银鲛人的修士当真不少，不过银鲛人百年都难得见一次，那些修士十有八九无功而返。各位若是想猎杀鲛人，在近海转转便是，只要给巡逻的仙师缴足了好处，他们可任听驱使，但千万别去深海。”

“为何？”

“近二十年来，想进北海深处猎鲛的仙师，没有一个活着回来的。”

南颜等人心头同时想到了南颐。

易地而处，换谁都不会在目睹爱人被当众凌迟分割后，还能容忍其他修士在眼皮子底下猎杀鲛人的。

“那，老丈可见过鲛人？”

“我哪有那福气见过鲛人，倒是村东头有个疯婆子，多年前被修士盘问过鲛人的事，现在也是逢人就说她有个鲛人女儿，仙师若愿意，可前往一寻。”

老丈说完，嵇炀就给了他三块灵石，让他离开了，随后略一思索，道：“这封妖大阵不知何时才会有所回音，不如我们分头行事，那凡人说了这北海对修士有利可图，附近多半有坊市，可一寻入口。而这边尚需对鲛人有所了解，有备无患。”

南颜道：“好，那我与你一同打听鲛人的事。”

四人暂定分头行动，南颜与嵇炀同行。二人倒是不急，等到了村东头，远远见到几个翻晒鱼干的村妇，正要开口去问，忽然一个渔夫跌跌撞撞地奔来。

“不好了！孩子他娘快去看看，咱们娃儿不见了！岸边的船也丢了一条！”

“什么？该不是这两个孩子调皮把缆绳放了吧！”

村民们立即丢下手里的活儿，闹哄哄的一团里，南颜看见有个披头散发的老妪，原本正在翻晒干货，看见一群村民从自己身边过，浑浊的眼神忽然慌乱起来。

“姣娘？”老妪回了屋，似乎没找到人，连忙跑出来，跟着人群的方向跑，“姣娘？你们谁看见我们家的姣娘了吗？”

老妪的声音迅速淹没在一片喧闹里，有些村民看了她一眼，心生厌恶，把老妪推倒在地。

“忙着找人呢，疯婆子别添乱！”

南颜抬头和嵇炀对视一眼，后者轻轻点头，南颜便拉低了帷帽，身形从原地消失，眨眼间出现在海边，神识铺开，探查周围半里范围。不多时便看见海中有一叶小舟，舟上一男一女两个幼童，看样子都只有四五岁大，小舟浮浮沉沉似要翻船，幼童还觉得好玩，在船边咯咯笑着。

这孩子都还太小，几乎没怎么启蒙，也不知道自己闯了祸。

南颜暗自摇了摇头，听见嵇炀远远传声——

“镇兑合虚道，浮空三丈五，可不被阵法影响。”

南颜从不怀疑嵇炀的话，即刻身形一动，岸边观望的凡人们只见一道白虹朝海心飞去，纷纷惊呼出声。

“有仙师出手！”

“是来救我们的孩子的？”

在上洲，凡人虽敬畏修士，但也深知修士素来无利不起早的本心，不敢指望修士主动施救，今日却遇上一位，顿时有些激动。

白虹眨眼间从海心那漂浮的扁舟上一掠而过，南颜一手一个将孩子抱在怀里，正欲回转时，忽闻身后传来一声沉重琴音。

南颜匆匆回头一瞥，只见身后数十丈处，虚空里裂开一道缝隙，一眼望去，缝隙中幽蓝浓暗，一股极寒、极诡谲的气息从裂缝中渗出。

瞬间，南颜发觉自己好似被什么人的神识锁定了。

这神识极其可怕，当时初入辰洲时遇见的海枭城城主神识，与这道神识相比，简直不值一提。

下一刻，海风倏然变大，一下子掀飞她头上帷帽，南颜明显感觉到那股锁定自己的神识震动了一下，凝滞间，虚空中的封妖大阵又起了变化，强行将那道缝隙抹去。

……刚刚那裂缝中似有琴声传出，莫非是舅舅他当真听见了病酒?

南颜悬停了片刻，眼间封妖大阵气息要向她笼来，连忙足尖一点，徐徐飞向岸边。

“我把孩子带……欸？”

南颜还没落地，骤见海边的村民忽然跪倒一片，看着一个个虽跪着，但双手合十，倒不是像对她有所感激的。

下一刻，那走丢了孩子的村妇看着南颜把孩子徐徐放下，满眼激动道：“观音娘娘！”

南颜一脸蒙。

南颜此刻帷帽被吹飞，又是一身雪白禅衣，由于警惕封妖大阵，灵气一直是饱提的，外人看来，这就是个周身佛光闪烁、抱着金童玉女、眉目如仙如画的观世音菩萨。

南颜一时间也不敢落地，只能用灵力将村民们托起，试图解释：“诸位，我并不是……”

村民们显然不听解释：“往日那些仙师来得也不少了，哪个愿意伸手相助的，还没有菩萨好看，一定是观音娘娘显灵了！”

“对呀，李家娘子、郑生，你们家的小子和丫头被观音娘娘抱过，以后就是金童玉女了！”

村民闻言，立即拽上自家的孩子：“观音娘娘也请为我家的孩子赐福！”

还有村妇从后排挤过来，道：“观音娘娘，民妇多年无子，还请观音娘娘保佑，送子于我，民妇愿供香火一生！”

血手观音被迫转行送子观音，南颜很是迷茫了一阵，本想求助，却远远只见嵇炀侧首像是在忍笑，眼睛徐徐睁大……疯狂暗示。

那边嵇炀似乎笑够了，身形从原地消失，随后出现在南颜身边，一把将之扯离信徒包围中，用所有人都听得清楚的声音道——

“邪魔外道，欲求点化，你们的菩萨，我先借走了。”

嵇炀将南颜拉出人群包围，寻了个地方暂避，待村民们各自散开，才施了个障眼法，化作两个凡人。

“……我在海上遇见阵法裂隙了，确实是有琴音传出，而且裂隙里有一股神识好似发现了我。”

南颜对刚刚那股神识心有余悸，若非那神识没有丝毫恶意，她的灵台可能当场就会被碾碎。

“你说，会不会是舅舅的神识发现我了？”

“封妖大阵存世近千年之久，内中流放的修士并不止南颐一人，弱则结丹，强则化神，不乏有寿元将尽前走火入魔之辈，若是南颐便好，若不是，当要谨慎。”

二人商量了一下，还是需多搜集些故闻，于是回到海边，此时村民已各回各家，原地只剩下那个老妪呆呆坐在海边，任潮水一点点淹没双脚。

南颜上前，双手合十问道：“老婆婆，要涨潮了，你在这里做什么？”

那老妪的双眼仍看着浩渺无边的海面，过了一会儿，发干皲裂的嘴唇动了动，道：“姣娘早上说去打渔，怎么还没回来呀，灶上的粥都冷了。”

“老婆婆？”

老妪在海边又站了一会儿，忽然转身，急匆匆回去。

“对、灶上的粥，我得去温一温、温一温，姣娘总是手脚冷。”

南颜满心疑惑，对嵇炀道：“你听见了吗？姣娘。”

当日他们在玲珑京遗址里陷入黄泉镜幻境时，南颐就称那鲛人为“姣娘”。

“应非巧合，随后一观。”

他们跟着那老妪走去，路上便听见村里的妇人小声议论。

“辜老婆子倒也可怜，丈夫被妖怪吃了，女儿十六岁的时候出海也淹死了，剩她一个人。”

“可怜啥，要不是这些年村里的人接济她，她早饿死了。”

“去年有个仙师带她出海说是要捕鲛人，她胡乱指路去了海心，去的十个仙师只回来一个，气得仙师打断了她两根骨头。”

“这不，才好起来，又要诓骗人了。”

这老妪似乎一贯是村里人的谈资，南颜同嵇炀走了不远，便已听到了老妪三四十年间的悲惨生活。

老妪年轻时嫁给一个村里的渔民，渔民某次出海，风大坠海，被潜伏在下面的低阶妖兽撕碎吃了，留老妪和一个刚出生的女儿。老妪独力将女儿带大，待女儿十六岁时，想要出海打鱼换点布料作嫁衣，却也失踪在海上，尸骨无存。

有人说，是被鲛人拖走吃掉了。

“鲛人的确食人，但北海之中妖物繁盛，凡人的血肉相较而言并没有多少灵气，肥美的妖鱼对鲛人更有吸引力。”

南颜与嵇炀在老妪破落的房子外看了一会儿，只见老妪忙来忙去，几次唤她，她也只当没听见，让人无可奈何。

“不如就用黄泉镜一试，这老妪是凡人，不会如病酒一般自成防御结界。”

病酒琴乃仙品灵宝，内中自蕴琴灵，自那日第一次用黄泉镜引出后，琴灵自发守护原主过往，想来要等到结丹后，方有足够的灵力发动黄泉镜全力。

黄泉镜是不分敌我的幻境，这老妪的过去并没有出现大能修士动手的场面，自不会有什么危险。

老妪正不停地往灶中添柴，火焰噼啪作响，稀粥在烧得缺了沿的铁锅里不停地冒出白泡。

炉膛里的柴火快满了，老妪嘴里念叨着：“还有一匹麻，得给姣娘做嫁妆……”浑然不觉她面前灶中的火焰倏然放缓，仿佛被什么奇异的力量笼罩。

老妪的眼里像是有了光，随后面貌发生了变化，脸上的皱纹渐渐消失，灰白的枯发也徐徐变得油亮。

这时，有人在门外轻叩门扉，老妪擦了擦手，走出去，只见门前站着一个宽袍大袖的儒雅琴师。

他面貌清俊，唯独双眼无神，爱惜地抱着一张琴，辜婆婆出来时，琴师面上带起了笑：“请问，可是辜家的伯母？”

小地方的人，从没见过这般清贵人物，辜婆婆一时间没能猜出对面的是位仙师，连忙让进来。

“小妇人有什么事能帮到公子的？”

琴师轻咳一声，面上竟有些绯红，道：“是这样的，在下姓南，单名一个‘颐’字，昨夜……昨夜于附近海崖上谱写新曲时，听到一位姑娘在附近海礁上伴琴声而唱，声音空灵。在下去寻时，这位姑娘突然跳入海中，只来得及在附近拾到这支银钗。村中的银铺说，这支银钗是伯母定做的，故而、故而前来奉还。”

他说话时，带着一种显而易见的动心，任谁都看不出来，这般情窦初开的人，竟是位大能修士。不过辜婆婆却没有注意，而是满面呆滞，接过银钗的双手甚至有些颤抖，待看清楚了钗上刻着女儿的名字时，眼神混乱间，连连点头。

“是……是，我家的姣娘调皮了些，喜欢出海游玩，我时常教训她，没想到打扰了公子。”

不远处，在黄泉镜幻境外的南颜用神识观察着院子内的情况，心道，这辜婆婆的女儿可能这时就已经死了，她应是患有癔症，认为女儿还活着。

尤其是在南颐带着女儿的遗物来时，这辜婆婆更是犯了癔症，交谈间让南颐误以为自己遇上的是凡人家的女儿。

南颐颔首道：“伯母客气了，却不知……姣娘姑娘何时能回来？”

辜婆婆道：“她、她出海去了，明年她该嫁人了，想捕些鱼换嫁妆。”

“呃？”南颐微微一顿，但因为修养极佳，并没有细问，道，“北海危险，凡……姣娘姑娘一人出海易遭意外，伯母若信任在下，在下将她寻回来如何？”

“哎，好好，那麻烦公子了。姣娘从村东头的无言渡离开的，若找到了，务必回来用一顿饭。”

辜婆婆连连道谢，南颐点头，撤出幻境。

黄泉镜力量结束，辜婆婆身形一晃，靠在院中的竹椅上沉沉睡去，嘴角带着一丝笑容。

琴师的幻化散去，露出嵇炀沉思的面容。他徐徐自辜家门中走出，右手平摊，周围空气一凝，化作一面古镜落在他手上。

“我算是知道为什么舅舅当时没有认出来了，一是银鲛本就可完美隐蔽气息，二是有这位老婆婆为她提供凡人的身份，这两种巧合加起来，舅舅又是目盲之人，在玲珑京之前，恐怕一直以为姣娘就是辜家的女儿。”

嵇炀略一沉吟，道：“诚如先前所推测，可见南颐去玲珑京之前，他与姣娘尚且平安。偏一离开，姣娘就被擒，他在离开北海前，会不会见过什么人？”

南颜道：“要不要去这婆婆说的无言渡看看？”

“今夜是满月，子时过后应可再动用一次黄泉镜。”

南颜疑道：“怎么了？”

嵇炀抬头看向天空，目光悠远，神情正经道：“有言在先，南颐怕是会同鲛人在那处定情，逸谷先生我可继续饰演，只是尚欠一纯真年少的鲛女。”

这就很尴尬了，舅舅同鲛人舅妈是两情相悦，而他们俩，一个也不知真失忆还是假失忆的在积极进攻，另一个却抱着佛修的身份在强行挣扎。

南颜不禁痛悔这时候把大哥二哥都支走了，叹道：“我觉得大哥就挺纯真年少的。”

嵇炀：“他不只纯真年少，还才高八斗，催动黄泉镜需参与者同心。”

南颜：“那就算了，你看二哥怎么样？不只够细心，还够戏精。”

嵇炀："要下水的，狐族都畏水。"

南颜："那就是贫尼了？"

嵇炀："应无二选。"

南颜："可以，不过在此之前，我们一起诵一遍《大悲咒》吧。"

嵇炀："为何？"

南颜："贫尼觉得你六根不净，需要净化一下。"

另一边厢，北海边几十里处的地方，殷琊忽然察觉某个方向传来一股宝气，他循着宝气前去，原来是一处修于绝壁上的修真坊市。

殷琊急于进入封妖大阵，花了二百灵石，找了个掮客打听，不多时便得了信儿。

"想进封妖大阵是不可能的，妖修更不可能进入。"掮客回答得十分谨慎，"封妖大阵内部有零碎海岛，岛上有其他经正法殿审判的罪人流放在此，只有诸洲之主本人，或持道生天令牌的特使，才能暂时打开封妖大阵的外围禁制，提审或解放他们。"

封妖大阵何其厉害，人族修士尚有可能活命，妖修进去就是死。

殷琊心中焦虑，旁边穆战霆道："不如就先回去，让嵇炀一试，看看能不能把阿颜的舅舅引出来，她舅舅那么厉害，应该有办法放我们进去，再试试能否解救你族人。"

"但愿如此。"

其实殷琊心里知道，他并不该抱着过高的期望。

南颜纵然修炼逆道功法，但修为毕竟太低，随他来此，只不过是想让她试一试，看看逆道功法能不能突破封妖大阵三十六道道统合一的威力，若有希望，他接下来会全力襄助南颜结丹结婴。

至于南颜……在她能做到的范围内，她必会倾力相助。

沉吟间，坊市中的修士忽然个个色变，飞也似的快步或御剑离开。

就在他们疑惑间，一个尖利的声音叫起来。

"哥哥，快看，那是不是个妖修！"

穆战霆一听这声音，神色便是一凝，拿下巴指了指旁边的小巷，意思是他遇见了不该遇见的人，需要先暂时躲一躲。

殷琊抬头向声源之处看去，只见街那头乌压压走来一堆魔修，他们中间簇拥着一顶雕着蛇的华丽车驾，再一看，拉车的竟不是妖兽，而是活生生的筑基修士！

魔修？

只见那车上，有一个脸上点着浓妆的妖艳少女，对上他的目光，妖艳少女特意拉得极低的领口下胸口起伏起来，欢喜不已道："哥哥，这俊美妖修在看我呢，今晚我要他好不好？"

——啥？

车帘微掀，隐约看见一个同样身份不凡的魔修，左右手臂摊开，各搂着一个只穿着薄纱的美貌女修，结丹中期的神识肆无忌惮地扫去，锁定殷琊后，对妖艳少女道："绵儿，你这个月采补过多，应巩固炼化，这妖修不错，可也是结丹修士。等去封妖大阵提走师叔后，哥哥再给你找更好的。"

"不，我就要他。"妖艳少女也不顾众目睽睽，对殷琊高声道，"那妖修，你是什么妖？长得可真合绵儿的心意，跟绵儿回巳洲好不好？"

殷琊在寺庙憋了多年，至今虽未戒色，但多少收敛了当年的放荡，而且，他可是听清楚了……这妖艳少女是要哄他去采补的。

岂有此理，从来只有狐妖采补别人，哪里轮得到人族修士采补。

妖艳少女见他一脸冷漠，道："只要你愿意跟绵儿走，绵儿把你推荐给巳洲的大宗门做亲传弟子可好？"

殷琊面无表情道："我外地妖，家里上有穷困潦倒的老和尚，下有嗷嗷待哺的蠢妹妹，去了巳洲他们都会饿死，告辞。"

说着，他转身离开。

"你！"

车中那少女的哥哥冷哼一声，一拍桌，道："小小妖修，好大的胆子！本帝子的亲妹妹同你说话，你敢不给这个面子！杀了他。"

他一说话，旁边立时有四个结丹护卫齐齐而动，各提兵刃在手，似要当街行凶。

坊市中的其他修士虽都恼火不已，但也不敢出声。

那四个结丹护卫自巳洲而来，眼看着兵刃就要砍在殷琊头上，他勾唇冷笑，下一刻，一蓬紫芒绽开，殷琊的身影消失在地面，倒是那四个结丹护卫如坠异境，好似看到了什么可怕之物，大叫着乱挥兵刃，不幸误伤同侪，一时间狼狈不已。

"那妖修呢？！"妖艳少女的兄长怒将怀中美姬丢在一侧，神识四面八方横扫开去，却发现殷琊已离开，目光阴鸷，恨怒不已，"若再见到他，本帝子要挖其心肝！剖其内丹！"

那妖艳少女不满地嘟着嘴，抓起被她哥哥扔到一侧撞破了额头的美姬，提着她的头发道："哥哥，你的侍妾又坏了一个呀，这个元阴还没破吧？"

她哥哥没好气道："又怎么了？"

"我记得我买了一头妖猿呢，哥哥你这侍妾借我用一下吧，我想把她嫁给我的妖猿。”

那美人浑身颤抖，道：“小姐饶命！小姐饶命！”

她兄长烦躁道：“拿去拿去，别烦我。”

“嘻嘻，就知道哥哥对我最好了。”妖艳少女拿出一把小刀，在指间绕了绕，一刀割下那美人的舌头，丢到车下让其他魔修抓着，“筑基初期的侍妾呢，哥哥倒也舍得。”

她兄长不知道想到些什么，抓过另一个瑟瑟发抖的侍妾，狠狠捏了一下侍妾的身子，道：“哼，这些庸脂俗粉算什么，南芳主才是……”

“哎，哥哥只不过是小时候见过一次南芳主，就念念不忘到现在，诸洲的帝子里，哥哥才算是最痴情的呢。有道生天的法令在，哥哥尽管去把师叔释出，绵儿就在这附近游玩，若发现长得像南芳主的，先抓来给哥哥做生辰礼物可好？”

“好绵儿，真是贴心。”

坊市另一头，殷琊现身而出，神色不算好。

“这两个人什么鬼？巳洲的？”

穆战霆却是认得那兄妹二人的，道：“那是巳洲天邪道之主狱邪侯的儿女，男的叫厉迟，女的叫厉绵。我和厉迟三个月前在辰巳战场上刚交过手，他不算厉害，可他一动手必然带着他妹妹，二人修有合击秘术，可避开诸洲之主所留的神念，倒是麻烦。”

殷琊道：“我刚刚听见，他们好像要去封妖大阵提走罪人？”

“嗯，应该是他们的师叔，天邪道的副宗主……曾在被龙主打碎肉身后，夺舍他人，被正法殿抓走，判囚禁封妖大阵三百年，按理说时间还没到，不知道道生天为什么提前发下释令。”

“这些人大摇大摆的，修为最高不过是结丹，那我们……”

“趁他们打开封妖大阵，溜进去！”

清月初上的无言渡，海潮搅起过往的故事。

南颐顺着海边徐徐步行，化神期的神识展开，本有百里之遥，可这里是封妖大阵，是道生天倾整整一代修士打造的最强封印阵法，海上一切神识莫能窥探。

南颐徘徊许久，感到月上天心，寻了处礁岩，将所负古琴平放膝上，拨奏起了一曲《当归》。

封妖大阵阻隔得了神识，却阻隔不了琴声。

《当归》是好友曾教过的古谱，远处的游子听了，会心生归家之念，也可遥遥引导迷路者的归处。但愿姣娘姑娘听见了，会识得归岸之路。

听狂琴一动，指尖流泻出哀婉清愁的古律，原本隐有暗潮的海域此时归于一片沉静，好似海下初生灵智的妖物都渐渐停止了杀伐，轻轻漂浮着聆听这绝代琴师的温柔琴音。

南颐许久没有这般心乱过，若是他姐姐听了，怕是会笑他痴。

他是修士，而那位歌声与他的琴全然契合的姑娘，只是一个凡人。而凡人与修士之间的距离有多远，自不必赘言。

何况，她明年应是会嫁人了吧，嫁给一个年华相仿的凡人，平静安宁地度过一生。

想到这一节，南颐指下罕见地错了一个音，以致《归乡》之曲未能结成琴界，正欲重来时，南颐听见礁石边的海里，忽然传出一声水花响动。

南颐能感觉到，礁石边有一个女子，正浮出水面，扒在礁石边静静地看着他。

“你……”南颐想张口问些什么，却听见那女子从海水中浮起，走上礁岩，一路行走间，身上水滴不断流下。

她好似长年没有同人交流过，说出的话语带着一种断断续续的感觉。

“你，为什么不弹了？”

南颐哑了声，只感到一只湿漉漉的小手伸出食指轻轻碰了碰他，似乎很喜欢他的琴，看他没有拒绝，又大着胆子靠近了些。

南颐几乎能感到她垂落的长发轻轻扫过他的手背，他一下子握紧了五指。

“你可是姣娘姑娘？”

鲛娘？他知道？

她瑟缩了一下，迅速收回想要碰触的手，竟似要马上回到海中。

南颐察觉她要离开，一时慌乱，回神间发现自己已经拉住了她的手。

“姑娘留步，我……”这是于礼不合的，南颐想要强迫自己先放手，却又唯恐她离开，道，“若你是姣娘姑娘，令堂担心你出海未曾归家，我便来寻你。”

——原来是这个姣娘。

海中浮出的鲛人已经盯着这琴师许久了，琴师在海崖上弹琴，她就在海底聆听，听得入迷，一连多日流连在附近。

他是个盲琴师呢。

鲛女看着他的双眼，这是一双极清朗温润的眼睛，可惜并无焦点，显然他不能看到她如今的模样。

长发、鳞尾、妖族的竖瞳。

鲛女离水太久，又让南颐捉住了手腕，蓝色的闪着孔雀碎光的鱼尾无声无息地化作两条人族的双腿，她一时站不住，身子软倒。

南颐只当她绊倒了，伸手一接，只觉得怀里扑进来一个柔软光滑的身子，一时间浑身僵硬。

“姑、姑娘？！”

初初变作人族的双腿几乎无法站立，鲛娘也不知什么是羞耻心，双手抓住南颐的襟口，道——

“船翻了，我在海里，破了，我的衣衫，你的借我，好吗？”

南颐只觉一把火自心底烧上七窍，甚至忘记了自己还是个修士，忙不迭地将外衫脱下搭在鲛娘身上。

等到鲛娘套上衣衫，抱膝坐在礁石上，侧头看着南颐背对着自己的身影，妖族的兽瞳渐渐温软下来，道：“讨厌，我？”

“……不，姑娘言重了。”

“你，找我，我很高兴。”

南颐定了定神，道：“……颐乃目盲之人，今番坏了姑娘名节，实非所愿，若、若姑娘不弃，颐愿向令堂求娶。”

他说出这话乃是出于本能，他身后的赤帝瑶宫会有什么反应，一时间也没有想到。

“什么，叫作求娶？”

南颐怔忪间，道：“就是，我们……生同寝，死同穴。”

鲛娘碰了碰他的手背，随后握上去，修长的手指从南颐的指缝间扣紧，她那空灵的嗓音疑惑地问道：“是不是我和你这样，直到死去？”

“姣娘？”

鲛娘彼时并不知对方是谁，深海的岁月太枯燥了，她只觉得在他身边，心中怀着一种涨满的喜悦。

“好，我跟你走。”她说。

月光如水，南颐浑浑噩噩地任她依着自己过了一整夜，次日带她回家时，辜婆婆只看了一眼就将鲛娘拉入屋内，握着她的手哭泣不已。

之后的日子，鲛娘便作为姣娘一直留在了他身边，白日里陪辜婆婆翻晒渔网，夜中同南颐琴歌相和。

同心上人在一起的日子过得极快，恍然三月过去，南颐将新谱成的《静夜谣》整理再三时，终于有人前来拜访。

那是南颐的友人，同样抱琴而来，他来时，姣娘便躲了起来。

“好友，你近来似乎颇为疲惫。”

“逸谷的新曲，山水兼程，也自当前来。”友人看罢曲谱，道，“逸谷的曲风素来清逸出尘，而此《静夜谣》，却颇有人间温情，想来，逸谷近日应有佳缘伴身。”

“天下负琴人，独好友知我。”

“负琴人？逸谷此言说来也没错。却不知，是何方贵女，能与逸谷交心？”

南颐面上略带忧色，道：“是位凡人家的女儿。”

友人素来无波无澜的神情流露出一丝意外，似乎经过了不短的沉默，他徐徐说道：“赤帝瑶宫门规森严，我拘于身份，不能为你说话，而寅洲这边，阖宫上下应只有娆娘愿听你说话，只是不知你可与娆娘报备过？”

“阿姐她素来是溺爱我的，我这便修书一封知会她前因，至于姣娘……她还没有答应我。”

友人道：“看到你这般说法，应当也是水到渠成之事。至于娆娘……她下月将与龙主敖广寒正式结侣，逸谷若有心，不妨在娆娘终身底定后，再提此事。”

“阿姐愿意安定下来，倒是一件好事。”南颐面上露出微笑，又顾虑到什么，转向友人，“好友，那你可放下了？”

友人未能回答，只轻声道：“道尊在时，曾对我说斩得心魔，方得自在。”

“好友……”

“若喜欢上自己的心魔呢？若是，斩不断，放不下呢？”

相交多年，南颐同觉悲伤，道：“你所立之处太过险峻。”

友人道：“是啊，退一步，就是万丈深渊……有时我也会想，独我一人行于炼狱，未免太过孤寂，逸谷，你说是吗？”

彼时，南颐只以为友人是一时入障，以友人的修养，自会破障而出。他开解了许久，又以《静夜谣》相赠，友人辞别后，南颐同姣娘说，他要去见家人，一来去赴长姐的结侣大典，二来向亲人说明他想娶姣娘之事。

辜婆婆很是高兴，日日为姣娘梳头、绾发，口中念叨着女儿家出嫁前的歌谣，只有姣娘，一日比一日忧虑。

“我回来之后，你能不能给我一个回应？”南颐的声音里带着期冀。

他没有看到姣娘的忧虑。

“好，我等你回来。”

而南颐离开后的第二日，他的友人又来了，这一次，姣娘没能躲得掉。

“你知不知道，修士和妖族异婚，会发生什么？”友人似乎并无恶意，话语中带着规劝之意，“我对你们之间的情意并无偏见，可你不该欺骗他……你有没有想过，他知道你是妖族后，会不会恨你？”

“我……”

“他会因为向一个妖族求娶受到整个修界的耻笑，不知逸谷有没有向你说过，修士异婚会发生什么？”

“会……怎么样？”

友人的神情带着一种惑人的温和：“修士异婚，视同叛族。妖会被杀死，而人，会被拔除关于妖的所有记忆，面烙叛族印，被罚镇守封妖大阵，直到诛杀够七十万妖族，才可被放出。”

往日看似安宁的一切逐渐崩塌，姣娘的灵智比不上封妖大阵下的那些妖国贵胄，也从未有人向她提过，想和一个修士偕老，会带给他什么样的灾难。

“我应该……怎么办？”

“你放得下，就此离开，进入封妖大阵深海永远别出来。若放不下……就向他辞别吧，他还没有离开寅洲。”

友人离去的背影宛如某种鬼魔的诱惑，姣娘还记得南颐走前，要她给他一个答案，她还没来得及说出来。

谁也没有告诉过姣娘，离开北海，进入狡诈人族的腹地会遇上什么。

“阿颜，醒醒。”

黄泉镜是被嵇炀强行停止的，南颜从黄泉镜的幻境里挣脱出来时，禅衣已被冷汗浸透，最后的幻象，是姣娘去找南颐的路上，被十余个贪婪的修士围攻打出妖形，折断骨头，封住窍穴的模样。

睁开眼时，嵇炀的手背正放在她额上，一丝一缕的清凉灵力顺着窍穴流遍全身。

“感觉如何？”

“没事，不过是被一群筑基修士攻击的幻境。”和上回玲珑京的幻境相比，这些不足为虑，但前因后果已明了，南颜脸色并不好看。

“始作俑者竟是他。”

南颐的友人，她之前在磬音寺的幻境里见过的，传闻中的道生天之主，修界第一人。

嵇炀放开南颜让她调息，道：“我知道你想说什么，你可以说是他引诱姣娘离开北海，因而被捕，送至玲珑京拍卖，可你能说他错了吗？”

南颜握紧了佛珠，稳定住心神，道：“是我们先前看过姣娘被活剐的情景，才会先入为主认定是他的谋算。而这位道生天的玄宰，作为舅舅的‘友人’，就算把黄泉镜的情景昭告天下，在外人看来也并没有做错什么，反而可称得上有情有义。”

他只是说，姣娘应该为南颐考虑离开他，并没有鼓动姣娘去找，那些贪婪的修士也并不是他指使的。

“这是阳谋。”南颜感到一种深深的无力，“总算知道是谁的嫌疑最大了，只是查到现在，甚至连一点有说服力的证据都没抓到，就算我想为舅舅脱罪，也不知如何着手。”

南颜叹罢，暂复精神，又坐到嵇炀身边，道：“你这一次催动黄泉镜的跨度一息数月，所耗灵力非轻，我这儿有聚灵丹，你先服下休息。”

“无妨，我体质特殊，丹药于我效用不大，你同我说说话便行。”嵇炀倚在海边的礁岩边，灵力彻底耗空，并不能行动，道，“不必过于自嗟，上洲有一句话，天下师从无污点，若是人人都能抓到他的把柄，道生天岂能稳坐到如今？”

“嗯，只是不知，他这么做，意欲何为？难道真的只是想破坏我娘与龙主的婚事？”

“只是如此的话，未免太过周折。”

南颜始终没能忘记，那日她在病酒琴幻境中，应则唯看着南娆的目光……那绝非一个能冷静思考的人该有的。

“还是按你之前说的，应当先去找舅舅说明此事，看看舅舅那里能不能有什么消息。”说话间，天边泛起鱼肚白，殷琊的一只纸鹤恰好寻来，传递了在坊市中遇到巳洲帝子的消息。

“十里外的拦海口，将有巳洲人马打开封妖大阵，倒是来得巧了。”嵇炀听罢纸鹤传信，回头看见南颜伸胳膊动腿，问道，“你这是……”

南颜：“巳洲的都是魔修对吧？”

嵇炀：“没错。”

南颜：“是这样的，我日前在卯洲钻研佛法，又有所悟，一直想找魔修道友共同探讨。”

嵇炀看她心意已定，试图规劝道：“在下消耗过大，怕是暂时走不动。”

“哦哦，不慌。”南颜说着，从乾坤袋里放出一把轮椅，强行把嵇炀扶上轮椅坐好。

嵇炀：“……这轮椅是……”

南颜总觉得缺点什么，端详片刻，取出一把羽扇塞在嵇炀手里，这才满意。

“这是我之前斩妖除魔的时候从一个瘸子魔修处缴获的，我看挺好看的就带着了，你不用动手，负责坐在这儿运筹帷幄就好，贫尼今天就是你的常山赵子龙。”

嵇炀：“……”

第八章 封妖大阵

天长地久有时尽，壮士一去兮为啥还能复还？

南颜对修为一事并没有放松，她的《七佛造业书》遇邪则强，如果可以，在封妖大阵中妖气浓郁之地结丹，可令金丹坚若磐石，远胜他处。

同嵇炀到那处时，远远已可看到十来个结丹修士悬浮海上，各自结阵。二人隐去气息绕到一侧，看见穆战霆和殷琊在一株树后观望形势。

“来得真慢，嵇炀这是怎么了？”

“他用了黄泉镜，灵力耗光了，需得休息片刻。”

穆战霆打量了嵇炀片刻，跟南颜的想法一致，赞道：“这样模样好，看着就稳。”

其实一点也不稳，他们之中穆战霆和殷琊都是初初结丹，南颜虽然功法克尽魔修，但还是个筑基期，至于嵇炀……谁也没见他怎么动手，但他精擅诸道，阵法也不在话下，那封妖大阵内阵法诡谲，千变万化，没有他恐怕无法成行。

而另一侧海上，巳洲来的魔修严阵以待，中间簇拥着一个眉间隐有戾气的青年，那青年烦躁不已，一脚踢在旁边与他一同来的魔修身上，道：“都看了半个时辰了，又有道生天赐下的罗盘，怎么还没找到入口？”

那魔修炼阵师踉跄了一下，面色艰难道：“帝子见谅，这封妖大阵是老道尊岁寒子倾整个道生天之力所打造的，天底下的炼阵师没有几个看得懂个中运行之理的。莫说属下了，便是一洲之主想进入，也需得耗上些时辰。”

“那就快！一个时辰找不到入口，本帝子断你一条腿！”

“是是是！”炼阵师额冒冷汗，全力催动罗盘定位。

一侧瞄了许久的南颜好奇地看了一眼嵇炀，这巳洲魔修带来的是正统的炼阵师，足有结丹后期修为，依靠罗盘还要找这么久，而嵇炀却是看了片刻便能在阵法运行中找出可传入琴音的地方。

似乎是察觉到南颜的视线，嵇炀转眸看向她：“阿颜。”

“嗯？”

“他们动作太慢了，你暗中打一道灵气入东北方露出海面的礁岩上，会引发大阵入口灵气共振。”

南颜觉得，他端坐轮椅上，膝上放着羽扇的模样，显得尤其老谋深算。

南颜依言偷偷打去一道灵气，击中礁岩，同时，海上微生波澜，魔修炼阵师手中的罗盘立时受到感应，指引方向。

炼阵师大喜，指着一处方向道：“帝子，就在那处！”

厉迟觑准炼阵师点出的一点灵光，抛出一只青色卷轴，卷轴一脱手便迎风见长，自行打开，上书一个刚劲苍虬的“释”字。

数息后，“释”字放出，飘落在厉迟手心化作一道符咒，随后卷轴光芒一换，帛面化作一道弥漫着浓雾的门。

“释令有三天效力，速速进入寻找师叔。”厉迟言罢，一步踏入门中，他身后魔修一同跟进去。

外门剩下的七八名魔修正待依次进入，一道裹挟着梵文光符的火炎之箭从远处射来，转眼间射至面前。

“小心！”

这一箭来得太快，七八名结丹期的魔修只来得及出声示警，那箭矢便生生撕开一人护体魔气，穿心而过。

被命中的魔修在空中一低头，看见胸口破开一个大洞，伤口四周的佛力入肉便疯狂吞噬他的灵力，凝滞两息后掉入海中，水面浮出一片血红。

其他结丹魔修惊诧不已，结成魔阵守在入口前，怒喝道：“谁人敢打扰我巳洲办事！”

回答他们的是一个充满煞厉的身影：“老子不只要打扰你们办事，还要打死你们！”

魔修们本来大怒，定睛一看来人，顿时个个面色剧变。

“怎会是你！”

辰巳大战之诱因，乃是巳洲魔修偷袭杀死辰洲前代帝子，惹得辰洲龙主大怒，数年来两洲修士前赴后继，搅得岐天原尽化血海。

而辰洲帝子死后，龙主又不顾元老反对，强行册封了一位来路不明的帝子，这位帝子刚一入辰巳战场，便战绩骇人，死在他手下的魔修无数，筑基期便夺得筑基期军功第一，结丹期便夺得结丹期军功第一。

若厉迟还没进入阵中，他们自可与穆战霆一战，而现在，却是慑于他之凶名，气势上先弱了三分。

“不能退！否则帝子会让我们生不如死！”

想起厉迟的暴戾，众魔修纷纷一颤，打起精神应对：“我们足有七个，他只有一个，就算不敢杀他，重创于他，也能为帝子在山海禁决里求得优势！”

说着，众魔修周身魔气暴涨，斧钺钩叉各显神通，为首一人，操控一口蛇矛，其势如雷，蓦然劈下，只听轰然一声，蛇矛撞上穆战霆周身烈焰，当场被熔为铁水。

“不可能，他的灵力为什么突然克制我的魔气？！”

穆战霆得势就狂，凶狠地冲上去：“傻了吧，我有妹妹！”

旁边修有破障眼的魔修连忙逃出战圈，四下打量，不多时，发现不远处的海边竟站着一个头戴帷帽的女佛修。

佛修周身笼罩着幻术结界，明明站在那里却无人发现，她正捻动佛珠，一道道佛言遥遥注入穆战霆体内，令魔修们节节败退。

这便是辰洲近年极想与卯洲交好的原因，卯洲的佛修虽不擅征战，但只要有佛修坐镇阵前，为辰洲修士加持佛力，辰洲修士便可对同阶魔修形成压制。

“你们撑着！我去杀了那佛修。”

那结丹魔修认定佛修不擅对敌，速度极快地冲至南颜近前，便朝南颜抓去，狰狞道：“敢管我巳洲之事，正好帝子刚失一炉鼎，尝尝尼姑的滋味也不错！”

南颜轻抬眉睫，旁边正布置幻术的殷琊传音道——

“结丹初期的魔修，你一个人对付得了吗？”

“不足为虑。”

言罢，南颜将缠在臂上的佛珠一甩，所立之地一道“卍”字佛光绽开，不闪不避，提掌拍去。

“邪魔外道，证我如来……涤罪！”

七佛造业，涤罪初开，魔修只觉佛力轰然撞上，体内魔气一触便宛如烈阳融雪，身形如挣扎于海浪中的一片浮叶，处处传来骨裂之声。

怎会如此？她不是个佛修吗？！

这个想法刚一出现，只听一声佛珠轻响，魔修就见南颜追来，手中长长的佛珠一甩，直接套住他的脖子，随后一扯，他整个人就像是流星锤一样被甩回岸边，一连撞断七八棵两人合抱粗的大树。

穆战霆本以为这边动静就够大了，一回头发现岸边动静更大，直接扫平一片沙地，不由分神问赶来襄助的殷琊道——“真是残暴……阿颜这些年修的真的是佛吗？”

殷琊看了一眼那魔修被南颜吊打的惨状，道：“这个问题我也想了很久了，好像她从秽谷里出来就对魔修深恶痛绝。”

“为什么？”

“还不是那些神棺宗的魔修，弄得你失踪了，嵇炀又被逼得跳了阴祝巢，她这么多年来，一直想的是向魔修报仇。之前出手就要碎尸呢，你们回来了之后，这已经算是好的了。”

说话间，空中尚存的魔修接连发出惨叫，余者见势难敌，想分头逃跑，却一个个撞进殷琊的幻术中，数息内被解决掉。

“阿颜，给那魔修留一口气。”

随后，南颜提着那被打得四肢俱断、奄奄一息的魔修徐徐走来，丢在嵇炀脚边，后者抬手虚虚按在那魔修天灵处，双目轻合。

南颜道：“你这是……”

嵇炀不言，片刻后，掌下的魔修一阵抽搐，大叫一声彻底昏死过去。

“搜魂？”南颜语调稍稍凝滞，似有不认同。

搜魂会毁坏修士的三魂六魄，据说这样死去的修士纵然转世，下辈子也会魂魄有损成为痴呆儿。搜魂之法修士多少都会，但除非极端情况下，并不会动用，佛修则是严禁对任何人搜魂。

嵇炀并没有反驳，道：“是搜魂，阿颜想看看他记忆中都做了什么好事吗？”

魔修能做什么好事，听他刚刚要掳她做炉鼎的话，想来过往造孽不少。

南颜道：“魔修便罢了，如非穷凶极恶者，我不愿见你用这等手段，我们走吧。”

四人抓紧时间踏入释令阵门，进入一片迷雾中，落地时，竟发现脚下是地面。

四周笼罩在一片看不到边的灰色迷雾中，神识同样受到阻隔，只能探查到十丈方圆。

殷琊再临故地，心情有些激荡，被南颜足足套了三层佛言枷锁，才将阵法压制之力削弱不少，道：“封妖大阵与秽谷大致相同，海面上的封印呈环状，越向内环，被罚来戍守大阵的修士越厉害，海面之上只有修士，妖族都被镇封在海下。”

“那海下是何种情况？”

“海下则是一层一层的，越往深海，封印的妖族越是厉害，所有的王脉妖族都被镇封在深海第九重。”殷琊说着，割开手腕，往每人手上滴了一滴妖血，“化神期的修士都会被镇封在海上核心岛屿，负责杀除妄图冲出海面的高阶妖族。另外封妖大阵内的海水是重水，一旦跌入，除非及时找到岛屿爬上去，否则极难浮起。你们若跌进去，多半会遇上徘徊在海面下的妖族，届时你们便凭妖血自称天狐族，便不会被妖族为难。”

南颜走到脚下这片岛屿的海边，伸出一根手指接触海水，瞬间感到一丝极冷的寒意顺着指尖传来，甚至感到这片海水在把自己往下扯。

“二哥，这海水是不是就是传说中的弱水？掉进去浮不起来的那种？”

殷琊强调道：“我警告你别搞事情，尤其是若掉到海下的天工千锁阵，千万别试图挣扎或开锁，等着我抓头妖鱼把你替出来。”

“那又是什么？”

嵇炀道：“道生天是把诸门道统各取其长炼为重合大阵，天工千锁阵是偃甲一道的道统，据说被困住的修士会被瞬间切断灵力，如同凡人一样挂在锁阵上耗尽体力而亡。妖类还好，人族掉下去倒是痛快，直接会被淹死。”

他这么一说倒是提醒南颜了，她立时从乾坤囊里拿出数颗避水珠发出去：“修道十年苦，一朝被淹死，那多丢人。”

众人准备停当，便朝内环的岛屿飞去，途中除浪花翻涌外，俱是一片死寂，偶尔有出现小型的岛礁，还能看到周围漂浮着一些不知名的破碎骸骨。

深入七八十里后，嵇炀忽然道：“你们看。”

南颜顺着他示意的方向，看见右前方迷雾中出现一个二十余丈见方的小岛，岛上钉着一根巨大的铜柱，铜柱上锁链蜿蜒而下，捆着一具修士的骨骸，那骨骸保持着奋力朝海水那头爬去的姿态，显然死前仍向往自由。

纵然这修士一具皮肉枯朽，南颜仍能感觉到这骨骸残留的压迫感。

“这怕是一位元婴期的元君，熬不过，死在这儿了。”

南颜不禁担心起她那个素未谋面的舅舅来，见她神色有忧虑，旁边嵇炀低声安慰道：“铜柱上所录，这元婴修士在此地被关押了四百年，乃是寿尽而亡。你舅舅是化神修士，寿元足有千年，被罚镇守于此仅二十年，应是无恙。”

此时，穆战霆盯着那铜柱，道：“阿颜，你想不想直接把你舅舅放出来？”

南颜一脸迷惑：“直接放出来？”

嵇炀瞬间领会了他的意思：“你是说，我们去拦截巳洲那一行人的释令，用他们的释令解开南颐的镇封？”

南颜震惊道：“这样也行吗？！”

嵇炀道："可以，因为若南颐出来了，要重新判罚化神修士入封妖大阵，必须要让帝君再次下旨。别忘了，上一任帝君……辞世多年，如今诸洲帝子争夺帝位。在新的帝君选出来之前，除非道生天玄宰亲自出手，否则无人能将化神修士重新打入此地。"

穆战霆磨着牙道："巳洲那浑蛋想放出他们天邪道的副宗主，想来为这释令付出了不少心血，既然撞上了，对付不了道生天，还对付不了他们吗？这一票得干了。"

辰巳相争多年，尤其是化神修士之争，足可改变局面。而道生天发下释令的事既然不声张，就说明此事多半是暗中达成的，就算他们截了这道释令，道生天就算有意见，也只能吃个哑巴亏。

"那可有办法寻到厉迟他们的踪迹？"

"化神修士都被禁锢在最内环，朝内环走，总会遇见的。"

就在他们进入封妖大阵一个时辰后，一队魔修姗姗来迟，一驾由筑基修士当牛做马拉着的车上，巳洲帝子厉迟的胞妹厉绵从车中探出头一看，立时气得面色铁青。

"这……这是怎么回事！给我调集所有在寅洲逗留的巳洲元婴修士包围此地，我倒要看看是谁敢坏我天邪道大事！"

封妖大阵中，越是往内海飞，浓雾越重，神识探查的范围就越小。

厉迟等八名来自巳洲的结丹修士已飞了一个时辰，才堪堪过了四重封妖大阵，眼见前方迷雾重重，厉迟越发暴躁，落在一处小岛上，道——

"徐量等人怎么还没跟上来，迷路了吗？"

"帝子息怒，这释令传送门谁也没试过，也许是中间出了差错，传送到别处去了。已派人持引路符去找了，这会儿也该回来了。"

又过了一会儿，派出去探查的魔修姗姗归来，脸色难看道："帝子，入口处我们的人没有进来，倒是有其他人的灵气残留……看进来的脚印，只有四个人。"

魔修们瞬间安静，紧张地看向厉迟的脸色，厉迟忽然踢翻一具坐化多年的骨骸，厉声道："传送门外至少有七个人，难道还拦不下四个人？"

"这……也许这四个人都是结丹后期的强手也未可知。"

厉迟的神色阴晴不定，半晌，冷笑一声道："好啊，看来我巳洲的修士被人看轻了。"

"帝子，那我们……"

"这时候跟来的人，多半是想截我们的释令，我们偏不如他的愿。"厉迟目光阴鸷，"只要把师叔放出来，那些人再有能耐，还能从化神修士手下逃走？"

只要不掉进海里，封妖大阵对人族修士无禁，殷琊则还有多年前去秽谷前四处搜罗到的银鲛纱，又在寺庙修行多年，足以把自身妖气压到最低。

前后左右都是迷雾，尚需缓行，飞了一个时辰，四人便开始觉得无聊。

嵇炀偶尔回头，看见南颜一直乖巧地用灵力托起他的轮椅，替她感到累，道："带着轮椅飞很重，我能从轮椅上起来吗？"

南颜道："你就坐着吧，没事就看看风景，实在无聊，我借你一本寂空大师开过光的《楞伽经》陶冶一下心情，我自己都没舍得拆封。"

嵇炀一眨不眨地看着她道："……左右你就是想让为兄六根清净是吗？"

南颜："我只是想让你了解一下无边佛法，哪一日你天魔扰心不得解脱了，皈依我佛也是一条退路。"

嗯，戒备起来了，有点儿意思。

旁边穆战霆和殷琊没察觉到他们两人之间的暗潮汹涌，聊起巳洲的八卦就不停嘴。

"巳洲的魔修真的是一个比一个卑鄙，尤其是那个厉迟，战场上活捉的女修士，但凡有点儿姿色的，都被他给抓去祸害了。他妹厉绵更过分，竟然把她一处装满侍君和炉鼎的洞府直接开到岐天原前线来……"

殷琊越发长见识，道："我就看那女人不是个好东西，还敢肖想我，南颜你下次见到那女人，一定要抡起佛珠就打。"

南颜好奇道："二哥你原来不是无女不欢的吗，现在怎么了？"

殷琊幽怨地看着她："我六根清净了还不行吗？"

他这么一说，南颜信心倍增，正要拿殷琊为例向嵇炀弘扬佛法，忽感一道庞然妖气徐徐靠近——

"嘘，别出声，别动。"

四人静止不动，收敛气息，南颜目光下探，看见下方深蓝色的海水里，徐徐浮出一片阴影。

那片阴影太过巨大，远远浮来，竟好似一座岛一般，散发出相当于元婴期的波动。

南颜看清了那阴影的轮廓……那是一头鲸妖。

鲸妖的动作并不快，似乎灵智并不高，但妖兽的本能让它察觉到了上空的修士，庞大的身躯正好停在四人下方的海下。

修士的血肉对妖兽来说是大补之物，鲸妖徐徐直起躯体，杀机锁定上方，似要从海底跃出吞噬掉上方四人。

"别动！千万别动！"殷琊在神识中连连示警。

南颜有些紧张，那头鲸妖太过庞大，如果它跃出水面，他们绝对逃不了，几乎是本能地想要逃跑。

“别怕。”嵇炀似乎是故意调戏她，道，“怕的话，我们换一下位置，我推你。”

南颜：“……”

鲸妖蓄势了数息，一股庞大的妖力随着海水下陷释放开来，南颜几乎能看见鲸妖苍白幽暗的巨口，在水下渐渐清晰，她甚至能嗅到来自深海的幽寒水雾。

也正是在鲸妖的巨口堪堪贴近水面的瞬间，海水蓦然轻震，随后海中不知从何处涌出无数条锁链，这些锁链每隔一尺便由一把骰子形的锁锁住，一息之间，那些锁链如乱蛇飞舞，瞬间贴上鲸妖庞大的身躯，从骰子锁的连接处断开又组合，而鲸妖在被贴上的瞬间，一身庞大的妖气彻底消失，不多时，锁链便拖着鲸妖往深海沉去。

其余锁链还在海面上方来回扫动，只不过并未探向南颜四人，只在三丈范围左右探查之后，便徐徐沉入海中消失。

“这锁链是……”

“潜行镇灵锁，你看这海水好像没什么，其实有不少锁链隐身在其中游荡，只要抓到活物，什么妖气灵气魔气都会被切断。除非是化神修士，能抓天地元气为已用，否则几乎无解。”

“……还是有解的。”嵇炀看着鲸妖离去的方向喃喃出声，只不过他的声音太小，并没有其他人听到。

南颜定了定神，忽然眉头一皱，身形从原地消失，下一刻出现在右前方百尺开外，一掌蕴含佛力的涤罪招式打向一侧礁岩。

礁岩炸开，后面现出一个满面骇然的魔修，他怎么也想不清楚为什么南颜会这么快察觉到他的存在。

“巳洲魔修！”

那魔修一眼看见穆战霆，毫不犹豫地一咬舌尖喷出一口精血，掉头施展血遁逃跑。

血遁是修士消耗精血的最快逃命之法，南颜毕竟还未结丹，短程还可依靠《七佛造业书》中的缩地之法来个出其不意，长程就没办法了。

“大哥慢点，我们追不上！”

几人连忙追去，可惜穆战霆速度太快，不一会儿就消失在远处的迷雾里，追了足一盏茶的时间，才堪堪停住。

“前面又有被流放在此地的修士。”

被打入封妖大阵的修士大都修为精湛，包括前面逃遁的魔修在内，所有人不约而同地收敛气息，下一刻，却发现那被困束的不过是个结丹修士。

南颜对魔修十分敏感，加之那魔修刚刚一路所用的是血遁，留有魔气痕迹，南颜马上确定那魔修就藏匿在这岛上。

“……我怎么觉得不太对，这魔修往哪儿跑不好，怎么跑到这流放了结丹修士的岛上，同级修士，又不一定认识，这不是找死？”

南颜刚疑惑出口，下一刻，小岛上一道炎流冲天而起，显然是穆战霆开始动手了。

“走，进去帮忙。”

嵇炀则是低头看了一眼海水，似乎想要说什么，但又不知为何没有阻止他们上岛。

这座岛不大，南颜踏进去时，一眼就看见有个披头散发的修士被圈在铜柱前，而在他身后的小山坡后，穆战霆正在和魔修交战。

好像有哪里不对。

南颜的预感刚冒出个头，忽然那看似被流放的结丹修士挣脱虚束着自己的锁链，五指成爪，须臾间化作五条黑蟒向离得最近的南颜一缠而去，瞬间把她整个人吞没。

“南颜！”

那结丹修士冷笑道：“别动，否则这女修性命不保。”

同时，一道嚣狂笑声响起。

“想黄雀在后，你怕是没这个脑子！”

岛上瞬间亮起阵法，足以抵挡结丹后期全力攻击两日，原来是早早有人在此布下阵法，只待请君入瓮。

阵法外巳洲魔修的身形出现，中间一人，朱唇紫袍，面貌俊美，但神态极其恶毒，看见穆战霆之后，眼中露出嗜血之色：“凡洲来的下等修士，凭什么敢与我上洲并列，左右你辰洲已经死了一个帝子，何妨再死一个。”

只有一种情况，上洲之主留在帝子身上的神念不会启动，那就是在没有外人打扰的情况下，帝子之间的生死斗。

帝子杀死帝子，那就是公平竞争，诸洲之主无权追究。

旁边的巳洲魔修见大局已定，连忙吹捧道：“帝子神机妙算，此次不只能带走副宗主，还能诛杀辰洲帝子，简直是意外之喜！”

“没错，诸洲之中，他洲的帝子不过是萤烛之光，论武力论智谋，岂能与吾洲争辉！”

厉迟冷哼一声，目光下移，看着被黑气淹没的南颜，道：“两个结丹初期，一个瘸子，还有一个女修……本帝子素来怜香惜玉，不过可惜了，此时只怕已化为脓水了，我看穆战霆你还是回来捞一下吧，没准死前还能——”

他话还未说完，那头一声魔修的惨叫发出，穆战霆一把把魔修烧得焦黑的尸体丢出来。

“呸，老子的妹妹比你妹妹强多了。”

厉迟这才发现他安排的修士用黑蛇魔雾缠住南颜后，她旁边的两个人根本就没动手，下一刻，黑蛇雾气里绽出一道道宛如日出的金光。

“佛气！”

放出黑蛇雾气的魔修面色大变，他还是第一次见到如此精纯刚猛的佛气，只听黑蛇雾气发出一声嘶鸣，爆散开来，而内中之人头上的帷帽被余波掀飞开去，足下如绽金莲，袖下素手轻抬，手背上隐约现出龙鳞，五指一握，那魔修不受控制地被她掐住脖颈。

她服了在鲸舟上得到的血蛟丹，如今有击杀结丹之力。

“这是哪一脉的佛修？怎会如此刚猛？！”

“此女断不能留！杀了她！”

这些魔修来自巳洲，比凡洲修士眼光高得多，一眼就看出如果任南颜成长，他日必为魔修之克星，是以个个毫不犹豫，齐齐动手欲置她于死地。

最后离开的魔修回头一看，愣道：“帝子，怎不动手？”

厉迟此时才看见南颜的面貌，整个人当场僵住，竟一时失语。

那年他不过刚刚成年，随父侯往子洲为师叔脱罪之事周旋，正法殿前偶遇南芳主，惊鸿一瞥，记了多年。

他所搜罗的姬妾炉鼎，十有八九都是眉目炽艳，各有千秋，却都比不上南芳主万分之一，万万没想到，会在这封妖大阵之地，见到一个同南芳主如此相似的人。

……还是个佛修。

反应过来时，他脱口而出：“我要她，别杀！”

已经杀到近前的魔修一怔，觉得是厉迟的老毛病犯了，这一犹豫间，四下的海域忽然震动起来，浓雾骤然压下。

“怎么回事？！”

面前的岛屿一寸寸连同岛上的雾气消失，只听殷琊冷笑道：“说谁没脑子，封妖大阵每日到时辰了会变阵，岛和海域会被挪到别处去，这都不知道就进来，谁给你们的勇气。”

涌来的迷雾中，厉迟看见旁边一直不怎么说话的坐在轮椅上的人，在被浓雾掩盖前，忽然把他誓要得到的那名面貌肖似南芳主的女修拉到怀里。

随后，他抬起头看向厉迟，不知是不是错觉，漆黑如子夜的瞳仁里，似有一条冥河流转。

“才不给你。”他无声地说道。

每至逢魔之夜，封妖大阵便会起些变化。

南颜是能感觉到嵇炀就在自己身边的，可睁开眼却只能看见一片白雾，目力看不透，神识也不能探查，想出声却发现声音传不出去，只能感到腰被人圈锁着，挣了挣没能挣开，也就不再动。

她不敢妄动，这种情况持续了半盏茶的时间之久，南颜正有些焦躁时，忽然听见一声轻唤：“阿颜，到娘这儿来。”

那是梦中再熟悉不过的母亲的声音，南颜一怔，身子本能地向声源方向倾去，却马上被人抱回怀里。虽然嵇炀什么都没说，但南颜马上反应过来……那是幻觉。

“阿颜，你是不是不听娘的了？”“娘被人带走了，你怎么不来呀？”“这里好冷呀，咱们回家好不好……”

南颜数度提起佛力镇压心中泛起的杂念，那声音却一直挥之不去，让人焦躁难当。

这也是南颜一直恐惧的事……越深究当年，南颜就越是怀疑，她娘的遗体并不是被赤帝瑶宫的人带走的，而嫌疑最大的那个人，她无可奈何，或许这辈子都无法望其项背。

眸底神色一时清醒一时混乱，就在她熬到白雾开始转淡时，南颜瞳孔一缩，白雾渐淡的彼端不远处，出现一个荆钗布裙的人影。

“阿颜，你怎么又迷路了，累得娘好找。”

南颜呆怔地看着那人影，她不知想过多少次，有一天还能扑进娘怀里睡个午觉，只有那里才是心安之处。

就在她双眼迷茫即将挣开嵇炀的困束前，迷雾那头的南娆身影骤然一阵扭曲，随后传出好似某种鸟类与婴儿混合的尖叫。

南颜瞬间双目一清，此时薄雾已淡，她看见四周忽然飞来一些人头大的怪影扑向她娘的幻影，瞬间附在其上不停吞噬着什么，但时间并不久，似乎吸得饱足了便一哄而散消失在迷雾尽头。

接着，那勾引她前往的幻影如水一般化在地上，随后迷雾散去，南颜终于看清楚了迷雾中那怪物的模样。

那是一种宛如贝壳的海兽，此时锯齿状的扇贝张开，内中软体发乌，伸出的触须在空中狰狞挥舞，但好似生气被吸光，很快抽搐几下死掉，化成一摊黑水。

原来是头蜃妖，南颜正疑惑那蜃妖刚刚是怎么死的时候，旁边殷琊怒声道——

“诡雾都散了，还不松开把轮椅让出来！”

“嗯？”

南颜一低头，正好和嵇炀的目光对上，咳了一声双双松开对方，南颜迅速跑到殷琊身边，她看着莫名昏迷的穆战霆，试图转移话题：“大哥这是怎么了？中招了？”

殷琊没好气地拖起穆战霆，把他架到轮椅上道：“他是第一个被蜃妖勾了的，我只能放个幻阵把他迷晕再说。刚刚那袭击蜃妖的东西我看着有点儿眼熟，却想不起来，你可看见了？”

南颜犹豫了一下，道：“我觉得那东西……看上去有点儿像阴祝。”

阴祝，纵然是如今，南颜也对那东西万分畏惧，也只有阴祝，可以瞬间将一只修为不弱的蜃妖数息间吸干生气致死。

“少苍可看见了？”

嵇炀好似没在意刚刚的尴尬一样，面色淡然道：“阴祝不一定只生于秽谷等地，封妖大阵也曾为修士坟场，若机缘巧合，也许会生出些阴祝也未可说。此地迷雾本就有勾引心魔之能，加上蜃妖更是玄异难解，不过蜃妖也是妖，如何得以从海中攀上陆地，却是让人不解。”

殷琊：“我也不知道，而且这次传送，把我们直接传送到第八层外围了。”

南颜愕然间，抬头看向小岛外，只见远处，一层迷幻宛如极光的光壁横跨大海，其上灵光湛然，竟现虹光。

这里是封妖大阵海上核心之地。内海核心中，可见一些黑色的岩岛，每座岛上的铜柱足有七根之多，乃是囚着化神修士的所在。

“我觉得不太妙。”殷琊对这一带尤其熟悉，“如刚刚那头鲸妖一样，元婴期以上的妖物是无法突破海面的，像那头蜃妖，大概相当于结丹初期，如果想冲出内海核心，必须要通过里面镇守的化神修士的封锁。”

“所以，会不会是有化神修士刻意放出这类蜃妖的？”

南颜说完，就见嵇炀做了个噤声的手势，然后指了指西边的方向。

她顺着他指的方向看去，只见海面下有一只蜃妖，伸出长长的触须，触须那头拖着的竟是昏迷不醒的巳洲魔修等人，正徐徐往内海核心游去。

“看来刚刚那拨心魔幻阵，那些巳洲魔修没能躲过去。厉迟手中必有释令，走，去把他截下来。”

蜃妖离得不远，灵智也并不高，正要拖着猎物往内海走时，忽然感到被人锁定，顿时触须一绷，贝壳合紧，周身散出一片水雾，水雾中隐有鬼影重重，意图用幻境阻隔。

而南颜这回吃了教训，手中佛珠一振，一道浩正庄严的佛言环绕己身，随后一头冲进蜃妖幻境里。

佛修最是不惧邪魔妖魅，外面的人只看见水雾中金光连闪，不消片刻，水雾凝雨落下，南颜用佛言枷锁捆着一头奄奄一息的蜃妖往回飞。

“这就是释令吗？”殷琊把昏迷不醒的厉迟提回来，翻开他的手掌，只见上面烙着一个“释”字，道，“要怎么抢他的？要杀了他吗？”

南颜道：“你杀了他，岂不是会引动巳洲狱邪侯的神念？”

殷琊道：“那怎么办，把穆战霆弄醒杀了他算了。”

“稍等。”嵇炀看了那释令半晌，伸出掌心悬于厉迟手掌上方，他眉眼低垂，谁也看不到他眼中隐约呈现一些异象，片刻后，厉迟手掌中的“释”字，一笔一画从他掌中浮起，在空中转了转，但在落入嵇炀掌心的瞬间，好似触到什么极其阴邪之物一般，边缘瞬间灼烧，又回到厉迟掌中。

“少苍？”

南颜正奇怪时，嵇炀忽然按着眉心，好似忽然有些不适。

“你怎么了？”

“无妨。”嵇炀低头看着昏迷的厉迟，整个人好像突然变得有些古怪，喃喃道，“应只剩一法可行了。”

南颜疑惑间，就听一声轻巧快速的切割声，竟是嵇炀把厉迟整个手臂切了下来，随后把厉迟整个人扔进海里，不多时，海水下一阵异动，潜藏的镇灵锁将厉迟整个人缠住拖往深渊。

“……你怎么？！”

厉迟作恶多端并不值得可惜，但他这么什么都不说就毫不犹豫断人手臂，让人骇然之余，不由得有些发寒。他什么时候起，变成这般模样？

对上南颜震惊的视线，嵇炀站在原地不语，片刻后，面上浮现迷惑之色：“一洲之主的神念会将帝子被杀最后的场面记录下来，无论谁杀他均有后患，不如交给封妖大阵来得干净……我做得不对吗？”

南颜眉心紧蹙，片刻后，合目默念两声禅语，道：“我知此人素有恶名，不敢妄言如此作为是否公义，只是若让我来，我会给他一个痛快，而非沉入海中任妖物啄食。”

“好了好了。”殷琊看他们像是要起争执，出来劝道，“这蜃妖既被允许出入内海核心，想来另有修士操控。”

“其中化神修士太多，轻易进入只怕不妥。”

嵇炀道：“不如以玲珑京那次的寄神之术作托，假装被这蜃妖擒住，看看它是不是被修士控制了，你觉得可好？”

南颜如今也只想先与舅舅取得联系，认同了这个方法，只是看着嵇炀的目光，越发忧虑。

“大哥一会儿就醒了，把他放这儿看顾本体吧，我们先去。”

封妖大阵中央乃是一道横插云天的山峰，山峰屹立千年，坚不可摧，是整个封妖大阵的核心之地。

山峰四周，坐落着大大小小成百上千的碎岛，小的十余丈见方，大的宛如鲸舟，彼此相望可见。奇异的是，这些碎岛上方，各有天候，有的阴雨不断，有的云破日出，有的电闪雷鸣。

凡人所见，或许只会惊叹此地为奇观，而修界中却知，那是化神修士盘桓之处，修士破婴化神后，一喜一怒，皆可引动一方天地剧变。

此时，中央封妖山以北，一处黑色岛屿上，正有电闪雷鸣，狂风大作，四周海浪闹动不休，冲刷着岸上的累累尸骨。

别处岛上的修士大多闭目盘坐，唯有这一处的修士，乃是一位骨瘦如柴的老者，此刻他拖着身后长长的锁链立于海边，眼中似有雷鸣怒吼。

“哈！老夫的门人来接老夫了！”

他一出声，黑色海岛四周怒浪滔天，卷起海底伺伏的妖物无数，海岛四周，竟成一片血海。

只是他狂笑间，彼方似有琴声翻澜，仿若遥遥自海天一线传来，所过之处，海浪平息，余下一些路过无辜被卷入的妖兽趁机从老者掀起的海潮中逃脱。

老者笑声戛然一止，高声怒喝道：“南颐！老夫都要走了，你还要恶心我？！”

一条逃脱的妖鱼仓皇游出老者海岛的范围，一时惊慌失措，不小心冲上了另一座海岛的岸，在岸上无助地跳动。

琴声一停，抚琴的人徐徐起身，将那条小鱼自地上捧起，轻轻放回海中。

老者似乎察觉到了那边琴师的做法，冷嘲热讽道：“如今还留在此地的修士里，数你杀妖杀得最多，何必惺惺作态？当真虚伪！”

“这鱼儿尚未有灵智，十存其一，乃合天道。”纵然是对着魔修，琴师的声音仍十分温和，“祸无极，你既得自由，乃玄宰通情，当惜重生之机。”

名唤祸无极的老者大笑道：“哈哈哈，说什么傻话！待老夫出了这鬼地方，先去辰洲杀三千，再去你寅洲杀一万！不过老夫倒是开始可怜你了，不过杀了些凡人而已，道生天那位若当真是你至交，怎么不把释令发给你，反而给了我巳洲魔道。诸位道友品品个中三味，是不是觉得很有意思？”

四周的黑色岛屿不多，不过五六座，片刻后，皆传来冷笑。

“老夫还记得呢，道尊开道坛时，逸谷先生与那位同奏，引得月华流香，道尊称赞‘德音双奇’，如今却是世态炎凉，反倒只有仇家偶尔来看一看先生。”

“依我看，祸无极老儿你不如放下身段劝劝逸谷先生，我魔门没有那么多规矩，待玄宰飞升之后，什么修界五逆，呸！老子就要犯个遍！”

“大道无情，弱肉强食，若修得至上修为，莫说屠个城，赤帝那一辈当年击沉丑洲，异婚于王脉妖女，谁敢说什么？”

化神修士一言一行，皆合己身之道，常年被这般多的修士以魔音相扰，若非已修至化神，早就被同化入魔修之道。

南颐不言，待他们说完，道：“玄宰主持修界大义，凡所行事必有考量。颐留在此地，乃罪有应得，心中无怨。”

旁边又有人好事道：“别人就算了，你姐姐怎么不来看你呀，她若愿来，老夫愿陪先生再囚百年。”

提到南颐的姐姐，四周修士皆传来会心笑声，南颐不再说话，只是眉目间，涌上掩不去的忧虑。

一侧祸无极发泄完毕，忽然神念一动，目露兴奋之色，只见远海处，上百头蜃妖从海面下一一游回，伸出水面的触须上，大多是空空如也的，有的勉强挂着两三有灵智的妖兽，只有一头蔫答答的蜃妖，伸出的触须上缠着三个人，看灵气应都是魔修。

“这是我宗门子侄，诸位道友所辖之海且让个道，祸无极出去后自会记个人情。”

他这句话既是客气也是威胁，化神修士的海岛一定方圆内乃受他们辖制，脱离范围，他们就无法追击，旁边的修士不无羡慕。

“听说这小儿是你巳洲帝子？那年你进来的时候这小儿还没出生吧。”

祸无极两百年前就被打入此地，也没见过厉迟，为免厉迟路上被其他修士所截，还特地收服了几个蜃妖在内海核心外围游荡，只要见到了就捉来。

眼见得那些蜃妖平安靠近，祸无极迫不及待地迎上前，一拂袖，那蜃妖上缠着的人幽幽转醒。

“迟儿，你可还记得师叔？”

被蜃妖缠着的，并不是别人，而是假扮魔修的南颜等人。

南颜是真的不敢动，周围那些气息实在是太恐怖，若是本体进入这片海域，只怕马上会被碾压而死。

她太紧张了，一侧殷琊道：“南颜，你演得能不能自然点？”

南颜："我觉得我很自然呀。"

殷琊："你自然个头，你现在是魔修，合掌干吗，念经哪？"

"哦。"

殷琊现在结丹后施展的寄身之术比之前厉害多了，可化虚凝实，三人用全身灵气凝成实体，又有银鲛珠之力加持，理论上足以瞒天过海，但也冒了极大风险，若被打散灵体，本体不只神念受创，还会虚弱许久。

他们醒来后，蜃妖便放开了他们，一点点向祸无极所在的地方靠近。

南颜肃容以待，眼角余光瞥向嵇炀，后者倒是十分自然道："父侯时常说起师叔，巳洲集血魔道于大成者，除师叔祸无极不做他想，侄儿岂敢忘。"

祸无极大喜，道："论魔道修为，我不如师兄多矣，只是迟儿所修灵力奇异，乍一看与正道修士无异，细细一品却有黄泉鬼相，老夫竟一时看不穿是魔道哪一道？"

他们所寄之体全然由自身灵力构成，祸无极乃化神修士，可一眼洞穿灵力本质，他既然说嵇炀所修的灵力属魔道……那就一定是魔道。

——对了，是银鲛珠，如果不是银鲛珠，她早就该察觉的。

十年生死两茫茫，她步佛途，他行魔道。

"迟儿，你倒是说说，你这一身灵力何处修来？"祸无极越是打量嵇炀，越觉得惊讶。

天底下有五十种大道，当中有二十五道属乾道，乾道为清，所修俱为约束人欲、证乾元清气，求羽化成仙。

而坤道为浊，浊者乃顺人欲，却也不都是魔道，人善工于器，机甲百工、丹石符阵均属坤道，不过旁门百家终究是外物，坤道之中，至今唯有魔道有破碎虚空之可能。

天邪道已是魔修顶峰，虽不如道生天统辖四十六般大道那般霸道，却也有九路魔修至上道可通化神。而厉迟身为狱邪侯之子，应随狱邪侯修他的道统才是，怎会半路改了其他道统？

一侧，殷琊暗暗叫苦，他还是低估了化神修士的境界，心头已做好了被识破后打散灵体的准备时，却听嵇炀对答如流。

"父侯当年修至化神后期时，曾苦于第二衰，时常身光忽灭，便嘱我多外出游历，我所修者，乃在小山海秘境遇险，生死交关时得见冥河泼天而下，自此冥冥有感，渐脱父侯传承。"

祸无极一听，心头那点疑惑瞬间消弭无踪，动容道："师兄当年的确困于天人第二衰，迟儿你有此奇遇，乃我巳洲百年不遇之天骄，耗神竞争帝君未免可惜。待师叔出去，便从旁助你，不出十年，必襄助你结婴。”

四周的化神修士大多是魔修，一直关注这边：“这孩子年纪轻轻，便已入冥冥有感之境界，他日怕不只与我等同列，还可独辟一道。祸无极，你巳洲有望啊，这孩子可有道侣？本座还有个远方侄女乃极阴之体，要不要考虑考虑？”

听旁边修士有交好之意，祸无极面上有光，一张老脸越发和蔼，道：“迟儿年华正盛，师兄可为你指了道侣？”

“未曾。”嵇炀垂眸道，“不过……已有心上人。”

南颜此刻心乱如麻，恨不能把嵇炀拖进个小黑屋里抓着他严刑逼供，听他这么意有所指地一说，不由得把头转向外面。

……她现在真的不知道拿什么表情面对嵇炀。

“哈哈，老夫倒是听师兄说过，寅洲的女修的确最是貌美，等出了这鬼地方，师叔给你抢几个来。”他说话时刻意将声音放大，“逸谷先生，你南氏乃寅洲之主，我这侄儿来寅洲，你是不是该推荐推荐，尽尽地主之谊？”

南颜心中一震……她舅舅果然在这里！

远处相隔两座空岛外，一座矗立着七根铜柱的黑石岛中传出一个温淡声音：“寅洲不留恶客，百年服刑不易，祸道友虚耗于此多年，又是夺舍之躯，修为只余十之二三，望请自重。”

“哼！”祸无极当年夺舍后，虽在封妖大阵中拼命恢复修为，但如今也从化神中期跌至化神初期，时常被其他修士嘲笑。他冷哼一声，对嵇炀道：“贤侄，你速速为老夫解封，老夫要教训教训这狂生！”

有罚罪铜柱在，他不敢轻易杀了南颐，但在远处攻击教训一二也是可以的。

嵇炀略一点头，似要解开祸无极的封印时，忽然道：“师叔，我近日路过卯洲，曾得一琴，此次随师叔出去后，怕是再无机会来此。听闻逸谷先生琴技天下无双，欲讨教一二，不知可否？”

听他没有立刻为自己解封，祸无极有些不满：“什么东西非要现在讨教？”

嵇炀取出病酒，随手一拨，宛若太古回音般的一声琴响幽然荡开。

“正是此琴。”

祸无极双目瞬间睁大，周围神识锁定于此的化神修士纷纷惊呼。

“病酒！此琴如何得来？！”

嵇炀不慌不忙道：“多年前，道生天将此琴送至卯洲，放于佛堂之中，供有缘人参悟，我路过时曾弹动此琴，如今已属吾洲。”

祸无极顿时哈哈大笑：“南颐！那位可是嫌你呢，连你送的琴都丢了，你要不要看一看呀！没想到迟儿也精通琴道，师兄得此麟儿当真大喜，老夫就在这儿等着，你就去让逸谷先生指教指教。”

祸无极这些年是想尽办法刺激南颐，如今有此机会焉能放过，立时催促嵇炀前去。

“师叔但有所命，不敢不从。”

南颜与殷琊连忙跟上去，但祸无极又忽然出声：“你们这两个小修士去干什么，回来。”

南颜身形一僵，片刻后瘫着一张脸道：“帝子如今沉迷琴道，每每弹奏，旁边需有人伺候，小人负责焚香。”

祸无极觉得这两个人怪怪的，转向殷琊道：“那你呢？”

殷琊：“……我打扇。”

一个焚香，一个打扇，没毛病。

祸无极愣怔间，南颜与殷琊连忙抓紧时间飞出他岛域的范围，紧紧跟着嵇炀，飞往南颐所在的黑石岛。

南颜颇有些急切，待转过一道礁石，她一眼望去，只见七根铜柱间，静静靠坐着一人。

这是一个外人一眼看去，就知道是个十分温和守礼的君子，可惜双目无神，显然并不能见物，只能依靠神识行动。南颜等人来时，他正五指虚扣在琴弦上，似是有些怔忡。

他若复明，那双眼睛倒是和她娘极像的。

南颜心中有些激荡，但四周化神修士环伺，一时间不敢出声。

旁边殷琊传音道：“不如现在就用释令解开，那些化神修士过不来。”

“不妥，化神修士虽不能离开黑岛，神识却可轻易碾碎我们，我以琴语先与他沟通。”

“你还会琴语？”

“不是很熟，可勉强一试。”

嵇炀将琴平放，似要开始，又忽然停下，看向一脸复杂的南颜，欲言又止，最后传音道：“阿颜，你的木鱼给我。”

南颜一脸疑惑，但还是从乾坤囊里拿出木鱼递过去：“这个可以吗？”

“可以。”嵇炀接过一个之后问，“还有吗？”

南颜一连交出三个，满心疑惑，最后嵇炀确认道：“没有了吗？”

“没有了，我没事带那么多木鱼做什么？”

“好。”嵇炀说完，反手就把木鱼扔进了海里。

南颜：“……你怎么扔我木鱼呢？”

嵇炀转头避开她谴责的目光，将病酒琴放在膝上，轻舒一口气，一道流水般的琴音散去。

他甫弹出三个音，南颐就立时回神，面露困惑之色，犹疑片刻，将手中听狂琴平摆，以琴相和。

南颜平日里并不通音律，此时却也不由得心神为之吸引。她先前听嵇炀弹奏，只觉得心静悦耳，而听南颐弹奏，方知琴音入耳，竟可满眼生花，一至神入空山。

听狂、病酒乃当世名琴，此时封妖大阵中所有化神修士都静心听琴，互相感叹。

“听说当年‘德音双奇’共奏，与会有闻者，后来都各有晋升，晋升时可提升三成对抗心魔之力。”

“尽丹石之力，至多提升灵力，对这心魔一关却是无可奈何。”

“没想到有生之年还能听到两大圣琴同奏，如今看来这破地方也不至于无趣。”

就在所有人沉心静听时，忽然一道霹雳凭空响彻，随后莫大神识威压直向南颜三人袭来。

只听祸无极一声断喝：“这是《静夜谣》！你不是我侄儿厉迟！你究竟是谁？！”

化神期神识何等凌厉，南颜只觉迎面一股摧枯拉朽的神识似要碾碎他们，但所幸旁边南颐同时一弦轻挑，本是沉重古雅的琴音，骤然有如铁骑突出，一举击溃祸无极神识。

“南颐你！”祸无极此时全然明白过来，小岛四周感应他之怒气，顿时惊涛翻浪，“夺我巳洲释令，老夫与你不死不休！！”

他身后铁链震动，七根罚罪铜柱上符文亮起，登时道道电弧顺着锁链向他袭去。

祸无极惨叫一声，不由得半跪在地，不得不盘坐调息，只是眼底的阴毒让人见之心惊。

而南颐击退祸无极后，信手一拨，撑起一方琴界隔绝内外，随后起身道：“祸无极素来暴虐，不必理会，你们哪位……哪位是阿姐的后人？”

他说话时，尾音有些颤抖。

南颜一路走来，看尽的是他的悲剧，一时心中发涩，散去幻境：“舅舅。”

南颐猝然起身，踉跄着向南颜的方向走了几步，道：“二十年……我还以为很快，没想到阿姐已经有孩子了。孩子，你、你叫什么名字？”

南颜上前一步扶住南颐的手：“我随娘姓，娘给我起名叫南颜，舅舅唤我阿颜就好。”

化神修士已入观微，血脉牵系绝作不了假，南颐一时既茫然又欢喜。

“阿颜……好孩子，这封妖大阵如此危险，阿姐怎会放任你前来？”

南颜看他的反应，情绪激动宛如一个凡人，一时间不敢言语。

南颐骤生不祥预感：“怎么？是阿姐还在生我的气？我曾托龙主探听消息，都说阿姐在闭关，连你都不知道吗？”

“我娘……”南颜闭上眼，哑声道，“十年前就已经辞世了。”

上方天穹一阵浓云掩日，随后细雨如怨，落在南颐眉间。

“不可能，”南颐本能否认，却越发恐慌，“父亲曾猎杀九头凰鸟为阿姐炼制一颗赤帝妖心，又请道尊亲自出手加以无上禁制，道尊飞升后，世上无人可破，此心不失，阿姐便不死不灭，可延万年。”

只要赤帝妖心在，南娆纵然元神碎灭，也可自赤帝妖心重生。

南颜本是认为她娘已不可挽回，听他这么一说，顿时燃起希望，道：“真的吗？！”

“倘若赤帝妖心已失呢？”

南颐愕然看向出声的嵇炀：“你此言何意？”

嵇炀能感到南颜看着他的目光徐徐染上一层愤怒，但仍是出声道：“我曾在秽谷见过当年幻影，有人将南芳主剖心后，打下秽谷断崖。那下面阴祝万千，凶手应当想让她身死魂灭不得超生。”

南颐：“……”

“先生已成就化神，应可看出我所言是否为虚。”嵇炀言罢，取出银鲛珠相示。

南颐怀中听狂落地蒙尘，颓然一笑，怆然道：“我不信，阿姐走之前，带走了姣娘的银鲛珠，她说……要去找一个人，为姣娘求转生之机。

“阿姐只说，很快会回来，我只当是当年一时入魔，没想到却是失心至今……连阿姐都被我累得如此境地。

“父亲说的对，我心魂易伤，害人害己，本不该听母妃命令，强踏这一条长生道。”

沉哀间，直至雨幕渐淡，南颐方道：“杀人者，谁？”

嵇炀却不言明：“我不曾看清，来时我们已夺释令，先生问凶手，可决心出此封妖大阵？”

南颐合目一阵默然，道：“当年我所屠之城乃属辰洲，罪当问死，只是先有阿姐奔走，后有龙主谅解，好友亦为我背负徇私之名，方留得我苟活于世。”

他若擅出封妖大阵，之前亲友那些周旋统统白费。

“我已罪孽深重，此生不敢求得任何人宽谅，只是长姐无辜被杀，凶手需得以血还血，此事不容犹疑，待报了此仇，事后我自会去正法殿领死。”

南颐已存死志，这也在嵇炀意料之内，他又说道：“先生有此担当，晚辈敬服，只是先生若执意领死，将阿颜置于何地？南芳主只此一女，让她一人独对风雨？人无完人，先生应有取舍。”

他此言一出，南颐一怔，苦笑不已：“我竟是进退无路了，你这般口舌如刀，颇像我以前识得的一个后生晚辈，只不过他是好友的高徒，你……嗯？”

银鲛珠物归原主后，残留之力渐渐散去，南颐有些迟疑，但仍是可逐步确认。

“刚刚散出魔修之气，我还以为你是为骗取祸无极信任故意所为，原来你竟真的是魔修。”

再一看，来的三个人里，魔修、妖修……加上南颜是个佛修，南颐想说什么，却不知如何说起。

“舅舅。”南颜自从知道嵇炀是魔修时就一直忍着没发作，但此时追究并不合时宜，收起情绪道，“我们此来，一是为了找你，二是想请问你知不知道这封妖大阵下有一脉天狐族？”

至少有阿姐的血脉在，南颐心中稍稍平复，随后注意到一侧神情复杂的殷琊，略一回想，立时便有了印象：“原来是你。”

“那年我浮出海面，是你放我一马，让我有幸脱出封妖大阵。”殷琊皱眉道，“不过我可没有感谢你，你杀我同族无数，若你仍阻我救出族人，我可不会退让。”

南颐一时想起姣娘，轻声道：“我经年于此斩除妖孽，乃是为回报吾友容情。若天狐族立下血誓不作恶，我自会容赦。只是封妖大阵上下合四十六大道，层层镇封，你来此虽有所准备，但小觑道生天，只会铩羽而归。”

“舅舅，我们此来也并不指望一举放出，只是想试一试。”

南颐算是第一次做舅舅，又素来性格绵软，见南颜求情，犹豫片刻只得点头：“既是阿颜所求，可前往中间那座封妖山一观，那山乃道尊取天外奇石所化，上承天光，下定深海，此山若毁，海下万妖将祸世而出。你们若只想解救天狐族，就前往兑位百十七丈处，那处有一尊天狐族的狐神像。只是切记勿动其他万妖神像。我会为你们布下琴界相护，只是若引得阵法反击，虽不至死，但也会被传送至其他危险之处，需得谨慎。”

内海少雾，封妖山抬头便可见，宛若天柱般支撑乾坤，上至云端，下至深海，只是站在远处遥遥仰望，便不由生出敬畏之感。

“这就是当年赤帝伐妖，与道尊一同立下的封妖山？”

南颜三人周身笼着一层薄淡的清光，身形飞动间，隐有丝弦幻影。

这是琴道至臻的境界才能生成的琴界，可隔绝远处窥伺的化神修士的神识威压，也能挡去封妖山庞重的道妖合流之气。

“此山已屹立千年，山下镇压妖国万妖，海下的妖族看见这山，能躲则躲。”殷琊眼里露出怀念之色。

南颜问道：“这是二哥出生的地方吗？”

殷琊略一点头，道：“你别看这下面一片海，海下立有一处妖国，坐落在一种叫‘须弥鼋’的大妖背上，须弥鼋足有三分之一个卯洲那么大，就被这座封妖山镇压在海底。据说如果封妖山塌了，须弥鼋就会醒过来，背着整个妖国浮出海面。”

南颜环视四周，这无边海域下，竟只是一头巨龟的背，当真无奇不有，感叹道：“我初出凡洲，还当那舟鲸是世上最大的妖兽，原来天外有天。若当真有那么一天，万妖出海，却难以想象是何种祸端。”

殷琊撇撇嘴，他在人间徘徊多年，对人族仇恨并不大，但若等到他修至无上境界后，他还是要下封妖大阵，将万妖收服，夺一洲之地重建妖国。

不过这都是许久以后的事了，当下暂且不表。

三人围绕着封妖山飞了半盏茶的时间，南颜一眨不眨地盯着这山，只见这山虽有崖树横生，但枝叶掩映间，隐约有些浮雕壁画显现。

很快，她被一幅染着苔痕的浮雕吸引去了目光。

只见那是一片较平整的岩壁，上方刻着一个须眉威武的男子，双足踏焰，右手持鞭，像是在拖着什么。

南颜顺着鞭子的方向看去，只见鞭子那头缚着一个羽裳披发的女人，美貌绝世，但双耳尖尖，乃是一个妖女，对男子目露憎恨。

而相隔不远处的下一幅浮雕上，羽裳妖女已换了人族的服饰，钗环华丽，由那位威武男子牵着走上一处宫殿的高台。

“这是妖国当年献上王女求和的场面，封妖山有灵，将当年之事一一记载。至于后面，妖后嫁与赤帝后，人族违约不断向封妖大阵加封印，妖后无法救得族人，遗下一女后郁郁而终……细一看，你和妖后还有一点相似呢。”

……所以那就是她外祖父和外祖母的事了，看来又是一段孽缘。

南颜终于知道了自己的来历，算了算，颇有些惊奇：“那这么说，我身上竟还有妖族的血统。”

殷琊摸着下巴回想道：“难怪当年逛街的时候，我怎么一眼看着那个小胖墩就觉得亲切，原来是有原因的。”

二人啧啧称奇时，旁边嵇炀忽而问道："这幅壁画为何被凿毁了？"

"哪里？"

殷琊徐徐飞去，果然见到一幅壁画被剑气凿毁，再难看见原貌，道："欸？这不应该是那幅很有名的《破虚飞升图》吗？怎么被毁掉了？"

南颜道："那是什么？"

"就是大概在南芳主那一辈修至化神后，由子洲道生天的道尊岁寒子牵头，邀集当时辟出海外诸洲的那些已经渡过天人五衰的大能，合修界最强之力一起破碎虚空的事。怪事，我记得我四五岁的时候第一次在海面下仰观，族人还指给我看过。"

道尊、赤帝、老龙主等传说中的人物同时飞升，那场面必然壮观不已。

南颜未能瞻仰前人遗风，一时可惜，却见嵇炀看着那毁去的浮雕若有所思，想说点什么，一时也不知怎么开口。

毕竟有个魔修在身边，她得花不少力气才能忍住《七佛造业书》的杀气。

这幅浮雕与他们此行没有多大关系，三人只停留了片刻，便徐徐往上飞，越往上，植株越是稀薄。不多时，便看见上峰处出现了无数山洞，一个个排列整齐宛如佛龛，只是里面供着的并非佛陀，而是一个个大妖的本体。

南颜神识刚一探出便被猛烈弹回，撞在周身琴界上震荡不已，一时讶然。

殷琊道："这些妖像每一尊都封着一滴大妖的妖血，不是我们现在的修为能窥探的，一会儿到了天狐族那里，最好做好被击散灵体的准备。"

南颜："二哥。"

殷琊："咋？"

南颜："我有点儿虚，你说我万一因为是个天选之子，砰一下把封妖山打碎了，岂不是千古罪人了？"

殷琊顿时一脸鄙视："你想多了，这么多年你以为没有其他妖修闯入过？他们来时少说也是天人第一衰的等级，头都撞破了也没伤到封妖山分毫。退一万步说，就算封妖山有崩塌的一日，也绝不可能是一个丹都没结的小修士摸一下就可以做到的，除非道尊从仙界飞下来。"

南颜哦了一声，跟着殷琊飞到一处洞口前，这一次殷琊打头，他们顺利得以进入。

哇，这头好看。和别处的石像不同，天狐族的妖像通体由不知名的白玉雕成，九尾如屏，栩栩如生，唯有狐首间有一道痕迹，殷红如血。

妖像下点着三排微弱的莲灯，每排十二盏，这洞中有风，但灯火却并不随风摇动。

“这些道灯各自代表一道道统，你尽全力击去，就算任何一盏灯的火苗有一丝晃动，也足证明你当年传承之道可动摇大阵……”殷琊不由握紧手指，道，“如果可以，等出去后，我会全力襄助你晋升。”

事到如今，南颜自不能临阵退缩，只是看此地诡异，便留了一分力，让情况到时不至于失控，随后佛珠轻抛绕于手上，手捏说法印，眼中隐现明王逆印。

她的佛力比第一次见面时更凶了。

在南颜佛力涌现的瞬间，殷琊便感不适，对嵇炀道：“我不知道你是怎么突然变魔修的，不过现在你要是难受，就先在外面等着吧。”

“无妨。”嵇炀淡然道。

按理说，魔修遇如此浓重的佛气，纵然不是先弱三分，也该百骸剧痛才是，他却好像无知无觉。

南颜所施这一式，乃《涤罪篇》初章，与《识罪篇》不同的是，它是在修士对“罪业”定义坚定后，抱有涤荡世间诸恶之志，一掌拍去，饱含她经年所涤之业、所悟之理。

刹那间，整个妖洞被佛光笼罩，一阵乱颤，上方土石扑簌簌下落，但震动过后，妖像前的道灯却纹丝不动。

失败了？

四周沉寂半晌，南颜还以为是自己未尽全力，却听殷琊声音低落。

“回来吧，看来此道统并不足以凌驾三十六道之上。”

南颜有些羞惭，看向殷琊道：“……我刚刚是没尽力，要不然我再试一次？”

她话一说完，忽见殷琊猛然抬头，愕然看向她身后，南颜回头，只见三排道灯如被狂风扫过，依次灭去，直灭到最后一盏，那烛火在风中摇曳明灭，但直到狂风散去，又凝立如初。

诸道皆灭，那最后一盏，是道生天本宗道天心诀之灯，那灯不只自身立住，又分出点点火光，重新点燃其余灭去的道灯。

道天不灭，明灯长存。

“这……怎么可能？！”殷琊一时失语，看怪物一样看着南颜……她那是什么逆道，现在就能灭掉三十五道，假以时日让她修完，岂不会凌驾于道生天之上？

愣怔间，嵇炀突然拉着南颜的手，不由分说掉头闪出妖洞。

“怎么了？”

“妖像醒了，走。”

南颜匆匆回头一看，她面前的天狐妖像，原本闭合的狐眼，不知何时已经张开，眉间血光瞬间笼罩殷琊。

“那是什么？”

“天狐族察觉道灯封印减弱，要趁道灯还没完全重燃，把古妖传承给他。”

南颜一脸蒙：“二哥呢？不管他了？”

“对他来说是好事，但天狐族的大妖要是发现传承途中旁边还有人族修士，定不会容下我们。”

“那二哥会怎么样？”

“一般来说，会回归天狐本体，修为暴涨至当前位阶极限。”嵇炀已拉着她跑了数息后，说完这句话突然停下，叹了口气。

“怎么不跑了？”

“回归妖体后，他会暂时失智，左右跑不掉，他会把我们全杀了，歇会儿吧。”

南颜云里雾里间，就看见身后一阵紫光绽出，一头祸世妖狐从妖洞中冲出，双目紫红带血气，结丹后期巅峰的威压让它瞬间杀至他们面前，一爪挠来。

寄神之体瞬间散开，消失前南颜怒道——

“狐狸精！你看贫尼出去不剃光你的毛！”

“春花秋月何时了，直教人生死相许。小楼昨夜又东风，往事不堪回首月明中……”

孤岛海岸，穆战霆醒来后就看见他们三个留书出走不带他玩，他又不敢擅自离开，免得他们三个的本体被什么妖怪吃了，一时间满腹幽怨无处排遣，只能吟诗自怜。

“年少不知愁滋味，一片伤心画不成。

“抽刀断水水更流，山雨欲来风满楼。

“问君能有几多愁，又岂在朝朝暮暮。”

念着念着，穆战霆自觉文学才华被修仙大道埋没，心中慨叹，可惜这世上的好词好句都让前人吟完了，不然他也能成个诗人什么的。如今只能由他这个后人牵线搭桥，让那些生不同时的诗人自由组合一下。

就在他糟蹋完唐宋，正打算向魏晋下手时，忽见远海一道血影破开海面冲了过来。

穆战霆定睛一看，勉强看得出那是一头蜃妖，这头蜃妖与先前的那些不同，通身血色，隐约散发着一股魔气，目标十分明确地从内海向外冲去。

穆战霆一看此妖不知往何处去，犹豫了一下，抛出一面龙形玉佩，张开一道极其严实的护界罩住三人，自己飞身追去。

好在那血蜃妖修为不高，并未察觉有人接近，一路逃至一座岛上，那岛上正躺着一具刚刚变阵前南颜服了血蛟丹后生生捏死的巳洲魔修尸体。

血色蜃妖迅速爬去，触须将魔修的脑袋卷得严严实实，身上的血色好似有生命一般，徐徐蠕动着灌进那魔修七窍中，片刻后，蜃妖化作一摊黑水。

穆战霆看见那地上的魔修忽然坐起，五官一阵抽搐，慢慢有了表情。

"……几个大胆小儿，待老夫以分神之术找出你们，必要将你们碎尸万段。"

来者正是巳洲祸无极，他耗费九成灵力孤注一掷，以血魔分神之术，控制了一具魔修尸体，只要将南颜等人找出来抢走释令，他就可以脱出生天。

血魔分神之术只能持续半日，过了半日，他少说要调养一年才能恢复元神与灵力。

"啧，这具下等修士的躯体真是……"祸无极面色扭曲，眼带怨毒，徐徐站起，正要转身，却发现脚边有一个人影。

那人影看见他站起来，一边抽出一口火焰长刀，一边问道——

"天长地久有时尽，壮士一去兮为啥还能复还？"

南颜等人走之前，已将释令放出解开南颐的囚柱，只是那铜柱素有些来历，解开铜柱封印尚需半日之久。

一个时辰后，禁锢着南颐的第一根铜柱轰隆隆地陷入地底，上面所牵的铁链也崩解消散。

"南颐，那是老夫的释令！待老夫出去后，必要踏平你寅洲！"不远处的黑岛上，巳洲天邪道魔修祸无极仍在吵闹不休。

旁边有其他同样被禁锢的化神修士幸灾乐祸："今天这乐子真大，祸无极老儿我看你也别出去了，出去了你这老脸往哪儿放呀。"

"哎可不能这么说，天下万物能者得之，哄骗得过是那几个小儿机敏。往后没有逸谷先生的琴相伴，祸兄只能独自长啸，吼高和寡，我等当谅解祸兄。"

"可苦了我们这些老兄们的耳朵，往后再也听不到逸谷先生的琴，只能听一个老不羞咆哮，可惜可惜。"

个个都是活了几百年的老妖精，说起话来一个比一个毒，气得祸无极所在的岛屿上雷鸣阵阵。

一侧南颐却是心不在此，他们这些修士的神识受到罚罪铜柱禁制，只能延伸数里，一时间难寻南颜等人探寻的踪迹。

南颐轻叩听狂琴弦，他指下的丝弦冰冷如深海寒流，沉思间，一条小小的蓝鱼从琴枕下游出，鱼身半透明，宛如幻影，在弦间穿梭跃动，最后贴服在南颐指间，轻轻摆动着鱼尾。

那是一片小小的鲛人魄灵所化，生前执念太过，因而强行留在想要长伴的人身边……只不过代价是再无转世之机。

“……原来你也听到了，那是阿姐的后人。”南颐轻轻抬起手，语气放柔，道，“如果你还在，应该会很喜欢这孩子的。”

他说完，便合上双眼……然后，双手握紧。

“姣娘，我还要害死多少人……才算是到头？那个时候、那个时候，我不该让阿姐去凡洲……我应该自己去。这世上到底还有多少劫数，要算就应该算在我身上，为何还要牵连无辜者……”

南颐的声音渐渐喑哑，鲛灵有感，徐徐飞至他眉间，轻触着他皱紧的眉心。

二十余年了，这孤岛上的风，从未这般冷过。

仿若裂开的肺腑缓过最崩溃的数息后，南颐混乱的思绪姑且找到一个落点，他感受着眉间那一点点努力让他走出阴霾的清凉，道：“姣娘，阿姐还有后人，再等等我，我把她安置妥当后，很快就去陪你。”

此时，第二根罚罪铜柱已经落下，第二根锁链解开的刹那，南颐感到束缚自己多年的那股压力散开，属于化神期应有的磅礴灵力从四面八方而来，注入消磨已久的躯体中。

化神修士可纳一方天地灵气为己用，待余下五根罚罪铜柱解除后，他便会彻底恢复。

“逸谷先生，今日要自由了。”周围的化神修士不无羡慕。

就在南颐恢复灵力时，封妖山方向蓦然传来一阵轻轻炸响。虽只有一点声音，但化神修士五感通神，瞬间便注意到了。

“哈，那几个小儿碰了不该碰的，死定了！”远处的祸无极一脸解恨，“报应来得这么快，便宜那几个小儿了。”

南颐心头一跳，集中神识探去，正好察觉到一丝灵气溃散的痕迹，随后他神识范围内正好出现一头痛苦挣扎的妖狐，狐身影子扭曲，开始闪烁不定。

南颐立时便察觉，原来南颜等人来时用的是极高明的寄神之法，看来中间是出了意外，不过只要本体不在当场，却也无碍。

“殷小友，抱元守一，克制妖性。”南颐拨虚空为弦，一边用神识将失控的殷琊引来，一边以《静夜谣》琴音安抚。

狐妖在琴音引导下，双眸渐渐平静，随后徐徐飘向南颐所在的岛上，落在海边缩成一团沉沉睡去。

“……此妖的种族，倒是与天狐有所不同。”能这么快安抚下一个暴动的妖族，南颐自己也颇为意外，走近后一看，只见巨大的白狐正在慢慢消失，显然是传承接受得过多，需要散去寄神之体回本体调养。

“天狐一族妖性暴戾贪婪，但他的灵力里，却隐有一丝佛力，让他能抵得住妖族嗜血之性的蚕食，想来是受阿颜的影响。”

当然是受南颜的影响，那年闭关前，南颜牵着狐狸精漫山遍野地体会佛修的生活，今日清扫山门，明日下山化缘，那段时间殷琊堂堂一个乡村艳文中喜闻乐见的狐狸精，被逼得当了许久的苦行僧。

说话间，忽然有旁边其他的修士传音与南颐。

“逸谷先生，祸无极刚刚不停叫嚣，引开我们的注意，一时不察，让他暗中施展了血魔分神秘术……想来是去找你那几个小友的本体去了。”

南颐一惊，远处祸无极蓦然大笑。

“释令必是写在圣卷上，你离完全解封还有一日，一日时间足够，待老夫找到圣卷，一样可以夺回释令！老夫会把那几个小儿抓来，在你面前一一撕碎，为我迟儿报仇！”

“祸无极！”

南颜睁开眼时，好似宿醉刚醒一般，脑仁儿一阵钝痛，不由得躺在地上许久，任眼前的昏花渐渐平息，才睁开眼。

这一睁眼，差点儿没把她吓得继续长眠。

“我看到你睁眼了，咋又睡着了？”

南颜万般无奈，只能又睁开眼，只见她大哥手里拎着个整张脸烧得焦黑，什么表情也看不出来的魔修凑在她身边。

南颜：“我睡个回笼觉不行吗？这位……这位施主面目全非，是哪里来的？”

“刚刚我看到有头妖怪爬到这魔修身边，然后这魔修就突然死而复生，你说这是不是就是垂死病中惊坐起，无人知是妖物来？”

南颜：“……”

南颜狐疑地盯了那魔修半晌，只见他一脸焦黑，很难看出他到底是生气还是不生气，道：“是什么妖物？”

“我也记不太清楚了，画给你看。”穆战霆回忆了一下，拿了根枯枝在地上画了个意识流的生物。

南颜鉴赏了片刻，实在联想不到蜃妖上，只能抬头问那被烧焦的魔修道：“你是如何死而复生？”

那魔修自是祸无极分神所化，岂料刚刚将元神碎片在魔修身上种下，还未恢复就遇上穆战霆，穆战霆那一身绝学来自死对头辰洲，斗了不到片刻他便被活捉。

……堂堂化神修士，还未受过这等屈辱！

祸无极心中十分愤恨，但看南颜还没认出来，料她也想不到自己的手段，道：“……我巳洲之大，自有求生秘术，魔道精深，岂是尔等小儿所能测度。”

“是吗？”

南颜表情僵硬地看着旁边同时也睁开眼的嵇炀，此时他又隐去魔修特有的阴戾之气，穆战霆察觉不到，她却是洞若观火。世上的魔修她都恨不能杀个干干净净，唯有这一个孽缘，吵吵不过嘴，打打不下手，放放不下心。

嵇炀察觉到她的盯视，避开她的目光，矜持道：“菩萨目光灼灼，令某心乱矣。”

南颜的目光更凶狠了……贫尼生气气，但贫尼还要保持风度。

祸无极最恨的就是这个假扮厉迟的人，藏起心中的怨毒，计上心头道：“你们将帝子掳去哪儿了？”

嵇炀打量了那魔修片刻，忽然一笑，道：“我等不过是无依无靠的散修，岂敢惹上天邪道。自然是藏在妥当之处，不过我好奇的是，封妖大阵凶险之地，巳洲派来的人是不是过多了？”

祸无极目光一阴，道：“你知道得不少，不过此事在诸洲间也不能算秘密。”

嵇炀哦了一声，道：“熸铁？”

“熸铁”这两字一出，南颜不是很明白，一侧穆战霆倒感兴趣起来。

“熸铁到时间了？”

“那是什么？”

“是一种神矿……与其说是神矿，不如说是一种天地灵物，诞生于大日火精中。大日火精是天地间至强之火，三千年一熄，三千年一燃，熄灭时会诞生一种叫‘熸铁’的东西，火精会分出一丝火种蕴藏在里面，再等三千年后，火精又从熸铁中重新燃起。天底下只有极少的几个秘境才有火精的踪迹，封妖大阵是其中一个。”

南颜恍然：“此物可炼器？”

“没有人炼过，不过熸铁有特性，见血即燃，就算是真仙被熸铁炼制的兵器击中，也会连仙魂一并燃烧殆尽，只能用一次。据说上古之时有位大能以熸铁炼制过一把长矛，曾杀死过虚空外的真仙。”

南颜听罢，捻着佛珠道：“此铁承载杀业，一业一报，若取之必有波折。”

穆战霆道：“富贵险中求，与其让熸铁被魔修得到威胁正道，不如先夺而取之，握在手中才算稳妥。”

南颜明白他的担忧，煅铁运用得当，可以威胁到化神修士，尤其在当下辰巳之战交关间，如果辰洲的龙主被暗算，事态就不妙了。

嵇炀对穆战霆道："你对煅铁也有兴趣？"

"煅铁只要不在巳洲人手中即可，我对大日火精反而更有兴趣，那火精熄灭了就浪费了，倒不如尝试收服它为我所用。"

穆战霆是天灵根火属的修士，一身功法亦属火，世间再没有比大日精火更适合他的灵物。

嵇炀道："我需要一块煅铁杀一个人。"

"什么人？"

"现在还不能说，容我卖个关子。"

穆战霆拍了拍魔修的脑袋，道："好吧，那废话就不多说了，煅铁下落换命，你们巳洲的魔修应该没有这么'威武不能淫'吧？"

无知小辈们，马上就让你们知道什么叫作心计！祸无极暗暗狞笑，虽然一侧神态谦冲温和的嵇炀让他隐约有点儿不舒服，他还是道："你们立下心魔誓，一旦得到煅铁便放我离开，我就带你们去。"

穆战霆倒是无所谓，到时候把这魔修扔一边就行，很快便发誓了。

南颜却没有立即发誓，看着那魔修道："怙恶不悛者，佛法难饶。除非你也发誓，逃出生天后，不再作恶，否则我虽不会杀你，但也会废你修为。"

这是佛修的原则，世间大多佛修也执着于此。

祸无极眯起眼道："我看你们不如打一架，看看是煅铁重要，还是这小丫头的原则重要。"

僵持间，嵇炀出声道——

"何必如此，你不过是想求生而已。若你愿将我等引去煅铁诞生之处，我等会儿放你一条生路，若我旁边这位菩萨坚持杀你，我会为你阻挡她。"嵇炀虽是对着魔修说的，目光却是停在南颜面上，好似意有所指道，"若有违此誓，便让此生心魔纠缠于我，生生不离，世世不休。"

第九章　佛魔殊途

吾怀毗那夜迦之恶，愿观世音度我。

内海之外，并不平静。几人飞过百余里，夜色已深，上无天星，下无落点，整个封妖大阵的海域显得异常黑暗可怖。

南颜手头的轮椅今天推了第三个人，都已经快三个时辰了，殷琊还是昏死的状态，只能隐约感到一股强横无匹的妖力在他经脉中暗暗增长。

其实被打散寄神之体后，南颜自己的灵力也所剩无几，而且在这般浓重的妖气刺激下，她冥冥之中觉得……到了结丹的时机了。

炼气、筑基，在修界中只能属于中下层的境界，这两个阶位中，修士只需要不断累积自己的灵力，便可突破，而结丹之后，则需要开始探索自己的大道。

大道五十，天衍四九，修界的诸多流派，但凡成气候者，每一门皆有自己的大道。

南颜对逆道者的感受并不深，她只觉得自己所修的“逆道”并非像传闻中那般凶戾不经。她也曾向吃苦师父问过，其实屠凡、夺舍、入魔、异婚皆有可减轻之处，唯有逆道一罪，指的是有人开创或传承修习了道生天认定的四十九条大道外的大道，就会被视为异端，坐落在子洲的修界正法殿及道生天会派遣执法使予以抹杀。

所谓“帝君”就是修界共同认定的、处理此类要务的最高决策者。

想到这个，南颜不禁又看了一眼穆战霆……她大哥这个帝子，再过不久就要和诸洲的帝子一起参与什么“山海禁决”，最后得胜的人可夺取“帝君”之位。

“……山海禁决只能由结丹期的修士参加，简单说就是互相残杀，活到最后的帝子为诸洲共主，得山河海冕，十二洲气运加身，直接从结丹期跃升至元婴，增五百年寿元，唯一需要付出的，是一百年内居于正法殿执政，直到百年后退位让下一代的帝君接任。”

南颜惊奇道：“你会执政？”

“不会什么劳什子政务也没关系，‘山河海冕’会将天下所有的典籍直接灌注到你的灵台中，就算是个一字不识的乞丐，最后也能成为文豪。”穆战霆途中向南颜解释他将来要夺取的帝君之位的含义，最后一脸期待道，“我想当文豪。”

南颜：“不，你已经是文豪了。”

穆战霆：“真的吗？那我给你吟一首我新拼凑的诗。”

南颜刚刚受了重伤，为小命计，正绞尽脑汁找借口打断他的文思泉涌时，一路被押着的魔修开口了。

“煅铁就在这附近。”

南颜抬头望去，只见幽深的暗夜中，出现一个月牙形的小岛，这岛与别处不同，岛上生长着一些结着蓝色果实的藤蔓，迷雾下细细一看，有一些像是星星般的光点闪烁。

“霜元果，难为你们巳洲的魔修能找到这好东西。”

祸无极目光闪烁，道：“没错，霜元果是炼制化婴丹的主药之一，专生于极寒之地，这小小一颗在阵外便是有价无市。”

这批霜元果大大小小有数千颗，若是让巳洲的人得到了，过不了几年巳洲就会多出不少元婴修士，这对战事极为不利。

既然是机缘所至，当取则取，只是每个人都存着一点防备，谁都没有擅动。

“这地方会有大日精火？”

“极阴生阳，应有几分可能。你们看在这般阴寒的所在，海面上竟渐有浓雾升腾之状，若大日火精在此海面之下，这般异状倒也可以解释。”

祸无极见他们不为霜元果所惑，又道：“火精熄灭前，会释放所有火能，将这一带烧成海涡，这些霜元果也会彻底毁灭，倒不如及时摘取。”

他说话间，已经观察好几个人的情况，穆战霆是结丹初期巅峰，身负奇火，对他血魔道神通有些压制，他刚刚已领教过，不宜下手。

而这个胆敢冒充巳洲帝子的嵇炀则是有病酒琴在手，修为看不清，看他完美伪装厉迟的样子，也应该在结丹以上。听其之前发誓若这女佛修要除魔，他便会出手保他一命，使得这女佛修一路上时不时怒目以视，二人似有矛盾。

最后，祸无极看向南颜。

这女佛修一路上以帷帽遮脸，也不像是受同行几人追捧，料想是个无盐女。

祸无极打定主意，暗暗调息……化神修士纵然是一点分神入体，也比寻常结丹修士高出不知多少，积蓄着一击伺机而动。

一侧嵇炀道："道友赠送这场机缘，某倍感盛情，只是这霜元果下方有妖物潜伏，道友可有手段？"

他一说话，祸无极就觉得后心发毛："谁都知道霜元果旁必有妖兽守护吸取寒气，所以派出了大批修士进入封妖大阵，现在都被你们杀了，我岂知该怎么做。"

南颜低头凝聚神识一看，这才发现那月牙岛附近的那些星星般的亮点，是无以数计背负鳞甲的怪鱼，虽说是鱼，但生有一对蹼状的后肢，正一动不动地浮在海面下，微微张开的嘴里，竟生了一条钩子般的舌头。

"这鱼比那条大鲸妖还麻烦些，鲸妖是元婴期，无法跃出水面，这些鱼中筑基与结丹期混杂，看它们的舌头，像是会弹出水面钩扯人进海的。"

嵇炀观察片刻，道："眼下大日火精还没有要出现的征兆，我可弹奏《静夜谣》让这些妖鱼暂时陷入昏睡中，你们前去摘取霜元果可好？"

穆战霆十分欣慰道："不错不错，阿颜小时候下五子棋下得可好了，再让狐狸精去学个画画，将来我们就是修界琴棋书画四大才子，逢年过节我们四大才子就去论道会上挑战子洲那些个酸儒，定能鹤立鸡群……对了你独奏寂寞不寂寞？要不要留个人给你伴奏？"

嵇炀："……"

南颜面无表情道："我的木鱼已经被一个残忍狡诈的魔修销毁了，乾坤囊也一样丢在了内海，现在手头连个能敲的金刚杵都没有。"

他们去内海前，手头拿着的法器都是幻化了幻影去的，南颜还特地拣她自以为要紧的东西，比如木鱼香烛袈裟什么的分装了个乾坤囊带在寄神之体上，被殷琊那么一挠，他们俩都没能全身而退。

穆战霆十分可惜，只能抓起魔修，让嵇炀弹响《静夜谣》，伺机潜入月牙岛上。

时至中夜，月牙岛上的霜元果已渐至成熟，空中偶尔有妖虫飞过这附近，飞行速度会立时变慢，震动的鳞翅被寒气浸透，渐渐结冰，碎裂成晶尘落下。

岛上的土地打着一层薄霜，任何生灵上岛都会被凝固冻死，钩牙鱼中，只有个别极其厉害的结丹后期才敢爬上岛闪电般咬下一颗霜元果回到海中，其余的只能在岛附近的海中，依靠海域的阵法灵气，免遭冻死，又能吸收饱含着灵力的寒气。

今日霜元果释放的寒气达到了顶峰，钩牙鱼贪婪地吸取着，一些小的钩牙鱼开始不断晋升阶位。

片刻后，远处传来一声低低琴声。

有些结丹期的钩牙鱼顿时缩入水底，警戒地盯着海面，但低阶些的却开始收回注意力。它们只是还没有生出灵智的妖兽，并不是妖族，不多时便开始随着琴声随波逐流，一个个昏昏欲睡。

它们没有注意到，有人趁着夜雾正浓，落到了岛上。

“嗞——”

南颜上岛后，还没落地就感觉脚底一阵刺骨的冰寒传来，地上冰霜好似察觉到上方有热气，竟从地面织出一片霜网，使得上方三人的双足顿时失去知觉，好在穆战霆及时出手，一道火光围着她悬停的位置烧过，这才脱离了险境。

南颜立即飞高，一拍乾坤囊丢出两张高阶火属性防御符箓，这才堪堪挡住，不过看样子，也只能维持二三十息左右。

二人也不废话，立即奔向那片霜元果藤，南颜一边念着阿弥陀佛，一边拂手幻化出千手观音虚像，每只手都抓向一颗霜元果。

但霜元果本就是极寒之物，无物不冻，千手观音的虚像一抓住霜元果，手臂就被彻底冻死，等到装玉盒时，仅剩二三十颗霜元果。

就这样，南颜也自以为手速够快了，但身后轰隆隆一响，她扭头一看，她大哥直接抡出一把火焰大刀把霜元果连树藤带地皮一起铲了起来。

南颜：“哥。”

穆战霆一边把地皮往乾坤囊里塞，一边道：“咋？”

南颜：“没啥，就是突然觉得你大智若愚。”

嗯……好像这样做也没错，还保鲜。

不过他能那么做毕竟是他的乾坤囊比较大又能装活物，南颜手头的乾坤囊虽然不少，但空间小，真这么装，不出一个时辰霜元果就会枯萎，只能埋头一颗颗地摘下分装到玉盒里。

片刻后，南颜身上的火属性防御符箓已只剩下薄薄一层，三息内便会被破开，左右已经到手百余枚霜元果，南颜立即向上飞去。

就在此时，一条藤蔓忽然如蛇般从霜元果的藤蔓中蹿出，这条藤蔓与其他的不同，呈一种紫黑色，上面布满倒刺，瞬间缠上南颜一手一脚。

“血刺萝！继续跑！”

原来霜元果藤蔓下伴生有一种叫血刺萝的藤蔓，若有人被霜元果吸引，血刺萝就会缠而杀之，待拖回去冻死后就会化作养料。

好在南颜是佛修，手足被刺了一下后，本能金身护体，把毒刺逼出硬撑着往相反方向飞。旁边也正准备走的穆战霆瞬间反应，扬手一道赤火丢去，顺着那条血刺萝的藤蔓一直往下烧，那条藤蔓被灼烧后，宛如兽类般发出细微的尖叫声，来回扯动，想把南颜拖回去。

就在危急间，忽然这片海域的雾气一震，好似有什么恐怖的东西在海底发生了异动。

缠绕着南颜的血刺萝也因此松开，飞快地将藤蔓缩回去，周围海面下的钩牙鱼同受影响，挣脱《静夜谣》的控制束缚，如一窝逃窜的乱蚁般向四面八方游走。

月牙湾中央的海水向中心凹陷下去，海水深处一片通红，宛如太阳在海底灼烧。

“大日火精出现了……”

海上的云气疯狂向海涡下灌注，周围的一切受到莫大力量挤压，被深海吸去。

偏偏此时血刺萝的毒发作，南颜只觉四肢一阵麻木，穆战霆正想拽着南颜暂避，蓦然远处传来一阵尖利笑声——

“几个蠢物，活该被大日火精烧死，去了黄泉地府，记得是本座赐你们痛快！”

南颜已经来不及多想什么，落入海水前，只看见穆战霆先被团赤红的海水包裹住扯往核心处，紧接着她也落入水中，不过不是被卷往海心，而是被什么铁索样的东西碰到了，往深海另一处带去。

啊，倒霉了，少苍和二哥别是被那魔修偷袭了吧？

佛家说，天地之大，处处往生极乐。

不过她送了那么多人往生极乐，极乐应该没地方容她了，她应该会去地狱吧。

脑中一片混乱，一会儿闪过她娘的影子，一会儿闪过她静修的佛堂，一会儿又是她屠杀魔修的画面。

事前曾服下过避水珠，她倒不至于淹死，用了最后的力气睁开眼，只见一片幽蓝的深海里，影影绰绰浮动着一些鬼影。

然后有一双手臂从背后抱住自己想尽量往上游，可周围潜行的锁链已经察觉到了他们，从四面八方围来，把他们捆了个结实……

“哈哈哈，一群毛孩子，敢让老夫受这等侮辱！”

海涡剧变前，祸无极强行吸取了片刻天地元气，一掌将嵇炀打入深海，心想他就算不死也重伤，那海中妖物无数，这群人有死无生。

不过他还需要知道出口在何处，便留了一个活口打算搜魂，抓起仍在昏迷中的殷琊的头，恨恨道：“原来是头魔生狐，难怪这般猖狂，哼！待老夫发个信号让门人知晓此地大日火精即将出世……到时先杀了南颐，再夺煅铁！”

他眼神一厉，随手划破殷琊的脸，引出新鲜血液，耗尽最后的灵力画了一道血符，血符立即化作蝙蝠飞往远处。

“再来，就是搜魂。”祸无极一边将五指按在殷琊天灵上，一边冷笑着设想到时如何折磨南颐，忽然觉得一阵阴冷的感觉直入心魂。

他抬头一看，只见周围迷雾深处，无数灰色的鬼影盘桓，遮天蔽日般包围住了他。

“这是……阴祝！”祸无极猝然变色，转头便疯狂向外逃，“你到底是个什么东西，怎么会控制阴祝？！”

他血魔分神之术本质上是将元神裂开化为分体，如果这片元神被阴祝这种喜好生魂的异物吞噬，那到时他元神回归，会直接把阴祝带回到本体里。

那他本体的元神会……

他压榨完这具尸体最后一滴精血施展血遁，但前方出现的阴祝越来越多，都极感兴趣地朝他围了过来。

祸无极前所未有地恐慌起来，身后跟着的灰色影子里，似乎有人留声，那声音似嘲笑又似悲怜。

“听说前辈是因夺舍获罪？不知道……有没有被十万阴祝争着夺舍过呢？”

封妖大阵外，北海海崖边，两洲修士严阵以待。

“巳洲道友，在封妖大阵重地边封锁海岸，可曾把寅洲放在眼里？！”

岸边灵光闪烁，照得宛如白昼。

巳洲一方半日之内在海边集结了三四十个魔修，其中甚至还有一个元婴魔修，正负手守在封妖大阵的释令卷轴旁边。

封妖大阵当今修界无人可撬动，也不需守护，素来只由寅洲赤帝瑶宫派遣修士巡逻，若有异状可回报附近主城，自会有赤帝瑶宫分支的势力派人来探查。

而现下情况，巳洲的修士持有道生天赐下的释令，寅洲的巡逻修士本不该拦阻，但他们现在召唤大批魔修集结于此，这却不能视而不见。

巳洲魔修中，一驾雕着蛇纹的车上，厉绵撩开车帘，柳眉倒竖：“天邪道修士的命牌在寅洲无故灭去，没有追究你寅洲失察之罪就已经不错了，还敢拦我们堵截凶手？我看你们就是同谋！如今兄长命玉暗淡，若有个三长两短，我定要寅洲付出代价！”

寅洲修士脸色铁青：“我等敬你们远道而来，方未动手，你们可别欺人太甚！”

双方剑拔弩张之际，始终守在释令入口处的元婴魔修忽然一伸手接住里面飞出的一道血符，读罢内中信息，脸色一喜一忧。

他传音给厉绵："祸无极师叔已经找到煅铁，命我们派人进入取释令去解救他。"

厉绵又道："煅铁当然应该是我巳洲的，那我哥哥呢？"

元婴魔修脸色难看道："帝子他……帝子在封妖大阵中遭几名修士暗算，生死不明。"

"什么？！"厉绵呼一下站起来，胸口起伏不定。

元婴魔修道："绵小姐与帝子血脉同生，可否进入封妖大阵消耗一些精血施展血骨寻亲秘术，将帝子找回来？"

厉绵仿佛没听到，掩面似在嘤嘤哭泣。

旁边立马有三五个结丹修士围上来关切："绵小姐勿怕，帝子福大命大，我们这就去将帝子带出来！左右有副宗主指引，我们定可带回帝子。"

厉绵抽噎了一下，道："好……我画一道血脉牵引符，各位师兄带着去寻，务必把哥哥带回来，不然父亲知道了……父侯知道了会杀了我们的。"

提到厉迟与厉绵的父亲狱邪侯，所有魔修都一阵发寒。

元婴魔修看着后续的人一一进入，目露杀机："绵小姐放心，我已联络了附近的两个同为元婴的师兄弟一同来助拳，就算赤帝瑶宫来人，也挡不住我们追查此事。无论是谁，敢动到我巳洲魔修头上，待他现身，定要他碎尸万段！"

远处的寅洲修士只有结丹期，纵然占着地利，但和元婴魔修比起来却是差了一大截。

"快去报与附近的元婴期城主，另外通过传送阵往宫内传消息，让他们派人来！"

南颜睡了很久，数度挣扎着醒来，眼前却都是一片昏暗。体内的灵力被什么切断了一样，只能由着锁链拖往深渊……

似乎又过了半个夜晚，南颜感到那种慑人的深海幽寒开始减弱，然后被什么东西拖往岸上吊起来。

最后，她是被热醒的。

南颜睁开眼的第一眼，就看到她现在好像被吊在一个海下的溶洞里，四周蛛网般吊着无数锁链。

在她面前不远处，就有一具三丈长的、宛如狮虎的巨大骨骸，被潜行镇灵锁死死困住，随着溶洞下方的岩浆翻滚，渐渐被炙烤碎裂落下。

身上的海水刚好被一股从地底的岩浆中掀上来的热风蒸干，现在倒不觉得难受，只不过整个人肩膀以下被锁链捆得死紧……不过意外地不是很疼。

“……没想到刚刚惹恼了你，就落得同年同月同日死的下场，该说上天待我不薄吗？”

南颜体内血刺萝的毒渐渐消去，她低头一看，终于知道自己为什么没有被勒疼了。

她落海前被人抱住了，触动了潜行镇灵锁后，锁把他们两个捆在一起了。

南颜有点儿僵硬地转过头，余光瞥见嵇炀低着头埋在她肩上，双目闭合，黑而长的眼睫落下一圈阴影，一缕凌乱的发丝搭在眼前，整个人看上去十分疲累。

好半天，南颜方道：“你怎么也下来了？”

嵇炀仍然闭着眼，轻声道：“自然是被魔修打进海里的。”

南颜道：“那二哥呢？”

嵇炀闷声笑起来：“死到临头还有心思关心别人？”

南颜：“你怎么知道就一定会死？”

她刚问完，便听见一声妖兽的咆哮，只见铁链一阵震动不休，密密麻麻的铁链那头，南颜看见一头全身硬甲的巨龟发出哀嚎之声，捆缚它的足有上万条潜行镇灵锁，此时那锁链绑着巨龟缓缓下沉，直至沉入岩浆。

岩浆与龟壳相触，发出吱吱的燃烧声，而巨龟的惨嚎响彻整个溶洞，引起远处的其他兽类一阵哀鸣。

直至被淹了十几息，那巨龟才被锁链提升起来，但浑身焦黑，血肉和黑炭混合在一起掉了下去，身上还有部分鳞甲在灼烧。

南颜对比了一下，自认为身娇肉嫩比不过巨龟，便道：“这些锁链多久会下沉一次烧死我们？”

“不知。”

“那就是等死了？”

嵇炀不答，南颜也同样沉默，片刻后，方道：“你说二哥能不能及时醒过来？”

“不好说。”

嵇炀说话永远是不慌不忙的，南颜心里有些发梗，其实她与嵇炀之前就有些小隔阂，对方应该知道隐瞒魔修的身份会激怒她，却一直没透露出半点，还拿她给的银鲛珠骗她。

魔气……

纵然灵力全失，南颜还是能感受到随着身后人心跳声不断加重的魔气，简直就像是某种择人而噬的恶兽在她的怀中求着耳语。

而对方也察觉到了她的僵硬，缓缓抬起头，在她耳边道："和魔修贴得这般近，菩萨很紧张？"

南颜不甘示弱道："和佛修被绑在一起，你会比我好过？"

她听见嵇炀笑了起来："倘若真这般结束，那也是我美梦成真。"

南颜一怔，她总觉得少苍的话语里，时常带着某种她所不解的隐衷。

"少苍，现在你总可以告诉我，你那一年……你在秽谷到底经历了什么？怎么成了魔修的？又为什么要装作不记得我们？"

嵇炀低声道："……就像话本上说的，我落在悬崖下，偶然得见一名高人，要我改修魔道方可获得他的绝学脱身。"

南颜："……"

"我为了活下去，修了魔道，出去后一边杀人，一边找你。"

"……你找了我多久？"

"没多久。"

没有多久，想了六年，找了三年，如是而已。

嵇炀徐徐睁开眼，眼里浮动着看不透、说不明的情绪。

"那时第一次见你，我感到你的杀意，便匆忙离开了。你那般嫉恶如仇，我唯恐相认之后，察觉我面目全非，你会有所割舍……我们佛魔殊途，对吗？"

南颜一时间回想起过去，好似那个温柔明亮的少年人握着她的手一笔一画地教她写字还在昨日。

那也是她除了同娘在一起时，最柔软的岁月。

"你看轻我了。"南颜轻舒一口气，道，"魔非正途，我不会疏远你，我会渡你往彼岸。"

嵇炀的声音格外虚弱，温沉中带着一丝靡哑，轻轻问道——

"菩萨要如何度我？"

好在此时溶洞里火光明亮，看不到貌似清心的佛女耳尖涌出的那一抹粉红之色。

"若我们出得去，我自有法……"说着，南颜喉咙有些干，手指不安捻动着佛珠的动作不自觉加快。

她的不安并没有逃过对方的眼睛，嵇炀低首凝视着她半面看似端肃的侧脸，开口向她进一步祈求度化，殢云尤雨般轻喃。

"吾怀毗那夜迦之恶，愿观世音度我。"

南颜："……"

相传，毗那夜迦王作恶，受观世音女身相诱，一夜过后，随观世音释恶归梵。

佛家的典故，在他说来，却好似反客为主。

究竟是魔者诱佛，还是佛者度魔，南颜心尖上来回拉扯，往日出口即来的佛经慢慢变得破碎，字里行间笔画慢慢飞散组合成一个个混乱不堪的字眼。

守住心神不是一件容易的事，漫长难熬的沉默过后，南颜强行稳住心神，道："别玩了，你还有闲心说这些，应该有办法出去吧。"

"有是有。"嵇炀看上去颇为失望，"潜行镇灵锁乃偃甲一道的杰作，偃师这一道多出神匠，性情高傲，但凡有作，必留一道为解……要解这锁很简单，这些锁用同一种方式禁锢我们的灵气运转，只要打开任意一个锁眼，所有缠在我们身上的锁都会被解开。"

南颜皱眉道："话是这么说，可钥匙呢？"

"没有钥匙也可，寻个尖锐的金石之物。"

南颜刚想说自己头上有插着支钗子，却发现自己刚刚掉进海里受海水旋搅，帷帽钗环都被海水卷散了，一时有些颓丧。

江湖经验不够，她若再细心些便好办了。

"我身上应没有金石之物，可有其他……"她转过头来，话说到一半，却发现嵇炀正盯着她的耳侧看。

南颜想起之前，殷琊买了一大堆耳环强行让她搭衣服，戴上之后连日赶路忘记取下来了。

天无绝人之路，但她忽然有一种不祥的预感。

"我有个问题。"南颜问道，"你双手被绑着，你怎么开锁？"

嵇炀看着那饱满莹润的耳垂上颤抖的耳坠，形状、大小都极合适咬着开锁，道："我可取你这耳环一用，中间或许有违君子之礼，你可忍得？"

南颜瞬间懂了，绝望道："贫尼要是忍无可忍呢？"

嵇炀从善如流道："在下愿意同归于尽。"

洞中火焰灼灼，不时有铁链拖拽着妖兽落入岩浆中，一片此起彼伏的惨嚎间，独有一人，捻动佛珠，喃喃念祷着清心咒。

"稽首皈依苏悉帝，头面顶礼七俱胝……"

几度抵息后，耳垂被含进一个温暖濡湿的所在。

"我今称赞大准提，唯愿慈悲垂加护……"

耳环被咬住，耳垂后与脖颈的交界处，迎来一阵轻柔的舔舐。

"南无飒哆喃，三藐……三藐三菩陀。"

好在嵇炀的动作并不慢，衔取下耳环后，就低头在她肩上捆着的那一节镇灵锁中试图开锁。

南颜念罢清心咒，手心已微微出汗。

对不起佛祖，弟子心不诚，这一次魔考，怕是比结丹心魔关都难。

她的忏悔没有持续多久，就看见自己上方的锁链一阵异动，慢慢向下落去。

锁还是没有开。

南颜看着下方越来越靠近的岩浆，一开始还畏死的心，反倒是慢慢平静下来，落下去前，出声道："少苍，算了吧，陪我说最后一句话。"

嵇炀还当真抬起头来，松开那耳环任它落入岩浆里："你想说什么？"

南颜往后轻轻一靠，面露倦色："我一直想说，就算你是魔修，也是我的责任，我不会把你推出去，更不会把你交给其他人。"

人常说，魔，终究是佛眼下的一滴红尘泪，现在她有所悟了。

"好，那我记着了。"

他说完，周围锁链一阵颤动，寸寸断开，周身灵力瞬间解放，二人相对沉默了一息，同时拉着对方逃离岩浆的范围。

落到实地上时，嵇炀接着道："我们还可以说最后两句话，最后三句话，和最后无数句话，现在你可以说第二句了。"

南颜转过身，找了处岩壁盘膝坐下。

"我要结丹了，你随意。"

"结丹要面壁吗？"

"我们佛修就这种讲究，请尊重我们，谢谢。"

深海溶洞里，南颜面壁而坐，服下手头能服下的丹药，让灵力处于一个满溢的状态。

修士在晋升阶位之前，往往会选择外出历练，或锻炼切磋，修士的心境会趋于平静，这种时机最适合结丹。

溶洞内阴邪妖气浓厚，南颜一脱离镇灵锁，《七佛造业书》的心法就自行运转不休，丝丝缕缕的灵力被抽往气海位置。

炼气时灵力如云，云化为雨，便是筑基；筑基后再不断修行，使水渐稠如泥壤，修至气海渐不能容，便是精炼为丹之时机。

到了结丹这一步，所修灵力剔除了杂质，就有了质变。

南颜心神渐入渊微，周天流转间，不断将灵力挤压，片刻后，她感到气海深处，浮出一缕丹火。

丹火是结丹修士的标志，结丹之后，可运用丹火炼药炼器，甚至操纵伤敌。有些精于此道的修士们互相切磋，比的就是丹火对撞。

丹火的颜色一般与灵根相同，南颜曾经见过穆战霆出手时，丹火如赤霞灼海，他天生就是极强的火灵根，对丹火有所增益，同阶位中应无人能出其右。

她的灵根有点儿奇怪，别人的灵根如韧草，金木水火土一眼即明，她的灵根却看不出来，只感到形如一块顽石，五行皆可修，却又不是寻常意义上的废灵根。

随着灵力进一步挤压，原本烟波浩渺的气海，如今灵力不断注入中央，凝练成一个拳头般大小的灵力团，又过了半个时辰，凝炼为核桃般大小，灵力团的外表渐渐浮出一些驳杂的灵气，在白色的丹火包围下，不断被焚烧淬炼。

再来，就是不断提供丹火所需的灵力了。

南颜不断有汗水顺着脸颊流下，她没想到她这白色的丹火这么消耗灵力，如今她的灵力只余三成，灵力耗尽前如果丹火不足以让灵气团质变结为金丹，她这次便会失败。

时间一点点过去，灵力几近枯竭，南颜不免有两分焦躁。

而南颜打坐冲击结丹时，一侧不远处，同样调息完的嵇炀抬眸看向南颜。

修士晋升阶位时，不允许任何人打扰，嵇炀凝望了许久，取出病酒琴，随手一抚，这一次并非《静夜谣》，而是他以前时常听师者自奏的无名曲。

这无名曲并无特殊之处，对安定心绪却有殊效。琴声虽为宁心，却无端有一丝怅然若失之意，嵇炀抚奏间，南颜渐渐入定。

结丹最后一关，敲心魔考。

她此刻五识封闭，只能依靠自己才能挺过这一关。

嵇炀渐停弹奏，忽然他听见远处似有人出声。

“……抚琴的道友，可否前来一见！”

这声音有些耳熟，嵇炀回想片刻，想起之前被潜行镇灵锁拖进深海，便唇角微勾，双目闭合，周身气息渐渐消失。下一刻，他身下的影子如有了自己的灵智一般浮现而出，化作一个披着斗篷的神秘人。

本体仍在，只是外人看来五识均陷入沉睡，宛如进入了深度调息。他伸手拉低了帽檐，袖中露出的右手，残指处已被偃甲机关接上，正是那日南颜曾在鲸舟上看到的。

他最后看了一眼南颜，料想她还有一个时辰才会结束，在原地留了张符箓，便向远处发声的地方走去。

这片溶洞极为宽阔，岩浆流出的地方是一座火山口，越是往上走，上方还残留在溶洞壁上的妖兽尸骨越是骇人。

嵇炀一路上避开那些垂落下来的镇灵锁，有几具焦黑的骨骸，离得极远仍能感受得到那骨骸的威压，不知是何种妖兽。

“道友！我在这里！”那声音就在不远处。

嵇炀转过一排钟乳石后，便看见几条长长的吊索，正把什么淹进了岩浆里，十数息后，才慢慢往上提。

提上来的修士右臂被断，一脸狰狞，但肉身还完好无损，细一看，他脖颈上系着一枚黑色玉蝉，好似是他护身之宝，颇有特异之处，纵然身体灵力被切断，玉蝉仍散发着一圈乌光，保护主人不受岩浆浸透。

正是之前被他扔下海中的厉迟。

那厉迟得玉蝉保护才苟活到此时，可玉蝉中蕴含的灵力似乎已经耗尽，乌光十分暗淡，应抵不过下一次的岩浆浴。

厉迟醒来后发现被困在此地，大骂了半日，发现无人来救，连仇人凶手也没见到，从愤怒到绝望，正在等死时，忽然听见一阵琴声，心道这是唯一生机，便疯狂呼救。

此时他看见有一个黑衣人竟从溶洞那头循声而来，心头大喜，又看他一身魔气，显然是个魔修，连声道："本……我乃巳洲帝子，道友，不管你是谁，你只要有办法救我脱困，巳洲的法宝炉鼎任你挑！"

黑衣人抱着臂，饶有兴趣地打量了他半晌，转念便编造好了一套说辞。一开口，竟是中年人嘶哑难听的声音："原来是巳洲帝子……巳洲，一别已有数十年了，也不知现在是什么年份？"

厉迟一时拿不准这人是什么来历，急于脱困，忙答道："现在是苍延二十七年，这海底乃封妖大阵，不知道友怎来到此地的？"

嵇炀边走边道："吾乃为寻救家师而来，当年年少气盛，擅自闯入封妖大阵，被潜行镇灵锁所捕拖往海底，不过所幸我辅修偃甲道统，机缘巧合之下脱出束缚，但又无法寻到出路，是以多年以来便徘徊于此……罢了，既然同为巳洲之人，我这便放你下来。"

他说完，从乾坤囊中取出两根铜签般的物事，飞上去忙活一阵，在潜行镇灵锁再次落下前，解开了厉迟的束缚。

厉迟一脱困，立马飞离岩浆的范围，落在一处安全的岩石上，从乾坤囊中取出一枚蜡丸，揭开蜡封后，取出里面一颗散发着异香的丹药服下打坐调息，随后他被断去的右手，骨肉渐渐生出，不多时，整个手臂就恢复如初。

经这一番波折，他颇有死里逃生之感，恢复了一成灵力后，对黑衣人道："这潜行镇灵锁集偃甲之道大成，洞内之锁密如繁星，千年来不知多少大妖丧生于此，能解此锁的人，除了酉洲鲁氏的几个大师，世上也找不出几个。你刚刚说你是为解救恩师而来，却不知你的恩师是何人？"

"家师并非主修偃甲之道，而是巳洲第一大宗天邪道的副宗主，我幼时曾蒙恩师相救，收为弟子，后来恩师赴辰洲相斗，夺舍求生后被正法殿打压于封妖大阵……”嵇炀说到这，故意低叹一声，“正法殿判决不公，我曾叩于天道碑前，却被打了出去。”

他言之凿凿，话语中既提到辰洲相斗，又提到正法殿天道碑，加之厉迟曾去过正法殿，对殿前天道碑印象极其深刻，顿时信了九分。

“那可太好了！”厉迟大喜，“我乃狱邪侯独子，天邪道副宗主祸无极正是我师叔，这么说来我还要喊你一声师兄。既然是天意让我来此，那师兄也合该到了脱困的时候，我来此之前持有道生天的释令，只不过半路被夺去，待我解救出师叔，倒要看看这些辰洲废物往哪儿躲！”

这句话他说得戾气十足，嵇炀道：“只要能救得师尊怎样都好，只是帝子既然说半路被夺去释令，怎会还有释令可解开封妖大阵的罚罪铜柱？”

厉迟一时沉默，素来嚣张的脸上，隐约浮现出一抹惊惧之色：“我来此之前，曾隔帘见过那位子洲的玄宰，他随手折了枝梨花，以花卜卦，说我此行必有波折，这第二道释令烙在我神识之中，总会用得上。”

那位……还是这般算无遗策。

所以帝天光之下，他只能假托失忆，唯恐那位玄宰循天道而来发现了他。

厉迟见他不言不语，道：“你留在此地几十年，可见对师叔心诚，目下辰巳之战、山海禁决都是用人之际，待接回师叔后，你索性随我回天邪道本宗。”

厉迟根本不怕他抱有什么异心，只要见到祸无极，不论他是什么人，都会原形毕露。

“好，只是我在此地逗留多年，开辟的洞府内尚有些东西需要收拾，帝子在此调息，我去去就回。”

嵇炀消失在厉迟神识探查范围后，整个人如化流沙般消失，片刻后，回到本体中。

他正想着事情，一睁开眼，就对上一双清凌凌的眼眸。

嵇炀：“……”

只见南颜半跪在他面前，一张脸板得极其严肃，直勾勾地盯着他看。

嵇炀还以为她发现了什么，细一看，她双眼没有神采，灵息还未平复，显然还在心魔关窍中。

修士晋升素来都是孤身处于洞府秘地，极少有旁人在场，嵇炀夺舍前后算两辈子加起来也没见过这种场面。

“少苍。”南颜好似受了什么刺激，一脸清圣庄严道，“我刚刚一直在想你。”

嵇炀：“……”

南颜："我慎重地思考了一下，我对你现在很有些想法。"

嵇炀："你有什么想法？"

南颜："我对你的头发很有想法。"

嵇炀："……"

南颜："那年，我们分开之后，我找了个和尚师父，师父说，顶上光明者，才可放心大自在。"

嵇炀："……"

南颜："你总是心事重重的，我想让你跟我皈依佛门，从此放下一切，四大皆空，体味人间的一饮一啄，感受世上的美好。"

她这心魔关，症状当真不轻。

修士晋升时的心魔来源于过去的经历，如果心魔关渡过后，认定了什么东西，就算晋升成功了，往后也会潜意识地执着于此。

"阿颜。"嵇炀自知这会儿不能逆着毛捋，牵着她的手坐下，循循善诱道，"你想破碎虚空得证大道吗？"

南颜直愣愣地看着他，摇头道："我不想，我愿效仿地藏王菩萨，地狱不空，誓不成佛。"

嵇炀道："你可是视我如地狱？"

南颜："你走正道飞升，我无话可说，你行魔道，不管去哪儿我都会把你扯下来，拴在我身边度化，我死之前，你休想离开。"

嵇炀拂开她额前散落的发丝，轻声道："我和那些魔修是一样的，你从没想过要杀我？"

南颜像是做错了什么事似的，低下头道："……我独待你，持分别之心。"

真可爱。

嵇炀闭目抵住她的额头，尽量压下心头涌上的悸动，哑声道："那你可记住了，你的分别之心已许给我了，总有一日，我是要反过来向你要的。"

"嗯……"

他这话一出，南颜眉目间那一丝不安慢慢散去，只听气海处一声裂开般的轻响，她周身散发的筑基修士之气烟消云散，随之而出的，是结丹修士的气息。

尚需一刻钟，待她五识回归，一切就会不一样了。

就在她五识昏迷间，远处传来另一股魔修之气，只见厉迟已恢复了全部修为，正驾着一头五阶角蟒疾驰而来，神识放肆地朝他们扫去时，大笑出声，恶狠狠道——

"我就说这鬼地方怎会有丹火之气，原来是在结丹，这女修被我两次遇到，合该归我！至于你，与辰洲同行就是你最大的不智，今日就是你的死期！”

当时见到南颜时，第一眼没看仔细，此番靠近了看，厉迟越发心潮澎湃。

他这些年搜罗美人无数，断不会再有第二个同南芳主如此相像的女人，在他看来，这必是与他有缘。

厉迟有备而来，身后浮出一片紫青色的雾气，细一看，那并非雾气，而是一根根如牛毛般的细针，乍一看足有上万之数。

法器越小越难操控得精准，这上万牛毛细针根根散发着中品灵宝的波动，这般大的规模，合起来足可媲美极品灵宝，正是巳洲帝子的本命之宝，转眼间包围住嵇炀二人。

嵇炀抬眸看向厉迟：“鸩云针？”

“倒算是有点儿见识，那你也应该知道，就算被这一万根鸩云针刺破一点皮，也是骨朽肉烂的下场！”厉迟在上洲帝子中，实力在上游，也正是因这本命之宝。只是他越看，越觉得嵇炀那副风轻云淡的姿态不顺眼，他让厉迟想起一个厌恶的故人。

——哼，等到山海禁决之后，他于正法殿登基，就把那高高在上的人留下的什么劳什子书库全烧了，改成酒池肉林。

嵇炀不慌不忙地起身，打量了一下左右逼命围来的鸩云针，道：“你同我动手之前，有没有想过如何出去？”

“哼，我自有办法出去，至于你，就埋骨在此吧！”

厉迟目露杀机，一指点去，上万的鸩云针围向嵇炀，瞬间将他埋没在其中，角蛇兴奋地围过去，它对修士残余的血肉垂涎已久。

“敢跟帝子相争，是你最大的不智！”厉迟冷笑一声，笃定他撑不过片刻，甚至都没有用神识细察，身形一闪，从角蛇背上消失，向仍然五识封闭中的南颜抓去。

他已结过丹，当然是看得出来南颜此刻毫无抵抗之力，他有一种能强行在低阶修士身上烙下奴印的秘术，只要被烙下了奴印，奴隶生死都在他一念之间。尤其是这美人还是个佛修，佛修身心皆净，最是可口。

脑中充斥着种种臆想，就在厉迟离南颜还有三丈时，心头蓦然生出一股危机感，厉迟飞身朝一侧躲去。

下一刻，他原先站的地方，叮叮当当落了一地鸩云针。

被紫雾包围的所在，传出一声淡漠话语：“非礼勿视。”

他怎么会一点事都没有？厉迟愕然间，忽然心神一撞，只见他的鸩云针被一股莫大威压震散。

他心中愕然，瞬间拔地而起，取出一把三叉戟防在身前，又将鸩云针重新操控，意图再次围向嵇炀。

然而嵇炀却一步不动，朝着厉迟的方向轻轻抬手。

“非礼勿动。”

他说话时带着一种训教般的语调，说完后，海底岩浆开始沸腾不休，厉迟愕然间，只见下方伸出一只岩浆形成的大手向他狠狠一抓。

“这……掌上五行！”

此招虽不及道生天亲传妙道，却也是大名鼎鼎的子洲术法，能因地制宜，将风雷雨电等自然伟力化掌攻敌，乃是少有的可模仿化神修士出手的神通之一。

“你是道生天的门徒？！”

厉迟面色巨变，瞬间倒退，足下角蛇没来得及逃窜，被那岩浆巨掌一把抓住拖进岩浆里，顿时皮肉焦黑，尖叫着沉入岩浆底。

厉迟一连三度瞬移，逃出百丈外，神色阴晴不定……他自信手段层出不穷，但和杀了对手比起来，他更不想自己惹出什么意外死在这溶洞里。若是刚刚那位黑衣神秘修士还在就好了。

只是刚刚那救了他的修士此时已经不知何处去了，如果他们二人联手，绝对可以将此人击杀。

僵持之际，整座溶洞蓦然一阵异动，挂在溶洞上方的无数锁链摇晃不已，一阵隆鸣中，溶洞中央的一块不明显的区域徐徐分开，露出的海水竟悬而不落，不多时，有一头臂下生着鳞片的巨猿怒吼着被镇灵锁拖入溶洞中。洞内其他镇灵锁被巨猿挣扎时甩出的海水溅到，立时便动起来，将巨猿缠得密不透风，同时，周围一部分的镇灵锁也从裂开的入口处离开了。

原来些镇灵锁看着都是死的，实则遇水即活。

厉迟犹豫了片刻，心中有了决断，恰好此时他身后一些钟乳岩后浮现一个黑衣人影。

“你来了。”

黑衣人和刚刚似有些不同，一身气息让人感到更为阴冷一些，声音粗哑道：“我刚刚听到此地有打斗声，那二人是……”

厉迟此刻已离嵇炀二人远了许多，不甘地看了一眼那边，道：“我们先脱困，待救出师叔，再回来擒下这二人！”

黑衣人不言不语，和厉迟趁通道还未关闭，匆匆离开。

厉迟一进入海中，立马放出一块晶莹薄纱，这块薄纱足有丈长，围起他们的瞬间形成一道薄薄蓝色光晕，周围潜行镇灵锁本是感受到灵气围过来，碰到那蓝光后却都纷纷散开。

“银鲛纱？”

见所带之物起效，厉迟面露得色：“这一块银鲛纱是我巳洲宝殿中所藏，本为取那海底煅铁所用，现在总算是派上用场了。”

他们迅速从海底往上浮去，途中遇到的镇灵锁均无视他们，平安到得海面，破水而出的瞬间，厉迟骤感一股炎流扑面而来。

“嗯？大日精火现在就要熄灭？”

厉迟飞上半空，只见面前不远处的海域里，一片百丈大的旋涡不断涌出炽烈炎气，烧得海面蒸腾，一片虚空。

“看来正逢煅铁出世，来得好！”

也正是同时，他身后远处，急急驰来数名魔修身影。

“帝子！帝子！”七名魔修持厉绵给予的血符，已在这附近徘徊多时，总算找到厉迟，顿时各自心头一松，“究竟发生何事？帝子怎会失去联系？”

“被几个辰洲的宵小谋害了。”一想起穆战霆，厉迟的牙齿就咬得咯咯响，“现在只怕他们拿着我们的释令放出其他化神修士，我须得立即放师叔脱出禁锢，至于这里的煅铁……我妹妹没进来吗？”

魔修们低头道：“小姐在阵外同寅洲的巡逻修士周旋，主持大局，只派了我们几个来。”

厉迟颇为不满，但也无从计较，随后看向黑衣人道：“还未请问你叫什么？”

黑衣人随口道：“我无父无母，师尊曾为我起名，单字一个‘隐’。”

“你既是师叔的弟子，按理说也该是我天邪道的人，我交办你一项事情，你可愿做？”

“我只愿尽快见到师尊，帝子但有所托尽管言来。”

“好。”厉迟从乾坤囊中取出一样紫色珠子，里面封着一块冰，“我需得马上解开我师叔的禁锢，你在此等待煅铁出世，一旦此物出世，你催动这‘寒冰尘’将煅铁封印，取得煅铁乃大功一件，你又正好是结丹后期，若证明实力，我可求父亲给你一个山海禁决的名额。”

他此言一出，周围魔修顿时惊怒：“帝子，山海禁决中一个帝子只能带四人，原先都是给巳洲各宗定好的，你怎可随意将名额许与他人？”

每个合格的帝子都有参与山海禁决的资格，帝子并不是单打独斗，也可以带其他四人，五人一队，与诸洲帝子共同竞逐最后的帝君。

山海禁决是结丹期中最高秘地，天材地宝自不用说，在里面待的时间越长，灵台受洗练越彻底，就算最后被淘汰传送出去，对结丹修士冲击元婴也有莫大助益。

厉迟怒道："一群废物，连个结丹初期的穆战霆都拿不下，还想要山海禁决的资格？！要不是隐兄解救，我看你们此行向父侯如何交代！"

不过他话虽如此，还是留下了三个同样是结丹后期的修士在此看着黑衣人，自己带着其余的巳洲魔修匆匆赶往内海。

目送他们离开，漆黑的帽檐下，那双心思莫名的眼里浮出一丝玩味。

煅铁不能空手接触，而寒冰尘可隔绝煅铁散发的火精之力，还是少有的可暂时压制大日火精之力的异宝。

最后穆战霆大约是被大日火精吸入了海底旋涡之内，帝子若有性命之危，辰洲龙主的神念至少会有反应，现在这情况，应是这大日火精与他有缘，不妨用这送上门来的寒冰尘帮他一把。

旁边的三个巳洲魔修眼红地看着他手中的寒冰尘，妒恨不已。

"真面目都不敢露，你自称是副宗主的弟子，可有证据？"

化名为隐的嵇炀徐徐道："我无须自证什么，一切在见到师尊后便可分晓。"

旁边一名魔修冷哼一声，伸手道："既然你无法证明身份，这寒冰尘是我巳洲重宝，你交出来由我们保管吧。"

嵇炀又道："可以是可以，但大日火精随时可能熄灭，若不及时以寒冰尘取之，煅铁极有可能沉入深海，到时诸位中有哪一位可冒险通过大日火精的余焰前去取铁？"

大日火精乃至强之火，就算准备周全，谁都不知道深入其中可能会发生什么。

巳洲魔修主要为释放祸无极而来，谁也没打算在此赔命。

魔修故意刁难，道："说得倒是好听，你可敢下去一探？"

旁边的其他两名魔修帮腔道："我天邪道的门庭不是随便什么人都能进的，你既敢接帝子所托，这煅铁可是你的投名状，要是不敢，出去之后就滚远点，山海禁决的名额不是你能染指的。"

恰好他们话音刚落，海底旋涡中，蓦然爆出一道惊天火柱，炎息动荡，似要焚尽世上万物。

三名魔修连忙后退半里，惊讶道："这是大日精火在爆发最后的炎力，过后就要熄灭了！"

嵇炀在原地未动，抛了抛手中的寒冰尘，留下一句话："让贵洲帝子把山海禁决的位置留好。"

言罢，他周身泛起一道鬼影幢幢的灰雾，随后进入火柱中消失不见。

南颜睁开眼时，只觉四周天地一片清朗。

她轻轻吐出一口气，看到气海中央浮动着一颗蚕豆大小的金丹，周围包裹着一团闪烁着种子印的白色丹火。

十三年修道，一朝丹成！

感受着结丹境界与筑基的天壤之别，南颜不免目露欣喜之色。

“少苍，你看我——”南颜起身瞬间，整个人一愣，她四周空荡荡的，一个人都没有。

神识铺开半里地，还是没有人，只有洞顶上方吊着一些嗷嗷叫的妖兽。

他怎么不在？

南颜低头一看，只见她身边躺着一封信，信上写着“阿颜亲启”。

“……这年头都用玉符留书，谁还写信。”南颜无语了一阵，拆开留信，都不用看署名，就能认出上面的字迹。

信上说的是她结丹期间，嵇炀走遍了这片溶洞，大致给她画了一张地图，又说中间遇到巳洲魔修，疑似出口会改变，他便将之引走云云。

说实话南颜有点儿看不懂他到底做什么去了，就从乾坤囊里取出三面拇指大的玉牌。

他们进入封妖大阵前，各自留了一道精血在玉牌上，每人手上三块，昭示对方生死。南颜见三块玉牌命火旺盛，心里莫名有点儿气，丢进乾坤囊后，就在溶洞里走动寻觅起来。

这一走动，她突然发现，这片溶洞，是个宝地。

这地方千年以来不知处刑了多少妖兽，地上随便挖个坑，就是大妖的骨骸和血晶，都是炼器炼丹的宝物。

出家人不伤天和，但出家人可以捡捡骨头。佛修修炼也是要灵石的，修炼有成，才能度化更多的人。

真圆师太怀着一颗虔诚之心，一路捡骨头，不多时，感到前面一阵威压袭来，给自己套了个佛言枷锁，一拂手，掘开地上沙土，竟露出一具元婴大圆满的钩蛇骨骸。

那整具骨骸虽然没有一丝皮肉，但骨头如玉，轻敲则有金玉交击之声，单这一具骨骸就足有三十丈长，价值应足有上百万灵石。

南颜双手合十拜了拜，只是从这钩蛇尾走到钩蛇头，这么大的骨骸，她手头没有一具乾坤囊可以装得下的，正思量之时，突然头顶上传来一记闷雷声。

南颜抬头一看，其实那并不是闷雷，而是一头浑身滴答着海水的巨猿，正对她嗷嗷叫。

蛇、狐、猿都是妖兽中有着极高灵智，有高概率转化为妖修的种族。南颜细听了一会儿，竟从那巨猿口中听出几个人族的字眼：“你……放我……我……帮你……出去……”

南颜抬头看了那巨猿许久，只见它足有十丈长，全身被镇灵锁死死捆住，只露出一只眼睛和一张嘴，正朝着她呼救。

“救……我……”

南颜感受到了它身上的波动，应足有元婴期上下，若非她现在金丹已成，怕是在它面前站都站不住。

巨猿以为南颜不愿意多事，连忙出声道：“你放我……我交出魂血……奉你为主！”

天底下的生灵有三滴精血，分别对应天、地、命三魂，只能由己身意念情愿交出，一旦交出魂血，生死皆会在他人一念之间。

妖兽主动交出魂血的情况非常少，能说出这串话，说明它已经算是有相当的灵智了，若能得这一头元婴期的妖兽相助，南颜应能横着走。

南颜踌躇了片刻，道：“我也是在他人襄助下逃离镇灵锁的束缚，你如何向我求助？”

巨猿见她出声，道：“我……是巴猿，你身上有天狐族……的气息，上位的妖族可以气血为引，向封妖大阵……释放妖兽。”

它这么一说，南颜瞬间了然，封妖大阵乃是人族与妖族的契约，这些镇灵锁意在约束妖族不得从海底逃出，那岩浆之刑也只是刑罚而已，并不直接取命。而妖族若被困于此地，可求助同族，由同族释放出来。

难怪二哥当时说，如果他们被镇灵锁抓了，就等他来救。

南颜伸出手，她的掌心有一点殷红，正是殷琊当时给的天狐族的血。

“就是……它！”巨猿一阵挣扎，渴望不已，“我……在你身上……还感受到王族的血脉，愿意奉你为主。”

南颜：“……”

这莫非就是传说中每一个天命之子都会有的奇遇吗？

可话虽如此，南颜秉持一个出家人的操守，端正道：“你之愿求，贫尼知晓了，贫尼乃方外之人，擅收生灵魂血有违天和，不如这样，贫尼可以救你，但你需随贫尼出家为僧，从此茹素持善，不随意滥杀、不欺凌弱小。”

巴猿震惊道：“你……不收我做灵兽？收我做灵兽后……可以把我装入灵兽囊……带出封妖大阵外。”

南颜一脸慈眉善目道：“外面的世界腥风血雨，这片海洋才是你真正的家。”

巴猿不甘心，它是妖兽，并不像妖族那样非要抱着尊严，只要能出这个鬼地方，什么都愿意做："我……愿意做你的……灵兽！"

"你拳拳心意，我十分感动。"南颜盘膝坐下道，"众生平等，贫尼虽需持戒，不能收你作灵兽，却可引你入我佛门，你寿岁如何？"

巴猿："……寿二百三。"

南颜："哦，贫尼今年二十一，相差也不大，贫尼就收你做个记名弟子，以后你我就师徒相称吧。"

巴猿用它那有限的灵智算了算他们两个之间二百多年的年龄差，隐约觉得这个修士不太正常，崩溃道："你……要怎样才愿……放我？"

"不急不急，我先给你取个法号。"南颜掐指一算，道，"清净真如海，你在我之后应该是如字辈，以后你就叫如意吧。"

巴猿："……"

南颜："你愿是不愿？"

巴猿："愿、愿意。"

巴猿深受其辱，但它不敢对南颜起什么杀意……毕竟她的王族血脉是真的，而且带有天狐族的妖血，它若敢动，难保不会招惹到上位妖族。在妖国，妖兽只是底层的兽类，根本不敢违逆妖族。

南颜点了点头，念祷佛言，顿时一朵金莲从她指尖绽出，旋转飞入巴猿体内。

巴猿此刻全身妖力被切断，只能任由金莲进入灵台，金莲化在它体内一瞬间，它竟好似感到灵智又提升一分。

南颜催动灵力，尝试放出手上那一滴殷琊的妖血，妖血浮空后，自行化作一丝丝血线，钻入巴猿身上的镇灵锁之内，不多时，巴猿身上的镇灵锁一阵乱响，随后解了开来。

巴猿连忙脱出桎梏，咣一下砸在南颜身边。

南颜震了三震，同巴猿对视半晌，道："如意。"

巴猿其实想打她，但现在靠近了判断，发觉她身上的王族血脉纯度恐怖，犹豫片刻，纳头便拜："师父。"

巴猿这一声喊出，也不知道是不是那朵金莲的作用，它立时觉得南颜亲切了三分。

"嗯，乖。"南颜心想又成功度化了一个妖孽，长此以往，总有一天能度化她身边那个大妖孽，心情十分愉悦，"你是为师第一个弟子，本该多教导你一二，但现下时机不对。来，这几卷经书你拿着，他日有缘，你我必会再见。"

巴猿发觉自己说话顺溜了许多，开口道："师父这是想出去吗？"

南颜叹道："本想把这具骨骸带走，但我也不知出路，正发愁如何是好。"

巴猿机敏道："徒儿倒是有个办法。"

南颜："你有什么办法，能变个筋斗云出来带我一路飞到西天大雷音寺吗？"

巴猿道："徒儿哪会那些，那镇灵锁虽无物不捆，却有其特性，一是不允许妖族飞上海面，二是对灵力、妖力有反应。师父毕竟是人族，想要出海，就必须动用灵力，动用灵力就会再次引来镇灵锁，不如由徒儿暂且将师父吞于口中，可将师父送上海面，师父再自行脱困。至于这具骨骸，徒儿扛着走就是了。"

南颜道："你张嘴。"

巴猿听话地张开血盆大口，露出一口獠牙，每颗足有小儿大，看上去十分狰狞。

南颜："如意啊，你知不知道，为师赐你那朵金莲是做什么的？"

巴猿："是做什么的？"

南颜："其实这也是我师父，也就是你师祖教我的，是愁山梵海不传之招，名为大梵清净莲，对你有提升灵智、消磨妖性之奇效，但是它有一个特色，就是每起一次恶念，莲花瓣就会掉落一片，等十二片莲花掉光……"

巴猿一听是这好东西，欢喜不已，又听她提及缺憾之处，紧张道："会让我的灵智倒退回原来的状态吗？"

南颜斟酌言辞，道："按我们人族的说法，就是变成智障，你明白了吗？"

巴猿顿时一点邪念都不敢起："弟子明白。"

南颜满意道："嗯，猴子可教也。"

此时并无妖兽被镇灵锁带入，溶洞口也未开，一人一猿只得继续在洞内游荡了一圈，又找到两具元婴初期的妖兽残骸，整理整理归在一起。

她身上的乾坤囊已经装满了，想起之前在凡洲除魔时掠取了一些魔修的乾坤囊，本来上面有原主的神识烙印，其他同阶不能打开，此时她已结丹，神识强大，可轻易抹除上面的神识印记，如此一收拾，倒出来半座小山似的东西。

自从来了上洲，凡洲魔修的东西便没有那么入眼，林林总总有七八万灵石，一些用不上的魔修低阶法器就都丢进岩浆里销毁，一些低阶材料与丹药便收起来。空出来的乾坤囊用来装那两具元婴初期妖兽的残骸。

至于那元婴大圆满的钩蛇残骸，南颜实在舍不得将它斩开分装，便由巴猿像是围围巾一样在脖子上绕了几圈戴好，准备等出去了就找穆战霆借个大点的乾坤囊盛装。

南颜还是有点儿担心穆战霆的，他最后像是被大日精火引去了，虽然命火旺盛，但所处之地实在太过危险，也不知情况如何了。

正说话间，溶洞上方轰隆一声响，一处出口缓缓打开，南颜见状忙进入巴猿口中，撑起佛言枷锁笼罩周身，划破手指外放血气之力。

巴猿看准那出口扩大的时机，后肢蓄力，从地上一跃而起，冲向那出口。

而就在巴猿靠近出口的瞬间，上方的镇灵锁也捆着一个人从那处进入了，那人不像是被强行带进来的，进来之后就开始大声喊：“阿颜，嵇炀！你们俩在这儿吗？！”

擦肩而过的刹那，巨猿还未来得及闭口，口中南颜对上殷琊震惊的双眼。

殷琊：“……”

殷琊内心忍不住骂骂咧咧。

——老子才辛辛苦苦进来，你这就和只猴子同流合污地出去了？

巴猿游出那溶洞的瞬间，出口彻底闭合，南颜隐约能感受到最后那一眼，殷琊的滔天怒气。

对不起二哥，我知道你是爱我们的，都是命运弄人。

殷琊是妖族，沾了海水就绝无出去的可能，刚刚下海的并非本体，应是他分出的一道寄神之体。他进去之后，就必须自爆寄神之体才能回归本体，对本体的灵力也是挺伤的。

南颜心疼了二哥半晌，回神时巴猿就已经游到了海面，在海面一尺下停住。

“师父，到了。”

“好，等下你愿意就跟，不愿意就自行离开，我给你那几本经书你好好习读。”

南颜交代完，从巴猿口中飞出，刚一上海面，就听见三道飞遁声朝她而来。

“哈，没想到在这儿还能看见佛修！”

“女修？不错不错，看这背影多半是个尤物。”

“果然是个尤物，献给帝子，他必不会追究我等失职！”

魔修？

南颜没想到一出海就遇上三个魔修，修为两个结丹初期，一个结丹中期，正气势汹汹向她杀来。

那三个魔修在旋涡外等候了半个时辰，里面大日精火仍没有减弱的征兆，心想那叫“隐”的黑衣人怕是死在里面了。

寒冰尘已失，只能等待厉迟放出祸无极后，以其绝世神通取铁。

三魔修惶惶之际，只想拿南颜讨好帝子求得宽恕，那名结丹中期的魔修一马当先，挥手放出一头绿眼紫身的蜘蛛，蜘蛛冲上来就朝南颜喷出一张绿幽幽的毒网。

南颜第一次以同阶的角度看待结丹魔修，顿时生出一股奇异之感……她觉得她似乎能打三个。

待那毒网铺天盖来的瞬间，南颜后撤半步，佛珠一甩，指尖绽出一道手指大小的白焰。

白焰同那毒网比起来微不足道，但接触到那毒网时，只是一眨眼的工夫，就顺着毒网一路延烧至蜘蛛的口器处，瞬间包裹住那蜘蛛。

蜘蛛发出凄厉尖叫，转眼间被烧成灰烬，那白色的火焰重新变成指头大小，回到南颜的掌心。

“我的绿幽蛛！”结丹中期的魔修心痛不已，恶狠狠地看向南颜道，“区区结丹初期的丹火，敢伤我爱宠，我今日就要把你炼化！”

旁边跟来的结丹初期二人悬停于他身后，饶有兴趣地看向南颜：“这美人的丹火好厉害，不过看她周身灵气未平，应是刚刚结丹，丹火再强，也比不上蒋师兄的‘碧磷魔火’。”

那蒋师兄傲然道：“女人，你敢不敢与我一拼丹火之力？！”

南颜低头看了看掌心那一缕薄淡的火焰，道：“妖魔邪道，但请一战。”

那蒋师兄冷笑一声，双掌一翻，吐出一道巴掌大小的幽绿火焰，焰心蹿动，凶腾非常。

“来！”

一字落，南颜将丹火放出，与那碧磷魔火短兵相接，一瞬间，碧磷魔火就把白焰吞噬在其中。蒋师兄大笑：“哈哈哈，丹火被吞，金丹必有碎丹之危！”

旁边二人也道：“这美人也是经验太浅，敢以卵击石，丹火被吞，日后境界难有寸进。不过，倒是免得我们要多费一番功夫动手了，蒋师兄你也太不怜香惜……嗯？”

蒋师兄的笑容突然凝固，捂着肚子，颤抖地指着空中的碧磷魔火。

只见那魔火一阵异常跳动，颜色慢慢变浅，须臾间，发出吱吱怪声，仿佛内中有个怪物在不断吞噬一般，肉眼可见地徐徐变小，最后消失无踪。

那白焰好似还大了一圈儿，满足地飞回南颜手中。

“这……这怎么可能？”两名结丹初期的魔修齐齐变色，要知道他们这位蒋师兄也占有山海禁决的名额，他的丹火在巳洲都是极有名的。

“我的……金丹……”

蒋师兄在空中摇晃一阵，竟口吐鲜血，体内传出轰然一声，周身灵气溃散，直直跌入海中。

就算丹火被吞噬，金丹也至多受损重伤，从没见过这般情况，两名结丹修士惊到失语，南颜也一脸呆滞。

她把魔修的金丹……烧炸了？

“此女定是故意示弱才偷袭得手，敢动我天邪道之人，简直不知死活！”

两名结丹初期魔修面上愤恨，但那蒋师兄掉下海后，他们二人也没有一个人冒险下海相救，而是一左一右各自出手向南颜杀来。

这一回他们用上全力，左侧魔修右手挥出一片怪虫，只只口器尖锐，尾后藏针，而右侧魔修放出一对黑白二色的奇珠，互相环绕间，威能倍增。

南颜感到魔修杀意滔滔，双目轻合，身后观音虚像蓦然绽出。

她这尊观音虚像比筑基时足足大了三倍，本该是慈眉眠目的模样，此刻却双目微微张开，露出的瞳仁竟是血色的。

怪虫先至，她右手轻抬，千手观音同样与她抬起右手，其中一只手上现出一只法钵，钵口朝着涌来的怪虫微微倾斜。

怪虫一颤，飞行速度缓下不少，但仍直扑过去，离南颜三尺远的时候却都叮叮当当地被弹了开来。

那魔修惊怒不已，拂袖挥出一片土黄药粉，大喝道：“啮钢蜂，咬烂她！”

数千的啮钢蜂被土黄药粉笼罩，嗡鸣声大作，一扑而上啃食南颜周身三尺外的佛光护罩。

魔修冷笑道：“使用丹火极其消耗灵力，不出十息她这佛光罩就没用了。”

但很快，南颜背后千手观音手上的法钵中释出蒙蒙金光，金光虽是薄淡，但仍能完全笼罩住怪虫们。

另一个身前浮着黑白奇珠的结丹修士道：“不对，她的佛力怎会越来越强？”

说着，他那对黑白奇珠停止运转，一声“去”后，双珠化作流星击向南颜，然后……正面一撞！

轰然一声炸响，南颜所在的区域被一片掀起的雾气笼罩，过后再无声息。

“哼，不过是个刚结丹的，连初期都算不上……”

操纵啮钢蜂的魔修正欲召回虫群，忽然脸色一变，额现冷汗。

旁边的魔修问道：“怎么了？”

“我、我的啮钢蜂失控了！”

下一刻，雾气中传来一声悠远的磬钟响，随后迷雾里伸出一只观音玉手虚影，手中一只泛着金光的法钵正把所有的雾气和雾气中若隐若现的啮钢蜂一齐吸入。

而雾气变淡后，那操控阴阳奇珠的魔修倒抽一口冷气。他的奇珠变得灵光暗淡，正被南颜抓在手心里，被她刚刚那已逞威过的白焰包裹，发出吱吱被炼化的声音。

而南颜毫发无伤。

“逃！此女有帝子的实力！”

二魔修掉头遁逃，匆匆回头间，却见南颜足下绽开一道金莲，在原地消失，下一刻出现在他们前方。

“我是杀生造业魔……”如观音一般的眠目徐徐睁开，南颜一手微抬，随后在虚空一握，“悟得禅机献佛陀。”

两个魔修心生莫大恐慌，各自施展血遁左右分逃，但下一刻，却双双各被一只虚空佛手握住，浑身魔气被彻底压制，发出惊骇之声。

“菩萨要什么好说，灵石法宝，只要饶我一命！”

“我是天邪道执法长老的座下弟子！你敢杀我，我师尊必会杀你全族！”

这样的威胁之言，那半年在凡洲，南颜已听得足够多，只是她眉目虽善，眼底情绪却无波无澜，喃喃道：“低眉细听众生苦……”

两只巨大佛手慢慢捏合，佛手中的魔修惨叫异常凄厉。

“啊啊啊我做鬼也不会放过你啊！”

佛手下方鲜血淋漓落入海中，随后佛手散开，两具扭曲的人形落入海水中。

“……仰首再屠十万魔。”

观音虚影散去，南颜身上金色的佛光隐约多了一层血色，她念完最后一句，灵力渐收，闭目稳下体内灵力，再睁眼时，一张清艳的面容多了一丝肃冷的气质。

“也该去看看大哥的情况了。”

南颜正要前往那炎气仍不休的旋涡之处，一低头却看见海面下浮上来一张巴猿的大脸。

南颜：“如意，你在做什么？”

如意闭着嘴不说话，大眼睛努力眨巴。

南颜用神识四下扫了扫，没发现那三个魔修掉进海之后的躯体，道：“你张嘴。”

如意不情不愿地张开血盆大口，那两个被捏碎的魔修已经被它吞下去了，还有那之前被碎了丹的结丹中期魔修，此刻正瑟瑟发抖地趴在它舌头和牙齿中间，一脸苍白绝望，看模样心神已崩溃。

——早知道她还有一头元婴期的妖猿在海下潜伏帮手，他说什么都不会惹她。

如意大着舌头道：“师父，我没有破杀戒，我只是看他们左右都是死了，在海上漂泊不易，入肚为安比较合适。”

无论妖族还是妖兽，其实都是吃人的，结丹修士的血肉饱含灵力，对被镇灵锁消耗了妖力的巴猿来说正是大补。

南颜觉得徒儿需要再教育：“为师刚刚才跟你说，要茹素，不能随便犯荤戒。”

如意承蒙南颜教导，提出疑问道：“师父，那你刚刚是不是犯了杀戒？”

南颜："出家人不能说打打杀杀的，这是度他们早登极乐。"

如意受教，把那结丹魔修吐了出来，南颜把他虚提到海上盘问了一会儿，得知厉迟竟还有一道释令，现在正要去释放祸无极出来，顿时心头一紧。

虽说南颐的释令下得较早，但既然巳洲的人有后手，谁先出来还不一定，如今目的已达到，他们还是早早脱身为妙。

南颜左右环顾，心想殷琊应是将本体藏在某处闭关，眼下紧要的还是要去找一找穆战霆。

她足下一点，暂时告别如意，整个人朝那道海上的火柱掠去。

"你说有个叫'隐'的魔修，拿着寒冰尘下去了？他长什么样？"

结丹魔修此时金丹已碎，灵力急速消退，一脸苦涩道："他遮遮掩掩的，我们都看不清脸，只是他救了帝子，帝子才对他有所交托。"

南颜盯着那火焰柱半晌，问道："他有没有什么其他的特征，比如……手指有残缺？"

结丹魔修回忆了一下，道："有……有倒是有，手指由机关接上，看着倒像是个偃师之类的。"

——你独演多没意思，还是我们群演吧。

南颜豁然开朗，很是夸张地笑了一声："既然寒冰尘就在里面，又让本天命之子遇见了，这煅铁必是我的了！"

她说着，周身绽起佛光，头也不回地撞进火焰柱里。

留下结丹魔修目瞪口呆。

他连忙寻了处岛礁打坐调息，看着火焰柱深处的目光，带着一丝迷惑。

大约过了一个时辰之久，天边渐现苍蓝色，两道极其庞大的气息从远处掠来，横扫海域，结丹魔修刚刚稳住的修为，差点儿没被这气息余波掀进海里去。

那是……化神等级的交手！

魔修紧紧抓住地面，神色惊恐不已。

不一会儿，一个苍老的声音响彻整个封妖大阵。

"好，老夫急于回巳洲，我们井水不犯河水，你带你的人走，煅铁归老夫如何？"

随后一个温沉儒雅的声音回道："煅铁能者得之，若巳洲修士有缘，颐绝不相阻。"

接着，结丹魔修就看见他面前的虚空处，出现两道裂痕，先是走出一个面貌威武、须发花白的老者，他所经之处，虚空中留下一道道血色足印，而他身后，也陆陆续续走出包括厉迟在内的其他巳洲魔修。

血魔道！是副宗主！

魔修激动不已，大声道："副宗主！晚辈乃天邪宗十九代内门弟子！为老祖在此看守燬铁出世，刚刚已有个佛修偷入其中，请宗主出手诛杀！"

祸无极看起来和之前判若两人，双眸呈现一股怪异的灰色，没有理会那魔修，冷漠地对着另一处虚空裂隙道："逸谷先生，你要的人可在这里？"

另一处虚空裂缝中，徐徐走出一道优雅的身影，他走出时，闹动不休的海水蓦然静如湖水，天上的浓雾也自行散开，露出一轮清朗明月。

南颐轻轻合目，登时神念笼罩一方天地，他略一皱眉，眉睫微动，立时身前这一方海水仿佛被一股难以形容的力量拔了出来。

巳洲其他魔修不敢说话，眼瞳盯着那被整个从海底随海水一并拖上来的大日火精。

"……这就是化神修士的手段！足可移山填海！"所有结丹修士震撼不已。

随后，海水蒸干，那团火柱渐渐缩小，但其中却是越发炎热，结丹修士离得足有两百步也感到一丝煎熬，不得不再后撤百步。

随后，火焰收缩，南颐目光一凝，沉声道："祸道友，让你的门人放开无辜之人。"

只见半空上，两方对峙，一个黑衣人正从背后挟制着南颜，他对面穆战霆身披焰甲，正怒目而视："'虎头蛇尾'之人，挟持我妹妹算什么，有本事和我'决胜于千里之外'！"

场上大多数人没能听懂他在说什么，而厉迟则是一见穆战霆眼睛都红了。

"穆战霆，你竟还在此地！你是不是收服了大日火精？！"

他们在辰巳战场交手多次，自认对对方的神通还是比较熟悉的，穆战霆一出现，厉迟就知道他必是来收服大日火精的，燬铁伴火精而生，现在燬铁也必定在他手中。

厉迟妒恨难当，但看隐挟持住了南颜，一时间又大喜："隐兄，快带着那女人回来，这是你师尊！"

祸无极却先开口了："可是我徒儿隐？"

隐转过头，帽檐下的脸看不清神色，却也出声道："师尊，久违了。"

祸无极蓦然大笑一声："果然厉迟说的对，这些年委屈我徒儿了，待回到天邪道，老夫便收你作亲传弟子。"

"多谢师尊。"隐好似又把黑着一张脸的南颜搂紧了些，道，"这位辰洲的帝子不愿交出燬铁，我只能行此下策，师尊可否做主？"

穆战霆目光左右漂移了一会儿，好在他现在浑身包裹火焰甲，外人看不清他古怪的神色。

“你放了我妹，我才交出来！”

厉迟尖声道：“师尊，他得了大日火精，对侄儿山海禁决极是不利，直接杀了他，煅铁就是我巳洲的。”

厉迟虽这么说，贪婪的目光却始终放在南颜身上。

祸无极转而对南颐道：“逸谷先生，你看如何？”

南颐“凝视”着南颜的方向，唯恐她被伤着，道：“煅铁可以交出，先放了这位……佛修小友，我受他们恩惠方得出生天，需保他们性命。”

厉迟连忙道：“师叔不可啊，纵虎归山绝非父侯所乐见。”

祸无极蓦然冷笑道：“你们莫把老夫当猴子耍，这姑娘长得像谁，老夫还是看得出来的。”

厉迟立即闭嘴，但仍心有不甘……之前他能感受到，祸无极似乎受创极深，而南颐则是好上许多，真要打起来，他们未必能占上风。

“这样吧，老夫也不与晚辈为难，交出煅铁，这几个胆敢冒犯的结丹小修由逸谷先生带走。”

有南颐在，穆战霆微不可察地朝南颜的方向点了点头，将一块拳头大的煅铁丢了过去，一侧的隐同时放手，甚至被南颜趁机拿胳膊肘搒了个踉跄，才用寒冰尘接住煅铁包好。

南颜和穆战霆迅速飞向南颐的方向，还没说什么话，蓦然海底一阵震动，闹动不休。

“这是？”

南颐瞬间色变，对祸无极道：“有人动了此地镇灵锁大阵的封印，祸道友，你我虽脱身，但对封妖大阵仍有护守之责，需得协力在此镇压三日。”

一侧巳洲魔修已经看到海底下有一股黑烟翻腾，一片惶惶然。

祸无极犹豫片刻，道：“好，老夫就在此地三日。迟儿，此地有变，你们速速离开封妖大阵，老夫处理完之后自会用裂空遁影传出封妖大阵与你们会合。”

化神修士掌握天地之力，有裂空遁影之术在身，可撕裂一方空间，挪移到其他地方。

南颐自然同意，转身对南颜传音道：“阿颜，那头天狐族的狐妖本体在向北三十里外一处岛上，你们姑且离开封妖大阵，最好先去附近的寅洲城池暂避，若我得脱，自会寻你。”

他言罢，一点面前虚空，裂开一道小小裂缝，从里面取出一支骨笄交到南颜手里。

“此物算个护身之宝，保护好自己。”

南颜也不多话，朝舅舅点了点头后，身形向来时的方向遁去，最后回头，她似乎看见了融入那群魔修中的黑衣身影，差点儿没咬碎一口牙。

——搞事情你可以的，很好。

第十章 赤帝瑶宫

贺寿当敲鼓，一喝一下午，子孙生不尽，明年再添丁。

整个封妖大阵的轰鸣声越来越大，南颜也不知道发生了什么，按南颐指示的方向，落在一处小岛上刨开一处岩洞，果不其然殷琊就在此地。

穆战霆直接把殷琊背起来，神识一扫，十余海里外，厉迟等巳洲魔修也正同时向阵外疾驰。

“他们走的方向不对，只怕出口已变。”

南颜道：“我之前盘问过一个新入阵的魔修，他说阵外有一个元婴魔修坐镇等待，我们一出去，只怕被包了饺子。”

结丹之前，毕竟是一个灵力累积的阶段，越阶斩杀高阶修士倒不是没有可能，而结丹后面对元婴期，则是一点办法都没有，只能逃窜。

破丹为婴，就有了“灵”，这对修士来说是一个极大的质变，也是从元婴期开始，才能真正探索自己选择的大道。

元婴，就是这个修界的上层力量，哪怕是天分再高的天骄，也不可能越阶杀伤元婴。

沉吟间，蓦然海底一阵水波动荡，南颜向岸边看去，心头一喜。

“如意。”

穆战霆没有察觉到巴猿的气息，跟过来道：“你喊谁？什么如意？”

南颜："是我新收的徒弟。"

穆战霆一边走一边张望道："听着倒是挺喜庆的……妈呀。"

如意在海面下漂着，半晌，把脖子上一直绕着的钩蛇骸骨从海底扔上岸，用鼻音哼哼唧唧了一阵。

南颜："你说啥？"

如意张开嘴，顿时一抹紫光蹿出海面直奔穆战霆背后的殷琊身体。

"师父，"如意道，"第八层的海底阵眼被拔了，我在附近抓到个灵体，他一路鬼鬼祟祟地揣着什么东西。"

同时，一只湿答答的乾坤囊也被甩上了岸……这与其说是个乾坤囊，不如说已经被撑成了个绣球。

南颜："……"这头狐狸，多半是看中了海底什么宝贝，这才闯了个祸。

南颜走过去，一把揪住了殷琊的头发。

"疼疼疼！"殷琊瞬间被扯醒。

南颜放开他，面无表情道："你是属龙的吗？"

殷琊捂着被揪掉了几根的头发，目光四处漂移："我属蛇，怎么了？"

南颜道："我看你这么喜欢囤东西，还以为你属龙。你是怎么弄出这地震的？"

"我……"殷琊气短道，"被拉进那溶洞后，没有事情做，就、就四处转了转，正好上面好像大日火精熄了，火山岩浆流走后，火山口里就浮出个盒子。"

南颜："然后你就拿走了？"

殷琊："冥冥之中，我觉得这个盒子与我有缘。"

他说完，整个封妖大阵的海域再次震了三震，这一次动静比之前的更大，直接将他们落脚的小岛震裂。

"我们出去再说。"

另一边，厉迟也同样急于离开这鬼地方，眼看着出口就在眼前，他却听见身后一阵巨大的轰鸣声跟着逼近，立时大怒，看样子是想掉头同穆战霆打上一场。

"刚刚他背后有化神修士撑腰，现在可没有，岂能让他出去？！"

旁边魔修连忙劝阻："帝子，现在不是时候，绵小姐早有先见之明，入口海岸边已召来一名元婴大修士坐镇，帝子不妨先脱身出去，有元婴修士在场，那穆战霆还不是任由拿捏？"

厉迟并不听劝诫，嘶声道："让他出去，本帝子在封妖大阵内种种有失颜面之事岂不是就传了出去？！父侯那里又如何交代！"

众魔修俱不敢言，只有跟在魔修阵营中的黑衣人发出一声轻笑。

厉迟不悦道："你当时就该把那女人带回来，穆战霆既称她是妹妹，就绝不会放弃，还不是任我们开条件！"

隐待他稍稍消停，道："我只是见那佛女极受那化神修士重视，故而不敢妄动。"

旁边魔修也同时疑惑道："说起来，那佛女却是和帝子后院里那些美姬有些相似，不过帝子那些美姬美则美矣，今日这么一比却是……"

魔修们说到这儿，又不敢继续说了，小心观察着厉迟的脸色。

厉迟的神色却是好了许多，道："隐师兄说的对，既得南颐看重，此女身份不可轻忽，需得报经父侯……不过也并非全无收获，穆战霆在这儿就是代表辰洲，辰洲敢劫道生天赐下的释令，此事必须告知道生天玄宰。"

言罢，他们一一跨出界门。

隐离开前，看了一眼远处徘徊不定的火光，不着痕迹地在界门处留下一道神念，随后也离开。

走出界门，迎面就是一片湿冷的海风，上方浓云雾卷，一片肃杀。

真有意思。

隐一出去就看见一个打扮妖艳的紫衣少女穿花蝴蝶般扑在厉迟怀中，一脸梨花带雨。

"哥哥你总算回来了，累得绵儿担惊受怕……"她说着，连忙仔细查看厉迟的伤势，目露煞气道，"谁敢把哥哥伤成这样？连续肢丹都用上了，哥哥你快说是谁！绵儿必把他碎尸万段！"

厉迟咬着牙道："左右首恶都必是穆战霆，现在封妖大阵内部波动不断，他马上就会不得不从这界门出来。许叔！"

旁边被称为许叔的元婴修士道："帝子有何吩咐？"

"此恨难消，等穆战霆一出来，你就出手将他擒住。"

许叔面露难色："他毕竟同为帝子，万一触动他身上的龙主神念……"

辰洲龙主敖广寒，所有魔修的噩梦，而他还只是元婴，根本兴不起与之对抗的心思。

厉迟面露阴狠之色，道："只是捉住他不会触发神念，我断臂之仇绝不轻吞，我只断他四肢，留他一条贱命，已经够仁慈了。"

"好，既然是帝子发话，我照办即是。"

那许叔看着厉迟与厉绵长大，焉有不偏向之理，瞬身闪向界门处。

隔着界门，他感受到一股奇异火能，他冷冷道："里面的小友，乖乖出来求吾洲帝子谅解，我们看在同为帝子的分上，或可放你一条生路。"

里面默不作声，那许叔冷笑，又靠近了一步。

“还有一刻钟界门将关闭，封妖大阵封锁空间，就算是化神修士，也不可能将你们带出外界，老夫有的是时间在这儿陪你们等！”

随后又是半刻钟过去，元婴修为不能进入封妖大阵，那许叔便嘲笑道：“原来辰洲之人号称勇冠诸洲，竟是无胆之人，也罢。帝子，不需要和此等废物浪费时间，我们回去吧。”

就在许叔转身刹那，他身后同时现出一道灵气波动，许叔眼底骤现杀意，反手一掌劈向界门。

“小儿，大意了！”

他笃定穆战霆会趁他放松时出去，这一掌用了足以打废一个结丹巅峰修士全身经络的力道，岂料下一刻，出来的并不是穆战霆等人，而是迎面从界门那头摧枯拉朽地传来一声猿啼。

那猿啼声极其凄厉，那许叔毫无防备，只觉一片腥风扑面而来，元婴动荡，哇一声吐出一口血。

“元婴期大妖兽！”

那猿啼声范围极广，通过界门后波及四方，在外门围堵的所有巳洲修士纷纷七窍流血，修为弱者甚至从半空跌下。

一片混乱间，谁也没来得及看到，一道紫光包裹着三道人影悄无声息地趁乱从界门中冲出……

那许叔受元婴大妖的天赋之术正面一击，混乱了数息才稳下神识，惊怒不已，神识铺天盖地扫去，发觉有三个结丹气息已逃离他们的包围，怒而追击时，忽见一个黑衣青年不声不响拦在他面前。

“你拦我做什么？”

黑衣人没有理会他，对着界门道：“师尊。”

许叔愕然间，只听界门里传出一个苍老的声音——

“煅铁已到手，区区三个结丹小修士，面子做与南氏便是，穷寇莫追，待老夫回到巳洲，必助天邪道碾压辰洲修士！”

两日后，寅洲南部的一处城池，城中传送阵一闪，走出二男一女。

守卫传送阵的是个筑基修士，本来正在打坐修炼，感到三股结丹气息后，连忙起身恭敬道：“三位结丹前辈驾临蔽地，不知可有需要效劳之处？”

那筑基修士神色恭敬，微微抬眼，却看见一个紫眸白衣的妖修一步踏出，扶着一旁的柱子干呕起来。

其余二人俱冷漠地看着他，其中一个戴着帷帽的女佛修道：“你到底什么时候才能不晕传送阵？”

来的正是南颜三人，他们这两日不停通过传送阵转移地点，这才找到西皇山附近的一处城池中，西皇山乃寅洲之都，巳洲的魔修万万不敢找到这里来。

南颜转头对一脸诧异的筑基修士道：“有没有合适的临时洞府？我这兄长身娇体弱需要休息一下。”

筑基修士道：“有、有的，近来西皇山上下庆贺云太妃千秋节，城中洞府有些紧张，不过既然是结丹修士，城中自可匀出来些洞府。”

云太妃？

南颜回想了一下她祖辈的爱恨情仇，这位云太妃应是她娘南娆的庶母，如果当年去凡洲接走她娘遗体的人来自寅洲，那她这位继外祖母应该会知道点什么。

一边走，她一边向那位本地的筑基修士打听道：“我等是从外洲来的，不知云太妃的千秋节是何等盛况？”

筑基修士一脸骄傲道：“云太妃出身名门，今年正好是七百岁满寿，遂遍邀诸洲名门天骄赴赤帝瑶宫与会。太妃近年来郁郁不欢，宫中之人为了讨她欢心，除武斗切磋外，特地邀请了道生天的儒修来主持千秋文会，据说写诗写得最好的修士可参悟宫中的至宝——《赤帝北征图》。”

穆战霆本来兴致缺缺，一听文会，扭头目露精光：“什么？你说什么文会？”

南颜和殷琊求生欲发作，拼命摇头：“没有没有，什么文会都没有，你听错了。”

穆战霆抓住那筑基修士，兴奋道：“真的有文会吗？”

筑基修士吓了一跳，瑟缩道：“云太妃是儒修世家出身，喜好诗词歌赋，这一次邀请诸洲的儒修前来，就是为了吟诗作赋切磋文艺。”

诸洲的修士虽追求大道，但腹有诗书的修士，悟性要比寻常修士高上很多，是以一些老牌的名门在修道之前，会强令族中仙苗同时习读诗书经典。

穆战霆更加兴奋：“有什么门槛吗？”

“诸洲有化神修士坐镇的大宗门结丹修士，只要带着身份玉牌的都可以直接进入赤帝瑶宫，各洲的帝子更可以直接入住宫中。”

穆战霆自诩学富五车，只不过常年干架，一腔墨水无用武之地，听见云太妃过个生辰还要办文会，顿时大为欣赏。

“不错，阿颜你不是要去赤帝瑶宫打听消息吗？依我看我们不如……嗯？他们人呢？”

“我们这么把他丢在人海好吗？”

“就让大哥在人海茫茫里洗涤一下文学气息吧。”

南颜拖着因为晕传送阵，至今仍是一脸菜色的殷琊溜出三条街外，殷琊觉得不行了，一步也不想走，南颜左右张望，只能就近找了个极华丽的炼器坊。

所有上洲的都城周围都是极为繁华之地，此处叫“锻日楼”，门面足有五层之高，来往修士络绎不绝。

饮过两杯灵茶，殷琊精神渐复，忽然想起一事，唤来楼中的的修士：“你们这儿，可有会锻造‘须弥戒’的六品以上的炼器师？”

他们俩都是结丹修士，一来就被请到楼上雅阁，连伺候迎接的都是筑基修士，一听殷琊想要“须弥戒”，顿时面露难色。

“敝阁乃是未洲‘锻日楼’的招牌，坐镇此分阁的阁主正是七品炼器师，也曾锻造过须弥戒，只是须弥戒原料珍贵，元婴期的大能里也极少有拥有此物的。”

殷琊道：“我自备主料，其余辅料可用灵石换购。”

一听他有主料，阁中修士眼睛一亮，连连道：“好、好，贵客稍等，晚辈这就请阁主来。”

他走后，南颜问道：“怎么忽然想起来要这须弥戒？”

修士寿岁长久，身家一般都系于随身所带的乾坤囊上，但乾坤囊依靠阵法之力撑起一处空间盛放物品，终究有所极限。

最大的乾坤囊也不过是像穆战霆借她的那种，可勉强装入一条完整的钩蛇骨骸。

寻常的乾坤囊只能装死物，最多能装灵草，却装不了灵兽，灵兽的话则需要另外携带灵兽囊。

而须弥戒，则是少数元婴阶修士用以承载身家的物品，内中空间巨大，灵气充沛，甚至可以种植一些灵草，放养灵兽。

“我这不是给你们分点好东西吗？省得你们整天说我要宝不要命。”殷琊神神秘秘地打开他从封妖大阵海底里带出来的那个塞得满满的乾坤囊，道，“你看。”

南颜低头一看，只见是个人头大、墨玉般的玉球，一眼看去玉球内部还有一股薄淡的、闪着碎光的烟雾不停流转。

“此物是……”

“这是须弥鼋死去万年的内丹，是我在溶洞下的火山口岩壁上发现的。此物可由炼器师打磨炼制，做出的须弥戒内中足可装下一百条百丈长的钩蛇尸骸。此物我想了许久了，只是须弥戒只有辰洲拍卖会上偶尔才会有一件，价值都在数万中品灵石上下。”

一颗中品灵石可兑一百下品灵石，须弥戒的珍贵毋庸置疑。

不一会儿，雅间外有笑声传来。

“上次有幸见到须弥鼋内丹还在三十年前，没想到今日还可一见，快去取出‘蝉露悲’招待贵客！”

随后雅间的门打开，一个头发花白、身形健硕的结丹后期修士跨进来，拱手道：“老夫乃此锻日楼分阁的阁主武炼，忝为七品炼器师，二位可是那要打造须弥戒的贵客？”

丹器阵符各有品级划分，专精此道的修士会随身携带玉佩昭示身份，玉佩形制也有固定，皆以极难雕刻的九眼玉为材料，分别以丹炉、剑器、卦盘、玉牌为形，品级越高，上面刻下的星越多。

南颜看到这武炼腰带上挂着一块剑形玉佩，玉佩上刻有七星，这是七品炼器师的标志。

二人起身还礼，殷琊取出那颗须弥鼋的内丹道：“师门中偶然于一处秘境寻得此物，道友且看，能打造几枚须弥戒？”

他把须弥鼋内丹拿出的一瞬间，武炼眼中精光四射，宛如见到绝世美女一般扑了上来，吓了二人一跳。

“这……这、这个品质！”武炼旁若无人地拿出一片水晶镜对着光察看，不时发出啧啧赞叹。

南颜把殷琊扯到一边小声道：“炼器师都这样的吗？”

殷琊很有经验道：“沾了丹器阵符的都有这毛病，越沉迷水平越厉害。”

南颜道：“哦，那少苍都沾了，为什么不沉迷？”

殷琊面无表情道：“不知道，也许是他心不诚，沉迷女色吧。”

南颜：“……”

足足过了半刻钟后，武炼精神抖擞地抬起头来，呵呵笑道：“老夫见猎心喜，让二位见笑了。此内丹属于三千年龄的须弥鼋幼崽，应是中途夭折，内丹落于火炎之地，久而久之，自然凝为结晶，若炼制为须弥戒，可炼制六枚，每枚足可纳一湖之大。”

殷琊道：“那多久可炼成？”

“半个月即可。”

“有些慢了，可否先炼制四枚出来？”

武炼脸上挂起做生意的笑容，搓着手道：“道友若急需，老夫可动用八阶地脉之火日夜炼制四枚，十日可取，只是有个不情之请。”

殷琊和这些商人打交道得多，闻弦歌而知雅意：“我只要四枚，能炼制出来一切好说，余下的材料道友可是想以灵石收购？”

“爽快！道友里面说话。”

“妥。”

接着南颜就看见那武炼老者和殷琊勾肩搭背地坐在远处，交头接耳，应是在各自讲价。

此时门外又有一个修士进来，端着一只长颈玉壶并三只雕为荷花形的玉杯，放在南颜面前，倾倒间，竟有一股云雾从玉壶口斜斜落下，宛如云瀑下落，在杯中氤氲出一片清凉云雾。

南颜竟没嗅见酒气，反而有一股山间清气涌入鼻端。

“这酒好奇特。”

斟酒的修士笑道：“此酒为寅洲名酒‘蝉露悲’，乃赤帝瑶宫所出，一年只得一瓮，贵客请用。”

南颜平日里倒不是特别谨守酒荤之戒，道过谢后，端起来轻抿一口，忽然面现诧异之色。

“这酒……”

那修士一阵紧张，还以为保管不当让此酒糟味了，道：“贵客怎么了？”

南颜放下酒杯，神色有些迷茫：“不，这酒让我想起幼年在家时，家母偶尔也喜欢酿的酒，用料自然不如，但酒味甘冽之处，却十分相似。”

修士笑道：“这‘蝉露悲’的酒方是赤帝瑶宫的南芳主年少时，取寒蝉前后的秋露酿造，让人饮之有勾起过往情深之想。南芳主当年只赠有缘人，我们这些外面的修士嗅一嗅酒香都难。只是南芳主闭关后，这酒方就交给宫中之人酿造，敝阁也是千方百计才购得小半坛。”

南芳主……

南颜不由得神思飘远，她娘不擅长下厨，但很会酿酒，酿来的酒也不卖，连同酒糟一起拿去给隔壁的老奶奶，让老奶奶帮忙做成酒糟肉或醉虾。

南颜小时候吃了不少这种酒做成的鸡鸭鱼肉，味道已经刻进脑海里，立时就尝出来了。

“那请问……还有哪儿有这种酒？”

那修士意外她一个佛修竟是好酒之辈，道：“贵客想在外面喝到这蝉露悲怕是很难，不过过几日便是云太妃的千秋节，宴上必有此酒。”

“多谢。”

殷琊与武炼讲完价出来，一者神清气爽摇尾巴，一者苦笑连连大出血，最后举杯饮酒敲定这单生意。

“道友厉害，老夫算是服了，工费就免了，只当交个朋友，这是定金与凭据，十日后便可来取。工时紧张，老夫便少陪了。”

等出了锻日楼时，回去找穆战霆的路上，殷琊发觉南颜神色飘忽，道：“你怎么了？”

“我在想。”南颜表情痛苦，仿佛下了莫大决心，才道，“机会难得，还是让大哥带我们去赤帝瑶宫吧。”

殷琊沉默，片刻后道：“你不要命我可以理解，不要脸就恕我跟你分道扬镳了。”

南颜苦口婆心地劝说道：“少苍已经舍身去巳洲搞事情了，你要抛弃我让我独自承受大哥的文学熏陶吗？说好的兄妹一心呢？”

殷琊一脸绝望道：“兄妹一心可以，同归于尽不行，再听他念叨两句我怕我结婴时心魔关过不去。”

街头拉扯时，南颜忽然看见街那头一队辰洲服饰的结丹修士进入他们约好下榻的洞府中。

“他们这是……”

殷琊瞅准机会挣开南颜掉头就跑：“这地方不错，我去给你买二十条新裙子，十天后锻日楼见啊！”

南颜：“……”

她徘徊了半晌，只能跟进了那洞府中。洞府对她没有设限，一进去就听见那些辰洲的修士围在穆战霆身边，神色肃然地汇报一些战事。

“……两日前，辰洲传来消息，天邪道的副宗主祸无极回归，狱邪侯亲自迎接。本来诸洲之中，只有子洲与辰洲有煅铁之宝，现在巳洲也有了，岐天原前线士气低落，情况不妙。”

煅铁乃重宝，可威胁到化神修士，这对辰洲来说极为不利。

穆战霆一反平日那般放浪形骸的模样，支着下巴想了想，道：“那煅铁最后交给谁了？”

“祸无极擅长血魔炼宝之法，本身也是八阶炼器师，狱邪侯便将煅铁交给他锻造宝物，估计半年之内，便会锻造完成。如今约定的三个月之期即到，龙主希望帝子速速带着南姑娘回到龙都，切勿节外生枝。”

“这么急？”

“巳洲之患已消磨了龙主太多精力，如今又密查南芳主死因，所承之压不言而喻，还请帝子体谅。”

沉吟间，穆战霆看见南颜在门口站了许久，招手道：“阿颜，你可要跟我回龙都？”

南颜毕竟经历了这么多事情，其实她也知道，她舅舅曾屠过辰洲玲珑京，那位未曾谋面的龙主，对她娘的死并无查明真相的义务。

“当日在磬音寺中，已约好了三个月后龙都一会。龙主愿意为家母召集各方查明真相，我心中不胜感激。只是龙都一会后，我的身世必会广而周知，我想趁还未彻底暴露，去赤帝瑶宫查探一番，到底我娘的命玉有没有碎裂。”

辰洲来的修士道：“没错，起初骤闻噩耗，龙主也疑惑为何这么多年了，赤帝瑶宫秘不发丧。左右云太妃的千秋节就在这两日，帝子不妨带南姑娘一起去赴宴，看看赤帝瑶宫究竟在隐瞒些什么，到时我方也可向寅洲核对情况。”

“好，这事就交给你们，今天就去给赤帝瑶宫递拜帖。”

其他人都离开后，南颜见穆战霆一脸深沉，沉思不已。

她小心地问道：“大哥，那……千秋节有文斗和武斗，依我看，文斗无聊，咱们去报武斗吧，武斗赢了也能参悟《赤帝出征图》呢。”

“不，我要报文斗，武斗你去吧。”穆战霆说完，一脸豁然开朗，道，“我打听过了，文斗的题目是贺寿，我作诗一首，你来品鉴品鉴。”

南颜双手微颤：“不，我忽然想起要买条新裙子……”

“你眼光差，买裙子让你二哥去，来来来，我已经写下来了，你看。”

南颜看了一眼他在书桌上的纸，顿觉一眼失魂二眼落魄——

贺寿当敲鼓，一喝一下午。

子孙生不尽，明年再添丁。

寅洲西皇山。

此地为妖国故都，千年之前，赤帝横扫万妖，驱妖族入北海后，此地渐有人族繁衍生息。

“素闻寅洲修士通兽语，擅御妖兽，对付妖族也有独到之处，看这漫天修士乘蛟马而飞，好不惬意。”

一辆由四头青雕拉着的大车徐徐从南边飞来，内中的人偶尔从车窗看向外面，便见巍峨的西皇山高耸入云，四面环峰，皆被大能削出一片平原，古老的城池坐落于其上，使人心折不已。

“赤帝瑶宫便在西皇山主峰之上，再有半刻便到了。帝子若喜欢，待宴后，可前往蛟马院挑选一匹上好的蛟马。”旁边一个衣服上有赤帝瑶宫纹饰的马脸修士一脸殷勤道。

“师兄好意，云念心领，此次拜访祖姑母，乃携祖父的家信而来，其余之事不敢劳烦。”说话的人是个儒雅的少年，腰佩琳琅，坐姿极为端正，乍一看和南颐的气度有几分相似。

“帝子……哈，既是太妃族人，就是在下的表亲，就称云六公子吧。公子承申洲云氏儒修家风，太妃也时常称赞，此回《赤帝出征图》，便是为公子准备。”

叫云念的少年谦逊道：“祖姑母的千秋节遍邀诸洲英才，云念才结丹不久，受封帝子也不过半载，此番文争武斗，尽力便是。”

“哈哈，公子妄自菲薄了，今日乃云太妃的千秋节，寅洲如今没有合适的帝子，不会有不长眼的家伙来抢云太妃族人的头筹。”

那马脸修士笑罢，忽然旁边一阵劲风隔空袭来，数十道结丹期气息飞快掠过，让他整个人一惊。

“赤帝瑶宫周围，谁敢这般大阵仗？”

他一眼望去，只见远处数十余龙狮兽拉着战车呼啸而过，战车之上，黑旗飘摇，嚣张得不可一世。

“辰洲狴牙旗！”马脸修士脸色顿时难看起来。

云念轻咦一声，从车窗望去，问道：“来的可是辰洲的帝子？”

“哼！”马脸修士目露鄙夷之色，道，“明知是云太妃的千秋节，他来搅什么场！此人出身又非显赫世家，真不知龙主为何要自辱门庭选他为帝子！”

上洲修士中，一部分修士极其看重门庭出身，如今赤帝瑶宫由云太妃主持，围绕她的一些宫中修士也对散修出身者抱有成见。

云念道：“听闻这位帝子在战场上勇武非常，斩杀魔修无数，云念远在申洲修习儒法，神交已久，今日总算得以一见。”

马脸修士皱眉道：“公子还是勿多理会他，散修出身能有什么好人，他若敢抢公子的头筹，我必让他在赤帝瑶宫颜面尽失！”

云念眼底有一丝不悦，但他毕竟是外客，察言观色，并未多言。

青雕车直上云天，半刻钟后，空气骤寒，青雕车落在一处放目望不到边的青石广场上。

云念下了车，只见广场上四座十层楼高的凶兽巨像，分别为混沌、穷奇、梼杌、饕餮，目中燃烧着红色火焰，远远看见，便见之生畏。

“此四凶巨像，原本乃妖国镇国凶兽，当年赤帝独身闯入妖国，以一敌四，大战十天十夜，最终一一击而杀之，将此四凶兽魂永世镇封于铜像中不得超生。”引他前来的马脸修士颇为骄傲，毕竟在传说中的那一辈中，赤帝曾号称人世间至强。

云念抬头看去，只觉双目被一股滔天凶意一激，本能地闭目。

马脸修士见了，放声一笑：“这四凶个个有相当于化神期天人第一衰的实力，兽魂凶煞至极，便是赤帝当年，也是颇费了一番功夫才击杀，莫说云六公子还小，便是我们这些久居西皇山巅的结丹修士，也不敢直视凶兽之眼超过三息。”

云念心中泛起执拗之意，闭目释出一股儒修浩然之气，再睁眼时，眸中现天地正气，直视那凶兽之眼七八息，才闭目调息，立时便发觉神识中多出一丝威压。

云念颇有些惊喜：“此凶兽之眼，竟有磨砺神识之能。”

旁边的马脸修士惊讶道：“云六公子不愧是申洲天骄，结丹初期中，应无人能及你。”

“天外有天，师兄言之过矣。”

谈笑间，二人走上石阶，便看另一头有两个并未穿着寅洲服饰的人远远站在一尊穷奇像前。

“哇，阿颜！这尊穷奇当真英俊潇洒！好想搬回辰洲去。”

一男一女，也都是结丹初期，饶有兴趣地盯着那穷奇凶兽的火焰瞳，十息、二十息，若无其事。

马脸修士好似被人当面扇了一巴掌，脸色不佳地上前道：“四凶像周围乃赤帝瑶宫修士参悟之地，不经宫中允许不得逗留太久。”

他所言非真，四凶像之前谁都可以逗留，只是他看这二人不顺眼，刻意说上一句找回颜面而已。

穆战霆却是当真了，道：“那要怎么才能取得允许？”

马脸修士脸色一黑：“这位外客，赤帝瑶宫不是随便什么人都能放肆之处。”

“我有放肆吗？”穆战霆带着询问地望向南颜，后者摇了摇头，打量了一下那马脸修士道，“算了，看你的模样也不是个能管事的。阿颜，走咱们先进去再说。”

言罢，抬腿就朝宫内走去。

“你们！”马脸修士在赤帝瑶宫内也是一殿里说得上话的，见穆战霆如此无视他，当即暴怒，正要抢上去理论，却见台阶上匆匆走下一名宫中主事的元婴修士。

元婴修士一见穆战霆，就连忙走近拱手道：“帝子这是去哪里了，让龙都来的道友们一阵好找，若要游览，也该让宫中派个向导才是。”

帝子？

马脸修士心中咯噔一下，只听穆战霆随意道——

“我同舍妹初次拜访，想四处转转，看这穷奇凶兽像威武，就多停留了一阵，这位道友说未经宫中允许不得多留，如有冒犯之处，我先赔个不是。”

“嗯？”那元婴修士一阵疑惑，待看见马脸修士又羞又窘，目光渐渐沉了下来，道，“董金堂，龙主昔日对我瑶宫有宽赦之情，辰洲的道友便是我寅洲的贵客，宫中陈规陋习岂可强加之，今日之后自去刑殿领二十火鞭。”

知道穆战霆的身份，马脸修士鄙夷在前，受罚在后，心中暗暗记恨，面上强撑笑意："是我失礼，待宴后自会去领罚，那云六公子……"

元婴修士对云念又换了个态度，面带笑容道："一别数年，公子竟都长这么大了，太妃日前还在思念公子，稍后请随我直入后殿吧。"

"有劳前辈。"

诸洲帝子间虽是竞争关系，但还有数年才会进行山海禁决，云念时不时看向穆战霆，只觉这人能直视那穷奇凶像，定然是比他厉害得多，待马脸修士离开后，主动开口道——

"在下申洲云氏云念，道友可是辰洲帝子？"

穆战霆正同南颜低声叨叨二十鞭不够，放战场上得打二百鞭子，忽闻云念攀谈，转头打量了他一下，道："没错，我是穆战霆，听龙主说过你，你是申洲那个十七岁就结丹的天才？"

云念今年不过十八岁，闻言微赧，道："侥幸而已，若论结丹早，岂能比得过十二岁就结丹的先代帝君。"

"那也比宋逐强多了，他都三十多了，要不是他现在还没道侣，放凡间你当他儿子都可以了哈哈哈。"

云念面上更热了，他出身儒修世家，少与这么直接的人说话，道："未洲剑修之能天下尽知，宋道友乃为山海禁决自封境界，若非如此，早些年他便已是元婴了。"

穆战霆道："宋逐在结丹大圆满自封多年，平日里还自压五成灵力的事我是知道的，不过山海禁决还早，到时谁能摘得山河海冕还是两说，对吧？"

云念这才笑了笑，道："不知穆道友可是要争武斗魁首？"

穆战霆道："不，我要去文斗。"

云念意外道："可……听说穆道友在辰巳战场上勇悍非常，武斗魁首不是更有把握一些吗？"

穆战霆抓过一侧努力缩小存在感的南颜道："不瞒你说，舍妹之前还称赞我'才高和寡'，打打杀杀的不适合我，支持我去文斗，我不忍心拒绝，阿颜你说是吧？"

云念看见他抓着的是个脸盘微圆，看上去有些讨喜的佛修，这佛修被穆战霆抓着，表情一度十分扭曲。

入赤帝瑶宫赴宴，一直戴着帷帽不合适，故而来之前南颜特地花了不少灵石购得一张千幻面，能暂时遮蔽面容变作其他人，也不会被元婴修士认出。

"哥，咱们还可以再考虑考虑。"南颜道。

云念不明就里，道："今日还有道生天的玄宰嫡传墨行徵前来品鉴诗词，文魁的诗词会传往道生天立命碑，对喜好此道的修士而言，若能留诗于其上，可就是名扬天下了。"

穆战霆听得心潮澎湃："阿颜，为了这一天的'名垂千古'，哥已经等了太久，放弃是不可能的，这辈子都不能放弃的。"

南颜见大势难挽，只能越过穆战霆，对云念道："帝子，若家兄有什么不妥之处，还请帝子包涵。"

——有何深意？

云念疑惑间，旁边已有两三名穿着红袍的女修前来迎接。

"申洲的云六公子，太妃有请。"

云念无奈，对穆战霆二人拱手道："在下这便要去觐见太妃，稍后宴上再会。"

"再会。"

与云念暂别后，他们也被引到一座宫殿中。

本来看门前的四兽如此凶残，还以为里面会更加威赫妖异一些，岂料进入一扇宫门后，却是廊腰缦回，宫殿虽同样恢宏大气，偏殿四周却有池塘枫叶，花窗流水，极富情致。

宫中的修士将他们引入一座大殿中，半空抚琴奏乐声传来，乍一看是仙娥飞天，细细看来，却发现仙娥乃是一些鹤妖化作人形翩翩起舞。

各地来的修士已占了殿中六成位置，或站或坐，大多都端正无比，衣饰讲究。

"客殿正在准备中，请帝子在此稍等。"

穆战霆在一处靠主位极近的地方坐下，虽说尚未开宴，面前却已早早摆好了酒。穆战霆是好酒之人，一闻这酒便笑了，饮了一口道："果然是蝉露悲，之前也就在龙主的私藏里看到过，不过龙主其他的任取，只有这蝉露悲忒小气……嗯？阿颜，我还没劝你怎么就开始喝了？"

穆战霆只见她放下酒杯，怔怔片刻，眼中竟然还滑下一滴泪水，蒙道："你怎么还哭了？"

南颜自觉有些失态，擦干净眼泪后，道："都说了叫蝉露悲了，我是参禅的，哪能不悲。"

穆战霆："……"

说话间，空中编钟声动，只见主位前落下一片纱帘，不多时，隐隐看见一排仙娥左右成列，捧果执扇而来，随后云念小心地搀扶着一个妇人从殿后徐徐走来，待妇人落座后，殿中所有的后生修士纷纷起身拱手。

"谢云太妃邀，愿太妃鹤鹿同春，仙寿永昌。"

南颜与众人一起出声道贺，悄悄抬眸看去，只见纱帘后，是个头发虽花白，但体态仍算年轻的雍容贵妇。

她这位继祖母，已有七百岁了。

“老迈之身，今日见诸洲俊杰，欣喜难以言表，诸位小友远道而来，请满饮此杯。”

众人举杯间，殿外忽有一人乘鹤飞来，座下白鹤，口衔一绳，绳下挂着一只锦盒。落在殿中瞬间，似有灵性一般垂首行礼，随后迈着优雅的步子向主位走去，将锦盒放在太妃面前，便伏在地上以表恭敬。

太妃看着那乘鹤而来的修士笑道：“原来是行徵，这番晚来，可有说法？”

那也是个年轻俊才，身佩玉剑，腰间竟有代表着丹器阵符的四枚玉佩，比殿中的众儒修看上去随性一些，但细微之处又极其守礼。

他叉手一拜，道：“家师想念太妃宫中的蝉露悲，临行前殷殷叮嘱，要求行徵在太妃面前务必多撒娇卖痴。行徵七尺男儿如何做得，实为难也，故而来赤帝瑶宫路上浑浑噩噩神思不属，好一阵迷路，太妃心善，还望可怜可怜行徵，多舍些酒让我好回去交差。”

他这一番话风趣无比，殿中同来贺寿的儒修纷纷笑出声，云太妃也同样掩唇而笑。

“好个墨行徵，谁不知道生天的道徒素来口舌圆滑，老身不与你讲理，来人，赐三坛蝉露悲与他。”

墨行徵又道：“多谢太妃在师尊面前保我小命，这锦盒乃家师所献贺礼，请太妃一览。”

云太妃笑吟吟地让人拿来那锦盒，一边打趣墨行徵，一边差人打开，待一见那锦盒中之物，顿时脸色大变，愕然起身。

“这是……”

墨行徵躬身道：“师尊知太妃心结，如今二十载已过，师尊也为此事向正法殿诸阁老周旋已久，太妃请笑纳。”

云太妃一阵默然，随即道：“好……好，玄宰的心意老身感怀不已，老身忽感不适，先去后殿休息片刻。行徵既来此，这千秋节文会便依约交由行徵主持吧。”

云太妃言罢便离去，在场众人迷惑不已。

南颜却是眸光微沉，心中有了猜测。

若她所料无误，这位道生天的玄宰首徒送来的，多半是封妖大阵的释令。

可他们在封妖大阵所见时，此人却好似早已料到厉迟此行会有波折，还多给了他一道释令，好让他同时放出祸无极，现在这么多日过去了，南颜不信道生天方面不知道南颐即将脱身而出。

现在他却在寅洲云太妃的生辰上又送来一道释令，是何意思？

南颜隐约觉得陷入了某种布局中，却始终抓不住对方的意图，苦苦思索间，忽然面前飞来一青一红两只燕子，盘旋落在自己案上的果盘前，豆子般的小眼睛正望着她。

她抬头一看，四周所有前来参加千秋节的结丹修士前都落了一样的青红双燕，先前的墨行徵站在殿中央，面带笑意，气度非凡地开始主持这次千秋节。

“适才巴结太妃巴结得匆忙，尚未自白出身，在座同修有些自远方而来，或许尚未听过区区在下的名号。实不相瞒，在下就是道生天古往今来未见之奇才，十二岁结丹，十四岁夺山河海冕，君临诸洲的前代帝君……”

前代帝君不是死了吗？

殿中一半人无奈发笑，另一半人十分惊诧，又听那墨行徵补了一句——

“……的赶了十几年也没赶上他生前一半的师弟，墨行徵。”

南颜无语，随后便听见旁边其他洲认识这墨行徵的儒修窃窃低语。

“这墨行徵又来了，当年有人打趣说道生天玄宰座下有天地双骄，那暴毙的帝君是天骄，这墨行徵便是地骄，他师兄活着的时候，他就针锋相对，恨不能日日挑战。”

“前代帝君都死了二十年了，这人也是够执着的，每到这场合就非要把他那短命的师兄又挂出来一遍，生怕世人忘了，也不知什么毛病。”

南颜颇有些诧异，低声问穆战霆道：“这人是道生天宗主的嫡传，难道不应该是帝子吗？”

穆战霆道：“上代帝君是出身子洲的，本届子洲就不能再册封帝子参加山海禁决了，除非新的帝君满百年或中间暴毙，他才有机会获封帝子。不过这人气息沉敛，应和宋逐一样压制过修为，对上了恐怕胜算不大。”

南颜总觉得这人和少苍隐约有哪里相似，只是气态上更为活泼一些。

宴乐气氛正浓，墨行徵一抬手，殿外飞来青红双燕，道：“我辈修士，以武为上，不过今日既是来为云太妃贺寿，也当客随主便。诸位桌前有青红二燕，青燕为文斗，红燕为武斗。择文斗者，一个时辰内以太妃千秋为题，诗词歌赋不限，交由吾与四位元婴儒修前辈品鉴。择武斗者，按对应号签，赴殿后天地玄黄四座战台，三招为限，分出胜负即可。”

殿后……

南颜此来的主要目的就是去赤帝瑶宫殿后，最好是宗祠中放置她娘命玉的地方查探，闻言便毫不犹豫地选择了武斗，随后她抬头看向穆战霆。

穆战霆毫不犹豫地一把抓向代表文斗的青燕，青燕顿时在案上化作文房四宝。

南颜瞬间想起了穆战霆那句震撼人心的“贺寿当敲鼓，一喝一下午”，顿时心神震怖，小声道：“大哥，昨天那首诗……你当真要写出来？”

穆战霆道：“为兄已满腔抱负，这文魁我势在必得，不行的话我再加一首，定能文压众人。”

南颜：“……”溜了溜了。

出了殿门，南颜张开手心，掌心的红燕化作一面赤红玉牌，玉牌上写着“玄一”的字样。

“择选武斗的道友请随我来，稍后手中抽到同一字号的道友，会捉对上台一斗，请排号靠前的道友及时备战。”

出门便有赤帝瑶宫的修士引导，南颜意外看到那申洲的云念也一道出来了，待他走近时，意外地问道：“帝子出身儒修世家，难道不去参与文斗吗？”

云念有些腼腆道：“云念并不专长于诗才，只望在武道斗法上与诸洲的道友有所切磋。”

南颜：“这样也好，你可能躲过一劫。”

云念不明所以。

穿过三四座巍峨宫殿，南颜眼前豁然开朗，只见又是一个不输于那四凶兽巨像的广场，分为四个方形斗台，每个斗台中间立有一道青铜巨柱，柱上分别雕刻着青龙、白虎、朱雀、玄武，四头灵兽。

云念在隔壁“天”字斗台，和她寒暄两句便离开了，南颜拿到的是“玄一”，待众人分了位置后，她便被第一个点到。

“请取到‘玄一’的二位道友上台切磋。”

南颜走上台，一看对面，却是不同于殿中那些举止高雅的儒修，而是一位手上戴着铁拳套的壮硕汉子，那汉子一上台，看见对面是个女尼，顿时大笑。

“这位女师父，洒家乃寅洲雷氏之人，可御雷电，虽是三招，只怕你挡不住，你还是认输吧。”

南颜以神识查探，对方与她差不多，同样是结丹初期，走动间，五指隐约有蓝电火花噼啪声传来，若挨上一拳怕是有些伤。

不过她非怯战之辈，从前拿《七佛造业书》欺负的是魔修，如今对上同样精修正道的修士，也不知究竟有多少差距。

南颜双手合十道：“多谢道友好意，贫尼忝为佛修，纵不能战胜，凭借佛门功法抵御一二还是可以的。”

台下修士们也觉得南颜自不会是这雷姓修士的对手，纷纷点头。

“也是这女尼抽签的运气不好，雷氏族人素来跋扈，应不会手下留情。”

“是啊，这女尼虽称不上什么角色，但看模样也是温善可人的，等下只怕会受伤。”

“你这么一说，我才察觉这女师父虽说是佛修，身段却极是动人的……喀喀。”

此时武斗已开，雷姓修士双拳泛出刺目电光，噼啪作响，周身因调动灵气鼓噪起的狂风刮起佛女宽大的禅衣，让台下围观的修士有些异想连连。

——可惜了这婀娜身姿，怎么就是个佛修。

众人走神间，雷姓修士已一路电光带火花地杀至南颜面前，一拳挥下，众人还没反应过来，就见南颜周身绽出千手观音虚像，与那电光一交接，佛光电光交缠互相吞噬。

雷姓修士愕然看见南颜半步不退，冷哼道：“哼，这不过是我七成力。”

“失礼了，既然如此，贫尼就用五成力，道友接好了。”

下一刻，南颜手中佛珠一甩，缠住那雷姓修士的拳套，随后身形一拧，直接将那雷姓修士甩了个圈儿，只听一声雷电巨响，雷姓修士撞在玄武巨柱上，一脸惊骇地往下滑落。

非一合之敌。

似乎是没有人见过这么凶残的佛修，一片寂静间，那雷姓修士不可置信地从地上爬起来：“佛修怎有这般修为，再来！”

…………

不远处的正殿前，儒修们正在挨个点评诗词，写好的那些贺寿词，会被抛至半空，化作金字让所有人观瞻。

不多时，就到了穆战霆。

墨行徵也是第一次见这位辰洲帝子，同四位元婴儒修前来时，好奇道：“穆道友在战场上杀名赫赫，行徵神交已久，却从未听闻穆道友还对诗文一道有所钻研。”

穆战霆一脸深沉道：“穆某钻研文学已有多年，只是龙主不重视，是以一直无人知晓。”

众人围过来道：“原来是明珠蒙尘，这可当真要瞻仰瞻仰穆道友的大作了。”

他们说话间，远处传来一声巨大雷电声响。

墨行徵面带微笑道：“看来武斗那边打得够激烈，我们这边也不能输，还请穆道友展示佳作吧。”

“且慢。”穆战霆忽然起身，道，“机会难得，刚刚见晴空放雷，我胸中已成一诗。”

“哦？”墨行徵惊讶道，“听闻人间曹子建七步成诗，穆道友竟能听雷成诗，看来此诗过后，穆道友犹胜曹子建，应称‘才高九斗’才是。”

众儒修本就喜好诗词歌赋，闻言更加期待。

“那我就献‘美’了。”穆战霆负手而立，此时殿外又传来两声雷响，他灵光一闪，张口吟道——

“天上忽来一闪电，玉帝乘车贺寿来。

突然又来一闪电，原是忘记带蟠桃。

于是再来一闪电，蟠桃终于带到了。”

众儒修：“……”

“道……道友，留下名号！”雷姓大汉被拖下台前，挣扎问道。

沐浴在周围人震惊的目光中，南颜一脸清圣纯洁：“贫尼法号真圆。”

“好，洒家记下了，来日再战！”

南颜下了台子时，忽觉周围人的眼光怪怪的，站在原地想了想，体内灵力暗催压逼心脉，轻咳一声，礼貌性地吐出一口血。

周围人的目光顿时正常了许多，自认风度翩翩的男修士们三三两两围来——

“道友身为佛修，正面迎击那雷氏族人，实在令人钦佩，可需要丹药？”

南颜擦去唇边的血，道：“多谢，只是雷道友一身雷法惊人，我虽勉强击而败之，但仍受了些内伤，欲寻个清净之处休息片刻以备下一场，不知……”

旁边自有赤帝瑶宫的修士在一侧招待，闻言立即道：“侧殿有静室，道友可尽管调息，两个时辰后，应才会轮到道友。”

南颜道了声谢，跟着人去了侧殿，一路上以游览为名，打听了一下赤帝瑶宫的地形分布，心中已大概了然。

入了静室后，南颜将免扰牌挂起，同时收起佛珠，从乾坤囊里拿出一条之前她二哥给买的藕荷色襦裙飞速换上，戴好女客才有的面纱，摇身就变成个来庆祝云太妃千秋的寻常女客。

两个时辰，应足够她将赤帝瑶宫后殿看个大概了。

南颜正要出门，却听见门外有脚步声传来，屏息贴在门上细听，只听是两个互相搀扶的儒修，好似刚刚从什么可怕之处逃了出来，声音惊恐。

“……太可怕了，此人简直是我儒修克星！”

“我也不知道怎么了，只是听了一会儿，我胸中这一刻钟以来就不停回荡他的声音，我简直怀疑他写的诗会出现在我晋升境界时的心魔关里！”

“就好像……灵台被蹂躏了一般。”

"别说了别说了，快找个静室调息驱散心魔。"

门外脚步声不断，好似不停有儒修前来这殿中的静室静心驱魔。

南颜沉默片刻，心道不和大哥一起行动真是对的，眼下这门是出不去了，她只能提起裙角从一侧的窗户翻出去。

窗外是一片花径，左右无人，南颜一路放出神识谨慎观察周围环境，赤帝瑶宫占地极广，且宫室宏伟，南颜足足走了半个时辰，避开几个人声鼎沸之所在，才到了赤帝瑶宫的后宫。

她向辰洲的修士打听过，一洲主宗宛如凡人间的皇族，命玉应放置于洞府或宗祠之中。

南颜又走了一刻钟，仍不见有哪处建筑长得像是洞府或宗祠，心中有些焦躁，忽然后面有人叫住了她——

"站住！"

南颜身形一僵，不过她此来也没穿着夜行衣什么的，便尽量装作一个迷路的女客，准备随时应对。

她一回头，却见是个中年修士，修为在结丹后期左右，古怪的是，这人头顶簪花，身上穿着一件极为华丽的百鸟朝凤袍，见她转头，一脸怀疑地上前，道："你是谁？为何在这后殿之地？"

南颜本能地双手欲合十，想起现在的打扮，连忙改了个敛衽礼："贫……妾身跟随家兄来此，途中见繁花似锦，一时迷路，故而在此徘徊。"

那衣着华丽的修士眯起眼，上下打量她道："哼，胡说八道，迷路能迷这么远？别以为我不知道你来是想干什么的。"

南颜："我……"

华丽修士道："这些年但凡来赤帝瑶宫的年轻男女，多半都是来后殿想一见南芳主闭关之地的。你若是个男人，韩某这便去叫侍卫驱逐了你。不过看你是个姑娘……哼，现在的小丫头，个个自以为天仙，硬要拿块纱布遮面装神秘，想和南芳主比美，岂能比得上她分毫！"

南颜："……这都被道友猜中了，道友当真厉害，妾身自以为貌美，但身边人总说南芳主才是人间不许之风华，是以一直不甚服气，道友看来是见识过的，还请道友教我。"

那华丽修士见她识相，面色稍霁，道："嗯，算你还有两分自知之明，韩某也不妨告诉你，我本也是外洲的一代有名儒修，自从三十年前见了南芳主一面，便投奔赤帝瑶宫，留在这宫中当画师，南芳主之事，韩某如数家珍。"

南颜眼睛一亮，道："道友想必是画过南芳主？"

“自然。”华丽修士傲然道，“天下间画过南芳主最多的画师，我韩驰敢称第二，就没人敢称第一！”

南颜连忙一通狂吹：“看道友气度非凡，必是丹青妙手。不瞒你说，我千里迢迢来寅洲，就是为了一睹南芳主真容，若不能见真容，见见画像，若当真如传说中一般，我也就死心了。”

那名叫韩驰的华丽修士听得一阵受用，道：“趁年轻开开眼界，也好教尔等庸脂俗粉收收心好生修炼。也好在韩某心善，你且随我来。”

南颜连忙跟上，不多时，她便随韩驰来到一处湖岸，岸边好似特地修了一座画楼，而湖中心则是立了一座笼罩在轻烟中的宫阁。

“那是……”

“那是禁地，乃南芳主的洞府，远远看一眼就是你的福气了，进去就别想了。”

是娘的故居呀。

南颜要找的就是这地方，她远远望去，只见轻烟蒙蒙，神识探去就被反弹回来，显得十分神秘。

“当年赤帝宠女，特修了这画楼，召集画师为南芳主作画，其中不乏贵胄留墨。”韩驰又警告道，“你远远看看便罢，不可碰了半分，否则休怪我赶你出去。”

南颜连连称是，随后迫不及待地朝画楼中所悬的挂画中看去。

这画楼三层高，单她在的这一层，壁上就足悬了上百幅画作，大多是群像饮宴之景象。

南颜靠近离她最近的一幅，这画上人虽多，她却能一眼找到……她思念了许久的母亲。

那是一个炽艳得几乎能灼伤人眼的女人，好似已是半醺，便蹬掉了一只绣鞋，慵懒地斜卧在卧榻上，后襟的衣领松松搭着，露出天鹅般的后颈，隐约能看见她背上竟纹着一头展翅欲飞的凤凰。

她手中的酒爵虚虚一敬，神情中分明带着人上之人的骄傲，这幅画中的其他人，虽姿态各异，或以酒掩饰，或假装交谈，目光却都是看向她。

不会错的，就是娘。

南颜心中激动的同时，也颇有些疑惑……她娘，当年是这样的？

来上洲之后，南颜多少也听说过，在上洲南芳主素有风流之名，她甚至不知道自己的生父是南芳主诸多追逐者中的哪一个。

南颜又看了几幅宴会图，越发肯定那些细节神态就是她娘，随后看向角落里的一张，这张画十分古怪，远看还能看得到是一幅只有南娆一人的画像，近看却只看到画纸上一片模糊，像是被什么阻绝了，南颜眯起眼睛凝神再看，蓦然觉得双目一阵细微的刺痛，不由得揉了揉眼睛。

旁边韩驰仿佛是在忙些什么，正要将一幅幅闲置的画卷好收回锦盒中，见她双眼似有不适，嘲笑道："赤帝瑶宫的画岂是凡墨能比的，这画楼中的画均由画道圣手所出，那些看不清的都是大能绘制，你若强行观看，神识必会受摧折，量力而为吧。"

"多谢提醒。"南颜道谢后，却不像是要退缩的模样，双眸绽出一层薄淡的金光，瞳仁深处浮起一个个细小的梵文，只觉脑中一阵轰鸣，眼前渐渐拨开迷雾，看到了那图。

然后南颜看呆了。

前面所有的图画中，南娆均是傲慢任性的，独这一幅，衣着朴素，披发挽袖，神态安宁地酣睡在一片优昙花丛中，旁边几坛甫酿好待埋入地底的好酒，好似酿酒途中累了，是以沉沉睡下。

南颜看见，她娘身上披着一件……显然是男子的外袍。

南颜目光向下看，只见角落里写着一行端正的字——七月七日失约，赠娆娘赔罪。

这也就罢了，等南颜看到那印章上的署名，脑中瞬间炸开了。

——应则唯印。

为什么？怎么会是他？

南颜脑子里有一万个不解，一片混乱间，外面匆匆来了一个修士，在画楼外门道——

"韩先生，不知可否拨冗一见？"

韩驰闻言出门，不悦道："今日太妃千秋节，你不去照顾分忧，来这儿扰我清净做什么？"

"唉……"那来寻他的修士苦笑道，"今日太妃千秋节举办文会，来了一位辰洲的帝子，自称文豪，儒文四老看在他是帝子的分上勉强给了他个中品的评价，他就不服了，要挑战所有儒修斗诗……"

韩驰不屑道："文会斗斗诗又怎么了？"

"在场的儒修们抡笔就战，可对方出诗总是快了一步，儒修们看了他写的诗，一个个心神不稳思绪大乱，眼下大都逃出去调息，现在没人敢跟他斗诗了。韩先生诗画双绝，还请随我去杀杀那辰洲帝子的威风，让他知难而退，万万不能让他的贺寿诗送到太妃面前啊！"

“呵，一群废物。”韩驰傲然道，“我就说今日后殿怎么人那么少，原来都去前殿看热闹了，韩某虽然修为素来没什么进益，但吟诗作赋，平生少有败绩，这便去会会这帝子……那小姑娘……嗯？你那是什么眼神？”

——没什么，只是心疼无知的你，还不知道什么叫作力量。

南颜道：“妾身还想多瞻仰瞻仰南芳主的英姿，稍后自会去前殿为道友助威。对了，家兄也是个诗人，到时候见了，还请先生多多赐教。”

“嗯？”

前殿貌似情况十分紧张，韩驰便匆匆随那修士离去了，南颜看他们走远，火速把剩下的画都看了一遍，牢牢记住那张由她怀疑的杀人凶手所绘制的画，随后便出了门。

命玉不是在宗祠就是在洞府，眼下宗祠不知道在何处，南颜只能抓紧时间赌一把能不能进南娆的洞府。

趁着一队巡逻的辰洲修士离开，南颜掩盖气息，迅速踏水而过，落在洞府前。

丝毫不意外，洞府外淡雾飘摇，露出一股强大的结界气息。

南颜抱着一丝希望，因为修士大多数的洞府是对直系亲眷不设限的，至少南颐在南娆的洞府是可来去自如的。

于是南颜看左右无人，小心地将手掌贴在那散发着磅礴气息的结界上。

“阿娘开门阿娘开门……”南颜小声碎碎念，没想到当真有效，结界一阵轻颤，左右分开，面前水榭的大门也徐徐打开，露出里面一片落英庭院。

这庭院……

南颜连忙走了两步进去，随后眼眶微热。

她幼时搬过不少次家，每次搬的地方，家里的庭院也是一定要种一棵树，南娆极喜欢倚坐在树下自斟自饮。

南颜情不自禁地靠近，抚摸着那株繁花之树时，忽然感到一道视线落在自己身上，立时心头一紧，抬头只见一头两丈高的凤凰立在树梢，它一身彩羽，竟与繁花融为一体，一双宝石般的眼睛正看着她。

这只凤凰的修为水平，南颜看不透。

南颜本能地转身想跑，忽然那凤凰从枝头落下，南颜有心想跑，背后一声凤唳传来，南颜只觉周身灵力瞬间一滞，竟毫无反抗力地被凤凰按在爪下。

正好此时洞府外传来几道飞遁的声音——

“南芳主的洞府怎么突然开了？”

“莫非有人潜入？”

很快，几道强悍气息逼来，南颜正想大哥这下得到赤帝瑶宫的牢里捞她时，又突觉身上一暖，只见那头凤凰抖了抖羽翼，像孵蛋一样用五彩斑斓的羽毛把她整个人盖住，一丝气息都不漏。

外面赤帝瑶宫的修士不敢进入，在门口望来，只看见那头凤凰卧在花瓣地上，行礼道："请问凤尊，刚刚可有什么人闯入？"

凤凰懒懒地瞥了他们一眼，低鸣一声，便好似假寐一般闭上眼。

外门的修士一阵尴尬，道："可能是凤尊无聊，想打开门而已，有凤尊镇守洞府，绝无贼人敢进犯。"

修士们悻悻离去，南颜整个人被埋在凤凰又香又软的腹部羽毛里，有点儿蒙。

她现在像不像那种被闺阁小姐拿洗澡水隐藏保护的江洋大盗？

洞府外的人走远，凤凰尾羽轻扬，洞府的大门徐徐关上。

南颜察觉到这凤凰对自己没有什么恶意，挣扎着爬出来，还没走出两步，那凤凰优雅地低下头，用尖长的喙把她扫回怀里用羽翼裹紧，不知道是不是南颜的错觉，这凤凰一双蓝翡似的眼睛好似流露出一丝……母性。

南颜："……"

凤凰的怀里暖和和软绵绵的自然是很舒服，但南颜没忘记自己的来意，算着下一场武斗的时间也不多了，谨慎抬头道："凤凰前辈，不知道你能不能听懂我的话，我是南娆的女儿，从凡洲来，想看看我娘的命玉到底还在不在，能放我进去吗？"

凤凰歪着头看了她许久，目光里流露出些许温柔之意，从铺满落花的庭院里起身，优雅地踱向后面的楼阁，走出三步，还特地回头看了看她示意跟上。

南颜心头一喜，连忙提起裙角跟在凤凰身后。

这处洞府不小，亭台楼阁，显得比别处要大气些。似乎因主人不在，不少地方传出禁制的波动，若是无血缘的外人来，碰了这洞府中任何一物都会触发禁制，进而被当场灭杀。

而这只凤凰，鳞羽云冠，三条华丽的尾羽分别呈现青、红、黄三色，散发出不同的威压，显然各有神通，应是这洞府中的镇府灵兽。

南颜心里反省自己也是太莽撞了，若这只凤凰有恶意，她怕是当场就被击杀了。

沉思间，凤凰已带她绕过一处亭台，来到一处端严的佛堂。佛堂两侧，满是婆娑摇曳的优昙，这优昙不知是如何种的，竟反季而绽，盛放不衰。

凤凰又回头看了她一眼，随后啄了啄门扉，门上的禁制徐徐散开，露出里面景物，却是让南颜一怔。

上洲各有道统，而南芳主为赤帝瑶宫之主，按理说应该尊奉炎帝大神，此地却不知为何设了座佛堂。

南颜见凤凰又卧在门口，像是鼓励她走进去，便点点头踏入其中。

这佛堂墙壁上绘着一排排壁画，中间则是一个香案，上面摆着五只石盒，中间供着的牌位上则写着“先妣丹楹之位”。

此地是南娆的居所，那这位丹楹……应就是自己的外祖母了。

于情于理，南颜都需要拜祭一番，便在中间的蒲团上跪了下来，道：“孙女南颜，为查究娘亲是否还在世，打扰外祖母，望外祖母谅解。”

南颜磕下头的瞬间，佛堂外的凤凰忽然抬起头来，转头望着外面，但没有发声。

这边南颜诚恳地叩完三个头后，起身双手合十靠近香案，看向那上面空牌位前摆着的五只石盒。

赤帝直系的南氏一族血脉单薄，这五个石盒对应的，应该就是赤帝、丹楹妖后、云太妃、南娆与南颐五人。

牌位上并未署名，南颜只能一一试来，她将手放在石盒上方，感受到这石盒也同样有禁制。犹豫了片刻，把拇指送到唇边咬了一下，将血滴在其中一个上，果然石盒一阵幽光闪过，自行打开，露出一颗如鸡卵大小、散发着明亮光泽的命玉。

“这块是舅舅的……”命玉上刻着南颐的姓名，南颜略有宽慰，连忙把血滴在下一个石盒上，打开后，发现这一块命玉比起南颐那块，内中已呈现一股灰雾之色，上面刻着“云湘子”，乃是云太妃的命玉。

南颜有些惋惜，喃喃道：“看来云太妃的寿元快到了。”

南颜加快动作，把血涂到剩下两个空牌位前的石盒上，打开之后，虽然有所准备了，眼前还是一酸。

两个石盒中的命玉，一个裂开，另一个彻底粉碎。

门外的凤凰同感，头颅探入佛堂中，看见命玉的情状，发出一声悲鸣，蓝翡般的双眼涌出一滴滴泪水。

“娘……是真的走了。”

这些年修佛修心，为的就是让心境平和，不受红尘所扰。可彷徨半世，还是从红尘中来，到红尘中去。

半晌，南颜跪在香案前，重新磕了三个头，忍下心头那滴红尘泪，小心地将那刻着“南娆”两字的命玉收起，随后看向粉碎的那快。

那块命玉旁的牌位要较所有的牌位都大些，放在中央，不难想到，这是她那位盖世英雄的外祖父。

“可赤帝并未在人间尽阳寿，而是飞升了……飞升的话，命玉会粉碎吗？”

带着疑惑，南颜一边想一边把所有石盒盖好，细细擦掉上面沾着的血迹，做完这些，她刚想去看看其他地方有没有线索，忽然后领一紧，整个人被凤凰从佛堂里叼了出去。

一脸茫然间，凤凰已把她丢在优昙花丛中，然后又是像孵蛋一样把她整个人压在腹部下。

南颜："……"

南颜这回学乖了，知道凤凰这么做必有缘由，小心地屏气敛息，果然下一刻，洞府中多了一道气息。

"谁人进了南娆的洞府！"

一道强横神识横扫整个洞府，扫到南颜这里来时，她感到凤凰的羽毛似有奇效，将她的气息完全挡住，任凭那道神识来回扫动，仍无法发现她。

随后，一道急急的脚步声传来，南颜拨开一条羽毛的细缝，只见一条赭石色绣着鸾鸟的裙裳，裙裳的主人暴怒地踏入后院，一双冷厉的眸子扫了扫四周，看见凤凰卧在佛堂边假寐，狐疑上前。

"凤尊，可是你主人回来了？"正是云太妃的声音。

凤凰睁开眼，眸子里映出云太妃愤怒的面容，轻轻摇了摇头，随后又好似困倦了似的闭上眼。

云太妃全然不似刚刚宴会上那般优雅得体，面色阴沉，双手紧握，手背上青筋暴露，几步上前，推门走入佛堂。

良久，南颜听见云太妃在佛堂里冷笑一声，立即竖起耳朵去听。

"南决云、丹楹，都这么多年了，你们就不能让我安宁地过完余下的寿元？"

云太妃似乎十分焦躁，手指一一在五个石盒上抚过，停在南娆的石盒前。

"丹楹，我昨夜又梦到你了，一见到你女儿，就想起那年你们赐我的种种侮辱，她和你一样，都有不少为她思之若狂的人。便是昨日，辰洲那年轻的龙主又派人来，说想见见她……我又怎能允？"

南颜呼吸紧张起来，她要是打开石盒发现南娆的命玉不在，一定会发现她的。

所幸云太妃也只是略一停留，随后打开了南颐的石盒，拿起其中明亮温润的命玉，目光一时怀念，一时狰狞。

"吾儿，你是母妃属意的赤帝瑶宫的继任者……为何，偏偏要学你父亲，喜欢上一个下贱的妖物！"云太妃咬着牙说出这番话，似要将命玉捏碎，片刻后，又自言自语道，"不过，现在好了，这赤帝瑶宫里所有的妖物都没有了……前所未有地干净，母妃等你回来，会给你安排好一切。"

这句话里的恨意，让南颐听着十分心惊……她这话又是什么意思？

云太妃又在佛堂中伫立了片刻，暴躁的情绪终于缓下，忽然外面传来一道急切的声音——

"禀告太妃！"

云太妃定了定神，道："何事惊慌？"

"封妖大阵……少君自行从封妖大阵脱身而出了！"

云太妃瞳孔一缩，颤声道："当真？！"

"没错，是封妖大阵周围的城池传来的消息，不少修士都见到了，待少君恢复修为，应会回到西皇山。"

化神修士可短暂撕裂虚空挪移，眨眼可出现在千里之外，只要南颐想，眨眼间便可从封妖大阵回到西皇山。

云太妃握紧命玉，道："他果真料事如神，此事传出，有辱赤帝瑶宫声名，只能又欠他一个人情……罢了，来日再还他。"

言罢，云太妃的身影消失在洞府内。

四下静肃，凤凰从南颜身上起开，拿翅膀尖轻轻拍了拍她的头。

不得不说南颜此刻是头疼的，这位太妃对妖族、对南娆显然抱着成见，估计也不想看到她出现。

毕竟在儒修的宗法里，像她这种就属于来路不明的私生女，莫说认下，不派人杀了她以维护名声就算是好的了。

而且，听云太妃的言下之意，她很有可能也参与到了当年之事中，姣娘的事且不论，很可能她早就知道南娆已身故，连龙主派人来问也推脱说不知。

想到这儿，南颜感到一阵无力，现在她只能尽量搜集些可证明之物，好在下个月龙都一会中拿出佐证，命玉是其一，而她自己，则更是证明。

南颜面露疲惫之色，抱住了凤凰的翅膀，小声道："凤凰前辈，您以前一定陪了我娘很久吧。"

凤凰温柔地蹭了蹭她的脑袋，发出一声低低的悲鸣。

"来之前，我还在想，娘要是还在世，找到了之后我们就回凡洲，找个小镇子住下来，我化缘养她，让她每天都开开心心的。"南颜说着说着，声音小了下来，闷声道，"我也好想她啊……"

沉寂了许久，南颜想到时间差不多了，起身告别。

"前辈，我本是潜进来的，这便要走了，以后若有机会再见吧。"南颜向凤凰行了一礼，正要转身离去时，凤凰好像舍不得她，又拿双翼把南颜裹了起来。

不知道是不是她的错觉，南颜抬头道："前辈，你总是裹着我，是觉得我冷吗？"

凤凰点点头，转身朝一座楼阁飞去，片刻后，叼回一件镶着毛领的锦裘搭在南颜身上。

南颜现在一身春衫单薄，多半在这只凤凰看来，她就是一只需要好好保暖的幼崽，所以才会总想孵着她。

凤凰看她发呆，又叫了两声，一定要让她把衣服穿好。

南颜哭笑不得地穿好凤凰给的锦裘，再次告别后，离开了南娆的洞府。

此时正进行第一轮最后一场“天”字战台的武斗。

这一场，围观的人亦是最多的，因为参战的是云太妃看重的族人，申洲的帝子。

儒修与其他流派的修士不同，修文修志，起招动念间，只要吟诵招式名称，威力便会有极大的加成。

“帝子，这是我最后一式，怒江剑阵，你可接好了。”与云念对阵的乃是一位修炼剑阵的剑修，此时剑阵一展，杀伐凌厉之气充满战台，气势汹汹杀向对面。

剑修的杀伤之力位于诸道之首，面对这般攻势，云念纹丝不动，抛出一杆玉笔，凌空书写。

“晴写山河，一定风涛。”十几岁的少年人，声音清朗，光风霁月，一语言罢，字墨化一片山河幻景，不仅阻挡住那剑阵攻势，还幻化作一座山岳，向那剑修压下。

剑修尝试挡下那山岳，却发现那山岳重于千钧，无法阻挡，只能连声告饶：“停！我认输，我认输！”

云念也及时收手，朝对方行礼道：“道友承让。”

台下一片叫好声，观战的有元婴大修士，也纷纷微笑点头。

“帝子不只实力过人，武德亦可服人，难怪太妃喜爱。”

云念从小被夸到大，但平日里谨守分寸，不敢有半分骄横跋扈，一一见礼后，便去了其他战台观战，走着走着，“玄”字战台处一声声惊呼传来。

欸？那不是那位佛修姐姐在的战台吗？

云念朝“玄”字战台望去，他看去的瞬间，台上一声轰然巨响，佛光万丈，一个人带着一脸不可置信的表情从战台上飞落在他面前。

战台边站着一个头发好似被什么东西啄乱了一般的佛修，吊打了对手之后，莫名其妙吐出一口血。

“道友内劲精悍，竟逼贫尼使出绝命一击，贫尼佩服。”

被打出去的修士一脸茫然地被抬走，云念才听旁边其他观战的修士小声道——

“我已经不相信这尼姑了，她每次都是把对方压着打，每次都说自己出了绝命一击，然后吐一口血，好像油尽灯枯了一样。”

“然后下一把继续把对方吊着打。”

“这人什么来头？”

云念发蒙，他们在说什么，为什么他都听不懂？

说话间，忽然一位元婴修士在战台上现身，一脸焦急道：“不知有哪位道友愿意向辰洲帝子下战书，邀请他来参与武斗？若有把握得胜，赤帝瑶宫可补偿道友三滴千年灵兽精！”

千年灵兽精，妖兽开灵进阶最好的宝物，就算对妖族也有极大进益。

云念心中一动，他虽然不知道为什么这元婴修士急切地想要他们把穆战霆拉来武斗，但他也想和辰洲天骄切磋切磋，好让自己知道和诸洲天骄的差距。

“我愿……”

他话还没说完，“玄”字战台上的女尼已唰唰写好一封战书，丢给那元婴修士，一脸刚毅决绝，宛如为民除害。

“贫尼虽与他同来，平日里也多有宿怨，您说，打成几成熟？”

儒修是一类很维护面子的修士，看在穆战霆是辰洲帝子的分上，尤其是他背后还站着一个脾气很差的龙主，谁都没敢第一个骂出来。

于是后果就是穆战霆文斗无敌手后，彻底膨胀，文思奔了个大涌，殿内除了那位子洲的道生天来的墨行徵，其他人都借口出去透气离开了。

而墨行徵也不愧是堂堂道生天的嫡传，众人都作鸟兽散，他还四平八稳地站在殿上，对着穆战霆这么一朵文苑奇葩也能笑得出来。

“穆兄，我道生天也算是儒道合流，诗词一道虽不如云太妃的母族申洲，平日里也算薄有文名，今天却是大开眼界了。”

穆战霆此刻只觉头顶文曲星光耀四方，飘飘乎不知所以：“墨兄也修儒？我就说一看墨兄，就觉得是深谋远虑之人，机会难得，我们不妨也来切磋——”

“且慢。”墨行徵强行转移话题，道，“穆兄才气冲牛斗，墨某佩服，只是俗话说小作怡情，大作伤身，依我看这殿中文魁已非穆兄莫属，那《赤帝出征图》也亟待有缘者前往感悟。”

提到修炼提升诸事，穆战霆文思戛然而止，感兴趣道：“墨兄师从道生天，知天下事，不知对《赤帝出征图》有何了解？”

此时殿外有个修士拼命给墨行徵打眼色，墨行徵看见后不着痕迹地点了点头，随后道：“想来穆兄应知千年前，为我人族修士开疆拓土的那些传奇人物，我子洲道尊岁寒子，寅洲赤帝，辰洲的老龙主及龙后，卯洲佛忏主，包括巳洲那未飞升便陨落于佛忏主之手的魔修宗师森罗，合称伐界六尊。”

老一辈的历史，穆战霆当上帝子以来便已听得耳朵都起茧了，道：“我知道，伐界六尊中，赤帝单枪匹马灭了当时最大的敌人妖国，故而世人因此断言说，赤帝是六尊中最强的存在。”

“没错，这《赤帝出征图》，也是有所来历，乃是描绘赤帝当年北征妖国的一幅长卷，若有缘人得见，可从其中悟出赤帝遗式。”墨行徵又道，“太妃此番动用此图，其实也是为了给她侄儿申洲帝子一个机缘。”

赤帝遗式！

穆战霆也正是为此而来，又疑惑道：“墨兄既然知道这么多，为何不索性参与文斗武斗？”

墨行徵笑了笑，眸光里有一种自然而然的金贵：“墨某的师承者，乃道生天玄宰。”

他只说了这一句话，语调平平，却是彰显绝对自信。

因为他的师尊是道生天玄宰，所以前人之辉煌，于他可有可无，玄宰之名，本就是传奇。

穆战霆也曾问过龙主，当今修界谁为巅峰，那个一向暴躁易怒的龙主却肯定地答道，化神期修至顶峰，有天人五衰，而玄宰是世间唯一过五衰者，只待天劫一至，便往飞升。

出神间，殿外忽然传来一道颤抖的声音——

“辰洲帝子，武斗战台已在进行最后一场胜负，听说您杀名勇武，有人向您下战书，要不……先放下笔歇歇，看看这战书？”

两封战书，一封是云念的，一封是南颜的，穆战霆陷入沉思。

墨行徵等的就是这两封战书，故作亲热地拉起穆战霆道：“久坐不利养气，动手动脚乃我辈修士天职，就让墨某见识见识穆兄是如何文武双全的可好？”

此时此刻，武斗已至尾声，一番角逐后，台上只余两人。

“这尼姑好生厉害，竟能与帝子级别的面对面一战！”

“还没开始呢，我看这申洲帝子尚未尽全力。”

最后的对手正是云念，南颜不意外，见他规规矩矩地行了个礼，她便也双手合十躬身回礼：“帝子多礼了。”

云念提玉笔在手，道：“道友佛法精深，云念目光短浅，同辈之中尚未见过这般杀伐凌厉之佛法，不知真圆道友师承愁山梵海哪位大师座下？”

南颜当然不敢说出来她修的是个奇葩逆道功法，推说道：“师父与我相识较早，意欲踏遍红尘路，尝尽人间苦，故而法号吃苦。”

“踏遍红尘路，尝尽人间苦……”云念咀嚼词句，肃然起敬，“原来如此，定是位道行高深的前辈，若有机会定去拜见。”

南颜也知道这次文武比斗是云太妃为了给云念一个机会，才特地安排了文斗，如今文斗已经被她大哥糟蹋了，武斗再不让云念赢，她于心不安，便道：“云道友，我所修乃屠魔秘法，分净觉指，涤罪印，与千手菩萨相，如今你我已疲，接下来还要留出精神参悟《赤帝出征图》，你我不妨各出一招，谁退后的步子少，谁便赢如何？”

本就是太妃千秋节，云念也不愿意像前几场那般打生打死的，便痛快点头。

南颜其实也不敢大意，虽然她持逆道功法，同阶之内几无敌手，但其实从当下修界大道相生相克的说法来看，有佛克魔，魔克道，道克儒，儒又克佛的说法。

佛门是讲求神人交感，死后入轮回得善业，而儒修讲求人定胜天，某种意义上，可击破佛道的关于死后极乐的信仰，就算在斗法中，也有相应的大道压制。

南颜起手的同时，云念提笔，笔尖溢出一缕墨痕，结成一个“冰”字，这个“冰”字一出现，一丝寒意蓦然扩大至十数丈，地面结冰，一路蔓延至南颜脚下。

同时，云念启唇吟诵他所书之字。

“冰风卷寒尘，一气封瀚漠。”

几十丈内，刺骨冰寒，南颜寸步难行，指尖净觉指之力猝然爆发，一朵梵莲自指尖绽开，莲花瓣绽放间，周围冰封寸寸崩裂，随即，摧枯拉朽地朝云念飞去。

云念刚刚围观了南颜出招，对此净觉指不敢小觑，再书一笔。

“化雨青云中，倾波濯浪行。”

他此言一落，南颜便是一怔，只见刚刚被她崩碎的寒冰顿化波浪，朝她冲来，这变化太快，与借前两句之势，威能倍增，猝不及防之下，她被卷出二十步开外。

这是儒修特有之功法，随吟诵之文，术法千变万化，看似是两招，其实是一招。

而南颜站定时，波涛那头一声轰隆惊爆，待浪头退去，只见云念被震退，脚下拖出一条长长的滑行之印，面上不乏震惊。

“真圆道友已足可与吾等同列山海禁决。”云念定了定神，诚恳道。

不过话虽如此，南颜退二十步，云念退了十步，这也算是云念赢。南颜笑了笑说甘拜下风，正准备下台时，战台外禁制一解，突然有人宛如一颗火焰流星般砸过来站在她前面。

云念被对方盯得一脸茫然：“穆道友？”

穆战霆从乾坤囊里取出一颗丹药抛了过去，道：“云道友，我不讨厌你，家妹虽然是个属猪蹄的，但她既然输了，我就得替她讨个场子，你的战书我接了。”

南颜：“……”

南颜传音道：“哥，你想干吗？你不是才说他是个十八岁的孩子？”

穆战霆回道：“我没有想欺负他，只是觉得他的招式很帅想学一学。”

南颜顿生不祥预感：“你想学什么？”

穆战霆：“我怎么之前就没有想到，还可以一边吟诗一边出手呢？”

南颜脑中轰隆一声，心想完了，悲伤地看了一眼云念，就被旁边的修士带下了战台。

她坐好后，旁边又落座了一人，道：“这位佛修道友，可是穆道友一直挂在嘴上的妹妹？”

南颜几乎没有感觉到这人过来的气息，心头一清，道：“贫尼真圆，见过墨道友。”

墨行徵道：“我都和穆兄熟了，何必如此客套，以后不妨就叫我师兄吧。”

南颜暂时还不敢和道生天的人过从太密，往外挪了一点，道：“不敢不敢。”

她这一躲，墨行徵好似更有兴趣了，自来熟道：“真圆师妹，你为什么叫真圆？谁给你取的这么好玩的法号？”

南颜又往外挪了一点，道：“小时候师父给取的。”

墨行徵靠近道：“你小时候真的很圆吗？”

南颜：“九岁的时候，一百二十多斤。”

墨行徵不由得打量了她窈窕的身段，半晌，道：“其实我刚刚就在想，我有个师兄，平时就喜欢胖滚滚圆乎乎的东西，他若见了你小时候的模样，应该会很喜欢……当然，现在应该会更喜欢。”

你们道生天的人都这么直接的吗？

南颜：“施主，我已经出家了。”

墨行徵：“师妹不必挂心，门风如此，我只是这么一说。师尊也一直教导我们这些道徒莫待无花空折枝，再说了，就算出家还可以还俗嘛。我那个师兄真的样样胜过我，就是有一点不好。”

南颜：“哪点？”

墨行徵：“已作古。”

——施主的冷笑话铺垫得真长。

空气如遭冰封，片刻后，南颜正犹豫是不是要捧场地笑笑时，战台上穆战霆与云念之战已开。

对方一站上斗场，整个人的气质便倏然一变，云念神往已久，却也是第一次正面面对这般宛如从尸山血海中走出的猛人，提起万分的谨慎应对。

穆战霆给的丹药乃七品丹药，可瞬息恢复之前消耗的灵力，云念此刻也是状态饱满，玉笔轻摇，周身水泽弥漫。

“织雨江南东，仙琼——”云念刚写到一半，忽闻对方高声吟诵起来。

只见穆战霆左右手各起一团火旋，炎流吸张，气势仿若吞天灭日，但口中吟诵的却让云念一时大脑空白。

“太阳当空照，两手红通通。”

云念：“……”

穆战霆双手一合火旋笼罩，火中似有灵性，瞬间化作一口困敌之钟，这钟足有五丈高，衬得穆战霆人都变小了。

不过穆战霆此刻因有了新灵感，文思又开始泄洪。

“左右一握紧，好像一口钟。”

云念震惊到失语，顿时忘记接下来应该要吟诵什么了，只见迎面当真飞来一口火钟，瞬息吞没他面前刚构筑好的烟雨亭台。

一瞬间，胜负两分，全场寂静。

有刚刚从文斗的场子里逃出来的受害儒修在台下小声道：“我就说嘛，这人天生就是儒修的噩梦。”

云念茫然地被带走后，穆战霆负手而立，目光里露出一丝沧桑之色。

“修道多年，今日方知，儒修才是真正适合我的大道。”

他说完，唏嘘不已，正自我陶醉间，南颜忍无可忍地噔噔上台。

“贫尼今天就斩了你这条道！”

“不愧是佛修，心志就是胜于常人。”

“就是凶了点，追着打，不过这辰洲帝子也应该没尽全力。”

“听说这二位一起来的？还是兄妹？”

“管他的，解气！爽！”

南颜出手非常之狠，在战台上追着穆战霆打，一直把穆战霆打到文思枯竭，才一巴掌把他推下台。

台下主持武斗的元婴修士觉得这场面委实不好看，咳嗽了一下，道：“依老夫看，天色已晚，胜负亦已分，不妨早早散场。既然这位女尼胜了，取三滴千年灵兽精来，诸位回正殿入席吧。”

墨行徵在台下看了许久，南颜每出手一次，他眸中便多一丝疑惑。从路数上看，南颜似是愁山梵海的招式，但他见多识广，知道结丹初期愁山梵海的招式绝不会有这么刚猛的杀性。

难道愁山梵海的佛道之道统有了新法门?

墨行徵将南颜出手时的种种细节记下，打算回去有空向师尊讨教，随后也是看热闹不嫌事大，道："李前辈，文斗那边怕是没有儒修敢同穆道友争了，而武斗这边，云六公子胜了真圆道友，穆道友又胜了云六公子。现下真圆道友胜了穆道友，若不让真圆道友同列《赤帝出征图》参悟名额，只怕这场比斗会有非议。"

这场比斗本为云念所设，现在云念输给穆战霆，虽缘故令人啼笑皆非，但输了就是输了，唯一能挽回些颜面的法子，就是让云念击败的南颜也同列其中。

今日在场的儒修大多受了穆战霆摧折，看见南颜把穆战霆暴打一顿，心中对南颜好感度大升："李前辈在担心什么，那幅重宝图放着也是放着，多一个人也无妨，再说，赤帝遗式岂是那么容易参悟的？这二人都是外洲之人，云六公子有太妃指点其中奥妙，还怕比不过他们吗？"

能受邀来千秋节的修士大多知道其中内情，那《赤帝出征图》在宫中已有数百年，赤帝遗式云云也只是那么传说，连赤帝瑶宫内的人也从无人能参透出来，他们来此的主要目的只是名门间的攀交。

元婴修士犹豫道："此事容老夫向太妃请示。"

他闭上眼似是在传讯，数十息后，睁开眼飞上战台，宣布道："今日比斗已罢，云帝子、穆帝子及真圆道友，明日宫中便安排三位前去秘殿参悟《赤帝出征图》。"

晚上的宴会云太妃依旧没有出现，不过好在墨行徵极擅长操持局面，众人时而谈玄论道，时而畅议风物，直至中夜方尽兴而归。

南颜把喝得微醺的穆战霆交给同来的龙都修士后，刚回到给自己分配的宫室，却见门口站着一个人。

深更半夜，在房门口堵她，南颜背后有些毛毛的感觉，隔着一丈远就站定道："夜色已深，墨道友何不回去休息？"

南颜心里有些虚，她还以为墨行徵是发觉了她的身份，正琢磨着是不是要找个时间先跑了。

墨行徵道："男女有别，本不该叨扰，墨某便开门见山了。不知真圆师妹四年后，可要参与山海禁决？"

山海禁决，和世上大多秘境一样，只能由结丹期修士进入。不同的是，山海禁决中，存在着世上最大的结婴机缘。

每个部洲只有五个名额，符合条件的结丹修士，为此拼得头破血流者不知凡几。

南颜现下忧心的并非结婴之事，而是想把她娘的事办妥，道：“贫尼尚未想到那般远处。”

墨行徵道：“那就好，我看穆道友与真圆师妹相处甚笃，若有这般结婴的机遇，应会为你谋取一个名额。”

南颜察觉他话中有话，道：“墨道友不妨直说。”

墨行徵笑了笑，道：“若是其他的小部洲也就罢了，子寅辰巳这四洲是修界的主洲，修界八成的修士都云集于此。尤其是穆道友为辰洲帝子，向来因出身为辰洲诸氏族所忌，作为向氏族的妥协，龙主必将跟随穆道友赴山海禁决的名额全数分配给这些氏族，因此，真圆道友是不可能搭上辰洲这条船的。”

这并非当务之急，南颜还算淡定道：“贫尼自不会那般不识相，为了结婴给兄长添麻烦。若到时有机会，山海禁决能取则取，不能取，放下便是。”

“师妹倒是放得开。”墨行徵道，“我曾随师兄经历过山海禁决，当时从九劫海至十业山，进入其中的天骄，到最后只有寥寥数人活着出来。这一届还敢参加第二次的，除了我，就只有未洲的宋逐。”

这般凶险的吗？！

南颜愕然，对山海禁决，她只听其名，没深入了解过竟是这般险地，一想到穆战霆要深入虎穴，眉头便深深皱起。

墨行徵看她神色，又道：“当然，我只是这么一说，历代的山海禁决，也有所有人都曾平安出去的历史。不过辰洲那些名门天骄虽与穆兄一道进入此秘境，但最后却不一定与他同心，师妹若忧心兄长，不妨也想办法夺个山海禁决的名额，好在秘境中策应令兄。”

南颜始终觉得他有所目的，道：“道友是想邀贫尼加入？”

墨行徵摇了摇头道：“道生天宗内竞争亦同样激烈，名额早定，我的意思是，请师妹竞争卯洲山海禁决名额。若师妹答应在山海禁决中与子洲结盟，以佛法助我等渡过九劫海中的鬼门关，墨某愿为师妹赠一道结七品元婴契机。”

这就是山海禁决珍贵之处，元婴以品级划分，自一至九，个中差别乃天差地别，在外界结婴，以药石之力极限，也不过能得三品元婴。

而在山海秘境中，有特殊地气，就算什么都不做，找个地方打坐冲击元婴，只要能成功吸取足够的地气，所结元婴至少是四品。

七品元婴，意思就是南颜同阶之内，可以一敌七，不落下风，这对修士而言，吸引力不可言喻。

南颜道：“道友的话贫尼记下了，眼下贫尼手头另有他事，若来日有缘能得入，必记此约。”

墨行徵也没指望一次就能说服固执的佛修，便适可而止道：“我说的那地方若非佛修，需得付出极大代价才能通过，万请师妹考虑……对了。”

墨行徵临走前，拿出一只巴掌大的丹炉，内中有一股蓝火流转，墨行徵一点丹炉盖，里面飞出一颗晶莹剔透的丹药，赠与南颜道：“墨某忝为七品药师，这炉半吊子长生不老丹本是想送给太妃作贺礼的，没想到太妃忙于他事，没空接见。师妹风华正茂，好似又没有服过此物，就送给师妹吧。”

“多谢墨道友。”南颜接过那丹药，扑鼻一股仿若春日百草复苏般的奇香，道，“半吊子长生不老丹？是有什么说法吗？”

“不能长生，只能百年内不老，所以叫半吊子。”墨行徵笑嘻嘻道，“其实之前注意到师妹，也是因为好奇，这赤帝瑶宫里师妹是唯一一个没有服过定颜丹的女修，既是我有事相求，此丹便送师妹当见面礼了。”

“多谢。”

“我还另有他事，告辞。”

南颜回到房中，仔细考虑罢，隐隐觉得龙都一会后，此事风波还不算完，需得为下一步考虑，若能结婴，她就能多保一份平安。

次日，南颜一早便被赤帝瑶宫之人敲门拜访，要带她去秘殿参悟那传说中玄之又玄的《赤帝出征图》。

她到时，正好看见秘殿门口，穆战霆勾着云念的脖子眉飞色舞地说着些什么，一旁的云念已经眼神放空，心如死灰，直到看她来了，才绷直身子露出求救的目光。

“真圆道友……”

南颜早有准备，从乾坤囊里拿出一本厚厚的《古今诗词大全》：“大哥，看见这本诗词集了吗？”

穆战霆：“看见了。”

南颜把诗词集丢到一边，道：“扔了也不给你看。”

穆战霆：“……”

在门口撕扯了一阵，秘殿的门徐徐打开，里面通道幽深，青石板左右各有一列异兽。

三人顿时安静下来，跟着引路的修士，一路走进去，却发现所去之处是一个地宫，走了足足一刻钟，才来到一处大厅中。

“《赤帝出征图》长百丈，就在此四壁上，只是仍要提醒三位，与宫前四凶像一样，长观此图，易伤神识，还请量力而为。”引路的修士言罢，便离开了。

“那我们就各自参悟？”

云念朝他们点点头，朝着好似一处早已确定的方向走去，盘膝在一处描绘着赤帝挥掌击杀饕餮的地方坐下。

“这地方，每一处描绘着赤帝出手的图画，都有可能参悟出遗式。”

“是吗？那我找个看着厉害的。”

穆战霆左右环顾，他倒是无所畏惧，专门挑了个赤帝一挥手圈出一处火界焚烧妖城的画面走去。

三人中，南颜最是不紧不慢，她从这幅长卷起始处开始看，这幅长图就是一个完整的故事。

起初，是赤帝一人乘叶舟自凡洲渡海北去，海上遇一头十阶夜哭蛇，当时赤帝修为尚不及后来，与夜哭蛇大战十天十夜，最后虽击杀之，但自己仍落海漂流至妖国海岸。

当时有一个蒙着面纱的妖女在海边救了他，照顾他直至伤势恢复后，不告而别。

赤帝为寻救他的那个妖女，深入妖国，其间有奇遇，得宝物可伪装成妖修，于是在妖国内生活了一百年，终于修至化神天人五衰。

某日，他在凡洲的好友岁寒子发信来，言妖国肆虐，在凡洲修界连屠十城，赤帝早年的宗门也未能幸免，此事忍无可忍，便提议约集当世最强的修士，为修界之繁衍生息，欲渡海伐妖占据那海外灵气充足之地。

赤帝得信后，虽答应岁寒子，但恨怒难当，单枪匹马杀入妖都，宛如凶神下凡，砸烂妖皇宫，斩首妖帝，一夜间屠得妖都血流漂杵。

此时岁寒子亦携当时的伐界五尊赶来，救了灵力耗尽的赤帝，联手将妖国残部所有化神以上者诛灭。

而此时妖国提出，可献出王女向人族求和，求得血脉苟全。

南颜看到这里，神识承受压力过重，双眼已布满血丝，不得不闭目调息了半个时辰才能继续看。等看到赤帝拖着那被献出和亲的妖国王女时，南颜仔细看了看王女的脸，又倒回去看卷首那救过赤帝的妖女模样，心头咯噔一下，仿佛知道了一场悲剧。

最后的画面虽然同那时南颜在封妖大阵壁画上看到的一样，都是赤帝携着妖后登基，君临寅洲，但不难想象，后来妖后是如何抑郁而终的。

有情人与国仇家恨间的折磨，想想就令人唏嘘。

南颜心中有些惆怅，盘坐看着那长卷中最虐心的赤帝以锁链拴住妖后的一幅画面，不知不觉间，她周身散出一股奇异的波动，仿佛那画面中的锁链，有一种渐渐变淡的趋势。

南颜面露迷惑之色，再凝神细看，忽然神识层面轰隆一声，浮现一些斑驳古字。

——吾曾为丹楹造一秘术，曰同命锁，欲以还其命，此术竟功前日，丹楹即魂销于世。同命锁可强施于弱者，若为心上之人，可以命为之挡一死劫，愈久愈坚，后人有缘得见，慎习之。

南颜心神轰鸣，任那术法如刀斧般刻在她神识之中，不知过了多久，方才转醒。

这是什么术法？！

同命锁，可烙印于他人身上，让他人为自身替死，也可反其道而行之，让自己替他人而死。

南颜细细查看此术，越看越是皱眉，因为这同命锁十分霸道，让他人替死，几近于魔修手段。此术解除的方式有两种，一是被施术者的修为超过当时施术者的修为，可以自身修为化解，二是要施术者本人解除。

倘若有心性残忍的魔修得到此术，必会戕害无辜，让他人做自己的保命符。

不过好在此术触动本界规则边缘，需消耗大量自身生机，一个人一生至多施展三次，否则自己就会先耗尽生机而亡。

南颜心头暗叹，睁开眼时观察左右，只见云念周身已笼罩在一股奇异的星光中，双目轻合，已然入定，外人无法打扰。

再看穆战霆这边，却是吓了南颜一跳。

穆战霆面前的壁画乃是一幅焚城图，在这幅赤帝出征长卷中，规模最大，情状也最为惨烈，想来是赤帝成名之招。

这画看起来就十分凶悍，又岂是那么好悟的。只见穆战霆双目充满血丝，像是在忍耐着什么极大的痛苦，南颜看去时，他的右眼已流下一行血红。

南颜一惊，但她知道修士悟道极忌讳打扰，便一咬牙跑到穆战霆身后坐下，念祷起了《观音心经》。

佛修最擅长驱散心魔，平定心绪，南颜声声梵呗，宛如一缕清泉在秘殿中流荡，虽然仍未能将穆战霆从其中唤醒，但也聊胜于无。

一个时辰、两个时辰，云念那边同受梵呗襄助，本身又是心境平和，提前结束了参悟，感受了一下神识中参悟到的秘术，面露欣喜之色，正要起身向南颜道谢，愕见穆战霆情状，骇然不已。

“穆道友这是？！”云念不敢说出声打扰穆战霆参悟，只能悄悄传音给南颜。

南颜回道：“家兄好似想强行参悟这焚城神通，已入执迷，我尽力以佛言相助，却还是无法把他拉回来。”

云念惊道："这……这焚城神通乃赤帝之'盘牙天火'，只有身负奇火的人才可尝试参悟，若无奇火，妄自参悟，会被拉入此图幻境中被灼烧神魂而亡！"

南颜虽然知道穆战霆曾经收服过大日火精，但心头还是不免忧虑："中间不能放弃吗？"

云念道："强行打断，一样会伤及神魂。"

南颜道："会怎么样？"

云念道："大概会变成心智只有三岁左右。"

南颜松了口气："那就好，三岁已经比我想得好多了，等下他要是濒死了我就打断他。"

云念："嗯？"

又过了半个时辰，穆战霆连瞳仁都变成火焰一般的色泽了，云念观察许久，仍觉得不行，道："不若我去请赤帝瑶宫的化神期长老，看看有什么别的办法？"

"唉，实在不行就去请人来看一看……嗯？"

南颜与云念交谈间，骤感整个秘殿气温骤升，一把拉住云念往后退到秘殿边缘，只见穆战霆面前那幅《盘牙天火图》中飘出一丝一缕的炎流，那炎流极细，待靠近穆战霆时，他的金丹蓦然飞出。他的金丹与寻常人的不同，完全被一团跳动的火焰所包裹，焰芯处竟有一只眼睛，正贪婪地看着那盘牙天火。

"怎有这般奇异的丹火？"云念一脸茫然，下一刻却见那火眼朝着盘牙天火狠狠一吸，但盘牙天火素有来历，当即与那大日精火所化火眼互相拉扯起来，而穆战霆也开始七窍流血。

南颜眸光一闪，心想既是赤帝的遗物，不知对自己的血脉认不认。她这么一想，决定尝试一下，便咬破拇指，一滴血液拉成血线朝穆战霆飞去，那炎流碰到血线的瞬间，原本乖张的模样顿时柔顺了不少，任由火眼吸去，图中焚城的火焰本是红色的，却随着炎流被吸出而逐渐变淡。

云念在一边看得一怔，不免对南颜的身份有些猜测，但此时穆战霆已吸完那图中火焰，闭目昏厥，便和南颜一起上去扶住他。

南颜把了把穆战霆的脉，又用神识侵入查探，长出一口气："神魂遭天火焚伤，怕是需要些疗魂的丹药。"

云念道："我稍后便会去求太妃赐下灵药。"

南颜对云念这少年人的纯真和善十分喜欢，但在那洞府一探后，却不敢信任云太妃，何况云念也是帝子，实际上和穆战霆是竞争关系，若让他说出去，不只怕他周围的人节外生枝，还怕云太妃会忌惮穆战霆获得盘牙天火之事。

南颜想了个借口道，垂眸道："不过是些神魂之伤，我们自可解决，不敢劳烦太妃。另外辰巳两洲正在交战，家兄作为帝子，安危皆会影响战事，云道友若有心，还望暂时为他如今情状守秘。”

守秘是双方的，云念知道山海禁决中还有其他敌人，与其说出去，不妨让他和穆战霆参悟得的秘术互相保密，只有彼此知道，这样两方胜算更大，便一口答应。

出了秘殿后，外门的人看见穆战霆的情状惨烈，只以为他是参悟失败，大多一笑置之。南颜也只宣称他强行参悟使得神魂受创。

回去时告知龙都修士穆战霆的异状，他们丹药虽不少，却大多是疗愈身伤或增进修为的，能滋养神魂的药在诸洲都很罕见。

南颜考虑了一下，主动去请教已是七品的炼药师墨行徵。

“神魂类？真是不巧，我有是有，只是此次来寅洲只盘桓数日，没有随身携带，若有灵罡花，我倒是可以直接炼制一颗沐神丹。”墨行徵虽然手头事情不少，对南颜仍是十分热情，问了赤帝瑶宫的人后，道，“山下今日有一处拍卖会，会有灵罡花。”

南颜虽然对道生天多有偏见，但也不得不说道生天的弟子当真是能力出众，奇闻异事、丹器符阵一概难不倒他们，难怪诸洲对之都这般敬重。

再三道谢后，南颜抓紧时间下了山，根据墨行徵给她找来的拍卖行地点找寻而去。

《穆战霆贺寿诗》节选

其一

贺寿当敲鼓，一喝一下午。
子孙生不尽，明年再添丁。

其二

天上忽来一闪电，玉帝乘车贺寿来。
突然又来一闪电，原是忘记带蟠桃。
于是再来一闪电，蟠桃终于带到了。

图书在版编目（CIP）数据

四海重明. 1 / 衣带雪著. — 广州 : 广东旅游出版社, 2023.9
ISBN 978-7-5570-3052-0

Ⅰ. ①四… Ⅱ. ①衣… Ⅲ. ①长篇小说—中国—当代 Ⅳ. ①I247.5

中国版本图书馆CIP数据核字(2023)第089317号

四海重明. 1
SIHAI CHONGMING.1

出 版 人：刘志松
责任编辑：陈　吉
责任校对：李瑞苑
责任技编：冼志良

广东旅游出版社出版发行
地址：广州市荔湾区沙面北街71号首、二层
邮编：510130
电话：020-87347732（总编室）020-87348887（销售热线）
投稿邮箱：2026542779@qq.com
印刷：三河市兴达印务有限公司
（地址：三河市皇庄镇开发区）
开本：710毫米 × 1000毫米　1/16
字数：380千
印张：20
版次：2023年9月第1版
印次：2023年9月第1次印刷
定价：128.00 元（全三册）

四海重明

·全三册·

2

衣带雪——著

廣東旅游出版社
GUANGDONG TRAVEL & TOURISM PRESS
悦读书·悦旅行·悦享人生
中国·广州

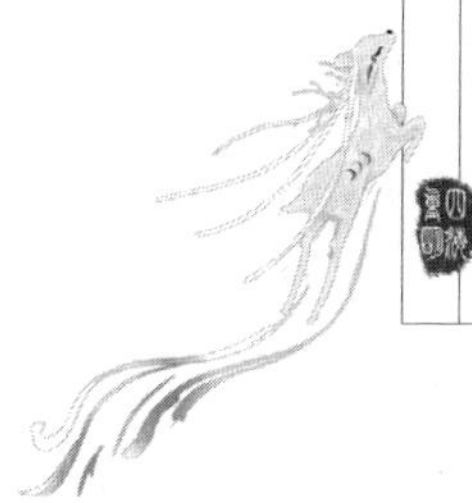

目录

第十一章　龙都赴会

嵇少苍之心路人皆知，何必故意曲解。

西皇山被四座山脉环抱，每条山脉上都坐落着一座巨城，寅洲的繁华半数云集于此。

诸洲各有特性，子洲重学，辰洲重财，而寅洲的秘境数量为诸洲之最，便重在一个“奇”字，是修士寻觅奇宝的圣地。

南颜在赤帝瑶宫西北方向的城池中落下，入城不过走了三条街，两边的店铺便让她看花了眼。什么头顶生角的猴子，双头的乌鸦，还有用彩羽织就、一穿上就会跳二十多种舞蹈的裙裳，险些让她迷了路，找了半个时辰她才找到拍卖行的地点。

拍卖行背后靠着一座小山，远远看去，好似山中被掏空，建成了一处巨大的会场，门前的装饰也十分奢华，全部由青玉砌成，迎来送往的都是穿着红衣、赤足上缠着金色铃铛的女修。

南颜本以为走进去也是女修来接待，没想到还没进去，就有一个露着胸膛的俊俏男修迎了上来，看他气息，竟隐约散发着一股炉鼎特有的异香。

那炉鼎男修看南颜是个佛修，唯恐触怒她，守着分寸行礼道：“这位前辈，可是第一次来敝行？”

“没错，我想求购些稀罕灵草。”南颜算了一下口袋里的灵石，又道，“再寄卖些霜元果。”

这霜元果，是在封妖大阵中所得，乃是化婴丹主药。

一听霜元果，那炉鼎男修双目一亮，道："请前辈随我来。"

南颜进去时，身后长街上，有三个骑着异兽的结丹修士，为首一人头戴金冠，已经结丹大圆满，座下一匹红蹄蛟马，威武非常，走在街上引来无数人羡慕的目光。

陪在他旁边的，乃是一个马脸修士，一脸阿谀奉承："雷师兄这番闭关出来，可是为了山海禁决做准备？"

那头戴金冠的修士傲然道："没错，我寅洲虽然还没有正式册封帝子，但山海禁决中，必有我雷泰的名字。董金堂，听说你前几天被打了？"

马脸修士嘴角抽搐，他正是那日找穆战霆二人的麻烦，被元婴修士责罚的人，此时一提到所受之刑，顿时目露怨恨："是辰洲之人太过嚣张！在赤帝瑶宫的地盘还敢欺到我寅洲头上，我只不过是维护宫中的体面，却被那野地方出身的帝子不依不饶地打压！"

那雷泰皱眉道："那辰洲之人……我想起来了，之前听族人说，吾堂弟雷锟被一个辰洲来的女修三招打得爬不起来，此事当真？"

"千真万确！"马脸修士看他神色，又道，"明明都是结丹初期，女修怎能打得过雷氏一族的天骄？我猜她必是使了什么见不得人的手段，没准那女修就是以佛修为障眼法，暗修魅惑之术！"

雷泰点头赞同："说的也是，这街我逛腻了，今日这拍卖会是什么时辰开始？"

"我已嘱咐将雷师兄要的灵罡花运来拍卖会了，师兄放心。"

雷泰满意地嗯了一声，道："我雷家的法门需要灵罡花稳定神识才可洗练雷电，我看……"

他话还没说完，就见马脸修士惊叫一声。

"怎么了？"雷泰不满道。

"那刚刚进去的那个女修！"马脸修士看得十分清楚，见南颜是独身前来，报复之心顿生，兴奋道，"雷师兄，刚刚说的那女佛修来了拍卖会！"

雷泰顺着他指的方向看去，只看见一个虽穿着宽大朴素的禅衣，仍难掩曼妙身形的女修，目露兴味道："结丹初期而已，身段倒是比我院子里的那些侍妾好多了，走，有机会请她喝杯茶。"

而此时拍卖会中，南颜被领到一处厢房里，厢房不大，面前一道光幕遮挡，待拍卖会开始，光幕便会散去。

那炉鼎男修送她来了之后，也一直没走，殷勤招待，时而沏茶，时而端点心灵果，眼神里更好似带着钩子，意图简直太明显。

——只是施主，我是个尼姑，我又不能结道侣，何必呢。

被盯得实在太难受，南颜不得不出声道："施主有什么需要倾诉的吗？"

炉鼎男修目露兴奋之色，道："前辈乃贵客，出手便是十颗霜元果，按敝行的规矩，成交在十万灵石以上的宝物，完成交易后，可带走侍奉的炉鼎。"

带走？你是赠品？

南颜心想这城里就是不一样，拍卖会的伺候未免太周到了点儿，想想还是拒绝道："你也看见了，我是佛修，你若有心，不妨寻其他愿待你好的修士。"

炉鼎男修只有凝气圆满的境界，修界多怪人，有些修士心性残忍，带回的炉鼎吸干后就被丢弃，严重的会被杀。佛修就不一样了，心性仁慈，绝不会行恶事。

炉鼎男修咬了咬下唇，跪下来道："前辈想是从外洲来，女修收侍君在我寅洲是寻常事，连太妃身边都有几个知心人。若前辈不信，待用过我之后便知个中妙处——"

——啥？你说啥？太妃有啥？

南颜吓得失语时，外门被砰砰敲响，殷琊的声音传来。

"阿颜我闻到你的佛香味儿了，我给你买的新口脂你看看这个色儿——"殷琊正好就在这拍卖会里，他直接推门进来，一眼就看见一个男修跪在南颜腿边，顿时狐容失色，"……我的妖皇老祖，两天不见，你进步就这么大了？"

南颜："其实……"

殷琊："不用解释，入乡随俗，你戴着面具的原因我懂。"

南颜："不……我不是，我没有，你听我解释。"

殷琊："你放心，我不会告诉吃苦和尚的。"

实际上在修界中，除了子洲和申洲，其他几个洲都乱得很，只要修为够强，做什么都是合理的。

把一脸幽怨的炉鼎男修打发走之后，南颜也不想深究老一辈的八卦，疲累地把这两日在赤帝瑶宫赴宴发生的种种和殷琊说了说。

"……原来你娘真的是南芳主，好端端的绝代美人，在凡洲香消玉殒，可惜了。"殷琊慨叹不已。

南颜一脸愁容道："我怎么说也是赤帝的后人，你就不能关心关心我们之间的国仇家恨？"

殷琊瞅了她一眼，道："那都是一千多年以前的事了，别说我了，我老娘那时候都没出生。难道我还能把你外祖父从天上揪下来决一死战？我辈修士讲点儿现实的吧。"

南颜由衷敬佩："我这两天还想了一肚子佛门至理想劝你放下仇恨、放心大自在，现在看来师父说的对，真方师兄你果然比我有慧根。”

闲谈间，外面落座的人越来越多，不多时，南颜面前的光幕散开，同时整个会场里倏然一亮，四下安静下来。

会场中间的圆形台子上浮出一道星光，四名彩衣侍女如仙子般落在台子四周，长袖向中间一甩，交接处一道圆形阵纹浮起，传送光晕中，走出一个眉梢绘着繁花的艳丽女子。

“奴家娇侍夜，见过诸位贵宾。”她唇红眼媚，轻轻一福身，台下所有外地来的修士眼神都看直了去。

“今日有眼福了。”

“原来是寅洲十大美人的‘夜妃’，听说她是这城主的座上宾！”“若能与她共度良宵，死了也甘愿！”寅洲的女子与他洲的不同，大多装扮明艳，举手投足间尽显风华，南颜瞄了一眼殷琊，见他目光虽十分欣赏，但心态如佛，不禁慨然一叹。

早年她二哥也是万花丛中浪荡子，后来自从跟她下山做善事，被一堆女人摸秃一截尾巴毛，此后初心不复，虽然还是会勾引些狂蜂浪蝶，但自此对所有女人都存着一分本能的戒心。

那台子上的娇侍夜向台下一笑，妩媚非常：“此次拍卖会由妾身主持，见诸方来客，十分欣喜，价高者，会后妾愿得邀一会，共谈玄道。”

她说话的尾音好似一双柔荑从耳边抚过，在座的男修士，尤其是些年轻气盛的，纷纷目露狼光，直到旁边的长辈轻咳提醒，方才压下冲动。

南颜想起这拍卖会进门就有炉鼎伺候，想来此地的主人也是好色之辈，才让这绝代美人出尽手段，为的也大约是抬抬价烘托气氛。

“诸洲的都城都是销金窟，这地方都是看场面下菜，若等到女修多的场子，他们就换俊俏男修上去主持，只要有灵石，什么手段都能使。”殷琊看起来也经过不少这类场面。

此时娇侍夜拍了拍双手，旁边阵法中徐徐浮出一只笼子，还没等她开口，笼子里便传出一声兽吼。

“第一件珍品，五百岁龄的七阶妖兽赤月貂，完好无损，有血脉之术，实力相当于结丹后期。”

台下几个结丹修士点头道：“不错，只是赤月貂野性难驯，想彻底驯服到如臂使指的程度，得花个一年的工夫，我出六万灵石。”

“贵客且慢。”娇侍夜掩唇一笑，道，“这赤月貂可是母兽，已差御兽师诊过，这母兽腹中怀有三胎幼兽，三个月后便可诞生，若是贵客带回，还能给自家的后辈培育作本命灵兽。”

她这么一说，坐在场上的修士纷纷激动起来。

“原来是怀胎的母兽，花多少都值！我出十万！”

“十五万！”

“二十万！”

一轮追价后，一个显赫的家族以三十五万灵石的高价将赤月貂买走。

南颜心道果然是销金窟，考虑了一下要不要把钩蛇骨给卖了，但想到这里现下都是云太妃的势力，只得想先把大哥的事解决后，再迅速离开寅洲前往辰洲，辰洲龙都之繁华天下闻名，当不输于此。

气氛渐渐高涨起来，一件件珍品被展出拍卖，有些南颜听都没听过，其中一只不知名的青铜爵，据说是早年某个大能的遗宝，更是拍出了六十万灵石的高价。

南颜看得目不转睛，直到娇侍夜让三个肌肉虬结的壮汉合力抬出一杆破烂黑旗，她心头蓦然一颤，本能地被那杆黑旗吸引。

“此物由一队猎杀海兽的修士在海兽腹中发现，不明来历，也看不出是什么等阶的法宝，只知道法术难摧。”

南颜自幼对宝物也有一种特别的感应，这拍卖会上每一件宝物她都能感受到或强或弱的宝气，而这杆黑旗虽然看上去已残破不堪，但上面的气息最是浓重。

不过这方面应该问殷琊比较妥当，南颜转头看去，却发现殷琊怔怔看着那黑旗，有些发呆。

“二哥？”

殷琊忽然站起，随后坐下，顾不上和南颜说话，将手放在旁边叫价的玉符上。

下面娇侍夜正在介绍这黑旗的来历，忽见二楼的包厢里传出叫价，笑道：“哦？看来有猎奇的贵客看上了。不过贵客先别急，此黑旗不以灵石拍卖，寄卖人需要化婴丹，谁出的化婴丹最多，这旗便归谁。”

下面本来还有其他人想竞价的，一听要化婴丹，纷纷抱怨。

“化婴丹本就僧多肉少，就算是有，自己留着不比什么好？家里的子侄还嗷嗷待哺，哪里来的多的化婴丹。”

娇侍夜道：“我们这位寄卖的客人不只这一件黑旗，还有各色灵药，包括七色菇、返魂藤、灵罡花等物，均可以化婴丹换取。”

台子下的修士纷纷打了退堂鼓，而台子上的南颜却听见这黑旗和灵罡花都可以一起购得，顿时怦然心动，化婴丹她没有，不过她乾坤袋里此刻足有一百六十多颗霜元果，正是化婴丹的主药。

一种丹药中，辅药可以以其他方式替换，而主药却是不可或缺的，若南颜提出用霜元果换取，最多是折个价，那寄卖人应该是乐得换的。

她同殷琊说了说，正要叫价的同时，与她隔着两个包厢的地方传出声音——

“化婴丹，口气倒不小，罢了……左右我用不着丹石结婴，手头正有化婴丹闲置，与你换了这黑旗回去研究研究吧，那灵罡花也一并拿来吧。”

化婴丹价值不菲，娇侍夜本来没指望能换取到，此刻见有客人出价，眸中立时神采飞扬：“雷家的贵客好气魄，不愧是吾寅洲大族。”

包厢里传来一声笑，一个头戴金冠的青年走至窗前，目光肆意地打量着娇侍夜，道：“夜妃过誉了，上次一见还是十年前，雷某这儿正好从南部带来了好灵茶，会后不知夜妃可有空赏脸共饮？”

娇侍夜在这寅洲有十大美人之称，岂是轻易任人调戏的，正要回过去，忽然旁边的包厢上符文亮起，一个女声道：“三颗霜元果，换不换？”

娇侍夜一愣，随即传音，好似在同寄卖人沟通，三息不到，便回道：“换！”

旁边包厢里的正是雷泰，见有人打扰他同夜妃调情，恼道：“哪儿来的不长眼的东西？敢跟我雷家抢？！”

娇侍夜见此情形，连忙笑道：“雷大公子莫气，只是拍卖行有拍卖行的规矩，价高者得，奴家稍后给公子赔礼。”

那雷泰此次也为灵罡花而来，冷哼道：“我族乃名门，族中供养有七品炼药师，不就是化婴丹吗？两颗化婴丹！”

两颗！

其他围观的修士跟着肉痛，一颗化婴丹可增加三成结婴的概率，而一个家族多一个元婴修士，那就是一次质的提高，寻常门第可禁不住这般消耗。

而一侧的南颜心想这雷姓的修士还真有点儿倔，摸摸鼻子问道：“二哥，你跟我说说那旗子是什么？”

“对我来说是好东西。”殷琊道，“此物叫万傩旗，王脉的妖族可以此号令十万妖民，是千年前妖国大战用的，整个妖国也找不出三杆，你帮我把这旗子弄到手，我送你件更合适你的法宝。”

南颜听他这么一说，够本倒是够本了，但转念一想，怕他另有所图，道：“你会拿这杆旗为非作歹吗？”

殷琊：“啥意思？”

南颜：“比方说，终有一日，你我因为国仇家恨战场对垒，你拿这杆旗号令万妖杀我同胞，与我反目成仇，最后心性成狂把我捅死。多年以后陌上花开，你又想起了我们几个那年的音容笑貌，于是斩断红尘回到曾经不知敲过多少日日夜夜木鱼的那个佛堂里，了此残生。”

殷琊表情扭曲了一下，道：“你有毒吧，我跟你说，回到那个掉毛的佛堂是不可能的，这辈子都不可能的，你赶紧去拍！不然我等下就在城外蹲着这姓雷的杀人劫宝！”

南颜：“哦。”

南颜不紧不慢一路追价，出到六颗霜元果的时候，那雷泰已脸色紫涨，他虽是雷氏族嫡子，但六颗化婴丹足以撑起一个大型的家族，他实在无法再加。

“到底是何人！敢与我雷家争锋！”雷泰大声喝道。

此时他探头一看，隔壁包厢窗前有个桃花眼、模样煞艳不输夜妃的白衣青年靠着窗沿坐下，冷笑道：“这位小姐姐都说了，价高者得，看道友模样，都三十多岁的人了，也不知哪儿来那么大气性，要不给你买两斤萝卜去趟茅房消消气？”

雷泰一愣，随即反应过来这青年是指他的话都是放屁，顿时怒上眉梢，双目仿如有雷电绽出：“你找死！！”

娇侍夜一皱眉，旁边一个始终蒙着黑布的包厢传出一声冷哼：“结丹小辈，这拍卖会可不是你们家！有什么恩怨，出去斗场说话！”

这发话的修士是元婴期，那雷泰面容狰狞，但也没有再闹事，愤愤走回去。

南颜在一边受益良多，打架二哥去，付账换她来，很是完美。

不多时，便有人将黑旗与灵罡花拿来同南颜交割，待看见她拿出那些霜元果后，道：“寄卖的修士托晚辈带个话，若贵客手中还有霜元果，拍卖会结束后，西城外十里亭，他会等贵客两个时辰。”

也就是说，这人急需大量结婴之物，为此盯上了南颜。

“我知道了。”南颜没放在心上，拿起那灵罡花细细查看，只见色泽饱满，品质极佳，便小心收好，随后看向殷琊。

那万傩旗刚刚被人搬来时，便说以法术无法缩小，只能这样直接装入乾坤囊中，但到了殷琊手里，却是乖觉听话地缩成两尺长，抖开来，发现上面斑驳难视，隐约能看到一张兽脸，诡异非常。

殷琊把南颜叫过来，给她说明道：“人族的传承是源自文法记载，妖族的传承则是通过血脉，万傩旗只能由王脉妖族掌握。但凡妖国出征，必会携带此旗，若是将此旗彻底修复，催动时消耗真血便可号令所有比掌旗者位阶低的妖族攻城略地，就算同位阶的也会受一定的影响。”

南颜闻言不由得仔细打量那万傩旗，道：“可是整个妖国都被禁在封妖大阵中，此物岂不是很鸡肋？”

殷琊道：“你傻啊，以后和我们敌对的妖修，只要位阶和修为比我们低，就会受万傩旗操控，临阵倒戈也可以。”

南颜设想了一下那个场景，骇然道：“西皇山的大能也不少，就看不出此宝的珍贵之处吗？”

“宝物自污，就算看出来了也没用，只有王脉的妖族真血才能催动，你也可以。”殷琊说着，丢出一只玉符给南颜，“别说我不疼你，这上面记载能炼化妖血的法门，有些妖族的宝物，以后你遇见了，可用自身的血炼化出一丝妖血收服操纵。不过我先说好，你虽然有妖族血脉，但已经是第三代了，基本上就是个人族，妖族血脉用一点儿少一点儿，不到万不得已不要随意炼化。”

南颜自不会客气，又是一阵海吹间，中间的台子上终于轮到她拍卖的霜元果了。

“……此物想来大家不会陌生，化婴丹主药，疑似刚摘取不到一个月，药力饱满，若非今日贵客众多，敝行都想直接收购走，诸位可莫错过良机呀。”

娇侍夜说完，场中不少修士都将目光投向二楼的包厢。

“想来也是那位修士寄卖的了……她究竟有多少霜元果？！”

“莫非是发现了什么霜元果秘境不成？”

道道贪婪的视线集中在二楼，忽然有一道雄浑声音道：“二楼这位寄卖的道友，还有多少霜元果，老夫全包了！不管是灵石丹药，还是符宝法器，全都好说！”

这声音虽无杀意，但气势压迫全场，不少人脸色发白。

“这应是一位成名已久的元婴老怪，怕是不好惹。”

二楼包厢里的南颜眸光一闪，道：“魔修。”

“魔修要这么多化婴丹做什么？”

南颜想了想，道：“我们在封妖大阵时，巳洲的魔修就盯上了那些霜元果，搞不好这魔修就是巳洲的。”

“这人怕是元婴后期的，不理他，出去后你速速回赤帝瑶宫。”

那魔修见二楼没有回音，派人送了一枚传音玉符到南颜的包厢中。

“房中的道友，老夫满怀诚意，若道友愿交易霜元果，不只以宝物相交换，还愿赠道友一个借道化神的机缘。”玉符中传出一个老者的声音。

从结丹到元婴，最好的结婴契机是在山海禁决，而元婴到化神，则十分困难。不过多少年来修士们想尽办法破婴化神，其中便有一种最为快捷的法门，就是借道化神。

元婴到化神期间，需要一种心境的蜕变，在自己选择的道统上需有所成，甚至要向凡人中的大学究一样开创某种道学流派，才能化神，个中之艰难，古往今来不知多少元婴陨落于此。而借道化神则是一种捷径，即找到一条陨落的化神大修士的魂魄，和自己的元婴合二为一，就有五成概率可借之踏入化神境界，成为本界巅峰战力的一员。

殷琊让南颜不要说话，道："相传借道化神的途径，只有子洲道生天的冥川天瀑才有极小可能获此机缘，你们魔修哪里来的化神期大修魂魄？"

玉符中传出老者笑声："道友既有诸多霜元果，想必甲子之年内，道友必会加入我等元婴同道。只是元婴到化神，老夫忝为前辈，可告知道友老夫已在此走了两百余年，仍无化神契机。但现下却有一个机缘……不瞒道友，老夫乃巳洲无相门之大长老，吾洲天邪道副宗主回归，言当下乃辰巳之战非常时机，要分享他当年借道化神的机缘给境内众元婴同修！"

一提到巳洲天邪道的副宗主，南颜就不禁想到至今杳无音讯的嵇炀，他同穆战霆似乎达成了什么私底下的共识，要里应外合搞些什么事。

南颜一听这元婴魔修说这些，便猜测此事怕是和嵇炀有什么联系，朝殷琊点点头。

"天邪道是魔门第一宗，怎能容我们这些外人染指？"

那自称无相门长老的老者道："那机缘乃是一处神秘鬼城，只有天邪道副宗主知道，他要求尽量多带巳洲的元婴修士前去感悟，老夫门下有数十结丹大圆满修士，急需大量化婴丹进阶。若道友愿再出二十颗霜元果，老夫也可带你们前去，并给你们造一个无相门弟子的身份，到时哪怕能获得一丝化神残魂的意念之力，对你们将来也大有好处。"

南颜也是修士，不得不说有些心动。

山海禁决是她进阶元婴之路，而化神的契机，可以向这老者所说的鬼城一寻。

下个月龙都一会，虽然看那位龙主的意思，是要为她娘的死讨个说法，但毕竟是外人，能帮她就已经很感激了，至于能不能得到结果让她顺利找到她娘的遗体……就算是南颜往好了想，觉得机会也不大。

可是修界之中，有一个亘古不变的道理，那就是强者为尊。只要和那个人站到同一境界，她至少就有能与之对抗的底气。

"前辈，我还要为自己结婴做准备，至多能拿出十颗霜元果，再多只怕师门会寻我麻烦。"南颜暗示了一下霜元果乃是她背后宗门的。

无相门长老经验老到，故作犹豫道："可十颗少了些，带你二人十分冒险啊……"

南颜略一思索，道："我还有一个师兄没来，再加三颗霜元果，前辈再多给一个名额如何？"

"好！"无相门长老一口答应，道，"老夫稍后派人送来无相门令牌与时间地点，道友记得赴约。"

敲定的同时，外面那两颗霜元果价格已定，南颜灵石到手就立刻同殷琊起身离开包厢。

走到门口时，南颜便听见身后不少脚步声传来，好似有不少修士往他们刚刚的包厢走去。

“分头吧，我找个地方改头换面，你们要是从赤帝瑶宫出来了，七日后城外见。”

南颜一点头，出去进入人海中后，便直奔赤帝瑶宫方向而去，才转过两条街道就发现有人跟在自己身后。

那人看着有些眼熟，南颜略一回忆，就想起是第一天去赤帝瑶宫时见到的走在云念身边的马脸修士。

南颜感觉有点儿不妙，因为周围有不少穿着同样家纹衣衫的修士也在朝她围来，她想了想便拐进一家卖法衣的店。

不多时，骑着蛟马的雷泰面色不豫地从拍卖行方向出来，一直跟着南颜的马脸修士连忙迎上去。

“雷师兄，这是怎么了？”

“夜妃这贱人，说今日要陪那出价最高的元婴老头！竟敢落我的面子！”雷泰恶狠狠道，“待我结婴后，必横扫同阶！到时那贱人就是求我，也要看我高不高兴睡她！”

马脸修士连忙赔笑道：“以雷师兄的资质，压抑境界只是为了山海禁决而已，若非如此，朝夕间便可成元婴老祖。我看今日雷师兄心情不佳，我们不妨找点儿乐子？”

“哦？什么乐子？”

“就是刚刚说过的那辰洲帝子带来的女佛修，据说是他妹妹，现在一个人进了这布庄，正好这布庄是宫中的产业，这便驱散无关人等，让雷师兄好好与这女佛修喝茶。”

雷泰今日心情恶劣，皱眉道：“董金堂，老子也不是什么货色都吃，那女子身段不差，可就是脸胖了点儿，怎么吃得下口？佛修又木木呆呆的，没意思。”

马脸修士眼珠一转，忙编道：“雷师兄，我可不是为了一己私欲，那辰洲帝子在殿上羞辱我寅洲修士，欺负我寅洲无帝子，说我们去山海禁决就是给他做踏脚石的，这口气岂能咽下！”

雷泰一听，勃然大怒道：“竖子安敢！”

马脸修士道：“那女佛修献给雷师兄是差了点儿，但不妨碍师兄教训教训她，也算是为堂弟报仇。”

“哼。”雷泰进入布庄道，“去把这布庄的人都清了，我雷泰今日就让她知道，我的茶不是那么好喝的！”

董金堂大喜，连忙喊人去布庄清场，还特地找了个隔音隔绝灵力的结界，把整个布庄围住，阴笑不已。

“姓穆的，我看你怎么狂。”

那边厢，雷泰一脸窝火，一拍乾坤囊拿出一条带着倒钩的鞭子，这鞭子好似是特制的，抽不死人，但一抽就让人落一道疤，一年半载都消不下去。

他拿着鞭子踏入布庄中，神识一扫发现前面无人，心头更怒，一路追至后院，只见一片悬挂的缎纱后，隐约站着一个正在找寻后门的女子，一鞭打碎那缎纱，道：“你可是伤我堂弟雷锟之人？！你知不知道我雷家在寅洲的地位！”

雷泰刚一扬鞭，便见那女子转过头来，却不是一开始他看见的那个圆脸女佛修，反倒是个人间罕见的尤物，顿时僵在原地。

女子亭亭而立，宛若一株月下优昙，含笑看着人的时候，总是给人一种盈盈有情的错觉。

雷泰也算是赤帝瑶宫的常客，越看越眼熟，惊道：“你……”

站在那儿的自然是摘掉面具的南颜，她幽幽一叹：“就是道友想的那样。”

雷泰心跳如擂：“莫非……”

南颜：“没错，就是照南芳主的脸整的。”

雷泰的心脏顿时回到原位：“……”

南颜又道：“道友是不是觉得我整得特别像？是不是很好奇以前我长什么样？”

她此时委实是个人间绝色，迷惑性极强，雷泰茫然地点头。

南颜从乾坤囊里掏出一张玉符，开始满口跑飞剑：“道友请看，这是我小时候，一百多斤，笑起来眉不见眼，我哥一直说我丑得不能看。”

雷泰脑子里乱得不行，还真想看看这美人从前到底是怎么个丑法，回过神来已经让南颜把玉符贴到他眉心。

然后他神识中轰的一声，被玉符里什么法术给锁住了神识，整个人昏了过去。

南颜看着倒地不醒的雷泰，轻呼一口气，把面具戴好，顺手把他的鞭子捡走塞到自己腰包里，然后一脸清圣庄严地慨叹道：“表象声色，到底是人胸中迷雾；极乐净土，方是尔等终归之路……唉，善哉善哉。”

南颜把雷泰扔到一个染缸里藏好后，观望一阵，发现后门守门的不过是筑基修士，便悄悄离开了。

匆匆回到赤帝瑶宫后，南颜直奔墨行徵那里交了灵罡花，又去看穆战霆的情况。

穆战霆一直没醒，但周身的炎气一直在增强，就是站在他旁边，也感到好像围着个随时要爆发的火炉，让龙都来的修士们半喜半忧。

“辛苦南姑娘四处奔波，这盘牙天火乃赤帝的成名绝技，如今帝子在申洲帝子之前得此传承，只怕时间久了会遭云太妃怀疑，这两日我等已向辰洲发信，让他们派遣元婴修士前来接应……至于这赤帝瑶宫，怕是待不得了。”

龙都修士的担心不无道理，过了数日，云太妃好似忙完了事情，派了医修来询问穆战霆的状况，被婉拒后，又马上派了身边一个女官前来详细询问。

“寅洲与辰洲素来关系甚笃，既然帝子抱恙，敝宫岂有不闻不问的道理？”女官看样子不好糊弄。

南颜硬着头皮编道：“其实来之前，我们曾和巳洲的魔修交过手，这两日家兄旧伤复发，故而不得不闭关调养。”

女官显然不信，道：“原来如此，只是妾身奉太妃之命而来，需得有些交代，请道友随我去面见太妃吧，道友总不会也需要闭关调养吧。”

南颜无法，只得能拖一天是一天，一边在肚子里编说辞一边跟着女官去拜见太妃。

这是南颜第一次到这位太妃的寝宫，意外地十分热闹。周围的亭台楼阁三三两两聚着莺歌曼舞的佳人，偶尔有俊俏的青年吹着竹笛向佳人献殷勤。

看起来就是个养老的地方。

一入殿中，南颜就看见云太妃坐在中央一座华贵的檀榻上，边上围着些捏腿揉肩的侍女，与那日南颜在南娆故居里见到的气急败坏的模样不同，此刻的云太妃显得优雅无比，即便寿元将尽，也仍是一副雍容美妇的模样。

女官将她带到后，只说让她稍等，便去回了云太妃的话，而云太妃好似没有听见，仍和旁边的人说笑，把南颜晾在门口。

若是寻常修士，多半就感到恼火了，毕竟这是在修界，有事说事，没事勿扰，弄凡人下马威那么一套实在是没有必要。

但南颜毕竟是佛修，本就是为了拖时间来的，心境波澜不惊，足足站了半刻钟也没什么怨言，待手里的佛珠捻过三圈儿，正琢磨着是不是要悄悄离开时，那女官又回来了。

“太妃忙完了，道友请吧。”

南颜跟着女官上前拜见：“后生晚辈，见过太妃。”

云太妃抿了一口灵茶，抬了抬眼皮，随意打量了一下南颜，道：“看着倒是个乖觉的，怎这般执拗？本座几次派遣医修前去诊治，你们都说帝子可自行处理，这都数日过去了，却还是没有醒。再不让赤帝瑶宫诊治，到时出个什么事，岂不是我寅洲的责任？”

南颜垂眸道：“太妃言重了，帝子如今只是在闭关调养，过几日便来向太妃告罪。”

“哦？可本座却是听说，帝子是看了秘殿中的那幅《赤帝出征图》后才昏迷的，往日我宫中也有出类拔萃的子弟前去参悟，也只是昏迷两三个时辰便苏醒了，帝子为人中之龙，怎连我宫中那些资质平平的弟子也不如？是不是在那秘殿中……另有参悟？”

想来云念是守信的，但云太妃是活了多久的人，一眼便看出当中不对之处，南颜面上一片冷静，道：“此事本羞于启齿，既然太妃问了，那晚辈便说了。当时我同云念道友也在场，帝子见云道友参悟顺遂，起了争胜之心，以辰洲秘法强行参悟，却不想赤帝遗式精深无比，故而伤及神识。”

她这一番话不卑不亢，合情合理，云太妃这才正眼看向南颜的脸，摩挲着茶碗边的手指微微一顿，忽然有些发怔。

“太妃？”旁边的女官问道。

云太妃看着南颜道：“听说你虽败给云念，但武斗上也是横扫我寅洲天骄，还没问过……你叫什么名字？”

南颜道：“晚辈法号真圆。”

“真圆。”太妃默默咀嚼这个法号，又道，“日前我有个雷姓子侄，说是同你在街上遇见了，因听说你击败了他的堂弟，十分仰慕你的实力，本想请你喝杯茶化消恩怨，却被耍弄了一通，可有此事？”

南颜心中一沉，心想定是那雷泰，找不到人，便怀疑到自己头上，找云太妃告状来了。

“晚辈是同雷道友开个玩笑，都是些无伤大雅的小误会。”

云太妃看着她，又道：“你们这些年轻女修，开玩笑归开玩笑，用易容丹耍弄人，委实有些过了……罢了，你是外客，本座就不多说教了，你下去吧。”

南颜连忙退下，云太妃虽有些疑虑，但念及南颜是个佛修，也没有多想，继续同旁人说着话，直到入夜时，一个头戴金冠、面容阴戾的青年快步走进来。

“太妃娘娘！侄儿遭辰洲之人愚弄，为何不捉了那女修以正我寅洲之威严？”

云太妃此时已然半醺，道：“不就是拿易容丹捉弄了你吗，你平时的行为也该收敛收敛。”

雷泰一脸暗恨，道：“太妃明鉴，这女修不只捉弄我，还对赤帝瑶宫有大不敬！”

云太妃慵懒道：“哦？怎么个大不敬法儿？长话短说，本座今日乏得很，想休息了。”

“她把自己易容得像南芳主！神态气质都有八成像！若放任她这般模样出去招摇——”雷泰话未说完，突然面前一阵狂风扑面，整个人像羽毛一样被摄到云太妃面前。

他愕然间，只见云太妃面容狰狞：“你说，那丫头长得像谁？！”

雷泰双腿打战，道：“像……像南芳主。”

云太妃双目大睁，凝滞片刻后，将雷泰甩开，口中喃喃：“不对，我就说这丫头怎么身形那么像，她不是易容……她就生得那般模样！来人……来人！去把辰洲那些人抓来！尤其是那个真圆尼姑！”

太妃一怒，赤帝瑶宫上方顿时晴夜生云，宫中之人不明发生何事，但既然太妃下令，纷纷去寻辰洲帝子，但片刻之后，却回报道——

“太妃，安置辰洲帝子的宫中并无人，墨师兄那里说，午后那真圆去找他要了丹药后，便借口带辰洲帝子出去找约好的医修，现下已经离宫半日了。”

这般急着离开，云太妃瞬间便明白了。

“抓回来！下旨封锁各郡各城的传送阵！务必把他们抓回来！”

赤帝瑶宫的修士们从未见过云太妃如此失态的模样，领命正要飞出时，蓦然殿外一声欢悦的凤鸣，一只身披彩羽的凤凰从后殿飞出，在空中盘旋阻挡他们的去路。

“凤尊？！”

云太妃见此情景，暴怒道：“畜生安敢挡路！去追！”

元婴修士们面面相觑，最后只能朝凤凰飞去，手中掐诀正要设法震开凤凰时，蓦然空中一声弦音颤动，已经飞上半空的元婴修士好似撞上一堵无边无际的墙，纷纷吐血坠落，惊疑不定地看着半空中自虚空裂缝中走出的身影。

云太妃在门前看着那身影，脸色倏变：“颐儿……”

虚空中踏出的身影一步一步走来，怀念地抚了抚凤凰的脖颈，随后转身看向震惊的云太妃，一开口，声音里带着一种难平的疲惫与悲切。

“母妃，好久不见。”

早在云太妃下令截击前，雷泰就带着十来个结丹修士与一个元婴修士飞出赤帝瑶宫，他的人其实早就发现辰洲之人的动向，只是当时并未想到太妃会因此而这般惊怒。

雷氏一族对寅洲帝子的位置觊觎已久，只是各洲从未有过非一洲主宗册封帝子的前例，雷泰虽不知道云太妃为何如此反应激烈，但他觉得，只要捉回辰洲那些人，他必会在云太妃面前立一大功。

“八叔，这回靠你了。”雷泰为求稳妥起见，喊来的是他雷氏族中的一位元婴初期的族老，那辰洲来的修士虽不少，但全部都只是结丹期，遇上元婴不可能有取胜之机。

那雷氏八叔捋须道："帝子又如何，不过是雏凤和子鹑，并无区别，既然是太妃要捉拿，大公子可要把握时机，家族中也会为公子运作。"

"他们逃不了！"雷泰胸中笃定，而且他一想到云太妃说那女修其实是南颜，目光顿时就热切起来。

如果是南芳主在外面的血脉那就再好不过了，到时他再说些好话，央求云太妃将之留给他做道侣，这样也算同南氏关系更密切了，很有可能他会凭借这一层关系继承赤帝瑶宫。

雷泰越想越是心花怒放，很快，旁边的雷氏八叔道："前方三里外，有十九道结丹气息。"

"就是他们，追！"

三里外，南颜听着耳边呼呼的风声，前面的传送阵还有三十余里远，但背后的气息好似捕捉到了他们，不得不放弃空行舟，改用更快的飞剑。

穆战霆才服了治疗神识的丹药，现在药力还没完全发散，不知什么时候能醒，南颜忧虑道："还能更快些吗？"

"不行了，他们中有元婴修士，要比我们快两倍！"旁边的龙都修士也是果断，调转方向道，"南姑娘，你带帝子走，我去阻拦片刻，他们知道我们是辰洲修士，不会杀我们的。"

南颜面上犯难，但这些龙都修士都是从辰巳战场下来的，做事雷厉风行，立马有三四个折返回去想阻挡，南颜只得自己背起穆战霆往传送阵方向拼命飞去。

但那回去的龙都修士也只不过阻挡了二三十息，南颜便听见轰然一声，一股巨大的灵力从远处爆开，余波打得她一震。

"你跑不了！"背后百步外，空中波纹一荡，出现一个紫袍翻飞的老者。

缩地成寸，是元婴期的标志！

南颜也有瞬移的身法，但每次使用需间隔百息，她回头一望，只见那老者朝自己抬手一挥，登时一道雷弧破风而来，若非她瞬移得快，这道雷弧定会当场把她击成重伤。

"哦？此女瞬移之法倒是玄妙得很。"紫袍老者接着又是一抓。

南颜刚刚被那雷弧余光扫到，右手一阵失感，只能把穆战霆暂时扔出去，被老者抓去的同时，觑准老者身后匆匆赶来的雷泰，手握涤罪印，朝雷泰一指。

老者本来势在必得，岂料一道气息恐怖的佛印朝着毫无防备的雷泰飞去，不得不中断抓取南颜的动作，喝道——

“大公子当心！”

雷泰只见迎面飞来一道金光，不知是不是错觉，那分明是清圣梵印，却隐约有一丝血色环绕其中，他抬手挥出一道雷网阻挡，却不想那梵印一路摧枯拉朽地撕破雷网，瞬间把他打得吐血倒飞百丈。

雷泰飞出去时只觉浑身骨骼发出碎裂之声，从未见过攻击力如此强悍的佛门术法。

她是个什么妖怪？！

雷氏八叔缩地成寸到了雷泰身边托住他，往他口中喂了一颗丹药，随即怒视南颜。

“你找死！”

他五指一展，掌中一道雷霆化作九丈鹏鸟，展开双翅，气势万钧地朝南颜飞去。

雷氏八叔漠然得宛如在看一个死人：“从无结丹修士能在我雷鹏之下保有全尸，你，死而无憾了。”

南颜感到一阵逼命危机，反应极快地拔下头上南颐曾赠与的骨笄一抛，那骨笄顿时化作一道凝实的白色灵光护住她周身，那雷鹏撞来时，眼前白光刺目，遮蔽一切，南颜却丝毫没有感到任何伤害。

对方不是魔修，无法越级杀之，南颜心思电转间，忽然感到一阵阴冷传来，随后听骨笄护罩的白光外，雷氏修士们一阵失措惊叫。

“这是什么东西？！怎么在吸我师弟的生机？！”

“打不死！克魔符箓也打不死，怎么会这样！”

“阴祝？见鬼，这地方哪儿来的阴祝？！怎会出现在我寅洲，快跑！！”

巳洲。

“迟儿，师叔赠你的血魔祭月指，你带回去好好修炼，小成之后便可去岐天原战场一试其威。”

厉迟将神识浸入师叔祸无极赠予的秘术玉符中，神色狂喜：“多谢师叔！”

从封妖大阵归来的祸无极闭关许久，如今在天邪道的资源堆砌下，已是精神矍铄，捋须道：“回去吧，好好参习，杀的人越多，这血魔祭月指就会越犀利，就算越级斩杀元婴也不是没有可能。”

厉迟连连道谢，走之前略有些犹豫，道：“这两日巳洲的魔道宗门都在为师叔说的那机缘动作频频，那鬼城的名额……”

祸无极好似看出厉迟的心动，道：“借道化神固然是一条捷径，不过迟儿乃是我巳洲的天骄，纵然最后成不了帝君，也必是我未来的一洲之主，借他人境界感悟晋阶化神，终有其弊端。”

厉迟道：“师叔教训的是，那隐师兄他……”

祸无极眸光深处一闪，道：“他资质平平，为老夫之事，在封妖大阵身陷多年，我魔道虽不讲什么恩义，但老夫需得还他这一份因果，方能道心圆满，冲击天人第一衰……不过你说的有道理，到时鬼城一行，让绵儿也一道来。”

听到妹妹有这份机缘，厉迟面色稍霁，便带着玉符离开了。

副宗主所在的大殿门徐徐合上，一片幽暗的烛火中，祸无极从尊位上起身，在一片浓暗中，他的眼睛开始泛起了宛如鬼火般的光。

祸无极穿过后殿，来到一处封闭的密室中，像个傀儡一般站在一侧，数息后，密室高处的黑暗中，亮起了同他眼里一般的鬼火，星星点点，宛若地狱残像。

不知过了多久，密室正中，数盏同样幽暗的烛火后，一人轻舒一口气，面上的神情似是好气又好笑。

“倒真是不省心，早知便该拴在身边。”

随着他声音传出，周围阴森森的烛火渐淡，慢慢化作一种月光般的色泽，照出密室中的人，他好似甫经过什么极其复杂的术法，一滴汗水自眉角顺着温润的脸颊滑落，又自脖颈拖曳而下，滑进形状完美的锁骨中央。

密室中潜藏的那些鬼火一动不动，旁边祸无极忽然开口道：“道元已修复，至于鬼身之能……待鬼城一行后，便可完美。”

嵇炀并没有回答他，而是盯着右手残缺处，目光里带着几分缱绻，片刻后，五指轻蜷，掌心浮现一颗散发着清正气息的金丹。

怎么看都是最完美的正道修士会有的。

但旁边的烛火照耀下，嵇炀身下的影子，与他做着一模一样的动作，掌心却是一团鬼火，焰心处隐约绽放着一朵黑色的妖花。

道元，鬼身，谁都未曾想过，他竟是一人同修双道。

“三月之期已至，我去龙都接她。巳洲的布局交给尔等，定要他们……宾至如归。”言罢，他的身形徐徐消失。

密室中呆滞的祸无极，和其他隐藏在黑暗中的东西，徐徐屈膝下跪。

“吾等亡灵，恭送……黄泉狱主。”

与此同时，千里万里之外的寅洲，南颜一脸愕然。

那雷鹏袭击她之后，她只听见追杀她的雷氏等人惊叫着阴祝云云，待雷鹏散开，她神识铺展，却什么阴祝也没看见，只瞧见所有结丹的雷氏族人纷纷从空中掉在地上生死不明，而唯一还站着的那元婴修士——雷氏八叔此时脸上呈现出一丝灰败之色。

雷氏八叔抬头看见南颜安然无恙，顿时方圆百丈内，雷属性灵气暴乱。

“我的寿元……我的寿元！”雷氏八叔瞬间苍老了数十岁一般，神色癫狂地朝她扑来道，“你这个妖僧，竟敢召出阴祝这等邪物吸我生气！还我百年寿元！！”

南颜神识范围内什么阴祝也没看见，打量雷氏八叔的模样，发现他虽气势惊人，但灵力已大不如起初那般让她喘不过气来，想来那阴祝连他的灵力也一并吸走大半。

于是她便一边退一边道：“我看施主的模样，二十年的寿元想来也无缘问鼎化神，不如考虑考虑回去找膝下儿女共享天伦之乐，待早登极乐后也省得胸中有所遗憾。”

筑基寿一百年，结丹寿一百五十，元婴寿三百，而化神……则据说有千年寿元。

其中元婴期尤其是个艰难的坎儿，多少人三百年寿元耗尽还卡在元婴初期，有些豪奢修士，用延寿丹等修界奇珍，可将寿元增至五百年，但五百年内不突破，到最后也是一坯黄土。

在本就寿元紧张的元婴期，还被阴祝吸掉足足一百年寿元，这雷氏八叔岂能不恨。

“受死！老夫今天就要把你这妖僧抽魂炼魄！”雷氏八叔怒吼不休，卷起漫天雷电朝南颜杀来。

就在雷网铺下瞬间，南颜后领一紧，只觉有人把她往后一丢，丢到搀扶着同修的龙都修士的面前。

同时，一片燎原之火焚烧一方天云。

南颜到了安全的地方，摇晃着佛珠喊道：“大哥，睡醒啦，饿不饿，要不要先打个架？”

穆战霆从悟道中觉醒，瞳仁中带着一股灼人的火焰色泽：“你们先带阿颜‘逃之夭夭’，这地方，我‘一人做事一人当’！”

龙都修士：“……”

南颜早已习惯他乱用成语，回头问龙都修士道：“我大哥平时就这么狂的吗？”

龙都修士道：“帝子刚结丹次日，也曾在战场上遇到过元婴初期修士，在其手下成功逃脱过……现在帝子隐约又有突破的迹象，想来有机会越级斩杀元婴！”

说话间，那雷氏八叔的雷网被穆战霆手中火焰焚烧殆尽，他眸中怒火熊熊，随即从乾坤囊中祭出一只骨矛。

这骨矛矛尖滴血，别有一股凶横之意。

“魔修灵宝？”

雷氏八叔目光冰冷，催动间，一股庞大魔气煞凝于这骨矛上：“我这血魄骨矛，曾斩杀过元婴中期！老夫劝你让道，否则老夫虽不杀你，但可以废你灵根，到时辰洲也不会要一个废物参与山海禁决！”

“老匹夫，今天就让你知道什么叫凶狠……阿颜！”

“哎好好好。”南颜就知道这时候要喊她，轻叹一声，消耗全身佛力，在掌中凝出一条宛若实体的佛言锁链，完了之后脸色有些苍白地把佛言锁链抛过去，“那是元婴期的魔宝，我尽力了。”

“够了。”穆战霆接过那锁链，头也不回地对其余互相搀扶着的龙都修士道，“你们走，先回辰洲，我斩了这老匹夫就来。”

“竖子狂言！”

一片轰轰乱响中，南颜也来不及多看，便被龙都修士们带进了传送阵中。

半盏茶的时间，连续用了四个传送阵，待从最后一个传送阵踏出，南颜便听到海潮声入耳，海边正有三艘足有三十丈高的五牙楼船停靠，船上传来足足三道元婴气息。

南颜一见这阵仗，心头便安稳了不少：“他们是来接大哥的吗？”

她说完，船上飞下一个眉心有着龙鳞图案的元婴期女修，她凝视着南颜，道：“不，我们是奉龙主之令，来接你的。”

南颜：“啊？”

五日后，穆战霆风尘仆仆地从辰洲北岸回去，他那日与那元婴修士战至中夜，最后险之又险地斩下那雷氏八叔的头颅，后来走之前，在一个同样追杀来的修士乾坤囊里发现了一枚绝杀令。

——太妃密令，杀了佛修真圆的修士，无论是何氏族，赐晋神丹！

绝杀令上还附了南颜的画像，还说她有可能易容成南芳主的模样混淆视听，只要见到同南芳主长得像的，可先斩后奏。

这可把穆战霆惹毛了，用秘法沟通了远在巳洲的嵇炀，后者听了之后，就说让他等一日，要给他弄点儿好东西。

穆战霆等了一日后，发现等来的真是个好东西。

——整整……一千头阴祝。

穆战霆一开始吓得不行，再三向嵇炀确定他不是被阴祝夺舍了，直到接触了半日，发觉阴祝真的不咬人，就开始得意起来，带着一千头阴祝蒙面在寅洲四处袭击贪图晋神丹而追杀来的元婴修士。

那阴祝在某些部洲传说中就是邪神，元婴虽可从阴祝中逃脱，但只要被沾上就必会减少寿元。

寅洲以南诸郡诸城的元婴大能，纷纷遭到不明原因的袭击，轻则丢个乾坤囊，重则今年过不了除夕。

直到收到龙都传讯，说他再不回来就不要再回来了，穆战霆才带着抢得之物，盆满钵满地往回晃荡。

九月初九，穆战霆带着一身的伤回到龙都。

远远看到龙都的城门时，他还心中一安，但很快，他发现不少带着寅洲家纹的马车怒气冲冲地杀进龙都巍峨的大门里，顿时觉得事情不对。

穆战霆拽过旁边路过的修士问道："怎么回事？怎么这么多寅洲的车驾？"

路过的修士瑟缩道："唉，还不是咱们洲那位帝子惹的事，说是用卑鄙的法子吸了寅洲三十多位元婴大修士的寿元，让人仙路断绝，寅洲来找事了。"

穆战霆顿时心安："我还以为多大点儿事，原来是这样。"

"不是啊，龙主本来为了帝子的生辰邀请诸洲豪雄赴会，现在被寅洲那些修士堵门一闹，颜面大失，为此发了好大火呢。"那路过的修士说完，龙都方向一阵炸雷般的巨响，顿时吓得他脸色发白，"青天白日打雷，定是龙主发怒了，我……我今天还是去城外的洞府住吧。"

穆战霆站在龙都城门外半晌，只见不少修士飞也似的从大城门里逃出来。穆战霆看了许久，果断打开乾坤囊，把所有能穿的防御护甲都穿在身上，这才踏入龙都的大门。

哪知一踏进去之后，他发现龙都的城门内，大街小巷，空无一人。

城门内中央摆着一把椅子，一个面容俊美却神色煞厉的男人斜坐在椅子上，手里攥着鞭子，有异于常人的竖瞳凶狠地看着穆战霆。

穆战霆："……"

穆战霆："龙主，你不是很忙吗？那个……巳洲的战事不用管了吗？"

敖氏帝族，辰洲龙主，纡尊降贵，抛却手头公事，说堵人，就来堵人。

龙主盯着穆战霆半晌，冷笑一声，起身拿鞭子指着城头千年不变的牌匾："知道这两个字怎么念吗？"

穆战霆抬头看向牌匾："'龙都'呀。"

下一刻，一鞭子抽上来，抽得他直接翻倒在地。

龙主拿着鞭子，面色极其恐怖："你不认字，我再教你一次。"

"……啥？"

随后穆战霆就看见龙主拿鞭子指着"龙都"二字——"它念'撑！腰！'明白了吗？！"

穆战霆："……"

"堂堂辰洲帝子，保护个柔弱女娃娃还能被捶？他打你，你不会报老子的名号？不会说他敢动你们，老子撕了他九族？丢人现眼的东西！！"

万里之外，未洲帝子宋逐正在一条满覆白雪的山径上独行。他脚下的这座雪山，遍地是残破的巨剑，一路自山底走来，生灵禁绝，偶有路过的飞鸟靠近，无一例外会被此地盘旋的剑气斩杀。

这里是剑修的圣地，名为天鞘峰。

行至峰顶，只见一道冰壁横绝天巅，冰壁四周，枯坐着上千剑修，每个人都霜雪压身，双目紧闭，膝前都横着一把剑。

细一看，这些剑修都在参悟着从那冰壁中散逸出的磅礴剑意。

宋逐的步子放慢，径直走到冰壁前半跪下来，神色恭敬道："师尊。"

天鞘峰如刀似剑般的霜风骤然一停，冰壁里传出一个清寒声调。

"有事？"

"是龙主约师尊前往龙都一会。"宋逐道。

"是何由头？"

宋逐犹豫了片刻，道："是……说是辰洲帝子的生辰。"

他此言一出，冰壁前悟道不深的少数剑修蓦然睁眼，目光古怪。

辰洲和未洲素来有仇，辰洲帝子生辰，关他们什么事？退一万步说，区区一个小辈生辰，怎配打扰未洲剑雄的闭关？

冰壁那头也是好一阵沉默，方回道："敖广寒可有邀帖？"

宋逐取出一张暗金色的龙纹帖子，双手奉上时，只觉手里帖子十分烫手："前些时日，师尊闭死关不问世事，未曾得禀，上洲近来出了一件事，各种细节，龙主都写在帖子中了。"所谓遍邀诸洲大能赶赴辰洲帝子的生辰自是无稽之谈，真正为的……是南芳主之事。

一想到个中牵涉甚大，宋逐便心如乱麻，旁边的同门见冰壁内半晌没有回音，疑道："师尊没有当场拒绝，必有其因，想来多半是要赴约了，师兄也要跟着一起去吗？"

宋逐道："自然要与师尊同行。"

"说起来，师兄上次从卯洲回来就怪怪的，可是有什么奇遇吗？"

奇遇？

宋逐思绪飘远，道："我遇见一个毕生难忘的佛修。"

同门也是剑修，满脑子实力胜负，便追问道："佛修与我们剑修相反，不以攻击见长，既入了师兄的眼，想必是个厉害人物。"

“没错，她与其他修士不同。”宋逐想起磬音寺匆匆一别，道，“当时辰洲帝子前来打扰，不得不中断，后来她与我有约再会，若到了辰洲，应能见到她了。”

同门一听，以为宋逐遇到毕生宿敌，去辰洲是为了决斗，道：“既是师兄所选之人，当须慎重，不能随意赴约。”

宋逐本来就很紧张，闻言连忙请教道：“我要如何才显得慎重？”

同门一脸凝重道：“我辈剑修，剑器不轻易出鞘，乃是因为剑意藏于鞘中，出鞘一刻便是生死分晓。师兄见那人时，剑器出鞘相见，可昭我剑修礼节。”

宋逐了然：“原来如此，看来我上次赴约是过于轻浮了。”

交谈间，蓦然天鞘峰上所有剑修双目一怔，膝前剑器如闻天音，同时悲鸣。

“师尊为何发怒？”

上千悟道剑修纷纷色变，在冰壁后狂猛的剑气暴散前，迅速飞离天鞘峰巅，回头目光惊疑不定地看着冰壁裂开一道巨大裂缝，接着只听轰然一声巨响，冰壁四分五裂，一片乱石碎雪中，徐徐走出一个面如寒霜的剑者。

“宋逐。”

宋逐硬着头皮上前垂首道：“见过师尊。”

剑者一手握紧宋逐送来的帖子，一手提着一口封在青铜鞘中的八面剑，双目紧闭，似是在压抑着怒意。

“你去龙都，同敖广寒说，孟霄楼晚些赴约。”

“师尊要去哪儿？”

孟霄楼面前一道虚空裂缝绽开，他一步踏入，声音沉怒：“道生天！”

与此同时，一些主要的部洲之主，都接到了龙都的拜帖，一时间诸洲碎裂虚空传送之声不断。

而在龙都之中，一幢幢高楼广阙拱卫的中央，有一座嘲雨楼，楼高百尺，戍守森严。

南颜已经在这楼中被禁足了九日，虽然每日里来伺候的侍从都恭恭敬敬，丝毫没有怠慢之处，但她仍是心下不安。

至少从这两日旁敲侧击的打听来看，她娘当年和这位龙主虽然说差点儿就结为道侣了，但关系当真算不上好。

“……便是只提龙主年轻的时候，同南芳主的恩怨就不知凡几，好比那一年诸洲的继任者都要去道生天听老道尊讲道，吃住都在那儿，南芳主就与龙主住隔壁。南芳主那时也是爱闹的，要取道生天魂河的水酿酒，半夜里去魂河偷水。

“那魂河的水是亡者遗念所成，岂是能随便取的，修士沾上了虽不会有性命之危，但三五天的附魂噩梦是少不了的。

“可不吗，晚上龙主出来找南芳主，发现人不在，一路追过去发现她在试图汲取魂河的水。为了掩盖罪行，南芳主一脚把龙主踢进魂河里就跑了，害龙主被一个女鬼附身，唱了一夜的歌。

“听说那是龙主这辈子唱的最后一首歌，可难听呢。

“第二天龙主就气急败坏地去找麻烦，南芳主为了躲他在道生天四处躲藏，最后跑到阴阳泉，把坤阴泉的牌子换了，害得龙主追进去找人时被里面入浴的女道徒痛打，面子里子都丢尽了。”

南颜听了一个时辰关于她娘当年和龙主的血海深仇，心神颤抖，只觉面前的小点心是断头餐，吓得赶紧往嘴里塞了块仙桃酥，小心问道：“坤阴泉是什么？”

“南姑娘可能不晓得，那道生天里面有两眼挨在一起的阴阳名泉，女修士去坤阴泉，男修士去乾阳泉，泉水对梳理灵气有奇效。南芳主后来也觉得做得过了，本来是想道歉的，但龙主从坤阴泉里被打出来后，气得理智全失，什么也不听，又把南芳主踢进了乾阳泉。”

南颜：“……那乾阳泉里当时有人吗？”

“有不少呢，尤其是未洲的剑雄孟霄楼，直接被南芳主砸了个正着。”给南颜讲这一段的侍女越说越小声，“……听说孟前辈那时候阴差阳错地初吻都没了呢。”

真是一次厉害的操作。

“后来龙主脾气越来越差，你看我们这龙都的房顶檐角，比其他洲都厚得多，就是为了防龙之湖雷霆震怒，青天白日地劈下个雷来打穿房顶。”

侍女们正说着，门外一声滚雷闷响，随后闪电霹雳落下，南颜明显感到这嘲雨楼上方屋顶阵法被雷劈得一颤。

“看吧，龙主又发怒了，这回不知道为什么生气。”

——我也不知道，但我知道龙主看见我这张脸，肯定是会生气的。

南颜此刻没有戴假面，她那一张肖似南芳主的脸在这龙都待着，简直就像是个通缉犯一般。她还是有点儿虚的，毕竟一路走来，她发觉南娆当年和这修界不少大人物都有过那么一段，搞得她现在也有点儿迷茫。

难不成，到时候那么多大人物前任聚在一起一对质，她亲爹要浮出水面了？

侍女见南颜神游天外，盯了一会儿她的脸，捂嘴笑道：“姑娘和南芳主长得真是像，就是打扮素了点儿，若穿上那件朱雀鸣霄裙，世上就再找不出第二个这般相像的了。”

另一个侍女道：“可惜了，那件朱雀鸣霄裙压在御门宝库里呢，就是想取出来，也得三个太上长老同意才是。”

左右南颜此刻是没心思去考虑什么漂亮裙子，她内心正瑟瑟发抖，唯恐龙主见到她这张脸想起当年的深仇大恨，当场送她去见老娘。

作为出家人，南颜越想越觉得佛心颤抖，直到楼下有人来报，侍女道："南姑娘，龙主请您过去。"

南颜听到外面滚雷声声，不由得缩成一小团儿："贫尼……贫尼身体不适，可不可以让贫尼在桌子下面休息一会儿？"

她说完，却听那侍女笑道："姑娘莫怕，不是让您去见龙主，是赤帝瑶宫的逸谷先生来了。"

舅舅!

南颜忙下了嘲雨楼，庭院外有一个盲琴师立在门前，神态忧郁。

之后他似乎是感到南颜向自己跑来，回头时，眉间郁色这才淡去七分。

"舅舅！"南颜自觉小命得保，飞快地蹿到南颐面前，"封妖大阵那里没事了吗？"

"嗯，先前那异变，似是封妖大阵底的须弥鼋觉醒，镇压了许久，又从海底的妖国得来回应说须弥鼋又沉睡过去……过段时日自会有其他化神修士前去勘察。"南颐见她安好，道，"听说你们出去时，在寅洲被元婴修士追杀？"

南颜一愣："舅舅去过赤帝瑶宫了？"

"此事本不想让你烦扰，但我南氏之中，确实有些陈年宿怨。那些追杀者，必是太妃所派。"

云太妃是南颐生母，南颜本来不想提这一节，道："我只想找到我娘，查明行凶者谁，了却这一桩仇怨，其他的别无所求。"

"阿姐若看到我让你如此委屈，该骂我了。"南颐道，"你是我南家唯一的血脉，最后是不是认祖归宗，纵然是太妃，也做不得主。太妃那边，我已联系赤帝瑶宫之中闭关的太上长老，来之前也告知申洲云氏族人前来接太妃暂时回申洲颐养。"

"这……直接把云太妃送走，难道赤帝瑶宫中不会有异议吗？"

南颐道："赤帝瑶宫，姓南。"

云太妃看似在赤帝瑶宫一手遮天，但赤帝瑶宫之所以屹立多年，是因为宫中有数名隐世闭关的太上长老，这些长老都是赤帝当年麾下悍将，自然是听信赤帝血脉的话。

南颐又道："稍后我会去斥退那些来龙都闹事的寅洲诸姓，那些人敢追杀赤帝血脉，需得付出代价。"

南颜从黄泉镜里见过舅舅以前的模样，素来是个温和没脾气的，做事也与人为善，没想到从封妖大阵出来后，处事这般果决，她对他这般变化一时间有些难受。

“为我的事，舅舅操劳了。”

南颐摇了摇头，向南颜要来了南娆的命玉，他感到手中那碎玉的冰寒，目露苦痛之色：“我原以为，阿姐至少会比我活得久，到底是什么人动的手，连赤帝妖心也保不住她的命……”

他这般说话时，南颜感到周遭的灵气出现一丝扭曲，发觉南颐似乎比寻常的修士更难以控制情绪，唯恐他再次陷入如玲珑京时那般疯癫，连忙道：“龙主已召集相关之人前来龙都对峙，到时自会查明真相。舅舅，机会难得，我同你说一说我和我娘当年在凡洲的事吧……”

在龙都的大城门前，打了穆战霆一下午的龙主敖广寒，把人丢给龙都内的药师后，就去了嘲雨楼，只不过没有进入，在门外足足站了半个时辰。

他身边跟着一个眉间镶着龙鳞的老者，这老者一身修为，赫然也是化神期修士，但对敖广寒却是面色恭敬。

“龙主，若实在不愿见南芳主的后人，待此事了结后，把她送走便是。”

“你闭嘴。”敖广寒一双竖瞳中隐有怒色，他把龙仆往一侧一推，声中带怒，“谁说要把她送走？若是我的血脉便罢，若是那老贼在凡洲跟别的什么人生的，我……”

他话没说完就打住，但话里的滔天怒意，已让旁边的龙仆胆战心惊。

“当年左右是南氏一族欠我们辰洲的，南颐正在里面，龙主若不方便，不如先回去处理军务？巳洲那祸无极最近沉潜不出，也不知道搞些什么幺蛾子。”

敖广寒却没有动，片刻后道：“龙都的地盘上，本座凭什么要躲他们姓南的？走，现在就进去盘问他们！”

然而他进入嘲雨楼之后，却刻意隐蔽气息，走到庭院一处花圃时，眼见远处的早桂后，一个白衣的佛女跟在南颐身边，待她侧脸露出来时，旁边的龙仆看到敖广寒明显整个人一僵。

“……我娘本来也是不过年节的，直到我看到除夕时，邻居家的小孩儿手上都有红包，回去找我娘要，我娘才懒洋洋地从箱底摸出两个铜板包在红手绢儿里给我，这就算红包了。”

“早年还以为阖宫上下只有我喜欢同凡人打交道，原来阿姐在凡洲，也有这般红尘之乐。”

南颐在那头关注的是南颜和她娘的趣事，而敖广寒远远听到这一节，却是整个人都不好了。

南娆什么时候受过这种委屈？她在凡洲一个人带着孩子，竟过得这般拮据吗？

一旁的龙仆看见敖广寒震惊又震怒，小声问道："龙主？"

"去……"敖广寒好似用尽了全身的力气，道，"去拿个红包来。"

龙仆："啊？龙主，我们上洲又不过凡洲的年节，没有这东西啊。"

"废物，没有不会现做？记得再拿个嗯……望琼京的封地玉玺来。"

辰洲如今有六京，个个皆是繁华之地，望琼京便是其中之一，占地千里，封地玉玺在谁手上，谁就是此地之主。

龙仆连忙劝住："龙主三思！望琼京何等重要，连帝子都没有分封到，非要这么做，这姑娘定会被其他小宗门针对！"

"也对，那就暂时留着。"敖广寒皱眉，认真考虑了一下，朝龙仆伸手，"那你把御门宝库的钥匙给我拿来。"

龙仆就差没跪下："龙主啊！她都不一定是我敖氏的血脉啊！"

敖广寒怒道："管她是谁的，那老贼都生死不明了，孩子还不留给我？当我辰洲这般好欺？！"

龙仆看他发作半晌，道："都这么久了，龙主不要再逃避了，南芳主是死是活，问问他们，便有个了结了。"

敖广寒哑然，半晌，他倚在墙上，目光好似穿过虚空回到往日："……怎么了结？从十六七岁到三四百年，她为我豁过命，我为她杀过人，有时候我都不知道该是恨她还是留她……你告诉我，怎么了结？"

"阿颜，上次一别匆匆，想来你一个人在诸洲行走，这张面容颇为不利，你可有遮蔽容颜之物？"

"有的。"南颜取出一张面具，这面具是她在辰洲托殷琊购得，附加了殷琊的魔生狐幻术，常人难以识破，就算化神修士，不特地观察，也看不出她面上有异。

南颐一指那张面具，对自己背着的琴道："姣娘，有劳了。"

姣娘？

南颜讶然间，只见南颐所背负的听狂琴发出一声轻响，琴首处化现出一尾半透明的、宛如幻影般的冰蓝小鱼。

小鱼鱼尾轻摇，在面具上轻轻扫过，顿时面具上浮出一股隐息之力，不输银鲛珠之效。

南颜的目光追逐着那尾蓝鱼，道："这是……姣娘舅母吗？"

那尾蓝鱼在面具上游过后，并未回到琴中，而是徐徐向南颜飞去，好似很亲昵地在她面颊处轻轻蹭了蹭，这才回到听狂琴中。

南颐点了点头，声音不由得温柔下来：“那时……阿姐在玲珑京的废墟中找到我和姣娘，耗费极大精力助我以秘法锁住姣娘的魂魄，让她不至于魂飞魄散，这尾灵鱼是她执念所成，不愿入轮回，故而留在我身边做一个琴灵。”

南颜是佛修，一眼就能看出来，姣娘所化的精魄执念太深，已无法度化，或许舅舅也是一样，待他身故后，执念使然，不入轮回，魂魄也会同姣娘一起散归天地。

她心中惆怅，珍而重之地接过这面具，道：“舅母不会有所损耗吗？”

“银鲛珠既回归，这些许灵力也无妨。”说到这儿，南颐又目露自责之色，“玲珑京血案过后，我恢复神志，但姣娘已挽不回了，是阿姐闻讯而来为我奔走周旋，又怕龙主为辰洲之民所非议，主动退婚……”

南颜道：“若换了舅舅，也定会这样做，只是不知我娘又是为了什么去的凡洲？”

“……阿姐不愿见我终日沉湎失爱之苦，去凡洲，是为求一人让姣娘复活。”

“复活？生死轮回乃天道，何来复活之说？”南颜愕然道。

南颐抬起头，双目空无，道：“修士修长生，而长生之道，又何尝不是一场轮回生死的参悟……这句话，是阿姐说的。我一直不明白，不过想来她多半是知道这世间仍存在着超脱生死轮回之人。”

南颜隐约抓到了什么线索，但南颐神色微动，结束了这个话题。

“阿颜，难得来一次龙都，你戴上这加持了银鲛珠之力的面具，便可出去走走了。在诸洲中，阿姐皆有故怨，你的身份需得隐藏好，切记暂勿以真名示人。另外……你把手伸出来。”

南颜不明所以，伸出手后，只见南颐画下一道符文，那符文烙在她手背上，便渗入她皮肉中，不多时，南颜神识中浮现出一个玄妙的符文。

“这是……”

“此印记为阿姐的虚空界位，我无法打开，但你元婴圆满之后，若能参悟虚空之幻，可以此符文辅以血脉打开阿姐的虚空界位。”

无论是乾坤囊还是须弥戒，都有被夺走的可能，而虚空界位，是化神期修士的储物空间，这空间乃是一个空界坐标，就算化神期修士身死道消，也绝无人可夺走这储物空间。

这就好比忽然一大笔遗产砸脸上，要等到她元婴后期才能取出来，南颜一时间有点儿晕晕的。

“龙都繁华，你且出去散散心，我稍后有事同龙主一叙。”南颐道。

一听龙主要来，南颜这才一个激灵，暂别舅舅后离开了。

待送走南颜后，南颐方朝着身后一处廊角道："龙主。"

"南颐，我就长话短说了。"敖广寒一脸复杂地看着南颜离去的背影，道，"南娆为了你曾去正法殿求长老院施恩，当时我出于立场不能同行，在正法殿前，她忍着众人指责，当时为她求情周旋者只有一个。"

"是应则唯，我知道。"南颐五指紧握，道，"也是他，同姣娘说要她离开我。"

敖广寒道："道生天的人心智如妖，怎可能不知道那傻鲛女会如何做。所以听到那孩子说娆娘被……娆娘被害，我也把帖子给了他一份，就是不知这位玄宰敢不敢赴约对质了。"

"德音双奇……他曾是我这世上最不愿怀疑的人。"言罢，两人俱是一阵沉默。

不知过了多久，敖广寒方道："娆娘的赤帝妖心乃世间至宝，我元婴时同她赴森崖魔窟，遇其中大魔不敌时，她为我挡过一刀，元婴当场被斩灭。我背着她逃离那魔窟后，赤帝妖心运转之下，她的元婴涅槃重生，只半日便恢复如初……故而我至今仍不信她会死。"

南颐道："我也是这么想的，不过听阿颜的意思，多年前曾有人将阿姐的遗体带走，我已问过，不是赤帝瑶宫的人。"

"她仇家冤家多了，我尚不愿打草惊蛇，这段时间派了诸多探子出去。不过若是孟霄楼，可能会直接去他最怀疑的地方要人。"

"如果到时避无可避呢？"南颐问道。

"能怎么办？你还有那孩子要保护，我也有辰洲要肩负。"他的性情暴烈，让他忍，要比常人痛苦百倍。

"龙主，你比当年稳重了。"

敖广寒转身走出两步，又顿住，声音嘶哑道："娆娘如果当真是他杀的，我会忍上百年，待把辰洲安稳交给战霆，到时若那人还未飞升……此仇，不死不休！"

南颜走出嘲雨楼，果然没有再被修士拦下来，她找了个隐蔽的地方收起佛珠换上面具，这次她幻化成一个唇边长着一颗痣的典雅女子，变出一面水镜照了照，发现经过银鲛珠之力加持后，面具上的法宝波动彻底消失，连她自己用神识细细查看，也看不出什么异样。

这下彻底安全了。

南颜走出巷子口，她来辰洲龙都时是由龙都派来的龙仆率领修士护送的，还没仔细看过龙都的模样，便被安置去了嘲雨楼，此番一出巷口，却见修士如织，街道极为宽阔，能容得下二十头巨象兽并排行走。

她低头看了看脚下，俱是劈得齐整的白玉石板，拼接处镶着金边，使得整座龙都充斥着一股“唯我独尊”的皇城气象。

有钱啊……

南颜走上街头，四周的建筑大多金碧辉煌，连修士的衣衫也都讲究些，游逛了一个时辰，南颜看得眼花，不由得又开始思念二哥。

逛街买东西这种事，有二哥在，比带个闺中密友都好得多，只是离开寅洲时走得匆忙，未曾来得及同二哥联系。

走着走着，南颜忽然听见路边的灵茶馆有人闲谈，提到穆战霆的名字，她想了想，拐进去点了壶灵茶细听。

“……你可见到了吗？龙主把帝子按在城门口打，打了一下午！”

“龙主教训帝子，元婴修士都不敢拿神识偷看，我哪敢伸头？”

“我也是听药师孙大师的门人说的，帝子被打得忒惨，认都认不出来了，不过也好在他受伤，这两日那些寅洲来的人想闹事也找不着人。”

“嘁，不就是吸了他们元婴修士一点儿寿元，堂堂元婴半夜不好好在自己家待着出来游荡杀人，被劫怪得了谁？”

说话间，七八个红衣的筑基修士面色阴沉地踏入茶馆，那几个闲聊的修士修为不如他们，立时收声。他们进入茶馆后，几人围坐在一起，撑起隔音结界，似是在密谈什么。

南颜看了一眼他们衣袖上的图案，颇有寅洲的风格，心下好奇，以结丹期的神识探去，轻而易举偷听到他们所言。

“……这回少君回归赤帝瑶宫，宫中那几位传说中的太上长老出面，将太妃的左右手全数镇压，这回我们若探不得太妃想要的人的音讯，只怕回去后无法交代。”

“依我看大不了弄几具尸体来，就说辰洲帝子在我境内杀人，辰洲为保全颜面，势必要将杀人罪名栽给那真圆尼姑，只要他们把这尼姑交出来，我们的任务就算完成了，到时无论结丹结婴，都是一路坦途。”

“没错，少君已回归，此事宜早不宜迟……我看族中那长房庶子就可以，平日里也没什么用，待会儿把他约到城外杀了，把尸体伪装一番带进来，此次又有族长相护，万无一失。”

南颜把茶杯往桌上一放，见那些修士计定之后便要离开，正打算待会儿跟着这些卑鄙小人出城时，忽见外面那些修士撞到了一个身披狐裘的身影。

对方独身一人，又隐去了修为，被撞了一个趔趄的寅洲修士恼道：“你找死？”

对方当即回嘴道："你找骂？"

"你知不知道我是谁？"

"知道啊，你姓蠢名货，久仰久仰。"

寅洲修士大怒，手中法剑出鞘瞬间，忽然所有人一僵，瞳仁泛出紫色光晕，纷纷丢了法剑，像狗一样趴在地上向门外爬去。

这等幻术……南颜在一边看了片刻，待那人进店坐定后，便主动凑过去坐在他对面。

殷琊一坐下就看见对面来了一个女子，支着下巴从上往下打量了她片刻，还当是艳遇，道："姑娘有事？"

南颜见到他十分感动，道："二哥，你真聪明，知道我被带来了龙都，一定是特地来找我的。"

殷琊心里那点儿火苗顿时被掐灭，他翻了个白眼道："我来辰洲也有两天了，听说你被关在嘲雨楼，我正琢磨着是不是得潜进去把你捞出来，没想到你自己就出来了，怎么，那龙主没难为你？"

"没有没有，刚刚还见了舅舅呢。"南颜把这段时日的见闻同殷琊说了说，"龙主对外只称是大哥的生辰，明日一会想来有的一场嘴仗要打。"

"我不管这些，你早点儿修炼得道，我就早省心。"殷琊丢了样东西给她，"须弥戒做好了，这只是你的。"

南颜笑眯眯地接过来，戴在拇指上横看竖看，笑容渐渐消失："二哥，你定做的这个扳指很是别致，只是我怎么看着像只猪蹄呢？"

殷琊目光移向别处："是吗？锻日楼的人管这个叫'乌金趾'，是富贵的象征呢。"

南颜："那为什么只有我的戒面长这样？真的不是只猪蹄吗？"

殷琊道："真的不是，你还不相信我的眼光吗？这么多年了，我哪儿骗过你？"

南颜姑且相信，又想起殷琊当时在封妖大阵取出之物，道："我听舅舅说，当时封妖大阵之所以震动，是因为海下的须弥鼋觉醒，可同你那时从海底取出的东西有关？"

"当时没来得及说，"殷琊喝了一口茶，道，"当时在封妖大阵海底那个溶洞，我以寄神之体进入了一处火山口，发现那里面有一座石碑，石碑上刻着血字，叫'寒泉川'。"

南颜沉思片刻，道："寒泉这个说法典籍里记载不少，众说纷纭，或许只是上古时一处秘地而已，你当时不是还带出一个盒子吗？"

"是有一个盒子没错，但那个盒子我打不开，无论是法术轰击还是弯根铁丝撬锁眼都无济于事，不过我摇晃过，以我多年寻宝经验，里面应该装着一个冠冕一样的东西。”殷琊沉思良久，忽然灵感迸发，眸光闪亮亮道，“这东西既然是压在封妖大阵里的，想来是妖国的东西，不如我们找个地方滴下妖血看看有没有反应？”

南颜道：“你自己不也是王脉妖族吗？找我这个血脉不纯的有什么用？”

“天狐族称皇要追溯到近万年前的时候了，封妖大阵建立的时候是重明族称皇，可能我的血脉不行，试试你的。”

南颜觉得有点儿冒失，耐不住殷琊见了宝贝就发挥狐狸精的磨人精神，硬是被他拖去龙都里暂时落脚的一处隐秘的洞府，用他给的妖族秘法逼出一滴妖血。

“……祭吾祖灵，唤吾血脉。”

洞府中，南颜第一次念动妖族之语，割脉放血，秘术催动下，一丝仿若燃着火光的妖血被提炼而出，化作一头指甲盖大的重明鸟，撞上面前殷琊那神秘盒子的锁扣。

“总觉得，也没有什么反应呀。”

二人凑近了看，忽然锁扣里发出一丝细微的光，只听“咔”一声，锁扣打开，盒子的缝隙里，一股蓝色的薄雾散出。

蓝色的薄雾一出，整座洞府忽然寒冷下来，很快连二人结丹期的修为都受不了了。

“这什么情况？”

南颜愣怔间，忽然听见洞府外传来一声声惊叫。

“天怎么阴了，这九月哪里来的雪？龙主又生气了？”

“不对！云中有鬼物盘踞！莫非是敌袭？！”

一时间，龙都四周各个洞府中大能修士的气息散开，不少飞遁声音传出——

“何人敢在我龙都招引鬼物！若让老夫抓到，当场碎尸万段！！”

南颜和殷琊同时沉默，随后两人齐齐扑上去，把那正在徐徐打开的盒盖拼命往下压。

“你带来的这是什么鬼东西！”

“别说了闯祸了，赶紧盖上！”

龙都上方的浓云之中，万鬼咆哮，不过鬼魂靠近时，均被城池上方的结界杀阵打散。饶是如此，云层中的那些鬼魂仍未见减少。

不多时，城池中央传出一声冷哼。

“山泽水怪亡魂，安敢在我龙都放肆！”

这声音一出，城池四周一条虚无的龙影徐徐浮现，那龙影之巨大，足以将百里庞大的城池盘围住。

随后，龙头轻抬，朝天发出一声低低龙吟。

龙为万兽之尊，龙吟声一出，刹那间万鬼惊惧，浓云深处剧烈颤抖，一道巨大的裂缝从云层处撕裂开来，里面露出一只无法形容的巨眼，同时低低咆哮。

“寒……泉……”

这声音极端模糊，无人能听得懂这巨眼在说什么。

龙都之中的修士，修为稍低些的，耳闻此声，脑中纷纷嗡鸣不休，而那些刚刚被惊动的化神修士，闻此鬼声，一怒之下从洞府中飞出。

“区区夔兽鬼物！死便死了，敢来我龙都吸取生气，合该永堕无间！”

化神修士出手，一时间龙都上方的云层传出滔天震动，时而电闪雷鸣，时而火雨漫天。就在万鬼尖啸时，蓦然天穹上方一道乌芒划过长空，紧接着，一方天地静肃。

似乎刚刚的那些法术轰击的震天响动被一只大手掐住了喉咙，一片令人困惑的寂静中，云层中有流水声传来，数息间，天穹上现出一条川流。

“寒泉鬼民，若无寄身，可入吾黄泉。”

刹那间，空中嘶叫的那些山泽鬼物狂喜地冲入那条浩浩汤汤的川流中，十数息方定。

天穹上方的化神修士见此奇景，个个面露骇然之色。

“何人出手？此情此景……为何同道生天的魂河天瀑如此相像？”

待鬼云全数纳入那条黄泉川流中后，水流也逐渐消失无踪。

片刻后，有化神修士传音全城：“驭黄泉收万鬼的道友，若在城中，是否可容一见？”

声传数遍，但那施法解除此患的人再没有出声。

远在龙都隐秘洞府的南颜，跪在神秘盒子上用体重压了许久，听到这声音，抿着嘴和脸色发白的殷琊交换了个眼色。

后者道：“咱们……没暴露吧？”

“现在还没有人来踢你的洞府门，想来是没有的。”南颜低头把神秘盒子的锁扣扣紧，谨慎地从盒子上爬下来，道，“你赶紧把这盒子收起来。”

殷琊此刻正贴着墙站，闻言猛摇头道：“起初见这东西挺正常的，哪知道会招鬼，你帮我收着吧。”

“你自己拿出来的东西我收着干吗？”

“这东西招鬼呀，你们和尚不就是专门学驱鬼镇邪的吗？”

南颜也觉得这东西邪性，端起来就想往殷琊的须弥戒里塞：“我主业是度魔修入极乐，驱鬼镇邪不是我本职。要不你就哪儿找来的送回哪儿去，哪天你再路过北海就把这东西丢海里物归原主。”

“你拿着这鬼盒子离远点儿，别挨老子！”

一个追一个跑了数圈，直到门外一声鸣钟符传来，外门有修士冷冷道：“租住此洞府的修士，请开门一见，接受执法修士盘查！”

二人一僵，殷琊一见，身形贴在墙上慢慢消失。

“我先离开了，你把盒子收好别让人看见了！”

“你！”

殷琊以幻术见长，这多日不见也不知是不是另有奇遇，一消失南颜就完全察觉不到他的气息，外面修士叫门声愈急，南颜不得不把这盒子塞进自己的猪蹄戒里，硬着头皮打开门。

“诸位，有何事？”

外面的执法修士面色漠然，拿出一张玉符划了划，对比南颜的脸，皱眉道：“我等奉命调查刚刚那招鬼之人，见这片区域有寒气迸发，故来此查看……等等，租住此地的是位男修士，你是谁？”

南颜：“……”

执法修士见南颜不说话，手按在腰间的捆仙索上警惕道：“外洲之人入龙都必持身份玉牌，拿出来，否则请跟我们走一趟刑院。”

南颜是被人直接带来龙都的，自然没有什么身份玉牌，但若跟着他们走了，少不得要搜查自己的须弥戒或乾坤囊。

“我……”南颜正想是不是得让嘲雨楼的人来捞自己的时候，远处传来一道清润声音：“诸位有事可问我，何必为难在下的道侣？”

南颜从人群中抬目望去，顿时脸上写满了“你还敢来/你还敢明目张胆地来”云云。

龙都的执法修士们看向那人，只见对方一袭青衫，腰后配着偃师特有的偃甲囊，说话时气质温润，看模样是个矜持守礼的。

执法修士道：“吾等受命盘查刚刚是否有人招鬼，你们二人是何来历？”

那人微微颔首，一边以玉牌相示，一边胡诌道：“我是西洲偃师，自外洲为采购一批珍珠鳞而来，刚刚出去谈生意了，故留了道侣一人。”

执法修士核对玉牌，点头道：“现在确实是收获珍珠鳞的时节，玉牌无误，我等还要进洞府搜查，请让开吧。”

好在他们来之前，洞府里的寒气已经自行消散，南颜便让开一条路，等到执法修士进去搜查无果离开后，她才面无表情地走向嵇炀。

“阿颜，我……”

稽炀本是想说些软话，对方却猛然间怒上心头，一头朝他心口撞过去，只听“咚”的一声闷响，尘土飞扬中，稽炀直接被撞得一个趔趄，咳嗽了两声，道：“喀喀……这招金刚顶出式刚猛，多谢菩萨头下留情。”

南颜一脸冷漠地抬头，瞳仁里映出一张仍可称得上清润无害的脸。

“我还以为你就此永坠魔道，只有来世方能得见了呢。”

稽炀看着她头顶被蹭起的两根毛，温柔地握住她蠢蠢欲动想掏剃刀的手，道：“一别多日，甚是想念，今日本就想来聆听佛训，请菩萨不吝赐教。”

南颜眯着眼睛瞧稽炀，道：“我这张脸你是怎么认出来的？”

稽炀道：“我在你右臂上下了追踪符。”

南颜面色微变，把右臂的袖子挽起用神识一扫，果不其然发现一枚极小极不易察觉的追踪符，逼出来用丹火烧掉后，金刚怒目道：“你还敢私自在我身上做手脚，简直岂有此理，贫尼今日非要跟你弘扬一下佛法，不然你就不知道什么叫尊重人——”

稽炀：“我下了二十多道。”

南颜：“你是在挑战贫尼引以为傲的忍耐力吗？”

稽炀：“我开玩笑的，就下了一道。”

“少苍。”南颜整个人蔫下来，道，“辰巳两洲正打得不可开交，万一在龙都被人认出来你现在是天邪道副宗主的弟子，岂不是很危险？”

稽炀轻舒一口气，道：“危险的不是我，是你。”

“嗯？”

“这片执法修士太多，去别处走走。”

南颜点点头，跟着稽炀慢慢朝城中走去。

“……龙主的意思并不是借此机会让诸洲前来为你娘亲公祭，他也许猜到是谁了，只是没有证据，唤这些人来想是为了当面对峙。”

南颜道：“这我知道，虽然听说龙主和我娘不睦，但既然舅舅相信他，我觉得龙主应该是个好人。”

稽炀点了点头，道：“都来上洲这么久了，你应该知道南芳主年少时与诸方豪雄大多有些纠缠，但其中真正有过牵扯的，只有子辰巳未四洲。”

道生天玄宰、辰洲龙主敖广寒、未洲剑雄孟霄楼这几人南颜知道，巳洲的却是第一次听说。

“还关巳洲的事？巳洲不都是魔修吗？”

“那位魔修不是寻常魔修，乃是巳洲立洲之主，甚至与赤帝乃是同辈之人，名唤森罗。”

“既是赤帝同辈，怎又与我娘有关系？”

“魔修重欲而无视礼法，时南芳主已成年，森罗便以幽冥玺下聘欲求娶之。伐界期间，赤帝曾蒙其援手，不方便直接拒绝，此事便一直拖着。后来森罗求娶不成，听说南芳主同道生天有了婚约，一怒之下从巳洲北上，路过辰洲屠杀无数，到了卯洲的地盘却突然被佛忏主灭杀。”

南颜听得一愣一愣的，道：“这些个陈年旧事你怎么这么清楚？”

“都是些查有依据的旧事，许多年长的修士都如数家珍，不难打听。”嵇炀又道，“不过巳洲的事已过去太久，与如今情状无关。你只需知道所有那些自称与南芳主有所牵连的人里，其实只有龙主、剑雄还有那位道生天玄宰是真的，其他人都是为了‘夺洲’而来。”

“夺洲？”

嵇炀道：“赤帝血脉薄弱，膝下一子一女，南芳主逝世之事一出，舅舅又是戴罪之身——”

南颜：“那是我舅舅。”

嵇炀点头认可，然而并不改口：“舅舅是戴罪之身，依我看迟早还是会因非议而受到攻讦，而且你看他的模样，想来也绝不会续娶道侣。那么赤帝的血脉等于说在这一辈已经断绝了。而寅洲是一个极特别的部洲，北有封妖大阵，南有妖国故都，西有山海禁决，单论底蕴并不输子洲，下面那些部洲眼见赤帝无后，千方百计地想同南芳主搭上关系，到时少不得要推出些所谓私生子。”

“所以我的身份是那些人的眼中钉。”南颜想到在赤帝瑶宫时，云太妃时常把母家申洲的人引来宫中，顿时了然，“难怪这龙都里的人只议论大哥被捶了一下午而没有人提我的来历，想来是龙主也不愿把我的身份轻易泄露出去……那我是不是该想条后路准备逃跑？”

南颜言罢，见嵇炀不言，道：“那，你是单单为了来接我的，还是有其他的谋划？”

嵇炀的步子倏然一慢，忽然笑道：“我也忘记了，分明来之前满腹的诡计，见到阿颜后，只想着多腻着些，其他的却想不起来了。”

南颜道：“莫非你是要被我度化了吗？”

“这话说得伤情，阿颜聪明，嵇少苍之心路人皆知，何必故意曲解。”

“说人话。”

城中的金风与桂子同酿，香得醉了半座城，熙熙攘攘的长街上，青衫年少的人顿住步子，待心仪的佳人疑惑回头时，他收了笑，眸光微垂，似是酝酿了许久，方徐徐开口道：“我本来不该来找你，可想着想着，不知不觉就来了。”

南颜：“……”

“来之前还在自省，明明也只离开了两个月，可见到你就觉得好似又分开了十年。”

南颜：“……”

“我想着，我应该是喜欢阿颜的。

南颜：“……”

“我喜欢阿颜。”

南颜：“……”

窒息地对峙了足足三十息，街上路过卖特产的小孩儿鬼精鬼精地凑上来——

“前辈，买包甘棠果吗？润喉还治眼酸。”

嵇炀移开眸光，当真买了一包甘棠果，拉着南颜靠在路边的白玉栏杆边：“吃吗？”

南颜沉默地接过来，半晌，讷讷道：“要是那年我们没有分开，到现在你再说这话，我大概会挺高兴的。”

“现在不可以吗？”

南颜往嘴里塞了颗甘棠果，仰头看着头顶上摇曳的桂子，道：“可以，没有问题，佛者爱世间众生，就算你行差踏错，贫尼也要助你悬崖勒马，来来我先给你讲个佛门典故洗涤一下心灵……”

嵇炀：“毗那夜迦？”

南颜：“换一个！！”

嵇炀：“欢喜佛……”

南颜：“你是不是想跟我街头干架？”

嵇炀幽然叹道：“真想念你小时候黏人的模样。”

南颜认真回忆了一下过往时的情状，道：“我也很想念你以前知书达理的模样。”

少苍那个时候虽然偶尔十分疏离，但给她的感觉却是真实的，现在……也不能说有什么不好，只是那种想要迫近的意图过于强烈了。

道修所修为“本我”，而魔修所修为“真我”，修士行于魔道，大多无法压抑自己的欲望，他的确是从未掩饰过他想要什么，但又比寻常的魔修长于忍耐，只在她底线的边缘游走。

南颜知道，他哪怕把待她万分之一的心思用于玩弄人心，应无多少人能抵挡。

她想着想着，便觉头发都愁掉了几根，忽然街上行人走避，不断有修士被挤到道路两边，有些脾气大的恼火道：“这是龙都，哪儿来的人那么大排场？！”

然而还真有人那么大的排场，中间的白玉石板蓦然发出蒙蒙微光，远处传来天女奏乐之声。

红花漫天飘散间，一头机关偃甲制造的三头巨鸟昂首阔步地从远处踏来，每走一步，爪下的地面便颤三颤，连旁边三丈高的巨象灵兽也不安地匍匐下身子。

“三足大金乌？来人想必是西洲鲁氏，偃师一门的门主。”

原来是有贵客到访龙都，道旁本来还不满的修士纷纷面露好奇，但紧接着，街那头又传来一阵惊呼声。

只见那是一条锦花巨蟒，个头儿竟比之前那三足金乌还大些，这巨蟒头部被厚厚的重甲保护住，蛇头由三条锁链牵着，其背后竟拖着一座三层小楼。

“是驾蛇云游四海的白杏楼，听说里面住着亥洲最好的医修。”

那白杏楼一路走过，不少低阶修士都闻到那楼中散发出的一丝丝药香，连南颜在道旁闻到之后，都觉得身体一轻，体内一些暗伤处开始变热，随后明显有所缓解。

接着，后面又接连出现了不少外洲有名的身影。

“今儿是什么日子？怎么来了这么多大人物？”

有个大嗓门的修士道：“你们都忘记了吧，这些都是龙主请来给帝子贺生辰的！”

此言一出，四面哗然，毕竟龙主刚刚打过穆战霆，谁也没往这上面联想。

南颜望着那白杏楼的去处，道：“听说大哥在寅洲闯了祸，吸了不少元婴大修士的寿元，弄得八面树敌。”

嵇炀点头道：“听说了，做得过了。”

南颜又道：“我也觉得过分了点儿，却不知大哥收服大日火精后，竟已这般厉害了，能越级斩杀元婴。”

嵇炀道：“确实了不起。”

南颜古怪地回头看向他：“你话一少我就很慌，大哥在寅洲搞的事你没有参与吧？”

嵇炀道：“我当时在巳洲‘闭门造车’，如何瞒天过海去寅洲与他‘同生共死’？”

南颜：“你再学他讲成语的方式，我就跟你‘同室操戈’。”

长街上那些大人物来得虽不全，但也足有三四十位天底下有名有姓的大修士，南颜不禁担心穆战霆被龙主捶得不能自理，是否还有体力应付这些个外洲之人，便同嵇炀折去了药堂。

龙都最好的医修都居住在南城，紧挨着隔壁坊的灵药灵草铺，龙都对医修格外优待，只要是有品阶的医修，均可在龙都内享受洞府及供养。

而其中，有一位极有名望的九品医修。在修界中，炼丹术达到九品的医修有一个称号是“丹王”，整个修界的丹王不出十指之数，都被各洲在主宗宝贝似的供养着。

穆战霆就是被龙主暴打之后丢到这位姓孙的九品丹王那里。

医修所在的坊市实在不小，南颜打听了许久，才找到一处白玉砌就的丹阁。这丹阁下专门辟了一座巨大的池塘，塘中清水泛着一层薄淡的光晕，细一看池中竟镶着净流明珠，不断净化蕴养这池中之水。

南颜再次被龙都的豪奢惊到了，莫说这丹阁了，连这下面的池水，随便装一葫芦，都足够一个炼气初期的修士跃升境界。

门前有两个结丹修士肃立，南颜还以为要费些口舌，却不想嵇炀上前扬了扬手里的一样东西，那些结丹修士便满脸含笑地让了路。

“原来是位六品药师，请进请进！若药师愿接受龙都供养，稍后我们便派个小童来为药师引导。”

南颜：“……”

进门之后，南颜悄悄传音道：“我现在彻底相信你是道生天的弃徒了。”

嵇炀：“哦？为什么？”

“我在赤帝瑶宫遇到一个丹器符阵都七品的人，他还送了我一颗定颜丹。我就在想，那么难学的东西，门门都优秀，道生天的人都不用修炼的吗？”

嵇炀的脸上顿时浮现出一丝奇怪的笑意：“你说的那人叫什么？”

“叫墨行徵，你认识？”

“哦。”嵇炀笑了笑，却不回答，道，“他给你的定颜丹让我看看。”

毕竟是七品炼丹师的产物，南颜把这颗定颜丹小心地用玉蜡和药木匣子保存了，闻言便拿出来给嵇炀看。

嵇炀把那定颜丹取出看了半晌，道：“你吃过他的其他丹药吗？”

“没有，”南颜听他说话，警惕道，“他给我下毒？”

嵇炀摇了摇头，道：“此丹没毒，而且品质上佳，只是他可能比较在意你，在这丹药中种下了融魂香。当然，此香也无毒，但你心绪波动时，浑身会散发出一股常人嗅不到的异香，如果他有索香貂一类的异兽，就可以神不知鬼不觉地找到你。”

南颜痛心疾首：“人心不古，我还以为墨道友是个好人。”

行徵的确是个好人，不过他可能起了疑心，或存着一线希望想通过你找到我而已。

嵇炀看着那丹药，道："不过想来他也没有想到，阿颜不流于世俗，竟没有第一时间服下。也好，不必吃他的，定颜丹而已，阿颜想要，我去炼来就是。"

他们说话时并未避着人，旁边一个同样佩着六品药师玉佩的老者闻言冷哼道："黄口小儿，分明修的是偃师，安敢妄言丹道难易？年轻人，携美在侧，可莫忘了医者慎言之操守。"

正统的炼丹师讲究一道独专，一旦从了药师一行，一辈子不沾旁门。又看这两个年轻人结伴同行，以为他是在心上人面前吹嘘，是以多有偏见。

嵇炀听了却也没有反驳，微微颔首道："的确一时忘情，请大师见谅。我等二人乃帝子的朋友，听闻帝子被送来这珑枳阁疗伤，是以想来探望一二。"

见他态度谦逊，那老者面色稍霁，道："原来是帝子的友人，难怪这般不稳重……罢了，帝子身上也不过是些外伤，现在正在第七层，午后便可痊愈了。"

嵇炀道过谢，正要上楼，忽听楼上一阵惊叫伴着摔打东西的声音，一个人跌跌撞撞地朝楼下跑来，边跑边骂。

"孙老头！我跟你'恩怨分明'，你凭什么在我的药里放七叶黄连？！还是三千年的，黄连不要灵石的吗？！"

楼上传来一个老者的吼声："楼下护卫，门堵上！药不喝完不准放帝子离开！"

南颜一听这行云流水的成语用法，就晓得定是穆战霆，看他噔噔噔地从楼上狂奔下来，出于兄妹情深，当即伸腿就是一绊。

穆战霆冲得很急，身上又带伤，一时没注意整个人直接飞了出去。

不巧的是，珑枳阁大门外刚好走入一队外洲来的药师，刚通过入门光阵，迎面就是一个人砸过来，为首的三五个老头顿时被砸倒在地。

"啊！丹王！！"外洲来的药师纷纷惊呼，七手八脚地把中间一个被砸倒在地的长眉中年人扶起来，满脸惊骇地看着穆战霆，"龙主厚礼邀我等为岐天原前线助战，龙都就是这么对待我亥洲丹王的吗？！"

珑枳阁的人也忙把摔得一脸蒙的穆战霆扶起来。

"抱歉，帝子近来受伤，冲撞了诸位，请楼上说话。"

"欺负我们下洲的医修不成？吾洲的丹王何其尊贵，这下马威未免太失礼了！"

南颜看着下面鸡飞狗跳，慢慢收回自己的脚，对嵇炀道："我的责任？"

"这种事你抢不过战霆。"

南颜还是觉得心虚，想想这些外洲的药师应是龙主特意请来的，若被自己一脚坏了事，未免有些不妥，便走下楼道："抱歉，是我刚刚想拦下帝子，不想砸到了诸位，责怪我便是。"

来的那些药师一身杏香，系着秋香色的玉带，均配着炼丹师的葫芦玉佩，品级最低的也足有四品，闻言嗤之以鼻。

旁边随行的一个五品药师目光冰冷道："别想随便找个人来顶罪，这是辰洲的地盘，所发生的事自然是由辰洲担负，帝子又如何？这邀约我亥洲不接了！看你们辰洲的丹王寿元将尽后还有谁坐镇！"

辰洲的丹王如今年岁已有九百余，曾在数百年前为辰洲同炼百炉血蛟丹，是诸洲之中资历最老的丹药巨擘，然而如今止步元婴大圆满，虽辰洲为他不断搜罗延寿之物，也只为其延续了五百年寿元，数年之内寿元将尽。

这白杏楼的亥洲丹王，也是龙都为了寻找丹王的继任者而重礼请来的。

穆战霆这会儿醒过来，挣开旁边人的约束，扬眉怒道："撞人是我不对，赔礼道歉好说，你骂我们辰洲的丹王算什么意思？"

"我说的难道不是实话？你们辰洲和巳洲打得正厉害，没有丹王坐镇，对战事的影响就不必多言了吧。"亥洲来的药师显然是怀着某种目的而来，傲然道，"孙大师的盛名我等知晓，我们江大师向来仰慕，此次也正是为了接收孙大师的《蓬云药札》来的。对了，我们江大师对灵水要求也不低，为了先习惯习惯环境，这珑枳阁也请让出来吧。"

此言一出，珑枳阁原来的药师们纷纷怒目以视，南颜的目光也沉了下来。

穆战霆和这楼中的丹王孙大师多有摩擦，但有外人想占孙大师的药阁，他却是第一个发怒："分明给你们新建了丹阁你们不去，非要来抢孙大师的珑枳阁，你当我辰洲无人？"

剑拔弩张之时，楼上拐杖顿地的声音传来，一个头戴葫芦簪子，慈眉善目的老者徐徐走下来，道："战霆，别冲动。我们药师，自有药师的斗法儿。"

他声调缓慢，一出声，四下一静。

那起初还目中无人的亥洲丹王也回头正视这老者："晚辈江道雨见过孙大师。"

孙大师捋须道："元婴中期便得证九品丹王，你的资质的确惊人，这珑枳阁老夫待了多年，你若想要可以，但要以药师的法子来决定。"

斗丹！

所有人呼吸一窒，这斗丹，就是药师同炼一种丹药，品质高者得胜。

那亥洲丹王江道雨面露微笑，其实这珑枳阁他要不要无所谓，此来只是为了踩着孙大师扬名天下，道："既是在孙大师的地盘上，孙大师想赌什么药，晚辈奉陪！"

孙大师捋了捋胡须，目光从穆战霆身上扫过，道："就赌……不死真灵丹，如何？"

不死真灵丹！

亥洲丹王一听此丹，瞳孔骤缩："孙大师，此丹在九品丹药中亦属极难之丹，只能用修士丹火炼制，若火力不足，还会燃烧寿元，当真要选此丹？"

南颜悄悄退后一步，问嵇炀道："这丹是什么？"

"不死真灵丹，名字夸张了点儿，简言之就是让死人开口说话的丹药。"

"还有这种逆天之物？"

嵇炀露出一丝感兴趣的神色，道："据说人在瞑目前会留下一线残魂，只要遗体完整且不腐，用此丹就可以招引真灵，让死人暂时'活'过来。不过说到底，人死不能复生，且使用此丹之后，遗体也会因被榨干最后一丝残魂而灰飞烟灭，故而这种方式也只用于某些大宗门危急关头抬出祖师圣体召唤祖灵抗敌。"

南颜又长了见识，难怪上洲地位不可动摇。若是到时真杀上天邪道，他们抬出祖师森罗的遗体，那不只是再不能进犯分毫，没准还会被反杀个片甲不留。

只听孙大师笑道："老夫年纪大了，一直想炼出极品不死真灵丹，若夙愿达成，这辈子也就值了。听闻江道友是新晋丹王，婴火量远胜同阶不知凡几，是以便想一赌。"

"好。"江道雨被激起战意，右手一张，一道两尺高的紫色火焰蹿腾而出，大厅里顿时如陷火海，连顶上壁画也有熔化的趋势。

亥洲药师纷纷面露骄傲之色："江大师结丹时丹火便傲视同阶，曾连续以丹火炼制七天七夜，成就丹王之名后，更无人能出其右，孙大师要比火力，未免不慎了。"

珑枳阁的药师也面色犯难，精修丹药一道的修士，火力要比寻常修士大一些，不过就算出类拔萃的也只有九寸，这亥洲丹王的火力足有两尺，简直前所未见。

"晚辈曾依靠此'紫木地火'炼制出九品化妖丹，助我亥洲之主的千年鬼蟒化形进阶妖族，因而得证九品丹王。这斗丹我接了，只是不知孙大师有何彩头？"

孙大师微微一笑，翻手化出一本破旧的药札，爱惜地抚了抚书封上的翘角，道："这《蓬云药札》是老夫一生药道感悟，从一品到九品，记载四百三十三种丹方，其中更有近三年创出的三种九品丹方，此回斗丹你若得胜，这药札便是你的。"

在场的大多是药师，闻言全数目光火热地看着那孙大师手中的药札……这对药道中人来说，是一笔惊世财富！

众人紧盯间，忽听有人语带笑意地问道："丹王赌斗，本不敢妄言，只是药道本在志学，不知后生晚辈们可有资格参与斗丹？"

江道雨冷笑道："好吧，老夫这些药徒看着也蠢蠢欲动，所有药师均可尝试。

不过老夫丑话说在前，九品丹药炼制极难，一个不慎便会炸炉自伤，想要参与的诸位且量力而为，免得自取其辱。孙大师没意见吧？”

孙大师看上去却像没事人似的，丝毫不像是赌出去了毕生心血，笑眯眯道：“自然可以，珑枳阁中有百余间丹房，后生们想要一试者，可姑且一试……不过，九品丹药一旦失败必定炸炉，威力等同七阶火龙符，足以当场灭杀一个结丹后期，记得要穿好防具。”

说完，那些亥洲来的药师便跟着江道雨上楼去了。

穆战霆这会儿自然是看到了嵇炀，打了个招呼，又指着变幻形貌的南颜问道：“这姑娘是谁？你在外门找的弟妹？”

嵇炀听了他的话就在一边笑，南颜挣扎着辩解道：“不是弟妹，是你妹。”

穆战霆：“这怎么还骂人呢？”

南颜：“真的是你妹！”

至少这骂人的声音还是熟悉的，穆战霆很快反应过来，高兴道：“我就知道还是你们好，这糖是给我的吧，赶紧让我吃两口，来之前我都没想到那三千年老黄连竟恐怖如斯。走，咱们出去找个地方约齐了人再过来堵门，在龙都里还敢‘光宗耀祖’的……”

穆战霆叽叽歪歪地抱怨了半天，正想往外走，忽然后领一紧，只见背后孙大师悄没声息地拿拐杖把他钩住。

“孙老头，你干吗？”

孙大师轻叹一声，道：“你打算让老人家独自被外洲的后生欺负吗？可怜那药札上记载的药方中有不少是辰洲独有的，若让他洲的修士看了去……”

穆战霆道：“那怎么办，我去找人把这丹王绑架了？”

孙大师道：“这事虽然是他们存心找碴儿，但也是因为你冲撞了他们，所以这斗丹，你还非得参加不可。”

穆战霆本意是找人过来把这些狂得没边的亥洲药师打一顿，闻言道：“可我又不会炼丹，也帮不上忙呀。”

孙大师连声叹他蠢，道：“你就不能多想想，老夫为何要挑这种只要丹火的丹药？”

南颜在一边听懂了，穆战霆的大日火精举世无双，不修丹道实在是可惜，便提醒道：“孙前辈是想让你继承衣钵呢。”

孙大师笑笑，道：“老夫先去斗丹了，这丹方你拿着，就当是老家伙死前的遗愿吧。”

穆战霆一怔，脸上的浮躁渐渐收起，拿着丹方颓然道：“死老头儿，倔老头儿，就知道刁难我。”

嵇炀道：“无妨，左右我也正想起炉炼一炉定颜丹，调配药坯我来，你只管照着炼制便是。”

说完，便当真去了楼上的丹房，丹房的门扇极其厚重，不知加了多少道阵法。一路走过，丹香弥漫。

不多时，珑枳阁里的人便将他们安排到一座空置的丹房里。

丹房大约七丈方圆，四面均围绕着流出灵泉的兽首，中间放着一座九尺高的丹炉，下设法阵，防止炸炉时毁坏建筑。

他们之中只有嵇炀会炼丹，他一边同穆战霆解释不死真灵丹控火中的种种细节，一边很是熟练地将珑枳阁送来的草药分割取叶碾为药草末，随后投入丹炉中。

“……凝药丹如结丹，以火力将药草中杂质烧尽，根据丹方张弛火焰使其中药性匀合并聚合为丹。我调了十份药坯，尽管一试。”

“那要是失败了呢？”

“孙大师也不会强求什么，炼丹师终其一生除追寻药道外，便是想将一身本领传承下去。若不能给偏疼的人，给对手也不是不可以。”

穆战霆面色阴晴不定，片刻后，一咬牙进入丹炉阵法中：“不就是炼丹吗，炼了！”

一侧的嵇炀带着南颜去隔壁找了个炼丹房坐下来。

南颜忧虑道：“大哥行吗？看他模样不像个靠谱的。”

“他天赋很高，只是平日里过于放浪，若当真逼着他做点儿什么，他会做得比任何人都好。何况他有大日火精傍身，丹火几乎可无限重生，若不修丹器二道，未免可惜了。”嵇炀说完，手中定颜丹的药坯已成，投入丹炉前，忽然有些期待地问道，“我可以再加四两脂玉花吗？”

南颜：“脂玉花是什么？”

嵇炀：“服一两可长十斤肉的——”

南颜：“你敢。”

或许是南颜的表情太过残暴，嵇炀只得将药坯直接放进丹炉里，语气不无遗憾道：“我后来想想，你小时候那般圆润可爱的模样，应是你母亲特地给你找了脂玉花所致，直到你筑基后，身体升阶，自然而然易经伐髓，是以回到原貌。”

南颜回忆了一下，她有记忆以来就很胖，但奇怪的是，不管吃多吃少都是一样重，道：“我娘莫不是怕我这张脸招仇家？让我变得像条猪儿虫似的，这也未免太过分了吧。”

屈指一点，地上地火蹿升，丹炉中顿时红光绽出，昭示那定颜丹正在炼制之中。

嵇炀又道："倒也不一定是为了改变外表，长期服食脂玉花还会隐藏一个人的灵根，一个人的灵根若非特殊情况，应该会随父母中的一方。若我所料不差，你的灵根应该是随你生父的。"

南颜顿时心神震动，道："可我自行查看，只觉得是寻常的五灵根，但修炼速度并不下于大哥那种天灵根。"

嵇炀起身靠近，半跪在她面前，漆黑若子夜的瞳仁里映出她有些犯愁的面容，道："脂玉花的药性我清楚，不知你……愿不愿意让我碰？"

与此同时，珑枳阁斗丹的消息传入龙都中央的龙庭大殿。

此时华灯初上，外洲来的贵客纷纷列席，听到丹王斗丹，不免拿来做席上谈资。

"……丹道之争便是我们这些一洲之主都插不上手，不论谁赢，最后还不都得供着？此丹成丹少说需要一日，待明日正好去看个热闹。"

"听说辰洲的帝子也参与了？"

"本座带来的门生说这位帝子第一次炼丹，都炸了三回炉了，最后一次出来的时候头破血流的。"

"哈！就这说炸就炸的脾气，和龙主倒是有几分相似。"

下一刻，大殿门外踏入一人，步伐间十分暴躁，浑然不似个东道主。笑话龙主的人很快就闭了嘴，他们虽同为一洲之主，可谁也不敢当面和这位素来脾性暴躁的龙主顶上。

敖广寒目不斜视地踏上御阶，目光扫过殿内群像，一挥手，龙庭正殿的大门关闭，气氛陡然肃杀。

"请诸位的来意，诸位也该知晓，寅洲之主枉死于凡洲，遗体被窃，吾海外部洲颜面不存。此事不水落石出绝不干休，在座之人，多少都在二十年前辰洲那桩玲珑京血案时说过话，今天，我自会一一盘问。"

下座的足有九名来自其他部洲的化神修士，闻言面露愠怒："龙主慎言，我等的颜面就不是颜面？"

敖广寒冷笑一声，道："还没有轮到你，既说了一一盘问，今日合该先从……子洲开始！"

子洲？！

子洲是谁的地盘，盘踞着什么人物，大家都心知肚明。

一时间，所有化神修士心神震怖，都觉得敖广寒疯了……毕竟那可是号称道生天的所在。

但随后殿顶上蓦然浮现一面光幕，光幕浮动间，一座烟云袅袅的仙山隐约浮现，这座仙山由铁索相连，浮在半空，顶上夜空处有一条羽纱般的星河徐徐流转，唯美如画。

片刻后，仙山之前一处虚空裂开，一个满身煞厉的身影浮现在仙山之前，右手一振，一把充斥着禁忌之力的青铜剑握在手中，随后高高举起。

“应则唯，出来一见！”

这里是道生天，是修士探寻大道最高的圣地，在那剑修出现瞬间，天空的云层中浮现一个老者的模糊面孔。

“老夫道生天执法长老朱随，剑雄何故叩宗！若有误会，请解剑一谈！”

孟霄楼冷冷道：“我只问应则唯一个问题，让他出来！”

“道生天之前，无人可肆意进逼！剑雄既不持礼，休怪老夫出手！”那老者面孔满是怒色，随后面孔化作一只大掌朝孟霄楼一抓而来。

后者不闪不避，甚至连手中的青铜剑也未曾出鞘，眸光一寒，便一挥而下。

瞬间，一口顶天立地的青铜巨剑虚影化现在夜空中，斩云破霄，瞬间将那老者的大掌劈作两半，其后剑势不退，只闻轰然一声巨响，巨剑直接斩在道生天主宗的悬空山上！

“你的剑意已修过第二衰？！”老者声音怒吼，那巨剑斩在悬空山护法结界外，使得结界灵光爆闪，六座悬空山，足有三座难承此剑浩力，登时下沉三丈！

“我只想见应则唯，让他出来说话！”孟霄楼凛声一喝，右手一拂，半空倏然化现万千剑影，如泼天大雨般落下。

“你竟敢如此！”

老者咆哮间，倏然剑影放慢，一个优雅淡漠的声音传来——

“退下吧。”

随着这声音出现，天地倏然一静，剑影崩解消散，刚刚下沉三丈的三座悬空山又升回至原位。随后，道生天最高，也是最小的那座悬空山徐徐飞近，近得孟霄楼都能听得到这座山上雨声泠泠，轻敲细打地落在一个从竹林中走出之人的纸伞上。

这人一身麻衣，步态悠然，待走出竹林时，他将油纸伞靠在肩上，随意转了转抖去伞面上的雨水，伞沿下露出的半张脸无声地笑了笑。

“孟兄，佳节时分，何事震怒？”

第十二章　佛骨禅心

三道合一，可斩界升天。

珑枳阁四层，已过了整整一夜，待拂晓时，炼丹房里再次轰然一声炸响，穆战霆灰头土脸地从丹房里跑出来。

外面的炼药师个个神情扭曲，躲得远远地道：“帝子，你这是……在炼火药？”

“就差一点儿，我感觉到了，就差一点儿就能凝丹了！”

穆战霆以前是没接触过炼丹术，试了试后忽然觉得上手后十分有瘾，一脸兴奋地喊人再搬只丹炉来，顾不上被爆炸余波炸得伤痕累累的身体，又一头扎进丹房。

不一会儿，其他的丹房里陆续有颓丧的药师走出，尤其是亥洲来的那些药师，个个面露愠色。

“你们是不是故意的？一次两次炸炉也就罢了，连着炸了八次，若非他一直干扰，我早就淬炼药坯成功了！”

没有参与炼制九品丹药的药师面露异色，此丹药需淬炼药坯九次，凝丹压缩九次，故而称九品。这些药师中品阶最高的足有七品，饶是如此，仍没有人淬炼药坯成功。

可是听穆战霆刚刚的意思……他已经淬炼成功，快到凝丹的地步了？

诧异间，亥洲来的药师除了丹王都纷纷从丹房中走出，个个因丹火消耗过度而面色发白。

他们虽失败放弃，但不愿承认，怒喝道："以为故意用炸炉的手段影响我们，你就能炼制成功？不死真灵丹需消耗近化神期的真火，帝子又如何，区区一个结丹，想与丹王同台竞夺，何其可笑！"

"道友慎言，连丹王都同意了，何必再恶言相向？"

亥洲药师冷笑道："我只是实话实说而已，山海禁决在即，别在开始之前又换了帝子，那才闹笑话！"

旁边同行者帮腔道："为丹王炼丹护法也是吾等职责，若他再失败，就不准再炼了，以免再炸炉打扰吾洲丹王。"

说完，七八名药师就都围坐在穆战霆的丹房门前不走了。

此时，隔壁一间安静的丹房里，气氛诡异。

南颜闭着眼，脸上慢慢爬上一丝丝隐忍的怒意："我能把你拍在我脑门上的符揭下来了吗？"

她现在的模样好似被符定住的僵尸一般，两手的腕脉被人轻按着，她发了牢骚之后，对方笑着说："脂玉花在你体内经年留存，药性已深入骨脉，再等十息就好。"

南颜："你不是骗我吧？"

嵇炀："怎舍得恶意欺骗阿颜？若是有此想，教我——"

他还没说完，丹房外轰隆一声，好似天打雷劈般的响动传来，随即传来一片喧哗。

嵇炀："……"

南颜："你想说什么来着，要是骗我就天打五雷轰？"

嵇炀的目光移向门口处："九品丹药，确实是为难战霆了……"

南颜："别转移话头，我跟你说……"

南颜说到这儿，忽然脸色微变，只觉神识层面被千丝万缕的灵气丝渗入，在金丹下方的气海深处，灵气丝拨开浓雾般的灵气，探向每个修士都有的灵根。

若说金丹是树干，灵根就是树根，树根越粗壮，吸收的灵气越庞大，对修炼越有益处。

只是这般做法，好似被人探了底一般，油然生出一种难以言喻的羞耻感。

"放松，我尽量……不失礼。"嵇炀安抚的声音传来。

灵气丝探入后，嵇炀的神色慢慢变得古怪，催动符箓生成的灵气丝想把南颜真实的灵根显现出来，但就在她的灵根堪堪露出一角时，南颜的灵力蓦然窜动，一下子将所有灵气丝斩断。

"欸？"南颜自己也察觉到了，她的《七佛造业书》忽然主动出击，赶走所有外来的灵力。

嵇炀徐徐将南颜的双手放下，道：“你的灵力好像不喜其他人的灵力介入。”

南颜也觉得奇怪，内视片刻后，道：“我还是分不清，只是觉得单纯是个五灵根。你可看到了吗？”

嵇炀的眼中露出一丝了然之色，半晌，方徐徐道：“的确是金木水火土五灵根无误，据我所知，赤帝一脉都是火灵根，南芳主也应是如此，你这五灵根想来是承自生父了。”

彷徨许久，终于得到了一丝有价值的线索，南颜已十分满足。

也恰好在此时，后面丹炉中一股药香渗出，起炉后，里面三颗指甲盖大小的赤皮丹药躺在炉中。

南颜看着那丹药，只觉无论是成色还是品质都比墨行徵送的高出不少，道：“你炼丹倒是厉害，怎不去夺孙大师的那宝贝药札？”

“我于丹器符阵都只修至堪堪可用，手头还有其他更重要的事。”

“比如？”

嵇炀摇了摇头，冷不防地把取出的丹药按在她唇上，凑近了后，眸光幽暗道：“比如，终身大事。”

南颜：“……”

数息后，南颜撞开丹房的门跑了出去，一出门就撞见一群人围在穆战霆的丹房门口，夸张的是每个人面前都悬着一件防御法宝。

“不死真灵丹的材料每消耗一次价值巨万，龙都倒也舍得！”

“试过三五次也就罢了，已经第十次了，再压榨金丹真火，待会儿龙庭大殿的人来了怕不是要收尸？”

“这珑枳阁以后由吾洲药师接手，岂容他这般消耗珍贵草药？依我看就破门而入阻止他继续炼丹！”

场面十分混乱，吵吵嚷嚷间，穆战霆的丹房里又传出一股灼热之力。

“坏了，又要炸炉了！”有人惊叫道。

瞬间，所有药师纷纷各自催动法宝护住全身，但那股灼热之力并未爆炸，反而开始慢慢收束，极热过后，一层寒力自丹房中泄出。

亥洲的药师面露骇然：“这……真火回缩，炎中见寒，是凝丹的征兆！”

“他竟能淬炼九次药坯，还进入了凝丹阶段？！”

亥洲来的药师纷纷面色发青，心中暗暗觉得是辰洲之人使诈，正想着如何令穆战霆炼丹中断时，蓦然珑枳阁外传来一声轻雷响动，似乎正在酝酿着天劫。

“九品丹药引天雷！丹王成了！”

最高层的一处炼丹室里，传出江道雨张狂的笑声：“丹雷先至，孙大师，晚辈先成丹一步了！”

轻雷响，紫电落，顿时一股浑然药香充斥整个珑枳阁，随后江道雨右手平举，手上托着一只巨大的丹炉，长笑出关。

“此不死真灵丹连老夫私下炼制，也是十中无一，今日三次便得成，想来是天要老夫胜过你孙柏舒！”

他言罢，亥洲的药师纷纷向他围去，口中惊叹不已。

“恭喜江大师，此丹极其难炼制，只消最后一道丹雷形成雷纹，便可成就上品九品丹药！”

九品丹药中几乎没有下品的丹药，因为下品只是出炉时的品质，待招引天雷后，随天雷之力运转，丹药自然而然会被淬炼为上品。

江道雨身形一晃出现在珑枳阁外，将那丹炉朝天穹上雷云一举。

天空上浓云旋搅，云层中一条雷电如蛇窜动，随后在江道雨狂热的目光下，一条雷蛇从云层中探出，随后朝他手中的丹鼎一劈而去——

“九品丹劫，给我落！”江道雨大笑道。

就在雷蛇堪堪落下瞬间，蓦然间珑枳阁四层一道炎气四散，本来应该落在江道雨丹炉上的雷劫突然一个转弯，向四层打去。

江道雨脸上的笑意骤然凝固，他一低头，听见下方四层的丹房中，传来穆战霆惊怒的声音——

“这什么东西？练个丹怎么还打雷？！”

四下俱静，唯有四层中电闪雷鸣，片刻后，一股比江道雨丹炉中霸道百倍的药香散逸而出。

“这不可能！”江道雨怒吼，再次高举丹炉，这一次他直接将丹炉炉盖轰开，以秘法催动丹药之力，大喝道，“丹劫，再落！”

这一次的丹劫宛如蟒蛇一般，雷霆万钧地劈下，可诡异的情况再次发生，雷蟒朝江道雨的丹药扑去时，忽然往边上一折，躲开江道雨后再次进入四层。

“怎么还没完没了了？！”穆战霆被电了个正着，灰头土脸地扛着丹炉从丹房中飞出，仰头看见江道雨立在半空，骂道，“你这老匹夫，自己不好好炼丹，引雷劈我？”

此时，孙大师笑呵呵地从珑枳阁顶层走出，手中捧着一杯香茶，整个人神清气爽，看模样根本就没有在炼丹。

“吾辰洲的帝子平日里多有顽皮，这回还是第一次炼制丹药，还一炼就是九品，还不认得丹劫，让江道友见笑了。”

第一次炼丹！抢九品丹王的丹劫？！

江道雨自成丹王以来，还未受到过这般屈辱，厉声道："连个品阶都没有的小儿，敢抢我的丹劫？！我不相信！"

他说完，一拍乾坤囊，放出一张散发着恐怖气息的墨蓝色符箓。

"九阶招雷符！去！"

那符箓贴在他手中的丹炉上，瞬间电光闪耀，天空中本该散去的雷劫再次涌动起来，比之前又粗了数倍的雷电在云层中开始酝酿。

这一回，江道雨也不敢随便硬接，将丹炉高高祭出，随后唤出一面银白小盾护住周身，目光狰狞。

"给我落！"

他祭出这张九阶招雷符的同时，在珑枳阁大大小小的窗户里围观的人群后面，嵇炀的目光微微一动，刚刚一直在虚画着什么的右手双指并拢，喃喃道："九阶招雷符……倒是真舍得。"

一边看热闹看得正起劲的南颜猛然回头，眸光闪亮道："你做了什么？"

嵇炀靠在墙上道："没什么，只是在制备药坯的时候，我在战霆所有的药坯里种了招雷符。"

南颜愕然道："可那是九品招雷符，这回怕是截不了他的丹劫了吧。"

"嗯？我没告诉过你吗？"嵇炀凌空虚点几下，一道漫溢着不输于那九品招雷符气息的符箓成形，消失的瞬间，那被江道雨招来的雷劫又一个拐弯朝着穆战霆而去。

穆战霆的痛叫太过凄惨，南颜不得不捂住耳朵，待这最后一道雷劫过后，旁边的嵇炀才慢慢补充道："毕竟是看家的本领，我的丹器阵都不怎么样，唯独符术是九品。"

待最后一道雷劫过后，穆战霆的丹炉也同时碎裂，一颗散发着三圈宝光的丹药浮于半空，正是不死真灵丹。

有人骇然出声："三道雷劫洗练，这丹……怕是超越上品，直达极品！"

孙大师目光深处泛出一丝惊喜："战霆，老夫想得没错，你果然有天分。"

江道雨看着自己没有经过雷劫的下品不死真灵丹，顿时血冲脑门，勃然大怒，一巴掌朝穆战霆抓去。

"定是你使诈！我不信！"

周围人没想到堂堂丹王竟会对一个结丹修士出手，想出手拦住已来不及。而穆战霆此刻被三道丹雷余波波及，正是虚弱时，眼看着江道雨朝他袭来，打算硬抗时，却听江道雨忽然惨叫一声，整个人好似被无形的手掐住脖子吊在半空，目眦欲裂。

他面前的虚空裂开一道裂缝，里面传出一个冷漠的声音："本座请的是人，不是乱咬的野狗，吾洲的帝子再怎么也轮不到野狗教训，滚出辰洲！"

言一落，江道雨整个人好似风中的枯草一样被大力扔出，直接飞出龙都之外。

孙大师也被这变故惊住了，垂首道："龙主。"

"孙大师辛苦了，今日之事到此为止，改日再换其他有眼色的丹王来。"敖广寒言罢，道，"战霆，还有……你，跟我来。"

他说完，穆战霆整个人茫然地被一股异力吸入那虚空裂缝中，而在一边看热闹的南颜没想到另外一个说的是自己，反应过来的时候，整个人也在往那虚空里飘。

就在她堪堪被吸离珑枳阁时，手一紧，嵇炀拉了她一把，匆匆道："阿颜，无论发生什么，不可与任何人争论你之来历。"

他说完，才慢慢松开手："还有……我等你。"

余下的话南颜没能听清楚，整个人就被摄入虚空裂缝中，只觉无数光怪陆离的画面从眼前闪过，再睁眼时，发觉身处一座华堂中，四周椅子上都坐满了人，每一个，都散发着足以碾压她到魂飞魄散的气息。

修界一半的大佬大概都在这儿了。

"阿颜，来。"

好在南颐也在，南颜一听，连忙跑到舅舅旁边坐下，悄悄问道："舅舅，这是怎么了？"

"出了点儿麻烦，一会儿，你什么都不要说，一切有我。"南颐道。

龙庭大殿里四周一片肃杀，南颜发现穆战霆并没有跟自己落到同一个地方，四下环顾，才发现这殿内有十来名修士，每个人位置前都落着帘子。南颜看不清他们的面容，但也感觉到他们中没有一个人把目光落在自己身上，他们都是双目微垂，好似正神入太虚一般。

南颜扫视一圈，目光触及大殿最上位处，那里坐着一个面色冷肃的男人，她看过去时，那男人也正好向她看来，对视不到片刻，南颜本能地收回视线。

太可怕了，这……就是那位龙主？

不过对方也没有说什么，而是望向殿顶上吊着的一轮紫金龙形铜环，此物好似是什么品质不低的法器，正接纳着殿中所有化神修士的神识。

南颜在舅舅身后坐定后，道："舅舅，这是……"

"不怕。"南颐神色也不甚轻松，道，"阿颜，抱元守一，我引你神入虚空。"

南颜看这情况，隐约猜到什么，点点头照做。片刻后只觉神识被南颐保护起来，一同穿过那紫金龙形铜环，刹那间，神识里出现一幅殊为震撼的画面。

子洲悬空山上，飞雪如刀，孟霄楼并指为剑，指尖一缕剑芒吞吐，直指道生天玄宰，一时剑拔弩张。

"……应则唯，我只问一句，你是否杀了南娆？"

剑芒离咽喉处只七寸，这样的距离，只需杀意再进一步，便是生死之别。

而撑伞的人，却好似没有感受到任何生死危急一般，语气轻柔地喃喃道："娆娘……死了啊。"

孟霄楼的双眼顿时一片赤红："我只问你，是不是你杀的！"

伞沿微抬，露出一双灰色的、充满混沌之意的双眼，这双眼仿佛没有任何感情，但看久了，就好似要把人吸进去一般。

他徐徐道："应则唯之言……连自己都不知真假虚实，孟兄敢信？"

他刚一说完，孟霄楼剑芒一转，他心口登时血红绽出，一股极端破灭的剑意在他心口辗转。

"经年旧友，这是我待你最后的容忍！莫以为我不敢杀你！"

接着他的话，应则唯抬眸，神色宁静地看着他："在我第五衰之初，为镇压封妖大阵耗尽灵力时？"

孟霄楼动手瞬间，周围虚空无数波纹荡开，不少苍老的声音惊怒道——

"孟霄楼！你敢！"

"尚未确定南芳主死因，快住手！"

"玄宰为封妖大阵消耗生机灵力，你敢动手！疯了吗？！"

一片或劝诫或焦急的声音中，敖广寒的声音漠然出现："孟霄楼，收手吧，我们也不过是来问询当年之事而已。"

应则唯徐徐转向一侧，道："原来还有龙主。"

敖广寒道："二十年前，娆娘从正法殿为南颐求情后，是你相陪，她最后去了哪儿，你又是为何独身回到子洲的，今日众目睽睽，你需得给所有人一个解释。"

应则唯好像全然不知痛一般，收了伞，任悬空山上的雾雨沾湿眉睫，缓缓道："娆娘……她曾托人送来当年我赠她的旧物，那时我就隐约算到她已离世，想来当年自始至终，便是一场命数作弄。"

"说重点。"

"那年，我同逸谷约于北海，赴约时见他同鲛人相恋，此为修界五逆，凡夫尚需遵循，何况赤帝之后。然……人心生而有所偏私，彼时我只想私下了结此事，便去见了那无知鲛人……"他的语调依然平淡，但在当事人耳中，却听出了三分极细微的恶意。

“我说，妖与人，本为殊途。何况逸谷本为名门，她若再纠缠，便是害他为万人所唾，与其到时饱受风霜而生离死别，不如现在痛斩情丝……后来方知，鲛人灵智未显，竟追至内陆，至于最后落得在玲珑京被分尸，我也未曾预料到。”

应则唯言罢，好似早有预料，抬头望向一侧的虚空：“逸谷，是你在听吗？”

半晌，一个颤抖的声音回答道：“应则唯，什么叫……未曾预料到？你是道尊钦定的继任者，是天底下顶聪明的人，一言一行必知后果。姣娘、姣娘她什么都没有做，你那番话是不是会让她送死……你现在说，你不知道？”

远在龙庭大殿，南颜睁开眼，一低头，看见南颐五指紧握，指缝间渗出鲜血，不由得满面担忧道：“舅舅冷静些，不要让他动摇你的心神。”

同时，南颐身后的听狂琴里，也传出一声哀哀琴音，他这才心绪平定下来。

“抱歉，近来总是容易失神。”南颐低声道。

南颜的脸色也十分难看，因为殿中正有不少化神修士聆听当年之事，有的听过后对应则唯所说的话十分赞同。

“非我族类，其心必异，玄宰处事虽不合情，但合理。”

“此事老夫本不该多言，但的确是逸谷先生有错在前，明知被妖类蒙骗，还铸下大错。”

“此次也是玄宰为逸谷先生向正法殿元老求赦，逸谷先生才得以自由，若再对玄宰逼问，未免不妥。”

南颜心底一沉，她终于知道当时墨行徵为云太妃送来的寿礼是什么了。

在世人看来，南颐就是欠了玄宰的人情，如今不思回报还要找他寻仇，极有可能南颐为他言语所激，一个不慎导致心神狂乱。修界五逆，南颐已犯异婚与屠凡，再犯一个入魔，必被在场人视为走火入魔联手诛杀。

其中步步算计，竟让人不敢细想。

好在不只她一个人想到了，上座的敖广寒此时也出声干扰：“玲珑京的事是我辰洲与南颐之间的旧怨，不劳玄宰费心。”

悬空山上，应则唯淡淡道：“逸谷怨我，我无言以对，然吾承道尊遗命，凡所行事，必持心之正。彼时玲珑京一案后，辰寅二洲几至开战，娆娘也因此不得不与龙主断情以止非议，在两洲之间奔走周旋。我到正法殿时，见她曾跪于正法殿天道碑前，诸位应知能过天道碑业火炼神，方可求得一恕，于是她跪着的那十天十夜……”

“够了！”敖广寒厉声道。

南颜只觉旁边的南颐神识一阵混乱，一睁眼竟见他心神巨恸，直接喷出一口血。

“舅舅！”

敖广寒身形一闪从上座消失，下一刻出现在南颐面前，连点他周身数处大穴，镇住他的心神，沉声道——

“他只是陈述当年之事，区区言语挑拨你都受不了，怎么跟他斗？你先休息吧。”言罢，他屈指一叩，让南颐暂时昏睡过去，接着又对南颜道，“你也下去吧，此地自有长辈处理。”

南颜此刻也是怒火难抑，起身道：“我为亡母之事追寻多时，请龙主容我！”

她虽戴着假面，执拗时的神态，却颇为眼熟。

敖广寒沉默片刻，唤人将南颐送出去，道：“你跟我来吧。”

南颜神识再次浸入那紫金龙形铜环，便见不只南颐一个人心神不稳，那未洲孟霄楼也一样神情癫狂。

“那时……未洲天鞘峰之下泉鬼渊突然暴发，我为镇压万鬼未能及时赶到，后来去寻她时，诸事已定，而赤帝瑶宫只说她是闭关了！”

“不，她去了凡洲。”应则唯摇去伞上水滴，仰首看向浓云暗沉的天穹，道，“那时，天道碑前娆娘已撑不住了，我又陪她同跪了三日。后来我问她，要不要改变心意，重提暮商之约，我可以道尊的遗令为她彻底化消此事。”

暮商之约？南颜没听明白，敖广寒却是勃然大怒。

“什么暮商之约！都过去数百年了，道尊在的时候尚不能做主，何况那时娆娘已许嫁于我！应则唯，你乘人之危！”

“天下之人谁不想乘她之危？应则唯不过凡人尔。可南芳主始终是南芳主，总有那么一根……宁折不弯的脊梁。”他说到这儿，灰色的眼瞳里似乎浮现了一丝讥诮的光，“我同她说，逸谷心魔难抑，在封妖大阵中若关上百余年，恐有入魔之危。她说她这些年只顾自己享乐，未尽到做长姐的责任，说她要启程去凡洲，有一个地方，有一个人欠她一个承诺，她要用这个承诺换那鲛人复生之机，好使得逸谷不至于永坠无间。”

孟霄楼冷冷道：“之后呢？”

“我知道那人是谁，劝她说，那是修界不容之魔头，然而娆娘一意孤行，我只能跟她去了凡洲。”应则唯道，“后来的事，我只能同龙主与剑雄说。”

四下还有其他化神修士，闻言不满道：“在座的不乏诸洲之主，玄宰既要说明当年之事，我等也应有知晓之权。”

应则唯轻轻摇头，道：“此事由龙主召集众人诘问于我，又由剑雄亲临道生天，自然也只能告知他二人，请诸位将面子允我。”

众人顾及他之身份，一时间也无人再有异议。

于是应则唯微微颔首，除留下龙主的神识虚影，其余的全部拂去。

南颜也觉得眼前一黑，睁眼时，神识已回到龙庭大殿。

此时四下的化神修士议论声也传来。

“……能如此轻描淡写地拂退我们所有人的神识，他修为又精进了。”

“天人五衰，究竟是什么境界？”

殿内喧扰了片刻后，只见敖广寒突然站起，脸色极其难看。

有人问道：“龙主，究竟真相如何？”

殿外骤然滚雷声起，昭示化神大修士怒火难抑，但最终，敖广寒仍是保持了冷静。

“诸位道友，此事本座已知晓个中详情，今日到此为止，他日若有机缘，自当昭告天下。”

众人不满，但也晓得其中水深，不是他们这些下洲修士所能参与，纷纷面带异色地告退。

很快，殿内便空荡荡的，不多时，一道虚空裂缝绽出，内中孟霄楼走出，他一来，目光便锁定坐在一侧沉默不语的南颜。

“她就是……”

“我先说好。”敖广寒面色阴沉，道，“老贼的那些旧事，你敢在孩子面前提半个字，休怪我让你客死异乡！”

“好。”那孟霄楼看上去也不是什么善茬，但此刻却没有反驳，似是有些犹豫，但最终仍是走近两步，对南颜道，“你叫什么名字？”

南颜低着头，把假面摘下后，抬起头道：“我随我娘姓，单名一个颜字。”

“南颜……难言，难怪要取这个名字。”孟霄楼目露茫然，他不需要什么印证，便晓得这一定是南娆的女儿。

刚刚那一幕，南颜知道面前这人待她娘至真至诚，躬身行礼道：“前辈，我娘她到底是谁杀的？”

孟霄楼也同样面露难色，应则唯说，他算到南娆可能与魔头交换了什么，又诞有一女，个中详情不言而喻。而其之后在凡洲多年，不向任何人求助，想来也是不愿把女儿的身份昭告天下。

他说，斯人已逝，难道还要她死后受万众非议？

句句诛心，左右孟霄楼是不想的，思量再三，道：“……此事我们自会负责查实，你……罢了，再过两日只怕便有人要传扬出你的身世，你现在、你现在需要一个父亲，明日你随我回未洲如何？”

那边敖广寒正心中暴躁，乍闻孟霄楼要强行认女儿，当即拍案而起。

“等等，孟霄楼，你什么意思？我辰洲还能亏待一个孩子？”

孟霄楼不甘示弱道：“你龙都人多眼杂，且本就和寅洲有怨，还不如未洲清净些。”

这两人之间顿时一片火花带闪电，南颜从混乱的心绪里恢复，就开始悄悄往后挪，不敢吱声。

敖广寒冷笑：“你那破地方冰天雪地没个人烟，有什么好待的，这孩子我自会负责养大，你没事快滚吧。”

南颜心想，我已经长大了，膘肥体壮的呢。

孟霄楼怒道：“我不信你会善待娆娘的后人，若不是因为你这么霸道，娆娘怎么会谁都不愿求助，而是独力承担那些事！”

敖广寒：“你当年强行拽她私奔就很好看？”

孟霄楼：“至少娆娘是自愿跟我走！”

敖广寒：“我跟她吵了几百年的架，她能定下心来跟人避世隐居？你怕是活在梦里。”

“吵了几百年架还不放过她的后人？这孩子好不容易找到上洲来，难道继续忍受你的驴脾气？”

孟霄楼扭头看向南颜，面色一缓，问道：“孩子，你是什么灵根？”

南颜：“……五灵根。”

敖广寒盯着南颜不知经过了什么心理斗争，忽然自觉胜过孟霄楼一筹，道：“我有风雷冰磁四种变异灵根，南娆是单火灵根，加起来的话……”

孟霄楼道：“我真是忍不了你了，你家那帝子才到辰洲的时候，你就一度因为他是单火灵根以为他是娆娘的后人，要不是族老拦着现在他都该改姓了。”

“血凰钗化灵带他来辰洲就是辰洲的人，他本来就该改姓！”

“呵，果然聘礼还是送回来了。”

“有意思，说得好像你的劳什子剑鞘没到未洲似的。”

南颜：“……”

吵到这儿，他们这才堪堪察觉到南颜诡异的目光。

南颜一时消化不了这个中周折，一脸惊怕道：“我娘她，当年是辜负了很多人吗？”

敖广寒和孟霄楼互瞪一眼，神识里警告——

“你在小孩子面前说什么呢？”

“明明是你先提的……”

沉默了许久，敖广寒先开口道：“不提了，让你来旁听，本是想为了当面对质，那人既有所筹算，自然以你的安危为重。至于南娆……你知不知道你娘有一颗特别的心？”

南颜肃容道：“我听舅舅说过，是赤帝当年斩杀真凤取得一颗凤凰心，炼制成的一颗妖心，能使我娘元神重生。”

“太古真凤并非本界之物，境界近乎妖族神灵，赤帝与之一战，杀神取心震动天下。后来又以真凤之血注入本界的一枚凤妖卵中，为南娆养出一只伴生凤凰。这只凤凰与南娆一同长大，对赤帝妖心的气息极其敏感。”敖广寒沉声道，“我曾多次向赤帝瑶宫说要借这凤凰，云太妃均不松口。直到南颐回来后，发现那凤凰身上有道生天的玄秘禁制，使得凤凰出不了赤帝瑶宫，我才笃定此事和道生天脱不了关系。”

难怪在赤帝瑶宫时，那凤尊如此有灵性，还几番保护她……想来是知道云太妃与道生天达成了某种共识。

一些碎片般的线索终于串联起来，南颜发现嵇炀同她的每一步分析和猜想都是对的。

“我不知这赤帝妖心的下落，只知道有记忆以来，我娘便有心疾。”南颜按着额心慢慢回忆，“她平日里看上去和常人没有两样，甚至身体要更健朗些。可好几次我中夜惊醒，去找我娘的时候，无论怎么去摇晃她，她都不会醒，直到次日一早才恢复过来，现在想想，我娘那时候就已经失去这颗保命的心了。”

她一个人在凡洲，忍着失心之痛，带着一个孩子，拖命数年而亡。两个男人张了张口，好似想说些什么，但又只觉满腔郁愤，无从说起。

“她生前，可曾同你说过杀她者谁？”

南颜摇摇头，她只记得她娘同她说的最后一句话，就是会永远陪在她身边。

南颜多希望是南娆神通广大，将最后一线生机寄托在她身上，可至今未有任何迹象……或许南娆的意思，仅仅是她曾知交遍天下，会有很多很多人愿意照顾她女儿。

“那事情很明朗了，应则唯与凡洲封印之地的魔头间必有一个真凶。”孟霄楼寒声道，“我未出剑，顾忌的乃是当年的同修之谊，故留他一分余地，若查明当真是他所为，待我处理完吾洲诸事，便会提出战约。”

言罢，孟霄楼又对南颜道：“辰洲情势复杂，那些人手段百出，早晚会查到你身上，不如你随我回未洲。”

南颜低眉道：“前辈的好意晚辈心领了，有舅舅在，我并非无所依靠。”

孟霄楼皱眉道：“南颐连遭巨变，心境崩毁，后续等待他的不知还有什么谋算。我不建议你跟在他身边，但也不强求，我在此等你三日，三日内你都可来寻——”

他话还没说完，南颜骤觉身后一股庞大灵力伴随龙啸轰出，直接把他整个人轰出龙庭大殿。

孟霄楼暴怒的声音从殿外传来：“敖广寒！你竟动用龙庭王鼎镇压我！”

敖广寒：“敝洲兵荒马乱的，三天不用等了，我养不起，快滚吧。”

南颜：“……”

殿外好似又喧哗了一阵才平息下来，南颜低着头冷汗直流，唯恐自己也被扔出去，好一阵，才鼓起勇气抬头看向这位龙主。

敖广寒素来待人没有什么好脸色，现在也不知该用什么表情面对南颜，沉默许久，方低声道：“对不起，没能给你一个交代。”

南颜摇摇头：“这本就不是龙主的责任，能得襄助至此，我已是满怀感激了。”

敖广寒道：“你娘的事……我知你或曾听闻那些风言风语，但外人所述，并不足取信。左右在我看来，她没有辜负任何人，她只是个……没心没肺的好人。”

南颜讶异地看向龙主，他和她娘在一起的岁月，要长于任何人，虽然最后未能相守，但至少曾经相知。

敖广寒斟酌了一下言辞，又补充道：“……所以，你不要因为任何人的污蔑看轻她。”

这是……在为她娘说好话？

南颜心里一暖，顿时觉得龙主一点儿也不像传闻中那么凶横霸道。

“我娘一直待我很好，如果、如果到时候我始终找不到我的生父，那龙主愿意当我的——”

“轰！”

敖广寒听南颜的话头，本以为要有意外之喜，收获一个女儿，忽被殿后传来的轰然巨响打断，耐着性子道：“你刚刚说什么？”

南颜：“说来也不好意思，就是想问龙主若不嫌的话，我愿叫龙主一声——

“娘唉！”

敖广寒：“……”

后殿一股呛人的浓烟传来，好似什么丹炉炸了一般，穆战霆一脸炉灰，扛着一只不停晃动、炉盖通红的丹炉，兴冲冲地来到前殿。

“龙主，我刚刚又拿大日火精炼了一炉丹，炸蒙了三个元婴长老，我觉得可以用到岐天原去，你看叫魔修去死丹怎么样？”

敖广寒：“……”

敖广寒面无表情地对南颜道："你先回嘲雨楼休息一下。"

穆战霆："嗯？"

南颜只觉气氛不妙，心里暗道大哥保重，便火速告退。等出了正殿后，殿里传来一声比刚才凄厉一百倍的惨叫……

辰洲龙主，霸道凶横，名不虚传。

南颜如是想。

次日一早，嘲雨楼外，一列宫娥端着瑞脑香、濯星水等物迤逦上了高楼，在房中两侧站定，轻轻叩问："南姑娘，可出定了？"

南颜昨日去看顾舅舅到天黑，龙庭的药师说南颐需要暂时以秘法温养心境，方不至于被轻易动摇，南颜确定他无恙后才回到嘲雨楼。

这一次她获得了不少情报，也好在她修佛，心境稳固，方不至于被那人以言语诱导，自我疏导一夜后已平和下来。

"请进。"

宫娥们推门而入，开窗的开窗，换灯的换灯，还有一个端着一盆清盈盈的水放在南颜身边让她濯手。

南颜这段时日被伺候得好似一个公主一般，手上常年盘念珠盘出来的一点儿薄茧都伺候没了，一双手白生生软乎乎，堂堂血手观音变成嫩手观音，有时候看着自己都觉得有点儿心虚。

南颜不禁问道："听龙主说，因为岐天原之战，辰洲开支甚大……"

"姑娘多虑了，这嘲雨楼中一应用度不过是寻常待客之礼。龙主说了，姑娘是自家人，就算是御门宝库里的宝物，姑娘若喜欢也可随意挑选。"

南颜连道不敢不敢，任宫娥们伺候罢，有些惭愧道："我一个外人叨扰多日总归不便，请问龙都之中有没有岐天原前线退下来那些……受魔修招式所染的修士？"

魔修的功法对正道修士而言十分难缠，尤其是巳洲鼎鼎大名的炼制尸毒之法，一旦沾上，修为低的修士极有可能尸化，最好的办法就是请佛修来帮忙祛除尸毒。

旁边伺候的宫娥目光微亮："有是有，可姑娘是贵客，会不会太劳烦了？"

其他的宫娥嘴快道："许蕊姐姐的爹就被一支尸毒箭射中了要穴，南姑娘是结丹佛修，若愿纡尊前往，岂不是很好？"

"我可伪装面容，若有能帮得上忙之处，尽管带我前去吧。"

那叫许蕊的宫娥连连道谢，一炷香的时间后，便带着南颜出了嘲雨楼。

龙都极大，除了修士盘踞的所在，还专门圈出一块城池，名为军城，军城里又有三卫，其中的龙狮卫由穆战霆率领。南颜到时，天空中正停驻十余艘行空战船，不断有重伤的修士从战船上被接下来分到各个医署中。

“姑娘，这边。”

许蕊带着南颜来到一处筑基修士疗伤的地方，一踏入这医署中，南颜便嗅到一丝丝尸毒的异味，从一个贴着禁闭符的屋子里，甚至传出修士尸化发狂的撞击声。

许蕊面露恨色：“近来神棺宗参战，我方修士死的虽不多，但伤了的大多沾了尸毒，生不如死。卯洲也派了不少佛修来支援，但中毒容易祛毒难……”

南颜点点头，在空中虚虚一抓，一丝绿黑雾气凝在指尖，她微微使力，那缕雾气便瞬间消失无踪。

果然《七佛造业书》克尽邪魔。

不多时，许蕊用随身的玉符打开一处屋子，里面有一个面色发绿的老者，修为在筑基后期上下，南颜看他露出的手上，指甲开始变黑变长，就知道他已开始尸化。

“姑娘，这就是家父了。”许蕊眼睛一酸，眼泪扑簌簌落下。

“好，我姑且一试。”南颜以前在凡洲时面对过神棺宗的炼尸修士，神识一扫这尸化老者，锁定盘踞在心口处的尸毒，隔空一指点出，指尖绽出一朵金莲，徐徐飘向老者心口。

这朵金莲为佛力所化，但又隐约在莲心有一股血色，一入老者心口，老者便蓦然睁眼，嘶吼起来。

“杀……杀！”

“父亲！”

许蕊惊叫的同时，南颜一心二用，左手挥出一道佛文枷锁，困束住这老者，不一会儿，老者周身传出一股烧焦的味道。

许蕊虽然惊慌，但也看得出她父亲身上的尸气正在飞速减少，待最后一缕尸气被烧出，老者长出来的那绿黑指甲登时干裂脱落，面色也转为正常人的脸色。

南颜见手段奏效，道：“尸气已祛除，再服些丹药养上数月就好了。”

许蕊连连道谢间，忽然背后大开的房门外，有一个女声惊喜道：“许道友是被一个结丹炼尸修士所伤，原以为只有元婴佛修才能救他一命，这位前辈好厉害！”

南颜一回头便愣了，说话的不是别人，正是昔日在凡洲为同宗，后来又一同乘鲸舟来到上洲的孟盈。

孟盈来到上洲后，同褚京一起买通了一个战场的主簿，成了辰洲阵营的修士。但她毕竟修为低微，只有筑基初期，纵然诸多小心，也数次险些落在魔修手中。

直到某一次，孟盈见机在战场上冒险救了一个中了尸毒的龙狮卫结丹修士，便丢下已然无用的褚京搭上回龙都的战舟。

那龙狮卫的结丹修士因中尸毒，外人不敢近身，一路上只有孟盈悉心照料，抵达龙都前，就因这患难之情对孟盈百般痴迷。

“……虽说那些大师们都夜以继日地施救了，但毕竟僧多粥少，岐天原参战的辰洲修士足有七十余万，每日都有一两万身中尸毒。不过好在辰洲战备充足，每日只有一些重伤者才会被运回龙都。”

孟盈一边带着南颜在医署中依次换着地方施救，一边仔细观察南颜。

她记性极佳，看着南颜出手施救时总觉得有些眼熟，待她需要同时净化多人而不得不放出随身的佛珠时，这才恍然。

南颜在医署晃悠了两个时辰，从一开始一对一治疗到后来索性让中尸毒不重的修士都出来一起治疗，很是吸引了一把医署里药师们的注意。药师中也有固执的，认为她这样直接燃烧尸毒的法子过激，不过好在孟盈嘴甜乖巧，主动替她挡下几番质疑。

待差不多为三百余人驱散尸毒后，南颜体内的灵力也耗得差不多了，走到医署外休息时，孟盈终于忍不住问道：“请问可是真圆道……前辈？”

南颜本也没打算瞒她，道：“孟道友，好久不见。”

孟盈其实也有点儿尴尬：“鲸舟一别，没想到前辈已成功结丹了。只是不知前辈为何以这番面貌在龙都行走？”

南颜慎思了一下，道：“因为得罪了人。”

孟盈还记得这女尼世所罕有的美貌，便觉得她也是因此招到一些惹不起的狂蜂浪蝶，这才掩面行事。真是令人羡慕的烦恼，若是她有这般美貌，何必在此为前程犯愁？

南颜见她神色数变，又微微叹气，便问道：“孟道友为何愁眉不展？”

“让前辈见笑了，我们下了鲸舟后便去了辰巳战场，不到三个月褚师兄就在一次战役中受伤，好在遇见了他亥洲本家的族人，便把他带走了。我一个人无依无靠，机缘巧合下遇到了龙狮卫的秦昊前辈，此次回龙都，秦昊前辈想娶我做道侣。”

南颜还记得嵇炀以前偶尔会夸孟盈，说这姑娘是个在哪儿都能往上爬的励志修士，想到在辰洲能进龙狮卫的修士出身都应不差，便道：“这不是好事？”

孟盈苦笑着摇摇头道：“哪有这般容易，秦昊前辈的家族在龙都大小也算是个名门，怎容他娶一个凡洲出身的散修做道侣？他族人今日才找我谈过，只能让他娶我做侍妾，若我要求再多的，别怪他们不念我对他的救命之恩。”

南颜：“那秦昊本人如何说呢？”

孟盈佯叹道：“他能如何，男人都一样，还能忤逆家族的意思不成？说只让我做三五年侍妾，到时有了子嗣，他自会扶我做道侣。真圆前辈，您是佛修，能不能开导开导我，这世上为何有人天生就拥有一切，又为何有人要从蝼蚁做起，汲汲营营半生，仍要受人白眼？就像前辈您，天生就有这样令人羡慕的美貌，虽然遁入空门，但若有朝一日愿还俗，仍有万千裙下之臣愿俯首称臣，而我……”

“我不是生来就有这副皮相的。”南颜轻捻着佛珠，道，“我幼时生得丑陋，时常因体态相貌受欺凌毒打。”

孟盈面上认真听着，但心里却撇撇嘴并不认同，只觉她是刻意为开导自己而编的故事。

南颜语速不快，低眉垂眸，宛如在说别人的事：“我生母是对我护得很紧，只要我受了委屈，她必会为我讨回来，可慢慢懂事了之后，我才知道我娘有心疾，所以后来就算挨了再重的打，回家后也装作今日过得很开心……人的出身的确有不同，但那并非主因，主因是你遇到的人。”

或许是她说话的语气过于诚恳，孟盈虽别有目的，但也忍不住问道：“前辈遇到的就没有坏人吗？”

“是，这一点我或许比你强得多。”南颜回忆起过去，眸光渐渐温柔起来，“我生在一个很好的母亲怀里，长在一些很好的兄长身边，在我确定我将来要长成什么样的人之前，我遇到的这些人就决定了我不会走上歧途。”

当然，大多数时候单单拱卫世道就已经很难了，能否度人还是两说。

孟盈摇头道：“我还是不相信，出身贫贱丑陋的怎能和枝头凤凰相提并论，就好比我以前的宗门里有个小师妹……”

南颜小时候的存在感实在很强，孟盈想忘都难，不过她只说了一半就打住话头。

南颜：“孟道友怎么不说了？”

孟盈道：“前辈见谅，我那小师妹在秘境夭折，仙途极短，我怕有鬼神扰我，不敢妄议死者生前之事。”

南颜：“哦，那倒是遗憾了。”

孟盈又连忙道：“不过我那小师妹，有个大福缘的兄长，现在在龙都位居高位。我在龙都徘徊了一个月，就是想设法见到他，若能承他庇佑得个闲职，也好在龙都站稳脚跟。”

南颜顺着她的话想了一圈儿，她小师妹的兄长，在龙都位居高位的，那不就是……大哥？

南颜道：“你说的那人，可是帝子穆战霆？”

孟盈脸上微微一红，点头道：“正是。”

南颜不禁回忆起这姑娘当年在仰月宗撩汉成群，后来又果断借褚京搭上上洲的成神之路，想来这回又想借这份故识的情分继续往上爬。

但是南颜又想了想她大哥那份春蚕到死何时了的文墨情怀，心里念了声阿弥陀佛，道："他昨夜受了点儿伤，贫尼本也想去看看他，倒是能为你引荐，就是不知道孟道友你……诗书怎么样？"

孟盈："……诗书？"

南颜："没错，他如今学富五车，特别喜欢和文人墨客切磋诗词。"

孟盈一听，双眼便是一亮，立即记到心里的小本本上，连忙表态道："我在俗家时也曾受大儒指点，会写两句小诗。"

南颜顿时心生怜悯："啊，嗯……我的意思其实只是想让你注意点儿……"

说话间，远处一阵喧哗传来，一个元婴修士面带喜色飞到医署，招来了管事的药师。

"听说有位大师对驱散尸毒有奇法？我龙宣卫正有四名元婴也中了尸毒，快调来！"

南颜此刻灵力告罄，和孟盈走到医署外闲聊，也听见那元婴修士大声寻她，一边拿出两块中品灵石握在手里恢复灵力，一边问孟盈道："我来时没同任何人说就施治了，是不是得去备个案？"

孟盈道："辰洲前线有四卫，龙鱼卫都是炼气修士，龙蛇卫都是筑基修士，龙狮卫是结丹修士，而龙宣卫是最高等级的元婴修士。他们人数最少，却是战场的主力，卯洲派来的大师只要是结丹以上的都被分配到龙宣卫协助了。"

元婴修士作用极大，的确需要占更多的资源，南颜也不是不能理解，可很快便听见那元婴修士又开始指责。

"你们也该自觉些，又不是没有给你们分筑基期的佛修诊疗驱邪，结丹期的佛修应先引到龙宣卫去才是。"说完，那元婴修士看了一眼医署里身上还残留着佛光的筑基修士，不满道，"筑基修士而已，随便治治就算了，让我们枯等这么久。"

南颜听了觉得不妥，因为元婴期在修界中是一个极大的分水岭，只要到了元婴期，灵气渐向元气转化，就算是被杀，元婴也可逃遁独活，法宝难阻，到时候修复肉身或通过正途求得一个自然死亡的新肉身，都可成活，区区尸毒只不过会让元婴修士难受些，实在没有性命之危。

哪怕是结丹修士，面对尸毒存活率都很高，真正有性命之危的，只有下阶的那些炼气与筑基的修士。

孟盈人在龙蛇卫，低声不满道："前线给龙宣卫的资源是足够的，何况这是在龙都，又不需要他们出战……"

那龙宣卫的元婴修士听那医署的药师连连解释，神识一扫便发现了门口树下的南颜，随后走过去对南颜道：“你是卯洲的佛修？”

南颜点头：“没错。”

元婴修士道：“此地尸臭难闻，我师弟被尸毒伤了指头，痛楚难当，你就跟我走吧。”

他说完就转身打算离开，可走了两步发现南颜没有动，皱眉道：“你愣着做什么？”

南颜垂眸道：“此地还有其他医署的修士待贫尼为之祛毒，前辈可留个地址，晚辈稍后便往拜访。”

元婴修士眉毛一挑，道：“龙宣卫给佛修的诊金可比这些下阶修士高了不知多少！”

“外物终有数，功德自无量，望前辈谅解。”南颜说完，转身朝另一处医署走去。

“区区结丹，敢无视我？！”

孟盈紧张地看着这一幕，见那元婴修士着恼，一掌向南颜后背拍来，眼尾扫见远处一些龙狮卫的修士正朝这边赶，一咬牙心道赌了，就合身朝南颜扑上去。

“真圆前辈小心！”

电光石火间，南颜头上一支骨笄发出蒙蒙白光，连孟盈一起笼罩住，那元婴一掌落在白光上，白光竟岿然不动。

元婴修士愕然，这一掌他虽只用了两成力，但绝对能重创一个结丹修士，没想到她身上竟还带着这样的法宝，惊疑间，身后一道灼灼烈焰朝他袭来。

“玄严老儿！你敢抢龙狮卫的人！”

元婴修士回身一挡，岂料这火能奇异，落而不散，迅速烧穿护身灵气落到他法衣上，逼得他不得不脱去外衣，免得烧到肉身。

来者不是别人，正是穆战霆，他此刻额上打着绷带，但仍精神饱满，带着一群面色不善的龙狮卫修士气势汹汹地冲过来：“又是你！天天抢灵石抢灵药，现在连和尚都不放过！有本事你拿着龙宣卫的账本咱们去龙主面前‘一争雌雄’！”

那玄严真人冷哼道：“战事在即，老夫只不过是为了大局，要求合理调配而已。罢了，既然帝子为了区区下阶修士向元婴修士动手，老夫也不好再说什么，今日之事老夫自会报与众龙宣卫道友！”

他说完，竟也不纠缠，直接拂袖而去。

旁边的龙狮卫道：“帝子不该与他争这些，他是特地来寻衅，让你山海禁决结婴后难以接手龙宣卫。”

“那都是数年之后的事了，先不管他，都散了吧。”

穆战霆本是听说有人来他龙狮卫找事，立马从病榻上跳起来往这边赶，没想到被找事的是南颜，走过去正想问她怎么回事，忽见她扶着一个脸色煞白的女修。

那女修见了他，泫然欲泣道：“穆师兄……”

穆战霆听到这个称呼，整个人一震，往死里回忆了一下无果，用神识问南颜道：“谁？”

南颜提醒道：“就是以前在仰月宗，住我附近的那个孟盈姐姐，咱们一起过山门的。”

穆战霆恍然道：“原来是你，你怎会在辰洲？”

孟盈见昔日的同宗弃徒已长成个英挺的青年，顿时心中激越，道：“我为辰巳之战而来，没想到能遇到穆师兄。”

南颜虽然是个和尚，但以前也是饱览群书，闻弦歌而知雅意道：“孟道友刚刚为我挡了一掌，想来被余波震伤了，你看……”

穆战霆特别洒脱地摆摆手道：“你是不是傻，你再硬能比佛修硬？下次再遇上了你就让她扛，死不了的。”

南颜心想：你等着，贫尼非削你不可。

南颜感到一阵窒息，灵力恢复了小半后，面无表情地说还要去为其他中了尸毒的修士驱毒，便扔下穆战霆离开了。

孟盈一阵欣喜，自觉要把握机会，虽然他们俩之前没什么交集，但她巧舌机辩，搜肠刮肚地回忆起了过去。

“……说来也不好意思，当年年少无知，连喜欢上的人也没能表白心意，以至于后来分开了，只能后悔莫及。”孟盈羞涩道。

穆战霆被拉着叙了好久的旧，一路都只能点头，道：“这也没什么，小时候谁看得准将来是人是鬼，也许那人长大了就‘丑态毕露’了呢？”

孟盈目光满溢着一汪水，用一种练习了多年的温婉声调问道：“你觉得你丑吗？”

穆战霆：“胡说！老子才貌双全！”

孟盈：“……”

玄严道人从医署离开后并没有回到龙宣卫，而是兜兜转转来到了龙都中一处豪奢的洞府里。

“真人辛苦了，请。”

一个俏丽的女修迎上来，玄严真人一把把那女修搂在怀里调笑了片刻，指着旁边柱子上散发着沁人香味的灯，道："怎么连鲛油灯都点上了，秦道友今天有贵客?

女修娇笑道："是位外洲来的客人，要谈些丹石上的事。"

玄严道人听了心里暗暗揣测，辰洲是宗族制度最重的地方，如今虽无人敢违背敖氏的统治，但因龙主本人无血脉，穆战霆的存在就引起了诸多氏族的不满，秦家就是其中一个。

他同这龙都的秦家颇有深交，数度在四卫中寻衅挑拨穆战霆与龙都中元婴修士的关系，也是受秦家与其他一些氏族门庭的暗示。

这洞府是秦家的家主会见一些不方便见光的客人的秘地，里面驯养了不少炉鼎，玄严道人也是其中的常客。

与那女修说笑着转过一处回廊，便到了一处秘殿。

秘殿正中央有一个香池，池中三四名美人衣衫轻薄地浸在其中，眼媚得宛如妖物一般望着不远处酒案边闲坐的年轻外客。

主位上斜躺着的一个体态臃肿的肥胖老者道："……隐小友当真不像个年轻人，老夫这洞府里的美人美酒不说天下无双，也是世间少见，小友来了只谈生意，看都不看老夫的美人一眼，未免太不近人情。巳洲那桩生意你助我秦家尤多，这洞府里的美人只要你看得上的，尽管开口便是。"

年轻的客人闻言，轻声慢语地婉拒道："人说，美酒伤身尤可救，美人伤心无药医。前辈的美酒甘醇，舍身一醉无妨，可美人却是万不敢消受的。"

秦家族长膝头背后环绕着的貌美侍妾，闻言都幽怨地看向那年轻客人。

秦家族长笑道："你是被美人伤过心吗？"

木制机关的手指轻轻叩在酒盏边，他好似想到什么有趣之事，笑了笑，轻声慢语道："第一次被人挖走心时，只觉满腔恨怒，可后来多年过去，第二次被人取了心时，反而只会惦念了。"

玄严道人踏入洞府中，仔细观察那人，看不出个所以然，便问道："秦兄，这位是……"

"玄严且坐，老夫来为你引荐引荐……这位是天邪道副宗主的高徒，日前那神棺宗进入战场前，让我等未雨绸缪在龙庭大出风头的就是他。"

玄严道人虽然是龙宣卫，但这种场合本就十分暧昧，闻言道："哦？竟看不出这位小友是祸无极前辈的高徒，不知来龙都是做什么的？"

秦家族长抢着代他道："小友是代表祸无极前辈来，玄严兄可能不晓得，祸无极前辈出封妖大阵前，本来看中了一团大日火精，没想到却被那姓穆的小子夺走，若不是这位高徒机敏，恐怕那穆小子已带着火精所产的煅铁回到龙都，以后再无人可撼动他的地位！”

提到熼铁，玄严道人微微色变：“难怪，我今日受那穆小子一击，便觉得那火焰十分古怪，原来竟是大日火精这种稀世珍宝！那若等到他结婴成功，岂非可凌驾于诸元婴同道之上？”

秦家族长闻言，推开膝上的美人，面色阴沉下来：“不过是个来历不明的凡洲修士，龙主未免过于偏心！”

嵇炀摩挲着酒盏边缘，抬眸见两个元婴修士愤愤不平，道：“纵然是帝子，如今也不过是个结丹修士，本来家师与他素有仇怨，二位前辈若能狠下心来，我这儿倒是有个计策。”

秦家族长有些意动，但也不敢表露出来，道：“这……不太好吧，我们两洲毗邻，本就有所摩擦，若让龙主查到我秦家与谋害帝子有关……”

“怕什么！”玄严道人道，“那帝子才结丹就如此嚣张，不将我们元婴长辈放在眼里，待他成婴后，岂不是更没有我们的活路？为了辰洲将来不落外人之手，我看就当断则断，隐小友有什么妙策，只管说来！”

嵇炀微微垂眸，道：“此事……涉及巳洲一项秘密大计，还请二位前辈发下心魔誓言。”

两个元婴修士心中一动，到他们这种地步，多知道些总不会错，便痛快发誓，催促他快些透露。

“巳洲近来发现一处鬼城，据说是森罗祖师开辟巳洲时所留下的战场，战场中有化神修士的残魂无数，巳洲曾有一个元婴修士误入其中，出来时，竟可借道化神。”说到这儿，嵇炀便听到那两个元婴的呼吸瞬间就粗重起来，他继续道，“家师祸无极亲自进入那鬼城后，便说这是一处前所未有的机缘之地，暗中召集巳洲各大宗门的元婴修士，约于某日一齐进入其中借道化神。诸洲的帝子都是天纵奇才，虽然不一定要借道化神，但穆战霆地位薄弱，想巩固地位就不会放过这份战功……到时二位前辈可操手一番，说那秘境是给结丹修士用的，以他的性子必会孤军深入。”

待一入其中，他就会发现，里面全都是元婴期的魔修！

玄严越想越觉得可行，道：“左右是他主动进入那秘境，龙主就算查也查不到我们头上！隐小友，便这么做！”

嵇炀起身取出一只偃甲鸟，道：“好，鬼城出现之地离岐天原不远，到时以此偃甲鸟为信，我会为前辈指明方向。”

他说完，便托词另有他事离开了。

秦家族长目送嵇炀离去，冷笑道：“区区心魔誓，也想困束元婴修士，笑话。”

“他说的若是真的，那这可是大机缘！”玄严捋着胡须，目光闪烁道，“我等可暗中统治在巳洲的钉子，甚至我们可伪装成魔修偷偷潜入，掠取那上古化神修士的残魂！”

秦家族长也颇为心动，道：“我的寿元还有一百八十年就尽了，若能博得一个化神，哪怕是借道化神，也能再活五百年！玄严道友，此事不可外传！”

玄严道人连忙保证，计定之后，匆匆离开秦家的秘密洞府，火速飞回了自己在龙宣卫的洞府。

他一回到洞府，面色便严肃起来，进入一处密室，手一扬，催动一块卦盘，正襟危坐道：“辰洲暗子，请见本宗道天上师。”

卦盘里浮出一个模糊身影，声音也同样模糊：“玄严，辰洲出了什么变故？”

“回禀上师，辰洲近来仍是没有发现养魂池，倒是巳洲的养魂池有了消息，据说有人在巳洲发现一处鬼城，里面有大量化神修士残魂，疑似……养魂池！”

里面所谓道天上师的身影微微颤抖，道：“若当真，至此天下九座养魂池，已现其五，只要一一夺下狱主帝冠，吾道生天千年大计即成矣！诸位同修，是时候出关备战了！”

卦盘颤抖间，九把椅子浮现在虚空中，一道道恐怖的气息渗出，连玄严元婴中期的修为，都不禁跪伏在地，任浑身冷汗横流。

里面传出数道威严声音——

“子洲魂河天瀑——溟泉川！本宗坐镇！”

“未洲天鞘鬼渊——下泉川！本座前往掠下！”

“山海禁决之酆泉川，老夫负责！”

“封妖大阵的寒泉川，老夫率领门人讨伐之！”

一道道声音代表这个修界最神秘最强悍的力量，每一个都不下于一洲之主。但就是这样强大的存在，却同时收声，静待着什么。

许久之后，有一个优雅而淡漠的声音道——

“稍晚些，凡洲秽谷，黄泉川……我亲自来。”

“……传闻中啊，那地狱有九重，酆泉狱主为狱君，统摄另外八座地狱，分别是衙、黄、寒、阴、幽、下、苦、溟，九座地狱司掌天下所有魂灵的归处。

“有一天，这八狱的狱主不满狱君的统治，想联合起来杀掉狱君，从此自己做主。

“但各狱狱主都厉害得紧，谁都不服谁，其中的黄泉狱主就恼了，提起一口杀神屠魔的十丈大刀挨个儿地屠其他的地狱，等到全屠完了，那八狱就都归他管了，于是他又拖着那十丈大刀杀上了狱君的宫殿，那狱君正搂着他的王妃……嘿嘿。”

台下听说书的修士不满地朝台上砸瓜子壳儿：“老子点的灵茶都凉了两回了，你倒是说呀，那十丈大刀有没有把狱君劈成两截儿呀？”

“不，我就想听狱君和他的王妃在干吗呢！”

说书人笑道：“那就请客官再给两个灵石的茶水钱，晚辈说得正渴呢……”

道旁的茶馆里正说着荒诞不经的冥府传说，嵇炀的步子也只是稍慢了几步，便一笑置之。

此时天色已晚，龙都的繁华这才显出它应有的靡丽之态。

今日他这步棋要告一段落了，只等着那些循着鱼饵而来的肥鱼上钩，对方的行动就会陷入他的步调中。

道生天心心念念想夺取的那处幽泉川……会不会是那位玄宰的折戟之地呢？

他应该是愉快的，但总觉得缺了点儿什么。

嵇炀信步走上街头，恰好今夜是个满月，此刻街上人群熙攘，灯笼在龙都上方如星子般浮浮沉沉，直到周围的行人渐渐都变成了成双成对的男男女女，他方才了然到底身边缺了什么。

缺了个，不解风情的女尼。

好似在回应他的期待，在一处灯火喧嚣处，一群年轻的、模样俊朗的男人里，有一个拿着一包灵桂糕的佛女，面对旁人的殷勤吹捧十分无措，只能吃得腮帮子鼓囊囊的试图蒙混过去。

“若不是佛友倾力相助，我这条胳膊怕是保不住了，这龙都里好吃好玩的，只要佛友想，我都可以给佛友弄来。”

“真圆道友有没有还俗的意思呀，我修年四十载，既无道侣也无侍妾，能不能考虑考虑？”

“凭着道友和帝子的关系，不然索性就随我龙狮卫出征吧，我学阵修的，哪儿都不去，就留在你身边保护你。”

辰洲的繁华也滋养了不少放达恣意的修士，只要喜欢就会说出来。

南颜从白天忙到黑夜，基本上把所有受重创的修士都救过来了，灵力彻底被榨干，其中龙狮卫的修士总听穆战霆喊她妹妹，一时间对她兴趣暴涨，有些才恢复好的修士就非要拉她出来夜游龙都佳节。

其实这种场合对一个尼姑来说简直是炼狱，南颜不禁开始想念长袖善舞的孟盈，便问道：“我午后忙着没顾上，不知孟盈道友去了哪里呢？”

“哦你说她呀，她听说帝子喜欢诗词歌赋，不自量力抱了一本诗词去请教。”

南颜：“然后呢？”

“跟帝子待了足足三个时辰，等到帝子被龙主叫走后，孟道友整个人都形销骨立了，我们去问的时候，她说，以后别叫她道友，叫她文盲。”

真是可怜。

旁边有位年轻的结丹修士蒙南颜所救，保住一条腿，此刻灯火里越看她越觉得是观音菩萨下凡，搓了搓手，购来一盏天灯，道：“真圆道友，你能不能帮我点燃这盏灵火？”

南颜不明所以，只想赶紧逛完了事，便帮他点燃了灯里的火。

那修士放飞天灯，看着它飘上了夜空，满怀深情道：“在我们辰洲，有一个传说，两个人若是一起放天灯，就能长长久久……”

南颜盯着那灯，忽然啊了一声。

那修士一抬头，只见一阵阴风刮过，放飞的天灯登时灭了一大片，尤其是他那盏灯，打了个旋儿直接落到一侧的水池里慢慢沉了底。

随后，一个凉凉的声音从他们旁边的琉璃灯架后传来——

“在我们子洲，也有一个传说，天灯放上去不到一刻钟就灭了的，从此老死不相往来。”

“这位是……”

嵇炀仍旧是那副带着笑意的模样，但南颜总觉得背后凉飕飕的，斟酌了一下，答道：“见笑了，这是我家里人。”

嵇炀从善如流：“我是她家眷。”

南颜：“……”

龙狮卫的修士们也察觉了他们之间诡异的气氛，尚未来得及细问，忽然龙庭方向传来一声钟响，他们便纷纷面色一变。

“真圆道友，战钟敲响，我们需回军城备战了，来日再会。”

“再会。”

看他们匆匆离开，南颜不禁慨叹道：“战事未歇，龙主这般日理万机，还要抽时间顾我娘的事，总觉得有愧。”

“战事不会太久了。”嵇炀道。

南颜道：“你怎么知道？”

嵇炀避而不答，只道：“你可知辰巳两洲之战是如何开始的？”

南颜回忆了一下，她知道在穆战霆之前，辰洲曾有一任帝子，据说是下一任帝君的有力竞争者，但被巳洲魔修偷袭杀害，惹得龙主大怒，故而两洲开战。

拣她知道的说了说，嵇炀又补充道：“两洲素有旧怨，但明面上还是会维系和平，巳洲不承认前辰洲帝子是他们所派的魔修斩杀，曾派人去辰洲解释此事，使团入辰洲同时，数只归属于辰洲的鲸舟被同时偷袭劫掠，死者上万，同样是魔修所为，战事由此掀起。”

南颜想起他们来上洲时在海上遇上的那些魔修，回忆了一下，皱眉道：“你既然提出来，是不是想说这背后有人暗中挑起了这场大战？”

“木已成舟，有些事的来由无须深究，何况，你焉知龙主没有吞并巳洲之心？”

南颜一路走来也看到了，魔修虽凶，但辰洲实在太过强盛，甚至下洲的一些家族均称辰洲为“帝族”。这场战争到最后两洲拼起底蕴来，胜者一定是辰洲。

南颜固然希望战争快些结束，但也无意参与到长辈们的考量中去。

闲谈间，已行至嘲雨楼附近，远远正好看到一驾蛟马车凌空飞至，一位面色冷肃的老者从车上走出，便要往嘲雨楼里走。

“五长老！”嘲雨楼中一个结丹的管事立马迎上前，卑躬屈膝道，“此楼被龙主下了禁令！请大长老稍等，晚辈这便请示龙主。”

这老者和常人生得不同，双眼同敖广寒一样都是竖瞳，不同的是眼睛两边布满青色的鳞片，看起来颇为狰狞，浑身散发着元婴后期的气息。

“不必了，岐天原又有三名化神入了战场，龙主忙着调配战事，老夫忝为龙主的族叔，此来是为了那所谓的私生子！”

管事惶急道：“五长老此言从何而来？”

五长老冷哼道：“老夫已接到密报，帝子带回一名外洲的散修，只是长得有些许像南芳主而已，便说是她的血脉，简直笑话！南芳主好端端地在寅洲闭死关，谁知是不是外洲派来的骗子欲蒙骗于吾辰洲，老夫来此是为了揭穿此人身份！”

他言辞咄咄，引来无数修士侧目。南颜一听，步子一顿，便被嵇炀拉到一侧暗处。

“开始了。”

“什么开始了？”

“诸洲的老狐狸们只盼着赤帝的血脉死绝，好不容易舅舅落到如此境地，又岂能容你？”

南颜点头道：“那天龙庭大殿上也有不少化神修士注意到我了，我想他们多少也会有点儿行动……另外，那是我舅舅。”

嵇炀道：“没错，舅舅此时不宜出面，此人在嘲雨楼门前说出此事，乃是为了趁龙主无暇顾及，联合辰洲内部对战霆不满的势力，先污蔑你的身份，然后带上穆战霆一起，把你们统统处置了。”

南颜道：“那应该怎么办？”

嵇炀道："无妨，早有预料，我们且喝杯茶等着，会有人替你处理此事的。"

他说完，就把南颜拉到附近一处茶舍里，南颜正满面迷茫时，那大长老已经想往嘲雨楼里闯。

"吾辰洲屹立千年，岂能为区区一个骗子所辱！请龙都的同道在此做个见证！今日就把这冒充南芳主的骗子抓——"

"你……你怎能这般说？"

忽然看见一个姝丽绝世的佳人从嘲雨楼中走出，步态娇娆，神情里带着一股自然而然的媚意，看呆了围观的众人。

"我……我昔年在寅洲参加过一次道法会，这女修和南芳主好生相像！"

"难怪这两日嘲雨楼遮遮掩掩，原来如此！"

"这等美貌，我信了！"

茶馆里也有其他修士用神识密切关注，一群赞叹中，唯独南颜拍案而起。

"骗子啊！！"

能把她的脸伪装得这么像又这么浪的，除殷琊不做他想！

周围修士斜眼扫了她一下，窃窃私语道——

"唉，女人家就是醋性重。"

"不过也能理解，若我是女人，也担心自家的道侣被这美人勾了去。"

"看她模样，还是个佛修呢，真是人心不古……"

南颜只能坐下来，抓着嵇炀的手臂，肃容问道："你背着我让二哥装成我的样子干吗？"

嵇炀看着嘲雨楼的方向道："还是很像的，不过还是阿颜本尊更讨人喜欢些……"

南颜："请回答贫尼的问题。"

"日前分开后同他说了说此事，唯恐你拉不下脸博得世人同情，没想到他说帮忙处理，竟亲自去了。"嵇炀说完，轻轻摇头道，"不妥。"

南颜："什么不妥？"

"衣着不妥。"

南颜看到他穿着的是一条杏色低胸的襦裙，整个人又清媚又可怜，周围甚至有男修士直接飞上高空咽着口水盯着看。

虽然看的不是自己，但南颜还是黑了脸："二哥怕是六根又不清净了。"

而嘲雨楼那头，龙都的五长老觉得事态有点儿不对，连他自己都觉得这女子实在过于惊艳，本来问责的话也显得有些站不住脚。

"……你来我龙都究竟有何目的？！"

那美人弱不禁风地扶住门栏，怯生生道："小女在寅洲一向安分度日，那日你们龙都的修士说什么要查明身世，非要把我带到龙都来，现在又说我是骗子……我不要在这儿待着了，我回寺庙里剃度好了……"

那五长老只觉后背被无数男人用眼刀刺伤，抛出一张卷轴，沉声道："这是寅洲云太妃的手书，说近来寅洲有一个欺世盗名的骗子冒充南芳主的血脉四处行骗，老夫特地带了破幻刀来，你若问心无愧，让老夫在你脸上一试！"

破幻刀，顾名思义就是破除各种幻象假面的一种法宝，殷琊的幻术虽厉害，但只要碰上破幻刀，就定会显露痕迹。

可殷琊来之前也是进修过的，当即神色一变，泫然欲泣道："这么长的刀……你、你别过来。"

五长老觉得不能拖，举着只有指头般长的破幻刀向她逼去："少在那里装模作样，你要是不想吃苦头，现在就供出同党！"

后者拼命摇头，软倒在地上不停后退，哭诉道——

"我娘要是还在的话，一定不会让别人这么欺负我……"

辰洲素来自诩大洲，哪能真让人当众这般做，立即有数道同样元婴期的气息飞速拦来。

"五长老！过分了！"

"吾等虽不知其中情况，但龙主不在，逼迫一弱女子，未免有失吾洲气度！"

打头的那元婴修士身法极快，已经挡在殷琊面前，目光爱怜地看了她一眼，又转而对五长老怒道："女儿家的颜面何其重要，五长老要我辰洲在他洲修士面前丢脸吗？"

那五长老今日之前只听说嘲雨楼里的这所谓南芳主后人木呆呆的只会吃斋念佛，没想到来了之后发现这是个会装可怜的。

想那南芳主当年艳冠天下，但性情傲慢骄狂，多少人求之不得反被踩了脸，现在有个柔弱无依版的出现，当年那些个只能远观的失败者岂有不疯狂之理。

五长老心想不能再拖，厉声道："别被这女子骗了，没准她就是个凡洲散修为了夺取吾敖氏血统特意找来的妖物——"

"敖章！"

天空中一声炸雷响动，那五长老一听这声音，膝盖就是一软，勉强站稳，抬头只见天上浮灯尽灭，乌云滚动，隐约现出敖广寒的怒容。

"本座差人去找云太妃，她次次称病，你手中的所谓手书是何处来的？！"

五长老虽是敖广寒的族叔，但地位终究不同，只觉脑中雷霆轰动，惊惧中瑟瑟道："是……是刚刚收到的，龙主忙于战事，此等小事，由族老代为证实即可。"

“你只有一次说实话的机会！”

天空闷雷滚动，那五长老冷汗流下间，一道闪电从云层中窜出，直直往那五长老身上劈去，就在那五长老脸色煞白时，他身前虚空处忽然伸出一只手，拍向那闪电。

闪电虽被那手拍散，但那手也吃痛，迅速收回，然后一个中年儒士从虚空裂缝中走出。

“是申洲云家的化神家主！”

那儒士面容肃穆，朝天空上的面孔低头行了一礼，道：“请龙主息怒，我等也不过是心有疑惑，想前来证实而已。”

云层中敖广寒的面上浮现煞气：“本座已说了，到时自会给你们一个交代，龙都中不容奸人暗中行事！”

那儒士瞥了一眼殷琊，好似发现了什么端倪，道：“原本不关吾申洲什么事，但云太妃被驱回本族，作为族长，自是要看看是什么情况。不知是哪里来的欺世盗名之辈，说什么南芳主被杀，以至于让龙主召集这么多同道，老夫甚感奇怪。”

南芳主被杀？！

整个龙都，瞬间安静！

南芳主闭关已有二十余年，虽不常见，但作为一洲之主，这么多年毫无音讯未免太奇怪了。早有人猜测她是否遇到不测，但始终无人提出。

“……十年前，龙主昔年为南芳主下的聘礼血凰钗化灵带来一个少年人，龙主不知为何对之多加重视，册封帝子。十年后，这位帝子又带来了一个同样疑似南芳主后人的少女。这少女一出现，寅洲那被关押在封妖大阵的少君也回来了，一回来就把云太妃送回了申洲。”

那儒士话语中把臆测说得好似某种极大的阴谋：“老夫那日从龙庭回去后揣测多时，总觉得这之间有所联系，是不是凡洲修士想反攻吾上洲，故而掀起这一系列波澜，便托五长老为吾证实。”

在场的都是海外诸洲的修士，向来对凡洲出身的修士多有鄙夷，但穆战霆这几年的天资让人不得不正眼以对，闻言便心中震惊。

莫不是凡洲修士觊觎吾海外丰饶，想颠覆吾上洲？！

敖广寒厉声斥道：“凡洲何等贫瘠，修为至上者仅止于元婴。再者，吾洲帝子什么出身谁都知道，莫说在凡洲，就算他出身妖魔鬼怪，本座该封他做帝子还是会封，何时轮到外人阴阳怪气，再胡言乱语，就滚出辰洲！”

儒士面色一冷，道：“云某不愿与龙主生隙，但该说的还是要说，凡洲修为至上者，可不止元婴！那里关着一个已渡五衰，足以近神的魔头！”

刹那间，夜色里万道白电宛如将整个天空撕碎，所有人都惊怖地看着天空中浓云收卷，一个冷冽的身影从云层中步出，一双竖瞳锁定面色发白的中年儒士。

“云延辉，这番话，你是受谁指使？”

龙主，发怒了。

周围所有修士开始仓皇后退，南颜所在的地方，茶馆里的修士纷纷四散逃开，不多时，茶馆便彻底空了。

南颜勉强稳住心神：“他们会……打起来吗？”

“不会，不过……这地方很快就待不住了。”嵇炀好似预料到什么，起身拉起南颜就往外走。

“我们去哪儿？”

“先离开龙都。”

一片慌乱的人潮中，南颜的手被拉得紧紧地逆流而上，在进入一个可以离开辰洲的传送阵前，她愕然听见遥远的云层那头传来一阵风铃响动。

传送阵亮起后，她想起，曾经在凡洲的家里，也挂着这样的风铃……

漫天的电闪雷鸣也为这风铃声倏然一滞，敖广寒不敢置信地回头看向远方破云而来的地方，一驾由云兽拉着的玉车踏空驶来。

车顶的檐角处，挂着一串风铃，好似和着那风铃声，里面有人轻声哼唱着一支悠闲的小曲儿。

“……南娆？”

许多年前，她也是在竹筏的风帆上系一串风铃，带着一壶酒，任竹筏随风顺流而下。

小云车前的云兽看着拦路的人，畏怯地后退一步，不安地踏动着蹄子。

“老贼。”敖广寒双眼满布血丝，似是要盯穿那云车，“你若还活着，就……出来一见！”

这一句说完，好似便用尽了经年的想念。

所有人都屏息看着那小云车，许久之后，一个苍老的声音传出——

“老夫赤帝瑶宫之太上长老郁缺，今日本不该贸然拜访……但听闻外界对吾洲南芳主之事多有非议，唯恐诸位误会玄宰，故为此而来。”一个干瘦的老者在小云车前现身，看着满眼血丝的敖广寒，垂首道，“南芳主就在车中，所有的答案，龙主一看便知。”

风铃声在渐弱的风里沉寂，云车里并未以其他禁制遮掩，敖广寒再不承认，他也看到了。

那里面是一具冰玉棺。

他一步也挪不动，半晌后，忽然扯下那檐角的风铃，随后一掌劈烂车壁，云兽惊惧躁动间，玉棺露了出来。

密切关注着此情此景的诸洲来客彻底惊呆，好半晌，才对僵硬的敖广寒道——

“龙主，请代吾等验明棺中是不是……”

那赤帝瑶宫的太上长老微微躬身：“龙主，请。”

触手是一片入骨的寒凉，棺盖挪动的粗砺声音在露出一条缝时便戛然而止，随后敖广寒将玉棺猛地合上，哑声道：“……给我一个解释。”

连龙主都这么说了，那棺中之人的身份，自然不会错。

几乎九成的修士都有片刻的失神。

南芳主，死了。

赤帝瑶宫的太上长老叹道：“二十年前，南芳主为玲珑京一案向正法殿求情，众所周知若让正法殿容情，需得经天道碑炼心，完成其赐予的一件事，罪人才能得恕。而那件事，就是重新加固凡洲秽谷的封印！”

申洲云家家主神色冰冷道：“秽谷封印的魔头，牵涉甚大，如此想来，南芳主应是在加持封印时，受魔头偷袭而死？甚至那魔头有可能因此偷得南芳主那不死不灭的赤帝妖心？”

太上长老道：“没错，南芳主在秽谷受了重伤，但仍拼尽全力将魔头重新封印，而后拖命回到寅洲便一直闭关养伤，可魔头留下之伤不可逆转，最终……陨落！”

云家家主道：“哦？那又为何秘不发丧？”

太上长老沉痛道：“赤帝妖心落于魔头之手，定有人为了得此至宝，冒险前往秽谷撬动封印……为防有人酿出大错，南芳主生前一再严令吾等绝不可外传，直到玄宰修成五衰，可以一抗那魔头祸世，才可将此事昭告天下！”

一言一句，将所有矛头指向秽谷。

云家家主感受到气氛的变化，眼底露出得色，忽然指向一侧神色变幻的殷琊。

“那这个自称是南芳主血脉的女子又作何解释？”

——不妙，事情搞大了。

这么多化神修士，殷琊自觉是跑不了，冷汗涔涔之际，忽然见其中一道化神期的气息忽然升起，金色的袈裟，金色的佛珠，心口烙着金色的梵印，总而言之就是一个珠光宝气的宛如弥勒佛一样的身影徐徐出现。

“老衲来解释！”那弥勒佛手一扬，放出一只镶着宝石的金钵对着殷琊道，“收！”

佛光沐体，殷琊周身幻术再难撑持，顿时化作原形。

按理说佛光镇妖，但殷琊却没感觉到一丝不舒服，被收进金钵前，他终于发觉这弥勒佛的相貌有些眼熟。

“你不是吃苦老……”

不待他将话说完，那弥勒佛便将之收走揣进怀里，双手合十打了个梵呗后接着打诳语：“此狐妖老衲追缉他多日，只因其曾偷食了梵海圣山的灯油，极难显露妖气，又擅长易容幻体，这才欺瞒了龙都……还是云道友敏锐，才使得老衲将此妖捉拿得手，改日必会道谢。”

云家家主一噎，他本是想借此再作些文章，但这老和尚这么一说，就把之后带穆战霆下水的筹谋切断了。

他咬着牙道：“原来如此，这狐妖倒是神通厉害，连吾等化神修士都险些信了她的身份，看来资质不差，不知宝气如来可否将此狐妖售于吾？”

毕竟能把南芳主的女儿演绎得如此惟妙惟肖，如今南芳主已逝，旁边也有其他修士目光热切起来：“老和尚，此狐在我龙都欺上瞒下，岂能轻易纵放。我愿出一万上品灵石，此狐予我如何？”

宝气如来道了声阿弥陀佛，道：“龙主现在心情不佳，诸位想再惹龙主生气吗？”

众人一静，顶上传来一声冷肃。

“今日之事到此为止，散了吧。”

宝气如来正要离开，却听敖广寒又特意向他传音：“宝气老和尚，你不准走。”

终于还是逃不过要被找碴儿了。

半盏茶的时间后，宝气如来进入龙庭一处空旷的大殿里。

“龙主，那南施主的遗体……”

“那郁缺老儿带来的所谓遗体只是一个投影，但……的确是她。”

敖广寒立在殿上，待宝气如来站定后，又道：“云家老贼说的话，本座一个字都不信。老和尚，你修苦禅化大千，有九具化体在四海游荡……那年是你带了信物退回给我们几洲，你一定在凡洲见过南娆。”

宝气如来硬着头皮道：“老衲的一具元婴苦禅体，曾在凡洲偶遇带着女儿的南芳主。”

“带着女儿……倒还挺悠闲。”敖广寒慢慢重复这句话，随后嗤笑出声，一拳砸在一旁的雕花柱上，声音癫狂道，“你倒是回来啊！为什么不说？！为什么死在外面都不回来！”

宝气如来待他平静下来，道：“因为，南施主……想保护那孩子。”

“那孩子怎么了？”

“……那孩子，”宝气如来面上露出无奈的神情，道，“南施主怕她若回去，这孩子或许会保不住。”

“为什么？就算不信别人，我们还护不住一个孩子？”

“因为……那孩子，又是一个天生的‘佛骨禅心’。”宝气如来提醒道，“龙主还记不记得，二十年前那暴亡的子洲帝君？合三十六道，古今未有的绝世资质，君临诸洲时，他的六合道心已修成。”

赤帝妖心，不死不灭。

佛骨禅心，不垢不净。

六合道心，不增不减。

这是伐界六尊在时，有一人以经文对这三种大道所作的阐述。

赤帝妖心能使肉身不死，佛骨禅心能使心境不乱，而六合道心则可令修为无上。

敖广寒眼前仿若揭开了一层晦暗的雾，面色急剧变化，喃喃道：“道尊曾说，赤帝妖心、六合道心、佛骨禅心……三道合一，可斩界升天。”

第十三章　上师寂明

贫僧觉得，你同贫僧倒是生得挺像的。

身后龙都的雷霆声远去，南颜被拉着飞遁出两百余里时，停住步子，拉得嵇炀也是一顿。

“我觉得还是得回去。”

嵇炀道：“放心，我特地算了一卦，殷琊这两天应有贵人相助。”

“二哥倒是还好，再不济他还可以出卖色相。”南颜犹豫了一下，道，“倒是我觉得，最后那小云车有些眼熟……你还记不记得当年在秽谷时，有一辆小云车闯入秽谷中，被十万阴祝追杀？”

“子洲的小云车大同小异，也许只是碰巧。”

南颜摇摇头，坐在一方青石上，道：“我听到一阵风铃声，我怀疑那云车里，有我娘。”

嵇炀略一点头，嗓音微凝，道：“你的想法是对的，然后你会留下来，等着那小云车里的人慢慢找到你。”

“难怪你要拉着我走。”南颜想通这一节，道，“那我们现在应该去哪儿？”

“在附近找个地方先打探消息吧。”

次日一早，南颜同嵇炀一起入了龙都以北的望琼京。

进入城门时，发觉竟有一个元婴修士在此坐镇，好在嵇炀这边文牒齐全，倒是平安入了城中。

倒也不用他们打听，一进城中，到处都有修士议论纷纷。

“那凡洲的魔头什么来历，竟能杀掉号称有不死不灭之心的南芳主！倘若当真如此，待他破封后吾上洲岂不危矣？”

“怕什么，莫说诸洲之主都是杀神诛魔之辈，天塌下来有道生天顶着，倒是可惜了南芳主，一代绝色竟从此香消玉殒，我都还没见过呢。”

“只看得见得不到岂不是更受折磨，倒是听龙都那边传来消息说有个狐狸精假扮她女儿，惟妙惟肖的呢！”

“不过我倒是听说南芳主确有一个女儿，那狐狸精也不过是幻化成她的模样，若非如此，你瞧街上这飞来飞去的巡查修士……”

南颜在一家丹药铺子前佯装挑灵药，听了满耳朵越传越离谱的谣言，摇了摇头决定躲一阵子风声，回头跟着嵇炀出去，正聊着今日是租个离城门近的临时洞府，还是租个灵气重的时，南颜发觉背后传来一阵煞厉的剑气。

她的步子一缓，借着道旁的铜镜，她看见一个熟人。

是宋逐。

南颜对这个人有点儿阴影，一直认为他深不可测，是个危险人物。果不其然，宋逐见他们停步，面无表情地上前。

“道友留步。”

不会吧，这么快就发现她了？

嵇炀好整以暇地转过身，道：“宋道友，好巧。”

宋逐定定地看着他，其实他们之前见过一面，只觉得眼熟，并没有想到他处去，事后想想总觉得当时在磬音寺里见到的这个人和一个故人十分相似。

“嵇……道友。”宋逐不确定地问道，“你可有其他的名讳？”

“少苍”这个字南颜平日里没少叫，但大多数都是在自己人面前私下喊的，外人只知道他叫嵇炀而已。

其实，嵇炀只是入道前的俗家名讳，“少苍”是后来入道成年后，由长辈所赐的字。

嵇炀道：“宋道友为何如此问？”

“抱歉，我只是觉得嵇道友给人的感觉十分熟悉而已，像……”

嵇炀：“像谁？”

“像一个……”宋逐实在很难找到一个合适的形容，只是面色变得极差，好似想到什么不好的回忆，“你先告诉我，你有没有其他的名讳？”

南颜知道嵇炀有许多小秘密，但大庭广众的，真让宋逐察觉什么了总归不妙，无奈之下见左右巷子少人，正好又是背对着宋逐，便摘下面具，摆出一张温善和事佬的表情，转身微笑道——

“宋道友，一别多日，你……”

果不其然，宋逐的注意力立即被她吸引过去，僵在当场。

这两日龙都来的消息传得飞快，宋逐也晓得南颜有个狐妖兄长，受师尊之命，开始让人四下找寻南颜的踪影，本以为她已逃脱，没想到竟在这望琼京不期而遇。

“你们先跟我来。”

宋逐把他们带到一个隐蔽的巷子里，逆光站在巷口，面色沉凝。

“真圆师太。”

然后他想起同门关于对待女人的嘱托，觉得这样谈事情不够慎重，在南颜看着他满脸疑惑时，噌一声拔剑出鞘。

“我有句话想对你说。”

南颜：“……”

南颜：他是……想把我堵在巷子里做掉我吗？

南颜：“宋……宋道友，你想跟我说什么？”

宋逐犹豫了一下，低头盯着剑锋，沉声道：“一两句，说不清楚。”

南颜：“那宋道友……”

宋逐：“我恐怕需要……千言万语。”

南颜悄悄传音给嵇炀：“他是想把我千刀万剐吗？”

嵇炀：“……宋道友以前就比较耿直，你不用多想。”

南颜：“以前？”

嵇炀笑了笑没有回答她，只是把她往身后带了带，和颜悦色地对宋逐道：“宋道友，这两日唯恐有歹人搜捕，行事上便提着小心，些许虚礼就不必了。不知宋道友此来是为了什么事？”

正好此时上方有执法修士从低空飞过，宋逐沉默了一下，道：“长话短说，你应知我师尊乃未洲剑雄孟霄楼，他同龙主素有些矛盾，又因为未洲内有些要事，特意嘱我来找你，问你愿不愿意去未洲。”

南颜晓得这是因为她娘的关系，这些长辈们对她多有维护，但现在看来，既然连辰洲之中对她都是步步危机，想来去未洲也是一样。

她是个特别容易平静下来的人，颔首道：“宋道友的好意我心领了，我娘的事牵涉甚大，不便再叨扰未洲。我或许会韬光养晦数年，至少将修为精进一些，再论其他。”

宋逐颇有些意外，以南颜的身份，自可发动不少她母亲当年的旧识找寻真相，可她好似也察觉到了后续的步调可能会被某些人掌握，果断决定沉潜。

“龙主至少不会将我的其他身份外传，至少我依旧可以以真圆的佛门弟子名号行走。”

宋逐略有些失望，从乾坤囊里取出一件法宝，道：“师尊说你若不愿去，至少收下这个，他多少能放心些。”

那东西好似通体由黄金铸成，上面雕着五朵牡丹纹饰，显得豪奢无比，最可怕的是那五朵牡丹纹饰核心处，还镶嵌着鸽子卵大的赤橙黄青蓝五种散发着不同属性灵气的宝石，南颜一眼看过去，竟没能判断出这是什么。

“这是……”

“这是师尊昔年曾赠与南芳主的一柄剑鞘，遣我送来前，在其中封了三道剑气，足可斩杀化神初期。”宋逐把这华丽得无法形容的剑鞘硬塞到南颜手里，又含蓄道，“师太别嫌次数少，若封多了，就只足够斩杀元婴期了。”

这是……剑鞘?

此物入手沉甸甸的，南颜再细一看，不禁倒抽一口冷气。

鞘身以辟邪熔金为主，上嵌火渊玉、变木珀、寒冰尘、土行晶和金阳魄，每一样都是稀世珍宝，在这五行灵气下，就算是一柄寻常的木剑放在剑鞘中温养十几年，也会变成一样罕见的灵宝，这未洲剑雄倒真舍得。

“如此重礼，这……”

“师太不必推辞，送出去的东西断没有收回来的道理，而且这本就是南芳主之物，现在自然也是师太的。另外……”宋逐犹豫了一下，道，“师尊说，若你不愿受辰洲或未洲庇护，最好尽快在愁山梵海取得山海禁决的资格，这是最快的结婴途径。”

南颜余光瞄了嵇炀一眼，不知道是不是错觉，她好像看到对方隐约笑了一下。

嵇炀道：“此事我们自有考量，我们离开得匆忙，同行的本来有一个狐族妖修……不知他最后怎么了？”

宋逐隐约觉得这两人关系不像是寻常兄妹，道：“他伪装成师太的模样，最后是被愁山梵海的‘宝气如来’大师用法钵收走了，不过听说宝气如来被其他部洲的修士纠缠，说想买那妖修回去玩赏，大师迫于无奈，已自行离开龙都了。”

玩赏?

毕竟是个精致到腿毛都没两根的狐狸精，南颜很是为她二哥捏了一把冷汗，对宋逐道：“我出来时走得匆忙，未能向家兄穆战霆告别……”

宋逐道：“我来辰洲除寻你之外，便是去岐天原助战。你有什么话，到时我见了他带给他便是。”

战场既是杀敌立功的所在，也是磨砺自身的战场，尤其是剑修，需要在各种死生之地不断磨砺剑意，辰巳战场正是合适的所在。

南颜便将她要回卯洲修行静待时机的事刻在玉符上交与宋逐，后者告辞后，南颜看着他离开的背影，忽然道："如果我把他叫回来，问他知不知道一个叫少苍的人，你猜我会不会得到什么惊人的消息。"

嵇炀侧目看她，她的眼眸一如既往地沉静，他知道其实她心里的疑问已压抑得够久了。

走出巷口，南颜寻到一处柳堤旁，从须弥戒里取出一小坛蝉露悲，这是她托大哥购来的，平日里只偶尔取出来感怀一阵，今天却莫名想喝。

她收起佛珠，暂时卸下作为佛者的一面，将酒坛递给嵇炀道："你有没有什么故事配我的酒？"

"有倒是有，可能配不上你的酒，不知道你愿不愿意听。"

南颜靠在柳树的树干上，任柳枝扫过脸颊边，道："贫尼不管，要是不好听，你得赔贫尼的酒。"

"破了酒戒还自称贫尼？"

"酒肉穿肠过，佛祖心中留，酒肉和尚也是和尚，你着相了。"

此时正当午后，天上偶有一道道遁光，巡逻的修士用神识一扫，只觉堤畔只是一对临水说情的眷侣，便匆匆离去。唯有枝头将死的秋蝉噤声细听着一个似真似假的故事。

"……久远前，曾有一个极其有名的私塾，豪门望族都指望这个有名的私塾将他们的孩子教养成才，好功名有成。

"私塾里的老夫子念了一辈子的书，教了一辈子的人，在当地威望极高，若有其他的秀才想开私塾，必须先将自身著书立说的东西交给老夫子审阅，得到老夫子的指点修正后，方可开办塾学。

"可老夫子年纪大了，渐渐读不动书，认不得字，这个时候，隔壁有一家很小的私塾，里面有一个年轻有为的读书人，天资卓绝，竟考上了状元。于是当地的望族便将自家的孩子转送到读书人门下，渐渐地，有人开始质疑老夫子的私塾，说为何这么多年没有人考上状元，是不是他教的学问教错了。

"面对这些流言，老夫子心力交瘁，便打算把私塾交给门下一个年轻的夫子，并从外面找来一些孩子，对年轻的夫子说，这些孩子就交给你，一定要让他们考上状元。第二天，他便向官府举报，辩说隔壁考上状元的读书人曾写过反诗，让那个读书人就此陷入了牢狱。

"但没过多久，老夫子也因为年纪渐长，死在了进京赶考的路上。他膝下年轻的夫子从此一肩担起了私塾。夫子十分崇敬他的老师，四处宣扬老师生前的遗作，不断有名门将孩子送往这个私塾，使得私塾的荣光一时无两。

“可私塾里始终没有人能再次考上状元。那时，夫子的弟子中，有一个天资卓绝的，仅仅苦学十余年，就将夫子一生的学问都学尽了，所有人都认为，这个弟子，必定有状元之才。

“长久以来，这个弟子一直谨遵着夫子的教导，但随着学问渐长，私塾里的藏书已不足以为他解决更多的疑问。有一天……他在书斋中翻阅，无意间发现了老夫子留下的一封信，信上老夫子自陈当年是出于嫉妒，诬陷那个考上状元的读书人造反，实则自己的学问并不如他。

“弟子用了很长的时间才接受了这个事实，拿着信想去官府为被关押了多年的读书人平反，却在私塾门前被年轻的夫子拦下。

“夫子说，老夫子已经走了，他不允许任何人辱没老夫子身后的名声。可弟子觉得不平，他知道夫子的资质极高，如果不是因为总困于老夫子狭隘的学说里，夫子很可能早就考取了功名。

“弟子一再恳求夫子，如果到时候私塾被查抄，他愿意同夫子重建一个私塾，不再故步自封，而是吸取更新的学说，使更多的门生考取功名，这也是老夫子的遗愿。夫子十分固执，烧毁了那封老夫子的信，并让弟子从此不许再提及此事。

“然后，那弟子沉默了很长时间，在这期间，他考取了举人第一的功名，一时间让夫子以他为荣。但很快，弟子发现在夫子的书房里，藏着其他同时期出名的读书人带血的学说。

“弟子感到一切都很可怕，这时的他，已无法再对夫子犯下的罪行麻木以对，他学会了伪装自己的心思，暗中收集夫子的罪证。就在他快要将这一切结束的前夕，夫子找到了弟子，他说这私塾就是他的命，他不能离开，也不会让任何人摧毁这间私塾。”

说到这儿，枝头的秋蝉已来不及听完这个故事，随着一阵夜风掠过，枯朽的空壳顺着柳枝的缝隙落在南颜肩头。

她将秋蝉小心地拾起，一声超度的梵呗声后，她松开手心，任秋蝉化作点点光尘飞散，目光中流露出一丝悲悯。

“那弟子最后的结局是什么？”

“夫子在弟子身上所下的心血之大，让他无法接受弟子的背叛，就把弟子关了起来，还把他生前所有知道此事的好友、同僚捉到他面前，一个不落地杀了个干净，好让他知道背叛的代价。最后，把他……”嵇炀顿了顿，改口道，“把他一身的本领废去，扔到了遥远的贫瘠之地任他自生自灭。”

南颜听得哑然，许多谜团好似在一瞬间被血淋淋地揭露在她面前。

半晌，她才犹豫地覆上嵇炀的手背，小心翼翼地问道："你恨那个夫子吗？"

"年少易为爱恨扰，恨自然是恨的。"放下已见底的蝉露悲，嵇炀看见南颜有些担忧地看着他，不禁笑道，"不过阿颜心里既如明镜，怎么也合该我这个受害的年长者反过来安慰你才是，你这么喜欢操心，为兄会觉得羞惭的。"

南颜收回手，重新抖出她的招牌佛珠，道："我听你这故事时，想了一肚子开解你的言辞，你总要给我个机会施展施展。"

"阿颜想怎么施展？"

"你随我皈依吧。"

"不，你随我还俗。"

"红尘俗世多纷扰，皈依佛门一身清净，从此修心修身你去，送人极乐我来。"

"听着不错，可惜我是个俗人，只想和阿颜做尽世上的红尘俗事。"

柳堤岸后面，被一个弥勒佛样的和尚抱在怀里一阵狠撸的狐狸精暴躁地摇着尾巴。

"老贼子！你徒弟破戒了你管管好不？"

老和尚笑眯眯地望去："这不是很好吗？世间那么多深仇大恨，偶尔为情情爱爱所绊，也是一种化解之道。"

狐狸精想起他那么多年，一把胭脂一把小裙子地把小白菜养大，觉得十分不爽，对老和尚道："你把老子放开。"

老和尚："真方，你想干什么？"

"老子要一脚把这两个佛魔殊途的败类踢进湖里！"

"真圆呀，跟为师回卯洲吧。"

南颜见到宝气如来时，半晌没有反应过来。

她记得她师父吃苦大师是个消瘦邋遢的僧人，在路边上拿只破碗蹲进乞丐堆里都毫无违和感。

而眼前这位，一袭明黄袈裟，手足佩着金环，脖子上挂着琉璃串珠，肚皮滚圆绵软，面颊丰润饱满，活似庙里的弥勒佛，唯有那笑眯眯的神情像极了吃苦和尚。

南颜："师父，你发达了？"

"真方，和你师妹说说吧。"宝气如来把怀里啃着他胳膊的白毛狐狸放下，对嵇炀道："嵇小友，借一步说话。"

嵇炀略一点头，同南颜道："我去去就来。"

南颜看着他们走远，蹲下来伸手企图去捏殷琊的两只爪爪，被他一爪子挠开后，一脸忧郁道：“师父是什么情况？”

殷琊没好气地说道：“愁山梵海的梵海院掌院宝气如来，修有特殊神通，本体在卯洲坐镇，化身云游四方，尝尽世间苦厄……凡洲那个吃苦和尚，就是他的化身之一。”原来吃苦和尚的本体是化神修士，难怪她的辈分这么高。

“本来你来上洲就应该去愁山梵海清修一段时间，现在那么多人想抓你，不如就回卯洲——”殷琊抬头看见她的目光凝在嵇炀走远处，不悦道，“你担心他有什么用？不如担心担心你自己，别被人识破了。”

“二哥。”

“怎么了？”

“你觉得真的会有人从秽谷的阴祝老巢中活下来吗？”

殷琊默然，他记得那一年，嵇炀抱着南颜从悬崖上跃下，后来他又豁出全力把南颜送了上来，听说在那之后，整个秽谷出现变故，无人生还。

“那时候，在秽谷崖下，我让他夺舍我求生，他骗我说好，转眼间就把我送走……”南颜声音徐徐，眼底黯然，“我是真的欠他一条命。”

殷琊翻了个白眼，道：“哪有这么复杂，等下他回来了我们齐齐扑上去把他捆起来，就说‘老三，打谁，说话’，打邪道你就去跟他并肩作战，打正道我就去跟他同流合污，多简单。”

南颜：“二哥，你这话让师父听到了，他是要把你丢去伏魔塔镇压三天的。”

殷琊：“这不是只有你听到吗。”

南颜双手合十，面无表情道：“让我听到了，是要把你镇压三十天的。”

殷琊：“……”

柳堤彼岸，宝气如来看着已是长身玉立的青年，吟了声阿弥，微笑道：“施主可知，释迦旁的菩提何时往生？”

嵇炀的脚步停住，回身道：“一眼菩提生，一瞑菩提死，菩提非是在世间，乃在佛陀心中。”

宝气如来笑了：“自二十七年前禅法广会一别，少苍君别来无恙？”

嵇炀颔首一礼，道：“当年从魂河天瀑下游将我救起，送我入凡洲避难，大师的仁心嵇炀自是难忘。”

宝气如来道：“老衲早年劝说施主在凡洲平静度日，勿再牵扯道生天诸事，却没想到施主仍是回来了。”

“南芳主应也不想女儿回上洲追溯她的死因，可凡事自有缘法，世间汤汤大潮，又岂是人力所能拦阻。当年我遇难后，曾将那些内情告知大师，大师为此分神化体周游四海多年查探，就算未曾亲见，也该证实了大概。”

宝气如来长叹一声，目中露出复杂之色：“道生天，是不能倒的。”

“……生身之地，我也曾觉得道生天是不能倒的。”西斜的夕光落在他眼底，飞快化入一川冥河之中，他凝望着天边的重云，道，“大师以为，苍穹之外……有仙吗？”

苍穹之外，有仙吗？

只要是修士都想过，是否真的存在一个境界，长生不老，不死不灭？

从开始掌握到灵力的那个瞬间起，人就觉得自己一定是特殊的，成瘾般追逐力量的极致，认为这片物竞天择的大海彼岸，会有真正无所不能的境界。

“老衲不知，佛者只想过好这一世，如是而已。”

“也正是那年寂明上师的佛骨禅心不为这苍穹之外的诱惑所动，所以才躲过道尊所设一劫。”谈及此，嵇炀好似看出宝气如来神色不对，道，“大师何以惴惴？”

宝气如来沉沉一叹，道：“南颜她……也是佛骨禅心。”

倾慕之人与爱徒都能斩去，何况南颜？

后心处的残痛蓦然尖锐起来，在眼底某一条冥河的支流间，那些挣扎的亡灵中，好似出现了南颜的面目，随后心潮掀起的，便是种种难以退去的恨怒。

但随之而来的，同命锁带来的牵系，化作无形的线，再次把潜毒已深的魂念再次拉回彼岸。

“多谢大师据实以告。”……好定我杀心。

卯洲以西，终年被云雾笼罩处，有一座山，有一片海。

依山靠海的地方，坐落着一处处凡人的村庄，每个村落里，都供奉着一两座寺庙。

而寺庙里每日都有参禅洒扫的僧人，凡人来此投一两个子儿的香油钱，便能听上一场晨经会，有时村里人有解决不了的麻烦，便会去求庙里的僧人，幸运的话，或能遇上一两个挂单的佛修。

“小妇人那小儿子，被野猪精叼去后已半日了，不知还能否回来。”一个穿着布裙的妇人正在寺庙里嘤嘤哭泣，一双红肿的眼睛看着寺庙里劝慰她的佛修僧人，“早知如此，那野猪精的崽子来田里祸害灵米时，就不该打走，如今招了精怪的报复，小妇人真不知该如何是好了……”

庙里的佛修大多在炼气期上下，闻言道：“已派了十余个僧人去巡山了，只是回来的都说山里已找不到野猪精的气息，是何时把施主的孩子叼去的？”

“是今早天没亮就叼去了的，”妇人回忆了一下，道，“庙门口遇到个好看的女菩萨，她听了后要走妾身的一条手帕，便咻一下飞到山里了。”

僧人们一阵沉默，互相传音细问。

“今日天没亮便有挂单？”

“听说梵海院有弟子在这附近历练，会不会是……”

僧人们不禁谨慎起来，卯洲是一个特殊的地方，这里有大大小小的寺庙，均可供所有佛修修习，唯独一个地方有其禁制。

那便是愁山梵海。

愁山上有菩萨低眉愁万世，梵海里有金刚怒目辟苦海。

僧人们正想向妇人进一步询问细节，便只听天边一阵阵音爆声传来，当真是“咻”一下，一个抱着个小男孩、带发修行的女尼翩然落了下来。

“小宝！”

那妇人猛然站起，一把抱向小男孩，却不料小男孩被女尼放下来后，扑到一侧的槐树后哇一声吐了出来。

妇人：“……”

“他没事，那野猪精护崽情深，我不愿杀生，就把野猪精拎到五百里外的深山去了，一个来回，这孩子可能有些不适。”女尼走过去在那孩子天灵上点了点，渡去一丝灵气，那孩子立即生龙活虎起来。

“娘！”

小妇人紧紧把孩子抱在怀里，连忙向女尼道谢，又硬是让人送了不少新鲜的灵米做的斋饼，这才离去。

这村子里庙小，庙里的僧人都不过炼气期左右，见这女尼能御空飞行，灵气迫人，纷纷行礼道：“见过这位前辈，不知来小庙有何要事？”

“师弟们多礼了，我只是想暂时挂个单，这两日村民若有什么需要帮忙的，让我来便是，师弟们平日修炼辛苦，这段时日休息休息。”

来的正是南颜。在辰洲时，嵇炀说去去便回，结果一去不回，等到她追着问嵇炀去哪儿了的时候，宝气如来无奈，便说他去巳洲办一件大事，需得把南颜在卯洲关上一年，这件事办成了之后才能放南颜出来，并且他梵海院再也不管南颜的还俗之事。

当时南颜是反对的，还不还俗是她个人的意愿，师父不保护她追求顶上光明的愿望也就算了，还和魔修同流合污，真真岂有此理。

最后宝气如来被她磨得不行，便把她带回卯洲，说完成梵海院的帝子试炼，才肯放她出去。

“师父，我听我大哥说，他的帝子试炼是去屠杀一头六阶离火蛟龙，并且在龙都的擂台上以一敌十，成功后才能取得帝子身份。我应该怎么做？是去山里杀头七阶妖熊，还是端掉十个魔修老巢？”

“真圆呀，总是打打杀杀的不利于佛心，梵海院的试炼不难，你就在卯洲不动杀做一百件好事吧，路上看看雪，看看星星，体味一下人生，等你内心安宁的时候，再回来吧。”

做一百件好事容易，但是修真世界不动杀念，这对她堂堂血手观音来说就十分为难了。

南颜从这日后，便在佛堂里坐在蒲团上敲木鱼，竖起耳朵听着过往的香客抱怨着平日里生活的不顺，想要寄托于神佛的心愿。

“……菩萨有灵，这两日娘家人要来，可别再让我家那汉子打我了。”

“愿吾儿少赌些钱，多读些书，好能被仙门选上。”

“信女这一胎若是儿子，便能为二房争口气，到时定会来佛前还愿。”

如是琐事，南颜连听了数日，除了那打老婆的汉子，她晚上去教训了一二，施法托梦说他老婆是王母娘娘转世，让他勿要触怒神佛，吓得那汉子连连发誓，其余的大多都是管不上也管不了的。

这就是人间啊……

寺庙里也不是只有礼佛的善男信女，偶尔也有抱着孩子来请僧人点化开灵的父母。这一日南颜正给一对夫妻怀里一个月大的婴儿开灵时，忽然神识笼罩的范围内，飞来三道筑基期的气息。

他们一来，便传音四方——

“仙岚门甄选仙苗！三岁至十五岁的童子童女，可来一试！”

整个村落一片骚动，不少父母抱着刚睡醒的孩子面带喜色地冲了出去，连南颜身边的那对小夫妻犹豫了一下，也道了声歉掉头跑了出去。

庙里的僧人道：“师叔勿生气，吾洲香火虽鼎盛，但凡人家的父母也多是不太愿孩儿出家的，洲内其他不禁世俗的仙门也是一条路。”

南颜此刻是隐去相貌和修为的，听见外面甄选仙苗，不禁想起当年在凡洲时的情景，一时好奇，便出了寺庙去查看。

平日里寂静的山村此刻喧闹起来，南颜走到村头，只见三名筑基修士虚浮于半空，神色倨傲地托着一块择灵玉。

这块择灵玉比南颜印象里小些，但品质不知高出当年仰月宗那块多少，只见那持玉的修士让三名孩童上前，一拂袖让择灵玉中散出三道光柱笼罩孩童，片刻后便显露出其灵根资质。

“废灵根！”

“废灵根！”

“嗯？水火灵根，难得双灵根，可惜属性相克……回去吧。”

被测出双灵根的正是那日南颜从野猪精蹄子下救回来的小宝，他母亲一听，连忙跪下来道：“仙人，灵根不是越少越好吗？我的小宝可是双灵根，怎么也是废灵根？”

那筑基修士微微不悦，道：“他若是水灵根稍强或火灵根稍强我们都会收走好生培养。但他虽是双灵根，却罕见地是两条灵根大小强度一致，分毫不差。如此修得的灵气水火不容，要养一个这样的弟子，比那些参差不齐的五灵根还难，还是放弃了好好回家种地读书吧。”

南颜在人群外本来是在看热闹，闻言陷入沉思，继而心头微怔。

两条灵根大小一致便会相克，那她……五条灵根全然一致，是怎么修炼得比常人更快的？

海外诸洲与凡洲不同，在凡洲，凡人不修仙，尚可读书做生意，而在上洲，凡人若无灵根，终其一生便只能耕作灵米，纺织法布，做最简单的劳作。

就算是在生民最为温和的卯洲，人们也对进入修仙大道而狂热不已。

抱着小宝的妇人十分不甘：“请问仙师，就不能拔掉灵根或削去吗？”

那仙岚门的筑基修士冷笑了一声，道：“愚民当真异想天开，灵根乃天赐，就算是我们修士也要费尽心思保护，哪怕伤到一丝，都有可能从此痴愚残缺，竟妄想至此，滚开吧！”

他说完，一挥袖将纠缠不去的妇人打得飞了出去，那妇人怀里还抱着孩子，这一下要是摔实了，纵然不死，也要躺个数月。

就在妇人落地瞬间，一股柔力将她托起，缓缓放在地上。

“本来是择仙苗的好事，何必生这么大气。”

那筑基修士皱眉，神识一扫，只见是个手上缠着佛珠的女尼，修为仿佛与他相当，这才脸色稍好些，道：“原来是佛门的道友，这片村落偏僻，不意打扰了道友清修，可需要我等离开？”

在卯洲，谁也不会主动得罪一个僧人。

南颜道：“无妨，贫尼只是好奇来看看而已，我见这孩子灵根不差，因属性相克便舍弃了，未免有些可惜，不知有什么办法可以克服之？”

听她话语中不知灵根相生相克之道，那仙岚门筑基修士讶然之后便涌起一丝轻视，心想这女尼应不是什么大寺庙的佛修，便道：“灵根乃是修道之基，水火相克，便是他没有这个命数，纵然强行修行，修来的灵气也会在周天运转中抵消。”

南颜的修为尚不足一眼就看出人的灵根如何，见那择灵玉如此昭显，只能对双腿发软的母子道："施主也看见了，想来你们也并不适合修真大道。"

那妇人咬咬牙，道："妾身就只有这一个儿子，难道就没有别的办法了？"

南颜在这村里待了数日，也听说过这妇人是带着儿子改嫁的，新丈夫与她甜蜜了一年便腻了，在外面又养了个外室，没多久外室就怀孕了。这外室据说祖上是出过修士的，逢人便说这一胎必是仙胎，让这妇人成日里十分焦虑，唯有让这独子被仙门选上，方能稳固她的地位。

那筑基修士对这妇人一脸不耐烦，道："看在这位佛门道友的面子上，吾不妨告诉你，你这孩子他日若蒙大能修士赐下'木灵天髓丹'，生出一丝木灵根，便可以水生木，木生火，如是也可勉强踏上修仙大道，否则就别想了。"

"木灵……天髓丹。"妇人喃喃念着，眸子里隐约闪过一丝疯魔，随后匆匆道了谢，在村里人的嘲笑声中匆匆离去。

南颜隐约有些不祥的预感，问那仙岚门修士道："这木灵天髓丹是何物？怎从未听说过？"

仙岚门修士目光闪烁了一下，道："并无这种丹药，适才所言不过是想让这妇人打消妄念而已，道友不必在意。"

南颜便不再追问，转身回到寺庙中，但结丹期的神识仍然放出，笼罩这一片地带。

随后村子里的三十几个孩童里，又选出了一个五灵根的，若放在凡洲，五灵根的收便收了，但在卯洲，五灵根的和凡人没什么两样，那三个仙岚门的筑基修士逗留了半日便离开了。

待入夜后，南颜正在寺庙禅房里修炼时，忽然听见寺庙外一阵细微的争执声，不过片刻后便消失了。

南颜唤来庙中值夜的僧人询问情况，僧人道："是那孙家娘子，白日里带着孩儿落了选，又听说隔壁的庄子上来了个可以重塑灵根的修士，便要带着攒下的灵石和孩儿去相求，我们劝过了，孙家娘子还是执意要去……"

南颜眉尖微蹙，这里离愁山梵海虽近，但地方实在是太过偏僻，寺庙中也不过三两个炼气僧人，估计有什么不妥的地方，这些僧人也瞧不出来。

想了想觉得诡异，南颜向庙中交代了一番后，便消失在寺庙内。

入夜的山村，正是乌云遮月时，偶尔传来的狼嚎声，显得夜晚更为寂静。南颜隐蔽气息徐徐飞行，不多时，便看见二十里外的山路上，有四五辆载满凡人的驴车正向一个庄子驶去。

庄子不大，但周围散发着一层薄淡的灵气，想来四周已设下禁制。门口两个炼气大圆满的修士正让带着孩子的凡人们依次进入。

南颜神识一扫，不多时便看见那孙家娘子赶着驴车缀在队尾，怀里正抱着睡得昏沉的小宝。

“小宝，你可一定要出人头地啊……”孙家娘子眼底带着一丝疯狂，刚转过一棵松树，她忽然两眼一翻，被击晕过去。

同时，南颜出现在她身后，好在须弥戒能短期内装活人，她便暂时把孙家娘子放入须弥戒中，随后拿出被银鲛之力加持过的假面，摇身一变化作孙家娘子的模样，拍醒了小宝。

“嗯……娘？到了吗？”小宝抽了抽鼻子，只觉得闻到一股淡淡的檀香，但一抬眼看到的还是他娘的脸，便习惯性地抱住南颜的手臂，“宝儿又饿又困，娘咱们回家去吧，我想喝奶。”

南颜：“……”

四五岁的熊孩子还没有断奶，南颜也是头一次见，稳定了一下情绪，点晕了小宝抱起来就跟着人流往庄子里走。

这些凡人父母从附近几十里内的村落赶来，膝下的孩子从三四岁到十四五岁不等，个个面带希冀之色，等到轮到南颜进门时，门口负责接待的炼气修士打量了一下她：“娘子一个人来的？”

南颜点头：“对，夫君出去跑生意了，明年才能回来，妾身心急，这便单独带着娃儿来了。”

看门的炼气修士见着妇人虽面色蜡黄，但身段窈窕，便带了两分热情道：“今日来买种灵玉的人不少，你的灵石可带够了？”

南颜把右手伸进左手的袖筒里摸索了一下，随后拿出一只装着十块灵石的小袋子送过去：“路上耽搁了些时间，请仙师为小妇人安排安排。”

凡人挣灵石不易，那炼气修士也欣然接下，在其他百姓怪异的目光下，直接带着南颜进庄子插队到了前头。

庄子是个三跨院，南颜站在一对穿着绸衣的夫妻后，神识扫去只见是个大屋，里面赤橙黄绿蓝五口大锅正在熬制什么，散发着一股熟透的浆果一样的灵气。

凡人只觉得香，南颜一闻却皱起眉来。

这灵液里似乎加了什么让精神麻痹放松的东西，不一会儿就让外面这些年纪小的孩子昏沉起来。

很快就要排到她了，南颜靠近了，只见五口大锅周围坐着七八个头戴面纱的筑基修士，那些凡人一来，便将带来的一百块灵石倒在一侧的功德箱里，随后让一个修士用择灵玉为孩子检验灵根，验得差不多了，便用一只玉瓶装了其中一个锅中的灵液给那对夫妻。

“灵液一日喝五滴，不可多饮。这块定灵玉让孩子戴好，等到灵根生出后，灵玉自会发光，自会接引孩子入仙门。”

得了灵液与灵玉的父母千恩万谢地带着孩子离开，等到了南颜，让人用择灵玉一测，惊奇不已。

“娘子，这孩儿是双灵根？”

“正是。”南颜瞥见那中间打坐的筑基修士中，有一个朝他们这边转过头来，道，“仙师说水火灵根互相克制，无法修仙，所以才求到这里。”

分发灵液的修士点点头，正要给她灵液时，后面那个竖起耳朵听他们交谈的筑基修士叫住他们：“慢。”

那修士起身走来，看了看小宝，道：“这孩子难得双灵根品质不低，多给她两瓶木灵液。”

他们倒是十分大方，连给的灵玉都是紫色的，比旁人大许多，惹得后面排队的人一阵眼红。待所有的凡人领完灵液后，那筑基修士宣布道：“领完灵液的先在这庄子后面的房子里住下，房舍不多，十岁以上的只留孩子，父母们都回去吧。”

小宝年纪小，南颜便被那些修士引着到了一间窄窄的屋舍，等到房门一关，南颜就把小宝收进须弥戒里，拿出那木灵液滴了一滴服下去。

那滴木灵液瞬间化作一丝浑浊的木属性灵气钻入她的气海中，好似感到周围镇魔气息霸道，一进气海就安分地沉在下面。南颜用自身的灵气试着撩拨了一下，那丝浑浊灵气一碰到她霸道的佛门灵力便溃散开来。

到底是筑基修士弄出来的东西……

南颜想了想，这次引了一丝面具里的银鲛珠之力，将自己的气海伪装成凡人，一口气服下半瓶那木灵液，瞬间木灵液化作一片黑雾，甚至从她体内散发出去。

南颜微微睁眼，只见那黑雾卷着那块筑基修士赐予的灵玉，贴上她眉心。

刹那间，灵玉里竟钻出一个鬼头般的东西，顺着黑雾接引钻入她的气海。

南颜心头微惊，这东西实在是太像阴祝了，若非它的气息只有筑基中期的水平，一个念头便能掐死，她此刻怕是要直接跳起来。

随后黑雾收缩，鬼头在气海中睁开双眼，这一睁眼，他便大喜，竟出了声音：“好浓厚的灵气！老子花了一万块灵石，竟轮到个先天灵气的童子不成？！”

鬼头兴奋地在气海中四处遨游，一边疯狂吸收灵气，一边面露疑惑。

“这不对呀，仙苗童子的气海不过如一块灵田大小……此地，为何宛如瀚海？”

鬼头越是游动，越是茫然。

“这里到底是不是供我夺舍的地方？这仙岚门的人不会骗了老子吧，怎么这半天了，连个孩子的神魂核心都找不到。

“喂！仙岚门的陶老贼，你在旁边护法吗？！”

鬼头彻底蒙了，片刻后，气海中忽然一片翻滚，拨云见金光洒落，吓得那鬼头尖叫一声四处逃窜。

“佛力！这是什么鬼地方！怎么会有这么重的佛力！”

他纵然逃得快，无奈这片气海之于他实在是太大，片刻后便被一道道佛言枷锁困束住。就在鬼头绝望之时，忽然远处的气海边上飘下一朵白云，白云上旋转着一朵金莲，上面坐着一个白衣女尼，清圣如画地朝他飘来。

鬼头彻底震惊：“你是……”

女尼：“没错，我就是观世音菩萨。”

鬼头：“……那这里是哪儿？”

女尼：“这里是极乐净土的大门，你已经死了，我特地来审查你生前的罪孽，如果你说实话，我就带你前往极乐；如果你说谎话，我就把你打入地狱。”

鬼头震惊的神情持续了十数息，周围佛力浩荡，根本没有给他细细思考的机会，半晌，他好似承认了自己的死，只得苦笑道：“都说那仙岚门能提供新鲜的活人供修士夺舍，原来是骗人的。我幼时也是去庙里给观音菩萨进过香的，菩萨可怜可怜我，莫让我受地狱之苦。”

女尼眉目安宁，双手合十道：“夺舍生人乃大罪，孩童更甚，你难道不知？”

鬼头此刻佛音灌脑，沮丧道：“菩萨明鉴，小人自然知道夺舍乃修界五逆，那道生天正法殿管得甚严，像我等低阶的修士，没有那个财力养专门夺舍的备用肉人，为了求生只能依靠这种见不得光的小宗门。”

女尼道：“可孩童何辜，那仙岚门有几人？为何敢在卯洲清净地做此恶行？最高修为是何者？”

鬼头道：“各洲都有这样的仙苗贩子，凡人们只以为自家的孩儿是被仙人接走了，其实仙岚门不是个宗门，怕被愁山梵海的和尚们发觉，之前还叫什么仙草门鲜花门，其实就是三五个修士哄骗凡人获利而已。”

女尼：“……”

鬼头见她沉默不语，又隐约觉得对方好像不似观音菩萨，紧张道：“菩萨？”

“最后一个问题，修士神魂清澄，你的模样却为何像个阴祝？”

“是……”鬼头犹豫了一下，道，“我本是巳洲修士，想趁辰巳两洲战乱去捡些漏，追杀一个落单修士时与同伴误入一座鬼城，一进去就发现那鬼城里到处都是阴祝，不慎被一头阴祝吸干了生机，本以为魂魄也一并被吸走了，没想到醒来的时候自己也变成了这副模样。幸好那鬼城里禁制不强，我同其他还有神志的魂魄逃出后，便遇到一个专门卖幼童供夺舍的修士，带我来了卯洲。”

他说完，神情有些木呆呆的，好似萎靡了许多：“若不尽快找人夺舍，我的神志就会渐失……说不定，也会变成阴祝。”

巳洲……鬼城？

南颜一瞬间想到了在寅洲时，巳洲无相门的一个长老因为一桩化婴丹材料的交易，给了她三个名额，可进入一处鬼城参悟。

直觉告诉她，那应该是同一个地方。

心绪波动间，气海处灵气翻波，露出金丹一角光芒，鬼头到底是修士，看见那金丹的瞬间，一阵悚然：“你……你是结丹修士！”

南颜索性便不再装了，神念幻影化散，气海四面八方传来宛如天威般的声音。

“虽事出有因，但那被你夺舍的孩童何辜，竟要被你夺舍吞噬魂魄……”

四面八方的佛力凝为刀风向鬼头刮来，鬼头疯狂逃窜，然而并无用处，他很快被佛光彻底包裹。

“前辈饶命！前辈饶命！晚辈愿献出魂血，从此为奴——”鬼头在尖叫中崩溃爆散，了无痕迹。

南颜一睁眼，佛珠一甩盘在右手上，起身出门：“出家人不打诳语，说度你入极乐，绝不送你落黄泉。”

庄子里此刻平静下来，感应到各个房间里，已有孩子服下了灵液，筑基修士们收回神识，开始往已空了的大锅里丢新的灵药。

“手头还有一百八十条修士魂等着夺舍，还需再找些大点儿的凡人村落，引些孩童来，最好是个小镇。”

“尤其是那些正在向阴祝转化的魂，有几个失去理智的，阴气越来越重，我都不敢放出来。”

“咱们这单生意就不该收巳洲的，总觉得这些修士死得蹊跷……”

有个一直沉默的筑基修士道：“白日时，我在一个村子里看到有个女佛修，我总觉得她察觉到了什么……要不然，待这一拨修士魂夺舍完毕，我们去寅洲躲一段时间？”

其他不在场的修士问道：“那女尼什么修为？”

“与我们相当，孤身一人，但看气息模样，应比我们强。”

其他筑基修士道：“那倒无妨，我们只做筑基期的小本生意，高阶修士不会多管闲事，等这笔做罢，我们也攒够灵石了，找个地方结丹便是。”

有人摇晃着功德箱里的一万多块灵石，嘲笑道：“这些凡人也真是够傻的，今日还有个最傻的婆娘，水火双灵根，还想给儿子博个前程。修仙是难了，不过给人夺舍倒是极为合适的。”

“欸，说到这世间奇异的灵根，你们可知谁才是最厉害的？”

“辰洲龙主最厉害吧，寻常人一种变异灵根就够厉害了，他足有四种！尤其是元磁之力配合雷电，宛若天神！”

“我倒觉得应该是狱邪侯，他的灵根据说叫‘影灵根’，修炼后来去无踪，别人杀不死他，只有等他杀。”

“真是见识短。”其中一个修为最高的筑基修士，跺了跺脚下的地板，道，“上古时期的阿蓝古佛，门下有九十九个弟子，九十八个弟子都资质奇佳，唯有一个最小的弟子是个五灵根。

“师兄们都结婴化神到神州大地四处传道去了，这个小弟子才堪堪炼气，时常被阿蓝古佛教训。

“但这个小弟子并不气馁，以炼气期的资质把古佛的三千卷佛经倒背如流，之后便开始发力，赤足踏遍神州，积得善行十万，斩妖魔百万，在阿蓝古佛圆寂后，他一夜得证化神，继承了古佛衣钵，成为卯洲共尊的佛忏主。

“据说这位佛忏主，便是罕见的五灵相同灵根，互相克制……但反推之，五行相生，生生不息，乃是世间修行最快的灵根！”

众修士心驰神往间，有人不免嫉羡：“可惜佛忏主失踪，估计现在也圆寂了，怕是再不能一见了。”

“放心，他若圆寂，你们很快就能见到他了。”

众人正唏嘘不已，蓦然一道强悍神识逼压而下，女声传入，众人纷纷色变。

修为最高的筑基修士神识一探，发现这庄子里所有的凡人和外面看顾的低阶修士都消失了，一股逼命危急乍现：“该死，有强敌，快跑！”

五名筑基修士犹豫了一息，下一刻，发觉那气息节节攀升，终于为之色变。

“是结丹！”

五人马上各自用出逃遁法宝，慌不择路地破窗飞出，飞得快的直接飞向天边露出的鱼肚白，却不料半空有人设下拦截，只闻“当”一声巨响，他整个人撞在了一道金光波纹上，七荤八素地摔了下来。

夜雾中，只见整个庄子笼罩在一个巨大的虚影里，细一看，竟是一尊千手观音，观音背后的千手中，绝大多数是空手，少数几只手拿着法钵、佛珠、金刚杵……最为扎眼的，是一柄镶着五种宝石的黄金剑鞘，单单那外露的气息，便足以灭杀一个筑基初期！

仙岚门修士抬头一看眼前景象，骇然道：“这……这是神佛降临吗？！”

菩萨顶上立着一白衣如雪者，低眉垂眸，面带杀意。

“邪魔外道，残害人命，当入阿鼻！”

五名筑基修士面露绝望之色，纷纷下跪，磕得满头是血：“菩萨饶命！我等知错了！以后再不敢犯！”

千手中有一只巨掌正要落下间，南颜猛然抬头，看见天穹上乌云遮月，浓云中现出宝气如来的面孔。

“真圆，你可还记得为师与你之约定？”

这是愁山梵海的地界，南颜如此大的动静，自然惊动了梵海院。

南颜沉吟片刻，道：“我曾与师父相约，做一百件善事，不得沾血造杀业，否则便入不了梵海院，无法出卯洲。”

宝气如来道：“你为此花费半载，如今已做了九十九件……若杀了他们，你又要重新做起，若再遇上当杀之人，岂非没完没了？人间恶者如是多，你恐怕此生无法出了卯洲，也无法为你母亲报仇。”

南颜一阵沉默，她知道或许在他人眼里，这些因愚昧而被利用的凡人似乎并非无辜，这般作为，不只耽误她本身修行，也许还会因此纵放杀母恶人。

宝气如来继续警告道：“梵海院院规，入山门前，弟子不得造杀业，你可还要杀之？”

那些贩卖幼童的仙岚门修士见南颜高悬的佛掌没有拍下，纷纷面露希冀之色：“我们知错了，真的知错了，以后一定多行好事！多投香火钱！菩萨心肠，就饶过我们这次吧！”

宝气如来见她继续沉默，道：“真圆，你当慎而选之。”

仙岚门修士见南颜不再动作，自以为逃过一劫，刚想偷偷离开时，却听得一声冷然话语：

“我行世间，本就如踏地狱，地狱不空，誓不成佛！人间诸苦犹可追，眼前是恶即当斩！”

一个“斩”字落，低眉便见一蓬鲜血掌下绽，三条亡魂归地府。

“真圆啊……”宝气如来一声叹息，天边云光乍现，照亮山峦。

南颜双手合十，道：“师父，我把这些凡人送回后，自会重做这一百件善事，到时再去梵海院寻师父，弟子告退。”

“慢。”天上宝气如来的面孔微笑起来，“我梵海院有不沾血造杀业的律例，可愁山院没有。”

南颜：“欸？”

“真圆，你佛心坚定，已通过愁山院的试炼了。”

“……这山道再往上便是愁山院的善恶道，想获得山海禁决试炼资格的弟子，皆需走过这善恶道，才可踏愁山，入三千造业塔参悟菩提。我便送到这里，请真圆师姐慢走。”

“多谢引路，师弟慢走。”

南颜告别引路的沙弥后，回头看山腰下掩盖在雾气中的梵海院。

佛门圣地愁山梵海，分愁山院与梵海院，梵海院主在“扬善”，弟子修心度化世人，讲求不造杀、不破戒。

而愁山院的佛者则反其道而行，认为歼灭诸恶，人间方可成净土，故而愁山院中三千造业塔中修炼的俱是杀生僧。

杀生僧是一条苦行路，人间诸恶一日不尽，便一日不证正果。

南颜想起宝气如来的叮嘱，说愁山院现在并无掌院，杀生僧大多是脾气不好的，只能凭实力争取入造业塔修炼的资格。

抬头望去，只见所谓的愁山宛若半个佛头的形状，鼻梁便是善恶道，山根便是愁山院正门，佛头的顶髻便是一座座佛塔，这佛塔足有三千之数，单单站在山腰，便能感到那股令人战栗的佛门灵气。

南颜定了定神，走到一侧敲响了道旁的铜钟。

“梵海院真字辈弟子真圆，请渡善恶道！”

钟声一响，眼前迷蒙的雾气向两边分去，只见这是一条每个修仙门派山门处都有的石梯，不过奇异的是石梯两侧每隔十阶，便立着一盏石莲灯。

一个苍老的声音从愁山院上传来——

“朝暮为限，点十盏莲灯，可入愁山院；百盏，可入三劫塔；六百盏，可入六劫塔。”

一日一夜为限制，每过十阶便可点燃一盏莲灯，十盏莲灯就是一百阶，走过一百阶就可以获得愁山院修炼的资格。

南颜知道这条善恶道不好渡，她将佛珠持在手中，定了定神，一步踏上石阶，便是浑身一震……好像，腿上压了一块石头。

而且，南颜觉得自己的灵力直接被压制了七成，不过石头只如鸡卵般重，对修士而言轻若鸿毛。

等踏上第十阶的时候，两侧莲灯亮起一盏，同时南颜面色微变，双足上起初宛若一个鸡卵的重量，现在已逾百斤。

南颜额角隐约渗出冷汗，她已摸清这石阶的规律，看来下一阶，一百斤要变两百斤，再下一阶，两百斤要变四百斤……以她结丹期修为，在灵力被压制的情况下，顶多能抵得五千斤重的巨石压身而不倒，而要入愁山院，则是要过一百阶，按这个规律加下去，她根本就不可能点亮十盏莲灯。

于是她沉吟再三，索性原地坐下来，皱眉思索。

愁山院中，有三千佛塔，小的只有一层，大的足有八层，而整座愁山院中央，千塔拱卫之处，有座九劫塔，四面封闭，直入云端，单单见之便神识轰鸣，难以直视。

而在九劫塔附近的一座八劫塔中，几个老僧正在饮茶，不时将神识放出，观察正在渡善恶道的南颜。

“天下资质绝顶的佛修那般多，宝气师兄偏寻了个身份麻烦的徒儿。”

“这孩子倒也聪明，知道这善恶道，越往上走，越是身重难行。绝大多数试炼佛修杀至五六十阶才发觉其中关窍。”

“愁山难行，依我看不如借此机会让此女还俗做个道修去，省得为我愁山院引来祸事。”

一侧的宝气如来一脸慈爱地关注着南颜的进度，道：“佛门之祸福，不在一个娃儿是否能进得山门，只在世间大势尔。”

“可此子心有负累，不适合入佛门。就算勉强过了十盏莲灯，也只能在愁山院洒扫而已。”适才想把南颜拒之门外的长眉老僧肃然道。

宝气如来微笑道：“法座勿怒，我们不妨来打个赌。”

那法座道：“师兄打算如何赌？”

“法座当年结丹时，曾蒙上师残余佛意化形点化，一口气点燃九百盏莲灯，位居七劫塔，与元婴平起平坐，至今为我两院之首……老衲既是真圆的师父，便偏私些，赌这孩子，点得燃千盏莲灯。”

那法座眉头微皱，道：“既然师兄自信满满，老衲便赌了，千盏莲灯只存在寂明上师的传说中，这善恶道实则只有九百九十九盏。这样吧，哪怕此子渡过六百盏莲灯，老衲便允她在七劫塔修行，且若她完成七劫塔试炼任务，就给她一个山海禁决的资格！”

愁山善恶道，南颜盘膝而坐，试图放松心境，但似乎并无作用，缠绕在双足上的重量不减反增。

眼看着日上三竿，南颜知晓不能再徘徊下去了，起身再次向上攀爬，一口气冲到第七盏莲灯处时，双足不由得一沉，好似有一尊巨灵神死死抓住她的双足压在石梯上。

南颜双手按在膝盖上，尽量调动周身的灵力灌注于双腿，提起来再踏一步，第七盏莲灯亮起的瞬间，她听到了骨骼发出了不支的哀鸣。

修佛尤其注重防御力，四兄妹里，南颜自以为体质算是不错的，没想到这善恶道前，竟仍是毫无作用。

那些前辈究竟是怎么爬上去的？

南颜勉力抬头一看，目力所及，善恶道天梯上的莲灯足有七八百盏，按佛门的规制，这样的莲灯应有九百九十九盏。

汗水顺着面颊流下，双腿好似被一座山夹起来，再动的话，有一种会被碾为肉糜的错觉。

不行，得爬上去，至少……不能成为他人的负累。

双眼里渐渐有血丝弥漫，南颜体内传出一声磬钟响，千手观音虚影化现，千手之中，有一百余掌心绽出佛光，凝聚在她身上。

这股佛力比寻常佛力更为浩然刚劲，南颜闷哼一声，好似全身的痛楚暂时消失，一步一步迈向第十盏莲灯处，竟无视肉身渐渐有崩溃的趋势，强行渡道！

“……此子，意志不输男儿！”愁山院里，有人发出赞叹之声。

“只是老衲也算通晓诸道，却不知她这功法是何出处？竟让老衲有种心惊之感。”

宝气如来道：“真圆的功法尚不能告知诸位师弟，但她修炼时，尤其是晋阶前后，心魔关极其凶险，当年老衲捡她去寺中，她只用数月便到炼气圆满，却在筑基之上足足卡了一年，失败十数次，等她禅心坚定后，才险之又险地筑基成功。”

“为何？”

“她年少时际遇坎坷，十年不得释然，所以她筑基圆满至假丹后，我不允许她再轻易尝试结丹，让她外出历练，待削弱心魔，方可再尝试晋阶。”

其余两名老僧皆心觉古怪，下一刻，他们中有人惊道：“她要度过第十盏莲灯了！”

那股重压已不再盘踞在双腿上，而开始挤压起了她全身，以至于她心里发狠踏过第十盏莲灯的瞬间，肺腑当场受创，一口血喷在道旁的莲灯上，让灯上火苗一颤。

愁山院的资格……半跪在冷硬的石阶上，南颜睁开眼，不禁苦笑。

这善恶道有千盏灯，想来前人应不止于此，如今只过十盏，岂能放弃，一定有什么不对。

此时日头正上中天，照得她双颊泛红，南颜咬紧牙关，尽量不让自己说出放弃的话，但昏蒙间，她好似听见一股沙沙的扫地声。

随着身旁的莲灯一闪，眼角的余光瞥见一个八九岁的小沙弥，衣角掖在腰带上，眉心一点朱砂印，显得十分玉雪可爱，正拿着一把扫帚打扫着石梯上的落叶。

南颜看着那小沙弥扫地，目光凝在他扫帚下扬起的落叶上，忽然心头一震。

她身上的重量如万钧大山，足以压垮一切，为何脚下的石阶丝毫无损?

幻觉有时是一种心魂的重量，你总记着它，它的存在感就会越来越强——南颜想起擅长幻术的殷琊曾对她这么说过。她双手撑在粗砺的石阶上，凝神看着脚下的石阶……不多时，她便感到灵力越大，那重量的存在就越明显。

而且……不像是来自脚下的石梯，而是来自她自己。

这么一想，南颜一咬牙，开始散去自己的灵力，随后她便心头一阵狂喜……果然是自己被削减的灵力不受控制了。而她的灵力本就比寻常人高上数倍，渡这善恶道也会难上数倍！

"她找到关窍了！"观察着南颜的法座一挑眉，道，"比老衲想象得要快一些，不过善恶道也并非只是压着人玩玩的地方。"

散去灵力后，南颜感到周身的压力如潮水般退去，待整个人灵力空荡荡一丝不剩，没有灵气的护体，她开始感到了烈日的暴晒。

凡人还真是不容易。

所幸她肉身的恢复力也十分强悍，不多时便恢复了三分力气，她再抬头时，那小沙弥便不见了。

她摇了摇头，开始向上攀爬。

意外地，后面一千阶并无难度，这让她心头有些惴惴不安，这不安在走过一百盏莲灯后，蓦然放大。

南颜再次感到一股压力，这股压力并非肉身上的，而是耳边开始鼓噪起一些声音。

"谢谢你呀，救了我的孩子。"

"菩萨大慈大悲，若不是菩萨，小女便要被抓去做炉鼎了。"

"恩人杀得好！魔修就该死无葬身之地！"

那些声音都来自她之前救过的一些凡人或修士，他们对她充满感激，但渐渐地，这些感激的声音就变了味。

"你为什么不早到一步？你早到一步，我爹就不会死！"

"你们仙师不是神通广大吗？为什么不能把我儿子复活！"

"享受着凡人辛勤劳作供来的香火，难道就不该为我们做这一点点事情？"

"就因为你杀了那魔修，他门下的弟子就抢走了我的道侣，你怎么不去死！"

善恶道，善恶道，原来是这般的善恶。

南颜双手轻合，默念心经，但随着渡过的莲灯数越来越多，她的脚步越来越沉重，不得不分出心神去抵御这样的骚扰。

某一刻间，南颜一睁眼，发现她面前站着一个陌生的少女。

“你知道我是谁吗？”女孩衣衫褴褛，笑得凄厉，袖子下的手竟然是挂着烂肉的白骨。

“你……”

“我是你杀的魔修的女儿，我爹被你杀了后，我无依无靠，被逃走的门人卖去做炉鼎，不到十四岁就被折磨致死……我好恨你，好恨你……”

南颜念了一声阿弥陀佛，并没有否认，看着她惨叫而亡，喃喃道：“那些被你父亲炼成丹药的孩子，也活不到十四岁……”

只是她虽这么说着，摸了摸自己的脸，却发现眼角流下一行血泪，看了看前面余下的七百盏莲灯，心底有点儿沉重。

果不其然，幻境越来越真实，一开始只有声音，随后眼前出现了幻影，最后连血腥味与腐臭味都依稀萦绕鼻端。

五感被幻境夺去，南颜依旧咬着牙继续前进，直到……

“阿颜。”

南颜猛然闭上眼，一个少年的声音在身后响起，她感到好似有人轻轻从背后拥住她，在她耳边呢喃：“……在忘川里被万鬼撕咬的时候，我就一直在想，就这样死了也好，可是……你为什么还要把我唤回来？”

他的手指在自己背后轻轻滑动，最后停滞在后心的位置，声音里好似带着一丝委屈而缠绵的尾调。

“你不看看我吗？不看看我……如今是何种面目吗？”

那些要命的言语似真似假，好似在勾着她睁开眼去确认对方到底是不是真正从地狱活着回来了。

南颜感到身体好似不是自己的了一般，整个人僵硬睁眼的瞬间，旁边一声轻叹，所有的善恶幻境顿时烟消云散。

她睁开眼，发现自己四肢发麻地躺在第三百盏灯旁的石梯上，转头看向那声叹息的源头，那是一个同样带发修行的佛修，正坐在她旁边，低头看着手上的经卷。他的年纪介乎少年与青年之间，肤色白皙，眉目宁谧，第一眼看上去相貌平平，等南颜眨了眨眼细一看，却发现这人生得极其俊美。

最奇怪的是，这个佛修生得和刚刚那乍然出现又乍然消失的小沙弥一样，眉心都有一点朱砂。

“……道友也是来渡善恶道的吗？”

那佛修把目光从佛经上移开，眼神十分柔软地看着她，轻轻摇了摇头。

“贫僧是来躲懒的。”他说。

佛修的声音格外悠闲，让南颜一听心里就静了下来，她越看越觉得这佛修有些眼熟，但又说不上来何处眼熟，只觉得对方的修为气息一时深不可测，一时又宛如凡人。

南颜犹豫了一下，改用了敬语道：“晚辈尚在试炼中，便少陪了，若能通过，再拜会前辈。”

“唔。”佛修微微点头，却又出声挽留道，“天色尚早，不如休息片刻？”

佛修说完，朝一侧招了招手，说了声有劳，道旁的桑树便好似活了一般，将枝头压了下来，恰好在二人周身遮了一片阴凉。

南颜心头微惊，她看得出来这佛修未使用任何灵力，讶然道：“草木未开灵，前辈是如何让它这般听话的？”

恰好一片翠绿的桑叶飘摇落在佛修手中的经卷上，他将桑叶拾起，轻轻放在树旁。

“十年蚕桑，草木知心。”佛修说话时神情恬淡，令人心旷神怡，他看着南颜，抬手点了点自己的耳侧，道，“你耐心听，这条路上不只桑木，总还有别的声音。”

南颜面露迷茫，但看他对自己投来一个鼓励的笑，便也不由得闭上眼细听起来。

一开始，只是蝉鸣与海风吹过树梢的沙沙声，接着，耳边又出现了蚂蚁爬过草叶、蜘蛛捕捉蝴蝶的万物熙攘。

南颜没有依靠神识，单纯使用自己的听觉，慢慢地，她发现自己的听觉在扩大，不只是附近的动静，远处的小瀑布、经堂的念祷、僧人挑水洒扫的声音一并涌现在耳边。

声音无限扩散，最后抵达瀚海的边缘，戛然于早归的渔歌声。

这感觉玄之又玄，极为美妙，南颜沉浸其中半晌，再睁开眼时，那佛修便不见了。

她迷惑地踏出一步，面上现出惊喜之色。之前在她耳边喧扰不断的魔音已细如蚊蚋，再不能扰她心神，纵然眼前幻象再起，少了听觉相扰，南颜压力大减。

“原来这位前辈，是来帮我解放双耳之听障的。”

每个人生来便有五感之障碍，眼、耳、鼻、舌、身，此五感易为外物所扰，进而容易为世道所困扰，唯有元婴之后寻到自身大道且道心坚定，方可减少外物对自身的动摇。

至少对南颜来说，她往后可不惧天下的七成幻术。

南颜找不到那位佛修，只能对着桑树深深行了一礼，随后目光热切地看向余下的几百盏莲灯。

“耳识已解，那么余下的莲灯若能克服，是不是……其他四识也能解除？”

“这愁山原本在凡洲，阿蓝古佛圆寂后，其弟子寂明上师受道尊岁寒子所邀，便将愁山移至未洲，镇压一处苦泉鬼门，后又衍生梵海，成就佛门圣地。这善恶道的千盏莲灯，是寂明上师为纪念阿蓝古佛亲手所设，每一阶石梯，也是亲自洒扫。后来的试炼者，点燃的莲灯越多，修行的好处越大……据说点燃千盏莲灯的修士，其佛道六识便可抵得上五百年的面壁苦修。”宝气如来笑道。

“老衲当年笃学于寂明上师，三跪九叩登天梯，得上师残识化形点化，入愁山院后，又苦修两百年，从此耳、身两觉破妄归真。”法座很是意外地看着南颜踏过第四百盏莲灯的界限，话头一停，随后变色，“她怎么休息了一下后，忽然变得这么快？！”

南颜的确很快，虽然眼前和身体的幻象让她的眼睛和皮肤一阵阵剧痛，但她知道机会难得，趁着耳识解放，一路小跑般冲过第五百盏莲灯。

而且在这途中，她每路过一盏莲灯，便明显感到丹火增长了一丝，原来仅仅包裹在金丹外围的丹火，此刻已长到巴掌般大，好似吸收了一丝那莲灯中的佛火一般。

南颜心想，莫非她的丹火与这莲灯之火属于同源？若不然，为何她在经过莲灯时，她的丹火都会增强那么一丝？

结丹期的丹火极难修炼，绝大多数结丹修士的丹火量在晋阶的瞬间就已经定了，除非像穆战霆那种单火灵根又收服了大日火精的，才可增强丹火。

而丹火越强，在结丹期对金丹的淬炼程度越高。

南颜眼里露出一丝兴奋之色，继续向高处跋涉，待度过第六百盏莲灯时，眼前善恶道的幻觉干扰已经到了结丹大圆满的程度，她头晕眼花地不得不再停下来歇一歇。

也正是在她休息的那么一眨眼间，刚刚那眉心有朱砂的佛修再一次出现在她身侧，但这一次，他仿佛没看到南颜一般，匆匆走过。

“前辈？”

南颜抬头望去，只见那佛修刚刚鸦羽般的乌发已生出些许苍白，身形也长成青年人成熟的模样，听她呼唤，只匆匆回头看了一眼，便又向前走去，很快消失。

随着那佛修离开，南颜突然呛咳了一声，一丝灰色的雾气从指缝里飘出，瞬间被莲灯烧去，那萦绕在鼻端的血腥与腐肉的味道也一瞬间消失。

味、嗅两觉，破！

南颜仿佛明白了，这位前辈应该不是活人，而是某个大能留在这条善恶道上的残影，起初的小沙弥是幼年，刚刚桑树下的是少年，越是往后走，他的年岁越长，如果再见到他，余下的身觉、眼觉也会破妄归真。

吃苦师父说过，有些修士化神之后渡天人五衰，尤其是五衰后期，痛苦难当，往往韶华白首，叮嘱她以后遇见面貌年轻却已满首苍白的修士，一定要持礼以对。

这么一想，南颜心里便生出难以抑制的好奇，她从未见过天人五衰的修士，而据说那道生天的玄宰就正在第五衰之中，若能成功度过，他下一步便可斩界飞升。

换言之，她将要面临一个天人第五衰的敌人，这个敌人无论修为还是城府，都立于当世巅峰，而这位佛修前辈对她并无恶意……这会是个见识五衰大能的绝佳机会。

把心一定，南颜便咬紧牙关继续前行。

善恶道是一条炼心路，漫天的星子爬上天空后，南颜已是如行刀山，眼前更是时而尸山血海，时而天魔诱惑，待到了第七百盏莲灯时，她朝前一扑，抓了一把丹药狼狈地吞服而下后，彻底瘫在石梯上不动了。

“真圆。”一个威严的声音遥遥传来，“你已通过愁山院善恶道试炼，点莲灯七百盏，足堪位列七劫塔修行，是否要本座接引你入山门？”

趴在石阶上的南颜动了动手指，抬起一张惨白的脸，发青的嘴唇张了张，道：“请前辈允我继续试炼。”

那威严的声音冷哼道：“你灵力已空，心神耗损，肉身亦已无处不伤，再往下走，便需面对与元婴中期相当的炼心之魔，有性命之危。”

错过这一次，再也没有机会在那位玄宰之前面对五衰修士。

“请前辈……允我继续试炼！”

似乎对她的不自量力十分不悦，那威严声音道：“你好自为之！”

眼前视线昏蒙，南颜挣扎着从石梯上爬起来，她当真是用爬的，一点点往上挪，爬过个三五阶，便要吃一些丹药维持体力，如是勉强到了第八百阶时，她发现身体完全失去了触觉。

这个时候，她闻到了一丝熟悉的酒香。

蝉露悲！

南颜一睁眼，眼前的一切又清楚起来，她身边又坐着那个眉心点朱砂的佛修，见她愕然地挣起，那佛修不由得本能地把将手中的酒往身侧藏了藏，但随后又觉得没有什么用，只能将食指放在唇上，做了个噤声的手势。

“嘘……”他发间的霜白又多了许多，但神色已比上回见到时更加安宁些，见南颜直勾勾地盯着他手中的酒，面上微微泛红，“愁山院中禁酒，你可莫要声张。”

“你……前辈这酒，是从何处来的？”

他显而易见地有些无措，好似做错了什么事一般，将酒放得远远的，慢吞吞道：“我曾到一个知交家中为他亡妻引灵，他那亡妻死前不愿与他相见，自行散离三魂七魄，我那故交用了九十九年方将魂魄寻齐，延请我将魂魄拼凑完整，超度他那亡妻……”

南颜耐心听着：“然后呢？”

“我那故交有个女儿，我在为她母亲拼凑魂魄时，她时常趴在墙头偷看，总同我说，她欠我人情，问我想要什么。”

南颜心头莫名紧张起来：“前辈是怎么回答的？”

佛修十指交错，空灵的双眼现出一丝迷茫：“出家人本无欲求，她却总说要还我，每日前来，说她白日里怎么受父亲的训斥，怎么同竹马打架，外人怎么夸她好看……又说，她喜欢酿酒，要为我酿一种天底下独一无二的酒。”

蝉露悲，原来是禅路悲。别、别是她想的那样吧？

这个时候南颜的脑海里浮现出了敖广寒那张一提到她娘就仿佛要吃人的脸，还有那未洲剑雄寻上道生天惊天动地的一剑。

嫌疑人那么多，万万没想到，佛门还有个嫌疑最大的。

南颜听得面容僵硬，冷汗涔涔：“前辈，你看那送你酒的人，同我长得像吗？”

佛修转过头来瞧她，只见这姑娘灰头土脸不说，脸上还流着两行血泪，五官“深不可测”，一时难以辨认，很是凝视了一会儿，抬手捉住旁边飘落的一片叶子，化作手帕，一点点擦起南颜的脸。

为什么感觉他脸上带着一丝令她不安的慈爱？南颜一脸茫然地任他擦脸，等到擦干净后，那佛修啊了一声。

南颜颤抖着问道：“你觉得我和她像不像？”

佛修又认真端详了片刻，歪着头一脸温善慈爱道：“孩子，贫僧觉得，你同贫僧倒是生得挺像的。”

南颜：……

破、破案了！！

——娘呀，为什么私塾里的那些小孩儿都有爹，我就没有？

——你想要什么样的？

——欸，我还能挑的吗？那我要每天给我买马蹄糕，带我去蹿巷子疯玩的那种。

南颜记得自己小时候还是问过的，只不过她娘实在太皮，自那之后当真把她当只肉猪喂，还拎着她满大街乱窜。

等到看见私塾的同窗因为抄功课被他们亲爹吊起来打的时候，南颜就再也不提亲爹的事了。

来了上洲后，她暗中把南娆的故人们同自己的样貌对比，可惜美貌的人总是有共通之处的，看谁都有那么一点儿相似。

直到今日，她就仿佛一个榫头，终于咔的一声找到了正好合适的卯眼。

“请问前辈的名讳？”

佛修笑了笑，道：“古佛昔日赐名，寂明。”

南颜膝盖又是一软。

愁山梵海的弟子，自然知道祖师是阿蓝古佛，而祖师之下，则有上师寂明，尊号佛忏主。

难怪那般艳烈的凤凰树后，佛堂边要遍植佛家才喜好的优昙花。

难怪这么多年，南娆对她的身世缄口不言。

难怪宝气如来要派化身吃苦和尚来接她。

难怪……

喉头涌上一股血腥，南颜艰难地咽下一口老血，又不由得仔细打量寂明。

南娆的样貌本极为炽艳，宛如烈火繁花扑面入眼，一眼便足烙于心魂，而寂明的气质却多似沉于静水中的古玉，纯净安然。

难怪自己的脾气秉性总是不太像南娆，原来到底还是像父亲。

寂明见她的脸色一时激动一时黯然，问道：“你是不是很累？”

“……是，我累了，很累了。”

南颜压抑住心头的剧烈震动，若他本人站在面前，南颜还会考虑一下是不是要抱他胳膊哭一轮，但可惜现在对方只是个幻影，而且……这个幻影的神识还停留在与南娆初相识的阶段。

那时，连赤帝都还在。

寂明本该散开的，可纵然是点滴残影，也莫名生出一丝微妙的挂念，道：“那我陪你走一段吧。”

南颜连连点头，跟在他身后。

不知是不是因为他曾是立灯之人的关系，南颜再也没有感受到过炼心幻影相扰，便腾出空儿来企图多打听点儿当年之事。

“……嗯，别人叫她娆娘。这些时日，我渡第四衰遇上瓶颈，心中时常躁郁难安，唯有她的酒能让人平复。”谈及此，他又轻声道，“道尊与赤帝等同道，皆远胜于我，且已渡第四衰，只要一过第五衰，便可飞升上界，一遂长生大愿。”

“上师不愿飞升吗？”

手指按在心口，随着酒意升腾，那里面好似有一些奇怪的酥麻感，这让寂明的目光有些失神，片刻后方道：“我修行岁月尚短，只是因为侥幸入了天人之衰，方被世人视以与道尊同辈。道尊拳拳心意，曾多次力约我同往飞升，只是此身尚有挂碍，并无飞升之想……我想，独辟一道，不为破碎虚空飞升上界，只为于红尘中净世斩业。”

南颜同他对视间，只见他的眼中闪过一丝奇异的光，随后不禁跟着他同时开口——

“我是杀生造业魔，悟得禅机献佛陀。”

此声一出，身后的八百盏莲灯同时动荡，南颜前路的那些莲灯竟也依次亮起。

千年来，善恶道从未有莲灯自燃之事。

夜风吹拂间，远处的愁山院察觉莲灯异状，无数强悍气息涌现，而南颜眼里，道旁的树叶一枯一荣，寂明的身影也虚幻起来。

他好似明悟了什么，道：“你叫什么名字？”

“真……我叫南颜。”南颜感到他要消失了，试图抓住他的手，却捉了个空，疾声道，“我叫南颜，南娆的‘南’，开颜的‘颜’！你记住了！”

他张了张口，好似已将这个名字记下来，随后身形徐徐化作光尘，牵引着南颜走向尽头。

这条善恶道上，有莲灯九百九十九盏，南颜走到时，看着那最后一盏虚无的莲灯，眼中露出悲色。

“……我们还能再见吗？”

没有人回答她，那光尘与她本身的丹火融合在一处，点燃了最后一盏灯。

愁山千盏莲灯齐齐亮起的瞬间，山顶三千佛塔也同时点亮，宛如大地繁星，随后那无数的光源分出一缕，汇向愁山中央的九劫塔，登时一股浓郁的佛力从九劫塔中流出，周围佛塔中传出狂热的声音。

“上师显圣！佛道大兴！”

一片喧嚣中，南颜虚虚捧着那最后一盏莲灯分出的一丝小火苗，那火苗与她的丹火融合瞬间，眼识身识解放，巍峨的愁山院山门前，宝气如来正微笑地看着她。

“真圆，你可明悟了吗？”

五识皆通，南颜只觉天地一清，可纵然修为提升，她还是忍不住怅然苦笑：“师父，原来你什么都知道。”

“修士之所以为修士，乃因遇不明之事，唯执修行……世间之事如百川入海，修行到头，终得证道。”宝气如来看向九劫塔，似是无意道，“此九劫塔，曾是佛忏主修行之处，除他本人外，唯有一洲帝子能入其中参悟。”

南颜猛然抬头望去，只见那九劫塔宛如月华流浆般倾泻着佛力，而那些佛力中，有一股与她同源的气息在呼唤。

“我知道了，多谢师父点醒。”

第十四章　百鬼巡城

待我斩尽世上魔，愿你我于冥府中，再不复见。

愁山上有三千造业塔，自那日九劫塔佛力大盛后，愁山院上下所有弟子闭关十日，自第十一日起，才恢复晨钟暮鼓的生活。

早起洒扫的僧人们一如既往地仰望九劫塔，但很快有人发现，在九劫塔外隔着七八座塔的位置，有一座七劫塔点燃了佛火。

又有新的师长得到七劫塔的入塔资格了，却不知是哪一位元婴大师。僧人们扫着落叶暗暗想着。

直到两个月后，七劫塔里传出一声低低钟鸣。愁山院时常会听到这样的钟鸣，鸣一声代表小境界的提升，鸣三声则是大境界晋阶。

数个时辰后，这座七劫塔的正门一开，守在门口的僧人这才看见，走出来的是一个女佛修。

“这位师叔可是真圆？”那僧人恭恭敬敬道。

“正是。”出来的正是南颜，她此刻周身散发着一股饱满的、属于结丹中期的波动，好似经过了这一阵闭关后，面颊也红润有光，散发着一股引人注目的精神气。

那僧人只看了她一眼，竟有些目眩的错觉，连忙垂首道：“法座命师叔去抽签。”

“抽什么签？”

“是帝子之选拔。”

南颜恍然，卯洲与其他部洲不太一样，对山海禁决竞逐帝君的位置并无兴趣，之所以选出一个参与进来，仅仅是为了门中佛僧结婴，提升修为而已。

每个部洲对山海禁决都只有五个名额，浪费了可不好。

这也是南颜起初来此的目的，向僧人道谢后，她便来到一座八劫塔前。这座塔的位置与九劫塔最为接近，是代掌愁山院的法座所修行之地。

南颜到时，发觉八劫塔周围足有三四百位佛修盘坐静等，修为均在结丹，个个散发着比寻常结丹强悍得多的气息。

在这里的，怕是愁山院本代的结丹天骄。

南颜一看，这三四百佛修中，有小半是带发修行的佛修，而不是光头的和尚，顿时大为惊奇，她找了个位置坐下，用神识悄悄戳了一下坐在她前面的一个俗家胖修士。

“这位师兄，贫尼是第一次来愁山院，不知这帝子选拔是什么规矩？”

那胖修士已经打坐了一个时辰了，无聊得很，听见身后的女尼声音如山泉般清澈，便欣然以神识回道：“各个部洲的帝子试炼都一样，随机给你发一个卷轴，卷轴上有三个任务，以星数标注难度，简单的一星，难的八星，三个任务加起来有十星即可，前五个完成任务的便可取得山海禁决的资格。”

南颜道：“那帝子是……”

“帝子就在这五人当中选拔，一洲之主会另外安排一项极难的考验，独力完成后，方可被封为帝子。”

南颜记得穆战霆向她抱怨过龙主给他发的任务简直丧心病狂，要他独力斩杀一头六阶离火蛟龙。

六阶妖兽相当于结丹中期，而当时穆战霆可是只有筑基圆满，等他九死一生回来之后，才发现龙主其实给他拿了一身保命的东西放在他殿中，但他为了赶时间就没带，又被一顿狠捶。

胖修士又道：“这些任务都是道生天正法殿那些人定的，难度不相上下，就算不能前五个完成，也可获得正法殿的奖励。当然，真要是抽到棘手的任务，可放弃，也可使些灵石找人交换。”

南颜看了看四周，不多时，八劫塔里飞出一只巨大的经筒，同时法座威严的声音响起：“将丹火分出一丝注入此伽蓝经筒中，抽罢后若发现有人因任务不满而伤人，当场废去灵根逐出山门！”

法座的声音十分威严，在场修士纷纷脸色一白，不敢有任何妄念。

南颜见所有修士都分出丹火注入经筒中，自己也打算抽出一丝，哪晓得一个不稳，直接抽出一大团，引得旁边的人注目。

“这位师妹，这经筒是灵宝，吸了丹火便不会再生出，你这般会不会太浪费了？”

南颜自走过善恶道后，便觉得气海里宛如有一只小火炉，别人的丹火拳头大的就顶天了，她的丹火几乎占据了三分之一的气海。若哪天她有机会和大哥联手，他们俩加起来估计能把一座小城烧得红红火火的。

尴尬地笑了笑，她连忙把丹火注入经筒中。

片刻后，经筒发出一声嗡鸣，刹那间无数灵光向四面八方飞去，每一道灵光中都包裹着一只卷轴。

南颜还没拆开，就听见她前面的胖修士发出一声大笑：“两个三星任务，一个四星任务，都不难，看来我有机会争一争那山海禁决资格了！”

周围人顿时投去羡慕的目光。

“三三四是最好的，像我，二三五，那五星的任务是剿灭一个有结丹后期坐镇贩卖肉人的据点。”

“你就拉倒吧，我这六星任务可是去一个元婴炉鼎老魔的洞府做探子，我一个佛修，多难为人啊。”

“你说，会不会有那种两个一星、一个八星的倒霉蛋？”

“不会吧，那种据说连正法殿的人都说概率极小，恐怕只有天命之子才会被选中。”

佛修们三五成群地互相讨论着，那胖修士回过神来，开始找刚刚那个说话声音很好听的女尼。这一回头，便看见一个疑惑地看着卷轴的女尼。

“师妹，你是几个星的任务？”

“嗯……”南颜盯着那卷轴沉默许久，将卷轴翻过来面向他们，“师兄，你看我这两个一星的，一个八星的，是不是罕见的天命之子？”

一星的任务，一个是找一本书，一个是找一种灵药，都可以随便委托给任何一个部洲的拍卖行解决。

只有那一个八星的任务，写着：查探巳洲岐天原以北鬼城虚实，绘制详细地图，带回三头恶鬼为样本。

“师妹……”那胖修士一脸担忧，“你这个，恐怕没人愿意跟你换，要不然你就放弃吧。”

南颜默念“鬼城”二字，唇边绽出一个灿烂的笑。

“不，这鬼城，正合我意。”她一边在别人看疯子一样的目光中离开，一边取出一只传音玉符道，“二哥起来，咱们去巳洲玩了！”

不多时，玉符里一个暴躁的声音回道——

“玩个蛇皮，说了多少次了，不到午时别惊我的觉！老子昨晚被三个老贼按着抄佛经累得脑壳疼，要去你去！”

南颜：“我们去巳洲买裙子——”

殷琊：“半盏茶时间内到梵海院门口接我。”

南颜走到愁山院山门前时，回头看了一眼七劫塔。

在愁山院中，造业塔吸取愁山特有的地气，进入其中修炼时，塔的层数越高，修炼的灵力越盛，且灵力中会附加一重愁山梵海特有的佛力。

南颜用了两个月将自身所有的灵力转换为七劫塔的佛门灵力，施法时就算不动用《七佛造业书》，也可达到镇魔辟邪之效。连南颜自已都很难想象这附带了佛力的灵力与《七佛造业书》叠加起来是什么效果。

等她与其他同门一样飞下善恶道，就在梵海院门口看见一个油光水滑的狐狸精。

精致、漂亮、帅气，把一个正要来礼佛的其他门派女修迷得七荤八素。

“小哥哥，以后一定要记得来我们云姝门玩呀！”

殷琊笑眯眯地目送那女修离开，然后神色一敛，对南颜道：“你不用说了，我都打听清楚了，刚刚那个女修，她师父的第二任道侣的侍妾的在巳洲的表妹服侍的一个魔修宗门四长老的私生子的六师叔的姘头也要去那巳洲的鬼城感悟化神，说是最近有不少元婴修士得了信儿往那儿去，你确定要去掺这么一脚？老和尚不是说，你过了善恶道，就有了山海禁决的资格了吗？”

南颜顺着他的话想了好久，放弃思考道：“我必须要去九劫塔确认一件事，只有帝子才能进入其中感悟。”

殷琊让她把卷轴拿来，打开后眯着眼看了好一会儿，不禁道：“你这手气好呀，听说那试炼任务是用丹火选的，你别是被人陷害了吧。”

南颜虚心请教道：“那依二哥所见？”

殷琊：“依我所见，我们先去巳洲买裙子。”

南颜：“……”

三日后，巳洲。

巳洲与岐天原战场的交界处以北，乃是一座绵延数百里的大山，名为巫嫄山，山中终年阴雨，灵气稀薄，附近最大的城池也少有修士出入。

但最近有些不同，巫嫄山脚下新搭建了一座传送阵，一夜之间雨后春笋般建起了一幢幢修士的洞府或铺子，惹得附近打樵耕地的凡人纷纷相传，怀疑巳洲是否要在此地建一座新的据点，既畏惧又不免好奇。

南颜半日前便来到此地，一来便果断把气息与面貌隐藏，又变成了之前在辰洲时用的那张弯眉细眼的古典女子面相，配上她一身朴素的禅衣，看上去宛如成熟了十几岁。

而殷琊从传送阵出来后又抱着一棵树干呕了一阵，缓过来后便杀奔法衣铺子，不多时左手提着一件绣着梨花暗纹的黑色衣裙出来，在南颜面前抖开来，审视道：“挑来挑去也就这件能成，巳洲的这种乌绡本是极显身段的，就是太透了。”

南颜：“二哥，我觉得你最近有点儿可怕，你是大彻大悟了，终于想和我做姐妹了吗？”

南颜刚问完，被殷琊迎面砸来一根玉簪，她连忙躲到一边，眼尾抽搐地瞄了一眼钉在身后墙壁上的玉簪。

一侧殷琊出完气后，周身幻光一闪，转眼间变成了南颜的模样，一身黑裳，生生演绎出个妖艳版的南颜，唯一的区别是他的眸子仍是紫色的。

殷琊欲盖弥彰地戴上块面纱，道：“我总觉得这次事态不简单，或许是有人通过你的丹火察觉到你是谁了，所以你我索性调换身份吧。”

南颜十分感动：“二哥放心，你要是死了，我今后必定勤奋修炼，争取将来助你天狐一族早日脱离封妖大阵。”

“……你想跟我街头撕一架吗？”

二人互掐了片刻，等到旁边路过的修士注意到这边，两人才好整以暇地向当时在寅洲拍卖场中，与那无相门长老约定的地点走去。

约定的地方是一座漆黑的小楼，门口挂着一张面具图案的门派标识，门口也正有两个结丹初期的修士守卫。

“二位可是我无相门大长老所约的贵客？”

“正是。”

“楼上请。”

南颜在楼下便感到这楼内的气息磅礴无比，被人引着上了二楼，扑面便是足足六道元婴期气息。

而且，全都是魔修。

南颜眼中异芒一闪，殷琊便站到自己前面，主动道：“无相门的前辈，晚辈赴约来了。”

坐在中央的一名独眼的元婴修士意外道：“原来是两个女娃儿。”

其下首有个模样丑陋的元婴初期修士，看样子像是刚刚突破，目光在南颜二人身上扫了一圈，忽然邪笑一声，道：“大长老，来之前你可没提到过这两位娇客。”

“余长老，说起来，能让我无相门这半年连增四名元婴，得以赶上此盛会，便是这两位小友愿将霜元果卖与老夫之故。”

那面貌丑陋的余长老嘿嘿一笑，道：“原来我能结婴，是因为与这二位有缘，大长老，不如就将保护这二位姑娘的任务交与我。”

那无相门大长老犹豫了片刻，但看南颜二人都是一脸冷漠，毫不在乎的模样，轻咳一声道：“那就有劳余师弟了。”

南颜与殷琊一直没说话，被请到下首后面一排坐下时，都竖起耳朵细听他们所聊的情报。

这件事缘起于岐天原的辰巳之战战场，有一队魔修在辰洲修士追杀之下，误入了巫嫄山脉中，追逐间发现了一座隐匿在山中的城池。

这城池十分古怪，只在日落时出现，日出后便又蒸发般消失。进入鬼城中的人只有一夜的时间探索，必须在天亮前逃出，如果没有及时出城，第二个夜晚，便会成为城中的“游魂”。

这种游魂介乎修士的元神与阴祝之间，且渐渐在向阴祝转化。而逃出鬼城的人众口一词，说他们曾在鬼城中看到过化神修士的残魂。

天邪道的副宗主祸无极得知后，亲自前往巫嫄山探查，得出结论，这鬼城乃是上古一处无名都城遗迹，因地气特殊，困束大量化神修士残魂，号召巳洲的元婴修士都来此地借道化神。

此事也得到了巳洲之主狱邪侯的首肯，如果有大批元婴修士借道化神，那在战局中本已处于下风的巳洲，一瞬间就可反压强盛的辰洲。

修士的世界，修为决定一切。

“修士一旦到了元婴期，修炼进度就会极慢。”无相门大长老叹道，“老夫余下的寿元已不多，一旦陨落，门中便只剩下一个元婴后期大圆满的宗主，不若借此良机拼上一回。”

旁人笑道：“此次我无相门足有十名元婴参与这鬼城借道化神之行，便是天邪道也倍感震惊，一旦在鬼城之中有所斩获，从此之后，便可跻身巳洲一流宗门。”

“好，明日日落前，齐聚巫嫄山，天邪道自会派人前来主持此事。”

“祸无极前辈可会前来？”

“据说祸无极前辈锻造煅铁到了关键之时，就算前来，也会稍晚些。天邪道方面，会另外派一个后辈持他的灵宝前来主持……”

一听到祸无极的后辈，南颜整个人就是一激灵，等无相门的人散去后，次日乘他们的空行舟到了巫嫄山，这种猜测便更重了。

他们落下的地方是一片草木摧折、河道干涸的树林，分明还是白日，却有一种阴森森的感觉。放目望去，足有上百道气息沉雄的元婴气息，其中也不乏如无相门一样带着些许结丹弟子的身影。

那余长老途中一直企图打听南颜二人的来历，只是二人各执一词，让他耐心渐失，可一到这巫嫄山，他的目光便被中央一座雕着蛇纹的六轮大车吸引。

那车前拉车的不是灵兽妖兽，而是活生生的人。不仅如此，待那车帘挑开，里面卧着一个妖艳女子，修为在结丹后期上下，一双美目朝车外扫了一圈，偶然扫过余长老，皱皱眉，便重新躺进车内一个英俊炉鼎的怀里。

“那是……狱邪侯的千金！”余长老显而易见地兴奋起来，“听说这狱邪侯一双龙凤胎儿女，素喜美人。尤其是这厉绵，手下有一座极乐销魂殿，内中收罗美人无数，仍满足不了她的胃口……却不知这次又看上谁了。”

厉绵？

南颜记得巳洲的帝子厉迟有一个同胞妹妹叫厉绵，应该就是眼前之人，不免多看了两眼。也正是她多看了一眼，才发觉那厉绵身后的男炉鼎模样竟和嵇炀有两三成相似。

“唉……”这里是巳洲，厉绵没有避着外人，低低叹息道，“隐师兄怎么还没来？我从岐天原追他到本宗，最后都追到这荒郊野岭了，他竟还不懂绵儿的心意，好生伤心。”

她身侧的炉鼎道：“绵儿莫气，是那人不识抬举，三番两次邀他来极乐殿游玩，他都无视我等……哼，副宗主的徒弟又如何，绵儿可是狱邪侯的千金，在巳洲谁敢得罪？”

那厉绵听他这么一说，面色却忽然阴沉下来，一掌拍在那炉鼎天灵上，竟活活将之打死丢出车外，尖叫道：“区区筑基的炉鼎，敢在我面前妄言！”

车外同行的修士早就习惯了她阴晴不定的性格，默默将那死去的炉鼎火化后，道：“副宗主指明了隐来开启鬼城，小姐有什么事，等到事后再说也不晚。”

厉绵哼了一声，道：“……若你识相便罢，若不从，我就把你的皮子剥下来，制成面具，陪我夜夜笙歌……”

南颜听了半晌，只觉厉绵此人的变态是她生平仅见，随后目光幽深起来，捻着佛珠的动作越来越快，片刻后，好似终于忍不住，指着那边道：“二哥，看见那个紫衣服，靠在一个壮汉炉鼎怀里的女人了吗？”

殷琊：“看见了，还挺眼熟的，咋？”

南颜：“骂她。”

殷琊："你怎么不骂？"

南颜："出家多年没骂街，一时想不到词汇。"

南颜深吸一口气，用气音低声道："该死的狐狸精！"

殷琊："……你能不能换个说法？"

南颜："狐媚子！"

说话间，夕阳已有一半落入西山，就在漫天光霞渐渐被浓暗的蓝色取代时，远处的枯木间涌出一股灰色的寒雾。

随后，一座巨大的城池在夜雾中徐徐出现，城头好似有人执着青灯，靠坐在城墙上。

"时辰已至，诸位……"

他话未说完，便有元婴修士迫不及待地化作一条长虹冲入鬼城中。

"鬼城开了！原来当真是有！"

"不枉老夫千里驰来，借道化神，我必是第一个！"

"无相门之人，快进入其中抢得先机！"

而说话的人，静静看着城下疯狂的一切，目光掩在夕阳彻底消失前最后一丝光与暗的交会处，宛如某种狩猎的野兽一般，嘴唇无声地嚅动："黄泉路遥，请诸位不吝指教。"

当夕照的最后一丝微光为黑夜所吞噬，巫嫄山深处便出现一座诡异的残破城池。城墙宛如被鲜血常年浸透，散发出一股铁锈与灰烬交融的气息。城门处好似被大能专门下过禁制，维持着十丈高的巨大门扉开启。

急躁些的修士唯恐被人捷足先登，大多神行一晃飞驰而入，便是稍稍谨慎些的，在门外观望了片刻，发现前面的修士毫无异状后，也陆续跟了进去。

人潮中，南颜是唯一一个将目光放在鬼城城楼上的。或许是因为周围点点冥火过于萧瑟，那张熟悉的面容隐藏着一种说不出来的幽微疏离感。

南颜还没有说什么，就看见嵇炀的目光从人潮中扫了一圈，烙在她身上，一瞬间的诧异后，朝她摇了摇头。

南颜自认为易容换身份的次数也不少了，却也想不通嵇炀为何总是一眼就能发现她的存在，尤其是……旁边的殷琊还特地幻化出了她的相貌的情况下。

"让开！"

背后一阵马车急响，无相门的元婴虚虚一掌让他们都躲开，那厉绵的马车就冲了过去，好似打算找人。

"隐师兄！你等等绵儿呀，哥哥让你照顾绵儿呢！"厉绵半个身子探出去，但后者连个眼神都欠奉，身形一幻便消失在城头上。

厉绵脸色一下子阴沉下来，一掌拍断了车上的蛇形铜灯。

旁边伺候她的修士噤若寒蝉，等到她气息稍稍平复，道："此人虽被副宗主收为亲传弟子，但小姐可是狱邪侯的千金，他如此无礼，不妨回去后找个由头让副宗主处置了他。"

厉绵恶狠狠道："我也正奇怪了，极乐殿中的男子不说上万，也足有数千，怎就找不着一个同他的气度一样的？折不下这么一朵绝世幽兰，我不甘心！"

南颜：绝世幽兰？

厉绵又道："我乃巳洲之主唯一的女儿，若能得我青睐，他岂不是平步青云？枉我多次主动，哪知道他这般不解风情。"

南颜：不解风情？

旁边人再次苦口劝说，那厉绵方才息了雷霆之怒，踢了一脚拉车的牲畜般的修士，便带着她的人一路进了鬼城。

无相门的人处处谨慎，直到厉绵走后，方有人不满道："她队伍中只有三名元婴坐镇，我们何必让她？"

"呵，那三名都是有名有姓且成名已久的老怪，个个有开辟宗门的实力，收拾我们这十几个人还是可以的。"

无相门中其实只有那大长老一人是元婴后期，余下的除了两个元婴中期都是刚刚结婴的修士，在数月前，他们都还是结丹修士。

"好了好了，快抓紧时间进入吧。"无相门的魔修随着最后一拨人潮踏入了这大门中。

可等到了南颜时，她一只脚刚碰到鬼城的地砖，瞬间一股柔力把她推远，弄得殷琊一阵愕然。

"怎么了？"

南颜愣了一下，伸手一探，发现手指如陷入一团浓稠的胶中，不得寸进。

"这鬼城在排斥我。"

"怎么可能？"殷琊试着走进去又走出来，发觉全然无恙，"要是你进不去，那为何会抽到这只卷轴？"

南颜想到嵇炀消失前对自己摇了摇头，便有些猜测："我也不晓得，或许是少苍做了什么，让我进不了这座鬼城。"

那么问题来了，他为什么不让她进去？

纠结间，无相门最后一个进入鬼城的余长老回头看向她二人，道："二位好了没有？这儿可是只有一夜的时间开放，明日这鬼城还在不在，那就难说了。"

南颜在门口多次尝试，发觉这城门确实是只针对她一人，无奈只能对殷琊道：

“时间紧迫，我在门口再想想办法，你先进去如何？”

殷琊嫌弃地看了一眼那无相门的余长老，但若再拖下去，失去无相门给予的身份掩护，就可能会遭到其他宗门魔修的怀疑。

“罢了，我先去查探那卷轴上的任务应该怎么做，你若能进来了，以传讯符联系。”

“嗯。”

南颜目送他离开后，看了看身后，四周暂时只留下一些魔宗的结丹弟子望风，想了想便偷偷解放了九成的灵力试图冲进去，但无论用什么手段，都会被挡在门外。

有魔修注意到这边，讥笑道：“你瞧那女修，在门口徘徊许久，莫非是怕了？”

“鬼城里据说幽鬼横行，她怕了也不是不能理解。”

“去了也未必能抢得过元婴真人，我看还是回去吧。”

南颜竖起耳朵听到他们说这鬼城中的确有鬼，又忽然想起殷琊这个狐狸精其实是个怕鬼的，此番进去不知会怕成什么样，便觉得还是进去看看比较妥当。这城中倒不一定有危险，否则嵇炀不会把殷琊也放进去。

南颜索性在城门侧盘坐，细细观察这座城池。

她的眼觉已破凡人之障，目力所及之处，透过被鲜血涂遍的城墙表面，在层层血迹积尘之下，南颜隐约发现这城门上实则是有一个牌匾的，那牌匾好似被刀斧乱劈过，已残破得失去了原貌，只依稀辨认出“幽泉”两字。

南颜只看了数息，便觉得如有一股寒意入眼，刺得双眼生痛，她立即闭眼，竟发现有一丝森然鬼气入体。

同时，南颜面色微变，她的须弥戒中有样东西颤动起来——正是当时殷琊从封妖大阵海底带出来的那只打开就召鬼的石盒。

那石盒原本被镇在封妖大阵下，听殷琊说旁边有一座石碑，上书“寒泉川”。巧的是，未洲剑雄也提过一次，他道场天鞘峰下，乃是一处下泉鬼渊。

加上南颜在卯洲时，曾听同门的僧人说过，愁山下镇压的是一处叫作苦泉鬼门的凶恶秘地，如是联系起来想，那就很有意思了。

和传扬最多的十八重地狱的说法不同，在人间古老的传说中，对于死后之境，还有一种九狱之说，意为世间有九座地狱，掌理天地万物阴邪精魄，狱君掌酆泉狱，其余的则分为“衢、黄、寒、阴、幽、下、苦、溟”八座地狱。

封妖大阵，寒泉；卯洲愁山，苦泉；未洲天鞘峰，下泉；巳洲鬼城，幽泉。

这么一想，南颜不禁冷汗俱下……这地方，只怕是真正的鬼门关。

此时仍有其他魔修陆续进入鬼城中，南颜盯着看了许久，后面忽然有一个一身血污的修士莽莽撞撞地冲进去，一声闷响后，和南颜一样被推了回来。

但是他没有像南颜那般试了两下就放弃了，好似早知道会这样，一抬手，拿出三枚带血的魔修金丹捏碎，登时金丹中残余的魔修丹火化现而出，短期间在城门上圈出一个圈，随后他迅速冲了进去。

“是正道修士！”他动作极快，后面的魔修反应过来时，他已经消失在鬼门内，登时一道道法术电光石火般击出。

而旁边的南颜见余下的不过是些结丹期魔修，趁那小圈没消失，一手挥出一道金莲幻影，将那些追击之人以法术挡下后，身形一晃冲了进去，并在身后留下一道丹火之墙，挡住后面魔修脚步。

十来名魔修登时身形一闪冲向门口，有人自恃防御强悍想强闯丹火之墙，但碰到的瞬间，周身魔气防御却如纸糊的一般顷刻崩溃，其他人见状，只能暴躁不已地用魔修丹火冲击，企图打散这道火墙。

“该死！谁来通知里面的元婴前辈，有正道修士混进去了！”

徘徊在城外的结丹魔修在神识轰鸣之下，均是眼前一黑，再回过神来时，发现所有人都跪倒在地上。

众魔修骇然间，只见夜空上方骤然浓云掩月，四周突然陷入一片连风声都听不到的死寂，随后城门前一道虚空裂缝倏然开启，内中走出一个华发老者。

这老者衣袖上绣满了星辰暗纹，眉间有一颗八卦阴阳印，出现的瞬间，吓得本来想出声的巳洲魔修噤若寒蝉，只敢私下传音。

“道天星辰袍，这……道生天的化神大能怎会来此？！”

“能使万物收声……不是一般的化神，此老者必是正在天人第一衰中！”

“道生天不会随意滥杀，谁敢去同他说话？”

片刻后，有个胆子大的魔修道：“此、此秘境乃吾洲天邪道祸无极前辈所发现，道生天的前辈为何驾临我巳洲？”

那老者负手仰观这座鬼城，也试图放出神识探查，待发现内中有上古禁制，连他化神修为，一时也无法看透，方淡然道：“老夫朱随，无意冒犯巳洲，亦无意插手辰巳两洲战事。只不过听闻辰洲帝子追一个俘虏了他龙都修士的魔修至此，正好路过，为保下一代帝君候选者安危，故而来此关心情况。”

辰洲帝子？

魔修们脸色难看起来，刚刚那第一个进去的修士，满脸血污，好似刚从战场上奔来，一时不察放了他进去，没想到对方竟是辰洲帝子。

只是老者说这话时，好似并不急着打听辰洲帝子的行踪，而是仔细观摩着这座看不到边的鬼城，神色莫测。

“老夫不会干扰尔等机缘，只在此等待，若天亮前他无法出来，老夫便会进入，届时……就打扰了。”

南颜一头扎进鬼城内，眼前瞬间被迷雾笼罩，直至走了数步，才发现周围都是一间一间的好似凡人间的屋舍。茅草屋、木屋、石屋，毫无规律地坐落在青石道两侧，再远些的便全部被迷雾笼罩，只有正前方的云层中立着一点儿幽微的蓝火。

南颜感到一股刺骨的寒凉，不禁紧了紧身上的禅衣，但这寒意奇特、穿透护体的灵光直达骨髓，好似在削减人的生机一般。

她放出神识扫了一圈，却发现神识被限制，不只无法穿透远处的迷雾，连周围紧闭的房子里都无法探测。

最诡异的是，南颜回头一看，她本来是从城门进入的，身后却并没有城门，好似她一进来就被随机传送到这空荡荡的鬼城大街上一样。

好奇怪的地方，却不知大哥去哪儿了。

她又试图飞上天看看情况，刚想动身，就见相隔五六栋的一座房子后，有个修士先她一步飞上天，高度超过房顶的瞬间，附近的房子里有一扇窗户吱一声打开。

那飞上天的修士低头一看，不知看到了什么，刚刚尖叫一声要逃跑，就被一些黑色的丝线缠住，直接拖进了房间内。

这一切在一个呼吸间便结束……可怕的是，那修士分明在结丹后期，被拖进房子里后，以南颜如今的耳力，却一声挣扎的声音都没听到。

南颜脚步一僵，便觉得不妙，不过好在就算不依赖于神识，她本体五识仍是较其他修士高出许多，耳朵一动便听到远处有脚步声朝这边走来，想了想便身形一动躲到一侧的房子后。

片刻后，长街上传来一声锁链拖曳的声音，南颜藏在黑暗中，看见巷口徐徐走来一个衣衫褴褛的老人，他的双足上拖着一条锁链，走到街口后，便停了下来，整颗头发出一种令人牙酸的骨骼转动的声音。

接着，他的脸转到了背后。

南颜顿时浑身僵硬，有一瞬间以为自己和他的视线对上了，但很快又发现他的眼眶里没有眼珠。

那老人的头颅扭到后背之后，又徐徐扭了一圈，最后看准了一个方向，推开一座茅草屋走了进去，空洞的眼眶看着门外的街道，同时把门慢慢关紧。

这时候如果去开那扇门，那老人会不会就站在门口等着？

南颜正暗暗想着，忽然远处急驰而来一个元婴魔修，走到路口，一拂袖，地上瞬间便出现一排脚印，刚好蔓延到茅草屋里。

元婴魔修朗声大笑，扬手放出一面魂幡："老夫抢不到化神魂，还收不了你这元婴魂？老夫的百鬼炼魂幡就差一个元婴主魂，这老头我要定了！"

炼魂术是魔修中鬼道一派的代表术法，魔修炼魂，大多数选择的是灵兽魂或妖兽魂，但也不忌活人魂，而活人魂中最好的就是高阶修士魂。

据说满品炼魂，可令炼制的魂魄完整使出生前的术法，一个元婴魂，对炼魂魔修来说无异于至宝。

南颜躲在暗中，看着那元婴魔修在茅屋前布下炼魂大阵，又一拍储物袋，放出一把黑伞。

这黑伞一撑开，伞面上便现出喜怒哀乐恨五张鬼脸，放出五朵鬼火，环绕在魔修周身。

南颜看得分明，这五张鬼脸上都隐约能看到戒疤，如果她想得不错……这应该全部是佛修的魂魄。

魔修啊……南颜眸光微沉，捏紧了佛珠，杀意攀升至顶峰前，那元婴魔修已隔空一掌拍开茅屋的门，只见他脸上的笑容忽然一僵，尖叫一声，扭头便要离开，但茅屋中此时已飞出一束束长长的头发，瞬间便把这魔修包了个严实拖进茅屋中。

屋子的门砰一声关上，原地只落下那把五鬼黑伞。

这一切发生得太快，南颜在一侧愣愣地看着，良久，见茅屋无动静，才走近了把耳朵贴在茅屋上细听。

南颜轻咽了一下口水，她听到茅屋里传出极细微的咀嚼声。

很快咀嚼声消失，南颜又躲到另一侧的木楼后，然后她看见茅屋的门再次打开，刚刚那个被摄入茅屋中的元婴魔修竟完好无缺地走了出来，捡起地上的五鬼伞搭在肩上，朝着夜空中唯一亮着的幽蓝灯火处走去。

半晌，南颜才从暗处走出来，在茅屋的门自行关闭前看了一眼，发现那茅屋空荡荡的，刚刚的无目老者鬼魂也不见了。

不对，那元婴魔修多半是被鬼魂夺舍了，就算不是夺舍，那也是附体了。

南颜头皮发麻间，忽然听到前后左右都传来锁链拖曳的声音，一咬牙闪进茅屋中躲了起来。不多时，那无相门大长老和那余长老等人出现在巷子口，疯狂地朝这边奔来。

"别用飞的！这里禁空，飞起来也会被那鬼东西抓住！"

元婴修为就算不用飞行，也比结丹快许多，转眼间几个瞬移便出现在茅屋前。

"该死，不是说没有危险的吗？！祸无极骗我们！"

"我无相门老老实实纳贡称臣，什么时候有负过他天邪道？"

无相门的元婴此时只余下五名，个个怒气冲天，恰好另一头，厉绵也和一个元婴修士齐齐逃至此地，两边相见，一时间怒意蓬发。

余长老率先怒指："此地为何如此凶险？天邪道没有说法吗！"

厉绵也是脸色难看，旁边的天邪道元婴修士脸色一沉，道："吾副宗主堂堂化神修士，岂会折节骗区区元婴？就算骗你们，为何要把侯爷亲女一并坑害？定是这鬼城内发生了什么不知情的变故。"

厉绵取出一个沙漏，道："现在已经过去两个时辰，四个时辰内找不到出路，我们就完了！"

此时，四面八方的锁链拖曳声也将近了，茅屋里躲藏的南颜担心殷琊的行踪，开门道："诸位请到屋中一躲！"

正急得满头汗的元婴登时又惊又喜。

"快进去！这茅屋中没有鬼！"

茅屋虽大，但八个人一挤进来，便显得极为狭小。众人知道这鬼城中所有的屋子都有隔绝气息的效用，一时间屏住呼吸，听着外面的动静。

在这之中，南颜的耳力最好，很快听见有什么东西拖曳着锁链一点点挪来，片刻后，开门声和关门声便密密麻麻地在外面响起，很快，有一道矮小的影子拖着锁链来到茅屋前。

众人面面相觑，他们知道，外面现在应该满街都是鬼。

这座茅屋有些破败，门也是用茅草织就的，透过缝隙，南颜看见外面站着一个只到她腰部高的小孩，这小孩浑身焦黑，只有一双眼睛极大，正目光空洞地盯着茅屋的门。

这个小孩伸手拉着门闩好似想进入茅屋中，但站在门边的元婴修士立马设法把茅屋的门锁死，那小孩拉得茅屋的门咣咣响了一阵就放弃了。

巡街的百鬼各自找到屋子钻了进去，外面归于沉寂。

厉绵长出一口气，抚着起起伏伏的胸口道："可吓死绵儿——"

她说话的瞬间就被旁边的人捂住嘴，同时她身后的茅屋的窗户忽然打开一条细缝，刚刚那个焦黑的小孩扒在窗口，瞪着一双眼睛从缝隙处窥视着室内。

南颜眼尖地看到那小孩，闪电般蹿到那破窗边，以一道梵印封住窗口，那小鬼孩受到佛力刺激，嗞了一声，迅速窜逃，闪进旁边的石屋中。

一切安静下来后，厉绵眯着眼盯住南颜，右手挽起一把蛇刀，刺向南颜："佛修？！"

"住手！"无相门的人是早就知道南颜的，当即围过来道，"这鬼城到处是猛鬼横行，有个佛修比什么都好。"

厉绵一挑眉，道："她一开始就藏在这房子里，我怎知她是不是像那些人一样被鬼附身了？”

无相门大长老道：“这位道友是我无相门弟子，若她被鬼附身了，难道还会把我们喊进来？”

僵持片刻，厉绵身边的那个元婴后期的老者冷哼一声，道：“在此纠结无益，联手找寻出路为上！”

魔修不讲道义，眼下这情景，南颜已经满足了，连忙问那无相门的修士道：“我那二……姐跟前辈们先进入了鬼城，传讯符也无法联系，不知去哪儿了。”

无相门的大长老一脸阴沉道：“所有人一进入此城中就被打散随机传送了，只有被传送到街上的才能以传讯符联系，若被传送到这种有鬼的屋子里，那多半是凶多吉少了。”

南颜神识浸入须弥戒中，看见手头三个哥哥的命火都十分旺盛，略略安心：“我们分明是从城门进入的，却不知这城门在何处，是否能出得去。”

那天邪道的元婴后期修士道：“此地虽诡异，但老夫一路行来，却也看得出一些规律。越是靠近那云中蓝火的地方，房舍越结实。若将此地视为一个都城，那么茅屋集中的地域为贫民区，木屋处则为平民区，而石屋或带着院子的地方则为富人区，想来那蓝火在的地方，就宛如都城内的宫殿了。”

元婴修士的见识显然要广博一些，南颜立马手握玉符，依他所言的鬼城结构绘制出个大概的地图。

“这鬼城中每过一个时辰，就有随机一片区域出现百鬼巡城，修士开门可能见鬼，也可能……”有人踩了踩地面，抓起一块墙角的灰色石头，用灵力一震，震碎石头外皮，露出里面蓝色剔透的矿物，“有宝贝。”

“四品冥火石，用来炼制结丹期的本命法宝倒是不错。”

无相门大长老道：“我之前开的那茅屋中，也有一把残破的废剑，看得出来是把灵器。”

所有人沉默了一下，随后目露精光。这片无边无际的房子，岂不是一个个宝箱？

“富贵险中求，修士与天斗、与人斗，副宗主与侯爷是过命的交情，岂会欺瞒我等？说不定其他元婴已经前往城中央寻觅机缘了。”

“另外，本该主持这次机缘的乃是副宗主的亲传弟子，副宗主定将这鬼城之情报全数说给他听了，找到他，多半就能找到出路！”

殷琊起初大摇大摆地走进鬼城时，只是觉得这地方不过是个普通的秘境，哪知一进来，就被传送到一个院落里。

这院落内除了一口枯井便空无一物，三面围墙，只有一面严丝合缝地盖着一个古老华丽的木楼，楼下的门好像是通向外面的出口。

一开始殷琊也想直接飞出去，哪知刚上了墙头，就看见木屋子旁边的窗户吱一声开了条缝，缝里有双充满血丝的眼睛正幽幽地看着他，好像正在期待他有所动作一般。

殷琊的脑子瞬间断片儿，狐狸精的本能让他停止了所有动作，等到他从墙上小心翼翼地溜下来时，那窗户才慢慢重新闭合。

这是什么地方？殷琊白着一张脸，贴着墙根慢慢挪动，就这样缩在墙角足足半个时辰，才听见外面有修士飞快靠近，殷琊连忙扯着嗓子喊开了——

"救命啊！有没有人来救救我？这房子里有个鬼！"

外面的脚步声一停，随后头也不回地远离，好似十分暴躁，临走还留下一句："这里到处都是鬼，你那儿就一个鬼，外面几百个！"

但是他话一说完，好似正好撞到什么，惨叫一声就再无声息了。

殷琊："……"

外面的声音也仿佛刺激到了院子中间的那口枯井，枯井里渐渐传出什么东西敲击井壁的声音。

殷琊哆哆嗦嗦地拿出须弥戒里所有的辟邪符咒，还把梵海院里带出来的木鱼抱在怀里，瞪着眼睛看了那枯井许久，不知做了多少心理斗争，才鼓起勇气站起来，拿尾巴把自己整个人裹成一个毛团，又拿出一面铜镜，恨不能站在一丈外用铜镜照着井里的情景。

这一照，枯井里的东西好像感应到什么，蓦然一簇火光冲井口而出，烧得里面的东西吱吱乱叫，紧接着，一个浑身着火、四肢被一团团的活物般的头发束缚的怪人从井里挣扎着爬了出来。

"啊！！"

"啊！！"

两道惨叫同时发出，本能地要对轰一招大的之前，忽然察觉对方的声音有些熟悉。

怪人索性把外衣也脱下来团成团丢进井里，只觉得对面是个白色的毛团，毛团中间露出的女人浑身贴满符咒，看着十分眼熟，加上对方说话声音也恰好是个男人的声音，仔细辨别了一下，道："殷琊？我当是谁呢，你干吗变成阿颜的样子？"

殷琊放开一条尾巴，露出南颜的面孔，这才看清对方正是穆战霆。

"我替她挡劫呢，你怎么在这儿？"

"我正在岐天原杀魔修，有十来个亲卫被一个元婴初期的魔修抓走了，辰洲有个元婴修士指点我一路追来此地，你可看见了？”

殷琊一听，噫了一声，数落了他两句恐怕是被人诓到这鬼城里了，又把与南颜来此的始末与他说了说。

“这地方着实诡异，想要出去的话，只有一夜的时间，如果到了日出还出不去……听那些魔修说，我们可能都会变成鬼。”

穆战霆是一进这鬼城就被传送到这院子的枯井里的，而且被传送的瞬间，就有不少头发怪缠向他的四肢。

他连续被吓厥过去三次，最后一次才强忍着被头发缠着的恶心挣脱出来。

“那怎么办？一翻墙这鬼屋里的鬼就盯着我们瞧，难不成挖地洞出去？”

殷琊：“你有没有觉得，我们脚底下的土地有点儿软？”

穆战霆：“有点儿。”

殷琊：“我怕你一铲子下去，这草皮下面都是头发。”

穆战霆脸色发青，点头赞同：“嗯，‘言之凿凿’，看来我们只能去和那屋子里的鬼硬拼了。”

两个阳刚男儿看了一眼那鬼气森森、木门虚掩的屋子，你看我一眼，我看你一眼，互相眉来眼去疯狂暗示。

如是僵持了小半盏茶的时间，穆战霆终于忍不住道：“我听说你在梵海院修行？”

殷琊：“不不不，我就是个敲木鱼收香火钱的，其他的啥都不会。倒是听说鬼怪都怕火，你试试能不能一把火把这木屋烧了？”

穆战霆：“怕火的是山里的狼，书里不是写狐狸精和鬼怪是一家人吗？你看这院子里到处都是头发，想来是个女鬼，说不定她会跟你一见钟情，要不然你和她聊聊？”

殷琊：“……等我出去就把那些将狐仙和鬼怪写一起的文手都杀了。”

穆战霆道：“要不然我们猜个拳吧，输了的先去开门，另一个躲远点儿看看情况。”

殷琊无奈，只能猜了个拳，不幸的是，之前因为害怕握拳太久，手指一时不能屈伸，一拳对上对方的布。

穆战霆拉着他去掀那木屋的门板：“有点儿信心，你是佛前开过光的，说不定一进去那鬼就被超度了。”

殷琊被拖到木屋前，抱着旁边的柱子不撒手：“不！大哥，你是我哥，咱们关帝庙前拜过天地的，你得站在我前面！”

就在他们拉扯时，木屋突然吱一声打开一条缝，一只苍白的手搭在门槛上，同时一个细细弱弱的声音传出来：“……你们玩，带带我，好不好？”

穆战霆、殷琊："啊啊啊！！"

"这些鬼物并非不可匹敌，只是遇到的一瞬间，神魂动荡，宛如阎罗索命，只要以婴火护住心神，便可立行反击。"

元婴就是元婴，尸山血海中杀到这个位置，洞察力非同寻常。众人向鬼城中央进发不久，便遇到一个落单的女鬼，数名元婴同时出手，很快发现了这些鬼的弱点。

解决掉一个鬼后，一个元婴修士道："好在老夫为保险起见，提前备了些辟邪咒符……只是这些茅屋与木屋附近的鬼物可以极快解决，却不知那城中央是何种恶鬼。"

众人心头不免忧虑，但这份忧虑很快被新的收获压下。

轰开一处石屋后，元婴修士们寻到了一份羊皮卷，有擅长鉴定的修士一看，大喜过望："此物竟是一份上古功法残卷，名为《月魔舞》，看上去，倒是一份合适女子修炼的功法……"

"什么，《月魔舞》？快给我！"厉绵一把将那功法抢去，惹得无相门的元婴修士面露愠色。

有人冷哼道："绵小姐虽是狱邪侯之女，却不见狱邪侯的风度。"

"刚刚灭杀这石屋里的鬼物，是我天邪道的寒雷子师叔出力最多，发现了宝物自然我们先挑。"厉绵把那残卷收入乾坤囊中，道，"前辈们和我这个结丹争什么，若前辈出力多，宝物自然是前辈的。"

她到底是狱邪侯的掌上明珠，无相门的元婴虽多，却也敢怒不敢言。

南颜无意参与魔修间的争斗，而是想趁此机会四处走动，将手中的鬼城地图完善。走着走着，她发觉这地方有些古怪。

城中只有鬼而没有尸骨，这些房子看上去也并不像是给人居住的，因为……所有的房子，无论大的还是小的，都只有一间，没有灶台、没有卧厢、没有茅房。

看上去，就……不像是活人住过的。

脑海里闪过这一条信息后，南颜蓦然想通了此地为何如此。

修界与凡人间不同，修士陨落后，魂魄散离天地，一般会选择将遗体火化。而凡人的帝王殉葬，则会陪葬大量冥器，其中不乏缩小的房舍与陶土人偶，好让墓主人死后，仍可延续生前的统治。

结合起每个屋子里或多或少都会找到一些宝贝，南颜更加确定，他们在的地方正是一座巨大的陵墓。

而城中这些恶鬼，就是负责为墓主人抵挡盗墓贼的。

旁边人看着南颜一手撑在一座石屋边，显得神魂不定，道：“你可发现什么了？”

“没……”出于忧虑，南颜道，“只是觉得此地不祥，取宝时还是十留其一，勿过于盘剥。”

其余修士啧了一声，道：“落到这鬼地方，不见天日的，不取宝还有什么意思？你这小辈，若不要就让开，不要干预我们。”

南颜被那些元婴修士扫到一边，她抬眸四望，发现周围的房子都被打开了，不知是不是她的错觉，她总觉得那些没关好的房门里，有什么东西在静静窥伺。

“咦？这石屋有点儿奇怪，怎么屋子里还有口井？”

南颜刚刚所站的石屋是这附近最大最精致的，屋里空荡荡的，唯有一口灰扑扑的玉井立在中央。

众人神识莫能探入，厉绵拨开人群朝井里一望，喜道：“寒雷子师叔快来看，这井中好似有宝石明珠在闪呢。”

她这么一说，周围的人顿时眼热不已。

“绵小姐，刚刚这石门是我等合力打开的，这宝物看来数量不少，总要分我们一些。”

厉绵目光一阴：“从来没人能从我眼皮下抢东西……”

“绵小姐。”被她称为师叔的寒雷子暗中传音提醒道，“老夫虽不惧这些蝼蚁，但他们终究有六名元婴，绵小姐有什么想要的，待出去之后，率本宗修士杀上他宗门去要便是。”

厉绵冷哼一声让了开来，寒雷子先与他们约定三七分成，之后手一扬，放出一张晶莹剔透的网。

“此物为我本命法宝缠锋网，绵小姐素来喜欢争先，待会儿无论捞上什么，还请诸位让她第一个挑选。”

无相门众人悻悻然让至一侧，任那寒雷子放下缠锋网。而南颜本来在门外继续勘察地形，在那网子放下去一瞬间，猛然回头看向那石屋。

她听到一阵不寻常的窸窣声从井下传来，一边后撤着把须弥戒中的所有防御符咒与法宝拿出来护在周身，一边急急出声道：“那井下有东西，快躲开！”

但是并没有人理会她，而那寒雷子一收网，捞上来一把细碎的骨头，皱眉道：“小辈，大呼小叫什么，不过是一堆骨头……”

厉绵在一侧催促道：“那佛修诓我们呢，师叔你再捞捞，绵儿明明看见有宝石在闪的。”

对方是魔修，南颜尽到本分了便不再纠缠，扭头飞速向天上蓝火的方向一路奔去，她甫离开两百丈，便听见后面传来崩溃的惊呼。

“是老鼠！！”

厉绵的哭喊声十分刺耳地传来，片刻后，元婴修士们同时出手，轰隆声中，南颜感到一种仿佛沙暴般铺天盖地席卷而来的气势。

回头一看，远处的街道上，密密麻麻地出现了许多幽绿色、亮如繁星的光点，待靠近后，却发现那是一只只只剩下骨头的老鼠。

这些白骨老鼠见了活物就啃食，且速度极快，不亚于元婴初期。

很快，一声惨叫后，南颜就看到一个元婴修士施展血遁，自断臂膀逃开鼠群的啃咬，而他断掉的手臂落在鼠群中，顷刻间被白骨老鼠爬满，啃成骨渣。

南颜看得头皮发麻，但速度并不是她所擅长，那白骨老鼠形成的潮水很快就追至她身后十丈处。

要死要死要死死死……

南颜不敢冒险浮空，没命地跑了数息，已经有白骨老鼠扑在她体外的防护层上。那些老鼠虽然只剩下骨架子，但牙齿宛如精钢，吱吱一通乱啃，转眼就让她周围的防御符咒破了七成。南颜正犹豫是否要耗费精血施展血遁逃离时，目光尽头忽然出现一棵白色的树。

这树出现得十分突兀，形似榕树，但叶似松针，通体银白，在阴森森的鬼城中显得极其圣洁美丽。

南颜毫不犹豫地施展瞬移，挪至树下，抱住树腰往上爬了一丈高，才低头看向树下，那些白骨老鼠已经铺满了视野中所见到的所有地面，正吱吱地围着树乱窜，却无法爬上树。

南颜摸了摸树皮，那是一种冰玉般的质感，单单碰了一下就让她心神一清，遂放下戒心，慢慢爬上树干坐好，发愁地看着树下久久不退的鼠群。

此时离天亮应还剩下两个多时辰，她既没找到大哥二哥，也不晓得出去的方法。

树下的鼠潮没有要退的意思，极目望去，鬼城中所有的街道都被白色铺满，还徘徊着的只有雾气中茫然的鬼物。

南颜又等了片刻，见鼠群好似没有起初时那么暴躁，脱下右脚的芒鞋丢下去试探了一下，结果还是一样，芒鞋掉到地上就被老鼠们扑上来用坚硬的牙齿撕碎。

实在没有办法，南颜便只能顺着这棵救命的树继续往上爬，待拨开最上方茂密的银白树冠时，蓦然眼前一清，她看见本来很遥远的蓝火隐约露出了真正的轮廓。

那是一座漆黑的塔，足有十八层，塔顶坐着一个鳄头牛尾、似人似豹、背生蝠翅的六臂妖兽，那点幽蓝的光正是从它口中发出的。

南颜眯起眼细看，隐约看着那幽光闪烁中，包裹着一个圆环状的物事。同时，她须弥戒中本来安静下来的石盒在靠近那蓝火后，又开始振动起来。

这一次的震动比之前任何一次都强烈，在那蓝火跳动之下，一声刺耳的嗡鸣传遍八方。这嗡鸣声一出，南颜只觉神识仿佛被一根锥子刺中，连忙收敛心神。

但树下的鼠群好似同受这股共鸣刺激，吱吱乱叫的声音连绵不绝，不多时，它们彻底疯狂，竟宛如白蚁筑巢般，一群摞一群地平地堆起三四个柱子，想向南颜攀咬过去。

这些老鼠连元婴期的法身都能顷刻间破灭，南颜权衡了一下，觉得命比较重要，正要把那石盒拿出来丢出去时，远处荡来一声琴响，幽幽如太古回音，让那刺耳的嗡鸣声骤然一静。

随后，南颜看到白骨老鼠眼中莹亮的绿光一一离开，骨身堆就的小山瞬间崩塌成一地骨末，一片白色沙砾中，那些绿火宛如夜萤般在整个鬼城中升腾，诡美得直让她看怔了去。

被吸引的不只是她，鬼城四处渐渐走出一些拖曳着锁链的鬼影，它们分明是没有实体的，走在满地的骨末上，却沙沙地带出无数脚步声。

这让南颜想起凡人城镇中冬日初雪的早晨，而在其中，有一道脚步声和周围的鬼物相比有着明显的不同，听起来悠然又颇带目的性。

鬼魂们对他视而不见，有些甚至还会远远躲开。

等到这人走到树下，还未开口，迎面叮叮当当砸下来一堆木鱼、金刚杵、佛珠、香炉等物。

“……阿颜。”嵇炀接住其中一只木鱼，无奈地抬头道，“本想着此地危险，不想让你进来，不过既然来了，就先下来吧。”

南颜坐在树干上目如冰霜地俯视他：“别急，你先告诉贫尼，你有没有杀人放火阴谋颠覆修界？”

嵇炀：“杀人放火偶尔有，阴谋颠覆修界子虚乌有。夜风清寒，菩萨还是先下来渡尘缘吧。”

南颜扫了一眼树下，旁边不远处便有鬼物拖着锁链路过，压低了声音道：“这些鬼物怎不伤你？”

“一时说来话长，我们离开这片百鬼巡街的所在再说。”

南颜警惕地看着四周，发觉只要她碰着这棵树便不会受到那些恶鬼的注意，于是抱着树干慢慢滑了下来，没穿鞋的那只脚刚触到地上的骨头渣，旁边一个女鬼便忽然转过头来，吓得她立马噌噌爬上去一截。

嵇炀看她像头熊一样抱着树干不动，道：“不累吗？”

南颜："……你就现在说吧，我刚刚鞋掉了，不好走路。"

她说完，背后传来一声轻笑，再一回头，看见嵇炀背对着她半蹲下来。

"你上来吧，我背着你便是。"

纠结了半晌，南颜从树上下来搂着他的脖子让他背起，随后便发现那些鬼即便是擦肩而过，都不会看他们一眼。

南颜让他背着走过长长的街道，竟有一种奇异的错觉，两个人就像是天亮前出门去看雪的凡人。

不过终究还不是，下雪天也没有这样绮丽的漫天萤火。

沉默地走了许久，南颜终于忍不住没话找话："……这地方太鬼了，进来后我还指着大哥二哥来救我呢，传讯符都快用完了，一个人也没回我。"

"你遇到难处时，怎就不想想我？"嵇炀忽然道。

南颜："我想了你能听到？"

"阿颜怎知我就听不到？"嵇炀顿了顿，道，"也许……你早些想起我，我一早便来了。"

又走了片刻，南颜忽然轻咦一声。

嵇炀道："怎么？"

南颜耳力好一些，竖起耳朵一听，只闻远远传来两声鬼哭狼嚎，那叫声之凄厉，让她瞬间起了一层白毛汗，不确定道："你有没有听到有一阵很是凄惨的叫声？"

嵇炀点头："嗯，还有点儿耳熟。"

南颜再听，就没有听到后续的声音了，叹道："大哥二哥也不知道去哪儿了，这鬼城中想来只有那棵白树和空房子里才算是安全的，那些一来就被传送到街上的修士怕是大多凶多吉少。"

嵇炀仍是笑笑不说话。

这个时候，南颜忽然觉得脚上搭上一只冰凉的小手，她一扭头，只见身边站着刚刚在茅屋里见到的那个焦黑的小孩。

小孩瞪着大眼睛，一只同样被烧焦的小手抓在南颜脚踝上，沙哑的声音传出："大哥哥，我好饿，你背上的姐姐能让我吃一口吗？"

焦黑的小孩瘦瘦小小，抓着南颜脚踝的手臂上露出焦红腐烂的骨头，南颜再往下看，发现他褴褛的裤腿下只有一半的脚掌。

嵇炀停住脚步，空出一只手在小孩眉心点了一下，那小孩好似得到了什么滋润一般，双眼从空洞变得微微有神。

待他把手拿开，小孩就好像不饿了，松开了抓着南颜的手，但眼睛仍是看着她，道：“这个姐姐好香啊。”

小孩的声音很单纯，但南颜仍是听得毛骨悚然，不由得抓紧了嵇炀的肩头。

后者稍稍转了个角度，让南颜离这小孩远点儿，带着一种几乎是悲悯的安慰口气道：“哥哥也很难耐，委屈你先忍了。”

焦黑的小孩点点头，还是没有走，跟在他身后问：“我们都是死者，为什么不让我吃？她是你的新娘子吗？”

都是死者？

感到南颜的身子在背后一僵，嵇炀笑了笑，轻轻摇头：“她……还不是，要是还饿的话，这里的其他外人，你看着那些身上怨气重的，就去吃吧。”

小孩哦了一声，一步三回头地离开了。

南颜扣紧了他的肩头，指掌下的皮肤比一般人要凉一些，但也的的确确是活人的身体。

“你想问什么就问吧。”嵇炀道。

“为什么那小鬼说，你同他一样都是死者？”

嵇炀不答，南颜心头好似被一把冰碴子堵着，眼尾便有些红了。

“我原以为、原以为你是入了魔修道，不愿对我说当年之事，其实……那秽谷之下，你是早就——”

“想到哪儿去了？”嵇炀失笑，“此事原本不堪提，既然你心中不安，我索性让你定定心。”

南颜眉间轻皱，任他把自己放在一处三尺高的矮墙上坐着，一声疑惑尚且徘徊在唇齿间，便见嵇炀取出黄泉镜放在她手心，然后将自己的手扣在其上。

脑中轰然一声，南颜眼前出现了些许模糊的画面。

那是一条寂静流淌的河流，翻覆奔涌的浪花下，一条条死者的魂魄顺着河水流往远方。

南颜从未见过这条河，但她确定，任何人见到这条河流，脑海中都会浮现出它的名字。

这是黄泉，是死者归寂轮回之地。

随后视角一转，她仿佛也成了那些魂魄中的一员，顺着黄泉流淌向彼方应归的轮回之地。黄泉有一种奇异的力量，能逐渐粉碎魂魄生前的所有记忆，南颜的神识很快混沌起来。

但就在失去意识的前一刻，她听到了一个熟悉的声音从旁边的岸上响起：“你到底在哪儿……”

南颜登时一阵清醒，别的话她不记得，这句话，她却是镌刻在脑海里多年。

那是她拜入佛门的第二年，想尽了办法打听那一年秽谷的消息，却始终得不到穆战霆和嵇炀的下落，唯独听吃苦师父说，他后来暗中去过一次仰月宗，穆战霆虽然失踪，但他的命火还燃着，至于嵇炀……秽谷遭到上洲来使封闭后，就再无音讯。

所有人，包括吃苦和尚在内，都说他可能已经死了。

也是从那个时候起，南颜的性子开始变得安静，她放下了所有属于孩童应有的天真，学着那些庙里苦行的僧人，依靠青灯古卷度过起初那些放不下的长夜。

偶尔夜深人静时，她也会看着天上的星星，反复轻喃着他们的名字。

黄泉中的魂魄只是虚影，南颜本不该感到疼痛，回过神来却发现手腕上系着一根红绳。那红绳的来处，正是她幼时声音传出之处。

然而红线脆弱，在黄泉的冲刷下，很快断开。

后来，几乎是在他的意识将要消失前，那红线就又会出现，呼唤着他的名字，让他的记忆一次次被拉出来细细打磨洗净。

她也数度浮出黄泉，每一次，南颜发现自己的影子都会成长一些，从幼时愚笨丑陋的模样，徐徐抽长了腰肢、宛然了眉目。

口中的呼唤也变成了心底的喃喃，或是倾诉些当年的旧事，或是发愁于修炼时遇到的瓶颈，这些细碎的小事化作一丝一缕的红绳，每次出现，就要牵绊住他一次。

也就在她开始真正作为一个僧人修行之后，嵇炀的残魂好似感应到了她越发死寂的心，开始有意识地抓紧那一缕红线。

“待我斩尽世上魔，愿你我于冥府中，再不复见。”

那是南颜第一次笃定了自己的佛者之道，而嵇炀则是显而易见地焦躁起来。

黄泉中无数的死魂同受感应，无数的喜怒哀乐、爱恨怨憎，化作一丝丝魂魄之力修补着他因挣扎而千疮百孔的魂魄……

南颜醒过来时，发现自己正把下巴搁在嵇炀肩上，心里百味杂陈，一时也不愿动。

“……后面的事呢？你怎么就不让我看了？”

“有什么好看的，无非过五关斩六将，一路从冥府杀回人间，你看过的话本里总会有比我的故事好看的。”嵇炀轻轻抚着她披在背上的长发，道，“所以你看，我这七情六欲之身，成日里见你在身边，听着你念我的名字，稍稍靠近些，你又一副吃斋念佛清心寡欲的模样，岂不是很折磨人？”

南颜扯了扯嘴角，并不相信他的鬼话，只是心中十分疑惑。

她见左右的鬼物已经各自选了房子进门窝着，便从对方怀里挣出，拿出一只佛修喜欢的芒鞋穿好，道：“可那黄泉岸上的红线又是什么来头？从未听说过我人在十万八千里外，心里想着谁，谁就能听到。我翻佛经的时候也没少在背后骂过大哥，他可是流落辰洲十年间一次都没有梦到过我们。”

嵇炀还是不正面回答，口气十分正经道：“为兄素以为，这是天赐的良缘，我既从鬼门关回来，实在是要归功于阿颜的朝思暮——”

“打住，有人来了。”

南颜远远便听到有人哭骂着朝这边踉踉跄跄走来，同时一道雄厚的元婴气息浮现，南颜不得不拉着嵇炀暂时躲在一侧的墙后。

周围的绿色萤火渐渐变淡，厉绵披头散发地捂着右脸，被寒雷子拖着向这边走来，意外的是他们旁边还跟着无相门那个丑陋的余长老。

那寒雷子满脸阴沉：“简直闻所未闻，这些骨鼠无穷无尽，若非老夫还有些家底，今日怕是要折在此地。”

那余长老虽然也是一身狼狈，但面色还算正常，闻言躬身谄媚道：“寒道友可是见到了，余某为了保护绵小姐，可抛出了那与我同生共死二十余年的同修。”

他们几人离那白骨老鼠爆发的井口最近，本来只剩下肉身被毁、元婴逃遁这一个下场，偏偏这余长老出手狠辣，竟拿无相门的同修堵住那井口。

寒雷子还记得那倒霉的元婴最后肉身被毁、元婴逃出时怨毒的喝骂，冷笑一声：“倒是有我巳洲魔修的风范，看在你危急关头拉了绵小姐一把的分上，老夫可以带你回天邪道，谋个长老的位置。”

天邪道是巳洲最大的宗门，那余长老一听，大喜过望，正想向厉绵再谄媚些，却迎面挨了厉绵一顿喝骂：“你要是真心想投奔我天邪道，怎么不多扔几个同门填井？竟让老鼠咬了我的脸！”厉绵刚刚离井口最近，虽然她身上有狱邪侯赐下的宝贝，可保性命无虞，但也只是护住了要害，脸上却是不慎被飞蹿的老鼠啃掉一小块皮肉。

“好了。”寒雷子见时间剩下不多，抬头已能看见那蓝火所在的十八层巨塔，道，“绵小姐这脸，回去请丹王赐下丹药治一治便完好如初了，还是想想如何找寻出……谁在那儿！”

寒雷子是成名已久的老怪，很快发现一侧有不同寻常的气息，闪身过去刚要出手，便惊道：“隐师侄？”

隐是嵇炀在天邪道的假身份，他被寒雷子发现了之后，不慌不忙地把南颜的手握紧，道：“我还说要去何处找寒师叔，原来师叔在此。”

“隐师兄？”远处的厉绵一听，本来还阴狠凶戾的眼眸顿时蒙上一层水雾，一路小跑奔过来，刚要哭诉，却一下子看见嵇炀同南颜交握的手，顿时目光狰狞如鬼。

“隐师兄，这女人刚刚害我们遭了鼠灾！几乎让我丧命！现在我便杀了她，为死去的同道报仇！”

寒雷子知道厉绵是在故意迁怒，干咳一声拦下她，道：“你还没说，你为何在此地？这佛修刚刚同我们在一起，现在又为何在你身边？”

嵇炀状似欣赏了一会儿厉绵张牙舞爪的姿态，面上露出一种又老实又气人的姿态：“师叔见笑，不过是一时见了这位菩萨心喜，花前月下，情不自禁。”

——你说啥？这满大街的鬼，哪儿来的花？哪儿来的月？

南颜算是服了，她看见厉绵脸色紫涨，看着她的目光好似要生吞了她。

“你不是故意气她吧？”南颜偷偷问道。

嵇炀温文尔雅地回道：“偶尔看人雷嗔电怒，亦可纾解心情。”

南颜：“我当年年少无知，竟没发现你性格这么恶劣。”

嵇炀：“过奖了，我师弟以前也这么说。”

还没等南颜想到他哪个师弟，一侧的寒雷子道：“你是副宗主亲传主持此事，现在这鬼城中这般变故，你可有什么线索？”

嵇炀道：“师尊曾说此鬼城乃是一片陵墓，有进无出，除非到了化神，费尽艰辛破除外界壁障后，方可以半步虚空之法脱身。他也曾考虑到这一点，故而上一回来时，便在这鬼城中央的十八层塔布置了一个虚空传送阵。”

寒雷子大喜：“还是副宗主想得周到，不知可还有其他的情报？”

“还有就是……”嵇炀唇边扬起一丝略带恶意的笑，“他说，此地，应是一个养魂池，养幽泉川之魂……与那塔顶帝冠有缘者，可成幽泉狱主。”

所有人都一脸茫然，唯有寒雷子面皮抽动了一下，眼底深处似乎掠出一丝不可置信的狂喜，但最终还是装作无知，道：“这是何意？”

嵇炀看出他心中波动，道：“我也是听师尊私底下如是嗟叹，并不晓得详情。”

“既如此，我们便不要浪费时间，赶在下一次百鬼巡城前，直接去塔那里吧。”

几人速度不慢，厉绵落在稍稍靠后一点儿的位置，看着嵇炀始终未放下的手，本来的迁怒已显现出几丝怨毒之意。

“绵小姐、绵小姐。”那余长老殷勤地用神识传话，“素闻绵小姐精擅制作人皮幻面，若小姐实在气不过，不妨……”

“你是说让我剥了那女尼的脸？”厉绵冷哼道，“她不过中上之姿，经过我手的，必是绝色男女。”

那余长老嘿嘿笑道：“余某不是指这佛修，她来时带着一个姐姐，这姐姐虽蒙着面纱，但以余某多年经验看，那面纱下的姿容之美，当世不出五指之数，而且……看着那风神韵致，同南芳主倒是十足相似。”

“哦？”厉绵来了兴趣，道，“我哥哥对南芳主痴心多年，这些年不知找了多少相似的姬妾，却无一人能及得上其万一，若能找到自然是好，可这偌大鬼城，自身都难保，你要怎么才能找得到那美人？”

余长老嘿嘿一笑，从储物囊里拿出一条怪虫，道：“余某素好美人，见了喜欢的，必会在其身上下一种香粉，对人来说无形无味，只有我这闻香虫能闻到，刚刚，这闻香虫就有了反应，她就在附近！”

两个时辰前。

“哥哥带我玩呀……”

屋门吱嘎一声打开，殷琊抱在木柱子上，闭眼等了许久，紧张地掀开眼皮，只瞧见门里立着个五六岁的小鬼，搭在门框上的小手五指一般长，细细软软得像是面团拉成似的，等到室外的微光照进，小鬼一抬头，潮湿的头发下面露出一张五官倒错的脸。

确实是五官倒错，两只眼睛一个在右眉弓，一个在嘴巴处，原本的嘴巴反而生在额头上，鼻子长在眼窝里。

“哥哥进来呀，我这儿，有好多玩具呢。”小鬼头上的嘴咧开一笑，七窍都流出了暗红色的血。

殷琊还没有号出第二声，听到旁边咚一声响，穆战霆倒在地上仿佛当场去世。

殷琊崩溃道：“哥！你不能先倒下啊哥！辰洲的未来寄托在你身上呢！”

然而辰洲的未来已人事不省，而且那门口的小鬼咯咯笑开了，灰白色的长手好像蛇一样一下子卷在穆战霆脚腕上，在殷琊反应过来前，就刺溜一下把穆战霆拖进了屋门。

殷琊：“……”

殷琊心说他跟穆战霆不熟，只是因为南颜的关系才权当个朋友，如是说服了自己后，提着裙角悄悄后退。

然而后面院子里的枯井里这时咕嘟咕嘟了一阵，殷琊扭头一看，顿时吓得魂飞魄散。

那枯井里竟开始往外冒头发，一缕一缕地结成网，很快铺满了地面，边缘的部分还张牙舞爪地打算去抓殷琊。

——亲娘啊！

那些头发来得极快，一下子卷住殷琊的一条尾巴尖，吓得他转身一道魔火切断头发后，转身一头撞进了黑洞洞的木屋里。

这一撞，就撞进一个软绵绵的冰凉怀抱里。

“怎么这么不小心。”一个凉丝丝的女人声音往耳朵里灌，殷琊只觉全身血液被冻结，一点儿灵力也使不出来，一抬头，只见一个足有房梁高的身影正立在黑暗里。

木屋里是没有灯的，不过这对于高阶的妖族来说并无障碍，殷琊看到那是一个同样五官倒错的鬼妇人，个头儿足有一丈高，四肢同样细长，软绵绵地拖到了地上，只用手肘的部分把他夹拖着放到了一张木桌旁。

“去和弟弟玩一会儿，饭马上就好。”

鬼妇人说完，就转身滑行着去了屋子一侧的灶台，而灶台边放着一个木摇篮，细一看，刚刚被拖进来的穆战霆就被像婴儿一样放在木摇篮里，因为他个头儿太高，两条长腿还晃在摇篮外面。

那灶台下并没有火，鬼妇人却不知咕咕嘟嘟地煮着什么，还分出一根指头像哄孩子一样摇着木摇篮。

殷琊：“……”

这个时候桌子对面慢慢升上来一张五官倒错的小脸，正是那刚刚在门口的小鬼，小鬼盯了他一会儿，好似看他无聊，从头发里掏出来一只血淋淋的人手，看样子好像还是吃了一半的，递给殷琊道：“哥哥吃零嘴儿吗？”

或许是常年被迫吃斋念佛的缘故，殷琊的情况怎么着也比穆战霆好一点儿。他从须弥戒里拿出一条黑布往自己头上系了一圈，把眼睛遮住，终于得了片刻冷静：“我不吃，你这人手是哪儿来的？”

“是阿娘驭使游魂去捉来的，最近，幽泉川里来了好多生人呢。”小鬼咯咯笑了起来，额头上的嘴发出细细的咀嚼声，“狱主哥哥说，让你们在我家住下，等到幽泉川有了新的狱主，我们就都可以转生了。”

狱主哥哥？

殷琊忍着恐惧，满心疑惑道：“狱主是这地方的主人吗？”

小鬼摇头道：“是别的狱主……他可好了呢，明明自己的魂火都枯竭将灭了，还要救我们一口生气。”

“那他长什么样？”

“他笑起来好看得很……”小鬼说到这，软绵绵的细指头捂住自己的脸，“比我好看多了，娘说，我的鬼体不好看了，以后就算托生，也不好看。”

殷琊再次环顾了一下这座木屋，修界将鬼分为几种，按攻击力由弱到强，有魇鬼、游魂、杀身恶鬼。这小鬼生前被毁容填井而死，在杀身恶鬼中也是极其凶煞的一类，而那鬼妇人，想来应是不弱于于化神期修士的鬼王。

眼下这对鬼母女对他们尚且没有什么恶意，殷琊暂时放下一点儿戒心：“你爹呢？”

小鬼趴在桌子上，软绵绵的手划拉着桌面，抠出一条条木痕，道："我也很久没见他了，那时候，我爹中了举人，说要让我们过好日子，就去了京城。

"然后，一年，两年……爹和一个白胡子老头回来了，白日里都好好的，爹还给我们带了肉吃，娘和我没吃过那么好吃的肉，多吃了两口，但是我都吐出来了。

"晚上我起来小解，就看到我爹拿着刀走进来，先是一刀捅在我娘心口，然后割掉了我娘的鼻子、嘴唇、眼睛。我在床底哭出了声，爹又把我拖出来，说我长得像娘，不应该在他的道心里留着影子，也把我的脸划烂了……那时，我和娘还没有死，我爹拖着我们去了后院。"

小鬼说到这儿，指了指后面那口井。

"他把我们扔进了那口井里，我娘抱着我在下面哭，爹就在上面砸石头……我好疼啊。"

殷琊起初还害怕，但越听越觉得心里火大，道："你爹现在还活着吗？"

"嗯，爹他说是有什么稀罕的仙根，被一个白胡子的老头接走做神仙啦。我和娘也是被那个老头杀掉的，醒来后，就在这里了……"

"你在这里多久了？"

小鬼道："我不会算，听娘说，我们在这儿应该有……一千多年了吧。"

这时，那鬼妇人的饭好似做好了，捧着一只豁口的钵盂，双腿蛇一样游动过来，放在桌子上。

"快吃吧，吃了就能长大变好看。"鬼妇人道。

小鬼立刻伸出细细的手指，伸进钵盂里抓出一缕雾气，塞进额头上的嘴巴里狼吞虎咽起来。

鬼妇人看着脸色发青的殷琊道："你怎么不吃？不吃的话，狱主会怪我们没照顾好你的。"

殷琊睁开眼睛从布条缝隙里一瞥，只见那钵盂中竟有阴风怒号之象，鬼妇人看他不动，还拿出一条手臂往里面挤了几滴血。

"吃呀。"鬼妇人的声音开始变得阴恻恻的。

殷琊哆哆嗦嗦地抬起手，刚碰到那装着不明物事的钵盂，便猛地一缩手，呼一下站起来道："夫人！"

鬼妇人低下头，原本生着鼻子的地方，嘴巴动了动："这是妾身省下来的幽泉川魂水，你不喜欢吗？"

"不、不不不不……"殷琊求生欲极强，道，"我有个法子，能让夫人和妹妹恢复容貌！"

小鬼吃到一半顿住了，道："娘，哥哥说笑呢，咱们鬼的脸是变不了的吧？"

“不。”鬼妇人在这鬼城已活了上千年，是这城中最古老的鬼之一，她歪着头看殷琊，道，“我相信你，证明给妾身看。”

小鬼显得更为积极，从桌底飘到殷琊面前，扬起那张五官错乱的怪脸。

“哥哥，让我变好看些吧。”

看着这张脸，殷琊发誓他再也不嫌南颜今年一顿吃五碗斋饭把脸吃圆的事了，抖着声音问道：“你想变成什么样？”

小鬼眨了眨眼，道：“哥哥这张脸好看，像观音菩萨。娘，我再也去不了佛堂寺庙了，我想变成哥哥这张脸。”

殷琊这张脸其实是南颜的脸，道：“其实我这是张老女人的脸，你还太小了……”

小鬼十根面条似的指头顿时卷住殷琊的双手，让他有一种一个不愿意，就会被小鬼勒死的错觉。

小鬼撒娇道：“我喜欢嘛，哥哥给我做呀。”

殷琊：“好好好，你说什么就是什么。”

他心里默默说了声抱歉，扬手策动妖力，顿时一道蒙蒙紫光覆在小鬼脸上，下一刻，小鬼的五官开始挪动起来，先是归位成一个幼童的脸，然后再一变，变成了南颜的模样。

小鬼狂喜地乱舞着柔软的手臂：“娘，我变好看啦！”

殷琊只觉喉头一甜，只觉得这小鬼更可怕了，扶着桌子想幸好南颜没来，不然肯定会宰了他的。

鬼妇人目露奇光，道：“他是能通阴阳的魇生狐，这份血脉，有统领万鬼，成为其中一位狱主的资格。”

殷琊脑子里就出现了自己变成个阎罗王，每天左一个吊死鬼汇报公事、右一个断头鬼端茶送水的可怕画面。

——不可能的，死都不会做什么狱主的。

“夫人开玩笑了，活人……活妖怎么可能做狱主。”

鬼妇人笑了一下：“有啊，以生人之身，抵得过一川万鬼夺舍与地鬼九刑，而三魂不灭，这样的人，比任何鬼都可怕，自然就是狱主。”

殷琊心道哪个人那么倒霉，道：“那成为狱主后，能不能打开这鬼城的城门？”

鬼妇人道：“狱主在幽泉川之内是无上之主，川流是否开启，都只在他一念之间，何况区区鬼门。以前也曾有生人闯入幽泉川，不过连挨过地鬼第一道业火焚身之刑的都没有……如果可以，我们倒真的希望能有新的狱主君临于此。”

"那老的狱主呢？"

鬼妇人的五官抽动了一下，殷琊感到她竟露出了恐惧的神色："被一群企图破天的人拉着同归于尽了。其中，有一个最疯狂的人，想篡夺九狱……若九狱得掌，他们的生死不再受寿元局限，即便死去，也可轮回而转生不灭。"

一听就是桩他不应该知道的惊天大阴谋。

鬼妇人的手指搭在殷琊肩上，道："幽泉川虽如今已成人魂轮回之地，但太古之前，乃主掌世间山林毒恶，你的血脉来自太古最高贵的妖族，是所有活物中最适合经受狱主冠冕考验的。"

殷琊道："不不不，我又懒又怕疼，肯定当不了的，你看我哥怎么样，勇猛强壮，还是个文豪，比我强得多。"

鬼妇人脸上的眼珠朝后看了一眼，声音幽远道："那个孩子，福泽不是我等阴间恶鬼所能限，或许，他将来的归墟之地不会在此界之中……还是你合适。"

殷琊挣扎道："我还有个妹妹，年方二十三——"

他话没说完，忽闻这座屋子的门外，有法术轰击的声音传来，鬼妇人忽然咯咯笑了一声，道："有吃的来了。"

第十五章　幽泉狱主

我来请你，身死魂灭，让出幽泉冠冕给他人。

此时，这座鬼宅外，余长老手上卧着一只怪虫，正朝一座院落吱吱叫着。

这座院落是附近最为华丽的，而且鬼气看样子十分薄弱，只消片刻，那门上鬼气锁就崩溃开来，顿时一股灵气与鬼气混合的气息从门缝中涌出。

“师叔，你看看这宅子里，是不是有那化神魂？”

寒雷子神识探入，似乎看到了什么，猛地缩回来，目中又惊又喜：“此宅子中有一鬼，这鬼并非修士魂，乃是凡人魂成恶鬼之后，受鬼力滋养，吞噬化神期修士残魂……一样可用来借道化神！”

余长老这时倒是打了退堂鼓，道：“寒道友，眼下出去为要，化神期的恶鬼，恐怕非我们所能收服。”

厉绵冷笑一声：“小宗门出身的就是没见识，我等为借道化神而来，岂能没有些准备？我持父亲的伏尸镰而来，还可使出两次，区区恶鬼，空有化神境界，无化神之修为，收了便是。”

事实也的确如此，天邪道底蕴深厚，就算一路狼狈，但底气仍然十足。

寒雷子道；“老夫也有手段可擒之，不过，仍需一人探路。”

他说完，冰冷的目光移向南颜。

厉绵见状，笑道：“没错，佛修素来以克制鬼魔之流为长，还请师太为我等指路吧。”

南颜倒是不怎么怕他们，她手中仍有那黄金剑鞘，恐怕只要放出其中剑气，这几人顷刻间便会变成一地尸骸，但这余长老看起来知道殷琊的下落，正犹豫是否要使用时，嵇炀上前一步道：“她若先进入，得了什么宝物机缘如何是好？不如我与她同入吧，师叔以为如何？”

“你疯了吗？！”厉绵刚想出手阻止，被寒雷子拦下。

寒雷子拦她乃是有所考量，狱邪侯的一双儿女从小要风得风要雨得雨，一旦有什么得不到的，便会道心留影。道心留影并非什么坏事，这对厉迟厉绵的修为有好处，但缺点是晋阶时心魔难克。

最省事的办法，就是让他死。

寒雷子听说过，隐这个人虽然是祸无极的亲传弟子，但平日里深居简出，也没有见到他向祸无极殷勤请安，宗内有刻意去找他麻烦的同辈魔修，都被无声无息地化解，简直就像是……天邪道里没有这个人一般。

不讳言，寒雷子想试试他底细，便是他死在这里也无妨。

“师侄既有这般勇气，那就请师侄头前探路，我等在后接应。”

嵇炀略一颔首，回头同南颜交换了一个眼神。

“二哥真的在这儿？”南颜悄悄问道。

“嗯，战霆也在。”

南颜看他的目光顿时诡异起来，直到推开这鬼宅的门，被里面的阴风迎面一激，南颜才把注意力放到这座鬼宅上。

这宅子四四方方，形制特别奇怪。三面都是墙，一面盖着个房子，所有人走进来之后，院门便嘭地一下自行关闭。

余长老马上退回去摇了一下院门，松了口气道：“不是什么很难的禁制，元婴期全力一击倒是可以打破。”

厉绵在后面冷笑，催促道：“走啊，愣着干什么？”

南颜感到左手被稍稍握了一下，随后便跟着嵇炀来到房门前，门板很轻，是朝内开的，碰一下便吱嘎一声滑开来。

跨进门内，南颜手中飞起一团火，点燃了旁边柱子上的残烛，随后便照见这屋子内的全貌。

这里果然不是给活人住的地方，四周空荡荡的，只有头顶纵横交错的房梁上，偶尔有窸窣的声音蹿过，南颜抬手一道丹火打去，便掉下一只漏网的白骨老鼠来。

厉绵冲上去一脚把这老鼠踩得粉碎，骂道：“死老鼠！臭老鼠！”

那老鼠被踩碎的一瞬间，眼里的幽火飞起，落到烛火附近，噗一声扑进去，顿时这间房子里所有的烛火都一一亮起绿火。

这绿火亮起之后，房间内反而更暗了，连神识都看不到那些阴暗的角落里藏着什么，唯独南颜点燃的那一盏灯附近是明亮的。

寒雷子一看，对南颜命令道：“去，把所有的灯用丹火点燃。”

这个时候，嵇炀突然一扯南颜，顿时两个人都跑进黑暗里消失了踪影。

“敢跑？！”寒雷子怒不可遏，元婴期的修为爆发，手握法宝缠锋网，手一挥朝他们逃离的方向罩去，当场罩到了什么。

“区区结丹，岂能脱得出元婴的掌心，简直天……”寒雷子一扯缠锋网，顿时觉得好像罩到了什么极大的东西，困惑间，只见所有的绿火蓦然蹿腾，同时那缠锋网也发出法宝应有的白光。

一瞬间，寒雷子、厉绵、余长老三人便看到了角落里坐着的鬼妇人。

“啊！！这是什么鬼东西！！！”厉绵率先尖叫出声，扭头朝着来时的门跑去。

“绵小姐别乱跑！”寒雷子连忙出声，但那鬼妇人咯咯一笑，蛇一样的四肢钻出缠锋网的缝隙朝他缠来。

厉绵从那间屋子跑出来后，发现面前的院子并不是一开始进门的那个院子，而是变成了第二个跨院，面前又是第二间屋子。她再想回去，就听见那屋子里一阵法宝与鬼笑交错的乱响，想到那鬼妇人五官错乱的模样，顿时头皮发麻。

死都不会再回去的……

厉绵想，寒雷子只说这宅子里只有一个化神期的鬼，想来就是那个鬼妇人，只要等寒雷子收服了它，余下的便没有什么好怕的了。

此时厉绵听见身后一声门响，只见南颜的衣角消失在第二间屋子的门里，顿时双眼漫上怨毒之色。

“你们这对贱人……这鬼地方是你们设的陷阱！”厉绵一拍乾坤囊，一口漆黑的长柄镰刀出现在手中，散发出一股禁忌的破灭气息。

此物，是狱邪侯的法宝，单就威力论，可以重创甚至斩杀刚刚那鬼妇人。

厉绵气冲冲追进去，却发现第二间房子里有一个柜子突兀地立在屋内正中，她一进来，柜子就颤动摇晃了起来。

“你们这对狗男女！是不是藏在里面！”厉绵一顿那伏尸镰，顿时那颤抖的柜子一停，慢慢挪转过来。

厉绵这才看见，那柜门夹着一个人，又惊又怕地流泪道：“我出不来了，姐姐帮帮我呀。”

饶是厉绵见过诸多美色，却也不得不嫉妒地承认，这张脸是她平生所见之最。

那美人只露出一张脸，整个身子被困在柜子里，只在柜子下漏出一绺绺头发，见厉绵神色一阴，拿出一把冰蓝色的匕首走来，顿时害怕地道："你不是要救我出来？你要干什么呀？"

厉绵用匕首在这美人脸上比画着，冷笑道："真是张好面皮，哥哥见了一定喜欢……可我不喜欢！"

美人挣扎起来；"你不要碰我的脸呀，哥哥好不容易帮我变漂亮的……"

厉绵之前一路惊怕，心中已是又气又恨，此时见到这柜子里的人，心中不知为何有一种异常的冲动想虐杀她，冷笑道："看来你就是那姓余的说的美人了，不过你也倒霉，偏偏被鬼困住，要怪，只怪你和那个贱女人有关系吧。"

厉绵那把冰蓝色的匕首仿佛是特地为剥皮所制的，她从美人的发尖下刀，飞快地转过一圈，再一扯，柜中人的尖叫声中，一张人皮就落在手上。

"总算是有件顺心的事了，这难得的美貌归我，也算此行不虚。"厉绵往那张人皮上不知撒了什么药粉，顿时残余的血肉消失，变成一张干干净净的薄膜。

她把玩了两息，瞥了一眼低着头已面目全非的柜中人，习惯性地把那张人皮往自己脸上试戴，刚戴好，忽听那柜子沙沙响动。

厉绵一低头，只见那柜子里涌出大量的头发，柜门也慢慢打开，露出那美人的身体。

那原来是一个小孩，手臂蜷曲柔软地垂在脚边，一头黑发不断生长，抬起一张只剩下血肉的脸，幽幽道："你喜欢的话，我就把脸送给你了，记得不要摘下来哦。"

厉绵当真发现……自己脸上的面具怎么揭也揭不下来了，转眼间，自己的半个身子都被头发卷了起来。

"伏尸镰！"她尖叫道。

旁边的伏尸镰发出一道乌光，所有的头发顿时化为灰烬，同时那小鬼也痛呼一声，整个身体被砍成两半，但仍没有死，趴在地上呜呜叫道："娘我好痛！救我呀！"

厉绵一脱身，立马从房门跑出去，远远见到寒雷子右耳满是血地跑出来，连声道："师叔救我、救我呀！"

寒雷子与那鬼妇人鏖战多时，也算势均力敌，但鬼妇人其间好似感应到小鬼有难，忽然凶性大起，一口咬下寒雷子半只耳朵，逼得他不得不暂时退了出来。

厉绵想向寒雷子寻求庇佑，哪知寒雷子一看她的脸，差点儿没一掌打出去。

"绵小姐，你的脸……"

"我的脸、我的脸怎么了？！"厉绵往脸上一摸，顿时凄厉的叫声撕破天际，

“我的眼睛、我的眼睛为什么长在头上？！嘴巴！我、我的脸怎么了？！”

她已经彻底崩溃，伏尸镰余下的一道乌光挟雷霆之势，一下子砍掉鬼妇人的右半边柔肢。

“你们……该死！”

鬼妇人身形极快，正要下手，突然头顶上的天穹一阵浓云旋搅，仰首可见的远处十八层塔顶，蓝火闪烁，分出无数微光，散落到整座鬼城的各个角落，将所有在鬼城还活着的修士包裹进一处蓝光中传送入塔内。

南颜睁开眼，发现自己在一间石室里。

她回忆了一下，刚刚自己还在那间鬼宅中看到了一个被卡在柜子里的，长得和自己一模一样的人，只是她很快察觉那是个鬼，便又被嵇炀拉着离开了。

然后，嵇炀带着她一头撞进第二间屋子里的一处墙壁上，而那墙壁是假的，进去只觉一阵宛如传送阵般的动荡，而后直接撞上正竖着耳朵贴墙听动静的殷琊。

她还没来得及说什么，就听嵇炀说了一句时辰到了云云，所有人就都被一道蓝光包围。

再然后，就出现在了这里。

南颜抬头看向这间石室，上面描绘着各种地狱图景，而正面则是封着一道石栅栏，接着，很远的地方传来其他人的声音。

“这是什么地方？！我们怎么在牢里！”

他这声音一出，四面八方都传来苏醒的修士的声音。

“老夫明明正在祭炼一件古宝，怎会突然在此？”

“我也是，差点儿以为要被鬼吃了。”

“这地方是干什么的？道友们怎会都被传到这里来了？”

疑惑之声此起彼伏，南颜忽然听见有人在敲左边的石壁。

“南颜？”

“二哥？”

她立马凑到左边的栅栏角，看见隔壁的栅栏缝隙间伸出一只手朝她晃了晃。

南颜略略安心：“难得你还没死，大哥在吗？”

殷琊声音有点儿虚：“我问关在对面的人了，说他就在我旁边，还睡着呢。咱们是被关在牢里了吗？”

南颜点点头，将自己所知的关于幽泉川的事同殷琊交换了一下情报，道：“此地若当真是九狱之一的幽泉川，那么我们这些人，想来是被这塔捉来受刑的了。”

“我倒不觉得，那鬼妇人跟我说，幽泉川的狱主之位正在竞夺之中，我们这些人有可能是被捉来当这个狱主的备选的。”

“哦？那看来是机缘了？”

南颜话音一落，便听见囚牢那头有脚步声传来，同时一个暴脾气的修士出声道：“你这恶鬼，捉我们来做甚？还不快放我出去，若不然，老夫的宗门踏平你这鬼……你要做什么？！你敢……啊啊啊！！”

整个牢笼安静下来，南颜抿着嘴唇，听那脚步声靠近，只见是一个牛头人身的怪物，手里拖着半截人的尸体，从她面前的走廊徐徐走过。

南颜：“二哥，你说这是机缘？”

殷琊：“那小鬼得了我的妙手美颜，应该不会骗我呀。”

南颜：“你说什么？你再说一遍？”

殷琊：“不，你听我解——”

南颜鼻子都快气歪了：“算了，你不用说了，你可知我找你们找了多久？又是被魔修欺负又是挨老鼠啃，没想到你竟为了活命和恶鬼同流合污，同流合污就算了，还拿妹妹的脸面神秘交易，背着妹妹想让妹妹身败名裂，今天起我们姐妹恩断义绝。”

殷琊一听急道：“苍天可鉴，我和你大哥被困在鬼宅，想得最多的都是你，你大哥思念得都快唱出来了，骗你我不是人！”

南颜：“你本来就不是人，有本事你唱！”

殷琊挠了一阵墙，憋了半天哼哼唧唧唱出一句——

“世上只有妹妹好，没妹的哥哥像根草……”

本来已经走远的牛头鬼不知是不是听见了这句，拖着血淋淋的尸体走了回来，站在殷琊的牢房前。

南颜：“我原谅你了，二哥好走，愿西天没有鬼。”

殷琊：“……南颜你奶奶……”

那牛头鬼同之前的鬼妇人一般高，浑身漆黑，獠牙外露，双目赤红如被岩浆充斥，站在殷琊面前的牢门外时，一股腥冷的气息时不时从鼻子里喷出。

好在殷琊怕的是鬼，这种似鬼非鬼的妖怪，还是比那对鬼母女好多了，一脸防备地看着那牛头鬼。

“干、干吗？”

牛头鬼立了一会儿，在左右牢房的修士略带好奇的视线下，把自己头上右边那只碗口粗的牛角拧了下来，从牢房的空隙里递给殷琊。

斜对面隔着几个牢房，有个脸上戴着面具的元婴修士冷哼道：“牛角是个签筒，刚刚那修士也被这牛头挑中让他抽签，那人反抗不抽，当场被腰斩，现在离天亮还有不到一个时辰了，抽了总还有活的机会，快些决定吧，大家都省事。”

又有人嗤笑道：“生死大事，换了你，难道能如此潇洒？”

那面具修士道：“管他是什么，若换我来，老夫正想和这鬼东西交交手。”

听他语中狂意，竟似有所依仗，分毫不惧。

南颜看了看四周的牢房，没有发现嵇炀的身影，而那些牢房的修士大多惊怒交加，暂时没有精力注意其他的。

周围的修士开始催促起殷琊，同时那牛头人也好似等得不耐烦，獠牙微张。殷琊正想是不是要动用些底牌时，隔壁南颜悄悄出声道：“抽矮些的签。”

殷琊心一横，想着万一抽到坏的了就动用秘术，看那牛角签筒里应该有一百支签，心一横便抽出一支绿头签，翻过来一看，上面写着个“生”字。

这“生”字签马上便化作一道光盖在殷琊手背上，顿时，他头顶的天花板向两边分开，整个牢房轰隆隆向上挪。

“欸欸欸，这怎么回事？”殷琊的声音很快消失在上层。

周围的修士迷茫道：“这是怎么了？”

面具修士又道：“果然不出我所料，我们被关起来的共有一百个人，这签筒中也共有一百签，其中有活签也有死签，他抽走了一根活签，所以这关便过了，故而被传到了上一层。”

在场的修士修道多年，也不是傻的，有些不冷静的人顿时高叫起来。

“那等下活签被抽完了怎么办？！牛头鬼，你快过来！！”

但是那牛头鬼充耳不闻，而是好像发现了刚刚南颜给殷琊传过音提醒，拍了拍南颜的牢门，顿时一股封印之力彻底把南颜的神识和声音封在牢门里，随后走到了隔壁用斧头柄当当地敲起了穆战霆的牢门。

南颜试了一下，神识和声音果然传不出去了，扒在牢门边紧张地看着穆战霆那边的情况。

不一会儿，穆战霆好似被震醒了，一抬头看见一个牛头鬼杵在面前吓了一跳，迷茫了一会儿，一看自己在牢房里，登时就有点儿不爽。

“抽什么签，滚滚滚。”

他对面的魔修登时兴奋道：“他死定了。”

那牛头鬼见他不愿，怒吼一声，扬起右手的长斧，那斧头竟直接穿过厚重坚固的石栏，掀起音爆之声，雷霆万钧地朝他劈下。

然而穆战霆倒还真的不怕，察觉这牛头鬼的实力足有元婴期大圆满，当机立断动用秘术，登时身前浮现一头龟身龙头的异兽身影。

“九龙书之霸下盾？！他是敖氏的修……不，他是辰洲帝子！”有人惊呼道。

所有人惊诧间，那牛头鬼的斧头已轰然劈下，顿时那霸下背上的壳寸寸崩裂，但这样的强度也激发了穆战霆本身携带的龙主留招，登时一头雷龙低吟间从他身上冲出，硬生生把那牛头鬼心口开了个大洞，逼得牛头鬼后退数步撞在对面牢房上。

不过牛头鬼好似是不死之身一般，把刚刚那修士的半截尸体抓来吞进口中后，心口的大洞开始慢慢愈合，他捡起地上的斧头，再次把那牛角签筒递给穆战霆。

穆战霆发觉牛头鬼没有继续打下去的意思了，再一细看，发现这牛头鬼其实并没有什么灵智，迟疑着抽了一支签，上面写着一个“死”字。

南颜又一次紧张起来，不过等到牛头鬼再次用斧头劈下来时，穆战霆仍有余力，且比上一回更加厉害，单用霸下盾配合十来张防御符箓便勉强挡了下来。

等到他再次抽签时，就抽到了“生”字签，被传送到了第二层。

慢慢地便有人酸道：“原来如此，就算是抽到死签或违抗这牛头鬼，只要挨得过他一斧头，便有第二次机会。”

刚刚那发话的面具修士道：“没错，强者与天竞逐，弱者听天由命。”

南颜见穆战霆平安上去了，微微松了口气，另外又好似想到什么，片刻后，对面那戴面具的元婴修士已经帮她说出来了。

“签只有一百支，好在是第一个人没抽签就死了，万一后面仍有修士抽了好几次签才死掉或通过，那么等到签抽完了之后呢？”

所有人脸色难看起来，这牛头鬼是不死之身，谁也没有那个本事和它耗下去。

很快，牛头鬼又随机抽中一个元婴修士，那修士经过鬼城之前的百鬼巡街洗礼，身上法宝符箓已消耗得七七八八，连斧都扛不住，当场肉身被劈成两半，连元婴都被牛头鬼手中的大斧吸走了。

可饶是如此，大多数修士也不想轮到最后一个，纷纷各出奇招。

“牛头道友，你让我先抽，我这儿有养鬼的鬼粮，全都给你！”

“我这儿有血食！你想吃什么，五阶灵兽够不够？”

这种做法好似有一点儿用，南颜就看到那牛头鬼被一个在牢门口洒了一地紫色妖血的修士吸引过去，不过那修士运气不好，连着了两次死签就被砍死了。

而那牛头鬼好似因为南颜提醒过殷琊一次，刻意躲着她。她听着动静，一个时辰后，整座牢房便只剩下不到十个人。

“我算着，现在还剩下一支签了。”实力稍弱些的人惊恐道。

南颜仍然纹丝不动地坐着，因为她发现斜对面那个戴着面具的元婴修士仍然在牢中，好似并不在意这牛头鬼最后会选谁。

南颜其实也没办法，妖魔鬼怪之类都讨厌佛修，就算她在门口开个肉铺，那牛头鬼也一定不会来。如今见那面具修士十分淡定，便直觉剩下的人不一定会死。

果然，远处传来一声惨号，显然抽最后一支签的修士抽中的是个死签，整座牢房里只剩下九个修士，顿时有些修士疯狂地捶起牢门来。

“老夫就是死，也不会放过祸无极！”

“师父、师妹……我来见你们了。”

“我不想死，我还没有得道成仙，我不能死在这儿！道友们，不如我们想办法打破这石栏，合力斩杀此鬼！”

就在修士们千方百计地求生时，南颜看见那面具修士立马站起来，同时，走廊尽头有铃声幽幽传来。

南颜的目力是第一个看到来者为何的——那是一列夜叉般的小鬼，四个为一组，肩上竟抬着黑色的轿子。

“这……”

南颜愣怔间，那面具修士大笑道：“你们这些留到最后的小辈，可比那些人幸运多了，他们走‘科举’尚需闯九道关卡，我们只需要等到‘选秀’就可以直入顶层的狱主后宫了。”

南颜：嗯?

不止南颜，还活着的修士面面相觑，有些人苦着一张脸道：“这位道友，我们都是男子，唯一的女子还是个出家人，这‘选秀’是怎么回事?”

还有激动的人刚刚存了死志，现在又被这转折弄蒙了，崩溃道：“士可杀不可辱！老子七尺男儿冰清玉洁怎可被充入后宫！”

那面具修士冷哼一声懒得理会他们，只有靠得近的南颜行了个礼道：“前辈，我等本为寻机缘而来，经此波折，现下唯一的念想便是求得生天，绝不敢与前辈争夺机缘，可否请前辈详细说明这幽泉川的实情?”

“原来你知道。”那面具修士很是惊奇地打量了南颜一下，复又冷笑道，“也是，这在高阶修士中倒也不算什么秘密，告诉你也无妨。这十八塔乃是为成为幽泉狱主而设，若想成为此地之主，就需要通过这塔中试炼。后来的试炼者想夺取他顶上帝冠，便须得如他们那样一层层闯过生死关卡，能活到最后的，就是狱主，不过嘛……”

南颜：“不过什么?”

“九狱之中，幽泉川的关卡据说是最为容易的，但饶是如此，千年内幽泉川多次现世，均无人能夺得狱主之位。”那面具修士又指着那徐徐而来的黑轿子道，“不过好在前任的幽泉狱主喜好淫乐，第一关没抽到签的修士，可被这小鬼直接带去顶层的狱主大殿成为‘后妃’，他死得突然，这条规则没来得及改变，便由小鬼继续执行。”

南颜看着修士侃侃而谈，不禁敬佩起了堂堂元婴修士，为了机缘坦坦荡荡说出去应征选秀的勇气。

有些修士十分紧张："那、那我们要是被选上了怎么办？我、我就算最后逃出生天，我道侣也是会打死我的。"

面具修士道："放心，幽泉狱主早就被我道……早就死了，不然这冥府之地岂会让生人进入？所谓选秀也只不过是比喻一下而已，除非是其他狱主在此，才可号令万鬼，你们只需将其当作一条难得的捷径便可。"

他说完，所有人面前的石栏轰隆隆地升起，南颜的牢门口停下一顶轿子，那抬轿的小鬼把轿门打开，一双眼直勾勾地看着她。

好吧，上就上吧，如果嵇炀还在，应该不会让大哥二哥有什么危险的……吧。

南颜敛起担忧，钻进了轿子里。

巫嫄山鬼城外，天色已从漆黑转为深蓝，幽泉川鬼城外，聚集了不少匆匆自巳洲各大魔宗而来的修士。

"怎么回事？！我宗门中连续两个长老的命玉崩溃，不是说没有危险的吗！"

各宗的修士议论纷纷，不多时，一条生着双翅的三十余丈的巨蛇破空飞来，蛇头上载着七八个元婴，中间一人，须发花白，修为莫测。

祸无极，终于出现了！

可饶是那些魔宗的修士恨得眼睛都红了，仍是不敢对化神修士直接动手，只能高声问道："祸宗主，可否给我等一个解释？"

巨蛇落地，震起一片烟尘，同时天顶浓云凝聚，现出祸无极的轮廓。

"老夫，无须向尔等解释！"

一时间所有的异议与怒骂尽皆收声……因为他们面对的是化神！

恨怒之下，所有人看向在鬼城前静坐的另外一位化神——那是唯一一个在地位与修为上能与祸无极匹敌的大能。

"祸道友，一别经年，别来无恙？"那道生天的朱随长老起身问候。

道生天的修士对礼仪有一种特别的讲究，就算是下一刻立马就要你死我活，前一刻该有的礼节也不会少。

祸无极倒是丝毫不客气："巫嫄山乃我巳洲下辖，朱道友若为了辰洲帝子，看在龙主的面子上，老夫寻到他之后自会派人送回辰洲。"

那道生天的朱随长老笑了笑，道："此地既出现如此惨案，又牵涉了帝子在其中，若是辰洲第二个帝子也折在巳洲，这恐怕非修界芸芸众生所乐见，老夫思虑再三，已告知正法殿，不久后便会有正法殿执法使前来接手。"

祸无极蓦然大笑："好一个'也'折在巳洲，辰洲第一个帝子是如何死的，你们道生天这群伪君子倒是当真说得出口。"

朱随面上的笑意微收："祸道友这话却是让人听不懂了。"

祸无极冷笑一声，拂袖打出一道响雷，顿时虚空裂开，传出数十道化神期波动。

"既然大家都是为了辰巳两洲早日结束战乱而来，修士自是多多益善，万一这秘境里有什么其他好处，共襄盛举岂非更妙？"

朱随面上的笑意倏然冷了下来，道："祸道友修行多年不易，应知识时务者为当世俊杰，不识时务者……唯有泉下称雄！"

轿子里里外外都是黑色的，一进去，南颜就感到一股阴冷，直到佛力微微外散，她才好受些。

回想了一下，她发觉这面具元婴当真是心机深重。那牛头鬼在时，从头到尾都是这面具元婴在刻意营造危险的氛围，为的是催促前面那些人赶快完成抽生死签这一关，好多省些时间出来。

也不知多少人一时心急，没准备好就抽了那些签，最后陨落在此。

南颜叹了口气，算了算，想来这回巳洲至少在这鬼城陨落了上百名元婴，在化神不出战的情况下，这样的损失，抵得上辰巳战场上三年的量了。

事已至此，再多想也无益，南颜抬手想把旁边的帘子撩开看看外面是个什么情况，却发现轿帘纹丝不动，想来上面也有一些禁制。

研究了数度无果，南颜只得多提着些小心，眼下那面具元婴虽看似好意，但走了他所说的捷径，却也不知会不会拿他们这些活下来的人当作棋子。

很快，轿子的晃动停了下来，落地的震动传来，那抬轿的小鬼把轿门打开，外面倏然落下的星光让南颜不由得眯了眯眼。

小鬼摆了个请的手势，南颜听见旁边也有修士下轿了，这才迟疑着走下来。

一抬头，南颜便愣住了。

她一度怀疑自己已不在塔内，因为她看见轿子落下的地方是在一座巨大的铜门前，周围看似是一座极为古老奢靡的宫殿，顶上没有房顶，一切都笼罩在一片星雾中。

随后她认出，那些星光正是那些白骨老鼠眼中的绿火，如是汇集于此，使得这座宫殿显得奇美异常。

"前辈，我们这是来了哪儿？"

那戴着面具的元婴修士好似也是第一次来，不过他十分镇定地打量四周，捋须道："也许这就是传闻中的冥府幽泉殿吧。"

片刻后，铜门打开了一条小缝，随后逐渐扩大，里面远远走来几个红衣的女人。

乍一看，那些女人的脸白得吓人，但很快南颜便诧异地发现，这些女人虽然一身华丽衣裙，发饰精美，却没有皮肉，全然是一副副活动的骨架。

"骨灵。"那面具元婴冒出一句。

这些白骨美人手臂上各托着一个绣着诡异花纹的红盖头，徐徐走近，捧到每一个修士面前，好似示意他们戴上。

这盖头好似浸了血一般，所有的修士都面露难色。

"看来是非要我们像个女子一样嫁进这宫殿里了。"

其中那个最"三贞九烈"的元婴修士登时憋红了脸，道："我修道百年，怎能被个鬼纳入后宫，岂有此理！"

他伸手去推那白骨美人，不料那白骨美人十分脆弱，一推之下便哗一声碎开来落在地上，她手中的红盖头却好似有灵，一下子蹿起来强行盖在那修士头上。

紧接着诡异的事情发生了，那修士本来还暴跳如雷，盖头盖上的瞬间，整个人就安静下来了，甚至还将盖头整理好，肩膀微松，像个宫廷女子一样双手叠在腰腹处。

余下的修士都绿着一张脸，瞪眼看着地上的白骨一阵咯咯乱响，重新组合起来，整理好衣衫，领着那被盖头蒙上的修士一步一步走进了铜门。

面具元婴道："……那位道友，神志仍未失。"

好似是因为他们拖得太久，那些白骨美人手中的红盖头上，璎珞与流苏开始渐渐上翻，那面具元婴见状，倒是爽快，一把接过那红盖头盖在头上，随后也变成了女子姿态，款款随着那白骨美人进入。

"这位道友一路游刃有余，竟不似我等元婴。"那些修士说完，便各自将法宝唤出，防在身侧，任那红盖头轻飘飘飞起落在头上。

南颜是最后一个，但这盖头落下时，只觉周身一僵，好似这盖头上有一股神秘的力量，让她不得不放弃了佛者庄严肃穆的姿态，而是轻轻垂首，露出一种女子应有的绰约身姿。

不过正如之前那面具修士所言，南颜的确还保持着神志，直到跟着那些白骨美人一步步走进铜门内后，她的《七佛造业书》忽然嗡鸣一声自行运转，好似在这殿中感应到了什么前所未有的邪魔阴鬼之物。

同时，南颜发现那盖头对自己的限制飞速减弱，等到她上了一处极长的石阶，来到一处宫殿后，她发现自己已经完全可以动了。

神识探出，南颜一愣。

这座宫殿是南颜所见过最大的，左右跨度难计，殿中坐满了活着的骨灵，而最重要的，有一副血红色的巨型骨骸，这骨骸足有五丈高，身披绣龙长袍，头顶戴着冠旒，不时有白骨美人往他水缸大的酒杯里倾倒着一种像是血一样的酒。

南颜刚刚受到的那股极其邪恶的压力就来自他。

而他的正前方，同样正在旋转曼舞的骨灵顶上，一面光幕中，竟传出冲杀的声音。

“那小子在哪儿？！”

“不知道，他身边那头狐妖会幻术，他们两个一转眼就找不到了！”

“抓出来杀了他们！老夫就是死了，也不会让辰洲帝子独活！”

南颜一听，心头便发紧，但饶是如此，她也不敢轻举妄动，等到被带到一处屏风后，她就被安排到一个空位上跪坐下来。

她前后左右也都是盖着盖头的新嫁娘，不过不同的是，除了与她同来的那几个男修士，这些新嫁娘也都是骨灵。南颜把盖头扯歪了些，斜眼看了看盖头右侧，那面具元婴正坐在一个阴暗的角落里，但是他放在膝盖上的手指正在虚虚画着什么符。

片刻后，他好似察觉到什么，手指一僵，头朝南颜这边转来，好似看到什么令他极其震惊之物，身体不由失态地向前倾了倾。

南颜一开始以为她被发现了，但很快便知道那面具元婴在意的不是她。

王座上的血色骨骸忽然嘎嘎大笑：“黄泉狱主，既然来了，何不与孤共享这凡人挣扎的美妙画面？”

“人，总是一种无法压抑征服欲的生灵。”

这声音从殿外传来，并没有半分凶恶，但那些骨灵听了，却都倏然停止了动作，骨骼摇晃战栗，好似遇到了什么极为惧怕之人，尤其是中间那些本来还在起舞的白骨美人，战栗之下，全身骨骼碎成一地，只有头骨还在地上旋转。

那血色骨骸的手指敲了敲扶手柄，顿时一杯血酒朝来客飞去，道：“孤没想到，还当真有人敢夺黄泉川之主的位置，这杯魂酒以阴灵魂血酿造，权当安慰你这一身风尘！”

那杯血酒被一只苍白的手托在手心里，手的主人瞥了一眼光幕上厮杀得正激烈的修士，道：“我以前素不爱饮酒，以为饮酒易误事，后来方知，让人失魂落魄的却不一定只有酒。”他说完，在那幽泉狱主残骸的怪笑声中，仰首饮下，残余的一丝血红酒液顺着那总是含着笑意的嘴角，一路流向颈怀间……

嵇、少、苍。

三个字在牙关前磨了片刻又收回来，南颜随后便看他顺从地坐下，对那血色骨骸的幽泉狱主道：“幽泉川危在旦夕，狱主何以笙歌不断？”

“就凭他们？”幽泉狱主虽是具骨骸，但声音依旧显露出十足的轻视，“九狱，乃凡人与神的绝对界限，岂是这般轻易能越？”

“若不能越，九狱如今何至于此？”嵇炀轻声反问，又道，“狱主若不愿，不妨索性折冠投胎去。否则到时被人掌握了生死，狱主这山林毒恶出身的魔灵，只怕便要告别这酒肉笙歌，重归山林泥坳去了。”

幽泉狱主收了笑，道：“孤心里仍是觉得，能从黄泉川中走出的，必是恶鬼中的恶鬼，今日一见，你这副皮囊之下的贪得无厌，便是孤看了也心惊。不过，孤也是鬼，欣赏你这份贪婪，不妨我们做个交易，你让孤夺舍你一魂，从此做你辅魂，我们联手并吞六狱，杀上酆魔天夺取狱君之位，从此掌一界死者之命脉。”

“好主意，可一来凭幽泉川并不足以称得上是有用的助力，二来，我很难说服自己遵守同你之间的承诺。”

幽泉狱主道：“九狱之中，若不联手，必得一人为主，余者为奴，方可谋夺狱主之位，如今那些生人虎视眈眈，觊觎冥府之地，意图掌握轮回而不死不灭，孤虽身死，却不允此事乱天地纲序！孤同意助你，若你不愿让孤夺舍，就找一个能让孤夺舍的生灵，孤与这幽泉川便听你调遣！”

“嗯？是我没有更直白些，还是狱主太爽直了？”嘴角扬起一个轻慢的弧度，嵇炀道，“我招来这些人，可不是单单来为狱主酿酒的。”

“那你是——”

“我来请你，身死魂灭，让出幽泉冠冕给他人。”嵇炀道。

“大胆！”幽泉狱主暴怒，周围的骨灵顿时一片崩溃，顶上的星河一样翻腾不休，连南颜这边的屏风也一并飞起。

而那屏风角落里坐着的面具元婴忽然一跃而起，转眼间向嵇炀刺杀而去。

“得罪了！泉下莫要怪我，只能怪你当年不依不饶，违逆师长！”那面具元婴果断中断了他起初的计划，好似在他看来，杀嵇炀比任何事都重要。

他的修为节节攀升，一瞬间，将全身修为凝聚为一指，获得了一丝化神期之力，携带破灭之力点向嵇炀。

可这好似并没有什么用，那面具元婴愕然间，他本以为能一击得手的一指，眨眼间便换了个方向，点在了柱子上。

那柱子晃了晃，从中间裂开一个大洞，连后面歪歪扭扭的骨灵，都尖叫着魂火散开，彻底绝灭。

“你已经是鬼身——”

此时，那幽泉狱主的手骨从他袖下飞出，在原地消失，然后转瞬间来到面具元婴背后，一爪将他抓住，上下摔打了一阵，才把面具已碎的他扔在一边。

“啧，孤就说今日怎会突然进贡了新的鬼女，原来竟是个朽烂男人，当真倒胃口。今日这批，都杀了酿魂酒去吧。”

四面八方飞来无数鬼物，南颜看到已经有修士开始疯狂地撕起了自己的盖头，就在此时，嵇炀的目光移过来，这一看之下，他及时开口。

“狱主，你刚刚所言，我答应了，我会为你找一个合适的吸魂夺舍对象。”

那幽泉狱主勉强坐直了身子，道：“哦，是什么样的对象？”

“是天狐族的大妖。”

那幽泉狱主一听，好似有些心障，犹豫道：“天狐族确实是极适合孤这鬼身的，只是他一族中有一支魇生狐，极喜吸食生死魂魄，乃我鬼族大敌，孤怕……”

嵇炀面不改色心不跳道：“魇生狐已绝迹，狱主从何处听说过？倒是让我见识见识？”

南颜此时躲在一侧柱子后，看着这场面，眼皮微跳。

——他是什么意思？让这幽泉狱主来夺舍二哥？不知道二哥怕鬼吗？

幽泉狱主哈哈一笑：“也是，倒是孤多虑了，天狐族就天狐族吧，却不知你又有何诉求？孤这宫中虽大，却不晓得有什么是值得你换取的。”

南颜两边的骨灵连连散开，不多时，她从盖头下方看见一人朝自己走来，在她面前站定，同时一股意欲不明的视线从她的足尖起，细致地打量到头顶，方开口道——“她是无价之宝，岂会不值？”

“你这人倒是奇怪，不过是个区区女修，面子倒是好换……”

幽泉狱主冷笑一声，巨大的身躯从王座上起身，余下的一只手一招，那被他的骨手抓住的面具元婴飘起，骨手收紧，那人整个肉身立时发出嘭嘭的崩溃声，不时有鲜血从四肢爆出。

“孤还当来幽泉川的都是些魔修，你这一身令孤厌恶的灵力又是从何而来？”

那面具元婴大口咳出一摊血，但神色毫无惧怕，而是恶狠狠地看着嵇炀的方向。

“黄泉狱主……好一个黄泉狱主，那个位置不是你的！你敢阻挡吾宗千年大计，不怕你师长知晓后，让你生不得善终，死不得轮回吗？！”

南颜听得实在耳熟，想揭下盖头看一眼那面具元婴的容貌，却让嵇炀按住，还锁住了神识，好似不愿她看出来。

接着，南颜听见嵇炀发出一声轻嘲般的笑，她没来由地心慌，在他转身时，不禁伸手去拉了一下他的袖角。

嵇炀的脚步微顿，冰冷的手指握上南颜的手背，让她一点点松开——这是他第一次没有因为她的挽留而停下。

“生不得善终，死不得轮回？朱随师叔说话还是太温和了，折磨人这一手，师者终归比谁都狠。”嵇炀走到他面前，道，“叙旧的话就不多言了，我猜猜看，朱师叔应是想偷偷潜入幽泉川，与化神期的本体里应外合？”

这个面具元婴一路淡然无比，原来……他本就不是元婴，只不过是一具化神修士的分神化体。

南颜想起师父在凡洲那个吃苦和尚的本体，也是如此。据说化体与本体之间的一切都是可以随着化体回归而互通的。

果不其然，被嵇炀称为朱师叔的修士嘶声道：“这世间唯有道天不灭，大道方可长存，你怎就不明白我们的苦心？！”

“是吗，可在我看来，也不过是一群寿元将尽的修士，为了偷生而妄图打断轮回周转，使得诸多亡灵为了等你们，如猪如狗般被圈养，不得超生……如是而已。”

嵇炀说到这，好似触及了那幽泉狱主的惨痛回忆。

“孤承认，人族的确做到了弑神之举，但，天道自在轮回间，从不会操于人手，擅自干扰轮回，是尔等痴妄，还是……觉醒吧！”

那巨大的骨手终于将朱随的元婴肉身捏爆，四散的血液中，他的元婴裹着一枚道符冲出，大吼道——

“以我分魂，召吾真身，开！”

刹那间，虚空中一阵动荡，那元婴裹挟的那枚道符旋转中爆开，登时一股不同寻常的波动在大殿中荡开。

瞬间，南颜脑中一阵轰鸣，除了辰洲那次，她再未直面过如此强悍的气势。

那是……化神！

但这化神大能好似并非气定神闲，而是一脸阴沉地掠入大殿之中，扬手震开传送点范围内的所有东西后，还分神确定了一下刚刚与他交手者没有追来，这才看向幽泉大殿中的情形。

他的化身元婴回归极快，元婴所带的记忆吸收后，便瞳孔一缩看向嵇炀，扬手便是摧枯拉朽的一掌拍去。

“十余年前通缉诸洲没捉到你，就知道会养虎为患……倒还当真是意外之喜！”

可幽泉狱主岂容他放肆，冷哼一声，一招手，周围逃离的骨灵纷纷被吸入他掌中绞碎后化作一支骨矛，一矛朝朱随刺去。

“孤虽只余残魂，但亦有天人第二衰之力，幽泉川中，岂容人族逞凶！”

双方一交手，登时大殿中骨骸飞卷，石柱开裂，南颜耳朵刺痛间，身上禁锢一松，嵇炀拉着她就走。

“不管他们了吗？”

“不必，朱随不是幽泉狱主的对手，他召唤的道生天真正的底蕴才是。”

“那现在怎么去救大哥二哥他们？”

南颜跟他快步走离那两个强者的交手范围，嵇炀带着她踩入一个预先布下的传送阵中，转眼间穿过顶上那一片星河，随后便来到了塔顶。

此时天色已蓝得透亮，似乎太阳转眼间便要从东方一跃而出，南颜站在塔顶环顾四周，只见高高的十八地狱塔下，那些徘徊的魂魄宛如归家的农人一般，一一回到房中。

而他们之中，也有了新的修士鬼魂加入。

“你若设局，也该有点儿度，杀戮过重，业力终究会报诸己身。”

“阿颜说的对，为兄以后自会尽力改正，不让你度我之功付诸东流。”

“嗯？这么好说话，你刚刚对那化神大修士不是挺杠的吗？”

嵇炀道：“我曾有一个老师，他也总说他的决定不会有错，可后来终究是错了。我承他教导，为人处世确实大多不讲底线，可我不想走他的歧途。”

南颜收回目光，转身望向身后的塔顶。塔顶是一个巨大的平台，南颜在鬼城中看到的那头六臂异兽，也正在这平台正中央，口中正衔着一团蓝火，火中便是幽泉川狱主冠冕的真身。

它好似并非一座雕像，而是南颜在赤帝瑶宫见到的、被封印的尸骸。

“这是守狱之灵。”嵇炀解释道，“唯有经过守狱之灵认可，才可真正称为狱主。战霆与殷琊都各自被我留了一道引路符，待我做一道传送阵，让他们来此，开启幽泉川出口，便能出去了。”

他说完，抬手打出一道道玄秘的咒印，不多时，便在这守狱之灵的脚下又开出了一个传送阵。

就在阵势启动时，嵇炀忽然好似有些疲惫，坐下来拿出一卷薄书飞快地看了两眼后塞进怀里，幽幽一叹。

他若还是那副万事尽在掌握的死样子，南颜还能心安理得地闹他一闹，但他突然这么脆弱地一叹气，南颜就很紧张，掀起盖头的一角，小心翼翼道：“你没事吧？需要我给你念段经冷静一下吗？”

嵇炀稍稍垂眸，一张素来恬淡的面容，映着阵法启动的暗光，显得有些寂寥。

“如你所见，我因行事悖逆师长，遭宗门所弃，经年累月积毒于心，有时手段行径，便是自己反思，也觉得殊为过分。”

南颜还是第一次见他反省，作为出家人的大慈大悲胸怀登时光辉起来，道：“没错，慈悲藏于人心，乃是人生来便有的本能，有朝一日你放下屠刀，便能放心大自在……”

嵇炀聆听佛门度化教导，神态专注，慢慢地，神色放得更为柔软了些：“阿颜现在可放心大自在了？”

“心中尚有红尘牵累，不过我造业亦重，度你入善道后，我怕是要去地狱道受足业火，方可得证菩提。”

嵇炀微微垂眸，道：“若你都入地狱了，那极乐，我不去也罢。”

南颜到底还是个人，低头道：“千头万绪的事那么多，我这也不过是个说法而已。却是不明白，你我中间阔别多年，也未见你喜欢这般腻着，为何现在却……少苍？”

嵇炀自己也无法说明，只是觉得有她在，此生波折虽痛亦可忍，她不在时，虽翻手可掌阴间生杀，却仍抵不过心瘾难戒。

“少苍？”

南颜看他一直发怔，抬手在他面前晃了晃，他抬起头，眼底闪过一丝难以言喻的情绪，稍稍远离了些。

他魂火消耗得太多，以至于当南颜稍稍靠近些时，便无法克制地把目光黏在对方身上。

“我灵力不济，阿颜且匀我些。”他说。

南颜哦了一声，但刚伸手又犹豫道：“我灵力佛气甚重，入你躯体宛如烈毒，该如何做才不至于伤到你？”

“我不能离位，你且抱着我，我自会渡过去。”

或许是他的神情过于倦惫，南颜有些不忍，挽起半截袖子，一闭眼抱上他的腰。

“可以了吗？”

“不够。”

“好、好吧。”

南颜把下巴搁在他肩窝里，看他闭着眼不怎么动，竟还找回几许小时候的亲切感，便试图拿怀旧缓解尴尬的气氛。

“那会儿在仰月宗，我不喜欢上晚课，小孩子瞌睡重，每次醒来都是你抱着我回去，给我掖好被角才离开。”

“嗯。”

"你送我的那条空行鱼，头天晚上我还跟它情定三生，隔天就被猫抓了，我怕你发现，又自掏灵石买了条。"

"还有这事？"

"但是也没什么用，带出去玩时又被一头兽堂跑出来的卷牙猪啃了。"

"后来呢？"

"我伙同大哥去把那猪啃了。"

嵇炀："……"

南颜就趁机絮絮叨叨地说点儿以前的旧事，企图让他心情放松些。但其实魔修和佛修靠在一起，彼此是很难受的，必须要忍耐对方每一丝相互交锋的佛魔之气，就像两只脾气不好的刺猬在互扎一样。

嵇炀一边听着，一边点头。不过他的眸光却并没有言辞那般温和，而是渐渐弥漫出一层血色。

佛修总是干干净净的，皙白的皮肤泛着一层莹然清光，脖颈间还有种释迦禁花的香味，好像只要咬一口，就能点燃他已式微的魂火。

艰难地合上眼，嵇炀靠在她耳侧，道："我那时也总觉得你我青梅竹马之交当坦坦荡荡，总是这般纠缠是不对的，毕竟我这人私欲太重，恐怕不知何时便会做出些不合适之事。"

"比方说？"

"比方说，渎、佛之事。"

南颜："……"

好在此时传送阵已启动完毕，登时一道昊光爆出，里面喧喧嚷嚷地出现了许多身影。

"怎么感觉人还多了？"南颜愕然间，被嵇炀一把抓住带起躲在一侧，只见下一刻，殷琊和穆战霆二马当先地杀出，他们身后，传送阵中轰轰隆隆地奔出许多人影，有些人身上还挂着一两个骷髅头，极为狼狈。

"妈呀吓死我了，那些个鬼东西竟然逮着谁就换谁的脑袋，可怜刚刚那老头一头秀发，都被鬼削了。"

众人喘着气，陆陆续续从传送阵中走出后，便分为两个阵营，左边的魔修和右边不知道哪里冒出来的大批正道修士互瞪起来。

寒雷子和厉绵也在内，只不过魔修这边修为虽高，但灵力都只剩下一两成，而右边的正道修士，虽然也狼狈了些，但精神却十分饱满。

"诸位暂且停一停，既然大家现在都知道了，这座塔是为了竞夺幽泉川狱主的位置而设，那诸位不妨就各凭本事拿这顶冠冕，大家立个心魔誓，不管谁得了这冠冕，都以出去为上。”有人说道。

嵇炀同南颜溜达到人群后，对此略略点头：“活到现在的这些也都不傻。”

随后他刚想叫南颜，却看见南颜俯下身，从地上捡起一本薄薄的书，他淡然的脸色顿时微微一僵，不自在地扭过头。

“兵法其三，适当示弱，以退为进，伺机博取同情。”南颜一字一句地念出声，合上书翻到最后一页，“《月老兵法》……还第七卷。”

嵇炀：“……可以给我点儿时间想想借口吗？”

南颜双目灰败：“别了别了，大哥是个文豪，二哥是个二姐，原以为你是一片净土，没想到你也是个魔鬼，不用解释了，人间不值得，明天回寺里我就剃度去，从此跟你们这些蠢哥哥一刀两断。”

当时，穆战霆和殷琊是先到的第二层。

第二层吊着密密麻麻的石茧，他们一来，这些石茧便破开来，掉出一个个腐烂的婴儿，这些婴儿已成厉鬼，怎么也杀不绝，加上陆续有认出穆战霆身份的魔修被传送上来，他们只能不停逃遁。

幸运的是，那对鬼母子好像在他们身上留有气息，这些鬼婴并没有对他们穷追猛打，而是掉头与魔修厮杀起来。穆战霆本就是为了解救在战场上被抓走的亲卫而来到这鬼城，此时也顾不上怕不怕，看准机会一个偷袭，杀了那个把他的亲卫抓走的元婴，夺走了乾坤囊。

可魔修们毕竟势众，等到好不容易逃出了鬼婴这一层，再上一层又是一个千棺狱，一千只棺材里，只有一个是出口，其他的里面躺着的都是修为不一且不死不灭的骷髅，若不在一定时间里找到出口，所有人都会被毒雾腐蚀而死。

于是也顾不得魔修道修的立场区别，所有人都在疯狂找出口，只是掀的棺材盖越多，骷髅越多，穆战霆不得已只能把乾坤囊里之前被困束的修士一齐放出来，就在毒雾漫上来的前一刻，嵇炀发出信号指引了正确的方向。

九死一生逃出来后，众人看了看情况，确定暂时安全，立时便又相看两厌起来。

“寒雷子道友，此子乃吾洲帝子的强敌，在这里翦除后患，免得他在山海禁决中成为吾洲的绊脚石！”

“话是这么说，哪位道友愿意试一试他身上的龙主神念还留下几次？”

帝子身上都有保命的东西，魔修大多惜命，叫嚷了几句便停下。

就在此时，南颜感到一股怨毒的神念从魔修中投来，抬头一看，只见是个披头散发的女人，她的整张脸被一条布巾包得死死的，唯独从嘴巴到额头的位置裂开一条小缝，好似眼睛便长在那儿。

看这衣饰，是厉绵无误。

在鬼宅时，南颜看见厉绵好似中了那鬼物什么招数，但还没有看清楚，就被嵇炀拖去找到殷琊二人了。

厉绵是一洲之主的掌上明珠，身上法宝无数，除了修为止于结丹，恐怕比在场的元婴修士都有底气些，长这么大第一次落到如此境地，心中宛如关着一头恶兽而无法发泄，她恨恨地看着人群那头的嵇炀，嘶声道："寒师叔，杀了这叛徒，把他的魂魄抽出交给我！"

寒雷子虽不知道嵇炀是如何平安到此，但此刻他也是一肚子火，指着嵇炀道："辰洲帝子，旁的事我们可以出去算账，但天邪道肃清本门门庭，你应该无权阻挡吧！"

穆战霆回头看了一眼，道："你什么意思？"

"此人乃我天邪道叛徒，我们入鬼城以来的种种，多半就是他在布局！"

寒雷子话音一落，所有的魔修均把目光投向嵇炀——

"我知道，他就是一开始负责开启这鬼城的那个人！"

"害得我一门元婴死绝，你罪无可赦！"

"老夫必要让他三魂蛀空，六魄尽散而死！"

他们奈何不了辰洲帝子，但找这罪魁祸首，倒是毫无顾忌。

而被针对的嵇炀，却是淡然地笑笑，道："不想听我把话说完吗，也许我仍有其他重要的情报想告知你们呢？"

寒雷子阴沉着脸，五指之下，一丝澎湃的灵力悄悄运转，杀意昭然："杀了你，搜魂也是一样！"

嵇炀也不理会他的威胁，指了指顶上的异兽雕像，道："日出前正是阴气最弱之时，若想夺取幽泉狱主之位，此刻最是良机，若等大日完全出于东山，阴气逆卷，幽泉川便会如朝露一般消失，是抓紧机缘，还是耽于恩怨，.诸位可自行选择。"

他说完，似是无意地拍了拍那尊异兽雕像，下一刻，异兽口中的蓝火吞吐，随着朝日辉光渐渐穿过云层照来，那蓝火不断凝聚缩小，最后只剩下一个燃烧着的蓝色火壳，颤动不断，好似随时会从异兽口中掉出。

寒雷子目光微闪，大喝一声："绵小姐！此人害我巳洲损失大批元婴修士，罪不可赦，老夫势要将他碎尸万段，至于这机缘，便交给绵小姐与诸位同道了！"

战火立马点燃，元婴一出手，方圆间雷声惊爆，法术灵宝乱成一团。

南颜把佛珠提在手中，刚想迎战，就被嵇炀远远送到一边安全点儿的地方去。随后嵇炀看着气势汹汹杀来的寒雷子，脚步一挪，竟瞬移到雕像身上，寒雷子见状便追了上去。

南颜微微皱眉，刚刚殿中那一幕，朱随的元婴化身偷袭嵇炀未果，不知他对这乱象又有什么其他的安排。

很快南颜就没工夫想更多了，她不得不去帮龙狮卫的正道修士。在场的大多是三四个龙狮卫的修士围攻一个元婴，他们本就是龙都的精锐，随便两三人便可成阵，能发挥出十数人的修为，不过饶是如此，元婴修士仍然占了上风。

离南颜最近的一个元婴修士好似修炼了什么妖兽法门，衣袖炸开，双臂生出鳞片，背后也长出长长的带着倒钩的尾巴，口中舌头变得细长分叉，不时有毒液滴答，宛如一头毒蜥一般。

他速度极快，长长的黑指甲一挠，便在防护法器上撕开一个大口，若非其中一个龙狮卫果断割肉求生，只怕现在已化作一摊脓水。

“你们逃不了！”那毒蜥人满眼嗜血之意，正要趁龙狮卫气虚时一爪取命，忽然整个身形一顿，他长出的钩子尾巴被一串佛珠缠绕扯住，尖锐的痛意传来，且有一股麻痹骨肉的力量笼罩全身，使他莫名瞬间脱力。

“佛修！”

毒蜥人从未碰到过这般有攻击性的佛力，下一刻，南颜一扯佛珠，竟生生把那元婴期的毒蜥人拖回来，像抡流星锤似的砸在异兽雕像的指爪上。

毒蜥人撞得七荤八素，但也很快跳起来，一见是个结丹中期的小修士，勃然大怒：“区区萤烛，安敢与日月争辉？！给我死！”

这时候在七劫塔修行的成果便显露出来了，若是放在之前，南颜莫说与元婴阶正面相抗了，连神识镇压都抵不过。

余光扫过正在一个人遛着两个元婴打的穆战霆，南颜知道——所有的帝子，都必须有能正面对撼元婴的能力，甚至有那么一两个，曾有斩杀过元婴的战绩！

“道友当心，我们已经有两个兄弟折在此毒人手中了！”

“你们且退后。”

南颜不擅远战，但与这毒蜥人交手，必须随时将佛力结于周身凝实，如此颇为消耗灵力且施展不开。

——需速战速决。

毒蜥人见南颜不闪不避，冷笑道：“佛修血肉可是我墨蜥幻身变的大补之物，既然你不躲，老夫就笑纳了！”

毒蜥人也不愿拖太久，毕竟他也只余下三成灵力，一瞬间元婴期的力量全面爆发，他背后形成一道毒蜥的虚影，登时他的面孔和蜥蜴更像，一身的妖气节节攀升。

“老夫乃妖族墨蜥大妖混血！在这鬼城中殊有奇遇，如今妖血已觉醒四成，佛修你愚昧了！”魔气佛气一撞，一股庞大气浪爆散而开，震惊四周交手战圈。

“我没看错吧，这是结丹和元婴在单挑？！”有人骇然道。

烟尘中，南颜的身影率先退出，她唇角带血，但手上降魔四印来回变幻，下一刻，撞击声传出，待烟尘散去后，露出毒蜥人的身形，正被困在一座厚重的巨钟内。

他疯狂撞击铜钟钟壁，传出怒吼声：“你倾尽八成灵力，只不过困我十息，太愚蠢了！”

旁边受伤的龙狮卫挣扎着上前：“道友仁至义尽，先离开吧，此地有我们拖住！”

南颜摇摇头，拭去唇角的血，道：“十息，足够了。”

只见铜钟周围的地面忽如岩浆烧灼，极有规律地勾勒出一圈散发着极端清圣威严之气的佛门法阵，并出现剑鞘、佛珠、铜钵、玉符四物，分列四周，一条条金线将四宝连接在一起，里面的毒蜥人发出痛苦嘶叫。

“这是……什么佛火？！怎会连我的妖血铠甲都能烧？！”

南颜面上的神情十分冷漠，这样的场面她并不意外。

“善恶到头终有报，吾佛涤尽天下魔。此阵罚恶净业，赐你……早登极乐！”

话音落，金线如钢刀刮进铜钟中，一声凄厉的惨叫，毒蜥人肉身被金线彻底割碎，为逃命，头颅拼命撞破铜钟飞出，颅内的元婴脱体吐出一只碧绿毒珠，正要催动毒珠断后时，旁边一个尖利的女声喝道——

“毒蜥老儿，没用的东西！”

那元婴只见斜后方飞来一把镰刀，这镰刀气势万钧，当场砍碎碧绿毒珠，把那毒珠中漏出的毒液向南颜一泼而去。

那毒液不知何物，竟直接穿透护体佛光，南颜即便是躲得快，也不免被泼了两滴在脸上，瞬间捂着脸滑退数步，对面下手偷袭的厉绵看她指缝间冒出灰色的烟雾，尖笑起来。

“这才叫报应不爽，不是你，本小姐如何会变成这副人不人鬼不鬼的模样，脸烂了也好，我就把你的四肢都砍下来，先把你的手骨插眼睛里去，再把你的——”

厉绵好似已经是半疯狂的状态了，但马上，她的声音一滞。

南颜把已经被毒液全部腐蚀的假面撕下来，露出她那张极慑人的原本面貌。

厉绵声音都哑了：“我知道了……我知道了，刚刚看到的那张脸就觉得熟悉，原来你才是我哥哥想的那个——”

“尔心流毒，无可救药。”南颜听说过厉绵的种种旧日恶行，如今新仇旧怨一起算，一身佛力再无保留，便朝厉绵一掌拍来。

厉绵一路依靠身上法宝活到现在，寒雷子又不在身边，慌忙大喝道：“伏尸镰！！”

南颜打定主意不能留此女，岂料旁边飞快地跑来一个身影。

“二哥？”

殷琊本来被一个元婴追着打，看见厉绵召唤那伏尸镰，顿时眼睛一亮刹住了脚。

“好宝贝！”

他的天赋以幻术见长，可以神不知鬼不觉地控制修士取消烙印在法宝上的神识，对高阶或有失败概率，但对同阶毫无防备的情况下，几乎是一抢一个准。

厉绵一对上殷琊的眼睛，整个身体便是一僵，等反应过来时，竟自己主动切断对伏尸镰的神识烙印，一瞬间，让这把她赖以护身的宝贝成了无主之物。

殷琊的手短，但是尾巴长，狐尾一甩卷着那伏尸镰，转头就给了背后追击的元婴修士一镰刀，震得对方慌忙躲避。

“你无耻！！还我父侯的灵宝！！”

厉绵气疯了，但南颜更气：“你属龙的吗？！你哥哥妹妹在殊死搏杀，你在到处捡漏？大哥你说说他！”

不远处已经开始遛着三个元婴魔修的穆战霆打得正开心：“啊哈哈哈有本事再来啊，老子还能挨打！”

南颜：“……”

就在此时，整座塔顶一阵震颤，上面传来寒雷子狂怒的声音——

“奸诈竖子！你骗我！！”

随后，一声爆响，雕像上方土石崩裂，甚至整座塔都摇摇欲坠——只因为这座雕像，醒了。

随后南颜看见嵇炀从雕像顶上轻飘飘落下，目光先是确定了她的位置，随后朝殷琊丢去一样亮晶晶的东西。

“有宝物，快接着。”

殷琊的狐狸耳朵猛然竖起，乐颠颠地去接那东西，对南颜道：“还是老三好，你就知道骂我……欸？这是什么？”

入手的是一顶九旒冠冕，雕琢古雅，散发着一股难以形容的森然鬼气，这鬼气一遇到殷琊，就好似遇见了归宿一般，顿时结成一条条灰气，将殷琊结结实实地包裹在内。

南颜顿时生出一种不好的预感，抓住落地的殷琊道：“当这个狱主，有什么特别之处吗？”

嵇炀："没什么，你看我就很普通。"

南颜："你才不普通好吗！驭使个阴祝像唤狗一样！"

嵇炀："还好，也没有什么特别的，只是成为狱主后，身边少不了鬼仆跟着而已。"

南颜："鬼仆长什么样？跟那鬼母子相比呢？"

嵇炀看着南颜道："有时一开始觉得害怕的东西，看着看着就觉得可爱起来了，他会习惯的。"

南颜萧索道："你良心不痛？"

嵇炀："疼还是疼的，菩萨亲自给治吗？"

南颜："你知道贫尼为什么修佛吗？"

嵇炀："为何？"

南颜："为的就是有一天走路上口渴时，不至于毅然决然地先杀一个哥哥来祭天。"

整座幽泉川的鬼气还是不断涌动，化作细丝万千冲上十八地狱塔，好似在助力新的狱主降临。

"还老夫狱主冠冕！！"寒雷子气急败坏地从雕像顶上瞬移而下，正要一掌打碎殷琊身上的灰茧时，忽然背后一道恐怖的气息蔓延开来。

仿佛是某种远古巨兽徐徐觉醒，雕像上灰石抖落，鳄鱼般的头颅徐徐抬向天空，随后一张弥天大口张开，发出一声震耳欲聋的怒吼。

"幽！泉！"

这守狱之灵的吼声回荡天地，所有的人、妖、鬼纷纷神识轰鸣，无法动作，只能失语般地看着十八地狱塔上以殷琊为源，流出一道虚幻的河流，这河流一开始极为细小，随后逐渐扩大，宛如瀑布般从地狱塔上倾泻而下，一路流向不知名的彼方。

幽泉川所有的鬼物不顾被即将跃云而出的大日照射，纵然有不少孱弱的鬼物还没爬到这川流中便被日光烧得魂飞魄散，但仍有无数的鬼物从墓穴般的房屋中爬出，如久旱的饥民一般，跃入那条川流中……

南颜呆呆地看着这一切，问道："他们会被传送去哪里？"

"不是传送，是转生。"嵇炀的声音有些悠远，"地狱并非只是用于警示生灵万物但行好事，而是天地间的一部分，死者在这里轮回转世，生者的最初之生，也源于此。"

可南颜也发现了，那些鬼物也有一些在轮回前就魂飞魄散了，她眉目间涌出一股悲怜之色："比起凡人而言，修士很少有魂魄能平安归于轮回者。"

"说到底人只不过是这方境界中的一员，草木禽兽亦有灵，转生为人也并无不可。你焉知你上辈子不是一只山雀？"嵇炀说这话时，看着南颜的侧脸，眼中隐隐有着一丝奇异的光。

山雀？

南颜带着询问的目光抬头时，又见嵇炀收敛了神色，因为他们脚下的塔顶开始剧烈晃动起来。

"这又是怎么了？"

刚刚还在斗法的修士已经没了心思，慌张地将神识扫向下方第十七层塔。

果不其然，下一刻，塔壁里发出一声惊天动地的巨响，朱随的身影先飞出，因为幽泉川中禁止化神期出入，他瞬间就被此地空间规则挤压，用出十成修为，勉强打开一处空间裂缝，才在其中暂时站住脚跟。

同时，幽泉狱主巨大的身形宛如蜘蛛般从塔的裂口爬出，他浑身的骨头本来是血红色的，但此刻骨头中的血色正化为一丝丝血雾涌入上方殷琊的茧中。

"哪个小畜生敢夺孤的鬼力？！"幽泉狱主怒吼，但看见嵇炀后，好似顾忌什么，道，"这是你给孤找的夺舍转生之体吗？为何在吸收孤的鬼力？！"

幽泉狱主爬上顶层，他似人似神，自带一股禁忌的气息，逼得所有修士本能地逃离，更有甚者，当场跪地不起。

狱主宛如此界掌管冥府的神明，只有消亡，没有转生，若想活下去，唯有夺舍。

那朱随道："幽泉狱主，我虽受法则所限，在此地待不过片刻便要走，但你绝对会死在我前面。如今你我半斤八两，不妨合力击败这守护之灵，打断他接任狱主。待老夫得到幽泉狱冕后，自会为你找寻转生之体，你想要什么，在这鬼地方能有的，人族也会给你。"

幽泉狱主嘎嘎怪笑："你们这些个妖人，孤已经吃过一次亏了，岂会再吃一次？"

此刻幽泉狱主身上的骨头已经有半数褪去了血色，而变透明的部分正随着日光的照射逐渐灰化飞散，他亦心焦。

"何必固执呢？"朱随忍着空间压抑的苦楚，再次传音道，"此刻道天上师想来已到了幽泉川外，到时此地仍是要被我等接管……"

朱随说话间，目光转向嵇炀，只是辰洲和巳洲的人实在是太多，他顾虑嵇炀的身份，怕把此事闹大。

其他修士此时已纷纷从地上爬起，看见朱随后，有人慌忙出声道："可是道生天的前辈？这究竟是怎么一回事？何时才能放我们出去？"

此言一出，所有修士都把期盼的目光向朱随投去——毕竟道生天在修界的地位，就是公理。像这般大批修士被鬼魔杀害，已经列得上是让正法殿半数出动主持公道的大事了。

叫嚷间，唯有南颜等人有着不同的隐忧。

“他不会把我们灭口吗？”南颜问道。

“他不敢，如果他把真相剖白出来，就必须把在场之人都灭口，然而……辰洲的帝子仍在，他不可能连他一起杀。”

是了，这里有穆战霆和厉绵在，一旦他们两个出事，被龙主和狱邪侯同时发觉是道生天的人杀的，那恐怕就玩大了。

嵇炀的声音漫出一丝微妙的讥嘲：“怎么说也是同门出身，我是该去逗逗他。”

他说完，瞳仁深处逐渐变红，宛如一条冥河在绕着瞳仁轮回流淌一般。

下一刻，附近的虚空传来一声撞击，朱随神色微变间，虚空中再次裂开一条裂缝，内中又一道恐怖气息传出。

“祸无极！”朱随面色难看。

混乱中躲到一侧的厉绵立马冲出，随后被一只从裂缝中伸出的手虚虚一抓，让她进入裂缝中。

“师叔，你终于来了！”厉绵此时此刻才真正放下心来，她指着嵇炀道，“他背叛了我天邪道，还有他旁边那个女人，那道修必是为颠覆我巳洲而来！”

“哦？”祸无极阴沉的声音从裂缝中探出，神识压下，道，“老夫早就怀疑你的身份，故而跟来，没想到你竟设局杀了我巳洲这般多的修士！跟我回天邪道！”

祸无极五指一收，登时一股无可抵抗的吸扯之力送出，就在堪堪抓到嵇炀前，朱随冷不丁地出手打断了祸无极。

“朱随！我天邪道清理门户，你插什么手？！”祸无极厉声道。

朱随沉默片刻，道：“此子由吾道生天负责……你们不能带走！”

南颜看这情势，对嵇炀想要做什么，忽然就醒悟了——他要把道生天的图谋昭告天下！彻底把那些在阴沟里作祟的人全部拉上台面！

好一步险棋！嵇炀身上秘密太多，若放任他被天邪道带走，那么道生天残害前代帝君之事便会曝出，若朱随执意将他带走，那势必也要引起天下人的怀疑。

即便是为了保护辰洲帝子而来，他们为什么要拼命带走嵇炀这个最大的祸首？是不是因为嵇炀是他们派来的，所以要拼命力保之？

好一个无解的死局。

南颜都替道生天气得慌，扭头一看，嵇炀还垂着眼睛好似十分委屈一般，轻声道：“朱师叔踌躇不前，是想让我落在魔修手里，被他们搜魂吗？”

一句话，朱随气红了眼睛，周围的修士诧异之下，纷纷怒道——

“好一个道生天，难怪师长们都说子洲皆是伪君子！”

“祸无极前辈！我等愿随前辈为陨落在此地的道友们讨个公道！”

一句句骂言中，祸无极厉声道：“朱随，你身为道生天长老，你有什么解释？！”

朱随气得心口起伏，他刚刚与幽泉狱主相斗消耗甚大，此时若强行出手，势必被祸无极和幽泉狱主夹攻，只能艰涩道：“道生天屹立千年，岂会与鬼类同流合污！老夫带他走，只是为了把他交给正法殿审判，如是而已！”

祸无极冷笑道：“正法殿不过是道生天的傀儡，若吾洲帝子厉迟得证帝君位，才不会去你子洲，巳洲再建一座邪法殿岂非更好？你等今日图谋我巳洲这座幽泉川秘境，下一个是不是要对卯洲的苦泉川和未洲的下泉川动手？好一个道生天，就不怕诸洲发觉你们的面目，联手杀上子洲，击碎你悬空山吗？！”

这下算是血淋淋地扔上台面了，饶是朱随坚持祸无极是无证据地胡说八道，但也无济于事，毕竟修士们自由心证。

就在朱随窘迫间，那一直沉默不语的幽泉狱主忽然骨架一阵哗啦啦异响，全身的血色凝成一个血色的小人。

骨架崩毁后，所有人都以为那小人要去夺舍殷琊，连穆战霆都扑过去了，岂料那血色小人一转，冷不防地一个眨眼间钻入南颜的后心中。

“幽泉！”

“没想到吧，孤看你对这小女子如此紧张！今日孤就夺舍她，看你敢不敢下手杀孤，哈哈哈哈……呃？”

幽泉狱主诧异的声音从南颜后心传出，很快，嵇炀的手放在南颜后心虚虚一扯，仿佛掌中凝聚出一道破灭之力，生生把那血色小人从南颜体内扯出来。

没想到幽泉狱主从南颜的气海中被扯出后，竟挣扎着疯狂逃窜而出。

“这女子是什么古怪？心上长着菩提树，险些没把孤的鬼气灭光……”

幽泉狱主脱体便立马又是一个闪遁，震开穆战霆钻入灰茧之中。

“还是这天狐好，只要孤夺舍成功……欸欸欸？”

灰茧中，幽泉狱主发出比刚才更奇怪的声音，但很快声息消失，好像是错觉一般。

但嵇炀却无暇顾及了，南颜此刻已失去意识倒在他怀里，心口逐渐绽出一股不同寻常的佛力波动。

嵇炀的脸色极其阴沉，他尝试压住南颜心口的佛光，但架不住朱随已经注意到这边。

“心生菩提？莫非？！”朱随双目猛然爆出精光，激动得竟颤抖起来，不顾一切地冲出虚空裂缝去抓南颜。

可祸无极早已蓄势待发，见他动作，侧面隔空一道厉掌拍下，朱随当即中掌，口吐鲜血。

但饶是如此，他看清楚南颜心口上方绽出的佛光中，一株小小的菩提树正在慢慢成形，竟什么也不顾了，放声大笑。

“真的是佛骨禅心！等了七百年了，哈哈哈哈……好一个万鬼不侵，佛骨禅心！”

朱随不再犹豫，掉头就想离开幽泉川通知同门，可才踏入虚空裂缝，面色微变，往后暴退数步。

他顶上的虚空忽然泛起一种异样的潮声，同时，本来已大亮的苍天忽然如滴血般变红，随后，一条血色的冥河泼天而落。

冥河中，数之不尽的阴祝探出了狰狞的头颅……

所有人都吓呆了，连厉绵也吓得坐倒在地上不断后退：“怎么、怎么会有这么多阴祝？这屠灭人间都够了啊！！”

朱随只觉血液几乎冻结，随后，一个漠然如冰的声音从背后响起：“即便师者期盼了这颗佛骨禅心多年，我仍要说……你带不出这条消息了。”

第十六章　父母爱情

我们是来救人的，不是让你丢人的。

“弟子行徵，求见师尊。”

子洲的冬月总是比他洲来得更早些，修士虽不惧风雪，但道生天的弟子总讲究以自身感应天地万物，故而墨行徵是冒着一路的白雪而来的。

道生天有三座悬空山，其中两座俯瞰大地，被中间一座最小的悬空山以铁索系住，这座山位于云层之上，人间纷飞的雪色至此便变为雨声，常年徘徊在这座山上经年不枯的竹林中。

墨行徵在竹林前长揖不起，直至一只仙鹤从小径中走出，口吐人言。

“墨师兄何事求见玄宰？”

墨行徵低声道：“近日诸洲谣言纷纷，竟说南芳主为师尊所杀，毁谤吾道生天声名，行徵特来请师尊法旨，查明真相，还吾宗清白，请鹤使代为转达。”

那仙鹤却不动，低头道：“此事玄宰已向龙主与剑雄等人说明，南芳主当年乃是为了镇压凡洲邪魔牺牲。”

墨行徵又道：“那也应是多年以前之事，师尊既早就知道，为何南芳主的死讯压至如今才得以大白于天下？是否与近日传扬的那位南芳主的遗孤有关？”

仙鹤不言，回头看了一眼竹林深处，好似得到了某种允许，方道——

“不透露死讯，的确是因南芳主死前曾为邪魔诞育一孩儿。隐瞒至今，一是因为当时逸谷先生被罚镇守封妖大阵，这孩儿无人可依靠，为她平安计，故而守秘；二是此子生父乃邪魔，为维护南芳主身后声名，不得不忍痛隐瞒死讯。如此，你可解惑了？”

“……原来如此。”墨行徵听得一脸震撼，但随后好似松了一大口气，道，“师尊光风霁月，弟子自然不敢相疑。只是南芳主等人昔年与师尊同修于道尊座下，也算是门生之一，她的遗孤如今既已出现，就算寅洲不接受她，我子洲于情于理也该接回来抚养……”

墨行徵意有所指，一边说一边抬头看那仙鹤。果然不待他说完，仙鹤便让到一侧，同时身后的青竹朝两侧分开，露出一条宽阔的石径。

“行徵，进来陪为师手谈一局吧。”一个淡然的声音远远从竹林中传出。

墨行徵身形一凛，再次深深一揖，穿过石径，不多时便看到一座亭子。

亭中一人，好似这竹林中唯一一缕苍白，正低首拈子轻叩面前的棋盘，待墨行徵持礼上前，方抬手示意于他。

“坐。”

墨行徵不敢失礼，在亭外的雨幕中再揖一次，方谨慎落座。

“冒昧打扰，请师尊见谅。”墨行徵察言观色，也不敢就着刚刚的话题说下去，对弈了一会儿，看应则唯手边的酒盏已空，便殷勤为他斟满，道，“这蝉露悲师尊饮了多少年了，就不曾想过换换别的？”

应则唯轻轻摇头，道：“别家酿的酒会醉人，独它不会。”

“弟子不解。”

“世人皆可醉，而道生天之主只能清醒。”他好似不想继续这个话题，道，“你来之前想了一肚子话，该不会只是来同为师谈酒的吧。”

墨行徵面上涌现出一丝不安之色，道：“今天是师兄的忌辰。”

棋子清脆地落回到盒中，应则唯抬眸间，墨行徵已经起身跪在一侧，自知出言不妥，但仍是顶着压力说出了口：“师兄当年误入歧途，意图窥探道尊遗秘而亡，可终究是师尊耗尽心血培养的继承者，如今二十多年过去了，还请师尊宽谅之，允他的牌位回归溟泉大殿。”

他这句话一出，周围的雨声倏然放慢，墨行徵知道自己可能激怒师尊了，已做好了被罚的准备，但过了十数息，却不见对方有所动作。

随后，他听见应则唯不辨喜怒地喃喃了一声：“为师，曾比你更希望……他能回来。”

毕竟他那个徒儿，是那般才学冠世，所有人都认为，下一任的天下之师不会是别人。

——可你为什么，就是偏要抱着你那无谓的坚持，绝不回头呢？

仿佛冥冥中苍天在回应他的喟叹，亭外虚空中一阵波动，同时一道极不符这竹林中意境的声音传来："玄宰！幽泉川出事了！"

墨行徵知道这道声音来自道生天中最神秘的那几个闭关的大能，外界称之为道天上师，是道生天最神秘也最强大的底牌之一。他只听那声音刚刚说了这么一句幽泉川云云，就见应则唯一勾手，把他的听觉隔绝在外。

什么幽泉川？师尊在同道天上师说什么？

墨行徵满腹好奇，但很快诧异地发现应则唯闭上眼，好似推演出了什么，嘴角微微牵起一丝笑。

"师尊？"他已经许久未见到应则唯笑过了，但这笑，却平白让他觉得有些毛骨悚然。

亭外的竹叶纷纷然回旋盘转，中心处开出一条虚空道，墨行徵见应则唯起身踏入那虚空道中，独留下一句似是欢欣又似是讥诮的话。

"……好徒儿，你可真让为师高兴。"

巳洲，巫嫄山。

幽泉川外方圆百里，短时间内便有数万修士涌来，他们大多数是巳洲本洲的魔宗修士，还有小部分是辰洲打探情况的探子。

"天哪，正法殿都出动了，还有一位道天上师降临！"

"正法殿素来是道生天的傀儡，他们同行倒也不意外，却是不知这巳洲在闹什么？怎么忽然和道生天对上了？"

"不管了，速速回报龙都。"

而原本幽泉川的入口处，被一道弥天道印封印住，为了不使入口消散，远空上八名看不清修为的修士聚合成阵，灵力源源不断撑持这道印。

在他们之中更有一个须发霜白的鹤颜老者，坐在一座宛如山石铸就的椅子上，那座椅好似一座真的山峦缩小而成，远远竟能看到瀑布落下、飞鹭盘旋。

附近的魔修离得足有两三里远，震撼不已地看着这几人。

"好可怕的气息。"

"那八名大能，恐怕每一个都是九品炼阵师！这就是道生天的底蕴吗？"

"可这毕竟是在我巳洲的土地上，道生天不请自来，岂不是坏了规矩？祸无极前辈为何还不动手！"

"祸无极前辈一人，恐怕难以驱除他们！"

众魔修议论纷纷间，虚空外再次出现四道同样化神期的波动，片刻后，有人撕破空间而来。

“祸兄，我等来晚，辛苦了。”

三女一男一共四位化神期魔修，出现刹那，魔焰怒张，竟让半边天穹如黑夜降临。

祸无极盘坐原地，朝魔修们略一点头，道：“幽泉川外界空间被这位道天上师封锁，老夫的半数神念与朱随本体被困在其中不得出，还请诸位道友助我重新打开幽泉川入口。”

魔修们自然是想动手，然而神念一探，却发现入口处被道生天的灵力霸道堵死，纷纷望向那位道天上师。

“若我等所认不差，阁下应该是道生天的六御上师，若早上几百年，我等还需口称前辈。不知以上师之尊，为何折节做这不速之客？”

那山石座上的鹤颜老者双目微合，纵是一人独对四名化神魔修，也毫不放在眼中。

“此鬼地祸害甚巨，本座乃是为清净世道而来。”六御上师道。

一句清净世道，既无理又轻蔑。

其中一个天邪道的化神女修，眸中隐现怒气，传声周围：“道生天每一位道天上师均修为莫测，我等虽势众，但只有妾身一人踏入第一衰境界，不如上前打断这道印施展，只要放出祸道友神念，再谈条件也来得及。”

余下之人略一点头，留下一位护持祸无极本体，另外三位身形一晃，出现在道印之前。

那六御上师徐徐睁开眼，道：“本座不想动手，小辈者，退开。”

他一出声，座下山石泉流飞瀑竟化作实物，朝着那三个魔修泼天而下。

“一言一行化虚为实，这上师，怕是过了第三衰。”那三人心中叫苦，入五衰和不入五衰的化神修士差距太大，恐怕不付出些代价，难以与之匹敌。

就在双方交手时，又出现了第三方势力。

“老夫敖霜，受龙主所托，已取得狱邪侯法旨，特来接我家那冒失帝子回去，不知六御上师可否让路？”

这敖霜老者修为虽不及他，但资历极高，六御上师碍于旧识情面，这才微微动容，执杖起身道：“敖霜道友，区区一处恶鬼作乱之地，自然有本座负责，何必劳身。”

那敖霜老者笑道：“自家的事自然是自家解决，还是说，上师拦在这里……当真有什么说不得的故事，不愿同我这老朋友分享分享？”

六御上师此时也有些难堪，毕竟这里是巳洲之地，他并不占理，一时间气氛冷凝。

就在此时，那护阵的炼阵师忽然有一人吐出一口血，大吼道："幽泉川中有鬼孽失控！"

他说话瞬间，那入口一阵动荡，所有化神期修士全部动手，各展绝学撕开一条虚空裂口。

"祸道友快出来！！"

这裂口极其不稳定，恐怕只能维系四五息的时间，那六御上师一见打开，身形一晃便掠了进去。

"六御！"敖霜出声喝道。

六御上师踏入裂口处不到片刻，便面色剧变地退了回来，同时一缕元神也卷着几十个人影从裂口冲出。

守在入口的三个魔修极快地冲上去接住一人："绵小姐……嗯？你的脸？！"

被祸无极的一缕元神卷出来的魔修中，便有厉绵，她此刻浑身颤抖，被白布裹着的面孔扭曲而惊恐："快走、快……我要回家，道生天的人疯了，他们想当阎王爷，放出万鬼把巳洲毁掉！"

此言一出，所有人均震惊不已。

六御上师怒道："胡言乱语！"

被同样送出来的一魔修怒道："难道不是？那个叫隐的魔修不是你们派来想消灭我巳洲的大批元婴的？那地狱塔倾塌时、阴祝潮吞天灭地时，可是只有他和朱随好好地被圈在一处安全的所在呢！"

"那其他的人呢？"

余下逃出来的魔修恨恨道："他们不知发动了什么术法，那些死掉的人，都变成了阴祝听他们号令了！"

他们说完，朱随的身影终于在裂口消失前出现在入口，他一出现，所有人纷纷惊退。

连那六御上师也说不出话来："朱随，你……"

只见朱随周围围着上百头阴祝，这些阴祝的面孔十分熟悉，魔修们一边退一边惊呼。

"那、那是我同门师叔，为何变成了阴祝？又为何跟在他身边？！"

朱随双目血红，好似想说出什么，但无论他如何掐自己的喉咙也说不出话来，只能焦急地去寻六御上师，但他身后的阴祝也如影随形，宛如婢仆一般。

敖霜见此情景，勃然大怒："道生天为天下第一宗门，门中堂堂化神竟如此滥杀、行使鬼道，如此岂堪为世人表率？"

万夫所指的滋味着实难熬，就在此刻，六御上师神色一敛，面露恭敬，退到一侧。

蓦然，风停沙静，一个虚影出现在六御上师身侧，他不像是其他化神一般撕破虚空，而是无声无息地出现。

“啊！”朱随狂喜地冲来，想向他求助，但在他走近时，异变陡生——

刚刚还紧紧跟随在朱随身侧的阴祝突然一个掉头想逃走，然而只有一个瞬间，便被无形剑影斩杀。

同样被杀的还有朱随，他倒下时，还在不可置信地看着面前的人。

“元神被灭，好狠……”众人噤若寒蝉。

杀人者看着门人倒卧黄沙，温声告罪。

“道生天绝不容门人与邪魔为伍，这个交代，诸位可满意？”

一片沉默中，敖霜道：“玄宰既然如此表态，今日便到此为止，此地以北有空间传送波动，看命玉感应，应是我家帝子无误，我等这便去寻了，告辞。”

巫嫄山以北七百里外。

“南姑娘！你在哪儿？”

不少龙狮卫修士的神识来回扫过，南颜看了一眼嵇炀如今的模样，却不敢回应，只能把他拖进一处山洞中暂时藏匿起来。

片刻后，外面的人找寻这一片无果离开，南颜才松了一口气。

此时山洞中一片黑暗，不远处，几头红色的阴祝在暗处飘来荡去，几次想靠近闭着眼睛、周身不断散离着点点冥火的嵇炀，都被南颜一嗓子吓了回去。

“汪！汪汪汪！”

听到这声音，南颜膝上的人发出一声似是疼痛又似是愉悦的笑叹，虽然醒转过来，却无力起身，只能闭着眼睛道：“你学狗叫做什么？”

“小时候隔壁奶奶说的，鬼都怕狗叫。”南颜一脸警惕地盯着那几头阴祝，“你把我们都送出来之后，我爬了五里地才找到你，当时这些鬼东西就在吸你身上散发出的这些鬼火，我怕我要是晚一步，回头就只能去地狱度你了。”

“那对我而言，倒也算是一桩美事。”好似感应到南颜隐忍的怒气，嵇炀复又正经答道，“这些阴祝都是常年得不到轮回，怨气孳生之下形成的。平日里乃是我用魂火饲喂，刚刚那一招消耗过度，又没有足够的血食，它们想来也只是饿了而已。”

“你的魂火要是烧完了呢？”

“魂火没有烧完这一说，只要人世间的羁绊不断，自会源源不断重生。”

"真的？"

见他点头，南颜略略放下心来："那二哥呢？"

"他本来也该出来的，可幽泉狱主最后想以残魂夺舍他，却不知一头撞进魔生狐胃口里反而会被当作美餐吞噬，想来他尚需一段时日才能消解这残魂。"

南颜："哦，那意思就是这段时间他得一个人待在鬼屋里？"

嵇炀点头。

南颜为殷琊哀悼了片刻，用指背试了试嵇炀的气脉，只觉他虽气若游丝，但体力正在慢慢恢复，便推他坐好，冷着脸道："我本来想骂你一顿，把你捆回愁山梵海镇压在伏魔塔下抄经文，一天抄五百张那种。"

从菩萨低眉到金刚怒目只一个转眼间，嵇炀颇有些遗憾道："我的手段的确是过激了一些，可我并未残杀任何一个无辜之人，拿他们垫补一下颠覆道生天的大计也不行吗？"

"你我都不是审理这世间善恶是非之人，生杀有度，我们无权决定这么多人的死法。"

嵇炀挺想说，他以前的确是审理世间善恶是非的。

可佛修毕竟是最固执的一类人，或许南颜觉得，她自己造杀业可以，却不愿意见到他累积恶因。

这么一想，嵇炀便觉得这样的灵魂可真诱人啊，悲悯而残忍，仁慈而绝情，禁欲而惑人，就像一朵夜中安然盛放的沾血白昙。

周围的阴祝也显而易见地躁动起来，但仍是不敢靠近，它们有限的灵智同时发出了一种疑问——世间美味的灵魂那么多，狱主为什么就独独喜欢这么一个烈口的？

对鬼物而言，最讨厌的魂魄是来自佛修的，这些佛修死后自带功德，善恶刑狱难伤，有些甚至不走轮回，直入西天极乐，它们饿急了想咬上一口，就非要崩掉牙不可。

如是在这山洞中疗养了三日，外面时不时来搜查的神识频率越来越低，南颜便决定带着嵇炀一并离开。

他们离开时是凌晨，因为嵇炀的魂火仍在时不时飞散，只能像个凡人一般步行而出，免得落下痕迹。

幸运的是，路上他们遇到一队运粮的凡人车队，巧言说了两句好话后，凡人们便载着他们去了巫嫄山外的一座小镇。

修士的地界总是因为结界的关系四季如春，难得见到人们裹着厚厚的棉袄准备在第一场雪来临前忙活的场面。

这小镇是一个家族的属地，方圆两三百里都没有什么宗门与坊市，南颜觉得嵇炀如今的状况也走不远，只能暂时在小镇上租了个院子落脚。

这一日，南颜照例出去打探消息。她出门得早，开门时发现地上已起了一层薄霜，平日里应该开门洒扫的店家都贪着热炕头，走过两条街道，她只看见有一个卖画纸的和卖炊饼的相互依着取暖聊天。

这里的凡人卖的画纸同凡洲不同，用的是修士废弃的符纸，重新搅打成浆，再添些辅料，如此做出来的画纸既好用又防潮。

人不管生在哪儿，都有各自的生存之道。

卖画纸的人说，他是为了给女儿攒入仙门测资质的灵石，估计明年春后就攒够了。南颜听他说了半晌对未来的期待，她起初是想劝告他修界残酷云云，但随后便止住了。

"……若能给她捐个外门弟子也好，能换些灵药治她娘的病，这么多年了，修仙做仙师是唯一的指望了。"

对贫苦的凡人而言，家里若有人能修得仙缘，一辈子便不愁吃喝了，谁去管修界是不是残酷。

南颜不禁想到在卯洲那个为了孩子能修仙，不顾一切相信那些卖假药的骗子的女子，轻声一叹，正想上前，却见有人抢在自己前面，将那些画纸都买走了。

"公、公子，您确定要买这么多吗？"

"嗯，在下素喜丹青。"

这人撑着一把油纸伞，伞上早已落了一层薄淡的白雪，而伞沿下垂荡的发丝亦是灰白相间的。

南颜倏然睁大了眼睛，甚至双手都开始不由自主地颤抖起来。是他，还是不是？他怎么可能亲身来这里？

南颜想说服自己这是个偶然，但细细一想，又有哪个修士会无缘无故到这座人迹罕至的小镇……除非，他就是来找人的。至少，她不能让嵇炀被找到。

南颜刚后退一步，便见那人转过身来，仿佛早就知道她在附近，温声道——"小姑娘，帮我拿一下画纸可好？"

这句话一出口，便仿佛有一种奇异的力量，南颜回过神来时，就已经抱着一沓画纸站在他身侧了。

一瞬间，她有一种惊怒与无奈交加的感觉……她实在是太弱了，如果换作是她而不是嵇炀面对这样的敌人，她早就死了。

"我姓应，你应当听说过我。总听人说有个孩子长得像娆娘，便一直想见见。"应则唯的口气听上去过于随意了，就像是邻家的教书先生随口问候一般，

"陪我走一段路吧。"

南颜脊背发寒，她感到自己的手脚完全无法自控，好似整个人被强行画进了一张画中，无论如何挣扎也无法打破这幅雪日闲游的图卷。

惊怒过后，南颜慢慢冷静下来，走过半条长街，她压抑着翻涌的心绪出声道："前辈与我娘有故？"

应则唯略一点头，他的面貌并不冷淡，唯有一双眼睛是灰色而无神的，这双眼睛把他整个人的气质割裂开，一半温和守礼，一半漠然疏情。

"我与龙主、剑雄等人一样，年少时都曾算是道尊座下的同窗，我稍年长些，与娆娘的交集不如他们多。你应该不是对我们的过往有兴趣，你唯一在乎的是母亲的遗体在何处，对吗？"

南颜："……"

"你不用怕，我本也不是专程为了寻你来的。你可以问，我修道多年，总不至于会为难一个失亲的孩子。"

他越是这样说，南颜越是不敢问，因为她不确定他下一句话里会有什么陷阱等着她。只是她的沉默并没有换来对方的体谅，他好似鼓励她反抗一样，道——"凡事能忍则忍，能退则退，佛门是这样教你的吗？你一时的退让，会纵放一个仇人也说不定。"

他说完这句话，南颜便感到四肢的禁锢突然消散，她踉跄了一下望向他。

南颜意识到对方在激怒她，而她的确被激怒了，几乎是马上就要质问对方时，雪桥另一侧一人焦躁地寻来。

——少苍！别过来！

南颜却是说晚了，她看到嵇炀好似是寻她已久，发梢上还落着一层霜晶，目光本也是极为阴沉可怕的，但看到他们的一瞬间，便倏然放缓。

他同样像是什么也没发生一样，随意地走上前，把南颜拉到自己身侧，道："雪冷风急的，你灵力尚虚，就算要出来，也该跟我说一声才是，万一被什么恶人骗去了如何是好。"

他人还在旁边呢，你倒是什么话都敢说。

应则唯仿佛是笑了笑，道："少苍，多年未见，不先向为师问候吗？"

嵇炀还当真从善如流地颔首行礼："嵇少苍，见过师者。"

这么一对比，南颜才发现他们的姿态气质都带着一种同样的金贵，哪怕是中间隔着不知多少血海深仇，该抱的礼数仍是分毫不少。

"前些天行徵还同为师说，要把你的牌位迁回溟泉大殿，现在看来倒是不需要了。或许还是上师们说得对，我不该留着一个谋略资质都令整个道生天畏惧的遗患在。”说到这儿，应则唯微微一叹，“还记得那一年，为师同你说的话吗？”

嵇炀道：“自然记得，若道生天能接掌此界幽冥，从此便可勘破生死，令得修界生灵纵然不破碎虚空，也不会为寿元之苦所扰。”

应则唯道：“那你又是为何宁愿把幽泉川送给不相干之人，也不愿听从师长的劝诫呢？”

嵇炀轻轻摇头，道：“因为师者之言，不足取。”

应则唯道：“这是道尊的遗命。”

“道尊之言，亦不足取。”

应则唯灰色的双眸中终于有了些许薄淡的不悦：“道尊之言，不容置疑，这是为师最后一次对你的宽容。”

嵇炀道：“但这恐怕不是弟子最后一次犯忌。”

应则唯却又冷静下来了，似乎看了一眼被他护在身后的南颜，恍然道：“因为为师激怒了她，你才故意要惹为师生气？多年不见，徒儿竟变得如此小气了吗？”

“不是谁的心，都像师者一般长在中间的。”嵇炀道。

“好吧。”应则唯终于结束了这个话题，复又带着一些淡淡的疑问道，“为师还有一个小问题。”

“师者请说。”

“你朱随师叔死前，好似想同我说些什么重要之事，因他元神的身口二识被阴祝吞掉了，我推演多日终不得其果，少苍能告诉我，你们有什么小秘密吗？”

南颜明显感到嵇炀一僵，在背后抓住她的手也紧了紧。

但他的神色依然自如，道：“儿女情长之事，师者当真想知？”

一个像南娆，一个像他当年模样，站在一起竟恍如隔世。

应则唯眼中的灰雾又浓了些，同时他耳中传来一声本宗的传讯——

“玄宰，逸谷先生前来拜访，不知是否……是否允见？”

应则唯沉默片刻，抬手一点虚空，一支画轴落在手中，他绕过嵇炀递给南颜。

“来时匆忙，没有什么好东西相赠，此长卷是你母亲当年来道生天求学时，道尊命我所绘，看看便罢。另外……子洲的雪景要远胜此地些，若他日有空，让少苍带你来，道生天必扫榻以待。”

画卷一入手，沉得南颜差点儿没拿住，再仰头看去，应则唯已经不见了。

她不禁长叹一声：“……好不容易有一个机会，却没问出我娘的下落。”

“少说是对的，他惯会诱人说些气话，你一旦多说了，就算你自己不知道，他也能把你的一切都推算出来。好在他有别的事，没过多注意你。”嵇炀沉声道。

南颜有些后怕：“那这画卷……”

“收着吧，若连幅画儿都暗藏杀机，他也就不配为师了。”

虽然嵇炀说了应则唯不会故意派人来为难，南颜为求谨慎，还是拉着他跑出五百里外。几日后，得到南颐的联系，说近日上洲可能有一件大事，让她先回愁山梵海。

南颜思前想后，觉得对方总不至于杀到卯洲的地盘上抢人，加上她度兄成佛之心已久，拉着嵇炀跑路间，不忘随时随地传授佛理，力图让他感受到人间大爱。

南颜：“少苍，你看这山，你想到了什么？”

嵇炀：“我可以直言吗？”

南颜：“尽管直言。”

嵇炀：“这山，像只猪蹄。”

南颜压下蹿升起来的火气，道：“你看它像只猪蹄，乃是因为你心中有猪蹄，我心中没有猪蹄，看到的就是佛祖的顶髻。你再看看这水，你又想到了什么？”

嵇炀：“猪蹄汤。”

南颜：“不，你应该看到无边苦海，只有你背后的佛祖，才是你回头的岸。”

然而嵇炀一回头，背后没有佛祖，只有一脸认真的南颜。

——有时候他自己也不是很懂，他和南颜之间到底是谁撩谁。

而就在这几日，在一次辰洲的大规模进攻后，主战场岐天原被彻底插上了龙都的旗帜，随后巳洲狱邪侯派使节赴辰洲，两洲暂时停战。

“正法殿查得的结果是，那吞噬了我巳洲大批元婴的鬼地方乃是阴祝作乱，而且乃是出于人为……是有人得到了驭使阴祝的力量。”

“那么多元婴，这下怕是一下子都沦为这幕后魔头的爪牙了。”

“啊？但凡死者都会被炼为阴祝，那岂不是大祸即来？”

前往辰洲的空行舟上，南颜听得满耳都是对鬼城那事的议论，还特地出了船舱打听各方的反应。

旅途枯燥，有些修士也是闲得无聊，左一句右一句地把近些时日的传闻都倒了出来。

“巳洲痛失大批元婴，战场上后力不济，这次暂时停战，狱邪侯也是付出了不小的代价，单交出岐天原海域的十余条灵石矿脉还不够，据说天邪道还想把狱邪侯的女儿送去辰洲和亲。”

“哈？就那个作风秽乱的妖女？”

“说起这事我都想笑，那妖女不知坑害了多少人，这回去鬼城一行，脸变成了极其恐怖的模样，就算狱邪侯亲自出手，也要好生疗养一年才能恢复美貌。龙主分了丝元神亲赴巳洲谈和的时候，瞅了一眼那妖女，直接说他家徒弟虽皮得讨打，但还不至于娶个丑得没眼看的，让狱邪侯赶紧趁年轻再生一个。”

“然后呢然后呢？”

“哪有什么然后，只晓得那妖女气得回去就把狱邪侯一个已经怀了身孕的侍妾给踹流产了……”

听来听去都是巳洲的家务事，南颜连忙把话题掰正：“那鬼城的事后来要如何处理？”

“虽然大家都传说是道生天干的，但正法殿却说是有邪魔在背后操纵，加上那鬼城已经彻底销声匿迹，自然是随他们说去。”

众人好似都已经习惯了道生天的做法，嘲讽了两句后便没了探究的心思。

“他们言辞凿凿地说是有邪魔指使，长此以往，唯恐那邪魔会控制更多修士化作的阴祝，建议尽快选出新的帝君，下达天下共伐令，讨伐邪魔。”

“此事申洲亥洲等率先响应，并说会敦促各洲帝子修炼，早日定下帝君统领诸洲。为此正法殿特地颁布恩典，解放山海禁决中两条灵脉，如此一来每个部洲的帝子可携带九名扈从一同进入秘境，各洲听到这个喜讯都抢疯了，也没有多少人再关注道生天是不是当真杀了那几百个元婴。”

“唉，就算多几个名额，跟我们也没有关系。真羡慕那些能参加山海禁决的天骄，就算拿不到那传说中的山河海冕，在里面结婴也比外面好上不知多少。”

南颜听到这儿，本来幽泉川之事过后，她以为自己山海禁决的名额已经凉了，这会儿听了他们讨论，才想起来把须弥戒中的任务卷轴拿出来看，这一看，竟是一愣。

卷轴上本来有三个任务，两个收集材料的任务，她早就托人代购完成，余下的那个八星的、要她探索鬼城的任务上，却写着因鬼城变动云云，所有抽到此任务的修士只要带回鬼城中的相应物品可直接过关。

南颜恰好详细绘制过幽泉川的地图，她拿地图玉符碰了一下卷轴，那卷轴上的字迹倏变，随后显现出一行字：“愁山院帝子甄选第十，真圆。”

险险过关，南颜一阵后怕，要是她真的一个不小心落选，回去怕是要被宝气如来念叨死。

等她拿着卷轴回船舱去找嵇炀时，却看见他正支着下巴，铺开那日应则唯赠的画卷细看。

南颜坐到他对面，道：“我一直没敢打开看，这画卷有什么不对的吗？”

“此画卷不是单纯的画，乃是师者独有的画道天地，能将一段并非他亲眼所见的旧事借助一片天地的感悟留存在画卷中。虽然远远比不上道生天的逆演轮回镜，却也是世间独此一份的宝物。”嵇炀抬头，见她目露迷茫，解释道，“黄泉镜就是仿制逆演轮回镜而成的灵宝，但黄泉镜始终只是虚像，逆演轮回镜却可以让人回到过去，此物超越天地规则，与同样摆脱生死界限的赤帝妖心，以及朝夕间便知古今事的山河海冕合称破界三宝。”

可南娆就算是拥有那样神奇的赤帝妖心，最后也仍然故去了。

南颜一时苦笑，道：“那，我可以通过这幅图卷再见见我娘吗？”

嵇炀看着她的眼睛，道：“你看到的只会是母亲当年的一些旧事，我需多说一句，亲者音容虽好，却也是过往之事，不宜过于沉溺。”

南颜：“我要是见到我娘后想一直腻下去，你会敲醒我吗？”

嵇炀和和气气地提醒道：“扰人清梦非礼也，只是为兄当警示一二，在为兄身边不设防地久寐，只怕不会是一件安稳之事。”

南颜沉默了一下，坐下来把他挤倒在一边，双手放在画卷上，面无表情道：“这要是在凡洲我早不知道报官多少次了，快坐好给我护法！”

“是是是。”

南颜深吸一口气，将神识放出，一碰到那画卷的表面，便眼前一黑。

她好像整个人被浸在一方浓墨中，不知过了多久，一缕苍白拨开她眼前的黑暗，不消片刻，她便发现自己的存在不见了，整个人好似化作了一座山、一汪水、一处亭台、一丛山花。

这里是一处山阿，虽然天日仍挂于半空，但云层上方，却是有一片星空始终笼罩，星空上有一条魂河流转，奇美异常。

“南芳主，南芳主！”有个侍卫样的修士匆匆从上游飞来，看发饰穿着，却是早几百年前的款式。

那修士飞了许久，才看见一处草亭，亭中坐着两个人，正在对坐抚琴。

——是舅舅和……应则唯。

南颜心神一凛，但很快发现年轻舅舅身边的应则唯，双瞳仍是黑色的，因此也多了几分生人应有的神采，看上去竟和嵇炀有三四分相似。

可惜她舅舅自幼眼盲，待人也是毫无心机，认认真真地指点视作知心友的应则唯琴艺。

“……今日是道尊生辰，还是你主奏，我随之相和便是。”

应则唯按弦道：“逸谷的琴技远胜于我，何必如此谨慎？”

南颐抱歉地笑笑：“昨日家姐取魂河之水酿酒，顶撞道尊在前，我还是少在道尊面前扰目吧。”

此时，刚刚那寻觅南芳主而来的侍卫在亭外落下，行礼道——“二位少主，不知可曾看见南芳主？道尊的生辰宴要开席了，她却醉酒后不知何处去了。”

"阿姐又喝醉了？"南颐听了连连苦笑，道，"罢了，我去寻她吧，若到时不能赴宴，请代我向道尊请罪。"

他说完，忽听草亭中一弦乱音生，疑惑间，只听应则唯道："不必寻了，她回来了。"

亭外是一条石溪，叮咚水声中，远远有风铃声随风送来，溪流周折处，一叶竹筏顺流而下，筏上一人，赤足红衣躺卧于竹筏上，半截鸦羽般的长发从竹筏边缘漏出，与红衣下雪白的赤足一道浸在水里。

那寻人的侍卫也是男人，只是子洲向来是守礼自律的地方，见此情景，结结巴巴道："南芳主未穿鞋、鞋袜……"

南颐虽然看不见，但也晓得他姐姐多半是又放浪形骸了，连忙循声走到溪畔，轻唤道："阿姐，时辰到了，该去赴宴了！"

竹筏触石一顿，竹帆上挂着的风铃一阵乱响，无意识撩拨着溪水的素手带起一阵涟漪，南娆将手背搭在额上，无意识地一翻身，竟咕咚一声掉进溪水里。

"阿姐！"水不算深，南颐连忙把南娆从水里拉出来，道，"你这样如何才能让道尊消气？"

南娆好似还未清醒，撩了一把湿漉漉的长发，眼尾轻轻扫了一眼看着她发呆的侍卫，随意道："……道尊老头过他的生辰，喊我做什么？那宴上的酒水都淡出鸟来了，逸谷你也喝得进去？不如姐再给你去抓两只仙鹤来下我新酿的酒怎么样？"

"啊？则唯洞府里少的那些仙鹤是你抓的？"

南娆转过头，对上草亭中应则唯平静无波的双眼，一脸无所畏惧道："没错，上个月你殿里养的月昙也是被我拔秃的，拿月昙酿的酒赔你一坛，就当无事发生可好？"

她说完，竟当真丢给他一坛酒。

应则唯接过酒后，半晌不语，南颐正不知该如何道歉时，便见他抱琴起身道："时辰已至，我先去拜见道尊，稍后见。"

他走得极快，南颐唯恐他被触怒了，无奈向南娆道："则唯只不过是管教我们多了些，你何必总是招他？"

南娆啧了一声，一双漂亮的凤眼微微眯起："我早就说了，君子和浪子怎么可能走到一块儿去？谁叫老爹听道尊老头蛊惑乱点鸳鸯谱，让他跟我都不自在，何必呢。"

南颐幽然一叹："父亲的头发又要愁掉一把了。"

南娆呵呵了一声，手一挥，周身凤羽幻影一聚一散，化作一身朱红华裳，出水时的妩媚顿时多了几分高不可攀的威严。

南颐再次叹了一口气，每次跟着他姐姐出入这种宴会，总会收获一大批异样的目光。

毕竟谁都知道，南芳主几乎完美继承了赤帝最霸道的一面，无论是风采还是容貌，走到哪里都非要挤压所有人的存在感不可。

人们嫉妒她的美貌与权位，却同时又无法不被这两样东西所深深吸引。

南娆前后左右之人都是一副正襟危坐的姿态，唯有她十分随意，这招来了她邻座人的不满。

敖广寒其实已经忍了很久了，训斥道："道尊在上面，你能不能坐有个坐样？"

南娆才抿了一口面前的酒水，本就因为道生天的酒殊为寡淡而不悦，闻言用尾指钩着酒樽上的铜环轻晃着，一双妩媚煞艳的凤眼盯紧了对方，将脚上的木屐直接蹬掉，一双雪腻白皙的玉足挑衅般从赤红的袍角下探出，直接跷在面前的桌案上。

"敖广寒，你说什么？我没听清楚。"

敖广寒和南娆的宿怨由来已久。

赤帝与老龙主夫妇交好，建立诸洲后便时有来往，你带着女儿来住两天，我带着儿子来玩三日，不幸的是敖广寒脾气暴，南娆脾气更糟糕，时常仗着年长几岁欺负敖广寒。

不过南娆如今成年了，同敖广寒置气的时候少了，平日里也就是嘴上欺负欺负人，看他恨不得扑过来咬自己的模样，拿手指抵着下巴歪头道："把你踢进魂河天瀑是我的不对，可那也是你半夜来挠我的门在前，现在打也打了，闹也闹了，你总该告诉我，半夜三更孤男寡女的，你找我想干吗呢？"

"……没什么，提醒你埋的酒到时间了，该挖出来了。"

南娆十分欣慰道："没想到两年不见你都变得这么贤惠了，既然你拳拳心意，改天我挑个夜黑风高的晚上携酒拜访，到时你可千万别关窗户，我们秉烛夜谈……"

大庭广众的，不知道多少人竖着耳朵听着，敖广寒觉得喉咙有点儿发干的同时，面上也染上一层微红的恼色，憋了半晌只哼了一声，躲开她的目光，拂袖离席而去。

南娆回头问坐在她另一边的南颐："算上早上找我决斗的孟霄楼，我今天是气跑第三个了？"

南颐一脸看破红尘的神情："你高兴就好，左右我是已经听到第三十句骂你是妖孽的话了。"

确实是妖孽，无人可度，也无人可奈她何的妖孽。

这时候旁边有人拼命给南娆使眼色，南娆不明就里，顺着旁边人的目光示意望去，只见刚刚她踢掉的木屐从桌底一路滚到了中间的过道上。

中间的走道上稍后是长辈们要走的路，丢了只木屐过去当真不太合适，眼看道尊等人熙熙攘攘地从不远处走来，南娆在桌子下拼命地勾手指，想把那躺在道中的木屐收回来。

可她勾到一半，那木屐就好似被定在道中不动了，南娆抬起头，只见并排而行的道尊与老龙主后，有个一身黑衣、面带魔纹的男子正用一种极富侵略性的目光瞧着她。

随着道尊等人走近，所有入席的修士纷纷起身恭祝。

“晚辈拜见诸位尊主，愿道尊大道圆满，指日得成！”

道尊岁寒子年逾千岁，早在伐界时代前，便是整个修界修为与威望最高之人，建立上洲后，也是诸洲共尊的天下之师。

众人也感觉到了，这道尊来临时，四周的天地灵气便骤然浓郁，修为稍弱些的，甚至都能感到境界有一丝微妙的提升。

岁寒子与众人寒暄过后，恰好路过南娆面前，道：“娆儿、颐儿，令尊何以未至？”

南娆垂首道：“前几日是家母的忌日，父亲这两日忙于整理旧物，不允他人插手，便让我等先向道尊告罪。”

岁寒子捋须道：“赤帝年年如此，倒是辛苦了云妃，也罢，本座已为其留了酒，还望赤帝莫要失约。”

南娆知道伐界六尊近日将讨论一件关乎飞升的大事，不敢耽搁，自然满口代父答应。

可好不容易等到岁寒子走了，想把木屐给弄回来时，却见刚刚那盯着她的男子在她面前停了下来。

“犹记得当年你还不到成人腰腹高，没想到这短短十几年不见，南芳主已出落得这般瑰姿艳逸。”

这话说得轻佻了些，但说话的人，却不容任何人小觑。

“阿姐。”南颐微微皱眉，暗中传言道，“父亲不在，你寻个由头退席，我来与这巳洲魔师周旋。”

“哪有让弟弟挡在自己前面的道理？”南芳主轻嗤一声，开口道，“我远瞧着世叔汹汹近前，连鞋都不教侄女儿穿，还以为是寻我两个月前杀了天邪道那十几个控尸修士的麻烦。”

面前的女子纵然是眉含疏冷，但仍能让人嗅到水泽山阿间的清逸香气，魔修本就难以控制欲想，森罗的眸色更深："漫说区区几条人命，只要你愿意，整个巳洲都可以是你的。"

森罗对她的想法不是一天两天了，连赤帝都看得出来，曾多次婉拒森罗的暗示，他却仍是不肯放下。赤帝也是无奈，方才考虑了云妃的建议，把南娆与南颐送来道生天修习，一来是暂时避开森罗的骚扰，二来是想南娆收收性子。

可南娆的性情又是何其骄傲，森罗不顾身份亲自上门都未曾有半分软化，又岂能听凭他人安排，当即直言道："尊主们飞升在即，纵然在凡间徘徊，也不过数年而已，退一万步说，就算我点了头，世叔当真愿意放弃飞升大道，留在人间看着我吗？"

"看着你？"森罗看着她灼灼眉目中的戏谑，登时眸光微沉道，"待本座飞升后，本座在凡间的一切都是你的，如此，还换不来你的守贞吗？"

他的意思，就是飞升前得到南芳主，他高兴了会给她一切想要的，代价则是要她在往后的岁月中只记得他一人。

南娆的眸底泛起一丝轻嘲："这是长辈该对晚辈说的话吗？"

森罗道："你何不往好处想，若本座在上界成仙成神，自会想方设法接引你一道飞升，如此你的守贞岂不是就有了回报？"

说的都是空话，南娆索然地瞥了他一眼，仰首饮下半樽冷酒，一个"滚"字都快到了嘴边，忽见旁边有一个素白袈裟的佛者躬身拾起她落在地上的木屐，不顾身份地放在她足边，温声道："守贞是一种漫长的相知相守所换来的心甘情愿，从不是他人赋予的教条。"

平白遭人打断，森罗满面愠色，但一回头看见一个眉目清宁的佛修时，眼底还是不易察觉地掠过一丝忌惮之色："佛忏主何时对他人的私事感兴趣了？"

南娆转眸望定了佛忏主，她上一次见他，还是在七年前……那年妖后辞世，自散魂魄，赤帝拼死挽回些许残魂，请佛忏主亲自出手聚魂唤魄，方得以让妖后安然入轮回。修真无岁月，如今就算是强如赤帝，也是鬓添白霜，而寂明仍是当年墙篱下那副安静温善的模样。

"道尊乃是想值此生辰，在飞升前与诸位尊主定下修界大律，论道第一罪便是'入魔'，可魔道也是诸道法门之一，量刑与否、如何量刑，需得魔师阐明，还请魔师速去吧。"寂明温声道。

佛忏主说的是一件森罗不能不重视的大事，如今仍在修界立下格局之初，为免尊主飞升后修界无序，当立定规矩。道尊的提议是定屠凡、夺舍、入魔三罪为修界共伐之罪，只是个中详情尚需各方商榷。

森罗面色微微阴沉了一下，似是暂时放过了南娆，走出两步，复又冷笑道：

“南娆，本座的耐心是有限的。”

南芳主刻意气他，对道：“世叔放心，家父的偏心是无限的。”

森罗冷哼一声，拂袖离去，南娆则是听见有人轻轻笑了一声。

佛忏主一眼看上去的确不像是个佛修，南娆的目光从他腰间垂荡的灰白发尾扫向扣着镇魔环的耳垂，殊不知在外人看来，她此时的目光已和森罗刚刚没什么区别了。

“上师，好久不见。”

寂明几乎是实质性地感受到了背后有那么一丝烧灼的视线，然而他人仍是淡然无波的，转身垂眸道：“芳主秋安。”

南颐虽然看不见什么，但也隐约察觉气氛有些古怪，不明所以之下，主动向佛忏主行礼道：“家姐与南颐在道穹山与道徒同住，还未来得及恭贺上师飞升在即。”

寂明温声道：“贫僧尚未勘破心中困惑，也许此生与飞升上界无缘。”

“道尊曾说，未必非要渡过天人第五衰，只要道生天建造破界仙台成功，合诸位尊主之力便可勘破虚空壁障，得享仙神永寿，上师为何放弃？”

“贫僧……尚在研习一道法门，也许等到寿元尽时，贫僧仍有贪生之想，也许会尝试飞升。”

南娆看着他，道：“飞升不飞升的均是明日事，上师可还记得，曾与我有约？”

寂明的眼底微微一动，复又很快恢复平静：“贫僧年迈，记性不太好。”

南娆道：“我曾许诺于上师，为上师酿一坛世间独一无二的酒以酬为家母聚魂之恩。只不过当年年少，烈酒相赠，至今仍觉歉意。”

寂明慢吞吞地答道：“确有此事。”

南娆：“所以那酒，上师觉得——”

寂明：“当年已吩咐沙弥焖了春笋，甚美。”

南娆语塞。

良久，寂明见南娆盯着他不说话，后心略略发冷，恰巧此时道尊吩咐人来催，便立即离开了。

佳人赠酒，拿来焖笋，南娆浪荡多年，实在想不通这个套路，回头问道：“逸谷，你说这个妖僧，明明长得这么好看，待我也不是拒之千里，怎就总是剑走偏锋，撩拨不动呢？”

南颐试图规劝道：“上师是长辈，阿姐刚刚待森罗义正词严，对上师也该持晚辈礼才是。”

南娆：“好，我下次注意，那你说说，到底是笋好看还是我好看？”

南颐：“……”

直到傍晚提酒去找敖广寒聊天的时候，南娆和春笋比美仍没得到一个结果，但她很快被道尊关于修界正法的论会引走了注意力。

“应则唯是妖怪吗？道尊定下的三大罪本就够严苛了，他还要加上异婚、逆道二罪，还把我龙父龙母都说服了。”敖广寒抢过南娆手里的酒灌了一口，道，“其他的也就罢了，跟我们有关的主要是这‘异婚’一罪，说的是人族修士不得与异族通婚，若有后代，即行扼杀。”

南娆闻言自然不悦，敖广寒真龙后裔的血脉就不说了，她自己就是重明大妖与人族混血，应则唯提出异婚有罪这一条，听上去简直就是针对她。

“他这是硌硬我呢？既然这么讨厌同妖族混血，何不主动去推了那婚约？天底下那么多非我族类情情爱爱的，只要不为非作歹，谁爱跟谁跟谁去，他管得着吗？”

“异婚的混血后裔往往各有天赋，什么猴人蜥人蛇人，之前妖国还在的时候，乱七八糟成百上千个种族。他的论点在于只要异婚罪是从立下天道碑开始算，禁止异婚后，这些种族都会慢慢消失，而同时，我们这些先代已经殊胜寻常人族的氏族便可保有血脉优势，更利于统治各脉的部洲。”

南娆一阵默然，道：“那逆道一说又如何解释？”

“道生天要收归天下大道，各家所扬道统均需在规定内方可传道授业，若不在大道内，或擅自自创新道，均为妖言惑众，须歼而灭之。”

“荒唐。”南娆本就喝得半醉，将手中酒盏随手一丢，懒散道，“天下之道，若不推陈出新，如何得以切磋长进？故步自封乃取亡之道，他这么聪明，平日里管教我们时一套一套的，怎这时犯这种糊涂。”

“他可不是犯糊涂，只要他的提议得到了诸位尊主的认可，那无论是修为还是威信，都将会是我们这一辈的领头之人。”敖广寒好似想起赤帝刻意将南娆送来道生天修习的意图，鼓着腮帮子生了会儿闷气，忽然觉得头皮一痛，回头看见南娆醉醺醺地伸手拉着他的发尾在指头上绕圈，他奓毛地拍开她作乱的手。

“干什么？”

“小崽子，你生什么气？”南娆把被拍疼的指背送到唇边轻轻摩挲着，道，“你不服他，却也不能不承认，他是我们这一辈最出色的人，你再晚个两三年出生，怕是都该喊他前辈了。”

“南娆！”

“凶什么，修界的规则就是弱肉强食，强的不只是修为，智慧也一样，我要是也能写得出他那般长篇大论的条条框框，现在早就蹲在他后院拿麻袋套人了。”

敖广寒起身去开门，面无表情道：“时间不早了，你喝得差不多该滚了。”

南娆哼唧了一声，扒在桌子上赖道：“人生苦短，就活那么几百年，看一眼少一眼，咱们感情这么好，你就不留留我？”

敖广寒暴躁地把她拖起来往外推：“滚滚滚，老子可不想又陪你耍酒疯耍一夜。”

面前的门啪一声关上，南娆试图挠开——

“敖广寒？寒寒？嫦娥？小龙崽崽？

“我酒品好得很，就算不给我床睡，桌子也行……

“地板……房顶也行啊，我不挑的。”

门里没了声音，南娆蹲在门口吹了阵冷风，只能拎着半坛酒，摇摇晃晃地穿过半座道穹山，快走到自己的居舍前时，身形一晃躲了起来，接着便一脸菜色地爬到一棵树上，拨开树枝看着抱剑站在自己门口的挺拔青年。

这人叫孟霄楼，是她新惹的冤家，而南娆这两夜不喜欢待在自己居舍的主因就是他。

说起来也都是个误会，起因是她夜半无聊，见子洲的魂河天瀑奇美异常，想汲取魂河河水酿酒，不料被半夜找来的敖广寒发现，她理性判断之下趁其不备把他踢进了魂河里。

第二天敖广寒提刀追杀她时，她误打误撞摔进了道穹山的男浴……那个时候，孟霄楼恰好就在里面。

剑修是一类很执着的修士，外界的评价是——合格的剑修，一生的伴侣就只有手中之剑。

而南娆在那天坏了孟霄楼的清白后，就听说后者发下血誓此生要和她不死不休，每天都来她门口守人，吓得她有家不得入，日日望风而逃。

她可没兴趣用脑袋去试剑修的剑锋几何。

直至半夜，巡夜的道生天修士从她屋舍前路过，上前向孟霄楼攀谈：“孟师兄，已至中夜了，南芳主不会回来了，还是回去吧。”

孟霄楼闭眼抱剑，道：“不必。”

巡夜的弟子劝道：“孟师兄是道尊赏识的天骄，何必因一个风评不佳的南芳主空耗了精神。”

孟霄楼充耳不闻：“无事就离开吧。”

南娆作风随性，道生天的弟子有不少古板之人看不过，这些巡夜弟子也在其中，待他们离开后，南娆还听到他们窃窃低声。

“……在我道生天还敢夜不归宿，也不知同哪个汉子私会着，竟没见过这般浪荡的。”

“就是，若我以后娶道侣，绝不找这样的。”

这些流言蜚语南娆听惯了，见孟霄楼始终不走，左右她不挑床，索性就翻了个身躺在树干上睡着了。

如是酣睡到第二日清晨，雨滴顺着枝叶的缝隙落在她额上，她才醒转过来。揉着眼睛起身时，只见孟霄楼不知何时已经离开了，唯有树下泠泠雨声中，安静立于雾雨中的佛者。

“欸！”南娆差点儿没掉下树去，稳住身形，道，“上师……有事？”

寂明好似等了许久，见她转醒，抬手递来一段茜红色的发带。

“孟小友在门前等你至拂晓，非是为了寻你麻烦，只是想把那日你落在乾阳泉的发带还给你罢了。”

南娆坐直了身子，双足垂在树枝下微微晃了晃，看着寂明已被雨水沾湿的禅衣，道：“上师不是在讨论上洲建立正法殿事宜？”

“已论出个雏形，故得闲至此，恰逢孟小友到了参习剑意的时辰，便代他来还。”他分明已在树下等了许久，可等到南娆定定地看着寂明时，他的眼睛反而微微垂下避开她的盯视，轻声道，“芳主还是下来为好，不应误了道尊的早课。”

南娆道：“你的早课是什么时候？”

伐界六尊既然来此，按规矩是要为道生天的道徒轮流讲道布法，寂明自然也不例外。

寂明垂眸道：“佛言枯燥，芳主应不会觉得有趣。”

南娆道：“佛者眼中之众生皆为平等，也当该一同授教，佛者何以独远南娆？”

寂明答不出，沉默间，旁边有一个随着森罗来道生天拜访的魔修呼啸而来，见了南娆，行了一礼后便奉上一只玉盒。

“魔师在巳洲另有他事，令小人送来此物，请南芳主收下。”

走了好，走了清净。

南娆直觉那玉盒里不是什么好东西，虚虚推开道：“又不是逢年过节的，送这是做什么？”

魔修道：“魔师昨日已同意配合道生天建立正法殿，并同意入魔失智滥杀者、异族异婚者，若本洲治理不成的，可交由新设下的正法殿处理，魔师此去，便是为了解决巳洲境内残余的那些妖人族……不瞒南芳主，我巳洲境内，有一支重明鸟妖人的遗族。”

南娆猛地回头看向寂明，却见他也微微凝眉。

半晌，他道：“道尊昨日只言明不允诸洲的妖人混血掠人繁育，魔师此举是何意思？”

“巳洲行事素来果断，魔师也只不过是愿主动配合道生天杀鸡儆猴罢了。魔师素来说到做到，当然，若有人想救那重明鸟的残族，也可以接受这象征巳洲的幽冥玺，以道侣的身份，无论做什么，魔师都自然应允。”

重明鸟……这是断定了南娆不会拒绝。

南娆微微仰起头，蓦然放声一笑：“有意思，我自问近些年的确是收敛了些，没想到竟都当我是个好人了，他人死活又如何，是碍得着我放马南山，还是饮酒作乐？”

魔修只当没听见，道：“魔师只是嘱咐小人将幽冥玺送来，执此玺印，巳洲全境无禁，全由南芳主决定。”

“倒是个好东西。”南娆将那幽冥玺隔空摄入手中掂了掂，打发了那魔修后，便从树上翻身而落，走远前，她听到寂明随风捎来的低语。

“你会去吗？”他问。

“穷山恶水的，鬼才去。”南娆道。

直到十日后，道生天一则传言流出——说是南芳主已答应道尊赐下的婚约，不日将同道尊的首徒举办结侣大典。

流言的速度极快，短短半日后，远在巳洲的魔师森罗震怒不已，一掌夷平一座山后，挟万钧之怒打算杀上寅洲讨个说法。

与此同时，刚刚落在巳洲土地上的南娆和一同被诓来的敖广寒看着魔气弥天的森崖魔窟，仍在元婴期的他们，顿觉任重而道远。

南娆：“嫦娥娥，你觉得我今天打扮得好看吗？”

敖广寒：“你再瞎喊，我就在去森崖魔窟救人前先宰了你这个祸害。”

南娆：“好吧，你觉得我今天的美貌有没有比一锅春笋好上百倍？”

敖广寒：“你的脑子别是临阵生病吧，我们是来救人的，不是让你丢人的，要丢人你干吗不找孟霄楼来？他乐意跟你一起窒息。”

南娆：“咱们俩不是感情好吗？我只是觉得我们两个元婴去闯化神修士的老窝有点儿太莽了，如果到时候有个三长两短的……”

敖广寒：“你终于意识到让赤帝白发人送黑——”

南娆掏出小镜子拨弄了一下刘海：“万一有个三长两短的，我不放心别人给我化的殓妆。”

敖广寒：“……你自己去莽吧，我回去了。”

森罗性易怒好杀，南娆来巳洲前便算准了时间，待森罗一离开巳洲，便直奔那关押了重明鸟一族的森崖魔窟。

此地是森罗的道场，个中危险不言而喻，南娆足足想了一个晚上，借着酒劲才做了这个决定。

妖后死后，妖族，尤其是重明鸟一族对赤帝恨之入骨，她只能以体内一半血脉的立场来做这件事。决定是莽撞的，但作为赤帝的女儿，敢来就自然有敢来的把握。

“……幽冥玺算是森罗的招牌灵宝之一，你再催动下去，等到它灵力耗尽，森罗必然会发现幽冥玺出现在他老家，到时候折返回来，我们就好看了。”

森罗这一点倒是没骗她，持幽冥玺，便如半个巳洲之主，不只森崖魔窟的结界对他们无禁，连里面的血奴也远远让开了路，一路到了一处囚牢前，南娆才收起幽冥玺。

囚牢里散发着一丝丝妖气，不时传来痛呼声，显然是关押妖人族的地方。

伐界之战大胜后，六尊分十二洲，人族修士享受的战果之一，便是对海外诸洲资源的盘剥瓜分，其中最主要的便是妖族。

南娆看见那些妖人混血的族裔被绑在牢中割脉放血时，她终于恍然——异婚为罪只是一个引子，诸洲的统治者需要更多的资源来堆砌他们飞升的大道，显然被封入封妖大阵的妖族已经不够了，这些妖人混血者的身上也有同样的好处。

他们的血肉骨骸均可炼药，连外面那些被洗去灵智的血奴中，也有的是妖人混血者。

这是一场胜利者的屠杀与盛宴。

“你说我们算好人吗？”南娆道。

敖广寒：“你都在准备撬锁放人了，还什么好人不好人的。这道锁幽冥玺可解不开，你行吗？”

“试试呗，救得了就救，救不了我们就当无事发生，下山去吃巳洲的烤岐羊，我惦记好久了。”

南娆虽这么说着，但实际上她溜门撬锁的天赋连赤帝本人也无话可说，纵然重重禁制，开锁也不过是两三句闲话间的事。

牢中大多是些干枯在木架上的尸首，少有一些活着的，大多都是才捉进来的，男女老少皆有。

“我话先扔在前面，放你们出去是顺带的，谁敢吱声引来这森崖魔窟里的炎邪大魔，不等你们被抓，我会先给你们个痛快。”

得到这些妖人的惧服后，南娆与敖广寒一连打开了此地八十余座囚牢，开到最后一座时，才发现了六七十重明大妖的混血残裔。

“你……竟敢冒险到这里来？”这些人并不晓得南娆的身份，脱困之后，不待南娆自白身份，便将她一道视为流落在他处的混血同族，十分担忧道，“森罗的修为非你能想象，我们这么多人逃走，恐怕不能全身而退，你既有这般修为，到时不必管我们这些拖累人的……”

重明大妖在妖国中地位极高，其他的近千妖人都看着他们这一支。

敖广寒看这情况不妙，道：“赤帝和所有妖族都仇深似海，他们要是知道了，你只怕是里外不是人了。”

南娆：“你骂谁猪八戒呢。”

近千人一起行动，纵然森崖魔窟中人族修士不多，但也很快暴露了。

森崖魔窟中除了森罗，还有一头他饲养的炎邪大魔，合妖、鬼、魔三道之长，这近千妖人刚离开森崖魔窟的大门，只见半空炎流乱坠，从山顶上爬下一头羊头蜥身的怪物，单单尾巴一扫，便有数十人未来得及逃开，当场躯体崩溃。

“啧。”南娆好歹是赤帝的血脉，临阵脱逃的话传出去可能要被老爹先给揍死，甩出一把凰羽弓，扭头对敖广寒道，“你先带这些个拖油瓶走，我扛一会儿就马上到。”

“真有意思，就凭你能挡得住这头化神期大魔？”敖广寒惯会和南娆唱反调，扫袖挥出一条龙血长鞭，一鞭抽中那炎邪大魔的眼窝，便听一股龙啸之声响起。

南娆：“哇，你竟然学会用鞭子了，刺激。”

敖广寒：“……真想把你脑子里那些糟糕玩意儿都刷干净。”

长年的青梅竹马，也是长年的打骂冤家，平日里不出手则罢，出手便配合得无可挑剔，竟顶住了化神期大魔的一阵阵攻击。

“这两个人……是什么怪物？”下面逐渐逃远的妖人们骇然望着那头。

“就算是妖族中也未听说过这等人物。”

“如今人族修士不给我们活路，只能依靠妖族召集了，重明族之人，你们可知道他们是哪一支？”

远处一红一蓝两道光，围绕着大魔来回穿梭，火焰与雷鸣交织震响，看准射瞎了炎邪大魔一只眼的机会，南娆一抬眸，敖广寒便了解了她的意思。

登时，敖广寒身形化为应龙冲上云霄，同时南娆也削发为箭，朝天漫射而去。

天穹之顶，顿时火网凝聚，伴随着滚滚雷鸣，坠落的天火与闪电如同天灾降临一般将炎邪大魔笼罩在内。

远处的重明族人震惊中，眼底的恨火蓦然蹿腾。

“真龙觉醒……盘牙天火……”

在那场伐界大战中，整个海外之洲都知道，这是老龙主与赤帝的成名技，而能使出这两招的人，身份亦不言而喻。

大魔的惨叫声回荡在整个森崖，南娆与敖广寒双双落地，看着被困锁的大魔，道："此魔有肉身重生之能，你我灵力不足同它相耗，走。"

可他们并没有走出多远，便被一些崩溃的妖人拦住了去路。

"你们怎么还不走？"南娆诧异间，敖广寒已经察觉气氛不对，抱着已经气空力尽的南娆往旁边一躲，硬生生接了七八名同样元婴阶的妖人联手一击。

"人族……人族阵营的都该死！尤其是赤帝！毁我家国，杀我亲朋……更是该死！"

后面的炎邪大魔几乎要挣脱雷网，南娆眼见敖广寒后背染血，目露杀机："好了伤疤忘了疼的蠢物，就算妖国还在，以你们身上一半的人族血脉，焉知妖国就不会视你们如猪狗？今天算我狗拿耗子多管闲事，领情的算你们识相，不领情的就给我滚!"

一个"滚"字挟怒荡开，一瞬间，南娆竟有三分赤帝的影子。

赤帝是妖国的噩梦，当即便有人心神震怖后退，但此时后面的炎邪大魔已挣脱了束缚，暴跳如雷地朝他们爬来。

"让道！"

妖人们目露绝望，有人惨笑道："左右这上洲已归了人族了，我们走到哪儿都是死路一条，不妨就抱着仇人的血脉一齐下地狱吧！"

生死危机在即，敖广寒反而冷静下来，闭上眼道："老贼，我可耗尽精血肉身化龙一次，到时你就趁机离……你干什么？！把捆仙索拿掉！你想干什么！"

"别嚷了，多让人看笑话。"南娆感受着足下大地震动，在刚刚救出来却倒戈相向的妖人族中冷笑一声，拔下头上钗环化作结界护住敖广寒，随后周身燃起一丝丝金红色的烈焰，一步步朝那炎邪大魔走去。

凤凰涅槃之火，可与世间一切同归混沌。

敖广寒目眦欲裂："你不准去！你回来！！"

身形被涅槃之火连同炎邪大魔吞噬之前，南娆回过头，眼中仿佛穿透北方的苍穹看到了什么，留下一句遗憾的低喃。

"酒还没酿好呢……"

而在千里之外的卯洲海岸上，感应到契魔濒死的森罗，返回途中死死盯着挡在他面前封锁此方天地、正望向沧海以南的寂明。

"佛忏主，本座处理家务事，你为何在此拦路？"

从刚刚在禅房中开始，心尖上那一缕钝痛就在作乱，寂明徘徊了数时，终于还是来到了这里。可到这里之后，心头的钝痛却不减反增。

"本座问你呢，为何不答！"

寂明收回了出神的双眸，轻声问道："你要去找她吗？"

森罗皱眉片刻，从他低垂的眉目间，终于是想到了南芳主，顿时面色更为阴沉：“好……原来如此，原来自诩清圣的愁山院上师，也难躲过这般红尘俗世心。本座就是要告诉你，本座这就去找她，找到之后，必会好生教她知道，不知天高地厚的娃儿，会在本座这儿得到怎样的惩罚！”

森罗想怎么惩罚，如何惩罚，寂明都不知道。他仍试图挽留自己那一丝摇摇欲坠的慈悲心：“赤帝得知，必会与魔师生隙。”

“哈哈哈……”森罗大笑，“本座纡尊求娶他那名声秽乱的女儿，已算得上是情真意切了，南娆既来了巳洲，就当知她选择成为本座的女人，往后都是一家人，赤帝纵然怪罪，飞升在即，又能怪到何时？”

“魔师当真不愿放过她？”

“本座想要的，从没有得不到的。”

“若你当真得不到呢？”

“那别人也永远不会得到！”

寂明：“……”

寂明沉默间，眼底的温和明净徐徐退去，抬眸看向森罗时，那双眼中已俱是一片宛若尸山血海般的猩红之色。

森罗所修乃是最为纯正的魔功，待寂明身上那一丝魔修为之震颤的气息渐浓时，他方愕然道：“你这是修的什么功法？”

“贫僧近日得悟新道，尚未面世，愿与森罗道友……同证之。”

数日后，子洲道生天，无数人从入定中惊醒——自伐界之战落幕以来，第一次有天人第三衰的尊主陨落。

佛忏主杀了巳洲魔师森罗，一个被世人轻视了修为的佛道，越阶斩杀了一个即将飞升的魔修宗师。

那一日，道生天三座悬空山同时黯淡。

南娆醒来时已是三天后，一睁眼便在一个山洞中，等到脑子里清醒过来，之前肉身与元婴被涅槃之火一同烧毁的记忆回拢，她才颇有些后怕地长出一口气。

老爹只说赤帝妖心可保她不死不灭，可她又没有拿命试过，这一番作死，总算是让她晓得了自己身上还有这般好宝贝。

直到四肢感觉回拢，有那么一丝凉飕飕的风刮过时，南娆终于感觉到什么不对，她抬起新生的手臂掀开搭在身上的男子外衫一看，不由得嘶了一声。

也是，涅槃之火连炎邪大魔都能烧掉，何况区区一件衣服。

山洞外的人好似听见了里面的动静，疾步走进来，看见南娆已能坐起，先是一阵狂喜地冲上前几步，却看见她肩头披散的乌发下隐约露出的身子，复又连忙退后几步非礼勿视地背过身去，把从外面找来的一件女子襦裙丢过去。

“你……什么时候醒的？”

背后之人倒也真不避讳，啧了一声后，传出窸窸窣窣的穿衣声。

“就刚才……唉，我不喜欢绿裙子。”

“现在森崖魔窟的魔修倾巢出动找我们，荒山野岭有的穿就不错了，还由得你挑？”敖广寒没好气地说了两句，可脑子里不免又浮现南娆从赤帝妖心中重生的画面，一时间耳根有些发热，“老贼。”

南娆：“咋？”

敖广寒：“你……我，我知道你同应则唯有口头上的婚约，可事已至此，等到回去之后，我们——”

南娆：“嗯？你对我做了什么不得了的事吗？”

敖广寒：“我没有！！”

南娆松了一口气：“吓死我了，还以为我要负责呢。”

敖广寒：“……”

南娆理了理衣襟，随意道：“你四五岁的时候我又不是没有带你到澡堂子里去过，要是看一眼就得定个终身大事，那孟霄楼的贞节牌坊岂不是要从未洲插到子洲去？”

敖广寒突然暴怒：“都快三十年了，能不能别老是拿五六岁的时候说事？！你这狗眼能不能睁开来看看，我都……”

——能不能看清楚，我早已经不是什么小孩子了。

可这句话始终没能说出口。他心如乱麻时，南娆又出声道：“所以现在怎么办？宰了森罗耗尽半生心血喂养的大魔，你觉得我爹扇我几巴掌能把这事糊弄过去？”

“那大魔一死，森罗必然察觉，一旦他回到巳洲，再想跑就晚了，不如直接动用血脉传音联系我龙父接我们。”

说话间，外面有两个低阶的魔修匆匆御剑路过，把他们抓下来盘问情况时，却发现事态已经超出预期。

“魔师陨落了！”两个魔修被抓住时身上带着五六个乾坤囊，好似正在逃亡，“整个巳洲都乱了，修界大定三百年，从来没有这样的事！”

“是赤帝还是道尊动的手？”

魔修们极其恐惧：“都……都不是，听说魔师三日前便死了。”

三日前那炎邪大魔还好好地看守着森崖魔窟，若主人有难，它早就跑了……那便说明，森罗至少是一天内被击杀的。

南娆脑子里有那么一瞬间是空白的，她并没有为森罗的死而庆幸。这年头化神期之间交手，不打个十天半月的绝不会分出胜负，何况森罗的修为在化神期天人第三衰——有一种说法是，修士一旦渡过第三衰，位同人界地仙，就算肉身崩溃，元神也可以瞬间遁入虚空中。若想追杀，道尊与赤帝或可做到，但少说也要追杀个十天十夜。

这种直接将第三衰修士击杀的情况，就算在伐界之战期间也绝不存在。

南娆凝重道："杀人者谁？"

"……佛忏主。"

修界有一条亘古不变的守则——强者为尊。

海外修界有子丑寅卯等十二部洲，丑洲于修界大战中沦陷深海中，实际上只余十一洲。在十一洲中，道尊岁寒子、赤帝南决云、佛忏主、龙主夫妇、森罗占据灵气最盛的子寅卯辰巳五洲，相比其他强势的四尊，卯洲的存在一直宛如佛门一样，不问世间是非，只专心静修佛道，以解除困苦、驱魔荡邪为己任。

就连在伐界大战中，佛修也总是安安静静地站在其他修士身后做一些救死扶伤之事，直到素来以攻击见长的魔修，而且是当今世上最强的魔修，就这样简简单单死于一个甚至比他境界稍逊半筹的佛修手下，修界终于将视线投在了卯洲之上。

"子洲正在筹建正法殿整肃修界秩序，佛忏主此举……恐怕是打了子洲的脸了。"

在这样的非议中，子洲的正法殿终于落成，五位尊主共同于正法殿烙下一滴魂血，以道尊首徒为正法殿之主，推行修界大律，随后五尊各自回去准备闭关。

然而正法殿建立之初，佛忏主杀了魔师森罗，导致巳洲内部大乱，森罗的师弟狱邪侯与其他大小魔宗互相倾轧，争斗不断，以致整个巳洲一片战火，新建立的正法殿也无从下手。

一年后的三月初三，南娆再次踏上了巳洲的土地，在一片巳洲魔修内战的焦土上，她再次见到了寂明："道尊第十次亲赴卯洲相邀，上师仍不愿飞升吗？"

初春的雨带着一丝寒凉，落在因血染而泛红的土地上，竟宛如这片大地正在流血一般。

南娆是循着直觉寻来的，看寂明仍背对着自己凝望眼前这片满是尸骸的战场，索性便如他一般，不去刻意以灵力排开这片春雨，任由雨水落在面颊上。

"父亲对我说过，天外之天，是仙神的境界。仙神目无下尘，翻手一界生，覆手一界死。等他破碎虚空，见到了神明，就会求他构筑一方小世界让母亲重生，他会遵守诺言，永远不去打扰她……只是护着她所在的地方而已。”

南娆记得赤帝说这句话时，浑浊黯淡了多年的眼中，只留下这样一个执念。

“上师没有这样的愿望吗？”南娆问道。

寂明俯身抓起一把地上的赤红泥壤，撑着伞的手微微收紧，道：“我那时……无法自控。”

他清楚自己选了一条杀生道，却不承想，他无法回头的这条路，会让他的心性失控。

明知杀了森罗，巳洲会陷入内乱之中，添上无数条人命，但一旦沾上邪魔之血，就无法控制地想要全都杀个干净。

佛，魔，往往不过在一念之间。

南娆听着他缓缓说出那日与森罗一战的最后，他碎灭森罗元神时的疯狂，眼中的复杂愈浓。

“我这样，可还像是个佛门修士？”

“可修士们不会在乎死了多少人，他们只在乎能不能更强。我来时路过卯洲，已有不少修士奔着愁山院而去……他们想修行你的道，想做第二个能杀得了第三衰魔修的大能。”

“杀生造业之道，我不愿广传心性不正之人，易徒生杀业。”

南娆的语气添上几许漠然：“可这条长生路上，不会因你停止生死攻伐。”

寂明道：“为什么？”

南娆道：“谁都知道，大道无情。”

寂明在一片雾雨中转身望向她，他那双安静的黑眸中映出南娆的影子，轻声道：“大道无情，可……寂明有。”

阴沉的天穹上，终有微光破晓，而他也在曦光里返身，将伞递给她，随后与她擦肩而过，走进了三月的雨幕中。

一如父亲口中的神明。

那之后，寂明亲自去了正法殿，承接了正法殿赴巳洲平乱的责任，九日之内，与正法殿修士一道，诛灭了叛乱的魔宗，从此巳洲归属天邪道统领，受正法殿监督。

寂明向正法殿的屈服昭示了他对律法的认同，也宣告了强者为尊的时代暂时过去，正法殿以此立威。

就在道生天所定的破界飞升大典上，来自天下诸多地方的修士，皆齐聚子洲以东、原丑洲的一片瀚海之上。

大多修士都在海上悬停，而半空之上，有子洲的空中楼阁、寅洲的鹏兽、辰洲的龙头战舟……各部洲的主宗也都派人前来观礼。

“三个月不到就慑服下洲全部家族，让他们甘愿交出大道，从此惟道生天之命是从，应则唯怎么做到的？”

“我也不晓得，凭什么家主要派我去道生天拜他为师，他应则唯算什么，纸上谈兵之辈而已……”

这抱怨的人本与应则唯同辈，然而就在他说出这句话时，忽然整个人面色发青，惊惧万状地看向道生天那边立在五尊之前的应则唯。

“你怎么了？”旁边的人推了他一下。

那人冷汗俱下，在空中以灵力写字——我说出他的名字时，他听到了。

他们之间的距离足有十里之遥，说话声音又不大，不是刻意听的话，绝不会察觉到。旁边的人正要笑话他的同时，诧异地发现也有其他人惊骇地望向应则唯。

“你们还是注意些吧，他日前已入化神境界，所选之道乃天地正法之道，若直呼其名，不管你在天涯海角，他都会听到。”

所有人都惊出了一身冷汗……一些道尊飞升之后想要作祟的势力大多歇下了心思。

而寅洲的鹏兽背上，赤帝正同一双儿女告别。

“……黄泉镜你且留着，走之前，为父已延请道尊为你的妖心加持第五衰阶位的道阵护持，天下无人可破。为父虽已为云妃灌灵，让她强行提升至化神期，但也止步于此了，往后还要靠你。那北海万年血蛟的筋炼为琴弦给颐儿，他性情绵软，容易吃亏，你当护着他。”

父女俩平日里诸多斗嘴，但几近离别之时，南娆仍感难过。

“你何时回来？”

“成仙成神自然可以回来，只是道尊说天外有天，修行无年月，但愿你们寿元尽前，为父能得道而归。”

赤帝言罢，那头的道尊已于破界仙台降临，龙主夫妇与佛忏主也同样到得仙台之上。

“寂明不是为了飞升，只是道尊言，破界仙台需集合五人之力方可催动，他只是来助拳的。”

南娆顺着赤帝的目光望去，眸中染上一层疑惑之色：“佛忏主为何看上去心神不定？”

赤帝道：“那怕是要怪应则唯那小子了，他是真的不手软，口称长辈，寂明一句今后听凭正法殿差遣，他便要带着寂明今日镇妖驱鬼，明日降妖伏魔。”

“应则唯别是疯了吧，一天跑六个部洲推行正法大律，也不怕自已累死在路上？”

南颐也皱起眉道：“这几个月我寥寥几次见他，他都一副耗尽心力之态，他初入化神，这般消耗恐怕道基不稳。”

南娆顺着众人的目光望去时，不知道为何有一种诡异的错觉……她觉得应则唯那张素来平静无波的脸上，好似在笑。

“飞升大典开始！人族破界成仙，在此一举！”

随着道尊一声天地震动，破界仙台被五道昊光埋没，同时瀚海倒卷，将一切隔绝在破界仙台之外。

破界之势震天动地，不多时，所有人都看见天空撕开一道裂口。

人们兴奋不已：“飞升了……飞升了！总有一日，我们也会飞升上界！从此仙寿永昌！”

铺天盖地的欢呼声中，唯有南娆的心脏蓦然如擂鼓般，甚至她那颗赤帝妖心，隐约发出一声含义不明的悲鸣。

片刻后，飞升的昊光收束，天穹上的裂痕堪堪愈合时，蓦然一丝血色从裂痕中淌下，同时一道前无古人的凶戾杀气从裂缝中溢出。

“那是什么？这气息怎如此不祥？”

一缕缕红雾从裂缝中散出，很快凝聚为漫天血雨，片刻后，裂缝中好似有什么在疯狂撞击，随后，一个白发染血的人影被一团血火包裹着从天穹坠落。

道生天的人好似早有准备一般，几大道天上师一同动手，厉声呼道——

“尊主飞升，天外邪魔入世，众人快趁其元气未复诛杀之！”

“邪魔？什么邪魔？”

所有的修士都困惑至极，但很快，被血雨笼罩的地方开始出现人们的惊叫。

“这……这是什么雨？怎么连法器都挡不住？”

“这血雨在腐蚀我们！”

一片喧哗声中，被血雨淋到的修士们开始发出一声声痛叫，更有人连整个头皮都快化掉了，露出森白的头骨。

这样的骚乱中，在道生天的空中楼阁上方，蓦然撑起一片道印，擎起一方天空，令那血雨莫能泼入。

“此地有道生天撑持，众修士听令，斩杀邪魔！”

混乱中的人们抬起头，只见道生天之人全数出动，道天法印铺天盖地，如仙如神。

不知是谁先喊了一声：“我等愿随道生天除魔！”

随后四下响应，刚刚的痛便化作了杀念，所有人朝着那跌入深海的邪魔而去。

汹涌的人群带起烈风，唯独南娆僵硬着未动，直到寅洲的长老向她请示：“芳主，帝尊已飞升，我等可要协助道生天除魔？”

南颐皱眉听着四周的乱象，见南娆始终未说话，疑惑道：“阿姐？”

“逸谷。”没来由地一阵慌乱，南娆将肩上披着的外衫一扯丢下，起身道，“我先去看看父亲飞升之处的情形，逸谷你在此看情况，若有不对，令本洲与辰洲的修士先行离开此地。”

“阿姐？”南颐愣怔间，南娆已飞身跃下鹏兽，化作一道赤芒先是冲向血雨源头，那天穹上尚未愈合的裂缝边尚残留着空间破碎时留下的余波，稍稍靠近，便有一股肉身元婴均被碾碎的错觉。

南娆企图以神识从裂缝中探寻赤帝的踪迹，哪知这裂缝连神识都可一并碾碎，再试图划破手腕欲以血脉感应时，身后一股吸力把她整个人往后一扯。

“界壁不同界内虚空，若是被吸入其中，便是死无葬身之地。”应则唯的语气总是轻缓得体，抓着她的手却紧得让人不适。

南娆略一沉默，道：“应则唯我问你，尊主们是飞升了吗？”

应则唯道：“自然。”

南娆看着他微垂的双眼，道：“你身处现在这个位置，说出的谎言越多，在往后的日子里越是苦痛难熬。”

应则唯淡然道：“我修天地正法之道，所思所行，俱是乾坤正理。”

“但愿如此。”南娆甩开他的手，转身朝诛魔的人群飞去。

“你去哪儿？”

“如你所愿，除魔卫道啊。”

凤唳怒鸣，压下心头强烈的不安，南娆身披凰火，不由分说冲进乌泱泱的人群中。

“南芳主你——”

“给本座让路！”

一些修士来不及闪开，只觉一片火光扑面，陆陆续续有修士被直接撞飞，随后所有人都看见南娆一头从那邪魔落处扎入了深海中。

下一刻，深海中蓦然有血色蔓延，最后整片大海剧烈晃动起来，一道血色旋涡在海心成形。

“不好，快撤！！”

“南娆！快回来！”

这血色旋涡内中气息恐怖异常，隐隐卷动一方空间碎灭，大多修士都闻风而退，尤其是道生天的修士，纷纷后撤，有几位道天上师围在应则唯周身。

“道尊，让佛……邪魔跑了。”

“道尊唯有师尊岁寒子，往后门内称我玄宰便可。”

道尊飞升后，玄宰这个称呼终于正式落定。

“他修为惊人，还耗费元气施展断空之术，无法追踪，如何是好？”

而终于坐到这个位置上的人，却低头看着自己的手，听他们说的是“他”，一步踏出，走入空间裂缝中，走入虚空后，却追的仿佛是别人。

“没事，她只要还在世间活着，我总会把她带回来。”

第十七章 前尘往事

我希望她能陪着我，从此无病无疾，不离不弃。

啪一声，卷轴合上的响声传来，南颜猛然从这长长的画卷中苏醒，随后带着一丝薄怒看向收起画卷的嵇炀。

“为什么不让我看下去？”

“后面有你不该看的东西。”嵇炀当真将画卷收走了，躲过了南颜想强抢回来的手，道，“你若单单想瞧母亲当年的故事，了解到这里便可以了。”

南颜黑着脸道：“那是我母亲，凭什么你能知道我就不能？”

嵇炀道：“因为我不怕道生天。”

南颜：“我也不怕！”

嵇炀：“可我怕你知道得越多，他越容易下定决心杀了你。”

南颜一阵沉默，嵇炀又道：“师者从不滥杀，他杀人必定是经过谋虑的，你若只是一个一无所知的南芳主遗孤，他反而会照拂你，你若知道得太多，他就会把你当作一个变数来对待。”

南颜道：“就像他对待你一样吗？”

嵇炀略略一顿，微微颔首：“就像他对待我一样。”

“南颜不是易冲动之辈，不会因为——”

“在你的事上，我是。”

两厢默然间，或许是南颜的目光太过坚决，嵇炀轻声道：“好吧，我妥协一下，用我知道的一切补齐余下的画卷，但你知道之后，我会把你的记忆封存起来，到你修为有成后的合适时机，我才会将这段记忆解封。”

“……少苍。”

“嗯？”

“谢谢你。”

“不客气，我总有一日会向你讨情的。”

凡洲的一处海边，南娆从海中浮了起来，感受了一下周围天地灵气的浓度，啧了一声，决定少用些灵气，返身扎回海中，把一个满首白发的身影从海中拖出来。

待把他拖上海岸后，南娆终于筋疲力尽地在沙滩上倒下。

“还真的是你。”

他不愿杀人，只能多次动用断空之术阻止其他化神期修士通过空间追踪行迹，如南娆所见，就算是神仙经过这么一遭，只怕也要老老实实地闭关养上十年。

稍稍缓过一口气后，南娆坐起身来，看见他整个人被至少三十道剑伤贯了个对穿……如这样的剑阵手法，定不是未洲所出，多半是道生天的名招“周天行吟”。

想到赤帝，南娆抿住嘴唇努力不让心中那恐怖的猜测涌出来，只是眸中恨火过后，她仍知道自己此时不能冲动，必须收集证据将道生天所作所为告诸天下。

待她收拾好情绪，伸手想去解寂明的衣襟查看他的伤势时，却被他捉住手挡住。

“这么快就醒了？你……嗯？”

寂明徐徐睁开眼，此时他的瞳仁是血红色的，红得宛如一湾血河。

有那么一瞬间，南娆几乎以为他要杀了她，但寂明只是睁眼看着她，那目光时而困惑时而迷茫。南娆同他对视了半晌，拿空着的手在他眼前晃了晃。

“这是几？”

“这是你。”

“那我是谁？”

“你是……南娆。”

寂明是第一次叫她的名字，也从没有像这般一样，凝视着她而不主动避开视线，南娆开始觉得有些不对劲。

“你还记得飞升时，我父赤帝及老龙主夫妇如何了吗？”南娆问了之后，寂明仍是不答，她便大着胆子去探寂明的神识，随后脸色阴沉下来——元神意识几乎崩溃了，若强行回忆，只怕有性命之危。

南娆唯恐在这海滩上被路过的修士发现，只能咬着牙把寂明背起来："可别死了，我可打不过道生天。"

天色很快暗了下来，好在这里是凡洲，修士的修为大多不高，一路上南娆纵然发觉有凡洲的修士在附近好似为了找寻什么而巡逻，也都早早预料到而避了过去。

直至月上天心时，南娆终于找到一座破旧的无人道观，把人带了进去。

"你在这儿稍微等等，我去外面布个阵。"南娆转身欲走，却觉袖口一紧，愕然道，"你怎么了？"

这人应该是她的长辈，是所有佛修共同敬仰的高僧，此刻却宛如一个无措的孩子一样抓着她的袖子不让走。

南娆蹲下来道："你想告诉我什么？"

寂明好似下了什么艰难的决定一样，道："你快走，不用管我。"

南娆低头看着他紧抓不放的手，心想：大师你这嘴上说的话跟你做的事可不统一啊。

化神期的修士会自行摄取天地元气恢复修为，南娆看他再这样下去也无法好生恢复，只能安慰道："你我如今元气耗尽，万一应则唯派人追来了，我们恐怕无法脱身，你且在此调息，我去外面布好阵法马上就回来。"

寂明的目光追着她的背影直至她离开后，眼底的红芒又开始克制不住地翻涌起来，他起身扶着道观三清像前的香案，抬头看着破旧的三清，慢慢地好似恢复了一些记忆。

"七佛造业……道法天地……"

"养魂池……"

"自辟轮回道……"

混乱的碎片从眼前一一掠过，直至身后的门声一响，寂明刚想说出口，却看见月光下，门口投在身侧的人影并非南娆。

"我记得，道尊曾多次力邀上师飞升，却不知上师，是因何垂恋红尘？"

寂明闭上眼，一种隐怒在嗓音中浮动："飞升？以他人性命为养魂池，妄图篡夺轮回？道尊……错了。"

"道尊永远不会有错。"应则唯此刻的话语中，带着一些执拗而狂热的东西，"那一年，道尊仰观星空，问我若天外没有天，修士何以踏上这修途？"

如果修仙修到尽头，发现尽头打不破这天外的壁障，就算修为通神也只能留在人间等死，那修士会不会放弃长生大道？

"修士是为了长生，为了与天地同寿，如果这世上没有仙神，我们便应造一个仙神来——比如，掌握轮回，让人不死不灭，这个修界就会长存下去。"

"荒唐。"寂明眼底的血色愈浓，"天地自有序，如果阴间不存呢？"

应则唯道："赢，天地同生；败，世人同沦，如是而已。"

外面法阵启动的声音传来，寂明至少不想把南娆牵连进来，道："寂明残躯，有何值得你亲自来？"

"晚辈想请佛忏主，从此修杀戮道，为修界镇守一处养魂池。"

也就是说，要他做这个帮凶。

"我若不愿呢？"

"我已失去了一个师尊，不想再失去一个……"应则唯说到这儿，转眸望向观外的那一点暗夜中的红光，整理了一下措辞，"一个友人。"

"……你会杀了她吗？"

"上师可知，道尊为何要将娆娘许给我？"应则唯抬起手，手上浮起半颗残损的、宛如晶石一般的心脏，"道尊殉道之前曾说，六合道心、赤帝妖心、佛骨禅心，合三道为一，可斩界升天，真正击破界外壁障……"

他明白了……道尊想把南娆放在应则唯身边，如果他有朝一日为了飞升起了杀心，随时可以杀人。

难怪道尊一定要他死，难怪……

"这颗六合道心属于道尊，尚不完全，纵然我知晓世间的佛修中，上师应修有一颗佛骨禅心，但此道希望渺然，故我犹豫多年。所以……请上师为我指点，我应该选合三心之力自身飞升，还是……"

南娆会死。

"好，你答应我，不伤她性命。"寂明哑声道。

观外，南娆甫布下阵法，她尽量让自己忙起来，好压下心头翻涌不休的恨意。

她想到了南颐，想到了敖广寒，想到了很多人……她也清楚，道生天是怎样的一个庞然大物，难以撼动，她必须学会控制自己的情绪。

寂明若能开导开导她就好了。

怀着这样的心思，南娆挂着一副自己都觉得难看的笑，推开了门。

"你关什么门啊，又不是没——"

晦暗如妖魔般的三清像下，应则唯已等了她多时。

"娆娘，跟我回去好吗？"

"好……很好，赤帝、龙主、龙母，连道尊也死了。我是小看你了，你确是长辈们口中古往今来最出类拔萃的弟子。

"不杀我？只封住我对寂明的记忆……那我是不是该三跪九叩地谢恩？

“所以封住之后你想做什么呢？假装这些事没有发生？不觉得恶心吗？

“是，我是奈何不了你……但南娆从非任人摆布之辈。

“南娆以三魂七魄，生灭元神献誓，此生与应则唯之间，谁若交契生情，触则雷殛加身，腐骨蚀肉，他日回想父仇，若我有半分犹豫，则涅槃之火不赋重生，而与妖心同死，于世不存！”

“玄宰？玄宰？”

静夜里的道生天，飘摇的魂河天瀑下，一名道生天的修士正同应则唯回报着这段时日追查的要事。

应则唯像是甫回过神来，淡淡道：“继续。”

“我们怕是被佛忏主摆了一道，他入黄泉川后，不知用了什么法子，以其九泉中最强之位拉着其余几狱沦入虚空道，无法追踪……目下在我道生天掌控者，唯有子洲的魂河天瀑与山海禁决的酆泉川。”

应则唯嗯了一声，道：“上师这是取亡之道，黄泉乃阴司鬼曹之地，生人久居必入邪魔，他怕是再也回不得人间了。”

“可我道生天插手生死轮回之事……”

“为道尊大计，诸位长老已耗尽元气，有的甚至伤及寿元，如今也好休养一二，这段时日，你派些人，将佛忏主随其他尊主一道飞升之事坐实，勿留人口舌。”

“是，可逸谷先生和龙主一直在催问玄宰救回来的南芳主……”

“不必管，我自有想法。”

应则唯言罢，继续出神地看着他面前摆着的酒盅，那酒中溢出一丝熟悉的月昙香气，仿佛让人想起某个静读的夜晚，窗外有人翻墙而入，在他窗外的庭院中，拔去了他饲育已久的月昙……再见时，又赠他亲手酿的酒。

神游间，旁边的修士愕然地看向他身后，只见一个跌跌撞撞的身影从竹林的拐角后走出，竟身子一歪从背后抱住了应则唯。

清冽的酒香与雷殛腐肉的灼痛同时加身，应则唯整个人一僵。

“……我还是循着酒香来的，怎么就找不到你。”南娆混混沌沌地倚在他后心上，但很快，便又觉得古怪。

她听人说，父亲破界飞升之后，有天外邪魔入世，鏖战中，她坠入深海，最后是被应则唯捞回道生天养伤的。

只是道生天的药苦得很，她实在是不想待了，等到伤愈，想起赤帝得遂飞升大愿的事，很是高兴了一阵，纵然没人陪着，自己就先喝了个过瘾，出来之后又觉得不好意思，四处找应则唯想道个谢。

可这心里莫名泛起的恨苦是从何而来?

她这么想着，便松开手半醉不醉地坐在他手边的桌子上，拎起他案上的酒送到眼前，轻轻嗅了嗅，道：“咦？我是什么时候送你的酒？”

“……是去年春。”

南娆的眼底涌出片刻的迷茫，又将酒放了回去，随意道：“这月昙独你那儿有，应是为你酿的吧。”

“……此酒我甚喜之，不知可有名？”

一瞬间南娆眼底泛出一股冷意，但总也想不起来是为何如此，道：“这酒，起初是取秋后寒蝉枝头上的露水所酿，故叫‘蝉露悲’，其他的配料都是凡物，现在想想倒是可惜了你院子里的月昙，培育起来怕是不易。”

南娆说到这儿，才发现旁边有个神色古怪的修士候着，她从桌上跳下来道：“罢了，叨扰多时，我也该回寅洲处理些庶务，下回等月昙花开，我酒兴一起还是要来打劫的，到时你不把我关在门外就好。”

旁边那修士目光微闪，道：“南芳主有心了，子洲与寅洲将来便是一家，南芳主想什么时候来便什么时候来。”

一家人……南娆这才想起，道尊飞升前是同赤帝关于她留了一个口头的婚约，不过看应则唯一直冷冷淡淡的模样，她也有些索然：“等我化神之后再说吧，告辞。”

“慢走。”

待南娆走后，道生天的修士对应则唯道：“玄宰还是早些将南芳主娶来子洲较为妥当，毕竟就算最后赌输了这世间，道尊也是希望玄宰能聚合三心之力打破界壁……玄宰，你背后这是……”

应则唯望着南娆离去的背影，丝毫不觉后背处被南娆碰过的地方渗出了大片的血迹，染透一袭青袍。

“那夜，被我封去记忆前，她曾立下血誓诅咒……”

那修士听见应则唯喃喃重复起南娆那日的诅咒，不禁脸色微白：“那玄宰何不推开她？”

是啊，推开了，就什么事都没有了。只要遵循道尊的遗嘱，成仙成神，不在话下。

只是为什么一想起来要把她推得远远的，就比这雷殛加身、腐骨蚀肉还痛?

“她明知我留她一命，是待她有意……她心里比谁都清楚。”应则唯拭去唇边的血迹，道，“赤帝妖心之事，再缓缓吧。”

尊主飞升后，南娆这一代的鼎贵子弟大多忙了起来，年轻的新血冲入了化神期的门槛，各自正式接任了一洲之主的位置。

尤其是繁盛富庶的辰洲，敖广寒直忙了一整年，才得空去修炼化神。他与南娆一样，都属于血脉天赋极强，躺着就能晋阶的那类天骄，在祖龙陵前悟道七个月，一朝化神，出关后听说南颐也在化神关头，便带了伴手礼去寅洲找人。

去了寅洲之后，便看见南娆在南颐闭关的洞府外，像个产房外的家属一样团团转，看见点晋神香的侍从从洞府里出来，就揪住他盘问："升了吗？升了吗？"

侍从吓得要命："还没有，少君才悟道第十天呢。"

南娆忧心不已："我化神的时候过心魔关，哗一下围上来四十多个壮汉，我就怕逸谷他……"

敖广寒怒道："人逸谷心境干干净净的，心魔关才不会有这种鬼东西。倒是你应该反省一下自己为什么过心魔关会有四十多个壮汉好吗？！"

南娆没空跟他拌嘴，长吁短叹了片刻，南颐闭关的所在蓦然传出一阵天地元气的波动，这元气并不稳定，震颤不休，使得南娆脸色微变。

"上次申洲那谁，化神的时候灵气走岔致使晋阶失败，躺了三年才恢复，逸谷他……"

敖广寒道："这才第十天呢，谁化神都有这么一遭，你急有什么用？云太妃呢？"

南娆道："太妃来过了，我让她先回去了。你看我要不要把妖心释出来，万一有个什么三长两短的……"

敖广寒："你脑壳坏掉了？上次你作那么一回死，半年才恢复过来，还想作第二回？"

争执间，道生天的修士乘鹤而来，先是向南娆与敖广寒行了一礼，随后说明来意，是玄宰听闻南颐正渡化神，带来了道尊的遗宝，可降低心魔关难度。

"有这好东西，我怎么没听说过？"南娆道。

"道尊对天下大道独有所解，所留遗宝多与大道有关，到时南芳主若嫁来我子洲，自可一一了解。"

道生天仿佛迫切想让她嫁过去，但南娆几次见应则唯，他却绝口不提此事，心中早有困惑，但事关南颐晋升化神，也不敢耽搁。

那道尊遗宝果然有用，不过数日工夫，南颐闭关的所在天地灵气活跃非常，在第十五日，洞府上方烈日、浓云、雨雪依次出现，最后化作彩虹飞降时，一股化神气息的波动传出。

"成了！"

南娆的心总算放了下来，待送走道生天的修士后，又看见敖广寒在一边面色沉沉，凑到他跟前蹲下来道："又怎么了？"

"你当真要嫁给应则唯？"

这事南娆也困惑了许久，道："老头子们都飞升走了，也没人管我们，他大概是想保持他的洁身自好把这事糊弄过去吧。"

敖广寒一脸不悦道："是吗？"

"道生天的人都是要脸皮的，这样吧，我去找个借口把这事推了，算是回报他救命之恩。"

敖广寒当时对南娆的话十分不信任，直到回辰洲后，他听人慌慌张张地说寅洲出了件事。

"未洲孟霄楼甫化神成功，寻人试剑，连战三洲不败，昨日去了寅洲，疑似约战南芳主。"

"……打起来了？"

"打是打起来了，但打完了后没有各回各家，听说子洲说亲的人来了之后，南芳主带着孟霄楼私奔了！"

整个上洲都在等着南芳主嫁到子洲的消息，不料横空杀出一个孟霄楼，据说二人在西皇山以西约战，打着打着南娆听亲信传音说，子洲两个道天上师亲自带着聘礼来催婚，吓得她手一抖，被孟霄楼不小心在脸上划了一小道口子。

这一小道口子虽不明显，却是出自化神修士的剑气，少说要调养数月才能恢复过来。南娆是不在乎，但孟霄楼却是吓着了，还当是毁了姑娘家一辈子。

南娆的确是不想面对道生天那两个道天上师叨叨她的婚事，平日里嘴又十分之欠，就长吁短叹地说她本就不怎么想同道生天结这桩亲事，本来就是想退婚的，但若这副颜面去见道生天的人，搞不好要被外界非议是因她毁容，道生天才断了这门亲，平白泼应则唯一身脏水，不如让他带她去其他部洲暂避风头。

正值春日间，花前月下，美人如花，孟霄楼觉得这可能就是天命所归了，来之前什么一剑斩情丝的决心已随风而逝。

"南、南芳主，你当真要跟我回未洲？"

"那年在道生天，我们之间多有误会，你能不计我莽撞，漏夜还那条发带给我，想来是个好人。眼下我剑气难驱，不跟你回未洲能去哪儿？对了，都是同辈的，你叫我娆娘就好。"

"啊？这于礼……"

"这有什么好叫不出口的，你面皮也忒薄了些，若实在不愿意，我就回去了。"南娆转身就走，孟霄楼一急，憋红了脸，大叫一声——

"……娘！别走！"

南娆："嗯？"

"听说没？南芳主私奔了！"

"哈哈哈，我就知道会有这么一天，子洲那边都拖了多少年了，放着一朵鲜花不采，哪能怪得人家寂寞难耐呢。"

"我就一直觉得妖族混血的人阴气太重，没了男人不能活……"

"呸，不过是有个好出身，你瞧多少年轻女修要跟她学着抢男修的资源，光天化日之下赤足裸臂的，成何体统！"

茶馆中正热烈讨论着近日南芳主私奔的传闻，其中一个修为结丹的老妇人，听了半晌，冷哼道："寅洲能立住脚跟，不就靠她那副狐媚相吗？依我看也不怎么样，申洲的女子才是贤良淑德。老身说句肺腑之言，别看她现在风光，等到她找到夫家，她就知道在夫家会如何被人轻鄙如今做下的事，就算她及时悔改，后半生只怕也都要在赎罪中度过了。"

"嗯嗯，我觉得您说得挺有道理的，不知道您贵庚呢？"一个女子声音在老妇人身后响起。

那老妇人扭头一看，是个红衣女子，这女子分明穿着艳烈，坐在那里却好像被什么力量隔绝了一样，周围人都视而不见，直到她开口相询，老妇人才赫然发现这竟是个人间少有的倾城绝色。

老妇人一时哑然，下意识地回答道："老身一百四十余岁。"

那绝色美人轻轻笑了一声，没有继续说什么，而是起身朝酒馆外走去，坐她对面的剑修也提剑起身，眉间霜寒如雪，待出去后，皱眉问道："你若不悦，我自可让这些人闭嘴。"

南娆洒然一笑，道："没有，我只是觉得有意思，一百四十余岁的人都够资格说教了，我这个两百多岁的人还觉得时年尚早。"

与南娆同行两个月，孟霄楼虽然总是板着脸，但不可否认南娆是那种让人极容易喜欢上的，你高兴了，她就跟你胡闹惹你生气，不高兴了，她又会逗你开心。

孟霄楼道："他们口中所言，你……这些年都听惯了吗？"

南娆笑道："风流风流，有人所见唯清风与流水，自然也有人所见乃风骚与流俗。我倒也不是脾气多好的人，早些年的时候，断人舌根的事也不是没做过。哎，不说这些无聊事了，听说你未洲的天鞘峰在冬初有霜萤，你不是要带我去看吗？"

孟霄楼耳根微热，他求助了未洲的同侪多日，众剑修群策群力，最后说他们未洲清寒，只有天鞘峰的霜萤盛景适合情人互诉心意。

可天鞘峰能看到霜萤的地方谁都晓得是个情缘圣地，孟霄楼始终说不住口，是以连夜手写几份《未洲美景指南》，放在南娆看得见的地方，这才迂回地引起了她的注意。

南娆倒是兴致勃勃的，可等到了天鞘峰，肠子都悔青了。

她的功体属火，虽不怕霜雪，却畏寒，这天鞘峰在整个上洲中都属于极寒的所在，纵然修为不惧，但一路走来，仍不免冻得脸色微白。

“你有没有觉得有点儿冷？”南娆问。

孟霄楼从小在这种地方参习剑意，早就习惯了，和南娆走在一起，不但不冷，甚至还觉得面上有点儿热。

“我还好。”

南娆有点儿急得慌，道：“你也太冷淡了吧，就不能做点儿让姑娘家觉得温暖的事吗？”

随后她看见孟霄楼嗯了一声，脱下外衫，本来还以为他要给自己搭上，却见他跟自己擦肩而过，从一处山坳边刨出一只冬眠的雪蛤蟆裹在衣服里，努力证明自己是个爱护动物的温暖好男人。

孟霄楼：“你觉得暖了吗？”

被暖醒的雪蛤蟆：“呱。”

南娆：“暖了暖了，惹不起惹不起。”

南娆只能哆哆嗦嗦地跟他爬上了天鞘峰，不过好在霜萤如期而至，宛如天上的星子坠落在一方雪山之上。

抬手接住一只霜萤，但它只在掌心抖了抖晶莹剔透的翅膀，便融化开去，南娆可惜道：“它们有灵智吗？”

“天鞘峰下镇压着一片鬼地，据说霜萤便是死者冤魂碎片结合寒气所化，应是有一些灵智的。”

南娆指了指那些附在自己发间的霜萤，道：“那它们这算是什么，霜萤扑火？”

“鬼者喜生人之气，它们应该是喜、喜欢你吧。”

南娆看他面红耳赤的，失笑道：“你约我来这儿，应该不是只想关心霜萤喜欢谁吧。”

孟霄楼微微垂首，道：“你喜欢应则唯吗？”

南娆侧首思索了片刻，道：“他是道尊和我父为我择定的良人，又救过我的命，我说不出什么不好，也曾试着喜欢他，可……”

孟霄楼看见南娆指了指自己的心口，问道：“怎么？”

“我总觉得看到他时，‘喜欢’这种情绪好像被挖走了，心尖上好像覆了冰一样，怎么也软不下来。”

孟霄楼沉默，说起来他的心思已经埋藏了很多年了，其实早年间，孟霄楼是听过南芳主的名号的，毕竟在道生天的礼法制约下，不是谁都能活得那般肆意妄为的。

她喝酒闯祸，无视礼法，偏偏上天赐予她无可匹敌的容貌与出身，使得她总是能成为道生天一片素白鸦青中最炽烈嚣张的一抹艳色。

他听那些人的嫉妒、羡慕、渴望，一直到那场荒诞的初见后，才晓得为什么世人都那般喜欢非议她。

南娆就像是这个世间所有欲望的核心——美貌、权力、力量，她甚至连灵魂都那么好。

孟霄楼索性闭上眼，用尽了力气，才把那句话说出口。

“我喜……喜欢娆娘。”

南娆终于是扑哧一声笑出来，就在孟霄楼灰暗地以为他失败了时，南娆却探过身子来，在他右脸上亲了一下。

“我不知道你为这句话准备了多久，虽然不会许你什么，但当下这份心情是值得珍惜的，你当是一场梦吧。”

后来孟霄楼很长一段时间都在发飘，直到很久以后偶然间支支吾吾说出这事，表达了会不会亲一下就亲出个孩子的担忧时，辰洲的龙主一边砸桌子一边骂道：“世上绝大多数‘渣男’都对下堂妻说过那种话，老贼合该当死！”

但出乎所有人意料的是，去未洲散了次心的南娆回到寅洲后，再也没有什么新的招惹对象，而是勤勤恳恳打理起了寅洲的庶务，铁腕手段与赤帝在时无二。

如是修界又平平静静地过了两百余年，老一些的枭雄们大多闭关，道生天玄宰、寅洲南芳主、辰洲龙主、巳洲狱邪侯、未洲剑雄彻底取代了当年伐界六尊的地位……直到，南娆渡过天人第二衰之后——

逢着云太妃千秋节，南娆虽然以前和庶母感情不太好，但看在她还有几十年寿元便尽了，这最后几次千秋节，也便用心操办起来，大致处理好后，几个熟悉的友人，则是由她亲自送寿宴的请柬。

到了道生天时，应则唯正好在为新收入门的道徒讲课开蒙。

被侍从恭敬地领到一处学堂前，南娆颇有些好奇地看着拿着竹简、像个正经的私塾先生一样在一群奶娃娃中教书的应则唯。

南娆不禁露出一丝微笑：“这些孩子是……”

“都是今年新入门的弟子，尤其是左起第一个，是玄宰亲自去接的。”

“哦？”南娆撩开竹帘向学堂中看去，堂中的小道徒们都不过六七岁，大多是些坐不住的，唯独侍从指的那个左起第一个的安静孩子，低眉垂首地看着面前的经卷，几乎是一目十行地翻过去，其他的孩子都还在苦读时，他就已经挥毫开始默写刚刚所默背的内容了。

“长得倒是不错，他是哪家出身的？竟劳得天下师亲自去接？”

“上个月玄宰夜梦道尊指命，在凡洲一处战场上把这孩子捡回来的，亲自教养识字开蒙。今年才七岁，还未选功法，已自行炼气修炼了。”

“七岁？”南娆回忆了一下，她七岁的时候，若不是赤帝拿灵药灌她，她只怕还在掏鸟窝玩儿呢。

“这孩子是妖怪吗？”

侍从仿佛面上有光，极力向南娆介绍：“连门中的道天上师都众口一致地说这孩子的资质比玄宰当年还要胜出许多，将来继任下一任天下师也指日可待。”

南娆惊奇地望去，忽然看见那孩子旁边有一个额头佩玉的更小一些的娃儿起身朝着应则唯行了一礼，随后指着那孩子告状道：“师尊，师兄他又不听讲！他昨天就不听讲，写功课的时候还说我写的字丑，逼我重写了五遍！”

“少苍。”应则唯拿书简敲了敲那孩子的案面，道，“聪明是好事，可行徵说的也没错，两个时辰的课，你若一个时辰就自学完了，余下一个时辰要做什么呢？”

那孩子规规矩矩地把毛笔放好，起身礼仪周全地行了一礼，方道：“回禀师尊，余下一个时辰，我会把今日的功课写了。”

应则唯又道：“你若现在就把功课写了，放课后又要做什么呢？”

那小孩不吭声，反倒是那个叫行徵的小孩又举手告状道：“师尊我知道，少苍师兄捡了只小胖鸟藏在被窝里，他急着回去和胖鸟玩！都不跟我们玩！”

其他的小孩群情激奋：“就是！我们蹴鞠每次都因为他凑不齐人！”

一屋子小孩围着应则唯叽叽喳喳地说个不停，南娆在外面笑得肚子疼，敲了敲窗框，道：“娃儿们，再闹下去，就该挨手板了。既然你们师兄这么厉害，不如我出个题，你们谁若比他做得好，就让他把那小鸟放生了，往后只陪师弟们玩儿可好？”

应则唯微微一怔，眼底飞快掠过一丝莫名的情绪，道：“娆娘怎来了？”

南娆晃了晃手里的请帖：“太妃千秋节，我来请你喝酒呀。”

看见这么一帮天真无邪的小娃娃，南娆也是玩心一起，直接从窗外翻进来，给每人发了一张纸，道：“不准用灵力，你们谁能让这张纸飞得最远谁就算赢，最远的那个，我奖励他一片凤凰翎。”

说着，南娆拿出一片金黄色的长翎，这长翎一出现，整个学堂内幻华流光，更引来窗外百鸟清鸣。

小孩子们登时兴奋起来，拿着手上的白纸，绝大多数在折各种各样的飞虫，丢出去的距离大多在一两丈内，只有那个告状的小孩一脸高傲道：“笨蛋。”

南娆笑道："小娃娃，你是有什么好法子吗？"

"他们笨笨，我这样才能飞得最远。"告状的小孩说完，把白纸抛飞起来，随后鼓起腮帮子在白纸落地前把它吹了起来，让其一直不落地，一直到五六丈外，实在没力气了，才让纸落下来，随后看向应则唯，一脸求褒奖的表情。

"行徵巧思，倒是不错。"应则唯姑且称赞了一下，回头看向他最重视的弟子，"少苍，你放弃了吗？"

刚刚其他小孩在折纸的时候，少苍则是趁这段时间又提笔把功课补完，道："师尊，我若胜了行徵，以后可以养鸟吗？"

"自然。"

"好。"

他点点头，在南娆诧异的目光下，将手中的白纸揉成团，铆足力气扔了出去。

揉成团的纸一扔便出去七八丈，徒留墨行徵在原地，笑容逐渐消失。

"师尊，少苍做到了，告辞。"他说完，收拾好书本，踏出学堂的一瞬间，正好放课的时间到了。

南娆目瞪口呆地看着他的背影，道："你收的这孩子，连时辰都掐得这般准，真可怕。"

"性子固执了一些，喜欢的东西就一定要守着。"应则唯收回目光，见南娆看得出神，"娆娘？"

南娆唇角微微扬起，道："你说，那年我们要是真的成亲了，莫说孩子了，孙子会不会都这么大了？"

"怎么不说话？"南娆失笑道，"不必这么防备吧，这么多年了，我待你如何，你还不清楚？"

应则唯的神思仿佛从深海中蓦然觉醒，眸光微敛，道："娆娘言重了，既是你亲自相邀，我……我自会赴约。"

"那就好，逸谷这段时日要写什么新曲子，总喜欢往北海跑，北海那地方妖气太重，久居不宜，你来了正好同他参详参详……"

南颜絮絮叨叨间，一低头，看见案上少苍留下的字帖，拈起来先是夸赞了一下这孩子的字写得好，随后又略略有些疑惑地问："我瞧其他孩子写的都是子曰诗云，你怎么专门让这孩子学些阴司鬼狱的传说？"

应则唯神色自然地将少苍的字帖收起，道："几位道天上师对少苍抱以厚望，我也自是希望他能学贯古今。"

南娆还想再闲聊两句时，有道生天的修士在学堂外行礼，应则唯道了一声告罪，便出去同那修士交谈。

南娆远远听到他们在说些什么凡洲秽谷云云，复又低头拿足尖戳了戳蹲在一边生闷气的墨行徵。

“小娃儿，还生气呢，怎么了？是不是你师兄样样都比你强，难过了？”

墨行徵鼓着一张包子脸，气哼哼道：“我还以为是师尊让他通读儒道，他才不愿意跟我们玩，没想到就是为了养鸟！有了小胖鸟都不理我们了！”

南娆又笑得仰过去一会儿，道：“你师兄不是常人，你师尊自然是要盯着他多学些。不过儒道之流长于术业，这个年纪学些佛道沉淀心境岂不是更好？”

墨行徵摇了摇头道：“师尊不让我们沾佛道的。”

南娆奇道：“哦？为什么？”

墨行徵捂着嘴不说，南娆拿了包寅洲特产的糖果试图买通他：“你说嘛，我不让你师尊知道。”

墨行徵很快被用心险恶的大人俘获，道：“我上个月看见师兄从书库犄角旮旯里翻出一本说是卯洲一个高僧的手抄本，看了三天三夜，然后找师尊问问题，说这个高僧的手抄本里有些话说得比道尊有道理，师尊好像是生气了，不只罚了师兄抄写五百遍《岁寒精要》，还把书库清理了一遍，把一些佛道书典都挑出来烧了。”

南娆神色一滞，她可从来没听说过卯洲什么时候得罪过子洲，又问：“是哪位高僧的著作？”

墨行徵挠了挠头，正要说出来，忽闻门外应则唯出声唤道：“行徵，再不回去，你明日就交不上功课了。”

墨行徵应了一声，向南娆行了个礼，就抱起书本匆匆离开了。

孩子们的脚步与打闹声远去，秾丽如繁花的夕照穿过镂窗落在学堂内，教书育人的师者半明半暗地掩在暮光里，一时让人错觉这竟不是高高在上的仙门，而是一处平凡的私塾。

“娆娘要小住几日吗？”他问道。

南娆从桌上下来，道：“不必了，我在的时候你总是不自在。”

“没……娆娘为何会这么想？”

南娆有很长的一段时间困惑于她哪里得罪了应则唯，想想大约是她那几年放浪形骸让他这个重视礼法的人不悦了，憋了许久，转过身剖白了心思。

“我在时，你的表情总是很端重持雅，但在我看来，就像是在自我凌迟。”

胸腔里蛰伏的腐痛又开始翻涌起来，眼前逆光的身影走远前，应则唯听到一声——

“我没有抱怨的意思，只要你还喜欢我的酒，我们就还是朋友。”

“师兄师兄！你的功课肯定写完了，出来玩！

“师兄在吗？那片凤凰翎还在师尊那儿呢，师尊让你有空去取呀。

“小胖妞……呸，嘴都说秃噜了，小胖鸟有什么好玩的，咱们去魂河天瀑捞阴鱼好不啦！”

外面咣咣咣的砸门声这回只持续了半盏茶的时间，围在外面的师弟们就因为巡夜修士的斥责一哄而散了。

少苍掀开窗户往外瞥了一眼，返身回到床榻边掀开一个铺着软垫的小篮子——里面躺着一只黄蓝相间的山雀，正肚皮朝上躺在一堆点心渣间呼呼地睡着。

少苍支着脸在篮子边凝视了许久，才小心地把山雀腿上的绷带解下来，对着医书再三检视，确定这山雀伤好了之后，就把山雀捧起来，等到柔软顺滑的毛团在掌心拱了拱睁开黑溜溜的豆子眼，啾啾叫了一声，少苍的表情越发凝重。

“天下无不散之筵席。”少苍这个月第六次尝试说服自己，他记得刚捡到这只山雀时，它的身段还是娇小玲珑的，没想到一个月后，它就出落得珠圆玉润不可方物，若是再控制不住喂下去，胖死是早晚的事。

少苍捧着山雀面壁反省了许久，推开门走出自己的居舍，找了个山明水秀之处把山雀放到地上，然后扭过头去：“你走吧。”

山雀奋力抖了抖翅膀，还当真飞起来半尺，但很快又掉了下来在少苍脚边滚了个圈，哀哀啾鸣两声。

——天下无不散之筵席，还是明天再散吧。

少苍把山雀捡起来，正巧听见远远有两个巡夜的修士路过，聊起白天的事。

“……你可瞧见南芳主了？”

“瞧见了，当真是人间独一份的美人，差点儿没走得动路，真不晓得玄宰当年为何会放弃这门婚事。”

“南芳主昔年在我道生天可是好让老道尊头疼，如今玄宰的弟子倒是长了脸，还赢了一片凤凰翎，这可是寅洲那头凤尊十年一谢的尾羽，百鸟若吸收了，便有一丝凤凰血脉，就是只草鸡，也能化灵呢。”

少苍在树后听得微微出神，低头看了一眼飞不动的胖山雀，目光坚定下来。

弟子们的居处离宗主与道天上师们所在的悬空山还是较远的，所幸少苍从入道生天开始就受到极大的重视，门中绝大多数禁制对他无禁，他走了小半时辰，刚看到师尊门前的那片竹林，便刚好见应则唯出门。

“师尊？”少苍远远看着应则唯走入一侧山道间，平日里这样的距离，他早就该被应则唯发现了，而现在对方却是毫无所觉。

唯一的解释就是……他自封灵力，将自己暂时化作凡人。

少苍心里起了一丝好奇，跟在应则唯身后，不多时，便见他走入后山的溟泉大殿中。

他来道生天的第一天，就被带到这溟泉大殿中烙下魂印，而他的师尊，亲自把他的名字刻在命玉上，保存在这座大殿中。

并不是所有的弟子都有这样的殊荣，少苍后来才知道这里的含义——他将成为师尊的继任者，撑持道生天的天下。

少苍在殿外等了片刻，不见应则唯出来，心头疑惑间，登上溟泉大殿，从正门铜门的门缝中，他看见应则唯跪在道尊像前。

幽微的烛火摇曳间，道尊的石像失去了少苍第一次来时的慈和温善，显得冰冷庄严。

跪在其前的应则唯启唇道："逆徒……"

少苍微微一怔，还以为说的是他，正要请罪时，却发现应则唯说的是他自己。

"逆徒应则唯，道心不定，为心魔所趁，因情难斩，跪请……道尊降罚。"

道尊像发出一声刺耳的嗡鸣，座前浮出一个面孔不清的虚幻老者身影，一抬手三道剑形的影子，无上威严的声音传出——

"你是道生天的宗主。"

他一言出，第一道剑影便直直朝应则唯飞去，刹那间一蓬鲜血从应则唯后心处绽出，少苍惊得瞳仁骤缩。

"师尊？"

应则唯好似没有什么反应，跟着道尊的幻影低声道："我是道生天的宗主。"

几乎没有间隔地，第二把剑飞来，毫不犹豫地钉在他心口处。

"你是天下师。"道尊继续说道。

"我是天下师。"应则唯重复道。

第三把剑颤动的同时，少苍几乎要冲进去，却被一股莫名的力量隔绝在外，只能眼睁睁地看着第三把剑以一种逼命的气势穿透他的身躯。

道尊的声音既冷漠又严厉："你不属于你自己，你属于道生天！属于天下！属于酆都九狱！"

血染青砖，应则唯的长发肉眼可见地化作灰白之色，他轻笑了数声，伏地叩首。

"应则唯没有本我，没有名字，没有凡生……我属于天道，我将成仙成神，为修界再延万年……"

"我曾经很害怕我的师尊，我不想成为他那样的人。"

空行舟外的夜空澄澈得正好，斗转星移裹挟着月色照进窗里，嵇炀吹熄了案上的烛火，对满眼复杂的南颜口述那年的后来事。

“你是不是一直很困惑为什么我总是称他为师者？

“道尊创下的道天心诀，修入高深者，需自比苍天，修炼途中红尘牵扯越少越好，无论是男女情爱还是师徒亲情，到头来都是要斩情绝性，如若不然，便苦痛万分，日日受心魔煎熬。如师者那般修至巅峰，也离疯癫不远了。

“你听我口述时，或许觉得他有那么一丝无辜，但同时，他杀人时又是最清醒的，比世上最穷凶极恶的恶徒做得都绝……人世间的悲欢那么多，哪有那么多闲人放下手里的柴米油盐，来原谅这样的恶徒。”

南颜的袖子湿了又干已三四回，她鼻尖微红，声音模糊道：“他既然心在九狱，连死都不怕，又为何挖了……挖了我娘的心？”

“酆都九狱不是常人想的那般简单，若成酆都狱君，便宛如一界仙神，以一己之力，操纵九泉魂海……就算渡过天人五衰，终究也只是凡人。他想君临九泉，便需要先成仙神。”

南颜红着眼睛看向嵇炀：“他也挖了你的心？”

“六合道心是道尊留下的东西，我猜……道尊应该是没有成功飞升，可能是自愿死在师者手中。我九岁入道那年，师者将道尊的六合道心送给我——”

“等到那颗六合道心被你养得完整成熟，他就……”南颜艰涩道，“挖去了？”

是什么样的人，才能弑师害友、杀徒断情，把作为凡人全部的羁绊都狠心撕下，只留一个空怀城府的行尸走肉？

至少南颜是怕了，道：“少苍。”

“怎么？”

“我不想你死，你放下吧。”

“那你呢？能放下吗？”

南颜沉默。嵇炀笑了笑，在凡洲的时候他是想过，从此抱着南颜找一个隐世的地方平平静静地试着度过，可到头来，他仍是清楚……放下了仇恨，就再也保护不了她了。

“佛者总说放下后便可清净自在，可事实上，除了你死我活，没有其他的路可以选……你还是把这段忘了吧，山海禁决中，不要让道生天的人发现破绽。”

嵇炀言罢，让南颜躺在他膝上，手画符咒，正要点在南颜天灵时，被她抬手轻轻挡住。

“我还有最后一个问题。”南颜看着他的眼睛道。

“嗯？”

“你养过的那只山雀去哪儿了？”

膝上佛女的双眸漆黑，好似映得出窗外的月光。

“后来，我养它的第三年，它就死了，我把它葬在魂河天瀑里许了个愿……如果她来日转生，我希望她能陪着我，从此无病无疾，不离不弃。”

第十八章 极乐之殿

你敢动他的脸，他就敢拉全世界陪葬。

殷琊是从巫嫄山以北的一片沼泽里醒过来的。

当时有两个巳洲的修士路过，远远瞧见一片沼泽芦苇中紫光闪烁，还以为是什么宝物出世，兴奋地扑过去，却在泥巴地里看到一团说不清是什么的怪物。

一飞剑过去把那怪物扎醒后，甫一照面，魔修们便感到天旋地转，随后整个人陷入幻觉，只觉得天地之间无数紫眼睁开，吓得正要嗷嗷叫时，那怪物就先嗷起来了。

“这什么鬼地方？！”

魔修们本来以为自己要死了，不料怪物洁癖发作，胁迫他们去找个温泉池子洗澡。

殷琊素来是个干干净净香喷喷软乎乎的狐狸精，平日里三天一小洗，五天一大洗，每次泡澡都要人形狐形各洗一遍，这回掉到泥巴地里不晓得睡了多久，醒过来就奓毛了，硬是在别人家洞府里洗了整整两天，心情才平复过来。

巳洲的温泉里不晓得是有些什么天然的矿料，总带着一种助眠的靡靡香气，殷琊脑子冷静下来，就开始回忆起当时在鬼城中发生的事。

他记得，嵇炀丢给他一个亮闪闪的冠冕，他手比眼快地接住后，整个人的意识就被吸了进去，中间好似还吃了什么东西，让他打了很久的饱嗝。

抱着再泡两个时辰就出水的想法，殷琊趴在温泉边的岩石上有些昏昏欲睡，就在这时候，他感到一个冰凉的、很明显是女子的手搭在他的后背上，勤勤恳恳地搓洗起来。

嗯？伺候得这么周到的吗？

巳洲的魔修惯于享乐，洞府里养几个侍女也是正常。

殷琊美滋滋地任人搓洗，道："伺候得不错，小姑娘你几岁了？"

那侍女发出两声干哑的咯咯声，细声细气地道："狱主，要不要来一杯魂酒？"

"啥酒？"殷琊没听清楚，眯着眼睛慵懒道，"有好酒就拿来吧。"

片刻后，殷琊听见旁边一响，睁开眼时，就发现温泉边放着一只鸟形的古拙酒壶，铜爵里散发着一股酒香。

殷琊此刻处于一种完全放松的状态，想也没想就拿起来喝了一口，先是被烈酒的味道冲着了，随后忽然面色一变，哗啦一下从水里醒过来："你这是什么酒？怎么喝到最后一股血腥味？"

"回禀狱主，这是魂酒呀，您喜欢哪个口味的？是山林精魅的魂血，还是人畜的魂血？"

这声音细细软软，殷琊朝右边一转头，手里的酒爵咣当一声掉在地上。

只见温泉右边的角落里，两只小鬼正推着一个磨盘，另外还有一个长着人头蛇身的鬼怪，正叼着一只鳖精的鬼魂丢进磨盘里，随着小鬼推动，那鳖精的鬼魂很快化作一滴滴血酒流进磨盘下的酒壶里。

殷琊："噗——"

他踉跄着倒退两步，腿一软往后倒在身后侍女怀里，刚想让侍女快跑，一抬头，便看见侍女整张脸上就只长着一只眼睛，泡得灰白的手把他轻轻搂住，极温柔地问道："狱主，要变回狐身洗洗肉垫吗？"

殷琊当场厥了过去。

四个鬼围过来摇了半晌还摇不醒他，无奈间，外面有声音传来——

"……对对对，就是他……长得好看啊，我道侣都心动了！绵小姐肯定满意……咱们朋友嘛，八百块中品灵石带走。"

四个鬼迅速给殷琊穿好衣服放平，道："让他们带走吧，这方圆千里的鬼物都听狱主号令，会有鬼奴伺候的。"

与此同时，南颜与嵇炀在岐天原附近下了空行舟，跟着嵇炀召来的小鬼指引，刚寻到这附近，发觉这一带整条街上都没什么闲人，挂着天邪道腰牌的修士却到处都是，看起来戒备很是森严。

按理说两洲暂时休战，一洲之主都接受降表了，这一片岐天原前的城池也该让出来才是，但看这巡逻修士的情况，好似并不打算让出来。

“附近有一条上品灵石矿脉，巳洲五分之一的上品灵石出于此，他们百般推脱，想来是为了在辰洲接手前尽量多挖一些灵石矿吧。”

“龙主能同意？”

“这点小事，一洲之主不会亲自过问，若我料得不错，辰洲应该会派战霆来负责收回岐天原前线的城池，好巩固他的地位。”

灵石矿脉是灵气积聚之地，修士挖采灵石，只要不伤核心，灵石百年千年便能慢慢产出新的，可若再给巳洲几天，让他们一口气把上品灵石矿脉挖空了，这条矿脉怕是要废一半。

走了半盏茶的时间，南颜发现与他们擦肩而过的修士，大多诧异地看他们两眼便匆匆离去。

“二哥真的在这附近？”南颜的假面已毁，只能重新把帷帽戴起来——她这么做也不引人注意，巳洲杀人越货的修士极多，街上随便十个人里总有三四个是蒙面示人的。

环顾左右，南颜又发现街上大多是些样貌平平的修士，偶尔有个路过的样貌娇美的女修，都被同行拉到偏僻的地方躲起来了。

正疑惑间，背后传来一个粗粝的声音：“喂，你们，转过头来。”

南颜想撩开帷帽看一眼，却被嵇炀挡下，按住她的肩不让她转过来，自己回身道：“道友何事？”

说话的是个头顶簪花的男修，面上敷粉，整个人显得十分阴柔，看到南颜二人时，本来满眼放光，可在察觉到他们两人都是结丹修士后，又不悦地撇撇嘴道：“你们二人看着不像是巳洲的，莫非是辰洲来的细作？”

嵇炀的目光从这簪花男修的身后扫过，只见后面跟着五六辆马车，均有天邪道的蛇形图腾，且都加持了封印禁制。

眼底掠过一丝了然，嵇炀在巳洲也待得不短了，拿出一面某个巳洲小魔宗的令牌在那簪花修士面前晃了一下，道：“天邪道的道友，有何指教？”

令牌上的魔气做不得伪，那簪花修士再看这两人，只觉得气质十分拔群，见猎心喜道：“在下是天邪道极乐殿的掌事，巳洲的情况道友应该知道，如今这城池乃是最靠近岐天原的所在，再过两日，辰洲的修士恐怕会来此地烧杀劫掠。我等奉上面的命令收拢散修，现在给尔等一个机会，跟我们回前线的大本营，到时要撤回洲内，一同行动比较安全些。”

南颜和魔修斗争经验丰富，听见他这么说，拿胳膊肘捣了一下嵇炀，低声道：“天邪道的采花使？”

嵇炀轻轻点头，刚要寻个理由把簪花修士打发了，忽而又见街那头同样驾车而来另一个采花使，一脸红光满面。

“钱兄，今天收成怎么样啊？”

簪花修士冷笑一声：“前线兵荒马乱的，哪儿来的俊俏男女交上去，之前辰洲那些俘虏也都被迫放回去不少，要不然，老子何至于在这鸟都没半只的城里打猎？怎么，瞧老哥你的模样，是猎到好货了？”

那采花使嘻嘻笑道：“可不是好货吗，结丹期的狐族妖修！绵小姐肯定满意……就是不知道为什么像只睡美狐似的怎么都摇不醒。”

嵇炀感到胳膊上一紧，低头对上南颜微抽的眼角。

“要去吗？”

“去吧，狐狸精的贞操也是贞操。”

“要是去了之后为时已晚呢？”

南颜沉默了一下，道了声阿弥陀佛：“敝寺对真方师兄素来抱以厚望，若他最后郁郁不得解，敝寺随时准备迎接他落尽青丝，皈依我佛。”

辰洲正是多事之秋，对结丹修为的修士，那采花使本来不抱什么希望，却不料他们主动前来请他引入极乐殿，采花使立时振奋无比。

“外面那些个传闻都是胡说八道，不过些低阶修士道心不定，觉得天邪道薄待了他们，一传十十传百就都走了样。二位既然如此上道，只要伺候好侯爷的二位金银疙瘩，就算在天邪道谋个内门弟子也不是什么难事。”

天邪道的狱邪侯对儿女十分疼宠，特地请名工巧匠打造了一座可飞行的极乐殿，无论是奇珍异兽还是名马美人，一年到头都流水般地往殿中送，厉迟与厉绵兄妹便长住在其中。

跟着采花使的车队，南颜很快便闻到一丝甜香，这香味蹿入鼻端后，便生出一丝燥热感，南颜皱眉将香气挡在外面。

魔修纵欲，洞府里十有八九都燃着助兴的情香，南颜一抬头，只见一座十二层高的殿阁悬停在岐天原城外，这殿阁不似其他宫殿般中正威严，并不对称，一抬头便能看到廊腰缦回间，身着彩衣的男女穿行而过。

因为是结丹修士，在进入极乐殿时，地位也算是比较高的，直接被领到一处房间内。

“晚上帝子要在前殿待客商讨要事，绵小姐若醒了，可能会召你们入后殿……不过今天嘛怕是没空，妖修难得，尤其是狐族的，二位且在此休息休息吧。”

南颜自然是坐不住，待采花使走后，扒开门缝看了几眼，她发现这极乐殿里都是天邪道的一些核心修士，刚刚还看到一个元婴初期的天邪道魔修搂着两个姿色不错的美奴走过，不禁连道罪过。

“还是今天晚上把二哥捞出来吧，晚了怕当真不妙了。”南颜扭过头，便看见嵇炀抬手在空中虚画着什么，片刻后，面前结出一缕鬼火，飘摇落在角落里，勾勒出一个小孩的形状。

但那又的确不是小孩，而是一个南颜眼熟的小鬼……正是在幽泉川见到过的。

那小鬼缩在墙角里缓缓跪下道：“见……见过狱主。”

“的确见过。”嵇炀支着耳侧道，“幽泉川已有主人，何不投胎转生？”

小鬼在凡间，鬼力好似被削弱许多，甚至连南颜身上的佛气也多有惧怕，伏地道：“……当时幽泉川的鬼物没有全部转生，我们……被另一股力量困在凡间……我们只能来找幽泉狱主……”

当时在巫嫄山，除了被困在幽泉川的他们，便也只有应则唯了。

“幽泉川这座养魂池，还是太弱了……”嵇炀垂眸好似在思索什么，片刻后又喃喃道，“不过，以一己之力封锁幽泉川轮回，不允鬼魂转生，他也是疯了……”

小鬼又道：“狱主要去救我们幽泉狱主吗？”

嵇炀问道：“你看到什么了？”

小鬼紧张了一下，道：“那个脸上染了鬼诅的女人，在找一个合适的人，想把诅咒转过去。”

南颜：“等等，你说厉绵不是想要抓来的这些男男女女的伺候，是想动他们的脸？”

嵇炀：“有什么不对吗？”

南颜深吸一口气道：“我有个问题，你们当狱主的，最愤怒、最生气、最没有理智的时候会做出什么事？”

嵇炀回忆了一下幽泉川里他干过的招引黄泉，面带微笑道：“也没有什么，不过狱主都有个招数叫冥府封界，在丧失理智发疯的时候，会把一方土地化作死国，所有生灵宛如恶鬼上身，变作行尸走肉。怎么了？他如今是狱主，就算是鬼诅上身，化解也不过是……”

“你不懂。”南颜沉痛道，“对这个狐狸精来说，你要他的命他还能保持理智，你敢动他的脸，他就敢拉全世界陪葬。”

在一片莺声浪语里走过，旁边三三两两的都是些歪着身子腻在一起的人，他们当中，脸上大多戴着蛇形的面具，昭示他们是这极乐殿中侍者或炉鼎的身份。

这倒是方便了南颜二人，戴上面具后谁也不认识谁。可在极乐殿里走了片刻，她仍感别扭——左右她自认为还是挺正经的，至于嵇炀正不正经她就不晓得了。

好在有小鬼指引，他们不至于在这七拐八绕的极乐殿里迷了路，很快，便看到一处主殿。

嵇炀跟在南颜身后，目光扫了扫殿内，回到南颜身上道："旁边的通道都有阵法阻断，唯有主殿与后殿相连，去找殷琊怕是要从这殿中穿过。"

这主殿应该就是极乐殿中最大的会客处，南颜诧异地发现，殿里的位置不多，所有的位置前都虚掩着屏风，而屏风后，摆着的竟是一张张卧榻，不时有沙哑的笑声从殿中传来。

"我们表现得自然一点儿能混过去吗？"南颜问道。

南颜问完，恰好一对修士耳鬓厮磨地进入主殿内，去了一个散发着元婴气息的屏风后，打情骂俏的声音从屏风后传出。

嵇炀："你想怎么自然？"

南颜无言以对，恰好此时他们身后一股元婴气息波动传来，同时一个中年的声音响起："前面那丫头，让本真人看看你生作什么模样？"

南颜一瞬间觉得这声音十分耳熟，眼睛瞥到一侧的铜镜，从铜镜里愕然瞥见这竟是在辰洲时起过争执的玄严真人。

她曾在龙都的军城医治筑基与结丹修士的尸毒，拒绝玄严真人让她去元婴阵营的邀请，后来被穆战霆驱退后，就再没听说过此人，却不想他竟出现在巳洲。

"让你转过身来，面具也摘下来，犹豫什么？"

南颜想这玄严真人也没见过她的真脸，正想转过身来，却感到手被嵇炀握了一下。

随后，正殿中一个采花使搓着手迎出，对那玄严真人道："哎，辰洲的玄严前辈，怎么才到？殿中就等您商议岐天原割地的细节呢。"

原来当真是辰洲派来的。

辰洲的龙宣卫全数由元婴修士组成，是辰洲的核心力量，每一个元婴都担任要职，这玄严真人显然便是其中之一。

玄严真人也是远远瞧见有个气质明净的女修，和先前见过的巳洲那些妖女全然不同，想换换口味，便道："老夫来得匆忙，未曾挑选炉鼎，这结丹女修不错，可否陪陪老夫？"

采花使瞥了一眼南颜，道："还不快把面具摘下，让前辈瞧个清楚？"

"这恐怕不行。"

玄严真人眼睛微眯，实在想不通一个结丹修士怎么敢得罪他："为什么？"

"因为……"嵇炀掀开面具，玄严的脸色倏然变得惨白，嵇炀声音里带着一种恰到好处的轻慢，回头道，"她有主了。"

玄严真人脑中轰然一声，他是道生天派去辰洲的钉子，先前知道在辰洲见到的这个人竟是道生天追缉多年的叛徒时，心里还暗暗侥幸躲过一次，没想到却在这里遇上了。

慌乱间，玄严听到对方传音道："我记得，你是六御上师的次徒？"

"你……"道生天的人没有不怕宗主的，而面前这位，却曾经是整个道生天最接近于宗主的人。玄严真人其实心底已经发虚，不敢明着出声，只能咬牙传音道，"道生天不会纵放任何一个叛徒，你若同我回宗伏法，老夫可以不动手。"

"现在？在这里暴露道生天的身份，就算能活着走出巳洲，辰洲会放过你？"

旁边的采花使已经面露古怪之色，玄严真人在外多年，到底还是觉得命比较重要，此时若把嵇炀暴露出来，他恐怕也有危险，咬牙道："你想如何？"

和嵇炀说话是很危险的，一旦被他找到软肋，谈话的节奏很快便会落到他手上。

"既然是同宗，在这异乡也多少算一条船上的人，我不是为了针对道生天而来。如何？帮我进入主殿，我可当作没见到你……"

南颜见那玄严真人神色数变，最后他面色阴沉地对那采花使道："老夫就看中这二人作陪，带路吧。"

采花使隐约觉得有什么不对，但元婴修士的事，他也无从置喙，只能带他们进了主殿落座。

"玄严道友，岐天原一别数月，你在老夫右臂上留下的真火之伤，可是到现在还疼痛难忍啊。"

在场的多有岐天原一战的敌手，玄严本就坐立不安，闻言随口应付道："既然两洲议和，前事便暂且揭过，事后老夫自会送上真火解药。"

"哦？"旁边的辰洲元婴魔修道，"你玄严老儿是出了名的不好说话，怎今天这般好心？莫非是帝子给你送了什么宝贝不成？"

"……吴道友可别乱说，哪有这回事。"

那吴姓魔修冷笑道："怎么？辰洲的修士都是这么收了好处就翻脸不认的？帝子可是说了，只要玄严道友在辰洲那边再拖些时日，让我们把矿场里的东西撤完，这极乐殿送给道友都是可以的。"

"不说这些、不说这些……喝酒、喝酒。"

作为道生天的钉子，在辰巳两洲间赚好处，还被自家宗主的前首徒当场听到了，玄严真人只觉得自己说的每个字像嚼着钉子似的，扎得腮帮子疼。

吴姓魔修怕玄严真人变卦耽误巳洲的事，皱眉道：“你们两个怎么伺候的，还不给前辈倒酒？”

玄严拿杯子的手很是剧烈地抖了一下，忽然灵机一动道：“木呆呆的连倒酒都不会，你们下去吧，换个人来。”

嵇炀定定地看着玄严真人：“舍妹身体不适，晚辈留下来赔罪便是。”

南颜看到玄严真人一僵，拿目光向嵇炀询问了一下：你留在这儿？

“我想听听岐天原除了灵石矿，还有什么值得巳洲逗留的，你去时小心，我让厉鬼跟着你。”嵇炀传音道。

南颜点了点头，趁身后侍者繁忙，起身混入后殿。

后殿的岔路不少，所幸有小鬼在暗处一路指引，南颜很快便闻到空气中那股情香的味道浓郁起来，同时她看见暗红色的光晕下，有一扇半掩的殿门。

小鬼的身影在角落里浮现，伸出焦黑枯瘦的手指，指了指那殿里。

南颜看了看左右，将气息收敛在筑基期，走过去打算看看殿中的情况，却差点儿被脚下什么东西绊倒，一低头，直接把她惊退一步。

厉绵寝殿的门口躺着一个上身没穿衣服的男人，整个人皮肤呈现一种灰青色，已死去多时，好似阳气生机全数被榨干。

南颜贴着门往殿里看去，悚然发现殿里的死人更多——这几乎就不是采补了，完全是拿人命练功。

“你在干什么？”身后另一侧的门忽然打开，一个冷厉的声音响起，南颜听出这声音，正是巳洲的帝子厉迟，还没来得及想法子应付，便听他催促道，“今日贵客众多，地上这些快收拾干净点儿。”厉迟皱了皱眉，他身后亦有其他侍者，闻言立刻进入殿中搬起了地上的尸体。

南颜不敢吭声，扶了扶脸上的面具，帮忙把地上的尸体拖到其他侍者的乾坤囊里，余光瞥见厉迟走到一张圆形的花床前，重重纱帘后，厉绵的身影隐约坐起，刚把最后一个炉鼎丢到榻外。

厉迟见她调息完毕，坐到榻边道：“绵儿，父侯让人给你找的渡气化诅的功法修得如何了？”

厉绵仍然面缠绷带，嗓音嘶哑，再不复从前那般娇媚可人。

“太慢了……哥，我的脸是不是好不了了？”

“没有的事，至少你的修为精进到结丹后期了不是吗？”

厉绵的声音阴戾起来：“等我好了之后，我要父侯把那鬼抓起来炼魂！还要那些人死！隐！穆战霆！还有那个长得像南芳主的女人！我要他们死！”

厉迟还记得厉绵那张被鬼物诅咒覆盖的恐怖怪脸，心里多有抗拒，不过他在意的是别处，劝道："绵儿，此次你以恨入道，也是因祸得福，你目光需得放长远些，我们的联招威力凭空增加五成，可正面硬撼宋逐的天鞘剑意，这对为兄夺取山海禁决的冠冕有极大助益。"

厉绵沉默，听厉迟劝了良久，方道："哥哥，再给我找一些男人来，我要快些恢复。"

"听下面的采花使说，今日找了个不错的妖修放在了偏厅，应是比这些凡人有用些。不过你刚刚吸了十八个筑基修士，现在还是好生调息吧，我去前殿处理一些别的事……等到我天邪道掘出那条生天地脉，便再也不惧子洲的束缚。"

厉绵恶狠狠道："那鬼地方和子洲脱不了干系，我巳洲为他们做的事够多了，只要等到那应……只要等到道生天的玄宰一飞升，我们就再无顾忌。"

厉迟看着厉绵狰狞的神色，不免有些惊讶，他这个妹妹什么秉性他再清楚不过，没想到在幽泉川吃了这么一大亏之后，反而在修为上和脑子上都有了不小的进步。

"对了，"厉绵道，"我唤哥哥来是另有其事……在幽泉川时，我遇到了一个妖修，他抢走了我手上的伏尸镰，原以为已经抓不到什么其他的活口了，没想到苍天有眼又让他落到我手中，正被我关在密室内。"

厉迟诧异道："那你怎么不报给长老？"

厉绵声音阴沉道："谁又能说得准，长老里没有道生天的细作呢？我觉得留着他可以打探幽泉川的事，哥哥既然意在黄雀，不妨来帮我抹去他手上须弥戒的神识烙印，到时候要搜魂还是要盘问哥哥都可以任意处置。"

厉迟的声音已经很低，但好在南颜五感过人，全部听在耳里。

二哥肯定是在这里了，不过生天地脉又是什么东西？

"好了，走吧，别打扰绵小姐享用炉鼎。"

收拾完地上尸体的侍者招呼他们离开厉绵的寝殿，南颜先是假模假式地跟出去，等到一出门见左右无人，闪电出手把那两个筑基期的侍者全部点晕拖到暗处用几个大花盆挡住，随后让小鬼看住寝殿的大门，自己扭身回到殿中。

听厉绵刚刚的说法，他们是把殷琊放在偏厅，南颜见厉迟与厉绵都不见了，把耳朵贴在墙上听了一会儿，确定了一个方向，绕过一个画着妖精打架的屏风，焦急地四处翻找时，在一面墙壁后听到了厉绵的惊呼声。

"啊！来人！快来人！！"

本来她的声音是能传出去的，但南颜第一时间在厉绵的寝殿里布下隔音结界，在那面墙的架子上一阵乱翻，挪动了一只镶着宝石的羊角后，墙壁上徐徐开了一面暗门。

厉绵刚好疯一样从里面冲出来，摔在地上，南颜一低头，骇然看见她两腿上抱着两条蜈蚣一样的鬼物。

一股阴寒至极的鬼气从暗门内渗出，南颜即刻扬手拍出一道佛印先打昏了厉绵，又窜进了密室，只见殷琊四肢都被锁着，脸上画着血符，神情癫狂，正披头散发地抄着一把椅子疯狂地敲打被十来个小鬼埋住的厉迟——

“老子让你龟儿搞我！莫以为你长个人样老子就认不出来你是个鬼了！来啊，老子不怕！今天谁都别想活！

“你再叫！再叫我今天就跟你拼了！”

南颜在蹲在密室门口瞅了许久，心想二哥这般活力四射，怕是不需要她来救，遂扫视了这密室一圈，把所有的镜子和疑似镜子的东西都面朝下放好，这才走过去。

殷琊的双眼完全透出一种紫晶的颜色，神情狂乱，南颜知道这也不能怪他，毕竟这方密室还在不断有鬼物穿过墙壁冒出来，以她修佛多年尚且感到不适，何况殷琊。

不过好在佛修向来死克鬼魔之物，南颜冲上去的同时，围在殷琊周围的鬼物便四散开来。

“哥、哥哥哥你醒醒，咱们先出去……”

南颜刚一靠近，便见殷琊六亲不认地把椅子砸来，一矮身躲过之后，发觉殷琊的状态不对头。单单吓是吓不成这样的，恐怕和厉绵画在他脸上的那血符有关，南颜扭头从一堆鬼物里把头破血流的厉迟抓出来，扣着他的脉门道：“你们对他下的这是什么咒符？”

极乐殿是厉迟的老巢，他又贵为一洲帝子，身上宝物无数，看起来肉身受创，被南颜拖出鬼群后，也只是鬼气压身，一时灵力阻断，很快便清醒过来。

“你是谁派来的，辰洲的人？”

“现在是我在问你。”

南颜的声音虽然急了点，但还是能听出惯有的一种清净安谧的味道，厉迟恍惚了一下，目光冷厉地抬头看向她：“我瞧你也不过结丹期而已，你敢动我，便是自取灭亡。你不是想救他吗？方便的话摘下面具说话。”

南颜：“我不方便。”

厉迟更加狐疑：“难道你想让他死？”

南颜：“我丑话说在前面，你妹妹就躺在门口，我义兄若有个万一，休怪我拿起屠刀，立地成魔。”

她说立地成魔时，本就并不仁和的佛气渗出一股血腥之意，引得厉迟心中微动。

应该就是她没错了。

“何必如此呢，他既是你义兄，我自然不会为难。”腕脉处传来一股极其刚猛的佛力，克制体内魔气，厉迟只觉经脉剧痛，咬着牙道，“我妹妹给他下的血符是专为妖修所设，诱动他的血脉本能，方便吸他生气，解是不能解的，不过他也挣脱不开，毕竟这锁是吸灵铁所锻——”

他话还没说完，殷琊背后便出现了一头雪狐的虚影。南颜记得殷琊是七尾的境界，而现在，他第八条尾巴已经隐约有了雏形，同时周围的妖气鬼气已浓郁到了一种令人窒息的程度，只听一声脆响，他四肢的吸灵锁链直接被撑得寸寸断裂。

娘欸。

厉迟眼看殷琊将要挣脱，想趁南颜愣神反手去抓她，可南颜早就防着他，电光石火间与他交了两手后，借势后退，并指捏佛印，口诵《清心普善咒》。

殷琊似乎得了片刻清醒，但眼珠仍是不祥的晶紫色，一旁的厉迟冷笑道：“极乐殿的地盘也敢放肆，你小觑了一洲帝子的底蕴了！”

他说完，不知挪了什么机关，脚下突然浮起传送阵，一片光芒闪烁间，南颜反应极快，被传送走之前把厉绵抓在手里，空间一阵扭曲后，南颜赫然发现他们所有人都移到了极乐殿正殿。

而正殿上，包括玄严真人在内，足足有四个元婴在场。

“拿下此人！！”厉迟喝道。

元婴魔修本在饮宴，只瞧见一个满脸血纹的怪人周身密密麻麻的恶鬼，而厉迟则是满脸的血，从传送阵里冒出，定睛一看，愕然道：“这哪儿来的丑东西？”

“你说谁丑？”

“就说你，你看你长的什么鬼样子！”

南颜心里咯噔一声，刚想扑过去截下这句话头，就见殷琊把一群天邪道的修士扫开，众目睽睽之下，以一套极其流畅的动作从须弥戒里拿出一面锃光瓦亮的镜子。

下一刻，他指下的镜面寸寸崩裂，妖气横扫间，他的第八尾终于成形。

“哪个龟儿子干的！！”

狱主一怒，万鬼咆哮着冲出，所有元婴修士骇然飞出大殿躲避，但仍觉能稳得住。

“能召万鬼，他必是侯爷日前嘱咐务必寻到的那个新的幽泉狱主……不过无所谓，他尚不能熟练使用鬼气，只消片刻，我们便可——”

就在此时，另一股阴冷沉重了几十倍的鬼气森然降临，一道温声细语从黑暗中传来："如果，再加上一个狱主呢？"

月上天心，处理了一整日岐天原休战事宜的龙狮卫登上一座海崖，遥遥望向岐天原以南的藏玄谷。

"帝子，到时辰了。"

幽泉川一事后，穆战霆回到辰洲就开始主动揽过岐天原收复的事宜，只是进行得并不顺利，之前负责找巳洲交涉的是龙宣卫的元婴老怪，一拖一个月毫无进度，穆战霆实在忍无可忍，和龙都几个相熟的长老商量过后，决定亲自去本该收复的藏玄谷当一回不速之客。

只是靠近藏玄谷后，穆战霆发觉整个藏玄谷有些奇怪。

"云是不是太浓了些？"

藏玄谷外还好，而谷内上方则是浓云聚拢，甚至那云朵间还有潮声翻覆。最奇怪的是他们来到极乐殿之后，本以为会闹上一场，却发现整个极乐殿里阴风怒号，轰鸣声响动了一阵，陷入一片诡异的安静，连门口巡逻的巳洲修士都一个个耷拉着头。

穆战霆远远看着，记忆深处顿时涌现出一种极度不适的感觉，旁边的龙狮卫见状拿出一壶酒递过去。

"这极乐殿有变，看这样子好像有阴鬼作祟，帝子是来要回属于我辰洲的地盘的，不必惧他，来喝口酒定定神吧。"

眼下这情况，穆战霆是肯定不能退的，他硬着头皮走到极乐殿跟前，旁边的龙狮卫道："帝子有没有觉得，这极乐殿缺点儿什么？"

穆战霆仔仔细细地把极乐殿的大门瞧了个遍，以他深厚的文学素养发现了缺憾之处。

"缺一副……对联？"

龙狮卫众人尽皆沉默，穆战霆又观察了一下，恍然道："这殿里没有声音了。"

整座极乐殿原本彻夜通明的烛火都黯淡下来，声音只有在方圆两三丈能听清楚，一旦进入远处的黑暗里，声音就消失了，连神识也无从穿透。

"喂，还活着吗？"

龙狮卫们在走廊上发现一个木呆呆站立着的炉鼎，摇晃了他两下后，他忽然愤怒地把他们推开，随后摔倒在地上，抱着完好的右腿嘶号。

"我的腿！元钺婆子，老夫就是变作鬼也要回来找你！"这人嘶号着向黑暗中爬去。

"他说的应该是两百年前陨落的巳洲元钺老妖，这人莫非……是被一个元婴修士的鬼魂夺舍了？”

一片寂静中，穆战霆忽然看到身边的人紧张地指了指走廊尽头。

有人擎着一盏青灯远远走来，明明黑暗里所有的声音都被吞噬，他的脚步声却异常清晰。

穆战霆屏住了呼吸，待那人靠近五丈内，他才松了口气。

“你怎么会在这儿？这极乐殿是怎么回事，刚刚那人被夺舍了？”

嵇炀摇了摇头，道：“不是夺舍……说来话长，跟我来吧，给你们看点儿有意思的东西。”

极乐殿正殿里，正上演诡异的一幕。

在场的元婴修士们联手设下一道巨大的阵法，极乐殿里大多数发狂的修士被困在其中，个个脸色惊惧。

“上那个女子身的，好像是三十年前的郑老怪。”

“还有这个老妪，连我年少时试炼杀过一个师兄的事都说得出来，她……定是我第一个宗门里的师叔。”

四个元婴修士中，只有玄严不敢说话，余光紧张地瞥向从殿门外走入的嵇炀。

所有人都不敢动，因为整个极乐殿的暗处，无数阴祝密密麻麻地窥伺着，只待狱主一声轻允，便要吞噬生机。

“隐，你到底想说明什么？”厉迟从没遇到过这样的事，他们本是可以拿下这几个人的，却没想到元婴修士们镇压完殷琊引发的第一拨鬼潮后，极乐殿里出现了大批的阴祝。

阴祝这种东西集天地怨秽之力，不死不灭，且吞噬寿元，连化神修士都不敢轻易招惹，更遑论这里只有四个元婴修士。

力量压迫之下，自然就只能坐下来好好谈了。

“九泉狱主之事，虽是藏着掖着多年了，但诸位也应该有所耳闻，包括……幽泉川之事。”

有人不信，质疑道：“就凭区区一个结丹期的妖修？”

嵇炀道：“幽泉的‘幽’字，意在静肃，意在生人莫言，意在唯死者之声可达地府。”

确实如此，殷琊刚刚那一股鬼气之下，整个极乐殿万物消声。

南颜哎呀了一声，举一反三道：“那黄泉岂不是……”

“阿颜，这个问题，我们改日私下讨论。”嵇炀低声同南颜说完，继续道，“九狱以前是九狱，但如今却有另一个说法，称这些没有狱主，只能困束魂魄的地方为养魂池。”

天邪道的元婴魔修对嵇炀道："老夫听说过本宗的寒雷子道友，在幽泉川中与绵小姐同去，也是想要谋取狱主之位，可惜失败……我不晓得个中详情，你既潜伏在天邪道多时，想来必有根据。"

嵇炀用手中的青灯点燃了灯架上的火，迎着或是好奇或是憎恨的目光，好整以暇道："先说点儿心照不宣的事，诸位应该也都认出来了，眼前这些作祟的亡魂，大多是从前死于巳洲的修士吧。"

修士死后往往并不能善终，尤其是结婴之后，三魂六魄融入元婴中，元婴不灭，修士便不算死去。

"巳洲的人体会应该最深……自数百年前魔师森罗死去后，道生天帮扶巳洲重建，但也是从那时起，在巳洲死去的那些魂魄，不能轮回转生了。"嵇炀的目光落在抖如筛糠的玄严真人身上，温声道，"整个巳洲的死者，死去之后魂魄并不能自由转生，而是被困于幽泉川这座'养魂池'，他们失去了轮回的机会，只能等着新的狱主出现，为这些魂魄重开轮回道。先前幽泉川中，除了我们与巳洲之人，更有道生天的大能潜入，为的也正是幽泉狱主之位。"

玄严真人再次叫苦，今日的事传出去后，道生天是肯定不会让他再活着了，便挣扎着试图打断嵇炀："荒谬至极，九泉狱主乃本界仙神，司掌无尽轮回，道生天再强，怎可能插手轮回之事……"

"如果不能，那为什么狱主现在是可以取代的，"嵇炀转向殷琊，意有所指道，"甚至是可以吞噬的？"

玄严真人："……"

"我们不妨想得更大胆些……我们所处的这个人间，那些高高在上、掌握生死的神，已经被道生天杀光了。他们如今已经能控制住死者之死，那么反推之，下一步，他们是否便会去插手生者之生？"

死一般的寂静中，旁听的穆战霆道："我听龙主说过，道生天本就已经够强了，若让他们那些寿元将尽的道天上师还能依靠轮回转生，我们这些其他部洲就算联合起来也再难制约道生天。"

旁边的龙狮卫对嵇炀始终抱有防范之心，提醒道："可这都是巳洲的内务而已，和我们有什么关系？"

"有关系，当然有关系！"说话的却是厉迟，他沉着脸语出惊人，"道生天以幽泉川作养魂池，说好的将来让我巳洲之人做狱主，如今却落在外洲人手上，只说让我们交出去，全然不顾我巳洲死活。我倒也不怕跟他们撕破脸——辰洲的上一个帝子，是道生天授意我们围杀的，他们就是要两洲发起战乱，要更多的亡魂死在岐天原，好引出新的养魂池……而这个新的养魂池，就在我们脚下，就是为了控制辰洲！”

“你说什么？！”

“远古之前，天地两分，上为阳世，下为阴间。及至人道开灵，修士汲灵气，企图跳出万物生灵之列，成就大道，这世间便开始起了异变——而修士，就是这个人界的异数。

“你可知妖鬼神魔修炼需要多久？或许自开天辟地以来，他们就一直在修炼，他们依靠天材地宝的滋养，依靠祖先的血脉，才能与天争命，绝大多数种族一出生便因为血脉注定了失败。

“其中，人是一个极其特殊的种族……再平庸的灵根，也有化婴化神的先例，也正是这种于天道下求生的执着，让人族触摸到了这个世间的边缘，那就是生与死。

“其实化神期那些触摸到天人第三衰以上的强者已经感受到了，我们所处的这一界的壁障，是不可能被打破的。而第一个触摸到这个壁障的人，说了一个美好的谎言——他说，只要渡过天人第五衰，便能破碎虚空，而虚空之外，便是仙神境界，可超脱生死、无所不能。

“他的初衷并非欺骗，他想要这个修界的修士还抱有希望，只要勤勉修炼，终可证飞升之果……但渐渐地，信仰他的人越来越多，信徒与弟子的期盼，让他背负的期望越来越多。

“而现实是，他无法飞升，而后来者也正在慢慢靠近他所在的境界。

“于是他就想到了一个方法……就算有朝一日，所有人都知晓他名扬天下的学说只是一纸空言，他也能继续维持他的道统、他的荣耀，那就是篡夺这个世间的轮回。

“没有神，那就造一个好了，以后信仰他大道的人，就可以不死不灭，相当于位列仙班。而他也的确强悍，寻到了统治人界九狱的那些狱主，与他们约战于一方界内虚空中……然后，邀请当时天下的最强者，告诉他们，他找到一个界壁的脆弱处，只要和他合力打破，便能不受天人五衰之苦直接破界飞升。

“修士天人五衰，从第三衰起，就几乎无人再尝试，因为需要忍受的不只是肉身的衰老，连魂魄的消亡也需一并承受，甚至于自己不堪的所有罪业都会日日在眼前上演……熬得过，便再延百岁，熬不过，就都疯了。唯一的办法是洗去前尘记忆，干干净净地迎接第五衰的到来，或可减少绝大多数苦楚。

“大能们则是各有牵绊，不愿渡过那敲心魔考的第五衰，便答应了这桩邀约，不料去了之后，看到的却是一道亘古未有的绝杀陷阱，以他们所有人的全部修为与血肉为代价，与九狱之主一起沦亡。

“从那时起，人世间死去的一切，都失去了轮回的资格，而始作俑者的宗门，就在各洲将九狱改造为养魂池，把所有的鬼物束缚在其中……直到他们掌握这世间的轮回。幽泉川，便是其中之一。”

嵇炀宛如一个教书多年的先生一般，从开天辟地起，洋洋洒洒地将整个修界阴暗的一面徐徐道来。

南颜一瞬间有些不认识嵇炀，他展现出来的，是一个上位者君临天下应有的姿态，一旦开口，众生皆需俯首帖耳。

“那，你想要我们做什么呢？”天邪道的修士听得云里雾里，颤声问道，“你有办法从道生天手中夺得狱主的位置？”

“我知道其他几狱的地点，诸位考虑一下，我们不妨联手，从道生天手中夺过几个狱主之位？”

嵇炀的语调依然平静，瞳仁深处，却是隐约渗出一股疯狂……那是积蓄了不知道多少岁月的仇与恨。

厉迟算是怕了，他从没见过这样的疯子，咬牙道：“你和道生天有什么仇？你知不知道你的对手可是——”

“我知道，只是我看够了你们的愚昧……栽在他手里也不过是时间问题。”

“那你知道下一个养魂池在何处？是哪个地狱？”

“当然，一共只有九座养魂池，子洲那座就别想了，未洲天鞘峰下那座也危险，若想与他们对抗……至少山海禁决里那座特别的养魂池需要握在手中。”

“你是指——”

“酆泉川，是九狱之主，酆魔天沉眠之地，也是入口。”

“你有多少把握？”

“他有。”说话的却是刚刚从地上苏醒过来的殷琊，“我作证，他能替……能帮人免除成为狱主的试炼之苦。可嵇炀，我想知道，代价是什么呢？像幽泉川一样，献祭人命？”

南颜猛然抬头，她想明白了——那些死在幽泉川的魔修，不是意外，而是祭品。

在殷琊说话的瞬间，嵇炀第一个回头看向南颜，只一个眼神交会，南颜便知道，他不会停手。

“少苍，你的底线是什么？”

嵇炀一滞，他本应该是善辩的，可现在……他知道南颜的心口下，藏着应则唯最想要的东西。

他咽下其他更为惑人的说辞，以一种尽管柔和如故，却令人发冷的声音答道——

“如果我没有呢？”

南颜站起身，道：“如果你没有，我会让你知道我的底线。”

仿佛是很多年前某个秋日的午后，一场看似寻欢作乐的饮宴过后，敖广寒避开劝酒的人群，信步走到了赤帝瑶宫那只老凤凰所栖息的花树下。

凤凰花开得靡丽而炽烈，树下小睡的人亦然。

敖广寒轻嗤一声，南娆这个人，一旦喝醉了，除了床，房顶树上、花圃草丛哪儿都睡得，本来是懒得照顾这个醉鬼，走出两步，却又疑惑地回头。

堂堂一个化神修士，应不至于旁人都离得这么近了还没有发觉。

枝头的凤凰优雅地飞落下来，好似是因为他来了，便放心地拍打着翅膀飞去了别处觅食。敖广寒靠近了之后，拾起她手边歪倒在地上的酒瓮嗅了嗅，才发觉她在酒里放了溯梦花。

溯梦花，顾名思义，有溯梦之用。

“老贼？南娆？”

试着唤了两声，南娆依旧是枕臂未醒，连一片花瓣落在眉角也未曾动。

他喉头动了一下，这张面容他已看了数百年，仍是宛如天地众仙神鬼魔倾尽心血雕琢而成一般的绝美。

也是这张脸，赐人痴慕，又赐人一口薄情。

敖广寒试图拂去她眉角的花瓣，那花瓣却被一阵无意的风吹落，柔软地扫过手背时，有一种被亲吻的错觉。

他一度陷入一种极深的自我厌恶中，因为他不知道南娆的心到底还放在谁的身上，她饮的这坛溯梦，又是为了慢慢回忆谁。

“……你现在又是在想着谁？”他不甘地想着，却不由自主地靠近了些……

乌发下炽艳霸道的眉眼一瞬间清醒过来，看到他的瞬间，眼尾扬起一个轻诮的弧度，热得发烫的手抓着他的襟口往身前一扯，微哑道：“小崽子，你造反呢？”

不管过了多少年，她还是一口一个小崽子地叫，毫不顾忌他如今已经是辰洲新的主人。敖广寒听到这个称呼，一贯是要同她又打又骂地闹一场的，现下却十分难堪。

未等到羞恼爬上面颊，南娆却轻笑一声，翻身把他压下来低头如他先前所想地吻了上去。

——老贼你不要脸、你……他骂了那么多年的不要脸，直到如今，才知道往后他终究是骂不出口了。

她的吻没有传闻中的那么多花哨，只是专注得让人觉得她深爱着对方……而就像每个梦终有苏醒的时分，等到那股热情的温度抽离后，她又恢复那副随性的姿态。

“我给你留面子了，不谢。”她轻飘飘扔下这句话，刚一起身，又被敖广寒拉住。

“南娆。”敖广寒看着上方的乱花，“我们不折腾了吧，我娶你。”

南娆没骨头似的枕在他膝盖上，侧眼笑看他：“有句话说，年纪轻轻的就找道侣，不想破碎虚空了？”

有个说法是——对于一心大道的修士而言，道侣就是牵绊，有情的道侣更是飞升大道的阻碍。

“说得好像谁能飞升似的，过好这一辈子就已经不容易了。”

“应则唯应该能吧，所以他才不要我。”

“别扯别人了，你答不答应？”

南娆止住了笑，起身道：“我心里一直有一个疑惑，给我点儿时间让我解开……如果我想不起来，那我们就这样过吧。”

“你梦到谁了吗？”

“我……好像和别人的记忆不太一样，别人记得的东西，我却忘了。”

“别是当年巳洲那次重生，你脑袋被打坏了吧？”

“要真是，你怕是得在聘礼里多添笔药钱了……”

“……龙主、龙主？”

窗外的惊雷划破夜空，敖广寒从堆满文牒的桌案上醒来，他手里还握着当年千挑万选的那支血凰钗。他揉了揉额角，中夜的残梦渐渐退去后，方抬头看向下首肃立的龙都长老。

“何事？”

“帝子带回一个叛徒，疑似子洲那边安插过来的钉子。”

各洲都有互相安插的钉子，敖广寒见惯了，索然道：“从哪儿抓的？”

“在藏玄谷……”见敖广寒眉头一皱，龙都的长老道，“帝子也是急于收回我辰洲应得的那条灵脉，才半夜带着人去查探巳洲拖延多日的缘故。据说刚好撞到极乐殿里在招待那个龙宣卫的叛徒。”

敖广寒不悦地啧了一声，道：“年轻人倒是好精神，半夜不调息休息去敌营散步……嗯？龙宣卫，那就是元婴修士了？他就没缺胳膊断腿什么的？”

“没有没有，我们的人去接应时，远远看见那极乐殿鬼气冲天的，还恰好遇上了去年龙主接回来的那个……姓南的小姑娘。”

南娆的女儿……敖广寒还记得那个小姑娘，她的确是同南娆有着极其相似的容貌，但她却有着南娆所没有的内敛沉静，好似天生就适合去修佛一般。

“怎么说？”

“当时先跑出来的是巳洲那些修士，随后便是一堆堆数不清的厉鬼，帝子让那小姑娘挡在前面，好不容易杀出来……”

“等等。”

“龙主想问什么？”

“他让那丫头挡在他前面？”

“帝子他确实是有些怕鬼，不过……”

龙都的长老说到这儿，便听到咔一声，抬头看见敖广寒手里的茶盏被他握出条条裂缝。

“你的意思是，他一个男人因为怕鬼……要小姑娘保护着才脱身的？”

“……龙主，其实帝子他除了面对厉鬼什么的，平时也是很勇猛的。”

“别说了，拿本座的钢鞭来，顺便让人备点儿灵食，小孩子会饿。”

“献祭人命，喂饱了地狱的恶鬼，才能开启新的加冕……你觉得这样对吗？”

“或许不对，我只是不想把主动权交到别人手上。”

“我没有立场评价你的对错，也没有你聪明，但我觉得总还有别的方式。”

“别的方式无非妥协，抱歉，我输不起。”

所以，为什么我们总是像并行却各自分明的光和影？

后来的事南颜便记得淡了，她只听见殷琊也同她说了声抱歉，与嵇炀一同离开了。她知道这也不能怪殷琊——他还背负着救出天狐族的重任，如果有更快的方法，他必定会去试一试。

随后那个玄严真人仿佛是知道他听到这些隐秘，怕是活不下去了，发动秘术惊动了极乐殿附近的巳洲化神修士，一片混乱之下，他们趁乱逃了出来。

回龙都的途中，南颜一直盯着巳洲的方向一动不动。

穆战霆罕见地少言了，缩得远远地看着浑身萦绕着沉重气息的南颜，小声道：“阿颜？还生气呢？”

“其实我早就知道合该有这么一回分道扬镳，他和我不一样，他多智如妖，把所有的事都操控在手里，我却总是独念着以前小时候他待我们的模样……现在想想，他那张面孔，我从没看得分明。”南颜的语气说不上难过，只是多有感慨，“你猜今天的事，龙主他们知道吗？”

“应该是知道的。”穆战霆坐在椅子上，蹬着桌边往后一仰，拿两条椅腿保持平衡晃荡着，“老家伙们知道得比谁都多，我们辰洲是真龙之壤，上古龙气镇压一洲，鬼物作乱之事是诸洲最少的，唯一建立养魂池的地方除了阴气惨重的岐天原也不作他想了……只是没想到子洲想在这里建新的养魂池，若真让他们成了，辰洲的生灵轮回都要受这方养魂池所制。”

“所以这事要报给龙主吗？”

“报，得报，不过山海禁决的那个就算了。”

谈起山海禁决，南颜不禁坐直了身子，道：“你当帝子的时间长，这山海禁决到底有什么特别之处？”

“诸洲立的帝子最终都是为了参与山海禁决，每个部洲十个名额，这一届的话，十一个部洲就是一百一十个元婴以下的天骄，等到子洲公布可以进入山海禁决的时间后，便要去子洲受道生天教导个三五天，结束后所有的天骄进入山海禁决秘境中互相厮杀，活到最后并闯过最终试炼的修士便能获得传说中的山河海冕，成为诸洲公认的帝君。”

南颜回忆了片刻，道：“我听有个叫墨行徵的道生天修士说，山海禁决中有结婴的契机，大家就算最后不成帝君，也是为这个来的？”

穆战霆略一点头道：“这么说吧，山海禁决从开放起，所有活着从其中出来的结丹修士，最后都能结婴，而且元婴的品质从结婴那一刻就会比寻常元婴修士高，以后踏上化神大道也要容易许多，不然你以为为什么这么多人抢名额，且抢得这么凶？不过也有一些人压着境界不动的，比如墨行徵，比如宋逐，如果我死在山海禁决里，他们就有可能去替补。”

南颜一愣，她知道帝君的位置干系重大，却没想到穆战霆已经做好了死在里面的准备，皱眉道：“诸洲的主人怎么舍得让弟子儿女冒这么大的风险进入其中？”

“一洲之主的后人，自然也要担起在这个位置上应有的责任。不过你也别害怕，一般而言参加山海禁决的分正、邪、中立三个阵营，进去之后各自抱团结盟，以闯关为主，极端情况下才会相互厮杀。”穆战霆说着，丢了枚玉简给她。

南颜把玉简贴在眉心，诸洲的势力立场一目了然。

正道阵营：卯洲、寅洲、辰洲、未洲；
邪道阵营：巳洲、午洲、戌洲、酉洲；
中立阵营：子洲、申洲、亥洲。

“中立是真中立还是假中立？”

“中立也是暂时的，他们两不偏帮，在最后一关前不会主动攻击对手。”穆战霆说到这儿，陷入某种美好的回忆中，神往道："墨行徵倒是个好人，真想再和这位师兄交流一下诗词歌赋。"

南颜："……"

穆战霆继续感慨道："山海禁决里全天下的精英都会到场，我有预感，我会遇到我命中注定的文坛对手。"

南颜："不……我觉得你会成为很多人命中注定的修道大劫。"

上一回来龙都时，来去都十分匆忙，未曾来得及去穆战霆的洞府坐坐。

龙主待穆战霆是真的不错，一座洞府里有六座大殿，还准许他养亲卫。南颜被他带着走了半盏茶的时间才走到最后一座殿前。

这座殿阁有五层高，推门进去的时候，南颜虽然早有预感，但开门之后，还是震惊到失语。

一座殿阁里，密密麻麻贴满了穆文豪的文学作品，南颜僵在门口，慢且坚定地抱住门口的柱子。

穆战霆："你怎么不进来？"

南颜："我觉得这殿里有杀气。"

穆战霆道："哪儿来的杀气，你进来看看，以后我要是暴毙在修道途中，这些墨宝就指定由你继承了，务必要把为兄这个流派发扬光大。"

南颜："贫尼……妹妹才疏学浅，只怕承担不了这种重责大任，我看还是……"

"咱们还是一起在嵇炀的监视下学《三字经》《千字文》的呢，跟哥哥客气什么，你就不要'孤芳自赏'了，一起做文人骚客放飞一下心情吧。"穆战霆热情地把南颜往里扯，"来，你看这首——两只王八鸣翠柳，一条蚯蚓上青天……"

南颜堪堪被穆战霆拖走进行文学熏陶时，忽然后心一凉，当真是感到一股骤冷的杀气，一个磨着牙的声音出现在他们身后。

"我就说怎么四处找不到人，带着妹妹不先去找孙大师看伤势，反倒有心情吟诗作赋……很好。"

敖广寒本就生着一双异于常人的竖瞳，此刻更加凶暴可怕。

南颜茫然间，他身后一个龙都的长老直接过来笑呵呵地把她带走："南姑娘一路保护帝子辛苦了，来吃个夜宵，顺便让药师看看有没有伤到哪儿吧。"

"那我哥……"

"帝子三天两头总会有这么一遭的，走吧走吧。"

被一群人簇拥着离开前，南颜还回头打算瞻仰一下穆战霆的遗容，却只听到龙主暴怒的声音："让你上青天！让你上天！把他的洞府给本座烧了！现在就烧！"

次日，南颜早早地起来打听穆战霆的存活情况，却先接到了龙主的邀约，说是请她用个早膳。等她到时，却意外地看见穆战霆也在。

“哥，我原以为我是我们几个里面最梆硬扛打的，想不到天外有天，妹妹还有得学。”

穆战霆昨天晚上被打了半宿，事后又被孙大师接走试了新配的伤药，那伤药效果极好，他睡了四个时辰就全然无恙了，早上这才有力气过来陪吃陪聊。

他闻言恨恨地瞅了她一眼，灌了半碗灵米粥，猛汉含泪道：“我是誓要走上文学大道的修士！他阻止不了我！”

南颜连忙哄道：“好好好，我知道你道心坚定了，我支持你还不行吗。”

穆战霆抽泣道：“我不信，你都不愿了解哥的墨宝，这个世间太冰冷了，下辈子我愿投生在一个书香世家……”

南颜唯恐哪个书香世家被他下辈子灭门，连忙挽留道：“好好好我了解，现在就了解，你昨天咏的那诗叫啥？两个啥鸣翠柳？”

穆战霆神色立即转喜：“不愧是我亲妹妹，你也觉得我的早期作品好是吗？那是一个万物复苏的春天，我也在那时刚好结丹，出洞府的时候看见两只王八在池塘边互相看对了眼，古人云，月上柳梢头，人约黄昏后，我想王八也是一样，就把这对王八放在了柳梢头……”

南颜强忍着一股宛如怀胎三月的孕吐感请教道：“那一条蚯蚓上青天又是什么典故？”

“谈情说爱不得吃吃喝喝吗？我就在柳树下挖了蚯蚓丢到柳梢头让那两只王八不至于无聊，丢得力气大了就上青天了。”

南颜：“……那这首诗的尊名是《咏春》吗？”

穆战霆：“我觉得《叫春》比较合适。”

所幸南颜的窒息没有多久，龙主便面色冰寒地推门而入，他一来穆战霆为免自己的早期作品变成生前作品，马上老老实实地坐回去。

敖广寒白了穆战霆一眼，冷冷道：“这段时间你搬到本座侧殿修炼，再搞什么劳什子诗词歌赋，本座打断你的蹄子。”

啊，大哥的洞府是真的烧了啊。

南颜再次感慨龙都是真的有钱，寒暄过后，敖广寒终于转向她。

“我刚同宝气如来隔空谈了谈，你要参加山海禁决？”

南颜斟酌了一下言辞，点头道：“是，我想……至少让自己变强一点儿，不至于拖别人的后腿。”

“说的这是什么话，赤帝的直系血脉，别的不说，寅洲本就应该是你的。”敖广寒不满道，“南娆的女儿，不该活得这般小心翼翼。”

南颜低头含蓄地笑了笑，道：“身外之物，南颜并不在意，只是想找找我娘灵柩的下落。”

“逸谷数日前已经去子洲讨了，不过……道生天那边好像没有放弃，企图用魂河天瀑的源流修复你娘的残魂。”

南颜瞪大了眼睛，激动地站起来：“我娘有希望复生？”

“这也是我们不直接杀去道生天的缘故，天底下只有道生天有这样的本事。”敖广寒虽这么说着，眼底的黯然却让南颜心头一起后又重重一落。

“妖后当年也是一样的情况，自散魂魄，不愿入轮回，可当年有佛忏主与赤帝联手聚拢残魂，不过饶是如此，也未能让妖后复生，只能让她重入轮回转生而已。唯一的希望是赤帝妖心……可那颗赤帝妖心是何时失落的，现在又在何处，多番查探却是不得而知。”

赤帝妖心……

脑中莫名一阵钝痛，南颜疑惑地按住额角，又不甘地道：“就没有别的办法？”

敖广寒皱眉沉思片刻，道：“有一个办法，你此去子洲，按规矩是有机会去万宝阁挑一件宝物的，道生天有一至宝名为逆演轮回镜，以你血脉为引，可追溯当年事，比黄泉镜管用多了。”

穆战霆道：“那东西不是子洲的无上至宝吗？我们碰了会不会直接被赶出来？”

敖广寒想了想，觉得可行，方淡淡道：“那东西不会轻易被启用，你们不必怀抱太大希望，只管去试，就算被发现了，也有本座给你兜着。”

逆演轮回镜，据传闻是天外之物，路过此界时，有感于道尊岁寒子讲道，故而落至其道场内。此镜据道尊言，有推演古今之能，有缘者能通过此镜回到过去，甚至亲身参与往事。

也曾有人问，逆演轮回镜能否让人逆天改命，道尊却言，世间万物皆在因果之中，有缘者一言一行，皆是天之定数，纵有心力，也无从更改。

等到道尊飞升之后，此镜便乏人问津，仅仅作为道生天的圣物供人瞻仰而已。

“……黄泉镜是逆演轮回镜的仿造宝物，原主就是南娆本人。她也够聪明，那年逸谷那血案发生后，她启程去凡洲前，将黄泉镜投在玲珑京，一是为了复原当年的真相，二是为了引诱幕后的人。”

“我不太明白。”

“她也算半个人精，那黄泉镜丢在玲珑京，哪个贼人要是心虚去动了黄泉镜，本座这里便能顺藤摸瓜地把后面的主使者扯出来，却不想机缘巧合让她的女儿得到了。”敖广寒说到这儿，嘴唇抿成一线，仿佛是不愿去看南颜那肖似母亲的面容，道，“事到如今，说这些已经晚了，那黄泉镜中，你可看到什么疑点了？”

南颜摇摇头：“我只看到舅母被杀害、舅舅他……屠城的惨状。”

敖广寒拿起筷子道：“你舅舅多少也算是同我一起长大的，他那性子我再了解不过，说好听点叫温驯，说难听点叫软弱，只要被人拿捏住了挂心之处，便要任人摆布。这些年辰洲之人对玲珑京一案激愤过多，我身为一洲之主，虽心中多有疑虑，多年以来调查不到证据，却也不便说什么，现今时机成熟，一旦确定南娆在凡洲遇害之事的元凶，我必不再姑息。”

南颜：“多谢龙主提点，只是……”

敖广寒：“怎么了？”

南颜低头看着碗里堆出半尺高的灵食，试图用目光制止敖广寒夹菜的手：“我……吃不了这么多。”

“小孩子还在长身体，能吃就多吃点儿。”

穆战霆看敖广寒又往南颜碗里放了一筷子七色鹿的鹿肉，不禁开口道：“龙主，阿颜出家了，不吃荤腥的。”

敖广寒心里有一股说不出来的滋味，他是晓得南娆当年人称草原小赤兔，万绿丛中过，啃得几口是几口，没想到生了个乖出天际外的女儿，洁身自好不说，还是个佛修。

佛修啊……

敖广寒觉得更难受了，道：“佛门规矩多，等这一阵事情了结后，我同宝气如来说一声，你就还俗吧。”

南颜连忙道：“我自幼在佛门蒙师父照顾，一心向佛，这么多年都习惯了，还没有要还俗的想法。”

穆战霆啃着灵果口齿不清地插嘴道：“可是你娘当年到处找童养夫的时候，不是将你托付给嵇炀了吗？既然现在你想拉他剃度，他想拉你还俗，要不然到时候你们打一架吧，赢了的把这事了了，省得没完没了的。”

穆战霆说完，敖广寒忽然拍案怒道：“什么东西？小孩子谈什么婚嫁，我不准！那小子是谁？”

二十多岁的南小孩在化神期的愤怒下不敢说谎，将小时候她娘到处给她找天命之子托付的事和盘托出。

不想敖广寒听罢后，神色越发古怪：“你再说一遍，这个人的字叫什么？”

这倒也没什么好隐瞒的，南颜还想通过龙主多知道些嵇炀当年之事，道：“他的字叫少苍，只不过多年前一次秘境冒险时……我们失散了。”

敖广寒眼底飞快闪过一抹诧异，这时外面有人来报说南颐听闻龙都把外甥女接回来了，便来信说要接她回去。

“那我先去同舅舅说两句话，暂且告退。”

“去吧。”看南颜离开后，敖广寒用手指敲了敲桌面，对穆战霆道，“你不准走。”

穆战霆只能坐回去：“龙主？”

“本座有没有跟你说过，道生天上一任帝君是怎么死的？”

穆战霆回忆了一下，道：“对外称是天魔扰心，修炼中暴毙。但实则是沾染邪道，被道生天与正法殿联手肃清……怎么？”

“那孩子的死，我本无论如何也不相信会是他师尊做的。”敖广寒还记得那一年，山海禁决秘境外，那少年人一身积伤，踏着一地败者不甘的视线，意气风发地穿过人山人海，俯首叩谢师恩的画面。

师是天下师，徒是人中龙，不知羡煞多少同辈人。

即便后来那少年人贵为四海帝君，掌罚天下大事，已不能再称任何人为师尊，最后还是尊称应则唯一声师者。

“……他的本名除了他师门几人已无人得知，人们碍于他的身份，只称一声‘少苍君’。他暴毙之后，被处死的还有道生天一些其他的嫡传弟子，几乎都是少苍君昔日的师弟，此事过后，应则唯也好似因为痛失爱徒闭关数载。”

敖广寒言罢，又道：“此事本不堪提起，只是你们既要去参加山海禁决，我又要处理那岐天原的事，便少不得要知会你一声，前代帝君之事是道生天的禁忌，去了子洲之后就算要探查，也别查得太明显让人发觉。”

穆战霆点头道：“没事，我会保重的。”

敖广寒面无表情道：“我管你去死，你死可以，把南颜好端端地给我带回来，她要是有什么事，或者被道生天的什么小崽子带走了，你也不用回来了。”

穆战霆：嗯？

第十九章　魂河天瀑

月圆之夜，道天之巅，摸黑探秘，削个神仙。

见字如晤，吾日前已处理罢寅洲庶务，本应接你回寅洲，然赤帝瑶宫中尚有太妃余党，恐暗中伤人，故一拖再拖。

另则长姐遗体，吾已证实的确由道生天当年私下接走，疑似长姐生前与道生天有约，故不与外人言。而吾再三求见，方于道生天魂河源头远观得见长姐遗体，已遣寅洲三位长老同来看护。

此外，吾又自宝气如来大师处听你已通过帝子试炼，子洲夜深，你若借山海禁决事由来此探望母亲，须心灯长明，随信附凤尾铃，乃长姐旧物，望珍重。

子洲夜深……须心灯长明。

南颜将南颐的来信仔细折叠收好，随后小心翼翼地捧起随信送来的那串凤尾铃。

凤尾铃铃声清脆，晃动间，隐有光尘飞散。

南颜把风铃挂在一株柳树上，趁着午后的风，支着脸喃喃道：“……娘，来上洲之后，到处都听人说你当年是如何好看，如何倜傥风流。好像他们说的人，本应属于上洲逍遥天下，而不应该属于我一样。”

她是从小在柴米油盐的凡洲长大的，一饮一啄，日出日落，过得虽然平淡，但于她而言都弥足珍贵。

所以，南娆有没有后悔生下她呢？有没有因为她这个女儿，拖累南娆不能回到上洲呢？

低声轻叹间，南颜忽然面色微动，远远一股异动传入耳中，打乱了她的回忆。

南颜散心的地方比较幽静偏僻，靠近龙都后面敖氏女眷所居的西宫群，越过两面花墙，远远便看见两个结丹修士拖着一个被困得结结实实的少女扔进一座石屋关了起来。

“老实点儿，再跑就打断你的腿！”

那少女被关进去后，哭号着撞门道：“我要见龙主！龙主不会饶过你们的！”

关人的修士冷笑道：“龙主日理万机，才不会管你这个远房侄女的事，嫁到亥洲有什么不好？别人想嫁还没机会呢。”

南颜远远看着，那少女的眼角也有青色的龙鳞，想来也是敖氏一族的血脉，趁那两个修士走开，南颜脚步轻挪，瞬移到那石屋后面。

石屋内外都有结界，暂时无法破除，南颜只能先绕到房子后的角落里，敲了敲石窗：“姑娘，他们怎么把你关在这儿？”

少女筑基大圆满的修为，一身的伤，正缩在角落里啜泣，闻言，意外地抬头一看，只见有个逆着光、面目不清的女修在窗口看她，连忙爬过去：“道友救救我，麻烦转告龙主，我是五长老敖章的孙女，五长老自从上次被软禁后，私底下示意族人和申洲、亥洲的大族嫡子联姻，没有龙主批示，几个叔伯便要把我和几个妹妹送出去外嫁，我们不愿意，就被关了起来……”

南颜记得五长老敖章这个人，第一次她来龙都时，这个五长老好像对南芳主的后人有敌意，和申洲云氏的家主勾结起来想抓人，她一时间便有些不敢轻信，谨慎道：“这事应该瞒不住吧，没准过两天龙主就知道了呢？”

那少女眼神躲闪了一下，急道：“要是过两天，我父亲发现了，那就、就晚了呀。”

南颜看这少女的模样，心中起疑：“请女施主勿打诳言，否则我只能先行离去了。”

“别走！别！”那少女连忙蹭到窗口，抽泣道，“我叫敖雪如，自幼和亥洲帝子褚宁有婚约，还有半个月便要出嫁了，可我从来都没有见过他，听说他都有十七八个侍妾了……”

南颜道：“你既要反悔，应早些禀明父母长辈，如果与长辈说不通，再报与龙主裁决才对。现在离出嫁只剩下半个月了才反悔，恐怕有损敖氏的信誉吧。”

敖雪如一张小脸登时哭花了：“可是……可是我喜欢战霆哥哥啊。”

南颜：“姑娘你很有勇气，这事贫尼不能坐视不管。你是什么时候喜欢上你战霆哥哥的，我给你做主。”

敖雪如仰起脸回忆了一下，磕磕巴巴道：“一年……嗯一个月……三天前吧。”

南颜：“姑娘你是认真的吗？”

敖雪如嘤嘤哭泣道：“小姐妹们都这样啊，只要不想嫁了就说喜欢战霆哥哥，长辈们就不会找我们的麻烦了……”

合着你们这些说喜欢他的女人，都是拿他当挡箭牌？

南颜心想大哥这几年也不容易，人在家里吟诗作赋，锅从天上飞流直落，好在他一心文学大道，至今没有被女人玩弄感情，也是不幸中的万幸。

“这样吧，你稍等个半日，我去问一个人能不能帮你，如果不行，我再去找龙主把你的事报上去，你看可好？”

“孟师姐，龙狮卫有人找。”

“好。”

孟盈放下手头的符笔出了军城的洞府，在门口稍稍站定，看见门外是她先前在龙狮卫中相好过一阵的结丹修士秦昊之后，退回去取了些带着微毒的药草揉烂了在双眼处敷了敷，拿开药草后，本就楚楚可怜的双眼顿时红了起来，宛如哭过数日一般。

她一边走出洞府，一边扯散了一缕头发，待见到秦昊时，已成了个因情而伤的憔悴美人。

“秦师兄，你……来了。”

秦昊本是听说孟盈最近搭上了别人，兴师问罪而来的，见到她这么一副样子，气势先弱了七分。

“你……你最近还好吗？”

“好不好，往后也和秦师兄没什么关系了不是吗？”孟盈挂起一脸苦笑，“也怪我这些天修炼时心魔相扰，没来得及向秦师兄道一声新婚之喜。”

秦昊一窒，随即又道：“我说过了，只要你愿意做个侍妾忍个三五年，我……”

“秦郎。”孟盈打断了他的话，泫然欲泣道，“我又何尝不想同你在一起，那日，你那六叔看我的眼神你又不是没看到，眼下我军城在编，无人可碰我，若是做了你侍妾，只要你一上战场，他就会找个由头抢了我去。”

秦昊不甘道：“那你也不该搭上我的同僚，我听人说，你那日与他一道游湖……”

孟盈的目光依然宁静，不卑不亢道：“你在的龙狮卫，守卫甚严，我确是同你的同僚聊过几句，听说你近日寒伤发作，这才准备了冻伤药……罢了，也是可笑，同你说这些做什么。事已至此，秦师兄与我缘分已断，这就散了吧。”

她说完，转身走向洞府，捂嘴咳嗽了几声，从指缝中溢出血来。

秦昊面色大惊，连忙上前扶住她：“盈儿！”

“无妨，我筑基圆满已有三个月了，近日屡次冲击结丹而不得，这才……”

秦昊心中一痛，一咬牙，从乾坤囊中取出一枚蜡封的丹药塞到孟盈手中：“你心魔关不过是我的过错，这凝元丹对筑基期提升心境有绝顶之效，你且拿着吧。”

孟盈连忙推拒了几次，才收下来，等丹药到手，又慌忙道：“我看见你道侣从那边飞过了，你快走，我已打扰你多时，不能再添麻烦了。”

他的道侣娘家在辰洲势力不小，秦昊不敢多留，只能一步三回头地离开。

孟盈目送他离开后，眼中的凄恻倏然一收，抛了抛秦昊送的丹药，冷笑道：“呵，男人。”

回了洞府后，她坐在妆镜台前，刚想用灵水解去眼眶的红肿，便看见水镜里映出另一个人的身影。

“谁？！”孟盈立即警惕地站起来，待看到南颜坐在她洞府中时，倏然色变，“是你！”

“不请自入，贫尼先告罪一二。”南颜朝她点了点头，道，“我这儿有卯洲的好茶，可以借贵府的水煎上一炉吗？”

片刻后，孟盈的洞府中茶香袅袅，她一双眼惊疑不定地看着南颜，随后苦笑道：“倒是我傻了，你虽多次易容，但始终都是个佛修的模样……南颜小师妹，仰月宗一别，好久不见。”

南颜笑了笑道：“孟师姐。”

孟盈出神地看着她的脸，叹道：“虽不是第一次见了，但我仍想说，没想到当年那般受人讥嘲的肥硕模样下，竟藏着这样一个绝世美人，我们当年只怕都是有眼无珠了。”

“当年之事日后可慢慢叙旧，我见师姐进境极快，如今竟已至假丹境界了。”

“还是卡了数月，听人说若头三次冲击结丹不成，后半生便只能止步于此。”孟盈逸出一丝叹息，但看到南颜目光处隐有深意，眼前一亮，“小师妹既然来看望我，想来是有法子？”

南颜道：“有，入我佛门大道，修无量功业，求顶上光明——”

“不可能的。”孟盈断然拒绝，随即痛心疾首道，“我要是有你这张脸，早一百年作天作地了，三年征服一洲，五年打遍天下，十年飞升上界指日可待，你怎么就想不开出了家？”

南颜想她果然没看错人，孟盈的想法不知超出世人多少，某种意义上她这种把所有的感情都化作动力一心飞升修士的，才是真正的放心大自在。

“我是真的觉得孟师姐有慧根，其实我佛门大道也有可取之处，凶起来也是很凶……”

“小师妹既然来这儿找我，该不会只是为了说这些吧。”

“说起来确实是有件事，孟师姐听听便罢，若不能接受，便当作没听见。”南颜轻咳一声，道，“龙都五长老敖章膝下有个孙女叫敖雪如，你可曾听说过？”

“褚京师兄还在时，我是听说过，她与亥洲帝子有婚约，不过听说这雪如小姐有点儿矫情，最近听说亥洲帝子因与人私斗眇一目，便三天两头地寻死觅活……”孟盈都替她说了，这才恍然道，“她想逃婚？”

“我来之前同龙都的一个相熟的长老谈过，如果她最后实在抗婚的话，敖氏是不会勉强她的，另外找一个女子代嫁便是。”

孟盈呼一下兴奋地站起来：“龙主虽宏图大略，但联姻也是锦上添花之事，代嫁的女子不只可得龙血灌顶注入敖氏的血脉，还能……”

“山海禁决，帝子的道侣，情分上多半是有一个名额的。”南颜说完，又不免提醒道，“可孟师姐，你想好了，对方是什么人、什么品性，你都不知晓，此事务必谨慎思之。”

孟盈此时已是双眸闪亮，闻言，狂热道：“小师妹，你可知这世间的大多数人，连赌上终身的机会都没有，就死在大道上了。只要能成仙成神，情人、道侣、师门又算得了什么？”

南颜一愣……对于嵇炀的话，她终于有些体会了。

道生天在这个世上的位置被抬得太高了，他们塑造了一个直达天穹的仙神大道之路，自己却徘徊在路口，不知道下一步的方向。

而他们背后，是无数像孟盈这样渴望飞升的双眼。

“别的就不说了，只要小师妹愿意为我周全此事，这份恩情我孟盈自会记上一辈子。”孟盈见南颜发怔，撇撇嘴道，“难道小师妹也如那些迂腐之人的想法一样，觉得找个男人嫁了就算赌上一辈子了？若是凡间，痴男怨女的也就罢了，这可是修界，便是刚刚那秦昊，同我相好的同时还吊着其他几个女人，盘得些好处就忘在脑后了吧，那些动真心的我可从没招惹过，小师妹还因此看轻了我不成？”

南颜轻轻摇头：“师姐做事既然有分寸，我自然没有立场置喙，事后为师姐周全此事便是。只是觉得抛去世间礼法约束不论，人的情念总是弥足珍贵的，断情如断肠，伤的乃是双方，若换了我，做不到师姐这般潇洒。”

孟盈惊奇地打量着南颜：“你这般模样，天下之人若都把一片痴心供上来，你莫非要一一应答了去？还是说，难道你早就有了喜欢的人？”

“我……”南颜语塞。

说有，好似欠一点儿通透；说没有，连自己也说服不了。

她血脉里始终是更像个清净的佛者一样，无论等待的是一个何等乱花迷眼的灵魂，都留着那么一点儿干干净净的土壤，等着对方于山海尽处留步，将情根落地生芽……然后，住在她心里。

说不出口的是，佛者心尖上那一滴放不下的红尘泪，是你呀……

“你是真的喜欢南颜吗？”

殷琊在湖畔浸湿了布巾，仔仔细细擦拭着他的本命法宝“魇火牙”，弯刀映出晦暗的天光，一如战前的硝烟，锐利而颓靡。

听得背后传来一声轻笑，殷琊莫名有些着恼：“我是问得直接了些，起初答应跟你一道搞事也是因为不想把小丫头往我的事里扯得太深，现在就想问问你，是不是真心喜欢她？你若心里没有其他念头，迟疑什么？”

夕照渐渐沉入西山的雾海中，暮色越发浓重的山林里，阴鬼渐渐苏醒，那份晦暗的阴影，也让嵇炀静待的面容添上一丝压抑的暗色。

“我只是觉得‘喜欢’这个词儿太淡了些……更多的时候，我就好像压抑不住心底那头恶兽，想把她关起来，关到一个没有别人的地方，不让那些虎视眈眈的人发现她。”

殷琊啧了一声，警惕地看了看四周，一副防备的姿态：“这就是你一定要杀了你师父的原因？”

“你恐怕不清楚我那师尊的手段，”嵇炀抬起头虚虚抓向面前隐约出现的幻象，却只抓到一丝冰冷的暮风，“他是会让你眼睁睁地看着，你一起相伴长大的友人同窗，一个个在你面前惨叫而亡的场面，然后告诉你，他这些年就是用这些来自诫的，让你记得时时温习这份功课。”

所有的东西都失去了，你只想和他同归于尽时，偏偏命中又闯进了别人的影子。

她总是一口一个少苍叫得温沉而安宁。她说，纵入炼狱，仍愿化扁舟于川上，渡他入彼岸。

她还说……她说得太多了，人间最擅写情的文手好似都没有她一言一语镌刻得深。

“……人之一生，少有坦途，是非成败，不试过哪能知立于天顶排演世局者，最终是谁？”

“好了我知道了，道生天眼下是我最大的阻碍，你要铲除他们，要杀人要放火，我没什么异议。”殷琊瞥了一眼嵇炀的手，他记得这是那年在秽谷时，嵇炀为了救被魔修挟持的南颜，自断的一指，如今虽用偃甲接上了，但怎么看怎么怪，他忍不住道，“你怎么不找颗续肢丹把那根手指续上？我看南颜每次看到它脸就蔫下来了，你一直留着做什么？”

嵇炀垂眸看了看偃甲指节，一丝微妙的恶意流过眼底。

“可我还是想留着它，只要留下了，她心里就永远有我的影子。”

殷琊翻了个白眼：“你这是不想她成佛啊？”

“见笑了，若她非要成佛，我怕是就少不得做她度不空的地狱。要知道九泉之中，黄泉可是最长啊……”

十日后，南颜站在龙都的城头目送三条蛟龙护着送嫁的队伍远去，她仍记得孟盈踌躇满志的脸。

——出身凡俗泥尘又如何，我愿如韧草，得一缕日出之耀，纵有雨雨风风，亦终有一日踏破眼前这天穹。

她从不是玩弄世情的妖女，而是人间的枭雄。

南颜回头望去，城下行色匆匆的众生，他们所有人都走在这条修仙成神的大道上，而道路尽头的指路者……却是她不得不持修罗面以对的人。

随着这场并不引人注目的联姻开始，诸洲的情势好似一瞬间暗流汹涌起来。

战事稍歇的辰洲，在一个冬日的休整后，本就锐意进取的龙主开始将目光转向了子洲。在第二年的春日，以游学为名，同未洲互相派遣嫡系弟子深修，同时，开始慢慢在各方面削弱素来同子洲亲好的申洲、亥洲等。

而道生天看似被动，实则布局天下的指爪已经开始动作。

南颜一直在龙都待到第二年的四月，宝气如来终于来信说卯洲帝子已定，要她即日返回愁山院赴九劫塔受佛言沐顶，闭关准备山海禁决。

龙主本是不愿她走的，背地里骂宝气如来整日想着坑小孩剃度，不是什么好东西，实在无法阻止了，才让穆战霆带南颜去龙都的御门宝库，把当年准备送给南芳主的那件嫁衣取出来，嘱咐南颜必须带走。

龙都里有三大宝库，御门宝库是其中之一，南颜听领路人的意思，是这里的东西随便她拿，但她借住多日，不敢造次，直到远远感到一阵亲和的熟悉感。

琉璃罩子里飘着一件恍如繁花入眼的嫁裳，绣着凰花的襟口，凤尾一般的披帛，俱浮着一层薄淡的流光。

“此物为朱雀鸣霄裙，其实并不全然是我辰洲之物，是当年南芳主出嫁前，取了凤尊的落羽拈为金线，扔到龙主面前，说等做好这件嫁衣的时候，她就提酒来嫁。”看守宝库的老人目中隐有遗憾，“只是嫁衣是织成了，人却再没回来，龙主年年都会来看上一日一夜，你把它取走了，也算解了龙主一桩陈年心结。”

南颜不由地轻叹一声，指尖碰上那凤羽金线的瞬间，一缕亲切的暖意顺着手指流过经脉。

“……姑娘也感觉到了吧，这件朱雀鸣霄裙被这宝库中的气运浸染多年，也算是一件难得的仙品灵宝，穿上之后有万邪辟易之能，世间鬼物莫能近身，听闻那山海禁决中就有不少鬼物。”

南颜道过谢后，小心将这嫁衣收起，一出门，就看见穆战霆横在门口好像在等她。

“你真要走啊？”

“我终究是个佛修，总还是要回愁山院复命的。”

穆战霆一唱三叹道：“阿颜啊……”

南颜还当他别情依依，动容道：“哥，你有什么想说的就说吧。”

穆战霆眼眶微红：“我昨夜路过儒修开文会的地方，龙主的人拦着不让我进去，只能趴在门外‘程门立雪’到半夜，偶得一诗，你走之后，我刨遍龙都怕是难寻知音，你来帮我鉴赏鉴赏。”

南颜断然道：“大哥，天色已晚，我还需要赶空行舟回卯洲，咱们江湖不见吧。”

穆战霆幽幽道：“有些人嘴上喊哥，心中无哥，像这种人，每年过生辰，我都会写一首咏妹诗贴在龙都的城门上，让天下文友品评——”

南颜乖巧坐好：“我错了，哥你说。”

穆战霆转怨为喜，道：“山海禁决中，为兄怎么也要在天下英雄面前露一手，我看这首就不错。”

南颜连连请教，只见他负手临风其喜洋洋者矣，高声朗诵。

“深更半夜不睡觉，一窝诗人齐发骚。他年我若为文豪，从此儒修不早朝。”

周围空气一阵凝固，路过的辰洲修士没料到帝子胸臆竟恐怖如斯，一时间，千殿鸟飞绝，万阁人踪灭，徒留南颜一人，饱受荼毒多年，仍能昧着良心称赞道：“好诗好诗，大哥再见。”

南颜心想道生天要制衡天下真该收了她哥去，从此还要什么制衡之道，有他一个能杠翻儒修半壁江山。

落荒而逃间，南颜又听穆战霆远远叫了她的名字，一回头，看见他招着手。

“山海禁决，咱们一起去把他们带回来，一定。”

南颜眼眶一酸，点头道："一定。"

两年后，子洲南海之滨。

三座空楼浮于半空，其上数千道徒聚集于此，一一迎接整个天下结丹一辈最为鼎贵的天骄。

空中遁光不断，道生天的道徒在玄宰嫡传墨行徵的带领下，有条不紊地把诸洲的来客分阵营一一安排妥当。

"墨兄，去年一别，我们可要抽个时间继续论道啊。""一定一定，里面请。"

"墨师兄欠我的八品定颜丹可有信儿了？我来之前，妹妹可缠我呢。""日前刚出了一炉，必如期送至。"

"哈，墨师兄怎么清减了？莫不是玄宰没给饭吃？""是啊，师尊只知道闭关，可饿着我们这些晚辈弟子了，鲁道友可带酉洲的白玉鸡了？我可想得很呢。"

诸洲的帝子有正有邪，山海禁决开启前皆需来道生天小住几日，而他们之中有血仇者不知凡几，尤其是辰洲和巳洲的几乎是前后脚到，来之前好似在远海上还打过一架，穆战霆被自家同来的修士抱着才没在众目睽睽之下跟厉迟又打起来，这便十分考验东道主的和稀泥能力了。

"怎么就你们兄妹？我弟呢？"

巳洲来的人意外地少，只有厉迟与厉绵兄妹并几个出色的巳洲魔修，刚刚半道上被穆战霆挑衅，此刻正火大着。

"穆战霆你别狂，有种咱们山海禁决里约个地方决一死战！"

"来啊，谁不来谁是孙子！"

墨行徵看这情况，面上笑意竟还不减，道："我瞧二位这般精神，看来这洗尘茶是免了，要不然我们挪个地儿，二位现在就决一死战，省得山海禁决里我们其他人不好意思伤了各洲的交情。"

倒也没谁傻到在山海禁决前鹬蚌相争让他人得利，墨行徵看气氛略缓，左一个交流诗词，右一个试用丹药，把这两个仇怨最深的部洲分别安排了去，这才消停下来。

道生天里随同前来接待的晚辈小弟子崇拜地看着墨行徵："墨师兄可真厉害，这诸洲的帝子平日里一个个鼻子朝天走路，现在竟一个个都和颜悦色的。"

"依我看，这一回的帝君就合该是墨师兄当的，若让辰洲这惹笑话的帝子当了去，这天下岂不是要大乱？"

"尤其是申洲的儒修，怕是要灭门呢……"

"别说闲话了，警醒些，还剩两个部洲的帝子，咱们就能回本宗了。"

能称得上大洲的，除了子洲外，无非寅洲、辰洲、巳洲、未洲，天上原本飘摇的浮云骤然被无形剑意撕破，百里外剑光一闪的刹那，几十道剑光便已至近前。

墨行徵远远看见宋逐来了，迎上前还没开口说些什么，就见他直接丢来一个石棍模样的东西，钉在他身前。

“墨行徵，你要的剑坯放这儿了。”

“宋兄也太冷漠了，来人，把茶烧得滚些给宋兄暖暖脾胃。”墨行徵嘴上抱怨着，但看起来却是和宋逐私交不差，收下剑坯后，看宋逐直接就盘坐在栏杆前好似在严阵以待什么，愕然道，“宋兄和哪洲的道友结怨了吗？”

宋逐神色严峻，他早就听说了此次真圆师太会同卯洲的帝子真衡一齐赴山海禁决，本就十分紧张，耳朵一轴听岔了，道：“我确为一人结缘而来，此次……定要不死不休。”

墨行徵：“……你们剑修可真吓人。”

又过了数个时辰，众人翘首以盼中，卯洲的帝子队伍终于到来。

别家的帝子都是天上嗖嗖飞来的，唯独卯洲这家是以苇化舟慢悠悠地渡海而来，墨行徵作为东道主，不得不从这苇舟出现开始，就站在门口保持微笑，一直到笑僵了，那苇舟才慢悠悠漂上岸。

先下苇舟的是一个虽然只有二十八九，但面貌已有中年风霜的僧人，竹杖芒鞋，一看就是苦行僧中的苦行僧。

“真衡道友——”

墨行徵刚要打招呼，就见那苦行僧转身去嘱咐师弟师妹一一下了苇舟，不失时机地教导道——“路上那些佛理知晓了，今夜都回去抄上百遍记在心中吧。”

这真衡帝子是卯洲法座门下最有名的苦行僧，苦就苦在不只他一个人苦，非要拉着师弟师妹一起苦。墨行徵望去时，只见后面同行的僧人面色蜡黄，有的已面无人色。

“……卯洲至此应该也不算远，真衡佛友的同门，何以都如此风尘仆仆？”墨行徵问道。

那真衡道了声阿弥陀佛，道：“墨道友见笑了，贫僧带着师弟师妹四个月前便自卯洲出发，只是一路周济贫困、降妖除魔，在路上花了点儿时间。”

“四、四个月？”墨行徵的眼角抽搐了一下，道，“那可苦了佛友的师弟们了。”

其他的佛修闻言面色多有幽怨，唯独一个清澈的女声答道：“一饮一啄皆是修行，真衡师兄以身作则，师弟师妹们也受益颇丰。”

真衡微笑道：“还是真圆师妹佛心坚定，不愧为师叔的高徒。”

其他人的目光适才都集中在卯洲的帝子真衡身上，而墨行徵听见这声音，愣了一下，后知后觉地发现一群和尚里还有个女佛修。

“真圆？”他记性不差，自然是记得寅洲一会见过的那个女尼真圆，凝神一看，却发现这个真圆虽气质依旧沉静，但那张面容，却是让神仙都发怔。

墨行徵愣了许久，方道：“真圆师妹也太不厚道，竟不是真颜示人。”

南颜拨弄着佛珠，目光扫视了一圈，未见到想见的人影，朝墨行徵笑了笑：“当时权宜而已，墨道友大人有大量，想来必不会计较此事。”

墨行徵关心的却是另一件事：“我算是知晓了，师妹这面容，若在寅洲出现，只怕当年就要被人吃了，如今不再掩面，莫非是已修至返璞境界？”

返璞是一种心境上独有的境界，除了精修心境之道的佛修，就墨行徵所知道的，只有已寻到化神大道边缘的元婴大圆满修士才能有这样的情况。

修成返璞的修士，在外人看来，就好似普通人一般，当面对谈时还能记得这个人生作什么模样，一转身却都不记得了，玄秘非常。

卯洲帝子真衡倒是对南颜十分赞赏：“真圆师妹是我们这一辈资质最高者，修行中也是最吃得了苦，成佛指日可待。”

“唉……”墨行徵故意叹道，“真衡道友太残忍了，师妹成佛岂不是可惜了，天下得多少男儿伤心啊。”

“墨道友说笑了，真圆师妹佛心坚定，不涉红尘事，你说笑便罢，勿坏了我师妹的修行。”

“无妨，也只是玩笑而已，也许我过几年就去剃度了呢。”

南颜本来正笑着，忽然感到背后一阵灼热视线，她唇角一僵，回头看见宋逐站在她身后，怔了怔道：“宋道友，好久不见。”

宋逐刚刚就想来打招呼，踌躇间，晴天霹雳地听见南颜说过几年剃度云云，心中悲苦，千愁万绪化作一句：“师太，你成佛那日，我送你一程。”

墨行徵：……什么仇什么怨?

“真衡佛友长年在外云游苦修，恐怕对诸洲弟子有所不知，去年又有几个部洲刚册封了新的帝子，正要介绍你认识。”

诸洲对于帝子一事各怀心思，帝君之位，山河海冕，乃天下至宝，自然是要竞争，但也有些弱小的部洲自知是陪跑，便趁此机会多加交游。

此时空中楼阁已开拔飞往道生天，真衡被墨行徵一路领去了楼阁内。阁内虽不算是正式的接风宴，但好交游的几个部洲之人都出来了，三三两两聚在一起相谈。

墨行徵此行十分看重佛修，陪同在真衡身边道：“咱们几个亲近的部洲你都知道，我就不多说了，窗前喝酒的那双腿包满偃甲机关的是西洲帝子鲁胜，一身偃甲技艺傲视同阶，你瞧他身上带着四个乾坤囊，怕是底牌最难以预料的一个。

“还有这亥洲帝子褚宁，平日里左拥右抱的，此次却独带了他新娶的道侣，实力未见什么进步，他那道侣倒是真厉害，前后不到半日，与五六个洲的人都混熟了，不可小视。”

南颜好奇地抬头看去，果不其然看见一个微胖的男人眯着眼喝酒吃肉，他旁边容貌越发娇艳的孟盈正一脸豪爽地同几个部洲的人聊得热火朝天，不知道说了什么，拿起酒杯一饮而尽，惹得满堂喝彩。

南颜本是想去攀谈的，但旁边忽然传来一声碎盏声，所有人都看向一个紫发人处。

砸杯子的是个紫发人，沉怒间，语带阴鸷：“来之前，我师尊与你叔父有约，命你在山海禁决中配合我，岂有反悔之理？”

他发火的对象不是别人，正是南颜曾经在赤帝瑶宫见到的云太妃娘家申洲的帝子云念。这个少年人是所有帝子中年纪最小的，却是最正统的天才出身，修为并不弱于任何人。

只见云念不卑不亢道：“长者之命虽不敢辞，但以同修之命冒险之事，云念绝不应允。”

不少人露出怪异的表情，南颜听见旁边几个道徒轻声议论：“山海禁决中有不少隐秘的宝地，元昂怕是已和申洲有所秘议，但这云念不开窍，怕来是不想拿麾下人的性命垫机缘。”

“真是傻，他若能成九品元婴，直通化神大道，申洲再赔上百条千条人命也甘愿。”

墨行徵瞥了一眼那些道徒，后者立即低头收声，他随后面上挂起子洲惯有的和稀泥笑容，一把揽住云念的肩头道：“我来之前还怕道生天的酒寡淡，灌不醉你们这些天之骄子，元昂兄倒是替我省事，要是不过瘾，一会儿墨某让人弄个台子签个生死状，若有幸让你们两位强敌两败俱伤，我们这些剩下的人可就少了心腹大患了。”

云念无奈道：“墨师兄……”

那元昂见墨行徵给了个梯子下，冷笑道：“这酒确实寡淡，元某从午洲带来的有烈酒，在座的道友若有意，元某必携酒相待。”

他言罢，便拂袖而去。

令南颜意外的是，他走之后，酉洲鲁氏的偃师和亥洲褚氏的人也分了一些跟出去。

“元昂修元磁之力，可破除世上大多禁制，山海禁决里，只怕还有地方得靠他不可。”

余下的人倒不至于为他拂了子洲的面子，一番推杯换盏后，气氛再次和缓下来。

这种喧闹的环境到底对佛修而言不是很适应，真衡一一打过招呼后就打算回房禅定，看见南颜同熟人们相谈正欢，便道："真圆，你既有熟人，师兄便不再监督你上晚课了，只是宴后仍需勤勉参习法相菩提第四重。"

"多谢师兄提醒，师兄慢走。"

墨行徵远远瞧着，扭过头来同南颜再次攀谈："法相菩提是愁山院的秘法，不修个三四十年少有成就，先前我见师妹还当有缘千里来相逢，如今看来真圆师妹是铁了心此生向佛了。"

南颜听他呜呼哀哉了一阵，莞尔道："墨师兄莫不是我失散多年的亲哥哥，怎对别人家的终身大事这般上心？"

道生天的人大多是有种指着柴火都能说出朵花的特质，南颜仔细对比过墨行徵和嵇炀，前者显然看上去活泼明朗一些，但眼底的冷静与试探仍是不少。

"人生不相见，但如云追月，我若是有这样一个妹妹，才不会让她修佛过那苦行僧的日子去，云念你说是吧。"

云念的目光扫过南颜，本也没注意，刚刚听到墨行徵一说真圆云云，早就呆怔了许久。

"云念？"

"……云念失礼了，只是实在没想到，真圆姐姐的真面貌太像我见过的画像上的姑母了。"

墨行徵道："是啊，犹记得小时候我也是见过南芳主的，可惜那时候小，化神期大能有返璞之气笼于身外，未能记得清楚，若不是现在修为比师妹强些，我也没想起来。"

云念期期艾艾地看向她："真圆道友莫非真的是……"

南颜心里算了算辈分，虽然没有血缘关系，但云念的确是应该叫南芳主一声姑母的，正琢磨着应该如何措辞，那边孟盈娉娉婷婷地扭过来。

"……真圆道友这南芳主的仿妆不错，不过你这口脂太淡，应该用素华斋的雪梅红，据说老板是个狐族的妖修，可讲究着呢。"

两个纯纯男儿震惊不已："不用易容丹能化成这么像吗？"

孟盈掩唇笑道："易容丹多伤身呀，又不是谁都能生得和南芳主似的，后天学个点妆补足就是了，我们亥洲都城里的女修，十有八九都学过南芳主的妆容呢。"

南颜："……"

南颜："没错，我们女修最近就时兴这个。"

孟盈也没有说假话，前两年南芳主有个遗孤的事闹得沸沸扬扬的，不知道的人把爹爹爷爷那辈的书房扒了个遍，到底还是扒出几张南芳主未入化神返璞的画像。尤其是世人听说这样一个明艳女子芳魂已逝，便忽视了她生前种种非议，一时间倒是惹得不少儒修大书悼亡情诗以抒怀。

虽然……这些儒修也是当年骂她骂得最狠的那一批。

“盈儿，你在同谁聊得这么高兴？”

南颜回头瞥了一眼，说话的是个醉醺醺的青年，看他有一只眼睛是瞎的，便晓得他便是孟盈嫁的那个亥洲帝子褚宁。

“夫君，我正想向墨师兄请教那山海禁决里的事呢。”

褚宁道：“墨师兄，山海禁决里你也算是前辈了，宋逐脾气古怪待人冷淡，我们也懒得去求。墨师兄既是东道主，不妨就同我们说说当中的险况如何？”

这一届参加山海禁决的人中，唯有墨行徵与宋逐二人，他们其实早就可以结婴，但都让长辈出手压着境界，虽未能结婴，实则都有斩杀元婴的修为。

“好吧，等到了本宗，也会是有专人详说的。”墨行徵坐下来道，“山海禁决，乃是道尊当年飞升前发现，后又由玄宰辟出的一处秘境，但玄宰当年也只是辟出了入口，本身也因修为过高而不得入，只能派遣晚辈中的结丹弟子进入其中一探究竟，当时……我道生天派出五百余结丹弟子探秘，出来的却只有四名。”

凶险是绝对凶险的，这毋庸置疑，南颜来时已做好了准备，不过她更关心这山海禁决是否当真为传说中的酆泉川入口。

她这两年翻阅典籍，曾听古籍中言，九狱之中，酆泉尤其特殊，据说为狱君所掌之地，又名酆魔天，一些酆都之说便是与此相关。

“……那四名结丹弟子出来后，不过一载，便挨个结婴，且结婴后实力远胜常人，甚至其中有一个天资高超者，结婴时所结乃七品元婴，只用了十年便化神成功。吾宗见此情景，再派遣弟子前往山海禁决，这一次玄宰花了不少代价，以分神寄于一个结丹弟子身上入其中一探……便发现了山海禁决中有一样至宝。”

亥洲帝子褚宁眼中迸出一缕贪婪的光：“山河海冕，与赤帝妖心、逆演轮回镜同列破界三宝，得山河海冕，便是庸人，也可尽知天下事。”

云念面上微红，声音里隐藏着某种崇拜与遗憾交织的意思：“墨师兄应该是亲眼看见少苍哥哥登基的吧？”

少苍哥哥……

南颜瞬间竖起耳朵来，一脸的平静，然而内心……翻江倒海。

墨行徵闻言不满地拍了一下云念的脑门：“一口一个少苍哥哥，你倒是叫得甜，行徵哥哥对你就不好？你小屁孩默不出功法罚跪的时候，不是你行徵哥哥半夜给你送吃的？”

云念连忙捂住脑门：“好……好吧，帝君的名讳是不能乱叫的，云念知错了。”

墨行徵啧了一声，道：“我那师兄的事在座诸位也晓得，以往的帝君选拔，怎么说也要三五个月。唯有上一届我那师兄参加时，九成的天骄都还在九劫海徘徊的时候，他就已经去十业山打了个来回了。山海禁决门口的长辈们分明是送孩子来选拔的，人还小住着没走，选拔就结束了。”

褚宁有几分不服：“再天资过人又如何，那也是前代帝君了……”

旁边孟盈见墨行徵眼底笑意微敛，便知道道侣说错话了，忙补救道：“若帝君还在世，哪还有我们今日相聚的缘分？却不知那九劫海与十业山是何地？”

墨行徵道：“山海禁决中分九劫海与十业山这两道大关，九劫海中，有无数妖魔灵兽，每斩杀一头，可得一丝灵气。”

“灵气？”

“对，忘了说，”墨行徵露出一丝奇怪的笑，“进入山海禁决的瞬间，所有人都会被分散到方圆十万里的九劫海中，身上的灵气会迅速因山海禁决的地气而消弭殆尽，吃丹药也没用。”

他这么一说，不少了解不深的修士眉头都皱了起来。

云念担忧道：“灵气为修士之本，若无灵气傍身，如何使出功法？”

“问得好，当年我就跟宋逐这小子落到一个地方了，半日的工夫，灵力尽散，宛如凡人，以至于那十天我们过得简直宛如野人毛猴一样……”墨行徵眼里尽是不堪回首的过去，“不过好在宋逐够莽，那剑耍得，嚓嚓切了一头碧灵蛇，那蛇死的瞬间，一股特别的灵气会自动散出，进入人的体内。”

墨行徵说到这，面色认真起来：“这灵气就是我们化婴之本……那是一种带着天地本源的灵气，玄宰说过，山海禁决中的灵气，来自虚空界壁之外。在九劫海中积蓄的灵气越多，爬十业山时，把握就越大……甚至有的人，在九劫海吸收的灵气超出结丹的极限，在十业山可以发挥出元婴中期的修为，就算得不到山河海冕，出秘境之后立马就能结婴。”

“那十业山又是……”孟盈还想再问，忽然感到地板微微一震，外面登时传出其他诸洲帝子的强大气息。

“这是……”

墨行徵起身打开旁边的窗户，此时正月上天心，本是良辰佳夜，但比这月色更迷人的，却是一条幻美的光河流转在夜色穹苍中。

“欢迎各位，驾临道生天。”

——去道生天之后，你也无须刻意隐瞒身份，那些人想知道的都会知道的，但你不能妄动给他人借口，须得等你舅舅取赤帝的遗宝回来。

石阶上的触感与别处分外不同，那是一种古拙的、不知道多少年沉淀下来的灵气，在踏上悬空山的山门时，便不免心生敬畏。

“诸位且跟着门人休息半日，半日后，便会有长老来接各位去万宝阁挑一件称手的宝物，也算是道生天为山海禁决一行聊表寸心。”

其余人都在为能进入万宝阁略略兴奋，唯有南颜看着天上那轮转不休的魂河，水墨色的眼底不无渴望。

墨行徵将大多数人安排妥当，回头一看，见南颜既不跟佛修们离开，也不同人闲谈，而是凝视着天空正出神。

“……真圆师妹在看魂河天瀑？”

南颜收敛了一下目光，道：“贫尼没见过这样的美景，贪看了几眼，不知能不能就近观赏一番？”

墨行徵笑道：“那恐怕不行，魂河天瀑的源头在中间那座悬空山上，看到了吗？”

南颜顺着他指的方向看去，只见目光尽头有一座稍小些的悬空山，山顶雾雨如织，看起来就像是一幅水墨画镶在夜空之上，而魂河天瀑也是从那里流出。

“那里是禁地吗？”

“不，那里是我师尊修行的地方。”墨行徵说这话时，目光里满是崇敬，但随着凝视久了，又浮现出些许复杂之色，他沉吟片刻，有意无意道，“今夜师尊去同几个上师约谈要事，天亮前应该不会回来。”

他说完，便转身离开了。

南颜心头微动，再看向墨行徵时，旁边穆战霆路过，传音道：“这里是道生天，你要弄什么幺蛾子的话……”

“我知道，山海禁决前我不会做什么的。”南颜心里难耐非常，只想奔去见她娘，但也不得不忍。

“不。”穆战霆肃然道，“你要是搞什么幺蛾子的话，记得喊我，我来之前迷药零嘴夜行衣都准备好了。”

南颜：“……”

南颜心想她倒是忘了，他们兄妹几个里先搞事的永远是她大哥，去了道生天为自己安排的客舍时也是惴惴不安的。

道生天的洞府都是一层阵法套着一层阵法，保密性极强，不到一个时辰，南颜还没来得及炼化发下来的洞府玉牌，就听到院子里有什么东西砸进来，开门一看，当真是一个小乾坤囊，里面装了一堆加持了隐息阵纹的夜行衣和一堆一看就是打家劫舍专用的瓶瓶罐罐，里头还附着一张字条——月圆之夜，道天之巅，摸黑探秘，削个神仙。

南颜默默地在心里问候了他。

这种犀利如野狗的文风估计也没别人了。南颜在屋里团团转了半晌，决定还是有难同当，把夜行衣穿起来后，刚一围上黑漆漆的面巾，外面的门就响了。

南颜不疑有他，一身黑地去开门："都快天亮了，你怎么才——"

宋逐敲门的手僵在半空："……"

南颜一身夜行衣被看了个正着，不得不在出家人满脑袋的诳语里疯狂找借口："我在试衣服，道友见笑了。"

宋逐一愣，心想——啊？她莫不是知道我今晚会来约她？那就是专门穿给我看了？

"你穿这身……不丑。"宋逐动容道。

南颜：嗯？

宋逐觉得他说完气氛有点儿尴尬，试图补救道："这个面纱也不丑。"

南颜："……宋道友觉得我这一身不丑在哪儿？"

宋逐内心拼命搜刮女子保养的名词，半晌，憋出来一句："防晒。"

南颜抬头看了一眼高悬的月亮，心中的窒息难以言喻："没错，我就是怕被月亮晒黑了，我看时间也不早了，天亮后还要去万宝阁，要不就——"

"呃，是这样的。我师尊命我来道生天后，给玄宰送一封信，听、听墨行徵说你想去魂河天瀑的源头看看，要、要要不然就一、一起？"

南颜正要缩回去，闻言双眼蓦然一亮："当真？宋道友等我片刻，我马上去把这身换了！"

——啊，她真好看。

投其所好成功，宋逐在心里暗暗地狂喜乱舞了一阵，等南颜出来，慢慢往道生天最高的悬空山走去的路上，看着云海翻腾，南颜不知为何隐约觉得她在哪里看到过类似的情景，但一追忆，又觉得好似有什么东西封住了她的脑识，以至于什么都想不起来。

"宋道友为何好像对道生天很熟似的？"她问道。

"……我师尊曾在此地向道尊求学。"宋逐略一犹豫，对南颜道，"南芳主亦然。"

南颜意识里电光石火般闪过什么，但之后依然无法解读，她垂眸道："这我是知晓的，龙主那一代人，都曾蒙道生天训教。"

"没错，所有人都知道，道天不灭，诸道长存。"

道生天地位太重要了，正法殿无主的这么多年，也是因为道生天还坐镇于世间，一些暗中的人才不敢兴风作浪。

宋逐大多数话都是糊里糊涂的，唯有这一句，却是诚心劝告："有些事不得不做，但现在不该是你去做。"

南颜微微点头。

不消片刻，他们穿过松树掩映的山门，顺着铁索桥一路越过云海，待到那座最高的悬空山前，一抬头便是一片扶疏的绿荫，白鹭行空，夜萤飞舞。不知是不是错觉，一到这山前，云海上的风声便停了，唯见那山雾笼罩间，这座悬空山就宛如被镶在画中。

"晚辈宋逐前来拜访玄宰，请鹤使放行。"

远远一声鹤唳传来，南颜感到这山门前的灵气蓦然一阵波动，随后绝路前山林两分，露出一条石阶来，二人拾阶而上，宋逐将一封信取出，递给等待在岔路口的一只仙鹤。

鹤使口吐人言："请二位在未雨亭饮茶，稍后得了玄宰隔空传信，便报以回音。"

这地方南颜不敢妄动，跟着去了一处竹林中的草亭稍坐，而那魂河天瀑的源头，就在这草亭尽头一处竹舍后。

宋逐看她心不在焉的，一时间也有点儿紧张："师太。"

南颜算着时间，有点儿焦躁："宋道友何事？"

"那磬音寺……那天晚上的茶约，还算不算？"

宋逐在这儿看着，南颜自然是不能跑去找她娘的，如今听他这么一问，她低头瞧见这未雨亭中茶具俱全，一个危险的念头在心里盘旋，道："我最近茶艺见长，尝试了一种新茶，宋道友要试试吗？"

宋逐连连点头，看着南颜在风炉前忙碌的身影，大约是觉得这辈子值了，等到南颜一脸复杂地把一杯茶递来时，他感慨不已："师太，其实我有句话一直想对你说清楚。"

南颜："宋道友请说。"

宋逐喝了口茶，捏着茶杯踌躇了一下："我来时，听亥洲的褚宁在背后议论你。"

南颜："哦，他说我什么？"

"他说，化妆的女修道心不定，就算修佛也……也成不了正果。"宋逐还怕她生气，道，"后来被他道侣驳斥了，我就没动手，想告诉师太，若是他们以后再说你什么，你不必放在心上。"

南颜佛心本来还是很稳的，听他这么一说倒是有点儿不稳了：“你看我化妆了吗？”

宋逐猛摇头，但随即又表决心道：“就算你化妆了，我也还是喜……喜……”

南颜看着宋逐一头睡死在石桌上，站起身从风炉边收起一只小药瓶，这东西还是她刚刚从穆战霆给准备的那一包东西里拿出来的，本来她还怀疑是不是有用，现在看来，倒是多虑了。

她想完，抬步往竹舍后走去，却没注意到，她身后的竹林暗处，墨行徵缓步走入亭中，拿起宋逐手边的茶杯闻了闻，识出其中令人昏睡的重药，皱眉看向南颜离开的地方——魂河天瀑的源头，师尊不允任何人踏入，里面到底藏着谁？如果这个疑似南芳主遗孤的真圆冒这么大风险也要进去一探，是否能说明什么？

与此同时，穆战霆终于跑到了南颜的客舍外，敲了半天门没反应，旁边巡夜的道生天修士问道：“帝子不在客舍养精蓄锐，在这儿做什么？”

穆战霆：“我妹……真圆师太去哪儿了？”

巡夜修士道：“半个时辰前，未洲的宋逐宋师兄把她约出去了。”

穆战霆：“啊？大半夜不睡觉，约出去干啥？”

巡夜修士嘿嘿一笑：“这血气方刚的年轻人，难道还能约出去讲道吗？”

穆战霆倒抽一口冷气，这个时候他想起了龙主临行前留下的话——山海禁决什么妖魔鬼怪都有，她人虽小，但到底是南芳主的血脉，难保没有哪个狗东西闻着腥就摸来了，本座丑话说在前面，人全须全尾地去了，就得给我全须全尾地回来，若是少了或是多了，仔细你的腿。

出于某种求生欲和兄长的责任感，穆战霆苦于山海禁决前，帝子之间不能动手，连忙在追去前挥毫手书一封，拴在随身灵兽囊里一只四阶灵兽蛟鳞翔空鸟腿上。

“快去报给龙主，南颜被闻着腥味儿的狗拖走了！”他说完，人便离去。

蛟鳞翔空鸟腾空而起，但穆战霆不知道的是，道生天有禁空禁制，需得有手令才能通行，蛟鳞翔空鸟闪电般朝道生天外飞去，哪知一脑袋撞到禁制上，昏头昏脑地栽进一处客舍的池塘里。

“这是哪儿来的笨鸟？”

庭院中两面映着孤月的池塘，丹顶鹤三三两两地垂首眠于古意盎然的花木里，似乎都被天上坠下的蛟鳞翔空鸟惊醒，纷纷拍打着翅膀飞离。

说话的人一招手，把那被淹得半死的鸟儿摄入掌中，诧异道：“还带着封信呢，这谁写的？怎么一开头就是呜呼哀哉云云？”

“鲁胜，喊你来是为了山海禁决里的秘境好处，你看那些旁的乱七八糟的做什么？”说话的是厉迟，庭院的桌边，还坐着其他几个人，“好了，继续刚才的话，九劫海里前半段那几个秘境不算什么，最后的鬼潮，向来只能由佛修抵抗，我邪道修士每每在此损失惨重，但如今不一样了，我们有秘招，可将那些正道修士在九劫海彻底歼灭……”

“厉兄好大的口气，靠谁能比佛修管用？”鲁胜嗤笑道，继续看起了手中湿答答的信，忽然哎哟一声，“这佛门的人也是厉害啊，半夜就出去冶游步月，倒真是好兴致。”

人群中，一个一直沉默不语的人忽然抬起头，斗篷下的面容本来是在思索什么，闻言却起身道：“信可以传我一阅吗？”

鲁胜笑道：“道友也有兴趣？可精彩着呢。”

那人扫了一眼信上龙飞凤舞的字迹，本就比常人苍白些的手指徐徐收紧，最后发出一声轻笑：“我有事，先告辞了。”

“天都快亮了，你去处理什么事这么重要？”厉迟刚问出口，那人侧眼一瞥，那目光之冰冷，让他浑身血脉顿时好似浸在冰水中。

“见谅，家务事比什么都重要。”

顺着天穹上的光河在竹林中穿行未几，南颜便感到有些不对。

这魂河天瀑的源头并不远，按理说早就该到了才对，她却仍在竹林中打转，想来此地多有迷阵。

几步之隔，岂有放弃之理，南颜盘坐在地，将五识铺开，刹那间面上冷汗沁出——子洲的道生天果然不容小觑，这片竹林每一株绿竹、每一片竹叶，都非天然所成，而是由无数禁制阵法反复叠加组成，她能走到这里，已经是作为客人能走到的极限了……若是换做其他潜入者，恐怕连山门都不得入。

可南颜仍咬牙未放弃，多年分别，人已至此，断无轻弃之理，一时间眼底佛光隐耀，低声喃喃——“道为本源，吾佛亦然。诸般大道皆是道，磬音起处，唯佛无念……”

除《七佛造业书》外，南颜在愁山院另修《菩提真经》，至今已小有成就，正统佛力让五识瞬间扩张，那竹林禁制倏然显现出其中变幻的规律，神识探入间，碰到一股极其熟悉的气息，同时，她身上带着的一样东西发出异动。

“凤尾铃？”

她起身取出舅舅赠与的凤尾铃，这竹林本无风，但凤尾铃却无风自动，一抹霞色雾光包裹住她周身。

南颜心神微动，顺着凤尾铃摇曳的方向走去，拨开一丛竹枝后，眼前倏然大亮。

那是一片如梦似幻的星光天瀑，缓慢地坠入一片无边无际的光海中，天瀑背后，一条悬空的流光路延伸至远方。

凤尾铃好似察觉到了什么，欢悦地发出铃响。南颜算了算时间，唯恐被人发觉，便抬步踏入那浮空流光路上。

流光路好似一棵画在纸上的巨树，三四十步间便出现一个岔路，由不断注入光海的魂河分隔开来，不多时便失去了来时的方向。

好在有凤尾铃指路，南颜加快步伐，不多时，便在尽头看到一座冰川，冰川上有一座白玉砌就的祭坛，祭坛中央，有巨大的紫冰封住了一口半透明的棺椁。

南颜猛地冲上去几步，理智又堪堪让她停住。她记得，舅舅说派了寅洲两位长老在这里看护，却不知此时还有无其他人。

南颜低头看了一眼脚下，她面前两寸外，看似是普通的白玉石板，实则下面隐约有光纹流淌，细一看，魂河天瀑中有一丝丝通过这个祭台流向棺椁中，看起来就像是在滋养什么。

就在她犹豫时，怀中的风铃自行飞出，飘向了棺椁后方，撞在棺盖上摔了下来。南颜一愣，试了试这祭台没有什么机关后，便抬步走上去，俯身刚捡起那凤尾铃，背后一声直刺心魂的声音响起。

"……你不是道生天的道徒吧？"说话的是个女人，声音懒洋洋的，带着一抹轻俏的尾音，说不出的好听。

南颜手中的凤尾铃险些没拿稳，她不可置信地回过头，棺椁下的石梯上，仰坐着一个女子的虚影，她赤红的裙摆下是渐渐透明的，面容也好似隔着一层雾一样，唯有翘起的唇角，让人觉得她是在笑的。

这是一个残魂。

南颜按下扑进她怀里哭一场的冲动，红着眼眶哑声道："你不知道我是谁吗？"

"来这儿的，无非是道生天的道徒，和我寅洲的人罢了。"南娆似乎比她认知的状态要年轻些，"逸谷倒是来守了我两个月，他走之前，我倒是没来得及凝聚神识化形出来同他见上一面。"

南娆的残魂看她抿着嘴满眼含泪地不说话，问道："怎么了？喜欢的人移情别恋了？"

南颜抽了抽鼻子，摇摇头说不出话来。

南娆失笑道："那就是走火入魔了，要不要我支你两招？有用着呢。"

南颜也看出来了，这缕残魂空有南娆的形貌，却无南娆的记忆，应是通过这祭坛勉强聚合出来的，十分脆弱，若提起前事，恐怕还会有消散的危险。

她不敢多言，小心翼翼地靠近了些，顺着她的话说："那，你教教我，若是亲近的人走火入魔拉不回来了，我该怎么办？"

南娆："男人还是女人？"

南颜："男、男人。"

南娆："吻他。"

南颜："……要是没有用呢？"

南娆："死劲儿吻他，走火入魔的人大多杀人不眨眼的，狗命要紧，欺骗感情也得干。"

在凡洲的时候，她娘平日里虽然也不太正经，但绝对没有这么不正经。

南颜隐约能理解为什么龙主有时候提起她娘就咬牙切齿的了，正想说点儿别的，南娆忽然笑了笑，道："有人来了，要躲躲吗？"

"欸？"

南娆的身影迅速消失，同时祭坛中央的棺椁左右分开，棺盖徐徐升起，一股吸力将南颐瞬间扯入棺中。

南颜回过神来，发现这具棺材内中空间有一间石室般大，中间冰封着一个女子，她一身的荆钗布裙，比刚刚那红衣炽艳少年要安宁些，正是南颜印象里的母亲模样。

"娘？"南颜贴在冰封外，低声轻唤，但里面全无回音。

——她早已逝世很多年了。

很快外面传来由远至近的说话声，南颜安静下来，屏气走到这间石室边上，从墙壁里可以隐约看到外面的情景。

那是两个老者，均有化神初期修为，浑身散发的元气一阴一阳，隐隐相容，应练有合招。他们来了之后，便向着棺椁躬身行礼。

"属下孙有、孙无，甫自外洲归来，不知今日宫主英灵可否允见？"

数息后，棺椁无声，那二人失望叹道："……看来这魂河天瀑虽有聚魂之能，但宫主身死道消多年，三魂六魄脆弱异常，不是每次都会显圣。"

另一人道："还是寄希望于少君取赤帝主人的秘宝来吧……只可恨赤帝妖心不在，要不是宫主的残魂显圣，说是在凡洲遭邪魔劫取，我们只怕便误会了玄宰了。"

"是，眼下最紧要的是联系诸洲之主，有愿意襄助一起去凡洲秽谷讨伐邪魔的，我寅洲必有厚报。"

什么？娘的残魂亲口说，她的赤帝妖心是被凡洲的邪魔挖去的？

南颜愕然，但冷静下来想想，越发觉得奇怪……那残魂明显连她也不认得，是怎么说出凡洲之事是遭谁害的？

“你在害怕什么？”南娆的声音再次从身后传来，南颜这一次回头看去，终于察觉出了不同。

这残魂的面容依旧是南娆的模样，但眼底的情绪却颇为古怪，这一回她身后连着一缕缕魂光，随着那些魂光的注入，面容也愈加清晰起来。

“你到底是谁？”

那残魂轻笑一声，看着她的目光一时温和，一时又好奇，道：“我自然是南芳主呀，至于你……哈，你这张脸，我知道你是谁了。”

她的整张脸本来是一片模糊，如今却渐渐成形，仿佛是借助了南颜的面容，终于把五官确定下来，最后和南娆的眉目彻底重叠。

南颜感到这缕残魂终于生出了自己的意识，咬牙道：“你不是我娘。”

那残魂轻轻抚摸着自己的脸，仿佛十分满意道：“乖女儿，我当然是你母亲……或许现在还只是一个小小的、依靠吸收魂力存活的心魔，但等我吞噬夺舍她之后，就会是你母亲了。”

南颜只觉遍体生寒，《七佛造业书》轰然一声运转起来，弥漫着血腥味的佛力节节攀升，压抑着怒意终于分辨出对方是魔非人，凛眉一怒，一掌朝她拍去。

“何方魔类？安敢窃据人身！”

《七佛造业书》克制世间一切妖邪，那心魔嘶痛了一声，身形当场被拍散，但下个瞬间又好似吸取了冰封中的魂力，再次凝聚起来躲在冰封后，曼声道：“小丫头，娘亲还没来得及好好疼你呢，你怎就下得了手？”

南颜见她刚刚从身上吸走了什么东西，便知不能硬逼，勉强维持冷静：“你是应则唯造出来的？难道连我娘死了……他都不放过？”

“应则唯……”听到这个名字，心魔骤然兴奋起来，眼里射出贪婪的光，“是了，我是从他的心里生出来的，他同我打赌……要我当南芳主， 我要是乱了他的道心，就能蚕食他，那可是近神的修为呀……”

南颜咬得下唇漫出血腥，道：“你若赌输了，是什么后果？”

心魔脸上的狂热骤然一收，面露阴戾之色：“他困在我这儿多年，要是最后杀得了我……啧，看着寄主再斩心魔，破界飞升，可真不是滋味。”

南颜瞳孔一缩，她终于知道为什么应则唯要把她娘带走了——他困于心魔多年，非要再杀南娆一次，才能彻底放下凡心。这是何等的病态才做得出来这样的事？！

心魔好似窥见了南颜心中翻腾的憎怒，咯咯一笑，道：“我才刚降世，怕他怕得很呢，乖女儿，你同他有杀母之仇，我们联手好不好？就假装是一家人，他的道心抵不了这样的美梦的，你连动手都不用呢。”

“……别拿我娘的脸说这么恶心的话。”南颜一抬血丝弥漫的双眼，全身佛力倾泻而出，“七佛罚罪，封魔净世！”

空中磬音骤响，棺外的两名化神修士发现棺椁上方一道千手观音的虚像凝实，里面传出南芳主的痛呼声。

“谁在棺椁里！”

两名化神立马飞出，联手想击破那千手观音的虚影，却感到整个魂河天瀑倏然一滞，已经注入光海中的魂河蓦然散出暗芒，所有本应长眠于此的魂魄好似受到什么牵引，悲号着要从光海中挣扎而出。

“魂河逆流？这怎么可能？！”

诧异间，南颜已完成了对心魔的封印，那心魔愤怒万分：“你敢阻我吸收魂力？又能阻止多久呢？南芳主终归会是我的！”

化神第五衰的心魔，若不是她封印得及时，可能须臾间便会成长到极为恐怖的地步。

南颜捂着喉咙干咳两声，连忙服下两口丹药，冲到南娆面前，只是她已经没有余力打破冰封了，只能依恋地看了一眼南娆。

“娘，等我……我会回来，带你回家的。”

此时棺椁已经被那两个化神期的修士打开，南颜再不迟疑，从棺椁中闪身而出，

“稍等，我是——”

那两个化神期修士唯恐南娆有失，不分青红皂白，朝南颜绝杀一指点来：“贼子，敢冒犯吾主圣躯！给我死！”

几乎是在他们动手的瞬间，整座魂河骤然变暗，阴风嘶号间，一股黑沉沉的鬼气弥天盖地而来，旁边魂河的支流也瞬间为之所引，转而缠向那两个化神修士。

同时，南颜感到腰间一紧，整个人被飞速带离这片祭坛，同时耳边传来一道带着隐怒与嘲讽的声音。

“阿颜好大的胆子，修界第一人的心魔，说封就封。”

南颜想抬头看一眼，却被他按了下去，只能被他夹在胳膊下，任呼呼的风声从耳边掠过，待重新回到竹林里，她才虚弱地抬头笑了笑：“少苍，我厉害吧。”

“厉害，那心魔若不是才生出神识，还不会用本体的实力，此刻被镇压的就是你了。”嵇炀闭上眼，天知道他来时发现只有宋逐后是个什么心情。

嵇炀平日里笑言戏语，十有八九都是假话，不笑时却是反过来的。

南颜自知有错，垂眸道：“我只是没想到，他的心魔会是我娘，他就这么怕天下人知道他情落凡尘吗？是不是所有求道的人，都非要斩掉自己的感情，才能得道

成仙？”

“不一定。”嵇炀淡淡道，“我就同他不一样，我不只承认喜欢你，我还要到处乱说，恨不能全天下都知道。”

南颜已经放弃让他注意言辞了：“……那你听我的话皈依佛门吗？”

嵇炀：“不听。”

南颜今天还是恨得牙痒。

“所以你到底是怎么来道生天的，我怎么到处找也找不到你？二哥呢？”

“他另有他事，我倒是想和你促膝长谈，可惜不合时宜。”

“为什么？”

竹林深处，嵇炀一把将南颜推出一方迷阵外，随后极其熟练地右手一抬，竹叶虚影重重掩盖，好似是怕什么人看到南颜一般。

“你且回去吧，哦，记得不用管宋逐了，我已经把他丢到别处了。”

“那你留在这儿干吗？”

“我叙旧，你先回去，时机合适，我自会寻你。”

南颜糊里糊涂地离开后，嵇炀的目光转向竹林另一侧，枝影扶疏中，一道剑光随着饱含沉怒的一声袭来。

“周天行吟！”

嵇炀随手折了竹枝，同样回道：“周天行吟。”

双式同出，轰然对撞，本该是惊天动地，却硬生生被圈在小小的竹林间，随着从林间落下的靡靡细雨消散于无。

雨中，墨行徵那张少年人讨喜的脸此刻阴云密布，眼中暴怒与悲伤交织，经年来的困惑与不解化作一句诘问——“为什么？！”

为什么你还活着却不回来？为什么要暗中行事？为什么要背叛道生天？

嵇炀靠在一株老竹上，道：“你心里已经有答案了不是吗？”

“师尊对我们恩重如山，你……”墨行徵说到这，仿佛是想起什么，手中的剑有些握不稳，颤声问道，“二十余年前，门中失踪的那些师弟，到底是不是你杀的？”

嵇炀看着他的神情，好似看透了他在想什么，得知真相后又会去做什么。

片刻后，他答道：“是我杀的。”

“你胡说！我们一起长大，我还不知道你？”墨行徵记得当年嵇炀出事前后，道生天中暗暗流传出一条谣言，说玄宰的首徒意欲篡改道尊经典，另立邪说颠覆道生天，还蛊惑年轻同辈打算一道行事，最后劝说无果，一夜之间，嵇炀和那些弟子都消失了。

只是这么多年了，墨行徵也不是傻的，慢慢便察觉出一些蛛丝马迹，但基于对师尊的崇敬，他并不相信。

嵇炀道："你既不相信是我做的，又该怀疑谁呢？是不是在你看来，师者这些年，也越发地……凡心入魔了？"

墨行徵耗尽了全身的力气一般，磨着牙道："……我不允你污蔑师尊。"

嵇炀拨开竹枝，道："是啊，天下师可以负罪，却不可以负错，道天不灭，他永远是对的。"

"师兄。"隔了这么多年，墨行徵再唤出这个称呼，心中百味杂陈，"有什么误会，就不能留下来，同师尊谈一谈，看看有什么解决的余地吗？"

"余地？"嵇炀转身走出这片竹林，索然道，"师者连给自己的余地都没有，哪里来的余地？这场风波不关你的事，你只管顾好自己就是了。"

他言罢，随着一阵竹叶飞落，身形消失在林间。

"师兄！"

墨行徵还想留住他，却见周围万籁俱寂，所有的幽然鬼气一瞬间消失。

他颓然扶住竹枝，目光混乱："师尊，这一切到底是怎么回事……"

次日，道生天万宝阁前，诸洲来的帝子皆汇聚一堂。

"墨行徵怎么没来？"

迎接他们的道徒答道："墨师兄昨夜修炼遇到迷障，今日暂由我等接待，还请诸位帝子前往阁中吧。"

道生天负责修界教化，每每开启山海禁决，为表对诸洲帝子的嘉勉，允许他们在山海禁决前，挑选一件有缘的宝物。

万宝阁同其他建筑一样，外面看来虽不大，进入其中后，空间却不容小觑，宛如一座宝塔，四四方方的阶梯螺旋而上，各个楼口皆连着一间间石室，内中宝光璀璨，引人注目。

道徒们向每个帝子发下一张银白色的符箓，道："石室中的宝物均设有护罩，护罩分紫、蓝、碧、白四品，需得以灵力法术破除护罩后方可取宝。此物为破禁符，诸位帝子除凭借自身实力破除宝物外的护罩，还可以此打开一件蓝色光罩的宝物。"

跟随帝子们而来的天骄虽也可与有荣焉，但每人却无破禁符，若一个时辰仍无法取宝，便只能放弃。

"听说这万宝阁顶层供着传说中的逆演轮回镜，难道这至宝也能取吗？"有人问道。

所有人都露出感兴趣的意思，但道生天的道徒们却不在意地笑了笑：“逆演轮回镜确实在万宝阁顶层，而且外围并无宝光护罩，任何人都可以前去参观。只是这至宝乃是道尊在时于虚空外所得，也只有道尊启用过一次，后来者均无缘再行启用。”

午洲的帝子元昂目露热切，道：“确实如此，道尊也是凭借在这逆演轮回镜中观测到的未来，确定此界壁障薄弱处，因而汇通伐界五尊联手飞升成功，那是何等的伟业。”

旁边的酉洲帝子鲁胜冷笑道：“想什么呢，这镜子摆在这儿这么多年，那些个道天上师若能收用早就收用了，轮得到我们？只有一个时辰的时间，还是快些取宝吧。”

道徒们抬来一只香炉，点上香的瞬间，所有人都动身上了楼。

“阿颜，阿颜啊……”穆战霆没有急着走，而是凑到面无表情的南颜身边，“你别不理人呀，我这不是看你大半夜和宋逐那个不怀好意的小子出去了心急吗？”

南颜筋疲力尽地搓了把脸，道：“贫尼佛心坚定，断不会为红尘所扰，你我兄妹情分已尽，眼下心中唯有一愿。”

穆战霆：“什么愿？”

南颜森然道：“愿我在万宝阁中找到一种把人毒哑的药，晚上我去给你送夜宵。”

穆战霆：“……”

他们俩争执间，顶上的一间石室里已传出击打的声音，白光闪烁间，一个申洲的修士捧着一口蓝幽幽的冰匕出来。

“上品法器？这匕首怕是结丹初期最好的了。若是白光罩里的就这个品质，那、那些蓝光、紫光里的……”

所有人露出兴奋之色，穆战霆为了挽救兄妹感情，屁颠屁颠道：“你看中哪个，我帮你打呀。”

旁边的人不屑道：“外人帮的话，护罩会变为两层，难度翻倍，还是自食其力吧。”

南颜瞥了一眼楼上的状况，确实如此，道：“不用管我，我随意走走就是。”

穆战霆无奈，被辰洲其他修士叫着先行离开，留南颜一人徐徐拾阶而上。

显然越往上，那些蓝光紫光越明显，是以他们大多数人都直接去了万宝阁上层，南颜也试着走进一个放着一把下品灵宝纨扇的房间里，对着绿色的光罩攻击了片刻，发现如果要击破的话，恐怕正好需要堪堪一个时辰，耗时太久，而下品灵宝她并不缺。

她索性便放弃了，同其他人一样，直奔顶层。片刻后，便看见一个紫光璀璨、宝光恨不能溢出来的石室。

那石室前围着申洲云念和午洲元昂两拨人。

申洲的修士怒道："这间是我们先到的，你凭什么要我们离开？"

元昂之前已与云念有所冲突，此刻更是不客气："你都攻击了小半盏茶的时间了，这外面的光罩也没淡去一成，与其浪费时间，不如让我来。"

南颜神识一探，诧异地发现，他们争夺的是一样玉简，那玉简上竟是道生天的核心功法《道天心诀》初章。

旁边被吸引来的人羡慕地道："《道天心诀》初章，这样的东西几乎可以作为一个大宗门立身之本，道生天也舍得？"

"换了其他部洲之主在这儿，哪怕是割地也愿意求取这一份功法玉简！"

"诸道之中，儒修兼容最强，若是让这云家的帝子放弃，那可真是割肉啊。"

云念此刻也十分纠结，道："我愿用破禁符一试，请元兄允我片刻。"

元昂冷笑道："这紫光可和下面那些单纯灵力的护罩不一样，乃是一头鬼沼妖龟炼魂所成，防御力空前，除了我元磁圣光可破邪，世上再无其他灵力有希望能破除，帝子若想要，我看你申洲北部那两条上品灵脉的平原不错，我在午洲坐等云家怀诚意来换。"

云念正犹豫是不是要动用秘法时，一眼看到南颜正在楼梯对面看着这边，连忙道："真圆姐姐修佛道，可克制世间大多妖魔，可否相帮？云念必有厚报！"

南颜："……我？"

寅洲北海，封妖大阵。

巡夜的修士飞掠过夜色下翻波的海潮，远处传来宛如鲸鲵出海的啸声，让他们稍稍驻步。

修士们细听了一会儿，等鲸鲵声消去，抱怨道："成夜成夜地叫，有本事倒是冲破这封妖大阵啊，没得扰人休息。"

另一人道："要不要用寻妖铃看看有没有妖物破阵而出？"

"算了吧，几十年都不会有的，就算有些炼气筑基的小妖逃出来，也根本不值得一提。还是回去喝酒吧，那灵酒可是我道侣上个月刚送来的呢。"

巡夜修士们笑了起来，他们刚要走时，有人腰间的寻妖铃突然躁动地响了起来。

"有妖族来了！"

修士们警惕地拿出武器，左右逡巡了片刻，发现海崖边站着一个裹在雪裘里的年轻人，一身的妖气，约在结丹后期。

巡夜修士们纷纷围过去："何方妖修，敢在封妖大阵旁窥伺！随我们走一趟查验身份！"

半晌，那人冰冷地轻吐两字："滚开。"

巡夜修士大怒，看他虽是结丹后期，但寡不敌众，自以为定能捉他回去教训，哪知操纵刀枪剑戟劈下时，却只劈到一个虚影，下一刻，他们背后分别出现那人的身影。

"你……"

这一夜的血战来得太快，殷琊将几个重伤濒死的修士丢到崖上后，取了他们的令牌，和自己来之前向巳洲借来的通行令一起丢到封妖大阵上空。

片刻后，封妖大阵再度开出一道门，他踏入其中后，不像上次来那般孤寂，苍茫的瀚海上，无数萤火般的妖眼徘徊在海面下，好似在迎接他。

"恭迎……天狐族少主。"

殷琊毫不犹豫地走入海中，对着深海里那些幽邃神秘的眼睛，道："我要见祖灵。"

周围凶戾的妖族发出刺耳的嘲笑——

"他身上沾了人族的恶臭！岂有资格面见祖灵？"

"这样的小崽子，我吃得不少了，我看就留下来吧。"

"那你也要吃到他本尊才可以……真羡慕魇生狐，能幻术化身随意来去。"

"既然是妖族，怎么不带点儿活人做伴手礼？啊，什么时候能尝到人肉的香甜啊……"

嘎嘎怪笑中，一个来自深渊的声音回荡而出："住口。"

深海之地，仿佛盘踞着某种窥伺人间的怪物，在殷琊发话后，最幽深的所在，裂开一道巨大的光缝，随后那光缝逐渐扩大，照亮被镇压在海底千年的妖国部众。

而那条光缝，却是一种庞然得无法形容的妖物的巨眼！

"魇生狐……妖国尊贵的后裔，你为祖灵带来了什么好消息呢？"

殷琊面无表情地看着黑暗中千奇百怪的妖族诸脉身影，道："我想请祖灵解开天狐一族的封印。"

黑暗中的祖灵蓦然发出一声冷笑，引得所有妖族皆静下来："只带走你天狐一族？没有妖国的庇佑，人间能容得下你们？"

殷琊道："长话短说吧，祖灵想要什么？"

在所有目露兴奋的妖族注视下，祖灵桀桀怪笑一声，道——

“孤赐你一杆万傩旗，允许你号令人界留存的万妖，到时候只要你毁掉封妖山，助妖国反杀回人界……下一代妖皇就是你。”

殷琊瞳孔深处溢出紫色妖光，妖国的要求他不意外，道：“封妖山由道生天倾历代之力设于此，毁掉何其之难，祖灵既庇护妖族众生，怎这般小气？”

整座妖海动荡起来，无数的恨与仇顷刻间被激发出来。

“道生天……对，道生天！比赤帝还可恨的道生天！杀、杀了他们！”

祖灵那巨大的眼瞳倏然扩大，妖瞳缩为一线，随后道：“孤再赐你远古妖血，助你将魔生狐血脉逐步激发至祖灵境界，封妖山打破瞬间，先释放你天狐一族！”

殷琊眼底流荡出满意的情绪，躬身行礼：“多谢祖灵，晚辈……必不辱使命。”

第二十章　山海禁诀

我妹！是天底下最硬的汉子！

上古时，修界有诸多流派，以道佛魔为主，后因道教受众广，既无佛道心境清澄的门槛，也无魔道走火入魔的危险，是以成为修界最主流的流派。

而儒道则在诸道中算最年轻也最特殊的一派。和道教信仰的三清、佛教信仰的释迦、魔教信仰的刑天不同，儒道信仰的是孔夫子。

然而孔夫子和修士又不同，孔夫子在史上是个凡人，后来凡间历朝历代的帝王对孔夫子多加追封，才渐渐神化，由大约九百年前一个从大儒踏入修真界的修士引入，又极其适合文儒气息浓厚的名门道修，才逐渐演变为儒修这个流派。

儒道一派的核心在于一个“学”字，讲求的是兼收并蓄、有教无类，儒修中比较年轻的修士认为儒道要发扬光大，就要抛弃门第之见，对所有求学者一视同仁，只要肯勤勉学习，皆能成就大道。

南颜回顾了一下儒修的历史，便晓得这《道天心诀》对儒修有多么重要——他们吸收的各派学说越多，儒修的大道便能走得越宽。

南颜虽然不是儒修，但也不得不承认儒修的包容性有着强大的生机，很有可能是下一个取代道修的天下主流——当然，如果她大哥没有越来越强的话。

“……佛修又如何？攻击力不够，给她两个时辰也是白搭。”元昂对自身所修的元磁之力极为自傲，不屑地回头朝南颜瞥了一眼后，好似是因为对方的容貌过于出挑，又回头凝神仔细打量了一下，口气放缓了些道，“好端端的佳人，怎去修了佛？可惜啊。”

南颜阿弥陀佛地念了一声，走上前瞥了一眼石室，向云念私下传音道：“你对这《道天心诀》很看重？”

云念有些无奈，传音回道：“不瞒真圆姐姐，我倒是有秘法可破此壁障，但山海禁决前便用出，恐怕秘境里无法保护同修。姐姐若不愿也不勉强，若是肯一试，成与不成，这破禁符都是姐姐的。”南颜略一点头，云念说的是实话，儒修合击之术十分可怕，提前暴露的话，在山海禁决里会削弱不少竞争力。

“不必拘泥，我勉力一试便是。”

南颜应下后，对元昂道：“贫尼算是后来者，不知帝子可允贫尼一试？”

元昂一挑眉，其实这《道天心诀》虽好，他也不是不能放弃，只是见这女修容貌极美，又透着一副菩萨面，觉得十分新奇：“再拖下去也是浪费时间，这样吧，我允许你抢在我前面试一试，无论结果如何都算你欠我个人情。”

云念一皱眉，道：“真圆道友不过是帮我，这人情理当算是我欠的，元道友不可为难他人。”

南颜道：“无妨，秘境之中守望相助本是应当。珍惜时间为上，且容我一试。”

左右的修士给她让出一条路，南颜在人群的注视下踏入石室的瞬间，便感到这间石室里浮动着一股奇异的波动。

清正、厌世、执着、笃行……是道家所特有的那种气息。

石室中央立着一座石台，石台上飘浮着一卷玉简，青玉质地，古拙非常，玉简外则是笼罩着一层薄薄的紫光，隐约有龟甲的图案浮现。

他们说得没错，果然是某种妖龟被炼魂后制成的一道防御。

南颜先是用正统的佛力凝出一道菩提法印试探着攻击了一下，那龟壳纹丝不动，石室外传出轻嘲声。

“佛门的功法的确克魔，但攻击力还是太差了，我看你还是别浪费时间了，出来吧。”元昂脸上的讥笑还未持续多久，便见南颜周身气息倏然一冷，一股难以言喻的血煞气息潜伏在她背后。

“嗯？”

紫色的妖龟护罩被南颜屈指一点，龟壳的缝隙间被闪烁着暗色血芒的佛纹倏然笼罩，当场发出不支声。

“这怎么可能？！”外面的人惊呼道。

南颜是换了《七佛造业书》的手段来施为的，就在堪堪破除这龟甲护罩的瞬间，里面的《道天心诀》玉简蓦然散出一道道青光，竟自行抵挡南颜的攻击，就好像两种道统在互相排斥一样。

南颜轻咦了一声，她感到一股极其纯真的道家灵力在同她对抗，微微惊讶之下，三指握紧，用上了第二重《涤罪篇》的灵力。

《七佛造业书》中，《识罪篇》是决行生杀，自认其罪，而《涤罪篇》则是针对普世所观的善恶做出决断。

南颜知道最后还有最可怕的《伐罪篇》，以她自身为尺，她若认为一样东西、一个生灵有罪，则可携七佛罚业，世间恶者，无不可杀。

紫色的妖龟光罩上泛出一丝丝猩红的光，道气佛气短兵相接，外面原本不甚在意的元昂面色微变，直到咔的一声碎响，《道天心诀》被南颜握在手里后，他反而不在意那玉简了，而是若有所思地看着南颜。

“幸不辱命。”

南颜将《道天心诀》递给云念，后者一喜复又一愁，传音道：“云念急于求取，连累了姐姐，午洲帝子在山海禁决中别有图谋，今日之后恐怕会记恨你。我这里有一套刚刚拿到的《佛藏大阅经》残卷，暂且充作补偿，另则山海禁决中若有危险，务必向我求助。”

南颜也不推拒，笑了笑接过来，其他人看热闹罢了，纷纷散去各自找石室取宝，只有元昂留在原地，道：“卯洲愁山院真圆是吧？”

南颜道：“帝子有何指教？”

“都是结丹期的修士，何必这么防备。”元昂朝楼下看了一眼只剩下一半的香，道，“这万宝阁中的宝光罩有四分之一由妖魔鬼炼化而来，你的功法既然克制邪气，想来楼上的这些宝物恐怕有四分之一都任你求取。”

其实南颜打破妖龟光罩时早有所感，只是没来得及说出来，让元昂一道破，其他的修士不善的目光俱唰一下转向她。

修界资源竞争激烈，此强彼弱，她有这样的本事，转眼间便是他人眼中钉。

几乎是在南颜目光扫去瞬间，那些耳聪目明的修士纷纷爬上上层的石室，不管三七二十一，目力所见的所有蓝光紫光的石室都被提前占据。

云念是真的怒了：“卑鄙！”

“战术而已，又不是我要他们抢占的，谈何卑鄙？”元昂嗤笑一声，道，“这万宝阁里的东西虽好，可和山海禁决比起来也算不了什么。我元磁圣光克制五行，你的佛力克制妖邪，不妨在山海禁决中合作一把？”

南颜不说话，他又道：“今夜三更我会来拜访。”

南颜：“……”

云念在一旁耷拉着头，道：“我给你找麻烦了。”

南颜："没事，我就是有一个疑惑。"

云念："啊？"

南颜叹道："为什么邪道的帝子都这么霸道正经走路带风，我们正道的帝子……就这么万紫千红呢。"

还剩下小半个时辰，南颜也不同云念多聊，随后便去了上面的楼层。

"抱歉这位佛友，这地方我先来的。"

"这么厉害去上面呀。"

"你看着我我使不出劲儿。"

南颜："……"

万宝阁拢共五十多层，四十几层都被人占了，南颜路过几个熟人门口时，尤其是看到还有点儿心不在焉的宋逐时，三思又三思还是悄悄躲过去了，只是这一躲，就来到了顶层。

顶层的石室就不是结丹期能破解的了，有的紫光罩泛着一层神圣的金光，南颜单单看了一眼，就察觉那是什么仙兽的残魂在庇佑，单气息就有元婴后期，根本就不可能打破。

转了一圈儿，南颜还是发现一个有点儿希望的，那是一瓶叫九眼漆的东西，涂在法器上，能让法器产生一丝灵性，是加强本命法宝最好的材料，而它的外围是一个六尺高的紫色光罩，一头化蛇的虚影盘踞其中，好似有灵，正朝南颜吐着芯子。

此物属于妖兽，而且看尾端的鳞片应不是年份太长的大妖，南颜觉得可以一赌，当即便不犹豫，取出云念补偿她的破禁符一扬手投了过去，登时那化蛇虚影一阵波动，蛇头人立而起，发出一声尖锐的嘶声。

此地无其他人，南颜也就放开了施为，浩大的佛力凝聚在一掌上，向着那化蛇一掌拍去。

"如来……镇罪！"

轰然爆响声被隔绝在石室之内，化蛇登时鳞片炸开，骨骼断裂，但其上古妖兽凶性不减，一丝紫幽幽的毒气从光罩反震而出，瞬间化作千丝万缕，充斥整个石室之内。

南颜眼神微凛，佛珠一抡缠住九眼漆的玉瓶，同时身形暴退，在那毒气腐蚀上手臂前冲了出去。

她这一冲十分猛，撞得外面楼梯的栏杆发出不支之声，她吃痛之下又回头看了一眼，竟发现那毒雾有扩散出石室的预兆，无奈只得再次往楼阁上冲去，待踏上顶层再看，那化蛇毒气气数已尽，彻底消失了。

南颜松了口气，随后发觉脚下的青石板十分奇异，每挪动一步，皆有一小片星图在脚下绽开，而她顺着青石道抬头望去，不由本能地膝盖一软。

青石道尽头，有一尊老者的石像，虽然乍一看慈眉善目，却让人感到极有威严，手中持的不是寻常道教神像的拂尘，而是一面巨大的古镜。

这就是逆演轮回镜？

南颜来时并没有抱多大希望，只是既然来了，机会难得，还是要上前看看。

“……这就是道尊岁寒子吗？”南颜不由得声音也放轻了些，她委实难以想象，这样的一界尊主、万众敬仰的道修宗师，会如少苍的故事里说的那样……铸下恶行。

想得出神间，南颜忽然察觉手腕有点儿疼，低头一看，刚刚那毒气到底还是腐蚀透了她的禅衣，落在右手的手腕上。

她连忙并指为刀，划开那伤处，等那毒血放完后，正给自己涂药，旁边却有一道细微的、什么东西碎裂的声音传入耳中。

南颜一抬头，竟看见自己刚刚落下的毒血化作血雾钻入那逆演轮回镜里，随后那镜面骤然生出三四道裂纹。

南颜：……什么情况？！

她连大气都不敢出，但那道生天的至宝却当真碎了一块，从道尊手中咔一下掉出来，在地上滚了几滚落在她脚边。

她现在逃出道生天还来得及吗？南颜自问入道之后光明磊落，但现在这个情况，如果继续光明磊落，她的修道之途可能就终结在此了。

更可怕的是，南颜听到一声轻询。

“你是哪个殿的道生？怎会在这里？”

她没有意识到有人在这里，一时间无法解释，失措道：“抱歉，听我解……欸？”

她身后站着个碧青衣衫的少年人，容貌秀雅得难以言喻，抱着一卷书简，眉目间有一股成年人才有的儒雅气度，只是面色冷淡，看上去不好接近。

南颜呆呆地看着这个少年人，那种强烈的熟悉感淹没了一切想法。

少年人又道：“就算被长辈罚了，躲到这里哭，道尊还能替你主持公道不成？罢了……你的修炼是哪里遇到瓶颈了，师兄帮你看看。”

她没有回答，因为她发现……这个少年人，他没有影子。

“专心点儿。”

少年人分明看上去一副淡漠的模样，一言一语倒是十分耐心。

南颜虽是尽量专心听他讲解如何突破修炼的瓶颈，但仍忍不住抬眸打量他那张秀致的面容，她晓得这一定是幻象，可和黄泉镜殊为不同的是，她能感到对方是有形的。

他的眼里好像有星河似的，垂眸时鸦羽一样的眼睫落下一小圈阴翳，柔和了他一身山间寒泉般的气息，偶尔视线对上时不闪不避的，确认对方听懂了他所教授的东西，才继续讲解下一轮。

——是你吗？

可嵇炀的气质却又更深沉些，就像盘踞在荒野里的豹子，只在表面上遵循礼法，越过了界，所见的却都是獠牙。这种差别让南颜隐约察觉到忽略了什么。

——夫子决意让弟子得到背叛的惩罚，就……就把他一身的本领废去，扔到了遥远的贫瘠之地任他自生自灭。

嵇炀当时同自己轻描淡写提起的被逐出道生天的情形，当真是自生自灭这么简单？

“你心不在焉，何时才能突破？”少年人对她的走神略有不满，但仍是尽量以一种平和的口吻训斥道，“明日便是山海禁决，在巡查之人来前，你再学不会，我便要罚你了。”

“罚你”两个字咬得很轻，嗓音夹杂着介乎于少年与青年之间的沙哑，分明是严苛的训导，他说来却好似无意中多了几分撩人感。

但其实他并不是故意的，若换了别人家的小姑娘，恐怕这会儿已经不知所以了。南颜当下便生出几分好奇，仰头盯着他瞧时，脑袋上却被他用玉简轻敲了一记。

“师弟既无心修习，宵禁已至，是时候回去了。”

师弟？

南颜愣神的瞬间，无意间瞥过他手持的玉简，上面写着“青虚四十二年批”，这几个字灵力未散，显然是刚刻下的。

算了算年份，离现在至少三十年了。

南颜瞥了一眼道尊像的逆演轮回镜，微微恍然……恐怕在他看来，自己不过是道生天一个普通的道徒，而此时此地，却是三十多年前的过去。

南颜斟酌了一下言辞，试探问道：“抱歉，少……师兄，明日的山海禁决，面对诸洲天骄可有把握？”

少年人青松翠竹一般稍稍坐正，道：“我起先说天下骄雄泥猪瓦狗，让师尊罚了，你们可是私下在笑我？”

能对话！

一种隐秘的兴奋与紧张感浮现，三十年前她娘必然没有出事，若能改变这一切……

少年人好似终于察觉到面前这个道徒有些古怪，心念一转抬头看向道尊像怀里的古镜，古镜里本应映出他与一个普普通通的道徒，但镜中，此刻在他面前的却是一个雪肤乌发的女子。

他眉心一凝，猛地捉住她的手："你不是道生天的人。"

南颜眼底浮现出一种不管不顾的冲动，张口欲道："小心你师——"

空间发出一种细微的扭曲，南颜的声音凝固在这里，她看到自己的身形随着她想要说出的话逐步崩散开。

就好像……她才是逆演轮回镜送到过去的那个幻影。

"你……"手中捉到的女子手腕蓦然消失，少年人眼底属于星河的碎光流转起来，那一瞬间，仿佛洞彻了什么，他看着南颜正在消失的身影喃喃道，"最后一次机会，没有认出逆演轮回镜构筑的假象，我又失败了……但是你还有机会。"

消失前，南颜急问道："我在哪儿还能再见到你？"

"你见不到我了，这片虚无芥子即将崩毁，我会回到之前的轨迹，不会再记得你。如果有缘，山海禁决，十业山尽头，我会在那里……若你能打破虚像，务必让逆演轮回镜认你为主。"少年人看她的眼神依然是陌生的，却有一种隐约的好奇与渴望，"还有，可以告诉我你的名字吗？"

南颜还未来得及挽留，便觉周围的景物一黑，再回过神来，愕然发现掌心里握着那块从逆演轮回镜中跌落的碎镜片，摊开手心的瞬间，那镜片化作水迹渗入她的掌心。

楼下纷乱的脚步声传来——

"阿颜，你干什么呢？香都快烧完了！元昂那孙子在哪儿？出来打一架！一个一个的都是什么混账东西？"

南颜这才想起来她刚刚把逆演轮回镜弄破了，下面的修士们也上来参观时，却没有什么异色，她再一看，那古镜上的裂痕却消失了，重新变成一面完整的镜子。

"这就是逆演轮回镜？"其他的修士上来后，看见南颜呆坐在顶层，一愣之下嗤笑道，"道友莫不是被逼急了，连道生天的至宝都想收用？山海禁决在即，这反噬之力伤身恐怕不好受吧。"

"何必出家呢？来参加山海禁决的女修不多，道友还了俗，喊个男修来保护，可是一呼百应呢。"

穆战霆右手提着一把通身宛如岩浆浇铸的长斧，凶焰腾腾地杀上来，刚好听到这话，一脸凶狠道："哪个混账说的？"

众人噤若寒蝉，穆战霆冲过去一把抓住刚刚那嘲讽人的修士，直接扔到楼下去，暴怒地高声道："谁稀罕你们这些狗男人保护！我妹！是天底下最硬的汉子！"

南颜："……"

旁边的人茫然道："谁是他妹？"

南颜："贫尼不知道，不关贫尼的事。"

入夜三更，南颜放出第三只传信的纸鹤，却仍没得到嵇炀的回音，在屋里徘徊了半晌，一开门，发现穆战霆提着斧头大马金刀地坐在她门口。

南颜："哥，你在这儿干吗？"

穆战霆警惕地左看右看，道："我出来散步找灵感。"

南颜："那你找到了吗？"

穆战霆："文章本天成，又岂在朝朝暮暮，刻意找灵感就不会来了。"

南颜参悟了数息，也不知道他想表达什么思想感情，道："你把斧头收起来，等会儿要是来人了，让人看见了多不好。"

穆战霆："不行，让龙主知道了更不好。"

南颜说服不了他，又看了他手上那气势惊人的火焰长斧，道："还没问你这斧头是……"

"说起来我就来气，"穆战霆十分不平，"我本来相中了一支文王笔，那笔一直在抖，我以为和它惺惺相惜，费了老大劲打破光罩，那笔自己跑出门，粘在云念脑门上不走了，真是支傻笔。"

南颜觉得傻的应该不是这笔，耐着性子问："那后来呢？"

"后来我就让云念去选别的宝贝，可他一进石室，那傻笔也跟进去了，还帮云念打碎了里面一口天魃斧的光罩。"穆战霆一脸嫌弃地把手上的长斧丢远，那长斧好似活了似的，又颠颠飞回来狗腿地在他膝盖上蹭，"这斧头一点儿也配不上我的文学气质。"

南颜一眼就看出这天魃斧的灵性不下于仙品灵宝了，为了引导她大哥投笔从戎，道："我也不是一无所获，拿到一瓶九眼漆，刚刚已经给我的梵王珠上过一道漆了，青光璀然，好看得不行。我看就拿它给你这把斧子漆成青色的吧，你不是最喜欢关二爷吗？"

穆战霆被勾起童年对关二爷的仰慕，道："'言之凿凿'，这么一看青龙偃月斧也不错。"

午洲帝子元昂来的时候，本是觉得白天南颜不怎么给他面子，揣着一肚子恩威并施的意思款款而来，刚一走到南颜的居舍附近，就听见一声气壮山河的戏腔。

穆战霆站在院子里，脸上贴着不知道剪了谁家蛟马尾巴做成的假胡子，在那里夜半扰人——"我本可玉碎不瓦全——唯恐怕有负重托——我暂降曹嗷嗷嗷——瞒——"

南颜蹲在一边嗑瓜子，捧场道："好！唱得好！"

元昂："……"

南颜察觉元昂来了，连忙收了摊儿，正色道："帝子果然按时来了。"

元昂看了一眼地上的瓜子壳，出现了一瞬间的动摇："你们……倒真是有闲心，山海禁决中，若不打起来，留个八九成的活人还有可能，若是打起来了，恐怕就要十不存一。辰洲帝子，你持第一顺位的资格，是我们之中最危险的，竟还有闲心玩闹。"

南颜按下一脸想演一出温酒斩华雄戏码的穆战霆，道："帝子既然有意合作，不妨开门见山？"

元昂冷哼一声，道："你应该知道山海禁决中，本源灵气乃我们立身与结婴之本，杀除妖兽虽可获得灵气，但比起第一关九劫海的九大灵气井还是不足为论，但九劫海的灵气井中有五行乱流与鬼潮双重封印，几乎不可能打破。我不晓得墨行徵有没有找过你，但我须得提醒你，同道生天的人合作，不如同我合作。"

"帝子这么说，是有所依仗了？"南颜见他看着穆战霆不说话，道，"帝子但说无妨，今日之事他若外传，我打断他写诗的手。"

穆战霆："啊？"

元昂："……你们真的是认真来闯山海禁决的吗？"

南颜肃然道："绝对认真，帝子请讲。"

元昂半信半疑，但仍是傲然道："罢了，谅你们也作不出什么幺蛾子，我就直说了，九劫海中九座灵气井的位置飘忽不定，唯有依靠我元磁圣光，才能百里之外感应到灵气井所在，由我来击破灵气井的五行乱流，然后我需要你，用你在万宝阁中镇压妖邪的那种特殊佛力抵挡鬼潮，所得的本源灵气，我可分你一成！"

作为现辰洲人的穆战霆生意头脑觉醒过来，他把假胡子一摘，皱眉道："一成就让我妹妹卖命，你一个男人这么抠？"

元昂眯起眼道："我晓得你辰洲之人也有灵气井坐标，这是道生天给你们的优待，不过我的元磁之力能找到的很有可能不止一口灵气井，你想要多少？"

兄妹俩交换了一下意思，穆战霆咧嘴笑道："依我看，不如按本事分配吧，一起打破灵气井，到时候谁抢得多归谁。"

元昂神色古怪，他的元磁之力可织为磁网，方圆五里之内可吸纳一切灵力，收取灵气方面世上无人能出其右，当下只觉得这两人蠢。

"我知道你们这么说或许有所依仗，只是小看元磁之力……你们恐怕犯了个极大的错误！"

南颜道："我同意这个分法，帝子呢？"

元昂："一言为定，到时入了山海禁决分散开后，若灵力耗尽便以此偃甲鸟引路。"

南颜本还算平和的脸，一看到这偃甲鸟后，神色微变，道："这……这偃甲鸟是谁做的？"

"听说是巳洲自己培养的一个偃师做的，在山海禁决里，前期偃师的能力恐怕是最有用的，诸洲的帝子们应该都带了偃师吧，你有意见？"

"没有，那……就山海禁决见了。"

两日后，山海禁决当天。

会场乃是在道生天一处接天高峰，峰上有三座圆形阵台，上方各有一名道天上师坐镇。

南颜被引导着站在一座台子上，趁道天上师长篇大论地介绍山海禁决的历史沿革时，分神环顾四周。

差不多三个台子上各分阵营，南颜这边是寅、卯、辰、未四个正道部洲，另外两个分别由中立阵营和邪道阵营占据。

南颜注意到墨行徵一反日前那副长袖善舞的姿态，时不时地出神，待他面前的道天上师训斥，才抬起头，好似鼓起勇气询问："上师恕罪，行徵只是想知道，玄宰怎未出席？"

他没有刻意掩饰，但声音也不大，南颜耳尖微动，全神贯注地细听，方听见那道天上师口中的只言片语："……甫从外洲与强敌一战，又遇后山魂河之乱……费神镇压，以至于不得不闭关……你作为嫡传弟子理当体谅……"

南颜心头一痛，她当时倾尽《涤罪篇》全力才勉强将那心魔镇压封印，这种封印是《七佛造业书》记载，她确信世上罕有人能解开。

只是她面对的对手，也正是那世上罕有的人。

时间不多，她已经去信给舅舅，如果舅舅能看得到的话……便能赶在心魔封印被解开前将娘带走。但与此同时，他们必须承认，南娆已经死了这个事实。

可莫说别人了，南颜单是自己想想，就觉得心底一阵抽痛。

这个时候，南颜好似感觉有一道视线从人群中穿过落在她脸上，抬头找去时，却并无形迹。

——少苍会在这儿吗？

南颜不敢太过放肆地巡睃人群，因为他们面前悬停着三位道天上师。他们不是普通的化神期，而是越过化神后期，进入第三衰境界的道生天宿老，每个都能吹口气就把这些一洲天骄全部灭杀。

她尤其关注了巳洲的队伍，只可惜除了厉迟和已经恢复容貌的厉绵外，他们带来的修士都以铜面具覆面，裹在黑袍中，实在难以分辨。

终于，在结束了漫长的演讲后，三位道天上师挥出一道云光，同时点名。

“辰洲帝子穆战霆！”“巳洲帝子厉迟!”“子洲墨行徵！”

点的正是这三个阵营的代表人物，待他们上前后，每个道天上师都散下黑白黄三色的玉石戒指。

其中一位道天上师道：“此为随心戒，烙下神识后，可辨明同洲之人的气息，以此为凭会合。”

南颜看了一下，正道阵营分到的是白玉戒，邪道阵营是黑玉戒，墨行徵带领的子洲、申洲、亥洲则是黄玉戒。

虽未明说，但也暗示了就是要他们打架的意思。

真衡师兄挨个儿向卯洲的修士叮嘱，最后对南颜道：“师妹，你年纪虽最小，但天生灵力比我们都庞大，消耗和施为一样多，恐怕受山海禁决地气影响最重。进去之后若不幸分散，切记保命为上，少与人动手。”

“多谢师兄。”

各洲的人都在互相低语提醒山海禁决中的种种危险，很快，日上天心的刹那，远山上传来昭示着竞逐修界共主之位大战的钟声。

第一位道天上师一手指天：“山！”

天上大日蓦然散出一道金光，仿佛一方天穹成了一面水镜，里面浮现出了重峦叠嶂的山阿。

第二位道天上师结印向地：“海！”

刹那间海潮声起，宛如有一股虚无的倾天巨浪从四面八方围来，心志稍弱者，当场被自然伟力骇得后退。

最后就在这山海变幻的图景中，南颜这边祭台上的道天上师拐杖一顿，面无表情地吐出最后一个字：“决！”

三座祭台同时散出金芒，一丝丝光绸在每个参加山海禁决的修士周身盘旋，最后化为一枚道印，从双足开始，慢慢吞噬他们每个人。

这感觉并不疼痛，但看着自己的身体一点点化光消失也并不好受。而就在那传送道印让南颜堪堪消失前，她隐约听到旁边传来愤怒的喝声——“……竟敢回来！给我拿下！”

什么？

可她来不及仔细分辨了，和所有参与山海禁决的人一样，眼前一黑失去了意识。

不知过了多久，南颜在黑暗中慢慢找回自己的意识，首先感到的是山谷雨露的寒凉，而后是远离了红尘喧嚣的鸟鸣虫语。

当一股青草味的空气涌入鼻端时，南颜睁开眼，只感到一片紫色的光晕在脸上宛如波纹般浮动，随后便忽然觉得脸颊湿漉漉的，往右一看，一头两尺高的小鹿卧在自己身边，正轻轻地舔着她的脸。

这里是……她浑浑噩噩地坐起身子，愣了一下，发现所在的地方是一片林荫地，四周的林木几乎没有她认识的。地上铺着柔软的草叶，看起来像是某种温和妖兽的老巢……只是，放目所见的地方都是蓝紫色的，宛如整座森林在海底一般。

南颜抬头凝视天空的方向，发现的确如此，高高的林木顶，似乎有日光穿过海面、从树枝间射落下来，既诡美又神秘。

“山海禁决……”南颜感到一阵罕见的冷意，因为修士是自行调动灵气抵御严寒的，如今竟然感到寒冷，内视了一下之后，不禁苦笑。

果然如之前他人所提醒的，她昏迷的这段期间内，体内的灵气已为了自行御寒消失了七成，还在不断消减中，且无法恢复。

现在的灵气总量，也堪堪是一个筑基大圆满的程度，估计五六个时辰内便会掉落到炼气境界。

南颜试图巩固灵气，但也是杯水车薪，这时候她瞥见旁边小鹿呦呦两声试图引起她的注意，瞪着湿漉漉的大眼看她——这头小鹿头顶上刚刚冒出碧玉色的小角，四蹄上围绕着一丝稀薄的白色灵气。

那丝白色的灵气应该就是他们所说的本源灵气，只要斩杀妖兽便可自动吸取。

“……阿弥陀佛。”南颜默念了一句禅语，伸手挠了挠小鹿的下巴，起身要走时，小鹿却又跟上来，南颜无奈只能把小鹿又抱回巢里，“我有个叫如意的徒弟，是只猴子，跟你一般……嗯，一般天真无邪。外面人心险恶，你还这么小，待在巢里别出来，记得保护好自己。”

南颜把小鹿塞回去后，便踏出了这鹿巢，迎面就是一片幽深的深海密林。

这地方像海，却又不是海，她能呼吸和自由行动，但无论飞得多高，还是无法靠近上方所谓的海面半分，而且飞行的灵气消耗足足是外界的十倍……这还是在她灵力比寻常修士充足的前提下。

南颜不敢再乱消耗灵气，连神识都暂时收起，只用五识感应四周的变化。

只是这么一感应，她便察觉有一股极其阴邪的妖气正在向刚刚的鹿巢靠近，而这股妖气，相当于结丹初期。

她的本意是挑一个筑基期的妖兽先试试手，正面对上结丹初期的妖兽的话，如果对方是擅长防御的，一旦她灵气耗尽，恐怕就任妖宰割了。

不到片刻，南颜轻叹一口气：“一饮一啄皆是修行，天地万物皆是生灵，当救则救。”

等到她返身回到鹿巢附近时，便看见一条尾巴尖缠绕着一圈幽蓝色本源灵气的巨蟒，正吐着紫红色的芯子，弓起身子目露凶残之色，想要把鹿巢中缩在角落里的小鹿一口吞下。

南颜轻轻松了一口气，抖出佛珠，轻声喃喃：“……天地有序，弱肉强食，今日吾造业，他日受此业。”

佛者说得悲怜，但下手却不轻，一个瞬移挪到那条巨蟒背后，佛珠卷住其尾巴一个反拧，将巨蟒生生扯出鹿巢摔在一侧的树桩上。

“嘶——”巨蟒大怒，瞬间转移了攻击对象，张着血盆大口向南颜吞来。

南颜面色有点儿苍白，果然如真衡所言，她向来使用灵力挥霍惯了，刚刚那一个动作又用去她一成灵力，这样下去恐怕很快就会死。

得速战速决。

眼识锁定巨蟒，南颜直接运起《涤罪篇》上式。

“如来镇罪！”

镇罪决式，一击打得妖邪鳞片翻飞，双目血流如注，嘶叫着连同佛指深深陷入地中，但……它还没死，而是借助四周的地气，竟诡异地开始血肉重生。

南颜见状瞳孔一缩，一咬牙从须弥戒中取出孟霄楼当年送她的那封印着可斩杀化神剑气的剑鞘，正要催动，旁边的小鹿突然从巢中跳出，直奔那巨蟒而去。

“别——”南颜失色，但下一刻却愣在原地。

那头只到人膝盖高的、狗儿般大的小鹿兴冲冲地朝那重伤的巨蟒冲去，一张口，轻而易举地咬碎巨蟒正在重生的头骨，趁巨蟒痛苦扭动时，直接把它的内丹叼出来咔嚓一下咬碎吞了下去，然后又颠颠跑回来蹭在她脚边颠颠摇尾巴。

南颜：“……”

她终于察觉到不对，难怪这样的幼崽身边没有母兽护持，原来这里不是鹿巢，是这头小鹿吸引猎物的餐桌。

南颜和小鹿互瞪了一会儿，她感觉它应该不会对自己的脑子有什么想法，这才小心地挪到巨蟒旁边，碰了一下它尾巴尖上的蓝色灵气。

刹那间，那蓝色灵气如水流般渗入她体内，无须任何祭炼，直接完美贴服在她的气海处。

“这就是……本源灵气？”南颜不得不轻轻逸出一声极其舒适的声音，这种四肢百骸与自然合为一体的感觉简直堪比晋阶，而且这股灵力不会消失，就算用出去了，也会如她原来的灵力一样逐渐自我恢复。

这就是山海禁决的好处！

就在她情不自禁地露出喜悦之色时，旁边歪着头努力卖萌的小鹿朝远处呦呦叫了两声，片刻后，远处幽暗的林木中迤逦行来三四道圣洁的光影，待它们徐徐靠近，南颜倏然睁大了眼睛。

“九……九色鹿。”

古时通灵兽类的界限并不明确，有了人之后，便以亲善助人者为灵，而以伤人作乱者为妖，至于远古灭绝未曾得见的龙、凤、麒麟等，则视以为仙。

九色鹿便是灵兽的一种，相传见到九色鹿的人，会得到意想不到的好运。

但南颜却不敢擅自这样认为，她此刻神识被山海禁决的地气压缩，也看不出九色鹿有多强，只是看这成年九色鹿两丈高的身形，本能地觉得如果起了冲突，她是必死无疑的。

小九色鹿欢快走到成年九色鹿脚边，来回蹦跳，好似在向它们诉说刚刚发生的事。

南颜看它们不停交谈着什么，本来十分茫然，但她须弥戒里那件朱雀鸣霄裙上的凤凰金线骤然渗出一道金光，自行飞入南颜体内。

一愣之下，南颜诧异地发现自己隐隐约约能听懂九色鹿在说些什么了。

九色鹿：“啾？啾啾啾？（……她掉在你的地方，你怎么不吃？）”

小鹿：“呦……呦呦呦。（她比我还小呢，不舍得嘛，不过很香，我舔了好几口呀。）”

九色鹿：“啾，啾……（确实有高位阶妖族的气息，我同她聊一聊……）”

听懂了之后，南颜再看那大小九色鹿清澈纯然的眼神，整个尼姑都不好了。她后退了半步：“……如果没事的话，恕我告退。”

“慢。”这声音竟然是九色鹿发出的，那是一种令人闻之欲醉的温柔女声，南颜一脸诧异，它温和纯净的眼睛看着她，吐出的当真是人话，“不必惊慌，九色鹿懂万物之声，人的语言也一样。”

南颜愣了好大一会儿，道：“鹿前辈有何贵干？”

仿佛是对鹿前辈这个称呼十分满意，九色鹿的声音又放柔了几分：“你身上有重明鸟的血脉，这一脉也是吾妖界尊贵的后裔，我们可以视你为同族，给你划拨一块领地，让你落脚下来生息繁衍。”

南颜：“……生什么？”

九色鹿温柔道：“生息繁衍呀，重明鸟存世不多，你要是喜欢的话，也可以挑选人族入领地。”

南颜猛地呛咳了一阵，道：“……此事不急，我初到此地，尚不知地形如何，鹿前辈可否指引？”

九色鹿优雅地踱到她身边，道："此地是山海之间，我们在的地方是九劫海，而海中央则是十业山。海为妖，山为鬼，本相安无事，但很久之前的一次变故后，九劫海浮现灵气井，妖和鬼为了争夺本源灵气，便在九劫海中不断攻伐……当然，偶尔也有人族会来此，不过他们都不能停留太久。"

原来这里的主角并不是他们这些参与山海禁决的人族，妖族和鬼族才是这里的原住民。

"除了我之外，鹿前辈见过其他的……呃，人族吗？"南颜问了一句，旁边其他的九色鹿好像很喜欢她，开始像舔幼崽一样舔她的头顶。

那头最大的九色鹿继续道："这片山海广阔无边，你若运气不好，就算找上十年也找不到人。不过我来时，曾嗅见银蚕虫母那里传来人族的血腥味，应该是有人一来这里就变成了它的点心。"

可能已经有人陨落了。

南颜按了按食指上套着的白玉戒，她能感应到玉戒指引她其他大部分人在南边，只是极为遥远，无法具体确定在何处。

她试探着问道："每次如这般人族大批进入九劫海时，妖族会特地出来猎杀吗？"

九色鹿不在意道："人族血肉的灵气浑浊，在这里汲取的本源灵气也很少，我们飞禽走兽之类很少主动猎杀，但南部劫海之主的银蚕虫母部族强大，很有可能对捕杀人族有兴趣。除此之外，人族主要的死因是他们之间的互相猎杀。"

南颜："互相猎杀？"

"他们为了本源灵气而来，比起妖兽鬼魅，杀人才是最简单的获得本源灵气的方法，过段时间，他们若不是主动离开，就是自相残杀殆尽了，无须在意。"

说完，九色鹿一张口，吐出一枚光华四射的琉璃珠送到南颜身边，随后道："吾九色鹿是东部劫海之主，送你一块领地也并无不可。这是南部劫海赤丘山的地妖珠，持此珠可号令赤丘山的妖兽，算是见面礼。"

南颜有几分诚惶诚恐道："无功不受禄，鹿前辈有什么需要我做的吗？"

九色鹿道："十业山上的鬼潮时不时会侵袭九劫海，如今已有三口灵气井彻底被鬼物占据，妖族的贵胄血脉不主动捕猎人族也是因为他们会为我们抵挡十业山的鬼潮，多少有点儿用。不过你还是幼子，倒也指望不了你能做什么，保重就好。"

南颜又同九色鹿聊了一阵，体内原本的灵力又自行消散半成，自知不能再等了，大概了解了一下山海禁决里的情况后便启程离开。

半日后，在一巢最低阶的骨鼠尸骸旁，南颜盘坐在一方青石上调息，她吸纳了大约一千多只骨鼠，但也仅仅获得了一丝木属性灵气，远不如刚刚那条巨蟒的一条水属性灵气。

不过好处在于她的灵根五行俱全，什么属性的灵气都不挑，倒是穆战霆那种单火属性的灵根有点儿危险，若是运气不好遇不上火属性的妖兽，炼化本源灵气的速度会大大降低。

还是不够啊……

南颜手指上环绕着一丝绿色的木属性灵气，忽然冒出一个想法。假设火属性单灵根的修士只能吸收火属性的本源灵气，而遇到的猎物又多有不同，那……她这种不挑食的，岂不是可以直接交易？

比如一个无助的单火灵根修士，手头有一堆无法吸收的其他属性灵气，正苦苦找寻，她不就可以用一条火灵气换他手上大量的其他属性灵气？

南颜念叨了一声罪过，起身扭头转向一头刚刚起就在草丛里窥伺自己的煞狼——

“阿弥陀佛，市侩市侩。”

入夜后的九劫海更加危险，白日里懒洋洋的妖兽大多活动起来。

一对西洲的修士驾驭着偃甲牛从一群怪蛙的包围中冲出来，面色狰狞。

“倒霉！这九劫海分四大区域，东部劫海的妖兽大多是木水属性，而我们西洲的修士却以金火灵根居多……就算依靠偃甲打得再多，我们也吸收不了！”

这两个西洲的修士心头发苦，比起那些依靠灵力的修士，他们已经算是优势明显的了，可偃甲的驱动也是需要依靠灵力的，虽说消耗得比人体慢得多，也仍是在消耗。

就在此时，他们奔逃的前方传来一阵巨象的啸声。

“是古魔象！”

两个修士对视一眼，目露犹豫之色。

“这古魔象叫声尚幼，应该是筑基大圆满左右，倒是金属性的……可我们偃甲有损，后面还有怪蛙追逐，胜算恐怕不大。”

两个修士在西洲也是天骄之辈，虽有些恐惧，但仍咬牙循着巨象的声音而去，可一去之后，迎面便有一头小山似的巨象疯狂跑来，生着一节节硬甲的长鼻一卷，直接将其中一个修士的偃甲坐骑卷入口中咔嚓一下咬得粉碎。

“是变异种！跑！”

两个西洲的修士惊骇之下，抱头鼠窜，可那只古魔象速度极快，长鼻一甩打断三四棵树木，一下子就卷中一个跑得慢的修士，正要送入口中时，一道佛光从天而降。

“净觉指。”

佛指一点，眨眼间古魔象头颅从侧方被贯穿，长嘶一声倒落在地，两条金色的本源灵气飞出，落到一个正站在树梢上的白衣女佛修手上。

“道友无事否？后面那些怪蛙要追来了，我们快到安全的地方吧。”

那两个修士死里逃生，第一反应是终于有人了，二话不说便跟着她走了，待跑到一棵参天古木的树干上后，他们才喘过一口气。

“多谢道友救命。”刚刚匆忙了些，这会儿注意到手上的黑玉戒发烫，才晓得来的是个正道修士，一时都不是很自在。

南颜把刚刚从古魔象身上得到的金属性灵气极其扎眼地绕在手上，叹道：“来时虽已知晓个中情况，却未想到竟如此凶险，这周遭看起来也不过荒郊野外，尚且如此，到了灵气井却又不知如何了。”

西洲修士见她作势要吸收那灵气，眼睛都红了：“道友等等！这金属性灵气我们急需，可否给我们？”

南颜马上后退一步，警惕道：“施主，杀人夺气实属愚钝，行善积德方是正道。”

开玩笑，就刚刚那一指斩杀古魔象的手段，谁杀谁还说不定。

那西洲修士无奈道：“我们师兄弟均是金属性单灵根，我看道友好似刚吸收了木属性的，不知可否交换？”

南颜继续后退：“可是我的主灵根是金属性的，这……”

修界那些大多数三灵根、四灵根的修士，都会以一个最强的灵根作为主灵根，以后修的也是这一属性相关的法术，但也可以吸收其他灵根属性的灵气，只不过修为增长会稍慢些。

邪道修士好的一点就是在生意上永远是闻弦歌而知雅意，暗骂了一声这女修长得这么好看，行事却刁滑，咬咬牙捧出一袋蓄满了木属性本源灵气的灵石道：“这里是三倍于道友手上的本源灵气，道友可否交换？”

“虽是阵营不同，但同被妖兽所威胁，大家守望相助、守望相助。”

在活命的前提下，南颜放下佛祖，立地成贪，很快将灵气积蓄稳在筑基初期的境界，大约可用出五招净觉指。

那两个西洲修士炼化了本源灵气后，脸上终于出现一抹血色。

“我们也正在找寻本洲的帝子，不知道友欲往何处？”

南颜捏着耳垂道：“诸洲的帝子也应该是为了灵气井而来，我打算前往找寻一处灵气井，运气好的话，或可同本阵营的人会合……道友们可晓得这附近有灵气井吗？”

西洲修士道：“眼下应该只有辰洲帝子有灵气井的定位，午洲帝子元昂修有元磁圣光，对灵气井感应超乎常人……其余的，或许大些的部洲有各自的手段吧。不过说到底，妖兽等阶越高的地方，灵气井出现的概率越大。”

南颜微微点头，起身道：“既然利益冲突，贫尼也不愿多生事端，两位道友保重，愿在九劫海尽头还能再见。”

她说完，便轻飘飘飞离树干。

两个西洲修士交换了个眼神，其中一人不悦道：“道生天的时候我见过这女子，据说是个卯洲真字辈极为出色的佛修，没想到却是这般奸猾，这番骗了我们的灵气，也不知下一个要去骗谁。”

另一人目光有点儿迷离：“不过她长得应该很好看，我原谅她。”

“……出息呢？说好的美色不能移呢？”两个西洲修士互相扭打了一阵，刚刚那冷血一些的修士又道，“不过我刚刚留了个心眼，没提醒她再往南走就是赤丘山，那山上可是住着一窝数千万的血蜂，看她离开的方向，若不幸遇上了，我邪道会少了一大劲敌。”

十天内连续敲诈了三拨修士后，南颜吸纳的本源灵气恢复到了巅峰期十之三四的水平，在这个过程中，她明显感到出手时的灵力要比之前雄浑一些，举动间隐隐契合自然。

南颜听师父宝气如来同她说过，从元婴到化神的门槛，便是要感悟自身的大道，其中灵气与天地万物的契合力越强，修士越能寻找到真正的大道源头。

寻常修士冲击晋阶的时间有所不同，筑基需三五日，结丹需半个月，结婴需一个月，根据修士资质不同，不一而足，但所有的元婴在晋阶化神时，都说只需要一念之间，便可水到渠成。

只是为了这一念，人界数万元婴，皓首穷经不知凡几，到头来能化神者不过寥寥。

南颜对比了之前遇到的修士，大约感觉到自己的进度在所有人中应该是处于领先的状态，便放出元昂所赠与的偃甲鸟，正好偃甲鸟感应的方向靠近赤丘山，便打算去谋取他说的灵气井。

在山海之间行进了数日，南颜本以为遇不到其他修士了，直到在一个午后，她扬手超度了最后一头银环鬣狗，刚收取五条土属性灵气，便感到食指上的白玉戒前所未有地发烫起来。

有很多人朝这边走来。

戒指是互相感应的，而且靠得越近，感应越精准，发凉表示来的是友方，发烫表示来的是敌方。南颜也觉得这两日敲诈得有点儿过分了，如果他们是由某个帝子所带领的，那最有可能的情况就是她会遇上杀人夺灵气的后果。

不过她连日赶路都是有目的的，此时此地，离赤丘山已不足百里，若是铆足了力气杀过去……

只是动念之间，南颜便忽感一缕紫幽幽的光笼罩在她身上，一抬头，不知何时一个明显是邪道的修士正念念有词地操控着一只黑白交错的法圈朝她套来。

这么快？！

南颜心底暗想还是不要小瞧天下英雄的好，同时反应极快地扬手佛珠一扫，打碎那紫色光幕的困束，抽身退开后马上瞬移出百丈外。

果不其然，下一刻南颜便听见身后传来一声兴奋的呼喊："帝子，这女人能轻易打破我的困束，恐怕收集的灵气比你还多！是个肥羊！"

"拿下！"

四面立时急速飞来九道身影，为首一人，双腿包裹着偃甲，却是南颜在道生天见过的西洲帝子鲁胜。

"又是你这尼姑，竟敢敲诈到我西洲人的头上来了。"鲁胜显然是有备而来，扬手便是一梭子竹蜻蜓一样的偃甲打出，那些竹蜻蜓一到空中便好似活了一般，瞄准了南颜从各个方向追了过去。

"我劝你还是留下来吧，看在你是个女人的分上，只要交出灵气，我可留你一命。"

旁边的人笑道："那她已经炼化的灵气呢？"

"那能怎么办？听说辰洲帝子拿她当妹妹呢，采补这事厉迟敢干，我是干不出来的，不过要是她愿意双修，那就皆大欢喜了。"

背后势在必得的嘲弄声入耳，南颜轻轻扯了扯嘴角——她不是怕他们，只是现在这情况，打个两败俱伤对谁都不好。

只不过那竹蜻蜓确实极其厉害，眨眼间便到了近前，南颜几乎能看到它们头部镶嵌着的一束精巧至极的牛毛针。

"啧。"

南颜一皱眉，周身佛光闪烁，半截千手观音的虚影猝不及防地浮现，直接将一个只顾着说笑没看路的修士撞飞。

"这是？！"

那千手观音限于灵力，只出来了一半，不过饶是如此，那宛如一座寺庙般大的莲座也让在场的邪道修士一阵胆寒。

"这是佛门的功法？我怎么没听说过还有这样的！"

鲁胜也是吓了一大跳，连忙闪身躲开那莲座绽开的范围，紧接着便看见他的竹蜻蜓在这观音光影封印下，直接被切断了灵力流，叮叮当当落在地上成了一堆凡铁。

这一切实在是超出所有人对佛修的认知，不过鲁胜作为帝子也有过人之处，他立即冷静下来一拍傀甲囊，上百条细细的锁链从中伸出，一伸出便消失了踪影。

“试我潜行镇灵锁！”

潜行镇灵锁！南颜在封妖大阵尝过这东西的厉害，此物乃是傀甲一道集大成者才能造就的，但鲁胜到底是结丹期，能操纵的潜行镇灵锁只是等级稍弱的，能隐匿踪迹，但无法隐匿其发出的声音。

南颜闭目让耳识扩大范围，当即判断出其前行轨迹，在鲁胜惊骇的目光下，一拧身完美躲过那潜行镇灵锁的封锁，朝着赤丘山的方向逃去。

“我还就不信了！”

傀甲道的至宝连碰都碰不到她，鲁胜是彻底绷不住了，非要抓到她不可，待追出十余里地，蓦然所有人的玉戒指都起了反应。

而南颜从须弥戒里放出一只傀甲鸟后，那傀甲鸟对着一个方向疯狂拍打翅膀，她便眉梢一扬，计上心来，朝着白玉戒新感应到的方向疾飞而去。

果不其然，就在西洲众人各出傀甲铺天盖地朝南颜打来时，蓦然远处一道似雷非雷、似风非风的五色奇光一扫而过，那些飞在半空的傀甲当场灵力紊乱、摇摇欲坠起来。

鲁胜气急败坏道：“元磁圣光！我追杀正道修士，元昂你插什么手？！”

远处一座高山上，午洲的邪道修士汇聚了五六个，而坐在他们中间的正是元昂。

元昂傲然道：“本帝子远远只看到你们凶神恶煞地带着傀甲杀来，哪里管得了这么多？”

傀师在山海禁决的头一个月总是最厉害的，但傀甲是用五行灵石驱动，而扰乱五行之力的元磁之力便是其不可硬撼的克星。

鲁胜咬了咬牙，道：“分明我们才是同阵营，你要包庇正道的人，不怕我告诉巳洲同僚？”

“包庇？”元昂瞥了一眼南颜，看到她被追杀许久，灵气还隐有充沛之态，微微不悦，“你要杀谁我都不管，只是你若要拦着我占据灵气井，那我就不客气了。”

灵气井？！

鲁胜心头一喜，瞬间便换了个脸色，道：“元兄发现灵气井了？”

元昂道：“还没有确定具体位置，不过前方有一座石碑，用古妖文写着‘赤丘山’三字，我在那里感觉到厉害的妖气和鬼气，多半是有一口灵气井。可惜山上盘踞着一巢血蜂，莫说我们如今只有筑基期的灵力，便是集结三大阵营的所有修士，都不一定能突破血蜂的包围到达灵气井。”

鲁胜听他话里有话，面上挂起笑容道：“我也算是看明白了，这山海禁决里的灵气井，十有八九都有大妖盘踞，其他地方的妖物说不定还会更厉害，元兄若有主意，不妨就说与我听，至于灵气井嘛……咱们都是结丹期，吸是吸不完的，有什么不好说的？”

元昂似是正等他这句话，但姿态仍是十分冷傲，道：“你们鲁家的人还是这么奸猾，我的确需要偃师的协助，不过你们也要记得，没有我的元磁圣光，你们休想最快定位到灵气井的位置。”

鲁胜又连连说了些好话，而且保证绝对不动可以抵挡鬼潮的佛修，他们这才化干戈为玉帛。

“好，我先说说血蜂的特性，你们且认真听来……”

数个时辰后，天色渐入黄昏，修士们等待的时机终于来临。

“……那片血云就是？”

“嘘，别出声。”

夕阳坠落入海的彼方，映照在海水里的紫色余光开始一点点变得血红。

那血红的颜色极容易让人联想到某种夜行野兽的凶残目光，慢慢地，南颜看到那片血云中出现了一些奇怪的影子。

一会儿是某种残缺的鸟类，一会儿是一整只巨龟，甚至还有身首分离的熊怪……她意识到，那片血云，是无数只血蜂刚从外面带着狩猎到的猎物满载而归，既壮美又残忍。

而血蜂归属的地方，是一座赤色的山峦，在一片碧幽幽的林海中，这片山峦显得尤为突兀。

“……我已经在此地观察五六日了，等到血蜂回巢后，会有两个时辰的享用猎物的时间，只要不动用灵力，就不会惊动赤丘山上巡逻的工蜂，这便需要偃甲代步，最好在半个时辰内穿过血蜂的领地，只要到达山中央的山谷，我们就暂时安全了。”

时辰已至，修士们全数打起精神调息好，每个人坐上一只偃甲蜘蛛，瞬息没入茫茫林海中。

整个赤丘山散发着一种不祥的血腥味，修士们每遇到一只巡逻的工蜂，就停下来，让一只小偃甲苍蝇涂了血往相反的方向飞，把工蜂引走，才继续驾驭蜘蛛向前行进。

直到走出一丛灌木，南颜听见旁边的人低低惊呼了一声，循着他惊恐的目光看去，只见近十里外，有一座火山形状的小山坡，山口的位置几乎成了通透的火焰琉璃色，隐约能透过火山口，看见里面住着一只巨大的蜂后，正在享用工蜂猎杀回来的美食。

修士们屏息凝神，甚至让傀甲蜘蛛也放慢了动作，宛如最警惕的小鼠一样悄悄避开了这片区域。

又过了半个时辰，南颜眼前倏然一亮，看到一片所有的植物都散发着幽蓝光泽的峡谷，甚至在空气中都能嗅见一丝丝微弱的本源灵气。

“果然是灵气井！”众人喜出望外，但仍十分警惕地来回用神识巡查这峡谷，片刻后好似有人发现了什么，低低惊呼出声：“有条大蛇在看我们……”

修士们连忙将法宝拿在手上，只见一株幽蓝的水晶树上，盘踞着一条懒洋洋的白蛇，与南颜之前见到的那条蟒蛇不同的是，这条白蛇散发着一种和九色鹿极其相似的仙气，浑身雪白，头顶隐约能看见小小的角，眼睛也是宛如玻璃珠一样十分美丽。

对峙了片刻，那条白蛇好似十分好奇地看了他们一眼，目光尤其在南颜身上多停留了一会儿，便又将头埋回盘着的身躯里睡过去了。

有人松了口气，道：“我在图鉴上看过，这是水木蛇，靠天地精华和灵气滋养便可修炼成蛟龙，十分温驯，从不会主动攻击其他活物。”

有些贪婪的修士道：“既然如此，那能不能收服来做……”

“你疯了？这蛇少说有元婴！”

修士们更提了一分小心，不过所幸这赤丘山外围被血蜂重重包裹，血蜂属火，虽可吸收这灵气井中主要蕴含的木灵气，但木灵气吸收太多也对血蜂的修炼无益，若非这峡谷炸了，应该不会惊动它们。而那水木蛇又不伤人，他们有惊无险地穿过一片发光的草海后，便看见一个散发着浓厚本源灵气的地坑。

“这就是灵气井……”包括南颜在内，所有的修士都目露热切之色。

“来吧，真圆道友。”元昂一脸自信地站在地洞前，道，“我以元磁之力轰开这地洞上的五行乱流，若有鬼潮出现，就看你的了。”

南颜从他的神色上捕捉到一丝微妙的算计之意，但她什么都没说，颔首微笑。

“帝子请。”

图书在版编目（CIP）数据

四海重明. 2 / 衣带雪著. — 广州 : 广东旅游出版社, 2023.9
ISBN 978-7-5570-3052-0

Ⅰ. ①四… Ⅱ. ①衣… Ⅲ. ①长篇小说—中国—当代 Ⅳ. ①I247.5

中国版本图书馆CIP数据核字(2023)第091634号

四海重明. 2

SIHAI CHONGMING.2

出 版 人：刘志松
责任编辑：陈　吉
责任校对：李瑞苑
责任技编：冼志良

广东旅游出版社出版发行
地址：广州市荔湾区沙面北街71号首、二层
邮编：510130
电话：020-87347732（总编室）020-87348887（销售热线）
投稿邮箱：2026542779@qq.com
印刷：三河市兴达印务有限公司
（地址：三河市皇庄镇开发区）
开本：710毫米 × 1000毫米　1/16
字数：361千
印张：19
版次：2023年9月第1版
印次：2023年9月第1次印刷
定价：128.00 元（全三册）

四海重明

·全三册·

3

衣带雪——著

廣東旅游出版社
GUANGDONG TRAVEL & TOURISM PRESS
悦读书·悦旅行·悦享人生
中国·广州

目录

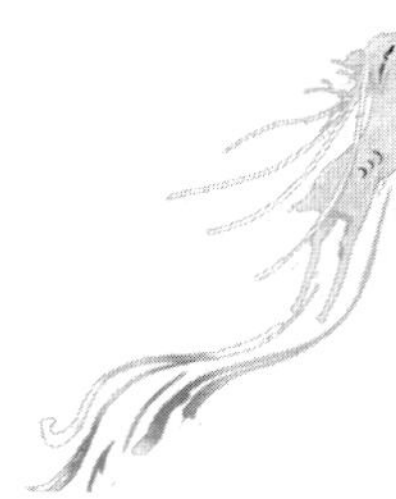

第二十一章　银蚕虫母

你看，它还在肚子里踢我呢。

西部劫海，一片大漠风沙中。

“让你们算计老子！算计老子！打你个人面菊花相映红！”

穆战霆一脸难民模样把两个魔修的脑袋倒插入沙地里，不一会儿好似感应到什么，瞬间飞起来闪躲，很快那沙地下就有什么东西窸窸窣窣地游来把那两个魔修都拖入沙底。

等到地底传出两声极其微弱的惨叫后，他们消失的地方，一金一火两团不小的本源灵气包裹着两枚黑玉戒朝着穆战霆飞来，他一招手，吸走火属性灵气，又把土属性灵气用灵珠吸纳，最后用白玉戒碰了一下那两枚黑玉戒，瞬间黑玉戒化为乌光融入他的白玉戒中，随后，白玉戒感应的范围直接扩大两倍。

不同颜色的玉戒在击杀其主人后是会互相吸收的，穆战霆迅速把神识浸入其中查探了一下，只察觉到在北方的五百里外有一股黄玉戒的气息。

穆战霆跌落的地方是西部劫海的大沙漠，头五天因为灵力耗尽差点儿被一窝沙蜥吃了，好在遇到一小片绿洲，这才慢悠悠地缓过来。

这山海之间实在太大，他也不晓得南颜被传送到哪儿了，他来之前听说本源灵气的分布是有区域的，北为水，东为木，南为火，西为金，由妖兽的四大领主来统治，而中间的十业山，却是鬼族的天下。

他所在的西部劫海沙漠是金翼玄苍犼的地盘，若非这地方正在发生妖族和鬼族的征伐，人族的修士是绝对无法逃出去的。

不过……

掌罚修界的帝君原本是轮流制的，后来由于出现了备选者在山海禁决中陨落的情况，便加入了竞争制，诸洲的帝子皆有资格获得山河海冕，不过同时对本应轮到坐帝君位置的部洲也有所优待。

穆战霆拿出一只在来之前便拥有的罗盘，这罗盘是道生天对辰洲的特别优待，可以定位一处灵气井，他毫不犹豫地选了火属性的灵气井。

“南方……南……”

到了入夜时，穆战霆终于见到了一点点绿荫地，同时戒指也提前感应到一些修士的踪迹，追过去之后，发现是几个伤痕累累的中立阵营修士。

“你们怎么了？”

他刚一过去，就发现其中有一个人一身的银光闪闪，细一看，他身上十之五六的地方都吸附着一种银背六翼的细小飞虫，旁边的人正在拿灵火小心将那些银虫烧去。

“啊，是辰洲帝子……”那几个人都戴着黄玉戒，虽不一定会合作，但也不会主动生事端，朝穆战霆道，“他被虫子包住了，这怪虫繁衍极快，再不烧掉他恐怕整个人就要变成一尊银像了。”

穆战霆蹲下来看了一眼，道：“你们的火不行，闪开我试试。”

他别的不行，但自吸收了大日火精以来，对控火之术倒是极有自信的，一团赤红的烈焰烧得那伤者嗷嗷满地滚了一阵后，他身上的银皮自动剥离下来，竟像是结成了某种金属一样。

“多谢帝子相助！”那人虽然身上一半的皮肤都被烧掉，但好歹命保住了，服下去腐生肌的丹药后，就在其他人的帮助下慢慢调息着。

穆战霆敲了敲地上的金属，使了些劲儿，竟发现根本掰不动，诧异道：“这是什么虫子，怎么这么硬？”

“我们也不晓得，进入山海禁决后，我们几个落到南部劫海，和几个道友会合后，找到一片本源灵气充沛的银树林，那些树我们从没见过，树上结着一个个银色的果子，本来还以为是什么稀罕的灵药，没想到那些果子都是这种怪虫抱团形成……”那人说着，脸上露出恐惧之色，“我七师弟抢先去碰了那些果子，当场被怪虫包围变成一尊银像，好在路过时遇上子洲的墨行徵师兄，为我们引开了那些怪虫，我们才……”

“那地方在哪儿？”

“往东南方七百里，一片闪着银光的沼泽，只是凶险非常，帝子没有召集同行修士的话万勿轻涉险境。”

穆战霆点了点头，他的罗盘指的也正是那个方向，南方属火，想来那片怪异的虫林就是他要找的火属性灵气井所在。

“那你们来的路上可有见过真圆？”

那些修士愣了愣，想起来在道生天里修习时确实有个尼姑，在万宝阁还闹了笑话，道：“没有见过，不过我们在那银树林里见过几具残留着佛力的妖兽尸体，也不知是这怪虫从别处搬来的还是有佛修真的进去了。”

仅仅凭他们一句话无法断定南颜被传到哪里去了，穆战霆又问道：“那你们遇到墨行徵时他有没有说过其他的话？”

“我们想与他同行，他却说他要找个人，不方便与我们一道，等到我们都恢复到结丹期的灵力后，约所有人在一个月后于九劫海尽头的鬼门关会合。”

找谁？

东南部劫海，赤丘山峡谷。

星光遥遥透射在海面，透亮的月色漾成蓝色的光纹与四下隐约浮现的幽光融为一体。本是奇美非常的景象，却没有人有闲情欣赏。

“给我破！”

元磁之力卷起五色磁风，冲入地洞最上方五色本源灵力构筑的封印，一时间那封印震动不已，顷刻如玻璃般层层碎裂。

“好厉害的元磁圣光，不只能感应灵气井，还能突破五行乱流……难怪其他帝子不愿意得罪他，在这山海禁决里，有他一个简直无敌啊。”

元昂是全力施为，等到他抛出一把玉尺撑住裂口后，便急急对南颜道：“真圆道友，看你的了，我们从旁协助。”

“嗯。”

南颜也是第一次见这样的奇异景象，待元昂丢了件照明的宝物下去，南颜凝了神看向那地洞深处，只见光线照到的地方，有着大大小小的坑洞，不一会儿，那些坑洞里都散出幽绿色的鬼气，同时他们脚下的地面也震动起来。

元昂道：“诸位在旁掠阵，第一拨鬼潮来了！”

空气中的木本源灵气几乎浓郁到了化丝的地步，同时一种仿佛水沸腾的声音从中传出来，南颜睁大了眼睛。

随着一丝丝本源灵气在地洞中浓郁起来，那些稍小的坑洞中，恶鬼探出头颅，燃烧着幽绿色鬼火的眼睛盯死了她这个唯一的佛修，怒吼着冲了上来。

元昂紧紧盯着南颜的脚，好似在等待着什么，但很快又诧异地见她不退反进，长长的佛珠上蔓烧出白色的丹火，抡圆了朝着第一个扑上来的恶鬼就是一砸。

当！！

鬼本无形之物，而且这些鬼物好似是依据对方的实力所定，一个个的凶意和南颜的修为等同，但被佛珠一打，竟撞出宛如佛寺铜钟般的声音，瞬间浑身燃起佛火，彻底被超度。

南颜频频出手，打散打退了近五十个恶鬼后，才出声提醒道：“道友们想看我一个人献艺吗？”

其他邪道修士尴尬地咳嗽了一声，纷纷出手，纵然远不如佛修的手段有力，却也聊胜于无，很快将第一拨鬼潮打回到地坑内。

“鬼潮被打退后，暂时不会再来，如将现在逸出的这些本源灵气吸收掉，还有更强的鬼潮再来。”

众人看着正在缓慢上升的本源灵气喜出望外：“木属性灵气占了八成，不过其他属性灵气也足够我们恢复到结丹初期了。”

一如所有分赃的修士一般，气氛有些微妙起来，半晌，元昂道：“真圆道友，还是如前约，谁抢到的归谁？”

南颜道：“自然如前约所定。”

“那我们就不客气了。”元昂扬手织出一道磁光之网，没有给南颜留一份的意思，直接将整个洞口遮挡得严严实实，随后大喝一声，“给我吸！”

木属性灵气一瞬间被从地洞中抽上来，被元磁之力一锁，封成一个五丈多高的灵气团。

敬酒不吃，她怕是傻了。元昂心里如是嘲讽地想着，刚要把灵气团收入掌中，却见南颜出手一点，同样是一道五彩灵力网，竟把他的元磁网结结实实地包住，而且这灵力网五行相生，在此消彼长下，很快把他的元磁之力彻底消融。

众人目瞪口呆间，南颜将那一大团灵气收入掌中，顿时浑身上下散发出一种莹然木灵之光。

元昂足足愣了一息，才暴怒地朝她一掌拍去，可南颜早有准备，轻飘飘闪过后挪到一侧。

“有话好好说，道友怎么就动手了？”南颜道。

元昂暴怒：“你干什么！那是我先捕捉到的灵气！”

南颜淡淡道：“来之前道友只说区区鬼潮，随便一个厉害的佛修都可以应付，没说第一拨鬼潮便有五百头之多，换了吾洲帝子恐怕也颇有吃力。不让贫尼先吃饱，怎有力气去抵抗下一拨的鬼潮？”

元昂面色阴沉得要滴出水来，旁边的鲁胜目光微闪，劝道："那下一拨鬼潮有一千头鬼，个个在筑基后期，先让她恢复到结丹期的实力。"

他说完，又传音道："我们又不是没有长辈赐的秘宝，莫说结丹期了，即便是她现在当场结婴，我们也有法子制服她。"

元昂恶狠狠地瞪了她一眼，道："继续！"

第一拨灵气被抽空后，第二拨鬼潮如期而至，南颜自己也没想到，刚刚那一团几乎等同于她前半个月狩猎总和的灵气还是无法让她恢复到结丹后期的修为，心头暗暗诧异，总觉得自己这一次入山海禁决后，对灵气的胃口似乎比以前更大了。

她默不作声，随着元昂再次打散凝聚而来的五行乱流，再次冲上来的鬼潮，仍然是个个与南颜的灵力等齐，但南颜在堪堪击退了第二拨鬼潮时，眉梢一跳，她似乎看到地坑之底闪过一抹幽暗的绿光。

就在此时，异变陡生。

先出手的是鲁胜，趁南颜专心应对鬼潮时，一拍乾坤囊，放出一只破旧的小锤，好似耗尽全身灵力大喝道："鲁公锤，去！"

那小锤看似孱弱无力，可即便是南颜回头及时召唤出千手观音虚像，却仍是被一锤之下击得倒飞出去，同时，她头顶罩下一道元磁之网。

落入充斥着万鬼的地洞前，南颜听到元昂充满贪婪与恶意的声音："献祭清圣之血，镇压鬼侯！以我元磁圣力，吸纳万灵！"

同时，她跌落的正下方，一张铺满了整个地洞幽暗地底的鬼脸狰狞出现。

"木鬼侯，受用此祭品！"

这声音仿佛来自极为遥远的太古，阴森而恐怖，吓得洞口包括元昂在内的所有人都后退数十步，直到那洞口的绿光消失，一切归于沉寂，才惊魂未定地上前查看情况。

鲁胜抚着心口喘气道："元兄，你家里的秘密可真多，怎么会知道灵气井有鬼侯镇守，只要献上祭品就可以获得灵力的？"

元昂心想，他才不会告诉外人，他祖上正是道生天第一批派到山海禁决的弟子，冷笑道："也是这尼姑倒霉，鬼族厌恶佛修的佛力，但佛修的血对他们来说又是不可抗拒的，我之前看中的是申洲的儒修，他们修浩然正气，本也不错，可惜云念那小子迂腐。"

鲁胜看着地洞中比刚才庞然十倍的灵力，搓着手道："我们酉洲的那份就拜托元兄了。"

元昂冷哼一声道："这个自……什么声音？"

周围本来欢悦的气氛一凝，所有人都察觉到，周围本来蓝莹莹的光线倏然变深，同时远处的草野上，那条原本沉睡的白蛇高高立起身子，而在蛇的背后，传来了更为恐怖的、属于血蜂的嗡嗡声……

南颜掉进一团浓稠的本源灵气雾中，好在她佛心坚定，硬生生从下面那所谓鬼侯的啸声中回过神来，在空中定住身形，把一侧坑洞中的小鬼拽出来灭了，自己窝进去。

刚在洞口结下一个佛力屏障，下面便传出一声暴吼："祭！品！"

南颜皱眉捂着耳朵用佛力护住心神，只见洞口佛光闪烁摇摇欲坠间，外面一条黑暗的、宛如枝蔓般的东西重重打在屏障上，让那屏障当场碎裂。

挡不住！

南颜灰头土脸地躲在坑洞的缝隙里，听着下面好似有什么东西正顺着灵气井的洞壁爬上来找她。她眼中一狠，拿出孟霄楼送来的那柄剑鞘，在洞口处出现一只巨大的、燃着幽火的眼睛时，并指一划，登时一股极寒的剑气从鞘口飞出。

这剑气如千年冰霜下界，四下一静，万鬼收声，周围跟随咆哮的鬼物个个结冰碎灭，而洞口那木鬼侯在看了她一眼后，四分五裂成一块块木块掉落下去。

"好……好厉害。"南颜自己都吓到了，很是失神了片刻，赶紧趁周围万鬼被震慑时，奔出洞口朝上飞去，就在她堪堪碰到洞口时，下方一条藤索飞来卷住她的足踝。

那木鬼侯冷漠的声音再度响起："……吾受狱君之命镇守灵气井，酆魔天不绝，吾命不灭！区区人族，终将入我鬼道，若你老实献上血肉，吾念你献祭有心，可赐你鬼差之位！"

酆魔天？

南颜来不及细想，刚要再次动用剑鞘时，感觉背后的皮肤蓦然一烫，那缠着她足踝的鬼藤好像遇到什么天敌一样猛地缩了回去，随后下面的木鬼侯发出惊恐万状的声音："狱主恕罪！末将不知情……是是是，这是本源精粹，这就回去！"

此时恰好洞口突然飞下一道白莹莹的光，卷着南颜冲了出去，等她回过神来时，却发现带她出来的是起初在峡谷口遇到的那条白蛇。

"是你救了我？"

白蛇同那九色鹿一样，浑身上下散发着一股温柔的气质，游动身躯将南颜虚虚卷着，微微点头，随后拿芯子碰了碰她手上的戒指。

南颜恍然，从戒指里取出九色鹿给的地妖珠，问道："是此物？"

白蛇朝她优雅地点了点头，似乎是在表达某种臣服。

南颜意会，握上地妖珠，手上燃起丹火，只须臾间便轻易将这地妖珠炼化，随后她漆黑的眼珠外围出现了一小圈不易察觉的红芒。

她感到……这赤丘山的一草一木，她都能感受到，而且，连那些邪道修士被血蜂追得七零八落的惨状也一清二楚。

“原来鹿前辈说的是真的，只是这灵气井也是妖族必争之地，竟这般轻易给了我吗……”南颜一时有些想不通，又回想起那木灵侯刚刚叫了一声“狱主”云云，这让她起了疑心。

她五识全开，不甘心地扫了五六遍，除了她这峡谷内外并无其他人影，才有些低落地喃喃道：“少苍，你要是在的话就现身吧。”

你到底是在这儿，还是在道生天的时候就被那些道天上师发现了？

南颜皱眉苦思，直到冰凉的蛇鳞贴在她的手背上，她才发现白蛇给她叼来了几块翡翠一样的东西。

“这是……”南颜起初没认出来，但此物一入手，她便猛然反应过来，“本源精粹！”

——我们此行的主要目标是灵气井，有些灵气井蕴养万年，便会形成一些精粹，作用相当于我修界的极品灵石，而且关键的一点是，普通的灵石灵玉无法带山海之间的本源灵气，但本源精粹是可以被带出来的。

不只那些停留在化神大圆满的修士对此物魂牵梦萦，连已经化神的修士也对它思之如狂，得到了本源精粹，运用得当，可以足足提高七成化神的可能。南颜相信就算是将此物摆出来，让一个化神修士背叛宗门，也有足够的谈判分量。

眼下这块是木本源精粹，南颜只是握着吸收了不到十息的时间，便觉得自己五行灵根中的木灵根饱胀得几乎要溢出来，便连忙将其封好收进须弥戒中。

又过了数个时辰的调息，南颜伸展了一下身躯，轻轻吐出一股浊气，随着身体里咔的一声轻响，她吐出最后一股普通的灵气，终于晋阶到了结丹大圆满。

这感觉太好了，好似很快就能加入这一界真正的强者序列。但南颜知道这条路才是她真正站上斗场的开始，接下来，她面对的将是更加恐怖的对手。

南颜眼中露出战意，欲寻元昂和鲁胜再打一架时，忽然看见旁边的白蛇身上一些鳞片闪烁起蓝光，细一看，那竟是为了让她看懂，以鳞片组成的一个个人族的古字：可需要通知赤丘山诸族进贡族中健壮的雄兽给山主？

进贡啥？

南颜又想起九色鹿说的“繁衍生息”云云，登时吓得退避三舍，道：“我的这个繁……我的这个终身大事，我自会解决，不知你可知道这东部附近有没有火属性的灵气井？”

白蛇点头，鳞片蓝光再闪：东部劫海只有水木灵气井，火灵气井是南部劫海之主银蚕虫母的巢穴，十分凶险。

南颜听九色鹿说过银蚕虫母的厉害，但她更担心穆战霆，她小时候整天跟他叨叨天命之子跳崖不死那一套，弄得穆战霆也被洗脑了，只要作不死，就往死里作，也不晓得是咋活到现在的。

如果是他的话，就算知道有银蚕虫母……也怕是非要一头扎进去虫口夺食。

——不行，她哥要死得死外面去。

南颜打定主意，道：“我有个……亲属，脑子不太好使，可能闯到了银蚕虫母的领地，有什么办法可以不起冲突救他出来吗？”

白蛇回道：“虫母凶暴，不易说动，但山主可率领山中血蜂族出动，以暴制暴。”

南颜：“……你们妖族内部都是拿拳头说话吗？”

白蛇优雅道：“是哒。”

南颜：“你这个‘哒’字跟谁学的？”

白蛇：“回禀山主，小妖前几天吞了个人族的游魂，读取记忆时新学的。”

南颜终于晓得这些仙气飘飘的妖兽为什么这么通灵了……它们只是挑嘴不吃血肉而已，吞噬魂魄还是会干的。

机会难得，南颜又在灵气井修炼了足足三日，直到木属性的灵气不能再多了，便收手打算启程去火属性的灵气井，临走之前，白蛇带她拜访了赤丘山的血蜂后。

南颜跟着白蛇来到那片火山口时，果然看见琉璃般半透明的山尖上探出一只无法形容的巨大血蜂，震得她根本不敢上前，只能由白蛇上去同血蜂后表达了她想前往银蚕虫母地盘的想法。

血蜂后听白蛇说了前因后果，道：“银蚕虫母虽与我同为虫族，但他们以血食代替灵气，如今已凶残失智，鹿尊本就想联合金翼玄苍犼灭了银蚕部族，双方结怨已久，山主执意前去，那银蚕虫母恐怕不会买鹿尊的账。”

白蛇嘶嘶出声：“赤丘山原本也是妖族王脉的领地，好不容易来了王脉的后代，当以繁衍生息为上。她说了还有一些人族流落在附近，里面有不少她要找的人……我想，为了振兴妖族，还是应该多鼓励山主外出寻觅配偶才是。”

血蜂后登时被说服了，当即命令一万只巢穴中最精锐的血蜂出去跟随山主，并殷切交代道：“除了保护山主之外，如果遇到山主可意的雄兽，哪怕是人族也行，不计代价荤晕带回来供山主享用！”

南颜在山下徘徊了片刻，本来觉得这血蜂强大，自己无缘无故来麻烦人家不好，却没想到不消片刻，白蛇便带着一窝凶焰腾腾的血蜂下了山。

“这些……都是蜂后赠与的护卫？”

这些血蜂个个足有巴掌大，每一只都带着麻痹、腐蚀、无解剧毒三种毒囊，而且越是吸血，越是兴奋，有这么一万只傍身，南颜差不多觉得自己能在九劫海横着走了，遂感动之余略略惶惑："这样真的合适吗？"

白蛇十分确定地对她道："放心，有它们在，一定能达成山主所愿。"

南颜就差抹眼泪了："真是不知道该如何谢你们。"

白蛇："山主所愿就是我们所愿。"

——啊，妖族的小伙伴真是友好，果然师父说得对，大爱存在于世间万物心中。

重新坚定了佛道度世的理念，南颜将血蜂收入须弥戒一处专门适用于灵虫的空间，便启程前往九劫海南部。

有血蜂帮忙指路，南颜很快在第四天到达了劫海南部。

和东部劫海山林幽谷的环境不同，南边是一片水泽沼地，生着鳞甲的爬兽潜伏在泥水中，时不时蹿出来试图猎杀她，直到南颜微微释放出血蜂的妖气后，那些低阶的妖兽才渐渐安静下来。

"……好重的金火属性灵气。"南颜随手击杀了一条仍大胆试图咬掉她一条胳膊的黑蜥，吸纳来的灵气是火属性的，这让她前段日子被木本源精粹撑得难受的气海感到一丝丝平衡的暖意。

片刻后，南颜耳朵一动，远远听见一片枯树沼泽那头传来爆炸声，她立马朝着那方向飞去，很快听见一声正经的儒修颂诗声。

"炎光辟晦日，万物草不生！"

三名儒修结成三光阵，同念这一阕，刹那间天地浩然之气化为火焰扑向一侧银光闪闪的雾气，那雾气与火焰相结合，登时传出金属交击的声音，大多数银雾结为一颗颗小银球落在地上。

直到那火焰熄灭后，小银球外层的轻微焦黑剥落，再次化为银雾朝那三个儒修扑去。

南颜锐眼观微，只见那团银雾是一只只蚊子大小的银色甲虫，不知数量有多少，而且已经有儒修的手指被沾上一点点银虫，正在逐步扩散到他整个手掌。

这就是银蚕虫?

南颜面色凝重起来，五指捏诀，朝那些银蚕虫虚虚一指，口中低声念出一段梵语："唵，啊日罗，驮罗嘛，纥哩库……娑婆诃！"

千手观音虚像从天而降，威势赫赫地镇压那些银蚕虫，在佛力侵蚀下，银蚕虫痛苦不已，左冲右突，虽成功钻破了一点点空洞，但死伤惨重，南颜和儒修又联手补了一击，才将那团银蚕虫彻底灭杀。

"多谢真圆道友、多谢！"那些儒修道谢后，连忙调息疗伤，忍着痛剥掉了手上一小块皮，又加以各种灵药灌下去后，伤势终于稳定住。

南颜见他们面露忧色，道："你们也是传到了银蚕虫母的领地吗？"

"对……"那些儒修面露忧色，时不时查看手上的黄玉戒，"我们帝子为了掩护我们，动用秘宝一人拦下大批银蚕虫，是我们没用……"

"云念也在里面？"

原来这些儒修通过黄玉戒堪堪以云念为中心集聚了五六人，这南部地形平坦，很容易就发现银蚕虫母的领地充斥着火属性灵气，云念的意思是等到正道或中立阵营的道友会聚齐了再谋取灵气井，哪知他本家一个弟子看那沼泽中的银树林奇美无比，起了贪念，一个人前去探索，再没有回来。

这人是云念的表兄，他无奈之下，只能进入银树林找寻，这便遭遇了银蚕虫的捕杀。

南颜听罢，道："那云念此刻可好？"

儒修们道："看玉戒指示，帝子性命无恙，不过那银蚕虫如此凶猛，帝子纵然有秘宝加持，恐怕也无法脱身。"

南颜略一点头，想了想道："这片沼泽如此之大，而且看上方一只飞鸟也无，想来天上也很危险，你们既然进去时能无恙，想来这银蚕虫一定有什么触发的机制……这样吧，你们找个地方休息，最好聚集正道或中立的修士，我先进入那片沼泽一探，若寻到他的踪迹，我们会同时催动玉戒昭示方位。"

儒修又道："道友你虽已结丹大圆满，可那银蚕林毕竟凶险，你……"

"放心，我有护身之法。"

说定之后，南颜顺着他们所指的方向又前行了五十里，恰好余晖落尽，最后一丝刺眼的金光消失在她眼中时，一处沼泽的边缘出现了一条银线。

南颜留心着四下的动静，一路飞过，一片寂静，只在水泽下见到具具枯朽的白骨，连只蚊子都没有。

看来银蚕虫就是此地的霸主了，所有的生灵都会成为它们的食物。

待南颜再行进了五里地，那片传言中的银蚕树林终于出现在她面前——这片树林的美丽犹如她在幽泉川见到那些白骨老鼠中散发出的万千萤火星河，明明知道它们是那般危险，却不得不为自然造物之奇而心生震撼。

绵延无边的银树林，静静立在毫无声息的沼泽上，树上宛如灯笼一样结着一颗颗银色的果实——那正是这片沼泽的死亡之源，除了晚风与月光，任何侵扰它们梦境的人，都会化作树下的养料。

南颜没有立即向血蜂求助，而是小心地躲在一个安全的地方，观察了片刻，放出一小只贴着低阶火符的偃甲老鼠，老鼠飞快地游过沼泽，到了那片银树林中，挑了一株最近的树，开始往上蹿，很快便试探着碰了碰枝头上一枚果子。

但银蚕虫并没有南颜所想那般倾巢而出，无论偃甲老鼠怎么咬，都好像咬在一块坚铁上，留不下丝毫痕迹。

也就是说，正常进入银树林，或是随便碰了碰这些果子，银蚕虫并不会散开来攻击。

南颜这么想着，催动那偃甲老鼠身上的火符，灵力散出的一刹，旁边的果子突然炸开，里面的银蚕虫嗡嗡飞出，瞬间把偃甲老鼠包成一只银老鼠，随后南颜和那它的神识联系彻底被切断。

一盏茶的时间后，那些银蚕虫终于意识到偃甲老鼠是死物，纷纷散开重新聚合为果实，只留下一块被扎得满身是针孔般小洞的木头破烂地摔落在地上。

南颜心中有了打算，她收敛全身灵力，保证一丝灵力也不透出，甚至连体温都用水木本源的灵气调到同草木一样凉，这才踏上银树林所在的土地。

树林中仍是一片寂静，而且带着某种隔绝灵气的力量，南颜手上的玉戒在这里彻底失效，只能放开五识细听四周的动静。

此时日头已经完全落山，星穹逐渐浸染半个天穹，就在南颜深入银树林深处半个时辰后，忽然远处传来细细的嗡鸣声，她一听，立即屏息凝神藏到一丛低矮的宛如灌木的银色草株中。

原来那是一群银蚕虫运着一头巨牛妖兽从上方经过。

南颜记得小时候被嵇炀硬按着学了一整套《千虫百兽纲》，里面虽没有银蚕虫这种奇物，但也描述过这种聚居的飞虫的习性——它们会把完整的猎物先敬献给“虫后”，等到虫后饱餐一顿后，才会把残骸带出来给其他小虫食用。

如是来看，它们运载的地方应该就是银蚕虫母所在的地方……而虫母属火，完全可以在火属性灵气井里修炼。

南颜脑中正规划着如何去到虫母的洞穴，一分神忽然觉得背后有只手碰了她一下，她一惊，回头的刹那，整个人的血都凉了。

她刚刚来得匆忙，没注意到这片低矮的银草中，躺着两具银色的人像！

这些人像的动作都十分绝望，都是蜷缩在地的，碰到南颜的那一个跪在地上，饶是整张脸都被银蚕虫包裹成了一个光滑的银色平面，右手仍保持着向前挣扎的动作，可见死前有多么痛苦。

南颜脸色难看起来，她小心地碰了碰那人像银色的表皮，触手一片冰冷，好似最认真的匠人雕琢出的绝品。

她深吸一口气，放出几十只血蜂，道：“有劳了。”

血蜂应声而动，用锋利尾刺分泌出某种麻痹毒液，在银色人像周身轻轻扎了扎，那银色的表皮顿时龟裂剥离下来，露出里面只剩下带着无数针眼的白骨。

南颜怔然了片刻，看了一眼那些骨骸留下的黄玉戒，心中一叹，就在她喃喃念祷时，旁边传来细微的脚步声。

“……是真圆姐姐吗？”

南颜回头，看见云念脸色微微苍白，衣衫也多有破烂，但他头顶飘浮着一只雕刻着松纹的砚台，砚台中投下水墨丹青的虚影包裹住他，看上去倒也无恙。

“还好你没事。”南颜看出他灵气虚弱，连忙用带来的灵气为他补充了一些。

“又让姐姐救了。”云念调息罢，看着那堆白骨面露悲悯，“……如你所知，我们被袭击后，被那些银蚕虫带往虫母的洞穴，我当时也被包住了，但所幸我带有这方山涛砚，震散那虫壳后，拖着洞穴里已经变成银像的修士们逃到这里，只是怎么也找不到出路。”

南颜问道：“还有其他的人活着吗？”

提到这个，云念目中突然染上怒色，道：“我这两位同门是为了救我那表兄胡瑞才陷入银蚕虫群中，他临阵脱逃不说，还推了同门一把，使得我们都被抓了。这些虫子一旦捕捉到小的猎物，就会包裹起来以血肉为养产卵！我这两个同门……可都是云家的天骄！”

单单想想，南颜就觉得头皮发麻，道：“申洲云家怎会容下这样的凶徒？”

云念眼眶微红，道：“云家如今由我祖姑母和叔父一派……唉，不提了，这虫林之困，你可有对策？”

这孩子倒是也成长了不少。

南颜道：“我在别的地方另有际遇，这些血蜂应该可以解这虫壳之困，但若等到虫壳突破修士法衣和护体灵气，把虫卵下到骨头里，恐怕就晚了。我带来的血蜂不多，应付一两群银蚕虫还可以，这整个林子的银蚕虫出动的话，我们仍是必死无疑。”

云念道：“不过，倒是有个办法……银蚕虫母如今恰好逢诞育子虫的时期，贪食而虚弱，若能击杀之，这所有的银蚕虫都会因失去虫母爆体而死。”

南颜也知道，所有人的野心都在这儿，可那虫母纵然是在虚弱期，但也是南部劫海之主，一个不小心赔命的就是他们。

“我们是修界顶阶的天骄，若是全力施为，谁都有越阶斩杀元婴的可能。”云念眼中露出坚决之色，“我带了一篇古诗残卷，由我申洲耗时三百年供奉通灵，只要我挥笔补足余下两句，连化神都可能斩杀，杀那虫母并非没有可能。”

南颜点头，她还有剑气，可以同云念联手，想了想计定道：“那好，我们稍后便前往那虫母进食的洞穴布置，如今我们知道在这银蚕林中，只要不高飞于天，或动用灵力，应该不会引起这些沉睡的银蚕虫注意。只是你我二人还是有点儿虚，最好还是来一个具有火属性的修士，可以在外面抵挡银蚕虫援救……”

南颜说这话时，发现云念抬起头看向夜空，目中的惊骇渐渐扩大。

云念：“姐姐刚刚说，在这银蚕林中，不要飞空、不要动用灵力是吗？”

南颜：“是啊，怎么了？”

云念指了指天上：“你看穆大哥是不是就这样干了？”

南颜一抬头，只看见夜空中如流星般冲来一个浑身燃烧着灼灼烈焰的人，哈哈大笑着带了一屁股铺天盖地的银蚕虫。

“你们咬我！老子无限火源，今天就跟你们斗到底！！”

云念：“那是穆大哥吧？”

南颜：“不是，你看错了，我们去找个地方躲起来吧。”

云念：“那就是穆大哥吧！你们不是以兄妹相称吗？”

南颜：“我不认识这个人，我哥已经淹死在文学海洋里很多年了。”

说完南颜当真就拉着云念跑得远远的，而那边带了一屁股银蚕虫大军的穆战霆仍然一脸无所畏惧，直到跑到银树林深处，蓦然一声惊天长啸震慑整片南部沼泽，所有的虫果开始躁动不安，穆战霆远远看到有一片由白骨与枯朽毛皮掩盖的地坑中，伸出一条覆盖鳞甲的触角。

穆战霆眼见大虫起兮云飞扬，很是吓了一跳，但很快他就没时间构思什么美词佳句了，那触角好似瞄准了他，又是在一声咆哮下，空中追杀他的千万银蚕虫登时组合为一张刺网朝他包裹而去。

“娘欸……这是虫母？”穆战霆看了一眼那触角，心想这虫母未免也太巨大了，自认不可力敌，左冲右突发觉无法脱身后，果断双手一抬，头顶的天空渐化一片火云，顷刻间流火如雨自天而落。

盘牙天火，是当年赤帝糅合了妖术的绝式，此时穆战霆又辅以大日火精加身，若修至大成，便可身化大日，灼烧万物。

那些银蚕虫形成的刺网顿时如蜡遇火般融化出一个个坑洞，这好似激怒了虫母本体，十丈长的巨大触角如倒塌的铁塔一样朝穆战霆抽来。

后者一皱眉，正想拿出些底牌时，面前蓦然如水墨浸染般变成一片黑白，下一刻他发现身旁不远处出现了一个同他一模一样的身影，而那触角中途便突然转向，朝着那水墨虚影抽去。

“快走。”身后传来南颜的声音，穆战霆只觉后领一紧，便被人扯走了。

半个时辰后，银树林某个临时挖出来的岩洞中，南颜从石头缝里看着外面那条巨大的触手四处横扫，等到四处搜寻无果后暴躁地缩了回去，才松了口气。

"走了？"

南颜幽幽地看着穆战霆："你还想把它薅出来对打一场？"

穆战霆解释道："这地方这么怪，我这不是担心你'路有冻死骨'吗？赶路赶得急，看到那些怪虫的时候就已经被包围了……"

南颜呵呵了一声，道："放心吧，毕竟我是你心目中最硬的汉子，不会在路上饿死的。"

三人互相说了说探索的近况，最后话题回到这片银树林中。

"那银蚕虫母应原本实力强劲，如今在产卵，故而多有虚弱，未曾追杀得彻底。不过饶是如此，那虫母也足有化神期的修为，而且它既为南部劫海的王者，想必还有其独有的杀招。"

南颜听云念分析之后，道："那触手所在的白骨堆里，散发出一股火属性的本源灵气，如所料不差，那火属性灵气井应当在那虫母之下。若是我们三个与虫母正面相抗，恐怕要付出极大代价，如果失败了，即便是逃遁出去，后面也很难同其他部洲的人竞争。"

"若是稳妥点儿，大可在这里召集其他部洲的人合作，不过……"云念看了一眼穆战霆手上的白玉戒，那上面出现两道黑纹，正是之前那两枚黑玉戒融合进来所致，"穆大哥杀了两个邪修在前，至少这附近的邪道修士是不能相信的。"

南颜想起元昂那伙人，他们其中也有些修士被血蜂杀了，不过帝子都有化神期宝物护身，定已成功逃脱，也不知现在何处。

她想了想道："我们终究是为了进入十业山而来的，在此之前，基本目的是收集与元婴期相当的本源灵气，现在我们三个还好，喊了其他部洲的人来，谁也说不准会在背后捅刀子。"

"说的也是，只是这银蚕虫母有一半之强在于它的这些子子孙孙，一齐扑上来的话我们四面八方受敌，恐怕正面交锋起来，难以突破防御……"

一直被南颜训得不敢吱声的穆战霆忽然道："为什么要突破防御？那些虫子能上天，又不能下地，咱们从地下挖个通道去虫母肚子底下偷本源灵气不就行了吗？龙主把天上飞的地上跑的水里游的土里钻的法宝给我塞了一大包，我还带着分土锥呢。"

南颜和云念同时沉默——他们确实没有想到这一层，银蚕虫不能进到地底去。

"……哥。"

穆战霆："怎么了？"

南颜："你的智慧能不能不要这么忽上忽下的？我害怕。"

眼瞧着已入深夜，穆战霆取出一些分土锥往地上钉了四个，催动之后，四个分土锥中间的土壤渐渐由岩石转换为沙土，最后流入泥土缝隙中。

“走吧。”

三人跳入地洞中，每隔一段距离灵力不够了，就重新钉四个分土锥，大约开了足足有三五百丈远的通道后，穆战霆再次扎下分土锥时，只听叮的一声，锥尖撞在某个硬而光滑的平面上。

“有壁障了。”

拍去一层泥土后，三人面前出现了一面白色的石壁，用灵光一照，呈现出一种玉质的通透光泽。

“这么大的矿？这是什么材料？”

“不认识，往旁边看看，能不能绕过去？”

分土锥又沿着白玉壁钉去，却发现这玉壁好似没边似的，根本就绕不过去。

再探索下去分土锥就要不够用了，穆战霆只能收手对南颜道：“我快忘记方向了，你鼻子灵，闻闻那火本源灵气在哪儿。”

南颜白了他一眼，四下转悠了一圈，用指节敲了敲那面白玉壁，道：“方向没错，左右的本源灵气都很淡，这面白玉璧后，倒是灵气充足，只是这玉璧如此光滑，不像是天然形成，不晓得是做什么的。”

穆战霆：“我觉得这面墙壁适合题诗。”

南颜：“血蜂，咬他。”

穆战霆刚说出一声干吗，就觉得下巴一点刺痛，一只血色的毒蜂悠悠飞出去，同时他的舌头和嗓子彻底麻了下来，完全说不出话。

云念：“真圆姐姐，你为什么让血蜂扎穆大哥？”

南颜：“他上火，我给他针灸一下败败火，等下好精神饱满地对付虫母。这玉壁后应另有天地，只是我和他的手段动静都太大，你有没有什么别的办法？”

云念道：“我最近新学了一首破甲诗，虽然没有人能同我联诗，但也可以独力一试，应能击破这玉壁。”

南颜呃了一声，马上释放灵力隔绝穆战霆对云念的神识，道：“那你就去吧，如果不行我们再想别的办法。”

穆战霆捂着麻木的下巴，愤怒地用神识去骚扰南颜：“你快告诉他，我能和他联诗啊！”

云念看他目光狰狞呜呜直叫的样子，道：“穆大哥好似有什么意见？”

南颜面不改色心不跳道：“你穆大哥说，眼前有景道不得，云念题诗在上头，他正要虚心向你学习，你只管施为吧。”

穆战霆心头悲怆，抢在云念前面，冲过去在那面墙壁上刻下一行字：文人不可夺志也！

南颜正试图度化穆战霆放下诗经，却见他刻下的那行字融了进去。

“这什么情况？”

穆战霆的灵力附带火属性，那片玉璧一遇到灵力刻字，就好像蜡一样融化开来，露出一个个破烂的小洞。

三人挤在一起从小洞看去，同时倒抽一口凉气，那洞里生着一株巨大的金黄树木，树梢上密密麻麻长着一个个琉璃色的卵泡，卵泡的薄膜里盛着银色的细沙，再一细看，那些银沙都是虫卵。

果然是虫母在的地方。

三人不约而同地噤声，互相神识传音起来。

“这虫母是个什么妖物，怎么这么大？”

南颜壮着胆子又去看了一下，只见那株黄金巨树的根部盘踞在一个通红的地洞上，树根深深扎入其中，不断有火属性的本源灵气被它抽入树身，运送至枝干间的卵泡中。

南颜顺着这株奇异的树木再往上看，只见树顶端的主干上长着半截宛如蜈蚣般的巨虫，正在咀嚼着什么不知名的血食，它的下半截身子和黄金巨树连在一起，形成一种半虫半树的奇异景象。

云念也忍着恶心强行看了一眼，最后仿佛想起什么似的，恍然道：“我知道这银蚕虫母的来历了，此物在我们修界原本有记载，是叫虫母树。”

“那是什么？”

云念道：“这虫母树是一种罕见的虫草合体而生的天地奇物，成年后以树木为母体，孕生虫果，每个虫果里都会有一个种子。眼下这些虫果成熟后便会被其他银蚕虫运往虫母树附近的土地上落地生根，形成新的小虫母树，这些与种子伴生的虫卵就会为养育新的虫母树而不断捕猎，故而虫母树有独木成林之称。”

虫母树……南颜总觉得久远前听说过这个名称，问道：“你从何处听说的？”

云念挠了挠头道：“小时候来道生天修习，听少……听当时教我们启蒙的一个很好的师兄说的。”

穆战霆没注意到南颜神色略略有些古怪，道：“那你可记得这虫母树有什么弱点？”

云念摸了一把手掌厚的白玉墙壁，道：“靠近虫母树必然会被发现，不过我们还算幸运，这墙壁，应该就是银蚕虫母的树脂，也是一味几乎绝迹的药材，我们将它融化涂在身上，虫母树就不会发现我们。”

南颜多问了一句：“能护肤吗？”

云念尴尬地笑笑："听古书上说，是有解毒除疤，让肌肤光滑如玉的功效。"

南颜点了点头，走到一个角落里狠狠挖了一大块塞到须弥戒里，打算拿来策反二哥让他早日皈依我佛。

三人在外衣和露出的皮肤上涂抹好树脂之后，悄悄溜进去，果然那银蚕虫母一点儿动静也没有。躲到一处石头后，穆战霆看见那黄金巨树下有一个能容一人通过的空洞，主动承担起最危险的任务道："你们把身上所有空的灵玉灵石都给我，我速度最快，我先从那洞中下去找本源灵气，吸收好了之后按原路返回，如果惊动了虫母树，你们先走。"

南颜心想怎么可能先走，从须弥戒里拿出一块木本源精粹，道："据说这山海之间九个灵气井中，有五个灵气井里是有鬼族盘踞的，我之前在木本源的灵气井里遇到一个叫'鬼侯'的东西，十分危险。眼下这火属性灵气井看起来虽被虫母树彻底掌控，不会有什么五行乱流，但也不能掉以轻心。"

穆战霆没心没肺道："哎没事，大不了就是一死，去阴间找文坛前辈也不错，没准还能抢李贺的名头什么……"

"阴间有什么好玩的，等出去之后，西天极乐世界带你直达。"南颜瞪了他一眼，道，"说正经的，如果下面真的有鬼族，你就说……就说，火鬼侯，我乃酆魔天下一任狱君继任者，尔敢拦我？"

镶嵌在树顶的半个虫身发出令人胆寒的咀嚼声，血肉从枝叶间滴下，偶尔落在虫果上，便被其迅速蠕动着吞了进去，血腥又瑰丽。

虫母吃得正专心，南颜看见穆战霆抓准机会，闪电般从树洞里钻了进去，很是紧张了一会儿，确定虫母树没有发觉后，方稍稍松了口气。

这片地洞空间极为广大，往上一看，竟见之前地面上银树的根茎千丝万缕地垂落下来。

南颜摸了把脸，那虫母树的树脂当真如最好的护肤品一样，渗入皮肤极快，她这张跟着真衡师兄苦修数月风吹日晒的脸，转眼间便光滑得像丝绸一样，她不禁好奇道："这地方空间这么大，那树脂墙是怎么在离虫母树这么远的地方砌起来的？"

云念摇了摇头："我也是第一次见这种千年虫母树，就算是古籍有所记载，内中描述也也不尽详细。"

南颜继续环视洞内，隐约有种不祥的预感。

过了一会儿，洞顶上的缝隙里飘来一缕缕银光，正是一拨银蚕虫，将洞顶虚掩的骨骸拨开，随即一堆堆带着血腥的妖兽尸体被扔下洞穴，虫母长须一卷，将猎物摄入口中继续咀嚼起来。

就在此时，地上那堆妖兽尸体里有什么东西动了一下，片刻后，那东西悄悄裹着一片沾满血肉的妖兽皮从尸堆里抬起头来。

那是一个活人，不晓得修炼了什么特别的法门，神识扫过去时，竟觉得他是一具尸体一般。

身旁的云念突然坐起身，目露恨色地瞪着那人，旁边南颜连忙按住他。

“怎么？”

“他……他是胡瑞！”云念握紧五指，道，“就是他，贪图银树林，还将我两位同门推出去阻挡虫群！”

可饶是他有一千一万个想清理门户的冲动，此时却不敢露出一点儿气息，毕竟穆战霆还在那灵气井里。

那胡瑞被虫母树吓得好久不敢动，直到确定虫母树没有发现他，才警惕地左右看了看，一眼就看到了虫母树根部笼罩着的火属性灵气井，目中爆发出贪婪之色。

但他没有马上行动，而是环顾四周，这一看，便发现了南颜他们进来时挖出的一个半人高的小洞。

“天助我也！”胡瑞狂喜，马上从尸堆下面缓缓向树根方向爬去。

“你去堵门。”南颜交代了一声，分出神念盯着虫母树的动向，弯腰从一侧的乱石堆绕过去，就在胡瑞刚刚碰到那树根时，她佛珠一甩缠住他的脖子，拼命将其往回一扯。

“你！”胡瑞骇然，但很快发现对方没有用灵力，而且是个女子，惊吓过后便恼火不已。

“动用灵力就是死。”南颜传音道。

胡瑞活到现在当然知道修士动用灵力，很快便会引起虫母树的注意，但灵气井近在咫尺，又岂能放弃。

“道友……小菩萨，”胡瑞虽然怒意难掩，但仍然试图和解，“这火属性灵气井，我们对半分，怎么样？”

南颜看着他道：“我怎知你不会骗我？”

胡瑞忙道：“我是申洲云家的人，和卯洲一向交好，咱们在万宝阁里还见过面呢，对……我们家帝子，你们还是朋友不是吗？”

南颜佯装沉思，道：“确实如此，我姑且信你一回，不过我胃口大，五五分不可能。”

胡瑞：“那就四六分！”

南颜：“三七。”

胡瑞：“四六不能再低了！”

南颜："不行，我来之前我师兄给我算了一卦，说是三七分吉利。"

胡瑞崩溃了一阵，转念一想觉得不对，再一细听，灵气井里传出一声奇怪的咆哮，这才反应过来："你拖我时间！你……你早就有同伙下了灵气井！"

说时迟那时快，南颜拿出苦修时体验船夫拉纤的力气，金刚怒目一脚踩在胡瑞脑袋上，佛珠一勒，登时他便无法动弹。

"安静点儿对大家都好。"南颜道。

胡瑞本来只是发怒，无意间瞥见角落里正在往洞口处移动的云念时，登时便发了狠，从嗓子眼里发出声音："原来你和他是一伙的……要死，大家一起死！"

"真圆姐姐小心，他身上有仙品灵宝残片！"

云念出声时为时已晚，南颜看见他竟不顾惊动虫母树，心下一叹，全身灵力暴起，一尊观音虚影在身外蓦然绽开，同时，胡瑞已经抛出那所谓的仙品灵宝残片。

"洛神卷！"胡瑞大喝一声，一卷破碎的画轴扔出，登时化作一道墨色火焰熊熊燃烧，顷刻间化成一个面容模糊的窈窕女子，那女子带着决然之意，抛出一条绸带，旋转开来。

绸带所碰之处，尽皆枯朽，南颜虽勉强防住后撤，但那余波也狠狠抽打在虫母树的金色树身上。

"吼——"血雨如瀑，银蚕虫母巨大的虫身从上而下，千对肢足顷刻间便穿过茂密的枝叶，如史前怪物般探了下来。

正戏终于来了。

南颜眼角瞥见灵气井里不断涌出赤红色的光影，而且穆战霆的气息越来越近，一咬牙尽量远离，吸引走暴怒的虫母树的注意力。

"山涛海隅镇诸邪！"云念在一侧催动山涛砚，登时砚中墨水化雾，在南颜周身凝成一圈坚实的防御，"当心！"

"你守着别动，别让那贼子跑了。"

云念点头，他也知道妖邪鬼物最恨的就是佛修，眼下这虫母也只会去抓南颜，一转身便发现胡瑞竟趁机蹿上了树，伸手去摘那看似晶莹剔透的虫果。

"胡瑞！你敢！"

胡瑞本就憎恨云念，一把扯下一颗虫果塞进怀里，道："你拒绝午洲的邀请，还管得了我们发财？你除了资质比我好，哪点能及我？诸位族老怎就选了你当帝子！"

他一扯下虫果，整棵黄金巨树便震动起来，下方盘踞在井口的树根蓦然收紧，将井口死死封住。

"你！"

胡瑞看了一眼井口，折身朝洞口冲去，嘲弄道："下面不是有你的朋友吗？杀我只会耽误时间……"

云念咬牙朝树根处冲去，双指一并运出秘式想打穿那虫母树的遮掩。

胡瑞暗笑一声，看洞口近在眼前，打算出去以后便以此为筹码，说动其他部洲的帝子合作挖掘这灵气井，他正美滋滋地想着时，背后一道锐利至极的佛气轰然拍来，打得他整个人直接撞穿白玉壁跌了出去。

"我不耽误！"南颜在后面补了一句，刚刚她没留手，估摸着那人半边骨头都被打断了，然而背后的虫母也如期而至。

"吼！"

虫母疯狂扑来的瞬间，南颜须弥戒里的血蜂嗡嗡飞出，妖族之间的交流使得那虫母一滞。

南颜看虫母凶恶的神情，并不觉得虫母会因为血蜂的劝说而放弃，果然血蜂分了一部分回来在她面前组合成一行字——虫母要求献祭和你同行之人，可单独宽赦你。

"啧。"

山海之间是一个奇异的空间，虽分四域，但只要人看着十业山行进，最终到达的只有同一个地方，那就是鬼门关。

一片无边无际的颓圮城墙高出了月色下的海面，静静守着九劫海与十业山最后一道千年不毁的界线。

墨行徵沿着城墙冲出海面时，并无暇欣赏海面上宁谧的月光，而是焦躁地扬手一剑抛出，钉在前面城墙边一人的脚边。

"站住！！"

十业山上吹下的幽风浮离着一股烧焦纸钱的味道，面前的人好似只差一步，就要踏入那片难明的永夜中。

墨行徵双眼泛出血丝，颤声道："你已经被道天上师联手镇压，肉身受道气剿灭，生气流散，再往前一步，十业山万鬼必会群起而夺舍！"

对方淡然道："无妨，左右都不是第一次了，这十业山你我都不是第一次走了，人走得，鬼难道就走不得？"

墨行徵双目赤红，道："你真的要彻底背叛道生天？你可知，那前面是永世不得超生的鬼魔之道……是逆道！"

"逆道？"真是熟悉的字眼，似乎觉得无比荒唐，凝冻在暗夜里的双眼带着某种嘲讽的笑，嵇炀轻声道，"我们自幼便被师者教导，要做修界五律的执剑之人，一言一行，应为当世表率。”

墨行徵艰涩道：“是，我相信师尊，师尊他是修界第一人，是教我们养我们的人……他怎么可能害你？”

嵇炀的声音里带上两分轻嘲：“你不知道吗？夺舍、逆道、入魔……我都犯了，而第一个，就是夺舍。”

迷惑多年的真相，揭开了血淋淋的一角，墨行徵本能地后退了一步，哑声道：“你夺舍？你怎么可能夺舍？我以为你只是想改头换面躲过道生天的追捕，我以为你的遗体已经从山海禁决里移灵走了，我……我一直压到现在没有结婴，就是想在十业山看一眼，你到底是不是真的死了。”

墨行徵太了解他了，绝顶的资质，拜了绝顶的人为师，受的是绝顶的训导……他在位时，不知重惩判杀过多少夺舍滥杀的罪人。

可笑的是，他自己却成了这样的罪人。

嵇炀的手虚虚拢住微微扭曲的右眼，道：“你还记得我这张面容是谁吗？一个只会躲在万宝阁道尊像前哭的、连筑基都难的小师弟。那天，道天上师来正法殿抓我时，他只是想和我说一声，让我小心有人要构陷我叛宗。”

墨行徵面露苦痛之色，嘶哑道：“那天……他们说你被刺杀的那天，到底发生了什么？”

嵇炀不说话，墨行徵焦急地上前两步，道：“不是什么事都瞒住本应该知道的人，就能保全那人的性命的，我不怕死，我只怕什么都不知道莫名其妙地去死！这里是山海之间，师尊的天地正法大道不会算到这里来，你告诉我！”

对峙半晌，嵇炀眼前仿佛闪过了谁的影子，半晌，他徐徐道出当年之事。

“那天，我正要把所有的真相刻在正法天道碑上昭示天下，道天上师来传讯，说师者镇压溟河天瀑恶鬼伤了元神，恐怕命不久矣，想最后见我一面，让我去刻他的牌位……”

“重明鸟的后裔……”

银蚕虫母长满错乱獠牙的大口中，涎水混合着血肉滴滴答答落下。妖族虽然混乱，但也有大律，血统低的族群不得犯上，但如今妖国覆灭，吞噬上位妖族增强自身族裔血脉的事也并不少见。

它才没有想过放弃眼前难得的上位妖族幼崽，只是子虫们向它报告了这群人都怀着足以刺杀化神的宝物罢了。

南颜清楚地感受到了这股恶意，但她还不能直接拒绝，毕竟穆战霆还在它树根下面，能拖一会儿是一会儿。

片刻后，虫母不满血蜂的答复，长须钻进洞口的位置，须尖从昏迷的胡瑞脑后刺入，胡瑞颤抖了一下，整张脸泛起银纹，随后双目睁开，吐出一种不男不女的声音。

“……你我本来就是妖族，又蒙鹿尊赐下封地，不如你就在山海之间住下，为我引来这一拨所有的人族。你不是想要去十业山吗？等我吃饱喝足了，自然会送你去。”

南颜不为所动，淡淡道：“你盘踞于此，怎知十业山上之事？”

被银蚕虫母控制的胡瑞怪笑道：“我虽不能如九色鹿等仙灵般读取死魂忆念，但也曾抓到过逃出十业山的妖、人……吃九个，放一个，他们什么都说了。”

“哦？”南颜往后退了半步，手指按在早已拿出来的剑鞘上，道，“同为妖族，还请虫母勿要藏私。”

银蚕虫母巨头上生着的四对眼分别看了一眼南颜的剑鞘和云念的山涛砚，它全盛时可无视之，但如今刚刚诞育过新的后代，能杀得了他们其中一人，另一人必然会重创它，只能想办法慢慢召唤子虫前来帮它分担。

于是它便将所知的十业山上诸事徐徐道来：“这山海之间的形势，想来鹿尊也同你说过，妖族占九劫海之地，鬼族占十业山之利。九劫海有四大妖主，十业山便有五大鬼侯，你们人族不在的几百年间，鬼族时常下山掠夺灵气井……”

它说到这儿，南颜不禁瞥了一眼虫母树的树根所在，不过所幸穆战霆这会儿没有再发出灵力，依靠树脂的掩护藏得很好。

“当年五大鬼侯下九劫海，尽数被我妖族击溃封在灵气井中，不过一来他们可依靠吸收灵气不断变强，二来十业山上狱君未死，它们便不死不灭。”

狱君未死？

南颜眼皮一跳，她记得木鬼侯也口称过“狱主”，如果照这样的说法，那所谓的山河海冕便是狱君的象征。若狱君未死，他们这些来竞争山河海冕的修士到底是来做什么的？

不过虫母很快就给她解惑了：“那十业山上的狱君，严格来说并不是活物，不过是一个只剩下一丝魂念的傀儡，不过这个傀儡倒也厉害，凭一丝魂念，二十余年来，指挥鬼族不断蚕食九劫海……如今已放出金鬼侯等部，正在鬼门关等待下一次破关而出，便要与妖族全面决战。往日这十业山上闯过万鬼炼狱便可夺得那顶无上宝贝，现在嘛，你们得杀了那狱君，才能拿到了。”

南颜道：“狱君不都是如仙如神的存在吗？怎会是一个傀儡？”

虫母冷笑道：“别的妖族不知道，可本尊的子孙千亿难计，只要是从南部劫海经过，便没有本尊不晓得的事。”

南颜心想这怀了孕的母虫在这方面的敏锐也是大不如前了，他们都蹦跶多久了它也不过才发现。

“愿闻其详。”

“这可是秘密，你靠近点儿我同你说……”随着虫母这一句话，整棵黄金巨树忽然开始沙沙作响，空气中登时弥漫起一股奇异的香气，乱人心神。

一个走神的工夫，云念便感到什么东西滴在自己脸上，随后骇然发现黄金巨树开始宛如一个无穷无尽的瀑布源头般往外分泌树脂，眨眼间便涨至半人高！

所有被树脂碰到的东西都结了一层蜡一样的坚硬壳子，而上面本来毫无动静的那些小虫母树的根须好似听到了开饭的号角一样，千丝万缕地垂落下来去吸那白色的树脂。

他算是知道这山洞是怎么形成的了！虫母树每次生产完就会分泌大量树脂，撑出一个地洞，而地洞里的树脂被小虫母树吸收一空后，又会重新变成空洞。

“真圆姐姐快跑！它想封住我们的退路！”

南颜心神一凛，但虫母早有准备，长须一卷，那些树脂瞬间将南颜整个人裹成一个蜡球。

想要的东西得手，虫母把胡瑞往边上一甩，嘎嘎怪笑地凑近那蜡球，用妖语嘲笑道：“本尊就继续告诉你吧，你们人族把之前那个得到山河海冕的人送回来了，他们锁着他的一魂，狠狠地锁着，给他一个禁制让他以狱君的身份统治这山海之间……你们没机会的，所有人都是他的祭品，还不如成就了我。”

虫母张开大口正要一口吞去，突然有无数道红芒从蜡球中透射而出。

同时，宛如净土而来的喃喃女声传出——

“吾非至净身，至净无叶生。

“吾非至清心，至清乱修行。

“吾非至善人，至善难诛恶。”

金光不断扩大，佛门的灵力刺得虫母妖体震颤——她不是妖族血脉吗？为什么要修佛道！这又是什么佛道？！

这佛道撇去了寺院里幽静深远的禅香袅袅，宛如踏着修罗业火自那度不空的地狱而来，睁眼刹那，眼底开出一道摄人心魄的莲华。

蜡球倏然爆开，南颜悬空盘膝而坐，身后长年眠目的慈悲菩萨终于抬眼，千手微动，与南颜一同开口——“诸道不许，镇压诸道；天地不许，引度神魔！”

摧肝裂胆的梵唱声势不可当地冲入虫族王者的脑海，好似在它脑中安了一只烧得通红的梵钟，每敲响一下，脑中就崩溃一成。

“不……你不过是个小小的幼崽！还是个和人族混血的杂种！怎能伤到本

尊！”银蚕虫母仰首长啸，长满獠牙的大口朝着南颜一口吞来，而旁边的水墨山河壁障却早已护在她身前。

“渊有所浅，岳有所平，唯仁者长立不败。”云念口诵儒家圣言，文王笔饱蘸山涛砚中墨，挥毫落下千仞山，抵得妖魔万千悍。

“你们！”脑中梵音重重，银蚕虫母全力施为，一声怪异的啸叫，洞顶的骨骸堆骤然塌陷下来，那些银色的虫群破天而落。

虫母大叫：“给我死！”

就在此时，黄金巨树因为放出太多的树脂，整个主干开始变得中空，而空出来的地方，蓦然窜出一股极纯极烈的火焰。

那火焰化为钢刀，放肆地一刀穿出黄金巨树，迅速轮转一周，同时树根下方传来一声暴怒——“我就不信了！世上还有老子烧不烂的树！”

梵音、儒化、至火同时催至极致，轰鸣中，整个虫母洞穴地动天摇，处处皆是爆炸声。

这样的余波中，被摔到角落里半死不活的胡瑞鬼使神差地醒了过来，求生的本能让他拖着伤残的身躯连滚带爬地躲进一处小洞穴里，骇然看向身后。

“这些家伙……到底是什么妖怪？”

他说话间，之前被他塞在怀里的虫果好似活了一样，突然化作一摊银色的水，钻进他后脑的伤口里。

“这是什么？”胡瑞面容狰狞地痛叫起来，不过他在地上翻滚了数息，却发现自己还活着，而且浑身上下开始覆上一些奇怪的银纹，等到他内视之后，脸上露出狂喜，“原来是虫母树死了，子虫逃生，自行寻找寄体，而且可以赋予寄体伪装万物之能……我要发了！”

此时第二拨爆炸声传来，胡瑞眼看着银虫的尸体宛如海水般从洞口涌出，吓得连忙逃了出去。

一盏茶的喧闹后，整个南部九劫海的沼泽银林如深夜的万家灯火一样黯淡下来，银虫宛如逆季而生的雪花，伴着拂晓的微光从洞顶飘落。

南颜、穆战霆和云念三人气息奄奄地仰躺在一片黄金树叶上，身侧是气绝的虫母和一堆一堆沙丘般的银虫。

南颜不愧穆战霆说她是最硬汉子的评价，第一个缓过劲儿来，看着外面泛蓝的天空道：“我要去十业山。”

穆战霆把在灵气井里得到的火属性本源精粹丢了三分之二给南颜和云念，自己拿了一块贴在额头上缓缓恢复灵气，道：“破了鬼门关后，应该是有一个虚空裂缝，收集了足够的本源灵气，就可以直接回到修界结婴了，去十业山做什么？”

南颜仍是呆呆重复道："我要去十业山。"

穆战霆一愣，道："你怎么了？"

"我听到了……他和我有约，我要去的。"妖血沸腾的瞬间，南颜听懂了银蚕虫母那时的妖语。

那个逆演轮回镜里会训导师弟的少年人被杀了，之后，还被囚禁了一魂在十业山深处，为了道生天的大业永世徘徊，然后，他余下的魂成了她那滴永远放不下的红尘泪。

冷静下来后，南颜坐起身，道："虫母已死，这个火属性灵气井虽然现在归我们了，但附近南部劫海的其他大妖很快就会闻讯赶来。对了，我还没问，你刚刚那一把盘牙天火怎么这么厉害？那井下可有我说的火鬼侯？"

穆战霆道："有倒是有，但是这虫母厉害，根须长进地底，新生的小鬼全部被虫母吸纳，只剩下一个光杆将军，我动用秘术将修为暂时提升到元婴期同它斗了几百回合……它就是不死，我那个急躁呀。"

南颜："最后你怎么处理的呢？"

穆战霆："我杀又杀不掉，跑它又拖我后腿，无奈之下，我就把它吞噬了。"

闻言连云念都被吓醒了，同南颜一起震惊地看着穆战霆的肚子。

南颜："……你怎么吞的？"

穆战霆道："我把大日火精放出来把火鬼侯给包进去炼化了，当时你们又在上面打得飞起，我急着出去就一口吞下去，就跟吞了太上老君炼丹用的火炭似的，可把我的气海烧疼了。"

南颜："那你吞下去之后还有没有什么……什么不适之处？"

"没有啊，就是有点儿晕，还有点儿饿，感觉困困的。"穆战霆打了个嗝儿，道，"你看，它还在肚子里踢我呢。"

云念："真圆姐姐你为什么要捂住我的耳朵？"

南颜："别听，辣耳朵。"

第二十二章　逆演轮回

我叫他少苍，你可不可以，把他还给我？

进入山海之间的第二个月末，九劫海的尽头，终于零零散散地出现了各洲的人影。

“我还以为我是最早的，没想到墨行徵却是第一个。”

“到底是道生天的弟子，和我们自然是不一样。”

“他为何沉默不语？”

南颜他们到得稍晚，穆战霆和云念来之前都已和各自部洲的人会合齐，只有南颜到了这片九劫海尽头时，才感应到卯洲的人。

鬼门关是一片暗红色的高山，山巅绵延着无边无际的城墙，一座座烽火台坐落在各个山巅处，只有十二座烽火台外的入口闪烁着灵气的荧光，而稍远的地方却弥漫出妖气。

南颜知道这个地方是十业山与九劫海的分隔线，立即朝真衡师兄走过去。

“师兄。”她行了一礼后，看向真衡身后道，“怎少了两位师弟？”

真衡微微一叹，道：“大道凶险，二位师弟为寻机缘殒身于此，我同诸位师弟已诵经超度。”

南颜闻言目中黯淡，同真衡等愁山院的佛修一起默哀了半晌，方才打量起周围的状况。

她在离开南部劫海后，跟着戒指的感应一步一步来到此地，途中遇到之人少有同他们一样找到灵气井的，个个面黄肌瘦，身上带伤。

不过也总有人有所奇遇，南颜看到一个寅洲的修士就收服了一头六阶土行龟妖兽，浑身土属性灵力饱满无比。

至于其他人，大多有所折损，只有子洲、辰洲、巳洲，既未减员也未走散，大部洲的实力由此可窥见一斑。

“各个部洲的人灵根不一，得到的本源灵气有的自己用不上，应该就会在这里交换。只不过大家多少都交过手，有的甚至已经手上有了人命……”

南颜见真衡面色微沉，放目一扫，只见三三两两围聚着的修士中，还当真有约三分之一的人手上的戒指生出了不同颜色的横纹。

“互相掠夺玉戒可以在感应位置上夺得先机，你看那巳洲帝子的妹妹，戒指上竟已有了五条人命了。”

南颜其实很意外厉绵的情况，虽说她的容貌早已恢复，但按从前的印象，应不至于安静至此。她从来到子洲后就一直没找南颜的麻烦，甚至连人都很少露面，一脸的冷若冰霜，跟在厉迟身后，却与其兄全然没有了之前的亲密感。

南颜闭目细细感应，她总觉得某个瞬间厉绵眼里闪烁着某种古怪的恨意，却好似是对着她巳洲自家人。

“若是墨道友在，场面或许还会缓和些，却不知他为何失神至此。”

这种微妙的场合确实需要子洲的人来主持大局，南颜也看见子洲众人围着墨行徵在说些什么，但后者始终失魂落魄的，其他同来的子洲修士只能无奈召集众人。

“诸位道友想必已有人寻到灵气井，按照往届的惯例，天黑之前，由吾洲主持一场小型的交易会，可以用不同属性的灵气互相兑换，灵气不足者以秘宝交换亦可。”

大多数修士的本源灵气都不足，他们至少要收集到和他们原本灵气相同的量，才算是可以成功结婴，灵气越多，结婴的品质越好。

南颜的五行灵根中，木属性的灵气和火属性的灵气均已饱和，手上还有六七块木本源精粹，和两块火本源精粹，若是拿出来，这里的修士很有可能会疯狂抢夺。

她环顾了一圈，知道自己的灵根其实什么属性的灵气都可以，只是若五行平衡，结婴时会更稳妥一些……甚至有可能，达到十星满品元婴。

“大哥，你不去交换吗？”

“我……嗝，”穆战霆自从吞了那火鬼侯后，一路上都在打嗝，一句话总是说得断断续续的，“我没什么需……嗝，求，多出来的分给弟兄们就好，等下他们要跟我上十……嗝，业山，我找个地方起炉炼个消食丹，你先去吧……嗝。”

南颜："那你自己照顾自己，我去那边问问有没有药师能治治你的病。"

此时远处又来了一拨修士，远远地便觉煞气冲天，南颜抬眸一看，嘴角微微扬起——正是元昂那一伙人。

元昂看上去比初见时狼狈许多，一来便直奔巳洲的邪道阵营，刚一落地，神识便扫见南颜正面带笑容地看着他，当时目眦欲裂："是你！你竟然没死！"

南颜悠悠哉哉地阿弥陀佛了一声，倒退两步，两边被穆战霆嘱咐过的护妹大队登时围过来："帝子有何事？"

元昂一看她浑身上下灵气饱满，尤其是皮肤莹润如玉，便怒道："那木属性灵气井后来竟然是被你独占的？！"

所有人的目光唰的一下集中过来，尤其是几个木属性灵根修士集中的部洲更是眼红不已。

南颜笑了笑，道："我区区结丹修士，怎敢在群妖环伺中独占灵气井？只不过身怀秘宝，侥幸偷得生天，在附近吸纳修炼罢了。倒是元道友既然和那灵气井下的鬼侯相熟，还将我打下井去做了祭品，理当获得了不少本源灵气才是，怎会狼狈至此？"

她这么一说，远处的卯洲佛修和这边的护妹大队都怒了："午洲帝子！你当真害过真圆？！"

这事本就是他们加害在先，元昂倒也没有狡辩的意思，冷笑道："活下来算你有本事，死了算你倒霉，你都得了便宜，在这儿博取可怜，莫不是想让穆战霆替你出头？"

南颜道："他身子重，不方便说话，贫尼的头贫尼自己出就是了，帝子可要划个地方说理？"

"说理"两个字一出，南颜周身一红一青两股灵气蹿天而起，合在一起竟直接散发出元婴期的气势。

"她的本源灵气满出结丹期数倍不止！！"

众人骇然，修界以实力为尊，尤其是在这山海禁决的秘境中，机缘好的修士，就算资质平平，也比灵力枯竭的帝子天骄强得多。

元昂面色难看，冲冠一怒正要同她打起来，却被厉迟拦下去。

"真圆道友。"厉迟好似终于正视了这个肖似南芳主的女子终究是敌人的现实，"鬼门关仍需我们联手突破，若有宿怨，可否暂延？"

哦？这怎么就转性了？南颜特别在他身后的巳洲队伍里用目光仔细找寻了一下，道："出家人从不主动生事，但也绝不畏事，请了。"

因着元昂刚刚那一嗓子，所有人都知道南颜在木本源灵气井那里得到了机缘，一时间诸多修士围来。

南颜又用木本源和火本源交换了土金两种本源灵气，唯独水本源，据说邪道阵营占据了一处水本源灵气井，想要补足灵气只能去同他们交易。

南颜想了想，并不主动去寻，找了个偏僻的地方坐下来调息，果然不一会儿，便有邪道修士来了。

来的人既不是元昂也不是厉迟，而是厉绵。

厉绵阴恻恻地看着她道："我是木属性天灵根。"

南颜迎着她的目光，道："抱歉，贫尼不同邪道修士交易。"

厉绵不管她态度如何，神识传音道："我藏了一小块水本源精粹，你以道心起誓帮我个忙，它就是你的。"

南颜眉梢一动，抬眸看向她："你今天……被夺舍了吗？"

厉绵冷着脸拿出一块指甲盖大的蓝色晶石，在南颜面前晃了一下便收起，看到南颜目光微动，道："我说的是真的，我哥哥他喜欢你这张脸，只要你态度稍稍软化，他一定不会设防。"

这对兄妹……

南颜稍稍来了点儿兴趣："你想做什么？"

厉绵深吸一口气，目露狠色道："十业山虽说是最终战场，但只要不去到山巅，并不凶险，就算是想放弃的修士，找个没人的地方捏碎玉戒便可传送出山海禁决，我要你……在十业山上，在我哥哥传送出去前，杀了他。"

这对兄妹是怎么了？南颜记得原先厉绵是一口一个哥哥地叫，厉迟待她也不错，而现在却是满腔恨意，不禁好奇起来。

"我怎知你不是他派来诓我的？总该有些缘由来说服我不是吗？"

厉绵的面容微微扭曲，直接扯开领口，露出脖颈下方一圈诡异的、宛如虫子扭动的符文。

南颜诧异道："这是……"

"这是双生诅印。"厉绵掩上领口，满目仇恨道，"若不是我在幽泉川被鬼咒毁容，我还没机会在父侯救治我时，暗中听到他和我哥哥的对话……我本不是一个活人，是父亲为了让哥哥的体质适合鬼道，好夺取狱主的位置，在母胎里时，就把哥哥的一条魂抽出来，献祭给道生天的溟河天瀑，让他们重新造出来的一个双生鬼胎。"

南颜瞬间坐直了身子，但顾念到外人的目光，尽量让表情看上去是在谈交易。

"你继续。"

"我们巳洲，受制于道生天多年，那些道生天的人都是妖怪，他们会把活的人抽魂献给魂河天瀑，吸足了溟泉鬼气后，再送回来，以化神修士的手段重塑肉身，使得我们降生时看起来像是双生子一样。实则，我是一个辅魂，可以和哥哥共享修为，等到哥哥需要的时候，就把我吞噬……”厉绵的脸上既憎恨又恐惧，“十业山上，他不死，死的就是我……只要我哥哥吞噬了我，他就能直接结婴而且不被山海禁决排斥，到时候你们都得死！”

南颜悚然一惊，诸洲帝子中，穆战霆是肯定不会退出的，到时候最猝不及防的可能就是他。

“好，你说说具体打算……”

一个时辰后，诸洲的人交易得差不多了，各自调息吸收本源灵气时，城墙顶上远远传来一声似是猛兽啸叫，又似号角的声音，一直沉默发呆的墨行徵这才起身。

“诸位道友，山海之间每至月升，便有妖鬼大战，每至月落，则妖鬼散离……这片城墙外，便是鬼门关，闯得过此关，才是山河海冕所在的十业山。帝君驾崩，则山河海冕自动回归于此，修界裁决之主近在眼前，谁人敢战？”

“我敢！”

“岂能袖手坐看大洲争锋？”

年轻人特有的锐意冲天而起，不断遁去城楼的灵光中，南颜回头去找穆战霆打算提醒他厉迟的事，却见他的背影早就朝着一个偏僻的城楼飞去。

欸？辰洲的城楼不是在左边吗？他一个人鬼鬼祟祟地去那儿做什么？

此时到处都是修士纷杂的人影，南颜无奈，只能独自跟他进了一个角落的城楼里。

“哥，你怎么不和你们辰洲的人一起？欸？你什么时候换的衣服？”

“穆战霆”听到她的声音，身形不由得微微一僵，因为紧张而略微佝偻的身形尽量绷直了些，调整了一下神情回头道：“我自是觉得这地方稳妥，你怎么跟来了？”

南颜总觉得穆战霆忽然变得怪怪的，道：“你的肚子这会儿舒坦了？”

对方嘴角抽搐了一下，道：“有劳师……妹妹挂心，我已恢复如初。之所以来这儿，是别有筹谋。”

“啊？”南颜愣了一下，道，“大哥的意思是……”

对方面露忧色，道：“那左线的鬼潮最是凶恶难当，何况还有那么多部洲的人虎视眈眈，明枪易躲暗箭难防，为求稳妥，我们还是需静观默察，你跟着我的话……须得听我指挥，勿要自作主张。”

“哦、哦好。”南颜虽然口头上答应了，但盯着她哥后脑勺的目光慢慢犀利起来——不对，这不对，他为什么忽然能把成语说得如此炉火纯青了？

南颜在外云游时，被人拉着问家里有几口人，她总是会这么说——

“我家里有三个哥哥，个个脑子不太好使，所以我只能出家到处化缘养他们。我二哥是个败家爷们，没有他败不下手的小裙子，我三哥是个脑识分裂者，一会儿认真严肃得说罚你抄四书五经，就绝不让你抄七侠五义，一会儿你敲个木鱼都能让他撩出个鹊桥钓鱼的典故来，也不知他到底是想娶我还是取我狗命。”

“那你家里还有谁呀？”

“我还有个大哥。”

“他人品如何？”

“我大哥，是个孔夫子再世都料不到他下一句会吟出个什么的魔鬼。”

从虫母树那里逃出来的胡瑞此刻是很紧张的，银蚕幼虫短期内只能让他变成在虫母树中见过的人一次，申洲的人与他太相熟，南颜又是个女子，姿态气质上大相径庭，他就只能假扮穆战霆，等到恢复完全后，再变成其他人的模样逃走。

只是……没想到南颜跟了上来。

胡瑞还记得这女修出手刚猛狠辣之处，犹胜魔修，被打碎过一次的脊柱隐隐作痛，并不敢多停留让她生疑，便道：“这十业山上处处恶鬼横行，不知你可有良策？”

南颜幽幽地看着他，道：“哥你忘了？我的佛道专克妖魔邪鬼，连墨行徵都想拉拢我去帮忙。你莫不是因为吞噬那火鬼侯，脑子都不清楚了？”

胡瑞干咳数声，道：“确实，有些不适……”

此时最后一缕日光悄然沉默在沉暗的海那边，唯一让人感到安慰的星光也逐渐被沉暗的浓云掩盖，鬼族大军的咆哮山呼海啸般从十业山上飘下。

南颜感到手上的玉戒震动起来，抬手的瞬间，里面传出墨行徵的声音：“诸位道友，鬼潮即将来袭，务必全神备战，每打退一拨鬼潮，这鬼门关的城墙便会以城楼为基，向十业山推进一线，若抵挡不住，城楼毁，则鬼潮会以此为隘口进攻九劫海！

“我人族所守的城楼虽对于整个九劫海而言微不足道，我们却是为自身机缘而战！守住城楼，便可彼此守望相助！成则大道可期，败则尸骨无存，我以道生天玄宰嫡传身份宣布——开战！”

墨行徵不是帝子，甚至连一洲之主继承人也未被正式确认，但他有一个身份，足以令所有的天骄黯然失色。

道生天玄宰的嫡传，存世的大道终极最强者的嫡传，这一个身份，无人敢轻视，也无人敢放肆，远胜世间无数浮名。

但南颜却隐约听出一股悲凉之意，很快，一声鬼物的咆哮从城楼外响起，旁边的胡瑞连忙道："你去楼上，我在这儿防御着！"

城楼分上、下两层，上面虽然视野广阔，但没有多少防护。

南颜笑了笑，她安心了，因为如果当真是她那些不靠谱的哥哥们，根本就不会让她一个人去危险的地方。

既然如此……南颜想到了巳洲那伙人想要以穆战霆为目标的筹谋，默念了一声罪过，眼底闪过一丝决意。

城头上立着一杆破碎的旗帜，上面不知绘着什么妖文，散出一股蒙蒙紫光，让涌上来的那些先锋小鬼撞在光幕上便溃散开来。

那紫色光幕虽强，却在小鬼海潮般的攻势中不断黯淡。南颜看了一眼这妖旗，心道这杆妖旗却是和她二哥的那杆万傩旗有几分形似。

南颜往城墙下一看，便看到一个眼熟的鬼物——和她在幽泉川见过的牛头鬼十分相似，拖着一把人高的大斧，抡着就往紫色的光幕上一砸。

咔嚓一声，光幕应声而碎，顿时百鬼欢呼，飞的飞、爬的爬，闻着九劫海的生灵血气便一拥而上，却不料，上方蓦然一座金身佛像笼罩整个城楼，碰到佛光的小鬼登时崩溃。

领头的牛头鬼抬头一看，眼眶里跳动着的鬼火蓦然大盛，咆哮着跳起来一斧劈向千手观音的面门。

下一刻"叮"的一声轻响，那菩萨仅伸出其中一手，便轻描淡写地将斧尖捏住，随后一发力，五六只手掌同时朝牛头鬼捏来，它后退不及，惨叫声中，被千手观音包在掌中，登时发出凄厉的鬼嚎。

"佛者净业，你……轮回去吧。"

然而牛头鬼却未如南颜以往所见的那般灵魂飞升，而是化作一团灰蒙蒙的游魂飞往十业山的巅峰。

"这些鬼……度不了？"南颜抬头望去，左右战线的各种法光剑光中，被击溃的鬼族并没有消散，而是全数化作游魂灰雾飞往了同一个地方。

和巳洲那边的情况是一样的，死者不能转生，死后在所属的炼狱中徘徊。

随着第一拨鬼潮被打散，南颜看到身后的妖旗蓦然散出耀眼的紫光，随后四周轰隆隆的声音传出，脚下的城楼竟好似活了一般，分开山石土壤向前移动。

同时，南颜看到左右也有不少城楼开始往前挪动，距离也稍稍靠近了一些，使得她能看清楚旁边的城楼上是哪拨人。

"真圆道友。"墨行徵这会儿也不故作亲热地喊人师妹了，在休战的空隙顺着城墙走过来，看了一眼城楼里的人，诧异道，“我记得辰洲的战线应该在二十里外的那座城楼，穆兄怎么在这里？”

胡瑞背后生汗，而南颜却及时从城楼上下来道：“兄长担心我罢了，墨道友可是想提在寅洲的前约？”

“没错，我原以为许你个七品元婴的诺已算不少，如今看来你的成长倒也不需要这些。”墨行徵看着她，不知想到什么，取出一卷玉简道，“本宗内禁制佛道传承，这些是我师兄当年私下收集撰写的心得，他精修百家，此心得乃佛门化神大道，已受高僧认可，对佛修有益，我用不上，便赠你好了。”

这字迹太熟悉了……

南颜将佛卷收好，垂首道谢：“多谢，时间不多，贫尼便不寒暄了，墨道友来寻我是需要我做什么？”

墨行徵见她虽表面淡然地接过，但眼底隐约有一丝异样的情绪，道：“按以往的路子，因为我们无法直接踏上十业山的土壤，要打上十业山巅竞逐那山河海冕，便要依靠这城墙保护我们逐步推进，只是这么一来我们需得熬个十天半月，不过我却是有个法子，已得到诸洲的人认可，只是较为凶险，恰好穆兄也在这里，那就一并说了吧。”

胡瑞一听凶险，心里打起了退堂鼓，刚刚后退半步，却被南颜扯着积极地上前道：“既然诸洲的强手都在列，加上大哥在，想必也安全许多，墨道友请说。”

“我上次来山海禁决时，曾看到过我师兄在这里镇压一头恶鬼‘地厌’，此獠半鬼半妖，宛如龟鳖，背上可负人，且不被鬼气侵蚀，我们便无须等待这城墙一步步移动过去，只需要站在其背上，一个昼夜便能到达十业山顶的山海大殿。”

南颜道：“你师兄留下的封印，你可解？”

墨行徵略一沉默，道：“……他惯是会照拂晚辈的，有什么好东西，嘴上虽是讨人厌，到头来总是会周全给别人。”

南颜握紧了拳头，之前在万宝阁里得到的那块逆演轮回镜碎片好似在掌心里隐隐发烫，她低声问道：“我兄长是因为帝子的责任，墨师兄是为什么执着于想到十业山顶？”

墨行徵意有所指道：“因为世上所有的谎言，不一定都会有真相大白的时候，但世上所有不平之事，总会有想讨个公道的人在。”

第二个黎明到来之前，本来意气昂然的修士渐渐安静下来，开始计算着灵力应付源源不断的鬼潮，除了辰洲和巳洲两个久经战事的部洲，其他部洲都不约而同地出现了疲惫的状态。

“到底还有多少？世上不去轮回的鬼物当真有这么多吗？”

城墙东线。

宛如岐天原战场时换防一样，穆战霆刚得了休息的空隙，就赶忙催动戒指给南颜传音，连了半晌，扛着各种妖力和灵力的乱流终于和南颜那边接通，穆战霆劈头盖脸就是一顿训。

“你为什么要跑到西线的犄角旮旯里孤芳自赏？你跟哪个混账东西在一起？我听到男人的声音了，是不是宋逐？我没看见他！他肯定溜去找你了……我告诉你，我不准，你二哥不准，你三哥也不准！你才二十七岁，快回来！”

南颜听着那头穆战霆咆哮，把戒指拿得远远的，半晌找到空隙，道：“哪有什么混账东西？我周围都是各洲的靠谱道友，哦哦鬼来了，我先打着了，有什么话回头说。”

脚下是一具枯骨般的龟甲，被镇压在地底多年，被放出来时既愤恨又恐惧。

“真圆道友，你在跟谁说话？”

南颜：“没有，可以开始了吗？”

“可以了，请道友从旁协助，以佛言枷锁驾驭地厌兽。”

南颜一点头，口诵《大明咒》，顿时金字佛言连为枷锁，捆着地厌兽的头一扯，登时地厌兽嘶叫一声，一路碾过地上围堵上来的小鬼冲上十业山。

墨行徵邀请的人不多，除了道生天本洲和同为中立阵营的亥洲，还带着巳洲和未洲两洲。大概是因为南颜勒住一头庞大凶兽的姿态过于凶悍，所有人都看着她一脸复杂。

“真是，人不可貌相……”

地厌兽爬上高峰时，远处传来什么轰隆坍塌的声音，众人回头朝山下看去。

暗红色的十业山上，漆黑的鬼潮劈开紫色的光晕，与固守领土的妖族短兵相接的刹那，一线新鲜的红色骤然扩大，妖兽的咆哮声、恶鬼的咀嚼声，虽然遥远却仿佛响在耳边。

“若这片城墙毁了会如何？”南颜问道。

墨行徵淡漠道：“鬼族会长驱直入，但是在九劫海的腹地仍然有其他的妖族会歼灭它们，等到九劫海的鬼族累积到一个巨大的数量后，便会统治这片天地。”

南颜继续问：“那会是什么时候？”

墨行徵看着那些鬼物贪婪撕咬血肉的模样，道：“也许十年后，也许百年后，鬼和人一样，是要吃东西的，不让它们轮回，这个代价就会转移到统治者身上……只是不知道那山海大殿里是什么样的存在，能承受得住这样的代价。”

“……会是什么代价？”

“养鬼的东西多了，仙有仙气，神有神力，妖有血脉……总会是最重要的东西。”

南颜努力掩藏住自己那一缕颤抖的尾音：“如果是人承担这个代价呢？”

“人？人有的东西多了，啃光了生人的阳气，还有血肉；啃光血肉，还有骨头，还有五脏六腑；全都啃光了，还有三魂七魄；身死魂消了，还有一缕留恋人世的心火；心火灭了……就什么都没有了。”

“夫君，我们可要帮忙？”

“子洲的人在，这种小场面不用你动手，好生歇着吧。”

孟盈低下头老老实实盘坐在地厌兽背上，手指摩挲着袖子下特意藏起的黄玉戒，那上面各有两条黑色和白色的刻痕。

她在同亥洲的人会合前已经遭到过两拨杀机，都靠着她在底层摸爬滚打的功夫混过去甚至反杀了，手头更是藏起了一两块本源精粹。她心中有想法，就算是对着道侣也是一样示弱。

此时他们穿行过的是一片啖尸鬼的区域，暗红色的岩石缝中渗出血腥味，无数背上生刺的啖尸鬼宛如最为身手灵敏的林猿一般，远远地高飞而起，撞在他们临时构筑的结界上，虽然被灵力灼伤，却不依不饶地挂在上面，利爪带着地狱火疯狂拍打抓挠着结界。

坐在头前的几人，尤其是相对而坐、正在皱眉好似交谈着什么的墨行徵和宋逐察觉了上方结界正在被啖尸鬼削弱。墨行徵稍稍停住了话头，阻止了几个想要动手驱逐的修士，将横于腰后的佩剑抛出，便不再管它，继续同宋逐交谈。

那佩剑被抛出后顿化清光，如有灵性般，分化出千丝万缕，织网般旋转而出。

本来面容狰狞的几百只已经爬上来的啖尸鬼好似一瞬间被什么东西凝冻住了一样，手脚一僵，随后在地厌兽一步踏出的震动中，化作尸块从它背上滚滚而落。

——墨行徵出手了。

众人多有异色，孟盈好奇道：“夫君，这位墨师兄虽然一路宛如掌舵之人，但我却从未见他出手过，今日一见没想到竟如此不俗，却不知他也佩剑，比之未洲的帝子宋逐如何？”

亥洲帝子淡淡道：“佩剑是道生天的守则，老道尊岁寒子看重剑器的品性，让每个道生天的人习剑，是为了让他们规范己身，虽有剑招，但论精湛是比不上正统的剑修的。不过墨行徵和宋逐这二人上回来山海之间就早已有足够的灵气和大道感悟了，一直自封修为，这回来此却不知道是来做什么的。”

孟盈双眸一眯，道：“看来必与那山海大殿有关。夫君，我看墨师兄和正道修士走得近，我们不妨在进入大殿前选一个阵营……”

亥洲帝子打断她道："我不喜欢聒噪的妇人，你平日里耍些小聪明就罢了，在这种地方，还是需要以夫为天，懂吗？"

孟盈平日里最会看人眼色，察觉他语气中的不满，立马挂上一副顺从的笑："谨遵夫君指示。"

亥洲帝子满意地嗯了一声，道："待我们出去后，你不必急着结婴，多腾出些时间喝点儿族中给你准备的转灵药，此次你获得的大多本源灵气是要给我们将来的孩子的，等到孩子生下来，就一定是化神的资质，这对为夫的地位也有助益，懂了吗？"

这是插队的代价，孟盈早就知道，面上却是笑得更甜了："是，我们的孩子一定是最好的。"

这地厌兽说小不小，说大也不大，这边厢胡瑞依靠着银蚕幼虫的伪装浑身僵硬地缩在人群中，本就十分紧张，尤其是听到旁边有人搭话，便更为慌乱。

"穆道友，你我明人不说暗话。"厉迟受到厉绵的鼓动，看了一眼驾驭地厌兽的南颜，道，"你我以前多有宿怨，乃是因为两洲不和，如今两洲休战已久，公事私事便应该两说。"

胡瑞看了一眼他戒指上四条人命纹印，晓这巳洲帝子的厉害，谨慎道："厉道友有何指教？"

"嗯？"厉迟意外地看了他一眼，道，"看来穆道友倒是好说话多了，我也就开门见山了——真圆是南芳主私生女的事我已经查清楚了，看辰洲龙主关怀备至的意思，若我所料不差，她就是南芳主和辰洲龙主的血脉！"

胡瑞吓了一跳，他没料到南颜有这么一个骇人的身份，当即决定一定要把穆战霆这个身份装到底，哆哆嗦嗦道："你还知道什么？"

厉迟道："辰洲是宗族聚集之地，尤其是寅洲和辰洲中间夹着一桩玲珑京的血案，此仇不共戴天，龙主也正是因此不敢让真圆认祖归宗。不过她身世多舛，我实不忍她流落在外，既然你们情同兄妹，长兄为父，只要你愿意让她还俗嫁给我做道侣，我不只不与你争山河海冕，还会助你顺顺当当成为帝君。"

顺顺当当成为……帝君？

胡瑞心里惧怕的同时火热起来，南颜如何跟他一点儿关系都没有，山海禁决本质上就是竞争，诸洲帝子当然是最优先的，但这不代表其他陪太子读书的人就没有机会。

外面的人只认最后得到山河海冕的人，就算他不是帝子，申洲云氏的人也不会因为这个就把他拒之门外。

云念是帝子又如何？实力不够得不到帝君之位，就是废物！

胡瑞双目中渐渐有了光彩，但仍是谨慎地看了一眼南颜，道：“她恐怕不会愿意。”

“让出家人同意确实难了些，不过你放心，有你一言，我就是提亲也有依据。有她一个，我可遣散姬妾，自不会亏待她，而且结为道侣后，也可修补两洲之间的关系。”

胡瑞现在满脑子都是大机缘落到头上了，自然是满口答应。

不过闲聊的时间并没有太久，地厌兽在爬到山腰处时，忽然顿住步子退缩开去，无论南颜怎么用力催动也不愿前进。

“这是……”

众人从地厌兽背上抬头看去，只见本来暗红色的山岩一路延伸至此，已全然变成血红色，而他们的终点，那山峰的形状，看起来就像一尊抱臂蔑视八方的魔君巨像。

而这尊魔君头冠所在的位置，矗立着一座散发着刺目血光的大殿。

众人看了不到一小会儿，便不得不收回目光，每个人脸上都浮起骇然之色。

“这就是山海大殿？怎么看上去如此邪异？”

墨行徵道：“不用看了，这魔君巨像是最初的山海之主的样貌，有机缘者得到山河海冕垂青后，在他身故前，这尊魔君巨像便可由他驱驰，所谓帝君，既是人间之主，也是这十业山的主人。”

“那我们为何不能直视于他？”有人问道。

“神明圣魔有众生相，乃是由他们肩上负担的因果生灵汇聚而成，此间恶鬼这般多，我们的境界还不够，自然无法解读这张众生相。既然这地厌兽不愿前行，我们就步行攀爬吧。”

人们一一下了地厌兽后，宋逐看见南颜仍然呆呆地抬头看着那魔君巨像般的山峰不动，疑惑问道：“你莫要细看了，会伤及神魂。”

“不……”南颜犹豫了片刻，指着那山峰道，“你不觉得这山峰很像一个人吗？”

“像谁？”

南颜犹豫了一下，道：“我觉得，这尊山峰像万宝阁里的道尊像。”

宋逐微微色变，自己也用剑意护住心神勉强看了一眼，道：“我所见仍是修罗相……道尊乃人间至为清圣的修士，应与此邪魔鬼道无甚联系。”

南颜略一沉吟，道：“也许是我看错了。”

此时他们离十业山顶不远，只是刚一落地，这山顶四周便传来一丝丝不好惹的气息，连墨行徵和宋逐这两个有经验的人也面露凝重之色，抛出一张隐匿气息的巨网笼罩住所有人。

“我有言在先，一路上就算有恶鬼袭击，也万勿逃出这张网的庇护范围，否则便会惊动魔君巨像。”

有些人听进去了，有些人却不以为然。

“这魔君像想来屹立万年，怎会在意我等这些小小的灵气波动，听我先代的族人说，他们将城楼推进至近前，直接飞上去，也并没有任何阻碍。”

“对、对对，墨道友太过谨慎了……哎呀，你们看啊，那边有银罡沙！”

队伍中所有的偃师与和偃师沾边的修士都齐齐转过头去看，只见离他们五十步远的地方，一块突出的黑岩上，生着一块银色的石皮，那种银光与寻常的矿材有异，宛若是月光的碎屑偶然间洒落人世一般，看上去十分惑人。

墨行徵看他们意动，再次警告道：“十业山上处处皆是险境，你们若执意出去，后果自负。”

那几个人一路都没遇到过什么大的风险，道：“银罡沙是我偃甲道的至宝，不过五十步而已，五息之内便能打个来回，不会出什么风险的。”

“等……”

墨行徵再想阻止已经来不及，当场便有一个修士身形一闪急射而出，贪婪的目光紧盯那块银罡沙，手头灵光打出，三下五除二削下一块塞进怀里。

“我就说嘛，根本就没有危——”那人的声音只一瞬间便消失了，仿佛是时间被突然截取掉一块，所有人都没有看到过程，只在一个眨眼的瞬间，他在的地方就出现了一根巨大无比的石指，唯有指尖下磨烂流出的血肉昭示那地方原来是有人的。

这石指是怎么出现的，是怎么发现他的，谁都没有看见。

就在这样的一片死寂中，南颜看见那魔君巨像缓缓动了，收回了他那根碾死蝼蚁的手指，重新回到了抱臂俯视山下的状态。

有人颤声道：“师弟……”

沉默的人群中，只有南颜再次抬头看向了魔君山峰的方向，这一回不知是不是错觉，她好像隐约看见那魔君像的头冠处，也就是所谓山海大殿在的地方，一个独倚危栏的身影，静静地凝望着远方。

在山下又一次轰隆隆的战线挺进后，他们终于爬上了十业山山巅的位置，那是一处诡异的所在，魔君头冠上的阴森大殿只有黑白灰三色，一片全然的死寂，连十业山上到处都能听到的鬼号声都没有。

众人踌躇时，墨行徵率先走入大殿的广场内，奇异的是，周围都是一片黑白，只有他还保留着正常的色彩。

“我们身上的本源灵气，是在这里的生存之本，但鬼气也会消磨我们的灵气，一旦你身上的颜色快要消失，就必须催动玉戒退出，否则就会被永久留在山海大殿里。”

灵气较少的胡瑞脸色抽搐了一下，道：“那我们要如何寻找那山河海冕？”

墨行徵指了指身后的大殿，道：“这大殿里是一个迷宫，幻象与现实交错，进去之后，你的心火会幻化成一盏烛光，而里面有无数盏枯灯……那是一个个死魂灵，你需要用心火灯点亮他们，他们其中有一个死魂，会把山河海冕直接给你。”

有人不满道：“我知道，可那里头魂灯无数，要点到什么时候去？”

“自然有法子啊。”厉迟忽然冷笑道，“这山海大殿最终仍是要选一个主人的，只要杀光所有人只剩下你，就会选择你了。”

墨行徵此时一改之前平和处事的原则，淡淡道：“不止如此，每杀一个人，就能掠夺他的心火灯，而山河海冕会被最强的心火吸引。”

气氛可见地冰冷下来，南颜知道，真正的厮杀终于开始了。

南颜宛如走进一片冰冷的深海中，四周是一片令人窒息的黑白，修士身体的彩色大小不一，有的甚至一进来连四肢都是黑白的。

她不得不相信这真的是一片死国，因为这里静得让旁人的杀意尤为明显。

“真圆道友，跟我来。”墨行徵朝南颜招了招手，道，“这里便是我要求你之处，佛修能聆听转世之声，我想让你帮我问度死灵。”

南颜道：“你想问什么？”

“上一次山海禁决里，有个人在这里遗失了一盏燃命灯，我想找到它，只有被点燃的死灵知道它的所在。”

“燃命灯是什么？”

“你很快就会知道了。”

众人静默地穿过宽阔的广场，靠近了之后，只见正中央坐落着一座巍峨的大殿，说不清是哪个朝代的工匠所建，三面没有窗，墙上雕刻着十八层地狱的残酷景象。

一切都昭示着这是一处冥府之地，然而南颜却看见，正门前的牌匾上却只写着“山海大殿”四个古拙的字。

南颜端凝半晌，不知为何总觉得这四个字并非它原本的样貌，沉思之时，前面有修士惊诧道：“这里怎会有这么多灯？”

南颜的注意力迅速被吸引过去，只见他们所指的地方，乃是山海大殿的正门，那里面一片漆黑，只在入口处立着一尊雕像，雕像前的石台上，坐落着几十盏或明或暗的青铜灯。

竟是同封妖大阵时，她见到的那些道灯一模一样。

墨行徵早有准备，道："此为燃命灯，不同的灯代表不同的道统，我们的心火可加强此灯的灯火，此灯也可以点燃那些死灵，获得一些你想也想不到的好处……稍后我会点出燃命灯的道统。"

修士们隐隐明白，目光闪烁不定地看着那灯，墨行徵上前一步，狠狠一口咬破自己的手腕，鲜血立刻大量流出。

"祭血奉灵，向道指引……开！"

随着他这一声，第一盏青铜灯开始震动，墨行徵一指，道："剑道。"

宋逐一步上前，那青铜灯的火焰凝聚成一把小小的剑，最后飘落在他手心里。

墨行徵接着点道："魔道。"

这一次青铜灯动了足足六盏，飞向巳洲众人手中。

"医道。"

在场之人有辅修医道者，但并无专精之人，那青铜灯晃了晃后便安静下来，与此同时，一盏太极火纹的燃命灯飘向墨行徵。

"墨师兄这盏是……"

"阴阳。"墨行徵解答道，"道统有四大主流，正邪阴阳皆在其内，持此灯时，周围流派越均衡，我们的损耗越少。"

果然如他所言，那几盏灯入手后，所有被照到的人，色彩流失的速度减至原来的五成。

"那么最后……"墨行徵指着角落里一盏莲花纹样的燃命灯，道，"佛道。"

南颜应声而动，燃命灯上本来还算旺盛的火苗，落在她手中时却忽然熄灭了。

"这……"

其他人微微一愣，神色各异，有个手持邪道燃命灯的修士嘲讽道："早知便该去说动真衡帝子前来了，散养的佛门弟子，终究不得佛道认——"

那人嘲讽到一半，就因为宋逐瞪过来不得不卡了会儿壳，随后又想着同样是进入了山海大殿的天骄，凭什么低人一头，又道："我说的难道不是实情？哪怕是愁山梵海随便一个扫地的，少说都有一丝火苗，这女人整日里一副清圣模样，谁知道背地里有没有凡心大动做了背离佛门之事？"

南颜的手虚虚笼着烛头，在宋逐拔剑前淡淡出声道："凡心动没动过我记不清了，杀心确然是动过的，于道不诚，吾日省已久。"

那邪道修士眯起眼道："你这是在威胁我？就凭你？你手中藏着的是什么？若是点燃了，就给大家看看，否则到时候进去要怎么合作？"

南颜抬起头道："我的道统咬人，你真的想看？"

那邪道修士冷笑道："我只怕你羞于见人！"

墨行徵好似看出什么，眼中的诧异逐渐扩大："等等——"

他慢了半拍，南颜已经将手拿开，只见她掌中的莲灯上，本来灭去的烛火死灰复燃，蹿腾出的火焰在一片青青白白的灵火中显得异常分明。

"这是？"那邪道修士诧异间，忽然怪叫一声，伸手去挽自己碧幽幽的燃命灯火焰，但那并无济于事，南颜的燃命灯好似刚刚觉醒的饥饿雏鹰一样，从灯座上飞出，毫不留情地卷走一大团邪焰后，化作如血般的业火红莲，灼灼燃烧间，竟好似还在窥伺其他人手中的燃命灯。

若非南颜及时抚平那血火，此刻它早已冲出去将所有人的燃命灯都吸光。

那邪道修士手中的燃命灯瞬间只剩下一缕，这让他周身的本源灵气加快流失，当即又急又怒："没有这样的道统！你修的是什么佛？！"

"够了！"墨行徵沉声喝阻那人，"才刚刚开始，你想在这儿分胜负？"

众人遂安静下来，持着自己的燃命灯走向了山海大殿深处。

厉绵在后面看了一会儿，发觉厉迟眼光火热，悄悄贴近厉迟道："哥哥，你也觉得她由佛生魔，甚是奇异？"

"是，她原来早就与吾魔有缘。"世人单单知道佛魔相克，却从未见过魔佛相生，厉迟今天算是开了眼界了，"若我得到她，对吾魔道也大有好处！"

厉绵又道："哥哥就不觉得这由佛入魔之法有点儿熟悉？"

厉迟道："你是说……"

"二十年前凡洲忽然流出一些黑色玉简，据说那玉简上有惊天魔道功法，连父侯看了也说可怕，专门派几位长老参习，只说可能和佛门有关，但一直不得解法，我巳洲也派了不知多少弟子前往诸洲搜寻下半部，我觉得……"

厉绵暗示了他一下，见到他神色一亮，眼底闪过一抹狠色："哥哥，我的缠情花送你，此物碰了便对那人终生有瘾，世上只此一株，专门拧那不甜的瓜，你可要好好用呀。"

蓝色的花好似凝聚了世间所有的欲望，厉迟将它收在手中，道："还是妹妹懂我。"

厉绵勾出一抹甜腻的笑："当然，我的一切都是为了哥哥好。"

大殿往后就是一片浓暗，看不到四周的景物，连脚下的地板都看不见。

"墨道友，我们要去哪儿？"

众人只能凭借燃命灯照见彼此的面容，虽然心里发虚，却也不怕。

过了片刻，墨行徵停了下来，道："你们看。"

顺着他指的方向看去，南颜隐约看到一些细微的光，待他们再靠近一些，便发现那些是一根根悬着的灯烛，比他们手中的燃命灯要小一些，远远一看，宛如星子般安静地悬停在空中，仿佛无边无际。

“每一根蜡烛是一个徘徊在此的魂灵，只有点燃才会将它们唤醒。”墨行徵靠近其中一支蜡烛，把自己的燃命灯靠近，顿时一缕火焰从灯上飞出，点燃了那支残烛。

火光闪烁起来的刹那，一个小男孩的影从烛中幽幽浮现，漆黑的没有眼白的双眼直勾勾地盯着墨行徵。

墨行徵问道：“你可知山河海冕的所在？”

小男孩竟点了点头，张嘴说了些什么，然后化作一缕青烟钻入墨行徵的燃命灯。

宋逐问：“遇到有价值的了？”

“嗯，指了个大概的方向。”墨行徵回身对众人道，“死灵会反哺燃命灯，灯火越亮，收获的大道感悟越深，但其中也有我们不足以唤醒的强大死灵，它们需要的灯火之多，可能一下子把你的燃命灯吸空。”

人群中有人不甘地看了烛火最旺盛的南颜，道：“那同理，吃了别人的火焰，是不是比一一点燃蜡烛更快？”

墨行徵没有否认，只道：“如果你有这个实力的话。”

南颜面前那朵跳动的血色火焰，宛如净土深处清修万年的佛者最阴暗残虐的一面，杀业万千，唯我独尊，震得诸道俯首称臣。

“那我们就暂时先散开了。”

南颜并不急着去点燃蜡烛，而是在山海大殿里慢慢走着，她晓得背后有人跟着自己，但她并不怕，打算溜得远些再料理他们。

可背后跟着的人脚步细碎，迟迟不下手，南颜也不动，就在这时，她听见一阵异样的声音从背后十步左右的位置掠过。

终于来了吗？

南颜佛诀捏在手上，等到背后那锁链拖曳的声音逐步靠近时，抬手便是一指点去。

佛光大盛，照见南颜打向的人——那是四个身着星辰道袍、戴着帷帽的老者，身后一条灵锁，吊着一个披头散发的少年人。

“不用急，马上就带你去见你敬爱的师兄……”老者的声音掺杂着隐怒与嘲讽，加快了步伐往前走去。

“当心！”南颜收手已经来不及，却不想她的净觉指之力竟直接从那几人身上穿过，消失在远方。

是幻象？南颜的目光扫过那几人，某一个瞬间，她忽然一愣，回过神来想追时，却发现那几人的幻影彻底消失。

那个被捆缚的少年人！那张脸？！

南颜同嵇炀相处的时间不短，她晓得嵇炀是个神远大于形的人，可刚刚那个少年人，虽然遍体鳞伤，她却还是能看得出来，那张面容的确是她同嵇炀第一次见时的模样。

南颜连忙追过去，但四周已是一片黑暗，匆忙间想要点燃旁边一支蜡烛，却不想那蜡烛仿佛活了一样自行躲开。

怎么回事？南颜急着找人，又一连换了几支蜡烛，却都是一样的情况，它们仿佛十分惧怕自己的火焰，都一一闪避。

我的火是有毒吗？

南颜有点儿暴躁了，只能漫无目的地又转了几圈，自己燃命灯上的血火丝毫不晓得它如此凶相吓跑多少死灵蜡烛，还在活泼地跳跃着，一会儿变成朵莲花，一会儿变成只王八，宛如七八岁的熊孩子，玩得不亦乐乎。

南颜叹了口气，索性坐在地上把灯放在旁边，佛元灌注在燃命灯中，让火焰涨至巴掌大，对它道："你自己去玩吧，最好给我带回支会说话的蜡烛精来。"

火焰得了首肯，马上撒着欢儿消失在黑暗中。

南颜周围彻底黑了下来，只能盘坐调息，想让五识之力发挥到最大，好追踪那幻影去了何处。

不到一刻钟，南颜闭着的双眼感到一缕亮光在面前闪烁，她一睁眼，竟看见自己的燃命灯火当真拐了一支即将烧至底座的灯烛。

"厉害，为娘没白养你。"南颜看灯火的目光顿时充满了母爱，很是夸奖了一把变成一只小火狮子的火焰，又困惑道，"既然点燃了，为什么没有死灵现身？"

她话音一落，便忽然感到一双宛如玉石般冰冷的手从后背绕出虚虚环抱着她，随后一把沉静低靡的声音在她耳边响起："……你是在找我吗？"

那声音宛如甫从陈年的墓封中觉醒，依稀还带着一丝蒙眬的倦色，虚虚拢着她时也并无杂念，更像是一种贴近生人气息的本能。

南颜一怔，本能地想要回头看清楚背后是谁，却发现面前的残烛被血色的火焰静静燃烧着，只能照亮她自己，照不亮身后人的面容，连神识也只能察觉到这是一个少年身形的人。

他仿佛整个人被黑暗吞噬了，只有冰凉的怀抱昭示着这是一个实体。

南颜隐约觉得这声音有些熟悉，挣开他道："你是谁？"

少年人并不强迫她如何，有些恋恋不舍地松开双手，但仍是靠得极近地低语道："闯进有主之地，这句话应该我问你。"

南颜沉默一阵，若不是对方在说话，她竟一点儿也察觉不到他的气息——唯一的解释是，对方比她强得太多。

她深吸一口气，道："我不过是个寻求机缘的修士，不知你可看到过在我们来之前，还有没有其他人来过这里？"

"没有活人来过这里，你们是最新鲜的一批祭品。"

祭品？他说得轻描淡写，却让南颜背后发寒，她站起身稍稍后退一步，打算问完最后一个问题就不与他多纠缠："那么按照山海大殿的规矩，我愿意用燃命灯点燃你的残烛，你可否告诉我那阵幻象最终会去哪里？"

她不断地缓慢后退，但很快，那少年人又亦步亦趋地跟了上来，声音里听不出喜怒："你可以许下任何愿望，但按照这里的禁条，你必须要满足我的渴求。"

南颜道："你想要什么？"

虽然什么也看不见，她仍能感到少年在黑暗中极其专注地打量着她。

"我需要祭品，要很多的祭品。"少年道。

南颜心神一凛："你要这里的所有人都死？"

她说完的瞬间，一缕极其寒冷的气息随着额上落下的抚触而渗透全身。

她一动也不能动，接着便感到有冰凉的手指顺着她的额角抚向脖颈，他好似十分喜欢脖颈处的温热，痴缠地流连了许久。

"他们的性命满足不了我……"少年人的声音带出一丝困惑，"为什么所有人都是冷的，只有你是暖的？"

"……什么？"

此时远处传来一阵打斗的声音，飞快出现又消失，紧接着宋逐的声音远远传来——

"真圆！有人触动了一头千年煞鬼，听见的话快过来！"

南颜听见的瞬间就想挣扎着离开，就在她奋力挣脱那一缕冰寒构筑的禁锢准备离开时，右手却被固执地拉住。

少年人发出一种虽然沉静依旧，但怎么听都有一股委屈之意的声音："……你要跟他走？"

南颜拧眉道："我身无长物，献祭不了什么。你既无意相杀，又何必为难我？"

宋逐的声音又传来："你在哪儿？出个声我来找你！"

南颜去意更重，而少年人大约在感到她挣脱的力气更大了之后，仿佛一眼窥透她心底的想法，出声道："你不要走，我带你去找你想找的人好不好？"

南颜道："你不是说这里只有死人吗？"

少年人道："是只有死人，在你们之前，来了一个背琴的死人，他死之前，将我唤醒了一点点，你来之后，我就被你引来了。"

"你说……什么？"

之后南颜的脑子就是一片空白了，心脏好似被他轻淡的一句话倏然挖空，再也听不到其他的话，乃至于被少年人拉着穿过无穷无尽的黑暗时也无法做出任何反应。

幽泉川里的鬼童说过，他们都是死者。

少年人说，这里只有死人曾经来过。

说过的人太多了，只是她总是因为他还是那个无所不能的兄长，不愿意承认罢了。

"你想找的东西都在这里了。"

这是一座像祭台一样的所在，四面皆是破碎的残蜡，祭台更是仿佛被什么极大的力量劈为两半，从中间裂开，裂缝彼方，一尊魔君石像顶天立地般镇在祭坛中央，它的前方有一个白骨垒砌的王座，王座上没有人，突兀地摆着一面空空的灵牌。

少年人幽淡的嗓音再次飘出："那是我的灵位，只是带我来的人忘记写我的名字，你知道的话，可以告诉我吗？"

南颜没有听到他在说什么，她充满血丝的眼睛里只倒映出祭台下一张破碎的古琴，和顺着台阶蜿蜒而上的满地鲜血。

"这是什么？"南颜木然地问道。

"这里所有的死者我都认识，只有他是新来的，他……来之前，身上封着三十余道本宗的诛魔道印，凡人的身躯已经是极限了，大概，是没有爬上祭坛便道陨了吧。"少年人答道。

他说这句话时，心底也隐约有些奇异之感，因为之前漫长的年岁中，他只是重复不断地遵循着禁制所赋予的责任，不停地以魔君像的力量侵蚀整片山海之间。

而在那个人来之后，他感到自己有了一种特别的感觉……或者可以说，叫情感。

"不，这……"南颜没有注意到少年人的其他异状，缓缓跪坐在那张残破的旧琴旁，她并不知道这里曾经爆发了怎样的大战，颤抖地伸手去碰琴弦上已冷的血迹，碰到后又好似被烫了一下猛然收回手。

"你……"

南颜没有理会他，颤抖地抱起那张琴，待一点点检视后，发现琴首上刻着的"病酒"两字，便彻底失了神。

少年人迷茫而无措地站在她身边，他并不清楚对方为什么如此激动，询问的话语刚到嘴边，便被她落在琴弦上的一滴眼泪夺去了心神。

南颜的声音陡然一转，喃喃道：“不对，他没有死，他只是藏起来了……只是藏起来了……”

正当南颜想要上祭台一探究竟时，远处轰隆一声坍塌的响动传出，后面有人尖声道：“这女人得到那根蜡烛了！！”

数道魔火伴随着三五个魔修的身影同时出现，个个面带贪婪之色。

“快！趁其他人没来，夺了她的燃命灯！”

南颜正当心绪纷乱时，听见这动静当即杀意涌上心头，刚要动手，一直静立在她身旁的少年人先动了手。

“吵。”极其轻慢的一声低喃间，少年人抬起手，他身后祭台的魔君石像也一同抬起手，接着石像上半条手臂蓦然消失。

仍然是只有一个眨眼的瞬间，南颜看见那几盏飞速迫近的燃命灯在几道诧异的声音中倏然消失，随后那半条手臂回到石像上，手下染上的鲜血飞速融入石像中去。

“我只是想带你来看，你能不能别难过？”少年人略略犹豫，仿佛十分在意南颜刚刚的模样，想要继续刚才的话，却不料迎面便是她抓火为匕，狠狠地刺在他心口上。

南颜听到了玉石碎裂的声音，看着燃命灯的火一点点黯淡下去，道：“……你也是这么杀了他的吗？”

少年人对她的怒意无动于衷，而那燃命灯造成的伤口只给了他痛，并未造成什么实际的伤害。

“世间所有的死灵终会在我掌握之中，你要找的人，我可以还给你。”

佛珠委地，南颜道：“好啊，你把少苍还给我。”

少年人倏然沉默，继而问道：“你能不能再说一遍，你叫他什么？”

“……我叫他少苍，你可不可以，把他还给我？”

四周的黑暗在一息间出现了一条条白色的裂痕，南颜抬眼望见一切恍如一面碎裂的镜子，飞快地破碎、重组，最后合为一面巨大的古旧铜镜。

那铜镜缺了一块，缺失部分正好和她在万宝阁中得到的那片碎镜片完全吻合，正是逆演轮回镜。

“我的字，以前只有我师尊可以叫。”一种隐秘的惊喜逐渐扩大，古镜中映照出少年人被黑暗遮掩的真容。

那是个清逸绝尘的少年人，幽雅温和的双眼看着古镜中南颜的面容，右手轻轻按上躁动不已的心口，带着欣喜与好奇说：“师尊斩断了这段牵系后，就再也没有人提起……也再也没人愿意用这个名字来接引我。”

一股巨大的吸力从古镜中锁定了南颜，她试图多留一阵弄清情况，但那古镜之强，让她毫无抵抗力。

“一个人一生只能夺舍一次，可若心火不熄，仍可逆演轮回重生。等你拼合完逆演轮回镜，我们……罢了，我性格恶劣，想要的人是会不择手段要到手的，只想你日后多担待些。”

到底哪个才是真正的少苍?

南颜被吸入逆演轮回镜前混乱不已地这么想着，而当周围的情景重新拼合完成后，她的杂念便来不及到处乱窜了。

那是一处宗祠般的大殿，身穿星罗道袍的修士分列两侧，带着某种怒意看着大殿中央、道尊像前被强迫跪着认罪的身影。

“……第七十九条大罪！身为帝君，不思安定人心，却纠集同党，意欲以权谋私，颠覆修界支柱！”

“第八十条大罪！忘恩负义，蔑视道尊，曲解经典，认同逆道！该杀！”

“该杀！罪该万死！”

“德不配位，岂能容他位列溟泉大殿！”

那是个看样子本该是意气风发的少年人，迎着所有人的斥责，他唯一看着的，是一道正在为道尊像上香的身影，清湛的眸底满是轻狂与讥嘲。

“师者派人来正法殿说病入膏肓，等我回来说上最后一句话，我原本是不信的，如今却不得不信了。”

应则唯缓缓回身，同样跪在道尊像前，恭敬地向道尊叩首，道：“徒不教，师之过，请道尊……一并降罚。”

道尊像前三把剑徐徐浮起的瞬间，嵇炀紧紧盯着那道尊像，出声道：“道尊师祖，你若当真有灵，当知持身不正，不以为断，吾独断乾纲，不允此罚。”

在周围人惊怒的视线中，那三把象征着道生天惩戒的圣剑一一从道尊像上跌落，然而在最后一把剑跌落前，应则唯抬手一招，最后一把剑落入他手中，随后反手便自刺心口。

鲜血蜿蜒而出，应则唯徐徐将剑器拔出，起身转向嵇炀。

“为师已领罚，现在轮到你了。请帝君……负起这个责任来。”

“……连同长老、嫡传弟子在内，叛门者一百三十三名，尽数在此，请玄宰定夺。”

南颜被用力扔在一个角落里，通过光滑石砖的反光，她看到了自己的样貌。

逆演轮回镜的力量让她以一个少年人的角度来看这一段历史，而这张面容……她在万宝阁里见过，在年幼的记忆里也见过。

只是这张面容写满了错愕与惊惶，看上去和嵇炀判若两人。

南颜仿佛知道了接下来会发生什么，拼命抬起头从人群后看过去，一双双或狂热信仰或痛恨难当的眼睛凝视着道尊像前长跪的身影，尽管他曾是整个道生天引以为豪的荣耀，可现在谁的心里都没有半分恻隐。

“玄宰，时辰已至，他既决意背叛道生天，便不可再拖延了。”

应则唯微微颔首，他此刻的双眼尚没有南颜见到时那般无神，但仍是灰色的，宛如失去了所有人应有的情感。

“少苍，你拜入为师门下多久了？”他开口问道。

嵇炀好似并没有觉得正身处一场处决中，淡淡答道：“承蒙教导，十六年又一百四十七日。”

“十六年……”应则唯喃喃重复，道，“我教你走道尊立下的大道十六年了，为何到头来，你仍是行差踏错？”

他仍带着一身年少的锐意，固执道：“师者将众生交在我手中，我便以生者之生为重，以死者之死为轻。纵有道尊之言，行不正事，终究难成正果。”

应则唯道：“道尊之言不容置疑，道生天之道，也无人可阻——”

“师者不承道尊道统，也可成就大道！”嵇炀厉声打断了他，“嵇炀之师尊，有经天纬地之才，道天已朽，固守于此不过是守着道尊的残垣等死，破而后立方可别开新天。”

“胡言乱语！”旁边苍老的道天上师恨不能一掌打死他，斥责道，“玄宰肩负引领我辈修士飞升成仙的重责大任，岂能听你这叛徒一言便抛弃我道生天千年大业！待掌握轮回之秘，合宗上下便不再受寿元之困，想怎么探索大道便怎么探索大道！你也可因此受益，偏生这么糊涂！”

“天地生死有数，即便不言成败，让你们这些残躯腐朽将世间蛀空殆尽，其他生灵何辜成尔等盘中餐？再者……你们当真觉得，离了道尊钦定的四十九条大道，便无飞升的希望了？”

节节攀升的杀意中，应则唯摆了摆手让四周静下来。

“少苍，你妄言了。”他挽袖拨亮了道尊像前的烛火，道，“道尊的路不会错，也不能错。”

“如果错了呢？”

眼底的灰色渐渐侵蚀他最后一缕神采后，应则唯道：“那就把认为它错的世间……纠正。”

“好一个纠正，我只是不懂，师者如是屈就了自己，又成全了谁？”嵇炀转眸，目光一一扫过那些苍老的面容，“他们？三魂七魄没有一个是干净的，自己无法飞升，便要灭绝他人的希望，成则与天同寿，败也可以拉着世间的一切随着寿元一起归于虚无，到底孰正孰邪？”

啪。

一丝血迹顺着嘴角流下，嵇炀抬眸看着应则唯，后者好似有些疲累，招手让人将那一百三十三个捉来的同党押上来。

“为师说过了，如果道尊错了，就会把认为他错的人纠正过来。”他的口吻依然是轻柔的，但做法却是残忍得让人战栗不已。

“师——”嵇炀尚未来得及据理力争，眼前血光便是一闪，喷溅在脸上的血液与他错愕的神情凝在一起，他看着脚边那颗滚落的人头，道，“师尊，他是你的弟子，你……你曾教过他读书习字。”

应则唯面无表情道：“少苍，你认错了吗？”

嵇炀：“……”

应则唯道：“下一个。”

第二个被推上来的依然是同宗的弟子，那人挣脱禁言的禁制，嘶声道：“师兄！我们没错！道生天教我们的不是这条灭绝众生的路，是行得正坐得直！是——”

第二蓬热血落入眼角，眼前的一切变得血红，嵇炀听见胸腔里有什么东西崩毁了。

应则唯继续问道：“你认错了吗？”

“……何必自欺欺人呢。”

“下一个。”

这之后的时间好似过得很慢，又好似过得极快，每杀一个人，应则唯都要问他一句知错了吗，可饶是嵇炀说他知错了，杀人的手还是未曾停下。

待到整个溟泉大殿血流成河，嵇炀终于明白了——应则唯想杀的不是这些人，他想杀的，是他自己的人性。

南颜被推上来时，整个人都是木然的，她感到应则唯轻轻拍了拍她的头，宛如一个亲厚的长辈一般。

“我记得这个孩子，资质算不上好，凭借凡人之躯，从外洲九死一生来叩道生天的山门，几乎死在悬空山下。你师叔便破例收了他入门做个洒扫的弟子……你师叔呢？”应则唯的目光在满地尸骸里找寻了一阵，锁定了一具身首两处的尸体，道，“哦，是在那儿呢，他总是格外疼惜这些孩子的，可惜了。”

南颜几乎是瞬间就想冲上去杀了他，可任她的灵魂如何想挣脱，却也还是无法触动这具身躯的禁锢，只能绝望地做一个旁观者，看着年少的嵇炀，那本来如夜空星河般清湛的双眸一点点被黑暗取代。

“你放了他，我跟你回道生天，是要我杀神诛魔，还是谋算世间，都随你。”

应则唯摇了摇头，道：“我暂且相信你，不过这是君临道生天的帝君该有的责任，现在……告诉为师，这孩子叛离道生天，向谋逆者暗中送信，该如何判罚？”

嵇炀闭上染满血丝的双眼：“……主谋者是我。”

“帝君不会错。”应则唯灰色的眼睛里映出一地血腥，道，“错的是他，是他们……然后才是你。”

原来，他谁都没有想放过。

南颜终于知道为什么嵇炀提到应则唯时，总是那般冷静，经年的授业之恩，原来早在这时便已彻底斩断。

旁边因为沐洗了这一场杀戮盛宴而变得狂热不已的道生天信徒们上前道：“玄宰杀伐果断，我等心折不已，不知最后要如何处置这两个叛徒？”

“既是心不诚，三魂七魄也不必留了，就让少苍夺舍他吧，待他有了罪过……就知道‘纠正’是一件必要之事了。”

应则唯通修道生天所立下的数家道统，自然也晓得魔道，此道一旦施为，便可掠夺任何人的人性，让他彻底失神堕魔，择人而噬。

“师尊。”嵇炀最后轻唤了他一声，在殿外亘古不变的星光消失在他离开的背影上之前，道，“七年前，你从凡洲回来时就变了，你是从那时开始就错了吗？”

应则唯步伐一顿，徐徐道：“你知道什么？”

“我知道的，道尊的手札里写过，他要你娶一个人，为的是终有一日走投无路时，她的命就是你破界飞升的踏脚石。可道尊走后，你却把她越推越远，这是你唯一忤逆道尊的事。”

时间太久了，他踏出一片荆棘的通道，年少时的爱恋在血泊里熊熊燃烧。

“你走这条路，没有想过回头吗？”嵇炀问道。

应则唯按着心口，那里面仿佛有什么不属于他的，正在跳动的东西。他再次回头看了一眼静默的道尊像，眼前的光影一瞬间明晰，又如流星般黯然陨灭。

“我亲手把她送走了，回头……也没有用了。”

诸天的星辰终于彻底熄灭，真正的长夜如期而至。

大殿里只剩下应该被处刑的嵇炀，和南颜附身的这个道生天的弟子。

南颜几度试图冲破禁锢无果后，不得不冷静下来，片刻后，她听见这个身体发出畏惧的声音："师兄，玄宰他……要你夺舍我吗？"

嵇炀紧闭着双眼，漠然道："是，半刻之内，心魔戾气会让我夺舍你……你带着身上的灵锁，去撞道尊的正法剑，自可脱身，再捡起剑杀了我后，你就去后殿东南角第三块砖石下，那里有我曾设下的传送阵，口诀我教给你，这次不许……喀、忘……"

他快撑不住了……

南颜再次狠狠捶打着无形的障壁，某一个瞬间，她看着右手，掌心中有一片发热的破碎镜片。

不对，如果逆演轮回镜只是让她在一边看着，送她来这里又有什么意义？一定有什么是只有她能做到的事。

南颜沉静下来，一咬牙，慢慢自散五识试图去暗示这具躯壳的思想。五识是她感知外界的本源，随意自散五识，如果一个不慎，便有可能从此残缺。

快点儿……至少，别让他自毁。

那道徒没有动，犹豫了很久，道："师兄，我……我逃不了的。"

"你想等死吗？"

"我也不想死。"道徒低头掩去控制不住落下的眼泪，哑着嗓子道，"师兄，你说玄宰和长老他们说的是真的吗？他们要篡夺地狱，让所有的人转生后还能保有前世的记忆，这不就是不死不灭吗？"

嵇炀的眉头渐渐皱紧，周身渐渐散出一丝一缕的黑色魔气，一边与心魔戾气相斗，一边沉声道："你相信吗？"

"我……我学艺不精，不知道是对还是错，可我是愿意相信的。"那道徒挪蹭到道尊像前，跪下来，额头触地道，"道尊爷爷，如果一定要有人来做地府的主人，我希望那个人是师兄。"

嵇炀睁开已变得血红的双目，哑声道："你想做什么？"

道徒抬起头来，面露茫然之色："师兄，我刚刚好像看到菩萨了……菩萨说，让我放心，她来替我化解被夺舍的苦楚。我、我想在你来之前，先自散魂魄，这样我这具资质不好的凡躯就还是干净的，师兄就算夺舍我也没有罪过，只是菩萨要受苦了。"

嵇炀周身被心魔戾气侵蚀得更甚，眉心紧拧道："你在说什么？"

"对不起，师兄，我怕疼……我要先走了。"道徒言罢，拧身朝地上正法剑上一撞，随后将手放在天灵上，慢慢自散自身经年苦修得的一切灵力与魂血。

"你疯了吗？！"

灵识渐渐溃散，和寄主同样感到一片濒死的昏沉中，南颜撑持着一线灵明：

“少苍，别放弃呀。”

道徒也同样喃喃道：“……师兄，别放弃呀。”

心魔的爆发只在一瞬间，道徒本身的三魂七魄自行散离后，南颜便感受到一股冰冷的锁定之意。这下要换她面对一个走火入魔的修界帝君了。

重明血、观音身……南颜一字一句地念着她所有的防护，可饶是她将周身护成一个坚不可摧的堡垒，但等到嵇炀的元神撕开这壁垒时，也仅仅是一个眨眼间的事。

“你怎么不逃？”伤痕累累的元神带着陌生的目光看着她。

南颜双手合十，不进反退，在他抬手的瞬间，出乎他意料地拥抱上去：“佛者舍身饲虎，记着我这张脸，你要祸害就祸害我，可别祸害其他人了。”

夺舍，在修界是绝不容宽恕的重罪。

因为夺舍一个人，需要宛如牲畜般将他人的魂血吞噬殆尽，取代他人的一切——肉身、记忆、身份。

夺舍的人无一例外最后都会成为心性残忍之辈，若无其他奇遇，又无法飞升，待寿元殆尽，肮脏的魂魄便会消散在天地之间。

道徒的灵台里彻底变成一片灰蒙蒙的、充斥着心魔戾气的空间，南颜就在这里，体会着何谓灵魂都被吞噬的痛苦。

魂魄的撕咬不是没有感觉的，相反那种痛觉更为清晰。南颜紧紧闭合双目，饱含佛力的魂血从体内一点点被抽离，而啃咬在她颈侧的、入魔失去理智的人，好似是被佛力勉强扭转回一点儿神志，舔舐魂血的间隙，在她耳边呢喃低语：“你为什么……还不反抗？”

他入魔时也是矜持的，神态上看不出有半分狂色，唯有眼底的渴望宛如一张填不饱的恶口。

南颜险些失去意识，但他心魔戾气的减弱让她看到了些许希望。

“继续。”

仿佛也是因为那精纯的佛气，嵇炀暂且恢复些微的理智，同时他也感到怀里抓着的这条生魂的气息在不断减弱。

“不，我不能……”他滚动了一下喉咙，尝试把她推远些，南颜却不愿放手，抓着他自己逼出魂血。

“……我不反抗，你要吞噬就吞噬……你得活下去，正道有路就走正道，魔道有路就走魔道……不管你走得多远，堕落得多深，黄泉千丈渊，九幽十八府，你等着我，我修不得正果、普度不了众生，可我一定要度你！”

——所以，你是谁？我活下来了，那你呢？

那些涓涓如细流的佛力并不能抵抗近神阶放出的心魔戾气，一切的一切好似在一开始就没有什么希望。

南颜怀着不知道哪里来的倔强，连她都不晓得，自己能逼得出这么多的魂血，而与此同时，嵇炀身上的心魔戾气沿着他的神魂已经侵入到她这里来。

那种感觉就好似掉进醉人的岩浆中，灼烧的痛苦与放纵的欲念同时炸裂开来，一路点燃三魂六魄，最后触及她心脏的位置时，一切却戛然而止。

一缕幽微的白色光焰从她心口蓦然绽放，那些肆意生长的心魔戾气凶恶地扑上来不到片刻，便化作了白色光焰的养料。

南颜感到天地骤然生亮，昏暗的空间里，竟一瞬间听见了树叶被风吹动，沙沙作响的声音。

靠着最后一丝力气，她低头看去，竟发现自己的心口处生出一株小小的菩提，仿佛有无尽的来自太古的禅者低声轻诵，随后，缠绕在他们身上的魔气，如雪遇大日般飞速消失。

万魔不侵，佛骨禅心。

南颜低声念出它的名字的瞬间，脑海中有什么尘封着记忆的东西，随着周围轰然响彻天地的镜片碎裂声音，一起崩溃开来。

道尊法会、南芳主、应则唯、寂明、飞升大会……

原来如此。

历史残缺的一章与当年嵇炀的事最终拼合在一起，四目相对间，南颜溢出一丝苍白的苦笑。

南颜抬手按在嵇炀尚显迷茫的眉心上，那眉心上渐渐浮出另一片镜子的碎片，那是这段失落的历史最后的见证。

“你放心，我会把它带出去，这之后的未尽之事，天下人……终究会知晓。”

嵇炀怔怔地看着南颜转身走入身后的光焰里，随着她抽走了自己身上的那片碎镜片，与她相识的这短暂的记忆也快速模糊起来。

觉醒过来时，溟泉大殿的殿门终于再次打开，嵇炀睁开眼，看着道生天的人带走了自己原本的法身，竟也无动于衷。

“……玄宰说如何处置他了吗？”逆着光的那些人影或嘲讽或惋惜地议论着。

“他是这一届山海之间的主人，只要法身仍在，还是可以为我道生天的大业效劳。至于这具夺舍之身，以他的固执，恐怕再关个一千年都不会认错，还是扔进溟河天瀑洗智吧。”

“啧，这就叫大道有路你不走，地狱无路自来投，怪得了谁？”

年少的嵇炀已经并不关心这一切了，直到溟河天瀑的河水浸透他的四肢百骸，神思里那丝让他心神俱静的魂血味道才悄然散离。

这之后的第三个日落，他从溟河天瀑的水底凝视着屹立不倒的道生天，随着天光收尽，所有的憎恨与留恋宛如旧日的烟火般散离殆尽。

暂时在道生天拜访的宝气如来在溟河天瀑的下游感应到这个陌生少年体内残留着的殊异佛气，将其救出溟河天瀑后，结合近日道生天传出的帝君驾崩的前因后果，便隐隐察觉出他的身份。

“世事多舛，贫僧送帝君去凡洲吧。”

“帝君？”属于少年人的天真与锐气彻底消散，那矜持中带着一丝残忍微笑的神态，竟与应则唯平日里的模样重合在一起，“……我会回来的，我要亲眼看着这里，从苍穹跌落，粉身碎骨，万劫不复。”

第二十三章　山河海冕

战霆文武双全，实乃天命之子。

山海大殿。

南颜走在一方崩碎的空间里，碎裂的镜片组成一条碎光的通道，而她每走出一步，身后细小的碎片便飞入她掌中，每拼合一片碎片，南颜便看到心口的菩提树叶飞出一片融入古镜中，随着古镜逐渐完整，一丝心神相连的感应出现在神识里。

这就是逆演轮回镜?

南颜举起这面古镜，她有一种感应——这面镜子可以让任何人知晓并认可过去的事，只要带着它出去催动起来，所有人都会知晓道生天究竟做了什么。

少苍起初想要的也正是它，只是没有料到自己也是这面镜子中重要因果的一环，最后竟让佛骨禅心感应并容纳进来了。

佛骨禅心，原来是娘和……父亲。

这个词让南颜感到既陌生又茫然，她猜测了许久，虽有诸多证据表明，却不敢断言如此。

罢了，不知她山海大殿的时空里，少苍此时是不是能回到自己的本体法身里了。

南颜这么想着，逆演轮回镜释放出一道光门，渐渐如来时般将她吸入，一个眨眼间，她的神识首先便出现在了来时的祭台旁。

还没等她反应过来，祭台上轰然便是一道道连环巨响，道阵、剑影、魔光，齐齐压下，南颜若非没有传送完全，这一下连她都要死。

“我就说这山海大殿怎会如此简单，没想到最后要击败的人是你！”

南颜的神识愕然扫去，刚刚所有进入山海大殿的人，只要是没死的都在祭台这里了，墨行徵、宋逐、厉迟和亥洲的修士，所有人的目光都凝聚在一人身上。

白骨王座映出昏暗的光，南颜看见了张刚刚才作别不久的秀致面庞，十五六岁的模样，漫天的道法攻击中，他竟丝毫无伤，他的双瞳被一种与应则唯相同的灰色彻底浸染，饶是他并没有同应则唯一般天人五衰的修为，但也足够无视在场所有的天骄。

“想要我的嘉奖，你们还不够。”

他说话时正斜坐在白骨王座上，把玩着膝头上一顶九旒帝冠，那帝冠上雕山纹海，隐约有一种气息与南颜手中的逆演轮回镜相类。

无须说明，南颜就知道，那就是山河海冕。

“墨行徵！”厉迟暴喝一声道，“你可没说最后一关偏偏是他！这种妖怪怎么可能打得过？！”

墨行徵此刻心乱如麻，哪有时间理会他，皱眉道：“我没拦着你用玉戒传送出去。”

厉迟怒极，甩手一股紫云针密密麻麻朝墨行徵笼下，却被宋逐一道千丝万缕的剑气出手挡住。

宋逐秉持了剑修的高傲：“临阵怯战者，不配与我等为伍。”

“你说什么？！”

墨行徵上前一步：“师兄，如果你回来了，跟我回道生天，我们把一切都说清楚！”

少年人疑惑地看了他一眼，轻轻摇头，道：“我听不懂你在说什么。”

宋逐暗地里传音道：“你确定这具尸体还有神志？”

“我师兄言出必行，他说要夺回本体，就一定做得到。”墨行徵咬牙盯着少年人，道，“只是道生天素来以道法为长，谁也不知道当时送他来之前，是不是封住了他单独的这一魂念，若是师兄解不开禁制，只能魂飞魄散，得想办法刺激一下他。”

只是这下他便犯了难，因为当年嵇炀出事时，墨行徵被师门委派在外，等回来时便被告知帝君已然驾崩，对前因后果比谁都糊涂。

厉迟道：“墨行徵，你若有办法就快施为，都过了这么久了，等其他修士的城防攻上来，场面更乱！还有你，穆战霆，你才是本该轮到坐这个位置的人，辰洲给你的底牌也该拿出来了吧。”

扮作穆战霆的胡瑞心神一抖，被所有人盯着的滋味着实难熬，只是他本是儒修，根本就不会任何辰洲的术法，咽了口口水后，勉强拿出一支笔：“其实我最近专修儒术——”

哪晓得他刚把笔掏出来，周围所有人便齐齐后退。

旁边有个魔修战栗道：“穆道友你冷静，我们仔细想了想，还没有到你出手的时候！”

胡瑞心神震动，他之前没怎么和穆战霆接触过，只是听说此人好吟诗作赋，曾经让云念哑口无言，一时便不敢小觑于他，硬着头皮一笔挥出，一道儒门冰咒打去，却出乎所有人的意料。

少年人好似察觉了什么，原本索然的神情整个亮了起来，就算冰咒直接擦破他肩上的衣料，也仍是不闪不避，连山河海冕也随手放在一边，径直朝祭台一侧走去。

“你回来了。”

他走向的地方，空间蓦然开裂，几片镜子的碎片渐渐飞出，同时，南颜虚弱的身影跌跌撞撞地出现，一现身便昏迷似的朝前倒去。

少年人接住她的瞬间，察觉到她魂魄里的精血直接少了八成，本来发亮的双眼倏然转阴，随后一股莫名的无措与暴怒涌上心头。

“谁做的？！”少年人猛然回头，一眼看见空中浮动的碎片，这碎片有一种奇异的效力，所有人在见到它的第一眼就知道，这东西有什么用。

这是一片记载着旧事的记忆。

少年人此刻迫切地想知道南颜为什么会这样，他扫袖握住其中一片，另外的碎片却被墨行徵冲上来勉强抢走。

迎着少年人逐渐攀升的杀意，墨行徵抓紧时间将碎片融入神识里：“都是当年真相，何不分师弟一片？”

只是墨行徵勉强做出来的轻松神态在看到碎片里的一切后，就彻底崩散开来。

宋逐见他突然脱力地跪在地上，表情一片空白，便没去管其他那些冲向山河海冕的修士，从混乱的人群里走出，问道：“你怎么了？”

墨行徵猛然抓住了自己的头，血红的双眼里写满了崩溃：“师尊……”

“是……阿颜？”

这一觉沉梦太久，久得只觉得往昔兜兜转转成了一个圈，恩怨情仇流离得让他忘却了情自何处而起。

南颜混混沌沌地晕过去一阵，不过好在禅心不断散出菩提虚影，让她很快便睁开了眼。

“想起来了吗？”她哑着嗓子问道。

抬眸间，却见稚炀闭上眼睛，唇线紧抿，握紧的指尖竟有一丝细微的颤抖：“……你知不知道魂血是什么？”

周围喧闹不休，南颜想撑起身子，却被他按住。

“一条魂魄想投生成人，不知要经过多少生死的积累，才能累积到足以投生为人的魂血。你这辈子失去它不会死，可来世就只能投生成一头飞禽走兽，或一株草木。”稚炀深吸了一口冰冷的空气，第一次冰冷凝肃地叫了她的全名，“南颜，你这是在剜我的血骨。”

南颜一怔，一时竟不知该说些什么，就在此时，她看到稚炀背后，一团紫云化作大镰当头朝他劈来。

不待她出声，稚炀抬手一扫，厉迟便倒飞出去重重撞飞了一路浮空的残烛，然而他伤处的血肉很快自行修复。

快速恢复，是血魔道的特性……

稚炀面无表情地抬头，起身刹那，他颈部骤然浮现出一个灰色的囚锁，囚锁后的虚影锁链一路延伸至祭台中央的魔君像手中，随着稚炀心神逐渐恢复，那魔君像便好似活了一般，徐徐拉着那锁链往回扯。

“啧。”南颜想道生天果然有后手，这样的禁制是为了让他觉醒后无法逃离祭台，她勉强扶着一旁的石栏起身，刚要凝聚灵力，却被稚炀握住手拦下。

“别动。”他摇了摇头，碰了碰脖颈，察觉到这禁制锁在抽取他的灵力与生机，年少的面容浮起一丝嗜血的意味，回头盯着那魔君像，眼底露出一丝阴郁之色。

旁边的人想去碰那白骨王座上的山河海冕，拿到的却都是虚影，以厉迟为首，指着稚炀斥道：“现在打没有用，还是要杀了他才能得到山河海冕！”

墨行徵此时终于从震撼中回过神来，他同宋逐一道横在祭坛前，厉声道：“谁敢？！”

“我敢！”厉迟转眼间恢复泰半，忽然一伸手抓过厉绵，道，“绵儿，助我一臂之力，杀了他！”

这一声落下，厉绵便尖叫起来，她体内大量的血液随着厉迟的喝声，化作一蓬血雾飞散而出融入厉迟气海里，登时他的修为直接突破结丹到达元婴。

“这是什么妖法？！”

厉绵周身的皮肤不断开裂，血液流失间，凄厉哭喊道：“哥，我好疼！你别吞了我！”

“忍着点儿，一会儿就好！只要我杀了他，自不会亏待你！”厉迟的气息再度攀升，最后双目泛血，宛如修罗恶鬼般，背后出现一道虚影，面貌阴沉，竟是其父狱邪侯的模样。

“你不是元婴期最强吗？不知这锁链困住你之后，对上我这相当于元婴后期的修为，还能不能保个全尸！”

他言罢，扬手挥出一道血云，那血云脱手便成无数血针，每一根都浸透了极其恐怖的腐蚀之力。

“试我森罗老祖的遗招！！”

这针云所过之处，尚未逃离的那些法宝一一被魔气腐蚀朽烂，旁边有些人的本命法宝被直接切断，发出一声声痛苦的悲鸣。

“狱邪侯是下了血本了……”墨行徵眉梢一跳，提剑在手，“宋兄，如前约所定，帮我斩断我师兄的禁制，前面的我来挡。”

原来他们一直是在谈这个……

身后漫天的血色针云扑至，墨行徵手化道印。

宋逐也没有废话，望定了那魔君手上锁链的尽头，剑器出鞘，道：“少苍君，上次山海禁决鬼门关前，我欠你半条命，这次还情来了。”

剑声一响，极快、极利的一剑斩进灰色的虚影锁链里，刹那间的剑意迸发，使得上面本来的灵力流断出一丝缺口。

“承情，可以了。”嵇炀反手握住那灰色的锁链，犹豫了一瞬，将南颜推走，道，“她失魂血太多，你们带她走吧……还有，暂且不要用玉戒传送。”

墨行徵、宋逐和南颜同时感到一股柔力将他们推远，墨行徵急急道：“狱邪侯把自身分神落在厉迟身上，能让他发挥出相当于狱邪侯元婴期的修为，你还在流失灵力！挡不住的！”

“我还不至于弱到让师弟舍命相救的地步。”嵇炀虚虚一推，目光凝在南颜身上，道，“不要回道生天，我稍后便寻你。”

“少苍！”

而此时，墨行徵却发现身后传出隐约的鬼哭之声，只见所有的残烛如受招引般往祭台中间而来，那些残烛将他们三人围绕起来，一股传送之力逐渐笼罩下来。

而嵇炀启动传送后，最终仍是回到那白骨王座上，拾起那万众瞩目的山河海冕，随后在所有人的注目下，五指轻握，那修界至宝的冠冕竟破碎成一片光影。

“你想干什么？”厉迟怒道。

“你们想不想看看这山海禁决的真相？”

“什么真相？”

他轻合双目，喃喃道：“道尊祖师，门人之前，何不以真面目示人？”

众人抬头望去，只见整座山海大殿里的残烛一一亮起，宛如漫天星斗，一张张生灵的面容无声浮现，眼中的怨毒深刻无比。

“请酆魔天之主，现身。”

这声音回荡天地，不只山海大殿里，十业山上原本鏖战的万鬼也同时停下了动作，随后仿佛是被困束一般，缓缓低下头朝拜着十业山巅的魔君巨像。

无数鬼物喃喃出声：“……拜见酆魔天之主，冥府狱君。”

所有的人族妖族齐齐变色，一阵地动天摇中，巍峨的十业山，那屹立了不知多少年的魔君雕像，外皮的岩石层层剥落，露出半面青玉雕琢的真容。

城墙上的修士停下了动作，不知谁第一个尖叫出声——

“道尊……怎会是道尊的雕像？！”

“道尊不是修界的正统之源吗？怎会和这些肮脏的鬼物有关？！”

那是一个须发垂胸的老者，只是在十业山上，本该慈眉善目的道尊变得阴森无比，恍若世间最深的恶都汇聚在这雕像上。

真的是……道尊。

“墨行徵，你还好吗？”

山海大殿外，那片最初的黑白二色的广场也同样开始支离破碎，然而破碎更彻底的是墨行徵的信仰。

“我知道了……我知道了……”墨行徵满眼难以置信的笑，“什么修界帝君，无非是选一个傀儡，为的是给道尊的亡灵收集这些鬼力、灵力……道生天想造出一个酆魔天之主，师尊，在你眼里，除了道尊，其他的人从没有资格做这个主人吗？”

“难怪说我们都是祭品……”

“是，每隔一段年月放一些人进来，鼓励他们厮杀，是为了献祭他们，毕竟这里所有的死灵最终都会献祭给酆魔天之主，长年累月下来，道尊必会产生自我意识。待他有了意识，就会真正统治这山海之间。”

南颜察觉到这十业山有崩毁的迹象，道：“所以我们这些见证了实情的人，说不定出去就会被灭口。”

宋逐搀扶起南颜，道：“也可以赌一把，我师尊孟霄楼修为虽不如玄宰，但绝对可破道生天的结界，足够救我们出去。”

“你们都不用动。”墨行徵一脸疲惫地摘下玉戒，道，“我先回道生天，若一定要有一个说出真相的人，就让我来吧。”

可他催动玉戒的瞬间，忽然感到四周本来启动传送的灵力波动骤然被打断，一皱眉便知道了原因。

“你们还能打吗？”

“怎么了？”

周围的空气中，一股元磁之力闪烁不定，三人齐刷刷回头看去，只见十业山的正门口，出现了大批人影，而且……大多是邪道阵营的修士。

“我尚有一战之力。”宋逐转头关切南颜，“师太，你可以吗？”

南颜这个时候真的像个残废，面无表情道：“师太随时可以去极乐净土一游。”

宋逐：“厉害呀。”

南颜：“……”

“哟，我还说是谁呢。”元昂一马当先地站在前面，恶狠狠地盯着南颜，“这大殿里有什么，竟让你伤成这样？”

足足三个部洲的人站在广场彼方，见到他们耗损极大，有些本源灵气没收集够的人顿时眼睛里冒出绿光。

“还是杀人捡漏来得最快，尤其是这女修，身上可能有本源精粹！”

南颜闻言，当真拿出一块本源精粹，在那些眼睛珠子都快瞪出来的修士眼前晃了一下：“看到这块本源精粹了吗？”

元昂立即激动起来，一句交出来还没来得及说出口，就见南颜直接把它扔进山海大殿里。

南颜：“贫尼扔了也不给你。”

“你找死！”

元昂扬手一道元磁圣光弥天打来，宋逐刚要出手，就被南颜挡住。

“不用动手，此人不足为敌。”

就在宋逐还以为她有什么秘招时，南颜眼瞳里映出远处一道火光由远而近地出现，忽然放声喊道：“哥！有人打我！！”

“嗯？”

下一刻，远处炽烈的火光如天日降临一般，朝元昂扑杀过来。

“谁敢打我妹！先从她的尸体上踏过去！”

十业山上的震动响彻整片山海之间，大殿前的广场上，一场混战就此打响。

“你想干什么？我元磁圣光克制五行，跟我斗起来，你再无力气应付其他人！”

“你打我妹的时候怎么没想过后面有个我戳着？给老子死！”

按南颜的话来说，她大哥论实力其实并没有那么夸张，但谈凶论莽，把诸洲翻过来愣是找不着第二个。

南颜抬眸望去，只见火焰与磁光齐飞，骂声与悲鸣一色，转眼间红的白的搅在一起，让人不忍再看。

而就在某一刻，穆战霆一道炎枪打歪，直接命中山海大殿上的牌匾。元昂捉隙身形暴退，直接钻入大殿里，穆战霆也紧跟着追杀了进去。

正好此时殿中开始第二次摇晃震动，好似里面在经历什么极其惨烈的大战，让牌匾上本就不稳的石皮寸寸剥裂，露出里面掩盖着的血色刻痕。

“……酆魔大殿。”有人念出声后，猛然转向墨行徵。

“墨行徵，你道生天就没有解释吗？！”

“对，这十业山上明明刻的是你家道尊的像，你们道生天到底要做什么？”

一丝微妙的恐慌气息随着墨行徵的沉默而逐渐蔓延，对此时的情况，墨行徵尤其清楚，朝着或是迷茫或是怀疑的诸洲修士道：“这山海之间异变至此，我亦无法言明个中内情，眼下十业山震动不断，若是山崩，恐有覆巢之危，诸位道友还请与我一道催动玉戒回到道生天问明内情。”

十业山的情况确实很危险了，众人犹豫间，那酆魔大殿里传出一声不知是谁的暴喝：“不能回道生天！他们知道我们看见了道尊和这里有关，不灭口就奇了！”

人群里顿时炸开：“墨行徵！你给我们一个解释，不然就杀了你搜魂！”

“对，杀了他搜魂，他一定知晓内情！”

但也有姗姗来迟的正道修士，尤其是南颜所在的卯洲的帝子真衡连忙上前相劝：“众人冷静，不如先问问墨道友等人在这殿中究竟看到了什么。”

墨行徵一滞，气氛僵持间，十业山第三次剧震起来，刚刚追着南颜的本源精粹进入酆魔大殿的修士忽然疯狂奔逃出来，有的人一出大殿就开始催动手上的玉戒。

“怎么了？”

“快、快跑！里面有怪物！！”

说话的人刚冲出殿门，背后便飞来一条条白色的锁链，宛如蛇一般挥舞着卷住他的头颅，只一扯，便将其脖颈折断，接着便将尸体卷进了殿中。

黑暗里传出令人战栗的咀嚼声。

所有人的心脏都剧烈跳动起来，在那一声咀嚼过后，里面咣咣当当响动了一阵，随后两只青玉色的苍白大手从殿中探出来，虚空抓挠了一阵，又扒住两边的殿门门框，随后一张老人的巨脸塞满了整个殿门内。

墨行徵瞳孔骤缩：“道尊——”

那张面容的确是南颜见过的、藏在魔君像里的道尊像，此刻他的双瞳已经燃起了幽绿色的鬼火，脸上依次转换着喜怒哀乐四种神情，眼珠转动了一下，竟透过人群看向了南颜。

一瞬间，道尊脸上的神情定格在“喜”的神态上，仿佛见到了什么极其诱人的美餐，看样子马上就要挣脱出来。

但与此同时，他身后蓦然有乱光闪烁，南颜听见穆战霆的盘牙天火炸响后，一声清越的喝声从殿中传来——

“道天心诀·行霄冲斗！”

刹那间云光笼罩殿门，硬生生挡住道尊向南颜爬行的动作。

“阿颜，走！”

南颜听得出那是嵇炀的声音，反应过来这恐怕和逆演轮回镜有关，匆忙一点头，和卯洲的人交代了一声，便搭上宋逐的飞剑朝十业山上往外冲。

待飞出大殿的范围，回头一看墨行徵却直接向道尊像那里奔去，提剑在手的瞬间，他周身数道封印飞起来一一解散，顿时一股结婴的气息渗出。

“道天心诀·周天行吟！”

两道道天心诀联手一镇，天穹上的浓云竟隐隐呼应，结成阴阳道印形状。

一群后撤的人中，有人问道：“道天心诀除嫡传弟子绝不外传，那里面的人是谁？”

没有人回答这疑问，但大多数人心里都隐约有了些模糊的猜测。

此时整个十业山大乱，到处都是鬼物飞天遁地，只不过那些鬼物也没有阻拦他们，一样是在逃命，因为十业山的道尊巨峰正在张口吸纳着所有的鬼魂。

“……我未洲的下泉鬼渊也是一样，每隔数年，便会有这样一次暴动，却不知师尊要如何处置他们。”

剑修的速度是所有修士中最快的，两边的景物飞速后退，不时有奔逃的强大鬼物掠过身侧，转眼间便看到了压在十业山山腰上的城墙。

眼看着他们快要越过城墙进入妖族的领地，宋逐忽然皱眉按住心口，道了声“不好”。

南颜道：“你怎么了？”

“师太有没有觉得道心受道尊像的影响？”

南颜虽然魂血失却，十分虚弱，但仔细感受了一下，摇摇头道：“道心无恙，宋道友怎么了？”

“道尊像虽堕入鬼魔之道，但毕竟有道尊的底子在，一举一动可以招引大道，我和墨行徵所修之道都在道生天规定的诸般大道之内，现在恐怕要压不住修为直接结婴了。”

山海禁决外的人只有元婴期之下的才能进入，如果在山海禁决中结婴，则太过危险，成不成功都会被自动排斥出去。

南颜知道他们两个为了这一次山海禁决已经压抑了十几年的修为，道："我想等一个人，暂时不能回道生天。"

宋逐自己也很难受，他的本源灵气与剑气相呼应，恐怕压抑不了多久便要结婴，道："……你一个人恐怕应对不了这些危险。"

"没事，我还有这个。"南颜从须弥戒里取出那件朱雀鸣霄裙，那上面凤凰金线的暖意让她略微恢复了一些精神，道，"我知道以我的身世恐怕很难逃脱风波，本不想给他人添麻烦，但如今这么多双眼看着，想来暴露之时也不远了。实在不行我就传送回去，可以的话，请你先回道生天，将此间诸事告知剑雄前辈，到时若有意外，请他来接我们走？"

她说话时的神态极其复杂，宋逐看见她拿了件嫁衣，脑子里不知道又拐到哪根弦上，忽然紧张起来："啊？你这就要见我师尊了？我还没准备好。"

南颜想到南芳主的事，低叹一声道："我确实有重要的事想告知，可能有些唐突了，不知道你——"

宋逐倒抽一口冷气，剑器差点儿没稳住："师太决、决定了？"

南颜知道道生天绝不会放过她的佛骨禅心，只想着到时候找孟霄楼求助，最好是直接送她回凡洲找一找被封印在凡洲的生父，道："我说不定到时候还有一个麻烦的哥哥要劳烦贵门，不知有问题吗？"

她也要带家里人来？

"没……没有，人多点儿是应该的。"宋逐脑中一片混沌，小鸡啄米似的点头，"那我就先……回去禀告师尊？"

"嗯，你把我放在靠东边的妖族领土上就可以了。"

寻了个隐蔽的地方落下去，南颜这会儿也算恢复了一些力气，目送宋逐一步三回头地传送出去后，便循着妖气浓厚的地方走去。

看如今的情况，最坏的可能就是道尊像觉醒，完全驾驭真正的山河海冕……或者说是酆魔天狱君帝冠，派十业山上所有的恶鬼来找持有逆演轮回镜的她。

而且她现在也不能传送回道生天，因魂血失落，佛骨禅心还在不断自行修补她的魂魄之力，如果这时候出现在到处都是化神修士的道生天，很快就会被发现。

南颜一拳砸在旁边的枯木上，所有的事她都知道了之后，那种无力感反而更加明晰。

——过往的恩怨没有一点儿余地，成王败寇，如是而已。

就在她冷静的间隙，远处一股妖气急速贴近，密林里兽吼声此起彼伏地传出，好似遇上什么，正在交战。

南颜现在也跑不远，想了想放出血蜂，让血蜂偷偷去看看到底是哪一支妖族。不到片刻，远处的兽吼声止息，血蜂引着七八头威风凛凛的、背生金色双翼的宛如狮子般的异兽靠近。

好可怕的气息。

南颜感到一股与银蚕虫母相似的浓烈妖气，只是这股妖气比虫母强太多，是真正如日中天的化神气息。

“听说你是重明鸟一族的后裔？”中间一头金光灿灿的大狮子威风凛凛地踱到她附近，道，“本座乃西部劫海之主金翼玄苍狁，你到本座背上来。”

南颜有一种不祥的预感：“不知前辈有何事？”

大狮子一甩金光闪闪的鬃毛，傲然道：“听说九色鹿到处在给你物色配偶好延续血脉，你既然自己找不到，就跟我回妖族的领地去觉醒妖族血统，挑一个狁族的王脉做配偶，无论如何要在十业山崩溃前留下血脉。”

南颜：“嗯？”

酆魔大殿。

“……道天心诀·天地指命。”

整整九重封印压在酆魔大殿的入口，道尊石像被死死困住无法外冲，只能暴躁地在殿内肆意破坏，然而他散出的大道波动却影响到了不少修士。

墨行徵修道生天的大道，又不似嵇炀一般在此地困束多年，受影响最重，一时间隐隐有结婴的征兆：“师兄！你还能压得住吗？”

里面一片混乱的打斗声中，嵇炀道：“你回道生天安心结婴，不要去问师者，也不要告知任何人此间诸事，只说在帝子斗争中不敌落败。”

“可——”

“听话，你若瞒不住，害的就是其他人。”

墨行徵一咬牙，道：“若你能脱身，老地方！”

酆魔大殿内，倾倒的柱子和破碎的蜡烛飘浮在空中，道尊像全然不复起初时的模样，四肢贴在地上，正抓着一个修士的尸身大快朵颐，宛若最凶恶的修罗恶鬼。

“你是嵇炀？”终于回过味来的穆战霆愕然地看着他，“你也夺舍了？”

嵇炀：“嗯？你还见过其他人夺舍吗？”

“那谁知道你们什么时候冷不丁地就变了个样子，你看阿颜她……”

“她是正常长大了而已。”

“可她小时候——”

“阿颜小时候也好看。”

“当年第一次见面的时候你绝对不是这么想的。”

“是吗？我不记得了。”

“老二说得对，你们男人都一个样……我们现在怎么办？”

道尊像手中持着一柄拂尘，拂尘原本的丝絮由一根根的锁链虚影组成，正四面八方铺开来，扯着其他修士，想要拖进来一一吞噬下去。

穆战霆和嵇炀也一样，只不过他们尚有抵抗之力，在前面的人被吃掉前还有一点儿时间。

“殿门被挡，若放这老东西出去，它恐怕得去找阿颜，你有什么‘阴谋诡计’吗？”

锁链凶狠地抽在身前的灵气罩上，嵇炀略一想，道：“道生天立道尊像在此，是想让其成就半人半鬼之身，鬼气可自十业山吸取，而人则是需要吞噬生人祭品，一旦其彻底完成，整个山海之间便会沦为第九狱，届时道生天再拿下外界的几狱，便可号令此界冥府。”

可反推之，若道尊像毁，那位道生天高高在上的玄宰就不得不下场挑起这个担子来。

“嵇炀？嵇炀？然后呢？”

嵇炀抬头，神情莫测地凝视着一脸状况外的穆战霆，道：“兄长怕鬼吗？”

这一声兄长叫得穆战霆虎躯一震，隐约有一种不好的预感，但仍是嘴硬道：“我什么时候怕鬼过，都是老二，见个小鬼就在那里鬼吼鬼叫，我是怕他一个人尴尬才跟着叫的，怎么了？”

嵇炀哦了一声，道：“真正的山河海冕的确存在，既然他们甄选帝子做这个帝君，就索性拿个真正的山河海冕回去，眼下这道身修为不足以毁掉此像。我只要鬼气，而此像凝聚大道精华，修士一旦吞噬受益匪浅……待你拿到山河海冕之后，哪怕只要有一瞬间，我颈上的封魂锁链也能解开恢复鬼身。”

穆战霆野兽般的直觉觉醒过来，道：“这个和怕鬼不怕鬼有什么关系？”

嵇炀解释道：“就是你经过试炼之后，以后就再也不会怕鬼了，殷琊用了都说好。”

穆战霆咝了一声，道：“我觉得这个事情最好‘殚精竭虑’，不如我去把阿颜叫回来，她头铁，让她来——”

他话都没说完，就见嵇炀一指，他整个人就被道尊像的拂尘包了个严严实实，随后竟直接送进道尊像的眉心里消失不见了。

“阿颜还小，兄长还是多劳神吧。”待送走了穆战霆后，道尊像忽然痛苦起来，将手里没吃完的残碎尸身丢到一侧，不停捶打着地面，直到嵇炀落在他身前，喃喃念起道诀：“……海冕为契，山河相证，以我残躯，同承业火。”

身前浮现的是一支残烛，几乎很快就要烧尽，但烛芯处一点儿幽微的血色火焰仍然顽强地燃烧着。

道尊像如野兽般狂吼一声，带起的风暴几乎要撑裂酆魔大殿。

“孽……障！”他似乎终于有了灵智，苍老的声音大吼着，“休想阻本座大业！”

烈风带起青色衣袍，翻飞逆卷的长袖间，半是冷静半是疯狂的双眸映出那一点儿血火，嵇炀轻声道：“师者，赌局开始吧……看看最后，是你先斩心魔成仙成神，还是我这一缕心火长明不灭。”

半个时辰后，酆魔大殿。

胡瑞屏气缩在一个小角落里，不一会儿，他便看见一些只有数丈长的小地厌兽从附近爬过，其中一个好似被厉迟用什么办法收服了，驮着厉迟和他拎着的昏迷的厉绵匆匆朝着一个方向奔出去。

他竟然没死?

自从来到山海之间，胡瑞算是逃命逃出经验来了，见势不妙立马推了旁边人出去顶着，他自己又精通龟息装死之术，只要脱身必然能暂得缓息。

胡瑞紧紧盯着厉迟，他感觉到对方行进的方向极有目的性，一咬牙便暗中跟过去，果然不到片刻，厉迟前面便出现了一道光阵。

是传送阵!

胡瑞立即判断出来，这是厉迟一开始进入山海大殿后就布下的，心里暗骂诸洲的帝子底牌真是够多的，趁他催动光阵，提笔就画下一支冰箭偷袭过去。

“谁！”冰箭打乱了阵纹一角，厉迟怒极回头，只见胡瑞从远处冲过来。

“厉道友，带我一程！”

“想得美！”厉迟本就出师不利，此时更怒，他伸手再次一吸厉绵身上的血，灵力得以恢复，一掌将胡瑞震退过去，同时催动阵法。

“看这传送的地方怕是会偏西……罢了，且传送出去。”

传送阵的光芒亮起，胡瑞连忙爬起来想搭上，却为时已晚。

“等等我、等等我！”

他扑过去的瞬间，厉迟便已和传送阵一起消失，而大殿里的空间也不断扭曲起来。

“完了……”胡瑞感到一股强大的吸力把自己往一个方向扯，不知道什么时候，身后遥远的地方突然传来一声巨大的爆响，震得他七窍流血。

到底是怎么了？！

胡瑞心神震怖间，身后黑洞般的吸力戛然而止，他也撞在一块巨大的青色石头上口吐鲜血，而不远处，空间裂纹遍布，黑色的鬼气从青色的石块堆里不断蹿出，被一团极其深暗的浓雾所吸引，而刚刚那不可阻挡的吸力也正是来源于此。

胡瑞骇然望去，这才发现这堆青色的石块若拼合起来，本该是祭坛里那道尊的石像。

——妖人做了什么？竟把道尊像也打碎了？！

他本能地想跑，但脚步不由得一顿，一块散发着薄淡清光的石块出现在他脚边，通透的石块内，隐约露出一顶冠冕的形状，让人一见便转不开眼。

"莫非这是……"胡瑞面露狂喜，一把将那东西抄在手中，没注意那上面已有一点点鲜血渗了进去，扭头就抱着往外冲，"天命在我！天命在我啊！！"

待胡瑞冲出去之后，地上一堆碎石里，满头血的穆战霆爬了出来，一出来就脱力地躺在地上，拉风箱似的喘着气。

"那人……谁？开心什么呢？发疯了吗？"

四周的鬼气终于全数聚拢，一股化神的气息一瞬间掠过又很快隐去。少年人修长的身形从浓雾中露出，睁开眼睛的瞬间，让人恍如见到无尽炼狱中鬼魂哭号的冥河。

"无妨，没有经过试炼的人擅碰山河海冕会被它认为是送上门来的祭品。"他轻舒一口气，全然化为血红色的眼瞳一度有些找不到焦点，甚至有几分混乱。

穆战霆感觉到嵇炀的语气有点儿奇怪，问道："什么祭品，你怎么了？"

刚刚那一场试炼里，穆战霆进入道尊像中后便宛如置身火海，只是那火海并没有烧到他身上，而是全部被嵇炀挡住，他这才知道殷琊之前在幽泉川那一关恐怕也是这么过的。

穆战霆刚想问，便觉得心底一震，不由得半跪下来，道："这是……"

"道尊像在十业山不知孕育了多少年了，大道精华被你拿走，若不马上结婴，恐怕有爆体之危，你回去吧。"

"我知道，可阿颜她怎么办？"

"无妨，我去找她……我得去找她。"

他说完，整个人便消失在原地，只是穆战霆总觉得，嵇炀离开前的目光十分诡异，怎么看都像是饥饿了不知多久的囚徒，正在焦躁不安找他唯一的祭品。

西部劫海。

“……十业山震动不休，犼尊马上便要去那里抵挡即将爆发的鬼潮，这次觉醒仪式恐怕会从简。”

这些金翼玄苍犼并不听她的借口，带着她一飞就是一日一夜。

“这位……狮兄。”

南颜骑着的一头年轻的玄苍犼嗷呜了一阵，南颜勉强听懂他的妖语：“什么狮兄，咱可比狮族高贵多了，叫我犼兄。”

南颜：“好吧犼兄，你了解佛门吗？就是那种吃素、终身不婚不娶修身养性的人族流派。”

年轻的犼兄扇了扇大翅膀飞得更高：“肉那么好吃，为什么要吃素？雌兽那么好看，怎么忍得住不求偶的？人类真是吃饱了撑的。”

南颜道：“没错没错，我就是这种吃饱了撑的人类。是这样的，你看……我如今这个模样，基本上还算是人族的血统，恐怕不能向贵族高攀吧？”

“哦，你是介意这个呀，无妨无妨。”

那犼兄一个翻身直接把南颜扔下去，就在她坠落的时候，犼兄背后金翼伸展，一阵光芒闪烁，直接化作一个狮足金翼的人形青年俯冲下来一把把她捞住背在背上。

“我们可是高阶的妖族，化形而已，谁都会的。”那犼兄一笑，露出一口尖尖的虎牙，“重明鸟比我们可强多了，随便修个二三十年就可以化形了，差不多也就是你这样。不过我还小，才一百多岁，等到了领地，可能抢不过族里的叔伯哥哥们。”

南颜崩溃道：“那我要是谁都相不中呢？”

那犼兄道：“九劫海有九百个族群，你要是看不上犼族的，那我们就帮你出去抢，重明鸟是百鸟至尊，当年妖国覆灭，已经销声匿迹至今，等到觉醒仪式开启，我们就会为你招引你这一脉的先祖为你开启传承。”

南颜立时便是一怔……她这一脉的先祖，那不就是外祖母，妖国的王女，赤帝的妖后？

“听说鹿尊将赤丘山赐给了您，那我们就称您山主好了，这边请，”

“我等虽蜗居山海之间，但也并非不通风物，山主看这兽王殿，是两百年前犼尊抓了个人族的修士打造的。

“还有这赤玉珊瑚辇，也是那修士弄出来的花样，族里的雌兽喜欢，每次结侣大典，犼尊就要送一个，这次给您挑个最大的。”

南颜一路被带进一个单单床榻就足有浴池大的石殿里，总觉得这犼族恐怕是个公多母少的种族，族长成日里为了把同族嫁出去操碎了心，包括八抬大轿在内，一应婚仪都安排得齐齐全全的。

坐在床沿晃了一会儿腿，不一会儿有两只夜蝶妖飞进来送给她一块兽骨，骨头上刻满了妖文。

夜蝶妖抖了抖翅膀，撒下的鳞粉组成几个人族的文字：入夜后先进行血脉觉醒，届时有赤玉珊瑚辇迎接山主。

南颜木然地点了点头，捧着那块兽骨，从须弥戒里翻出一份二哥给的妖族文字古典艰难攻读了半个时辰，终于弄明白了那块兽骨上的内容。

这上面介绍的是妖族的觉醒仪式，妖族的王族血脉有一个特点，不拘于同任何种族结亲，只要诞下的后代身带妖族血脉，便可通过妖族特有的觉醒仪式，将浑身的血脉体质洗涤为这一份血脉同源的种族。

也就是说，通过觉醒仪式，她虽仍可保留人形，却可以将自身觉醒为纯血统重明鸟的体质。

南颜看到这儿，忽然觉得有一丝古怪，连忙取出那件龙主嘱咐她一定要带上的、曾经为她娘准备的嫁衣，双手按上去的瞬间，眼里有了明悟。

辰洲敖氏想来是也有类似的觉醒仪式的，他们知道山海之间的妖族恐怕会带她去做觉醒仪式，这才让她带上了重明鸟相关之物。

龙主也是用心良苦啊……南颜心里虽然感念，但同时也觉得龙主恐怕没料到她会在这里被拖走选婿云云。

眼看着日头都要落了，她就算对着妖兽们讲一万遍清心寡欲的佛理，估摸着也无法度化他们，只能想想办法，看觉醒仪式后，能不能找个法子逃脱。

叹了口气，南颜看了一眼那件朱雀鸣霄裙，放下佛珠，解起了自己的禅衣……

九劫海的西部本是一片荒漠，纵然有金翼玄苍犼的部族聚居在此，平日里也罕有妖族，此时却多了不少妖兽飞掠天空的身影。

“重明鸟！是照耀世间的重明鸟！”

“但愿那位大人能看得上我族的王子……”

“若能得到青眼，我族的后代也能拥有王族的血脉。”

妖族中等级森严，一万年都罕有机会能提升族群的阶位，而妖族王脉中那寥寥几个族群，不是内部通婚，就是与他族通婚后，把后代带回本族去养育，下层的妖族几乎没有机会。

若是能将重明鸟娶回族中，整个族群在妖族的阶位就会直接拔升。

玄苍犼的领地里，夜蝶蹁跹而至，带南颜来到领地的那头犼兄亲自驾了一台赤玉珊瑚辇停在殿前。

“现在是战时，准备得匆忙，只邀集了一百余各族的纯血脉来观礼，我们族中的长老也把觉醒所需的祖灵之物都备齐了，不知山主可准备了吗？”

“已准备好了，有劳。”

殿门徐徐打开，两边的夜蝶本来随意飞舞着，待里面一道如云霞似锦绣的火红身影缓步踏出时，却都纷纷惊怕地卧伏在地上，美丽的翅膀也都紧紧闭合起来。

直到南颜进入了赤玉珊瑚辇内放下竹帘，犼兄才回过神来，抹了一把脸上的冷汗：“可吓死妖了，不愧是妖族的太阳，有翅膀的都怕了……”

赤玉珊瑚辇徐徐穿过大半个玄苍犼的领地，南颜在车里闭目养神，外放五识，随着妖气渐重，她听到了五六十种不同妖兽的叫声。

不知过了多久，辇车仿佛被带到一个高台之上，南颜微微疑惑，问道：“我不需要露个脸吗？”

前面负责驾车的犼兄悄悄对她道：“有些低阶的种族，还没有资格直接面见王脉，山主不必下车，开灵时，这赤玉珊瑚辇对稳住山主的心神也有所助益。”

“多谢。”

赤玉珊瑚辇在一处高台上停下，南颜透过珠帘，看到面前不远处，一只从未见过的奇鸟落在车头，这鸟儿雁颈绿身，引吭高歌一声，四下俱静。

一头领地里最年长的玄苍犼长啸一声，所有生灵都听得懂的妖文回荡开来——

“有鸟似凤，为孽者四。

“一曰发明，东方总青。

“二曰鹔鹴，西方总白。

“三曰焦明，南方总赤。

“四曰幽昌，北方总黑。

“中央凤皇，赐灵重明。”

仿佛十万大山的远方，传来一声清越的鸣声，穿云破霄般回荡天地，随后那四方神鸟化作青白赤黑四色火焰，最后凝聚为一只金色的重明鸟，长鸣一声，冲入赤玉珊瑚辇内。

重！明！

南颜只觉眼前火光一闪，随后一个温柔而悲伤的女声在耳边响起：“吾名丹楹，汝，可为吾族后裔？”

南颜感到有什么东西在体内燃烧起来，使得她浑身的血液宛如沸腾了一般。

“是！我名南颜，是南娆的女儿！”

丹楹的声音仿佛沉在某种极端痛苦的深渊里，喃喃重复：“娆儿……她还好吗？”

“她不好！她被害死了！”南颜掐紧了掌心，冷静下来道，“外祖母，我这里唤您一声外祖母，您如果有灵，告诉我，我要怎么做，才能把我娘找回来？”

丹楹那边一阵漫长的沉默，最后苦笑着答道：“我这里，是重明一族归墟之地，娆儿受南决云庇佑，魂魄不会与妖族同归……重明一族承凤凰遗脉，可浴火重生，他日你若夺回那颗妖心，以重明血脉祭炼，她魂魄会自然回归，届时你可亲手送她平安入轮回转生，百年之后，她或可回归前世记忆……”

有……希望？

“孩子，吾将重明一族一切传承给你，望自珍重。”

“外祖母！”在丹楹的声音消失前，南颜不由得叫住她，“外祖……赤帝可能陨落了，您知道吗？”

丹楹无喜无悲道：“……那年赤水之滨，我救护他半载，岂料两族对垒，他屠我家国、灭我全族……他说要补偿我，把世上的一切都给我，可后来世事变迁，没想到最后……他终究是把命还给我了。”

“您恨他吗？”

“爱恨无怨尤，我同他都累了，但愿孩子们能找到自己的所爱。”

赤玉珊瑚辇外，诸族的大妖目光火热地看着车里隐约透出的人影。

“你们感应到了吗？她的妖血越来越纯粹了！”

“听说这位山主排斥妖形，我已经努力变作人形了，不知山主能不能选中我？”

“原本是没什么希望的，不过好在天狐族的妖孽没有被封在山海之间，我等还有希望。”

赤玉珊瑚辇外，一头巨大的重明鸟虚像正在成形，双翅展动的刹那，金色的翎羽漫天飞舞，宛若神明的恩泽般散入涌上来的妖群中。

“快看！涅槃之像！血脉觉醒时散出的翎羽，会找一个最适合她的伴侣，快抢！”

几百头大妖闻声而动，互相推搡着去抓那翎羽，碰到的瞬间，翎羽便融入妖体之内。

“这翎羽……是重明一族的传承恩泽！我的血脉增强了！”

大妖们更加疯狂，更有甚者妄图直接摸上赤玉珊瑚辇，旁边镇场的金翼玄苍犼不满地大吼一声刚要击散妖群，忽然抬头看向夜空。

“哪里来的鬼族！胆敢直接进犯我西部劫海腹地！！”

本是星穹浩渺的夜空，转眼间月掩星沉，大地陷入一片沉暗，浓云卷雾里，无数条锁链从天而降，直接卷住赤玉珊瑚辇。

“大胆！保护重明王脉！！”玄苍犼们齐齐而动，冲入浓云里，刹那间恶鬼的咆哮与兽类的怒吼融在一处。

而年轻的大妖们本来蠢蠢欲动，但忽然有大妖怪叫一声：“你是谁？怎么出现在这里的？！”

赤玉珊瑚辇上忽然斜坐了一个人，同周围的妖兽千奇百怪的化形不同，这是一个极为修雅的人族，他突兀地出现后，抬手一指，云层中的锁链应声而动，直接将所有年轻的大妖吊了起来。

被捆得难以挣脱的大妖咆哮道：“此地又没有灵气井，你来这里破坏妖族的觉醒仪式有什么好处？！”

“我做得不够明显吗？”不速之客双手微抬，身后血河泼天而落，“抢亲。”

车外的乱象南颜是听不到的，此刻她正沉浸在一片百鸟本源之声的奇境中，恍然觉得自己生出了一对翅膀，自由翱翔于九天之上。

吾名重明，承凤皇诏，制御百鸟，为妖之尊。

沸腾的妖血收敛，南颜感到自己的佛元对洗涤后的妖血并不排斥，而是仿佛正好为它而生一般，坚定温柔地保护在妖族的血脉之外，这倒是让她有些不解。

待五识收束，南颜睁开眼刚要开口询问，却发现车外的动静有点儿奇怪。

——为什么这么安静？

南颜刚想挑开车帘，便听到极近的地方，传来一声指节叩击玉璧的轻响。

这里不是玄苍犼的领地，这里是……我什么时候被送到别的地方去的？

车外的人大约是感觉到她醒了，修长的指尖沿着车辇的辕轴一寸寸抚过去，低哑的声调里，仿佛隐忍着一种强烈的不快。

“不出来透透气吗？”

听到这声音，南颜一半放心下来，一半又觉得疑惑，挑开车帘后，四目相对，她忽然有了一种不祥的预感。

“你……”

嵇炀伸出手，看样子是极富风度地要接她下辇，待她迟疑着把手搭上去之后，他却突然发力把南颜往下一带，将她整个人抵在一旁的树上。

她看见对方的视线从她的面庞逐渐扫向她身上穿着的赤红衣衫，那原本清雅秀致的少年面庞，逐渐浮现出一种欲壑难填的神色。

“我现在，满心满眼的，都是秽恶之想，你要不要……现在就度我？”

南无阿弥陀佛……

“有道是地狱不空，地藏不成佛，恶鬼欲妄渎佛心，不知佛者何以度恶鬼？”

南无阿弥陀佛……

“我问倒佛者了吗？为何不说话？或是说，佛者脱下了袈裟，便再不愿布施我往向极乐世界之乐了？”

南无……

常年熟练在心的佛经此刻如受天魔扰心，竟一个字也想不起来，南颜抬眸间，并没有刻意躲闪，抵得极近的灼热呼吸间，她低低叫了一声：“少苍，你被鬼气侵蚀了。”

“鬼气侵蚀再疼，总归没有把你弄丢了难受。”

他心志之坚南颜是知道的，便是此时，眼里也仍带着一丝隐约的克制，视线从她的眉梢落在淡粉色的唇上，便停住了。

“有些事总是要从男人先开始的对吗？”凝视半晌，他忽然问道。

若换了他人，这般冒犯是万万不能的，可……有时候连她自己也无法否认……她的心已经超过了佛者最底线的戒律，胸腔里有什么东西开始鼓噪起来。

南颜磕磕绊绊地想着，下意识地想找佛珠，却记起自己把佛珠放起来了。

“冒犯了。”

南颜没有动，也没有推拒，唯有刚刚才抽出来的佛珠啪一声滚落在地上。

起初是一个试探般的贴近，随后很快便放下了固守了多年的矜持。他好像有一些生疏，但绝不会被南颜抓到，总是在她醒悟过来前便熟练起来。

每一分勾缠的唇舌，每一寸相抵的呼吸，都好像在说一句话——恶鬼在向她求布施呢。

南颜混混沌沌地想了很多，她幼时学读书写字时，对少苍是敬畏而憧憬的，长大后，又是迷茫而复杂的。树梢上的风声走了三道，南颜听得见夜虫在草叶中爬行，听得见远处的细流渗过岩石，可这些声音都渐渐在灼热的纠缠里蒸发、燃烧，最后只听得见彼此心跳的声音。

直到她的嗓子里发出了细细的呜声，嵇炀才堪堪放开她，但仍不愿远离，扶着她的脖颈，轻轻舔吻着已由淡粉色过渡为胭脂色的双唇，余下的手指顺着修长的脖颈探入衣领里，缓慢而坚定地拨开重叠的火红嫁衣。

待她露出半个圆润如玉的肩膀后，南颜握住了他的手：“你今天是一定要坏我的修行吗？”

“自毁魂血，好意思说是我坏你修行？你若不愿，封我元神鬼气，我不会反抗。”

他是抱着某种鱼死网破的莽撞心态做的，这句话说出来后，却感到怀里一直都紧张而僵硬的身子缓缓放松下来，甚至于主动抱上他的肩膀。

“阿颜？”

南颜低头看着他，鸦色的长发披散在身侧，细语喃喃道："出家人戒酒色，可出家人亦忌不诚。"

她说着，指了指他的心口，又指了指自己的，轻轻笑了起来。

——她心里爱重他，不敢说，不可说。

嵇炀将耳朵贴在她的心口上细听，那声音温暖而有力，他闭目任情潮稍退，方道："那你为什么不还俗？"

南颜示意他放自己下来，道："到时候我会告诉你的。"

"为什么不是现在？"嵇炀见她笑笑不答话，又极其不甘心地咬住她的唇，很是厮磨了许久，道，"我应该不是第一次放过你了……嗯？"

嵇炀意外地发觉自己没有用力，南颜却也没松手，而是搂着他的脖颈，埋首在他肩窝里，浑身上下开始不正常地发热。

红色的嫁衣曳地轻摇，绝美的凤凰纹印一丝一缕地散出金红色的微光，顺着她的足踝、膝弯……乃至于合身上下的经络渗入进去。

"……我好像有点儿怪怪的。"

他看到南颜一脸茫然地揪着他肩上的衣料，从双颊到脖颈，乃至于锁骨下都蔓延出一种淡淡的粉霞色，平日里恬淡的双眼也开始变得水雾迷离。

嵇炀略一思索便恍然——对于提前开启觉醒仪式的幼鸟而言，洗涤血脉的同时，妖族特有的发情期也会随之到来，如果她还在玄苍犼的领地，那些高阶的妖兽自然会帮她压制，然后任她挑选心仪的对象。

但是这里是九劫海一处无人的花谷，唯有闪烁着荧光的草海与白玉般的异木凝视着他们——他抢得可真是时候。

一缕微凉的发丝从指间落下，嵇炀将她抱得更高一些，低头咬住，露出浅杏色抹胸的一角，然后抬眸带着几分渴求看着她，若是忽视那双血红色的不祥双眼，这张秀致得甚至带着几分禁欲风骨的脸可以称得上无害。

他模模糊糊地低声道："……要记得，我做了你度过的众生里，最为罪不可赦的那个。"

次日天亮后，一头散发着银白光芒的小九色鹿出现在这片荒芜的林间，一路猫着腰躲过四下不祥的鬼气镇守，悄悄溜进了树林正中央。

不多时，小鹿便看到了此次的目标——一棵玉树下，一张临时铺就的玉榻上，安静沉睡着一个穿着素白禅衣的女子。

小鹿兴冲冲地蹭过去，用刚刚冒头的小角拱着她的腰窝，硬生生把她拱醒后，呜呜叫起来。

南颜好久没有宛如凡人般沉睡得这般久了，睁开眼先是觉得一身的酸痛，随后昨夜的种种不受控制地涌入脑海。

低喘的面庞、贴在颊边浸湿的发丝、起伏不定的蝴蝶骨……

而且，这全部的对象，是个面貌上只有十六七岁的少年人。

背德啊，罪过啊。

南颜把脸埋在玉榻上，缓缓攥起拳头砸了好几下，转头看着在身边蹦跶的小九色鹿，道："你高兴什么？妖族不和十业山打了？"

小九色鹿呦呦叫了两声，张口吐出一束微光，微光里传出鹿尊的声音："……时间紧，吾便长话短说，两天前十业山巅崩毁，塌陷出一条空间裂缝，灵气即将崩泻，吾已联络到九劫海万妖，要不了多久，整座九劫海就会被界位失衡之力所引冲入人界。"

南颜登时面色肃然起来："那会不会对人界……"

"不必慌张。"鹿尊的声音听上去甚至有两分轻松，"原本以为十业山和九劫海的结局会是你死我活，或者一起崩毁，如今有机会到达更为稳定的人界，吾族族裔活下来的会更多了。"

南颜一阵沉默，看着仙气蒙蒙宛如仙界才有的小九色鹿，不由得想起了她的舅母姣娘，忧道："可人界中，修士如日中天，我纵然不站在修士的角度上考虑，也不得不提前告知……若九劫海移入人界，妖族就不必说了，单那几口灵气井，必会导致更为惨烈的战事爆发。"

鹿尊道："吾早已知晓，会尽力联合各方尊主多作筹备，最好可以联络上流落在人界的妖国后裔，只要立住跟脚，我们愿意同人族周旋，分享灵气井。"

南颜不禁想起殷琊，他也是妖族王脉，之前一路走来都是为了救出天狐族一脉，但天狐族就算救出来了也是独力难撑，不如到时候同九劫海的这些妖族合并为一股势力，他们出身高贵，对寻常人族的血肉不感兴趣，也不至于像一些孽妖一般作乱。只要运作得好，就可以在人界寻一块落脚之地。

只是殷琊一去不返，南颜如今已不知道他在做什么，是以也不敢乱承诺什么，而此时鹿尊仿佛察觉了什么，温柔的女声带笑："你终于抓到合适的伴侣了吗？"

南颜："……您是怎么看出来的？"

"你身下这块净尘玉是罕见的稀世珍宝，不放着修行，只拿来给你小憩，和吾当年与夫人初初结侣时一样，只想拣着世上最好的东西给她。"

幸好四下无人，南颜的脸腾一下红起来，但品品这句话，总觉得有哪点不对："您说您和您……夫人？"

鹿尊："是啊，吾是两个孩子的父亲。"

南颜："……可您这个温婉的女子声音……"

鹿尊慈爱道："当然是为了骗你们这些年轻的人族呀。"

哦，这头女神音的鹿尊，原来……是公的。

小九色鹿也是咯咯地笑了一阵，南颜微微着恼前，小九色鹿忽然蹦了起来，仿佛遇到了什么极其恐怖的东西，闪电般跑进了密林深处。

南颜一头雾水地看着那小鹿奔逃，百思不得其解时，身后有人拢抱而来，身形感觉起来倒是比昨夜稍长一些，已有三分青年的模样。

"昨夜阿颜叫得厉害，抱怨了半宿我这年少的原身……这是鬼气尚未凝练之故，我原本想趁着你休息时去炼化炼化，没想到你这么早就醒了。"耳边响起的声音带着一种显而易见的欢悦。

南颜磕磕巴巴道："你、我……我们昨天晚上……"

嵇炀温文尔雅道："昨夜雨疏风骤，我不好装作无事发生，你若过意不去，我们将母亲带出来后，三叩天地以告如何？"

南颜这一次没有反驳，唉声叹气地把佛珠塞起来，心想这下回愁山院恐怕要挨板子了，将诸天佛祖都告罪了个遍，才转过头去看嵇炀如今的模样。

这是一张极容易夺去人心神的面容，若非看着的是她，他的神情该是带着一种与生俱来的金贵与清冷，倒是像她初见时，虽可与陌生人随意畅谈，但笑容下却是拒人于千里之外。

这么一晃神，南颜又反应过来，发现自己的灵力已恢复饱满，而魂力也不再虚软无力，道："刚刚鹿尊那些话你怎么看？"

嵇炀抵着她的额头，垂眸道："伴侣的那些吗？"

"……九劫海入人界的那些。"

嵇炀嗯了一声，似是不太在意这些波折一般，十指扣紧了南颜的手背，道："外族想在修界定居是大事，有发言权的无非是上洲那些人，如今辰巳两洲刚休战，只要九劫海愿意割舍一些灵气井，这件事就有商谈的余地。"

"这么简单？"

嵇炀道："你可别忘了，山海禁决是为了什么而存在的，这种事，帝君的决策才是最关键的。"

南颜恍然："我没注意，你们最后在那大殿里到底决没决出最后的胜者？"

嵇炀："嗯？我没说过吗？战霆文武双全，实乃天命之子，我再从中作梗，这山河海冕非他莫属。"

南颜："……"

道生天。

接引山海禁决试炼者的广场上，四面都是密密麻麻的人群，好似正在争执些什么，其中最明显的是一些天骄父母的怒斥——

“我等也不是刻意寻道生天麻烦，只是我家弟子的命牌碎得太多，同几位道友核实了一下，这么多人进去，不到三个月，便死了六成。往届虽有损伤，但也不至于惨痛至此，我等敬重你为上师，只是想问一句——这秘境里当真没有什么别的秘密？”

那六御上师顿了顿手中的拐杖，道：“道生天素来以诚待人，以哺育英才为己任，天骄陨落，我等也甚为痛心，只是秘境探索，古往今来都是以命炼胆之事，诸位既然认定这些天骄的死伤与我道生天有关，不妨让他们自己来当面说清楚个中详情。”

六御上师此言一出，那些从山海之间提前传送出来的年轻修士心中震怖，一个个不敢言语。

山海之间有个长得像道尊的鬼物四处杀戮吞吃修士，这种事谁说出来，没有切实的证据在手，便是对道生天的大不敬。

莫说他们自己，他们背后的部洲都不敢揭开这层窗户纸。

六御上师见四下静肃，负手道：“山海禁决迄今已有数百年，历代帝君英灵供奉于溟泉大殿上，绝无背后操手之事，谁若有质疑，自可上前一论。”

此时，云念推开一直拦着他的同修，上前道：“上师前辈，本来秘境之中生死有命，晚辈不该多言，可晚辈与众位道友，却看见山海之间中，该看守山河海冕的十业山之巅的怪物，竟与……竟生作道尊模样，而且凶戾异常宛如妖魔，以至于同修门人惨死，请上师给一个说法！”

四下一静，六御上师苍老的面容冷漠下来：“放肆，我道生天道尊清圣无比，岂能与妖魔作论？”

申洲的其他修士连忙劝道：“云念你快别说了，这可是大不敬。”

云念一咬牙，道：“我等纵然不是天纵奇才，也晓得什么是幻境，那道尊模样的妖魔，之所以让我等死伤惨重，乃是因为其可以引动我等大道共鸣……至少是在道生天允许的那些大道中，同修们在那石像前几无反抗之力。”

世间有四十九条大道，道生天可教授绝大多数，此外，只有寅洲、卯洲、辰洲寥寥数家因为同为伐界六尊出身，各自保有独家的道统。

也就是说，除了这几家外，只要修有道生天认可的大道的修士，都受到了那尊道尊像的影响。

四下倏然投来的惊惧目光中，六御上师忽然浮起一丝笑意：“原来如此，其实往届的山海禁决中，修士们也各有奇遇，吾宗的行徵师侄应该知道，上届的山海禁决里，最终的幻象中，孩子们甚至看到了玄宰的虚影，这都是鬼物为了迷惑修士之心而刻意为之，与我等并无关系，师侄，你说是吗？”

人群那头的墨行徵一脱身便回了道生天去找寻应则唯，但门人皆言，玄宰听闻未洲的天鞘峰下，鬼渊闹动，已动身去了未洲，需三五日才得以回归，实在无法，只能稍做了些他能做的准备，便日日来广场上等待活着的人归来。

——你回道生天之后，什么都别说，什么都别问，问了就是在害我们。

墨行徵不敢托大，虽然道尊石像撕咬修士尸体的画面还在眼前徘徊，但仍是尽量压抑住心底的崩溃，道：“的确如此，鬼物通晓幻象，以此迷惑修士，并不少见。”

云念皱眉道：“墨师兄，连你也——”

六御上师心里知道山海禁决的真相，但应则唯回来之前，事态再发展下去恐怕不好控制，便道：“不过既然众人心有疑虑，慎重起见，老夫便会与门中长老一道暂时封锁山海之间的通道，以免你们所言的妖魔发现通往人界的虚空界位。”

他这么一说，周围便炸锅了：“可我们的门人还在里面！”

墨行徵也连忙道：“上师，内中少说还有十余名天骄未出来，直接封锁空间，是不是太……”

六御上师怪异地看了他一眼，道：“诸位放心，只要还戴着发下的玉戒，待我等联手发动阵法确认其中情况后，自然会接试炼者回来。”

墨行徵又道：“可这次帝君之位尚未决出，上师这么做会不会有失偏颇？”

他越这么说，六御上师越觉得古怪，刚通知了其他上师询问是不是要强行封锁时，忽然半面天穹骤然阴下来，一个冷冽的声音响起——

“本座家的崽子还没出来，谁要封锁山海禁决的通道？”

片刻后一阵昊光闪过，当眼前出现道生天的广场时，胡瑞惴惴不安的心终于放到了心底。

他已经想到了接下来，他会加冕为帝，会在族人、仇敌、天下人面前宣告——他胡瑞，脚踏众天骄，从一众强豪手中抢到了山河海冕！

果不其然，传送阵的光很快吸引了广场上其他人的目光。

“哎你们看！那不是穆战霆吗？！他竟然活着出来了！他怀里的莫非……莫非是……”

远远地，一个苍老而略有些慌乱的声音道：“龙主，老夫可没必要诓骗你，帝君试炼乃是你等当年与玄宰共同设立的，几百年来从来无错，这回也一样。”

所有人让开一条通道，胡瑞顶着一张穆战霆的脸，本来就心里发虚，搂紧了怀里的山河海冕，刚要大声说出他胡爷的大名，便看见人群尽头敖广寒那张寒霜似的脸。

“就你一个人？”

辰洲龙主的戾气，天底下都是有名的，脾气上来，亲传弟子也往死里打。

胡瑞一对上他杀人的目光，刚刚所有的豪气顿时泄了个干净，吓得两股战战，嘴唇发抖道：“我、我得了山河海冕，我……”

敖广寒一脸铁青道：“老子问你，就你一个人出来的吗？”

胡瑞整个人都不好了，战战兢兢道：“那、那十业山都快塌了，我、我可是千辛万苦才逃出来的。”

那六御上师道：“龙主，既然是辰洲帝子夺得魁首，我看就按照往届的典仪，速速加冕定下封号，我等还要查探山海禁决里出了什么状况——”

“等等。”

敖广寒的瞳仁如龙般竖成一线，抬手隔空一抓，直接把胡瑞整个人揪住领口提起来：“你是谁？”

胡瑞本就没想瞒得过化神修士，趁还没有被勒死，连忙大叫：“我是申洲修士胡瑞！山河海冕在我这儿！这次山海禁决是我夺魁！”

周围的人诧异地看着他，敖广寒皱眉间，元力一散，一巴掌扇过去，直接震碎胡瑞体外的虫壳伪装，露出他一张被虫子寄生后的脸，吓得所有人退后一步，有脾胃不适者当场便呕出声：“这是什么妖怪？！我可不愿认这人为修界共主！”

道生天的人脸色也不大好看，六御上师道：“哦，原来是申洲修士，看起来也算是个名门后人……这形貌，怕是秘境里遇上什么险境了，后期让药师治治便是，龙主可否将未来的帝君放下了？”

得到声援，胡瑞终于找回半分自信，急忙道：“对！我是修界帝君，虽然你是辰洲之主，但这么掐着我于礼不合！”

敖广寒盯视了他半晌，忽然嗤笑一声，把胡瑞甩在地上道：“上师老眼昏花了吗？山河海冕未与之共鸣，这人只是捡了出来而已，根本就没有通过山河海冕的试炼。说，你是怎么变成我徒弟模样的？”

胡瑞慌了，抱紧了怀里的山河海冕道：“什么叫没通过试炼？！我拿到了山河海冕它就是我的！我就是名正言顺的修界帝君，你家帝子没本事，再纠缠就是输不起！”

六御上师嘴角微微抽搐，他也没想到会是这么个人得到了山河海冕，正要劝说敖广寒息怒时，胡瑞忽然整个人不自然地颤抖起来，浑身的皮肤骤然崩裂开来，随后所有的血、肉、骨头开始脱离他的身体。

“不、不……”

众目睽睽下，他怀里的山河海冕竟宛如极其凶恶的怪物一般，直接将胡瑞的血肉骨依次吸纳入其中。

“……龙主说的对，没有经过山河海冕认可，便是这种下场。”六御上师叹了口气，道，“可真正的帝君又是谁呢？”

此时旁边的传送阵光芒再次亮了起来，同时山河海冕自动飞起，落在一个冲出的人影头上。

“谁说老子输不起？谁？”

真正的穆战霆走出阵法，第一个反应就是探头回去看了看传送阵里有没有其他人，随后扶了扶脑袋上的帝冠，才发现周围都是人，尤其是敖广寒，看见他自己背后就是一凉。

“龙……龙主，你来接我回去的吗？”

敖广寒的神识直接如泰山压顶般咣一下砸在他脑海里：“滚，老子管你去死，南颜呢？”

穆战霆：“……嗯，我看到她了，最后好像是和宋逐走了吧。”

敖广寒直接把穆战霆抓到跟前，森然道：“宋逐比你还先回来，南颜怎么没回来？！”

穆战霆吓得连忙确认了一下南颜的命玉，松了口气道：“没事，老三在那里看着呢，应该不会有什么不长眼的打她的主意的。”

敖广寒：“要是有呢？”

穆战霆：“不可能，老三靠谱着呢，我和阿颜小时候读书写字都是他教的，若他陪着都能出事，我把脑壳掀开给你下酒。”

六御上师盯着穆战霆头上的帝冠，隐约觉得哪里奇怪，不过仍是表面上维持了淡然道：“既然山河海冕自行认主，老夫看不如先按规矩定个封号？”

敖广寒松开穆战霆的脖子，仍是皱眉看着传送阵，此时辰洲的人送来一只玉符，道：“龙主，刚刚未洲的孟前辈送来一封信，说是有重要之事想与您商量。”

“什么事？”

“属下看了看，好像是说提亲云云……”

敖广寒：“嗯？”

这边厢穆战霆被一群人簇拥着到了一个传送阵前，一个模样严肃的中年修士拿着一本玉册走到他面前。

“属下乃是正法殿司册，大典需要一两日筹备，请帝君定下封号，好让我等准备后续的典仪。”

穆战霆云里雾里道：“什么封号？”

那正法殿司册面无表情道：“历代帝君皆有封号，我道生天的弟子若得帝君，是由宗主所赐，以示尊师重道。不过帝君既然是龙主的爱徒，由龙主赐下也是可以的。”

哦哦这就是传说中的……

穆战霆好歹没有辜负辰洲的父老乡亲对自己的期待，挣脱众人跑回去找不知道为什么握着一枚玉符双手发抖的敖广寒。

“龙主，这个封号，从你封我为帝子的时候，我就朝思暮想。”穆战霆满心欢喜，“你这么忙肯定想不起来，依我看，就封我为文曲星君吧。”

敖广寒：“……”

天空中骤然雷鸣电闪，一道白电劈过天空，敖广寒神情极其可怕地回过头来，手里的鞭子已经抽了出来……

旁边同来的辰洲长老连忙抱住他：“哎龙主别冲动啊，这可是封帝大典！帝君还有伤，你这一鞭子下去他受不住呀！”

“老子今天！就要除了这个文曲昏君以谢天下！”

别人家结婴的时候，要千方百计地压下心魔才能破丹成婴，南颜这边倒好，心魔就在眼前，打也不是，骂也不是，让人无可奈何。

“……一切法智神通，以得法智通故，善能演说无碍法门，兴布法云，降注法雨，以众妙音，开示悟入，使获清净解脱。知其三千大千世界众生心无差别，如一世界，是为十通，通则清，清则明心见性，是为佛法结婴。”嵇炀将他所知的佛门大道结婴之法娓娓道来，看南颜目光诡异，不得不暂且休止，道，“阿颜，为什么你的眼神充满了不信任？”

南颜盘膝而坐，无论如何也无法入定，面无表情道：“贫尼只是觉得佛门至理从冥府狱主口中说出来，有些古怪而已。”

嵇炀尔雅道：“你我鬼佛相克，本就生情不易，何况佛道最易被红尘扰心，我不想你在结婴时受伤，故而喋喋至斯。”

若是不看他那双让人心惊胆战的血眸，就这副文雅贤惠的模样，好似受委屈的是他似的。

南颜：“……你都说不想让我红尘扰心了，劳烦你在我结婴期间退到五十里外。”

嵇炀：“好吧，只是我仍想多说一句，若你心魔关难过，当退则退，勿要伤了根本。”

南颜："你怎么就知道我一定过不了心魔关呢？"

嵇炀伸手把她鬓角的发丝捋了捋，道："我怕你心不诚。"

南颜不由得想起那天晚上一时脑热说了一句心不诚云云，让他拿捏住了话柄，沉默了许久，道："你若是想着法子拦我，大可不必，结婴之后，我总是要回去道生天的……我娘在那里。"

嵇炀合目轻叹："……他们不会放过你这颗佛骨禅心，我不容你有失。"

南颜摇了摇头道："你能保护我多久？就算我结了元婴，成了化神，就能在你那师尊手下偷生了？"

不入五衰，在应则唯面前终究是蝼蚁。

嵇炀一开始就清楚这一节，而他同南颜之间的一切，应则唯看在眼里，不可能不知道。

"我想去找我的……我的父亲。"南颜定定地看着他，"你认识他，是吗？"

对视半晌，嵇炀意识到南颜已经恢复了他所封印的那段记忆，方道："是，凡洲秽谷，那年你我别离之地，我见过寂明……"

月上梢头，南颜支开嵇炀，让纷乱的心绪在禅言里平静下来。

秽谷数年一开，每次开启，都会有黑色的玉简流落出去……这玉简无人可解，偏偏她解了，而且解出来一部惊世骇俗的《七佛造业书》。

《七佛造业书》，常人看一眼便觉得是魔道功法，只有身怀佛骨禅心之人，才能在这样的凶煞之力下稳住心性而修炼。

那些黑色的玉简是刻意流出来……换言之，是寂明在找她。

南颜的脑海里浮现了那一年在秽谷，她获得《七佛造业书·涤罪篇》时，曾有一个悲伤的人影在眼前晃过，一时间她心乱如麻。

"父亲……"细细咀嚼这两个字，她此时实在是没有结婴的心情，索性在这一片静悄悄的树林里信步走动起来。

方圆数里内，所有的妖兽都因惧怕鬼气自行散离，本该是一片静谧，南颜随意走了半个时辰，却隐隐听见一阵异动。

按理说除了她和嵇炀，所有的修士都该传送回道生天了，怎还会有人流落？南颜收敛气息，循声走去，只见不远处一株巨树的树洞里，传来熟悉的呜咽声。

"厉绵？"

南颜感到树洞里灵气混杂，绕过去往树洞里一看，便诧异地发现厉绵浑身上下皮肤皲裂，血液几乎流干，模样极其骇人。

"救……救救我……"厉绵已经说不出一句完整的话，手指抠挠着旁边的树壁。

南颜盯着她的手指的动作，片刻后，躬身叹道：“也是可怜人……”

说着，她蹲下来，取出一枚枚丹药放进厉绵口中，随后双手画出一道道疗愈的符文，用修自愁山院的佛门灵力缓缓注入厉绵的体内。

而就在她的灵力输入不到一半时，本来奄奄一息的厉绵忽然睁开眼睛，手指快如闪电地扬出一蓬紫雾，瞬间笼罩南颜。

“你……”南颜只来得及说了一个字，便闭上眼倒在厉绵身上。

同时，树洞外，一道大笑响起：“妹妹做得好，为兄只要她这个人，她的灵力妹妹自可拿去。”

厉绵坐起身来，身上的皮肤一一愈合，她将南颜放平，看见她一身嫁衣如火，微微挑眉道：“哥哥，这女人身世复杂，你确定要招惹？”

树洞外的厉迟一躬身走了进来，他也是第一次瞧见南颜一身的炽烈艳色，不由得一痴：“是……是这副模样，是这张脸……和南芳主可真像。”

厉绵冷冷地盯着厉迟，走出树洞道：“那哥哥慢慢享用，可别辜负了我给的缠情花。”

说完，她便提起裙摆，一瘸一拐地离开了，留下厉迟痴痴地看着昏迷不醒的南颜。半晌后，他好似欣赏够了，伸手欲碰她，可刚刚沾到那件朱雀鸣霄裙，指尖便如受烈火灼烧，不得不缩了回来。

“咝……这嫁衣是什么宝物？”

有些法衣会自动防备生人，除非主人允许，否则外人想碰，也需得先动手。

厉迟冷笑一声，取出一朵散发着粉色光雾的奇花，他先是深嗅了一口，随后便把这朵花放在南颜眉间。

“这奇物放眼天底下，也罕有几株，可夺人心神，使人终生为一人所执迷……此女精修佛道，本就沾不得情障，这缠情花一旦沾身，此后她的修为只能止步结丹。”

果然那朵缠情花很快化作一枚小小的花印烙在南颜眉心，她徐徐睁开眼，坐起身来。

“你想让我做什么？”她眼神茫然地问道。

厉迟大喜：“你先把这劳什子嫁衣脱了！”

南颜点了点头，手刚搭上衣带，又停下来道：“你颈上那项链……我害怕。”

厉迟刚一皱眉，外面的厉绵道：“哥哥，你带着父侯的神识寄体如何办事？她可是佛修，敏感得很呢。”

厉迟焦躁地把项链一扯扔出去：“绵儿，给我望风，我受那家伙这么多气，总要拿点儿报酬，今天我要定这女人了。”

南颜好似终于满意了，右手放进怀里，抬头道："你转过去，我给你看个好东西。"

厉迟："哦？是什么？"

南颜忽然笑了一下，随后眼里的茫然彻底退去，抽出佛珠，直接毫不留情地一招直点厉迟后颈。

"给我六根清净！！"

这一招几乎是南颜结丹期最狠的招式，当即砰砰数声响，厉迟身上的防护层层崩碎，无匹佛力宛如金锥般直接钉进他后颈的大椎里。

"绵儿，杀了她！"厉迟神色狰狞地暴退数步，刚要命令厉绵动手，转身却见一道大镰迎面落下，镰刃上映出厉绵充满报复欲的大笑。

"好哥哥，巳洲就让妹妹收下吧！"

南颜走出树洞时，已是一地血花，她神色淡淡地看着厉绵一步步吸走厉迟所有的血肉和金丹，一身的邪道气息隐隐有结丹的征兆，无喜无悲道："虽与我无关，可作为出家人，仍是想问——你们当真到了彼此蚕食方能求存的地步吗？"

厉绵好似餍足了一般，取出一只香袋，十分小心地把地上残余的骨骸一一捡起，脸上笑得扭曲："哥哥可是很疼我的，从小，我要什么，他就给我什么……那时候我多病，不喜欢喂药的侍女，哥哥就让人把侍女的手指一根根切给我玩儿……"

南颜轻轻扯了扯嘴角，手里的佛珠徐徐转动道："你也并非无辜，怎知道厉迟死后，我不会杀你呢？"

"你不会，这修界的规矩和凡洲一样，只要是有名有姓有来历的人，总有弱点。"吸饱了精血的厉绵，面容重新变得艳若桃李，她将放了骨骸的香袋轻轻扎好系在腰间，抚摸着自己光滑如初的面颊，道，"而你们这些正道修士最讨人喜欢的一点，就是只要我这样的人还有用，你们总会有理由宽赦我。"

南颜："愿闻其详。"

厉绵冷笑一声道："当时在幽泉川我看得清清楚楚的……你身上有佛骨禅心，这心一旦被触动，就会散发一股特殊的佛气。等我们出去之后，道生天的人不会放过你，诸洲的大能你虽可以投靠，但你也不能保证各洲没有道生天的细作在，唯一的办法就是去凡洲。"

南颜道："所以你想拿什么买命？"

"通往凡洲的鲸舟，可不是辰洲垄断，没人想得到，你竟会搭乘邪道的鲸舟离开上洲吧。"

五日后，嵇炀拂退一头前来禀告十业山空间裂缝进一步扩大云云的恶鬼，返身回到南颜所在的那片树海里。

他本只想远远看上一眼，没想到很快便看到一股灵气暴升，树海中央，一座金色的千手观音菩萨像光影凝实，神态庄严，手上持有的法器越来越多，尤其是其中的莲花、金刚杵、拂尘，仿佛受诸佛青睐一般，周围的鬼气见之望风而退。

很快，这里的鬼物就只剩下他一个。

——她终究还是放不下的。

随着周围空间的挤压传来，嵇炀知道这片山海之间即将把南颜强制传送走，便提步走去，拨开一丛枯朽的树枝，一眼便看见南颜一身红衣盘坐在一块青石上，他尚未来得及出声，便见脚边滚来一个圆嘟嘟、胖乎乎的元婴。

这元婴只有巴掌大的一小团，胖得见眉不见眼的，脖子上缠着一条长长的佛珠，一脸委屈地蹭着他的衣角。

嵇炀半跪下来，他是半鬼之身，倒不至于让元婴直接穿体而过，待伸手让那小小的元婴爬上掌心，温暖的感觉让他不由得回想起过去。

“和小时候倒是一模一样的……”

南颜的元婴张了张嘴，但好似是因为刚凝形，灵气未通还说不了话，不知道在焦急什么，只能可怜巴巴地看着嵇炀。

嵇炀用双手虚虚拢着她，坐到南颜身边，道：“可惜你这些年清减了，如今看来倒是你的元婴可爱些。你既已结婴，这山海之间便已容不下，我就陪你回道生天……嗯？你额心这是什么花？”

南颜的元婴瞬间暴躁起来，疯狂地滚动身子想阻止他，却不想嵇炀已经点上南颜本体额心的花印，刹那间花印如微光迅速渗入嵇炀体内。

花印离开南颜的同时，元婴迅速归体，猛然一睁眼，连忙对嵇炀道：“这是那什么劳什子缠情花，谁碰谁心智失常，你若感觉到什么快逼出来！”

嵇炀的眼仁外隐隐出现了一圈雾粉的光晕，在周围的空间传送之力渐渐浓郁后，看着她的眼眸中多了一点点炽热之态。

“在下有个问题，请菩萨解惑。”

“你说。”

“在下出去后，要应付几个岳家，才能让菩萨做在下的夫人？”

第二十四章 悬空山坠

妾身，平生最恨负心人。

“剑雄本来想亲自来谈此事，可下泉鬼渊龙主是知道的，隔三岔五地暴动，鬼气外泄之下方圆百里的黎庶都没法活，实在是走不开，这次更是十万恶鬼同时冲击封印，若不是玄宰点了三名道天上师协同镇压，恐怕未洲便要出大事了。”

敖广寒把穆战霆送去正法殿后并没有离开，而是留在了道生天打算继续等待南颜。

“那宋逐那个小崽子呢？”

“听说已经被剑雄打过了。”

“去告诉孟霄楼，不可能的，这辈子都不可能的。”

“是……”

说话间，广场上的传送阵再次光芒大绽，里面踉踉跄跄地跑出一个邪道女修。

“父侯救我！我中了妖兽毒，哥哥为了救我已经……”

广场上巳洲的人立即围上去，片刻后脸上都浮现出恐惧神色。

“妖兽可恶！杀吾巳洲帝子，这下要如何向侯爷交代……”

一片混乱中，敖广寒看似并不在意，但道生天那些上师们的异样神色入眼，却是让他心头微凛。

“帝君花落辰洲，龙主怎不去正法殿观礼？”有敖广寒在，六御上师始终无法封锁山海之间的入口，“令徒都已经出来了，辰洲的修士也没有减损，龙主有什么可担心的呢？”

敖广寒冷笑道：“本座志在天下，只管自家的娃儿岂不是让人说本座太过小家子气？”

六御上师：“……”

此时旁边有个道生天的道徒见状凑上去传音了一阵，六御上师眼中便精光一闪，上前道：“龙主，可否暂时随我等至后山？”

敖广寒冷冷道：“怎么？”

六御上师说出了一句他不能拒绝的话：“魂河天瀑的灵力失衡，玄宰又不在，还请龙主暂时当个灵力源来……维持南芳主的残魂不散。”

敖广寒的目光立即凶狠起来，充满暴戾地咬着牙道：“这么巧？”

六御上师道：“龙主也可以在此继续关怀晚辈，老夫也可以扔下大局前去为南芳主护法。”

他怎么可能把南娆交给别人？敖广寒回身道：“看住传送阵，南颜若现身，马上带回辰洲。”

“是。”

敖广寒离开后不久，主持山海禁决的三名道天上师互相交换了一个神色，忽然齐齐出手：“山海禁决空间有异，暂时封禁入口，待玄宰回归再行开放。”

“上师且慢！”墨行徵闪身拦去，“内中或许还有人——”

“行徵，你逾矩了！”

这时候传送阵里忽然传出爆裂之声，一个火红色的人影冲了出来。

那三名道天上师一眼望去，骇然失声道：“南芳主！！”

那张肖似的面容确实是让人心神巨震，但很快他们便反应过来。

六御上师怒道：“何方妖孽，竟冒充南芳主！”

出来的自然是南颜，此刻她已然是一身元婴期修为，纵然化神期修士怒斥，也可稳住心神。她环顾四周，见所有人目光都或惊异或灼热地落在她身上，一转眼便故作惊慌：“前辈救命，那魔头要出来了！”

墨行徵诧异，而六御上师等人立即便以为是那道尊像要出来了，一挥袖，把包括南颜在内的所有修士都拂到广场边缘。

“道生天内务，外人不得窥探！两位师弟，与老夫联手封锁空间！！”

三名道天上师齐齐出手，刹那间一方天穹上三光尽掩，铺天盖地的强横威压落在山海禁决的传送阵上。

空间很快稳定下来，但六御上师却觉出些许古怪：“为何渗出的是本源灵气？”

旁边一名道天上师笑道：“这小丫头胡言乱语，许是寻常的空间风暴恰好路过吧，这本源灵气难得，老夫想为侄孙收取一些。”

六御上师道：“师弟勿要轻举妄动！”

可说时迟那时快，传送阵里那诱人的本源灵气中，突然涌出数条锁链，直接缠住最近的一个道天上师，把他整个人拖进了传送阵里，随后山海之间的界律蓦然引发空间风暴，里面瞬间便传出那名道天上师的惨叫。

“师弟！！”第二个道天上师冲上来想抢救那人逃逸的元神，但很快第二股锁链森然出现，宛如索命的鬼差一般，将那条元神拖了回去。

“勿要轻举妄动！！”

六御上师大喝一声，将手中木杖抛空，木杖顿时化现山河景象，无匹浩威，生生遏制住虚空中的拉扯之力。

僵持间，六御上师看见虚空深暗处，出现了一双血红色的眼睛，而之前那被锁链捆住拖进去的道天上师一进入深暗处便被搅碎吞没，同时那双血瞳的气息一步步增强。

吞噬，这是最十恶不赦的邪魔的象征。

“你到底是谁？！”六御上师苦苦支撑，仍无法将余下的那名道天上师救出来。

“……久疏问候，那年溟泉大殿，一百三十三名同门、师长、义士，六御师叔所赐其中六十七人殒命之恩，嵇少苍……刻骨铭心。”

“是你——”

难以置信的暴怒中，六御上师隐隐浮现一丝恐惧，全身修为狂泻，直接启动道生天封山大阵。

可饶是他暂时隔绝住鬼气冲击，也只能支撑半盏茶的时间，而且短短数息间，他们所在的悬空山就因灵气大量流失而沉降了数尺。

“快派人去开启通天镇符传讯玄宰！要是再有五衰修士被他吞噬，我也拦不住了！！”

就在他要让人去传讯时，远处喧哗的人群里传出一声银铃般的笑。

“玄宰不在，便这般失态，你们可真是又老又朽的废物呀……”

这声音并非每个人都能听到，但听到的人无一不心神摇曳，恨不能马上随这声音的主人而去。

“南姑娘，怎么了？”

南颜本该趁乱离开的，听到这声音便生生顿住了步伐，凛然扫视全场，最后终于在人群寥落处看到一个一身黑袍的女子。

这女子的面容与南娆分毫不差，甚至细节动作也全盘一样，唯有神态蕴藏着一种令人胆寒的恶意。她转动着肩上不知道哪里来的纸伞，看向逐渐涌上怒色的南颜。

“六御老头，区区几个修士算什么，你若放过这颗佛骨禅心，看应则唯会不会罚你。”心魔女如今已经完全稳固住形体，掩口轻笑，但随后面色微变，伞沿低垂，挡住一道劈面打来的、如魔似煞的佛光。

南颜推开拦阻她的人，一步踏出，足下血色火莲绽开。

“别再用我娘的脸说这些恶心的话！”

六御上师从听到心魔女说佛骨禅心时便精神一振，虽然撑持大阵不能脱身，但仍是锁定了追击心魔女的南颜。

“佛魔不分，如此妖孽，老夫就先拿下你，再交给玄宰发落。”

六御上师冷哼一声，座下的影子竟脱体而出，凝聚成一个黑影的人形，这人形抬手便是一喝：“笔来！”

第三座悬空山上，一道清光落下，六御上师的黑影一把将清光抓在手中，却是一支竹管笔，随后面前一张宣纸出现在他面前。

“那是师尊的留招画地为牢……”墨行徵脸色剧变，“你快走！！”

南颜在墨行徵提醒之前就已经察觉不妙，足下莲影出现在百尺外，身形一幻瞬息挪走，却也正面撞上其他修士的阵法。

心魔女身形轻飘飘地脱离这方悬空山，咯咯笑道：“乖女儿，你打人可真疼，不过很快我就要真正当你娘亲了，高不高兴？”

“别的我不晓得，只知道心魔未解，便被人打得形散神灭，对心魔主人也是重创，你想试试吗？”南颜抬起手，本来银白色的真火在结婴后，焰心处变得血红。

心魔女敛了笑，道：“你可别忘记这里是道生天。”

其他人看不到心魔女，只以为南颜一个人发疯，便团团围上来。

“不得在道生天放肆！否则卯洲也保不住你！”

南颜眼睁睁看着人群那头，心魔笑着转身淹没在人海中，她神态冷漠地震开拦阻的道徒：“以我一命，换修界第一人永日心残，值了……今日阻我者，一律超度！”

佛火以一种前所未有的方式呈现在世人眼前，无论是丹器符阵还是刀枪奇术，在滔天佛火面前被一路摧枯拉朽地碾压。

“这是什么佛？！”

“我想起来了……师祖说过，这是卯洲那位斩杀魔师森罗的尊主所传下的道统！”

心魔女如遇克星，尖叫一声身形被打散，化作黑雾逃离。

“什么佛门！明明是逆道！”六御上师威严的声音响起，南颜感到周围的空气刹那间凝固，那竹笔隔空一点，她衣衫上的红色竟直接飞出来融入宣纸中，随着竹笔不断在宣纸上绘制，她眼前一花，整个人头重脚轻，整个人化作一缕缕墨光融入画中。

“将这画卷送往玄宰处，我等先解决这鬼物……

“不好！这鬼气要封锁整个悬空山，快跑！！”

南颜再醒来时，发觉自己身处一个山水画一样的奇境里。

除了无法动用灵力，她并没有丝毫不适，这画卷天地四下皆白，四周的草木葱茏，奇花怪石，均是墨笔所绘，连她自己的轮廓也都化作了水墨线条，衣衫更是丹砂晕染，烟青点就。

——那是师尊的留招画地为牢……你快走！！

她之前隐约听见墨行徵的示警，只是当时怒极，一心想除那心魔女，低估了道生天的底蕴。

道生天的人大多修有杂学，比如嵇炀和墨行徵，丹器符阵四道均通，而应则唯，世人虽知道他是道生天的宗主，却很少有人注意到他亦是琴画双绝。

这画地为牢，便是他的画道精髓，纵然只是留招，南颜却是第一次正面相抗，然而闭目参习许久，她还是看不穿这方画境。

到底是怎样的修为，能直接把生人摄入画中？

“还是不够……”筑基，结丹，元婴，还是不够。

难怪少苍总是让她逃，差距太大了。

不过心魔女被她打散了形，不只会殃及寄主，还会回到魂河天瀑养伤，分散道生天对魂河的掌控……现在少苍应该可以轻松一点儿了。

这一回惹他生气倒是肯定的了，南颜定了定神，轻舒一口气，开始沿着一侧的山水信步而行。

穿过一溪墨痕流水，南颜走进了一座云雾缥缈的山中，山径曲折，偶尔还有黄雀啁啾，竟不似是被囚押，反倒更像在修身养性。

又走了一两个时辰，南颜耳尖微动，一开始还以为自己听错了，朝着某个方向靠近了之后，竟然听到了一阵琅琅读书声。

“唯吾唯信，大乘周天，得真得法，妙至自然；道天不灭，明灯长存……”

这样齐声读书的声音本该出自少年人，南颜听到的却大多是些老朽之声，待拨开一树墨梅，南颜便看见一片梅林，林间一片空地上，数十名衣着各异、大多年岁极长的修士规规矩矩地坐在蒲团上，面前摆着的桌案上铺着一沓沓竹简，宛如最刻苦的学子一样诵读经义。

“请问……”

南颜没有刻意隐藏，但问出口之后，那些修士们没有一个人理会她，都在专心致志地修习面前的竹简。

南颜想了想，默不作声地找了个空位置坐下来，打开面前的竹简一看，顿时恍然——果然她猜得没错，这样大的空间，关的一定不止她一人，也不知这些年长的修士之前是哪方枭雄，估计是败在应则唯或者是道生天其他催动了画地为牢之术的人手中，被关到这里来用道生天的经义洗脑。

她坐了一会儿，甫将面前的竹简看了一半，前面的“学长”们好像读完了，放下手中的竹简，齐齐起身对着面前一株最大的梅树上挂着的道尊画像一拜：“……多谢道尊教诲。”

这些人有的满脸皱纹，有的肌肉虬结，更有估计是炼尸出身的，浑身上下十七八条缝合的痕迹，如今却都乖巧无比地向道尊画像行礼，简直说不出地怪异。

此时好似到了午休的时分，一群凶神恶煞的修士三三两两聚在一起讨论起了道生天的经义，刚刚那个炼尸的大汉更是走到南颜身边，笑容和蔼：“原来是有新道友来了，不知道友对道尊关于修界‘入魔、屠凡、逆道’三罪有何见解？”

南颜抬头看了一眼这炼尸大汉，此人虽整个人都被拍成水墨画了，但仍是散发出一股化神后期的气息，她在辰洲隐约听说过，这人好像是神棺宗的哪一代老祖，失踪了二十几年，没想到被抓到这里来了。

南颜以她多年看气氛哄老哥的经验迅速调整了心态，站起来同样行礼道：“晚辈修为尚浅，不敢妄言见解，只是心中有疑问，请前辈指点。”

那炼尸大汉连忙哪里哪里地客气一阵，其他老修士也围过来交流学习。

“屠凡、入魔皆为危害众生之恶，不难理解，可逆道之说，仅仅是因为在道生天所认可之外为破界飞升另辟蹊径，便一并入罪，且量刑在诸罪之中最重，一旦发现便赶尽杀绝，是何道理？”

她这话一出，所有的修士纷纷面色一沉。

“道友此言差矣！”

“道尊乃破界飞升第一人！道尊所言句句乃是大道真理！”

“道尊说逆道就绝不会错！”

“你有所不知，世间大道之气有限，若逆道开辟，便会夺取其他大道机缘！”

四面八方的唾沫星子围来，除了大家都是纸片人没法动粗，南颜几乎要一瞬间被淹死。

此时其中一个年纪最长的老者道："罢了罢了，诸位莫怒，我等起初也是如她这般愚昧，不如将我等所学笔录交给她慢慢参习，慢慢她便会被道尊的大道所感，归化正统了。"

众人点头称是，热情地把自己的竹简堆满了南颜的桌面，便各自散去了。

南颜叫住了最后离去的炼尸大汉："前辈留步，请问前辈可是神棺宗的阴劫老祖？"

那炼尸大汉步子一顿，神情略略迷茫后，好似堪堪想起自己是叫这个名字："哦？原来你认得老夫。"

南颜度过不少他宗门的修士入极乐净土，自然知根知底："晚辈与贵宗极是有缘，关于逆道一事，颇有不解，还想请教前辈。"

炼尸大汉神情沧桑道："往事不堪提，从前老夫也是年少轻狂，拉扯着一些少不更事的年轻人行那炼尸之道，如今受道尊点化，方知修界皆需归于道生天才有破界飞升的希望。"

南颜耐着性子听他唏嘘良久，道："其实我与贵宗渊源不浅，听说过贵宗为了扩宽魔道，曾得到过一枚黑色的玉简——"

炼尸大汉眼底微微疑惑起来，道："哦，你说那年凡洲流传出来的那枚黑色玉简？确有此事，此物先是经由巳洲修士劫掠海上商船获得，第一批送回巳洲的便有十余枚，有的甚至传回天邪道，其他修为高一些的道友也说此玉简里应当是蕴藏着一门凶煞异常的魔门功法，怎么？你对这个感兴趣？"

南颜面不改色道："前辈有所不知，那枚玉简里并非魔门功法，而是逆道功法，而且已经有人暗中修而习之，如此忤逆道尊定下的大律，若不及时铲除，将来必为修界大患。"

"什么？！"炼尸大汉震惊不已，"当年老夫也是接到麾下修士相约说有法解开这玉简，才动身前去，难怪会遇上道生天的道友将老夫带入画境中聆听道尊大道，当真好险，若他们晚来一步，老夫便要沾上逆道了。"

果然！道生天在到处搜捕《七佛造业书》的持有者，难怪那一年凡洲秽谷被封禁，也难怪她入道之初栖居的仰月宗会被彻底覆灭，原来都是因为沾上了逆道之事。

夺舍、入魔、异婚、屠凡……这些所谓的罪虽然也是为了巩固修界的稳定，但某种意义上，它们都是为了剿灭逆道这一条最终的目的陪跑。有时这世间的道理很简单，你想对付一个很难对付的人，只管去观察他最想毁灭什么，那一定就是他的软肋。

所以少苍想做的除了九狱这条线之外，还有……秽谷。

恍然间，南颜听见远远传来一声鹤唳，回首只见一只丹鹤穿云破月而出，落在她身边，口中发出的却是墨行徵的声音：“收敛气息，乘鹤跟我走，师尊要回来了，在此之前我悄悄放你出去。”

南颜不多话，在炼尸大汉愕然的目光下，翻身上了丹鹤，留下一句话：“阴劫老祖，想想你的道统，道生天当真是为了感化才囚禁你们在此的吗？”

这声音一落，四下的水墨画面有一瞬间模糊起来，一片片金色的菩提叶飒飒落入每个画中修士的眉心。

等到丹顶鹤载着南颜一头撞出画境后，这片梅林里的气氛倏然起了变化，某个瞬间，梅树上挂着的道尊像猛然被灵气暴风撕碎，随后炼尸大汉爆发出咆哮声——

“该死的应则唯！杀我爱徒，夺我宗门，老子定要屠你门庭，食肉寝皮！诸位道友，还不醒来！！”

一片狂怒的风暴中，崩溃的梅树林却蓦然一止，荡开的水墨里，迤逦走出一个轻袍缓带的灰发身影，他好似对冲来的修士丝毫不在意一般，任由兵刃袭来，仍是躬身将地上残损的道尊画像一一捡拾而起。

“去死吧！”炼尸大汉一马当先，整个人卷着滚滚黑气抽出一把大斧劈下。

然而下一刻，却只听到叮的一声轻响，应则唯起身将画像碎片折好收起，手指隔空点在炼尸大汉眉心上，刹那间，大汉目露惊骇之色，从双足开始，墨火燃烧起来，刹那间便烧得只留下一个头颅。

“第五衰……第五衰是什么境界？！”

“别动。”应则唯神态淡然，五指微收，所有面带憎恨之色的修士眉心中，都飞出一片片菩提金叶，落在他掌心时，好似遇到了什么极其恐怖的天敌，奋力挣扎了许久，才湮灭在他掌心浮起的道印里。

只剩下头颅的炼尸大汉嘴唇颤抖地瞪着他，道：“你……道生天和你，都不会有好结果的。”

“吾自炼狱长行数百年未闻终章，早已习惯了。”灰色的眼睛轻轻合上，应则唯道，“留下这些菩提叶的，是谁？”

炼尸大汉面孔抽搐了一下，冷笑道：“老子只盼着你死，怎会告诉你？”

他说完便大笑起来，但他留下的头颅很快被从应则唯身后飞出的一团黑雾吞噬殆尽，连元神都没放过。

“你明明就知道是吗？”心魔女从黑雾里浮现出来，因为吞噬了半个化神修士而餍足地用拇指擦了擦下唇，刻意朝他靠近了些，纤细的手指搭在他臂上，“不是很想要佛骨禅心吗？你这么聪明，这孩子在尘世都这么久了，你会不动手？”

仿佛被什么有毒的东西蜇了一下，被心魔女搭住的手臂瞬间腐烂见骨。

心魔女十分得意道："不觉得很可笑吗？你一直拖延回避的东西，最后总会由你以最惨烈的方式结束，我这张面容的主人是，她的女儿也是，你都要杀的，躲都躲不掉……还是说，你这副铁石心肠，终于软到肯让我下口了？"

他负手不言，心魔女以为有机可乘，从背后轻轻环抱过去，以一种强忍着贪婪的声音蛊惑道："应则唯，掩饰欲望是一件很痛苦的事不是吗？要不要放纵一回，我这种低等下贱的心魔，只要你醒过来，随时都可以抹杀掉……"

冰冷的、宛如蛇一般的吐息喷洒在颈侧，忽然梅树摇曳，四周的一切山水意象宛如被无形的大手一阵旋搅，天地重归混沌。

心魔女刚凝好的身形也应声而碎，细小的余烬重新钻入应则唯心底。

他睁开灰色的双眼，手中的道尊像碎片寸寸化作飞灰，好似觉得遇到了什么极为荒唐可笑之事，无声地扯了扯唇角，拂袖踏出画境后，再出现，便是他惯常在的书房内。

墨行徵正垂首跪在他面前，脊背挺得笔直。他的居处外人不得擅入，可嫡传弟子除外。

"那孩子，是你放走的吗？"应则唯轻声问道。

墨行徵抬起头道："师尊，师兄那年，究竟是怎么死的？"

尽管有些事无须验证，但他仍在挣扎，试图从这一桩无可挽回的噩梦里苏醒过来。

而他敬慕了半生的师尊，并没有半分解释的意思，一如多年前，斩情、杀徒、绝人性一般，淡漠道——

"行徵，你知错吗？"

"……不让出去，到底什么意思？"

"帝君不日即将登基，在此之前需熟知正法殿内务，得到天道碑认可，历代皆是如此。"

穆战霆抄手看着殿外森立的正法殿修士，他自从拜入龙主门下以来，常年在战场厮杀，作为领军之人，对战机气氛的变化尤其敏感。

"可这正法殿往后便是我最大了不是吗？只是算算日子去接我妹妹，这正法殿虽远，乘传送阵去道生天也不过是一两个时辰，去去就回，怎就不行？"

满面带笑的正法殿修士仍然没有半分让步的意思："帝君从今以后便需担当起掌罚天下的大任，平日不宜离开正法殿，若有要务，派我等前去便是……再则，若帝君不放心，龙主可是也在道生天呢。"

穆战霆只见正法殿里这些修士一脸假笑，也跟着扯着嘴角假笑了一阵，道：

"那也好，取些笔墨来吧，我给辰洲写封家书感谢一下父老乡亲一路相助。"

正法殿修士们连连称是，等他们都走了，穆战霆就把殿门封住，把厚重繁复的外衫卷吧卷吧一甩，打算翻窗出去，却不料这帝君殿内防守严密，里里外外都有结界封着，若是擅动，势必会引来注意。

"啧……"穆战霆一脸不悦地坐回到位置上，以他牲口一样的直觉，越发觉得道生天那边肯定是出了什么事了，刚抓起玉盘上的灵果郁闷地啃了一口，无意间低头一看，手中的灵果直接被吓掉在地上滚到角落里。

"小鬼拜见狱君。"灵果堆里藏着一个果子大的人头，半透明的模样，脸上的皮肤烂了一半，满脸血淋淋的，颇具冲击感。

穆战霆闪电般退到墙边上去，瞪着眼睛道："……道友何方鬼怪？"

那人头鬼滚了两滚，从果子堆里蹭出来，徐徐飞起来道："……小鬼乃金鬼侯的一缕分念，十业山上与妖族大战时，未曾想狱君帝冕突然更迭，抽调鬼手不及，只遣了几名上阶鬼将附在那些离开山海之间的修士身上出来，千辛万苦才寻到这里……可惜这正法天道碑对鬼族压制太大，小鬼撞得头破血流才能与狱君一见。"

问君能有几多愁，恰似大鬼小鬼落玉盘。

血淋淋的鬼头在面前飘来飘去，穆战霆在心里骂了一万句老三莫得人性，道："那……那我现在把帝冠还给你们能立即退位吗？"

金鬼侯啊了一声，道："我等受道生天压制多年，时常需得敬献新鬼饲育他们送来的道尊像，且不允我们投生，如今终得解放，待山海之间与此界界限一破，就算狱君号令幽冥打算在人界重建酆都，我等也甘愿为狱君差使啊。"

穆战霆："……可是我比较想号令文学界，麻烦你们去找老三，就是那个黄泉狱主去吧。"

金鬼侯忽然露出恐惧的神色："黄、黄泉狱主他……"

"他怎么了吗？"

金鬼侯瑟瑟道："恕小鬼直言，九狱之中，黄泉最长，且黄泉是在凡洲，受红尘侵扰最重，易心智失控，故而黄泉川中罕有狱主，上一任也几乎是几千年前便自行兵解入轮回了。"

穆战霆："你说谁心智失控？就不能直说到底发生了什么吗？"

金鬼侯："黄泉狱主……把道生天的一座悬空山打到地上了。"

穆战霆："哇……"

金鬼侯："小鬼虽久未闻人界诸事，但也吞噬过几个修士魂魄，晓得道生天三座悬空山乃是镇伏溟泉川的阵眼，他如此作为，恐会招来道生天的疯狂报复。"

穆战霆："哦……"

金鬼侯："不过来之前，小鬼却也听本地的游魂说了其中的真相，道生天好像抓了个女佛修，那些化神老修士想以此命令黄泉狱主束手交出控制黄泉的帝冕，狱主便直接将整座山封锁了，那山上……可是有十数万道生天的修士啊。"

穆战霆："噫……"

金鬼侯："狱君在感慨什么？"

穆战霆："我想给老三写一首诗，就叫《满肚黑》——怒发冲冠凭什么，潇潇无语凝噎……嗯等下，你刚刚说道生天抓了个女佛修？"

金鬼侯猛点头，正想凑近："事情是这样的……"

穆战霆："你莫挨我，角落里说！"

金鬼侯委委屈屈地蹲在角落里，把他所知道的南颜在道生天追杀心魔女被摄入画境的事大概说了说。

穆战霆早有预感，只是没想到道生天的脸撕破得这么快，难得三思了片刻，忽然想起那年同南颜她娘告别时，他隐约看到南娆给嵇炀下了什么奇怪的符咒，而那符咒后来他在参悟《赤帝出征图》时也见过一样的。

那是同命锁，以他的了解，嵇炀是不会把这个东西主动解除的，只要有同命锁在，南颜不论到哪里性命都是可以保全的。

"龙主这会儿应该还在道生天被支开了，发生这么大的事他还不出来，以他的性子，能绊住他的无非是南芳主。"穆战霆想了想，道，"你帮我去通知南颜的舅舅，听说他在赤帝陵中想要打开封印取一件东西，那东西可以保得住南芳主的遗体不失。听龙主说，她舅舅已经快破封了，这是地形图，你顺道去看看，如果还没有，就近找个据点通知辰洲的人此间诸事。"

金鬼侯被委以大任，两个空荡荡的眼眶感动地流下了血水："那黄泉狱主虽霸道，但我金木水火土五方鬼侯的心还是在狱君这里的，今日唐突了些，待下次——"

穆战霆："没有下次，以后莫挨老子！你和你的心肝脾肺肾和什么三妻四妾三夫四侍都给老子留在老三那里！"

道生天，悬空山。

"当年老夫就说门户不净，今日果然酿出此等大祸！！"

"杀了他！老夫定要他灰飞烟灭！"

"别说这些没用的了，快去切断黄泉川和溟泉川的联系！"

"可到底该怎么做？这冥河之水碰一下便会带走元神，如何是好？"

道生天的第三座悬空山，被一片雾沉沉的水幕彻底掩盖，这水幕里宛若有亡魂万千，包裹住悬空山的瞬间，右侧三分之一的溟河天瀑同受牵引，竟与黄泉连为一线，川流中的鬼力不断泻入其中。

无数的法光震天作响，试图撕开黄泉川，但都无济于事。

“不行，黄泉源自凡洲，只要凡洲依然有生老病死，他便可源源不绝地召唤黄泉川……冥府之争，终究只能由冥府之人决定。”

六御上师面色冷凝，手上法杖不断抑制住悬空山下坠之势，心中焦急间，蓦然远方一个浑身带着剑伤的道人兴奋地冲来：“叛徒，老夫刚收服了下泉川！先拿你试招！！”

六御上师眼前一亮：“元和师侄！你可是已取得下泉川狱主之位？！”

“没错，”那叫元和的道人面上笑意未散，“那姓孟的小子果然厉害，逼得我自碎本命灵宝，好在玄宰及时出手将其封印在天鞘峰下，这下泉川才成功夺过来，我这便引动帝冠之力镇压黄泉！”

这元和道人头顶的天空一阵浓云雾卷，一条紫灰色的大河螺旋而落，与道生天其他两座悬空山控制的溟泉川合为一道，黄泉川一时难抵两河同压之力，水幕向两边微微分开。

“开了！冲进去杀了他！”

四下黑白双色的遁光如雨如蝗般冲进去，但随着一阵潮声异响，那些修士的灵力却都急速衰微，有的冲得最前的修士，被蒸腾的黄泉之雾一笼罩，整个人的魂魄脱体而出，被四周的铰链死死困住拖进了黄泉之水里。

“不可轻举妄动。”六御上师神色凝重，死死盯着沿着黄泉川流动而出现的一叶扁舟，舟上一人，神态淡漠地看着万鬼凄号的三条冥河。

那元和道人冷笑道：“如何？当年我长叩山门九十日，尚不得一个在玄宰身边洒扫的位置，而如今我成就大道，你这个昔日道生天的希望却沦落至半人半鬼的境界，今时今日是何感受啊？”

嵇炀没有理会他，似乎闭目聆听了一阵所挂念之人的行踪，半晌，一直收紧的手指微微松开，淡淡道：“六御师叔，你曾是道尊的亲信，又位比副宗，不知占据的是哪一川，一并来吧。”

那六御上师阴鸷地盯着他：“四十多年前，老夫已夺衙泉川之主，并非老夫不出手，若四川同临，子洲有沉降之危，此二川镇压你，足矣。”

嵇炀无声地笑了笑，瞳仁宛如不祥的血月一样渐次变深：“道生天上下，我曾……只听一人训教。既然下泉川已得手，师者不来亲自教训我这个逆徒的原因，是……他重伤了吗？”

他说话的同时，天穹上竟直接落下第二道泉川。

整片天空彻底黑暗下来，阴风怒号，宛如末日降临。

元和道人呆住了，整个道生天的人也呆住了。

“是幽泉川！”

第二川压下，悬空山以一种不可阻挡的趋势轰然坠落，而罪魁祸首设下的死局，才刚刚开始露出獠牙。

“师者不出来一叙吗？劣徒只持一川之力，岂敢回来探望？”

滔天的鬼浪正要扑向其他两座悬空山时，忽然天地之间回荡起一个清宁疲倦的声音——

“掌生。”

“生”字出，乌云顿开，鬼潮止歇，悬空山在堪堪离地三寸前倏然被无形之力死死拉住，而嵇炀眼前不远处，虚空波纹动荡间，应则唯的身影徐徐出现。

“好一份大礼。”应则唯无焦的双眼转向嵇炀，手上竟还拖着一个血淋淋的人，在嵇炀倏然放大的瞳仁中，他轻声道，“真是不听话，你看……行徵的骨头，和你一样硬。”

“师者，弟子可曾抱怨过你的做法？”

“愿闻其详。”

“明明可以以实力碾压，却永远不给人一个痛快。”

“让人觉得疼，懂得畏惧，亦是训教之道。”仿佛没有感受到包括来自道生天的异样目光一般，应则唯提起气息奄奄的墨行徵，道，“天色已晚，为师不留你长谈了，一句话……你散一川鬼力，换行徵，再散一川，换你挂心的那孩子。”

散去冥河后，会受到严重的鬼潮反噬，可嵇炀并不二话，上方的幽泉川直接烟消云散，待他将墨行徵接住后，道：“师者的话没有说完，让我散去黄泉川，总该让我瞧瞧我想见的人对吧。”

“你说这个？”应则唯摊开掌心，一枚破碎的金色菩提叶微微闪烁着光影，“这孩子，比起像娆娘，更像一个……背道而驰的故人。”

应则唯的话说一半留一半，没有半句虚言，却处处是虚言，若是嵇炀不知，可能早就误以为南颜已然遇害。

“好……好、好。”这一切太过荒唐，凄冷的笑意在眼底蔓延出一片积重难返的憎恨，嵇炀道，“师者说，让人觉得疼，才会懂得畏惧，人皆有逆鳞，弟子斗胆一试。”

应则唯不言，但下一刻，他却毫无预兆地直接出手，一股破灭万千星辰之力直接贯穿被封锁住的悬空山，刹那间从中间开出一个不断碎灭的空洞。

“注死。”

掌生注死，乃为天道司罚。

六御上师神识探去，只听见嵇炀留下的一声轻笑，待看见那座悬空山内部被无辜波及的道徒时，仍是犹豫了一瞬，道："此子心思虽诡谲，但并非不可对付，玄宰为何突然提起杀机？"

"你看他做了什么好事。"应则唯道。

六御上师抬起头，只见黄泉川的上方，一条破碎的、由无数鬼族兵将构成的川流逐渐凝形，更有甚者，中央的川流中，竟露出道尊狰狞的面孔。

六御上师手中的拐杖瞬间折断，一股鬼力虽狂涌而出，但仍惊怒不已："酆魔天……酆泉川，他哪里来的酆泉川鬼力？！他在山海之间对道尊做了什么？！"

一盏茶的时间内，道生天的溟河天瀑塌陷了一半。

"……你可曾记得，为师当年带你入山门，第一句话是什么？"

"自然，师者言：道生天，天生万物，天下之物，你脚下的土壤十掌其九，你亦需十知其九。"

人世间五条冥府长河互相镇压冲击，而被这股力量旋搅的核心——道生天的第三座悬空山，此刻亦笼罩在一片浓沉的血雾中。

九狱之间可以互相冲击吞噬，这一回他不在，使得道生天轻敌了。

如今参战的几大冥府长河中，按鬼力自小到大排序，应是幽泉、下泉、溟泉、酆泉、黄泉。

道生天掌握溟泉与下泉，本可镇压嵇炀手上的黄泉川，只是没想到他还掌有幽泉川与酆泉川……尤其是酆泉川，虽久在山海之间，但地位上乃是传说中的酆魔天，若有足够的力量，可号令其他八狱。

解决这种僵局的唯一办法，就是把他这个好徒弟找出来，或妥协，或清理门户。

应则唯闭目行于血雾中，他未曾刻意在交出去的墨行徵身上留什么追踪印记，单是随意交谈间，便可根据蛛丝马迹寻到对方的位置。

"……我只是未曾想过有朝一日，授业之师也会放下身段对弟子说谎。"嵇炀的声音含着一种隐约的嘲弄，"师者修正法天道，最忌行不正事，如是经年以来必生心魔，心魔毁伤，你便同承其痛。"

应则唯轻描淡写道："能用言语解决的事，我从不愿动手，即便是谎言亦然。我素来知道你心有反骨，只可惜当年忙于别务，对你疏于管教，以至于此。"

嵇炀道："然也，所谓教不严，师之惰，师者是该想想何以众叛亲离。"

应则唯道："言重了，道生天上下从未离心。"

嵇炀不客气道："若是说那些上师一系……庸碌苟且之徒，也算人？"

“不会讨长辈喜欢的弟子是不会得到嘉奖的。”未几，应则唯仿佛锁定了一个方向，缓步走去道，“你这般顽劣，到时为师要如何操持你的终身大事？”

“一个照面而已，师者当真知我甚深。”

隔着一层浓暗的血雾，一个忽远忽近的影子模糊地出现在对面，应则唯的双目徐徐睁开，看着那隐约的身影，忽生感慨道：“他年若隔世，你与那孩子情投意合，我理当欢欣，只可惜继故人之后，我还要对不住自己的弟子一次。”

他说着，一手轻抬，一颗闪烁着阴阳鱼纹与八卦光带的琉璃心脏出现在掌心，这颗心一出现，极近的地方，便遥遥有心跳声传来。

那是嵇炀被杀前被剜走的那颗心，名为六合道心，本是道尊圣物，后由道生天相赐，收在体内与自身的心融合炼化至无瑕境界。

“六合道心、赤帝妖心……还差一个佛骨禅心，按道尊的理论，融合道、妖、佛三家之力，便可勘破虚空壁障。”嵇炀的声音渐渐冷下来，“所以，继南芳主之后，下一个对象，是阿颜吗？”

“亲传弟子的，娆娘的……乃至娆娘女儿的。”应则唯颇有些自嘲道，“天下之大，却偏偏是你们……有些事总是一开始就注定好了的，不是吗？”

“师者从未想过收手吗？”

“想过，却也不敢想。”随着应则唯缓步靠近那血雾后的人影，他掌心的六合道心如受感染，跳动愈厉。

“道生天在世人之希冀下沐泽得太久，一旦无法飞升，千百年来立下的规矩信条就会一一崩毁。为师……曾想寄望于你，可你终究多贪那一缕红尘况味。”

“所以师尊，是非杀南颜不可了？”

“……是。”一声“是”落下，血雾那边影影绰绰的人影却是勃然大怒，一声琴弦崩响，四周骤起的，并非应则唯预料中的森然鬼力，而是赤帝的绝式。

“应——则——唯！”

天地轰鸣，虚空崩出道道裂纹，昔日屠城之势，摧枯拉朽地杀向道生天之主。

“逸谷……”看见南颐出现的瞬间，应则唯便知道这又是嵇炀刻意为之，闭目散出第五衰的修为，天地掌生之力堪堪抵消听狂琴杀，接着七弦二次变阵，扯虚空之裂为线，如刀似网朝着应则唯再度扑去。

“杀父杀妻杀姐……现在连遗孤都不放过，你、你罪该万死！”

嵇炀或许一开始没有指望杀得了他，可看到他心魔受创，累及他自身时，便临时起意设下此局。

应则唯没有还手，仅仅以道法剑阵相抵，待对方狂轰滥炸的间隙，漠然出声道：“逸谷，我虽因心魔之累暂时只能动用五成力气，但你仍非我之对手，你我相斗，除泄愤外毫无意义。”

“那加上我呢？”身后一个蕴含着万千雷霆的声音响起，同时一道巨大的阴影遮天蔽日而来——那是一条真正的龙，鹿角蛇项，鲤鳞鹰爪，暗金色的龙身半数隐没在浓云中，龙爪里护着一具水晶棺，上半身盘踞在他们头顶的天穹上。

真龙法相，是敖广寒。

弟子、亲朋、好友、同窗。这样的画面，不知在往日的噩梦里出现过多少次了，到头来该来的还是来了。

“那就来吧。”应则唯道。

天雷、怒弦、鬼啸，惊天动地的合力一击落下，道生天第三山——坠落塌陷。

“完了，事情闹大了。”

此时尚有滞留道生天未离开的其他部洲修士，看着三座悬空山之中的一座轰然坠落，不免面露骇然。

“怎么可能就这么塌了？我的天……别的我看不出来，那龙影、那龙影莫不是辰洲龙主？”

“别乱说，我就害怕咱们都看见过那十业山上的道尊像了的，我原本还想着回去之后如何找借口不让自家宗门牵涉进去，这下怕是拦不住了。”

“道生天又如何，法不责众，我已经联系了家中的长老前来接我们回去，只要老老实实不生事，他们也不至于问责到我们头上。”

“可是我们又没做错什么……”

远处坠落的悬空山惊爆声不断传来，骇得所有人心神震动，所幸他们这里离那座山极远，待那动静平息下来不久，一队元婴修士直接朝他们所在的悬空山飞来。

“诸位未离开道生天的道友留步！刚刚我等发现有疑犯逃脱，请留下来让我等查验追捕！”

一片忐忑不安的人群里，有人看见云念默不作声地带着一些人想悄悄离开，出声问道：“云念，你这是要到哪儿去？”

云念的目光微不可察地扫过身后一众云家弟子中一个稍显纤细的身影，道：“门户不净，家主令我提前返回申洲，将胡瑞残害同门之事说明。”

道生天的修士发觉了这边的动静，因为山海禁决已经结束，便改口了称呼：“云少主，即便是离开，也该向道生天的长辈辞别才是，为何如此行色匆匆？”

申洲儒修和道生天是累代交好的关系，云念见他们起了疑心，尽量将神色放得自然些，反问道：“我曾想去找墨师兄说此事，可无论传信符还是派人寻觅，都无法联系上他，师兄可知墨师兄去哪儿了？”

“这……”被问到的道徒脸色一凝，与旁边人交换了个眼神，道，“云少主也看到了，那边的悬空山有妖魔横行，他自是随同师长除魔卫道去了……这样吧，让我等先查验你随行的队伍，若无事，少主便可离开，如何？”

此时一辆刻着亥洲标识的蛟马车停在旁边，云念瞥了一眼那蛟马车微动的车帘，便不再拦阻。任由那些道徒拿着法宝一一测验过之后发现并无人幻形伪装，心里疑窦消散，接着便去检查旁边亥洲的队伍。

只是查到亥洲的蛟马车时，却见之前的亥洲帝子搂着一个新到手的侍妾不满道：“我辞别过清葛上师，都是自家人，车驾就不必查了吧。”

道徒们道：“褚宁少主莫要见怪，实在是逃走的罪人过于重要，六御上师点名要将之拿下，失礼了。”

“哼，动作快点儿。”

待查到最后一辆蛟马车时，里面坐着的褚宁道侣忽然低吟一声，道：“哎呀夫君，隔壁悬空山那边交战，震得妾肚子疼呢……”

此时又是一阵滚雷般的爆炸声传来，好在蛟马车有防御之效，抵消了大多数悬空山那边的余波，褚宁见道生天的人要强行打开蛟马车检查，出声怒道：“无礼，我夫人正在以凝胎转元术备孕，你们若惊了她，我定要找上师要个说法！”

道徒们一听，皱眉道：“可……”

此时孟盈委委屈屈地从马车里出声道：“我素来知晓道生天执法严厉，可我们受邀而来，莫不是连帝子女眷的私房物也要搜？”

道徒们无法，总不能光天化日之下欺负一个备孕的女眷，拿法宝在外面探测了一阵后便匆匆换了下一个。

亥洲的蛟马车飞出道生天的山门后，孟盈打开车窗，看着悬空山上鬼嚎与冥河互相纠缠，宛如天裂一般，面色白了又白。

“……好一个道生天，这样的天灾，若放在亥洲，合洲上下早就成了一片焦土。”孟盈掩上窗户，看向车里闭目调息的南颜，道，“南芳主之事我有所风闻，然而道生天玄宰，乃修界第一人，说是半步仙神也不为过，这样的仇人，我还是劝你放弃仇恨隐居去吧。”

南颜压下佛骨禅心外散的佛气，道：“你不算外人，我也不用瞒你，我之父母、祖辈均为道生天所害，我身上有一样他们所要的东西，若非有人助我逃脱，我必死无疑。”

孟盈道：“可我记得龙主应该会护着你……”

“我身上的东西，道生天势在必得，生母与我亏欠龙主良多，就算厚颜留在辰洲，也只是权宜之计，何况道生天之人心思诡谲，谁又知道他们会不会再上演一次玲珑京的血案，我不想再给龙主添麻烦了。”南颜长吁一口气，心里有些担忧放她出来的墨行徵，道，“我被救出来时昏迷了一阵，醒过来后就已经被交到云念手上了，你可知道墨行徵现下如何了？”

“他是道生天的嫡传弟子，纵是犯下天大的过错，也不至于有什么性命之危。”孟盈见南颜眉间紧蹙，道，“你若担忧，待出了子洲，和云念确认一下就可以了，他们那些人交情好，应是互相持有命牌的。”

“也罢。”

数个时辰后，他们快看到子洲的海岸线时，南颜心情稍定，见孟盈服用一种固本培元的养胎药，好奇道：“我适才听闻你要备孕？”

孟盈在山海之间也有所奇遇，如今已是结丹大圆满，只待回亥洲休养，便可结婴。她闻言笑道：“这是凝胎转元术，身在贵门大族的女修多少会被传授的，此术能让母体将修为精粹乃至某种血肉转为胎元，好让胎儿天生便可资质超乎常人，只是此术亦消耗母体精元，往后恐怕无法问鼎化神。”

南颜愕然道：“那对你岂不是……”

孟盈扑哧一声笑出来：“我岂是这么博爱的人？早在辰洲就秘密得到一枚凝胎果，结婴后可以假装有孕实则修炼，多诓他们些天材地宝。”

“这恐怕不是长久之计。”南颜道。

孟盈并不在意，道：“我心里从不觉得在这修界有什么是长久可靠的，师门侣也好道侣也罢，灰飞烟灭只在一瞬间，比如这道生天，谁能想到以他们这般高高在上，也会有被人打下来的一日呢。”

此时蛟马车一顿，打断了他们的交谈，一道强横无匹的神识如天威般压下。

“留步。”

南颜面色一凛，她听得出，这是六御上师的声音。

“玄宰有事脱不开身，特命老夫捉拿逃犯，褚宁少主向来明事理，不会包庇罪人吧？”

道生天，悬空山。

崩裂的虚空发出破灭的残响，裂开的山体间，隐约可见破碎的道徒尸骸，诡异的是，那些道徒的魂魄并没有如常人般飘飞而去，而是化作一丝丝幽微的魂火涌入魂河天瀑。

随后，天瀑中的一缕缕微光又再次回到那些尚有余温的完整肉身中，远远地，有道徒竟直接复生逃远。

“原来……这些人早就是活死人了。”衣衫血染，南颐无神的双眼转向烟尘弥漫处，“你令……门人弟子将魂魄献祭于魂河天瀑，往后他们的生死都在魂河之中，若背弃道生天的信仰，则永不入轮回。”

迷离的尘嚣里，龙吟声低低响起，残破的龙鳞飞散间，敖广寒沾血的面颊出现，长鞭裂断一座颓圮的大殿，怒然道：“你接手道生天七百年了，什么修界五大罪，什么逆道，什么混账正法殿山海禁决……就是为了这个？”

一片废墟里，应则唯倚着一座布满裂纹的丹鼎，他右半身被琴弦穿裂，左耳为龙吟震得失聪，神色却是较起初没有什么太大的变化，漠然低语道：“世上大道有五十，修界分流四十九，吾半生蝇营狗苟，仍无法全数将之纳入轮回中，如今已行非常道，且你们亦所见，信道尊大道者，可证不灭……事到如今，断无收手之理。”

“无可救药。”敖广寒五指紧握，颤声道，“我现在不管这些……你杀南娆……杀她之时，莫非就没有顾念一丝一毫的情分？”

灰白的发丝下，应则唯勾起一个毫无温度的笑：“我同娆娘之间，几时配得上‘情分’二字？”

这一句彻底触怒了二人，一时间龙怒弦崩，铺天盖地的巨响滚滚压来前，应则唯却收手撤去一切防护，淡淡道：“我并非不可镇压你们，只是想告知你们，与我定生死，毫无意义。”

下一刻，他所在的地方直接碎灭为一片混乱的虚空，然而南颐的面容却没有因为他的崩毁而轻松半分。

“这是……”南颐的手背青筋毕露，“赤帝妖心，果然在你这里。”

虚空里骤然生出火焰，火光旋搅间，随着一声清越的凤鸣，应则唯完好无损地出现在原地。

他已入第五衰，修为不知比当年南娆死在巳洲那次高了多少，几乎是须臾间便借助赤帝妖心重生。

敖广寒气笑了：“好一个道生天！从道尊提议要把她许给你时，你们这些畜生就算计好了……都算计好了！”

南娆是重明鸟的后裔，赤帝唯恐她受世人觊觎，付出极大代价于界外猎得一只凤凰炼入她体内，是以持赤帝妖心，可不死不灭。

世人是不敢觊觎了，可谁又能想到，高高在上的道尊却觊觎了……觊觎于她身上那颗存着飞升希望的赤帝妖心。

南颐从未如此深刻地体会到，他是真的眼盲心亦盲，满怀疲倦道：“赤帝妖心在身，杀你千遍万遍亦无用，事到如今，便一并问了……我昔日得道尊遗物相助化神后，虽修琴道修身养性，亦无法克服心神易嗔易癫狂的怪症，与你有关？”

“有。”

“当年抓走姣娘，引我去玲珑京见她被千刀万剐的，是你？”

“是。”

“我心性失控铸下屠城血案后，使得阿姐和龙主从此两隔，让她四处为我周旋，乘虚而入取得她信任的是你？”

“是。”

“我被关入封妖大阵后，引她去无人可求助的凡洲，杀之取赤帝妖心的，是你？”

“……算是。”

“有什么事是你在乎过的吗？”

“道生天之大业，从未易改初心。”

好，当真是翻手风云覆手雨。

敖广寒道：“虎毒不食子，你连你衣钵传人都未曾放过，我也不再问还有什么人是你下不了手的，只说一句——杀寅洲两代之主，谋算玲珑京，意图建养魂池控制辰洲，今日起，辰洲与子洲，开战。”

“龙主不知我。”应则唯仰首看向不断坍塌的天穹，道，“修界征伐，生灵涂炭，在我眼中也不过是一场即将握在手中的生死轮回。恐怕世间唯有我这个徒儿知晓哪里才能打得痛我。”

五条冥河在天穹互相吞噬绞杀，随着悬空山的崩毁，三分之一的溟河天瀑被彻底吸纳入酆泉川之中，当一座无法形容的巨大城池一角出现在天穹上时，应则唯的神色终于有了些许变化。

“天地指命。”

棋盘般的虚影铺天落下，星罗棋布般的道阵试图击碎那酆泉川里的城池，但被吸纳而来的溟河天瀑却源源不断地抵御着阵法。

嵇炀坐在那城池上，周身丝丝缕缕的血芒牵系着三条冥河与道生天掌控的溟泉、下泉纠缠，一如忘川河畔静默而危险的血花。

“弟子不肖，知道师者最重者，毁的正是道生天大业。”

应则唯尽可以出手杀之灭之，但嵇炀若没了，他身后的三条冥河失控，不只道生天消亡殆尽，整个子洲恐怕都会从此沦为一片鬼城。

“九泉之中，谁先建出酆都，便可入主为帝，执掌轮回。”嵇炀点了点身侧逐渐凝实的城墙，道，“师者应不会坐视我吞噬溟泉，若事入极端，必会不计代价地杀了我——所以，直入正题吧。”

应则唯道：“你想如何？”

“我可以收手，请师者允我两件事，其一，予我‘苍穹断界’，其二，向道生天上下所有道徒下禁制，若敢动南颜，便会三魂寸磔，七魄沦荒，永世不得轮回。”

“苍穹断界，乃是道尊炼化一叶小界位而成的至宝，你这般聪慧，如此好钢定会用在刀刃上，到时扎起我来，却不知是这个还是第二个条件更疼了。”应则唯道，“只是为师有所不解，你若想保那孩子的性命，为何不让为师发些心魔血誓云云？”

血色的瞳仁渐渐散出如燃烧的业火般的光：“师者，不是年年岁岁，均如此吗？”

“……你可真是了解为师。”

嵇炀太清楚他了，他是那种只要达成目的，何种千刀万剐的血誓，都不惧反噬的怪物。

他说杀南颜，就一定会杀，与其约束他，不如约束道生天的人。

“天色不早了，还请师者，早下决断。”

“好。”

道生天西岸。

“老夫六御，特来擒抓逃犯。”

道天上师何等地位，他一出现，前方蛟马车里的褚宁便匆匆迎出。

“如今道生天正逢乱象，若有什么要事，唤弟子跑一趟便是了，怎劳上师亲自奔波劳累？”

六御上师看上去仿佛刚从战场上出来一般，袖角焦黑，气息隐有不稳，闻言冷笑道：“看来褚少主恐怕不知情状，老夫便直言了吧，汝之道侣，恐怕带走了我道生天要的重犯。”

“什么？！”褚宁诧异道，“上师会不会弄错了，我那道侣是辰洲名门之后，一向老实乖巧，怎会与逃犯同流合污？”

“那就要看她了。”

六御上师不耐，长袖一挥，孟盈所在的马车顿时四分五裂，而里面出现的人影，却让亥洲的人大吃一惊。

“大胆！贼子竟敢挟持夫人！”

南颜右手手指扣住孟盈的脉门，后者泪水涟涟：“夫君救我！”

“真是惹事的妇人！”褚宁骂了声晦气，道，“上师，我这道侣毕竟是辰洲敖氏大族之后，还请上师缓缓。”

“名门之后？”六御上师已入天人第三衰多年，眼光何其毒辣，一眼看去，便瞧出些许端倪，“这孽障刚从画境逃出，灵力尚虚弱，既然是辰洲敖氏之后，以血脉之术催动肉身化龙，只需争得一息时间便可脱身，这女子不会吗？”

孟盈掩在袖子下的手一紧，下一刻，却见六御上师冷笑一声，直接随手一指点来，青光化锥意图把她和身后的南颜一并解决。

“你先走。”

南颜扔下这句话，体内元婴骤然运转，体外蓦然绽出观音虚像。

诧异于她竟不躲，六御上师轻叱道：“破！”

南颜身外的千手观音本足有百尺高，遭那青锥一刺，便瞬息传出崩碎之声，碾至身前三尺外。

“能抵得过老夫半成力气，这份资质倒是不差。”六御上师牙间漏出一丝冷哼，意在速战速决，手中拐杖一顿，道——

“周天行吟。”

南颜心中一凛，这一招她见过，正是道生天名扬天下的秘法，结合道术与剑阵，封锁与攻击皆无与伦比，看道天上师这动静，只怕方圆五里都在其攻击范围之内。

“初阵，落！”

细雨般的剑阵当场击穿千手观音的防御，但就在堪堪落在南颜身上前，她双臂合拢，低眉念祷了些什么，身外的灰袍被忽然腾起的白色火焰焚烧殆尽，露出里面的朱雀鸣霄裙。

此物亦为至宝，身前凰羽一绽，片片飞散间，将所有剑影一个不落地纷纷挡住。

随后南颜忽然耳尖一动，仿佛听到了什么，直接转身朝海的方向急射而去。

六御上师见她这般红衣炽艳的模样，眼熟得让他无法否认这的确是这个世间和南芳主最像的人，当即怒道：“好一个孽障，和南芳主那个妖女一样，都该去死！极阵，给我落！”

周天行吟剑阵覆盖极光，纵然南颜一头扎进海里，仍然如期而落，海水高高爆起一片，六御上师便追过去。

“罢了，佛骨禅心要紧，老夫就暂且留你一条全——”

“老不死的，滚！”

六御上师骇然间，只见海面上一股弥天妖气徐徐升起，一座小岛浮出水面。

“天哪，这、这是什么怪物？”亥洲的人惊慌后退。

那并非什么小岛，而是一只巨龟的头部，头顶一个雪白狐裘的公子，那公子一脸怒色，好似老母鸡护崽一样把南颜夹在胳膊下面。

“骂我妖族的妈，打我妖族的娃，妆都打花了，岂有此理！老子今天率领族人登陆，先拿你个老不死的祭旗！”

“妖孽……你娘是个妖孽，你也是！这些妖物分明来自封妖大阵！寅洲南氏看顾大阵监守自盗，果然心在异族！”

诸洲之中，寅洲与妖族的关系最为微妙，尤其是南芳主，母亲为妖族王脉，体内流着一半重明鸟的血，一些保守的老派修士总认为非我族类其心必异，六御上师便是其中之一。

南颜怒道：“所以道生天是承认谋害南芳主了？”

六御上师道：“自己勾结妖族，休得攀诬吾道生天，老夫这就拿你回去以正纲纪！”

南颜这边厢还没动，殷琊先叉着腰骂开了：“攀诬？好一朵发了霉的盛世老橘子皮啊，张口闭口勾结勾结，勾你师祖爷爷呢？一把年纪了半截入土还不安分，祝你身体健康一门上下五千年坟头爆炸不送。”

六御上师活了快一千岁，还从没被人当面这般骂过，当即气血上头，暴怒道：“竖子敢尔！周天行吟·终阵，落！”

他纵因之前在悬空山鏖战受创，亦是化神第三衰的修为，剑阵一催，整片小天地间一片杀伐之气，弥天盖地的剑影朝着海中的巨龟头顶压下。

那巨龟同感剑气凌人，微微扬起上半身，宛如一座海上巨堡般浮出海面，张开大口朝着六御上师及其身后众人一声低啸。

“吼——”

龟类的妖族防御力当世无匹，剑气临身一刹，紫色的龟甲虚影蓦然浮现，随后剑雨如蝗，不断在龟甲虚影外激荡出涟漪，但始终攻不破防御。

“这不是寻常龟类，这是只、是只小须弥鼋！”

妖族最古老、最强大的王脉被尊称为祖灵，须弥鼋便是如今妖族的祖灵，其一族存世不多，但都体型庞大，小的如岛屿，大的比拟部洲，战时也曾作为妖族承载重兵的移动堡垒。

褚宁等亥洲诸人惊得不断后退：“能驭使须弥鼋……你是哪一支妖族？”

不只他们所在的须弥鼋，身后的海下也不断出现一些庞大的阴影，妖气结成一片片暗紫色的雾气，无数妖鱼探出海面，让六御上师目露凝重之色。

“看来你是妖国的王脉，不过妖国尚在封妖大阵中，凭这些外界的妖族残部，安敢与吾道生天争辉？”

殷琊的眼瞳里隐约泛出紫色的妖光，道：“以前是如此没错，可我刚从封妖大阵而来，好像是你们道生天出了什么事，阵眼封妖山灵力大减，使得封妖山出现了一线裂口，这小须弥鼋就是趁大阵动荡随我逃出来的。”

“上师，这如何是好？！”

亥洲的队伍大乱，六御上师道：“褚少主，你且回道生天通知宗内之人妖族叛乱，老夫会暂时封锁此地。”

意思就是要单挑了？

南颜看孟盈跟着亥洲之人忙不迭地离开，料她别有应对之法，再看向那六御上师。

“老夫对付尔等妖孽，一人足矣！”那六御上师扬手指天，道，“衙泉川！现！”

殷琊眯起眼道：“原来你亦是九狱狱主。”

“老夫三百余年前在申洲获得衙泉川，掌控之精熟，不在原狱主之下！今日就以衙泉川收尔等妖孽魂魄！”

苍空之上鬼云凝聚，衙泉者，衙正典祠，是以现身的均是一些面目威严的人形鬼物，铡刀林立，随着六御上师一声断喝，被斩杀的第一拨妖鱼，魂魄竟直接被吸入衙泉川里，同时六御上师好似得到了些许鬼力滋养，原本伤重的身形挺得笔直了些。

南颜终于明白了狱主可怕在何处，有九狱之主在场的战场不能死人，死了之后便会被吸收魂魄，转化为衙泉川的强大助力。

南颜沉声道：“二哥，此人足有第三衰修为，可与一洲之主媲美，你可有应对之策？”

殷琊：“无妨。”

南颜：“……”

南颜：“话虽如此，你能不能别往我身后躲？”

殷琊忽然间像做贼一样缩在南颜身后，闭着眼睛一脸嫌恶地画下一个鬼画符，那鬼画符朝天飞去，登时化作一片云涡。

与那衙泉川相对，幽泉川也一样出现在天际。

“原来你才是幽泉川之主！那……那他和妖族……你们……”六御上师心绪大乱，他晓得嵇炀的能耐，若非同幽泉川关系极为密切，怎有可能驾驭幽泉川的鬼潮镇压道生天？他竟当真有本事把妖族也牵扯进来！

“不自量力，敢扰我道生天千年大业，老夫今日便夺回幽泉川！”

“那到底是些什么东西！”

远离战圈百里外，褚宁仍能看到天穹中鬼气席卷，心神骇然不已，怕引起注意，连忙命人将蛟马车降落在地，差人去道生天汇报情况。片刻后，远方疾驰而来一名亥洲修士。

“少主。”那修士团团作揖道，“道生天目下也是乱成一团，恐怕暂时无法顾及妖族之事。”

褚宁诧异道：“怎么可能？不是说玄宰回来了吗，世上还有玄宰解决不了的事？”

“玄宰他……”那亥洲修士为难地看了一眼面色苍白的孟盈，道，“寅洲如今的主人逸谷先生，和辰洲龙主……好像是怀疑南芳主被道生天所杀，和玄宰动上手了。”

“啊？！”

那修士脸色惨白道：“那落下的悬空山都被打碎了，道生天的长老不准外人窥探，我们根本就不敢靠近……”

褚宁神色变幻了一阵，他有一只眼睛是瞎的，另一只眼睛利刃似的射向孟盈：“盈儿，你辰洲为何敢忤逆玄宰？”

孟盈垂眸道：“我不知。”

褚宁回想起六御上师所言，逼问道：“你当真不知？还是……你根本就不是敖氏的女儿！”

孟盈道：“夫君何出此言？”

褚宁身侧的侍妾暂且定下神，见此情景，怯怯道：“夫主，那六御老前辈说敖氏都有什么蛟龙护身秘术，怎么主母就不会呢？”

孟盈不语，褚宁厉声道：“我就觉得奇怪，你一直说你身体不适练功出了岔子，可敖氏的血脉何其特殊，丁点儿秘术都不会……你别是个冒牌货吧。”

孟盈背过手去，面上仍是乖顺的笑，但话语却宛如钢刀：“我是辰洲的长老亲自护送到亥洲与夫君完婚的，是或不是重要吗？昔日夫君也不过是看在辰洲的脸面上才娶了我的，饶是没有这一层关系，夫君为一洲少主，后院里还能容不下一个我？只不过夫君见龙主和玄宰动手了，就想拿我来做投名状了而已。”

褚宁转过身去，道：“冒牌货就是冒牌货，念在你这些年伺候有功，将修为渡给媚珠，自行离开吧。”

那叫媚珠的侍妾闻言眼睛一亮，连忙从车上奔下来跪在地上叩恩后，笑眯眯道：“姐姐放心，在山海之间辛苦得来的本源灵气，妾自会为夫主好生传与嫡子。”

“我本就是承蒙亥洲的恩泽才得了这些本源灵气，既然夫君这么说了，那就……”孟盈走到那侍妾前，一抬手，却猝不及防地一掌盖在那侍妾天灵上。

侍妾一声凄厉的惨叫间，孟盈扬手洒出漫天毒雾，随后身形后撤，直奔之前的战场。

褚宁被溅了一身的血，一愣之下，勃然大怒：“给我把这个贱人抓回来！！”

亥洲众人得令，立即追杀而去，却不想孟盈好似早有准备，足下不知道是乘着什么叶子形的宝贝，一路速度竟不亚于元婴初期。

孟盈头也不回地疯狂逃遁，最后索性一咬牙使出了血遁，顷刻间便看到了之前的战圈。

此刻这里已经满是鬼物咆哮，灰沉沉看不见一丝人影，她犹豫了片刻，见身后褚宁已经凶神恶煞地追来，便一头扎进灰雾里。

褚宁是当真被气煞了：“那法宝还是我娘给她的！这贱人竟早就想着要逃跑，快杀了她，尸体带回道生天以证我亥洲的诚心！”

三十几道遁光追进灰雾里，褚宁一马当先，散开神识却发现所有神识被封闭，正想回头看看情况，却发现身边的人诡异地消失了一半。

“他们人呢？”

褚宁又转了个身，竟发现另外一半的随侍也消失了，正又惊又惧时，他看到前方隐约出现了孟盈僵立的身影，面色狰狞起来正要一掌打去，手腕却被什么柔韧的东西缠住了。

他感到一股冰冷的气息喷洒在头顶，战栗地抬头望去，只看见一张五官倒错的鬼妇人怪脸，柔软的、好像没有骨头的手正卷着他的手腕，阴森怨毒道：“妾身，平生最恨负心人。”

孟盈捂住嘴，强压住心头的恐惧，看着那鬼妇人将褚宁整个人对折又对折，凄厉的惨叫声渐渐弱下去时，她也感到背后一重，一缕缕冰凉的发丝正想往她脖子里钻。

“嘻嘻，娘生气啦。”

她的肩膀上趴着一个同样五官倒错的小鬼，饥肠辘辘道：“我也饿啦，姐姐你也很香呀……”

这小鬼不知道是什么来头，鬼力之强大，可比拟元婴，而那鬼母则更是深不可测……

孟盈绝望之际，那小鬼忽然咝了一声，竟放开她跳到已经把褚宁弄成一团血肉球、正卷着他的元婴打算吞下去的鬼母身边。

“哇，娘亲娘亲，这个姐姐身上有那个重明鸟姐姐的佛气呢。”

这时灰雾的彼方徐徐飞来一道散发着金光的身影，正是南颜，她一来便先看到孟盈，知晓了个大概，随后向那对鬼母女道：“夫人，原来你们还在幽泉川。”

那鬼妇人道："幽泉川毕竟收留我们母女多年，狱主既然要与其他狱主争斗，我们自然要出来襄助。"

南颜从身后把缩成一小团的殷琊提溜出来："二哥，人家好心来帮你，你躲什么？"

殷琊哼哼唧唧了一阵，目光游移道："怎、怎好意思让妇道人家出手，我这是不想夫人太过操劳。"

南颜："那你可以放开我的袖子了吗？我娘的遗物都快被你揪烂了。"

"欸，这是你娘的遗物啊，我还说借过来穿两天呢……"

孟盈一脸蒙地看着他们，忽见灰雾里六御上师的身影破空而来，忙道："小心！他来了！"

幽泉川此刻情况不妙，似乎完全不是衔泉川的对手，正节节败退间，六御上师气势万钧地追来："竖子想逃去哪里！"

他一掌劈来，那鬼妇人却冷哼一声，直接上前一挡，这一挡不晓得是什么情况，那六御上师触到她那柔韧手指的瞬间，皮肤竟大片溃烂下来。

"我道生天功法完美无瑕，怎会如此？！"六御上师大吃一惊，身形不断后退，却不料他道生天的功法好像天生被这鬼妇人克制一样，同为化神修为，竟节节败退。

殷琊愕然道："嵇炀说只要面对道生天的人，召唤幽泉川，他们不会是我的对手，这莫非就是……"

"我知道了。"南颜回忆起之前嵇炀告诉她的相关事宜，微微恍然，"道生天的创道者舍心断情，为警示自身，必对曾经寄情之人赶尽杀绝，且必要在道法中留一道禁制警示自身。修此道法者，若碰了寄情之人，法身便会枯朽溃烂。应……那人对我娘也是这般，可显然这夫人不是我娘，那她有关系的莫非是——"

殷琊想起小鬼同他说过的故事，一个丈夫为求大道将妻儿用乱石砸死在井里，这对母女怨恨太深以至于流离成厉鬼，而那个求了大道的丈夫是谁，如今见此情形，不言而喻。

六御上师怒吼道："这不可能！老夫的功法承自道尊，连玄宰都不会影响到老夫，你、你莫非是道尊的、道尊的……"

鬼妇人发出一声愤恨的凄啸："道尊……他们现在叫你道尊！你可还记得你在井底被活活砸死的妻儿！"

之前无论面对南颜还是面对妖族登陆，六御上师都可尚且保持理智，这鬼妇人的存在却是让他彻底崩溃，心中无法压抑地恐惧起来，混乱间，他唯一想起的就是嵇炀。

这个妖孽早就算好了，只要幽泉川有这个鬼妇人在，道生天绝无还手之力。

“可恨……”六御上师一咬牙，心想今日事态杂乱，总要做成一件事，便怒而转向南颜，“左右今日已无法交代，老夫就先取佛骨禅心——”

“南颜！”

化神第三衰一击，摧枯拉朽地撕裂虚空而来，但就在此时，一道青光卷轴突然流星般飞来，生生止住了六御上师的攻势。

卷轴自行打开，里面传出应则唯漠然的声音——

“道生天上下，从此不得对南芳主后人出手，违令者，诛。”

“道生天虽悬空山不稳，但区区妖族既敢来犯，我等也绝不畏惧，若有胆子尽管踏吾子洲之壤，定让尔等有来无回！”扔下一句狠话，六御上师再次惊怒地看了那鬼妇人一眼，便匆匆离去。

“那我和女儿也就离开了，召唤幽泉川消耗太大，狱主若下次有需要，直接唤妾身便是。”鬼妇人说完，留下一缕青丝便离开了。

殷琊自是不敢收，非让南颜收着，待四周鬼云散去，他的情绪才稳定下来，这一稳定，就瞥见了一脸苍白的孟盈。

狐狸精本精的职业气质顿时涌上来，殷琊抖开一把扇子风流倜傥地摇开了：“这个小姐姐好生眼熟——”

南颜遂介绍了一番，又问及之前褚宁的事，孟盈便简单将情势说了说。

“……看来时局是很明显了，龙主一旦正式向子洲宣战，几个中立的部洲中，至少亥洲会倒向子洲。若不是我见机得快，便要被褚宁杀了，以此向子洲彻底投诚。”孟盈深吸一口气道，“这之前我还听说，未洲那边也出了事。”

“未洲下泉川被夺了。”南颜闻言愕然看向殷琊，后者好似早有所闻，道，“天底下一共有九狱，得其五，便可建酆都，篡冥府，道生天以凡人之身，欲夺生死轮回，加上刚刚那老头的，若按道生天的原筹谋，如今攥在手里的也该有酆、溟、衙、下四泉。”

孟盈理解得极快，道：“是……我确实在亥洲时偶尔听褚氏族内的长老说，越是战乱，这些冥府之地的力量越强大。”

以生养死，以人养鬼，嵇炀从一开始就在谋算九狱。

先是放出消息让所有人知道有九狱的存在，然后让殷琊得了幽泉川。

山海禁决里，更是摧毁道尊像，将酆泉川一分为二，取走了其中千百年的鬼气，又将狱君和道尊像的灵力给了穆战霆。

道生天先后失去幽泉川与酆泉川，仅凭溟泉、衙泉、下泉三川无法建立酆都，只有两条路——要么放弃千年大计，要么掀起战乱，正面夺取余下的冥河。

生灵涂炭。

佛门的弟子自然会有这一层犹豫，南颜沉默了半晌，道：“我曾以为同道生天是私人之仇，舅舅和龙主等人应也是不愿轻掀战乱，故而一直忍耐至此。只是没想到他们先对未洲动了手，我们能不能去未洲看看如今情况如何？”

殷琊摇头道：“我听报信的小鬼说了，道生天趁下泉鬼渊暴动之际派人深入其中夺取了下泉川帝冕，孟霄楼斩了一个化神第四衰的上师，但最后那道生天玄宰出手将其镇封在鬼渊地底，那地方神鬼莫入，我们才只有元婴期，去了也没用。”

孟盈也是一片混乱，道：“真是全乱了，道生天悬空山坠、辰洲宣战、未洲之主被镇封，这般乱局——”

殷琊道：“还得加上一条，封妖大阵动荡，妖族的祖灵想登陆复仇。”

一片相对的沉默里，南颜忽然道：“你们莫忘了，诸洲争端，恰是正法殿管。”

第二十五章　正法天道

吾是杀生造业魔，悟得禅机献佛陀。

两日后，道生天悬空山坠落一事传遍诸洲，一时间人心惶惶。

子洲以东矗立着一座悬于海上的空中大殿，远远一望宛如建于云霞之中，尤其是正中大殿的广场前，一座百丈方碑，上书“正法天道”四字，上接云天，下镇海隅，正是此地的标志——正法天道碑。

一座偏殿里，一个结丹期的执法使狐疑地打量孟盈和她身后南颜殷琊二人。

“几位……来报案？”

“没错。”孟盈已经哭湿了两条帕子，“妾身和夫君本来都要离开子洲了，岂料半路上被一些鬼物劫杀，夫君为了护我已经遇害……妾、妾身肚子里还有褚氏未出生的孩子，还请正法殿的道友们，一定要为我亥洲主持个公道！！”

她一嗓子号得惊天动地，受理此事的执法使被吓了一跳，不得不安慰道：“褚夫人莫急，这两日因为鬼物扰乱道生天，报案者成百上千，一时间无法全盘处理。不过夫人既然是在子洲出的事，不妨就先在正法殿小住几日，待我等理出来个头绪便给夫人个回复如何？”

孟盈连连点头道：“道友可一定要帮我呀，没了夫君我可怎么活呀……”

那执法使道：“夫人莫伤心，这是小住的令牌……只是你身后这位是……”

孟盈身后站着一个抱着一条白狐狸的女修，闻言道：“我是产婆。”

执法使："……怀了一个月就找产婆？"

南颜："有备无患嘛。"

执法使："那你怀里这狐狸是……"

南颜："夫人血虚，这是补品。"

白狐狸一口啃在她胳膊上，直到入住了正法殿一处客居都没松嘴。

孟盈在一边劝架未果，只能转移话题道："但穆道友毕竟已入主了正法殿，还自封了称号文曲星君，按正法殿素来的传统，我们这些事应均由他来审断，你们又都是兄妹情深，不如你们打到他面前去论论理？"

南颜和殷琊瞬间化干戈为玉帛："不不不，你记错了，我们不是亲生兄妹，没有关系。"

孟盈："可是之前在道生天时他恨不能昭告天下说你是他妹——"

南颜："他一意孤行欲踏平文学界，我苦劝未果，多年兄妹感情已破裂。"

孟盈："何以见得？"

南颜把胳膊从白狐狸嘴里拔出来，指着门框上一副对联请她自行体会。

"炼丹严把安全关，快乐修仙保平安，啊呃……"

修界的建筑不兴对联那一套，这正法殿却不知为何，每扇门前极为不搭地贴着一副墨迹未干的大红对联。

孟盈一路拜读下来，心中窒息不已，待殷琊不情愿地召了只小鬼来了解情况，方知为何正法殿落到穆战霆手里不过两日便成了这副光景。

"……还不是正法殿的长老院把持大权，那些悬空山坠落、未洲剑雄被镇封的案子提上来，根本就没报到帝君面前，让他闲得没屁放，到处留墨宝。"

南颜回想起嵇炀当年发生之事，正色道："可是因为正法殿被道生天控制了？"

"正法殿掌管修界大案判罚，就算道生天也不能直接控制，长老院里的确有道生天退下来的长老，不过长老院的力量也只是其中之一，之前帝君位置长期空悬，他们遂一直代行大权。如今道生天几乎要撕破脸，他们便也不顾颜面，以帝君年少不知世为由，继续把持正法殿。"

南颜又道："我曾听龙主说过，正法殿判罚，既可以呈与帝君和长老院，也可以跪求正法天道碑降恩，此碑乃是远古大修士、各路创道至尊元灵汇聚而成，绝对公正，可对？"

"没错，昔日玲珑京屠城一案后，正法殿长老院本来是要判南颐元神陨灭，但南芳主四处周旋收集疑点，允诺辰洲种种补偿，又长跪正法天道碑前，受问心雷殛十天十夜，这才求得减刑。"

南颜听到这里，手心里忽然有什么开始发烫，她低头一看，发现手掌上浮现了一丝淡淡的、属于逆演轮回镜的光纹。

“那如果，我在正法天道碑前，求问心试炼，为我娘之死指控道生天玄宰，可否？”

殷琊嘭一下变回人形，一巴掌拍在她脑袋上：“你别是疯了吧，道生天想挖你的心很久了，这儿又是道生天的前哨站，你若撞上去，谁都救不了你。”

“我清醒得很。”南颜道，“那正法天道碑若当真有灵，长老院的权威不攻自破，至于道生天玄宰，他既一意孤行欲拉整个人界为其大业冒险，世人当有权知晓，其中之功过是非，自有公论。”

“唉、唉……”

刚贴完一面墙驱鬼符的侍者回头看了一眼耳朵上夹着一支笔的穆战霆，眼角抽搐着问道：“帝君为何又叹气？”

穆战霆食指转着山河海冕，道：“山海禁决之前，辰洲的长老们诓我说，只要戴上这顶帽子，天底下文人墨客所作的诗词歌赋，都会自动钻到我脑子里，丰富我的文学底蕴，可我都研究三五日了，这破帽子又凉又沉，戴久了还时不时能听见蚊子唱歌，什么知识都没教给我，你说我这顶是不是假的呀？”

侍者干笑道：“帝君说笑了，那般多的化神前辈都看着，怎能有假，山河海冕的确可知天下事，上代帝君可是只炼化了一日一夜，便开始处理修界五逆大案了。”

穆战霆幽幽道：“那你是说我悟性不够了？”

侍者：“不敢不敢……那个，帝君若是当真启用不了的话，可以去问问长老院的前辈们。”

穆战霆翻了个白眼道：“你说那帮老橘子皮？一个个觍着脸说为我好，让我慢慢上手，结果只给我发了这些个招猫逗狗的一二三品折子……申洲云家五长老色迷心窍地娶了个猫妖侍妾生了个鼠崽，这也归我管？”

侍者瑟瑟发抖道：“那、那您是想管几品的折子呀？”

正法殿的折子从低到高分为九品，如修界战乱这般的大事归于九品，长老院现在自是不会让穆战霆插手的。

“九品的我暂且不指望了，你怎么说也得给我发个六七品的折子吧……我看申洲儒修文会这事就挺适合我的，以前是我远在辰洲望尘莫及，现在我既已坐上这正法殿的位置，有古人云，能力越大，责任越大，我也应该为文学界的后人做一点儿‘不遗余力’的事情——”

“帝君！”侍者惊恐万状地跪在地上，嗫嚅了半晌，道，“这事不慌，您既然苦恼于无法炼化山河海冕，不如就带去正法天道碑前试试，听说若能经过天道碑的考验，此碑能受理审判任何人的请求。”

穆战霆闻言大悦，提着山河海冕就溜了出去，一路一边观察正法殿的情势，一边美滋滋地朝正法天道碑飞去，可落地之前，便远远看到四周无数灵光闪烁，有人朝着正法天道碑大喝——

“谁人敢闯入天道碑禁地！”

穆战霆低头一看，只见一道血色的梵印冲破一群修士的封锁，走到正法天道碑前，跪在当年其母同一个位置上。

“寅洲南氏遗族南颜，望正法天道碑重审我母南芳主之死。”

周围的执法使惊诧不已，纷纷提起法器在手：“她是道生天要的通缉犯，抓住她！”

“谁敢！”穆战霆手中的山河海冕嗡鸣一声，直接与正法天道碑互相呼应，撑起一方结界将所有的执法使挡在外面。

执法使们惊怒地看着穆战霆拦在他们面前，道：“帝君这是做甚！公然在天道碑前维护罪人，一旦为天道碑所惩，长老院便有权弹劾帝君退位！”

“老子就不明白了，这正法殿，是修界的正法殿，还是道生天的正法殿？”穆战霆转头对南颜道，“你只管做你的事，倘若这修界号称最公正的地方也不过如此，这帽子忒沉，不要也罢。”

万众瞩目间，正法天道碑散出一股沉重的灵压波动，天地俱静间，一个苍茫的声音从天道碑中传出——

“你欲状告何者？”

胸腔里积年的隐怒、愤恨在这号称天道的碑前一泻而出，南颜最终是叫出了所有人都不敢叫的那个名字。

“我欲寻仇者，道生天宗主——应则唯。”

“岂有此理！我道生天何曾受过这般羞辱！”

“好不容易大业将成！此竖子……此竖子敢尔！”

“依我看，玄宰就该当场结果了他！以正我道生天法度！”

破碎的悬空山中，从子洲及诸洲各地闭关中惊醒的道生天长老们纷纷赶回，知晓前因后果后，恼怒之余，更多的是一种隐约的惊恐。

“如今重要的是，若不及时夺取九狱建立酆都，待老夫等人寿元一尽，便要魂归天地，就算花大力气找到转生后投的胎，也无法保有前世修为，这……”

道生天里年长的修士太多了，有些几乎是在伐界六尊时代就已经名扬四海的大能之辈，因为道生天承诺会为他们谋求永生，才效忠至此，如今若无法兑现道尊留下的承诺，到时整个道生天，乃至整个修界的权威便恐有倾塌之危。

“六御，你目睹全程，就算玄宰被缠住了，你怎么不出手灭杀此子？”

甫调息罢的六御上师深吸一口气，道：“你们不在其位，不晓得九狱之间，这些冥河可以互相吞噬，当时他已召出三条冥河压在道生天之上，若我等擅自击杀于他，又无法承接吸纳他带来的三条冥河，冥河便会失控泼天而落，整个子洲顷刻沦为一片鬼城。”

其他人怒道：“难道我等就奈何不了他？！”

六御上师略一沉默，道：“杀也不是不可杀，只是此子是玄宰的首徒，心思城府之深，恐怕世上只有玄宰可知，不知玄宰有何说法？”

众人瞩目之处，一直未曾对这般变故有所表示的应则唯，此时仍未有只言片语，只是躬身为溟泉大殿里的道尊像上了三炷香，跪地长叩不语。

有人语带不满道：“事到如今，玄宰莫非还念着师门情谊？”

应则唯坐起身，语调轻缓道：“诸位应知我为人，不该杀的，我不会多杀，该杀的，我亦从未犹豫，不论是谁。”

六御上师道：“好，既然玄宰表态了，那今日便该决断接下来的事——其一，诛杀叛徒嵇少苍，伺机夺回黄泉、幽泉、酆泉三川；其二，因悬空山坠落了一座，封妖大阵灵力不稳，又因那妖孽与专克道尊功法的鬼物沆瀣一气，我等不方便出手，需得专门令正法殿委派非道尊传承的执法使处理此事；最后……也算是因祸得福，佛骨禅心是时候该收归道生天了。”

六合道心、赤帝妖心、佛骨禅心，合三道为一，可破界飞升。而就在他得到这三颗心的瞬间，便是一界无敌的时候，挟九狱重写世间生死轮回，不在话下。

阶下道生天众人目露兴奋之色，纷纷谈论起南颜。

“……当年伽蓝古佛传位于禅师寂明，苦行修得佛骨禅心，便是连道尊也拿他没办法，没想到竟然出现在南芳主的女儿身上，若不是寂明禅师修行不端，怎会将这般宝物相赠？”

“啧啧，真是丑闻，我等此番翦除祸胎，也算是对得起他们二人的名声了。”

“可玄宰迫于形势下令我等不得对南芳主后人出手，可否要指派其他部洲的人帮忙捉拿？”

问话的人见应则唯不答，又反复询问道：“玄宰？”

“嘘……”应则唯做了个噤声的手势，仿佛是聆听到了什么，半晌后，他素来淡薄的面容上竟浮现一丝讶异的笑，“这孩子，好胆量。”

众人不解，但随即一道响彻天地的钟声遥遥传来，溟泉大殿之外的天穹上，浮现八个古拙的金字。

——天道正法，一界掌罚。

随后南颜坚定的声音从那金字上传出："我，南芳主之女，南颜，欲证道生天宗主三罪！

"其一为家仇，杀我母南娆，谋舅父南颐，我南氏三代尽受其害！

"其二为欺世盗名，道尊岁寒子寿尽前，为免诸洲不受控制，以飞升之名，诓骗诸洲尊主入虚空界壁一并刺杀，又污蔑卯洲寂明禅师入魔，禁入鬼地封印数百年！

"其三为天下之大不韪，罔顾世间众生之命，为其宗门长生作赌，前有暗杀辰洲前任帝子，嫁祸巳洲，蓄意挑起两洲大战，以战死之魂建养魂池，后有袭击未洲，掠夺下泉鬼渊，镇封未洲之主，此类种种，愿请正法天道碑审判，如有半句虚言污蔑，愿受天绝三魂，地噬六魄，永世不得超生！"

道生天众人在一瞬间的大脑空白之后，一个个勃然大怒。

"放肆！大胆！正法殿在做什么？没有长老院启动天道碑禁制，谁允许此女闯入正法天道碑前？！"

很快他们便有了答案，那八个金字里传出穆战霆的声音——

"穆战霆，以正法殿帝君之名，行使九品独断之权，允其试炼。"

他们倒是忘了，正法殿有主。

"正法天道碑一旦启动，诸洲主宗山门上必会一同见证，现在是天下皆知了。"

整个正法殿广场前，密密麻麻的皆是执法使，其中最愤怒的便是匆匆赶来的一群长老院修士，他们一来便怒然指责——

"九品独断之权十年内只能用一次，帝君可想好了，这次若用了，便是我等弹劾你退位，你也再无辩驳之权！"

"别说了，来人将此女拖走！莫让她在天道碑前污蔑修界砥柱！"

执法使们得令，一时间灵光闪烁，杀意凛然。

"帝君请让路，莫让我等为难！"

回应他们的是一把火焰长斧钉在玉阶上的铿然巨响，穆战霆回头看了一眼即将要完全启动的正法天道碑，索性拿了坛烈酒，浇了大半在斧上，余下半瓮浇头，待烈酒灼意渐起，仰首间，怒意高涨。

"再狗屁不通的文笔，也写不尽这狗屁不通的世道，来战！"

酒瓮裂，战声起，南颜面前嗡鸣一声，道道雷纹密不透风地把天道碑与她一道掩盖起来，眨眼间，南颜就看见四周环境起了变化，她整个人宛如被转移到一个悬浮的祭台上，四周一片苍茫星穹，面前的天道碑中，一个来自荒古的声音响起——

“……三道问心雷殛，你可想好了？”

南颜道：“吾心无畏，请！”

在她话音落下的瞬间，一道白雷自天而降，她撑持了不到一息，便整个人昏倒在地，数息后，眼前方重新出现了景象。

痛！！

南颜残喘间，心想不愧是人们闻之色变的问心雷殛，只轻雷一霎，便仿佛有千万根浸了盐的针扎进五脏六腑里，流的血液都好似长了刺一般。

不过古怪的是，她虽剧痛难忍，但体内的经脉却好似比寻常人强劲许多，十余息之后，便开始徐徐涌现一股热流，被雷殛的经脉竟自行修补起来。

是重明妖血。

妖本就比人天生体质强大，重明鸟更是与万鸟之祖凤凰同出一脉，不说如凤凰般不惧生灭，也是有血脉天赋加身，速愈之力不输任何妖族。

南颜挣扎着爬起，在天道碑第二道问心雷殛酝酿起之前，将亮着逆演轮回镜光纹的手掌印在天道碑上。

“娘，如果你曾经在这里，告诉我真相……”

似乎是本就应该回应她的请求，南颜眼前一黑，当年的残像出现在眼前……

三十余年前。

“吾弟南颐，性情温厚，虽铸恶业，非出本心，请天道碑容赦，晚辈愿受问心雷殛，辰洲此仇，亦愿一肩担起。”

膝下的玉石板已跪出两块凹陷，碑前的红衣女子，脊背却依然笔直，哪怕是第二道紫色的问心雷殛落下，一身的红衣遍布焦痕，却仍不显得暗淡。

待到一个日出时，她倏感雷殛的压力减了一半，偏头看去，方瞥见身侧跪了一个人。

“……你不是刚渡完了第四衰吗？没恢复好就来陪我一同挨天打雷劈，是不是太托大了？”南娆问道。

“逸谷，亦是我至交。”应则唯好似甫从山深处走来，衣衫上犹带着一丝寒露的潮气，面色亦是苍白非常，“不该托大的应是你，第三道问心雷殛乃赤乌之雷，便是有凤凰不死之心，也绝不可能在其之下全身而退。”

南娆扯了把已经焦得不成样子的袖子，道：“你们道生天平日里最重规矩，作为宗主，若被劈得像只拔毛乌鸡回去，以后怎么教书育人？”

应则唯道：“我不回去了。”

南娆嘴角抽了抽，道：“你可别吓我，我才刚和敖广寒闹翻，还没有想再找下家。”

“还有闲心说笑，看来是这雷打得不够疼。”应则唯闭着眼睛道，“逸谷与那鲛人之事，我原本是知晓的，那鲛人之所以死于非命，我亦有责任。”

南娆微微讶异道：“和你有关？”

应则唯道：“我……去警告过那鲛人，让她莫再纠缠逸谷，只是未料到她擅自离开北海想去找逸谷，这才途中被些贪婪的修士捉去，以至于让逸谷看到个中种种。”

“如此说来，我确实该打你。”南娆撩了一把额前垂落的发丝，道，“我寅洲的少主，想娶谁就娶谁，异婚又如何，你这个定法者就是亲自打上门来，赤帝瑶宫也担当得住。不过，你既然事后打算弥补，该不会只是同我在这里挨雷劈这么简单吧。”

说着，第三道血色的雷霆便当真落了下来，这雷霆灼人血脉，南娆一身真血足足被烧去了一半，元神亦残破不堪，方挺过了这道雷殛。

“……娆娘。”应则唯虽也同样狼狈，但至少人还是未倒下，他定了定神，看向索性仰头躺在地上的南娆，“玲珑京之事已无法挽回，你打算下一步怎么办？”

南娆空喘了一阵，道：“敖广寒几次想来调解，但我没答应，为今只有退婚才能不对他的地位有什么影响，我已让赤帝瑶宫全力弥补玲珑京，这事算告一段落……只是逸谷，我没想到那鲛人弟媳对他这般重要，让他的元神竟有崩溃之意。”

“……修士道心中最忌烙影，逸谷重情，自会如此。”

南娆眯着眼睛看着破晓而出的曙光，道：“你是我们这辈里最博学的人，治本的事我就不麻烦你了，只想尽力治治标，你应该知道怎么让我那鲛人弟媳聚魂投生吧。”

应则唯：“……”

“怎么不说话？”

指间的衣袖被握得几近崩裂，眼前的天道碑上，那些古老的字眼里，好似浮现了道尊的眼睛，正期冀地看着他。

应则唯低下头，道：“你年少时，应该记得妖后是如何聚魂转生的，不是吗？”

南娆撑着虚弱的身体坐了起来，好似要说出谁的名字，却又目露疑惑道：“……是有这回事，我记得，是父亲邀请来的卯洲一个叫寂明的禅师，可他不是跟着道尊飞升了吗，如何才能找得到？”

她神态蒙然，这在应则唯看来，无异于一种与死有关的先兆。

“寂明没有飞升，他……飞升时，受天魔扰心，堕回到修界。道生天的长老们，怕他天魔扰心为祸人间，就……”他一字一句，艰难地说出来，“就把他暂扣在凡洲。”

“谢了。”南娆不疑有他，撑着伤势起身欲走，却被他猛然拉住手腕。

南娆皱眉道：“我只是去试试，成与不成皆随缘，有什么问题吗？”

应则唯松开手，将右手藏在背后，道：“没什么，这一程，我陪你去。”

入了凡洲，随着灵气淡泊下来，在修士眼中万物恍如静寂，舟楫逆流而上，转眼已过万重山。

——道天不灭……道，不能灭！

炸雷般的声音在脑海里倏然消失，应则唯自船舱中睁开眼，灰色的瞳仁放空了许久，方欲上船首散散心障，却未意船首已有了人：“甫历问心雷殛，便是你持赤帝妖心，体质殊胜常人，亦当需知嗜饮伤身。”

南娆靠坐在船头，本是月下独酌，见了他来，添了一盏递去：“伤身总有办法，我的酒是治伤心。”

应则唯这才看见她眼尾犹有泪痕，一时怔然未接。

“怎么像个贞洁烈妇似的，一杯酒都不肯赏脸？怕我吃了你？”南娆也不强人所难，收回酒盏一饮而尽，道，“我倒是忘了，你不怎么饮酒。”

应则唯不知道自己是什么想法，鬼使神差地问道：“同龙主无缘，你原是这般伤心吗？”

南娆用指腹轻轻拭过眼尾，笑着道：“你可别说给敖广寒听。”

“是我多言。”应则唯伸手取过南娆原本要递给他的酒盏，酿酒师素来炽烈如火，而那酒香里却带着一丝若即若离的寒意，如月清冷，亦如月温柔。

“蝉露悲，为何名叫蝉露悲？”

“都几百年了，我都不记得了。”南娆轻轻敲着额侧，道，“单记得最初是求学时薅了你院子里昙花酿的……放心，那昙花本不适合酿酒，酿酸的都被我强灌给了敖广寒，好的才送了你。只是你这人也太冷淡了，既不拿来待客，喝没喝也没个回音，我都不好意思再送你第二回。”

她或是不记得了，那年他去了道尊讲道会，恰逢她送酒去他院中赔罪，因久等不耐，自己先喝了个昏天黑地，待他回来，便看见她醉卧花丛。

彼时她或许有心，因为她总是值得世上最好的，也不愿他人辜负好时光罢了。只是没有得到回应时，她又放手得比谁都快，让人错觉只是曾擦肩过一抹月光。

南娆似是有些醉了，倚栏听潮道：“你说这江里的游鱼可曾有忧愁？”

“吾非鱼，恕我不知鱼之愁。”应则唯答道，但随即又道，“不过你既有感，那便有吧。”

于是便当真有江鱼成群，哀哀缀于船尾。

南娆洒然一笑，将余酒抛入江中，道："父亲说他的后代应作巡天大日，我若舒怀畅意，则乾坤朗朗，我若心中颓暗，则山川失色。古人说得好，赠饮此酒，与尔同销万古愁。"

从现在起，她又走出了一份前缘，转身仍是长夜漫漫里孤独燃烧的太阳。

不缓不急地又乘舟了数日，离秽谷开放的时机越近，应则唯就越发沉默。

"秽谷这地方我倒是听过，当时镇压妖魔费了你们不少功夫吧。"

"嗯。"

"我记得上师还算是个不错的好人，没想到也会因飞升大开杀戒。我虽不知我父亲飞升后如何了，但总想着飞升不是什么好东西。"

"不尽然。"

"人各有志，左右我把逸谷这事安排了就颐养天年去……欸，那码头边是不是卖青团？那是不是凡洲的青团？"

这一季的旅途太短，彼时应则唯也不是那么明白，世上没有那么多选择，做凡人，和成神之间，总要选一个。

第十日时，江流终至了尽头，秽谷也依稀可见。

"此地封印与封妖大阵用的是同一种阵式，只是凡洲灵气浑浊，灵力周转上不及海外诸洲。"

不巧的是，这一日恰好是雷雨天，闪电大作间，秽谷之外灵力激荡，以化神修士之身擅闯恐有毁阵之危。

观察了数个时辰后，南娆亦看不出合适的机会，却是在狂风骤雨里听到了一丝异声："你听见猫叫的声音了吗？"

她不待应则唯说话，循着声音徐徐飞去，片刻后，便在山回路转间看到一间残破的古庙。

"这里……"来凡洲之后便头痛不止，直到在这颓圮的破庙前，南娆隐约觉得眼前闪过什么熟悉的画面。

在她僵立间，应则唯的声音在背后响起："来得不巧，尚不是时机，我们走吧。"

"可我听到好像有婴儿的哭声……"南娆回过神来，压下心里越来越浓的疑惑，走入破庙里。

冰冷的雨水从天穹落下，这是化神修士无法驱散的恶雨。应则唯回头看向秽谷的方向，试图算些什么，得到的卦筹却是一片混乱。

"寂明……"他喃喃间，南娆怀里抱了个荷叶包着的男婴走出来，好似是因为哄孩子的手势不大熟练，男婴一直在哇哇哭叫。

“啧，这小子都快重新投胎了，还挺有力气的。”她用指背试了试男婴的额头，察觉他之前仿佛是被什么野兽撕咬过，如今哭闹一阵呼吸渐弱，微微一叹便取出一根凤凰尾翎化作一丝丝醇厚的火灵力融入男婴体内，她又捏了捏男婴恢复如初的小肉脚，一时间唏嘘不已。

“要是我没出这事，再过一年就该有这么个大胖小子了……唉，就是瘦了点儿，娃娃还是胖的好。”

应则唯垂眸道：“悬命三翎，是你保命之物，上次给了我的弟子，这次又给了一个路边弃婴。且此子可另有办法所救，何至于此。”

“悬命三翎放在我这里到死用不上一次，何必浪费。”

没有比赤帝妖心更好的保命之物，南娆自恃于此，并不将对方的话放在心上，待将整根凤凰翎融入男婴体内时，却发现这孩子有些虚不受补，虽然身体从此不惧病痛，但脑子好似被火灵力冲蒙了，长大后性格恐怕有些过于活泼。

“罢了，”南娆唤来一只灵雁将男婴带去人烟鼎沸处，想回头同应则唯开两句玩笑，却不想视线扫过破庙佛堂里的佛像时，竟见佛像似有垂泪。

电光石火般，一些陌生的画面出现在眼前。

——谁？

支离破碎的画面里，她看见了一个佛者的背影，同时也听见了应则唯的低语——那是她从未听过的、宛如来自无间地狱的颤音：“娆娘，跟我回去好吗？”

在这句话贯穿脑海的同时，一道崩毁的声音从背后传出，南娆猛然回神抬头，却发现庙中高高的佛像碎成一地齑粉。

“此地是秽谷，鬼魔之气日积月累，便是连山中佛像也隐有勾人魂魄之能。”应则唯将右手掩至身后，神色上看不出什么异常，“聚魂之事并不急在一时，你随我回道生天，我翻阅前人所修，亦能为你重新……重新凝聚一份合用的聚魂之术。”

南娆呆呆地盯着地面，道：“应则唯。”

“……怎么？”

半晌，她抬起头来，嘴边牵起一个苍白的笑：“没什么，总觉得这么麻烦你，有些过意不去。”

浓酽的薄灰色笼上双眼，应则唯道：“你我之间，不必说谢。”

顿了顿，他又道：“回去吗？”

“自然。”

“那你在此稍待，这大阵四周恐有松动之兆，我去寻道生天在凡洲派驻之人……回来之后，我们回上洲。”

“好。”

应则唯走出三步，却又停住：“娆娘，如果那一年我答应道尊的指婚，是不是就不会有后来的波折？”

“命里该有的波折，今天不算，明日也会算。”南娆道。

无声的气氛在雨夜里肆意蔓延，从谎言萌芽的一切，终究要为谎言而毁灭。

入夜后，一道火红的光撕破天际，势不可当地直接冲入秽谷大阵中。

蛰伏的阴祝宛如遇到了最为美味的食物，化作一团团灰雾冲上去，但很快被一片赤焰焚烧殆尽。

凤凰之火，从不惧同归于尽。

怀着这样的冲动，南娆一路飞入秽谷最深处的断崖前，她低头抓了一把地上半干的泥土，全身灵力灌注于封印禁制上，双目一开，整个秽谷中心蓦然涌出滔天凤火，一时间鬼身辟易。

“寂明！如果你还活着，告诉我！

“我父亲……我父亲到底怎么了？

“太荒唐了。”

她自问是能忍常人之不能忍，可等到一切摆在眼前时，她却低估了自己的底线。

父母、兄弟、亲朋，竟欺她至此……她从未如此深切地感到，修界的实力至上，是这般野蛮。

“寂明……”往事的记忆在燎天大火里一一回归到脑海里，所有的错愕、痛苦随着毕剥的燃烧声化作怒火，“道生天……道生天，此债本座记下了，区区秽谷废阵，给我破！”

轰然坍塌的大阵里涌出一股温和沉浸的梵呗，南娆神情一松，道：“寂明，我们回凡洲，把这一切都解——”

时间凝结在一点，吞吐着剑芒的剑尖从心口穿出，南娆没有回头，在戛然而止的梵呗声里，赤帝妖心离开了胸腔的一刹那，她感到四周的一切都在以一种荒诞的方式碎灭坠落。

“你想放了寂明，不可能。”背后的人轻声道。

“呵。也是，积年累月的情分，岂能比得过玄宰，机关算尽，可……”

冰冷的长剑被她震出体外，铿然坠落间，天穹的冷雨，如逢大日消融，立时结为漫天霜花。而灰瞳里映照出的人影，比世上任何嫁衣都要凄绝艳烈。

“夕坠之日，不死于夜枭之手。”她说完，仰天坠入崖下。

耳边的风声带来幻觉般的低语，依稀如昨。

好了，都结束了。道尊的遗命，他做到了。

应则唯一身披雪，摇摇晃晃地起身，手里灼热的赤帝妖心，一点点将他的手臂腐蚀得只剩下骨架，他试图说些什么，却发现余生已无情可诉。

还能说出口的，当真便只余下机关算计。

“毁心之伤，唯以心补，你回到上洲之时，便是我……便是我证道之日。”

冰雪彻底消融，而雪浸染过的长发，霜白未减。

“道天不灭，永世……长存！”

“……娘。”

眼前最后一幕收梢，南颜恍如跌入一片无边的冰海中，无论怎么伸出手，都握不住那片绝望的残像。

她知道这个时候，南娆应该还未死，只是赤帝妖心牵连其身一切生机，一旦失心，就算有悬命凤凰翎护体，也不过是权宜之计。

“此心已证，汝可离去。”这座天道碑好似对她格外宽容，第二道问心雷殛结束后，那道苍古的声音便如是提醒道。

她知道若再待下去，第三道问心雷殛就要落在她身上了……南娆承此雷亦是人事不省了好些时候，若以元婴修为硬接，恐有神魂陨灭之危。

只是掌心的逆演轮回镜光纹仍在运转，就这般退出，恐怕她永远没有机会知道南娆落入秽谷之底后发生了什么。

紫色的问心雷在头顶上方的黑暗中逐渐凝聚，每一丝雷鸣电响，都让人惊惧得宛如风中飞絮一般，而随着那团紫电逐步扩大，四周所有的天地元气被疯狂吸入她掌心。

她的左眼前出现了一幕幕破碎的情景。

再等等……

此时天穹上的雷殛化作一种不知名的雷霆异兽，钢刀般的指爪凝成瞬间，南颜心里发起狠来：“天谴也认了，来！”

她一闭眼，耳边雷兽咆哮间，一道紫色的雷霆破空压下，但古怪的是，她并未觉得有什么苦痛，诧异地回头一看，只闻虚空处正法天道碑传出冷酷的声音：“……天道有律，断尽妖邪。”

她的身后，一阵云海翻腾间，凝出嵇炀半透明的身影，而那雷兽之袭则是全数落在他身上，一时间劈得形神不稳起来。

雷，素来克制鬼邪之物。

“我便知你一遇险阻，必不会先想到我。”南颜惊得几乎起身前，嵇炀的幻影朝她摆了摆手，又道，“若区区雷殛都抵不住，如何从人家机关算计之下把你捞出来？此事你追寻多年，可别放弃了。我托殷琊化出的这具鬼身时间不多，你继续吧。”

“好。”

南颜只犹豫了一瞬，神识浸入逆演轮回镜前，便咬破指尖逼出三滴精血，硬生生在身后撑起一道佛言墙挡在嵇炀身前，随后双目闭合，将一切隔绝在外。

雷殛落在佛言墙上，尽管并不能全数阻挡，但嵇炀竟也不知痛了，伸手轻碰了那道佛言墙，只感到一股冰冷的肃杀之意。他晓得她的佛道分两种，一者金光闪烁，修自愁山院佛门正宗，一者却殷红如血，杀伐自由心证。

《七佛造业书》，不遵普世戒律，创道者昔日为护佑一人而创，她修之亦如此。

嵇炀知道她听不到，仍是怀着某种莫名的窃喜与苦笑，低喃道：“以佛身庇护妖邪，佛心是为不正，你呀……”

三十余年前，秽谷。

南娆从一片血色的长河边苏醒，待脑中的混乱归于沉寂，她睁开了满是血丝的双眼。

“应……则……唯……”

单单是叫出这个名字，唇齿间便已见血腥。

最后一根悬命凤凰翎吊住了她一口气，但赤帝妖心与她性命相连，如今被挖走，她恐怕活不过一年半载。

好生狼狈。

待知觉回归，南娆打算起身，却发现自己本该开了个洞的后背，此时完好如初，身上亦搭着一件素白的禅衣。

她此刻神识轰鸣不断，连基本的内视都做不到，坐在河边的青石上盯视着那禅衣许久，方将衣襟拢好，起身朝着血河上游行去。

她走动间，只觉得心上缺口不知为何好得极快，困惑之余，余光一瞥，竟发现旁边的血河里，涌动的不是河水，而是无数魂魄。

生老病死，爱恨别离，人间的悲欢尽在于此……她很快看出这里竟是一脉黄泉。黄泉无边无际，南娆几乎错以为她将迷失于此时，远远地便听到一声温柔的梵呗——

“一者身体不疲，

“二者不忘所忆，

“三者心不懈怠，

“四者音声不坏，

“五者诸天欢喜。”

那声音有意引路，南娆便加快步伐赶去，待穿过一片血色的迷雾，她却看见听众并非只有她一人。

无数让人闻之丧胆的阴祝好似最虔诚的佛徒，低首聚在一处枯朽的菩提树周围，神情虔诚地聆听树下的佛者诵经度化，不时有阴祝凶性散尽，浑身散出金光，投入那血色的黄泉赴轮回而去。

南娆感到心口处流出一丝暖意，她不忍上前，寂听许久，心中涌起的恨怒竟暂时平息下来。

应则唯和寻常仇敌不同，怒就是输，输就会落入他的棋盒中做一枚待算的棋子。

她默念数遍，眼神逐渐安宁下来，而此时仿佛天正破晓，随着第一缕晨光穿过菩提落在寂明眼睫上，那些阴祝徐徐向血河源头飞去，不多时，这片秽谷谷底便一片静寂。

南娆好似想说些什么，却发现寂明合着双眼，本来捻动佛珠的动作也停了下来，竟似坐着沉睡过去一般。

南娆低头看了一眼手中的禅衣，眉尾不自觉地扬起，上前道：“多谢禅师相救，只是赤帝妖心与我性命相连，失之法身亦会逐渐灵力散尽而亡，如今却无异状，不知禅师是以何种手段救的我？”

寂明仍不言不语，看上去当真如睡着了一般。

南娆再上前一步，道：“若禅师不便相告，此情南娆暂且记下，请指路让我好脱离秽谷，待我调度本洲底蕴，便来秽谷破封相救。”

寂明：“……”

“禅师？”

寂明：“……”

“寂明？”

寂明：“……”

“秃……算了你不秃，就怕你醒过来，该看到我气秃了。”

如是竟半日过去，寂明依旧一副入定的模样，南娆终究是忍不住，自己四处走动了一圈后，实在走不出秽谷的地界，有些暴躁地回来道：“老妖僧，你再不吱个声，我就按着你双修恢复修为了。”

寂明终于有了些许反应，一缕长发从肩侧滑落至眼前，似乎是刻意慢了半拍，睁开一双清宁如湖水般的双眼，方道："这是你对长辈该说的话吗？"

长辈……南娆一噎，虽然眼前这位是伐界六尊里修行年岁最短的，但他师父是伽蓝古佛，本人又和她爹同列伐界六尊，说是长辈，还真是没什么错。

南娆深吸一口气，道："我被应则唯打入此地，身系诸多秘辛，需得及时赶回上洲昭告天下，还请禅师指点明路。"

寂明道："你不回去，上洲自然风平浪静。"

南娆道："什么意思？"

寂明摇了摇头，并未言明，而就在南娆想继续追问的同时，她看到寂明眼前的长发竟肉眼可见地霜白了一缕。

南娆起初还觉得他的修为已至天人终极，但此刻他气息淡薄，这才愕然惊觉出什么，激发灵力按住心口一探，立时神色剧变："你……你把你的心换给了我？！"

寂明神色如常，道："南道友的后人，贫僧自当尽力保全。"

他话说得轻描淡写，却立时把南娆惹恼了。

"南娆一生负情虽多，却从不欠人性命，我之体质耗损极大，唯有赤帝妖心以不灭凰炎方可常年支撑，你以佛骨禅心济我，便需折寿元以补，你疯了吗？！"

寂明垂眸，徐徐捻动佛珠，道："芳主不必担忧，寂明寿元尚可撑持你二十余年。"

"我是担心这个吗？"南娆气得血气上涌，道，"现在就把佛骨禅心收回！"

"收不回的。"寂明起身，往后退了一步，道，"佛陀割肉喂鹰，肉已养了鹰命，自是收不回的。"

"你！！"南娆气笑了，她也能感觉得到，那佛骨禅心被寂明下了不知多少道佛言枷锁，已同她经脉相连，就算是剖开心房，这佛骨禅心也是取不出来的。

寂明继续道："道尊之说，收得赤帝妖心、六合道心、佛骨禅心，他便可破界飞升，而在此之前，他还能以半步飞升境界篡夺轮回，使得道生天永世长存……我知寅洲之主诸事繁多，只是你若回去，道生天为求佛骨禅心，必会引动战乱，万请思量。"

南娆道："可你还有一个选择。"

寂明："请说。"

南娆："你可以不救我，看着我死。"

寂明："……"

南娆握紧指节，深吸一口气，道："几百年过去了，我都不记得当年喜雨几何，你怎么就是这么傻，若是我变心了，许了他人了，你求个什么？”

“……求个心安。”他说。

他从来就没有想那么多，也没有想过要什么结果，佛者人欲淡薄，一时旧相忆，一滴红尘泪，余生足矣。

这之后的一个月，南娆不敢动用任何灵力，唯恐对寂明耗损过度，但他原本鸦羽似的长发依然日日变白，即便如此，每日诵经、超度，亦未曾止休。

第二个月初时，寂明告诉她，自己积蓄鬼气太重，可能需要闭关一段时日炼化，让她万勿来打扰。

南娆满怀心事地静坐了数日，忽然在某个黄昏之交，她看到天穹上的阴祝惊慌地四处逃散，宛如遇到了什么绝世魔神一般。

“寂明……”

有佛骨禅心，他自可万魔不侵，可这心给了她，他就需得以不断消耗的虚弱之身，承接秽谷无尽的鬼力。

南娆冲入他闭关之地时，他周身原本清圣的佛气受鬼气浸染，一道道符文化作不祥的血色，目光亦混乱不堪。

狂暴的鬼力与佛力在周身散离，寂明以最后的神志同南娆说了声离开后，握着佛珠的手朝着天空中惊慌奔逃的阴祝一抓，竟控制不住地开始自行吸收鬼力。

——我此番若因鬼气浸染修行陨落，你可以佛骨禅心胁阴祝脱出秽谷。

这句话尚在喉头未说出，一片昏暗的视线里，骤然撞进一团火红，随后常年诵读着清净佛言的双唇覆上一道柔软。

“你……”

南娆把他推倒在菩提树下，咬下一条纱绢盖住他的眼睛。

“我想试试你到底是不是真的这么不记仇，要记得，欠你命的是我，坏你修行的……也是我。”

妖，易嗔易怒，易动情。

作为伽蓝古佛的衣钵传人、佛门的至高修士，寂明也曾自认为看得透这红尘。

“前缘即前愆，故生贪秽想。”

自那日后，无论南娆说什么，他都一言不发，身后的菩提树每落下一片树叶，他便在叶上写下一句句晦涩的梵文，昼夜不息。

“……我已说了一万遍对不住，当时情况紧急，渡情劫总比渡众生劫容易得多，禅师就算不原谅我，也好歹吱个声呀。”在秽谷的第二个月，南娆还是没能找到出口，只能回去企图说服寂明，见他仍是没反应，凤眸里窜出些许怒色，“更何况，当时腰酸背痛的可是我！”

寂明垂首撰写经卷的背影立时便僵了僵，随后头垂得更低了。

南娆气得拿出蝉露悲灌了几口，冷静了一下，组织措辞道：“你不必看不开，我少不更事时是对你有过非分之想，但现在大家都是几百岁的老妖怪了，隔夜仇都记不得，隔夜……啊这个，事已至此，你就看开些吧。”

寂明：“……”

“好吧，坏人修行如杀人父母，你助我出秽谷，我便誓不再见你，如有违约，便同此酒。”说着，她将手中酒坛一摔而出。可在落地碎裂前，酒坛忽然转了个弯，被一股柔力轻轻放在寂明身边。

“寂明纵是佛心有动，也不会因此苛待因缘之人。”他说话向来是不温不火的，唯有此时，隐约透露出一种无措。

菩提树沙沙作响，南娆看着他肩上已霜白了大半的发丝，皱眉按住了自己的心口，赤帝妖心是她九成性命，同理，佛骨禅心也一样。

“……你为什么走不了？”她第一次问起这个问题，“当年我父亲予我赤帝妖心前，曾请托道尊岁寒子亲自出手为我赤帝妖心加护防御，单我一人，可抵百名化神修士一同出手。而应则唯出手时，我却毫无反抗之力，所留下的伤口，亦蕴含周天剑意，恐怕十年难散。”

“我知。”

“你便是以佛骨禅心为我吊命，又能抵得了多久？我会累得你一年年虚弱下去，当年界壁之战、修界上下追杀都杀不了你，在这里为我不战而亡，可值？”

寂明道：“于我而言，天地悠悠，何时何地何因往生，都不过一抔黄土尔尔。”

南娆盯着他的背影道：“但我不愿如此，我是赤帝后人，赤帝扫诸六合，威赫天下，便是死，也需得与仇敌一道沦亡。”

寂明微微叹息，随手一拨，他们上方迷蒙的红色血雾四散而去，而上方亦是同样被无形的大手拨开一隙夜空。

弦月高悬，一颗紫微星闪烁着妖异的光芒。

修士大多粗通星象，南娆微微色变：“紫微帝星出妖光，诸星晦暗，必有祸事。”

“道生天命星不坠，我永远出不了这秽谷。”寂明眸光浅淡，“不是我执意阻你雪恨，实是道生天欲夺赤帝妖心，以你眼下之状，踏出秽谷后，佛骨禅心便是你的夺命符。”

对方可是应则唯，他的心思，恐怕便是赤帝在世，都难以猜透。

“我今日方知，道生天这样一个自诩天下诸道源流之圣地，竟也是一个玩弄人心之地。”

“由来已久。”寂明道。

南娆盘膝坐正，请教道：“愿闻其详。”

寂明：“……”

南娆：“禅师，你同小沙弥们讲道时，也要背对听者吗？”

寂明沉默了足足十数息，方慢慢挪正，瞳仁里映出南娆凤凰花一样的面容，他的眼神仍是十分平静，但捻动佛珠的速度却加快了不少。

“我便同你讲一个在我幼时……伽蓝古佛告诉我的故事吧。

“曾经在凡人间，有一个书生，因批判权贵而落榜归乡，一路上受尽衣锦还乡的同侪讥笑，说他此番落榜，只能回乡教书做个贫寒的私塾先生，连自己都养不起，如何养得起妻儿，不如让他们代养。

“驿站入夜后，书生睡在最便宜的柴房里，心气难平，半夜提起柴刀，将讥笑他的同侪们全部杀了。

“泄愤之后，书生看着满地尸骸清醒过来，想到这些同侪家里也有父母妻儿，一时悔恨交加，正要自刎之时，驿站外一伙强盗闯入驿站里大肆杀掠。而书生心想，左右都是死，不如死之前带走一个杀人如麻的强盗，也算是弥补。

“但怪事发生了，就在书生凭着一股血气杀了第三个强盗时，窗外一缕青光飞入，数息间，所有的强盗都死光了。书生抬头一看，只见门前立着一个仙风道骨的老人。

“老人说，你刚刚的所作所为我都看到了，见你资质不差，想收你做个弟子，从此舍下这些红尘，随我成仙成神。

“书生造业在前，赎业在后，起伏跌宕间，心中只想逃避，便跪请老人收他为徒，引他入道。

“老人又说，可你一身因果未断，就算修仙也难以入道，需得斩尽尘缘。书生不懂，再次向老人请教，老人便直言道，尘缘最重者，莫过情缘亲缘，你若随我离尘，你今次屠杀同侪的恶果就会落在你妻儿头上，何不让她们早早解脱？

“书生大惊，说妻儿何辜，老人笑笑拿出一本书册，说这上面记载了修真妙法，你今日将妻儿的因果断在自己手上，他日修炼得道、成仙成神，去酆都大帝的椅子上坐一坐，挥挥手便能让妻儿起死回生。

“书生半信半疑，回乡路上辗转难眠，兜兜转转回到家乡，却看到自家门院被闻讯赶来的同侪家人烧了一半，妻儿抱着孩子躲在后院的枯井里瑟瑟发抖。

“同他一道来的老人挥挥手，便将那些上门寻仇的人都震退了，书生看着老人的能为，眼热不已，对老人的话笃信了十分，用老人相赠的金银好生待了妻儿数日后，将妻儿也杀掉，并投入井里用石头掩盖。

“但是，书生跟着老人入道炼气后，修为一日千里，不出两年竟直接筑基，这时他已知晓修界的真相——所谓成仙成神，只是虚无缥缈的传说，而那个老人，也只不过是个道貌岸然的魔修而已，诱哄他杀妻杀子，只是为了收集他妻儿的怨魂炼宝。

“故事的最后，是书生在痛悔中杀了魔修，自以为为妻儿报仇后，继续踏上了修仙大道。”

寂明说到这里，便看见南娆靠着菩提树半合着双目，评价得十分毒辣：“这书生起意杀同侪，是为了泄愤；为逃避罪责，又听信魔修之言，杀了妻儿；为避免自己良心谴责，又杀了引他入道的魔修好圆满其道心，纵心中仍存一丝仗义之心，但细数而来，桩桩件件均为自己精打细算，此人若在世为大能，必是魔头之辈，你说的这人是魔师森罗？”

寂明道：“……是道尊。”

南娆坐直身子睁大了眼，哑然半晌，又重重倒回菩提树上：“难怪道生天之人，知情知心，又不耽溺于情，反而当断即斩，说他们一句上梁不正下梁歪，丝毫无差。”

应则唯从头到尾没用过什么刻意的手段，只不过了解他们而已。

他知道南颐爱姣娘，便会因娆娘之死心性失控进而屠城；

他知道她放不下亲人，必会与辰洲背道，受天道碑重创后，他再取得她的信任；

他知道寂明不会看着她死，就把她丢下秽谷，待寂明以佛骨禅心相救后，他既少一个大敌，又可轻松取得佛骨禅心。

他从头到尾，利用的都只不过是一个“情”字而已。

可到头来她知道了又如何，红尘莽莽，众生皆迷，唯他一人观棋不语，心中取胜之道分明，他不是赢家，谁是?

“自恶始源，便收恶果。悬空山上讲道，满目尽是无情书，即便本心有情，也是当断则斩。”

南娆道：“这样的人，佛门会度吗？”

寂明道：“苦海无边，他沉溺得太远，佛祖亦凡人，肩上所系为众生，不为魔罗。”

南娆：“那我呢？我放不下仇，放不下恨，恨不能杀上道生天，不分青红皂白地血染悬空山，如是我者，你会怎么度我？”

菩提树的沙沙声一时间静了下来，南娆身上依稀带着一丝清冷如月的酒香。

“寂明。”她看着人时，只要这双眼没有带着笑，瞳仁深处便恍若烧着一团侵略的火，“你自己有什么愿望吗？”

愿望?

看得出寂明投来询问的目光，南娆道：“我是个惜命的，你既执意不收回，我便只当欠你一条命，你寿元尽前有什么愿望，我尽力为你达成。”

“那你不如……”好像什么话到了嘴边，最终还是没能说出来，寂明转过头去，慢吞吞道，“皈依我佛。”

我衣服都准备开撕你跟我说这个?

南娆的亲朋好友们大多都晓得，寅洲之主多数时候是个暴躁老姐，仗着长得好看又能打，半辈子为所欲为。虽然后来大了点儿，看着稳重了，实则江山易改本性难移。

寂明诧异间，就见南娆伸手扯了他的佛珠丢在一侧，欺身上前在他耳边问道：“你的心在我这儿跳得很快，它说，它其实想做一个月的凡人，你说我该不该答应它？”

修行本无岁月，但之后一个月好似过得很慢，慢到后半生都足以回味，却又过得好似很快，快得转瞬即逝。

那一日，秽谷上空掠过十数道灵光，来接南娆的，好似是一些闻讯而来的寅洲修士。

南娆走时，将她惯常披拂的长发以菩提枝盘起，连日来伪装的假象一一散去，以恢复大半的灵力冲出秽谷结界的刹那，她抚着小腹无声道：“南娆生来不欠别人性命，此话当真。”

可事与愿违，寅洲的队伍甫出秽谷，便露出些端倪。

“南芳主打算回寅洲之后如何？”寅洲来的修士们围在蛟马车外，面带微笑地问道。

“应则唯没告诉你们？也对，凭你们在赤帝瑶宫暗藏多年本座还记不住名字，想来道生天给你们发的工钱不多。”一抹红脂抹过下唇，梳妆台上映出的面容，杀意凛然，“他敢做得出来，也该承担后果。本座回去后自会联合诸洲，将其前愆昭告天下，不日便会开战，而本座这里，杀父之仇，唯以血清。”

“那南芳主可注意了，您……已不再是不死之身了。”

这一战极其惨烈，南娆以半残之身，连斩十名化神同阶，最终自爆境界跌入元婴期脱逃入凡人界，从此销声匿迹。

一年后。

某个凡人都城街头，有个少妇抱着一个女婴在街头叫卖，这少妇虽荆钗布裙，但仍掩不住容貌奇美。

“卖孩子了，卖孩子了，一百文钱就卖。”少妇道。

路过的大婶：“哎呀，我还没瞧见过这么漂亮的娃儿呢，正好给我儿当个童养媳！来我买了！”

少妇瞥了一眼：“不卖，你儿显老，配不上我女儿。”

路过的大婶：“你这人都沦落到卖儿卖女的地步了，凭什么这么说话？！”

少妇：“凭我和我女儿好看。”

路过的年轻公子：“姑娘，你看本公子怎么样？本公子连你一起买了，从此吃香的喝辣的！”

少妇：“你眼浊牙黄，双颊虚浮，膝盖微弯，必是酒色烟鬼，滚。”

路过的霸道王爷：“美人，你成功引起了本王的兴趣……”

少妇：“你娘在家里喊你调解婆媳纠纷，不送。”

路过的微服帝王：“小生年少有为，后宫三千只愿取一瓢饮。”

少妇：“老娘招寄养，不招男宠，也不招女婿。”

黄昏后，少妇抱着女婴慢慢晃悠着，女婴不哭不闹，小脸粉嘟嘟的，玻璃球一样的眼睛懵懂地看着她。

“哎呀闺女，本以为你娘我就够不靠谱了，没想到凡人里也难找出个靠谱的呀。算了，把心渡给你后，娘也就放心了，虽说就剩下这么几年，咱娘俩凑合着过吧……对了，给你取个什么名好呢？”

女婴咯咯笑起来，少妇看了，一顿猛亲后，戳着她的小脸：“你爹到最后也没敢说出口一句喜欢我，这么难说话，你就叫难言吧。”

“这些年我唯一放不下的，就是没能陪她度过最后一段日子。

“我有时会想，她最后在庭院里看落叶的时候，是在想什么呢？

“是对道生天的恨，还是对亲人的憾，或是……我父亲和我？

“我想娘本是不愿让我来到上洲的，可我到底还是来了。不只来了，又重新立于她立过的危墙之下。”

已干的泪痕在一片破碎的时光里辗转流离成灰烬，南颜张开手试图抱住那些离散的光影，然而抱紧的却只有一缕缕握不住的流沙。

待掌心的光纹点点黯淡下来，南颜低下头，虚虚抵在嵇炀的肩头上：“少苍，我外祖父输了，我父母输了……我不想输。”

血红的瞳仁映照出晦暗的天光，嵇炀低头，他看见南颜膝下的身影起了变化。

那不再是一个人的阴影，而是徐徐变幻成一株巨大的菩提树，每一片菩提叶的阴影上，都烙下一个血淋淋的“卍”字。

汹涌的佛力从她心口绽出，四周钟声嗡鸣不休，将身后的结界一一震碎，外面隐约能看到正法殿那些执法使狰狞的面容——一如多年前，嵇炀所见到的情景一样。

“南芳主已将你托付给我了，岂敢有负。”

“……道天上师联名下令，此女与悬空山坠落一案有关，请长老院即刻停止正法天道碑试炼，将其捉拿，不得有误。”

天道碑前的正法殿修士一脸难色，他们不敢直接对穆战霆动手，因为他不只是名分上应该君临正法殿的人，背后还有一整个实力强大的辰洲。

龙主护短世人皆知，他辰洲的人，从来只有关起门打，外人若敢碰，动手断手，动脚断脚，伤人偿命。

可现在道生天那边急了，虽不能直接出手，但正法殿中长老院的人却已纷纷来到天道碑前。

“最后一遍警告，帝君若不让，老夫等人便会启动弹劾监督之权，施以天道雷殛，届时就算龙主来都保不住你。”一个长老院长老道。

穆战霆扫开一个扑上来的执法使，道：“还有这茬儿？我还当早就撕破脸了，看来你们还要点儿脸……既然要脸，怎么就不敢让人一证南芳主之死的真相？”

“胡言乱语！玄宰为修界柱石，岂容黄口小儿胡乱污蔑！”数名长老召出一杆大旗，全身灵力狂泻而出，那大旗登时散出青光笼罩所有正法殿修士，“老夫已给尔等加持破禁之力，速速将贼人拿下！”

正法殿之人不再犹豫，一声应诺，各自结阵，一道道青色电光从四面八方轰然砸去。只见一阵电光爆闪，遮蔽一切视线与神识，待强光一一收束，一股血腥味弥漫而出。

“好，贼人已经伏法，那就……”长老们还当这一击奏效，心刚没放下多久，忽见正法天道碑上华光绽开，纷纷脸色剧变。

“不好！”

正法天道碑是远古诸多创道者皆留过神念的至宝，仙道佛魔皆列在其位，绝不可能有失偏颇，就是这样的正法天道碑，这一次却好似突破了什么陈年的封印一般，道道华光绽出，一幕幕骇人听闻的画面在天穹上隐隐浮现。

“这……这……”

“道生天疯了吗？他们怎么敢对正法天道碑施加封印！”

就在这一刻，整个修界巨震，诸洲的主宗山门纷纷看到了当年秽谷南芳主被扔下悬崖的一段。

“难怪了，从上一次南芳主试炼过后，这天道碑再也没有启动过。”

“你们看！那杀人的……杀人的真是玄宰！”

光幕并未持续多久，数息间，天穹上的浓云结为一只弥天大手，直接将诸洲主宗上方的光幕一把捏碎。

一时间，天地死寂。

“都散了吧。”一个淡漠的声音道。

轻飘飘一句话，纵你昭告天下，也难敌他只手遮天。

须臾间，正法殿天道碑上，浮现十一道光纹，俱是诸洲主宗的徽记，亥洲的徽记最先发声——

“不过是黄口小儿擅自污蔑，这天道碑二三十年未启用，谁晓得是不是出了什么错，事后让人修理修理便是。”

辰洲那侧，立刻便传出一个长老的声音：“依亥洲褚道友的意思，你对这天道碑知之甚深，知道它什么时候好，什么时候坏，眼光竟要比当年立下正法殿的玄宰、南芳主、龙主、宝气如来、剑雄等人加起来还强些？”

“你……”亥洲之主气得不行，也知道无法反口，硬生生道，“即便如此，那也是寅洲和子洲的私怨，让他们两洲协调便是，我等和南芳主又没有什么利益瓜葛，修界多她一个少她一个，又有什么不同？”

申洲、午洲、酉洲等势力不大的部洲一一应和。

“南芳主香消玉殒也非我们所愿，只是既然出事之地在秽谷，那地方诸位也晓得，诡异非常……我们又晓得南芳主遗孤身负佛力，天晓得她是不是为堕佛者蛊惑，若当时不除必为修界一害，玄宰才不得不痛下杀手。”

“啧啧，谁不知道南芳主素性风流，做出什么事都不奇怪……”

“就是。”

诸多窃窃私语中，隐约有人发笑。

这时，辰洲的徽记中，三道龙纹血符闪电般朝着这些嘲笑声来处打去，那些笑声顿时转为惊怒。

“龙主！你这是什么意思？老夫可没惹过你！”

“亥洲褚廷、午洲元鏊、酉洲鲁秋，你们三个，明日一同接战帖吧。”敖广寒饱含沉怒的声音传出，“既然这年头杀人的无罪，被杀的倒要被你们在这里编派，本座也想试试。”

亥洲之主反应最是激烈：“我等不过是合理猜测，堂堂辰洲如此斤斤计较，可有半分上洲风度？！”

敖广寒冷笑一声：“说的好，下洲就要有下洲的自知之明，主人没说话，狗就先出来叫，被打死也是活该。”

“你！”

此时，寅洲的徽记里，南颐的声音传出：“劳烦帝君带南颜回赤帝瑶宫，南某不胜感激。另，道生天杀吾洲南芳主，藏匿赤帝妖心，寅洲赤帝瑶宫即日起，向子洲宣战。”

敖广寒紧接着道：“今日恰逢盛会，本座也就一并说了——道生天杀吾辰洲前任帝子，嫁祸巳洲，致使两洲十年战乱，此仇难休。还有，未洲天鞘峰下泉鬼渊被直接开启，方圆数百里生灵涂炭，死伤已逾数十万，我就代孟霄楼一起宣战了。”

随后，一声阿弥陀佛从卯洲的光纹中传出，宝气如来道：“吾卯洲，本不欲多涉是非，只是当年道尊所约的飞升之大会，吾洲佛忏主，自从虚空中脱逃后，便被视为魔头打压，至此失踪，欲向道生天讨个说法。”

卯洲下场了……

一直未出声半句反驳的道生天，在宝气如来开口的同时，反应却异常激烈。

“老夫六御，当年负责主持道尊飞升大会……目睹佛忏主飞升心切，堕入逆道！此事毋庸置疑！吾道生天为保全卯洲颜面，不愿提及此事，今日你等咄咄逼人，老夫也不得不揭破此事——”

六御上师隔空一道气波震散正法天道碑下的光晕，立时当的一声，整座正法殿回荡起梵钟声响。只见正法天道碑下，一座两面观音金身刹那间出现。

“这……这我可没见过这样的佛家道统！”

那是一尊两面千手观音，正面散发着柔和的金光，菩萨面容慈悲，悲悯众生，而反面却凶煞如修罗，三眼六耳，散发着血色的不祥之气。

“你们看到了吧！”六御上师大声道，“佛忏主当年翻手血洗巳洲，便是以此为凭！若留此女，众生危矣！诸位还要秉小义而失大局吗？！”

正法殿的长老见状，立即高声道：“正法殿所为乃修界大局，今日我等联手诛魔于萌芽之时！”

“你们敢！”

正法殿的人动手极快，刹那间所有的化神、元婴修士都仿佛约好了般同时出手，铺天盖地的五行法术、阵法灵宝密密麻麻地朝两面观音打来，看似转眼间就要将之摧毁殆尽，但下一刻，一股清凉的微风拂过，半空中浮现一片菩提叶虚影。

“阿弥陀佛。”南颜双手合十，从两面菩萨金身中缓步走来，足下菩提树阴影徐徐展开，所及之处，正法殿数百年未动的砖石缝中，陡然生出一株株菩提巨树。

“吾之道，曰七佛造业。

“入吾道，有七言，皆在佛魔之间。

“善缘者得悟，跳出诸天大道，问鼎化外。”

她每说一句话，菩提树上树叶便茂密一分。

六御上师大吼道：“不能让她说下去！！”

但正法殿的执法使们一个个动作却缓慢下来，迟疑地看着南颜，他们知道，这是佛家传道之境，若此时能得明悟，便是资质驽钝的凡人，也极有可能功成化神大道。

修真，太难了，每个人都是为了长生得道而苦苦追寻。道生天太高、太远，而南颜的道，就在眼前，触手可及。

一片片菩提叶随风飘入每个人掌中，片刻后，有人似有明悟，放下手中法器，如佛陀般盘膝坐下，随着南颜低声念起《七佛造业书》总纲。

“吾是杀生造业魔，悟得禅机献佛陀。”

云层蓦然翻滚起来，寅洲那侧陡然传出南颐的声音：“阿颜小心，舅舅马上来接你！”

随后，所有的部洲徽记一一消失，最后只剩下子洲道生天的徽记。

虚空里脚步声传来，这声音极轻，却又极清楚，每一步都好似携着天地之威，镇压在两面观音之上。

观音像颤抖，菩提树颤抖，听道的修士颤抖。而南颜，纹丝不动，抬头看着虚空里徐徐步出的身影：“低眉持戒度众生，仰首再屠……十万魔。”

“上次见你，你几乎不敢直视于我。”应则唯的目光落在她足下的菩提虚影里，仿佛是怀着某种期待般，低声赞叹道，“好一个佛骨禅心。”

南颜不闪不躲地抬头看着他，此时她觉得心很静，既无恐惧也无愤怒：“我娘的蝉露悲，从来都不是为了你而酿的，有情无情，都放下吧。”

有什么东西终于碎裂了。放不下的又何曾是情？只不过是他在这份情上经年累月的执念。这一次应则唯终于感到了，他腐朽的不再是碰触那个人的身，腐朽的是他作为人的凡心。

“你还有什么愿望吗？”他看着她的目光不再像是看南娆的女儿，而是……佛忏主的传人。

南颜道：“吾发愿于此，地狱不空，誓不成佛。”

“本座，会很快送其他人下去。”应则唯闭上眼，抬手间，风住云歇，四周的虚空出现道道裂痕，一股毁天灭地的玄异之力碾压而出。

“虽然，不一定会允许你们再相见。”他说。

“……道友是她兄长，不去帮帮忙吗？”

“我就在帮呢，你带我去正法殿后殿禁制塔就好，她头铁得很，能顶好久呢。”

“……你们真的是兄妹吗？”

“我们真的是，比亲的还亲。”

趁着正法殿大乱，孟盈揣着殷琊变化成的白狐狸一路向正法殿后殿快步而去，她中间经过不少禁制，但怀里的白狐狸双瞳一亮后，那些禁制大多都自动散开让她进入。

不多时，在殷琊的秘法下，他们闯过一道极为严密的禁制，便看到了正法殿后一座悬空小岛，岛上立着百丈高的青石巨塔，这座塔共有九层，每一层都在缓慢地以某种玄秘的速度运转着，耦合处每组成一道符文，那符文便飞出去，融入塔下一个巨大的传送阵里。

“这就是……禁制塔。”孟盈咽了一下口水，既恐惧又兴奋道，“总控这天底下所有正法殿下辖的秘境开启关闭之地，正法殿最紧要之处。”

正法殿不只是修界的最高公堂，它还掌控着修界诸多大事要事，诸部洲大型秘境的开启，如山海禁决或是秽谷等地，何时开启、何时关闭，均由正法殿的禁制塔运转。

甚至，这禁制塔能影响妖魔封印的运转。

孟盈远远看到便不敢靠近了，因为那禁制塔下拴着三条铁索，铁索尽头，各系着一头气息恐怖的化神后期异兽。

“那是……古妖肥遗？”

三头异兽俱身高数丈，其中一头，龙首鳄身，身披刺甲，却是只有传说中才出现过的古妖肥遗。

“确是古妖肥遗的后裔，不过人族是不会让妖族的血脉觉醒的，看着凶狠，追根究底不过是头未开灵智的妖兽罢了，放我下来，我自有法子对付它。”白狐狸从孟盈怀里跳下来，抖了抖身上的绒毛，身后长尾一一出现，一身灵力也节节暴涨，待出现第八条尾时，他一身气息已经赫然到了元婴后期。

“小姐姐，你心挺大的呀，我可是妖族，只要我成功毁了禁制塔，天底下大多数禁地的禁制就会大幅削弱，你们人族就完了。”殷琊恶狠狠道。

孟盈道：“我不怕。”

殷琊：“为什么？你不怕死吗？”

孟盈：“我怕死，不过我观察你们也很久了，现在的修界发生了异变，所有死掉的人不会往生轮回，而是投入九狱，成为狱主的棋子。如果我是死在子洲，就会成为子洲这里……嗯，应该叫溟泉川的鬼魂。而你也同样拥有一个狱主的身份，不过你能管得到的地狱一定不是在子洲，就算率领妖族大开杀戒，也不会选在这里，否则就是白白给子洲增加筹码。”

殷琊：“……”

孟盈：“你应该怕鬼吧，你知不知道怀恨而死的女鬼要比男鬼凶得多？”

白狐狸摇头。

孟盈：“你要是弄死我，我就跟着你，你应该不想打开衣柜或掀开被子就看到一张血淋淋的女鬼脸吧。”

殷琊不禁想起那一年，宝气如来撸着他的尾巴毛教育过他，世上最可怕的往往不是恶鬼，而是人心。

孟盈：“前面好像打起来了，道友抓紧时间干正事吧。”

白狐狸表面没什么反应，但本来翘得老高的尾巴却缓缓落了下来，神思飘忽、摇摇晃晃地朝禁制塔走去。

在殷琊靠近的刹那，塔下三头异兽同时睁开眼，那头肥遗扬起长颈，张开满是獠牙的巨口朝天咆哮一声。

音波登时激荡而出，震得孟盈神识轰鸣，双耳剧痛，不得不后退至悬空小岛边缘。

可诡异的是，那音波并没有传出岛外去，而是撞在岛上的结界后，便忽然消失，肥遗见状更怒，再次低喝一声，就在殷琊靠近它们的攻击范围时，旁边一鹰一豹两头异兽扑了出去。

黑鹰双翅一张，羽毛如密密麻麻的箭支般立起，随时会将目标射成蜂窝。豹子更是凶悍，血盆大口中的舌头竟是一头巨蟒，闪电般朝着殷琊吞去。

殷琊不闪不避，雪白的狐身仰天一啸，立时身后出现了一只巨大的、紫晶般的狐眼。

“汝为妖否？！”这狐眼好似带着一种极为强烈的蛊惑，鹰豹二兽僵立了一瞬，殷琊又道，“既为妖，何不跪服王族！”

妖兽中有血脉与等阶压制一说，尤其是在殷琊祭出一面巨大的妖旗后，那两头化神期的巨兽虽不情愿，但也不敢再露出攻击的意图。

只有那肥遗，巨大的身躯直立而起，凝重地盯着殷琊祭出的妖旗，半晌，竟口吐人言：“妖族共有四杆万傩旗，其上有四大图腾，分别为九色、须弥、重明、魇生……你应是天狐族中魇生一脉，但这杆万傩旗却是来自须弥鼋，你到底想来做什么？”

“哦？”殷琊意外地看着那肥遗，他还当对方只是头被驯服的妖兽，没想到还留着一丝血脉中的灵智，“既有灵智，我想做什么，你应该不会不知道吧。”

肥遗前爪一踏地面，脖颈上的锁链一股电流窜动，它身形一震，道：“我等负责守护禁制塔，不允任何人靠近，没有帝君诏符，想解除封妖大阵禁制，绝无可能。”

殷琊道：“若我有呢？”

“不可能！”肥遗的兽瞳里仿佛浮现某种期待，但仍恪尽职守道，“便是帝君，也需在禁制塔参习数年方可知操控之道，现任帝君继位数日，除非长老院……嗯？”

殷琊眼里暗芒闪烁，身前浮现一张符，这符由血画就，上面符文诡异，竟让人一见便生晕眩之感。

“帝君的诏符我有，只不过是前任的，同为妖族，你放我进去，我就放你自由，如何？”

正法殿，前殿。

轰鸣声响彻天地，黑白的道印与两面观音宛如水火不容的宿敌一般，单单立在那里，便是你死我活。

“若非逆道，值得嘉勉。”

正法天道碑附近的空间被分割开来，应则唯拂掌虚点，天地倏化乌白，笔墨荡开之处，来不及逃走的人，纷纷身形化为水墨，都被纳入了这方乾坤画卷之中，融为了画卷上一张张凝固的惊恐面容。

“这是……什么神通？”场外的人惊恐回头，他们知道，这并非仅仅是境界或神通的搏斗，而是两种道的较量。

灭顶的压力铺天盖地压来，南颜听得到，她修道以来每一分灵气，都在对这个人发出战栗的哀鸣。唯有佛骨禅心，仍撑持着她站立着，不为丹青画道所侵。

她固执地抬起头，问道：“我有一事不解，请教道生天之主，何为逆道？”

应则唯淡淡道：“逆天地之数，乱百家经义，是为逆道。”

南颜又问：“七佛造业，灭邪除恶，何称逆乱？”

“持佛骨禅心，自可守正其心，可世人七情六欲难抑，习汝道者，必为祸世妖魔。”

南颜定定地看着他：“故此道止于吾，吾道不传人，反观道生天，将心比心，汝为妖魔否？”

她的确未曾传道于人，或者说，传于人的乃是七佛造业之精神，而非功法路数，只会令适才被吸引的修士开拓心境，而非沉溺屠杀邪魔。

似乎也是察觉了的确如她所言，应则唯素来无悲无喜的面容上，隐约露出一丝异色，启唇似要说些什么，最后化作一丝飞快消失的讥诮之色。

“听闻佛者擅度，不知你所修之道，可度妖魔否？”

“度。”

“可度恶鬼否？”

“度。”

“若鬼物无穷无尽呢？”

“苦海无边，亦是修行。”

“好。”

不知是赞赏她沉凝的心性，还是笑她的无畏，应则唯上方的画卷天穹上，忽现竹笔一抹，顷刻间，被封锁的天地间刹那化为一片阎罗狱景，无数恶鬼咆哮着扑向两面菩萨。

当真是无穷无尽的鬼物……

南颜感觉到了，他抱有敌意的并非她本人，而是寂明立下的七佛造业之说，言语挑衅他并不在意，却独独会被大道之争所激。

而且应则唯本身的实力绝不止如此……不，应该说他本人并不是任何狱主，如今能招引恶鬼，眼前之人并非他本尊，必是神念附身。

“请教了。”南颜留下一句话，双掌轻合，待整个人被一片阴风鬼潮淹没，檀口轻张，眼底一片清宁转为肃杀，“吾度亡者，当先净其魂，净魂不得，涤其罪，涤罪不得，伐其恶相，灭诸三魂七魄，造业吾佛大悲。”

话音一落，佛骨禅心引出的菩提树同时飒飒落下绿叶，凶恶的鬼潮立时冒出缕缕青烟，罪行稍轻者，涤荡魂魄后化光超度，恶业累积者，灰飞烟灭。

“寂明……好一个七佛造业。”

这也就是应则唯为何最容不下寂明的缘故，除去那一缕强行斩断的凡心之妒，他所忌惮者，便是这种……可以越过九狱赋予亡魂轮回的道。

伽蓝古佛、寂明，他们一生都穷极此道，欲令世上游散的亡魂得以轮回转生，但道生天千年筹谋，便是为了独揽轮回，若是他们的道继续存在，岂不是证明道生天是错的？

应则唯的想法里从来不存在错，如果有，就把世间纠正，这是他唯一的信条。

善面菩萨超度众生，恶面修罗斩邪除业，而南颜就像是个苦行僧一般，纵有恶鬼万千，亦不曾退缩。

“原来如此。”南颜道，“你害怕我，可这只能昭示，道生天的路，于大道渐行渐远，如是而已。”

为什么你会像寂明呢？为什么，会是他呢？杀心即起，动念便已山河入笔尖。

“再会。”他漠然道。

山岳崩碎，茫茫一片苍白扑面，南颜感到两面观音发出不支之声，一起毁灭前，她听到远远一声疾呼——

“玄宰，封妖山倒了！！”

“肥遗？怎么会逃出来的……必有妖孽、必有妖孽！”

“谁打开的禁制塔！快把他拦下！”

预想中的毁灭在加身之前，好似被什么古怪的力量瞬间吞噬进去，南颜感到一只冰冷修长的手把她从一片废墟中牵起，语调里带着一些隐约的责备：“当真胡闹。”

南颜混混沌沌地问道：“少苍？你在哪儿？”

“不急，我会把你送到我在的地方，在此之前，我还多少想让师者付出些代价。”

第二十六章 妖界大开

我何止着相，我简直着急。

南颜经历过不少传送阵了，但这次绝对、绝对是最让人头壳发晕的。

一睁眼，传送阵出口竟然开在一个凡人的大街上，一处挂着破画的无人摊子后，南颜一脸蒙地拖着穆战霆走出来，她暂时没精力分辨自己被传送到了哪里，便顺着土墙滑坐下来低头定神。

被一起从传送阵扔出来的穆战霆之前和正法殿的执法使内部切磋得过于兴奋，一扭头打算救驾的时候，迎面扑来一群死状千奇百怪的恶鬼，想抱南颜大腿求镇邪的时候为时已晚，就被一起压在画境山崩下了。

不过好在他也修有敖氏的秘法，本体防御自行启动，到现在也只不过是筋疲力尽昏迷而已。

过了片刻，南颜看到摊子后微光一闪，殷琊也灰头土脸地被传送出来，一屁股坐在她身边喘着气。

“我觉得……”殷琊好似受了什么内伤，剧烈咳嗽了几声道，“下一次，咱们别用这么头铁的法子了，真的，我跟你说，道生天那位，不是人，神念寄体也不是。”

南颜揪着被埋时头发里缠进去的杂草，道：“孟盈呢？”

“这姑娘刁得很，我在解塔的时候，她在旁边拿着玉简猛记，估计是拿到什么秘境的诀窍了，早就从正法殿外绕着溜走了。”提起孟盈，殷琊有点儿不寒而栗，对南颜教育道，“我们这些当妖的，少和人类打交道，他们一个个的心思不纯。”

南颜：“哦，那少苍……”

殷琊：“要不是因为有个你，我才不会跟老三同流合污呢，那孟姑娘也就是刁钻，老三是真的坏，坏得冒黑水的那种。”

南颜面露杀机：“你把封妖大阵毁啦？”

殷琊：“……你干吗这么看我，妖族现在须弥鼋当家，和道生天仇深似海的，让他们狗咬狗……这可是老三说的。”

南颜：“我怎么觉得这么害怕呢，妖国想报复的可是整个人族。”

殷琊：“我不怕，我把老须弥鼋的万傩旗骗来了，现在手里还有一面重明万傩旗，加上你之前说的山海之境里九色鹿一族的，所有的万傩旗都在我们手里，只要我们尽快入化神，下面所有的小妖都会服从万傩旗，妖国主战派就剩下几个光杆将军，我们找个机会把他们套麻袋就是了。”

南颜嗞了一声：“世间竟有如此歹毒之事，到时万万记得叫上我。”

他们俩蹲在路牙子边你一言我一语，旁边穆战霆躺得安详，这美好的画面很快引来了路人围观。

不一会儿，南颜就发现自己跟前扔了一小块银子，面前一个富家公子一脸期待地看着她。

“姑娘，卖身葬兄的话，在这街上是要被城里的执法士抓的，有什么困难到寒舍，小生年方十七，尚未娶妻。”

满头杂草的南颜：“……”

“哎，这家卖身葬兄呢。”

“仔细一看这对阿哥阿妹还挺白净漂亮的，也不晓得哪里逃难来的。”

“看这小脸脏的，若洗干净了定是好看得紧。”

“哎，咱们这儿虽没什么仙门大宗，但也有一两个仙师坐镇。”

穆战霆长眠不醒，南颜和殷琊也是筋疲力尽，实在是走不动。等到围观的人一多，适才那富家公子怕有人争抢，连忙道：“最近城里的筑基仙师正让恶霸到处寻男女炉鼎呢，姑娘若在这儿久了，恐怕会有恶霸前来滋扰，还是跟我走吧，小生明年正打算去修儒道，若能得入仙门，也不会委屈了姑娘。”

儒修是新兴的大道，一直以来便贯彻孔圣先师有教无类的宗旨，拉低凡人入道的门槛，目前虽比之道、佛、魔三家有所不及，但发展的势头也颇强。

南颜终于明白这地方应是一座凡人的小城，便问道：“那请问这里是哪个部洲？”

富家公子诧异道：“这里是巳洲呀。”

难怪了，别的部洲很少有坐镇一个小城池的修士公然四处搜罗炉鼎的，在巳洲这种魔修的地盘上倒是常见。

富家公子又道：“小生家有百亩灵田，书藏万卷，只欠一佳人谈诗论赋，举案齐眉……”

南颜还没说什么，地上长眠的穆战霆忽然冥冥之中有感，坐起来一脸蒙眬地睁眼：“谁要跟我谈诗论赋？”

他刚刚内息状态下灵气自行调节，外表上看起来几无呼吸，凡人们见他忽然坐起，一愣之下，纷纷作鸟兽散。

“妈呀，夭寿了，人断气了还能诈尸，紧走紧走！”

穆战霆蒙眬地转过头来问南颜：“有人想跟我谈诗论赋？”

南颜从怀里摸出一个木鱼槌，照着穆战霆的脑壳敲去：“没！有！这里！都是！文盲！你！继续！睡！”

穆战霆二度长眠后，长街那头，轰轰隆隆杀来一群刚刚富家公子所说的恶霸。

恶霸们来了之后，看他们两男一女神情疲惫，完全不走什么“跟着大爷吃香喝辣”云云的流程，大手一挥：“不错，都身强体壮的，快没时间了，都带走！”

殷琊：“你们几个是不是找——”

“等等哥，有点儿古怪。”

南颜倒也没反抗，看得出这些恶霸们大概都属于小有引气的修为，待他们急匆匆把自己三人扛上，便问道：“诸位壮士，这是要带我们去哪儿？”

恶霸看上去有一种隐隐的慌乱：“带你们去仙师那儿享福去，你们也别怕，去了你们就知道跟着仙师还能保全性命些。”

南颜：“哦，是这样的，我们村里来的，爹娘走得早，不晓得到底发生了何事，竟这般兵荒马乱的。”

恶霸道：“这天下都战乱了，还不是大事？！”

南颜同殷琊对视了一眼，心想该来的终于还是来了。

“……道生天昨日连发三道命令，说是要搜查诸洲逆道，找什么黑色的玉简，每个部洲需派驻一名道天上师主理此事。”

南颜问道：“那诸洲就这么同意了？”

恶霸脸上露出恐惧之色：“寅、卯、辰、未四洲直接向道生天宣战，现在各洲都乱了。他们那些大洲现在被激怒了，倒是一些小部洲却倒霉了，你听说过午洲元氏吧？”

南颜想起午洲帝子元昂，还和她对上过一遭，道：“听说过，是元磁圣光那家。”

“一夜之内，午洲主宗圣磁海，万鬼咆哮之下，全宗灭门，六万人魂魄化鬼，全部听从道生天一位派驻过去的上师号令，现在……他们到巳洲了。”

六万人！这就是九狱的可怕之处，修大道者，修为虽高，能威胁人的不过生死。

而若修九狱鬼道，能控制的，却是一个人的生生世世。

说话间，恶霸们便匆匆把他们带到一条空行舟上，对着船首三个修为在筑基上下的魔修点头哈腰道：“仙师，这……这是最后三个了，凑足四十九个炉鼎，您是不是可以带我们去凡洲避祸了？”

魔修朝南颜他们瞥了一眼，道：“怎么还有个死人？”

扛着穆战霆的恶霸拍了一下被敲昏的穆战霆道：“没死没死，还有气呢，可能就是饿的。”

“啧，没时间了，都快点儿吧，咱们这地方可是在巳洲和午洲交界处，若不赶紧搭上鲸舟，等到他们封锁海岸就晚了。”

南颜被带到一处船舱里，看到满舱面色惶然的凡人时，便晓得了那几个筑基魔修恐怕是想要带着物资去凡洲避难。

若是当炉鼎的话，凡人也是物资。

区区筑基修士自然是看不出他们这些元婴修士的位阶的，南颜观察了许久，同殷琊道：“二哥，我想去凡洲。”

殷琊当真不会以为她是去躲战乱的，挑眉想了想，道：“你想去秽谷？”

“我……”

南颜眼前闪过一幕过往的画面，那是她曾在秽谷接受《七佛造业书》传承时，看到的人影。

“那年在秽谷，应则唯挖去了我娘的赤帝妖心，禅师寂明为了留住她的性命，将佛骨禅心给了她……但赤帝妖心在我娘体内存续日久，已与性命相连，若要撑持她的性命，需通过佛骨禅心消耗原主寿元。”南颜深吸一口气，道，“我娘……不愿拖累他人，重伤后也不敢回上洲，怕道生天得到佛骨禅心，这才将佛骨禅心传给胎儿。”

她是一个新生的、毫无缺憾的生命，佛骨禅心能保护她，她也能以自身的成长反哺这颗佛心。

殷琊听得皱眉：“你想……回去找你父亲？”

若说世上还有谁能让应则唯视为绝不可容的大敌的，除了寂明不作他想。

南颜隐去眼里深藏的恨意：“……我至少，想让他知道，杀人者还是没有放过我娘，他将我娘利用得彻彻底底，做了他修途上必斩的心魔。”

只有在应则唯面前，她不是出家人，只是一个恨不能将仇敌寝皮食肉的凡人。

“你怎么确定他还活着的？”

“因为……”南颜目光笃定，“少苍见过他。”

此时，空行舟船身一晃，外面传来喧扰声，南颜元婴期的神识暗中扫去，只见他们已经抵达一处海岸边，适才还一脸傲然的筑基魔修此刻宛如摇尾巴的狗一样躬身拜见另一个衣衫上有着巳洲天邪道标识的修士。

“……李管事，人都在这里了，您不是最近想练一炉血核散吗？这些炉鼎里有不少年轻女子是顶用的，您看看，若喜欢的话随便挑。”

海外部洲的凡人，和凡洲的不同，久受灵气滋养，十之七八都是有灵根的，稍微修炼一下开了灵便能当作炉鼎。

那天邪道的修士仿佛是主管进出的，闻言玩着手上的扳指闲闲道：“人命值什么钱，像你们这样打算送炉鼎去诓凡洲的小宗门的，老子今天见第四拨了，收炉鼎也收得手软。你们这小地方的货色，撑死了都是些五灵根的而已，老子还看不上。”

那打算渡海凡洲逃难的魔修又是一阵点头哈腰，又是送宝贝又是送灵石，好不容易那管事点了头，才勉为其难地答应下来。

“这可是最后一趟鲸舟了，上面还载着大宗门的化神前辈们，你们把这些凡人抬上去后，可能会有贵胄们来挑些奴隶，到时你们警醒着点儿。”

南颜收回神识，道：“哥，你若有事，等出了海离开巳洲海岸防御的范围，趁鲸舟没开远，就带着大哥去辰洲吧，这些魔修想把上洲的凡人贩卖到凡洲去，这般多人命，路上不知会死多少，既然碰上了就不能不管。”

殷琊确实还要周旋妖族的事，道：“可刚刚那人说，鲸舟上还有化神期，你刚刚催动过佛骨禅心，现在多半灵力枯竭了吧，万一杠起来你打得过吗？”

南颜道：“无妨，我也是正经愁山院的佛修，论起恢复来，也是世间数一数二的，五日内便可恢复圆满。再者，我在山海禁决救过狱邪侯之女一次，她曾送过我一面天邪道的上阶门客牌子，鲸舟上的修士没准还会招待我呢。”

很快那些人便回来将他们所有的人从空行舟上带走。

南颜是第二次踏上鲸舟，比起当年筑基时的忐忑，此时元婴期的她，其实已能只身横渡这片隔绝上洲与凡间的瀚海，只是为免海上风暴侵袭，还是乘坐鲸舟较为稳妥些。

大约半个时辰后，魔修们手续办妥，带着他们来到鲸舟里一处长街，十数人一组关在一座座面对大街的牢房里，同一些奇珍异兽一同销售。

辰洲的鲸舟上是不允许贩卖人类的，但这鲸舟属于巳洲，一些正道规矩在这里自然不必守。

此时天色已渐暮，长街上挑选炉鼎或奴隶的高阶修士渐渐多了起来，当真如夜市一般。

一个珠光宝气的炼气期老妇走到南颜他们这边的牢房前，面无表情地拿三角眼一扫，嫌恶道："懂不懂规矩，都分开站好了，待会儿方便我分价。"

凡人们一脸茫然，那老妇烦躁道："连这都不会，真真一群废物，元阴元阳还在的左边站着等下按炉鼎标价，知人事的右边去按杂役标价！"

这里的大多是年轻少女，闻言既恐惧又羞怒，那老妇好似恼了，拿出一枚粉色的玉珠道："算了算了，站直了别动。"

那玉珠直接散发出一道道粉红色的光晕笼罩整个牢房，少数年轻人身上冒出一个桃花印，从他们羞恼的情况来看，有桃花印的大约都是已知人事的。

殷琊身上倒是没有，不过他也不承认，嘲笑道："这东西倒是有点儿意思，大约是些老色鬼整出来的，不过想探到你狐妖爷爷头上，真是可笑，球啊你说是吧……欸？！"

南颜顶着一头粉红色的桃花，在他眼睛里解读出了震惊之色后，闭上眼道："阿弥陀佛。"

——阿你个木鱼头的陀佛啊！给佛祖道歉好吗？！

殷琊面孔扭曲，在她神识层面一通狂轰滥炸道："你这本事长得太大了，你才三十岁，你哥不准你谈恋……我去，你都满脸桃花开了，那人是谁？男的女的是人是妖？！"

南颜的神情仿佛四大皆空："本来无一物，何处惹尘埃，哥你着相了。"

殷琊："我何止着相，我简直着急，你说要是老三知道了那不得闹个……等等，你这么长时间跟没事人似的，应该也不是其他人，你、你们……"

南颜试图升华这个话题："哥你看开一点儿，我修造业佛，生杀都看开了，红尘又有什么看不开的呢？"

殷琊笃定道："凶手是老三。"

南颜："所谓色即是空，空即是色。吾入道以来，愿舍身度众生，虽然少苍他，嗯，他是众生里最不好度的那个，但我不入地狱谁入地狱，无数修士前辈前仆后继为的不就是让世界充满爱吗？我也正是贯彻了这种精神……"

殷琊："别说了我没脸见吃苦老和尚，千万别让你大哥听到，他听到了等于你准后爹们都听到了，到时候打出来的旗号肯定是灭他道生天包括老三在内的满门。"

"我听到了。"

南颜和殷琊见鬼一样看着睁开眼的穆战霆。

南颜哆哆嗦嗦道："你什么时候醒的？"

穆战霆："从阿弥陀佛开始醒的。"

南颜："……"

穆战霆："我要跟你去凡洲。"

南颜："辰洲还需要你作为帝君为他们正式下达讨伐书什么的，你回去之后不和龙主说不就行了。"

穆战霆："不行，我忍无可忍，会到处乱说。"

南颜崩溃道："多大点儿事，你们别管我了行不行？"

穆战霆一脸痛心地对殷琊道："你看，长大了就不听话了，在外面一个人走跳就容易被别人骗，身边没个人陪着怎么放心得下。"

殷琊这次站穆战霆这边："就是就是。"

南颜感到孤立无援之际，一个清润含笑的声音从牢门外传进来："兄长在说什么？凡洲一行自有我相陪，有什么不放心的？"

三人齐刷刷地转头，嵇炀好似刚来，低头看了一眼南颜被标的价，既好气又好笑："倒是我疏忽了，竟让你被一些蝼蚁这般相待。"

嵇炀看上去倒是没什么异状，刚想从牢门间握南颜的手查看伤势，就见她被老鹰护犊子一样挡在身后。

穆战霆一马当先，气势万钧地诘问道："老三，我有句心里话，今天一定要跟你讲。"

嵇炀后心微微发麻，道："请讲。"

穆战霆："你有没有想过会坏她修行？你这个'孩子'！阿颜还是个'畜生'！你怎么能这么对她！！走咱们出去打一架！"

等到穆战霆撸起袖子就想往外冲时，嵇炀后退了一步，指了指他身后。

"怕了吗？相见恨晚了！"穆战霆说完，忽感一道杀气袭来，回头一看，只见南颜举起一只砂锅大的铜木鱼，表情阴森。

"你说谁是畜生？"

穆战霆毕竟还是有求生欲的。

龙主的话言犹在耳——你看天边那颗星星亮不亮？如果南颜没有全须全尾地回家，那里就是你的归宿。

真是亲生的徒弟。

于是纵然小妹六亲不认，穆战霆仍是坚定地抱紧了他妹的腿："此去天长地久，再见时我怕你连侄子侄女都给我领回来了，还是我们去保护你吧！"

殷琊跟着帮腔道："就是就是，我们的事可以往后推推，世上哪有比妹妹更重要的是吧？"

那边嵇炀隔着牢门观摩了半晌南颜的暴行，道："也是，我之前同家师相斗受了点儿伤，这几日无法弹压一些凶厉的恶鬼，二位兄长已各掌一川鬼魂，还请为我护法两日。"

穆战霆和殷琊同时沉默了一阵道："你压不住厉鬼，什么意思？"

嵇炀："你们看你们身后。"

三人齐齐回头，只见原本牢房里关着的被掠来的凡人一个个被鬼族悄悄带走了，留下的一个个虽然也是凡人的样貌，但所有人面上都带着诡异的笑容，脚下都没有影子。

殷琊："你周围到底跟着多少恶鬼？"

嵇炀谦逊道："所立之处，放目尽是黄泉。"

三人："……"

半个时辰后，鲸舟徐徐驶离海面，鲸舟尾部的栅栏旁，南颜吹着冷风，面无表情地看着含泪送别的穆战霆和殷琊。

"天长地久有时尽，相逢一笑泯恩仇，妹妹，此去一路妖魔鬼怪之考验，都是在磨砺你的佛心，要把持住啊。"

真是亲哥。

夜星初上，南颜回头看着靠在旁边闭目养神的嵇炀，好似真如他所言一般，不远处有一些阴祝正在暗暗窥伺着他，空洞的鬼火眼里，竟透露出一丝饥饿的渴望。

南颜忽然想起上回见他受伤，那些阴祝也是如此围在他左右。

想到这里，南颜直接外放《七佛造业书》的佛气，很快，那些阴祝便闻风而散。

"你受伤了？"

"随口一说而已。"

南颜瞥了一眼远处阴暗角落里依然未散的阴祝，拉起他的手道："跟我来。"

元婴修士在这鲸舟上地位不低，很快她便凭着天邪道的门客令伪装魔修，被人迎接到一间独立的洞府里。

嵇炀被她按在椅子里，随后饶有兴致地看着她在整个洞府里布下一重又一重的佛言屏障。

布置得差不多后，南颜走到他面前，肃着脸道："你有何把握控制封妖大阵下的妖国？"

嵇炀微微后仰，抬眸道："如果我没有，你打算如何……处置我？"

他看似稳妥，却总是在她看不到的地方，于刀尖上博弈。

“愁山梵海九劫塔镇魔疗养院了解一下。”南颜面无表情道。

“这回不生气吗？”

“出家人不溺嗔痴。”

“是不溺嗔，还是不溺痴？”

对视了片刻，在南颜试图用眼神杀死他之前，嵇炀终于如实交代：“他很生气。”

嵇炀眼里带着一种显而易见的愉悦：“我那师尊是个极为傲慢的人，他只要做下了，就绝无退路之说。算计伐界六尊、杀害南芳主、镇压佛忏主，包括之前杀我，现在想杀你，桩桩件件，俱在演算之内……但是他现在却发现了一件事。”

“什么？”

“他算不到你了。”嵇炀抬手虚虚一画，半空中出现一副八卦道印，“他并不偏好本人直接下场动手，一举一动皆是源于其推演之术，而现在他的推演之术正在渐渐失灵，我在正法殿试过一次与他交手，若是他道心不失，禁制塔绝不可能被解开，而这次他毫无动作，便让殷琊得手，便说明了一件事。”

“逆演轮回镜？”南颜感到手心发烫，“它不是属于道生天的宝物吗？怎会助我？”

“不是助你，逆演轮回镜取诸于天外，道生天并不是它的主人。至于我那师尊，本就走的是逆天而行之路，他本人杀戮诸多，唯仗修为强大，掩盖身上所系因果，才能自比玄天主宰。如今逆演轮回镜以你为起始，乃是为追索其前愆，故而一次次相助，只要他一日不放弃篡夺九狱之事，逆演轮回镜就会保你一日，你可以视为冥冥之中有天道在帮你。”

南颜想到午洲那献祭的六万人，道：“所以，他因逆天而行，受天道追杀，我一举一动，皆是为了消灭他？”

“你可以这么理解。不过，被天道追杀的不止他一个。”

“还有谁？”

“还有我。”

南颜一怔，下意识地回避了这个问题，道：“你刚刚说，你曾尝试与他交过手？”

“见笑，他神念寄体肉身被灭，我伤。”

“给我看看。”

从刚刚开始，四周的鬼气便不知不觉间浓郁了许多，看起来就像是那些最凶猛的恶鬼期待着狱主的虚弱，打算随时反噬他一般。穆战霆和殷琊就从来没有这样的情况，只能说明嵇炀夺取黄泉狱主的方式一定和别人不同。

“嗯？”嵇炀意外地看着她，血红色的瞳仁微微发亮，“疼得不轻，帮我好吗？”

"我只是想看看你的伤口。"

"为兄怕疼，乃据实以告。"

就在这样古怪的气氛里，南颜一边默念着佛经，一边扯开了他的衣带。

这是一具二十多岁、修长而精悍的身躯，肤色偏白，因生着一双血眸而略显阴郁的轮廓，随着南颜将佛气注入他后心上属于衔泉川的伤口，渐渐染上一层压抑的欲念。

与此同时，南颜眼底的骇然之色也逐步扩大，这道伤不过三寸余，内中蕴含的毁灭之力，宛如十万恶鬼同时冲击，等同于狱主死前最后的致命一击。

好在她的《七佛造业书》克制鬼魔之道，十万恶鬼之伤，随着她佛力的倾泻，被驱除得干干净净。

"你的对手，应该是那个六御上师吧。"灵力几乎耗尽，南颜双手刺痛，出了一身冷汗，还没来得及掩饰异状，便被嵇炀拉到膝上，握住双手。

"我以为你会想说你回忆起一点儿什么了。"与当前这副惑人的模样相反，嵇炀抬眸追着她偏离开的视线看去，口气十分平淡，"佛者有戒律，恶鬼可没有。"

"你我重责在身，不宜……"

"如果可以，我永远不想和你谈正事。"嵇炀认真地看着她，道，"我同他不一样，不要怕我，好吗？"

暖晕色的佛光落在眼底，那片欲诵佛言的唇，尝起来好似和凡人也并无不同。

这是南颜第一次在清醒的时候没有拒绝他，虽然心里默念着一饮一啄，皆是修行，但她也不得不承认，此鬼难降。

二哥给过她很多话本，她却只能摘取只言片语来形容嵇炀。

他是破庙里轻叩门扉的艳鬼，是忤逆山门的佛者，是狂言被贬的官场客，是污泥中仅存的写着悲怜的净蕊，也是明知背德也要拉你一同君临黑暗的恶人。

南颜觉得自己结缘的是一片寂静的深海，她不知平静的海面下，暗涌着的，是多少不安和占有欲。

他在这里仿佛是个十七八岁初初食髓知味的少年，非要把她久疏问候的牙关撬开，每一分、每一寸都逡巡个彻底，才愿意稍稍让她喘上一口气。

意已乱，情尚未迷时，南颜的手掌在他胸膛触到了什么，脑中仿佛闪过什么，推开他道："你心口这是什么？"

他动情间，一时不查，心口一道咒纹出现了一瞬，同时南颜背后也同有所感，故而发问。

嵇炀的指尖还残留着一丝柔软的触感，他五指轻握，越发妖冶的血眸望着她道："我曾修六合道心，后来被挖去后，虽然三魂归原身，但毕竟是缺了一块，你见到的……法阵而已。”

南颜一瞬间清醒过来，佛骨禅心对鬼族乃是催命符，她有心也无力。

“……你等等我，我会把你的心抢回来还你的。”

“好。”我想要的那颗心，又岂是什么乱七八糟的六合道心。

余下的话他没有多说，因为洞府外的禁制牌开始波动起来。

“洞府里的元婴前辈，鲸舟前方遇怪事了，我家化神修士请鲸舟上的元婴前辈一同观视。”

南颜出洞府的时候，特意从外面再加固了三层佛言枷锁，保证里面的恶鬼不再到处乱溜达之后，又瞪退了守在门口嗷嗷待哺的阴祝，这才整理了一下仪容跟着人前去查看情况。

这时，她才发现，鲸舟上几乎所有的修士都出来看着北方的天空。

“这是……天、天裂了？”

正如那些修士震惊中所言，天穹顶上一道青霞弥漫处，裂开一道巨大的裂口，裂口里一道似水似雾的瀑布沿着裂口泼天而下，同时一股让所有修士都眼红的气息散出。

“那、那是什么地方？怎会有这么浓郁的本源灵气！”

此时刚刚离巳洲的海岸不远，不只鲸舟上的人蠢蠢欲动，海岸那里当场飞来数百道遁光，从四面八方朝着散发着本源灵气的裂口飞行而去。

“机缘、大机缘！”

人们疯狂地朝裂口涌去，但很快，飞得最快的、第一个冲入裂缝的元婴修士发出了一声震天惨叫，瞬间化作一蓬血雾，肉身碎灭后，元婴仓皇逃出。

一个清灵如仙后的声音响彻天地：“吾乃妖族九色一脉，欲携吾族入人界生息，人界修士，十日时间，可赴虚空裂隙与吾妖族一谈。”

南颜心底却咯噔了一声，她将神识铺开，发现天穹上的裂痕不止一处。

是……山海之间的妖族打破空间壁障，要驾临人界了。

如今妖族有四支正统王脉，重明鸟、须弥鼋、魇生狐、九色鹿，各执一面万傩旗，可号令四方妖族。然而纯血统的重明鸟千年前被伐界六尊率领人族修士灭族；魇生狐由天狐变异而来，血脉稀少；九色鹿远古时已迁至山海之间；因此人界的妖族余部只剩下须弥鼋一脉。

南颜听殷琊说过，妖族那些被封在封妖大阵之下的残部都在一头巨大得无法形容的须弥鼋背上，这头须弥鼋便是妖族如今的祖灵，一旦出海，四海便会动荡不休，如同多了一个部洲。

伐界六尊封印妖国的时代已过去太久，如今的人界早已不识当年妖国称霸海外之事，便是九色鹿的声音传遍四海，大多数人也未能反应过来。

“不是机缘吗？可这本源灵气是怎么回事？”

脚下的鲸舟仿佛也同时感受到有庞大的妖气从虚空裂缝中倾泻而下，任驾驭鲸舟的修士如何催动，也停滞在海面上不动。

修士们紧紧盯着那虚空裂缝里漏泄而出的本源灵气，可在他们就近的裂缝中，两头九色鹿远远站在那里，浑身散发着九色光晕，刚刚有修士一碰到那光晕，肉身便被彻底打散，一时间修士们不知其实力，贪婪之余，又有几分犹豫。

“此妖自称九色鹿？那不是传说中的灵兽吗？可有道友知晓它们意欲何为？”

此时鲸舟外渐渐浮现一层蓝色的坚冰防御，南颜看到有化神修士的神念虚影投射在蓝色坚冰上，有几分眼熟。

“老夫天邪道副宗主祸无极，界外妖族，可是要入侵我人族？”那鲸舟上坐镇的化神修士道。

那条最近的虚空裂缝仅仅距离他们五十里左右，长一两里，宛若一张微闭的巨口，随时要吞噬一切。

裂口中九色鹿并没有其他解释，鹿角光芒一闪，身后的裂缝中徐徐飞出一些光团，光团中，隐约有一座座山川河流。

“吾族栖息之界将崩，坐拥四方、十六山、二十四泽，其中四方者，由吾妖族统御，不可割让，其余十六山、二十四泽，本源灵气充沛，尔等人族，能者得之，然吾有言在先，得山泽之地妖珠，必受妖血一滴禁制，不得伤吾族裔，尔等若愿，尽可一取，若不愿，吾族为求存，无惧一战。”

此一言出，整个修界传出哗然之声。

“这九色鹿受本源灵气浸润，声达天地，不晓得修为几何……”

“它既说不开战，愿意共享本源灵气，岂非皆大欢喜？”

“非我族类，谁知道它们想做什么，我是不会去。”

“难道就没有道生天的修士管管吗？！”

“道生天出事了啊，那些大洲只顾着自己打，谁管这些……”

可饶是如此，也有不少修士徐徐飞起，眼中充满贪婪之色。

“一座山的本源灵气！若能得到一座，足可开宗立派！”

他们鲸舟附近的这处裂口有三个光团，光团包裹着一枚光华璀璨的珠子，其中两颗珠子中有河泽，一颗珠子中有一座青山，分别散发出金、水、木三种属性的本源灵气。

有些反应快的修士已经浮起来冲上去：“神棺宗元婴以上修士听令，随老夫一同夺取本源灵气！”

鲸舟上登时飞出几百道遁光，南颜旁边也有散修元婴试图劝说她一同行动：“道友，我看这本源灵气难得，不如一道行动，就算抢不过那些大宗门的，也可捡些汤汤水水的，如何？”

南颜盯着半空那浮动的三个光团，眉头微微一皱，她猜到了些许个中深意。

九色鹿在妖族中地位超然，无论是智慧还是实力都深不可测，它们料到妖族一旦突破虚空裂缝，人族修士就必然要与之因为争夺资源爆发大战。

为了避免其族裔有损，这才放出这些充满本源灵气的山泽，而有实力夺得这些山泽的修士，必然是整个修界的上层势力，一旦与他们达成不交战的契约，山海之间的妖族便有了立足的根基。

再者，可能是妖族本身对人族的敌意，应该也有挑起人族内部争斗的意思在里面。

南颜特意观察了那些裂口的方位，不知是不是有意的，子洲和亥洲方向几乎没有空间碎裂的波动传来，他们对立阵营的地方，倒是法光不断。

若其他部洲的实力因此而加强，和子洲的差距多少就会有些缩小，按现在的局面，封妖大阵里的妖国残部自不必说，早就和道生天仇深似海，加上已经宣战的寅洲辰洲等部洲，原本道生天统治的这个人界，天平似乎正在趋于平衡。

“喂，道友，我在同你说话呢，看你灵力精纯才同你相商，不愿就别浪费时间。”

旁边人见南颜久不回应，面露不耐间，却见南颜足尖一动，刹那间人已闪现至百步外。

“那座山，山峰荒秃，向来同我佛有缘，诸位道友，莫同我相争。”

她本就修得克魔功法，从一片魔修中飞过就好似狂风扫落叶一般，顷刻间飞至裂缝近前。

此时周围大多数是元婴修士，那些化神老怪实力强大，就算被人抢先也可以再次夺得，便在鲸舟中观望情势。

周围魔修离南颜五十步内便感到浑身灵力战栗，一些脾气暴躁的元婴便大怒：“何方佛修，竟混入我巳洲的鲸舟中，报上名来！”

“血手观音。”她说得声轻而坚定，翻掌一击，周围无数魂幡、魔宝、毒雾如雪逢日，轰然震开。

“这佛气绝非卯洲正统，她是……她是那个人！”

“对，道生天在寻她！！”

“若是抓了她去道生天，据说可保任意一人入化神！”

所有人的目光唰的一下集中在南颜身上，但饶是如此，却无人敢动手。

因为她昭告天下，因为她是寅洲唯一的继承人，因为她背后站着的，是誓灭道生天的几大部洲。

就在所有人凝肃间，南颜已穿过人海直接杀向第一个夺取了地妖珠的元婴后期修士那侧。

“小小元婴初期，敢挑衅老夫！”

那元婴后期修士身侧有一具魔焰滔天的尸傀，待南颜靠近三十丈，那尸傀便一跃而起，张口喷出一大片漆黑的雾团。

“这人是神棺宗的毒魔老鬼！他那尸傀毒雾曾伤到过化神修士！”

南颜眉峰轻抬，佛珠一甩，轻叱道：“涤罪。”

她面前出现的不再是慈悲的观音虚影，而是一座手持锁链与金刚杵、让人见之生怖的修罗相，那修罗相正面与毒雾相接，布满獠牙的大口一张，以鲸吞之势刹那间将毒雾吸收得干干净净，同时一抬手，左臂上的锁链如长了眼睛般朝尸傀一卷一扯，直接将之抡圆了甩出数里外。

“不可能！”那毒魔老鬼是当真未见过这么凶的佛修，一拍乾坤囊，三头同刚刚一模一样的尸傀同时出现，他念念有词间，那三头尸傀身上的符咒同时碎裂，从三个方向围攻向南颜。

附近本来还在围观的元婴修士们瞬间远离，心头不禁骇然。

“还好老子没和这毒魔老鬼相争，原来这厮的尸傀不止一具……这三头尸傀同时动手，可媲美化神修士。”

南颜其实并没有同化神修士真正交手过，上一回也是因佛骨禅心的力量全面开启，将实力之争转变为论道之争，这才能在应则唯的神念化身处站稳。

而这一次，是真真正正凭借自身的修为，和元婴期的顶级战力相杀。

应则唯忌讳的是《七佛造业书》广为流传，而她就更需要让所有人都知晓——《七佛造业书》很强，是超过道生天道统的强大心法。

所以她在这里需要的是……碾压！

“三尸吞生阵！”毒魔老鬼一身元婴后期威能尽展，三头尸傀浑身滴出黑液，黑液宛如活了一般，数息间连成一道蛛网将南颜连同修罗相包裹在内。

“老夫这三尸吞生阵，连元婴也无法逃出，你选错对手了！”那毒魔老鬼好似也耗费了极大代价，催动这阵势时，头顶须发渐渐变白，整个人似有衰老迹象。

毒液网掠及之处，空气中本来浓郁的妖气竟也被隔了开来，空间裂口处，后方的黑暗中观战的妖族也都退后不少，唯有一头只有人膝盖高的小九色鹿，正饶有兴致地蹭上前来，探着刚刚冒出小角的头好奇地张望着。

是那头九色鹿王脉的幼崽。

南颜余光瞥见那小鹿崽子离她不过百丈，轻舒一口气，低喃道：“妖魔邪道，度。”

就在黑液蛛网将要腐蚀穿护体灵光时，南颜身前修罗法相蓦然佛气暴涨，瞬间化作三头六臂，直接将那三头尸傀握在掌心，同时手中佛火蹿升，三头尸傀瞬间化作三个火团，被烧得发出凄厉的惨叫。

“我的尸傀！！”这尸傀似与毒魔老鬼心脉相连，被烧毁瞬间，那老鬼乌发尽白，神情萎靡间，南颜猝然近身。

“破。”

一个破字吐出，佛珠脱手将那毒魔老鬼套住，每颗佛珠业火闪烁，直接将其肉身炼化，逼得那老鬼元婴脱体而出。

“老夫记住你了！！”那毒魔老鬼见地妖珠被南颜摄入手中，连忙裹着自己的乾坤囊仓皇逃窜，却不料前方一阵呦呦鹿鸣，一头小鹿从虚空裂缝中冲出来，一脸的温善可爱，却朝着他张口一吸。

一道九色虹光笼罩住毒魔老鬼的元婴，他还没来得及反应，便被小鹿吸入口中。九色鹿喜食魂魄，而元婴正是饱含灵力且炼化过的魂魄，是九色鹿的最爱。

小鹿美滋滋地吸收了一个元婴后，正转头想看看有没有其他争斗的修士肉身毁灭，好捡漏吃点儿好的，却不料当头一道佛言枷锁落下。

小鹿：“……”

南颜面无表情地把嗷嗷乱叫试图卖萌的小鹿用佛言枷锁结成的网兜一装扛在肩上，随后转头看向虚空裂缝处其他两头九色鹿。

“吾族同胞，为何如此？”那两头九色鹿一点儿也不慌，试图用极为温柔的仙女音勾引她，“吾族鹿尊重视同胞，也想同人类和平相处，你绑了鹿尊的幼子是做什么？”

南颜一脸冷漠无情：“山海之间的妖族虽不喜血肉，但喜食魂魄。人间争斗越多，你们越是得益，我得保证你们能按照诺言履约，而不是中途变卦叛入道生天那群疯子的一方，这小鹿崽子和我有缘，我先带走几日。九色一族只有雄鹿，族裔稀少，请转达鹿尊好生思量。”

她说完，便往后退了一步，背后正好出现一条虚空通道，她便闪身入其中。

一片安静中，两头九色鹿互看了一眼，出声道：“人族修士，吾族怀诚意而来，山泽之主可再行相谈商榷。”

它们本来在修界放出了二十余枚充满本源灵气的地妖珠，众人都以为修界乱局更甚，没想到南颜绑走了九色鹿首领的后代，使得一场腥风血雨就此打住，有人失望，也有人暗暗放下了心。

“那《七佛造业书》可真厉害啊……却不知是从哪里可以修得。”

“我知道，道生天四处追索的那黑色玉简，上面记载的必然是此道！”

“《七佛造业书》……”

南颜毫不犹豫地顺着虚空通道前行，待踏出裂口时，不意外地看到四周是鲸舟上一处秘密洞府。

茶水煮沸的声音在一片安静里尤为明显，嵇炀正坐在一侧，将灵茶斜斜斟满，随后做了个请的手势。

南颜将装着小鹿崽子的网兜放在一侧，坐下来定定地看着他道：“打开虚空通道的只有化神修士，那虚空通道充满魔气，想必就是这鲸舟上化神魔修的手笔，那祸无极早就被你控制了吧？”

大约是察觉到了南颜的隐怒，嵇炀垂眸道：“道生天不会给我太多时间，控制一个有地位的化神修士，更便于行事。”

南颜：“那么回到刚刚的问题，你为了摧毁道生天，不惜将妖族放出，可曾想过会引狼入室？”

嵇炀答道：“斗室之中，不会再有比我更凶恶的狼。”

南颜同他对视了一会儿，喝了他的茶，道：“我不是个喜欢同人争论的人，其实对付道生天之前，我想过很多——就好比刚刚妖族现身时，那些修士第一个想到的能抵挡妖族的便是道生天。有句俗话说，宁为太平犬，不为乱世人，我家仇事小，人界存亡事大。待事情平定后，愿与应则唯私怨了结。”

“《七佛造业书》、逆演轮回镜，虽无一不是亘古未有之物，可我仍要说，他不是你能较量的对手。”嵇炀起身半跪至南颜膝前，道，“你母亲的初衷，并不想你如此。”

修为、城府、统治力，尚无人能探到他的底，便是嵇炀，也是一步一算，方可偶胜他几子。

南颜仰起头，不愿对方看到自己微红的眼眶，轻声道：“我忍得太久了，有时甚至想谁都不听地杀到应则唯面前，哪怕赔上我的命，剜掉他一块肉都好。可是我更怕，我怕我哥、怕我舅舅、怕龙主他们因为我的一时冲动，为了给我报仇，搭上自己的性命……我最怕的还有你。”

道生天两代主人皆因情疯魔，岁寒子和应则唯都选择了斩情求道，唯独少苍是放纵七情六欲，一旦失去，便是与世同沦。

“我阻止了妖族这一次，可我阻止不了妖族为了报复道生天，不断碾着其他无辜者的性命使出的种种手段。”南颜低头道，“虽然这世上弱者很多，但我们没有权利替弱者选择未来。”

“为弱者而战，会活得永远像个弱者。”嵇炀托住她的手，在掌心里烙下一个轻吻，“至少我无法忍受他们把你带走，我要让这世上再无人敢觊觎这颗心，它会永远是你的……”

而你是我的。

此时一个属于最甜美年纪少女的哭泣声嘤嘤响起，南颜回过神来环视一圈，终于在地上的网兜里看到可怜兮兮正流着眼泪的小鹿。

小鹿眼泪汪汪地看着她，好似是因为吃了元婴成长了不少，竟开始口吐人言：“嘤嘤嘤，重明鸟姐姐，饶了我吧，下回好吃的魂魄都给你……你身边这个，我不跟你抢……”

小九色鹿的声音硬要形容，就是那种父母早逝，在街头披麻戴孝卖身的可怜少女，只要是个男人就绝对无法拒绝。

可是，它是公的，九色鹿没有母的，都是灵力结胎孕育而成。

嵇炀没有被小鹿吸引，反倒是他身后的一扇门被推开，墨行徵毫无血色的脸从门后出现，环顾四周本是想寻找那披麻卖身少女的哭声源头，却不料看到他师兄握着一个出家人的手，画面极其没规矩，扶着门的手当时就微微一抖。

“……真圆师妹，你怎么在这儿？”

“行徵。”嵇炀神情温和地挡住墨行徵的视线，道，“你听说过我们有一个关于十八层地狱的传说吗？”

墨行徵头顶一凉，道：“什、什么传说？”

“相传，有一重地狱，专门为了那些生前觊觎嫂夫人的兄弟而设，入此地狱者，拔尽情根，落尽青丝，来世不是长伴青灯就是去当未洲的剑修。”

墨行徵：“哪有这种地狱？！”

嵇炀：“现在没有，你若不六根清净，马上就有了，你明白了吗？”

“师兄，你？她？你们……”

“很奇怪吗？毕竟多年不见，不了解我很正常，我也不了解你都会用定颜丹讨好师妹了。”

墨行徵足足回忆了十数息，才想起自己当年怀疑南颜认识嵇炀，给她的定颜丹里放了追踪药粉，只是后来定颜丹未奏效，这事就被他搁在脑后。

墨行徵试图解释：“我不是，我没有，我只是为了找你而已。”

“放心，我也只是随便问问，请务必放在心上。”

南颜其实并不想了解这对师兄弟的窃窃私语，无奈她现在是个兔子耳朵，声音再小也能听得到。听了半晌，实在不堪入耳，才打岔道：“还未来得及多谢墨道友当时相救，却不知你后来是如何受罚了？”

提及救走南颜的后来之事，墨行徵眼底一暗，道："受罚？我倒真只愿错的是我。"

他说完，背后被嵇炀抬手拍了一记，随后天灵上方浮起他的元婴，本应灵力饱满的元婴，此时却被一笔墨痕生生封住，显得萎靡异常。

修士的元婴极坚韧，同时也极脆弱，这一笔落下，他往后再难晋阶，恐怕终生便只能止步于此。

南颜震惊地起身，道："他……连嫡传弟子，都这般无情？"

嵇炀神色淡淡道："他这一次，给你的是什么选择？"

墨行徵苦笑道："师尊确是给过我选择，让我停止追溯当年之事，并要封印我的记忆，交出一魂入溟河天瀑。"

然后他就可以如其他道生天的门徒一样，即便是死，魂魄也不会转生，而是回到溟泉川中成为道生天的力量，待他们篡夺九狱后，带着上辈子的记忆等待下一个轮回。

"看来你是没有选，可我不解的是，他完全可以强行封锁你的记忆并抽一魂，为什么还会给你选择？"南颜道。

嵇炀虚虚画下一道道灵纹，试图解开他元婴上的封印，道："溟泉川，乃至于道生天掌控的其他部洲川流吸收生魂是有条件的，被抽魂的人需要继续信奉道生天或其认可的教义为正统，如果对道生天产生了质疑，或是改修了逆道，那一切就毫无意义。"

墨行徵元婴上的墨痕纹丝不动，他摆摆手道："此封印不会致命，师兄不必管我。如今我只有一个问题……你当真要弑师？"

"你该问的是，我们的师尊，当真要一意孤行？"

"我不知道，他对我什么都没有明言。"墨行徵低头看着双手，眼底悲怆更甚，"道尊何曾开启过这样的道？非要以天下人的性命作赌？这是我名门正道该行之路吗？！"

"不是道尊。"对上墨行徵震惊的目光，嵇炀轻叩桌案，道，"我又不是什么心狭之人，授业之恩，当年哪怕有半分误解，何至于今日。道尊所传之道，从始至终，不过是寄望他得三心以飞升，所以试图将南芳主送至他身边，又在寿元尽前，以飞升之局谋害佛忏主。"

墨行徵惨笑道："可笑我当年还嫉妒过你得了道尊的六合道心传承，没想到你也是——"

"并非如此。师者给我六合道心，起初并无他念，只是后来我再三拒绝接受赤帝妖心和佛骨禅心，这才触怒了他。"血色的眼瞳里映出墨行徵袍角残破的道印，嵇炀道，“他说……第一个飞升之人，必须出自道生天。”

“难道他自己做不到吗？！”墨行徵激动地站起来，“他可是天底下修为最高的人，天人五衰、独观天机、自创正法天道！强如赤帝、道尊也没能做得到，就算不走道尊留下的那条三心破界之路，那也——”

空气一时凝滞，嵇炀道：“行徵，这世上没有那么多皆大欢喜之事。”

“这世上之事，总难两全，你说是吗？”

道生天，魂河天瀑源头破碎的祭坛上，无数鬼气千丝万缕地注入祭坛中一只空棺中。

空棺中探出一只白骨般的手，随着月色初上，那只骨手渐渐重生出了血肉与皮肤，很快，棺中便坐起了一个乌发雪肤的女子。

她柳眉凤眼，让人观之宛如大日入眸，煞艳得不可一世。

“是啊，就好比你想灭掉我，让我于世不存，现在也不得不养着我，因为我长着那张你割舍不下的脸。”心魔还是一如既往的模样，耗费偌大代价，终于重新凝聚形体后，并无半分不悦，而是披起一身黑纱，坐在棺沿眯眼笑道，“那个小崽子很会咬人呢，打散我的形，让你本尊数月无法离开道生天，怎么样，是不是很想和小孩子置气？”

长长的玉阶上，应则唯一人独坐，仰首让天上晦暗的星空落在眼中，任心魔反复挑衅，声音亦未曾有半分波动。

心魔道：“哦？不在意吗？就算那个孩子说，你春秋不离的蝉露悲里，从来都没有你，也不在意？”

“我知道。”

“哦？”

“我平生不擅饮，这酒，一饮这么多年，只品出一个‘苦’字。”

“那为何不停杯？”

“苦不好吗？让人清醒，让人……心如铁石，不可转移。”

心魔唇角的笑转冷，身形徐徐消散间，阴冷道：“我不信世上的凡人没有弱点，应则唯，你心上的漏洞，总会被我发现的……”

应则唯未再言语，直至心魔女的气息完全消失后，方拨开虚空中一隅，那是一幅属于卯洲的图景。

南娆的遗体被南颐和敖广寒接走，送入卯洲，意图点起佛灯万盏，以千佛祈愿，招她一口魂息。

只是佛灯怆然黯淡，送行的人亦然。

“卯洲……”充满混沌灰雾的双眸始终无悲无喜，应则唯低喃道，“他在的地方，你应是欢喜的吧。”

他如是呢喃半晌，复又垂眸推演片刻，演算的手指倏然一握，唇边再度浮现一丝熟悉的自嘲：“偏偏是轮到夺卯洲愁山梵海的苦泉川了，又要掘你的墓一次，该说是有缘，还是无缘呢？”

他言罢，四周虚空道道裂缝中，传出道生天各地战报——

“须弥鼋正在冲撞封妖大阵，诸洲各地出现山海之间的妖物通道，且寅洲辰洲等叛逆已集结成势，如此乱局，请玄宰一掌平定天下。”

“无妨，一件一件来。”他揽衣起身，信手拂过虚无，转眼间无数卷轴从裂缝中送去。

“各司其职，至于道生天本部……第一件事，赴卯洲灭诸佛门，夺苦泉之川。”

有化神修士加持，鲸舟走得极快，不过月余，便看到了凡洲的渡口。

踏上凡洲的故土，南颜并没有丝毫放松之感，待右手一紧，南颜抬头对上嵇炀侧眼安抚的目光。

“近乡情怯？”他问道。

南颜摇头道：“不知为何，我心头很慌。”

“我以为，该慌乱的是我。”嵇炀朝她笑笑，“佛忏主是很固执的，他当年托我护着女儿，却不想今日见我护过头了，会是何种表情。”

南颜：“我父亲很凶吗？看逆演轮回镜的回忆里好像没有吧。”

嵇炀：“你听说过伽蓝古佛吗？”

南颜：“才疏学浅，请兄长指教。”

嵇炀：“上古时代人心浊恶，不通教化，伽蓝古佛为清净世道，曾血洗上百部落，只留不知世事的幼子，凭一己之力，教这些幼子知晓德行，后来自吞杀业，命那些长大的幼子一人一捧土将自己活埋。八十一日后，其埋身处生出菩提树，伽蓝古佛从此凡心洗练，进而证道成佛。佛忏主师承于古佛，单论杀人放火之数……最穷凶极恶的魔修也比不上。”

哦，是了，巳洲就曾经被佛忏主血洗过一次。

南颜不禁回想起她血手观音的江湖名号，心想原来是家学渊源，不禁叹道：“没事，到时若父亲实在杀念难抑，我就说腹中孩儿不能出世就缺一亲眷，权且糊弄过去吧。”

嵇炀沉默了一阵，道：“阿颜。”

南颜：“有何见教？”

嵇炀一本正经道："菩萨拳拳情意，信徒很难六根清净。"

南颜："此事简单，发根清净，自然六根清净，我晓得这渡头附近有个很不错的剃头师傅，就是不晓得这么多年过去了还在不在——"

"能容我插一句话吗？"

从下船开始，墨行徵就抱着小鹿崽子在旁边怒视已久，他觉得嵇炀是真的变了，他再也不是那个检查起功课来六亲不认的冷面师兄了，走火入魔了以后什么正事，什么报仇雪恨，都是谈完这一番风花雪月明天再说。

南颜干咳数声，退后数步道："墨师兄请说。"

嵇炀纠正道："是墨师弟。"

墨行徵面无表情地取出一只长长的卷轴，道："秽谷不是什么时候都能开放的，何况我等已入元婴，进不得秽谷，非要使些手段才可。这是秽谷大阵的布阵总纲精要，道生天布下的诸多大阵中，封妖大阵属第一，它便属第二，我们不只要进入秽谷，还需要解开秽谷的核心封印，便需要参悟它。"

"嗯，原来是这个。"嵇炀接过来一目十行地扫过，道，"师弟果然妥帖，想来早就已经料到今日之事，才拓下这封卷轴以防不测吧。"

墨行徵道："当年正法殿曾派出几拨执法使去凡洲捉拿你，虽未有结果，但去秽谷调查的消息却传了出来，我多少算是道生天的人，自然会提着些心思。"

数息间嵇炀阅罢，闭目参习片刻，道："我大概晓得了，秽谷封印与别处不同，道生天大概是想把黄泉川留在最后对付，所以阵法也与鬼气相关，除黄泉川外，其余八狱一一易主后，秽谷的封印阵法便会减至最弱，那时也正是他们向佛忏主动手之日。"

"所以？"

"九狱中，下、衙、溟三川已被道生天所控，酆、幽、黄在我方手中。若我所料不差，再有一川被夺，秽谷封印就开始松动了。"说到这儿，嵇炀好似料到什么，余光瞥过南颜，转而道，"还有阴泉川、苦泉川、寒泉川，想来也快了。"

说话间，墨行徵抱着的小鹿忽然嘤嘤叫了起来，吸引了不少人的目光。

"哎呀，你们瞧，那头灵兽真是可爱。"

"怎么哭得这么可怜呀，连灵兽环都没套，别是这些人偷的吧。"

"你不要命了，敢妄议元婴修士！走走走……"

南颜沉默半晌，抚摸着小鹿的脑门顶："鹿兄，再伪装少女的话，你这属于公鹿的小角，我觉得可以捐赠给其他有需要的鹿。"

小鹿嘤嘤一阵，停下来瑟瑟道："呜呜呜重明姐姐，半大小鹿吃穷老鹿，再不喂鹿鹿，鹿鹿要饿死啦。"

南颜："那好办，咱们都是茹素的，等会儿我们去找个寺庙挂单，你是喜欢青菜煮白菜，还是白菜煮青菜？"

小鹿嗷嗷叫："鹿鹿要食魂啦！！"

南颜："周围只有活人，这个地头的死魂都是有主的，我上哪儿给你找魂儿。"

小鹿："欸，你们没发现吗？这么多活死人的魂，够我吃啦。"

南颜眉心一皱，随后听见身后嵇炀一声轻笑："子洲的人缺魂，大多都是活死人，看来是有人跟着我们来了。"

未洲，天鞘峰。

"宋师兄，余下的凡人与低阶修士已送入天鞘峰避难，寅洲卯洲辰洲等也有修士在各地撑起大阵，以免生灵继续受恶鬼波及，只是鬼渊一日不封，恶鬼仍会源源不断涂炭黎民。"

剑修在诸类修士中攻击力与意志力总是最强的，可饶是连日来不断镇压恶鬼，也抵不住那无穷无尽的恶鬼从下泉鬼渊中冲出。

"道生天……"宋逐出生至今尚未如此憎恨过，他那日亲眼看见那些道生天的人将一顶冠冕从下泉鬼渊中取出，他师尊孟霄楼为了镇压冲出封印的恶鬼，奋力抵挡，却被他们镇封在鬼渊之底生死不明。

堂堂修界第一宗门，手段竟恶毒至此！

旁边遍体鳞伤的其他剑修更是怒火难抑："短短一个月！未洲黎民被恶鬼吞噬半数，他们就不怕天道相惩吗？！"

"不，这就是他们的目的，那日你听他们说了吗，未洲所有的人死后都会归于下泉川，死的人越多，他们操控下泉川的力量越强……他们恐怕就是要未洲的人死绝。"

"疯子，一群疯子！"

天鞘峰七成高阶剑修已出关赴未洲诸地援救黎民，现下天鞘峰只留三万剑修固守镇压。这一轮斩杀恶鬼后，本以为能稍事休整，却不料远处传来一封加急告天下书。

"宋师兄，卯洲……开战了。"

所有人面露骇然之色。

卯洲夹在寅洲与辰洲之间，且佛修少理世事纷争，就算在战争时，也主要是奔走各方疗愈伤员，按理说本应是最安全的部洲，却不想道生天竟第一个拿卯洲开刀。

"愁山梵海下本就镇压着一脉'苦泉川'，道生天以两条冥河压境，足可引动苦泉川冲破封印……苦泉川一旦封印被破，卯洲也会沦为一片狱海。”

人间炼狱。

所有人心头沉重，宋逐忽然叫道：“不好，他们动用下泉川去进攻卯洲，势必要更多的鬼魂，师尊那里糟了！！”

他说话的同时，人已朝着天鞘峰下飞射而去。

此时的天鞘峰已经借由剑阵拔地而起浮于半空，而其下方原本镇着的深渊，已成为一片鬼海，无数厉鬼呼啸着冲出，纵然天鞘峰不断地倾泻剑气斩杀厉鬼，却仍有三分之一的厉鬼冲过重重结界，遇到活人便附体撕咬，所过之处，血流漂橹。

“师尊！师尊！”无数剑气缭绕周身，宋逐凭着一身血胆冲过鬼海，急切地想去找孟霄楼的行踪。

半晌，深渊之底，忽来一缕剑气，直接将宋逐击出鬼海外，随后一道沉凝之声传出：“谁让你来的，胡闹！快出去！”

宋逐被打得连着几个趔趄在空中站定，道：“师尊，道生天那夺走了下泉川之人正在卯洲催动冥河，我们这里鬼潮势必要增添数倍，您到底何时才能冲破封印？”

孟霄楼的声音虽严厉，但也隐隐露出几许伤重的虚弱感：“我自有办法，你出去，管好天鞘峰之事。”

宋逐岂能离开，急道：“师尊你受道生天玄宰一掌，本就重创元神，这鬼潮又源源不断，再这般消磨下去实在不妥，我听闻真圆道友在正法殿正面迎战道生天玄宰神念附身的一名狱主，其功法名为《七佛造业书》，万鬼难侵，不如我去请她来——”

“不准！”孟霄楼厉声道，“道生天恨不能把地皮都掀过来就是为了找她，你带她来岂不是自投罗网？”

“师尊，我——”

“你不用说了，你这个想法很危险，我不允许你再和南颜见面。”

“嗯？”

宋逐还没反应过来，整个下泉鬼渊就一阵巨震，黑暗深处有一只漆黑的巨爪徐徐伸了出来，同时一个尖利的笑声遥遥传来——那是化神修士的隔空传音。

“孟兄不愧是天下第一的剑修，竟当真能扛到现在，元和临走前在这鬼渊里留下一头吞冥兽，饲养到现在也应足有灭洲之能了，眼下正当用处，若剑雄愿共襄盛举，元和倒是可向玄宰求求情，看在昔日一同在道尊膝下闻道的分上，天鞘峰自可还你，你看……”

“孟霄楼素来不同手下败将废言，你若不忿，我可解剑以三成功力约斗，只望你这回莫像条狗一样躲在应则唯身后。”

“你！”远在卯洲操控冥河的元和道人气得声音发抖，继而冷笑连连，“好，好骨气，我可提醒你，这吞冥兽已被我培至化神期，吞魂百万，可媲美大妖魔生狐，你若执意要拉整个未洲陪葬，那你这第一剑修的元神，我就让吞冥兽笑纳了。”

地动山摇间，宋逐看见一头长着四只手臂，躯干上长着一张十字巨口的恐怖怪物从地底沿着深渊壁爬了出来，十字巨口一张，露出满口獠牙，而就在獠牙中央，有一个全然由剑意构成的光团，里面抱剑盘坐着一人，不断以剑意压制着吞冥兽。

但是吞冥兽在不断吞噬鬼魂后，仍然缓缓爬了上来，口中发出咯咯的怪笑：“……你怕是没瞧见这卯洲的风景，十数万僧众苦修多年，却没有一个是头脑活泛的。当年若他们修了佛忏主的《七佛造业书》，天下诸洲谁敢惹？只能说人傻，佛忏主更傻。”

孟霄楼冷漠道：“我虽不在卯洲，可敖广寒和南颐也不是任人宰割之辈，凭你们想拿下卯洲，笑话。”

元和道人狞笑道：“剑修才是招笑话的人，我道生天可是还有玄宰，南颐和敖广寒各主一洲之事，一旦擅离，玄宰翻掌间便可灭其一洲，尤其是敖广寒，我看他就是个色厉内荏之辈，上次见识到玄宰不死不灭之身后，恐怕此时已经夹着尾巴——”

元和道人说到这儿忽然惊怒地打住话头，只见下一刻，吞冥兽不安地晃动起来，巨大的身躯仿佛遇到了什么让其极为恐惧的气息，竟开始想退回到深渊中避难。

“说啊，怎么不继续说？”

昏暗了整整一个月的未洲上，浓云中倏然裂开一道金芒，让人错以为是云破日出时，一道巨大到不可形容的龙影盘踞在天穹上，龙首一扬，随着一声低低龙啸，一时间天降甘霖，所布之处，大片鬼潮遁入地底。

龙，万兽之主，目光所及，皆需俯首。

“你、你怎么……”这条龙实在太过巨大，宛如天神降世一般，原先还显得震撼世人的吞冥兽在这条龙面前宛如鸡崽一般。

元和道人猛然想起辰洲敖氏的来历——他们是真龙与人族的后裔，而龙为天地灵生之兽，讲求五德六行，不屑于同喜食血肉的妖族为伍。千百年后虽同化于人族，他们也并没有遗忘先祖曾君临于万兽之巅，世间一切兽类皆需称臣。

吞冥兽被元和道人悉心培养多年，也正是因为吞冥兽，他才被道生天选定为下泉川狱主，但相对地，吞冥兽一旦被杀，他本人不死也废。

道生天从不需要废物。

浓重的黑影从天而降，巨大的龙爪向鬼渊中的吞冥兽抓去。

逼命的危机压下，元和道人尖叫道："敖广寒！不，龙主，你知道玄宰有多看重下泉川，你若是毁我吞冥兽，下一个就轮到你辰洲！"

"是吗？"巨龙长尾一摆，刹那间百里无云，他从天穹徐徐飞下，巨大身躯将整个下泉鬼渊堵得水泄不通。

元和道人一急，令吞冥兽十字巨口一张，浓烈如岩浆般的鬼潮直接扑向摇摇欲坠的天鞘峰。

"堂堂一洲之主屈尊对付我一人，但我就算失了吞冥兽，也要拉你未洲陪葬！鬼潮，听吾号令！吞灭天鞘峰！"

天鞘峰上尚有黎民避难，这吞冥兽来势汹汹，能吞吐鬼潮，那鬼物太多，刹那间淹没了巨龙半数身躯，而这一拨袭击之下，天鞘峰上恐怕再无活口。

"吾洲剑修，从不言退！"宋逐一咬牙，横剑挡在山门前，而就在此时，吞冥兽张开大口，鬼潮本该喷涌而出，却不料体内剑气肆虐，惨叫一声跌回深渊。

下一刻，剑光四射，孟霄楼的身影从鬼渊中闪现而出："吞冥兽被除，我也好松一口气，却不知卯洲那边如何了。"

"那几个狱主，宝气如来尚可应付一段时间，只是应则唯……"

他们交谈未尽，元和道人气得发疯的声音从鬼渊之底传来："敖广寒！孟霄楼！玄宰不会放过你们的！"

"本座这么说吧。"巨龙徐徐低首，龙爪捉住被剑气斩得七零八落的吞冥兽残骸，毫不留情地徐徐收紧，"虽说本座恨不能将应则唯碎尸万段，但也不得不说，除了他和他那分道扬镳的小徒弟崽子们，你们道生天剩下的人，一个个都是土鸡瓦狗，不足为虑。"

"嗞……"

"想打喷嚏就别忍着，我都怀疑我自己着凉了……阿嚏。"

一整个下午，南颜都在打喷嚏，也不晓得是谁在背后念叨她，到最后连嵇炀也有些许不适。

"我无妨，倒是你，还是让我把把脉吧。"

南颜整个人都有些莫名焦躁，摇摇头道："刚刚忽然好多了，还是继续赶路吧……只是这些人跟得太紧，只怕他们见我们入秽谷后，会招来化神修士在外设陷阱，到时便如我娘那时一般。"

南娆当年从秽谷强行突破而出后，马上就遇到道生天之人埋伏，是以功体溃散，不得不在凡洲养伤。

现在那些人之所以没有动手，恐怕是因为这里是凡洲，而嵇炀是黄泉狱主。一川冥河掌一洲，整个因果轮回纠缠复杂的凡人世界下，就是黄泉。

“凡洲虽灵气贫瘠，但就算是道生天之主、修界第一人，也不愿轻涉此地。”

“为何？”

“因为凡间易生红尘，易让仙道之人生情。”嵇炀说这段话时总是意有所指地看着她，这让她不禁想起幼弱时在这里的种种。她的亲缘情缘皆在这里起始，一切的因果也在这里诞生。

“离下一次秽谷开启还有多久？”

“十日。”

南颜心头仿佛闪过什么，正在酝酿如何开口时，嵇炀便与她不约而同地想到了同一个局：“阿颜，你的《七佛造业书》可以拓下初章吗？”

南颜抬头道：“可以，你是说……”

“你起初就是这个想法不是吗？让世人见识到《七佛造业书》之力，散播出此功法，然后引他们前去秽谷解救出佛忏主。”嵇炀笑了笑，掌心一翻，化现出一个巴掌大的、漫布星空之色的贝壳。

“形如星空，内含虚空波动……”南颜回忆了一下在辰洲时，被人带着教过一段时间的《世间百宝卷》，终于想起道生天还有一样宝物，“莫非是苍穹断界？”

在南颜询问的目光下，嵇炀复又道：“我知道你不忍心引人入局后，招来道生天的屠杀，这方苍穹断界，可将一定范围的人瞬间转移到他处，你不必担心会波及那些被吸引到秽谷里的人。”

南颜心花怒放：“看来你已经领会到我佛慈悲的真谛了。”

嵇炀温文尔雅道：“都是菩萨教导有方，令信徒放下屠刀，共讨佛门至理。行徵，你来，我有话说。”

“终于想起区区不才师弟了吗？”被喂了一路狗粮的墨行徵翻了个白眼，他是真的不晓得南颜那两个哥哥这么多年是怎么过来的，左右他是不能忍，“不必废话了，不是跑腿的事你也不会喊我，痛快点儿。”

嵇炀面带微笑道：“是这样的，此去向北五百里，有一个二三十年前叫仰月宗的小门派，曾是师兄缘起之地。”

墨行徵：“怎么，你还想让我参观一下圣地吗？”

嵇炀道：“师兄倒是很想带你参观一二，但可惜仰月宗当年被正法殿执法使灭门，此事稍一打听人尽皆知。稍后你持一些《七佛造业书》的玉简前去散播在附近，不日便会有修士前往秽谷，集这些人之力，想来为了求得下半卷，定会前往秽谷。”

“你要做什么？”

嵇炀回头看向另一侧，只听南颜深吸一口气，道：“我想让天下人都知道，佛忏主出关了。”

“他们都是元婴修士，那小娃儿也不过刚刚结婴不久，不如我等直接叩请道天上师以神念附体，直接杀了她取心！”

“你疯了！莫说她是逆道传人，她身边的先……吾道生天叛徒也不是好惹的。”

“玄宰下令门人不得插手佛骨禅心之事，这事我们不一定管得了，先干正事为好。”

“对，传令所有来到凡洲的道生天门人，不惜代价，销毁所有逆道玉简！”

凡洲四海的渡头近日不断有灵光遁射，先来到此地的修士甚至马上开始耗费偌大代价搜寻灵地架设传送阵，为的，不过是一片小小的玉简。

漆黑的玉简，像是某种浸淫世道多年的妖魔，低头梵呗间，禅衣下的尸山血海蛊惑了不知道多少求道之人。

佛忏主持此道，灭巳洲，令道尊忌惮；传人持此道，大闹正法殿，道生天无可奈何。

越是诸洲动荡的时候，修士越是追求更强、更速成的东西，并不是所有人都顶着道生天的压力赶赴凡洲寻觅新的大道，但只要来到凡洲的人，无不知晓这里有着道生天都极为忌惮的东西。

“修《七佛造业书》，镇世间一切妖邪鬼魔！”

“我曾亲眼得见正法殿上，那女子不过元婴之身，竟可直面化神不倒。”

“老夫修道生天所布下的大道四百余年，皓首穷经亦无法勘破虚空，他们到底是不是在欺骗世人？！”

这样的传言如野火般蔓烧开去，经年来重重压制的，关于佛忏主的传闻，在道生天全力应对联盟时悄然扩散。

第一个参与进来的正是天邪道，其副宗主带领门人将原仰月宗的山门遗址挖了个底儿朝天，拿到几百枚《七佛造业书》上篇玉简，在其让门人企图送回巳洲前，却遭到其他修士劫杀。

这些玉简并无当初的禁制，一枚流传出去，转眼间便被反复拓印成千上万转手而出，短短数日内，便有人修得了皮毛。

七日后，凡洲秽谷附近一处坊市间。

轰然一声巨大响动，一朵巴掌大的血色梵莲被一个光头结丹修士握在手中，持此梵莲，他将一个修为高他两个小境界的魔修直接击飞出去生死不明。

光头修士大笑道："好一个《七佛造业书》，比老夫生吞灵婴之法厉害多了，待老夫入秽谷求得真经，同阶之内，谁是对手？今日就受戒去！！"

他的笑声并未持续多久，很快一把散发着元婴气息波动的法剑穿空而来，这一剑在他体外的佛光表面停顿了半息后，随着元婴修士一声冷哼，灵力加催，穿透光头修士的金丹。

周围眼热的修士纷纷安静下来，看着三五个穿着星辰道袍的元婴修士闪现而出，手一挥从光头修士的乾坤囊里拿走一枚玉简，喀一下捏得粉碎，随后警告四周："修逆道者，这便是下场！"

人们噤若寒蝉，直到道生天的修士离开后，在一处歇脚的灵茶楼前，南颜关上窗户坐下来，对着室内另一人道："为什么让你师弟去做这件事？"

青碧色的茶汤荡开一圈细细的涟漪，随之蒸腾而上的雾气徐徐氤氲了点茶人的眉眼。

"因为他一直还在犹豫是不是真的要弑师，我在帮他选择立场。"

南颜犹豫了一下，道："其实我一直有个疑问，应则唯至今所为之事，无不是不择手段，为何教出来的弟子都……你就不多说了，墨行徵却是德行端正，为了救我不惜得罪师门。"

嵇炀哦了一声，道："那你是喜欢德行端正的，还是阴谋狡诈的？"

南颜："贫尼正在努力把你往德行端正的君子之道上赶。"

嵇炀："有时太过君子，于事无益，就好比你看我那师尊，自我压抑久了，人就疯了。"

南颜："你这么背后骂他，他会听见吗？"

嵇炀："虽然我想杀了他，但是他毕竟于我有授业之恩，有话我更想当面骂。你可能还是不太了解他，他造下的那些桩桩件件的孽，其实从未对下一代弟子们透露，我同行徵在道生天修习道天心诀时，得到的最重要的教导就是事事需以道尊传下的道统为重。可是话又说回来了，随着修习渐进，弟子们都认为道尊的成就实在有限，道生天绝大多数道义、功法都是师尊在道尊遗留下的残篇上改进而成的。"

南颜一愣，道："你是说……"

"他已青出于蓝，却一定要强迫所有人信奉道尊。"

南颜想起与应则唯寥寥几次照面，对方的话语里总会带上一条——道尊是人间至理，其传承不可置疑。

电光石火般，南颜脑海里闪过什么，愕然道："等等，他既然这么崇敬道尊，为什么又要坐视道尊飞升时与赤帝等人同归于尽？"

"他疯了，一开始就疯了。"嵇炀道，"道尊飞升前，道生天便基本上都交给他掌理，彼时南芳主那代人堪堪脱了少年意气，我那师尊年纪也不大，如此一艘掌天下之舵的巨轮压在他肩上，为了保道尊陨落后道生天地位不失，他就开始利用一切可以利用的，说服道尊拉着赤帝等人同归于尽，允诺道尊事成后，以酆都之主的地位将其复活……也就是当初我们在山海之间的大殿里看到的。”

杀师杀徒杀友，值不值已经无须再讨论。

“你也不必好奇他是否还留有一丝人性，他自己都不曾在乎，外人何必替他在乎。”嵇炀的语调无悲无喜，仿佛多年前便参透这一切，“你说我和行徵为什么没有受他影响，变得残虐无道，究其原因，也许他收养我们为徒时，正是他同你母亲关系最为平和的时候。”

“我曾看到他的心魔，同我娘生得一模一样。”

嵇炀笑着摇摇头，道：“你知道当一个恶徒喜欢上一个光风霁月的好人时，也会为了捕捉到那一缕光而卸下自己狰狞的面目吗？你以为那是心魔，其实真正的魔是他自己，至于那张面目，只是他不愿面对的救赎罢了。”

南颜捻着佛珠皱眉不语，半晌，方讷讷道：“或许到最后，墨行徵会下不了手。”

“我连自己的后路都没有留，自然也不会给他选择。”

“覆灭道生天，你不怕他怨你吗？”

嵇炀沉默了许久，抬眸看着她道：“我扯进来的人太多了，他人我不管，独怕你怨我。”

第二十七章 秽谷重启

愿舍九百年功德，换一人转世凡尘。

凡洲关于逆道传承的局势愈演愈烈，每日都会有新的修炼者被发现，其中大多数是禁不住诱惑，自废一部分魔功根基改修《七佛造业书》的魔修。

这些人得了皮毛后，更加渴望其中的中篇与下篇，而就在此时，天邪道副宗主祸无极宣布，佛忏主本人就被封印在凡洲的秽谷之中，他将联合诸多化神修士之力，破除秽谷一部分禁制，使元婴修士也可以进入其中向佛忏主求取传承。

人间九月末，充斥着浓酽桂子香与血腥味的秋雨淅淅沥沥笼盖了整个山谷。

与上一次秽谷开启时的喧扰不同，山谷中每隔十数步，便盘坐着一人，修为在筑基与结丹不等，这些修士无一人出身自凡洲，大多浑身血煞，见之便心神震怖。

“……短短半月，竟有数万人修炼逆道。”一座山峰上，十余元婴修士面色发白地低头跟在一个老者身后，这老者亦是道生天的道天上师之一，地位超然，谈及“逆道”这二字时，一副咬牙切齿的模样。

“当年南芳主在凡洲失踪，佛忏主趁秽谷开启，将一些封印逆道功法的黑色玉简散播出去……老夫当年就说不能留，可那六御老儿非说这玉简只有在遇到怀有佛骨禅心之人时才会自动解封，借此可收集余下这一心，可现在偏又不允我等对这小儿动手！”

身后的道生天元婴修士道：“上师，现在这些修士已尝到逆道功法的甜头，势已难挽，为免佛忏主出关襄助辰洲等联盟，我们不妨直接引爆禁制……”

“不，秽谷大阵连接凡洲地脉，若直接引爆禁制，半个凡洲都会沉入瀚海，那等因果之力会直接反扑整个修界，若影响到玄宰，我等到时恐转生无望。”那道天上师沉思片刻，取出一块玉牌，上面写着墨行徵的名字，“你们确定看到墨行徵这叛徒跟着他们一起行动的？”

“是，我们不敢靠近，不过当时墨行徵确实是被那叛徒救走，又一起到了凡洲的。”

那道天上师催动手中玉牌，片刻后，随着秽谷入口的禁制减弱，玉牌也同时发亮，汇聚成一条细小的光线，指向人群那头一个穿着斗篷隐匿形迹的年轻修士。

其他元婴修士不动，道：“上师，我们不去捉拿他吗？”

那道天上师冷笑一声，道：“不必，玄宰素来算无遗策，既是承了吾道生天的恩泽长起来的，又岂容他轻易脱身。”

半个时辰后，秽谷上方悄然浮现一道巨大的阵法，十道恐怖的化神气息裹挟着魔气滚滚落下，一股空间撕裂的刺耳嗡鸣声中，秽谷入口处常年不散的雾气宛如被一道极利的剑刃破开，露出一条通道。

“好在正法殿的禁制塔毁了一半，否则凭我等几人，根本无法打通秽谷入口。”

一名化神魔修看向身后的天邪道副宗主，道：“祸道友，如此一来，我们可算是和道生天直接作对了，今日若放出佛忏主，算是得他个人情，下一步莫不是要和辰洲化干戈为玉帛？”

“怎有可能？”祸无极眼中异芒闪动，“当年道生天暗杀辰洲帝子嫁祸我巳洲，他们在一旁渔翁得利，现在轮到他们下了神坛了，我巳洲岂能不回报一二？道生天还有一个天人五衰的玄宰坐镇，辰洲等联盟胜算不大，不如把佛忏主放出，待他们拼个你死我活，便该轮到我巳洲坐这世间第一把交椅。”

“副宗主思虑周全，那我等就静观这世局谁主了。”

几乎是在秽谷入口禁制彻底散开的瞬间，无数遁光便流星般冲入其中。

同上一回的小心翼翼不同，这一次的修士仗着修为高强，一路蛮横无比地御空飞行，即便是遇上几许妖孽滋扰，转眼间也都被击杀殆尽。

“听闻此地当年只不过是区区筑基和炼气修士的试炼地界，不必太过小心，我们直接冲入秽谷内围，听说那《七佛造业书》的中篇就刻在一座山崖石壁上，先到先得。”

只是这些第一拨冲进来的修士并没有得意多久，在第一个人撞进秽谷内围结界后，整个秽谷蓦然震动起来，一株株银色的巨树从地底钻出，在秽谷内围砌起了一道道树墙，片刻后化作一座巨大的迷宫，将秽谷核心处紧紧包裹起来。

有人不屑于此，直接冲上天穹想从迷宫上方越过去。

“什么东西，给老夫破！”

那人一身元婴后期修为，掠过之处传出音爆之声，但就在他试图冲出银色巨树的树冠时，那树冠枝叶中却突然传出噼啪之声，竟刹那间结出无数的银色果实。

那元婴后期修士还当是什么灵果，好奇之下，以本命法宝试着摘取了一下，却不料四周嗡的一声，银色果实化作无数飞虫瞬间将他包裹起来，转眼间，这修士肉身被啮食精光，元婴惊慌冲出时，远处一道灰色的、如幽魅般的影子掠过，张口一吸直接将那元婴吞噬。

“阴！祝！”

他们不识得银蚕虫，但阴祝的凶狠他们是知晓的，被阴祝吞噬后，生魂还不会被马上消去意识，而是会在阴祝体内，宛如被夺舍一样一点点取代意识，比魂飞魄散还要来得痛苦。

惊怖过后，一些元婴修士传音各自集结，不一会儿便形成了大大小小的队伍。

“这阴祝的厉害老夫晓得，身上也带了一件鲛人宝物可隐匿三五人气息，却不知这银树是何来历。”

“是银蚕树。”

附近的修士看向秽谷内围外，那里有三人一鹿，其中一个穿着斗篷、声音略有些虚弱的元婴修士回道：“秽谷大阵当年设下时，在地底埋有银蚕树种，如今正法殿禁制塔被毁，他们虽不能操控太多攻击之法，但这银蚕树作为部分防御禁制，却是可以勉强驱动的。”

一队五六人的元婴修士在旁观察许久，为首之人闻言目光一动，上前道：“老夫申洲云家修士，这秽谷中魔修众多，这位道友既是道修，又见识广博，不如我们守望相助，一道进入这迷宫中破关，如何？”

“可以。”说话的正是墨行徵，此刻他亦是满心茫然，有许多问题想问佛忏主，此时自然是人多力量大。

不过道生天和申洲关系密切，墨行徵不敢轻易暴露身份，换了个声音周旋一阵，回头去找嵇炀二人，却发现南颜正一脸不满地怒视着他师兄：“你给这鹿喂了什么？”

被他们带过来侦测道生天之人的小九色鹿此刻满足得四蹄朝天，看起来像是被喂得十分舒坦似的。

嵇炀一脸正色道：“喂饱了才有力气干活，整日茹素，它会瘦的。”

南颜："可我刚刚听到了你拿死魂骗它交代了什么妖族秘辛，你这样我怎么跟他家母……老鹿交代。"

嵇炀："也不是什么要紧之事，随口问问而已。"

地上的小鹿此刻对嵇炀好感度大增，软软的小尾巴摇了摇，继续用它那惹人怜爱的少女音道："重明姐姐，鹿鹿什么都没泄露，只是说了重明鸟每年春三月一次发情期，不找配偶就得自焚一次而已，又不是什么重要的事。"

南颜："……"

南颜："你打听这个做什么？"

嵇炀："我好奇。"

南颜拎起小鹿暴力地塞进灵兽袋里，目露凶光地对着不知道在回味什么的嵇炀道："不准打听这些乱七八糟的东西，也不准在我爹面前提起。"

嵇炀唉了一声，道："事已至此，我们就不能坦坦荡荡一点儿吗？"

南颜："不行，这是出家人最后的倔强。"

墨行徵面无表情地对那队元婴修士道："我朋友们发病了，你们不用管他们直接走，让他们沉浸在自己的世界吧。"

秽谷。

"这女子……还有闲心做这个？"

"呵呵，女子就是麻烦。"

这些元婴修士们俱是同阶，看不透南颜的返璞归真之法，在他们看来也只是个寻常的女修。有人皱眉看着南颜那侧，不耐道："已经有队伍进入这银树迷宫了，道友可否快些。"

"马上、马上。"

南颜没有在乎旁人的目光，从须弥戒里取出一只用竹筒盛装的白色脂膏，迅速抹匀在脸上，随后盛情发给了一脸困惑的墨行徵。

"这是何物？"

南颜低声道："说来话长，你涂就是了，我二哥很是喜欢呢。"

墨行徵一脸迷茫，南颜转头看嵇炀好似想说什么，又道："你不用了，这些虫子见了鬼身之人怕都来不及，不会咬你的。"

嵇炀恍然："原来是银蚕虫母树的树脂，你倒是聪明，可叹我还想着你同我一般心中惴惴，想保养好精神，方便带我见长辈。"

南颜道："阿弥陀佛，出家人物欲淡薄，必要之时才会如此。"

嵇炀没再说话，任凭墨行徵与那些申洲来的修士一道进入迷宫。

他们二人落在队伍最后，越是往里走，妖气鬼气越是浓烈，惹得南颜体内的《七佛造业书》闹腾不断，很快她的面颊上便沁出了一滴滴薄汗，加上刚刚用过虫母树的树脂，整个人泛着一层珍珠般的莹润光泽。

嵇炀的目光从她看似正经的眉心一路细细看至樱粉色的下唇，道："我可以请教一个问题吗？"

南颜："不敢不敢，请讲。"

嵇炀："那我想问……出家人有什么欲是不淡薄的？"

南颜："……这个问题超出贫尼的学业范围了，下一个。"

此时前方的修士步子一停，忽然有人惊喜地叫道："你们看！那具骨骸上是否有一片菩提叶？！"

南颜抬头望去，只见前方的通道中间躺着一具银色的死尸，所有人都犹豫怕有诈，只有她同嵇炀上前，在她碰到菩提叶的瞬间，叶子上浮起点点金色的光影，汇聚成短短一句口诀，没入她眉心。

神识层面轰的一声，她眼底一凛，无须确认，体内的灵力共鸣就已经告诉她……这一句佛言属于《七佛造业书》最终篇——《伐罪篇》。

《伐罪篇》是《七佛造业书》的终章，也是进入化神大道的钥匙。

这，就注定了是她的道！

她再睁开眼时，便看到同来的那些儒修又嫉又恨的目光。

"道友，你得到的那句传承是什么？"

南颜张口欲言，却发现自己无法说出，和当年的情况一样，只能摇头道："此传承有禁制，不得谈论相关之事。"

那些元婴修士看她的目光登时冷了下来，气氛诡异时，嵇炀指了指上方，道："你们看。"

众人抬头看去，本是银华灿烂的银蚕虫木上，竟生出一片巴掌大的绿叶，上面墨痕密布，以她的眼力，稍加观察便看出，那片菩提叶上写着的是一句功法，只是那片菩提叶仿佛有什么法力笼罩，看得并不清楚。

"原来机缘在此，竟是这般简单！"头前的元婴儒修大喜过望，但他并没有擅动，仔细观察一阵，道，"可惜那绿叶四周有虫球悬布，刚刚那位道友只是靠近便被此虫发现并吞吃，却不知如何取得。"

队伍里共有五名儒修，其中一名个子最高的儒修轻蔑地瞥了一眼南颜一行三人，道："老夫带有族中的一只须弥囊，乃是由一头古旧须弥鼋的甲片打造，囊中可载七名修士。这虫子想来无智，我们取得菩提叶后，钻入囊中待虫群散去再出来即可。"

“好，好好，只是这须弥囊只能载七人，如今我们这里有八人。”那高个儿修士环视一圈，最后嘲弄的目光看向南颜，“老夫不与妇人为伍。”

卯洲。

密集的梵呗响彻天地，无数金色的种子从愁山院佛塔中飞出，不断弥补被鬼潮冲击的护山大阵。

“法座，梵海院已抵挡了十天十夜，死伤惨重，道生天这两位冥河之主驾驭鬼潮，一人可当万马千军，且无穷无尽，再这样下去不是办法！”

愁山梵海的愁山院法座厉声道：“龙主等人将南芳主遗体托付给愁山院招魂镇护，更遑论九劫塔下镇压的还有苦泉川，我等若稍有退让，便是置卯洲黎民于水火！吾等为佛，修道正是为超度恶鬼而生，吾等若败，这世间岂还有救？此战绝不可输！”

冥河垂天，诸洲之中唯一专克鬼魔的便是卯洲，若卯洲倒下了，道生天便是一战立威，此后恐怕势不可当。

其余僧人纵然没有退步，但仍担忧不已道：“可龙主却始终未现身，辰洲也再无回音，不知……”

法座斥道：“本座相信龙主绝非背信之人，如此局面，一洲之主只能坐镇后方，若是先就出手，等到道生天玄宰现身，又有谁来挡？”

僧人们面露惭愧之色，不一会儿，愁山院的大弟子真衡疾步赶来，向法座行礼道：“师尊，申洲云家派人来助战了。”

“申洲？”

若是平日里，卯洲或许会欣喜非常，申洲虽素来以中立自标，但现在这一任云家家主，也就是说儒修之首，却是偏向道生天已久。

真衡转述道：“申洲云氏信上所言，乃是他们先前虽接受道生天统领诸洲，近日来多见生灵涂炭，如今却也不愿为虎作伥，为免唇亡齿寒，特地派遣使者带来了申洲镇洲之宝万诗屏，好护守愁山院。”

儒修的诗文是攻击的利器，在诸道之中，最是千变万化。此“万诗屏”收录古往今来上万首诗文，一经催动，便可同时释放一万道法术，若由化神修士轮流操控，则攻击连绵不绝，应对鬼潮最是合适。

“云家……”法座皱眉喃喃，道，“本座久不闻世事，只记得申洲云家素来以道生天马首是瞻，梵海院掌院师兄作何说法？”

“回禀法座，宝气师祖正在镇压苦泉川闹动，无暇外顾。”

法座来回踱步间，脚下愁山又是一阵剧烈晃动，抬头望见天空中两条冥河再次沉降百丈，从冥河中徐徐浮出一些神情木然、双眼燃着幽火的面孔。

“阴祝！！”

此时一声急促的传音从梵海院外传来：“愁山院法座，老夫申洲云家家主，历经艰辛从申洲赶赴而来助战，如今被道生天追杀至此，门人横尸异乡，法座还要拒人于千里之外吗？！”

法座神色一凝，神识扩散而出，惊见愁山梵海护山大阵外，从申洲赶赴而来的数千儒修，正苦苦抵抗鬼潮入侵，年轻的儒修不断倒下被厉鬼拖走撕咬，一时间宛如人间炼狱。

“这……”

犹豫间，云家家主又高声传音道：“我申洲儿郎已死伤至此，以你愁山院十万僧侣，莫非就这般忌惮吗？！莫寒了天下修士的心哪！”

此时一个刚结婴的卯洲后辈佛修脸色发白道：“法座师叔，申洲虽摇摆不定，但云家的帝子云念曾在山海禁決中与我等守望相助，应可暂且信任一二。”

“……罢了。”

法座未反对，马上便有人跟着传令下去：“开阵！让申洲修士进入！”

申洲儒修余下三千余，见愁山梵海大阵一开，纷纷蜂拥而入，尤其是那申洲云家家主，一脸苦笑：“法座未免也太过疑心，修界之存亡，但凡修士，必肩负其责，诸洲俱是唇亡齿寒，卯洲若倒下，马上便会轮到我申洲。”

法座漠然道：“回头是岸，时犹未晚。”

云家家主面上堆起笑容，扬手抛出一面小小的玉屏风，这屏风迎风见长，飞入半空后倏然化作百丈之巨，上列万首诗文，隐隐有一股逼人的灵气透出。

同时，上空两条冥河中，成千上万的阴祝探出头来，阴沉沉的气息锁定下方愁山梵海。

“这阴祝乃是一千头厉鬼中方能诞生一头的极凶、极煞之物，杀之不绝，即便是我等已入化神，除非消耗真元与寿命将其打入虚空裂缝中永世封印，否则亦只能暂时将其击退。”

愁山院前已聚集了整整十二名化神佛修，他们正是愁山院的核心力量。

法座道：“诸位师兄弟，随本座一道，献祭寿元，为众生辟出一条生路！”

云家家主又道：“佛者为度众生无悔，然法座若如此牺牲，即便暂时击退冥河，往后又如何，不如合十余位化神同道之力，启动此万诗屏，相信一击便可击散鬼云。”

“这……”

“战机不可贻误，老夫便先上了。”

云家家主不多言，低喝一声，运使全身灵力，磅礴注入万诗屏中，上万首诗文顿时亮起千余。

“罢了，助云道友。”

一声令下，十二化神佛修不做他想，全力施为，转眼间，万诗屏全数亮起，照得上方鬼云恍如白昼。

而就在此刻，旁边护法的真衡佛子忽然目光越过云家家主身后，看见一个申洲同来的儒修手中持着一方砚台法器，神色一凝，道：“那方山涛砚不是被云念道友炼化过了吗，怎会在此？”

炼化过的法宝至少三五年内不会轻易易主，除非……是从原主那里抢的。

气氛倏然变化，法座高喝一声：“众同修快撤手！本座挡着！”

饶是他及时示警，也只有三名化神佛修撤出万诗屏，而同时，那云家家主面容狠戾道：“卯洲首功在老夫这里了！煅铁箭，给我起！！”

随着他话音一落，万诗屏本应打向鬼云的气息倏然一转，屏风上无数细小的、宛如岩浆般充斥着毁灭气息的箭矢轰然射出，以极近的距离，直接穿透化神佛修的护体灵气，触体瞬间，连同元神一同灼烧，三名化神佛修当场元神尽毁，连一丝魂魄都未曾留下。

煅铁，世间最恐怖的利器。

“倒是……好算计！”唯独法座一人，依仗自身根基雄厚，即便皮肉烧至见骨，仍能勉强发声，“为谄媚道生天，连门人弟子之血，你也牺牲？！”

“只要道生天达成一统九狱大计，吾门人他日便可转生复活，是尔等愚昧，不识大道！”云家家主并不恋战，挡下几拨暴怒的攻击后，身后直接开启虚空裂缝打算传送走，“可惜宝气如来并不在此，法座，身中煅铁，强如仙神亦无救，你就安心去见佛祖吧。”

云家家主转身踏入虚空裂缝中，就在他挥手欲闭合通道时，忽然四周一震，他竟感到虚空凝实，无法传送，接着一个狂烈的声音遥遥传来：“想跑？此间虚无，给老子封起！”

“这不可能！”化神修士可穿梭空间，眨眼间行遍千里，若非修至天人第五衰顶峰，绝不可能随意封锁，除非……

云家家主蓦然想起，当年立下正法殿时，为奠定正法殿修界执法地位，诸洲包括道生天在内，曾赋予正法殿帝君封禁虚空之权。

那可是集合了天下顶阶的化神修士一同赋予的力量，他就算知道，也绝不可能挣脱出，只能气急败坏地从自己的虚空通道中回到愁山院。

“竖子，你不是叛出正法殿了吗？！”

远空中本是鬼云弥漫，但那些嚣张无比的鬼物却在无数道昊光闪过时，仿佛遇到什么天敌一般，逃也似的闪出一条通道。

却见是一头浑身雪白、如披月光的八尾妖狐，背着穆战霆冲到愁山梵海大阵前，随后竟也不等他们撤去禁制，眼中紫光一闪，下一刻竟直接穿过大阵，一落地便把穆战霆扔下去，随后缩成一个巨大的毛团，只露出两只警惕的眼睛发抖地看着天上乱飞的恶鬼。

穆战霆嚣张出场，狼狈落地，被摔得滚了一个圈儿，才站起来怒视云家家主："死老头，正法殿又不是道生天家的，你愿意跟着讨好，老子不乐意！老子的文曲星君坐定了，谁敢篡位，提头来见！"

——这什么乱七八糟的？

云家家主暴怒，但是刚刚被他坑害过的佛修更怒，双方缠斗在一起。云家家主怒气冲冲地指挥余下的儒修弟子："他是道生天要杀的目标，谁斩得其首级，道生天会许他来世化神之资！"

那些儒修眼中都闪烁着不正常的绿光，闻言，三千儒修各提文房之宝在手，直接朝穆战霆杀来。

愁山院佛修大多晓得穆战霆是携着辰洲的援助来的，为保护他当即迎战，场面顿时大乱。

穆战霆的原则自是有架就干，扛着天魃斧带着与他同来支援的辰洲修士很是痛快地打了一圈后，回来看见跟他同来的殷琊仍然一副卷成毛团的防御态势，不禁想揪他的绒毛。

"兄弟！说好的并肩作战呢！从鬼坑里跑过去用光你全部的凛然浩气了吗？那种鬼刚刚最怕的可是你啊！"

"莫挨老子！你刚刚就知道躲我尾巴里缩着，现在倒是跳起来了。你要死自己去死，别扯上我。"殷琊的眼珠来回转动，等到穆战霆要走时，又用尾巴把他卷回来，"等等，你瞧见那大屏风了没？"

穆战霆抬头一看，心神一震："这莫非是传说中的千古文坛英豪榜？"

殷琊："没错，这就是千……什么玩意儿，哪有这种东西，不识货别瞎编好吗。这可是申洲的镇洲之宝，搁哪儿都是立地炮塔。这样的宝物都是有自我意识的，我以魇生幻术可让你的气息和万诗屏同化，启动认主竞斗，只要你斗赢了那边的云家家主，这万诗屏就是你的。"

穆战霆激动道："哎呀，那岂不就是前不见古人，后不见来者，眼前有屏题不得，老子题诗在上头？"

殷琊："……你别吟了，我是个文盲，我不懂。另外，我丑话说在前面，你家长要是看见了，肯定是要揍死你的。”

穆战霆一息不到，霍然起身：“龙主早晚得知道南颜被老三叼走的事，我左右都是个死，如果让我选的话——”

殷琊还以为他有什么重大决定，抬头一看他已经撒丫子冲出了大阵外。

穆战霆：“啊哈哈哈我命由我不由天！今天我就要抽取这名幸运儒修和我当众斗诗！！”

“既然愁山院化神修士已废，云道友且坚持一二，老夫来矣！”

愁山梵海外，一个由墨笔绘就的怪影立在云端，嗓子里竟发出六御上师的声音。此人之前企图前往正法殿捉拿南颜，中途被应则唯唤去做了神念化身，岂料后来南颜逃脱，他又在正法殿和嵇炀对上。

嵇炀可一人操纵三条冥河，衙泉川并不是对手，虽然让他也付出了一些代价，但六御上师的肉身亦粉碎，被应则唯的神念带回了道生天，为他的元神临时做了个画影之身。

此时六御上师满腔愤恨，降落在曾庇护过南颜的愁山梵海之上，见云家家主偷袭得手，愁山梵海护山大阵灵光削弱五成，立即加催衙泉川鬼物冲击过去，第一拨便有一万恶鬼冲过了大阵。

愁山梵海内压力大增，佛修们只得又分出半数精力去应对入侵的鬼物，只剩下穆战霆和他带来的辰洲部众，同申洲余下的儒修互相对峙。

——这一天终于到了。

穆战霆觉得这是他命中注定的一天，终有一日，天下儒修会因为嫉妒他的才华群起而攻之，而他，今日就要作为这个时代风口浪尖上的文豪，承担起他这个年纪不应有的嫉妒与崇拜。

穆战霆让身后部下暂休干戈，单刀上前道：“诸位文友——”

忽然斜刺里杀来一个山羊胡的元婴后期修士，一笔捣过去：“竖子受死！”

穆战霆往旁边一闪躲过他笔尖甩出的一道冰锥，道：“文友何以盛怒至此？”

那山羊胡老头怒道：“你杀了吾儿胡瑞！诸位同族给老夫一个面子，今日老夫要和他定生死！”

穆战霆没想到冲突来得这么快，道：“好，既有宿怨，我们就用文人的方式来了结！”

山羊胡老头怒怀杀子之恨，磅礴灵力释出，大笔一挥落下一句杀气腾腾的诗句。

“吾儿应悔渡蓬莱，常恨华年遇狼豺！”

穆战霆张口就续：“可惜文化没学好，来世投胎打李白。”

山羊胡老头：“……”

辰洲修士唰地退后一步，眼神悲悯地看着对方的儒修们。

“又开始了……”

山羊胡老头自问饱读诗书，此时却感到脑内忽然一片空白，见周围的儒修都盯着他，出神片刻，再次回忆起丧子之痛，面容狰狞地吼道：“竖子不识圣贤意，毁得春秋作朽吟。老翁怒剑持在手——”

穆战霆：“原来儿子不像你。”

那山羊胡老头诗文刚写了四分之三，一柄墨笔绘就的长剑才露锋芒，穆战霆一开口，那墨剑突然崩碎，反倒是激得山羊胡老头吐出一口血。

元婴后期是个极微妙的境界，因为此时修士所有的力量都在向化神不断冲击，尤其讲究对自身所修之大道的坚定，如果心乱了，灵力也会乱，极有可能反噬自身。

山羊胡老头顿觉不妙，捂着心口双眼赤红道：“你……你！荒唐竖子乱弹琴！”

穆战霆仔细打量了一下，这山羊胡老头体长五尺，铜铃眼，饼子脸，他所称的儿子胡瑞他也在山海禁决里见过，却是个猴腮三角眼，怎么看也不像是一家出来的。

他微微恍然，道：“老子几时乱弹琴，你儿真的不像你。文友何不问邻里，儿子到底哪家领？”

山羊胡一口老血吐出来，正巧此时云家家主从缠斗中大吼一声：“洛神卷！”

他抛出一张缺了一角的画卷，那画卷登时化作一个眉目模糊的女子，抛出彩带将他护持住，为他挣出一口气。

云家家主扭头，怒道：“胡长老，你们在干什么？还不启动万诗屏把他们斩杀！！”

他不转头还好，一转头穆战霆忽然咦了一声，道：“文友，你儿身上也有一张洛神卷的残片，这云家族长倒是大方，自己本家侄子舍不得给，给了外家的一个弟子，仔细一看，他们倒是长得人面菊花相映黄呢。”

云家家主不明所以，刚刚那吐血的山羊胡老头本想骂穆战霆胡说八道，却没想到斜刺里一道佛掌拍散那洛神画卷的伪装，露出一张妖媚的妇人面庞。

穆战霆明显感到对面的儒修们倏然一静，却见那山羊胡老头嘴唇发抖：“家主，你……你的本命法宝上怎么画的是我夫人的脸？”

云家家主脚下一虚，被后面佛修揪住就是一顿毒打，不过他修为化神，到底还是勉强逃出来试图辩解道：“你别听这厮胡言乱语！你看他带着一头狐妖，这……这都是狐妖使的幻术！”

人们回头看着缩在角落里警惕着四面八方恶鬼的狐狸精，后者忽然受到了目光洗礼，嗷嗷怒道："关老子什么事，鬼见过你老婆长什么样，我能变出来才有鬼了！"

一片死寂中，穆战霆幽然喟叹："替人养儿几十载，无边绿叶头上栽。男儿心胸容四海，苦酒一杯敬兄台。"

一首吟罢，穆战霆自我陶醉了一下，道："自古争锋出文豪，此句妙手回春，朕定要收录在千古文豪英雄榜中供后世顶礼膜拜。"

山羊胡老头身形一晃，胸膛起伏几下，忽然仰天喷出血瀑，直挺挺倒下。

"胡、胡长老元婴爆炸了！！"

远在卯洲百里外，一条稍弱些的冥河后力不济，操控冥河的元和道人勃然大怒，气急之余，转身意图与六御上师会合，却不料两道虚空裂缝倏然炸开。

"你们竟——"话未尽，人未见，便是一道剑气袭来，元和道人当场肉身与元神一道破灭，原地一蓬血雾中，只留下一顶石冠幽幽悬浮。

裂缝扩大，敖广寒率先走出，招手将那顶下泉川帝冠拿来丢给随后走出的孟霄楼。

"拿去堵你未洲的封印缺口吧。"

"无妨，无狱主催动，未洲鬼渊自不会再有恶鬼涌出，我徒儿自会处理。"孟霄楼回剑入鞘，接过后，神识一扫卯洲，眉尾一跳。

"敖广寒，我小看你了，两军对垒，你徒弟一招不发便先斩敌将，此子竟恐怖如斯。"

敖广寒黑着一张脸，他也听见了卯洲那侧的动静——穆战霆往场上一戳，扬言挑战天下儒修，挟孟子以超孔圣云云，镇得众儒修肝胆俱碎。

辰洲的脸丢尽了，他敖广寒的脸也丢尽了。

"很好。"

怒上眉梢之际，孟霄楼突然睁大眼睛道："你看，愁山院寄存娆娘的九劫塔那里……"

敖广寒猛然抬头望去，只见愁山之巅，一缕红云雾卷，渐渐化作一只凤凰之形，传出清鸣之声。

凤凰清鸣，正是聚魂之兆。

"南娆？"

只是一瞬间的惊喜过后，忽然一头巨大的狐影遮天盖地地浮现在九劫塔外，一声响彻天地的狐啸后，本应凝聚成形的凤凰忽然哀鸣一声，直直坠落入九劫塔中，同时塔底一阵巨震，一丝浑浊的不祥阴气释放而出。

“……那头狐妖开启了苦泉川！！”

与此同时，秽谷。

“菩提叶只有一片，道友既然有了，又何必贪心，在一旁等着吧。”

那申洲来的修士见南颜不过元婴初期，且是女修，言辞中不乏轻蔑之意。

墨行徵见过南颜出手，不知为何总觉得她骨子里是个暴脾气的，唯恐她当场就炸，岂料转身一看发现他们两个表情怪异，一个仰首望天，一个脸色发青。

“你们怎么了？”墨行徵问道。

“没什么，就是忽然觉得这个世界刚刚遭受了剧变。”南颜低头按了按眉心，瞥了一眼一脸不善的申洲修士们，道，“当真不需要我协助？”

“区区几只银蚕虫，老夫等人还是杀得了的。”这些修士无一例外均是元婴修为，自是有这份自信。

南颜将佛珠卷在袖下，和嵇炀对视一眼，道：“那我就暂且去旁边回避。”

她同墨行徵点了一下头，简单交代了一句，《伐罪篇》收集得越多，她便越能确定寂明的方向。后者见她走之后，立即上前同申洲修士们议定了分配之序。

“显然这菩提叶是谁先碰到便会被谁吸收，稍后老夫以金蚕丝网先摘取之，接下来应该还会有其他的菩提叶，待众人合作过后，按劳分配，若菩提叶不足，便以宝物或灵石补足如何？”

这就是师尊无论如何也容不下的逆道功法。

墨行徵对《七佛造业书》没有兴趣，但他想知道寂明在哪里，想知道寂明是不是当真目睹了南芳主被他师尊所杀，也想知道应该怎么样才能阻止他师尊一错再错。

一刻钟后，三名修士在下方同时吟诵诗句，组成了一道防御光阵，包括墨行徵在内的另外两个元婴儒修同时飞身上浮，等到快飞上中间的位置时，他们忽然加速，快若流星般打出一道灵光，试图将菩提叶的叶梗折断。

但那灵光击打上树枝的刹那，却发出“叮”的一声敲击金属的响动。

“不好！”

那枝头上的银蚕虫听到声音，登时裂开十几枚虫球，密密麻麻地卷为浓云俯冲下来试图将打扰它们休眠之人吞噬得一干二净。

儒修们纷纷运使法宝抵挡，但令人惊异的是，那些银蚕虫却好像只看见了他们，对墨行徵虽有兴趣，但大多都是视而不见。

墨行徵略一想，便想到了那是南颜所赠的虫母树树脂的缘故。

银蚕虫一炸开就是一大片，其中一个修士所御使的法器让墨行徵紧紧皱起眉来。申洲修士见墨行徵毫发无伤，道："道友，你用了什么妖法？快救救我等！"

"五息。"墨行徵扔下这句话，脚下一蹬，直接飞上枝头一把抓住那菩提叶，不过这菩提叶在他手上奇迹般地没有直接化开，被他拿着带离了原处。

"撤！快撤！"

那些修士一见墨行徵得手，立即落地撑开法宝让几人进入，元婴修为尽展之下，不多时，那银蚕虫见无目标可蚕食，便渐渐飞上树梢重新化作虫球。

一切安静下来，那些申洲修士狼狈地爬出布囊，刚刚求助的那个修士脸就冷了下来："道友，虽是萍水相逢，但我等毕竟共同作战，你有可规避银蚕虫的宝物，何不拿来与我等分享？"

墨行徵道："有宝物的人，刚刚被你们劝走了。"

修士们大多耳聪目明，立即便回忆起了南颜之前取了脂膏涂脸的怪异举动，一个个脸色难看。

"元婴修士，竟这般小气，她若早说她有法宝，我怎会为难她？"起初为难南颜的高个儿修士道，"嗯？你竟拿到了菩提叶，还是交出来让我等分配吧。"

墨行徵也是名利场里滚过的老人了，不紧不慢道："交出来可以，只是我想问一个问题——你手上的蓬台笔，我曾在申洲帝子手上见过，怎会在你这里？"

申洲修士忽然眉头一拧，道："你到底是谁？我申洲内务恐怕与你无关吧。"

墨行徵看着他不说话，过了会儿，后者面色冷淡道："帝子云念忤逆师长，被镇压在祠堂里好生参悟。"

几人说话间，已经围了过来，墨行徵道："这菩提叶我拿可以，你们拿，恐怕会直接被吸收，你们确定？"

"你我有什么不同？"那高个儿修士觉得这人古怪，正要暗示身边人动手之时，隔着不远处一股灵光爆闪，地表微微震动，过了会儿，他们看见刚刚嫌弃过的那个元婴初期女修，拎着一个已经被拍散了脊柱的魔修后颈，一路拖着走过来，另一只手竟足足拿着五片正在消失的菩提叶。

"咦？都这么久了，你们只抢了一片吗？"

杀同阶魔修……能这么快？

本来杀意上头的众修士纷纷忌惮起来，那高个儿修士道："道友有可隐瞒银蚕虫的宝物？"

"有是有。"南颜顿了顿，默念了一句罪过，道，"刚刚诸位拒绝了我的好意，想来俱是高风亮节之人，我也不勉强，就……拿本源灵气来换吧。"

本源灵气是元婴期向化神期过渡的根本，其过程就是元婴期将之前所修炼的驳杂的灵气不断炼化压缩，待到全部灵气都转化为本源灵气之后，便有了问鼎化神的资格。

可灵气转化为本源的过程异常艰难，只要给她十年时间，南颜当然可以成就化神，可是她没有时间。

道生天窥伺着她的佛骨禅心，若她没那个实力守住，一旦三心被夺，世上再无人可压制应则唯。

先前在山海之间取得的只有木火金三种本源精粹，尚缺水土，她需要更多的本源灵气，以最快的速度化神。

只是此言一出，所有的元婴修士都变了脸色："区区一个元婴初期，竟敢如此狂言！"

本源灵气对修士何其珍贵，百份千份灵气都难以炼化出一缕本源，那些本身资质奇佳或所修功法大道超绝者或能更快些，但世上绝大多数元婴修士都指望从外界收集。

南颜其实没有据实以告，她先就修有《七佛造业书》前两篇，菩提叶上外人看不懂的那些佛言她是看得懂的，稍加融会贯通，便可获得传承，无须真正吸纳这些菩提叶。

她笑了一下，道："我手中的树脂余量不多，而这银蚕树迷宫里虫果袭击不知还会有多少，诸位道友既不愿合作，我也不强求，就此别过。"

"道友留步！"其中有一个脾气较缓的申洲修士看了一眼树顶上的银蚕虫，挽留道，"我等确实急需此物，除了本源灵气以外，我等可用灵石或宝物换取，高出市价数倍亦可，道友不妨考虑考虑。"

南颜丢开手中的魔修，道："我只需水土二属性的本源灵气，有则换，无则罢。"

那申洲修士瞥向那个最固执的高个儿修士："云道友，你是水土双灵根，之前听说你们道生天夺取了那界外妖族的本源灵气山泽送给你们本家，你看……"

"老夫冲击化神在即，岂能为区区女娃耽搁！"

高个儿修士坚决不愿，南颜也未强迫，只是听见道生天转赠过本源灵气一事，便略有想法，转眸想同嵇炀商议一二，却发现他盯着迷宫通道彼方的黑暗处，不禁问道："你在看什么？"

"你想要本源灵气，我给你送点儿人来。"

他说话间，一股极其阴冷的风从彼方刮来，所有人都警惕起来，数息后，几个天邪道的魔修仓皇逃至。

他们一见拐角处有几个正道修士，面露喜色，不躲反冲，再一看，他们身后竟跟着大批阴祝。

“阴祝！”这边虽是元婴修士，但没人愿意和阴祝缠斗，在这里阴祝杀之不绝，就算被封印打散，也会重新凝聚，而且会吸引更多的阴祝。

死道友不死贫道，没人愿意在这里牺牲。

就在所有修士疯狂逃窜出没多远，一声梵呗，却见南颜逆着人潮而上，手中捻诀，正是刚刚到手的菩提叶中一句《伐罪篇》招式。

“长夜不烬，佛者不休，诸道赦尔，唯吾……断业。”

足下一盏破碎的血莲绽开，三条锁链一冲而出，刹那间缠住最前方三头阴祝，血火燃烧之际，那本该无知无觉的阴祝竟发出凄厉的惨叫声。

前方逃窜的元婴修士们猛地停下了脚步，愕然回头，只见白衣佛女孤身挡战，佛者之威，竟让大批阴祝不得寸进。

“这难道就是……”

“正是刚刚菩提叶上的《七佛造业书》，绝对无错！”

待南颜驱得阴祝四散逃窜，魔修和申洲修士，大约十个人眼里难掩贪婪的神色，不过谁都未曾先动手。

“这位……佛友。”众人见她收招时，袖中传出佛珠碰撞的声音，便明了这是个佛修，“佛友修的可是《七佛造业书》？”

南颜面不改色道：“此书现世后，贫尼便多方追寻，除总纲外，就算不改修功法，也可习得其中一招半式，没想到竟对阴邪之物杀伤至此。”

所有元婴修士都动摇起来，只是那些魔修则是更直接，阴鸷目光锁定南颜：“可我们之前也杀了几个修士，只要搜魂，也可得到菩提叶中的口诀。”

此时嵇炀悠悠道：“菩萨一路护着我等弱者斩妖除魔无数，诸位若愿切磋，无须菩萨动手，我这师弟第一个不答应。”

墨行徵：“……”墨行徵很想骂人，可下一刻当真有魔修不服，祭起三面古怪的小旗，无数黑雾便朝着他们卷来。

“请切磋一二！”

墨行徵首当其冲，不过作为道生天现下的首徒，纵然身上带伤，区区普通元婴，他也不放在眼中，足尖一踏，太极八卦磅礴绽出，右手同时凝聚成一口黑白气剑，身后剑阵浮起。

“周天——”

墨行徵刚说了两个字，那魔修便尖叫一声瞬间退出数十丈外，惊疑不定地看着墨行徵：“这是道生天内门之招！你莫非是……”

南颜见那些元婴修士肝胆震怖，便晓得道生天在诸洲修士眼里到底是个怎样可怕的存在。

“我等愿意以本源灵气换佛友的菩提叶！”

半刻钟后，南颜手里的菩提叶全部换了出去，足足得到了五十余条本源灵气。

水土两属性的本源灵气一入手，便被南颜吸纳入气海中，气海中那团银白色的婴火将五行本源灵气摄入元婴中自行运转起来。

稍事调息片刻，已到手三片菩提叶的申洲修士大约是觉得不宜与南颜同行，商议一阵后便决定与她分道扬镳。

“我等技不如人，再与道友同行，恐怕也难以相争，就此别过。”他们脸色不豫道。

“请。”

这些修士们离去不久，起初得到菩提叶的喜色退去，越发觉得失去的本源灵气让人肉痛不已。

“你们有没有觉得那女佛修有几分眼熟？”

“她好似修有返璞归真的障眼之法，面貌未必是真……不过既然你这么说，我也觉得哪里熟悉。”

走动半晌，忽然有人啪地敲了一下手心：“是她！我就说怎会有人一拿到《七佛造业书》就能上手，原来是她！那个正法殿以《七佛造业书》对上道生天的……南芳主后人！”

四下哗然，所有人顿住步子，尤其是那高个儿修士，咬牙道：“他们只有三个人，两个灵气有失，可惜没直接擒住她！她值得一个化神期入第一衰的机缘！”

“可那动手之人，使的是道生天的‘周天行吟’剑阵，这可是道生天内门术法。”

申洲众修士犹豫间，迷宫那侧一声冷笑传来：“诸位申洲的道友，可是见到我道生天那叛逃的门徒了？可否带路，若得手，老夫必不会亏待尔等。”

“整个秽谷为镇压黄泉川所设，银蚕树迷宫与阴祝等皆是阵内难关。”嵇炀说到这儿，轻抚着怀里对他越发亲昵的小九色鹿的头顶，目露思索道，“不过若我是师者，应不至于天真到以为这些区区难关能拦得住人。”

“所以呢？”

“我有点儿好奇，他向来是绝不容佛忏主有半分传道之机，此行必有后手，比方说……”

言未尽，南颜便感到杀机临身，扯着嵇炀从原地闪出，下一刻，原先所站的地方一声惊爆响动，剑气如虹，震得银蚕巨树上方的虫果扑簌簌落下，散成一片银雾朝着攻击来处笼罩而去。

可这一次这些银蚕虫未能奏效，随着黑暗处一声冷哼传来，虫子全数撞进冰墙里，瞬间一只只被冰封起来，落地碎成一片晶尘。

“叛徒，受死！”

“比方说，说好的只能元婴期进来，这个化神期的修士却进来打算把我们全部干掉了？”

嵇炀回头瞥了一眼，道：“不是真正的化神，可能是有道生天的元婴修士修有什么特殊的功法，肉身内可封印一条化神期的元神。”

南颜是不会动手的，她纵然可以催动佛骨禅心与之一战，但秽谷的规则就是不允许化神之上的实力出现，一旦触碰禁制，所有动手的人都会被秽谷排斥，不只要承担秽谷大阵的打击，还会被直接传送出去。

——鬼知道道生天的人在外面怎么等着他们。

“叛徒休走！！”身后追杀之人虽是元婴之身，但出手的等级却是与真正的化神期无二，行动间身后带起一条条虚空裂缝，看见他们的瞬间，双手之中凝出一支气息可怕的冰箭，箭锋一转，竟是先指向墨行徵，“先取你人头向玄宰交代！”

这冰箭极其阴寒，出现刹那，四周顿成一片冰霜境界。

南颜只觉双目一阵刺痛，强运目力，却发现那冰箭非同寻常，箭头一点如火般的赤红，她失声道：“箭头是煅铁！不可硬接！”

一个眨眼间，向墨行徵射杀而去的冰箭忽然凝在他身前一丈处，煅铁箭头化作蛛网般的炎流四处延烧，冰的锐利，火的侵蚀，刹那间穿透层层鬼气钉穿挡在墨行徵身前之人的掌心。

血液顺着手背滴答落下，嵇炀五指轻收，那穿过他手背的冰箭寸寸断裂，看似并无异样，背到身后去的手掌却是微微发颤。

“行徵不过是个晚辈，怀霜师叔倒是当真看得起。”

远处的追杀者身形悬浮，双目如冰：“老夫行事，同六御那般拖拖拉拉的作风不同，杀叛徒必要一击得手。老夫不必瞒你，此次老夫特地带了两支煅铁箭，所有道生天叛逆者，一个都休想活着出秽谷！”

“哦，那第二支呢？”

一个意想不到的声音出现在嵇炀身后。

“在这里。”

事情发生只在一刹那，南颜面前凭空出现一支煅铁箭，那箭头一点幽暗的赤红火光，仿佛炼狱深处的混沌。回过神来时，她手中的梵王珠已经自行飞出护持在主人身前。

但梵王珠仍然毫无作用，极寒又极烈的箭尖撞在佛珠上时，素来无坚不摧的梵王珠不到一息便破碎开来。

她从未直面过这样巨大的毁灭之力，四周的一切都在渐至虚无，一个淡薄又嘲弄的声音从墨行徵口中传出："少苍，佛忏主都未能保住为师要杀的人，你能保得住谁？"

应则唯是什么时候……控制了墨行徵？

脑中已来不及思索，灼烈的煅铁之力融穿身前防护佛光的瞬间，南颜骤感血脉深处一阵沸腾，周身蓦然绽出火红的凤羽，纷纷落下间，她忽然听到一个熟悉的声音从心底传出："重明听召，护吾血脉。"

娘？

怀必杀之势的煅铁箭倏然一滞，被控制了的墨行徵本来平静无波的面容上出现了一抹惊诧，而下一刻，四周阴风怒号，无数阴祝杀至，将南颜和他们隔开来。

带走南颜的同时，嵇炀怀着某种嘲笑的声音传来："师者生杀决断，可听到故人之声，仍是心神动摇，如此求道，可当真放下了？"

庞然巨力四面炸开，冰火四溅中，银色迷宫重重坍塌，即便是不惧生死的阴祝，也随之惊怖逃窜。

那怀霜上师神识扫去，只见原地已无嵇炀二人踪迹，嘴角抽动了一下，压下眼底那一丝恐惧，对着面无表情凝望着秽谷核心的"墨行徵"垂首道："玄宰，他们逃往佛忏主所在之地了。"

应则唯对墨行徵的神识操控似乎极为有限，周身的气息也正在一点点消失。

"我先去卯洲那里收尾，同南娆做个了结。回来之前，秽谷不留生人。"他漠然道。

"墨行徵没事吗？"

"行徵不会有事，他们知道活人才能拿来制约我。"

南颜嗯了一声，刚刚那一场生死危机来得太快，也好在是南娆当年在她身上留了后手，挡住了那煅铁箭一下，否则这会儿早就神魂陨灭了。

想起煅铁箭之威，南颜不禁后脊一冷，刚想问嵇炀正面接了煅铁箭的伤情，便听见他轻咳了一声："不再问点儿什么吗？"

南颜："你有事吗？"

嵇炀："我师弟没什么事，但是我很有点儿事。"

南颜："我知道你很有点儿事，不然你以为我为什么一路架着你？"

此时四周一片狼藉，飞遁的元婴修士们惊恐回望，只见一片坍塌的银树中，一切被霜冻侵蚀。

“怎么会有化神修士！”

“不是寻常化神！这等气息……必已入第二衰！”

说话的元婴修士一连捏碎几十枚符箓，构筑层层防护术法，但很快，冰霜侵袭间，浑身覆上寒霜，一切防护瞬间随着肉身一起碎成一地红冰，元婴刹那飞出。

在寒霜之气的核心，一个本该是元婴修为，此刻气势却节节攀升，飞快越过化神期的道生天修士伸手一抓，逃窜的元婴立时不受控制地被吸入他掌心，刹那间化作一团精纯的本源灵力融入怀霜上师手中。

“是第三衰。”怀霜上师吸收了那团元婴后，一身灵力飞速暴涨，身形一掠而出，一张口，声音回荡整个秽谷。

“你娘在世时尚要对老夫口称前辈，拖着一个受煅铁箭所伤的废人，你当你能逃得掉？”

怀霜上师言罢，双掌一抬，上方浓云之中，无数冰锥探出头来，随着他一声“落”，那些冰锥轰然如雨如箭落下。

“修逆道者，杀！”

整个秽谷核心如逢霜天，刹那间一片冰蓝。

远处冲上一处山崖的南颜突遭冰锥雨，撑起金身佛像，虽是挡住那冰锥攻击，但灵光也骤然黯淡，她回望了一眼，眼底一凛：“这老者是什么路数？好似比寻常化神更强一些。”

“伐界之战的老人了，在师者入门之前，他本是道尊属意的下一任道生天宗主。”嵇炀低头看了一眼刚刚接过煅铁箭的掌心，此刻手背已被炎流融出一个空洞，蛛网般的烧痕如有生命一般四处蔓烧，很快便延伸至手臂。

南颜也没想到那煅铁箭竟这般可怕，略略慌张道：“我这里有疗伤圣药——”

“煅铁弑神杀魔，人界伤药无效，一旦锁定神魂，不烧光绝不会熄灭。”嵇炀抬眸看见南颜倏然苍白如纸的脸，笑了笑话锋一转，“可我是鬼身。”

南颜忽然有点儿火大：“可以直言怎么救你吗？”

“你看上面，熟悉吗？”

煞冷的、含着一丝血腥与灰尘气息的风刮过脸颊，起初一片看不出原貌的山崖，无端端平添几丝熟悉之感。

“崖下是人间黄泉，一切凡生归寂之地，黄泉里无数死魂，就是我的命源。”嵇炀道。

“你没这个机会了！”

怀霜上师的身影缩地成寸，刹那间出现在他们身后，南颜只觉耳畔嗡鸣一声，周身上下传来一股刺骨的寒意。

一片巴掌大的霜花从怀霜上师手中浮现，如羽毛般飞起飘向南颜，这霜花看似弱小，南颜却本能地感到一股逼命危机。

“赤丘山，现！”南颜当机立断，一掌将九色鹿赠与的地妖珠拍进地底，瞬间足下巨山轰隆而升，将他们送上悬崖，而那霜花也恰好撞击在山腰上，触及山岩时，那霜花立即化作冰刺，从山腰直直冲向南颜二人。

嵇炀瞳仁深处血芒顿生，心念微动间，整个秽谷之底立时巨震，转眼血雾冲霄，骇得那怀霜上师一惊。不过他仍未退，身形一幻，竟分成无数个如他一般模样的冰霜之人，朝着那阴祝大潮便冲去。

“阴祝鬼潮，邪魔外道！老夫誓要清理门户！”

“冰人化身……难怪要派他来。”嵇炀拉住南颜的手，“走。”

南颜一点头，借着召唤出的赤丘山之高，合身跃下秽谷核心。

几十息的工夫，南颜忽感周遭的风声开始放缓，这感觉极为难受，好似四周一切的生机都随着自己坠落的加剧被剥夺了一般。

她久违地感到一股窒息之感，灵力亦一度失去控制，直直坠落进一片冰冷的、宛如无形的河水中。无数喜怒哀乐的面孔向她眼前涌来，试图钻入她的脑海里，发出人死前最为凄厉的尖啸。

“肉身给我，我要回去找那负心汉报仇！”

“我想见我女儿，让我还阳！让我还阳！”

“娘，你在哪儿……”

“恶贼，我说死都不会放过你，等我夺舍这生人，我就要回来找你了！”

南颜没有见过地狱，但是她想如果真的有地狱，这样即将被无数死魂试图夺舍的痛苦，一定是最残酷的地狱。

神魂动荡之际，她感到一双冰凉的手揽住她的腰，抱紧她的同时，对那些饥肠辘辘的死魂寒声道——

“滚。”

更为凄厉的尖啸声从死魂潮中传出，面前血红的潮水分成两边，她很快被送上了岸。

昏蒙的脑海逐渐归于平静，南颜睁开眼，只见自己躺在一片曼殊花摇曳的石岸上，血红色的花朵，仿佛来自地狱的哀歌，昭示着她来到了一处生人勿近的地带。

黄泉川。

这里的天地皆是一片血红，她看到正上方红云翻滚，不断传来怀霜上师与阴祝鬼潮的交锋之声，估计不到片刻，那怀霜上师就会追杀下来。

她猛然坐起，却看见嵇炀正闭目将被煅铁箭穿透的手放进黄泉川中，河水翻涌，无数迷茫的死魂被吸纳入他的箭伤处，伤口正在以肉眼可见的速度愈合。

全然不似生人。

南颜一言不发地起身，而嵇炀气息稍定，便叫住她："阿颜。"

"我不是要走。"南颜道，"你疗伤，我想法子挡他。"

连嵇炀自己都没意识到，她说了不走之后，新涌入的鬼气便渐渐安定下来，他定了定神，道："怀霜乃第三衰修士，所修功法可吸纳他人精气灵力为己用，此法看似邪异，却是被道生天认可，并不属邪道，《七佛造业书》不修至《伐罪篇》，你伤不到他。"

南颜眉心一拧，这就是道生天掌控的天下，是非黑白皆由他们一口认定，顺则昌，逆则亡。

"你要多久？"

"行徵还在外面，我需要点儿时间启动苍穹断界，把无关之人传出秽谷。"

"那这怀霜？"

"你不需要管，自会有人管。"

南颜愣了一下，随后一种不安与悲喜杂糅的情绪浮现在脸上，她焦躁地四处张望了一阵，道："就、就在这里？"

嵇炀掌心的煅铁箭伤口勉强愈合后，他从黄泉川中捞起一片菩提叶，那片叶子来自上游，与南颜所得到的菩提叶一模一样。

南颜本能地覆上心口，试图感应到些什么，道："他还活着吗？"

"天人第五衰，可超脱人世轮回。南芳主无心亦能拖着伤体存世多年，何况佛忏主。"

嵇炀话音一落，秽谷上方，便有一片冰霜侵蚀而入，怀霜上师狰狞的面孔冲过无数阴祝的拦阻，他手中持着一杆冰矛直直朝南颜杀来。

南颜即刻催动佛言枷锁，试图抵挡一阵，却在他冰矛一扫之下，先就粉碎殆尽。

灵力差距太大。

怀霜上师狞笑道："老夫不信，你的命数会比你娘的还大！下去陪南家列祖列宗吧！"

说时迟，那时快，就在怀霜上师堪堪离他们十丈远时，黄泉川两岸的曼殊花海里骤然飞出无数条佛言枷锁。

起初南颜还道是自己的术法奏效，下一刻，却见怀霜上师面容一惊，身形连连闪躲，手中冰矛乱挥，但三五息后，他便仿佛被一只无形的手扼住了脖颈高高提起。

南颜："这……"

嵇炀："平心而论，我抓紧时间恢复伤势不是怕怀霜，怕的是佛忏主。"

南颜心中有一丝不祥的预感："怎么说？"

嵇炀一边画着诡异的符文，一边面露感慨地回忆往昔："我当年得以出秽谷，是承他请托保护你，可后来情不自禁，监守自盗……若将心比心，我是佛忏主的话，必会杀了违诺之人。"

南颜："……我还没见过你这么紧张过，长辈们说我的性情同父亲相似，虽如你所言，他是没了佛骨禅心，不好稳定心性，但作为佛门高僧，也不至于直接动手吧。"

嵇炀："那你知道没了心意味着什么吗？"

南颜："会缺心眼？"

嵇炀："……"

南颜："贫尼片面地以为寂明上师脾气还挺好的。"

她说到这儿，远处被无形异力掐住脖颈的道天上师被凶狠无情地摔进地底，肉身难承佛言枷锁之力，直接破碎，元神仓皇逃窜未远，迷雾中一条血色佛言铸就的血莲刹那间飞出锁住那元神丢入黄泉川中，立时无数死魂与阴祝扑了上去，道天上师的声音在惨号中逐渐消亡。

"……至少比我娘好。"南颜补充道。

这可是天人第三衰，诸洲之主的等级。

嵇炀："诚如长辈所言，你的脾性确实不是随南芳主。"

随着远处的佛言枷锁化作片片残红的光影飘散天地间，上方充耳的鬼啸声倏然一顿，随后整片天地都安静下来，只余下黄泉水潺潺作响。

嵇炀抬手虚虚一拂，上游处的红雾拨开来，南颜随后看见在轻轻摇曳的曼殊花海尽头，一株菩提孤独地静立在那处，风一拂过，带起片片菩提叶飘落至黄泉川中。

南颜无措地用目光询问了一下嵇炀，后者轻握了一下她的掌心。

"我君临黄泉川之前，若黄泉不度尽，他便永世无法离开这里。"嵇炀起身朝另一侧走去，"去吧，需要我的话，我自会找你。"

南颜在原地停滞了许久，才徐徐穿过花海朝着那株菩提木走去，待她远远看清楚之后，便发现这株菩提，每一片叶子上都写着一句梵言。

她终于有了返本归源的感觉，完整的《七佛造业书》亦是唾手可得，可她并没有这个心思。

待视线从树冠上离开，她忽然脚步一僵。

树下背对她坐着一个人影。

她不知道他是什么时候在那里的，只觉得他便如天地间唯一一抹苍白，没有人知道他错过了多少，也没有人知道他痴等了多久。

佛忏主、禅师或……父亲。

南颜几度欲开口，却不知道从何唤起，最后却是寂明先开了口："她失约了，是吗？"

南颜哑然失语，在她抿起唇，重重点头的同时，一串佛珠从寂明袖下滑落在地，断了开来滚落满地。

"我娘的旧友们，想为她招魂聚魄，若……若禅师愿意，请随我回卯洲，为我娘聚魂转生。"南颜轻声道。

菩提叶飒飒飞落，苍白的发丝落在眉间，一双清净的双眼映出漫山遍野的红，眼底的微光与那些鲜活的红色一并徐徐凋谢。

寂明轻轻摇头，就在他起身时，南颜感到她看到的并不是个持心守戒的佛者，仅仅是人间一个仓皇的过客。

"可我不想她往生极乐，只想她同我一起留在浊世凡间。"他起身间，常年青翠的菩提叶渐次变黄枯朽。

南颜仿佛意识到什么，猛地上前两步："为何散尽功德？"

佛者修行为成佛，修至寂明这般，便是此生无法破解，圆寂后也自然得证真佛。

证真佛，是所有佛者最终大愿。

寂明的眼中并无悲喜，遍野飞散的枯朽花叶里，他低声许誓："古佛在上，曾批吾命——生如残灯，长夜寂明。吾修道九百年，度人度魔度苍生，愿舍九百年功德，换一人转世凡尘，换吾重拾七情，换吾生杀爱恨，换吾立地……成魔。"

寂明很多年前便已放下七情六欲了，爱恨痴缠，人间天伦，于他而言，实在是一件陌生的事。

"……我不懂她说的喜欢是什么，只是觉得，她离开之后，这里，"他指了指心口，语调缓慢道，"会很疼。"

对佛者而言，生死是一个过程，他本该看得开。

南颜不禁问道："你已是举世难逢敌手了，为什么……后来没有去找她呢？"

"守狱人若离开黄泉川，万鬼便无以镇压，随后便是凡洲同沦。"寂明道，

“我很想去找她，可我不能离开，只能放出《七佛造业书》，它们能感应到带有佛骨禅心之人。”

只是没想到，佛骨禅心传给了孩子。

“同我说说你们在凡洲的事吧。”

南颜此刻不想提那些恨事，她能感觉得到，寂明身上渐渐开始有了凡人的气息，神态也越发有了细微的变化。她不想让父亲刚拾起七情就陷在仇恨里，沉默了片刻，谈起了她还记得的温暖回忆。

“……听人说，她有了我之后，起初学不会养孩子，半夜翻墙找了一家乳母求教，差点儿被人打出去。

“我大了点儿之后，说好的要教我读书习字，教了半日她就自己睡着了。

“她做的饭是真的难吃，若不是修士，真不知是怎么活下去的。

“可我想她了……”

南颜低着头，眼眶泛红，正试图掩饰夺眶而出的眼泪，便感到头顶覆上一只温暖的手，轻轻揉了揉。

“对不起。”霜白的长发下，寂明宛若一片静湖的瞳仁浮现一抹内疚，见她抬头，又重复了一遍，“……对不起，久等了。”

一声愧歉，南颜恍然忽觉，她竟已久候了这么多年。

“你会跟我回家吗？”南颜拢起眼底几乎无法抑制的情绪，扭过头道，“我不想修什么大道成仙成神，只想一切结束后，回到娘和我在凡洲住过的地方，四四方方的一个小院子，院子里有一棵老银杏……我想终老在那里，哪儿都不去。”

寂明感到女儿的发顶在微微颤抖，他的神态与南颜是极为相似的，只是更为缓慢温暾一些。

“我许你一诺，我会把她带回来，无论要用多久……”

南颜鬼使神差地学着她所见的那些人间天伦的画面一般，朝着寂明伸出尾指道：“说定了。”

寂明顿了顿，勾住她的尾指，凭着依稀的印象，轻轻晃了晃。

“嗯，说定了。”

寂明此刻尚无法脱离秽谷，他尚需衡量狱主是否足以担当得住黄泉之重。就在等待嵇炀的时候，南颜试图修复一下空置多年的父女感情。

可寂明是个话不多的人，七情迟钝，南颜说什么他都会温温和和地说“好”“可以”“阿颜厉害”。

一个不晓得怎么做父亲，另一个也不晓得怎么做女儿。等到南颜一肚子热火劲儿过了，便忽然觉得有点儿冷场。

互相凝视了半晌，南颜忽然听寂明主动开口道：“你修《七佛造业书》，有何瓶颈？”

对，她还是《七佛造业书》的传人。

南颜有点儿不好意思，道：“《七佛造业书》不同于佛门传统，无人可寻教，是以一直自行揣摩，经年来疑问确是累积了不少，请禅……请父亲指教。”

于是等到嵇炀启动完苍穹断界，将秽谷内那些利用完毕的修士都送走后，来寻南颜时，便只见两个佛修聊得气氛正烈。

小九色鹿从嵇炀怀里拱出个头，道：“你们人族的父女重逢难道不会抱头痛哭三天三夜吗？”

嵇炀亦窃以为此，然未意佛者放达通明至斯，竟然在讨论佛法。

他遥望了半晌，总觉得天有不测风云，把小九色鹿放下来，放了只小阴祝在鹿角上，指使小九色鹿颠颠跑过去打探敌情。

然后他发现自己的直觉果然是对的。

“父亲。”经过和寂明的长谈授业，南颜自觉境界更上一层楼，说话时不自觉地双手合十，背后佛光宛然，“我心中有世情困惑。”

寂明道：“但讲无妨。”

南颜：“我有凡心不可弃，眼前虽有众生万千，每每却只愿度一人。”

寂明看得通达，合目道：“修行在心不在法，心中若有所悦，当取则取。”

“那……”南颜此时被颠颠跑来的小九色鹿拱了一下膝，不禁回头望去，只见一片灰败的残红尽头，嵇炀正凝望着她的背影，见她转身，轻扶着下颌的手抬起来朝她幅度极小地挥了挥。

这就是她不可弃的凡心了。

南颜顿时有些话卡在喉咙里说不出来。

寂明抬眸顺着南颜的目光看了一眼，凝视了嵇炀片刻，直至盯得后者开始不自在，他才悠悠改口道：“修行在心不在法，愁山梵海并无传宗接代之必要，凡事宜三思而后行。”

南颜：“父亲，你刚刚好像不是这么说的。”

嵇炀慢悠悠穿过曼殊花海，自然而然地站到南颜身边，同她对视了一眼，方对寂明颔首一礼：“禅师，久疏问候。”

寂明漆黑的瞳仁里映出这两个人之间微妙的气氛，神情平静地晾了对方十几息后，答道：“狱主多礼了，我已将佛道交托阿颜，往后普度众生，非吾肩上之任，再不必称我禅师。”

嵇炀何等聪明，马上察觉到寂明说的有两层意思，一是真的对南颜传道授业了，二是告诉他，想让南颜还俗，不可能。

但是南颜一心向佛，忽承佛道大任，背后宛如浮现释迦光环，心情亢奋："我定不负父亲所托！"

此事着实不妥，他好不容易使尽手段，动摇南颜凡心至此，岂能让她佛心二度坚定。

嵇炀斟酌再三，顺着寂明的话接道："阿颜自入道以来，肩负救世大愿，筚路蓝缕，日夜不倦，嵇炀亦因一度入邪道而心性迷失，幸得阿颜度化，已悬崖勒马，今后相互扶持，前辈自可放心。"

"我本以为黄泉三千丈，此生等不到一个熬得过万鬼劫的人，你能尚存理智，非全是度化之功，于你自身亦算是功德。"寂明前面说得好好的，转头就对南颜道，"阿颜，欲度黄泉，道阻且长。"

南颜对此心中有结，闻言一脸凝重道："我知晓。"

寂明目光诚挚道："实在度化不得，还可以选择超度。"

南颜："……"

寂明："需要为父示范一下吗？"

南颜："嗯？"

嵇炀闭上眼深吸一口气，对南颜道："我同前辈有事商谈，你在此参习片刻，我们很快回来。"

南颜还没反应过来，这两个人便忽然凭空消失了。

"……啊？"

黄泉川上游，原本漫天飘浮的阴祝被无形重力从天空扯下来，重重按在地上无助地尖啸着。

"前辈，道家有语，道法自然，于前辈而言，人间情事已属憾恨，儿女因缘，又何必相扰？"

霜白的长发落在眼角，寂明声音平淡道："众生平等，寂明未曾阻拦，只不过阿颜问起，便传道授业解惑尔，红尘、空门，皆由她心证。"

全天下的老丈人里，佛忏主永远是最难搞的那个。

嵇炀不怕他《七佛造业书》伺候，怕的是他给南颜洗脑，从此一心向佛，不食人间烟火。若是如此，莫说他了，芸芸众生一点儿机会都没有。何况他也瞧见了，南颜现在怕是什么都听寂明的。

"……还请前辈明示吧，前辈不放心，是因为我是道生天宗主的弟子？"

寂明轻轻摇头，道："是因为我不知这条黄泉路，你能走多久。那年……我从黄泉川畔救起你，彼时你虽受过一次阴祝吞噬，但三魂未散，我问你，可愿受我聚魂敛魄，入黄泉转世重生。”

彼时他本是可以得救的，本是可以和这辈子一切失去的、仇恨着的一刀两断，他却没有答应，他请寂明将他投入黄泉川，承万鬼罪业，最终……奴役幽冥。

“那时撑着你活下去的，分明是一腔仇恨。”寂明在这里太久了，眼中俱是通透，“只是含恨而生的厉鬼，决计无法撑过万鬼噬身……我只是没想到，你身上有同命锁。”

同命锁，一切的相遇、一切的起因都源于同命锁。

“赤帝南决云曾为妖后创此术，可惜未得完成，妖后便已陨灭。”

在赤帝的诸多传承中，同命锁看似是最不起眼、最乏人问津的，却是这世上唯一一种，可逆转因果之法。

寂明轻喃道：“她给你种下的，并不是为了保护女儿要奴役你性命的禁制，它是下在你心里的一份因果……你自己抓着不放手，同命锁永远无解。”

嵇炀微微垂眸，道：“在秽谷时，我那师者差点儿杀了她。”

“同命锁可代人一命，我可杀他，但若破不了赤帝妖心，最终死的只会是你，你可想好了？”

“最好的指望，最坏的结果，我心中已有计量。”

等到最后一朵曼殊花枯败，整个秽谷剧震，上方经年未变的禁制轰然崩毁，无数的光影在秽谷上方汇聚成一柄擎天巨剑，八卦道纹为剑格，五行妙法为剑锋，而剑锋所指，正是寂明。

“我欠你一个人情。”寂明知晓道生天的制裁来了，眉间未曾有半分变化，对嵇炀道，“且让我先还一些吧，有劳。”

守狱人度不尽黄泉，永世不得出，然，他即黄泉，他就是……应则唯算不到的变数。

黄泉水逆流而上，同之前的投影不一样，嵇炀合目间，乾坤间所有的幽冥恶鬼同时俯首。

“妖、鬼、人……师者，终章将至了。”

第二十八章　天人五衰

道法自然，然，佛法无边。

卯洲，愁山院。

殷琊的影子在点着无数明灯的佛塔中穿梭，雪白的身影虽然十分扎眼，但偶尔飞掠而过的僧人却视而不见。

越至塔顶，殷琊的动作越缓慢，好在他承宝气如来教养，愁山梵海算是他半个家，穿过最后一层禁制后，他身形一幻，融入最高层佛塔的一角阴影里，看着这间八角佛堂的正中央。

一块巨大的红冰悬浮在佛堂正中央，八面佛灯蛛网般分布，照得整个佛堂明亮如昼，而红冰下方有一口井，正散发着鬼气，与外面的魂河隐隐呼应。

“掌院师兄，南芳主魂魄有一半碎片流散于苦泉川中，再继续召唤下去，苦泉川封印恐怕将破。”

宝气如来嘴角溢血，看上去气息奄奄，道：“南芳主散魂日久，浮屠塔是世上唯一可为她聚魂之所在，若此次聚魂不成，一来有负南颐所托，二来世上再无人可召回赤帝妖心。”

一提到赤帝妖心，众高僧纵然修为精深，也不禁面露愠色：“应则唯已是修界第一人了，本就罕有人能与之对敌，若杀之不死，道生天祸患何日能终结！掌院师兄，我们拼尽全力也要为南芳主聚魂！”

愁山梵海的高僧们把心一定，磅礴佛力朝着苦泉川井口一指，立时一片片带着黑气的魂魄碎片被徐徐带出。

殷珊躲在角落里，眼睛一眯，道："不对……"

他察觉的瞬间，宝气如来忽然喝道："何方妖孽，胆敢夺舍！"

一声宛如来自炼狱的轻笑传出，那些本来安分的魂魄碎片蓦然爆开凝成一个人形鬼影，这鬼影右手化出一柄剑，朝着封印苦泉川的井口一斩，刹那间整个浮屠塔巨震。

一时间，佛灯摇晃，大片大片地熄灭，那鬼影瞬间钻入红冰之中，随后红冰碎裂，本该长眠的人徐徐睁开眼，苍白的皮肤上，眉心有一道魔纹蔓延开来。

宝气如来首感压力，被她附身刹那的魔气一冲，暴退数丈，认出对方的来历。

"你是……应则唯的心魔化影！"

此魔得偿所愿后，面上露出极其满足的神色，轻点红唇，嘲弄地看着苦苦镇压苦泉川不断涌出的恶鬼的众僧，足尖一点正欲离开，却忽然撞在一道无形壁障上。

"谁？"

疑惑间，心魔女抬头望见上方一杆古拙的大旗猎猎悬浮，旗上威压，对她夺舍的这具空壳内的妖血形成了压制。

下一刻，一头巨大的白狐从暗处冲出，长啸一声直接撞开宝气如来等人："吃苦老头，再不放手！你们想死吗？！"

连日镇压，众僧已然油尽灯枯，殷珊猛然出手，那苦泉川封印受到狱主召唤，竟直接爆发。

万鬼呼啸中，那心魔女看出殷珊的身份，一边试图挣脱万傩旗的束缚，一边笑道："我道是谁，原来是妖族的王脉。等应则唯一统轮回后，我自会吞噬他的神魂，成就魔尊之身，到时你们妖族也算大仇得报，何必苦苦相阻呢？"

殷珊瞪着心魔女，眼中紫光闪烁："丑女滚出去！"

心魔女震怒："你说什么？你瞎了吗？"

殷珊："老子没瞎，说你丑你就丑！我奶奶可是妲已，我妹的美人娘亲就是我的娘亲，别瞎画我娘的脸，滚出去！"

心魔女恼怒不已，冷笑道："妖物口出狂言，你可看清楚，万鬼同出，我看看接下来是谁死得惨！"

殷珊像是下了什么极大的决心，尖牙一咬，道："万鬼同出，你确定死的是我们？"

周围众僧本想上前，却被宝气如来拦住。

"……魔狐一觉，十年黄泉无度客。"宝气如来喃喃道。

苦泉川主师巫逆鬼，其鬼性最是凶恶，冲出封印后，本想以人为食，却不料当头撞上一双晶紫的狐眼。

殷琊闭眼一吸，刹那间无数鬼物不受控制地被他吸入体内，同时妖气节节攀升。

“原来你是——”

在心魔女错愕的目光下，只见白狐身形暴涨，一声长啸间——第九尾，凝！

“这就是……妖族四大图腾？”

暗紫色的幽光充斥整个佛塔，随着殷琊的第九尾凝聚而出，众僧看见那杆破旧的万傩旗随之焕然一新，旗上一道狐眼图腾，以帝王之仪，镇得万鬼俯首。

譬如重明化羽，譬如须弥撼岳，譬如九色生彩，妖族王脉一旦进阶至最终形态，只要有足够的补给，修为刹那间便可问鼎。

一脉妖族中只能有一个王，殷琊凝成第九尾觉醒魔生后，天狐族与相近的兽类妖族便只能归顺他，与封妖大阵里那头老须弥鼋平起平坐。

心魔女本为魔物，无形无相，可一见那些苦泉川的恶鬼竟都源源不断地成了魔生狐之食，便心生忌惮：“妖魔本为同道，我可发下重誓，你若不阻我，我便解开封妖大阵封印，让尔等重复妖国，从此共享此界，你看如何？”

第九尾一凝，殷琊便觉得眼中的世界骤然变幻，他看到了周围的一切仿佛被某种规则禁锢住，而他好似也可以控制这些虚无的禁锢。

“谁跟你是同道？”冷然一声，指爪顿地，一瞬间周围虚空裂出道道缝隙，直接封锁住心魔女四周的空间，不允她打开虚空裂缝脱逃。

心魔女目露狠色，袖袍一抖，清喝道：“自寻死路，莫怪我没提醒过你！心魔释业！”

她身后骤然浮现一头八面恶相，每一面都隐约对应生老病死、爱别离、怨憎会、求不得八苦，恶相随着心魔女施为而渐渐睁眼。

那八苦恶相一睁眼，便急速膨胀，瞬间四散飞出，直接去寻找活物，穿过法术阻挡钻入其元神之中。

须臾间，便有两个元婴期的护法僧人发起狂来。

“杀、杀光！”

“堂堂道生天宗主，所恶之心魔，施为却尽是吾佛教义。”宝气如来低叹一声，制住那发狂的僧人道，“此心魔无形无相，专乱人神魂，诸位师兄弟，随我起阵一挡妖魔！”

心魔女终于找回些许自信，一面指使最强的心魔恶相去冲击宝气如来等佛僧，一面对殷琊嘲笑起来，连自称都变了：“魔生小妖，本尊是看你天资卓绝，不忍你神魂失落，最后再给你一次机会，若不想变成第一个疯傻的妖，就得学会妥协。”

殷琊正沉浸在新获得的力量里，闻言一脸凶暴道：“你从我娘的身体里滚出去，什么都好说。”

“啧，这可不行，她可是决定本尊是否能吞噬那人的关键呢。”心魔女仿佛极为满意地抚摸了一下白玉般的脸颊，眼中露出虚假的悲悯，道，“可惜了，心魔恶相，吞了他。”

六道心魔恶相登时冲过去，如之前一般，所有法术都对它们毫无作用，那心魔恶相直接便融入殷琊的神识中。

“背负着妖国覆灭的血海深仇，你心中的痛苦一定很多吧……”心魔女丝毫不觉得她会失败，全力施为，舔了舔嘴唇，“待你心神失守，你这吞噬了万鬼的魔狐神魂就是难得的珍馐……嗯？”

心魔女一时僵住了，随着渐渐感应到心魔恶相传回的信息，面容微微扭曲起来，最后厉声咆哮道：“你的心境弱点就只有这些？是只关心自己美不美吗？！”

亡国血仇呢？被人族排挤的悲惨记忆呢？！

这边厢心魔恶相实在找不到殷琊心境的漏洞，只能偃旗息鼓地从他神魂内撤出，倒是殷琊吓得毛都奓了起来后跳一步：“太吓人了……”

宝气如来忙道：“真方，你没事吧？”

殷琊吓出一身白毛汗：“我就说南颜怎么跟老三跑了，原来人族的审美里，老三比我长得好看！”

宝气如来：“……”

殷琊心痛不已，长尾一扫，身后骤然现出一轮圆月法相。

月，是妖族的信仰。

刹那间月光铺满了整个佛堂，四面佛灯蒲团一一消失，八方如坠幻境，一时间让心魔女骤感浑身刺痛，竟隐约对南娆的法身有失控的迹象。

她刚刚控制南娆的法身，尚未融汇她固有的灵力，只能操纵心魔扰人心神，而殷琊根本就不怕她天魔扰心，此刻她只能身形暴退，浑身上下释出魔气层层护住自身，只是一连撞上几道妖光照射，节节败退，身上魔气已减了三成。

宝气如来此时缓过一口气，一身佛威浩荡，道：“此魔孽与应则唯本心同生，灭她一次，应则唯便先弱三成，诸位，把握时机。”

心魔女抬头一看，万傩旗、魇生杀、佛法镇，全数压至她头上，唯恐再次被打散魔形，当即便尖叫一声：“应则唯，还不助我！你想让我被灭杀吗？！”

此声一落，殷琊便瞪大了眼睛，只见心魔女身后不知何时出现了一头巨大的、形如水母般的妖异鬼影。暗红色的纱尾宛如坟墓中的嫁娘，轻轻旋转间，一切佛妖之力均被搅碎。

心魔女身形一闪，出现在那鬼影上方，身后裂开一条虚空裂缝，她一边往裂缝中冲去，一边恶狠狠地下令道："冥河鬼蜃，解放苦泉川，杀了他们！"

她逃得飞快，而与此同时，那冥河鬼蜃身形骤然扩散开来，触角千丝万缕地垂落，看似细软，但一碰到坚硬的灵石地面便扎了进去，苦泉川本被镇伏的井口也被解放开来，同时主体的伞盖下方，一张虚无巨口缓缓张开。

"这什么东西？"

殷琊发觉被触须拂过的地方立马传来一阵尖锐的疼痛，他当机立断，从丈长的狐身化作人形，身形连连闪动间，压着恶心朝苦泉川处一指。瞬间殷琊和冥河鬼蜃间形成拉锯之力，涌出的鬼魂在他们之间互相徘徊，但谁都未能占得上风。

"真方，当心！"

远处的佛修出声示警，但那冥河鬼蜃仍能策动触须去卷住殷琊的身体，饶是他震碎不少，但冥河鬼蜃复原更快，很快便让殷琊浑身剧痛不已。

这冥河鬼蜃的触须仿佛带着某种毒性，无论是对灵力、肉身还是神魂，皆可造成极大伤害，这佛塔空间太小，殷琊坚持了一刻钟，便痛得单膝跪下来。

"搞什么？老三你人呢？！"他话音一落，忽然那冥河鬼蜃躁动起来，长长的触须在空中乱舞，随后聚合在一处，结成巨锤朝着虚空一点轰击而去。

它是有目的的，片刻后，虚空碎裂出一条通道，一道刺目的血光绽出，随即佛言枷锁先从裂缝中散出死死困住冥河鬼蜃，立时间，血光所及之处，鬼蜃的触须如逢烈阳，顿时化散开去。

宝气如来目露震惊之色："这是、这是……"

南颜的声音从虚空裂缝中传出——

"我是杀生造业佛，仰首再屠……十万魔！"

佛门唯一令道生天为之惊惧的大道、唯一弑杀鬼魔如屠猪狗的大道，终于完整现世。

宝气如来激动不已："《七佛造业书》……回来了，佛忏主脱困了！"

南颜的身影从虚空裂缝中踏出，一身菩提叶飘浮在身侧，每有一片融入其身，她的修为便暴涨一分。

冥河鬼蜃所有的触角皆被佛言锁链绞断，本该无知无觉之物，此时发出刺耳的惨叫声，放弃苦泉川后，张开大口朝着南颜一口吞下。

"南颜！"殷琊见南颜被冥河鬼蜃吞下，一时焦急，正要出手，却听鬼蜃巨大的身形一阵收缩，一道略含威严的女声从它体内传出。

"吾业伐罪，魔孽当诛！"

轰然一声炸响，佛塔千年不朽的塔顶整个被炸得掀飞出去，冥河鬼蜃的身躯也在这爆炸声中散于虚无。

南颜停滞在空中，手捏降魔印，朝天一指。

“开！”

本是愁云惨雾的愁山梵海，一时间云消雾散，这正是化神期应有的实力。

一片喧嚣中，殷琊终于脱力地躺倒在地上。

“辰洲支援已至！龙主与剑雄正在截杀六御老贼！”

“愁山院守住了！众弟子，驱除余下恶鬼！”

“快结阵镇压苦泉川！”

混乱里，南颜连忙穿过人群扶起殷琊，神情凝重：“老三没来，小四来了，哥你别长眠不起了，师父都夸你有慧根呢。”

殷琊瞥了一眼，感觉南颜一脸佛光灿然，想来是得了什么奇遇，奄奄一息道：“老三是不是诓我？他哄我说可以吊打那心魔女的，没说那丑女还带喊主人的，哎，气死狐了，不干了。”

南颜见他安详地闭眼，忙道：“哥、哥，你别睡，哪儿不舒服？你看着周围的厉鬼，男女老少都有，要不然吸点儿养养身子？”

殷琊全身心拒绝：“老子不吃！”

南颜回头瞥了一眼，跟着她一起来的小九色鹿已经撒开蹄子到处吃开了，道：“可走兽类的王脉妖兽不是很喜欢食魂吗？对你身体有好处呀。”

殷琊一脸幽怨道：“芹菜对身体也好，你怎么不爱吃芹菜呢？”

不爱吃芹菜的真圆师太哑口无言，眼瞅着殷琊脖子一歪又要躺下去，连忙再度开哄：“哥，下面还有架要打呢，少苍已经先走了。”

殷琊撂爪子瘫倒了：“老子累得很，头发都烫焦了，莫挨我让我睡！”

南颜没办法，只能把他暂时扔给宝气如来，刚走没几步，又被殷琊叫住：“你站住，我有话说。”

南颜只能回来：“你说。”

“吾……”殷琊目露执着之色，撑起一口气道，“吾与老三孰美？”

南颜一巴掌拍得他瞑目过去：“你美，你美死了。”

寅洲北海。

数十名寅洲修士沿着海岸疯狂奔逃，他们之中结丹和筑基修士不等，落在后面的修士很快被一团灰雾笼罩进去，片刻后灰雾里传出一声声惨叫。

“夫人！”有的修士目眦欲裂地想回头与那团灰雾拼命，却被旁边的人死死拖住。

“子洲的人已经灭了三座城池，他们杀的人越多，化作厉鬼供他们驱使的就越多！前面就是哨岗，我们去同其他修士会合后再行报仇之事！”

此时灰雾里徐徐飞出一个元婴期的身影，他虽看上去仍是人的身体，但皮肤青灰，双足化作虚无，显然已是半鬼之身。

“你们没机会了！乖乖归顺吾轮回大道，接受永生吧！”

弥天盖地的厉鬼扑来，一时间众修士面露绝望之色。

“诸位同道，我宁自散魂魄，也不愿为虎作伥戕害同族！愿随我赴死者，随我自爆魂魄，与恶鬼同归于尽！”

寅洲修士多有血性，决死之意将起时，所有人与鬼同时听到一声空间裂开的巨响。

大地震颤，原本气势汹汹的鬼潮也立时为之一顿，那指挥鬼潮的半鬼元婴愕然朝着海上望去，只见原本平静的瀚海之上，一道漆黑的裂缝从百里外霍然裂开。

这道裂缝不同于寻常的化神期撕开虚空，里面充斥着无数令人牙酸的异响，甚至于……兽类的吼声。

“这是……封妖大阵！”

裂缝越来越多，宛若一张铺天蛛网横亘于天际，随着一声低沉的、令众生俯首的声音传出，一座撑持天地的巨大山峰从裂缝那头轰然倒下。

寅洲以北的这片大海终于随着碎裂的空间，显现出了它的真面目。

那是宛如一片从深海中缓缓崛起的大陆，引起的海啸刹那间淹没了寅洲百里海岸，而海岸上适才针锋相对的双方，无论是修士，还是恶鬼，全数在封印破碎的余波中被毁灭殆尽。

整个修界，十一大部洲，都感应到了这股恐怖的异动。

而在这片瀚海中浮现的大陆外，一片“岛屿”徐徐抬起，雷鸣电闪中，照出一个宛如岛屿的巨大头颅。

有翅的妖兽们率先破水而出，其次在大陆上浮现层层叠叠的山峦洞府，陈腐的海腥与妖气里，漫长的怨恨在这一刻，随着无数妖族浮出水面而爆发开来。

“参见须弥祖灵！”

那片岛屿正是须弥鼋的头颅，它徐徐睁开眼的瞬间，日月掩光，饱含了无数年的仇恨目光射向岛屿以北子洲的方向。

“四大图腾已现世，吾族子民，随孤撞沉子洲，奴役人族！”

“什么声音？”

南颜甫随着卯洲众僧击退来犯之敌，便感到一阵剧震，随后她本能地发觉自己的血液在不断升温。

很快她便发觉不只她一人，来愁山梵海修士们，只要带有灵兽的，都同感灵兽不受控制。

这是……南颜闭目思索了片刻，她经过妖血觉醒后，有时脑海里会自动浮现出许多重明妖族的传承知识，很快她便知晓了为何有这部分异动。

“王脉号令，天下妖族皆需听从。”

这里殷琊、小九色鹿和她自己皆不受影响，说明这份号令只能来自封妖大阵的须弥鼋。

果不其然，她怀里的小九色鹿耳朵抖了抖，忽然出声道：“父尊传来消息，说须弥鼋撞断封妖山，接着就要去撞沉子洲了。”

南颜：“……”

小九色鹿抬头道：“道生天不是你的敌人吗？你怎么不高兴呀？”

其实妖族的封印将破南颜早就知道，只是没想到在九狱之祸结束前，这头须弥鼋便冲破封印出来了。

南颜眉头紧锁，道：“我同道生天水火不容，是因为我是个凡人；我不窃喜于他们鹬蚌相争，导致合洲沉没，也因为我是个凡人。”

小九色鹿好奇地抬头：“我不懂。”

“你能领悟这一点，已超过世上大多数凡人。”

南颜回身望去，只见龙主拖着她大哥的脚朝她走来，上下打量了她片刻，沉默了一下，道：“此行可还顺利？”

“父亲已脱困，只是不知在何处。”

父亲……她说得这般自然，敖广寒眸底的光迅速暗淡下来，因手上力气太大，让穆战霆疼得大叫一声，抱着脚腕滚了一阵才爬起来，看了一下气氛，难得脑袋里灵光一闪，机灵道：“龙主别哭，阿颜虽然跟你无缘，你还有我，我给你送终呀。”

气氛瞬间降至冰点。

穆战霆识相地躲在南颜身后。

敖广寒面无表情地继续刚刚的话题：“当年伐界大战，其实子洲和寅洲之间尚有一部洲，因大能合力使用禁术，故而沉入海底，使得两侧的部洲陆地缩减三分之一。若子洲当真被撞沉，寅洲与亥洲亦会同受波及。”

南颜道：“那——”

龙主目光微冷，道：“你倒也不需要担心，须弥鼋虽强，但，子洲有应则唯。”

一千个憎恨，一万个偏见，也改变不了应则唯始终是当世最强者的事实。

南颜一阵默然，敖广寒抬手在虚空中一拂，立时浮现出一片水镜，镜中映出的正是悬空山此时的情景。

“你要做的，是看清楚你对手的实力。”敖广寒道。

南颜一抬头，她看见一个抱琴行于山道的身影。

那是南颐。

道生天。

应则唯听着檐角渐急的水滴声，已有半日。

常年沐雨梳风的翠竹同时停止了摇曳，下一刻，仿佛被无形的琴弦横削而过，轰然倾塌中，竹叶纷乱暴卷，应则唯抬头望见故友抱琴而来。

“逸谷。”灰色的眼瞳里映出南颐苍白的脸，应则唯道，“以赤帝真血提炼血脉，虽可让你暂时提升至天人第四衰，但寿元会就此衰竭，值得吗？”

南颐足下每一步所踏之地，灵石道皆土崩石裂，琴弦上飞溅的血，再再昭示他是一路杀进来的。

“我同姣娘分别的每一日，皆是如度荒年。”南颐抬眸，定定地看着他，“是不是天下的有情人，你都要杀尽了才干休？”

秋雨仍在淅沥沥落下，整个天地间只听见雨声，和一种名为愤怒的心奏。

应则唯拂去棋盘上零落的竹叶，道：“逸谷，我最不想杀的是你。”

南颐觉得这一切太荒唐了，惨笑一声，道：“我的父亲、我的姐姐、我的妻子……全都被你们算计走了性命，现在你说，你不想杀我？为什么？是道尊在我身上的布局结束了，我……没有利用之处了是吗？”

应则唯沉默良久，道：“大道有隙，十存其一，南氏一族上下只余一人独活，这是道尊留下的遗言。我从始至终都希望这个人是你。”

荒唐，可笑，可恨。

南颐自幼便知道，他是赤帝向人族妥协的结果。

他的母亲云太妃曾一度倾慕过赤帝，伐界大战后，人族占据了海外灵气最重的诸多部洲，而道尊曾向申洲云家保媒，许诺一定会让她坐上寅洲女主人的位置。

可赤帝仍然是娶了妖族的王女丹楹，心高气傲的云太妃颜面尽失，只是这份怨恨并没有持续多久，妖后丹楹诞下一女后便抑郁而终。直到数年后，赤帝从丧妻之痛中回悟，察觉到南娆因久无人教养，性情越发顽劣，经道尊十余次游说，终于娶了云氏女。

闲言碎语让出身名门的云太妃越发阴郁，怀上南颐之后，她曾试图去探问过赤帝的口风，没想到即便她怀的是儿子，赤帝仍属意更像她的南娆继承寅洲。

云太妃终于知道，妖后虽死，仍是后，她独揽赤帝后宫，终究是妃。

“那年，我母妃带孕赴过子洲一次清谈会，回来之后，同父亲争吵，父亲失手打伤了母妃，致使我早产，一出生便双目皆盲。父亲因此愧悔不已，这么多年，对母妃在寅洲安插云家的势力视而不见。”南颐无神的眼睛转向道生天溟泉大殿的方向，“告诉我，我母妃当年同道尊有过什么协定吗？”

“第一个破界飞升者，不能是道生天以外的人。”

应则唯起身，半步行走，四周景物一阵变幻，下一刻他与南颐都出现在溟泉大殿中。

“倒也没有什么不可说的。”应则唯捻了三根清香，插在道尊像前的铜鼎上，目光淡漠道，“云太妃想南娆死，而道尊想要那颗赤帝妖心，那年，是他们联手欺瞒了赤帝，道尊为娆娘的赤帝妖心设下阵法……后来的事，你都知晓了。”

南颐叩着琴弦的手渗出缕缕血液：“你又是从什么时候参与了道尊的计划？”

“道尊知道自己寿元不多前，并没有告知我此事。”就像应则唯自己，手上人命累累时，也从未想过让嵇炀和墨行徵知道他的所作所为。

“你应该会觉得奇怪，为什么我不像少苍一样抱着是非大义抗争至死。”一抹让人见之胆寒的笑浮现在唇角，“你一定没有见过道尊，我的师尊，曾经的修界第一人，因为怕死，跪在我面前让我将他的魂魄打散的场面。”

什么？

“他说，他走上修道的第一步就错了，杀妻杀子求长生，多少次在修界拼杀，就是为了死后不与她们在阴间相会。

“他怕死后被妻女报复，才想到要统治九狱。

“可笑吧，分明是万众景仰的创道者，到头来却说他是错的。”

病态的笑在唇边扩大，应则唯招来溟泉大殿里曾在无数岁月中用以自惩的剑，锋锐的剑尖划过青石板，发出刺耳的声音，白色的剑痕一路绕过香案拖行至道尊像前。

“我不允许他有错，你看这尊石像，我反复雕琢了很多次……太高，就砍了他的头，太矮，就换上新的骨头，总归是我想要的模样。”

南颐手上七弦已全数染为血色，崩然一声弦响，四周虚无轰然开裂。

“你这个……疯子！”南颐的琴一生中只有过两次曾化作杀人的刀，一次是在玲珑京，那时他失去了姣娘，一次是在道生天，这里让他失去了亲人。

泠泠弦音撑起一方琴界，应则唯四周的一切都被无形的刀刃切割开，那琴弦绞在他身外三尺，便被一股混沌气流限制住，再无法寸进。

"放不下情，第四衰已是你的极限。"应则唯一脸平静道，"万分之一的概率，你即便与我同归于尽，我仍可无限重生，你不过是取死而已。"

南颐手上弦音未停，道："南氏一族上下只留一人，如果我死了，你会守约留阿颜一命吗？"

应则唯道："所以我一开始说过，我希望留下的人是你，否则，我就要毁诺了。"

"哈……好、好一个道生天宗主！"

愤怒无用，哀求无用，唯一剩下的，便只有杀戮。

弦起风云动，琴鸣天地悲。

彼方的卯洲，南颜几乎是贴在水镜上，死死盯着道生天此刻的情况。

一切都在崩毁，空间的碎片旋转为风暴，一片废墟中，只有道尊的巨像依然伫立，石像下，一方弦断音垮，一方毫发无伤。

"舅舅！"

南颜以为南颐即将被杀时，忽然整个画面一震，应则唯徐徐收剑，抬眸看向东南方天空上急速迫近的妖云，一个苍莽而古朽的声音传出——

"子洲，妖国来索命了！"

凡洲。

荷锄的农户抬头看看晦暗的天色，约是预估着今日有秋雨，斟酌了会儿老寒腿和地里的收成哪个更重要，便把锄头一搁，回了自家茅舍。

"他爹，怎么不去犁地？"

"今天打雷，明天下火，到处天灾人祸的，朝廷求神也没用，不如在家睡觉。"

坐在桌前扒饭的小孩仰起头道："爹，昨夜里地龙翻身，咱们家竹子断了一地，我一看，都烂了芯儿了。"

"那就捡好的填米弄点粽子吃。"

小孩道："弄不了，都烂了。"

他爹皱眉道："竹子可都是一节一节的，总有好的，怎么可能都烂了？"

小孩噘起嘴道："我昨日看见有仙人在飞，打得可凶呢，一节被砍去的竹子都掉到隔壁狗娃家塘里去了，鱼都死光了，咱家的竹子吸了鱼塘的水，也都烂了。"

"胡说八道，世上哪有神仙。"

子洲。

满地曾被天下评以风骨的翠竹，被弦风割裂后，露出一片漆黑的竹芯。

一切都是那般虚无、空洞，谁都不曾晓得这般高洁傲岸的外壳下，隐藏的是这样一张吞噬人心的大口。

“玄宰！须弥鼋率领妖国余部压境——”

焦急的声音传入不到片刻便被应则唯心念一动间掐断，纵然悬空山下的子洲大地震动不断，他握剑的手也没有丝毫晃动。

“你将天人第五衰看得太浅了。”胜者面上没有丝毫喜悦，只轻声道，“逸谷，认清差距吧，你谁都救不了。”

他言罢，剑尖徐徐垂下，也大抵是看出南颐已至油尽灯枯，经年充斥着混沌之色的无神双眼，倒映出南颐素然的背影时，也浮现出一抹微不可察的波动。

随后应则唯转身，消失在悬空山上。

南颐面前裂开一条虚空通道，敖广寒的声音从那侧传来：“第五衰的境界，除煅铁外凡人终究难伤，回来吧，损失的寿元我自会帮你补回来。”

南颐没有动，道：“我知煅铁杀神诛魔，可即便以煅铁之能烧尽他之元神，赤帝妖心仍会为之重生，不是吗？”

“……我从不信世上有可无限重生之人，杀一次不得，就十次，十次不得，百次千次。”

“世上有多少煅铁？”

敖广寒默然，随后却见南颐取出一枚龙形令牌，直接捏碎。

“你做什么？！”敖广寒隐约有了不祥的预感。

南颐道：“我会争取十日时间，你照顾好阿颜，我一生累祸无数，总不能……总不能让恶人白白夺了这般多的性命。”

言罢，他在敖广寒的怒喝中切断了联系。

“坏了。”敖广寒脸色阴沉地说出这句话时，所有人的心头俱是一紧。

“怎么了？”

“赤帝修为通天，既造赤帝妖心，必有克制之法。南颐之前在赤帝陵里参悟多时，我怕他得了什么可克制赤帝妖心之法，此时要不计代价地施放出来。”

不用说，封印赤帝妖心的代价，必是豁命。

“第四衰起可阻断虚空，现在怕是无法传至子洲，最多只能传至寅洲飞过去。”

宝气如来亦心忧不已，正唯恐南颜等人冲动行事，一转头看着南颜等人站在那里毫无反应：“真圆？”

敖广寒忽然察觉什么，一拂袖，却见他们留在原地的不过是幻术影子，本人已不知何处去了：“这群小崽子呢？”

与此同时，一条雪白的九尾狐背着两个人在虚空中急速飞驰。

不到化神期，谁也不知道开启通道后，四周竟是一片浩瀚无边的星空，他们便宛如是在踩着星光行走，直到踏上目的地所在的那颗星。

这便是虚空挪移，是化神期最为重要的标志。

不过南颜无暇欣赏这片美景，极其不祥的预感让她的心跳加剧。

“舅舅放弃了龙主给的传送符，我怕他已存死战之志……”南颜咬着牙道，“得快点儿。”

殷琊：“话是这么说，你们可以从我背上下来自己跑吗？”

穆战霆：“不，我们俩加起来四条腿，你一只狐四条腿，还有九条尾，还是你快。”

殷琊暴躁道：“虽然不合时宜，但是我还是想说……南颜你怎么像个刚出锅的肉丸子似的？”

南颜：“啊？”

殷琊跑得太快，大约在堪堪能见到目的地前，忽然撞上什么，身体倒飞出去滚了两圈，差点儿把他们俩甩出去。

“这是……”

南颜抬头一看，只见前方的虚空中，一条条琴弦封住了所有可通过的前路。

“……这是虚空封禁之术，只有天人第四衰可以施为，怕是挪移不得了。”

南颜心里更加恐慌，南颐若是将虚空封禁，说明他不想让其他人打扰他做的事。

“现在急也没有用，便是赶到了，一个天人第四衰想牺牲，你又顶得上什么用？给道生天千里送心？”

殷琊把他们从背上抖下来，又对南颜道：“老子毛都烫掉了，你怎么回事？”

刚刚一时心急，南颜没注意，一回神却发现自己周身变得极烫，但是来回检查了一下，发现这股温度不是她自己发出来的。

“什么情况？”

南颜愣了一下，很快反应过来，一抬手在空中划出一条空间缝隙。

“舅舅曾经把我娘的虚空界位给了我，只是当时修为低微，没有能力解开，这……”她话未说完，她所划开的虚空界位里一股火焰喷出，直接飞出一只六尺高的凤凰。

“是凤尊？”

南娆伴生的这只凤凰不知何时藏在了虚空界位里，此刻冲出时浑身带火，焦急地拍打着翅膀盘旋了数圈，随后一头扎进琴弦封禁中。

熊熊大火立时顺着琴弦延烧开来，片刻间，那琴弦便渐有不支的趋势。

南颜见状，再攒力一掌震碎一片琴弦，但很快却看见这琴弦封禁有恢复之势，道：“它会自行修复，我们快！”

三人不多话，迅速穿过封禁，而那凤凰放出火焰后，隐约有颓靡之势，在原地盘旋了一圈落下来，以喙叼住南颜的衣角。

南颜心里难过，回身去抱了抱凤凰的脖颈：“我们会回来的。”

凤凰低头蹭了蹭她的头顶，随后啄下一片尾羽，那尾羽立即化作两枚火红的种子，凤凰示意南颜收好。

南颜不晓得有什么用，但见凤尊郑重其事，便珍而重之地收好，回身道：“此去道阻且长，恐非长生大道，举世沦陷，我们可能会第一个死，留得青山，往后或有转机。”

殷琊啧了一声，道：“苟且偷生，才是无间炼狱。”

南颜道：“你若跟我混迹一处，妖族之同族也许会骂你。”

殷琊：“你见过哪个狐狸精怕人骂？”

“那还犹豫啥？”穆战霆笑嘻嘻地揽着他们俩，道，“不求同年同日生，便是同年同日超生，他日踏净土还有熟人引路，这买卖不亏。”

子洲。

九天雷动，海潮狂涌，逆卷的血腥从弥漫着不祥黑云的洞府一路刮入海岸，尚且存世的黎民和奔走的低阶修士们哀哭着、愤怒着，但原本应该戍卫他们的子洲主宗、天底下最强的宗门此时却无一人抵御。

“为什么没有人来救我们？！”

“他们本就想让所有生人死！你看那些部洲！”

“我的孩子……我的孩子这辈子还没过完，他才刚识字，凭什么要入轮回？！”

一心永生的上位者们并不会理会蝼蚁的哀号，而复苏的妖国，亦带着满腔的仇恨不期而至。

先出水的是那些宛如海底夜萤一般的妖鱼，徘徊在水面下许久，被海潮冲上岸后，好似受到了万傩旗的滋养，迅速长出了布满鳞片的四爪，有些妖鱼口中还咬着些许发白的人肉，腥狂的眼睛搜寻着这座部洲上为数不多的活物。

无人戍守、无人戍守、无人戍守。

这样的情报迅速传回，接着海面上便浮起十二座巨大的水台，带翅的妖族顺着水台冲上云霄，发泄般地长鸣着，而同时，那些海水构成的平台上，涌现一个个巨大的身影，比起那些无智的妖兽，他们大多已有人形，而少数外貌与人族无异者，一身妖力都深厚得惊人。

最后，一座巨大到无法形容的“海岛”从近海处浮起，单单是出水的过程，便掀得海啸连连，万妖惊散。

“道生天，已沦落至此了吗？”这声音回荡在天地间，带着无尽的嘲笑，使得海水为之沉降，隐约露出其背负着的，整个封印在海底千年的妖国，“看来孤倒也不急着动手，吾族儿郎，杀入子洲，屠灭地上人族。”

万妖听令，先头的妖鱼正欲杀往海边一处村落时，一道青光穿过灰蒙蒙的鬼雾灭杀了大批妖鱼。

一个面容苍白的人影自鬼雾中走来，他的一只手上甚至还拖着长长的封灵锁链，但面对须弥鼋带领的妖族大军，却毫无畏惧。

“子洲修士在此。”

墨行徵挣脱押解他回子洲的人已有数日，一路上满地疮痍，让他整个人已麻木，然妖魔犯境，他却仍是站了出来。

眼前是千万妖魔，孤身一人，然，死而无惧。

这场面在妖国残部看来极为可笑，须弥鼋大笑出声：“本尊原是好奇区区元婴，也敢如此狂言，没想到是岁寒子那老儿的道统传人。孤久未入世，没想到岁寒子死后，道生天已是人行鬼道，好大的笑话。”

无数妖族亦狂笑不已，掀起的音浪掀飞了屋舍房顶，墨行徵余光瞥见屋舍内尚有瑟瑟发抖的妇孺，眼底的坚毅与悲切一同涌上：“子洲修士但存一人，绝不容、绝不容妖孽犯境！”

须弥鼋发出一声冷笑，这是某种默许，立时天空盘旋的妖禽一冲而下，正待将其撕碎前，天地骤然一凝，一切妖族的动作停止皆如同时间凝固一般。

大约过了一个眨眼的瞬间，随着须弥鼋一声怒吼，天空中骤然下起了血雨。

墨行徵瞪大了眼，看着血雨里浮现的人影，心底涌出某种期待：“师尊——”

“须弥鼋。”应则唯好似心情极好，唤出妖族祖灵的名字时，甚至还带着一丝笑，“你的背上背负妖国废墟，太过可惜了，铸酆都于其上，倒是十分合适。”

言下之意，便是只把妖族的祖灵当作一个物件看。

“大胆！！”须弥鼋勃然大怒，立时山呼海啸，宛如携十万大山之势，朝着应则唯的位置轰然撞去——

这一撞，何止是妖兽之威，几乎是一方天地之威。

山川倾倒，河流逆行，咆哮的海潮随着须弥鼋这一撞，誓要让整个部洲永眠于海底。

就是这一撞，在离子洲的海岸寸许之近时，在唯一一个天人第五衰抬手轻点之间，和刚才一样，一切归于沉寂。

海浪凝滞，山川归位，河流静肃。

“你！”

“人常言今人不如古人，幽居海底多年，岂不知世事有变？六尊在时，你尚有称雄之机；吾入五衰，汝只得逃命之败。”应则唯的手指徐徐滑动，须弥鼋惊骇间，竟见他巨大如大洲的身躯竟不受控制地徐徐翻转。

青何止出于蓝，是它短视了。

“天人第五衰……好一个天人第五衰！”经年怀抱的怨恨，没想到一朝翻覆。

如今已不是老骥的天下，年轻的强者在他们沉溺于往日的威严与荣光时，早已君临天下。

妖族不能接受，祖灵亦不能接受，可它就是事实。

“赐汝一次机会，臣服于吾之大业，做镇界之兽，或，做幽冥之鬼。”

须弥鼋自出生起便绝不能翻身，一翻身，背后背负的一切都将毁灭于虚无……而这头须弥鼋背后所负的，是妖族剩下的血脉。

它的声音瞬息苍老了许多：“本尊乃妖族祖灵，宁死不臣服外族，但，为保全妖国余脉，本尊可付出代价！狡赖的人族，直言吧。”

应则唯放下手，充满混沌之色的瞳仁溢出一丝癫狂之意：“敝宗的长辈们年事已高，小辈们不愿同道，着实让人头疼。你看这瀚海无边，挑一个你喜欢的部洲，只当个见面礼，其他的……都撞沉了吧。”

“师尊？！”墨行徵踉踉跄跄地站起来，好似从未认识过应则唯，“在你眼里，人命从来都是这般轻的吗？”

须弥鼋已顺着应则唯指的方向开始回身转向寅洲，而应则唯垂首看着墨行徵，淡淡道：“行徵，你还对为师抱着什么不切实际的幻想吗？也许你接下来，会更失望。”

“我以前认识的师尊是假的吗？”

“以前？”应则唯倒真是回忆了一下，道，“你只看到一叶，以为那便是整个世间，只能说明你的眼界太小……如果你愿放下那片叶子，你会发现，为师比你想的更可怖。”

墨行徵惨笑道：“那你为什么不索性杀了我？还有多少东西想给我看？”

“放心……一切都会结束的，那之前，为师还想和你下完最后一盘棋。”

应则唯言罢，看着远去的须弥鼋，胸腔里两颗心安静地运转着。

一切都很好，一切，都在按照他的想法走上正确的路。唯一的迷茫就是，他自己的心不知道去哪儿了。

“你不配为人师。”南颐的声音响起时，应则唯久违地感应到了心口一痛，接着赤帝妖心便迅速黯淡下来，直至覆上一层冰霜。

法术无用，这层冰霜是赤帝当年与这颗妖心结下的因果，献祭一个天人第四衰的祭品，便可以封印住赤帝妖心。

墨行徵猛然回头，便看见南颐无声站立在他们身后。

蓝色的灵鱼自琴弦游上南颐淌血的手指，来回转动几圈，方飞上来轻触南颐的眉心。

“姣娘，你怕吗？”

蓝鱼依恋地蹭了蹭他，南颐面上露出一丝苍白的笑，身形一点点化作光沙。

“我把身后事都托给龙主了，余生本就不长，这一次，我们的魂魄会散离于天地……来生，或许你会是一株草木，我会是一块顽石。

“我会记得你，十年，百年，千年……若得修成人形，愿我不盲，愿卿不离。”

他用最后的时间和爱人做约定，而被暂时封印住的应则唯按着心口，看着故友一点点灰飞烟灭，低声轻喃：“逸谷，何必呢。十日……你明知这世上无人可杀得了我。”

他话音一落，远处须弥鼋忽然怒吼了一声，随后，千里瀚海，瞬息化作静湖。

仿佛某种宿命的终点，应则唯抬头望去，道：“佛忏主，道法天，天法自然，逆天而行，非智者所为。”

明月初升之处，寂明披着一身月光，止住须弥鼋的手甚至是极为温柔地轻轻拍了拍须弥鼋的鼻端，方才温声答道——

“道法自然，然，佛法无边。”

天行有常，昼夜不休，此乃天则。

这是人们所认知到的修界中，古往今来双方实力最高的一战。

无形的光影从宛如一面蓝镜的海面上铺展开来，一半是星光抱月挂于夜幕，一半是朗日在天悬于晴空。

“我曾，不喜与人争斗。”

应则唯早料到有这么一日，南颐与敖广寒来向他寻仇时，他未有几多抵抗，以赤帝妖心证明了无人可杀他后，便再不缠战。

不好战，是因为他从不觉得有谁能打败他，早已注定的结果，无须再通过争斗来证明。除了寂明，这个在道尊时代便被视为大敌的佛者。

“他们为了道义来杀我，佛忏主，你为了什么？”

寂明的目光穿过苍白如雪的长发，从昼阳落在黑夜源头，道：“为私仇。”

他想得没有那么多，答得亦很简单，就是一场陈年的私仇。

杀人偿命，天经地义。

应则唯轻笑一声："我原以为你我之间，应是一场众生论道之争，仅仅怀着私仇来寻战的人太多，因格局之限，纵我应战，亦无悬念。"

"还是有的。"寂明语调平静道，"你活着，我不放心去陪她。"

细微的痛楚自心底蔓延开，随后被一股无可名状的愤怒压下。

——你难过吗？因为你心里有他？

应则唯问着他心里被封住的那颗本该属于南娆的赤帝妖心，随后又自嘲荒唐。他们是不是有约，和自己又有什么关系。

又有……什么关系。

道生天的主人道："请赐教。"

天人第五衰的交锋没有传说中那般毁天灭地的开场，双方同时合目间，经年的阴谋与恩怨就此结算。

"开始了。"整个人界，只有极少数人能穿过附近自然封锁起的空间看到这场决战。

外人所看到的，唯有黑夜与白昼水火不容地在天穹之巅互相吞噬，一方流云翻卷，一方星斗逆旋。

而天穹下一片灰色的混沌在海面上扩大，风雷雨电，金木火土，加之以无数碎片般的虚空凝成一片球形的风暴，将靠近的一切卷入其中。

"我从道尊那里学到一个词，叫嫉妒。

"那年，道尊仍是修界芸芸众生中的一员，他说，伽蓝古佛有一个弟子，生而不识七情六欲，修行无心魔，破界飞升指日可待。

"有多少凡生想要如你这般，不识七情，心中无尘。

"道尊杀不了你，因为他放不下嫉妒。"

言语间，应则唯并没有刻意去做什么，足下便浮现丹器符阵四方道印。

道门之术，极求均衡，以丹道凝神，以器道为刃，以阵道守势，以符道造化，最正统的攻守，面对与逆佛的恶战，两个人，便宛如一场战争。

"破界飞升，成仙成神，是你们的愿想，不是我的。"寂明抬眸，虚空风暴的上方，耀目的天日染上一层血色，"道尊是这样教你……同长辈说话的吗？"

话音落，源自无数黄泉罪业的锁链自血日散出，一路摧枯拉朽地击溃四道符印，在其身外三尺交织出火花。

坍缩的声音在这样的绞杀中尤为明晰，他倒是忘记了，修道年华最轻的伐界六尊之一，亦曾是他所未能望其项背的高山。

"道尊教我的是，斩了七情的人，才可证第五衰。"黑与白，两种墨色自应则唯足下逸散而出，随后他竟是撤去了周身灵气防御，任由三五条罪业锁链穿肩而过，面上浮现一丝古怪的笑意，“时隔多年，我仍是好奇，你入第五衰时，究竟识不识七情？”

墨色瞬间圈出一片圆形的海域，而转眼间，海洋与天空骤然逆转，随后，整片天穹的海水轰然砸下，乱潮狂涌间，应则唯脚下的影子三分而出。

“神髓三身像。”寂明喃喃一念，眉间轻皱，抬掌往下一按，罪业锁链凝为一头浑身铁铸、不断滴血的孔雀，朝着那不断成形的三身像冲去。

就在他正试图以一身封住应则唯三道化身时，背后乱飞的海水中，一个女子身影拨开雨帘冲了过来。

寂明未回头，心念一动，一道伐业佛言正欲斩杀来犯之人时，那女子蓦然发出一声笑：“寂明，好久不见。”

这声音……迟疑了一瞬间，寂明猛然回头，正撞见他想了那么多年的那张面容。只是靠近的那一刹，“南娆”的脸上便浮现出一丝阴狠的笑意。

“父亲，别信她！！”

随着远处虚空破裂的响声，南颜的声音传入，寂明下意识地身形一偏，一把漆黑的、充满魔气的长剑便穿心而过。

心魔女大笑出声：“晚了！”

长剑穿心，即刻融解，化作无数黑藤囚笼，瞬息将寂明整个人困在其中。

“看来是识七情的。”应则唯斩断那孔雀一翅，见此情景，单手朝天一指，正是召唤道天剑阵，意欲一举灭之，“你以为我为了迎接你出关，准备了多少年？”

心魔女缓缓飞至应则唯身后，正急不可耐地等着他杀一个天人第五衰的修士作为喂食她的饵料，闻言冷笑道：“难怪你偏生要把心魔化作南娆的模样，原来不只是你一人的心境漏洞——”

“你错了。”

心魔女一怔，随后猛然瞪大了眼睛，不可置信地看着心口冒出的一截魔气凝成的刀尖。

神髓三身像，共有三尊，道身像、儒身像、魔身像，分别象征其所修三法，而魔身像最先凝成，一成形便朝着心魔女一刀斩去，毫不犹豫地斩杀了她的魔核。

应则唯接住南娆的遗体，对着不断溃散魔形的心魔女道：“心境漏洞是他的，不是我的。我……从无心魔。”

“你……”心魔女好似明悟了什么，蓦然放声大笑，“可你终究是自欺欺人，记住我是你心底摆脱不了的魔，我们终将会在十八层地狱……再会！”

漫长的疲倦，漫长的等待，这张面容，他终究是要忘记了。

“你大概也不屑于我的缅怀。”应则唯盖上南娆紧闭的双眼，淡淡道，“不过你现在，可以长眠了。”

心魔消散，他的心境终于彻底圆满，一身修为不断灌注在顶上周天行吟剑阵之中，却不料蓦然一道刺目的火光冲入战场。

“把我娘！还给我！”

这人影来得太快，刹那间一张相似却无比鲜活的面庞冲至身前，直接从他手中将南娆抱走，趁他气凝剑阵与三身像无法移动间，放出一道剑气朝他的面门斩来。

此地所有的地方都被两强相争封锁，至少在他同寂明的决斗结束前，绝无可能有任何人冲入。

除非，这孩子早就在了。

“拉我回去！”南颜是识时务的，扬手一片来自佛骨禅心的菩提金叶，朝着困锁寂明的魔气囚笼飞去，随后便毫不犹豫地一脚踏入一团紫色的妖光中。

被打断了剑阵凝成，应则唯拭去颊侧一丝剑痕割伤流下的血，转身朝着南颜的方向一指：“锁。”

南颜的身形刚没入一半，紫色妖光便好似被什么巨力挤压一般，立时溃散。

“莽撞。”

应则唯似要动手剖心，却不料下方魔气囚笼直接炸开，一条血色的佛言锁链直接锁住他的脖颈往下一扯。

“佛忏主，你可知九狱不开，吾不入地狱——”

“那就入极乐。”

南颜回身一望，只见应则唯整个人被寂明拖入深海之中，刚松了没一口气，便见一条黑影朝自己冲来。

应则唯?

南颜很快反应过来，那人影虽有应则唯的样貌，但披甲持刀，一身魔气，只是一尊身像化身。

她也没有急着走，飞快地把南娆的遗体收入虚空界位后，一身化神修为尽展，周身两面佛催至巅峰，抬手一挡。

刹那间，佛气、魔气，震绝四方，南颜直接被这一刀斩进手骨之中，但《七佛造业书》佛气疯狂运转之下，退后数百丈后，到底还是挡住了这一击。

“南颜！”

两道被一紫一红的灵气包裹住的身影杀来，硬生生将那魔身像逼退后，回到南颜身侧，一边给她时间服下丹药，一边盯着那魔身像。

“没事吧？”

“皮外伤，这东西的修为……恐怕在化神第三衰至第四衰之间。”

这时一只纸鹤穿过暴风骤雨飞到他们身边来，传出的竟是墨行徵的声音：“长话短说，这时我师尊的神髓三身像，分别为魔修、儒修、道修，每一个都是宗师阶修为，其中魔身像还是这三尊中修为最浅的，万不可大意。”

三人抬眸望去，只见那魔身像身后的海面下，渐渐浮起两尊石像，很快石皮剥落，露出余下两尊神髓像。

道身像，儒身像，魔身像。

魔身像身披甲胄，头戴面具，手执一把不断涌出鲜血的长刀。

儒身像峨冠博带，面容庄肃，指间转着一支竹管毛笔。

而最后凝成的道身像落在后面，与应则唯本尊几无差异，当他一黑一白的双瞳穿过众人落在南颜身上时，南颜便感到一股空前的压力。

殷琊直接叫出声：“这人不是道修吗？儒法和魔道也有这样的修为？”

纸鹤里传出墨行徵苦笑的声音：“道生天千年来只出了两个有诸道通修资质之人，若师兄在的话，还好应付些。尤其是那尊道身像，虽被佛忏主压了一半，尚未凝成，但拥有我师尊一魄，相当于半身。”

此时这三尊神髓像尚没有动作，看起来刚刚是被寂明打断过一次，还在等待灵气成形，不过成形之后，他们就极难对付了。

南颜三人一边和他们拉开距离，一边观察刚刚寂明将应则唯本尊拖入深海的地方，此时那里形成了一大片极为可怕的旋涡，让人见之便心惊不已。

南颜看明白了局势，道：“父亲刚刚应该是避开了被那心魔袭击要害，单论修为，我相信父亲可以压制对手，不过麻烦的是应则唯下去前把这三尊像送上来了。现在此地被封锁，如果在下面战果分晓前，让这三尊神髓像取到佛骨禅心，那……”

毫无疑问，三心合一，应则唯几乎无人可敌。

“那没办法了，拖时间吧，我猜这会儿龙主他们已经开始着手去破解周围的虚空封锁了，不过外面到处都是鬼物作乱，也不能太指望他们，我们得找个地方藏起来。”

被封锁的海域在子洲与寅洲之间，甚至圈住了寅洲一小块海岸，虽然极为辽阔，但终究是有边界的，不可能一直逃跑。

“对了，”殷琊灵机一动，指着刚刚须弥鼋所在的方向，“我们躲进须弥鼋的内壳里，它体内有须弥无限界，保存的是妖族的血脉晶核，你就躲进它体内，同为妖族，它……嗯？”

南颜见殷琊忽然神色剧变，随后神识铺开一看，惊道：“它想撞寅洲海岸！”

殷琊直接一杆大旗扬开，怒道："须弥祖灵，我等已在与道生天竭力鏖战，你应当派遣妖国大军助我等抗敌，为何仍要撞沉寅洲？！"

须弥鼋苍老的声音传来："赤帝亦为吾族死敌，所谓寅洲，合该归还吾妖族。"

"去你的，你就是欺软怕硬！"殷琊气得直跳脚，扭头道，"求妖不如求己，须弥鼋体内无限界中有一枚命核，是这老乌龟的命根子，你若能拿到命核，便能杀了它阻止它乱窜，也能操控它体内的须弥无限界，便是我们拦不住那三身像，他们也找不到你。"

此时那魔身像仿佛知晓了他们的意图，转头一刀劈开儒身像上的石封，再回头看了一眼那道身像，后者微微点头，随后魔身像便与儒身像一同先追了上来。

"来了。"

儒身像较魔身像显然更强一些，青光连闪，瞬息便近他们五里之内。

殷琊也察觉到那儒身像貌似极为不凡，对穆战霆道："两个，你一个我一个，明白吧？"

按正常战术来看，远攻对远攻，近战对近战，穆战霆肯定是更适合去对付那尊魔身像。

穆战霆看了一眼，道："明白明白。"

殷琊觉得在大事上他还是拎得清的，点了点头，刚花了一个呼吸的工夫化作狐形，就见穆战霆一个掉头，掏出一张光芒黯淡的屏风便朝着儒身像飞了过去。

穆战霆："孙子欸！来斗诗！"

殷琊嘴角抽了抽，回头问南颜："你觉得他是按我们的计划去打的吗？"

南颜："……他是按自己的理解去打的。另外，他手里那东西，我没看错的话，是申洲的万诗屏吗？"

殷琊："我悔不该劝他去收服这宝贝。"

南颜："难怪那屏风上写满了粗鄙之语……不是，你快去帮他，这可不是寻常儒修！他会被打死的！"

"哦、哦……"

穆战霆："你们放心，我去去就回来。"

穆战霆："等我回来，就送你们偷偷摸摸去私奔。"

穆战霆："不用担心我，天不生我穆战霆，文坛万古如长夜，绝对没有问题。"

大丈夫在世生当立功业，南颜一直觉得她哥很莽，只是没想到他莽到开场先自插一屁股旗，还溜得贼快。

南颜欲言又止，殷琊这时候想起了当哥哥的责任，义无反顾道："你先走，我去拦住他。”

南颜并不觉得殷琊能拦住穆战霆，试问世上有谁比她大哥的向道之心更坚定？反正她是找不出第二个。

然而她并没有来得及说出口，就被殷琊一尾巴扫得远远的，只能抓紧时间往须弥鼋的方向飞去。

这边厢穆战霆已经迎战而上，视野里看见那儒身像的瞬间，便是一掌按地，立时漫天火云如织，烈焰如天灾般落下。

先发制人，是穆战霆一贯的战法，这第一手试探落下，却见那儒身像毫无异色，一身青衫飘袂，如闲庭信步，一步百丈，转眼间已近穆战霆身前百步。

儒身像抬眸看了一眼南颜离开的方向，道：“我不喜同晚辈动手，让路。”

穆战霆周身浮现出一丝一缕的火焰，那些光影照在他身上，形成了一片片宛如龙鳞的光纹，同时头顶山河海冕投影浮现，山河海冕本就可以保人一步化神，只是先前龙主一直让穆战霆吸纳足够的本源灵气，单积蓄的灵力就足足封印了九重。

此时封印一解，刹那间，一步化神。

穆战霆毫无畏惧道：“不巧，我喜欢向前辈挑战。”

“你失去求生的机会了。”

儒身像负在身后的手一抬，手中竹管墨笔一笔横画，立时一条水墨印痕自空中浮现，随后墨色如汪洋般横泻而出。

穆战霆立时身形拔升，但很快感到周身一滞，一低头，却见那墨色汪洋化作一张画卷，画卷中开始一笔一画自动绘就他的身影。

穆战霆感到一股玄妙的拉扯之力，似乎整个人都要被吸入那张画卷里。

这招？

南颜就在道生天中见过这一招，一旦被画成，整个人就会被吸入他的画境里，一个心神不稳，任你十方神圣，也要被关起来洗脑。

这种术法超出了寻常五行大道的理解，触摸至因果境界，显然儒身像并不觉得穆战霆这些初入化神的小辈们可以抵抗，此招施展过后，便绕开这片区域打算继续追击南颜。

却不料，刚转身没多久，儒身像眉梢一扬，回身看见那片看看形成的墨色倏然陷入一片火海中。

“煮海——”

穆战霆本是半个身子被画了进去，但很快便果断出手，盘牙天火集中在一处直接点燃整张画卷，待画卷燃烧殆尽，他也挣脱了此术束缚。

“嗯？”儒身像重新审视了他，片刻后，识破了这片火海的来历，“煅铁之源，大日火精。”

煅铁可诛仙神，而煅铁诞生于大日火精中，其火精之力，虽不及煅铁精华，也有焚烧万物之能。

“可惜了。”看着身后围成一圈阻止他追击的火墙，儒身像神色淡漠道，“五行极火术修中，你应是千年一见之才，可对上我，不智。”

“谁告诉你我是术修？”穆战霆扬手一招，远处一直在空中备战的万诗屏摇摇晃晃飞了起来，“老子一日向儒之心不死，一日便是儒修！”

儒身像其实并无灵智，所言所语只是应则唯一丝神念自然反应，见那万诗屏震动中正要朝他攻击，便随手提笔写下一个“永”字。

“永”字五笔，倏然化作五条墨蛟，身形灵动地朝着穆战霆撕咬过去，而与此同时，万诗屏中亦是万诗齐发，当即战成一团。

儒修修心，本是心平气和的一尊化身，起初那墨蛟占上风时，儒身像尚在意料之中，但很快他便困惑地抬起头来。那万诗屏里面的诗文，为何闻所未闻？

此时殷琊已堪堪赶至，他这边的负担要轻一些，毕竟须弥鼋刚刚过境，四周仍有一些残留的妖族，他大旗一挥，那些妖族便不得不听从他的号令去缠斗那尊魔身像，使得他稍稍能有精力脱身去帮穆战霆先解决掉那尊儒身像，但此时他扭头一看，吓得尾巴毛差点儿脱了。

“你把万诗屏魔化了？你是魔鬼吗？”

仙品灵宝已有灵智，从不存在魔化一说，但穆战霆强行收了万诗屏后，竟丧心病狂地把他的诗集硬生生灌进万诗屏里，一时间千古名篇掺杂着文豪绝句，落霞与狗尾草齐飞，秋水共泥石流一色——

“十年生死两茫茫，不思量，自难忘，锦帽貂裘，千骑卷平冈……

“春色满园关不住，千树万树桃花开……

“辰洲龙主如相问，徒儿已过万重山……”

诗文一道本就千变万化，经穆战霆投毒后，万诗屏早已一片混乱，词不成调，诗不成联，该攻击的不攻击，该防守的不防守，兼之万诗屏的属性就是宛如炮塔一般连绵不断地以诗文为力轰炸，正所谓乱拳打死老师傅，竟生生把五条墨蛟给打散了。

太可怕了。

儒身像本就不是生人，只会根据对方的出招做反应，此刻在穆战霆的乱诗攻势下，一时间竟有迟疑之色。

“好机会。”

见儒身像因无法解读诗文而露出的一丝破绽，殷琊绕到背后，手中紫色幻光凝成一杆长矛，直接朝着儒身像投掷过去。

“天真。”儒身像返身便是一笔挥下，不料却打了个空。

是幻术!

“对手在这儿！”穆战霆等待已久，天魃斧上手，携大日火精之势朝着儒身像一斧劈下。

这一击用上十二重的修为，一时间虚空轰鸣，儒身像手中的竹管笔发出一声碎裂声响后，直接裂为两半。

身形消散前，儒身像才喃喃道：“你吸了道尊的大道灵气……”

儒身像被他们联手灭掉后，便毫不犹豫地转向那被重重妖族围攻的魔身像，但让人忧惧的是，随着儒身像的消失，魔身像的气息似乎更强了一些，一刀劈下，魔气肆虐，瞬息将四周围攻的妖族全数化为白骨，随后便看向他们。

“这不太对吧，杀了一个，余下两个会变强，那……”殷琊皱眉，还未分析透，却见那魔身像忽然古怪地笑了一下，竟不与他们缠战，直接一点眉心，自行消失了身形。

下一刻，远处海域一道灰色的身影如离弦之箭，朝着南颜的方向飞去，这速度之快，几乎眨眼间便靠近了须弥鼋。

“不好！”

儒身像和魔身像消失后，原先远处还在石封中的那尊最像应则唯的道身像直接挣破石封，朝着南颜追杀而去。

殷琊和穆战霆顿时头皮发麻，心头一急，直接高喝出声：“五鬼搬运！”

不到万不得已，他们是绝对、绝对不会去用只有狱主才能使用的鬼道之术的，此术一施展，便有青黄白赤黑五个硕大的鬼头浮现在他们周围，同时口吐鬼火，鬼火环绕间，他们周围的空间立时压缩又伸展，转眼他们被传送至了须弥鼋面前。

五头恶鬼欢快地在他们周围绕圈圈：“狱主还有什么需要我们的吗？”

“呕……我需要你们滚远点儿……”

“别闹了，快去救南颜。”

这个时候，南颜早已冲上了须弥鼋背后的妖国大地。

须弥鼋实在太过巨大，背上山峦河流一一在目，更有无数石树密密麻麻地生于山川河流中，大大小小的俱是一些妖族部族的洞府和部落。

在空间封锁的情况下，南颜只能不断飞遁，重明血脉的本能让她想起了妖族一些秘辛。

须弥鼋的须弥无限界，不在别的地方，就在它口中，想躲进此界中，需要先入其口。

她加快了速度，而可怕的是，她刚刚看到须弥鼋头颅的所在时，整片天地就传来了一声恐怖的撞击声。

轰！！这一声撞击持续了十几息，无数妖族沉默，南颜却眉心紧拧。

须弥鼋开始撞击寅洲了。

而也正是在此时，一道冷沉的传音传遍整个须弥鼋背上的妖国："妖国残部，将重明遗脉交出，可为尔等博取生机。"

居住在须弥鼋龟壳上的妖族们虽听从祖灵王脉的号令，但他们千年来最憎恨的莫过于道生天，如今须弥鼋与应则唯达成交易，至少这些妖族是不服的。

"重明一族乃吾族王脉，岂是你说交便交？"

"本尊还在海下被缠斗，区区一个术法化身，也敢命令我妖族？"

"人族一贯虚伪，祖灵，您当真觉得他会信守承诺？"

其中一支海猿族的首领最为激动，巨大的身躯攀上离那尊道身像最近的一株石树，大吼道："祖灵！我们不是不能战！你若一声令下，我手中七万部众便愿为妖国战死！"

此时道身像已悬停在妖国上方，四周偶尔有扑来的妖族，都在靠近他百步内便化为灰烬。

须弥鼋的声音遥遥传来："重明鸟为吾族王脉，本尊的须弥无限界自然为其敞开，但你我约定中并无这一项，本尊不拦你，你可自行去寻。"

"好。"

道身像闻言，一黑一白两条鱼分别从他的左右手中飞出，瞬间化作巨鲸般大小，互相环绕着飞往一个方向。

"生。"

"生"字出，那些海底不知伫立多少年的石树骤然爬满了青翠喜人的藤蔓，看上去竟好似将整个须弥鼋染绿了一般。

许多刚刚出世不久的幼妖初次看见陆地上的花叶，竟也忘记了战争的残酷，刚欢欢喜喜地把那些花叶抓到手，道身像便再次轻叱一声——

"灭。"

南颜瞪大了眼睛，须弥鼋怒吼声中，刚刚那些青翠的花叶藤蔓骤然枯萎，而同时枯萎的，还有所有碰到那些花叶的妖族。

肉身衰老，皮肤枯干，断牙断角，宛如所有的生机都随着这一声"灭"字抽离了一般，刹那间，一个拥有着最漫长寿命的种族，三分之一的苗裔变作老弱病残之身。

残忍到极致的屠杀。

“再说一遍，把她交出来。”道身像说。

“应则唯！！”须弥鼋怒吼，但很快它也发现，这尊道身像毫无感情，他只会执行应则唯的命令去追杀南颜，自己并不会对辱骂有任何反应。

南颜一开始并没有意识到发生了什么，知道一股死寂之力试图入侵她的身躯，被《七佛造业书》功法拦下后，她才看到四周的惨状。

而同时，一个巨大的影子从石树林中被丢到南颜面前滚了几滚，她才认出这瘦得皮包骨的妖族，是她上次去封妖大阵时遇上的妖猿。

“是你……”南颜连忙冲到它跟前，只见它被吸尽了生机，此刻虚弱无比，她心中便是一痛，抬头望定了道身像头顶盘旋的那两条阴阳鱼，眼中露出怒意。

显然吸走它们生机的正是那两条阴阳鱼，可她不能在这里继续动手，否则再让他吸一拨生机，妖国就彻底完了，只能尽量把这道身像引往不会波及他处的须弥无限界，再设法打破这阴阳鱼。

“你们放心，待我回来，自会还你们生机。”

“你还在……真好。”妖猿也认出了南颜，哑声道，“重明，你会带我们重见……光明吗？”

南颜重重地点了点头，随后冷眼看向道身像，转身冲向须弥鼋张开的巨口处。

道身像的目光定在南颜身上，他的面容同应则唯无二，只是神态上看上去好似更为生动一些，举动间带着一股疏离而优雅的气质。

“可我们三个总要在一起的，何必抵抗。”他说出了这句古怪的话后，南颜同时感到心口一紧，胸腔里的那颗佛骨禅心忽然嗡鸣一声，与那尊道身像产生了一股切不断的感应。

“你是……”尽管满心疑惑，南颜身形仍然未停，那两条阴阳鱼，尤其是那条阴鱼，所碰到的一切都会急速衰老，南颜反手回击了两拨，便感到灵力消耗空前。

太极阴阳，生生不息，转生为死，不灭道心。

“你就是那颗六合道心。”南颜道。

这尊道身像，虽是应则唯所炼，但性情更像他的前主。

更像少苍。

“你很聪明。”道身像权且赞扬了她一句，道，“可我对你的那颗心更有兴趣，失礼了。”

阴阳鱼倏然扩大，而就在此时，穆战霆先一步杀到，第二次五鬼搬运术，直接把他传送至南颜身后，扬手便是火海燎日而上。

“嗯？”

阴阳鱼虽吸走了其大部分火能，但身形亦有萎靡，足见大日火精仍是难以消化。

“哟，这家伙好强。”

穆战霆甫与儒身像战过，对上这尊更为诡异强大的道身像，交手瞬间，便知其实力……这回怕一个不小心就要交代了。

这尊道身像看见他挡在南颜前面，态度更为古怪，笃定了南颜这个距离进入不了须弥无限界，加大了阴阳鱼抽取生机与灵气的力度，使得南颜举步维艰。

“假兄妹，搏命可值？”他淡淡道。

穆战霆一抹唇边鲜血，道：“亲的！”

看似要反击，就在道身像动手的瞬间，骤见所有带翅妖族冲霄而起，盘旋在他们上空，定睛一看，却是重明王血共鸣。

王族血脉共鸣，妖力可翻倍。

南颜背后被穆战霆送出一掌，只觉浑身上下妖力沸腾，飞遁速度瞬息暴涨百倍，冲破阴阳鱼的封锁，直接送进须弥鼋内。

穆战霆见南颜安全进去了，叉腰道：“嘿，傻了吧？”

道身像也未曾料到竟有此异状，直至南颜的身影消失在须弥鼋大口中时，他才仔细看了看穆战霆：“妖血共鸣，原来当年南娆那根悬命翎是在你身上……有点儿意思。”

他冷笑一声，身形化作流光，也从须弥鼋口中追了进去。

——但愿南颜运气够好，没有在无限界中被传送到这鬼东西附近。

穆战霆刚歇下没一口气，忽然听见一阵地动山摇的大笑从须弥鼋处传出：“本尊倒要看看，待吞噬了这六合道心和佛骨禅心，是不是当真能破界飞升！”

道生天。

曾经为修界至为清圣之地的悬空山，此刻全然被森然鬼雾笼罩。

惨淡的愁云掩盖了山道，年幼的小弟子紧紧抓住稍长些的道徒的手，畏畏缩缩地瞥了一眼天上飞掠而过的鬼影，眼里蓄起了眼泪：“师兄，我、我可不可以不去跳溟泉川？”

年长些的道徒回头看了一眼身后熙熙攘攘的门人，见小弟子不敢走了，皱眉把他拉到一边道：“你娘当年被魔修杀了，是宗门救了你回来，好不容易有机会让你去见你娘，怎么临到头怕了？”

“不、我……”小弟子嗫嚅道，“我娘前些天托梦给我了，说她早就投胎转生去了，让我好好活着……”

道徒目光严厉道：“我辈修士岂能因畏惧误事？宗门给我们机会永生，往后生生世世，你有用不尽的时间去修炼、去找你娘的转世。现在道生天大敌当前，正是需要魂魄的时候，不愿也不行，听师兄的！”

那小弟子面上更显惧色，就在那道徒拉扯不清时，旁边有一个清润的声音响起：“让我来吧。”

小弟子抬头一看，却是个没有见过的师兄，这师兄生得极为清雅风致，本应是十分招眼的，此刻站在人群里却并无人注意到他。那原本负责引领他的道徒也好似被什么惑住了似的，目光呆了呆，便自称有东西忘带转身走开了。

那师兄温声道：“累了？”

小弟子包着一汪眼泪点头，后者抱起这小弟子让他坐在自己臂弯里，随后缓步顺着人流朝悬空山顶走去。

“你多大了？”

“八岁了。”小弟子抹了一把眼泪，道，“师兄，我腿麻了。”

“八岁……”师兄仿佛想起什么，轻轻笑了笑，道，“我有个妹妹，以前同你一般大时，也是在这样长的山道上历经考验，不过她比你要强些，从不央人抱，一个人便爬了上去。”

小弟子听得迷迷糊糊，片刻后，他又听那师兄问道：“你刚刚说，你怕死是吗？”

小弟子重重点头：“死了就什么都没有了，师兄你看那些鬼，走路飘飘忽忽的，不会哭，不会笑，也吃不了好吃的梨膏糖……我还没吃够糖，我不想死。”

“是啊，活着多好。”

此时山道尽头的队伍围了数轮，山顶已被改造为一片天顶圆湖，八个鸡皮鹤发的老者盘坐在圆湖周围，以一种相同的捏诀手势指着圆湖中央，灵气凝为旋涡，不断吸收四周涌来的生机。

细一看，圆湖中竟凭空生出一座城池的模糊倒影，而随着天空中的鬼潮落下、湖边的道生天门徒跳入，这座城池正一点一滴地清晰起来。

很快，那城池的巍峨城门上方浮现两个古拙的字迹——酆都。

老者们睁开眼看见那城门上方的“酆都”二字逐渐明晰，有人面露狂喜的同时，也略带有一丝狰狞。

“……若非竖子坏事，让怀霜和六御两位上师陨落在外，何至于到今日才开始铸就此酆都？”

“没错，我们也不想造杀业，都怪他出手阻挠，否则集数条冥河之力，早就大计功成，我等也可进入酆都凌驾于众生之上。”

说话间，这些老者容颜越发枯朽，目光却越发明亮。

“按这般进度，只要再有数日，便可铸成，却不知是否要等玄宰回心转意？”

一片古怪的沉默中，一个辈分最高的老者冷哼一声道：“他生而有绝世资质，自然不会贪图区区永生之寿，待他解决掉那逆道之人，待在此界的时间便不多了。”

旁人不免酸道：“待道生天统御九狱，玄宰便也可了却多年宿怨，再夺取佛骨禅心，三心合一，心境圆满，恐怕要成为千万年来第一个飞升之人。”

“没错，道生天宗主的最后责任，就是安置好道生天。”

“怕的是辰洲等部洲，在外负隅顽抗，若是死魂不足以填城，唯恐夜长梦多啊……”

说完，那些道天上师转身望向不断往圆湖中跳的修士，道：“不够，还要更多！”

言罢，他抬手一抓，立时那头人群骚动，百余修士被捉起来直接丢进圆湖中。

这些人一进入圆湖，便昏了过去，随后肉身沉降入湖底，魂魄化作一缕缕灰雾融入水下酆都之内。

一部分弟子面色激动，而同时更多的弟子面露困惑，甚至带有一丝恐惧。

很快，后方的人群里便发生了骚动，一个年轻的道徒逆着人潮向后飞去，一边飞一边惊恐万状道：“我不想去死！师父别杀我、别杀我！”

“岂有此理。”一个道天上师冷哼一声，一阵狂风把那逃走的年轻道徒强行卷了回来扔进圆湖之中。

那弟子也不晓得哪里来的力气，掉进湖中前，一个拧身双手扣紧住湖边的石壁，目眦欲裂道：“我又没有错！凭什么要去死？！”

那道天上师冷喝道：“这是宗门赐予的恩典，今日入酆都者，享生生世世元神不灭之大机缘，放着仙神不做，偏要贪生怕死去做那蝼蚁，愚昧至极！”

那弟子生死关头，也顾不得什么境界之差，吼道：“那只是你们一面之词，谁敢保证人死了还能有来生！”

“道尊就是证明！道尊是我修界飞升第一人，他的话难道有错？！”

长久以来，道尊就是道生天在修界立威之本。他告诉所有的修士，只要按照他的大道勤加修炼，终有一日能如他一般破碎虚空、飞升上界。修界因此而敬重着道生天，盼望着能再出现一位大能者，如道尊一般带着其他尊主飞升得道。

道徒们沉默了，道生天给了他们巨大的荣耀，尽管这些年一场场的骗局被揭发出来，他们觉得其中或许有些不对，但仍旧难以承认。

但是无人再度反抗，权威者的话即是真理。

“好了，莫再胡闹，下去吧。”道天上师话音一落，那道徒攀紧的石壁碎裂开来，随着一声惨叫与落水的声音，那道徒的身躯沉入水底，魂魄被分离出来，茫然地飘进了水中的酆都倒影。

此时水中的酆都起了变化，随着一阵水波浮动，一块砖石徐徐自水底浮出，渐渐地，露出了一座城池的缩影。

缩影虽小，城池却极为辽阔，八座尖塔拱卫着正中央一尊巨大的雕像，那雕像身影模糊，隐约只见是个老者。

八位道天上师目露激动之色，道："酆都雏形已成，诸位同门，这八座塔代表除酆都外其余八狱，稍后我们便各据一塔，只要取得天魔认可，便能成就酆都大帝，那几个伪狱主各自为政，绝无可能与酆都大帝相抗衡，从此我们便可操手轮回，镇压天道！"

道生天等这一天等得太久，应则唯心在飞升，并不留恋一界轮回，酆都大帝便只能从他们中择选。

这些人的寿元不多，这是他们最后的寄望，即便不成酆都大帝，捞个狱主做做，待功成之时，也位比一洲之主。

而就在八位道天上师各自占据一座狱塔时，圆湖外忽然传出一声怪响。

这声音仿佛流星曳过长空一般，随后，悬空山外的虚空裂开无数条缝隙，这缝隙仿佛有意识一般，放出一股无法抵抗的吸力，绝大多数道生天道徒来不及抵抗，便整个人被吸入裂缝中。

最后一个就位的道天上师一愣之下，勃然大怒："能转移这么多人，必是那竖子启动了苍穹断界！你在哪儿？既然来了何必藏头露尾！给我现身！"

化神第三衰一怒，立时整座悬空山震动不休，从山腰处猛然裂开一块山岩，迅速朝着山顶飞来，但那山岩飞到一处裂缝附近时，却忽然停住，无论道天上师怎样发力，也纹丝不动。

岩石山道上，一个年轻人抱着一个年幼的小弟子，后者仿佛惊呆了，愕然地看着这一切，道："师、师兄，上师们怎么了？"

"人心不足而已，弱的时候想变强，变强了想更强，更强了后想恒强，所以总会干出些神憎鬼厌的事。"站在那里的正是嵇炀，大约是感受到了即将到来的一场嘴仗，他便在那些老家伙发功前，把抱在怀里的小弟子塞进了虚空裂缝中，"年迈多病，得治治了。"

小弟子乖巧地趴在裂缝里，问道："师兄师兄，我们修道，修到上师们这么厉害的时候，都会变坏吗？"

嵇炀道："大多数时候不是人心坏了，只是坏人老了而已。"

小弟子担心道："你留下，会被罚吗？我可怕他们罚我爬石阶了。"

"无妨，等我把这儿清理干净了，就把所有的石阶都拆了。"

小孩子就该养点肉，爬楼什么的……爬瘦了抱着硌手。

也就是这么一个念头盘桓的工夫，四面八方的攻击咆哮着朝他打来，随便一个便是毁山翻海之能。

下面占据八座狱塔的道天上师估计着那块岩石被打得投胎都要等十万年才能拼回魂儿时，冷哼道："狱塔只有八座，这时候潜入道生天，居心可见一斑，可惜，此地没有叛徒的位置。"

他刚说完，对面的人陡然变色："当心！"

眨眼的刹那，刚刚嘲讽的道天上师浑身一震，随后整个人如同被定身一般僵在原地，背后同时也出现一个人影，轻轻一推，他的肉身便四分五裂，掉入湖中。

"这就有位置了。"

余下七位道天上师并不能离开狱塔，他们脚下的狱塔已经启动，一旦离开，便宣告放弃争夺酆都大帝的资格，但是不离开，他们这些人加起来，也不能和真正的狱主抗衡。

就在众人惊怒之时，道尊像的模样渐渐清晰了起来，随后七道乌芒飞向那些道天上师的方向，逐渐在他们头顶凝成一顶帝冠的模样。

而嵇炀没有。

于是其中有人冷笑道："你看看天魔是谁？一个道生天的叛徒，道尊不杀你已是恩典，还妄图获得认可，可笑至极！"

这就是他们的自信所在，山海之间的道尊像虽被摧毁，但数百年的经营，他们仍能让道尊成为天魔，唯有获得天魔认可，才能成为酆都大帝，显然叛徒没有资格。

嵇炀看起来并不在意，凝视着那乌芒闪烁的道尊像片刻，轻笑一声，道："我先前唯一不懂的是，为什么师者从不亲自出手去阻拦我，现在看来终于有答案了。"

"你什么意思？"

"师者从头至尾都没有想过自己去做这个酆都大帝，不单是因为他只想飞升，还因为从始至终……道尊和他属意的酆都大帝人选，只有我。"

有人困惑，有人愤怒，有人觉得可笑，但就在那七顶帝冠重重落在他们头上时，所有道天上师的脸色都变了。

血、骨、肉、魂、灵，在那顶象征着狱主的帝冕戴上之后，急速地被抽离，所有人如同待宰的羔羊。

"你们都是我的祭品。"嵇炀道。

世间再没有这样奢侈的祭品，人界几千年资源堆积出来的、整整七个已入

“衰”的化神后期，而吸收了这样的祭品后，中央的那尊道尊像终于活了过来。

他逐渐缩小，身上的石层剥落，露出一个半透明的、拄着拐杖的老者身影。

嵇炀看了一眼道尊的脚下，并没有影子，这显然只是一缕幽魂，他凝视了半晌，道：“道生天三代弟子，见过道尊。”

道尊睁开眼，与上一次山海之间遇见时那般疯狂无智的模样不同，此时他的眼底仿佛充满了无边的智慧，让人一见之下不得不敬服。

“本座知道，能走到酆都的，只能是我道生天的人。”他的声音里带着一丝骄傲之意，拄着的拐杖扫开一只碎裂的人手，道，“陪祖师走一截吧。”

来者不善，但嵇炀也正是为此而来，他出现在道尊身侧：“我能猜得到，人有三魂六魄，祖师当年拉着赤帝等人同归于尽前，应是将魂魄分出一部分，嘱托师者保管，我本以为这份魂魄被封在山海之间，摧毁了之后，却没想到还留有一份封在这里。”

“你的敏锐不下于你师尊。”道尊带着他走过酆都的长街，左右两侧皆是一片片碑林，黑暗中仿佛有无数的鬼魂在窥视着他们。

“也无须太过警惕，本座这一缕慧念，没有那般戾气，只不过是个承载着酆都鬼力的容器，只要你愿意，本座可以随时把酆都、把道生天交付给你。”

嵇炀自是知晓世上没这等好事，道：“在师者夺取佛骨禅心之前？”

“不，在他得三心归一，飞升之后。”

果然如此。

嵇炀道：“弟子不是个明事理的人，便是拿天底下所有的人命去换南颜，我也是不愿的。祖师有什么把握能说服我？”

道尊定住步子，道：“凭你放不下她，却终有一日会失去她。”

一丝阴郁在眼底倏然弥漫开，嵇炀试图在道尊脸上看出些许说谎的痕迹，却并无任何发现。

“你会做一个最合适的君主，却绝不会是最灵慧的修士。三心合一可破界飞升之事，本座并未说谎。

“六合道心、赤帝妖心、佛骨禅心，不只各有其能，也是集道、妖、佛三家之精粹，以一界之力，能凝成这样的宝物，持有者怎会没有飞升的资格？曾经持有过这三心之人，佛忏主、南芳主、你……包括如今得承寂明传承的那孩子，待心境圆满后，皆可飞升。”

“本座之所以说三心合一，想要的，不过是不允他人在我道生天之前飞升罢了。”

嵇炀道：“心境圆满？”

“人皆有心魔，则唯杀了南芳主后，心境圆满，是因为南芳主是他的心魔。斩心魔亦是斩红尘，斩了红尘，从此人世无牵挂，故他可以飞升。”道尊感叹道，“本座曾经，最想得到的，乃是佛忏主的佛骨禅心……这颗心说来奇妙，它能让持有之人渐渐看穿红尘，看到自己的心魔劫难，一旦达成愿望，心境自然圆满。”

嵇炀：“……”

“少苍，你可想想，她的愿望是什么呢？”

南颜的愿望有很多，最渴望的，却绝不是他。她想报仇，想同家人团聚，想让一切归于她所想的那片安宁。

“你感觉到了，佛修总是最疏情的那一类人，而佛骨禅心圆满之后，她会越来越看淡你们之间的红尘。”

道尊看见嵇炀闭目凝立，退开两步，绕至他身后，道：“本座和你师尊都看到了，你是靠她还记着你、念着你活着的，你吞噬了无数的恶鬼怨恨，没有这一点红尘牵着你的心，你早就疯了……

“我们是在救你呀……若你师尊失败了，她终究是会走的，佛骨禅心会带她离开这人界，而你，只能一个人待在黄泉炼狱，永世不得超生……

“如何？接过权杖，把那颗该死的佛骨禅心留下，你就是神，她的生和死都在你手中。

“这不就是你想要的，永生永世，不离不弃吗？”

道尊手里的拐杖也确实化作了一柄权杖，这权杖出现的瞬间，幽冥俯首，而道尊正盯着嵇炀每一寸情绪的波动。

他会接的，而接过酆都大帝的瞬间，他就不再是原来的嵇炀，他会变成……道尊想要的模样。

修道心魔关，最难不过一个“情”字，当年枭雄千万，赤帝没能越过，佛忏主没能越过……便是他呕心沥血培养的徒弟，也是挖空了心才堪堪越过。

这一关，嵇炀不可能过。

而就像是道尊期待的那样，嵇炀握住了那柄权杖，手指越是收紧，眼底的血红色越浓。

“祖师，你放下了吗？”

道尊不明白他为何要有此问，道：“本座自然是放下了。”

无数的鬼力随着那权杖涌入掌心，嵇炀用权杖一指，不远处不知何时出现了一口深井。

“如果你放下了，可以把那井口的石头搬开吗？”

道尊平静的面容首度浮现一丝错愕，随后便化作无边的惊惧，而他看向那口井的瞬间，井口缝隙里便早已伸出一条长长的、骨头尽数被砸断的扭曲的手，这只手不断拍打抓挠着地面，同时井里传出孩子的哭声和女人的咆哮。

“爹，我好疼，我好疼啊！井底好冷，你快来啊！”

“夫君，你为什么要杀了我们……”

“来陪我们吧，这一天我等了太久了！”

一切只不过在转瞬间，嵇炀面无表情地看着道尊被那对等了千年的鬼母女拖进了深井里，而同时，身后的万鬼山呼海啸地发出了臣服的声音。

“看来这个‘情’字，是没有人能放下。”他歪过头，用拐杖在地面上重重划下了一个“颜”字，血红色的瞳仁里倒映出这个字，然后又一点点毁去。

“人都放不下，何况贪心的厉鬼呢。”他喃喃自语着，丝毫不觉得自己现在有哪点不对。

第二十九章　须弥无限

送你离开这个世道的，是我。

最后一缕海风消失在身后时，南颜宛如一脚踏进了一片星空。

前无出路，后无退路，这里是须弥无限界，是妖族祖灵须弥鼋体内，四周大大小小的皆是一颗一颗的星子，有的生满花草，有的遍布沙漠，数不清的陨石在空中缓慢地浮动着。

“我的灵力……”如果不是时机不对，南颜自会好好欣赏这片从未来过的境界，此时她能感觉到，这里妖气太重，全然感受不到外界天地灵气的波动，不过好在她有妖族血脉，短期内尚可吸收这些饱含灵力的妖气。

此时远处传来一丝异样的震动，仿佛极为遥远的地方，有一颗流浪的星星爆炸一般。

同时她感到后颈一热，伸手从后颈上摸出一缕狐狸毛，那狐狸毛瞬间飞出组成一行小字后，便自燃消失——他追来了，小心。

若是她仍在外面，恐怕这会儿已经凉了，唯有躲到这里，才有一线生机。

南颜就近在一处飘浮的陨石上点下一缕佛火，随后朝着妖气略浓一些的方向缓缓飞去，飞了数十丈，周围便传来一股吸扯的力量，下一刻，南颜便发觉四周的星穹分布有所不同，再闭目细一感受，她留下佛火印记的地方，已经离这里足有百里之遥。

须弥无限界里，空间是错乱的，她有可能下一刻就被传送至道身像面前，也可能在这里数百年都遇不到。

不过即便如此，南颜也不敢小看道身像——毕竟少苍曾对她说过，六合道心可以堪破天下所有法门，在同样的迷宫里，对方一定会比她先找到规律。

南颜深吸一口气，凭着她唯一的作为妖族王脉的优势，沿着空中那股妖气浓淡的微小变化而缓慢移动着。

时而前进，时而后退，有时踏进了妖气荒芜的空间，还要退回来重新判断方向，集中精神四处寻觅多时，心神消耗已经不小。

而就在堪堪过了一盏茶的时间，在踏入一处妖气较为浓郁的空间时，南颜一仰头看见几乎是千里之外有一处星穹爆炸开来。

她的反应不可谓不快，在对方神识扫来的前一刻便闪身撤回了之前的空间，但马上那处空间传送点再次浮现了波动。

——不会吧，这么快？！

刚刚若还说是巧合，那这一次对方就必然是有目的性地确认自己在这里。

南颜头皮发麻，足尖一点，飞快地穿过别的空间传送点，而且以防万一，她直接出手在四周划下五六道虚空裂缝，即便对方追过来，也无法马上判断出她是去了哪个空间。

她也确实机警，逃了片刻后，那股逼命的气息便慢慢淡去。

又在小半个时辰后，南颜脸色难看地落在一处全数被淡蓝色的海水覆盖的星子上，大约觉得自己暂时安全，便冷静下来，这一想，便忽然发觉自己手上有什么东西在微微发亮。

“……逆演轮回镜？”

南颜把手举在自己面前，果不其然发现逆演轮回镜的纹印上宛如有某种玄奥的图文在流转。

少苍曾经说过，逆演轮回境一直以来都在保护她不被应则唯的推演之术锁定位置，如此一来，应则唯本尊都锁定不了她，凭什么这道身像可以找到她？

还没想明白，邻近的空间传送点便传来一丝恐怖的波动。

——有完没完？

南颜想的是再逃下去，她的体力也是会白白消耗，索性趁修士灵力被压制，背水一战或有胜算，但就在她准备迎战的瞬间，四周淡蓝色的海水毫无预兆地忽然掀起，宛如有生命一般把她卷入海底。

这？她眼前掠过一条人身鱼尾的影子，这影子十分虚无，但仍是温柔地抱着她躲入幽深的海底。

这是……南颜怔怔地看着这条虚无的人鱼影子，一声“舅妈”差点儿脱口而出，不过上方极为恐怖的灵力已经传来，神识正四面侵扫着这片星空，但就是发现不了她的位置。

南颜恍然，须弥鼋体内的须弥无限界，又称为妖族诸族的坟场，彼时妖国被封在封妖大阵之中，那些妖族从出生就有一缕魂念被收拢在须弥无限界中，而妖族死后便会循着这缕魂念回到须弥无限界。

那些大大小小的星子，便是各族的魂归之地，恰好这片蓝海之星属于银鲛，而银鲛，又恰好可以隐藏世间一切气息，所以道身像找不到她。

道身像就在这片空间，好似笃定南颜就在这里，一阵搜索无果后，直接出手扫灭一片陨石星空。

南颜可不想让他毁了银鲛的坟场，让她舅妈这缕魂念也散了，苦苦思索片刻，忽然灵光一闪，发念让逆演轮回镜停止保护她，果不其然，就在她撤去掩护的瞬间，道身像那头的动静倏然一停。

“啧。”略略不甘的情绪化作一声冷笑，那道身像自言自语，“罢了，时间也差不多了。”

言罢，他便踏入一处空间传送点离开。

果然如此，逆演轮回镜再宝贵，说到底只是个死物，在外界时，人间因果众多，就仿佛五颜六色的绸缎里有那针眼那么小的一个空洞，应则唯自然无从确认她的位置。

但在这个几乎没有活物的须弥无限界，因果律单一，一个空间有没有活物因果一目了然，就好比一张白纸中突然破了个洞，南颜的存在便一目了然。

就刚才的情况看来，这道身像的推演之术不及本尊，无法精准推演到南颜的位置，但他反其道而为之，知道自己推演不到的地方就有可能是南颜所在之处，追杀起来便事半功倍。

南颜心头一松的同时也不免后怕这是什么妖孽脑子，而因为海底灵气不畅，旁边一直虚抱着她的鲛人好似也感到危险离去，正要带着她回到海面上，后者却猛然停住脚步，又调头潜回到海底。

随后一股极为可怕的神识从南颜这里横扫而过，宛如掘地三尺一般，一点点查验清楚，逼得南颜不得不将全身灵气都散开，才没引起对方的注意。

“真的逃了？”

空间不算稳定，为免南颜被空间碎裂的风暴卷走，他没有再摧毁其他的星子，只是检查过这一片地带后便离开了。

良久之后，南颜浮出海面，看着那道身像离开的方向，面无表情地想等她修为有成，就把这东西吊起来一天十二个时辰灌输她大哥的史诗名篇。

确定了这东西不再回来，她才转过身去看着她那无缘的舅妈。

姣娘虽然只是一寸魂念虚影，但看上去比南颜印象里要姣好丰润多了，柔软的长发贴服在肩颈处，微微低头的模样，看上去有几分茫然。

南颜心里一酸，道："姣……还是直接叫舅妈吧，等我一会儿取了须弥鼋的命核，就把你的魂念从这里释放出去，舅舅在等你，你跟我回去好不好？"

姣娘没有说话，只是满眼悲伤地看着她。

"倒是我急傻了，您不会说话。"

姣娘生前便是未进阶完成的妖，还介乎妖兽与真正的妖之间，南颜轻叹一声，划开腕脉，逼出一丝重明鸟的王脉精血注入到姣娘的魂影中。

南颜看着她的魂影瞬息凝实了一些，神情也不再如先前那么茫然，面上略显安慰。

"我找到我父亲了，他有聚魂凝魂之法，到时候我们回家去，就——"

"他走了。"

一滴滴泪水化作珍珠落入幽深的海底，姣娘的神色让南颜愣住了，她想问些什么，向姣娘的魂影中注入的王血却同时将刚刚发生的事反馈至她的脑海中。

——以吾之血、以吾之命、以赤帝后裔为祭，封禁赤帝妖心十日。

——我自认满身罪孽，早已不留恋尘世，苟活至今，便是让阿颜多活一日，也是值的。

——应则唯，世间恶道终有尽，我在黄泉路上等你。

难怪龙主那般焦急，难怪舅舅要封禁这片海域，难怪……

没了，都没有了。

娘走了，舅舅走了，父亲在和仇人血战，而她只能逃。

"对不起，我来晚了……"她紧紧捂住颤抖的面颊，竭尽全力忍住嘶号出声的冲动，很久，很久，才放下双手，露出一双赤红的眼睛。

姣娘似乎想说些什么，指了指一个方向，立时有一条海水化作的小鱼飞到南颜面前，仿佛在指路。

这之后，姣娘好似耗尽了所有的魂力，身形再一次变淡。

"不，不……你别走，你们别都抛下我好不好？"

就在南颜彻底崩溃的关头，两颗金色的种子从南颜怀中自行飞出，一对莲花的虚影在种子周围微微闪烁着，随后便将姣娘的魂影吸入其中。

南颜呆呆地看着那两颗种子，崩塌的心境这才宛如遇到救命稻草了一般。

"原来是涅槃并蒂莲的种子，凤尊……多谢。"

传闻，相知相许的人，能化作一朵并蒂莲，虽不同源，但可缠在一起，一同开花，一同凋谢。

她小心地捧接好那两颗种子，珍而重之地收在怀里，闭上眼让痛苦逐渐沉埋在心壤间后，再睁开眼，满腔的怒火便已无法再忍。

“舅、舅舅换来的时间，一分一毫，都不能空负。”

须弥无限界最幽深的所在，道身像穿过一片妖气结成的无边沧海，轻而易举地将镇守须弥鼋核心界的守护灵一个个打碎，这才好整以暇地抬头看着守护之地的核心。

须弥鼋的命核，是一片龟甲，那龟甲隐没在一团紫光里，一只兽类的眼睛突兀地长在壳心处，正怨毒地看着道身像：“我已按照你的要求去撞寅洲，为何还不放过我？”

道身像负手站在原地，道：“彼此都明白，就不必多言了，想吞噬我没有什么好掩盖的，有你这样想法的凡人很多，可也终究不过是凡人的妄想罢了。”

须弥鼋怒道：“你将本尊与凡人相提并论？！”

“妖族太弱了。”道身像并不在乎触怒对方，道，“你们所有新生的幼子，其成长都仅仅是为了达到或赶上祖先的成就，血脉本源是畜生，再进阶也是畜生。”

须弥鼋身为妖族的祖灵，虽然怒不可遏，但也没有打算同他起冲突：“你在这里，该不会只是为了嘲弄异族吧。”

“打发时间而已，继续撞寅洲，我要等的人终究会来到你这里。”

“何以见得？”

“因为她是个好人。”这尊道身像的性情并不似应则唯，更像嵇炀那般，笑言里总是带着一丝让人发怒的讥诮，“好人是世上最美妙的东西，忠诚、道义、良善，身边的好人多了，恶人能占有的席位就多，这个世道就会变得很简单。”

须弥鼋沉默，那道身像再次抬头看向那龟壳，道：“我记得须弥鼋的命核若是龟壳形态，必是天地造化而生，可卜算一界中千年一劫，道生天里的逆演轮回镜也可以，但它脾性不好，从不理会他人。”

须弥鼋冷冷道：“何必去卜那千年一劫，如今世道沦陷，阴鬼肆虐，所谓的千年一劫，不正是应在你身上吗？”

“可我还是想确认一下，所应之劫是不是我。”

须弥鼋的命核猛然退开，道：“休要过分！卜算一次要耗我五百年寿元，你若强夺，本座就是以自身炼化须弥无限界，也要将你灭杀！”

可道身像的意图并未终止，抬手一指，头顶盘旋的阴阳鱼直接朝龟甲飞去。

“好的盟友自然会选择臣服强者，而偏护同族的盟友，则是需要一点儿教训。”

那龟甲惊慌之下，瞬息倒退，但那阴阳鱼如影随形，直接困锁住龟甲，只数息后，龟甲发出一声刺耳的尖叫，其龟纹在半空中投射出一条条光影，仿佛正在凝成什么。

道身像紧紧看着那光影，喃喃道：“为何……”

就在龟甲叫苦不迭时，远处一声凤鸣声动，三条血色佛言锁链扫开翻腾的妖气之海，怀着千钧之怒，扫向道身像。

后者宛如在意料之中，抬手捉住那条血色佛言：“你知道你正面挑战的是谁？”

话音一落，道身像正要震散那佛言锁链，那锁链却瞬间一化十，十化百，瞬间将他整个人缠得死紧，然后猛地一甩。被困住的道身像直接被抡起来，一连砸穿三颗星陨石，最后砸进了一处星子的地心里。

南颜的身影从妖海中浮现，眼神如冰：“刚才，你又带走了我一个亲人。”

烟尘弥漫的地坑中，道身像的声音幽幽传出：“带走她的不是我，是这个世道。”

“那稍后要记得，送你离开这个世道的，是我。”

一声低低的笑声从地坑中传来，南颜心中微凛，从原地一闪，身后一口长刀恰好纵斩而下，而她身后，一面黑与白交织的奇景自天地间漫开。

“儒身像、魔身像。”

应则唯三个神髓化身又出现在她面前，这一次她没有帮手。

“我很期待，佛骨禅心与我们相聚的时刻。”道身像似已笃定胜局，就在三尊神髓身像动作瞬间，他们身后轰然一声异响，同时原本已近南颜周围的儒魔双像直接被不知名的力量打散。

南颜此时双手合十，背后一面圆镜徐徐扩大，一半阴，一半阳，将南颜左右的景象分为两半，

一者宛如净土世界，一者如同修罗鬼城。

“逆演轮回镜……”所有的攻击落在她身上，都被逆演轮回镜的因果之力化开，道身像面露异色，猛然回过身去。

只见龟甲好似与逆演轮回镜中有所共鸣，其上方投射出的光影凝成一片尸山血海的图景，一个人站在一片荒原上，山河倾覆，四海枯竭，整个世界没有一丝生机。

这是一个只有荒魂流离的世界，是将来的世界。很显然，造成这一切的祸源，并不是应则唯。

那幅末日图景上，站立在荒原上的人宛如一个疯子一般，一抬手，山川崩碎，江河断流，而他也仿佛是在找寻什么，把能看到的所有东西都撕碎开来翻找，甚至于头顶的天穹。

南颜睁开眼，目光穿过道身像，正对上他转过身来时，露出的一双充满荒芜与渴求的双眼。

“你看，地狱空了，你能不能……不成佛？”他问道。

南颜感到四周的一切都正在被一片白茫茫的光遮去，须弥鼋、道身像……连无限界中那些飘浮的微尘都渐渐消失。

一片空荡荡的天地里，就只剩下她一个人，她听到遥远的地方，从四面八方传来的声音，仿佛是她自己在低低吟诵。

——万物生之而有天命，逆流谓之天命，贩夫走卒求生谓之天命，大修行者普度众生亦是天命。

南颜似有所感，回过身来，却是看到了一个和她自己一模一样的人影站在她身后。

“你是……逆演轮回镜？”

人影双手合十，眉间比她少了两分焦灼，清圣得宛如已得道的模样，见她发问，双眸轻合，蓦然身后宛如镜片碎裂一般出现数道裂痕。

“这是——”南颜惊愕地睁大了眼睛。

那些碎片里浮现出了一幅幅人世动乱的画面，整个天地间，所有的地方都在被这场风波带来的战火所席卷。

她看到大地漫山遍野的冰冷尸体上，浮起一个个茫然的魂魄，不断加入天空中肆虐的鬼潮，一起冲向仍在抵抗的修士大军们。

这个世界开始变得陌生，太阳掩去了踪迹，月色与星光躲入黯淡的云层，看起来，就像是……亡者的乐园。

“这个人界最后会变成什么样？”

逆演轮回镜形成的人影低声道：“这个人界，本该是大千万界之一，因生者而生，若举世沦落，那人界便不再是人界。”

“那会是什么？”

“冥界。”人影眉睫里浮动着一丝悲悯，“生机灭绝之地，大千世界中也有极少这样的境界，在虚空中流放，以其他境界的生机为食，受天道所弃……酆都大帝就是为此而生的。”

在此之前，人界只有九狱，各司其职，为天地间的生灵运转轮回，因天地有序，故而各自为安。

但道生天开启了祸端，将九狱挖出，夺取掌控权，而后一发不可收拾，死去的魂灵积压在炼狱中不得投生，逐渐吸纳阴气化作恶鬼，受狱主操纵反攻人世。

而当九狱全数失控，人死不得安生，酆都大帝本应该应时而生，重新册封九狱，整理轮回生灭……但当成为酆都大帝的是拥有七情六欲的人时，庞大的力量会让他失去本心。

“……应该说，就宛如一个恶劣的孩子，他让他所在的这个境界生机灭绝，让世上所有的生灵尽入冥府成为他麾下之臣。”

“少苍不会这么做。”

“他终究会这么做。”

“为什么？”

“因为你不在了。”

南颜一怔，重新打量起了对方，她看到对方周身仿佛浮动着一层薄淡的光晕，这光芒让人一见，便心生暖意。

人影张开双手，道：“这就是报完仇后，因心境圆满，飞升之后的你。”

“我？飞升？”南颜第一反应便是否定，“我已行地藏大道，地狱不空，吾不成佛，更何况我……我不愿飞升。”

人影道：“可你体内的这颗佛骨禅心想，它原本便是上界之物，寂明冥冥得悟，故而降临在人界，一旦你复仇得成，这桩因果了结，它便会带着你飞升上界。”

南颜一时怔忡，道：“……那少苍呢？”

“冥界之主，自然是会永远留在冥界。”

“人界会灭绝吗？”

“如果应则唯没能镇压得住他的话，很快，这个世界便会再无生人，一切的亡灵都会是冥府的子民。”人影抬眸道，“但是你可以挽救它，镇压酆都大帝，绝不能让人界沦陷。”

南颜定定地看着她：“我应该怎么做？”

“让那两个天人第五衰的修士休战，共同镇压酆都大帝。”

南颜摇头道：“应则唯不会考虑，我更不会。”

“或者，交出你的佛骨禅心。”人影的面容变得有些莫测，循循善诱道，“三心合一之人，无论是破界飞升，还是镇压酆都大帝，皆在掌握之内。一人之仇怨，和众生相比孰轻孰重，想想你头顶三尺释迦，当有所决断。”

“我……”南颜低下头，闭目苦笑，“为什么一定是应则唯？”

那人影缓步靠近，道：“你还太年轻，而你父亲与黄泉有契，并不适合成为镇压酆都大帝的人……只有他，也唯有他，是最合适的。”

南颜沉默，而对方已靠近她身前，伸出手仿佛是要碰触她心脉所在之处。

“佛者一肩挑起的众生，你不会想辜负，不是吗……”

就在修长的手指仿佛要穿过她的胸膛握紧她那颗禅心之前，南颜冷不丁地捉住了对方的手，同时周身佛言锁链冲天而起，将对方死死捆住。

“逆演轮回镜如果想要我牺牲，何必等到现在？”

那人影的面容倏然模糊起来：“你应能感受得到，我并无一言相欺。”

“你说的话都是真的，我差点儿就恨不能自裁以谢天下，可惜……你是道身像。”

面前的虚幻境界轰然破碎，空中铿然一声钟响，崩裂的虚假表象后，道身像宛如一面摔烂的镜子，四分五裂的面孔上露出一丝错愕。

“没想到世上竟还有能见机渗入逆演轮回镜和须弥鼋命核中制造幻象之物，六合道心，你的确是世上最可怕之物。”南颜周身菩提金叶飘散，每一片都化作一道凝实的封印，将六合道心的人形一点点打散。

“可你有没有听说过？所谓‘万魔不侵，佛骨禅心’，若因你区区几句妄言便受蛊惑，我何以为其主？遗言我不想听，九九八十一道伐业大封耗我多时，慢走不送！！”

就在南颜击溃道身像的同时，瀚海中倏然起了巨变，整个海域仿佛被分割为两半，海水惊惧地四散而逃，露出满目疮痍的海底。

裂开的海心里，涌动的岩浆两侧，两位绝世修士分庭而立。血、海风与焦灼的气味充斥着四周，寂明轻舒一口气，道：“你的六合道心也被封了。”

“好一个《七佛造业书》。”应则唯面上仍然是无悲无喜，“唯有其命伐业，封禁诸道……看来你这般还能算是佛？”

“吾非佛，汝亦非道。”寂明抬眸，他看见晓光已逐渐压过应则唯所在的黑夜，但眼中并无情绪波动。

应则唯不是一个执着于武决胜负之人，他只在乎目的是否达成，而现在南颜应该是胜过道身像一筹，可为何……

此时这片海域外，一道弥天剑印蓦然出现，随后一道怀恨之声遥遥传来——

“应则唯，受死！！”

未洲剑雄，人界第一剑，携万钧之力，直落三千丈，一剑将四周封禁劈开。

宛若黎明破晓一般，十方杀意决堤般涌入，而继这一剑之后，低低的龙吟声响起，只见一头巨龙破海而出，其身形之巨，竟可与须弥鼋媲美。

此时在寅洲海滨，地裂山崩中，须弥鼋疯狂晃动头颅，大口紧闭，仿佛在极力阻止口中什么东西冲出来，殷琊一杆万傩旗直接刺进须弥鼋头顶。

“你再说一遍炼化谁？！把我妹吐出来！”

穆战霆和殷琊在外面忐忑不安地和须弥鼋纠缠，直到感到南颜的气息平安无事地到了须弥鼋头部附近，这才放下心来。

——我妹就是牛，就是头铁！

一顿隔空狠吹，却不料这须弥鼋还没死，而且硬是闭着嘴不想让南颜出来，穆战霆急得上火，一见此时增援赶至，连忙朝龙主大叫：“龙主！这边这边！南颜在这老乌龟嘴里！！”

龙首之上，敖广寒冷冷一瞥，随后足下巨龙分海而出，转眼间就张口将须弥鼋的脖颈死死咬住。

“吼——！”须弥鼋痛叫一声，不得不张开巨口，而里面刚刚脱困的南颜抓紧时间冲了出来。

“没事？”

刚刚消耗了几乎全部灵力镇封住那颗六合道心，南颜脸色发白，压下喉头那一点儿腥甜，道：“无妨，父亲这边如何了？”

倒也不用她问，就在海域外封禁被斩破的瞬间，局面早已是十面埋伏。

敖广寒也不管那条召唤出的巨龙与须弥鼋的战况，径直飞向应则唯与寂明的战圈，冷觑了一眼寂明，方对应则唯道：“当年射杀九幽邪沌，用了三支煅铁箭，射杀妖族之皇，耗五支煅铁箭。”敖广寒抬手，面前列出整整十二支煅铁箭。

这些煅铁箭出现的刹那，四周空气皆为之扭曲，连敖广寒所在之地百里内，一时间都不敢有任何人与他并肩而立。

“十二支煅铁箭，送你上路，也算是前无古人后无来者了。”

空中涌动的杀意如同实质般落在应则唯身上，再再昭示一代枭雄大势已去。

而下一刻，应则唯却忽然笑了起来，常年如陷混沌的灰色眼瞳一时间竟好似有了常人般的神采：“多谢诸位盛情难却，我也合该……有所回礼。”

一股不祥的预感涌出，就在应则唯话音落下的瞬间，敖广寒扬手便是张弓搭三箭，煅铁箭离弦飞出的瞬间，整个天地蓦然震动。

“吾道生天地，天地为熔炉。”

煅铁箭至，无可比拟的破灭之息撞在应则唯身外，两支不断旋转后，化作黑洞，而后发一支，成功穿过了他的护体灵气，入肩半寸便猝然消失。

饶是如此，煅铁箭也开始侵蚀他后肩处的肉身，若是常人早已痛不欲生，但应则唯却仍是毫无所动，指天而立，低声道——

“道化天地，炼诸众生，莫敢不从。”

远处的人惊叫出声——

“那是！”

包括凡洲在内，整整十二个部洲的缩影蓦然浮现在天空中，敖广寒见状，震怒道：“你疯了！”

六支煅铁箭毁天灭地般朝他飞去，而应则唯却笃定了心意要继续施法，足下影子三分，神髓三身像朝着煅铁箭直接迎上。

这三身像是仓促施为，道儒拦下两箭便灰飞烟灭，余下一箭，气势万钧地灭杀魔身像后，直接穿透应则唯后心。

应则唯身形微晃，但其术已成，笑着念出最后一句：“献祭苍生，召引酆都，降！”

一座古老的城池带着蛮荒般的气息从天空幽暗处徐徐出现，它宛如一头饥肠辘辘的饿兽，死死地盯着那献祭而来的十二洲众生。

人间多见生民苦，冥府犹闻苍生哭。寂明闭目轻祷，喃喃佛言，如金雨银风，飞散的菩提叶，随风逆飞而上，那酆都降临之势竟为之一缓。

而他身外亦被一盏红莲重重包围，再也听不到外界动静。

“……度生莲华印，倒也是拼命了。”应则唯半身如陷火焚，然而毫无所觉，甚至眼底还带着一丝疯狂之意。

“寂明，当年你护不了人，现在，你亦抗不了天。”他又转过身望向敖广寒，道，“九日之后，我自会靠赤帝妖心重生，你又有多少煅铁足够杀我？”

不行，煅铁箭如果不直接杀入要害，凭他的本事，足可坚持十天半个月。

敖广寒暴怒，恨声道：“杀你，足矣！”

六发煅铁箭齐齐搭上，而应则唯笑了一声，身形一幻直接朝正在抵御酆都炼化众生的寂明飞去。

杀机降临，千钧一发之际，南颜已堪堪赶至，拦在寂明身前。

“自投罗网，孩子，愚昧会送命。”

一口残剑握在掌中，应则唯毫不犹豫，一剑落在南颜掌外，天人第五衰的恐怖修为，一下子全数压在南颜头上。

“送命的是你。”鲜血从嘴角涌出，南颜毫无惧色，因为她已看到一个熟悉的身影从虚空中走出，恰好出现在应则唯身后。

少苍从不让她失望，他什么时候都会把一切做得周全。然而她没料到的是，下一刻的血花飞溅，让她一直以来所谓的心安戛然而止。

“你——”

四野俱静，嵇炀并没有如之前无数个默契的约定一般，手刃敌人，而是站在应则唯身后，为他挡下了余下的煅铁箭，甚至都没有任何拦阻，以至于这一剑，终究落在了南颜身上。

“古人言，一日为师，终生为父。”六合道心仿佛有灵一般，带着挣扎不休的佛骨禅心回到应则唯手上，他低头看着这颗几乎耗尽他所有心力去谋算的心，笑得略带一丝苍凉。

“想来你大约也不在乎我的嘉勉了，是吗？少苍。”

应则唯说话的瞬间，便见嵇炀猛然回身，竟直接撞开他，一言不发地抱住已经没有生息的南颜。

真刺眼。

应则唯眸底倒映出南颜那张与南娆极为相似的面容，脑海里再度不可抑制地浮现出那年他杀南娆取赤帝妖心的画面。

南家，终于还是被他杀光了。

“嵇！炀！！”

滔天的恨怒自四面八方传来，而同时，应则唯合三心为一，整个苍穹斗转星移，俱入沉暗。

“我要杀了你！！”

“别冲动，他合三心，已位比界主！”

“那又怎么样？！”

“嵇炀、嵇炀！你在做什么？！那可是阿颜啊……”

“等一下，他好像不太对——”

什么声音？

南颜混混沌沌地听到了什么，只觉得外面很嘈杂，渐渐地，随着身体回温，她又感到自己被什么人紧紧抱着。

“少苍？”

“嗯。”

南颜想抬头看看他，却被他按着不让她动，很快她便嗅到一丝血腥味，还发现少苍好像在发抖：“你受伤了？”

“……别动。”嵇炀声音轻柔地说道，“我刚刚，做了一件很过分的事。”

南颜只觉得满脑子都是混乱的片段，一时想不起来自己身在何地，做了什么，只讷讷道：“你做了什么事？”

“我不想说，说了你会马上被吓跑。”

一切都如他所想地进行，他原本以为能接受的……可那一剑落下，他便只觉得半条性命没了。

“……同、命、锁。”应则唯一字一顿地说道，溃散的灵气化作泼天冷雨，落在他眉心上，却浇不灭从他心口蔓延而出的炎流。

“你这样的恶鬼，竟也有同命锁。”

同命锁，可代心系之人受致命一击，应则唯看似挖的是南颜的心，实则挖走的却是嵇炀的心脏。

煅铁箭再来十二支，也不一定能杀得了他，但致命一击，却是他急于融合三心，反倒落入了这关键的一局里。

“是啊，我这样的恶鬼，也有同命锁，也有，想周全的人。”

嵇炀仍然是抱着南颜，把她按在他肩窝处，不让她去看自己现在的伤势，而他渐渐失焦的双眼终倒映出应则唯被煅铁火焰吞噬的画面，终于浮现一丝漫长等待之后的笑意。

“我已经没有心了，你取走的，是煅铁。”

“这东西叫同命锁，若是你觉得心上系着一个人，就把同命锁给她。不过我倒是觉得这东西不祥，索性叫它一尸两命锁。

“我父亲造出它时晚了一步没能用上，到了我这一代，却不晓得该给谁了，怎么？你想要？

“好了好了，我知道你嫌我，多大的人了，我自然是识相的。不过话说回来，我酿的酒这么多，你怎么就只喜欢蝉露悲？

“一种酒喝多了，总会苦的。”

灼骨的火焰仿佛织成一张张曾败在他手上的人脸，他们或悲或怒，或破口大骂，或苦苦哀求，最后凝聚成一个擦肩而过的幻影。

“……你挖了这么多心，可你自己的心呢？”

应则唯徐徐环视四方，他马上会被煅铁之火焚烧殆尽，而这些死敌却没有一个人为此而欢呼。

如果有什么人是最想杀他的，敖广寒必然是其中之一，然而此时他亦没有怀恨出手，只寒声道：“你对南娆没有什么想说的吗？”

“毁我道心，补我大业……杀她，我并不后悔。”

常人受煅铁焚身，须臾间便灰飞烟灭，但应则唯毕竟修为强横，煅铁之伤已无可挽回，但仍未当场死去。

他回头看了一眼鬼气已然开始溃散的嵇炀，道：“心藏煅铁，我死后，你亦会神形俱灭。”

心藏煅铁……心藏煅铁……

南颜脑中一片空白，她近距离接受过一小支煅铁箭之威，晓得那是何等的痛苦，却没想到嵇炀为了等这一刻，竟将煅铁藏在心里。

而同命锁发动，煅铁被取走的刹那，他也会同时被煅铁烧得神形灭绝。

这样的情，这样的命……你要我怎么还？

满溢的血腥已染透南颜半身，手指颤抖地抓紧了嵇炀的后背，道：“少苍、少苍……哥！龙主！你们救救他！救救他！”

早在南颜说话之前，穆战霆和殷琊就已经脸色难看地冲了过来，穆战霆试图以大日火精吸收残余的煅铁，但他埋心太久，五内早已受煅铁摧伤，即便强行吸纳，也是杯水车薪。

“你到底——”

“无妨。”嵇炀仍是不愿让南颜看到他现在的模样，回头对着应则唯笑了笑，“师尊，失去人心的你或许很强，可留恋红尘的我，终究还是赢了。”

他这个徒弟，固执、偏激、不择手段，他一直不愿这个徒弟像他，但仍是不得不承认他是世上同他最相像的存在。可即便他们是如此相似，他们将死时，一个举世皆敌，一个却有相知相守之人团团相护。

“放弃位列仙神，溺心于红尘，可值得？”应则唯凝眸问道。

“众生寒来暑往，本无恒强，便是神，也终将会陨落。”嵇炀答道。

“好。”这一声逸叹，眼前的一切终于逐渐模糊起来，随着双手开始化为火焰光尘渐渐消失，应则唯却低低笑出声。

宛如被激怒的熊熊烈焰烧尽了他最后一丝灵气，一抹虚无缥缈的笑意涌上眼底，竟是到了穷途末路，也不曾有过半分后悔：“少苍，最后教你一课——神的确会陨落，但神，绝不会陨落于凡人之前。”

所有人都为之色变，而下一刻，整片天穹轰然一落，与此同时，嵇炀眼中神采一空，慢慢放开了南颜，身形徐徐浮至半空。

“少苍？”南颜想伸手去抓，却不料手中抓了个空……对方好似没有实体了。

嵇炀心口处的煅铁之伤，随着应则唯的第五衰灵气飞散而迅速痊愈，但眼底的神色却越发空灵漠然，便是听见南颜在喊他的名字，也只是疏淡地回头看了一眼，便向天穹上的酆都飞去。

“那几个人，还不足以让真正的酆都大帝诞生。天人第五衰的献祭……才足够。”应则唯看着嵇炀，火焰烧尽了他的身影，却留下了他最后依然歧路无悔的声音，“道生天，总有一个人，是要成神的。”

道生天之主，修道六百四十七载，此身为祭，取诸于天地，还诸于天地大道。

“他……竟要献祭自身成就酆都！”敖广寒不多言，直接抓起穆战霆，等到再想去抓南颜的时候，她竟跟着嵇炀冲进了那正在不断成形的酆都。

穆战霆急得去抓她，却不料神魂一阵不稳，那酆都好似在招引他的魂魄，稍微靠近就仿佛要被吸进去一样。

敖广寒也同样追了片刻，却发现南颜靠近酆都时并无散魂的情形，只得暂时放弃，带着其他人离开了酆都的范围。

“龙主，嵇炀会怎么样？”

“怎么样？”敖广寒暴躁道，“应则唯是什么样，他就会变成什么样！”

“啊？”

这时远处那朵寂明留下的红莲徐徐绽开，一股佛言形成的光柱嗡鸣一声从莲心飞出，顶天立地地将整个酆都挡住不让它落地。

随后，寂明的身影再度出现在那红莲旁，目光一眨不眨地看着南颜离去的方向。

“寂明！你怎么不把南颜带出来？！”那酆都之内一看就是九死一生，敖广寒气得恨不得大骂。

寂明望着那苍穹上的冥府大地，好似早已知道会如此，道：“这是阿颜的天命，你、我、众生，都无法插手。”

南颜发现自己进入酆都之后，便没有了影子。她仿佛变成了城中那些重重鬼影中的一员，感受不到什么灵力，但也不会被鬼物攻击。

那些鬼物大多满眼茫然，周身散发着不祥的黑雾，而她却是凝实的人影，走动间脚下落下一道道莹白的微芒。

她追着嵇炀而来，但来了之后便失去了嵇炀的踪迹，反倒是四周的冥府风景，越发像她所在的凡尘。

一步一步地在酆都中行走，周围的鬼影竟也有了几许烟火气，挑担的小贩、荷锄的农人、沽酒叫卖的娘子，若非死状千奇百怪，她甚至还以为这是哪里的人间。

“不对，这太奇怪了。”

两个打闹的小鬼从南颜腿边跌跌撞撞地跑过时，南颜才停下步子来，面上的震惊之色越发浓郁。她在幽泉川看过类似的城池，但那里的恶鬼只知道吃人，而这里却更像原来的人世一般。

南颜沉默了一会儿，试图和道旁乞讨的鬼交谈：“请问，这里是……”

那穷鬼抬起一张缺了一半皮肉的脸，道：“来都来了，竟不晓得这里是冥府，当真是个糊涂鬼。”

“冥府？”

“是啊，等过段时间，整个人世都是冥府的。”说完，那乞讨的穷鬼听见远处传来一阵阵狗叫，呸了一声，捞起地上的破碗一瘸一拐地离开，“真是晦气，活着的时候没钱，死了还要继续当穷鬼，还是去城门口吞几个新来的鬼填填肚子吧……”

南颜叫住他：“你不能离开酆都吗？”

那穷鬼忽然嘻嘻笑道：“那你超度我啊，我是被野狗咬死的，你去杀了街尾那两条野狗，完成我的心愿，我就能离开酆都了。”

随着他说出这句话，南颜忽然看见他生前的种种。

穷鬼生前因好赌，败尽家财沦落街头，某日在街上闲逛，瞧见巷角的一对野狗生了一窝崽子，趁野狗外出觅食，一时馋虫起，便将小狗打杀吃光了。而入夜时，穷鬼腹痛不止，被这对野狗寻上来，一个咬烂了他半张脸，一个咬断了他的喉咙，互相扭打而死。

“看你的样子，好像是外来的修行者，在冥府世界里，听说只要修行者超度了足够数量的恶鬼，便会化作自己的功德，功德足够多，就能直接飞升。怎么样？那两条不过是野狗罢了，打得它们灰飞烟灭，我马上就会变成你的功德。”

南颜低头沉思了一会儿，道：“多谢指点。”

“这就对了嘛。”那穷鬼忽然兴奋起来，拿着破竹棍指着巷口的野狗道，“就是那两条臭野狗，打，狠狠地给我——”

穷鬼话未尽，南颜便面无表情地一掌盖上他的天灵，穷鬼表情凝固了一瞬，便彻底灰飞烟灭。

周围的鬼物看了这边一眼，但大多脸上木然，很快便各行其道。

南颜慢慢走向街尾，那两条满腹怨恨的野狗迎上来，渐渐周身的黑气散去，魂影也变得清澈起来，朝她呜呜地摇了摇尾巴，便化作光点超度升天去了。

南颜看到两颗小小的金色光点融入体内，随后她愕然发觉，自己长年累月积压的业力减弱了一小丝。

《七佛造业书》从一开始就是一条绝路，依靠诛魔除恶修炼的同时，体内也会积累无数业力，那业力能使人强大，但也能使人最终堕落为一个只知杀戮的疯子。

有佛骨禅心在，南颜并不怕心境堕落，但业力也会让她无缘飞升，但这里度化亡者的功德，却能让她的业力消减。

“原来如此……”南颜低头看了一眼手心徐徐发光的逆演轮回镜，“这是你给我的奖励吗？如果我度化了嵇炀，是不是，我就可以功德圆满，成就真佛身了？”

逆演轮回镜仍然安静地旋转着，似乎并未否认。

南颜握住手心，心中有了决断。

不断添了新鬼的街头，好似热闹了些，一片乌压压的鬼魂里，散发着蒙蒙白芒的身影尤为明显。

“请问，你看到嵇炀了吗？

“大概比我高这么多。

“对，他的眼睛是红色的。”

一路问下来，所有的鬼物，便是恶鬼厉鬼，也乐于同南颜交流，但她始终没有得到什么线索，直到天上淅淅沥沥地下起了小雨。

“原来酆都也会有雨啊……”

鬼魂们渐渐加快了步伐离开了，很快便只剩下南颜站在空无一人的街头，茫然间，她头顶上罩下一片阴影。

她抬头一看，发现是一把伞，顺着伞骨回身看去，发现撑伞的人竟是南颐。

“舅舅！”南颜惊喜不已，“你原来在这里！”

南颐的反应有些慢，但仍是认得南颜的，温声道：“阿颜怎么来这里了，舅舅送你离开吧。”

南颜一怔，道：“舅舅你不跟我走吗？”

南颐轻轻摇头，并未回答南颜的问题，道：“应则唯呢？”

南颜咬了咬下唇道：“灰飞烟灭了，我们给你们报仇了。我会请父亲给你补完魂魄，我们还能——”

“姣娘在你这里吧。”南颐似乎不愿多言，他说话的同时，南颜袖中飞出两颗种子，其中一颗泛着淡蓝色的光。

南颐温柔地看着它，片刻后，道：“我没有什么执念了，只想让阿颜此后平安。”

“舅舅？”

南颐笑了笑，身形渐渐化作光点融入到另一颗种子中，同时一大片金色的功德光萤飞入南颜体内。

“我知道你来是为了找谁，不过，他已是这片冥府的神，舅舅希望你就算唤不醒他，也能有一条退路。拿上这把伞，去见见你外祖父吧，我们都会帮你。”南颐没有说更多，在南颜挽留之前，便已融入种子消失了声音。

南颜仿佛有所悟，将种子收好，拿起悬停在身边的纸伞继续向前走。

周围的光景渐渐变了，很快她看到了一片迷雾中的海岸，岸边的礁石上站着一个身形魁梧的男人。这男人一双凤眼，面容颇有些煞气凌人的意味，但神情却是十分柔软地遥望着远方沧海外盘旋的重明鸟。

南颜无须判断就知道，他是赤帝，是她的外祖父。

“你来了。”赤帝并无多言，仿佛也早就知道了她的存在一般，道，“孤当年为道尊所谋害，这一缕魄念在此，也当是为后人谋一条生路。”

南颜心里有些酸楚，抬头看了一眼那悲鸣不已的重明鸟，道：“那丹楹外祖母呢？”

赤帝的神情有些寥落，道：“她永远也不会原谅我，即便我后来才知晓，那年我朋友兄弟的死，是岁寒子伪造妖族所为，用以激怒我去向妖族复仇。”

南颜无法劝些什么，家国覆灭，无论是什么缘故，丹楹外祖母都不可能原谅他。

“那祖父是怎么知道这些的？”

赤帝冷笑一声：“冥府里所有亡者都会自行知晓一切，岁寒子已经得到了他回避多年的惩罚。虽说做出这个决定的酆都大帝孤很欣赏，但他出自岁寒子门下，孤不信任他。你这傻孩子，度他做什么，乘此机遇飞升上界，岂不是更好？”

南颜不语，赤帝见她固执，低叹一声，同样化作南颜的功德。

“孤本以为亲手宠大的女儿，终于不再是个痴儿了，没想到外孙女却是……罢了，去吧。”

就在赤帝消失的瞬间，南颜看见远处盘旋的重明鸟忽然朝她俯冲而来，近前数丈时，便同样化作光点分散开。丹楹始终没原谅赤帝，但还是跟着他离开了。

南颜呆呆地在海边站了许久，忽然头顶上覆上一只温暖的手，缓缓揉了揉。

“你看，你外祖父活该吧。”这声音轻俏而熟悉，南颜猛然睁大了眼，然后毫不犹豫地回头抱了上去。

“好了好了，多大了还撒娇。”

左右南颜是不管了，一声声的娘叫够了，才红着一双泪眼抬起头看着南娆。

这一次不需要确认，再没有什么心魔，这就是她心心念念的母亲。

“娘，你别去极乐净土好不好？我不要什么功德，就养着你，让大哥二哥一起养着你。”眼眶发酸，这么多年了，南颜这会儿才终于露出小孩子的一面，“我就只有见你这一个愿望了……”

“我可以不转生，可是你确定，你来这里只有这一个愿望吗？”南娆温柔地摸着南颜的发顶，道，“酆都若真的落下了，这城里可热闹了。答应我，别让那几个小崽子为了我的美貌再打到我跟前来，可以吗？”

“……娘。”

南娆：“放心吧，你外祖父和舅舅，都是被一段孽缘弄得生无可恋，你娘可不一样。”

南颜：“啊？”

南娆正色道：“你娘有好几段孽缘。”

可不是吗，有一段儿还直接让她安详去世，死后仍然浪得理直气壮，不愧是世上男儿闻之色变的南芳主。

“娘，我有件事儿想跟你说。”南颜道。

“你说。”

“父亲就在城外，他第五衰神识通达天地，应该已经感应到你了。”南颜补充道，“他毕竟是佛修，而且修为比我高，就算我想超度你，他也不会让你去极乐净土的。”

南娆略一沉默，回想起了她这段陈年虐恋，抱起南颜使劲儿亲了两口，丢下两片功德转身就跑：“去他的极乐净土，我不去！闺女，你知道我托生在哪家，来生见！！”

天空依然是浓云掩迹，南颜的心却忽然晴朗起来，她扔掉了伞，一步踏出，下一刻，她看到了一片似有印象的云梯。云梯前静静站着一个修长的身影，他站在那里，就仿佛是整个酆都的缩影。

南颜一言不发地走到他身侧，侧眼看去，只见嵇炀那双曾流荡着笑意的眼眸此刻黯淡下来，弥漫起了一层仿若混沌的灰雾。

“收手吧，把那些尚带着生气的魂，都还给众生。”

嵇炀仿佛又回到了南颜曾在逆演轮回镜中看到的，那不近人情的高傲少年，只是此刻他的神色更加冷漠，更像是一个真实存在的冥府之神。

“你看到了，亡者的世界，终究比生者的单纯些，不是吗？”嵇炀面前的云梯渐渐被灰雾笼罩，道，“我以为我已经把你刻进骨子里了，没想到忘得这么快。”

南颜安静地看着他，嵇炀断断续续地说起了他本不愿多言的话。

“刚刚那一下，我有想过真的让他杀了你的。

“我想要的太多，你能许我的太少。

“我都不知道，拿什么留住你。”

说到这儿，嵇炀眼里的混沌之色越浓。

“很可笑吧，我就算到了我第一次见你的地方，也慢慢记不得了，你又拿什么度我？拿什么阻止我？佛经还是人间正道？”

南颜仍然没有说话，嵇炀最后苍凉地笑了笑，转过身，刚迈出一步，左手却被南颜拉住。

“这一次，我不度你。他们说的对，一千句一万句尘世凡生度如何，都比不上一句不相离、不相弃。”南颜一字一句地说着，身上的功德金光点点飞散，漫天萤火里，她的眼眸发亮，“诸天上界，极乐净土，我哪儿都不去，就在这儿，就在你身边。”

从那一年一脚踏进这片仇海里，嵇炀就没有想过要什么结果。

左耳是众生恶业哭号，右耳是南颜缓而坚定的挽留，或许应则唯说的对，牵恋红尘的人，注定成不了事。

嵇炀那些弥漫在眼里的混沌开始抗拒："我不知道什么值得相信，但是我觉得，手中握着力量和权力，就能留下自己想要的。"

南颜定定地看着他："少苍，你扪心自问，你想杀了他们，杀了我吗？"

"为什么不可以？四海归冥，所有人都可以得到永生。"嵇炀顿了顿，迷惑和挣扎的神色在眼底一闪而过，复又补充道，"你们不反抗我就好。"

"如果会反抗呢？"

嵇炀眉睫微动，四周的雾气幻化出许多画面。那些画面中，有恶鬼夜行，有生离死别，有万民号哭，亦有异族相争，有钩心斗角。

嵇炀指了指其中一幅画面，南颜认出那是在申洲，分明外面已是苍生劫难，那些人仍沉溺于争权夺利，趁其部洲之主在卯洲陨落时谋取地位。

"他们马上就不需要反抗了，世上所有生者的憎恨、贪婪、屠杀，都会在冥府安息。"嵇炀又看向另一个方向，那是殷琊正与须弥鼋残部的妖族对峙，"他也不会烦扰于叛族。"

南颜却摇了摇头，道："你知道为什么苦海无边吗？"

"为何？"

"渡苦海，如行人生，先知苦海之苦，后知善岸之甘。比如他，叛族者持心守正，骂名亦为其盾。"

嵇炀垂眸道："世间的求道者，莫不求长生。"

画面一转，南颜又看到那些妖国的残部说了什么难听的话，先对殷琊动了手，那边穆战霆一怒之下直接便打了进去，登时一片混战。

"至少大哥不是求道者，他是人间侠客。"她说道。

嵇炀略略一顿，专注地看着她道："那……佛者呢？"

南颜眼里倒映出他的影子，她想到了那把他们牵在一起的同命锁，其实少苍早就可以自行解除，可他却一直留到了现在。

多少次谈笑风生，她都不晓得，嵇炀是怎样熬着五内俱焚的苦痛同她相伴的。

左耳的万鬼咆哮声被一种急切的心情掩盖，嵇炀眼底的混沌之色更为不稳："如果不可挽回，佛者会怎么做？"

"佛者会求你放过众生，然后……"她眼中终究是落下了这滴红尘泪，"舍身饲魔。"

“娘，天放晴了。”

抱孩子的母亲眼泪仍未止息，闻言道：“你爹都没了，还管什么老天，等仙师们的大阵一破，咱们也要下去陪他了……”

“可是娘，爹爹他好像动了呀。”

此时，远处传来一声兴奋的欢呼。

“鬼潮散了！鬼潮散了！！”

诸洲肆虐了许久的鬼潮，仿佛在一瞬间烟消云散，那些尚且保存完好，不超过七日的尸体，也渐渐起死回生……

三日后，酆都回天，启明星如往常般升起时，无数人感到了久违的平和。

“结束了，结束了……”

“老夫死的那几日，究竟发生了什么？”

“子洲寅洲海峡大战，听说龙主等人用煅铁箭射杀了玄……呸，现在不怕被他听到了，这疯子，险些让天下倾覆！”

“我怎么听说不是龙主，而是佛忏主回来了？”

“哪个佛忏主？啊，你是说卯洲那位……”

“是啊，我宗门里的人都马不停蹄地赶赴卯洲愁山院拜见这位第五衰强者了。”

此时的卯洲，几乎是挤满了诸洲姗姗来迟的修士们，各怀心思，以至于宝气如来未来得及养伤，便不得不出门应对这些繁杂的凡尘俗事。

“子洲祸首已伏诛，佛忏主前辈为何不出来引领我等前去子洲除灭余孽？”

“整个修界几十万人死于此祸，不能给这些恶贼喘息之机！”

“我午洲誓报此仇！不杀光子洲之人难平我愤！”

墙倒众人推，宝气如来晓得这些人是为了什么。

子洲是修界无上圣地，无论是天材地宝，还是宗门底蕴，都是巨大的宝藏，眼下山中无老虎，这些小鱼小虾虽不敢同这些大部洲抢，但也急不可耐地想去子洲分一杯羹，这才前来企图说动愁山梵海动手。

宝气如来估摸着辰洲现在也是门庭若市，长叹一声道：“诸位暂且冷静，一来，道生天虽一手造成此祸，但祸首及从者已伏诛，余下修士亦有心持正义者，不宜一概而论。二来，子洲的情况我等也调查过，道生天召来的酆都好似盘旋在其上并未散去，且酆都大帝仍在，如今这子洲怕是虎狼之地……”

众人一阵沉默，虽惧怕占多，仍是有人愤愤不平道：“难道就这么算了？！若我们不抢得先机，万一让新出来的妖国挥师占领了子洲，岂不是亏大了？”

宝气如来看着这些人一阵闹腾，半晌，忽然微笑道：“诸位不必惊慌，妖皇年幼时有缘在我愁山梵海修行，本性单纯善良，法号真方，来人。”

好像早就准备好了一样，众人接着就看到宝气如来让人抬出一样样东西，开始莫名其妙炫耀起了徒弟。

“这是真方二十出头那年写的簪花小楷，多漂亮，师弟们都说有禅性。

“这一箱是真方以前敲烂了的木鱼，老衲一直提醒他不要用那么大力气，呵呵见笑见笑。

“这是老衲八百四十岁寿辰时，真方给老衲定做的袈裟，就是镶金嵌玉的太花哨了，不好意思拿出来见人……”

这一拨炫耀徒弟，让众多修士云里雾里了，宝气如来再加以解释，言及新的妖皇乃是魔生狐，以厉鬼为食，眼下酆都虽散，但仍是厉鬼横行，若不想自家部洲永受厉鬼侵扰，这新妖国的作用顶得上十个卯洲。

众人大多略略放心，但仍有人不甘道：“大师，非我族类，其心必异，饶是您说同这新妖皇有所渊源，但他们现在就在子洲和寅洲的海域中间，所谓近水楼台先得月，我们若不去子洲，那也得先防着妖国去占领子洲啊！”

众人醒悟过来，纷纷点头，宝气如来见安抚不下，道：“其实并非我等不愿去子洲一探情况，实在是如今酆都大帝现世，子洲又是他故土，如今上下皆被酆都笼罩，仍是一片冥府狱土所在……”

“那佛忏主为何不出来？！”

说话间，忽然远处一片祥云飘来，众人抬头一望，只见两条蛟龙护着一座石棺徐徐落在愁山院前，随后足足十名化神期修士分列左右，小心地将石棺放下。

众人散开，只见棺侧一道虚空通道打开，一脸不悦的敖广寒迈步而出。

“佛忏主与应则唯一战，已休养去了。至于子洲之事，尔等无须操心了，祸首伏诛，余下的只是些年幼弟子。”冷眼扫过一些人贪婪的神色，敖广寒又道，“不过莫怪本座没有提醒，子洲全境如今被酆都纳为落脚之处，其下便是冥府地狱，想去只管去，无非是有死无生罢了。”

那些人想到前些时日肆虐的九狱之祸，一阵头皮发麻，道：“道生天酿下如此大祸，我们岂能善罢甘休？还有那酆都大帝……谁晓得他会不会再次掀起鬼潮祸事？”

“本座已同道生天余部有约定，道生天自封三百年不出世。至于那酆都大帝……”敖广寒敲了敲那石棺，道，“愁山院弟子说服他自封三百年，人就在这儿，谁敢开棺？”

棺材里就是酆都大帝？

所有人齐刷刷地往后倒退数步，惊惧不已地看着这具棺材。

一片死寂里，敖广寒淡淡道：“四十九颗煅铁钉着封魔石棺，加上愁山院九劫塔的镇封，是神是魔，都绝无可能破棺而出，诸位可安心了？”

各洲各门派的修士一遍遍用神识扫向那封魔石棺，确定了其中确然封着一个人，这才堪堪放下心来。

“虽只是煅铁钉，但煅铁何其珍贵，也只有辰洲有这样的气魄手笔。”

“经此一役，我等愿往后奉龙主为尊，以辰洲马首是瞻……”

一轮吹捧兼表忠心后，敖广寒看着那些修士纷纷离去，这才对宝气如来低叹一声：“……南颜这孩子胡闹，重新缔结同命锁，逼得嵇炀不得不甘愿自封三百年，还请愁山院将此人放入九劫塔吧。”

宝气如来唏嘘不已，道：“那真圆为何没有回来？”

“不晓得，也许是太伤心，云游去了吧，这人还是妖国那小子送出来的。”

宝气如来道了声阿弥陀佛：“老衲也晓得这石棺的妙处，若里头无人，石棺是无论如何也封不上的，这么一来，天下修士皆可安心了。”

风波止息，敖广寒目送着僧人们将石棺往九劫塔送去，不免有所感慨。

“倒是苦了这孩子，往后这三百年别离岁月，只盼她能知晓两情若是久长时……”敖广寒话刚说了一半，冷不丁地听到那棺材里的人忍不住接话道——“两情若是久长时，又岂在朝朝暮暮。花前月下再相逢，就怕绿草满头飘。”

敖广寒：“……”

宝气如来：“……”

这时候石棺里传出有人拍着棺壁的声音：“人都走了吧？可烫死老子了，这拨演得好，龙主放我出去呀，欸？有人听到吗……”

宝气如来：“龙主，您刚刚说，这棺材里封着的是酆都大帝吧。”

敖广寒咬牙切齿：“没错，就是他，马上、现在、立即丢到九劫塔下填井，不可再让此祸世异端重现人间。”

这一季的冬寒结束得极早，凡洲的春神迫不及待地催着新芽从枝头田野冒出了一点点喜人的绿色。

南颜特意避开了那些田埂边新生的绿意，脚步轻快。

“……所以，为主持苍生正义，维护天下太平，现在由我，愁山梵海真字辈弟子，厉行监管之责，誓要度化你这祸世邪魔，你可有意见？”

“邪魔外道，诚心回头，不敢有异议。”

“有异议也不行，贫尼可是磨破了嘴皮子，才在我爹面前把你从三百年封印的苦海里拉回来的，约下的十万善业赎你这恶鬼，想逃是不可能的，这辈子下辈子都不可能的。”

“十万善业？”

“贫尼知道听起来很多，不过你也莫怕，这就要靠我这个前辈来教你了，行十万善业如积沙成塔，一天做三件善事，一年三百六十五日寒暑，就是一千又九十五件善事，一百年就是十万九千五百件善事，你算算这笔账，一百年，总好过三百年被堵在棺材里来得好吧？”

南颜一边说一边走，不知不觉便走在了前面，回头看去时，便见同她都说好了要一起走的人微笑地看着她——

“那，请教前辈，第一件可以从终身大事开始吗？”

番外一　文人相亲大会

大声告诉我，我是你的骄傲吗？！

“龙主，这是这个月第二百份儒修们告状的帖子了。”

敖广寒从堆积如山的公务里抬起头看了一眼那堆写着哭诉穆战霆的帖子，头壳异常之疼。

子洲失去修界主导地位后，辰洲顺理成章地以极强的人力物力成为新的核心，他正是最忙的时候，他亲徒弟不思进取不说，还在外面给他丢人。

以前还能去堵穆战霆揍一顿让他消停两天，但现在敖广寒连去给故人上炷香的时间都要掐着点儿精打细算，遑论去管这个翅膀硬了的穆战霆。

敖广寒往后一仰，索性把桌案一推，面无表情道：“本座记得，他是吸了道尊遗留下来的大道精粹是吗？”

报信的长老连连点头：“宝气如来说少主心性单纯，天生无垢无尘，若是能潜心修炼几年转变心性，必有飞升的希望。龙主，若是少主当真飞升了，那对我辰洲的地位可是绝好的巩固啊。”

敖广寒面无表情道：“那他潜心修炼了吗？”

长老尴尬地笑了笑：“几个长老都跟去劝过了，但少主仍然沉迷吟诗作赋，前些天还打算白龙鱼服去凡洲考什么状元。”

敖广寒：“考上了吗？”

长老："童子试就落榜了，还在榜上题诗，气哭了一个监考的县令。"

敖广寒不知道多少次动了念头，想找块砖头把穆战霆的脑壳拍开来淘洗淘洗再塞回去，现在更是后悔当时没把他真的填井里去。

"你就没有跟他再强调几次破界飞升的益处？"

长老："说了说了，都说了，都拉到真龙祖灵的牌位面前通气儿了，祖宗都许诺等他飞升后接引，可少主说、说……"

敖广寒："直言吧。"

"他说，傻瓜才飞升，我要当文豪。"

一阵可怕的沉默后，敖广寒忽然冷笑一声，下一刻，面前文牒全部轰的一声碎成漫天纸屑。

长老吓了一跳，连忙求情道："龙主息怒，您又不打算成家，咱们辰洲可就这一个少主啊！"

敖广寒在清理门户的边缘堪堪捡回一点儿理智，道："除了把他重新扔进鬼井里封他百八十年，还有什么办法？"

长老沉吟了片刻，道："龙主，你看这样行不行，正所谓男大当婚，咱们多赔点儿嫁妆，让少主出去成家立业，找个才女看着他，潜移默化地让他放弃文坛事业专注修仙，如何？"

龙主："有几分道理，总之你想办法把他弄走，要钱要地随意，这三年我不想看见他。"

长老连连称是，只是实行起来才发现何等之难。

如今修界哪有才女？儒修圣地申洲已经被穆战霆搅和得彻底自闭，想找个腹有诗书的能接得上穆战霆名作的女修士都宛如大海捞针一般。

不过辰洲的作风向来是重赏之下必有勇夫，比诗招亲的请帖广发四海，铺天盖地地宣传了一番，倒还真的有几个没被吓退的女英雄迎难而上。

只是此时穆战霆还在关禁闭，以狱中诗人自居，长吁短叹地挠满了一面墙的诗词歌赋，差点儿没把进来捞他的长老吓得天魔扰心。

"长老、长老，你终于来接我了，龙主想通了吗？"

长老："少主，为何不是你自己想通了？"

穆战霆在狱中修行日久，心境越发坚定，闻言道："我心土匪，不可转也。"

长老常年饱受毒害，勉强稳住心神，挂上一副诱拐的笑："少主求道之心感天动地，您所料不差，龙主确实想通了，为了支持少主的夙愿，特地举办了一场天下第一文豪大会。"

穆战霆被打压多年，一朝被认可，云里雾里道："什么什么？"

长老忽悠道："龙主为了支持少主的文坛大业，广邀四海才女，令她们赶赴辰洲和少主一较高下。"

穆战霆喜不自胜，复又迷惑道："为什么是才女，才子呢？"

长老："天下才子已经被少主征服了，才女们还尚有几分傲骨。"

穆战霆犹豫道："可我如今诗才已入化境，欺负弱女子，是否不妥？"

长老搬出早就组织好的说辞："别的大道不敢说，文儒一道的才女们绝不可小视，还是说少主恃才傲物，小看天下文豪？"

穆战霆这个人就是受不得激，当即拍板应下："长老言之有理，我这便回书房日夜攻读，绝不辜负龙主这番'赤胆忠心'。"

长老："……"

穆战霆日夜攻读古人诗文，陶陶然不知岁月之流逝，等过了十天后，长老这才来把他领到名为诗词大会，实则比文招亲的现场。

穆战霆打眼一望，便被这人山人海的规模镇住了。

"长老，为什么会有这么多人？"

长老："文坛盛事，万众瞩目，也是自然。"

穆战霆："那群杀气腾腾的申洲儒修来凑什么热闹？"

长老："他们因你声名尽毁，一直不服，想来见证什么人能打败你。"

穆战霆："呵，笔下败将，天真。不过话说我弟我妹为什么坐在第一排，手里还有那么多分牌？"

长老："家属负责评选佳作呀。"

穆战霆叹道："正所谓我妹之吹我者，私我也，这对其他文友是不是不太公平？"

长老："少主，恕老夫直言，令妹是不可能私你的。"

远在会场台下第一排，从左往右一一数去，申洲云氏如今的掌舵人云念、辰洲德高望重的丹王，以及马不停蹄杀来辰洲想见证这文曲昏君是如何陨落的南颜和殷琊。

大概全场除了穆战霆，所有人都知道这是一场相亲大会，哪家的才女这么倒霉会被这朵奇葩砸中。

"老三怎么不来？"

"光天化日之下的，我没敢让他出来，打发他去陪我师父下棋去了。"南颜环顾四周，又扭头对殷琊道，"二哥你不是打理妖国的事贼忙吗？怎么有闲心过来？"

殷琊："我就是累死在案牍上也要先看着这个文曲昏君文心崩溃！"

南颜大悦："大哥文心坚定，不知二哥有何妙计？"

殷琊冷笑一声，指着台侧一个紫衣女子，道："你看那姑娘如何？"

南颜一眼望去，只见是个眉目如画的女子，乍一看腰间缠着绒毛，细细观察之下才发现是一条缠在腰上的尾巴。

"原来是个天狐族妖修。"南颜道。

"这姑娘乃是天狐族遗留在人间一户书香门第的血脉，饱读诗书，深谙文辞，定能文压这文曲昏君。"

南颜看得满眼生花，拍手道："二哥想得到位，这妖修出身的千变万化，儒家名门出身的清雅端丽，散修出身的恣意放达，这般花团锦簇，不知谁能做我大嫂。"

南颜这些年也瞧见过不少莺莺燕燕向她大哥表达好感，比如坐在她身后客座的一群辰洲本地的姑娘们，一个个咬着手帕泫然欲泣。

"不就是少读了几本书吗？我灵根和战霆哥哥可配了。"

"我把战霆哥哥的诗集都倒背如流了，凭什么落选？"

"长老太无情了，本地户籍就没有后门可以钻的吗？"

南颜心想这辰洲的长老是有考虑的，就是因为本地户籍，才不能让穆战霆毒害了去。

这边厢殷琊点评了一阵各家女修的妆容服饰之后，相亲大会便在一片龙飞凤舞的光影里红红火火地开启了，此时五名来自诸洲的才女佳人各自坐在一道隔影帘后，听不到外界的声音，也只能模模糊糊看到影子，都一副好奇的姿态。

片刻后，右侧一位的辰洲长老走上台来，寒暄了一阵后，拍了拍手，一面巨大的屏风从天上缓缓落下，这屏风一出现，现场一片哗然，所有的申洲儒修差点儿背过气去。

"我申洲的万诗屏，怎么变成这样了？！"

"罪过啊……"

南颜扭头瞧见坐在左边第一个的云念直接捂住脸，没眼看他们云家的镇洲之宝。

"你们不是打算把万诗屏讨回去吗？"

云念差点儿没哭出来："这屏风早已认主，本就不可能讨回去，便是讨来了，我也不敢运回申洲去呀……"

这万诗屏确实没眼看，本该是个仙气飘逸的灵宝，此刻煞气腾腾，上面诗文字字泣血，横七竖八地表达了作者野狗一般的思想感情，若当真拖回申洲去，瞻仰者只怕无不天魔扰心。

这会儿长老摆摆手道：“诸位久等了，来者既然都晓得今日主题为何，那就闲话休提，我家少主殊爱诗文，近日尤想将这毒诗……这万诗屏炼为本命法宝，如今已有三分心神相连。各位才女可一一入屏风后与敝洲少主一见，若相谈甚欢，这万诗屏便会随之净化显露宝相。”

这时，坐在南颜旁边的辰洲丹王老爷爷道：“九长老思虑周全，唯恐这些女子们抵不住那万诗屏的魔障，到时还请各位联手助力，压制万诗屏，勿让此子气焰过于嚣张。”

南颜等人连连点头，严阵以待。

此时长老抖出一张红帖，念道：“寅洲才女，小酒。”

第一顺位的隔影帘升了起来，一明媚女子娉婷走出，朝着众人行了一礼，随后看了一眼那万诗屏，整个人就是一僵。

长老慈爱道：“姑娘莫怕，少主脾性尚算温和，便是不合适，也不会故意为难你。”

那叫小酒的姑娘勉强笑了笑，左看右看，发现旁边空着的地方都被结界封住了，看来只能一头撞进万诗屏里，闯过了才能看见真人。

她咬咬牙，闭上眼朝万诗屏径直走去，本以为很难进入，却没想到进入之前，忽然无数梵音佛光、儒家圣光、妖气护罩加身，还有一股疗愈之力隔空注入她天灵内。

小酒喜道：“何方高人相助？”

一个普度众生的女声在耳边响起：“外地户籍，可以走后门。”

小酒：“嗯？”

场下丹儒佛妖四大金刚暗中使力，将人送进去后，便密切关注那万诗屏的动向。

殷琊啧了一声道：“相个亲非得搞得神神秘秘，这才女进去了之后也是生死不明，真真急人。”

南颜傲然道：“二哥莫急，待我用顺风耳一探究竟。”

“啊？”

南颜五感本就比常人更强，灵力灌注入眼耳双脉，立时便穿过万诗屏的封锁，随后立马便见刚刚那姑娘羞羞答答道：“……既是以姻缘为题，那小女便先献丑了。”

穆战霆正色道：“文友请。”

小酒挽袖提笔，落下一行簪花小楷——剪春华莫待晚，帘外千红引郎看。

万诗屏立即散出条条金光，黑气似有减弱。

南颜暗赞这姑娘心思细巧，表达了怀春少女的脉脉情意，又表达了唯恐郎君被帘外千红吸引了注意的淡淡忧愁，既惹人怜爱又让人看到才情，这才是万诗屏喜欢的文风。

然而，她大哥发挥稳定，从前惊天地泣鬼神，今天也一样让家里人绝望。

只见穆战霆眉头一皱，心觉对方这是在威慑他，说帘外有千军万马必将斩他于马下，遂对曰："万紫千红有何怕，有种都来拆我家。"

小酒："……"

小酒："小女……在下自叹弗如，告辞。"

穆战霆初战告捷，外面观战的众人眼见那万诗屏亮了一行字便再度黯淡下来，不禁心生震怖，纷纷把期待的目光投向了第二位才女。

第二位才女仿佛是个性子爽直的，风暴一样刮进万诗屏里，朝穆战霆行了一礼："小女元风葆，午洲人氏，听闻少主乃文坛新秀，特来切磋。"

穆战霆："文友痛快，请先出首联。"

元风葆早有准备，挥笔开撩："昨夜君颜入梦怀，中宵立雨独徘徊。"

穆战霆一听，便晓得此女为今日文斗熬了一宿，对曰："不是周公没办法，只恨被窝没人盖。"

元风葆一阵窒息，只觉一股血气冲上喉头："好诗好诗，小女佩服。"

南颜绝望地捂住脸，回头传音入密给三号才女："姑娘，姑娘，可听得到贫尼说话？"

三号才女此时正品着茶，忽闻有人传音，道："阁下是……"

南颜："实不相瞒，我乃救苦救难的血手观音菩萨，听闻你千里迢迢来此求姻缘，念你心诚，特意提醒于你。"

三号才女肃然起敬："请菩萨示下。"

南颜："此子乃是九百年前一本泡了水的词典修炼成精，因在凌霄殿上乱涂乱画，被贬入凡间，若不加以管束，此子长此以往，必会祸乱人间学术。故而贫尼将此度化之责交托于你，稍后若遇到他奇思妙想，万勿退却。"

三号才女一脸坚定道："影月受教，自当尽力。"

这回叫影月的三号才女长了个心眼，进去之后，先是对穆战霆望闻问切，确定他态度认真，并未刻意为难，方道："前两位姐妹落荒而逃，想必有所误会，这次请少主先出首联可好？"

穆战霆欣然应战："文友说的是，'送往迎来'方是文坛切磋之道，那我便对文友不客气了。"

影月想起前两个姐妹都是脸色苍白地离场，不免心中惴惴。

只见穆战霆凝神皱眉，认真道："在下十有五而志于学，三十而立志文史留名，中途屡遭龙主重挫，矢志不移，我想那个男人怕是上天派来行拂乱我所为的，今日恰好轮到他孤家寡人五百岁整，所以今日我要写一副对联献给他，文友听后请附一横批。"

影月凝神静待，只见穆战霆悠悠落笔——

上联：当时年少脾气浪，又打又犟。

下联：替人养娃守寒窗，越等越凉。

影月："……"

穆战霆复又吟了一遍，深觉对敖广寒的生平刻画到位，期待地看向影月："文友的横批何在？"

影月吓得笔差点儿掉地上，起身肃然道："小女对龙主素来仰慕，不敢不敬，还请少主放过小女。"

穆战霆："你不用怕，其实横批我已经想好了，你看横批就叫'独守空房'如何？"

一息后，三号才女落荒而逃，穆战霆连下三城，颇有独孤求败之念，不料下一刻，四号才女就紧接着被塞了进来。

"看来是车轮战啊……"穆战霆喃喃着，目中战意更盛，"这位文友，想如何战？"

四号才女此刻有点儿慌，刚刚有一个大慈大悲救苦救难的血手观音菩萨建议她直接下毒，她没敢采纳意见，进来之后想了想前几位的下场，决定改变思路："小女笑浮华，不擅文赋，平日里写过些话本，不知少主是否感兴趣？"

穆战霆："无妨无妨，正所谓'有教无类'，文友不必太拘束，不知文友平日喜好何种话本？"

笑浮华切入要点，道："近来是想撰写一部说爱之作，少主年少成才，可曾经历过什么刻骨铭心的感情吗？"

穆战霆略一沉思，道："不瞒你说，我痴迷于诗文之道，情情爱爱之说，我虽一知半解，但也曾见到过一段刻骨铭心的感情。"

笑浮华："那是……"

穆战霆："我跟你说说我妹吧，她全家都可以被裱起来写他十万八千套情情爱爱的话本——"

言未尽，一朵佛光金莲杀入，直接把笑浮华卷走。

血手观音幽幽道："你们聊归聊，禁止殃及无辜佛门弟子。"

穆战霆："哦。"

四号才女被紧急带走，五号才女有点儿想跑，无奈台下四道目光宛如看着人族最后希望一样死死盯着她，她这才勉强稳住心神，走进万诗屏坐到到穆战霆面前。

穆战霆直截了当道："文友是想谈诗词，还是谈文法？"

五号才女正值韶华，却已写过大量名震四海的诗词，见穆战霆不是什么凶神恶煞之辈，兼之研究他已日久，鼓起信心道："小女傅凉，愿与少主斗诗！"

"好！"

穆战霆为表重视，忽然起身走动起来。

傅凉："敢问少主这是……"

穆战霆："古时曹子建七步成诗，我先走为敬，找找灵感。"

傅凉："……"

傅凉定了定神，埋头狂书，眨眼便成就一诗——

"郎君不解白头约，悔教月仙点鸳鸯。若识桃花春风意，何令流水空怀情。"

除了穆战霆本人，所有人都知道这是一场相亲大会，五号才女发现了盲点，试图直截了当地以情诗提醒穆战霆。

穆战霆好似也愣住了，摸着下巴端视了良久，忽然面露顿悟之色，连连道："原来如此，原来如此，难怪龙主忽然改变了心意。"

傅凉以为他开窍，期期艾艾道："少主你明白了吗？"

穆战霆："我明白，我完全明白，多谢文友点醒。"

傅凉有点儿小激动，正琢磨着怎么迎娶诗豪时，忽见穆战霆将万诗屏收起，飞上半空舌绽春雷道："诸位远道而来的亲朋，诸位道友，今番苦心，我穆战霆终于明悟。"

啊？难道……

穆战霆看着朗朗乾坤，道："以往是我年少不懂事，一直以来沉溺于文学，未能体谅到关怀我的人。"

南颜等人神情激动，丹王甚至和长老双双挽手，热泪盈眶。

"今日诸位为我穆战霆特设下此盛会，目的我已明了。"穆战霆自我感动地回望龙都后殿，道，"这些姑娘们，一个个所作，皆是情诗，我一切都明白了。"

他明白了！

四周甚至传来一些哭泣之声。

"龙主！"穆战霆大叫一声，道，"你是想让我为你破界飞升，杀上月宫去揍月老，好为你改掉一生独守空房的命格是吗？你放心，我今后不会再沉迷写诗了，我会好好修炼，等我破界飞升之时，就是你姻缘圆满之日！大声告诉我，我是你的骄傲吗？！"

天地之间，一片死寂。

“本座……本座可以告诉你——”天空雷霆逆卷，这一刻，人们想起了，龙都被敖广寒的雷霆之怒炸掉的恐惧，“本座不知道仙界是不是适合你，但本座知道，仙山一定是你今日的归宿！

番外二　万恶之源的重生

你这份孽，我造定了。

捕快：“请问女师父，为什么在别人家院墙下一连七日窥伺？这家员外吓得都报了官了。”

南颜：“说起来你可能不信，我在等我娘出生。”

捕快：“女师父是认真的？”

南颜：“出家人不打诳语。”

三个捕快围着她思考了一会儿，链子一锁，道：“这个尼姑疯了，带去善堂看病吧。”

孔州城南员外老来得女，得云游高僧赐名一个娆字，自幼花容月貌，长到十六七岁该谈婚论嫁时，老两口本想为女儿寻一桩好婚事，不料城里闹起了瘟疫，各家只能紧闭门户等待瘟疫散去。

本来一切还算安好，过了一段时日，京中来了个主理瘟疫之事的权贵，来了之后无心正事，四处搜罗美人，听闻南家有女，有倾国之貌，便在酒席上频频问起。

南员外夫妇心疼女儿，听了风声，只能将女儿送入城外一处寺庙里暂避，想要躲开这拨风头。

“……此去期崖寺，那里的禅师是你爹的旧识，你小时候他也曾抱过你的，若是在寺庙里见了，需得诚心持礼，收起你那套贫嘴，禅师才会庇护你。”

这年南娆十七，在孔州城相亲圈里出了名的只撩不娶，恶名昭彰，那日回府时骤闻她爹娘要把她送到庙里去，还以为她被人告了要到庙里躲灾，等到被塞进马车嗒嗒出了城，才反应过来是她的美貌惹的祸。

“小姐，咱们怕是得在庙里待上三个月，老爷说了，那权贵这几日正忙着享用郡守献上的美人，以咱们家的名头，若是回头想起来了，再跑就来不及了。”

南娆一皱眉，她也有所耳闻，这权贵说是来治理瘟疫的，可来了小半个月，既不征召大夫，也不向朝廷求拨草药，只晓得弄了一些不知道哪里来的番僧，举着黄幡满大街找什么邪孽。

“双亲多虑了，倘若那权贵真的想把我送进宫里，咱们这区区乡绅之家又如何挡得住？”

随行的丫鬟道：“说是来治理瘟疫的，可不见征召大夫，只带了一群妖僧，小姐不妨就去庙里躲上几日，若实在躲不了，这两日孔州城瘟疫闹得凶，老爷联系了义庄那边的人，看看能不能借来一具女子遗体，让小姐假死几日，待那权贵走了，再把小姐迎回去。”

那权贵本就是朝廷派下来视察疫情的，南娆觉得她爹娘想得有点儿天真，不过眼下也没其他法子，只能听凭安排入了寺庙。

山寺幽静，南娆本也十分满意，只是入夜时极为清寒，未至天亮，便把她冻醒过来，她披衣起身挑亮了烛光，唤了两声丫鬟，不见人影，便穿了鞋袜出门去寻。

这一出门，便远远听见一声清铃从寺庙后院传来，随后惊讶地看见一片片泛着金光的菩提叶随风飞入了山下的灯火人间，这些时日笼罩在孔州的瘴云顿时散去。

南娆揉了揉眼睛再看，却见那些金色菩提叶都消失了，只看见朗朗月光倾泻于院中，好似刚刚的情景是她一时错眼。

不过她生来便是个好奇心颇重的人，提了灯便离开了自己的院落，朝着刚刚菩提叶飞出的地方走去。片刻后，她便看见了一座简朴的庭院，这庭院里有一株菩提树，树叶间竟闪烁着微光，显得神秘非常。

南娆大为好奇，趁四下无人，把灯笼搁在旁边的石桌上，凭着自幼比寻常熊孩子皮上好几倍的身手噌噌爬上了树，待拨开厚实的叶片凑近了一看，却发现那并非什么神异，只是枝叶间栖息着一只只萤火虫。

“原来如此啊……”南娆颇有些失望，待她被夜风一吹打了寒战，正准备下去时，却见满树萤火蓦然飞起，沙沙叶响里，院门再次被推开。

坏了，有人来了。

南娆骑树难下，只能把身子缩进密密匝匝的菩提叶里，待脚步声靠近，她又忍不住拨开一片树叶，往树下一看。

这一看便愣了神儿。

树下确实有个人，虽是个人形儿，南娆却好似觉得自己瞧见了什么神仙，若不是神仙，那大约也是天上的丹青妙手，趁酒舀了一瓮月色，泼墨入画，才描得出这样的气质高华。

这神仙虽是瞧见了院子里的石桌上搁着只灯笼，却是一副视若无睹的样子，只在禅房前稍稍顿住了步子，留下一句话，这才推门入了禅房。

“更深露重，若要听禅，明日卯时后再来吧。”

直到房门合拢，南娆这才被一阵冷飕飕的风吹得回过神来，慢慢溜下树来，一步三回头地离开了。

良久，禅房里的灯火才徐徐灭去。

之后一连三日，南府的丫鬟发现她家小姐起得比她都早，打扮停当出门听寺庙里的禅师讲禅，看傻了不知多少修为不高的小和尚，直至午时饭菜都快凉了，她家小姐才回来。

丫鬟觉得有点儿奇怪，问道：“小姐，今天禅师都和你讲了什么呀？你傻笑了快一炷香了。”

南娆戳着碗里的米，感慨道：“盘儿靓，条儿顺。”

丫鬟大惊失色：“出家人竟说出如此轻浮之语？小姐莫怕，我这就下山去告诉老爷来接你回府！”

南娆连忙扯住丫鬟，道：“冷静，我是说禅师。”

丫鬟：“……小姐你开玩笑吧，你不是说和尚都是大秃瓢子吗。”

南娆：“人家才不是大秃瓢子，我这么说吧，咱们城东那潘公子你见过吧，人称小潘安的那货。”

丫鬟双颊绯红，道：“当然记得，潘公子都来提过六次亲了，翠翠这辈子没指望，就想着小姐什么时候想开了答应潘公子，翠翠好混个通房呢。”

这时年的人大多都这么想，南娆平日里也没少展望她的姻缘，见的人多了，便晓得她这张脸注定是要惹是生非的。

“翠翠我劝你还是打消了这个念头吧，上回咱们一起去给邱家老奶奶祝寿，宴上那小潘安是神魂颠倒了，他那老色鬼爹我瞧着也是蠢蠢欲动，真去了他们家，不得乱成一锅粥？你跟着我这么久了，区区一个通房也不大妥，改日我就找城里的媒婆替你留心几个老实人吧。”

丫鬟大惊失色：“可是小姐，我要是嫁出去了，你怎么办？新来的丫鬟知道你晚上梦游喜欢蹿到树上睡吗？”

南娆：“……我上次睡树上已经是八岁时候的事了吧。”

丫鬟抹了一把眼泪，道：“算命的江湖术士说你上上辈子是只鸟，喜欢往树上蹿乃是鸟性难改，婚后指不定因为这个怎么被婆家骂呢，我要是配出去了，谁半夜把您从树上拖下来？半夜爬树这种事若是宣扬出去，孔州城哪家的公子还敢娶你？”

南娆：“算命的话哪能尽信，再说了，爬个树多大点儿事，俗人之见，人家寂明禅师就没说什么。”

丫鬟终于明白了南娆这两日的反常，惶惶然道：“小姐，你不会当真、真看上个出家人吧。”

南娆这个人，向来喜欢挑战别人的心理下限：“实不相瞒，我思来想去，总觉得我们上辈子怕是有一腿。”

丫鬟脸色变了变，起身道：“小姐我去泡茶。”

南娆一脸困惑，待身侧落下一小片阴影，她才难得感到了一丝不容忽视的尴尬气息。

跟她上辈子有一腿的出家人轻声慢语道：“施主今日听禅时遗落了一支发簪。”

“欸？”南娆连忙起身去接，却不想对方却只是伸了手，没有要还给她的意思。

寂明继续道：“寂明一时不慎弄坏了，抱歉。”

南娆刚想客套一阵，便听他又说道：“我稍通金石修补之术，若施主心急，亥时后可到我院中取。”

亥时后早就是深更半夜了，虽说是佛门清净地，这样微妙的时刻，孤男寡女的，很难让人不去想歪。可南娆不觉得，她总觉得这个人就算是洞房花烛夜，也是一副坦坦荡荡干干净净的模样，说什么做什么都好似合情合理一般，让寻常人起不了什么歪念头。

南娆不是寻常人，此刻已是心花怒放，满脑子都是歪念头：“那，就拜托禅师了。”

寂明约好后，仍是那副风轻云淡的模样，缓缓走回了讲禅的院落。

早上这里满满当当地坐着些寺庙里听早课的弟子，此刻却只留了一个敲木鱼的小沙弥，待寂明坐定后，小沙弥身形一阵变幻，化作一个白衣女尼。

南颜幽幽叹了口气，道：“父亲，我娘刚刚没有掉簪子。”

寂明：“嗯，是我偷的。”

南颜：“父亲，这簪子刚刚是好的。”

寂明点头道："嗯，是我弄坏的。"

南颜："父亲，这样不好，得让娘生老病死地熬过这几十载寿岁，她的魂魄才能完整。"

寂明："是不太好。"

南颜："父亲知道就好，那下次还偷吗？"

寂明略一沉默，垂眸道："还偷。"

南颜："父亲，你这样我很尴尬。"

寂明："敲会儿木鱼缓解一下吧。"

"哦。"

此起彼伏的木鱼声响到了黄昏，南颜始终说服不了她爹遵守佛门戒律，只得自行离开，打算和她家那个欠度化的问题人物互相研究一下如何在佛门戒律的边缘反复试探。

而这边，寂明一个人坐在院落里，看着那支断掉的簪子，一言不发。

那年，好像有很多话，想说未能说出来。现在也有很多话，他终于敢说出来了，她却听不懂了。

如是一个人空想到了月上树梢，院外刻意放轻的动作窸窣传来，寂明这才收回游荡已久的神思，回头一望，却是心中微微怔忪。

南娆撑在矮墙头上露出一张看着便行为不轨的脸，嘴唇微抿，见寂明凝望着她，便尴尬地笑了笑，压低了声音道："禅师见谅，我家丫鬟管得严，在正门那条道上把着门……"

寂明看着她沉默了片刻，起身走至墙下，南娆以为要被训斥了，却又见他伸出手来。

"来。"

就好似天上皎然的月色忽然有了几分烟火气，南娆不可避免地心跳快了快，麻利地翻过墙头，搭上他的手跳了下来，一双水光潋滟的眸子从他沉静温和的侧脸，看至满头雪银的长发，越发好奇。

"父亲一直说我小时候被禅师抱过，连我的名字也是禅师起的，可我见了禅师，却不像是见了长辈……冒昧问一声，禅师究竟多大了？"

寂明语塞，回身刚走了不到十步，南娆这边接着便是跟过来一套连吹带打听。

"我本是来修行的，一见禅师，却又无心修行了。

"你真是神仙吗？

"好吧，就算不是神仙，禅师风姿佼然，怎么会出家呢？

"我既入了庙，便是与佛有缘，与禅师也是有缘的，给我起个法号可好？"

寂明停住步子，道：“抱歉，我……现下不是出家人，你的法号，我取不了。”

南娆愣了愣，道：“可这山寺不是禅师所立的吗？”

“心不在释迦，与还俗无异。”寂明取出那支簪子，放在南娆手心，“修得不算齐整。”

南娆握着簪子，心里涌起一股莫名的冲动，道：“我该怎么谢你？”

寂明顿了顿，道：“你会酿酒吗？”

“我娘是沽酒娘子出身，酿酒不难，倒是禅师，已经不忌酒了吗？”

趁着一抹月色悄然入云，寂明低声道：“你酿的酒，我不忌。”

南娆：“……”

又过了月余，南府的丫鬟实在无法再无视她家小姐不分昼夜地往一个僧人居所流窜的动静，便趁着下山采买的时候，乘驴车回了趟孔州城，打算让南员外给南娆换个寺庙小住，省得惹出事端。

这一日，寂明早早便看见庭院中南娆留下的字条，说是去山麓桃花林取她酿好的酒，可直至入夜，南娆依然未曾回转。

作为当世修为最为高深的这一拨人，寂明算得了所有人的福祸，却算不得与他自身相关之人，合目将神识从山上铺开几百余里，便眉梢一冷，消失在山寺里。

与此同时，孔州城。

“……此次爹娘染了瘟疫，走时太匆忙，翠翠，你将这封信送至驿站，让驿站的人送去庙里吧。”

南娆今日本与寂明有约，可回去的路上，却听闻家丁来报，说是她年迈的父母被瘟疫所染，家中更是被州府清理瘟疫的官差包围住，想要把她爹娘带去瘟疫棚。

那负责治理瘟疫的权贵庸碌无为，本来应该救治病患的瘟疫棚久失治理，藏污纳垢，每日都有死人被抬出，南员外也是有名的乡绅，按理说不至于如此，可等南娆到了孔州城，在家门口瞧见一顶华丽的轿子堵在门前时，一切都明白了。

郡守笑得腻人，道：“南家侄女，本官也是没办法，这瘟疫事关重大，今日若不把南兄夫妇送到瘟疫棚，他日染病的人多了，谁能担待得起？”

马车帘子撩起，南娆出现在众人面前时，四下都传出低低的惊呼声。

“我父母年迈，自是不可能去瘟疫棚，大人何不直言？是要我插标卖首，还是准备赎金？”

她分明只是一个菁华年少的姑娘家，说话时眉眼之煞艳，却是让一众权位在手的人不敢直视。

轿子里的京城权贵哈哈一笑，从轿子里下来，走到她面前，满眼惊艳之色，道："好一个绝代佳人，比那些无趣的柔顺女子有意思多了。不过你放心，本侯可不舍得让你屈居后院，以你这倾国倾城之容，我看索性便入宫为妃，助本侯平步青云如何？"

南娆面无惧色，冷笑道："有这样的好事？"

"不过嘛，本侯的长姐亦为宠妃，你不可越过她去。"那权贵压低了声音，道，"除了子嗣，你什么都可以有，你的父母，本侯爷会照顾他们安度晚年。"

这一瞬间，南娆有一种错觉，她好似感觉到若她一怒，面前所有人都只能落得个伏尸血流的下场。

好像一种……与生俱来的高傲与强大。

可现实是，她不得不暂时答应权贵的诉求，跟着权贵的车队北上离开了孔州。

连着三个深夜，她辗转难眠，直至她的丫鬟忽然来投奔，带来一个好消息——南氏夫妇并未得瘟疫，只是双双得了风寒，并且在权贵走后，便被寺里的僧人接去了山上静养。

南娆终于从一把蔫菜的状态重新振作起来，当晚便收拾收拾包袱打算溜。

"那小姐还去当娘娘吗？"

"当个鬼的娘娘，滚犊子。"

主仆二人动作很快，趁侍卫交接时溜出了驿馆，刚走没多远，南娆便愕然发现那权贵召集来驱除瘟疫的番僧围在一起，仿佛在进行某种诡异的仪式。他们呈圆圈状围在一片用发光的石头摆出的阵法四周，中间更是堆起了一座小小的尸山。

细一看，那些尸体都是孔州那些被瘟疫害死的人。

南娆刚要撤，她旁边的丫鬟却被吓破了胆，本能地低低惊叫了一声，这一声立即引起了一个番僧的注意："何方妖孽，打扰佛爷炼鬼！"

番僧高喝一声，翻手凝出几道火箭朝南娆二人射来，却不想还未触及她面前，便被无形的墙击溃。

番僧轻咦一声，道："诸位师兄弟且看，此女莫非也是修士？"

那些围在尸山周围的番僧用神识来回扫动，道："不，她是凡人……等等，她头上的发簪好像是个已认主的宝贝，修界宝物怎能留在凡人身上，杀了她取来。"

"那侯爷那处怎么说？"

"区区凡人，改日赔他个炉鼎便是。"

对方说的话南娆虽不懂，但也晓得下一刻便是死期，闭上眼前，只记得那些番僧手中灵光爆闪，从四面八方围过来，仿佛要将她摧杀殆尽。

而过了数息，她却没感到任何疼痛，只见旁边的丫鬟已经吓昏过去，她四面八方都被一片熊熊烈火笼罩，火焰之外，刚刚那些不可一世的番僧此刻发出绝望的吼声——

“前辈饶命！我等再也不敢了，我、我们背后是巳洲的魔道大宗，请前辈手下留——啊啊啊啊！”

那些声音只在一瞬间便消失了，等到火焰散去，一缕缕焦灼的烟雾里，南娆看见寂明的身影出现在远处。

她呆愣了一阵，把丫鬟扶好，步伐有些踉跄地跟过去，嗫嚅了半晌，道：“你……”

寂明回头望着她，好似有话想说。

南娆却露出惊恐之色，道：“你别真的是什么西天佛祖吧。”

寂明道：“世人大多说寂明乃佛门之耻，见笑。”

南娆心态有点儿崩，正琢磨着是不是得忍痛打消这几个月来的各种企图时，却被寂明一个拦腰抱起来，便往寺庙的方向走去。

南娆内心翻江倒海了一路，方叹道：“禅师，我可以问你几个问题吗？”

“你可以肆无忌惮地问。”

“那我以后慢慢问，现在就问一个。”

“嗯？”

“我们上辈子是不是真的有一段为世所不容的情？”

寂明沉默了一会儿，道：“这辈子你想要，也可以有。”

宛如沉睡的种子遇见了天光，一缕缕火红色的薄光不知不觉渗入南娆的体内，她眸中的神色越发浮现一抹熟悉之色。

“寂明？”

“嗯。”

“寂明？”

“怎么？”

“没事，就是叫叫。”南娆笑嘻嘻地仰起头亲了他一下，“我被人骂了半辈子造孽无数，你这份孽，我造定了，不讨厌吧？”

“不讨厌。”寂明平素清淡的眼底映出对方的面容，低声道，“很……很喜欢。”

远处，磬钟声响起，破晓终于来临。

番外三　沉梦记事

是不是隐约看到了一条光屁股的死狐狸？

“二哥，我用来养涅槃之种的琼脂玉露快用完了，需得去海外冰原取一趟，少则三五日，多则十来日。妖国灵气充沛，最适宜这种子生长，舅舅和舅妈就托付给你了，我会尽快回来。”

“可我忙着妖国的千秋大祭，得给族里的幼崽开灵呢。”

“没事没事，种子灵性已稳，等到它抽芽开花就好。”

彼时殷琊听南颜絮絮叨叨讲这些时，敷脸的间隙瞥了一眼南颜珍而重之抱来的那盆涅槃之种，只觉得是小事一桩。

“知道了，就像养水仙似的对吧。”

经过道生天祸世，各大势力普遍都表现出一种虚假的姐妹情，也正是为了加深同人族的战略合作，妖族的各族首领在九色鹿的建议下，便借着千秋大祭，邀集了各洲的势力前来赴宴。

当时殷琊是真的觉得这只是大家一起吃个饭为虚假的友谊干个杯什么的，没想到那操着一口女神音的雄性鹿尊却把他叼到角落里教育了起来。

——妖族四大图腾血脉稀少，依我看，各族的青年俊杰十分水嫩，听说你和人族极为交好，为了妖族的延续，你懂吧。

殷琊不是很想懂，但狐狸精的角色定位让所有妖族都觉得他一定懂。

“……所以这就是你骗战霆带着一干青年俊才来谈诗论道的理由？”

殷琊道：“这都是次要的，老三你得帮我，让南颜知道我把她舅舅舅妈养焦了，她回来得铲平我的脸。”

连夜被抓来妖国的嵇炀觉得这的确是个大事，被殷琊一路躲躲闪闪地带进偏殿里，观摩了许久南颜托付的涅槃之种，道：“我记得上回见它，还不至于如此惨烈。”

殷琊：“我昨晚喝酒前也记得它长得像个水仙似的。”

嵇炀：“那你是怎么一夜之间把它养成了个水鬼的？”

殷琊陷入了沉默，他仔细回忆了一下，昨天千秋大祭，来的人族修士太多，他被九色鹿叼着到处陪酒卖笑，完了好不容易闲下来就去找穆战霆和一群相熟的年轻人诉苦，一众大龄未婚男子们闹到半夜，他便不胜酒力睡过去了，次日醒来便看见涅槃之花没了，水盆里就剩下一小撮灰尘。

“我明明在这朵水仙上设了禁制屏障的，有个风吹草动我立马就感应到了，怎么会无声无息地就变成了这样呢？”殷琊抓着头发崩溃道，“南颜还有几天就要回来了，你得帮我把这花养回来！”

嵇炀看了一眼案发现场，支着下巴想了想，道：“凤凰有赐人以涅槃重生之能，前些日子我瞧舅父舅母的精魄已经凝聚，只是尚未苏醒，按理说涅槃花开，魂魄成形，若是流散在外，也许会化作游魂附在某个人身上。”

殷琊充满希冀道：“那么——”

嵇炀：“阿颜是央着我按人道轮回来培养二位尊长的，若是离盆出走，多半是暂时寄魂在人族身上了，你知道我不方便见外人，不妨去问问昨夜来宴会上的人族宾客，我便暂时寄于镜中，你带我去探查梦境便是。”

殷琊心情沉重地拿着镜子出了门，问了问伺候的小妖，竟然发现那些人还在睡。

他回忆了一下，昨天闹到太晚，还祭出了妖族的千年陈酿，估摸着不到天黑这群人怕是醒不来。

于是他便就近先摸到了穆战霆的房间。

打开穆战霆的房门是需要一定的勇气的，殷琊在门口站了好久，总觉得这扇门里散发着一种邪恶而可怕的气息，开了一条缝瞅了一眼便缩了回来。

穆战霆正躺在书桌上睡得昏沉，四面墙壁上均有墨宝留存，字字顽石，看一眼便硌得人心口发疼。

他此刻正呓语着：“太白兄何必谦虚，不敢当不敢当……欸，杜兄、杜兄快起……”

你哥斗酒诗百篇，谁家都当自家眠。龙主呼来不回头，自称前世是诗仙。

殷琊：“老三，我觉得舅舅舅妈就算想不开，也不会入他的梦的，我把这是非之地封上，让他暂且长眠吧。”

嵇炀：“……同感。”

无奈只能去别处转转，一连一二十个人都毫无感应，殷琊惴惴不安地怀疑舅舅舅母是不是真的没了的时候，嵇炀忽然叫停了他：“这扇门里是谁？”

殷琊瞅了一眼，扒开一条门缝，道：“哦，是宋逐，这小子别看二愣愣的，贼能喝，喝醉了还哭着找师太，剑修真是人心不古。”

嵇炀哦了一声，道：“我去他梦里查查，你且去别处。”

不由分说，嵇炀的神识化作一缕轻烟入了宋逐的梦境。

宋逐遥闻师太远遁红尘已久，每每想起都是苦酒入喉心作痛，虽然他师尊劝慰他说，剑道如手足，女人如衣服，何必为了区区“情缘”二字耽误了悟道。

宋逐那时候问他师尊：“那南芳主要是还活着呢？”

他师尊：“在哪儿？”

剑道如手足，女人如衣服，大家都是文明修士，见过断臂当大侠的，没见过谁一辈子裸奔的。

宋逐心里苦得很，灌酒灌了半宿，或许是日有所思的缘故，梦里便看见了心心念念的师太背影：“师太，那年、那年茶约，你可还记得？”

师太看起来慈眉善目的，回答他道：“抱歉，在下技艺浅薄，茶不够绿，施主还是另觅伊人吧。”

宋逐：“为什么？”

师太高深莫测道：“没有为什么，你若与我践约了，那就太绿了，我不喜。”

宋逐痛心疾首道：“其实我待师太——”

“你的心意在下已知晓，只是师太一心佛道，对佛道之专注，宛如你对剑器之执着，正所谓大道无情，你忍心以区区红尘之想，坏二者之大道吗？”

宋逐被绕进去，道：“可昨夜穆兄和殷兄都鼓励在下剖白心意啊。”

化作真圆师太模样的嵇炀眉梢一挑，沉默片刻，呵了一声，道：“那宋施主是信他们之言，还是信我之言？”

宋逐：“……当然信你。”

师太叹道：“实不相瞒，我这二位兄长各有所病，大哥之劝尔者，乃是怕你专心剑道，将来有所成就，必是他儒道大敌；二哥之劝尔者，也是怕你洗心革面后，携剑道杀伐之气，危及妖族利益。”

宋逐觉得不然，可一晃眼师太的倩影忽然烟消云散，梦境上方传来一道陌生的低叹。

“此子委实欠点拨。”

宋逐抬头只见一片雾茫茫里有一个人影端坐月中，发问道：“你是？”

人影道：“我乃天上月老，见你沉溺红尘，不思大道，特来开解你。”

宋逐心神震动，道：“你当真是月老？可否为我一测姻缘？”

月老和蔼道：“实不相瞒，你前世乃是十世修来的好人，只要这一世清心寡欲，来生必能托生仙道。”

宋逐道：“我不想托生仙道，只愿今生得一人相守。”

月老道：“你想要什么样的命定之人？”

宋逐低头道：“就、就女孩子……”

月老：“要求太高了。”

宋逐：“啊？”

月老循循善诱道：“人之一生，许多人都是擦肩而过，生不带来死不带走，能长伴你的是女人吗？是男人吗？是你的亲朋好友吗？都不是。”

宋逐：“……那是？”

月老：“你仔细看看你手上的剑，是不是觉得孤身一人久了，连剑都眉清目秀起来了？”

嵇炀忽悠起人来脸不红气不喘，成功把宋逐忽悠瘸了，悠然退出他的梦境后，看见黄泉镜外的殷琊一脸看魔鬼的表情。

“你还是人吗？”殷琊道。

“感情上的事，能勉强还是要勉强一把的。”嵇炀收拾完一个情敌后，神识四处探索，“云念昨夜是不是也在此地？我今年听阿颜提了他七回，机会难得，我有点儿事想开解开解他。”

殷琊崩溃道：“哪儿来的老醋坛子成精这是？你放过他吧他还是个娃娃，赶紧去给我找舅舅啊！”

之后他们匆匆从云念房间扫了一眼，这孩子也不用看了，进去的时候还在做噩梦，糊里糊涂地说什么只羡文盲不羡仙。

也是可怜。

“你说穆战霆什么时候飞升？再让他苟活于世，儒道怕是要废了。”

说起飞升这事，虽然往日诸多风波，但最有发言权的算算还只能是道生天的人，他们曾经离破界飞升的距离最近，只是于长生之道太贪了，以至于与世同沦。

正唏嘘不已时，忽然远处一朵金色的莲花徐徐朝殷琊飞来，里面传出南颜高兴的声音："二哥二哥，我找到了一处灵气充盈的山洞，九成可能里面有上品的琼脂玉露，应该能提前几日回来了，我瞧着这里风土特别，盛产养颜的脂膏和月蚕绸，要不要带点儿什么给你呀？"

殷琊当场吓出一身白毛汗，结结巴巴道："不不不……哦不，要带！多带点儿！带它几百斤，月蚕绸几百件！不带就别回来！"

南颜那头震惊了一下："要这么多吗？"

殷琊："还有十一个月就过、过年了嘛。"

南颜："……"

南颜："好吧，你照顾好我舅舅舅母。"

殷琊刚松了一口气，又听嵇炀悠悠出声道："黄花已谢，不妨速速归来。"

殷琊趁南颜还没反应过来，直接打散了那团金莲花，暴躁道："她回来要是找不到她舅舅！咱们俩都得死！！"

嵇炀淡然道："不急，我有一计。"

殷琊："快说！"

嵇炀："若是到时真的无法交代，索性就把花盆放到宋逐房中，到时阿颜要杀要剐——"

殷琊："你能不能干点儿人事？"

他急得毛都奓开了，拿着黄泉镜四处乱转，仍然没有什么线索，直到南颜第二次以金莲传讯问他要哪个色儿的口脂时，黄泉镜忽然泛起一丝微光。

嵇炀叫停了殷琊："我师弟是不是在这里？"

殷琊施法隔住声音不让南颜那边听到，对嵇炀道："你师弟跟南颜清清白白的，你放过他吧。"

嵇炀顿了顿，他在这边倒是感应到一丝游魂气息，让殷琊先去同南颜周旋，自己借着黄泉镜之力入了梦。

南颐此生有诸多放不下之事，当年鬼祸解除，南氏一家酆都相见，于他而言，应是心结暂解，若说唯一还有所恨者，想来除了造就这一切的源头，也不作他想。

来妖国赴宴的这些人里，也唯有墨行徵仍在追念他们的师尊。

像是其他人的梦境一样，墨行徵的梦里四周都是他最熟悉的模样，星河流转的悬空山，暮鼓晨钟，琅琅书声，静好得让人几乎想不起，这曾是酝酿着何等弥天大祸之地。

"师兄，你来了。"墨行徵坐在空荡荡的学堂里，好似早就知道嵇炀会来，拱手让他坐在他幼时曾求学过的位置上，"我以为你不会再想见到这里了。"

此地倒是当真让人怀念。

“他生时，尚不能令我逃避世事，如今身故后，我自然也不怕故地重游。”嵇炀目光平静，抬手轻拂，四下便出现了一些学童的身影，抱着沉重的书卷，艰难地做着功课。

墨行徵笑了笑，道：“我还记得那时候，我们这些小娃儿们爬山门前的天梯，谁第一个爬上去，谁就做师兄，我落后你十步，气得坐在台阶上哭，那时还是师尊把我牵上去的，告诉我，以后这就是你师兄了。”

四周场景变幻，依稀是他们年少时，身为修界第一人座下天骄，惊艳四座，谁人不羡。

“师兄，你犹豫过吗？”墨行徵看着眼前当年的巍巍道生天，那个所有道徒敬慕的背影，苦笑道，“时至今日，我还是不敢相信，师尊竟能做出这样的事。”

“犹豫并不能让结局更好一些。”嵇炀眼中同样有着些许追念，但始终并未动摇，“自以为的了解大多时候只是自以为是罢了，你我都觉得他这样做并不值得，可事实如此……你看，即便到最后满盘皆输，他也没有回头看一眼。”

世上最偏激、傲慢、固执的人，莫过如此。

“也是。”墨行徵道，“这大概就是我心悦诚服地唤你一声师兄的缘故，若换了我，除了自刎在他面前以命相谏，什么都做不了。”

此时眼前的梦境复又滚动起来，层层迷雾遮盖住一切，嵇炀仿佛察觉到了什么，跟着虚空里一缕淡金色的魂光追逐至梦境深处。

“逸谷先生。”嵇炀对着那缕魂光微微躬身。

魂光稍稍停驻，一个温沉的声音传出：“这些年，辛苦你们了，阿颜可还好？”

“一切安好，南芳主也转生去了，待先生亦度过一甲子轮回，团聚可期。”

魂光似乎明亮了些，道：“多谢。”

嵇炀又问道：“先生也有心结未了？”

南颐道：“嗯，我……我终究还是想寻个答案。”

和很多人一样，南颐只是想知道，他以为知之甚深的至交，为何会铸下如此累累罪行。

嵇炀也有同感，只是他心里尚存着一丝经年未消的恨，并不想给自己任何借口去谅解什么。

以德报怨，何以报德?

嵇炀心里这么说着，却也没有表露出口，只是听着南颐娓娓道来。

“此事始末，我应知晓一二，那时我同你师尊相识于年少时……”

彼时的伐界六尊后人，好比凡间最恶劣的二世祖，尤以南芳主为首，自幼便神憎鬼厌，也可以说是无恶不作。

相反，南颐是属于极为文静的那类人，承蒙云太妃最严苛的名门礼仪教导，后来虽由南娆带着长大，性情却也还是温和平静。

这一代人里，只有应则唯和他性情相近，自然而然便成了至交。

“……都说太妃待我严苛，其实道尊待应则唯也不遑多让，他对弟子的寄望极大，我曾风闻道尊当年收过十余弟子，时常对弟子搜魂，查看他们是否对道生天诚心。”南颐的声音有些低落，“那时连父亲都以为这只是谣言，如今想想，却是不无可能。”

嵇炀眼睛里飘浮着一片细碎的镜子碎片，那是南颜曾渡给他的逆演轮回镜，可借助线索逆推过往。

很快，他眼前映出一幕幕不知是真是假的梦境画面，那些当真是道尊对着座下弟子一个个搜魂，若发现有不忠者，即刻洗去忆念。

几百年，道尊嫡传弟子上百，留到最后的，竟只有应则唯这一个弟子。

这样培养出来的继承人，毫无疑问是道生天最完美的信徒，他所有的信念都是为了宗门长存，几乎确定了这一生都会循规蹈矩。

可他遇到了一个无解的南娆。

“……用父亲的话说，阿姐就是那种，偏要让你忘不了她的人。”

南娆正是精力饱满的年少时，记仇不过半日，交契就是一辈子，同一众二世祖在道生天学规矩，白日里同应则唯争执，晚上就因为听说他被自己连累受罚去拿着好吃好玩的赔罪。

应则唯起初是拒绝，后来却留下了那些东西，直到道尊听说了赤帝去天外取来一颗能让人不死不灭的妖心。

“则唯……所谓情念纠缠，不过是飞升大道上一枚微不足道的石子，灭绝七情，方可成仙成神。”

应则唯看着道尊烧掉了所有南娆相赠的东西，低低说了声是。

那一年，道尊像是疯魔了一样，每日都要把应则唯招来仔仔细细搜他的魂，确定他对大道的诚心。

“好徒儿，为师已经谋划周全，六合道心是你的，赤帝妖心也是你的，你要把它们都拿过来……”

一切似乎都是顺理成章，年轻的应则唯跟在道尊身后，道尊就是他前行的明灯……直至那日。

“则唯，你听到了吗？苑娘来找我了，她从井里来找我了……你救救我、救救我！我不想见她！”

道生天之主，修界高高在上的宗师，在某个天魔扰心的夜里，忽然像个阴沟里的老鼠一样，惊惧不已地跪在他脚边。

“师尊。”应则唯当时的神情无悲无喜，低头问道，“你让我断情绝念，自己却放不下吗？”

前行的灯灭了，应则唯悲悯地看了他的师尊一眼，捡起那盏熄灭的灯，掸去了上面的灰尘，重新点亮了它。

然后，他拖着惊惧不已的道尊，缓缓向黑暗处走去。

“无妨，没有人可以放弃，我们……继续。”

故事的最初，无法回头，而故事的末尾，至死方休。

“你后悔过吗？”南颐的魂光追上去，轻声问道。

应则唯的步伐未停，直至身形淹没在黑暗中，也不曾回头。

嵇炀看着这片灰蒙蒙的世界，他知晓这就是应则唯的心界，充斥着无边无际的虚无，对他而言，只有目的，无所谓对错。

“我知晓了。”南颐的声音有些疲惫，但也似乎放下了，对嵇炀道，“谢谢你能比我们先清醒过来，我……去找姣娘了，代我向阿颜说一声再会。”

嵇炀笑了笑，目送着远去的南颐，南颐的魂光旁，一尾蓝色的小鱼将长长久久地伴着他。

嵇炀没有来得及说出口，其实他的心界不比应则唯好多少，那是一片沉溺在杀戮中的血海。

可不同的是，他有自己的曙光。

梦境散去，现实的世界，刚刚还富丽堂皇的妖国大殿，此时一片狼藉。

殷琊缩在房梁上惊恐地看着左手提着大包小包的养颜品，右手拽着一把西瓜刀，浑身散发着斩妖除妖的怒气的南颜。

“二哥，你看我新买的这把西瓜刀，你是不是隐约看到了一条光屁股的死狐狸？”

“救命啊啊啊啊！老三救我！！”

嵇老三当没听到，瞧着他的曙光，心想——

嗯，她真可爱，得想法子娶了她。

四海重明，人间升平。

番外四　人间升平

“少苍、阿颜，哥跟你们讲件事。”

凡人之地，某城的一座小宅院里，穆战霆满面愁苦，口吻沉重异常。

“天人第三衰不好过？”

“不是。”

“和人斗诗输了？”

“比那更惨一些。”

饶是如今修为已至化神境界，真圆师太的脸上还是出现了一丝凝重之色。

“家里没有外人，”嵇炀慢悠悠道，“直说无妨。”

穆战霆看了看嵇炀，又看了看南颜，红了眼眶：“我要离开你们了，恐怕往后再无‘拨云见日’之时。”

南颜见他神色颓靡，手里的佛珠盘得啪啪响，猜测道：“你莫不是被儒修们下了毒了？”

穆战霆：“不是……”

嵇炀倒是很淡然，道：“也无妨，只要人在此界当中，下辈子我给你安排个文盲世家投生，断不会让你如今生这般赴汤蹈火。”

穆战霆笑不出来，垮着脸颓丧道：“阎王要人三更死，岂容垂泪到天明……这回连你这个阎王爷也救不了我了。”

“嗯？”嵇炀放下手里的茶，瞳仁里赤色的幽光一明一灭，仿佛在穆战霆身上看出些许端倪，“莫不是……”

穆战霆点点头。

嵇炀双手放下来，脸上浮现出诧异：“你还有多少时日？”

穆战霆：“估摸着，最多还剩六个月。”

嵇炀轻嗤了一声：“此事，可曾和龙主说过？”

“我不敢。”穆战霆捏了捏鼻子，道，“他那脾气你们都晓得，他若是知道了，怕不是要昭告天下摆水陆道场送我上路。”

他还扭过头来对着震撼不已的南颜道：“没准还会找你来主持这个法会。”

南颜瞪着眼睛听他们打了一轮哑谜，双眼一红，观音垂泪状：“大哥，我单知道天人五衰凶险，却不知这般凶险，我虽已身在空门……”

嵇炀：“你的身早已经不在空门一百多年了，心也不在。”

南颜：“……志在空门，但我们兄妹四个情谊日久弥坚。”

嵇炀：“四个？”

南颜：“三个，你算我的行了吧，你能不能别插话了！大哥遭此大劫，行将就木，你心里就没有点儿同年同月同日死的同理之心吗？！”

穆战霆抓抓头，说道：“谁说我要死了？”

南颜道：“那你……”

穆战霆双手一摆，顿时周身祥云浮现，瑞气千条。

“我要飞升了。”他说。

“……你凭什么啊？！”

当墨行徵应嵇炀的召唤千里迢迢赶来，一眼见到正在院子里掰蒜头、周身缭绕着即将飞升的五色祥云的穆战霆时，整个人都木了。

这都过去多久了，修真界的人经那场大劫，差不多都已经接受了“飞升”是个虚无缥缈的梦这个事实。但冷不丁地，就有修士要飞升了，还是个日日无心修炼、一心想考状元的文豪。

为什么？

作为追求了一千年飞升而不得的道生天余孽，墨行徵绷不住了。他看向另一个余孽：“你十八封信催我过来就是为了喊我看这个？”

嵇余孽道：“师兄怕你在子洲孤苦无依，又是逢年过节的，叫你来看神仙。”

穆战霆拍拍身边的门槛："来都来了，坐这儿一块儿包饺子啊。"

墨行徵崩溃了，他一把抓住穆战霆："本界修真纪元三万五千年，历代求飞升者芸芸，陨落不计其数，先后因飞升弄出多少大劫！为什么！为什么你既没有什么生离死别的千古情劫，也没有什么覆灭世间的血海深仇，你就会写那一堆破诗！破词！你都没有认真修真，你就飞升了？啊？为什么啊！"

祥云缭绕中的穆战霆争辩道："爷比你还纳闷，爷走遍凡洲五十国，年年春闱都不落，现在还没考上状元，此心魔不除我飞升个头。"

"但你就要飞升个头了啊！"

"行徵，不要说脏话。"嵇炀单手托着一盆面团递给他，"来都来了，若心有郁郁，不妨捏捏饺子打发打发心情。"

墨行徵抱着面团盆幽怨地瞥了他师兄一眼，道："修士还过凡人的年？"

"看在这是战霆在人间最后一个除夕的分儿上，给他飞升前留点儿念想吧。"

满院子修真人士，小小的院落里却一丁点儿修士的"仙气"都没有，墨行徵放目望去，南颜和嵇炀如今隐居的这间小院同外面其他凡人民宅并无不同，院子里一棵桑树下的菜地里还挂着些许水珠，连浇水的葫芦舀子都带着常用的痕迹。

墨行徵打小就没有在凡间混过，自然也不晓得凡人过年的风俗，但看其他人忙得兴致勃勃，也只能撸起袖子开始学着揉面。

"这是什么？"

"擀面杖。"

"怎么用？"

"把面团剂子擀成面片儿，或者拿来敲人。"

嵇炀轻车熟路地给他示范了一通，墨行徵一脸复杂："你在道生天时可不是这样的人。"

嵇炀："我从良了。"

墨行徵："……"你是有多不喜欢你的生身宗门。

说话间，穆战霆拿着菜刀从伙房里探出头："你们家这灶上怎么没有肉啊？"

嵇炀把擀面杖塞给墨行徵，道："阿颜平日里茹素的。"

"她杀人放火重色轻哥什么没干过，还茹什么素，老子不管，老子今天就要吃肉！"

穆战霆话没说完，院门吱嘎一响，一把新鲜的荠菜飞过来甩到穆战霆怀里。

南颜挎着两个菜篮子进门："少叽叽歪歪的，我娘早上来的时候跟你说了一样的话，已经出去买了。"

嵇炀起身接过南颜手上的菜篮子，道：“她不是一早就出去了，怎么现在还未回来？”

“是一早就出去了，父亲传信回来说，她在外面喝酒喝丢了，已经去找了。”南颜忧心忡忡，“她去年也是这么喝丢的，大年初一才找到人。”

嵇炀：“对，还挂在树上。”

二人对视了一眼，双双露出无奈之色。

墨行徵好奇道：“若是南芳主的话，那不是经常如此？”

“问题在于，父亲是连人带树一起扛回来的。”南颜指了指院子里的桑树，“就是这棵。”

墨行徵：“……”厉害了。

南颜把菜篮子放下来，左右环顾道：“二哥呢？怎么还没到？”

穆战霆啃了口胡萝卜，含混不清道：“老二那货你还不了解，肯定是办年货路上逛丢了。”

“早知道我就陪二哥去了。”南颜觉得自己操碎了心，瞥了眼嵇炀，道，“我忙着剁饺子馅，你放只纸鹤出去，顺便给龙主他们拜拜年，写个除夕贺词……”

她刚说出口就后悔了，然而为时已晚，捕捉到关键字眼的穆战霆兴冲冲铺开文房四宝。

“还是阿颜想得周到，想我去年在外颠沛流离之时，满腔新愁旧恨，正好趁此让龙主鉴赏鉴赏我的修炼成果，老墨啊，你不是也兼修儒学……”

墨行徵抱着面盆进了伙房：“我没有，别瞎说，我不认字的。师兄你不是要教我包饺子吗，走走走……”

嵇炀随手放下一沓灵气信笺，对穆战霆道：“用这个，青的是给龙主他们的拜帖，红的是给佛忏主和母上的，写完拜帖，记得把他们叫回来，就说你要飞升了，莫再像去年一样聚不上。”

“记得给二哥也写一封。”南颜抱着菜进了伙房。

穆战霆咬着笔含混不清道：“晓得了，交给我你就‘提心吊胆’吧。”

“说起来，”在屋里揉面的墨行徵问道，“南芳主是什么时候恢复的？”

“去年。”

“啊？魂魄都碎成那样了，这么快？”

南颜感慨不已，道：“转了七世才修成个人身，头几世转世成花鸟鱼虫也都还好说，该盆养盆养，该塘养塘养，几个春秋枯荣的工夫，陪陪就算了。麻烦的是后面终于转世成个人形了，父亲还不撒手。”

“怎么个不撒手？”

南颜："嗯……就好比我娘转世成一个医术不精的赤脚大夫，父亲就会化身成寻常求医的病患……"

嵇炀："哪有三两砒霜都药不死的寻常病患？"

南颜："或者不慎被土匪抓走的柔弱秀才。"

嵇炀："嗯，砍了两次头原地复活，母上刚当上大王，寨子就被他吓散伙了。"

"……"墨行徵一言难尽，"这事你们告诉过龙主他们吗？"

南颜摇摇头："龙主他们只知道我娘正在转世补魂，眼下我娘刚恢复不久，若抖搂出去，我怕他们打起来。"

墨行徵道："都做长辈了，佛忏主又不是那种爱挑衅之人……"

南颜："可我娘是那种人。"

墨行徵："……"

嵇炀点点头："对龙主而言，其恼人程度不下于八个战霆。"

那难怪。

墨行徵小时候素有耳闻，南芳主搅风搅雨的时期，修罗场里她本人永远是第一个动手的。

南颜道："言而总之，我娘如今记忆不全，修为未复，还不是最合适的回归时机，且让她再休养一段时日，找个黄道吉日……"

"我肉呢？！"说话间，院子里突然传来穆战霆不满的声音，"我从天亮等到擦黑，你就给我看这个？"

"二哥回来了。"南颜擦擦手跨出去，一眼就瞥见院子里堆得小山一样高的年货。

"血燕窝、琉璃爪、白玉蚌、玉蜂胶……"南颜神识一扫，脸皱了起来，"这就是你说的要带的山珍海味？"

殷琊好不容易从妖国的繁重事务里抽出身来，先是去给宝气老和尚拜了年，之后又去各大洲逛了一圈，盘了不少"年货"过来，本想等着挨夸，却横遭穆战霆指责，登时同他厮打起来。

"这怎么就不是肉了，哪个不是从飞禽走兽蛇虫鼠蚁身上薅下来的养颜……养身圣品，不是看在你升天的分儿上老子还懒得掏呢！"

穆战霆不满："不带血下锅的哪能算肉？我人都不当了，升上天去没吃没喝的，你连这点儿事也办不好，来来来我看你尾巴壮不壮，揪一条下来给我们炖汤！"

秦王绕柱式追打中，谁也没注意到，穆战霆刚刚写好的字已有了灵性，自行从纸上飞起烙在嵇炀给他留下的纸张上，又自动折成纸鹤，悠悠飞入虚空中。

正在擀饺子皮的嵇炀忽然心有所感，转身出去，瞥见桌案上空空如也，出声道："战霆，你的拜帖写好了？"

"写好了啊，这不放在……"穆战霆扭头一看，桌案上空空如也，震怒道，"何方宵小，觊觎老子的墨宝？！"

殷琊推开他，一抬手，一只墙上的喜鹊飞到他指尖上，啾啾两声，他就晓得穆战霆的墨宝哪儿去了。

"满院子化神大修士，哪路神仙闲得去偷你的歪诗，是你写的字自己长腿飞了。"

穆战霆："啊？"

"确是如此。"嵇炀略一感应，道，"点石成金，笔落有灵，正是半入仙神之兆。恐怕是你的字晓得你要写信予人，自行寄出去了。"

穆战霆感慨万千："不枉我笔耕多年'积劳成疾'，才能修成这般正果。我飞升之前，必会多造些诗子词孙留给你们做个念想……"

殷琊忍无可忍："信不信你前脚飞升，我后脚就把你的逆子逆孙全给扬喽。"

二度厮打起来前，嵇炀开口问道："你还记得我给你的青红信笺都是要寄给谁的吗？"

"记得啊，怎么了？"

见嵇炀沉默，南颜脸色倏变，面色狰狞地看向穆战霆："你不会把你的歪诗邪赋送错了吧？"

穆战霆从尾巴堆里摇摇头，南颜刚刚心安，就见他一脸诚挚道："我那不是歪诗邪赋，我记得很清楚，青的给亲娘，红的给龙主。"

众人："……"

院子里忽然一片死寂。

"也就是说，"真圆师太缓缓抖出了她的佛珠，宝相森然，"你把叫人回来吃饭的信给了龙主他们，歪诗邪赋给了我娘？"

穆战霆声音小了下来："我这回写得'别有用心'，真不是歪诗邪赋……"

随着真圆师太金刚怒目加入战场，院子里的桑树唰啦啦掉了一大堆叶子，嵇炀看着院子里"同室操戈"，端了杯茶。

"这年过得要热闹了。"

"……飞升非我意，但愿写诗灵。然天不遂我愿，飞升前最后除夕夜相聚，望速归。

"又及，城门口朱家肉铺五钱一斤，速带肉归。

“又及，别听他们佛门弃子讲究多，速速多带肉归。”

化神修士的境界，传信只需几息的工夫便可跨越山海。

当敖广寒接到穆战霆千里之外发来的信时，陷入了漫长的沉默。

信上没有写明是给谁的，依内容看，应该是穆战霆飞升在即，想到自己时日无多，故而良心发现想起来告诉他。

敖广寒召来龙都的长老问：“……那小子最近有跟你们说他要飞升了吗？”

长老那边回曰：“久未联系，上回丹王在外逮住了帝君，问他修行进度时，他语焉不详，想来是有所隐瞒。”

那就是了。

看来是终于憋不住了，飞升之前良心发现请他们过去一聚。

“怎么？帝君又惹出什么事了？”长老们小心翼翼地询问道。

“没什么，去请愁山梵海的佛修来辰洲筹备一下。”

“筹备什么？”

“筹备水陆道场，告诉他们，那孽障要飞升了。”

从被这消息震动的龙都离开，敖广寒一步踏入虚空，从来信所在之处步出，眼前是座凡人小城，再一细看，城上设下重重鬼气屏障，只能将修为压在炼气境界才能入城，应该是嵇炀的手笔。

难得穆战霆主动请他，而且他升天在即，敖广寒也不与他们计较，收敛修为落了凡尘。

才刚进城门，他就听见城门口一家肉铺的店主吆喝了起来：“最后一条猪后腿，二十钱一条便宜了，卖完收摊哦！”

二十钱，那是什么意思？

活了几百岁，只见过灵石的辰洲龙主难得困惑了一下，想到穆战霆的“速带肉归”，心里只当他的在世遗愿，忍了忍刚要开口，便被人抢先了。

“我要了，包好。”

敖广寒：“……”

城中禁了神识，是以没留心周遭，敖广寒看着眼前来人，挑起眉梢：“你怎么在这儿？”

孟霄楼回头，道：“你也来了啊，我帮娆娘买肉啊。”

敖广寒：“……啊？”

半个时辰后，城西的某个小酒馆。

“店家，喏，我结账的人来了。”南娆的态度根本不像是阔别了二十多年，自然而然地倚在酒馆的窗边朝他们招手，“愣什么，上来啊。”

《穆战霆才华诗》节选

其一

深更半夜不睡觉，一窝诗人齐发骚。
他年我若为文豪，从此儒修不早朝。

其二

你哥斗酒诗百篇，谁家都当自家眠。
龙主呼来不回头，自称前世是诗仙。

仿佛是应和人们的心声，远处突然一抹赤色焰火、一团银白幻光各自冲天而起，一朵金色莲花紧随其后，隐约的骂骂咧咧声中，三簇光芒在云层上突然炸开来。

“啊，放烟花啦！”

桥边孩子们的惊喜声中，寂明侧过头，抬眼看向窗边的南娆。

后者举杯对着月光，轻声道：

“也敬，四海重明，人间升平。”

当南娆那张熟悉的老脸映入眼中，敖广寒从瞳仁震颤，到神情森然，一度有些扭曲，千言万语张口却是一句大怒："这是什么东西？"

孟霄楼拎着条猪腿，认真纠正他："娆娘不是东西。"

南娆："……"

酒馆的小二颤颤巍巍地放下一盘卤牛肉，抱着托盘躲到柜台后。

"掌柜的，那俩新来的贵人不像是给吃霸王餐的那夫人结账的啊。"

"别说了，看着不好惹。"

一泓清酒落入粗瓷杯里，映着人间除夕夜，凡人间陌生的喧嚷让敖广寒分外不适。相反的是，南娆却好似早已融入其中。

"你，不打算回去了？"三两盏冷酒下肚，他皱起的眉川始终没有放松下来。

南娆没有回答，她眼里始终带着一抹笑意，循着她的目光望下去，酒馆楼下的桥边，白衣修士正被一群孩童围着，央求他再折一只莲灯。

"我们几人从出生起便背负父辈的期望，一洲之主的责任压在肩上，那时你们每个人都是一副死气沉沉的样子。"

孟霄楼想说什么，一时也哑然了。

他们当然记得，在修仙忘情的大道上，每个人都尽力磨灭胎里带来的人性，只有南娆活得那样鲜烈。

"我总是想带你们所有人看看人间烟火。"南娆的眼眸转过来，"你们可能不信，有了阿颜之后的那几年，我从未想过，修士的时间也能过得这样漫长。

"再也不是征伐掠夺钩心斗角，或是一闭关就十几二十年。晨起折花事炊烟，晚归放歌行街巷，以前那眨眼即逝的短短十年，竟也能这般纷繁精彩。"

"所以，道生天那样动辄花费几百上千年所渴求的长生，和认真活过短短几十载的凡生，究竟孰长孰短呢？"南娆说出这句话的同时，虚空震动了一下。

仿佛是某种大道突然被触动，在她平静的眼眸中，敖广寒看到了一抹薄淡的光，多年的修为桎梏在这抹光下倏然开始瓦解。

这不是什么自暴自弃入凡尘，这是悟道，一场关于"长生"的悟道。

良久，他才艰难道："……没想到应则唯悟不到的道，你悟到了。"

"现在你晓得战霆那小子为什么会飞升了吧。"南娆笑了起来，她抬手捉了一把桌上的烛光，朝着窗外的浓云夜幕轻轻一吹，天上立时云开雾散，露出一轮明净的圆月。

"修士不只该抬头敬天地，也该俯首敬众生。"

月亮出来的时候，街市摩肩接踵的行人纷纷停住脚步，惊喜地抬头看向那片月光。

图书在版编目（CIP）数据

四海重明. 3 / 衣带雪著. — 广州 : 广东旅游出版社, 2023.9
ISBN 978-7-5570-3052-0

Ⅰ. ①四… Ⅱ. ①衣… Ⅲ. ①长篇小说－中国－当代 Ⅳ. ①I247.5

中国版本图书馆CIP数据核字(2023)第089314号

四海重明. 3

SIHAI CHONGMING.3

出 版 人：刘志松
责任编辑：陈　吉
责任校对：李瑞苑
责任技编：冼志良

广东旅游出版社出版发行
地址：广州市荔湾区沙面北街71号首、二层
邮编：510130
电话：020-87347732（总编室）020-87348887（销售热线）
投稿邮箱：2026542779@qq.com
印刷：三河市兴达印务有限公司
（地址：三河市皇庄镇开发区）
开本：710毫米 × 1000毫米　1/16
字数：361千
印张：19
版次：2023年9月第1版
印次：2023年9月第1次印刷
定价：128.00 元（全三册）
